David F

Das Leben Jesu

SALZWASSER
VERLAG

David Friedrich Strauß

Das Leben Jesu

Unveränderter Nachdruck der Originalausgabe von 1864.

1. Auflage 2022 | ISBN: 978-3-75259-668-7

Verlag: Salzwasser Verlag GmbH, Zeilweg 44, 60439 Frankfurt, Deutschland
Vertretungsberechtigt: E. Roepke, Zeilweg 44, 60439 Frankfurt, Deutschland
Druck: Books on Demand GmbH, In de Tarpen 42, 22848 Norderstedt, Deutschland

Das Leben Jesu.

Das

Leben Jesu

für das deutsche Volk bearbeitet

von

David Friedrich Strauß.

Zweite Auflage.

Leipzig:

1864.

Dem Andenken

meines lieben Bruders

Wilhelm Strauß

gewidmet.

Gegen Ende des Jahres 1862, bald nachdem ich mit der Ausarbeitung dieses Werkes begonnen hatte, brachte mich die lebhafte Theilnahme, welche mein einziger Bruder, früher Fabrikant in Köln, damals zu Darmstadt im Ruhestande lebend, meiner Arbeit schenkte, auf den Gedanken, ihm dieselbe zuzueignen, und ich warf, rasch wie der Vorsatz mich bewegte, die nachstehende Widmung auf's Papier. Doch schon nach wenigen Monaten, am 21. Februar 1863, unterlag er unerwartet schnell seinen Leiden, ohne daß er von meinem Vorhaben, da ich ihm eine Ueberraschung hatte bereiten wollen, noch etwas erfahren hätte. Sein Tod ändert nichts an meinem Wunsch und meiner Pflicht, einmal auch öffentlich zu sagen, was er mir und meinen Arbeiten gewesen ist, und so stehe denn die Zueignung als Nachruf an den Verstorbenen hier, die als Zuruf an den Lebenden geschrieben war.

Lieber Bruder!

So alt meine Schriftstellerei nächstens ist, so ist doch, von ein paar Sendschreiben abgesehen, dieß das erste Buch, das ich Jemanden zueigne. Gönner habe ich nie weder gehabt noch gesucht; meine Lehrer, nachdem ich mit meiner Erstlingsarbeit Anstoß erregt hatte, beeilten sich, der Wahrheit gemäß zu versichern, daß ich das, woran man jenen Anstoß genommen, d. h. das Beste was ich wußte, nicht von ihnen gelernt habe; meinen Freunden und Studiengenossen aber sah ich aus der bloßen Kunde ihrer Freundschaft mit mir, soweit sie nicht vorzogen (was auch vorkam) diese den Verhältnissen zum Opfer zu bringen, besonders in unserer Heimath Württemberg so viel Ungelegenheit, Zurücksetzung und Verdächtigung erwachsen, daß es Gewissenssache war, sie nicht durch ein öffentliches Denkmal unserer Verbindung noch mehr auszusetzen.

Du, lieber Bruder, bist unabhängig, hast dich (das ist der Segen des Gewerbs) um die Gunst oder Ungunst geistlicher und weltlicher Obern nicht zu kümmern, dir kann es nichts schaden, wenn dein Name vor einer Schrift von mir zu lesen ist. Zugleich hast du aber, neben dem, was du dem Bruder warst, wie du ihm in so mancher schwierigen Lebenslage als treue Stütze zur Seite standst, auch dem Schriftsteller von jeher in Einer Person alles dasjenige geleistet, was einem solchen von Gönnern, Lehrern und Freunden geleistet werden kann. Du hast mich ermuntert, und, was mehr ist, du hast mich verstanden; du hast meinen oft gesunkenen Muth gehoben, aber auch meinen bisweilen auf andere Felder abschweifenden Sinn bei der Sache, der ich mich ursprünglich gewidmet hatte, festgehalten; bei Abfassung dieser Schrift insbesondere hast du mir von Anfang an im Sinne gelegen, und kein Blatt derselben ist zu Stande gekommen, ohne daß das Bestreben, dir genug zu thun, so zu schreiben, wie ich wußte, daß du es für Bedürfniß unserer Zeit haltest, mir Antrieb und Leitstern gewesen wäre.

Und hier trifft die Widmung dieses Buches mit der auf dem Titel ausgesprochenen Bestimmung desselben zusammen. Indem ich es dem Bruder widme, denke ich mir diesen als einen Mann aus dem deutschen Volke; und indem ich es dem deutschen Volk bestimme, setze ich voraus, daß unter diesem viele Männer seien, die dem Bruder gleichen. Ich meine viele, die, unbefriedigt vom

Erwerb, auch geistigen Dingen nachtrachten; die nach arbeitsvollen Tagen in ernster Lectüre ihre beste Erholung finden; die den seltenen Muth haben, um den Bann der hergebrachten Meinung und der kirchlichen Satzung unbekümmert, über des Menschen wichtigste Angelegenheiten auf eigene Hand nachzudenken, und die noch seltenere Einsicht, auch den politischen Fortschritt, wenigstens in Deutschland, nicht eher für gesichert zu halten, als bis für die Befreiung der Geister von dem religiösen Wahn, für rein humane Bildung des Volks gesorgt ist.

Ob eine Weltansicht, die, mit Ablehnung aller übernatürlichen Hülfsquellen, den Menschen auf sich selbst und die natürliche Ordnung der Dinge stellt, sich auch wirklich für's Volk und für's Leben eigne, ob sie im Stande sei, den Menschen nicht nur im Glück in der richtigen Bahn, sondern auch im Unglück aufrecht zu erhalten, dieß insbesondere nach der letzteren Seite zu erproben, hast du, lieber Bruder, nur allzuviele Gelegenheit gehabt. Du hast einem langjährigen Körperleiden ohne fremde Krücken, einzig auf das gestützt, was du als Mensch und Glied dieser geist- und gotterfüllten Welt bist und wissen kannst, mannhaft widerstanden; du hast unter Umständen, die den Gläubigsten hätten kleingläubig machen können, Muth und Fassung behalten; du hast selbst in solchen Augenblicken, wo jede Lebenshoffnung erloschen war, niemals der Versuchung nachgegeben, durch Anlehen beim Jenseits dich zu täuschen.

Möge dir nach so harter Prüfung ein freundlicher Lebensabend beschieden sein; möge dieses Buch deiner Nachsicht genügen, und diese Widmung dir nicht mißfallen; an ihr aber unsere Kinder und einst unsere Enkel noch erkennen, in welcher innigen Geistesgemeinschaft ihre Väter gestanden, in welchem Glauben sie, ob auch nicht heilig, doch wenigstens ehrlich gelebt haben, und wenn nicht selig, doch hoffentlich ruhig gestorben sind.

Vorrede.

Als ich vor bald neunundzwanzig Jahren die Vorrede zu der ersten Ausgabe meines Leben Jesu schrieb, erklärte ich ausdrücklich, das Werk sei nur für Theologen bestimmt, für Nichttheologen sei die Sache noch nicht gehörig vorbereitet, und daher das Buch absichtlich so eingerichtet worden, daß sie es nicht im Zusammenhang verstehen können. Dießmal habe ich umgekehrt für Nichttheologen geschrieben und mich bemüht, keinem Gebildeten und Denkfähigen darunter auch nur in einem Satze unverständlich zu bleiben: ob auch die Theologen (ich meine die zünftigen) mich lesen wollen oder nicht, gilt mir gleich.

So haben sich unterdessen die Zeiten geändert. Auf der einen Seite kann jetzt auch das größere Publikum für dergleichen Fragen nicht mehr wie damals unvorbereitet heißen. Ohne mein Zuthun, durch meine bittersten Widersacher, dieselben die mir zumutheten, ich hätte wenigstens lateinisch schreiben sollen, sind, weil sie doch das Schreien nicht lassen konnten, diese Fragen zuerst unter die Menge geworfen, nachher von Andern, die weniger Scheu als ich trugen, in gemeinverständlicher Form, nicht immer zu meiner Zufriedenheit, behandelt worden, bis zuletzt das politische Erwachen des deutschen Volkes auch für die religiösen Angelegenheiten einen freieren Sprechsaal eröffnet hat. Dadurch sind viele Gemüther in ihrer Anhänglichkeit an das Alte erschüttert, zu eigenem Nachdenken über die Gegenstände des Glaubens angeregt worden; während zugleich eine Menge von Vorbegriffen, auf deren Vorhandensein bei dem ersten Erscheinen meines Werkes noch nicht zu rechnen war, in allgemeinen Umlauf gekommen ist. Und schließlich ist es doch nur ein Zunftvorurtheil, daß zur eigenen Einsicht in diese Dinge nur der Theolog, überhaupt nur der Gelehrte, befähigt sei. Im Gegentheil ist das, worauf es dabei in letzter Beziehung ankommt, so einfach, daß ein jeder, dem Kopf und Herz am rechten Flecke sitzen, kecklich annehmen darf, was ihm nach reifem Nachdenken und Benützung der jedem zugänglichen Hilfsmittel noch unverständlich bleibt, darauf komme es auch nicht an.

Auf der andern Seite hat sich in der Zwischenzeit herausgestellt, daß gerade die Theologen am wenigsten diejenigen sind, von denen ein unbefangenes Urtheil in dieser Sache zu erwarten ist. Sie sind ja Richter und Partei zugleich. Mit der bisherigen Ansicht von den Gegenständen des christlichen Glaubens, insbesondere der Grundlage desselben, der evangelischen Geschichte, sehen sie ihre eigene bisherige Geltung als geistlicher Stand in Frage gestellt. Ob mit Recht oder Unrecht, ist gleichgültig; sie glauben es einmal. Für jeden Stand aber ist sein eigenes Bestehen oberste Voraussetzung. Es werden immer nur wenige seiner Mitglieder sein, die einer Neuerung auch auf die Gefahr hin zustimmen, daß sie jenes Bestehen aufhebe oder schmälere. Und soviel ist jedenfalls sicher, wenn das Christenthum aufhört ein Wunder zu sein, so können auch die Geistlichen nicht mehr die Wundermänner bleiben, als die sie sich bis dahin so gerne gebärdeten. Sie werden nicht mehr Segen sprechen, sondern nur noch Belehrung ertheilen können; davon ist aber bekanntlich das Letztere ein ebenso schweres und undankbares als das Erstere ein leichtes und lohnendes Geschäft.

Wollen wir also in religiösen Dingen weiter kommen, so müssen solche Theologen, die über den Vorurtheilen und Interessen der Zunft stehen, um die Mehrheit ihrer Zunftgenossen unbekümmert, den Denkenden in der Gemeinde die Hand reichen. Wir müssen zum Volke reden, da die Theologen ihrer Mehrheit nach uns doch kein Gehör geben; wie der Apostel Paulus sich an die Heiden wandte, da die Juden sein Evangelium von sich stießen. Sind nur erst die Besten im Volke so weit, daß sie sich das nicht mehr bieten lassen, was ihnen jetzt die Geistlichen großentheils noch geben, so werden sich diese schon eines Bessern besinnen. Aber ein Druck muß auf sie ausgeübt werden, wie auf die Juristen vom alten Schlag ein Druck von Seiten der öffentlichen Meinung ausgeübt werden mußte, um sie für Geschwornengerichte und ähnliche Reformen in ihrem Fache zu stimmen. Ich weiß, gewisse Herren werden hier von verlaufenen Theologen reden, die nun die geistlichen Demagogen spielen wollen. Meinetwegen; Mirabeau ist auch ein verlaufener Adeliger gewesen, der dem

Volke die Hand gereicht hat, und wahrhaftig, die Handreichung ist nicht ohne Folgen geblieben. Bin ich mir auch der Gaben eines Mirabeau nicht bewußt, so kann ich dafür mit reinerem Bewußtsein auf meine Vergangenheit und auf die That zurücksehen, die mir den Bann meiner ehemaligen Zunft zuwege gebracht hat.

Diese Bestimmung für das Volk ist der eine von den Gründen, warum ich statt einer neuen Auflage meiner kritischen Bearbeitung des Lebens Jesu ein neues Buch gebe, worin von dem alten außer den Grundgedanken nichts anzutreffen ist. Aber auch ein anderer Umstand wirkte in gleicher Richtung. Längst war es mein Wunsch, bei Gelegenheit einer neuen Auflage jenes Werk mit demjenigen, was seit seinem letztmaligen Erscheinen auf demselben Gebiete geleistet worden, auszugleichen, seinen Standpunkt ebenso gegen neuere Einwürfe zu vertreten, wie seine Ergebnisse aus dem Ertrage weiterer Forschungen, fremder wie eigener, zu berichtigen und zu ergänzen. Allein dadurch wäre, wie sich mir bald ergab, das frühere Werk, dessen Bedeutung eben darin liegt, daß es diesen Forschungen vorangegangen ist, in seiner Eigenthümlichkeit aufgehoben, ja geradezu zerstört worden, und das wäre Schade gewesen. Denn es ist nicht allein das geschichtliche Denkmal eines Wendepunkts in der Entwicklung der neuern Theologie, sondern wird auch vermöge seiner Anlage noch langehin ein brauchbares Bildungsmittel für die Lernenden sein. Also bleibe das alte Leben Jesu wie es ist, und sollte sich je einmal eine neue Auflage des vergriffenen Buchs als Bedürfniß herausstellen, so werde diese (das will ich letztwillig verordnet haben) nach der ersten, mit Zuziehung weniger Verbesserungen der vierten Auflage, veranstaltet.

Die Auseinandersetzung mit den neueren Forschungen mußte dann eben, so gut es ging, dem populären Werke einverleibt werden. Und es ging, wenn auf das gelehrte Detail verzichtet wurde. Das war freilich ein Verlust; dafür war es aber ein Gewinn, daß dadurch von vorneherein auch jeder gelehrte Vorbehalt abgeschnitten war. Ein solcher ist die Versicherung, auf die man in den wissenschaftlichen Werken freidenkender Theologen so oft stößt, daß ihren Untersuchungen ein lediglich historisches Interesse zum Grunde liege. Alle Achtung vor dem Worte der gelehrten Herren; allein ich halte es für etwas Unmögliches, was sie versichern, und würde es für nichts Löbliches halten, wenn es auch möglich wäre. Ja, wer über die Herrscher von Nineve oder die ägyptischen Pharaonen schreibt, der mag dabei ein rein historisches Interesse haben; das Christenthum dagegen ist eine so lebendige Macht, und die Frage, wie es bei seiner Entstehung zugegangen, schließt so eingreifende Consequenzen für die unmittelbare Gegenwart in sich, daß der Forscher ein Stumpfsinniger sein müßte, um bei der Entscheidung jener Frage eben nur historisch interessirt zu sein.

Aber soviel ist richtig: wem an der jetzigen Kirche und Theologie das unerträglich ist, daß wir das Christenthum fort und fort als eine übernatürliche Offenbarung, den Stifter desselben als den Gottmenschen, sein Leben als eine Kette von Wundern ansehen sollen, dem bietet sich als das sicherste Mittel, seinen Zweck zu erreichen, dessen was ihn drückt loszuwerden, eben die geschichtliche Forschung dar. Denn da er der Ueberzeugung lebt, daß Alles, was geschehen, natürlich geschehen, daß auch der ausgezeichnetste Mensch doch immer nur Mensch gewesen ist, daß es folglich auch mit allem dem, was in der Urgeschichte des Christenthums jetzt als vermeintliches Wunder die Augen blendet, in der Wirklichkeit nur natürlich zugegangen sein kann, so muß er hoffen, je genauer er dem wirklichen geschichtlichen Hergang auf die Spur kommt, desto mehr auch die Natürlichkeit desselben an den Tag zu bringen, d. h. er findet sich durch seine Tendenz selbst zu emsiger historischer Forschung, aber freilich auch zu strenger historischer Kritik angewiesen. Insoweit bin ich mit jenen Gelehrten einverstanden, und sie, wenn sie ihren Bestrebungen auf den Grund sehen, wohl auch mit mir: unser Zweck ist nicht, eine vergangene Geschichte zu ermitteln, vielmehr dem menschlichen Geiste zu künftiger Befreiung von einem drückenden Glaubensjoche behülflich zu sein; aber als das beste Mittel zu diesem Zweck erkenne ich mit ihnen, neben philosophischer Aufklärung der Begriffe, die geschichtliche Forschung an.

Mit dem Vorbehalt eines blos historischen Interesses hängt dann gerne der Rückhalt zusammen, daß man die Untersuchung nicht bis zu ihrem eigentlichen Zielpunkte fortführt, den gelehrten Wald nicht bis dahin lichtet, wo man die Aussicht in's Freie gewinnt. Man fragt nicht, was Jesus wirklich gesagt oder gethan haben möge, sondern nur, was die Berichterstatter ihn thun und reden lassen; nicht, was an und für sich an einer evangelischen Erzählung sei, sondern was der Erzähler auf seinem Standpunkte, bei seinen besondern Zwecken, mit derselben gemeint und gewollt habe. So macht man sich mit den Evangelisten zu thun, und läßt den Herrn aus dem Spiele, wie man sich nach der constitutionellen Fiction an die Regierung hält, und die Krone aus dem Spiele läßt.

Auch das ist klug gethan, um sich den Fanatismus vom Leibe zu halten, und auch wohlgethan ist es, mit so wichtigen Vorfragen sich recht eingehend zu beschäftigen; aber genug gethan ist es nicht. Was wir eigentlich wissen wollen, ist, ob die evangelische Geschichte im Ganzen und Einzelnen wahr ist oder nicht, und nur nach Maßgabe des Zusammenhangs mit dieser Hauptfrage können jene Vorfragen auf ein allgemeineres Interesse Anspruch machen. In dieser Hinsicht ist die Evangelienkritik während der letzten zwanzig Jahre unläugbar etwas in's Kraut geschossen. Die neuen Hypothesen besonders über die drei ersten Evangelien, ihre Quellen, ihre Zwecke, ihre Composition und ihr Verhältniß zu einander drängen sich, werden mit einem Eifer sowohl begründet wie bekämpft, als ob es sich um nichts weiter handelte, und der darüber geführte Streit läßt sich so weitaussehend an, daß man bange werden muß, jemals über die Hauptfrage in's Klare zu kommen, wenn wirklich ihre Lösung bis zum Austrage dieses Streites vertagt werden soll.

So schlimm steht es indessen glücklicherweise bei Weitem nicht. Ueber Johannes freilich und sein Verhältniß zu den übrigen muß man im Klaren sein, ehe man ein Wort in diesen Dingen mitsprechen darf; dagegen können wir über viele gerade der wesentlichsten Punkte in der evangelischen Geschichte gar wohl in's Reine kommen, wenn wir auch noch lange nicht darüber im Reinen sind, ob Matthäus hebräisch oder griechisch, eine Spruchsammlung oder ein Evangelium geschrieben, ob Lucas den Marcus und Matthäus, oder Marcus den Matthäus und Lucas vor sich gehabt hat. Das vor Allem läßt sich unabhängig von diesen und ähnlichen Fragen erkennen, wie wir uns die evangelische Geschichte **nicht** vorzustellen haben. Und dieses Negative ist für unsern nicht blos historischen, überhaupt nicht rückwärts, sondern vorwärts gerichteten Zweck gerade eine — um nicht zu sagen die — Hauptsache. Es besteht aber darin, daß in der Person und dem Werke Jesu nichts Uebernatürliches, nichts von der Art gewesen ist, das nun mit dem Bleigewicht einer unverbrüchlichen, blinden Glauben heischenden Auctorität auf der Menschheit liegen bleiben müßte. Ueber dieses Negative, sage ich, können wir lange vor der Entscheidung aller jener endlosen kritischen Fragen in's Reine kommen; denn soviel können wir unsern Evangelien bald absehen, daß weder alle noch ein einzelnes unter ihnen die zwingende historische Glaubwürdigkeit aufweisen, welche nöthig wäre, um unsere Vernunft bis zur Annahme des Wunders gefangen zu nehmen.

Das Positive zu diesem Negativen ist dann, wie wir uns die Person, die Zwecke und Schicksale Jesu auf der einen, die Entstehung des Ungeschichtlichen in den evangelischen Nachrichten von ihm auf der andern Seite zu denken haben. Um diese Fragen endgültig beantworten zu können, müßten wir freilich wissen, was an dem Christusbilde jedes einzelnen Evangelisten seine Zuthat und woher diese genommen ist, und dieß wird sich mit völliger Sicherheit nicht angeben lassen, ehe die äußern wie innern Bedingungen ihrer Schriftstellerei, ihre Zwecke und ihre Mittel, genau erforscht sind. So weit sind wir allerdings noch lange nicht; immerhin jedoch muß es erlaubt, ja wünschenswerth sein, daß dann und wann Abrechnung gehalten und gefragt wird, was denn nun nach dem dermaligen Stande der Forschung, das in Rechnung genommen, was sich mit überwiegender Wahrscheinlichkeit festgestellt hat, das bei Seite gelassen, was erst unsichere Vermuthung ist, über jene Hauptfragen sich aussagen läßt. Alle Betheiligten werden hiedurch an das erinnert, um was es sich eigentlich handelt, und solche Erinnerung, solches Zurückrufen aus dem Umkreis in den Mittelpunkt, ist der Wissenschaft allemal ersprießlich gewesen.

Was mich betrifft, so behaupte ich nur meine von Anfang an eingenommene Stellung, wenn ich die seitherigen Forschungen über die Evangelien für die Frage nach der evangelischen Geschichte zu verwerthen suche. Zu diesem Zwecke habe ich von allen, die sich seit dem ersten Erscheinen meines Leben Jesu in der Evangelienkritik hervorgethan haben, zu lernen gestrebt, und die Sünde des Pilatismus literarius (wie die Schweizer Gottsched's eigensinniges Beharren auf dem einmal geschriebenen Worte nannten) wird mir Niemand zur Last legen können. Am meisten Belehrung verdanke ich allerdings Baur und den Männern, die in seinem Sinne weiter geforscht haben; konnte ich auch nicht mit allen ihren Ergebnissen einverstanden sein, so war ich es doch um so mehr mit dem Geist und der Art ihrer Forschung: während ich auf der Gegenseite umgekehrt wohl einmal ein einzelnes Ergebniß brauchbar, die Richtung im Ganzen aber nach Zweck und Mitteln wie immer verwerflich fand. Die Kritiker der erstern Art werden hoffentlich darin, daß ich in einem Werke von der Bestimmung des vorliegenden zu mancher der von ihnen verhandelten Fragen mich indifferent verhalte, keine Mißachtung ihrer Forschungen sehen; wie die Theologen der andern Art mein Buch aufnehmen werden, weiß ich zum Voraus, und bin auf Alles, vom hochmüthigen Schweigen und verächtlichen Reden bis zur Anklage auf Schändung des Heiligen gefaßt. Und da ich mein Buch dem deutschen Volke bestimme, so kann ich mir auch die Proteste schon denken, die im Namen dieses deutschen Volkes von Solchen, die es gewiß nicht dazu berufen haben wird, dagegen werden erhoben werden.

Ich fasse das deutsche Volk als das Volk der Reformation, diese aber denke ich mir nicht als ein fertiges, sondern als ein Werk, das fortgesetzt sein will. Zu einer solchen Fortsetzung der Reformation drängen gerade im gegenwärtigen Augenblick die Bildungsverhältnisse ebenso unabweisbar hin, als sie vor vierthalbhundert Jahren zum Beginne derselben gedrängt haben. Auch wir leben in einer Krisis, die das Peinliche hat, daß uns wie den damals Lebenden ein Theil des geltenden Christenthums ebenso unerträglich geworden, als ein anderer unentbehrlich geblieben ist. Dabei hatte das Reformationszeitalter den Vortheil, daß, was ihm unerträglich geworden war, lediglich auf Seiten der Lehre und Praxis der Kirche lag; wogegen es in der Lehre der Bibel und einer nach deren Vorschriften vereinfachten Kirchenverfassung noch immer seine Befriedigung fand. Hier machte sich die Ausscheidung verhältnißmäßig leicht, und da dem Volke die Bibel als unangetastetes Ganze göttlicher Offenbarungen und Heilslehren verblieb, so war die Krisis, wenn auch erschütternd, doch ungefährlich. Jetzt hingegen ist auch das, was dem Protestanten damals noch geblieben war, die Bibel mit ihrer Geschichte und Lehre, von dem Zweifel in Anspruch genommen, in ihr selbst soll eine Scheidung vorgenommen werden zwischen dem, was für alle Zeiten wahr und verbindlich, und dem, was nur in vorübergehenden Zeitvorstellungen und Zeitverhältnissen begründet, für uns unbrauchbar, ja unannehmbar geworden ist. Und auch jenes für uns noch Gültige und Verpflichtende wird als solches nicht mehr deßwegen anerkannt, weil es als göttliche Offenbarung durch wunderbar beglaubigte Gesandte verkündigt worden, sondern weil es von der Vernunft und Erfahrung als an sich wahr, als begründet in den Gesetzen des menschlichen Wesens und Denkens erkannt wird.

Unentbehrlich, aber auch unverlierbar, bleibt uns von dem Christenthum dasjenige, wodurch es die Menschheit aus der sinnlichen Religion der Griechen auf der einen Seite, der jüdischen Gesetzesreligion auf der andern, herausgehoben hat; also nach jener Seite hin der Glaube, daß es eine geistige und sittliche Macht ist, welche die Welt beherrscht, nach dieser die Einsicht, daß der Dienst dieser Macht, in den wir uns zu stellen haben, wie sie selbst, nur ein geistiger und sittlicher, ein Dienst des Herzens und der Gesinnung, sein kann. Schon von der letztern Einsicht übrigens läßt sich eigentlich nicht sagen, daß sie uns aus dem bisherigen Christenthum bleibe; denn sie ist, in ihrer Reinheit wenigstens, noch gar nicht zur Geltung gebracht. An einer Reihe von Handlungen hängt selbst noch die protestantische Christenheit, die nicht besser als die altjüdischen Ceremonien sind, und doch für wesentlich zur Seligkeit gehalten werden. Und forscht man nach, woran es liegt, daß sich dergleichen Fremdartiges in die Religion Jesu eindrängen und in ihr erhalten konnte, so erkennt man als die Ursache dasselbe, was für unsere Zeit mit Recht den Hauptanstoß an dem ganzen alten Religionswesen bildet, nämlich den Wunderwahn. So lange das Christenthum als etwas der Menschheit von außen her Gegebenes, Christus als ein vom Himmel Gekommener, seine Kirche als eine Anstalt zur Entsündigung der Menschen durch sein Blut betrachtet wird, ist die Geistesreligion selbst ungeistig, das Christenthum jüdisch gefaßt. Erst wenn erkannt wird, daß im Christenthum die Menschheit nur ihrer selbst tiefer als bis dahin sich bewußt geworden, daß Jesus nur derjenige Mensch ist, in welchem dieses tiefere Bewußtsein zuerst als eine sein ganzes Leben und Wesen bestimmende Macht aufgegangen ist, daß Entsündigung eben nur im Eingehen in diese Gesinnung, ihrer Aufnahme gleichsam in das eigene Blut, zu finden ist, erst dann ist das Christenthum wirklich christlich verstanden.

Die Einsicht, daß nur dieß das Wahre und Bleibende am Christenthum, alles Andere nur verwesliche und schon halb verweste Hülle sei, liegt in unserer Zeit als Ahnung in den Gemüthern. Man findet die einfachsten Menschen der untersten Volksschichten ihr oft ebenso nahe, als freilich Viele in den obersten Gesellschaftsklassen ihr, wie noch manchem andern Guten und Schönen, verschlossen. Man findet aber auch bei der engen Verbindung, worin in unsern heiligen Schriften beide Bestandtheile des Christenthums miteinander stehen, manche Gemüther in Gefahr, mit der Schale zugleich den Kern zu verlieren, oder doch einem aufreibenden Kampf und Ringen, einem bedenklichen Schwanken zwischen ausgelassenem Unglauben und krampfhaftem Glauben, zwischen Freigeisterei und Frömmelei, preisgegeben. Dieser Rathlosigkeit zu Hülfe zu kommen, ist die Pflicht eines Jeden, der sich dazu im Stande fühlt. Es kann aber nicht anders geschehen, als dadurch, daß die Grenzlinie erkennbar gemacht wird, welche die bleibenden Bestandtheile des Christenthums von den vergänglichen, die ächten Heilswahrheiten von den bloßen Zeitmeinungen scheidet. Dieser

Riß geht nun freilich mitten durch die heilige Schrift, d. h. manchem redlichen Christen und besonders Protestanten mitten durch's Herz. Indeß solches Herzbrechen wurde ja sonst zu den christlichen Bußwerken gerechnet, und dießmal läuft es überdieß nur auf ein wenig Kopfbrechen, auf das Annehmen von etwas Vernunft hinaus. Wem nur einmal ein Begriff davon beigebracht ist, daß die Menschheit und Alles in ihr, auch die Religion nicht ausgenommen, sich geschichtlich entwickelt, dem muß auch einleuchten, daß auf keinem Punkte innerhalb dieser Entwicklung ein schlechthin Höchstes gegeben sein kann, daß der Vorstellungskreis von Religionsurkunden, die vor mehr als anderthalbtausend Jahren unter äußerst ungünstigen Bildungsverhältnissen entstanden sind, nicht mehr ohne Weiteres der unsrige sein kann, sondern daß, wenn er für uns noch eine Geltung haben soll, erst eine Scheidung des Wesentlichen vom Unwesentlichen vorgenommen werden muß.

Diese Scheidung vorzunehmen, ist die nächste Aufgabe des Protestantismus, und sofern das deutsche Volk die Aufgabe der Fortbildung des Protestantismus hat, des deutschen Volkes. Dazu kann man die Bemühungen um eine freiere Gestaltung des Kirchenregiments, die sich jetzt da und dort in Deutschland regen, höchstens als Vorarbeiten gelten lassen. In diesem Sinne mag man sich ihrer freuen; aber die Meinung, als wäre es damit gethan, ja als beträfen sie überhaupt schon die Sache selbst, wäre ein verderblicher Wahn, und die Behauptung, die man von dorther wohl zu hören bekommt, in unserer Zeit handle es sich nicht mehr um das Dogma, sondern um das kirchliche Leben, nicht mehr um den Gegensatz des Rationalismus und Supranaturalismus, sondern um den der Gemeindekirche und der Geistlichenkirche, ist ein kurzsichtiges oder ein zweideutiges Gerede. Denn die Kirchenverfassung ist ja doch immer nur die Form, worin ihr den Gehalt des Christenthums bewahret; schon um zu wissen, welche Form dazu die geeignetste ist, müsset ihr wissen, was ihr denn am Christenthum habt, etwas Natürliches oder etwas Uebernatürliches; und diese Frage könnet ihr um so weniger unentschieden lassen, als eine übernatürliche Religion mit Geheimnissen und Gnadenmitteln folgerichtig auch einen Stand über der Gemeinde stehender Priester mit sich bringt. *Wer die Pfaffen aus der Kirche schaffen will, der muß erst das Wunder aus der Religion schaffen.*

Indem ich das deutsche Volk zur Uebernahme dieser Geistesarbeit ermuntere, rufe ich es nicht von seiner politischen Aufgabe ab, sondern weise es nur an, zur Lösung derselben erst den sichern Grund zu legen. So gewiß es die Reformation ist, die, aus der tiefsten Eigenthümlichkeit unseres Volkes entsprungen, demselben für alle Zeiten ihr Gepräge aufgedrückt hat, so gewiß kann diesem nichts gelingen, was nicht an sie anknüpft, nicht auf dem Boden innerer Geistes- und Herzensbildung erwachsen ist: wir Deutsche können politisch nur in dem Maße frei werden, als wir uns geistig, religiös und sittlich frei gemacht haben. Und was ist es denn in der Regel, wenn unser Volk einen Anlauf nimmt, sich als Einheit zusammenzufassen, das sich hindernd in den Weg stellt, das den Zwiespalt zwischen Nord und Süd, der an sich schon mißlich genug ist, vollends vergiftet, als die Zweiheit der Confessionen, als der leidige Umstand, daß der im schönsten Fortgang begriffene Proceß der Reformation gewaltsam gehemmt, diese der Hälfte des deutschen Volks und Landes vorenthalten, oder vielmehr, da sie fast überall schon festen Fuß gefaßt hatte, freventlich wieder geraubt worden ist? Und nun sollten doch beide Theile längst so viel begriffen haben, daß so wie jetzt die Sachen liegen, es keinem mehr gelingen wird, den andern zu sich herüberzuziehen, sondern daß, wenn eine Wiedervereinigung möglich sein soll, diese nur in einem dritten Standpunkt über den streitenden Parteien gefunden werden kann. Diesem höheren vereinigenden Standpunkt aber kann das deutsche Volk nicht anders entgegengehoben werden, als indem es in das Innere der Religion eingeführt und von dem äußern Beiwerke, worin auch die confessionellen Unterscheidungslehren ihre Wurzeln haben, losgemacht wird. Dazu waren von katholischer Seite der Deutschkatholicismus, von protestantischer die Genossenschaft der Lichtfreunde, die sich beide bereits in freireligiösen Gemeinden zu verschmelzen anfangen, beachtenswerthe praktische Versuche; dazu soll das vorliegende Werk von wissenschaftlicher Seite her einen Beitrag geben.

In dieser Hinsicht reicht es dem französischen von Renan über den Rhein hinüber die Hand. Man mag an diesem schnell berühmt gewordenen Buche aussetzen so viel man will: ein Buch, das, kaum hervorgetreten, bereits von ich weiß nicht wie viel Bischöfen und von der römischen Curie selbst verdammt worden ist, muß nothwendig ein Buch von Verdienst sein. Es hat seine Fehler, aber nur Einen Grundfehler; und von diesem gebe ich die Hoffnung nicht auf, daß der geistvolle Verfasser ihn noch erkennen und darnach seine Arbeit verbessern werde. Was uns außerdem als Fehler erscheinen mag, sind zum Theil Eigenschaften, die dem Buch in seiner Heimath als Vorzüge angerechnet werden und seiner Wirksamkeit Vorschub thun; wie umgekehrt Manches, wodurch der Verfasser des gegenwärtigen Werkes die Zufriedenheit seiner Landsleute zu verdienen hofft, jenseits des Rheins mißfallen oder doch langweilen würde. Ich habe das Leben Jesu von Renan, das erschien wie das meinige nahezu vollendet war, als ein Zeichen des allerwärts sich regenden gleichen Bedürfnisses mit Freude begrüßt und bei näherer Ansicht mit Achtung aufgenommen; von meinem Wege abbringen konnte es mich nicht; aber ein Buch für Deutsche geschrieben zu haben in dem vollen Sinne, wie er eines für Franzosen geschrieben hat, ist Alles was ich wünsche.

Heilbronn, im Januar 1864.

Der Verfasser.

Inhalt.

Seite

III. Etliche Vorbegriffe zu der folgenden Untersuchung.

Erstes Buch.

Das Leben Jesu im geschichtlichen Umriß.

Zweites Buch.

Die mythische Geschichte Jesu in ihrer Entstehung und Ausbildung.

Erstes Kapitel.

Die mythische Vorgeschichte Jesu.

Erste Mythengruppe. Jesus der Davidssohn.

I. Jesus, der Messias, stammt aus David's Geschlecht. Die beiden Geschlechtsregister.

II. Jesus als der Messias ist geboren in David's Stadt.

III. Jesus, der Messias, ist gleich David durch einen prophetischen Mann zu seinem Amte eingeweiht.

Seite

Zweite Mythengruppe. Jesus der Gottessohn.

I. Jesus ist ohne männliches Zuthun durch den heiligen Geist in Maria erzeugt.

II. Jesus das fleischgewordene göttliche Schöpferwort.

Dritte Mythengruppe. Jesus der andere Moses.

I. Lebensgefahr und Lebensrettung aus Anlaß des Messiassterns.

Seitenstück: Die Darstellung Jesu im Tempel.

II. Jesus, wie Moses und Samuel, früh seiner höheren Bestimmung zugewendet.

III. Der Messias Jesus besteht die Versuchung, der das Volk in der Wüste unter Mose's Anführung erlegen war.

Zweites Kapitel.

Die mythische Geschichte des öffentlichen Lebens Jesu.

Erste Mythengruppe. Jesus und sein Vorläufer.

Zweite Mythengruppe. Jesus und seine Jünger.

Dritte Mythengruppe. Jesus als Wunderthäter.

Vierte Mythengruppe. Die Verklärung und der Einzug Jesu in Jerusalem.

Seite

Drittes Kapitel

Die mythische Geschichte des Leidens, Todes und der Auferstehung Jesu.

Erste Mythengruppe. Das bethanische Mahl und das Passahmahl.

Zweite Mythengruppe. Der Seelenkampf und die Gefangennehmung Jesu.

Dritte Mythengruppe. Verhör und Verurtheilung Jesu.

Vierte Mythengruppe. Kreuzigung, Tod und Begräbniß Jesu.

Fünfte Mythengruppe. Auferstehung und Himmelfahrt Jesu.

Schlußbetrachtung.

Einleitung.

1.
Gedanke eines Lebens Jesu.

Der Ausdruck: Leben Jesu, und so oder ähnlich betitelte Schriften kommen zwar schon in älteren Zeiten vor; dennoch ist das, was wir jetzt unter einem Leben Jesu verstehen, ein durchaus moderner Begriff.

Die Kirche, protestantische wie katholische, hatte nur die beiden Lehren von der Person und von dem Werke oder Geschäfte Christi: davon setzte die erstere aus einander, was Christus sei und gewesen sei, um dasjenige thun zu können, dessen die gefallene Menschheit zu ihrer Wiederherstellung bedurfte, nämlich der menschgewordene Sohn Gottes; die andere entwickelte, was er in dieser gottmenschlichen Persönlichkeit für uns gethan habe und noch thue. Dieses Thun, soweit es der Vergangenheit und seinem irdischen Wandel angehörte, war zwar ein Stück von seinem Leben, oder, wenn man will, war sein ganzes irdisches Leben ein gottmenschliches, erlösendes Thun gewesen; aber eben wenn es so gefaßt und dargestellt wurde, war es unter einen ganz andern Gesichtspunkt gebracht, als derjenige ist, aus dem man sonst menschliches Leben zum Behufe biographischer Darstellung zu betrachten pflegt. So wurde es aber gefaßt, so lange die Kirchenlehre in unbedingter Geltung stand; die Schriften über das Leben des Erlösers waren nur Zusammenstellungen und Umschreibungen der evangelischen Geschichte vom Standpunkte des kirchlichen Dogma aus, und nicht das, was wir uns jetzt unter einem Leben oder einer Geschichte Jesu denken.

Den Helden einer Biographie pflegen wir vor Allem als einen vollen und ganzen Menschen zu betrachten. Eine Persönlichkeit, die nach einer Seite wohl ein Mensch, nach der andern aber ein höheres Wesen, ein Götter- oder Gottessohn, wohl von einer menschlichen Mutter geboren, aber von keinem menschlichen Vater gezeugt wäre, ein solches Subject werden wir der Fabel und Dichtkunst überlassen, aber nie daran denken, es im Ernste zum

Gegenstand einer geschichtlichen Darstellung zu machen. Als Mensch im vollen Sinne ist uns der Held einer Biographie ferner ein natürlich-geistiges Wesen, ein Ich, dessen sinnliche Triebe sich der Vernunft, dessen selbstische Zwecke sich dem allgemeinen Sittengesetze wohl frei unterordnen mögen, aber nicht vermöge der Vereinigung einer göttlichen Persönlichkeit mit der menschlichen schon zum voraus unterworfen sind. Daher ist uns Schwanken und Fehlen, Kampf zwischen Sinnlichkeit und Vernunft, zwischen selbstischen und allgemeinen Zwecken ein wesentlicher Bestandtheil jedes menschlichen Lebens, und wenn wir auch von solcher Störung durch Kampf und Schwanken verschiedene Grade, vom wildesten Sturme bis zur unmerklichsten Trübung, kennen, so ist uns doch die völlige Ausschließung derselben, wie sie in der kirchlichen Lehre von der Sündlosigkeit Jesu liegt, der Tod aller wahren Menschlichkeit.

Das Individuum ferner, selbst das höchstbegabte, das wir uns insofern wohl als Kind der Menschheit und seinen Lebenskeim aus den innersten Tiefen der menschlichen Natur entsprungen vorstellen mögen, ist doch allemal zugleich bedingt durch die engeren Kreise, innerhalb deren es ins Dasein tritt, es ist Kind seiner Familie, seines Volks und seiner Zeit; sein Geist, so selbstthätig wir ihn auch denken mögen, wird doch genährt durch die Bildungsmittel, die ihm jene darbieten, beschränkt durch die Bildungsstufe, worauf sie stehen; seine Zwecke bestimmen sich nach den Zuständen, die es um sich her antrifft, und erleiden von diesen nicht blos in der Ausführung mancherlei Hemmung, sondern auch in sich selbst durch reifere Erfahrung manche Um- und Weiterbildung. Dagegen bringt nach kirchlicher Vorstellung Christus als der durch den heiligen Geist erzeugte Sohn Gottes oder das fleischgewordene göttliche Schöpferwort nicht blos eine so absolute Begabung mit, daß er von Hause aus über jede Beschränkung durch Familien- und Volksgeist hinaus ist und von keinem menschlichen Lehrer zu lernen braucht, sondern auch seine Zwecke, oder vielmehr den Einen Zweck, zu dessen Vollführung er in die Welt gesandt ist, bringt er fertig vom Himmel mit, hält ihn von jedem bestimmenden Einfluß der Wirklichkeit, der ja von Ewigkeit her schon in Rechnung genommen ist, unabhängig fest, und führt ihn rein und ohne Rest durch, zumal er auch in Betreff der Mittel durch keinen Widerstand von Seiten der Naturgesetze beschränkt ist.

Diese Beschränkung ist nun aber vollends dasjenige, was sich für uns bei jeder Lebensgeschichte von selbst versteht. Ihr Held ist uns allemal ein endliches Wesen, dessen Kraft eine Schranke an anderen Kräften außer ihm hat, dessen Wirken an die Gesetze natürlichen Wirkens gebunden ist. Einzig mit diesem Wechselspiel endlicher Kräfte hat es die Geschichte zu thun; ihr Grundgesetz ist das der Causalität, kraft dessen von jeder erscheinenden Wirkung eine in dem Zusammenhang der natürlichen Kräfte begriffene Ursache vorausgesetzt und gesucht wird; das Eingreifen einer in diesen Complex nicht gehörigen übernatürlichen Ursache würde den Zusammenhang des Geschehens zerreißen und jede Geschichte unmöglich machen.

In allen diesen Hinsichten steht die kirchliche Vorstellung von Christus mit dem Begriff der Geschichte überhaupt, wie der Biographie im besonderen, im Widerspruch. Will man den kirchlichen Christus unter den biographischen Gesichtspunkt stellen, sein Leben in die Form einer Lebensbeschreibung bringen, so ergibt sich unvermeidlich, daß Form und Inhalt nicht zu einander passen. Der kirchliche Christus ist kein Gegenstand für eine Biographie, und diese ist nicht die Art, wie das Wirken des kirchlichen Christus dargestellt sein will. Der Begriff: Leben Jesu, ist nicht blos ein moderner, sondern ein sich selbst widersprechender Begriff. Seine beiden Seiten, die kirchliche Vorstellung von Christus und der geschichtlich-biographische Pragmatismus, hatten sich jede für sich längst ausgebildet, nur die Anwendung des letzteren auf die erstere ist ein Werk der neueren Zeit, des achtzehnten Jahrhunderts, aber ein Werk, in dem sich der innere Widerspruch, der von einer solchen Uebergangsperiode untrennbar ist, deutlich zu erkennen gibt. Man möchte den kirchlichen Christus festhalten, aber man kann sich ihn nicht mehr aneignen, außer in der Form eines wahrhaften Menschenlebens: und so treten die beiden Seiten, die in dem kirchlichen Begriff von der Person Christi gewaltsam vereinigt waren, das Göttliche und das Menschliche, bei dem Versuch, sein Leben geschichtlich darzustellen, als Gegenstand und Behandlung, als Form und Inhalt, in einen Zersetzungsproceß ein.

Insofern ist der Begriff eines Lebens oder einer Biographie Jesu ein verhängnißvoller Begriff. Er enthält den ganzen Entwicklungsgang der neueren Theologie wie im Keim in sich. Und auch das negative Ergebniß dieser Entwicklung ist in dem Widerspruch seiner beiden Seiten vorausverkündigt. Der Gedanke eines Lebens Jesu ist die Schlinge, in welche die Theologie unserer Zeit fallen und in der sie zu Falle kommen mußte. Sobald man mit der biographischen Behandlung Ernst machte, war es um den kirchlichen Christus geschehen: wollte man umgekehrt diesen festhalten, so mußte man auf die biographische Behandlung verzichten. Aber das war schon nicht mehr möglich. Galt es den Alten für menschenwürdig, nichts Menschliches sich fremd zu achten, so war es die Losung der neueren Zeit, Alles als fremd abzulehnen, was nicht menschlich und natürlich war. Sollte Christus überhaupt für diese Zeit noch eine Bedeutung haben, so mußte er ein solcher gewesen sein, der sich biographisch fassen ließ; es mußte mithin der Versuch gemacht werden, sein Leben auf denselben Fuß, nach demselben Pragmatismus, wie das anderer großen Menschen, zu behandeln.

Welche Gefahr unter solcher Behandlung deren Gegenstand, der kirchliche Christus, lief, das ahnte man von Anfang nicht. Man meinte, es handle sich nur um etliche Concessionen in Nebendingen, durch welche der Hauptsache nichts vergeben werde. Man getröstete sich weiterhin, daß im schlimmsten Falle mit dem Christus der orthodoxen Kirchenlehre der neutestamentliche Christus noch nicht zu Grunde gehe. Denn man schmeichelte sich einen Augenblick mit der Meinung, daß, recht verstanden, der neutestamentliche Christus selbst schon ein ganz natürlicher und menschlicher sei. Wenn er es aber nicht war, wenn er mit dem kirchlichen zwar nicht durchaus, doch in der Uebermenschlichkeit seines Wesens und Wirkens zusammenfiel? Das Neue Testament ist die Quelle, die einzige Quelle, aus der wir von Jesu Genaueres wissen. Stellt es ihn nun so dar, wie er biographisch nicht zu begreifen ist, und muß er doch biographisch begriffen werden, wenn er Mensch für Menschen gewesen sein soll, so muß die neutestamentliche Darstellung selbst geprüft, an den Maßstab sonstiger menschlicher Lebensnachrichten gehalten werden. So nothwendig die dogmatische Behandlung des Lebens Jesu in die pragmatische überging, ebenso nothwendig muß die pragmatische zur kritischen werden. Erst wenn diese ihr Geschäft vollzogen, die evangelischen Nachrichten nach ihrer Glaubwürdigkeit gesichtet hat, kann an eine pragmatische Darstellung im wahren Sinne gedacht werden, die aber, je weniger von dem evangelischen Material in jener Sichtung probehaltig gefunden worden ist, um so mehr mit schwankenden Umrissen sich wird begnügen müssen.

I. Die verschiedenen Bearbeitungen des Lebens Jesu.

2.

Heß.

Die verschiedenen Bearbeitungen, die seit nunmehr hundert Jahren das Leben Jesu nach einander erfahren hat, bilden eine Reihe von Versuchen, die beiden sich widerstrebenden Seiten dieses Begriffes in Uebereinstimmung zu bringen, die aber, einer immer unglücklicher als der andere, zuletzt die Einsicht in die Unmöglichkeit einer solchen Ausgleichung, mithin in die Nothwendigkeit einer Kritik der Berichte, zum Ergebniß gehabt haben. Es kann hier nicht die Meinung sein, diesem Entwicklungsproceß, der aber in der That, wie schon gesagt, vielmehr ein Zersetzungsproceß ist, Schritt für Schritt nachzugehen; aber seine Hauptstadien, wie sie durch einzelne hervorragende Werke bezeichnet sind, sollen um so mehr bemerklich gemacht werden, je mehr dieß dazu dienen wird, ein Unternehmen, wie meine frühere kritische und meine jetzige kritisch-pragmatische Bearbeitung des Lebens Jesu in seiner Nothwendigkeit erscheinen zu lassen.

Einer der ersten und, wenn man nach dem Beifall und der Geltung urtheilen darf, die er bald und für lange Zeit gewann, auch glücklichsten Versuche, die evangelische Geschichte unter den neuen biographischen Gesichtspunkt zu stellen, war des Zürichers J. J. Heß „Lebensgeschichte Jesu“, die, seit 1768 bis in dieses Jahrhundert herein in einer Reihe von Auflagen erschienen, das Lieblingsbuch unserer Väter war. Heß stand noch in dem guten Glauben, daß durch ein wenig Nachgiebigkeit von Seiten der kirchlichen Vorstellung sich die in den Evangelien enthaltene Geschichte Jesu mit den Anforderungen des biographischen Pragmatismus in den schönsten Einklang bringen lasse. Der Standpunkt seines Werkes war im Wesentlichen noch der des kirchlichen Supranaturalismus: das Göttliche in der evangelischen Geschichte wird in seinem vollen Umfange anerkannt, der Eintritt Jesu in das menschliche Dasein, wie sein Austritt aus demselben, als übernatürlicher, sein Wesen als ein übermenschliches betrachtet, an seinen Wunderthaten nichts gekürzt. Aber indem Heß, wie er in der Vorrede erklärt, die Geschichte Christi nicht blos zur religiösen Erbauung zurichten oder antiquarisch erläutern, sondern pragmatisch als die lehrreichste und interessanteste Geschichte bearbeiten will, glaubt er, Christum, seiner eigentlich göttlichen Eigenschaften unbeschadet, doch vornehmlich als Menschen, seine Geschichte als einen Zusammenhang solcher Begebenheiten fassen zu müssen, die sich aus natürlichen und moralischen Ursachen erklären lassen. Eine solche Betrachtungsweise sei selbst bei seinen Wundern nicht ausgeschlossen: auch bei ihnen kommen, neben den übernatürlichen Ursachen, aus denen sie herrührten, zugleich die moralischen Gründe in Betracht, aus welchen sie geschahen; ihr Werth bestehe nicht blos darin, daß sie außerordentlich und unerklärlich, sondern ebenso sehr auch darin, daß sie gut, gottgeziemend, Handlungen der Menschenfreundlichkeit und Wohlthätigkeit gewesen seien.

Auch das zeigt uns den Geist jener Zeit, die zugleich die des ersten Aufkeimens unserer schönen Literatur war, daß neben der moralischen Gotteswürdigkeit auf die Schönheit der evangelischen Geschichte, ihre Wirkung auf das ästhetische Gefühl, hingewiesen wird. So stehen für Heß die Wunder der Kindheit Jesu zwar gleich denen seines öffentlichen Lebens geschichtlich vollkommen fest, doch erinnert er nicht blos in Betreff der Geburt Jesu aus einer reinen Jungfrau, eine solche Einführung des Sohnes Gottes in die Welt würde, wenn sie auch nicht streng bewiesene Geschichte wäre, doch immer das Würdigste sein, was sich über sein Menschwerden denken ließe; sondern auch über die Engel- und Hirtenscenen bei Bethlehem urtheilt er, wer mit gesundem Verstand und zugleich mit Geschmack die evangelische Geschichte lese, der werde diese Bekanntmachung der Geburt des Messias an die Hirten ausnehmend schicklich und voll unvergleichlicher Anmuth finden.

Eine gewisse Kritik der evangelischen Quellen ist auch auf dem gläubigsten Standpunkt deßwegen nicht zu umgehen, weil wir über das Leben Jesu vier Berichte haben, die theils das Gleiche, doch nicht selten mit verschiedenen Umständen und in verschiedener Ordnung, erzählen; theils haben aber auch die einzelnen wieder Manches für sich, und zwar so, daß, was der eine gibt, zuweilen mit dem, was der andere berichtet, unvereinbar scheint. Hier hält sich nun zwar Heß begreiflich so conservativ wie möglich, schiebt in der Kindheitsgeschichte die sich ausschließenden Berichte des Matthäus und Lucas friedlich in einander, unterscheidet den Königischen zu Kapernaum bei Johannes von dem Hauptmann von Kapernaum bei Matthäus, und ebenso die Mahlzeit am Abend vor dem Passah, bei der Jesus die Fußwaschung vornahm, von der am Passahabend, wo er das Abendmahl einsetzte; aber zwei Tempelreinigungen anzunehmen, obwohl Johannes die seinige in den ersten, die übrigen Evangelisten die ihrige in den letzten (bei ihnen freilich auch einzigen) jerusalemischen Aufenthalt Jesu verlegen, dazu kann sich Heß nicht verstehen, sondern hier läßt er unbefangen den Apostel

Johannes gegen den Apostel Matthäus (denn an der Aechtheit der nach ihnen benannten Evangelien kommt ihm natürlich noch kein Zweifel) Unrecht haben.

Doch so fest auch das Wunderbare im Leben Jesu für Heß noch steht, so wird doch, wenn auch nur am äußersten Rande, hie und da eine Stelle bemerklich, wo sein Glaube rationalistisch angefressen ist. Den Stern der Weisen nennt er lieber, wie er sagt, mit unbestimmterem Ausdruck ein Meteor; es ist ihm aber nicht sowohl um den unbestimmteren, als vielmehr um einen Ausdruck zu thun, der durch die niedrigere Region, die er der Erscheinung anweist, das wegzeigende Voranziehen und Stehenbleiben über einem Hause, das die evangelische Erzählung derselben zuschreibt, eher denkbar macht. Ganz besonders aber ist die Lehre vom Teufel und den Dämonen der Punkt, wo auch Heßens Supranaturalismus dem Andrang der Aufklärung nicht hat widerstehen können. In der Versuchungsgeschichte spricht er [1]) von vorne herein nur von dem Versucher oder Verführer, und läßt es dahingestellt, wie man sich seine Person und Erscheinungsart denken möge; bis er bei dem zweiten Versuchungsact auf einmal mit der Bezeichnung desselben als Satan hervortritt. Da er jedoch dem Versucher die Absicht zuschreibt, dahinter zu kommen, ob Jesus in der That der Sohn Gottes sei, wofür er bei der Taufe erklärt worden — was der Satan nach biblischer Lehre wissen mußte, und nur ein menschlicher Widersacher, wie etwa ein Pharisäer, bezweifeln konnte —, so sieht man, wie sich Heß in diesem Stück unwillkürlich zur natürlichen Erklärung hingezogen fand.

Diesem Zuge hat er sich in Betreff der Besessenen in der evangelischen Geschichte vollends ganz hingegeben. Er lasse die Ursache ihres Zustandes unentschieden, sagt er, und beschreibe desto sorgfältiger die Wirkungen. Ob man jene Ursache für eine natürliche halten könne, oder dem Einfluß eines Dämon zuschreiben müsse, scheint ihm keine so wichtige Frage zu sein, weil ihre Beantwortung auf die Größe des Wunders keinen Einfluß habe, und weil auch die Evangelisten kein Vorwurf treffe, wenn sie, welche Geschichtschreiber, keine Naturforscher waren, diese Erscheinungen aus der herrschenden Volksmeinung heraus darstellen. So spricht Heß von den Besessenen immer nur als von Solchen, deren Krankheit man dem Einfluß böser Geister zuschrieb; von dem Uebel der Maria Magdalena, aus der nach den Evangelien sieben Dämonen gefahren waren, urtheilt er, wir können uns davon keinen deutlichen Begriff machen, vielleicht sei es ein Zusammenfluß mehrerer solcher Krankheiten gewesen, deren jede man um gewisser Eigenschaften willen von der Einwirkung eines bösen Geistes herzuleiten pflegte. Gewiß ist das Hereinwirken böser Geister in das Menschenleben mit dem Zusammenhang natürlicher Ursachen und Wirkungen, wie ihn die pragmatische Geschicht-

1) In der Ausgabe: Tübingen 1779.

schreibung und Biographie voraussetzt, unvereinbar: ob aber mit dem Gegensatz und Kampf gegen den Satan und sein Reich nicht ein wesentliches Attribut des neutestamentlichen wie des kirchlichen Christus dahinfalle, über diese Frage ging jene Zeit des erst keimenden Zweifels noch arglos hin. Ebenso wenig ist allerdings in einer Biographie mit einem Helden anzufangen, dessen Bewußtsein in eine vorweltliche himmlische Existenz hinüberreicht; die derartigen Aussprüche des johanneischen Jesus läßt daher Heß zwar in seinen Paraphrasen unangetastet, doch wo er für sich selbst spricht, wendet er die andere Seite, die nachmalige Erhöhung Jesu um seiner auf Erden bewiesenen Tugend willen, fast socinianisch hervor: zum deutlichen Beweise, daß hier eine Richtung angesetzt hatte, die nothwendig weiter schreiten, und zuletzt das ganze Leben Jesu in den Kreis der rationellen Betrachtung ziehen mußte.

3.
Herder.

Eine gute Strecke weiter vorwärts in diesem Entwicklungsprocesse stehen die Herder'schen Schriften: „Vom Erlöser der Menschen nach unseren drei ersten Evangelien" (1796), und „Vom Gottes Sohn, der Welt Heiland, nach Johannes Evangelium" (1797). Nicht umsonst war der gewaltige Angriff auf Bibel und Christenthum in den sogenannten Wolfenbüttelschen Fragmenten, nicht umsonst die Lessing'schen Abhandlungen darüber, die den ganzen Streit auf einen höheren Boden erhoben, vorangegangen. Ein Geist wie Herder sah leicht, daß sich auf den bisherigen Fuß die Wahrheit der evangelischen Geschichte, die höhere Würde Jesu, nicht vertheidigen ließ. Aber wirklich einen neuen Standpunkt zu erringen, dazu war Herder's Beschäftigung mit diesen Gegenständen zu flüchtig, in seinem Geiste das Bedürfniß des scharfen Unterscheidens von der Lust des Zusammenschauens zu sehr überwogen; er behagte sich in einem Helldunkel, das mit den Keimen künftiger Erkenntnisse schwanger ging, die aber zu sichten und an's Licht zu fördern, Nachkommenden überlassen blieb.

Hatte schon Heß nur für einen Theil der Lehre Jesu den Beweis durch Wunder für nöthig gehalten, sofern das, was aus der bloßen Vernunft erkennbar sei, wie unsere Verpflichtung zur Tugend und deren beglückende Folgen, seine Beglaubigung in sich selber trage, wogegen die Nachrichten von gewissen übernatürlichen Veranstaltungen Gottes zu unserem Heile auch einer übernatürlichen Bestätigung bedürfen: so war für Herder an der Lehre und dem Leben Jesu jenes Vernünftige und Sittliche das einzig Wesentliche; er war ihm der Gottmensch, sofern er im vollen und schönsten Sinne Mensch war; sein Thun und Leiden ein erlösendes, weil er sein Leben gering achtete in dem Bemühen, Humanität in der Menschheit zu pflanzen und dauernd zu machen. Nur dieß, was die Lehre, den Charakter und das Wirken Jesu zum Besten der Menschheit betrifft, ist für Herder in den Evangelien das Evangelium selbst; die Wunder in der Geschichte Jesu waren zwar für die damalige Zeit und für die wundersüchtige jüdische Menge Beförderungsmittel seines Rufs und Ansehens, dienten wohl auch zur Ermuthigung für ihn selbst, und gehören in sofern der Geschichte an; aber damit haben sie ihren Zweck auch vollständig erreicht, uns gehen sie nichts weiter an, wir können sie nicht mehr prüfen, und laden uns nur eine Last auf, wenn wir aus ihnen Beweise für die Wahrheit der christlichen Religion machen wollen. So wahr diese Wunder sein mögen, sagt Herder ganz nach Lessing, so gewiß sind sie für uns nur erzählte Wunder; vollends sie in unsern philosophischen Lehrbegriff einzupassen, sie aus unsern Meinungen zu erklären, ihnen sogar physikalische Hypothesen zu Grunde zu legen, ist eine ganz unnöthige Mühe, zumal wir mit den damaligen Zeiten sogar im Begriff eines Wunders nicht einig sind. Wir müssen uns ja erst künstlich in die Vorstellungsart Anderer, der Zeitgenossen Jesu, versetzen, unter denen er eben mit Ausrottung solcher Vorurtheile das höhere Reich einer reineren Cultur gründen wollte. Sie sind zu entschuldigen, wenn sie, tief in jüdischen Vorurtheilen steckend, solche äußere Stützen ihres Glaubens an Jesum bedurften; uns, die wir von dem höheren Standpunkt aus, den wir ihm verdanken, sein Werk übersehen können, ist es nicht zu verzeihen, wenn wir außer den sittlichen Wirkungen des Christenthums noch weitere Zeugnisse für seine Göttlichkeit verlangen. Muß, fragt Herder, vor zweitausend Jahren Feuer vom Himmel gefallen sein, damit wir jetzt die helle Sonne sehen? Müssen zu eben der Zeit die Gesetze der Natur innegehalten haben, wenn wir jetzt von der inneren Nothwendigkeit, Wahrheit und Schönheit des moralischen Reichs Christi überzeugt werden sollen? Lasset uns Gott danken, daß dieses Reich da ist, und statt jener Wunder dessen innere Natur kennen lernen; diese muß sich selbst beweisen, oder alle eingetroffenen Weissagungen alter Propheten, alle ehemals geschehenen Wunder sind für uns ungesagt, ungeschehen, vergeblich.

Fragt man nun weiter, wie denn diesem nach Herder über die einzelnen evangelischen Wundergeschichten geurtheilt habe, so sieht man sich nach bestimmten Aeußerungen hierüber vergebens um; nur an wenigen Stellen läßt sich seine wahre Meinung errathen. Von Jesu Verfahren mit den Besessenen, insbesondere mit dem, dessen Dämonenlegion um die Erlaubniß nachsuchte, in die Schweineheerde zu fahren, sagt Herder, Jesus habe, um den Narren zurechtzubringen, mit ihm nach seiner Weise gesprochen; die Verklärung Jesu ist ihm eine Vision der Jünger in dem aufgeregten Seelenzustande vor der letzten Entscheidung; das Wunder bei der Taufe Jesu eine natürliche äußere Erscheinung, ein sanft niederschwebender Glanz aus sich trennenden Wolken und ein leise nachhallender Donner, worin Jesus, wie der Täufer, eine göttliche Genehmigung seines Vorhabens zu erkennen glaubte.

Ist hier die natürliche Wundererklärung angedeutet, so scheint anderwärts Herder auf eine symbolische zu zielen. Jesus that Wunder, sagt er; er, der über die Schwachheiten seiner Zeit so hoch hinweg war, bequemte sich dieser Schwachheit derselben; aber er that die edelsten Wunder, er half der kranken, verirrten, wahnsinnigen Menschheit zurecht, so daß alle diese leiblichen Wohlthaten Abbildungen seiner Gemüthsart, seines höheren und fortwährenden Zweckes sein konnten. In dieses Licht finden sich nach Herder's seiner Beobachtung die Wunder Jesu besonders bei Johannes gerückt: sie stehen gleichsam nicht ihrer selbst wegen, sondern als Sinnbilder des fortwährenden Wunders da, kraft dessen sein Weltheiland auf das Menschengeschlecht stets gegenwärtig einwirkt. So ist das Wunder zu Kana das Sinnbild der höheren, kräftigeren Wirksamkeit, durch welche sich Jesus von dem Täufer unterschied: wie reinigendes Wasser und erfreuender Wein, so verhalten sich die Gaben und das Amt der beiden Propheten zu einander. Auch die Auferweckung des Lazarus berichtet nach Herder's Urtheil Johannes so ausführlich weniger um ihres Wunderwerthes willen, als, neben ihrer Wichtigkeit für die Entscheidung des Schicksals Jesu, deßwegen, weil sie die Wahrheit: Christus die Auferstehung und das Leben, zur Anschauung bringt und die Geschichte der eigenen Wiederbelebung Jesu vorbereitet. Daß es auf diesem Standpunkte, auf welchem die Wunder Jesu bei Johannes symbolische Anspielungen und Figurationen heißen, nur noch eines leichten Stoßes bedurfte, um das Geschichtliche des vierten Evangeliums vollends umzuwerfen, und insbesondere die Wundererzählungen desselben als sinnvolle Dichtungen erscheinen zu lassen, erhellt von selbst; aber Herder führt diesen Stoß nicht und kann ihn nicht führen, weil ihn einerseits die Vorstellung von dem apostolischen Ursprung gerade des johanneischen Evangeliums noch bindet, andererseits die natürliche Wundererklärung ihm einen minder gefährlichen Ausweg zu bieten scheint.

Diesen betritt er denn auch sehr entschieden in Bezug auf das Hauptwunder der evangelischen Geschichte, die Auferstehung Jesu. Schon wenn er die Reimarus'sche Frage, warum Jesus nach seiner Wiederbelebung nicht auch seinen Feinden erschienen sei, damit beantwortet, er habe nicht zum zweitenmale ergriffen, gebunden, mißhandelt und gekreuzigt werden wollen, sehen wir eine Voraussetzung über den Zustand des Wiederbelebten durchblicken, die von der kirchlichen und auch von der Vorstellung der Evangelisten himmelweit verschieden ist. Die Annahme zwar weist Herder zurück, daß irgend ein menschliches Zuthun an der Wiederbelebung Jesu Antheil gehabt; aber großes Gewicht legt er darauf, daß dem Gekreuzigten, wie er für erwiesen annimmt, außer den Händen nicht auch die Füße angenagelt worden, daß der Leib des Wiederbelebten wie vorher nahrungsbedürftig und betastbar, keineswegs ein Phantom gewesen sei, das durch verschlossene Thüren habe dringen können. Scheint hiemit die Auferstehung Jesu aus einem Wunder der Allmacht in ein zufälliges natürliches Ereigniß verwandelt, so erinnert Herder daran, daß in dem physisch-moralischen Reiche Gottes nichts ohne seine Allmacht geschehe; auch die Voraussetzung eines bloßen Scheintodes hindere den Glauben an die Geschichte selbst nicht, der vielmehr kühn sagen dürfe: Was kümmert's mich, wodurch ihn die Gottheit in's Leben zurückgebracht hat? Genug, er kam zurück und zeigte sich den Seinigen; die Geschichte ist treu erzählt und ist nicht Trug und Fabel. Aber was ist denn, müssen wir hier fragen, an der Auferstehung Jesu die Geschichte? Offenbar für Herder etwas ganz Anderes als für die Evangelisten; dem Interesse des geschichtlichen Pragmatismus, der kein den Zusammenhang der natürlichen Ursachen unterbrechendes Wunder duldet, ist hier ein wesentliches Stück des vorliegenden Erzählungsstoffes zum Opfer gebracht.

4.
Paulus.

Lagen in Herder's tiefem und umfassendem Geiste die Keime von zwei sehr verschiedenartigen Auffassungen des Wunderbaren im Leben Jesu, der sogenannten natürlichen und der symbolisch-mythischen, einträchtig bei einander: so wurde gemäß dem Bildungsgange der Zeit zunächst der gröbere von beiden Keimen ausgebildet. Zahlreiche Schriften in der Richtung der natürlichen Wundererklärung brachte der Ausgang des vorigen und der Anfang des jetzigen Jahrhunderts hervor; das classische Werk für dieselbe aber ist bekanntlich Dr. Paulus' „Evangeliencommentar" und das später daraus gezogene „Leben Jesu". [1])

Auch für Paulus wie für Herder ist an Jesu die sittliche Hoheit, die ächte Humanität und das Wirken für die Pflanzung derselben in der Menschheit die Hauptsache. Ein Blick in Jesu wohlwollendes heiteres Gemüth, sagt er aus Anlaß des Wunders bei der Hochzeit zu Kana, sei mehr werth und habe eine stärkere Ueberzeugungskraft, als das Erstaunen über eine vermeintliche Probe von übermenschlicher Macht über die äußere Natur. Schon Herder hatte das Wunder, sofern es mehr als das unerwartete Ergebniß eines von der Vorsehung geleiteten Zusammentreffens zufälliger Umstände sein will, und namentlich seine Beweiskraft für die Wahrheit des Christenthums, von der Hand gewiesen; in noch bestimmterer Form hat sich Paulus

1) Der Commentar erschien 1800—1804, das Leben Jesu 1828.

aus der Kantischen Philosophie und Spinoza's theologisch-politischem Tractat dieselben Grundsätze angeeignet. Daß der Geschichtsforscher keine Begebenheit glaublich finden könne, die nicht nach den Gesetzen des historischen Zusammenhanges der Dinge aus äußeren und inneren Ursachen erklärbar ist; daß es ein Irrwahn sei, Gottes Macht, Weisheit und Güte in einer Unterbrechung des Naturlaufs, statt eben in diesem selbst und seiner Gesetzmäßigkeit, erkennen zu wollen; daß aber selbst die unerklärlichste Aenderung im Naturlauf eine geistige Wahrheit weder stützen noch umstoßen, die außerordentlichste Heilung insbesondere die Gültigkeit einer Religionslehre niemals beweisen könnte: das sind Grundsätze, durch deren Anerkennung und Anwendung der Paulus'sche Commentar hoch über viele nicht blos gleichzeitige, sondern auch weit spätere Arbeiten ähnlicher Art sich stellt.

Wie wird nun aber der auf diesem Standpunkt stehende Forscher mit den Evangelien auskommen, die, wenigstens wie man sie bisher insgemein verstanden hat, gerade von der entgegengesetzten Voraussetzung aus geschrieben, voll von Uebernatürlichkeit und Wunder sind, und eben darin die sicherste Bürgschaft für die höhere Würde Jesu und die Wahrheit seiner Lehre sehen? Sie darum als unhistorische, fabelhafte Schriften zu verwerfen, geht nicht, da ihre Verfasser, der hergebrachten, auch die Schriftforschung des Rationalismus noch beherrschenden Annahme zufolge, den Thatsachen, die sie erzählen, der Zeit und den Verhältnissen nach zu nahe standen. Denn die Nachrichten des Matthäus-Evangeliums sind nach Paulus in den nächsten 10—12 Jahren nach Jesu Tode in Galiläa gesammelt; Lucas kann, als er mit dem Apostel Paulus in Jerusalem und Cäsarea war, sogar die Mutter Jesu selbst noch gesprochen und von ihr die Geschichten aus dessen Kindheit erfahren haben, die er am Anfang seines Evangeliums mittheilt; das johanneische Evangelium aber ist, wenn auch nicht von dem Apostel selbst, doch von einem Schüler desselben nach den Erzählungen und wohl auch Aufzeichnungen seines Lehrers verfaßt. Hat es mit dieser Ansicht von dem Ursprung der Evangelien seine Richtigkeit, so muß es wohl auch mit ihren Erzählungen seine Richtigkeit haben; andererseits, wenn die Ansicht des Kritikers von der Unzuläßigkeit des Wunders richtig ist, so kann es mit dem Wunderbaren in ihren Erzählungen nicht richtig sein. Wie ist dieser Widerspruch zu lösen?

In manchen ihrer Berichte, antwortet Paulus zunächst, in denen man bisher allgemein ein Wunder habe finden wollen, liege, unbefangen angesehen, ein solches nicht; gerade bei den unglaublichsten Wundergeschichten meint er zu finden, daß das Wunder lediglich ein exegetisches, von den Auslegern in den Text hineingetragen sei. Was können die Evangelisten dafür, wenn sie sagen, Jesus sei über dem Meer, d. h. an dem über dem Wasserspiegel erhabenen Ufer hingegangen, daß man dieß von einem Wandeln auf dem Meere selbst verstanden hat? Sie hätten sich vielleicht genauer ausdrücken dürfen; aber was denn wahrscheinlicher sei, daß ein Schriftsteller sich ungenau ausgedrückt, oder daß eine Abweichung vom Naturlaufe stattgefunden habe? So sagen in der Geschichte von der Speisung der Fünftausend die Evangelisten kein Wort davon, wodurch es gekommen, da Jesus doch nur wenige Brode und Fische hatte, daß gleichwohl so viele Menschen satt geworden seien; herkömmlich stelle man sich zwar vor, die Speisen haben sich unter Jesu Händen vervielfältigt; das denke man aber nur hinzu, und ebenso gut habe ein Anderer das Recht, hinzuzudenken, daß durch den Vorgang Jesu veranlaßt, auch die übrigen Wohlversehenen unter der Menge ihre Vorräthe zum Gemeingut gemacht haben, und dadurch die Sättigung Aller zu Stande gekommen sei. Daß aber die letztere natürliche Erklärung des Vorgangs sogar mehr Recht habe als die andere, erhelle auch daraus, daß die Evangelisten mit keinem Worte des Erstaunens gedenken, das der Vorfall als wunderbare Vermehrung der Nahrungsmittel unter der Menge nothwendig hätte hervorrufen müssen. Ueberhaupt dürfe der Geschichtsforscher immer nur das hinzudenken, was sein Quellenschriftsteller als etwas sich von selbst Verstehendes möglicherweise habe übergehen können; von selbst aber verstehe sich nur das Natürliche, das Einwirken einer übernatürlichen Ursache müßte der Schriftsteller, wenn er es voraussetzte, ausdrücklich hervorgehoben haben. Allein in einer Geschichte, welche, wie die evangelische, eben das Außerordentliche, das Wunder, zum Thema hat, ist auch bei den einzelnen Erfolgen, die als Erweise jenes Thema erzählt werden, vielmehr eine übernatürliche Ursache vorauszusetzen, und die Verwunderung der Augenzeugen versteht sich so sehr von selbst, daß der Erzähler nicht nöthig finden kann, derselben jedesmal besondere Erwähnung zu thun.

Doch an allen evangelischen Wundergeschichten diese Erklärung durchzuführen, getraut sich Paulus selber nicht, vielmehr räumt er in vielen Fällen ein, daß allerdings die evangelischen Berichterstatter ein Wunder erzählen wollen, wohl auch schon die betheiligten Personen ein Wunder gesehen haben, wo der Geschichtsforscher keines anerkennen könne, sondern ein natürliches Geschehen voraussetzen müsse. So sei nicht zu läugnen, daß die Evangelisten von Wahnsinnigen und Nervenkranken wie von Besessenen reden; doch das sei ihr Urtheil, daß wir von dem Factum immer genau zu unterscheiden und an das wir uns nicht zu binden haben. Die Heilung dieser Kranken erzählen sie so, daß sie ihr Urtheil über die Ursache der Krankheit einmischen, mithin von einem Ausfahren des bösen Geistes reden; während wir uns die Heilung solcher Kranken durch das Wort Jesu psychologisch aus der damaligen jüdischen Volksvorstellung, daß ein böser Geist einem Propheten und gar dem Messias weichen müsse, zu erklären haben. Auch die übrigen durch Jesum verrichteten Heilungen, meint Paulus, lassen sich, wenn wir das von den Evangelisten in die Erzählungen gemischte Urtheil ausscheiden, als natürliche Thatsachen begreifen. Daß das Heilen für Jesum nicht Sache eines bloßen Allmachtswortes gewesen, verrathen uns die Evangelisten selbst dadurch, daß sie nicht verschweigen, wie es ihn Zeit und Mühe gekostet habe; wenn ihm auch solche Heilungen, wobei es kein Bett wegzutragen gab, als Sabbatsverletzungen vorgeworfen wurden, so müssen sie wohl mit ärztlichem Handanlegen, vielleicht auch Operiren, verbunden gewesen sein; in dem Speichel und Teig, den er etlichemale angewendet, seien natürliche Mittel, freilich sehr unvollständig, angedeutet; auch daß nach Marcus etliche Curen (und so vielleicht noch andere, ohne daß die Evangelisten es ausdrücklich anmerken) nur allmählig und stufenweise vor sich gegangen, deute auf ein natürliches Heilverfahren hin. Allein daß in allen diesen Fällen die Augenzeugen und die ihnen nacherzählten so durchaus die Hauptsache, die eigentlich wirkenden Mittel, übersehen haben sollten, ist schwer zu denken; sollen sie aber vollends, in der Geschichte des Hauptmanns von Kapernaum, die Absendung von Jüngern zu dem Kranken verschwiegen, und dadurch als eine wunderbare Heilung in die Ferne dargestellt haben, was eine natürliche Heilung durch abgeschickte Gehülfen war, so kann man sich des schlimmsten Verdachts nicht erwehren und muß auf Reimarus'sche Gedanken gerathen.

Und doch soll diese ganze Paulus'sche Wundererklärung, wie sich ihr Urheber von seinem Standpunkte aus nicht einmal mit Unrecht rühmt, aus apologetischem Interesse hervorgegangen sein. Die Versuche, sagt er, die evangelischen Wundergeschichten in den natürlichen Zusammenhang von Ursachen und Wirkungen einzureihen, seien keineswegs Bestrebungen, sie wegzuerklären, vielmehr sie als wirklich geschehen glaublich zu machen und zu verhüten, daß der Nachdenkende durch Nebendinge an der Hauptsache selbst zweifelhaft und irre gemacht werde. Zum Beispiel wenn ein solcher lese, zu Maria sei ein Engel Namens Gabriel eingetreten und habe ihr angekündigt, daß sie die Mutter des Messias werden solle, so könne er sich leicht an dem Engel so stoßen, daß er die ganze Erzählung als ein Mährchen von der Hand weise. So das Kind mit dem Bade auszuschütten, werde er sich aber wohl hüten, wenn er von dem verständigen Ausleger gelernt habe, in den evangelischen Erzählungen Factum und Urtheil zu unterscheiden. Da werde er zwar die Angabe, daß der zu ihr Eingetretene der Engel Gabriel gewesen, als das Urtheil der Maria beseitigen, das aber, daß einer zu ihr eingetreten sei und ihr jene Ankündigung gemacht habe, werde er als Factum festhalten und damit die Hauptsache gerettet haben. Also Hauptsache ist nach dieser Paulus'schen Unterscheidung, daß einer zu Maria hineingetreten, Nebensache, daß dieser Hineingetretene der Engel Gabriel gewesen ist; Hauptsache, daß Jesus auf dem Thabor oder Hermon seinen Jüngern hellglänzend erschienen ist und mit zwei Männern sich unterhalten hat, aber Nebensache, ob jenes eine von Gott ihm gewährte Verklärung, oder die zufällige Wirkung der ersten Morgenstrahlen, diese die abgeschiedenen

Gottesmänner Moses und Elias oder zwei unbekannte Anhänger gewesen sind u. s. f. Umgekehrt ist hier vielmehr das, was Paulus an dergleichen Geschichten übrig läßt, im Sinne der Evangelisten so sehr Nebensache oder vielmehr gar nichts, daß sie um seinetwillen die Geschichten gar nicht erzählt haben würden; mit dem, was Paulus ihr Urtheil nennt, fällt auch das vermeintliche Factum dahin; haben sie etwas erzählt, das nicht so geschehen ist, so haben sie etwas erzählt, das überhaupt nicht geschehen ist.

Paulus freilich weiß gerade das, was z. B. von der eben berührten Geschichte der Verkündigung als Factum übrig bleiben soll, für seinen historischen Pragmatismus trefflich zu verwerthen. Das „geboren vom heiligen Geist", das in der evangelischen Erzählung liegt, kann er natürlich nicht anerkennen, aber auch hier heißt er uns mit Preisgebung des Urtheils der Erzähler und der betheiligten Personen das Factum festhalten. Dieß soll einerseits das Negative sein, daß Joseph nicht der Vater Jesu gewesen, andererseits das Positive, daß gleichwohl Maria als rein und unschuldig in der Sache anzusehen sei. Daß es eine körperlose Gotteskraft gewesen, durch welche sie Mutter geworden, sei freilich eine Vorstellung der Maria und der Evangelisten, die wir uns nicht aneignen können. Was denn aber sonst? Hier kommt nun der unbekannte Eingetretene, den Maria für den Engel Gabriel nahm, wie gerufen. Es war ein vertrauter Mann, den die kluge Priestersfrau Elisabet an ihre etwas beschränkte Cousine aus David's Stamm abgesandt hatte, daß er dem Sohn ihrer späten aber um so größeren Hoffnung, der als Abkömmling des Stammes Levi nicht selbst der Messias werden konnte, einen Messias, an den er sich als Vorläufer anschließen könnte, schaffen, und zu diesem Zwecke den Engel und den heiligen Geist zugleich bei ihr spielen sollte. Eine schlechte Empfehlung der Paulus'schen Methode! Denn hier greift derjenige, der nach seiner Anleitung das angebliche Factum festhalten will, geradezu in den Koth; und wenigstens Kohlen statt Gold sind es immer, die man bei seiner Wundererklärung zu fassen bekommt.

Sehen wir von diesem Anfangspunkt auf den Schlußpunkt des Lebens Jesu, so wünschten wir es Herder nicht nachsagen zu müssen, daß Alles, was die Paulus, Venturini, Brennecke in dieser Hinsicht Abenteuerliches ausgeheckt haben, nichts weiter als die folgerichtige Ausführung seiner Andeutungen war. Die essenischen Weißgekleideten zwar, wozu Paulus die Engel am Grabe des Auferstandenen macht, könnten gar den Verdacht einer Intrigue erregen, die hier mitgespielt; in der That jedoch hält auch Paulus wie Herder daran fest, daß die Wiederbelebung Jesu ohne absichtliche menschliche Mitwirkung, durch ein von der Vorsehung gefügtes Zusammentreffen natürlicher Ursachen, die wir im Einzelnen nicht mehr angeben können, herbeigeführt worden sei. Der Tod Jesu war nur ein Scheintod gewesen, sein Leib mithin nach dem Wiedererwachen derselbe wie vorher, der Nahrung bedürftig und nun noch besonders der Pflege und Schonung in Folge der erlittenen Mißhandlungen, denen er indeß zuletzt, wahrscheinlich nach wenigen Wochen, dennoch für immer erlegen ist.

Der Widerspruch von Form und Inhalt, von Stoff und geschichtlicher Behandlung, ist in der Paulus'schen Bearbeitung des Lebens Jesu ein totaler geworden. Indem Paulus das Uebernatürliche, das die Quellen an die Hand geben, aus seinem geschichtlichen Pragmatismus ausschließt, erklärt er, daß die evangelische Geschichte, sowie sie in den Quellen vorliegt, sich nicht geschichtlich behandeln lasse; indem er gleichwohl diese Quellen als ächte Geschichtsquellen gelten läßt, gesteht er, daß er seine Aufgabe nicht gelöst hat: sind die Evangelien wirklich geschichtliche Urkunden, so ist das Wunder aus der Lebensgeschichte Jesu nicht zu entfernen; ist umgekehrt das Wunder mit der Geschichte unverträglich, so können die Evangelien keine geschichtlichen Quellen sein.

5.

Schleiermacher.

Klarer und schärfer hatte weder Herder noch Paulus die Unmöglichkeit des Wunders, die Unzerreißbarkeit des Naturzusammenhangs begriffen, als Schleiermacher; während auf der andern Seite das Göttliche in Christo selbst von Herder nicht so stark und bestimmt wie von ihm zum Ausdruck gebracht worden ist. Nach Schleiermacher war Christus der Mensch, dessen Gottesbewußtsein, sofern es sein ganzes Denken und Thun bestimmte, ein eigentliches Sein Gottes in ihm heißen konnte; derjenige, der als geschichtliches Einzelwesen zugleich urbildlich, und in welchem das Urbildliche zugleich vollkommen geschichtlich war.

In seiner Glaubenslehre hat Schleiermacher bekanntlich, um die Lehre von der Person Christi zu Stande zu bringen, das Ebionitische auf der einen, das Doketische auf der andern Seite als die entgegengesetzten ketzerischen Extreme, gleichsam als die beiden Tonnen ausgestellt, zwischen denen wir, ohne die eine oder andere zu berühren, mit unserer Vorstellung hindurchzusteuern haben, und davon ging er auch in seinen Vorlesungen über das Leben Jesu[1]) aus. Wir haben in Christo ein Uebernatürliches, ein Göttliches anzuerkennen, freilich nicht als eine besondere Natur neben der menschlichen, sondern so, wie wir den göttlichen Geist in den Gläubigen wirksam denken, als innersten Antrieb, nur daß dieser in ihm absolut kräftig sein ganzes Wesen in Bewegung setzte; die Läugnung dieses Göttlichen in Christo

---

1) Diese, bis jetzt ungedruckt, liegen mir in einem aus zwei nachgeschriebenen Heften von mir selbst gefertigten Auszug vor.

wäre ebionitisch. Das Göttliche aber erschien und wirkte in ihm ganz in der Form und nach den Gesetzen natürlicher Entwicklung und menschlicher Thätigkeit; dieses natürlich Menschliche in Christo nicht anzuerkennen, wäre doketisch.

Von diesen beiden Sätzen ist der erstere die Voraussetzung des Glaubens, wie sie im Wesentlichen auch der kirchlichen Lehre und der evangelischen Geschichte zu Grunde liegt; der andere ist die Forderung der Wissenschaft, insbesondere auch die Bedingung, unter der allein eine Biographie Jesu zu Stande kommen kann. Daß nun aber dieses beides zusammentreffen, daß in Bezug auf Christus die Voraussetzung des Glaubens und die Forderung der Wissenschaft sich nicht widersprechen werden, ist zunächst kein wissenschaftliches Ergebniß, sondern lediglich eine gläubige Voraussetzung. Dieß entgeht Schleiermacher nicht; daher sagt er, wir müssen bei der Ermittlung der Lebensgeschichte Jesu aus den evangelischen Nachrichten diese Voraussetzung zwar beständig vor Augen haben, doch nicht so bestimmt und fest wie im Glauben, sondern so, daß wir es dahin gestellt sein lassen, ob sie sich bestätigen werde oder nicht. Fänden sich dann im Leben Jesu Momente, wo die ungehemmte Wirksamkeit des immanenten göttlichen Impulses zu vermissen wäre, so müßten wir unsere gläubige Voraussetzung aufgeben und uns zur ebionitischen Ansicht wenden; und fänden sich umgekehrt solche, wo wirklich göttliche Eigenschaften, die Gesetze des natürlich-menschlichen Wirkens durchbrechend, in Thätigkeit träten, so wäre unsere wissenschaftliche Forderung nicht zu vollziehen, und wir müßten dem Unternehmen einer geschichtlichen Betrachtung und Darstellung des Lebens Jesu entsagen.

Ob wir zu einem von Beiden uns genöthigt sehen, oder ob die Schleiermacher'sche Voraussetzung sich bewähren, und damit eine für den Glauben wie für die Wissenschaft gleich befriedigende Bearbeitung des Lebens Jesu möglich werden soll, dieß wird davon abhängen, ob jene beiden Sätze, deren Zusammengehen Schleiermacher fordert, ebenso auch den evangelischen Erzählungen von dem Leben Jesu zu Grunde liegen. Da finden wir denn freilich den einen, den wir die Voraussetzung des Glaubens nannten, wenn auch in anderer Form, in den neutestamentlichen Schriften durchaus wieder. Das Göttliche wirkt in Christo theils als sittlicher Antrieb, theils als höhere Erkenntniß und übernatürliche Macht, in einer Weise, die keine ernstliche Hemmung erfährt; was Schleiermacher die ebionitische Ansicht von der Person Christi nennt, das ist in den neutestamentlichen Schriften, wenn sich auch Spuren davon erkennen lassen, doch so, wie sie dermalen liegen, ausgeschlossen. Fragt sich dagegen, ob die Verfasser unserer Evangelien dieses Göttliche in Christo sich auch wie Schleiermacher durchaus nur in der Form und nach den Gesetzen des Natürlichen und Menschlichen wirksam gedacht haben, so müssen wir antworten, daß ihnen das nicht eingefallen ist. In dem Begriff des Wunders, von dem sie in Bezug auf Christus eine so ausgedehnte Anwendung machen, liegt ja schon die Durchbrechung jener Schranken des Naturgesetzes. So entsteht auch für Schleiermacher, wie für Jeden, der sich mit dem Leben Jesu befaßt, vor Allem die Aufgabe, sich mit dem Wunderbaren in den Evangelien auseinanderzusetzen.

Das Wunder aus der evangelischen Geschichte ganz zu entfernen, ist nicht seine Meinung, da er erkennt, daß es tief in den Berichten liegt, und ihm die Gewaltsamkeit der Paulus'schen Entwunderung derselben nicht entgeht. Um nun aber das, was die Evangelien in dieser Art von Christus erzählen, einerseits als glaubhaft festhalten zu können, und doch andererseits nicht unnatürlich zu finden, muß er den Begriff des Natürlichen möglichst elastisch einrichten. So faßt er denn die Wunder des Wissens, die von Jesu erzählt werden, nur als das Maximum der Menschenkenntniß, beruhend auf der reinen und ungetrübten Aufnahme des ersten Eindrucks der Personen, mithin, wie er ausdrücklich erklärt, nicht als wunderbares Fernsehen; ein Gesichtspunkt, unter den sich schon das Gespräch Jesu mit der samarischen Frau nur mit Mühe bringen läßt, während das Sehen des Nathanael unter dem Feigenbaume entschieden widerstrebt, das deßwegen von Schleiermacher wie von Paulus als ein zufälliges natürliches Sehen gefaßt wird. Die von Jesu erzählten Wunder des Wirkens bestehen größtentheils aus Krankenheilungen, und da hat Schleiermacher eine besonders dehnbare Formel in Bereitschaft, um sie wo möglich alle noch im Gebiete des naturgesetzlichen Wirkens unterzubringen, ohne doch durch Einschiebung medicinischer Mittel nach Paulus'scher Art allzu offenbar gegen die evangelische Darstellung zu verstoßen. Bei den Krankenheilungen, sagt er, wirkte das Göttliche in Christus durch das Wort; das Wort wirkt naturgemäß auf den Geist des Hörenden, und dieser ebenso naturgemäß auf seinen Organismus; wie weit nun aber diese Wirksamkeit des (von dem Göttlichen in Christo mittelst des Wortes angeregten) Geistes auf seinen Organismus gehen könne, davon lassen sich die Gränzen nicht abstecken. So waren mithin die von Christus vollbrachten Heilungen einerseits übernatürlich und mögen Wunder heißen, sofern Keiner sie hätte vollbringen können, in dem nicht wie in ihm das Göttliche den innersten und einzigen Impuls des Handelns bildete; andererseits aber doch natürlich, sofern sich dieses übernatürliche Princip in der Art seiner Wirksamkeit ganz an die Naturgesetze band. Was sich nun von den evangelischen Wundern unter diese Formel bringen läßt, sagt Schleiermacher, das wird leicht zu erklären sein; was aber nicht darunter zu bringen ist, das wird große Schwierigkeit machen. Hier sehen wir bereits, so dehnbar auch der Schleiermacher'sche Begriff des Natürlichen ist — denn das Aeußerste von Dehnung desselben erfordert es doch, um z. B. die plötzliche Heilung des Aussatzes oder angeborener Blindheit aus der wenn auch noch so stark angeregten Gewalt des Geistes über seinen Organismus zu begreifen —, daß er doch nicht ausreicht, um sämmtliche evangelische Wunder in sich zu fassen.

Nun muß aber Schleiermacher, um seine Voraussetzung aufrecht zu erhalten, die Wunder entweder, wenn auch nur formell, in seinem erweiterten Begriff des Natürlichen unterbringen, oder ganz bei Seite schaffen; und da ihm das Erstere nur bei einem Theil gelingt, so bleibt ihm für den Rest nur das Andere übrig.

Zu diesem in seiner Formel nicht aufgehenden Rest gehören vor Allem die von Jesu erzählten Todtenerweckungen, weil hier der bewußte Geist fehlt, an den sich die erregende Ansprache von Seiten Jesu wenden könnte. Daß Schleiermacher hier die erweckten Todten, mit etwas mehr gewundenen Worten selbst den Lazarus, als bloße Scheintodte betrachtet, hilft ihm wenig, da ihm deren jedenfalls bewußtloser Zustand den Anknüpfungspunkt für eine geistige Einwirkung Jesu doch nicht gewährt; er fällt also hier abermals der gemeinen natürlichen Wundererklärung anheim, wornach Jesus das in den Scheintodten noch vorhandene Leben nur zuerst bemerkt und verkündigt haben soll. Noch mehr Schwierigkeit haben die wunderbaren Einwirkungen Jesu auf die leblose Natur, wie in der Speisungs- und Wasserverwandlungsgeschichte, wo sich Schleiermacher nur durch ein Mäkeln an den Berichten, die keine rechte Anschauung geben, mithin auch kein Urtheil ermöglichen sollen, aus der Sache zieht; wie er in ähnlicher Art auch die Wunder des Seewandelns und der Verfluchung des Feigenbaums auf die Seite zu bringen weiß. Was endlich die an Jesu geschehenen Wunder betrifft, so geht in der Auffassung der Scenen bei der Taufe und Verklärung Jesu Schleiermacher durchaus mit Paulus Hand in Hand.

Dieß ebenso bei den Wundern der Kindheitsgeschichte zu thun, in dieser das augenscheinlich Poetische mit Paulus durch prosaischen Pragmatismus zu verunstalten, und die offenbar nicht auf einander berechneten Erzählungen des Matthäus und des Lucas harmonistisch in einander zu schieben, davor war Schleiermacher theils durch feineren ästhetisch-kritischen Sinn, theils durch eine freiere Ansicht von den Quellen bewahrt. Denn je fester er an dem johanneischen Evangelium als dem Bericht eines Augenzeugen hing, desto freier dachte er von den drei ersten Evangelien als nachapostolischen Bearbeitungen älterer, zum Theil schon nicht mehr ganz geschichtlicher Erzählungen; und da nun von der Kindheitsgeschichte Johannes schweigt, so fand sich Schleiermacher hier unbehindert, den Widerspruch zwischen Matthäus und Lucas und wenigstens theilweise den unhistorischen Charakter ihrer Berichte anzuerkennen. Was insbesondere den wunderbaren Lebensanfang Jesu, seine vaterlose Erzeugung, betrifft, so ist aus der Schleiermacher'schen Glaubenslehre die freie Stellung bekannt, die er zu diesem Glaubenssatze einnahm, während ihm exegetisch das Schweigen des Johannes Luft machte; nahm er aber keinen Anstand, die Berichte des Matthäus und Lucas hierüber für mehr poetisch als historisch zu erklären, so muß man fragen, warum er nicht auch sonst in dieser Richtung weiter gegangen, und z. B. bei der Versuchungsgeschichte, von der doch Johannes gleichfalls schweigt, nur zu der halben Maßregel gekommen ist, sie für eine von Jesus erzählte und später geschichtlich verstandene Parabel auszugeben. Er gesteht es uns gerade bei der letzteren Begebenheit ausdrücklich, was ihn abhält. „Das Ganze für mythisch, d. h. für eine innerhalb der Christenheit entstandene Dichtung zu erklären", sagt er in den Vorlesungen über das Leben Jesu, „geht nicht an, weil im Neuen Testament kein Mythus ist" (das ist ja eben die Frage!); „das Mythische gehört in die vorgeschichtliche Zeit" (wobei bekanntlich Alles darauf ankommt, was man unter vorgeschichtlich versteht). Man sieht, besonders tief geschöpft sind diese Gründe gegen die mythische Auffassung nicht; genau genommen drücken sie nur aus, wie fremd und unheimlich für Schleiermacher der ganze Standpunkt war, oder, positiv gefaßt, wie fest er, was die Schriftauslegung betrifft, in den Boden des Rationalismus noch eingewachsen war, von dem er dogmatisch sich losgemacht hatte.

Dieß zeigt sich schließlich besonders entschieden noch in der Art, wie er die Auferstehungsgeschichte behandelt. Hier trifft er auf allen Punkten mit der Paulus'schen natürlichen Erklärung zusammen: Jesus ist nicht ganz todt gewesen und durch besondere göttliche Fügung, d. h. durch reinen Zufall ohne menschliche Veranstaltung, wieder zum Leben, durch einen eben solchen Zufall hierauf, indem der Stein von Leuten, die nicht wußten, daß Jesus darin war, von dem Grabe entfernt wurde, aus diesem herausgekommen; daß ihn Magdalena für den Gärtner hielt, kam daher, daß er von diesem, nachdem er nackt aus dem Grabe gestiegen, Kleider entlehnt hatte; wenn wir lesen, er sei gekommen, da die Thüren verschlossen waren, „ja, da denken wir von selbst, daß sie vorher aufgemacht worden sind". Daß Jesus nach der Auferstehung mit seinen Jüngern nur so flüchtig und für diese selbst geheimnißvoll zusammenkam, beweist nicht, daß er nicht in ein natürlich-körperliches Leben zurückgekehrt war, sondern geschah absichtlich aus Discretion, um sie keiner Verantwortung auszusetzen. Das Ende dieses wiederhergestellten Lebens wäre natürlicherweise freilich der Tod gewesen, und daß Jesus der Erde nothwendig auf übernatürliche Weise habe entrückt werden müssen, läßt sich nach Schleiermacher nicht beweisen; aber ebenso wenig läugnen, daß eine solche Entrückung sehr zweckmäßig war, um — die Jünger, die sonst noch lange Zeit auf der Erde nach Jesu herumgesucht haben könnten, ein für allemal zur Ruhe zu bringen.[1]) Auf diese Lahmheit läuft die Schleiermacher'sche Darstellung des Lebens Jesu aus; auch sie hat die Aufgabe, die sie sich setzte, dem Glauben und der Wissenschaft gleicherweise genug zu thun, nicht gelöst.

---

1) Vgl. meine Abhandlung: Schleiermacher und die Auferstehung Jesu, in Hilgenfeld's Zeitschrift für wissenschaftliche Theologie, 1863, 4, S. 386 fg.

Daß das Wirkende in Christo nur das Göttliche, von diesem sein ganzes Reden und Thun hemmungslos bestimmt gewesen sei, dieß und noch mehr ist die Voraussetzung der neutestamentlichen Schriftsteller, aber nicht die unsrige, sofern wir auf wissenschaftlichem Standpunkte stehen, d. h. Jesum als Menschen im vollen Sinne betrachten.

Daß das Göttliche in Christo immer nur in der Form des Menschlichen, nach den Gesetzen natürlichen Wirkens sich geäußert haben könne, das ist unsere Voraussetzung, aber nicht die der neutestamentlichen Schriftsteller, sofern wir sie ungezwungen auslegen.

Es ist mithin gleich falsch, uns jene, wie ihnen diese Voraussetzung aufzudrängen, und unmöglich, die heutige Wissenschaft mit dem Glauben auf diesem Wege zu versöhnen.

6.

Hase.

Schleiermacher's Vorträge über das Leben Jesu sind von seinen Schülern bis jetzt nicht, wie seine übrigen Vorlesungen, herausgegeben worden. Sie gewährten der conservativen Richtung, die in der Schleiermacher'schen Schule immer mehr herrschend wurde, so wenig Trost, sie waren insbesondere gegen den Andrang der mythischen Auffassung der evangelischen Geschichte ein so unhaltbares Bollwerk, sie verhielten sich zu dem blanken Erzbilde der Schleiermacher'schen Theologie so sehr als die thönernen Füße, daß es gerathen schien, sie zu verstecken. Auch hatten diese Vorlesungen ihre Wirkung bereits gethan, indem eine zahlreiche Zuhörerschaft zu des Meisters Füßen sich mit den ihnen zu Grunde liegenden Anschauungen durchdrungen und diese in Schriften weiter verbreitet hatte. Fast in allen Bearbeitungen der evangelischen Geschichte bis auf die neueste Zeit herunter werden wir auf Schritt und Tritt an Schleiermacher's Leben Jesu erinnert; er galt auch in diesem Stück als ein Orakel, wozu er sich durch die Zweideutigkeit seines ganzen Wesens, ein wahrer Loxias, ganz vortrefflich eignete.

Mit Selbstgefühl nennt Hase sein im J. 1829 zuerst erschienenes Lehrbuch[1]) den Versuch einer rein wissenschaftlichen Darstellung des Lebens Jesu, dem er mein sechs Jahre später erschienenes Werk als die einseitige Durchführung der kritischen Richtung, mithin als eine Verirrung, oder doch als etwas Ueberflüssiges, gegenüberstellt: in der That hatte vielmehr das Unwissenschaftliche seiner Arbeit mir die Nothwendigkeit meines kritischen Unternehmens ganz besonders nahe gelegt, und auch die späteren Aus-

1) Das Leben Jesu, Lehrbuch zunächst für akademische Vorlesungen, von Dr. Karl Hase u. s. w., vierte Auflage, 1854.

gaben seines Lehrbuchs zeigen nur, daß vor einer kritischen Wegräumung des alten Schuttes auch das zierlichste biographische Gebäude auf lockerem Grunde steht.

Bei Hase wie bei Schleiermacher kommt das Schwankende und sich selbst Widersprechende in seiner Darstellung des Lebens Jesu theils von seiner zweideutigen Fassung des Wunderbegriffs, theils von seinem Festhalten an dem johanneischen Evangelium als dem Berichte eines apostolischen Augenzeugen. Im Grunde genommen ist Hase's wie Schleiermacher's Stellung zum Wunder eine durchaus rationelle, und die drei ersten Evangelien als mehr oder minder abgeleitete Berichte würden ihn für sich allein nicht hindern, dieselbe der evangelischen Geschichte gegenüber geltend zu machen; da ihn aber ein ästhetisch-sentimentales Interesse zum johanneischen Evangelium hinzieht, dessen Wunderbegriff im Verhältniß zu den drei ersten Evangelien ein unverkennbar gesteigerter ist, so entsteht hieraus ein Widerspruch, der, da er nicht erkannt und eingestanden wird, eine Reihe ungenügender Vermittlungen zur Folge hat. Da gerade das vermeintlich glaubwürdigste der Evangelien die ausgeprägtesten Wundergeschichten enthält, so müssen der Möglichkeit des Wunders gewisse Einräumungen gemacht werden; da aber doch ein schlechthin irrationales, den Naturzusammenhang unterbrechendes Wunder nicht angenommen werden kann, so muß, wo ein solches auch bei Johannes vorliegt, in die Autorität und Augenzeugenschaft dieses Evangelisten ein Loch gemacht werden.

„Vielleicht", sagt Hase, und bereitet uns mit diesem Vielleicht schon vor, uns durch das Schwanken des Bodens, auf den er uns führt, nicht schwindlich machen zu lassen, „vielleicht alle Heilungen Jesu beschränkten sich auf das Gebiet, wo die Macht des Willens über den Körper auch sonst einzeln und im geringeren Grade bemerkbar wird" [1]): also ganz wie Schleiermacher, dem er auch darin folgt, daß er die unter dieser Formel nicht zu befassenden Todtenerweckungen in Scheintodsentdeckungen verwandelt. Nun wird aber außerdem der thierische Magnetismus herbeigezogen, der als eine „aus dem großen Naturleben geheimnißvoll auftauchende Kraft über die erkrankte Natur", mit derjenigen, die sich in Jesu aufthat, eine Vergleichung biete. Wenn Hase diese Gabe Jesu auch geradezu als ein Talent bezeichnet, so fehlt ihm das Gefühl nicht, damit der eigenthümlichen Dignität Jesu zu nahe getreten zu sein; denn eine der magnetischen Kraft verwandte physische Heilkraft in ihm bewiese ja für die höhere Würde seiner Person und die Wahrheit seiner Lehre so wenig als etwa außerordentliche Leibesstärke oder Sinnenschärfe. Daher faßt Hase die Wundergabe Jesu lieber „als eine klare Herrschaft des Geistes über die Natur, die wohl ursprünglich der Menschheit mit der Herrschaft über die Erde verliehen, gegen die Unnatur

1) Leben Jesu, §. 48 der vierten Auflage.

der Krankheit und des Todes sich in Jesu heiliger Unschuld zu ihren alten Gränzen wiederherstellte, so daß hier nicht eine Ausnahme vom Naturgesetze, sondern vielmehr die ursprüngliche Harmonie und Wahrheit in die gestörte Weltordnung hereintrete". Damit wäre freilich auf einmal viel gewonnen, denn nun ließen sich außer den Heilungswundern Jesu auch seine „Machthandlungen über die Natur unter diesen Begriff stellen und theilweise nach der Analogie von beschleunigten Naturprocessen betrachten". Doch auf diesem Standpunkt unserer mystischen Neuorthodoxen ist es Hase nicht geheuer, da er nicht vergessen kann, daß die dem Menschen bestimmte Herrschaft über die Natur durch Erforschung derselben und Eingehen in ihre Gesetze bedingt ist, während jene angeblichen Machthandlungen Jesu etwas Zauberhaftes haben, das von Jesu selbst anderwärts abgelehnt worden ist. Weil also auf der einen Seite die, wenn auch noch so sehr (mit Schleiermacher) gesteigerte Macht des Willens über den Körper nicht weit genug reicht, auf der andern aber die Auffassung des zweiten Adam als allgemeiner Macht über die Natur eine allzu unsichere Sache ist, so bleibt es dabei, daß wir in Jesu gewisse „uns noch unbekannte Kräfte, namentlich plötzlich wirkende Heilkräfte, die ja auch sonst mannichfache Analogien finden, anerkennen müssen". [1]) Nach rathlosem Herumtasten links und rechts ist so Hase bei einer Gabe = x angekommen, die, ohne nachweislichen Zusammenhang mit dem religiösen Berufe Jesu, ebenso zufällig als räthselhaft erscheint, überdieß, wie die früher erörterte Schleiermacher'sche Formel, nicht einmal alle Wunder Jesu, namentlich bei Johannes, denkbar macht.

So wollen gleich am Anfang des johanneischen Evangeliums bei der Wasserverwandlung zu Kana alle „unbekannten Kräfte" nicht verfangen, und Hase muß von Schleiermacher die Chicane mit der mangelnden Anschaulichkeit borgen, wozu er noch die glückliche Entdeckung fügt, „daß die damalige Gegenwart des Johannes unter den Jüngern nicht bezeugt sei". [2]) Hier ist nun zwar das etwas Neues, daß ein Schriftsteller, den man einmal im Allgemeinen als Augenzeugen voraussetzen zu dürfen glaubt, doch im einzelnen Falle nur dann dafür gelten soll, wenn dieß für diesen Fall besonders bezeugt ist. Indeß, auch wenn Johannes bei der Hochzeit zu Kana zufällig nicht gegenwärtig war, aber nach wenigen Tagen, wie man denken muß, wieder zu der Gesellschaft Jesu stieß, so mußte er doch damals erfahren, was an der von ihm versäumten Weinbescheerung gewesen war, und es konnte sich ihm auch „unter dem Einflusse späterer Gefühle und Ansichten" das nicht in das unerhörteste Wunder verwandeln, was ihm als einfacher Hochzeitsscherz erzählt worden war. Nun hat aber Johannes außer dieser ihm eigenthümlichen Wundergeschichte noch die von der Speisung und Seewanderung

1) Die Tübinger Schule, Sendschreiben an Dr. Baur, S. 13.

2) Leben Jesu, §. 50.

mit den drei ersten Evangelisten gemein, und bringt daher den das absolute Wunder ablehnenden Biographen in die Verlegenheit, was er den Berichterstattern vom Hörensagen abgeläugnet haben würde, dem Johannes als Augenzeugen am Ende doch glauben zu müssen. Allein wo steht denn auch hier, daß er dieß gewesen? Freilich steht bei Marcus und Lucas unmittelbar vor der Speisungsgeschichte, die Apostel, d. h. die vorher ausgesendeten Zwölfe, seien von ihrer Missionsreise wieder zurückgekehrt gewesen; aber wie leicht kann der Träumer Johannes noch irgendwo hängen geblieben und erst in Kapernaum oder später mit Jesu zusammengetroffen sein, wo er dann gerade jene beiden schwierigen Geschichten nicht selbst mit erlebte, und sie später in sein Evangelium in der Gestalt aufnehmen mochte, die sie unterdessen in der Sage angenommen hatten.[1]) Man sieht, Johannes ist dieser Art von Theologen ein lieber Mann, aber bisweilen macht er es doch mit seinen Wundergeschichten zu arg, und da muß man ihn fortschicken, um durch sein Alibi freie Hand zu bekommen und seiner Erzählung nur soviel glauben zu dürfen, als einem gerade ansteht.

Doch wie Johannes Manches erzählt, wobei unser rein wissenschaftlicher Biograph ihm die Augenzeugenschaft erlassen möchte, so erzählt derselbe auch umgekehrt Manches nicht, wovon er als Apostel doch Augenzeuge gewesen sein und worüber sein Stillschweigen auffallen muß. Hatte der Verfasser des vierten Evangeliums die sogenannten Dämonenaustreibungen mit angesehen, von denen die drei ersten Evangelisten, hierin im Allgemeinen gewiß glaubwürdig, so viel zu erzählen wissen, und lag in denselben, was gleichfalls alle Wahrscheinlichkeit hat, eine für die Landsleute Jesu besonders überzeugende Beglaubigung seiner Propheten- und Messiaswürde, so wäre es doch eine auffallende Anbequemung, wenn er lediglich aus Rücksicht auf den feineren Geschmack seiner griechisch gebildeten Leser über diese ganze so wichtige Art von Wundern geschwiegen hätte.[2]) Noch mehr aber, wenn er den Seelenkampf Jesu im Garten, bei dem er, wenn er Johannes ist, als Mitglied des engeren apostolischen Ausschusses zugegen war, lediglich deßwegen übergangen haben soll, weil nach dem hohenpriesterlichen Gebete seines siebzehnten Kapitels das Angstgebet in Gethsemane „der schriftstellerischen Einheit seines Werkes nicht förderlich gewesen wäre"[3]): so erscheint er ja fast wie ein Belletrist, der nun aber ebenso gut das Eine gemacht, als das Andere unterschlagen haben kann.

So tritt denn überhaupt in Betreff der Reden Jesu bei Johannes Hase überaus leicht und behutsam auf; sie sind ihm „mehr oder minder freie Entwicklungen und Wiedererzeugungen dessen, was der Apostel von

1) §. 74. 75.
2) Wie Hase annimmt, Leben Jesu, §. 49.
3) Hase, §. 107.

Worten Jesu im Herzen bewegt, aber auch in einem halben Jahrhundert leicht unbewußt mit eigenen Gedanken versetzt hatte, und je mehr sie bloße Explicationen des Logosbegriffs sind" (das sind sie aber fast durchaus), „um so unsicherer ist ihre historische Bedeutung"; wie insbesondere bei den Aussprüchen Jesu über seine Präexistenz, die der wissenschaftliche Biograph natürlich nicht brauchen kann, anerkannt wird.[1]) Nun fragt man aber billig, wenn man bei den Reden Jesu im vierten Evangelium kaum auf irgend einem Punkte sicher ist, ob man Gedanken Jesu (der eigenen Worte zu geschweigen) oder nur des Evangelisten vor sich hat, und wenn man in Bezug auf die Begebenheiten nur in den wenigen Fällen, wo Johannes seine persönliche Anwesenheit andeutet, sicher ist, daß er dabei gewesen und sich nicht nachher Wunder aufbinden lassen oder selbst aufgebunden hat, — billig fragt man da, sage ich, worin denn die besondere Zuverläßigkeit dieses Evangeliums bestehen soll? Und wenn Hase versichert, durch seine Auffassung der evangelischen Kindheitsgeschichte als eines poetischen Sagenkreises, aus dem sich Spuren des Geschichtlichen nur willkürlich herausfinden lassen, werde die Wahrheit des apostolischen Zeugnisses nicht verletzt, da dieses erst mit der Taufe Johannis angefangen habe[2]): so muß man ebenso fragen, was denn mit diesem apostolischen Zeugniß unsern Evangelien geholfen sein soll, wenn von den drei ersten keines von einem Apostel, der apostolische Verfasser des vierten aber nur in so beschränkter Weise ein zuverläßiger Zeuge ist?

Auch bei Hase tritt das Zweideutige und sich selbst Widersprechende seines Standpunktes ganz besonders am Schlusse des Lebens Jesu, an der Auffassung der Auferstehung und Himmelfahrt zu Tage. Erst wird an der Wirklichkeit des Todes Jesu gerüttelt, da nur entweder ein Anfang der Fäulniß oder die Verletzung eines zum Leben nothwendigen Organs eine sichere Gewähr des Todes sei, wovon das Letztere sich bei Jesu nicht nachweisen lasse, das Erstere aber durch Apostelgesch. 2, 27. 31 auch für die kirchliche Ansicht ausgeschlossen werde. Wenn hienach Hase sich das Ansehen gibt, mit seiner Behauptung, „das organische Princip der Leiblichkeit Jesu sei nicht bis zum Eintritt der Verwesung aufgelöst gewesen"[3]), sich auf ganz rechtgläubigem Boden zu befinden, so ist dieß nur ein täuschender Schein. Nach dem Sinne der evangelischen Berichte, wie noch jetzt nach volksthümlicher Ansicht, hatte sich die Seele Jesu von seinem Leibe getrennt und wäre ohne ein Wunder nicht wiedergekommen; nach Hase waren nur die äußeren Lebensfunctionen eingestellt, die sich aber von dem noch nicht erloschenen inneren Lebensherd aus wieder anfachten. Auch bei der Frage über die Ursache dieser Wiederbelebung wiederholt sich dasselbe täuschende Spiel. „Der

1) §. 8. 65.
2) §. 26.
3) §. 116.

Gedanke liegt nahe", lesen wir, „daß der Tod als gewaltsame Zerstörung nicht ursprünglich zur Natur eines unsterblichen Wesens gehöre, sondern in der Art erst durch die Sünde entstanden sei, daher derjenige, welcher von der Sünde nicht berührt war, auch von dieser Unnatur des Todes nicht berührt werden konnte." [1]) Daß es mit derlei hohen Reden Hase kein Ernst ist, wissen wir bereits; seine eigentliche Meinung scheint in den Worten enthalten, „es sei nicht anders zu erwarten, als daß die wunderbare Heilkraft, über welche Jesus gebot, sich auch an ihm selbst mächtig erwiesen habe." [2]) Da Hase diese Heilkraft anderswo als ein Talent bezeichnet, so setzt freilich sonst die Ausübung eines Talents das volle Leben des damit Begabten voraus, und wir können uns von einem Talent, wiederaufzuleben, nicht gut eine Vorstellung machen; wir müssen uns also Hase's Worte so verdeutlichen, daß die Stärke der Lebenskraft in Jesu, die sich während seines irdischen Wirkens gleichsam als Ueberschuß heilend auf Andere ergoß, bei seiner Kreuzigung sich als die Zähigkeit bewiesen habe, sich selbst nicht so leicht zerstören zu lassen. Doch der rein wissenschaftliche Biograph begnügt sich mit noch Wenigerem. „Jedenfalls", sagt er mit Schleiermacher, und gibt damit alles Frühere preis, „da Jesus nicht durch eigene Combination einen Scheintod herbeigeführt, sondern ernstlich zu sterben erwartet hatte, und da durch irgend eine menschliche Maßregel sein Tod nicht zu verhindern gewesen wäre, bleibe seine Wiederbelebung, wie sie auch geschehen sein möge, ein offenbares Werk der Vorsehung." [3]) Er hätte, einmal im Abschlagen begriffen, gar wohl statt Vorsehung vollends einfach Zufall sagen dürfen; denn hätten sich die Kriegsknechte streng an ihre Ordre gehalten und auch Jesu wie den beiden andern Gekreuzigten die Beine zerschlagen, so wäre an eine Auferstehung in Hase's Sinne nicht zu denken gewesen. Von den sich entgegenstehenden Merkmalen, die sich hierauf in den evangelischen Berichten von den Erscheinungen des Auferstandenen finden, weist nämlich Hase, gleichfalls nach Schleiermacher, alle diejenigen, die auf etwas Uebernatürliches und Geisterhaftes in dem Wesen desselben hindeuten, als lediglich subjective Ergebnisse der Scheue der Jünger vor dem Todtgewesenen von der Hand, oder weiß sie, wie das anfängliche Nichterkanntwerden durch Magdalena und die emmauntischen Jünger, aus dem „Nichtvorhandensein eigentlich charakteristischer Gesichtszüge" zu erklären; hält dagegen diejenigen als objectiv und historisch fest, die für sich genommen auf einen handgreiflichen und nahrungsbedürftigen, mithin ganz natürlich-menschlichen Leib des Wiederbelebten führen. [4])

Auch vor dem letzten Moment im Leben Jesu, der Himmelfahrt, nimmt

---

1) §. 120.
2) Ebendaselbst.
3) §. 116, 120.
4) §. 119; vgl. 34.

Hase noch einmal einen scheinbaren Schwung durch die Wendung, „an sich sei es wahrscheinlich genug, daß Jesus auf andere als die gewöhnliche Weise von diesem irdischen Weltkörper geschieden sei“ [1]); wenn er aber darin nicht die Nothwendigkeit einer sichtbaren Himmelfahrt erkennt, in dieser vielmehr eine mythische Auffassung des Hingangs Jesu zum Vater findet, so läßt er, wie es scheint, den Wiederbelebten doch zuletzt dem allgemeinen Schicksal aller Erdegeborenen verfallen, und zwar, da er ein jahrelanges Fortleben Jesu in der Verborgenheit unvereinbar mit seinem Charakter und ohne Spur in der Geschichte findet, so müßte Jesus schon kurze Zeit nach seiner Wiederbelebung doch unterlegen sein; ein Widerspruch freilich mit Hase's früherer ganz richtiger Bemerkung, daß ein siech Umherziehender den Aposteln nicht als Sieger über Tod und Grab erschienen sein würde. Doch ein so bestimmtes Inquiriren nach ihrer eigentlichen Meinung ist dieser Art von Theologie nicht angenehm, von der wir vielmehr schließlich damit zur Ruhe gewiesen werden, daß „auch die evangelische Geschichte ihre Mysterien habe“. [2]) In der That aber sagt uns hier die evangelische Geschichte klar und deutlich, daß der Auferstandene, ohne noch einmal zu sterben, sichtbar oder unsichtbar in den Himmel zu seinem Vater erhoben worden; das Geheimniß, oder vielmehr das Verbot, weiter zu denken, bringt nur die Halbheit einer Theologie herein, die an keine Himmelfahrt mehr glauben kann, und doch ein einfaches Sterben Jesu nicht zugestehen mag.

7.

Meine kritische Bearbeitung des Lebens Jesu.

Die drei zuletzt besprochenen Bearbeitungen des Lebens Jesu: das ausführliche Werk von Paulus, das Lehrbuch von Hase, nebst der Schleiermacher'schen Vorlesung, waren die hervorragendsten Leistungen in diesem Felde, als ich vor dreißig Jahren zuerst meine Aufmerksamkeit demselben zuwendete. Von keiner fand ich mich befriedigt, vielmehr in jeder, nur auf andere Art, das Ziel verfehlt. Von Paulus durch starre Consequenz in Durchführung eines einseitigen Princips; von den beiden Andern, bei mancher richtigen Einsicht, durch schmiegsame, vermittlungslustige Inconsequenz. Als die gemeinsame Ursache des Mißlingens aber erkannte ich bei allen ihre Ansicht von den Quellen der evangelischen Geschichte. Der Widerstreit zwischen dem Uebernatürlichen, wovon die Evangelien berichten, und dem Natürlichen, das die geschichtliche Behandlung als den ihr ausschließlich brauchbaren Stoff

1) §. 122.
2) §. 122, Note n.

verlangt, war nicht auszugleichen, so lange die Evangelien, oder auch nur eines derselben, als geschichtliche Quellen im vollen Sinne genommen wurden. Daß sie dieses nicht sind, lag freilich an sich schon darin, daß sie Uebernatürliches berichten; aber eben dieses Uebernatürliche aus ihren Berichten zu entfernen, oder doch als gewissermaßen auch wieder Natürliches erscheinen zu lassen, waren ja die bisherigen Bearbeitungen des Lebens Jesu verschiedene Versuche gewesen.

Jetzt galt es also, an den evangelischen Erzählungen der Reihe nach im Einzelnen nachzuweisen, daß einerseits alle Versuche, das Uebernatürliche aus ihnen wegzuerklären, oder seinen Widerspruch gegen die Naturgesetze zu bemänteln, vergeblich seien, daß sie aber dafür auch keinen Anspruch darauf machen können, als geschichtliche Berichte im strengen Sinne zu gelten. Dieß keineswegs blos wegen des Uebernatürlichen, das sie enthalten, sondern wegen ihrer Widersprüche theils unter einander, theils mit der sonst bekannten Geschichte, theils mit der geschichtlichen Wahrscheinlichkeit; wozu noch der Nachweis kam, daß es jedesmal, wo ein Uebernatürliches ins Spiel kommt, leichter sei, sich zu denken, wie die Erzählung ungeschichtlich entstanden, als wie etwas so Unnatürliches wirklich geschehen sein könne.

Hiemit war einerseits gewonnen, daß man aller der Quälereien, Unvereinbares zu vereinigen, Ungeschichtliches geschichtlich denkbar zu machen, Unglaubliches glaublich zu finden, mit einem Schlage überhoben war; aber andererseits schien auch viel und Unschätzbares verloren. Statt des wirklichen Christus, den man bisher in den Evangelien zu haben geglaubt hatte, sollte es jetzt nur eine spätere Vorstellung von Christus sein, was uns in denselben geboten werde. Statt historischer Ereignisse aus seinem Leben sollten wir in den evangelischen Erzählungen zum großen Theil nur Niederschläge messianischer Zeitideen, diese nur etwa näher bestimmt durch den Eindruck seiner Persönlichkeit, seiner Lehren und Schicksale, erkennen. Auch von den Reden Jesu war ein Theil, und besonders die für die höhere Würde seiner Person bedeutsamsten im johanneischen Evangelium, als herausgesponnen aus späteren Zeitverhältnissen und Gedankenentwicklungen hingestellt. So schien die Gestalt des evangelischen Christus, die bisher zwar nicht in vollständigen, doch in festen und bestimmten Umrissen vor uns stand, in ein haltloses Nebelbild zu zerfließen.

So viel ist gewiß, daß man von jetzt an nicht mehr daran denken konnte, sich das Bild der Person und des Lebens Jesu aus den einzelnen Erzählungen der Evangelien gleichsam musivisch zusammenzusetzen, wobei die Frage nur gewesen war, wie die Steinchen zu ordnen, wie die Erzählungen des einen Evangelisten in die des andern einzufügen, wie insbesondere Johannes mit seinen drei Vorgängern auszugleichen sei. Jetzt konnte kein einziges evangelisches Erzählungsstück mehr so wie es war für historisch gelten, eines wie das andere mußte erst in den kritischen Schmelztiegel geworfen und zugesehen werden, was nach Ausscheidung der fremden Beimischungen als geschichtliches Gold übrig blieb.

Der Eindruck dieses Verfahrens und seiner Ergebnisse war, wie er es noch immer bei jeder ernstlichen Kritik gewesen ist, daß man sich verarmt, ja beraubt meinte, weil man genöthigt wurde, auf eine Menge blos scheinbarer Besitznummern zu verzichten. Wenn es erlaubt ist, Kleines mit Großem zu vergleichen, so ging es hier auf einem engeren Erkenntnißgebiete, wie auf einem umfassenderen zur Zeit der Kantischen Kritik. Wie reich dünkte sich die alte Wolf'sche Metaphysik, und welchen unbarmherzigen Strich machte durch dieses reiche Inventar von apriorischen Erkenntnissen die Kritik der reinen Vernunft. Das wollte man sich nicht gefallen lassen, und wirthschaftete daher mit dem vermeintlichen Reichthum fort, bis der Bankerott vor aller Welt Augen offen lag. Einen schmalen Weg hatte Kant gezeigt, auf welchem die Philosophie zum rechtmäßigen Besitze gesicherter Erkenntnisse gelangen könne: diesen Weg schlugen seine Nachfolger ein, und so weit sie ihn einhielten, fanden sie sich belohnt. Kein Wunder, daß auch das Ergebniß unserer Evangelienkritik der Mehrzahl der Theologen nicht gefallen wollte, daß sie sich von ihrem eingebildeten Reichthum nicht trennen mochte und that, als ob es mit der Kritik nichts auf sich hätte: was von diesem Standpunkt aus über das Leben Jesu geschrieben worden ist, werden wir als Nachzüglerarbeit erkennen, und nur von denen die Sache gefördert finden, die, den redlichen Gewinn suchend, auf dem von der Kritik gewiesenen schmalen Pfade weiter gegangen sind.

8.

Reaction und Vermittlung: Neander, Ebrard, Weiße, Ewald. Neue Ansätze: Keim, Renan.

Recht eigentlich zur Abwehr meiner kritischen Bearbeitung des Lebens Jesu schrieb Neander sein „Leben Jesu Christi".[1]) Schon der letztere Beisatz ist bezeichnend. Dem menschlichen Personennamen wurde der Amts- und Würdename beigefügt; es sollte dem rationellen Zug der bisherigen Behandlungsweise des Lebens Jesu, der sich schon in dieser Benennung kundgegeben und zuletzt zu einem so negativen Ergebniß geführt hatte, ein gläubiges Gegengewicht gegeben werden.

Neander's Leben Jesu Christi hat drei Motto's: aus Athanasius, Pascal und Plato; alle guten Geister der Theologie und Philosophie wurden in dieser letzten Bedrängniß angerufen, nur dasjenige Motto fehlt, das der Geist des Buches selbst und noch dazu ein biblisches gewesen wäre, nämlich der

1) Erste Ausgabe 1837, fünfte 1852.

Spruch Marc. 9, 24: „Ich glaube, Herr, hilf meinem Unglauben!“ In Neander traf der Stoß der Kritik auf einen Widerstand, der durch vielfaches geheimes Einverständniß mit derselben innerlich gebrochen, gleichsam auf eine Festung, deren halbe Besatzung für den Belagerer gewonnen war. Neander's Richtung war wohl im Allgemeinen die gläubige, die in Christus eine absolute Gottesmittheilung an die Menschheit anerkennt, und der Verstandeskritik gegenüber eine gemüthliche: aber theils war er nicht ohne einen Anflug philosophischer Bildung, wenn es auch nur die phantasiemäßige der Naturphilosophie und Romantik war, geblieben, theils hatte er in ausgebreiteten kirchengeschichtlichen Arbeiten nothwendig hin und wieder historische Kritik üben müssen, und ein redlicher Wahrheitssinn, der nur bald gegen gemüthliche Selbsttäuschung, bald auch gegen fromme Parteileidenschaft nicht stark genug war, hielt ihn fern von der rabulistischen Weise Anderer, die, um nur dem Feinde keinen Fuß breit nachzugeben, äußerlich auch an Solchem festhalten, woran sie im Innern keinen Glauben mehr haben. Ein Buch wie Neander's Leben Jesu Christi hienach werden mußte, kann Mitleid einflößen; der Verfasser selbst gesteht in der Vorrede, er fühle wohl, wie es das Gepräge des Zeitalters der Krisis, der Isolirung, der Schmerzen und Wehen, woraus es hervorgegangen, an sich trage.

In seiner Hülflosigkeit lehnt sich Neander, wo es immer angeht, an den „großen Gottesgelehrten“, d. h. an Schleiermacher an; allein welch ein trügliches und leicht die Hand, die sich darauf stützen will, verletzendes Rohr dieser gerade in Betreff des Lebens Jesu ist, haben wir zur Genüge gesehen. Ein Theolog von Neander's empfindsamer Natur und platonisch-romantischer Bildung mußte für sich schon dem johanneischen Evangelium vor den übrigen den Vorzug geben; da er nun aber hierin überdieß den großen Gottesgelehrten, den Mann von sonst so unerbittlicher kritischer Schärfe, auf seiner Seite hat, so glaubt er sich gegen die Zweifel einer zu weit gehenden Kritik um so sicherer. Die Evangelisten insgemein betrachtet Neander zwar als inspirirte Schriftsteller, aber die Inspiration soll theils ihre menschliche Entwicklung nicht aufgehoben, theils sich nur auf den religiösen, nicht auf den historischen Inhalt ihrer Berichte bezogen haben: als ob hier nicht der Natur der Sache nach das Religiöse ganz untrennbar vom Historischen wäre. So ergibt sich ein eklektisches Verfahren, dessen Streben dahin geht, die gröbsten Anstöße, welche die evangelische Geschichte dem heutigen Denken bietet, aus dem Wege zu räumen, um das Uebrige desto gewisser als historisch gegen den Andrang der mythischen Auffassung festhalten zu können. Die Wunder Jesu werden durch Unterscheidung des gewöhnlichen Naturlaufs von einem höheren, wovon sie nur dem ersteren zuwider sein sollen, durch Verweisung auf künftig noch zu entdeckende Naturgesetze, aus denen sie erklärbar sein werden, der modernen Denkweise näher gebracht; die Verwandlung des Wassers in Wein auf der Hochzeit zu Kana als Potenzirung des Wassers zu weinartiger Kraft nach Art der Mineralwasser gefaßt, während bei dem Speisungswunder das milde Urtheil Neander's über die natürliche Erklärung zeigt, welchen Fürsprecher diese in seinem eigenen Innern hatte. Dieser ihm selbst verborgene Zug zur natürlichen Wundererklärung verräth sich auch in der bei Neander neben der herrschenden Vorliebe für Johannes hie und da bemerkbaren Schwachheit für den Marcus. Man nennt es seine Anschaulichkeit, was man an Marcus zu loben findet: im Grunde aber ist es die Hinterthüre, die er in den materiellen Mitteln und dem Successiven in seiner Darstellung mancher Wunder einer natürlichen Erklärung derselben offen zu halten scheint.

Durch eine so schwankende Haltung ist der Kritik schon zu viel Boden gegeben, als daß sie noch mit Erfolg abgewehrt werden könnte; der Feind ist in die Thore der Festung eingelassen, und muß sich zuletzt der ganzen bemächtigen. Denn wenn als möglich eingeräumt wird, daß der in historischen Dingen sich selbst überlassene Lucas die Geburt Jesu zu Bethlehem mittelst der Schatzung falsch motivirt haben könne, worin liegt dann die Bürgschaft dafür, daß Jesus überhaupt zu Bethlehem geboren ist? Und wenn an der Geschichte von der Himmelfahrt das Wesentliche nur das sein soll, daß Christus nicht durch den Tod von einem irdischen Dasein zu einem höheren übergegangen sei, woher wissen wir denn das, wenn wir der Erzählung mißtrauen, der zufolge dieser Uebergang vielmehr durch eine Erhebung in den Himmel vermittelt war.

Von dieser Seite kann es als richtige Einsicht betrachtet werden, daß ein Theil der Theologen mit Abwerfung solcher Halbheiten zum Wunder sans phrase zurückgekehrt ist. Entweder man erkennt das Wunder an, oder man erkennt es nicht an; erkennt man es aber an, dann ist es nicht erlaubt, unter den Wundern noch einen Unterschied zu machen, diejenigen zwar gelten zu lassen, die noch eine Analogie mit natürlichen Vorgängen zeigen, die übrigen als magische Wunder abzulehnen; denn jedes Wunder ist magisch, weil es ein unmittelbares Hereingreifen der obersten Ursache in die Reihe der endlichen Ursachen ist, und wenn es mit einem Naturproceß Aehnlichkeit hat, so kann dieß nur eine zufällige äußere Aehnlichkeit sein. Aber freilich, wo diese Aehnlichkeit vorhanden ist, wo es sich um eine Krankenheilung handelt, von der man sich etwa vorstellen mag, sie sei, nur in höherem Grade, dasselbe, was als die natürliche Gewalt des Gemüths über krankhafte Empfindungen und Zustände des Körpers bekannt ist, da kann man sich eher die Täuschung machen, als glaubte man an das Wunder, während man nur ein Natürliches ins Unbestimmte gesteigert sich vorphantasirt. Wo hingegen diese Analogie wegfällt, wie bei der Brodvermehrung, der Wasserverwandlung (nachdem die Olshausen'sche Kategorie des beschleunigten Naturprocesses durch meine Kritik den Theologen verleidet war), da gehört etwas dazu, bis einer in unserer Zeit mit Grund der Wahrheit versichern kann, an ein derartiges

Wunder ohne Weiteres zu glauben. Wenn ein Gfrörer [1]) in Bezug auf die Heilung des Gelähmten am Bethesdateich, oder des entfernten Knaben des königlichen Dieners, erklärte, er sehe sie einfach als Wunder an, so versteht man dieß als einen Schlag ins Gesicht der philosophischen Kritiker, die das Wunder als unmöglich zu erweisen suchten, oder auf den Wirthshaustisch, an dem er perorirte; wie ernst es ihm aber damit war, erhellt aus der Art, wie er andere Wunder ganz im Paulus'schen Geschmack durch natürliche Erklärung bei Seite zu schaffen weiß. Wenn Meyer in seinem Evangelien-Commentar bei den Wundergeschichten in der Regel, nach Bestreitung aller anderen Auffassungen, dabei stehen bleibt, sie als wirkliche Wunder gelten zu lassen, so sehen wir hier das an sich löbliche Bestreben des Exegeten, die Sachen zu nehmen, wie der auszulegende Schriftsteller sie gibt, zur eigenen Urtheilslosigkeit entartet.

Dagegen steht in Ebrard's hieher gehörigen Schriften [2]), die besonders gegen meine kritische Bearbeitung des Lebens Jesu gerichtet waren, die restaurirte Orthodoxie auf dem Standpunkte der Frechheit vor uns. Hier wird kein Fußbreit nachgegeben, keine Milderung des Wunderbegriffs angenommen; die Evangelisten dürfen sich nirgends widersprechen, nirgends irren; die Kritik muß durchweg Unrecht haben, keiner ihrer Gründe wird gelten gelassen; ist sie nicht zu widerlegen, so wird sie doch überschrieen. Während Ebrard mir Frivolität vorwirft, weil ich die Abschiedsreden Jesu bei Johannes (die ich ja aber für unhistorisch halte) gedehnt finde; während er eine Lästerung des Erlösers darin findet, daß ich — nicht an den wirklichen Jesus, nicht einmal an den irgend eines Evangelisten, sondern an den derjenigen Theologen, welche, fälschlich den Johannes mit den drei ersten Evangelisten combinirend, auf das hohepriesterliche Gebet das Zagen in Gethsemane folgen lassen, also an einen blos eingebildeten Jesus, eben um zu zeigen, daß es ein blos eingebildeter sei, gewisse tadelnde Fragen richte: weist er meine und anderer redlicher Kritiker Bedenken gegen die Möglichkeit, daß ein Fisch, während er nach der Angel schnappt, zugleich ein Geldstück im Maule haben solle (Matth. 17, 24—27), durch die Bemerkung ab, der Fisch habe ja im Augenblick, als Petrus ihm sein Maul öffnete, das Geldstück aus dem Magen in die Rachenöffnung speien können. Mit dergleichen Gründen kann es ihrem Urheber unmöglich Ernst sein; er wirft sie mit einer Miene hin, als wollte er sagen: ich weiß wohl, daß sie schlecht sind, aber für euch sind sie gut genug, überhaupt so lange gut genug, als die Kirche Amt und Brod zu geben und wir Konsistorialräthe die Candidaten zu examiniren haben. Durch diese rabulistische Haltung hat die Ebrard'sche Metakritik das Wahrheits-

1) Geschichte des Urchristenthums, 5 Bde., 1838.

2) Wissenschaftliche Kritik der evangel. Geschichte, erste Auflage 1842, zweite 1850. Olshausen's Bibl. Commentar, I, vierte Auflage, revidirt von Ebrard, 1853.

gefühl aller Besserdenkenden selbst unter den gläubigen Theologen verletzt, und es ist nur ein Beweis, wie gereizt durch den Stoß der Kritik Anfangs auch billige Gemüther waren, wenn ein Bleek über einen Ebrard nach dem Erscheinen seiner wissenschaftlichen Kritik die Hoffnung aussprechen konnte, er werde bei seiner Gesinnung und seinen Gaben bald Vorzügliches für die Kirche des Herrn und die theologische Wissenschaft leisten. Was er für letztere geleistet, davon wissen die Jahrbücher der Wissenschaft schon heute nichts mehr; was aber für die erstere, davon wird die evangelische Kirche der Pfalz freilich noch lange zu sagen wissen.

In ein anderes Verhältniß zu meiner kritischen Bearbeitung des Lebens Jesu hatte sich Weiße gesetzt. Er war einer der Ersten, die diesem Werk eine vernünftige Beurtheilung widmeten. Bald trat er mit einer eigenen Bearbeitung der evangelischen Geschichte hervor [1]), in welcher er mit mir besonders in der Ueberzeugung von dem unhistorischen Charakter des johanneischen Evangeliums und seiner Unvereinbarkeit mit den übrigen einverstanden war, und die von mir dafür beigebrachten Gründe noch verstärkte. Wie er, weil ihn gleichwohl manches im vierten Evangelium anzog, sich durch die Unterscheidung apostolischer und unapostolischer Bestandtheile in demselben zu helfen suchte, davon wird bald näher die Rede sein. Seine Vorliebe für den Marcus, den gleichzeitig Wilke in einer fleißigen und scharfsinnigen, doch keineswegs überzeugenden Schrift als den Urevangelisten nachzuweisen suchte [2]), hing vielleicht wie bei Neander mit der scheinbar natürlicheren Darstellung gewisser Heilungsgeschichten in diesem Evangelium zusammen. Denn in dieser Beziehung erkannte Weiße, ähnlich wie Hase, bei Jesu eine natürliche, von ihm täglich in Anwendung gebrachte Heilkraft an, weßwegen die öfteren summarischen Angaben der Evangelisten, daß er viele Kranke geheilt habe, gewiß richtig, dagegen die ausführlichen Erzählungen einzelner Wunderthaten bereits ausgemalt und mit manchen unhistorischen Zügen bereichert seien. Als die Quelle dieses Unhistorischen in den evangelischen Wundererzählungen hatte ich für die meisten Fälle die messianischen Erwartungen jener Zeit, wie sie sich insbesondere an alttestamentliche Vorgänge und Aussprüche anschlossen, nachzuweisen gesucht, in einzelnen Fällen jedoch, wie bei dem Wunder des verfluchten Feigenbaums, wohl auch den Mißverstand einer bildlichen Rede Jesu als diese Quelle angenommen. Diese letztere Ableitung hat nun Weiße mit offenbarer Uebertreibung auf alle evangelischen Wundergeschichten ausgedehnt: den Kern derselben sollen überall Gleichnißreden Jesu bilden, die im Wiedererzählen als äußere wunderbare

---

1) Die evangelische Geschichte kritisch und philosophisch bearbeitet, 1838; womit zu vergleichen: Die Evangelienfrage in ihrem gegenwärtigen Stadium, 1856.

2) Der Urevangelist, oder exegetisch-kritische Untersuchungen über das Verwandtschaftsverhältniß der drei ersten Evangelien, 1838.

Handlungen mißverstanden wurden. Das Hauptwunder der evangelischen Geschichte und den Probierstein für die verschiedenen Ansichten vom Leben Jesu, ja ich möchte sagen vom Christenthum überhaupt, die Auferstehung, faßt Weiße in so weit in Uebereinstimmung mit mir, daß er kein wirkliches Wiederaufleben des Gekreuzigten, weder wunderbares noch natürliches, sondern nur Visionen der Apostel annimmt; damit aber diese nicht als leerer Wahn erscheinen mögen, läßt er sie durch den Geist des abgeschiedenen Meisters, oder, wenn dies als leidiger Gespensterspuk mißfallen sollte, von Gott selbst unmittelbar in den Seelen der Apostel bewirkt sein. Man sieht hier dieselbe Halbheit, dieselbe Durchkreuzung richtiger kritischer Gedanken durch dilettantische Idiosynkrasien, wie sie den ganzen theologischen Standpunkt Weiße's kennzeichnet und insbesondere seine Bearbeitung der evangelischen Geschichte nur die Bedeutung einer Curiosität hat gewinnen lassen.

Eine ähnliche Bewandtniß hat es mit Ewald's Geschichte Christi [1]), wie von mir schon an einem andern Orte auseinandergesetzt worden ist. [2]) Seine Ansicht von der Person Jesu und von den Heilungswundern der evangelischen Geschichte ist halb Schleiermacherisch, halb Paulus'isch; von den übrigen Wundern, nur daß es nicht zugestanden wird, die mythische; in Betreff der Auferstehung Jesu enthält Ewald's lange und schwülstige Ausführung kein Körnchen eines Gedankens mehr, als was ich in dem entsprechenden Abschnitt meines Leben Jesu, freilich mit weit weniger Salbung, aber auch mit weit weniger Verworrenheit, darüber vorgetragen habe. Der betäubende Wort- und Phrasenschwall der Ewald'schen Darstellung dieser Dinge gemahnt wie ein Zeichen des letzten Stadiums, in dem sich diese ganze Art von Theologie befindet. Nur in der künstlichen Dämmerung einer überschwenglichen Rednerei kann man sich das Unvermeidliche noch verbergen; sobald vor dem Lichte klaren und bestimmten Denkens die Nebel fallen, steht das Ergebniß der Kritik unverkennbar vor dem Auge da.

Ein paar erfreuliche Ansätze zum Bessern haben uns die letzten Jahre gebracht. Zuerst die gehaltvolle kleine Schrift von Keim über die menschliche Entwicklung Jesu Christi [3]); neuestens das vielbesprochene Buch des Franzosen Ernst Renan über das Leben Jesu. [4]) So verschieden zwei

1) Geschichte Christus und seiner Zeit. Der Geschichte des Volks Israel fünfter Band, 1855, zweite Ausgabe 1857; womit zu vergleichen die Geschichte des apostolischen Zeitalters, der Geschichte des Volks Israel sechster Band, zweite Ausgabe 1858, Die drei ersten Evangelisten übersetzt und erklärt 1850, und Die johanneischen Schriften übersetzt und erklärt, 1861.

2) Gespräche von Ulrich v. Hutten, Vorrede, S. XXXVIII—XLIV.

3) Die menschliche Entwicklung Jesu Christi, akademische Antrittsrede von Dr. Th. Keim, 1861. Womit zu vergleichen die Anzeige der Schrift von Renan in der Beilage zur Allgemeinen Zeitung, 1863, Nr. 258—260.

4) Vie de Jésus, par Ernest Renan, 1863.

Schriften sein müssen, von denen die eine nur einen andeutenden Entwurf, die andere ein ausgeführtes farbenreiches Gemälde gibt, die eine ebenso deutsch-theologisch, wie die andere französisch-weltmännisch gehalten ist, so haben sie doch einen wichtigen Grundzug gemein, und selbst ihre Gegensätze fordern zur Vergleichung auf. Der gemeinsame Grundzug ist, was der Verfasser der ersteren Schrift als die Eigenthümlichkeit seiner Arbeit bezeichnet, dann aber als Beurtheiler der andern auch dieser zuerkennt, das Bestreben, mit der menschlichen Entwicklung Jesu vollen Ernst zu machen, auch an seinem Leben die geschichtliche, psychologische Auffassungsweise in aller Strenge durchzuführen. Richtig erkennt Keim, daß auf eine solche Betrachtung der Person und des Lebens Jesu der ganze Bildungsgang unserer Zeit hindränge, daß auch das allgemeine Bewußtsein nur noch einer solchen Geschichte rechten Glauben schenke, deren Potenzen es in sich selbst, in der gemeinsamen Anlage der menschlichen Natur wiederfinde. Ob es aber an dem ist, was er gleichfalls rühmt, daß sich diese Auffassung jetzt mehr oder minder bewußt in der ganzen Theologie vollziehe, ja, ob sie auch nur bei Keim sich vollzogen hat und vollziehen kann, ist eine andere Frage.

Zwar Eine Einsicht hat er, die hiezu vor Allem unerläßlich und um so höher anzuschlagen ist, je seltener sie sich außerhalb des Kreises der im engeren Sinne kritischen Schule findet, daß nämlich von einer menschlichen Auffassung der Person Jesu, von der Nachweisung eines inneren Entwicklungsgangs in seinem Leben keine Rede sein kann, so lange das vierte Evangelium als historische Quelle betrachtet, den drei ersten vorgezogen, oder auch nur gleichgestellt wird. Damit hat Keim einen großen Vorsprung vor den gewöhnlichen Bearbeitern des Lebens Jesu, auch vor Renan, gewonnen, der zwar von den johanneischen Christus-Reden die Einsicht ausspricht, Niemand werde ein Leben Jesu, das einen Sinn habe, zu Stande bringen, der auf dieselben Rücksicht nehme, dabei aber den Erzählungen desselben Evangeliums sogar eine höhere Glaubwürdigkeit als denen der übrigen zuerkennt. Ist hierin der deutsche Theologe, der nicht umsonst zu Baur's Füßen gesessen, dem Franzosen überlegen, der die deutschen Forschungen über diese Gegenstände nur so weit sie in's Französische übersetzt sind, genauer zu kennen scheint, so geht er freilich, wie wir finden werden, auf der andern Seite zu weit, wenn er von apostolischem Ursprung und einheitlichem Charakter des ersten Evangeliums spricht, und an der Hand dieses Evangeliums und seiner Anordnung die allmählige innere Entwicklung Jesu nachweisen zu können glaubt.

Entschieden aber wendet sich das Verhältniß zum Vortheil des Franzosen auf einem andern Punkte, wo er dem Deutschen entgegensteht. Dieser tadelt an jenem, daß bei ihm Jesus immer nur als einer, wenn auch der Erste, unter mehreren, nie als der Einzige erscheine, an dessen Vermittlung die ganze Menschheit gewiesen sei; wogegen er seinerseits jede Auffassung Christi von sich weist, die etwa nur ein Individuum als organisches Product der menschlichen Gattung herausbringe, da Christus vielmehr hoch über der thatsächlichen Menschheit, auch über ihren höchsten Helden, im Schooße des lebendigen Gottes, seines Vaters, begriffen werden müsse. Schon die überschwengliche Ausdrucksweise verräth hier die „pectorale Färbung", die Keim für seine Arbeit ausdrücklich in Anspruch nimmt; d. h. er zeigt sich mit Wissen und Willen in der christlich-theologischen Illusion befangen, und glaubt dabei dennoch den Anforderungen der Wissenschaft genügen zu können. Aber kein wirklicher Mensch ist ein Einziger, sondern jeder gehört, wenn auch vielleicht als relativ Erster, zu einer Klasse; und keiner steht in seiner Klasse so hoch, daß er nicht von einem Andern ergänzt würde. Daß Jesus, wenn er als Einziger gefaßt wird, doch zugleich als Mensch im vollen Sinne gefaßt werden könne, werden wir erst dann glauben, wenn man uns in der wirklichen Geschichte in irgend einem Fache einen solchen Einzigen nachweist, oder wenn man uns begreiflich macht, warum es nur im Felde der Religion einen solchen Einzigen geben könne. Hier wird derjenige, der sich innerhalb der Gränzen des wahrhaft Menschlichen halten will, niemals weiter kommen als das französische Weltkind, wenn es von Jesu die ächte Religion in der Menschheit nur so datirt, wie von Sokrates die Philosophie, von Aristoteles die Wissenschaft überhaupt, nämlich so, daß einzelne Ansätze schon vorher, bedeutende Fortschritte auch nachher noch gemacht worden sind und möglich bleiben, unbeschadet der ausgezeichneten Stellung jedoch, die jenen großen Anfängern und Begründern in ihrem Fache zukommt.

Daß es eine Täuschung ist, zu meinen, es lasse sich mit der vollen Menschheit Jesu Ernst machen, wenn er dabei ein einziges über der „factischen Menschheit" stehendes Wesen bleiben soll, würde sich zwar ungleich bestimmter herausstellen, wenn Keim das Leben Jesu im Einzelnen durchzuarbeiten unternehmen würde; doch zeigt es sich auch schon in seinem Entwurfe deutlich genug. So sehr man sich des freien Blicks und feinen Sinns erfreuen muß, womit er in den Einsichten und Ueberzeugungen Jesu das allmählige Werden und Wachsen, das Bedingtsein von umgebenden Zeitvorstellungen wie von eigener Beobachtung und Erfahrung, in der großen That seines Lebens das Ergebniß einer Reihe innerer Kämpfe nachweist, so wenig weiß man auf der andern Seite, was man davon denken soll, wenn er zur Erweckung des Messiasbewußtseins in Jesu „vielleicht auch die Wunder seiner Kindheit" mitwirken läßt, oder, wenn er, nachdem er für die Heilungswunder Jesu eine psychologische Erklärung zulässig gefunden, von den übrigen, „den seltener erzählten reinen Naturwundern", zwar die größere Schwierigkeit zugesteht, doch mit dem Beisatz, daß auch über sie in der Wissenschaft absolut noch nichts entschieden sei. Ich weiß, man kann den Beweis, den man hier von der Wissenschaft fordert, so fassen, daß man sagen kann, sie habe ihn noch nicht geleistet; in der That jedoch wäre durch Wunder, wie die Brodvermehrung, die Wasserverwandlung, das Seewandeln, sie als wirkliche Facta angenommen, die Naturwissenschaft in ihren ersten Grundlagen aufgehoben. Und wenn Jesu, neben der allmählig sich näher bestimmenden Vorahnung seines Leidens und Todes, seine Auferstehung „stets gewiß", und doch auch dieses Vorherwissen kein schlechthin übernatürliches gewesen sein soll, so können wir uns von der Auferstehung als übernatürlichem Ereigniß nur ein eben solches Vorherwissen, von einem so unberechenbaren Zufall aber, wie sie als natürliches Ereigniß gewesen sein müßte, kein natürliches Vorherwissen denken. Wie freilich Keim die Auferstehung Jesu fasse, hat er uns nicht gesagt. Da er von Visionen, worauf Renan hindeutet, nichts wissen will, das schlechthin Uebernatürliche aber aus dem Leben Jesu schon vorher verwiesen hat, so scheint ihm nur das Wiedererwachen aus einem Scheintod übrig zu bleiben. Damit würde er der Schleiermacher'schen Christologie am Schlusse recht auffallend seinen Tribut bezahlen, über die er zu einer geschichtlichern Fassung der Person Jesu hinausstrebte; deren Banne man aber nicht eher entkommt, als bis man sich der Voraussetzung entschlägt, als könnte ein Geschichtliches zugleich urbildlich, ein Uebernatürliches natürlich, ein Individuum zugleich wirklicher Mensch sein und doch über der ganzen wirklichen Menschheit stehen.

II. Die Evangelien als Quellen des Lebens Jesu.

A. Die äußeren Zeugnisse über den Ursprung und das Alter der Evangelien.

9.

Allgemeine Vorbemerkungen.

Es ist gesagt und an einer Reihe bisheriger Versuche anschaulich gemacht worden, daß, so lange die Evangelien als geschichtliche Quellen im strengen Sinne gefaßt werden, eine geschichtliche Ansicht von dem Leben Jesu unmöglich ist. Allein müssen sie denn nicht so gefaßt werden? Spricht nicht eine anderthalbtausendjährige kirchliche Ueberlieferung, sprechen nicht die ältesten, an die apostolische Zeit hinanreichenden Zeugnisse dafür, daß sie theils von vertrauten Augenzeugen des Lebens Jesu, theils von Schülern und Begleitern dieser Augenzeugen verfaßt sind? Nun wäre zwar mit dem Einen noch nicht auch das Andere bewiesen, da auch ein Augenzeuge einen unhistorischen Bericht geben kann, sei es, daß sein Zweck kein geschichtlicher ist, oder daß Befangenheit und Vorurtheil ihn die Dinge anders ansehen lassen, als sie in der Wirklichkeit lagen; doch wollen wir hievon vorerst absehen und die Zeugnisse für das Alter und den Ursprung unserer Evangelien einer Prüfung unterwerfen.

Da müssen wir uns aber vor Allem darüber verständigen, was wir unter einem Zeugniß für die Abkunft einer Schrift von einem gewissen Verfasser uns zu denken haben. Zunächst pflegen wir in dieser Hinsicht auf das eigene Zeugniß der Schrift zu achten und sie demjenigen Verfasser beizulegen, dessen Namen sie auf dem Titel trägt. Doch thun wir dieß nur bis auf Weiteres; sobald uns ein Grund aufstößt, der uns die Abkunft der Schrift von diesem Verfasser zweifelhaft macht, so erinnern wir uns, wie oft es schon vorgekommen ist, daß Schriften unter falschem Namen in die Welt geschickt worden sind, oder daß einer namenlos erschienenen in der

Folge ein Verfasser beigelegt worden ist, der es nicht war, und wir sehen uns daher nach weiteren Zeugnissen um. Wenn eine Schrift unter dem Namen eines noch lebenden Verfassers erscheint, so halten wir als Beweis, daß sie wirklich von ihm ist, in der Regel für hinreichend, daß dieß von keiner Seite widersprochen wird; denn wäre sie ihm unterschoben, denken wir, würde er selbst protestiren, hätte er sich aber eine fremde Arbeit angemaßt, würden dieß Andere thun. Wird indeß schon hiebei vorausgesetzt, was nicht nothwendig jedesmal zutreffen muß, daß beide Theile von dem Dasein der Schrift Kenntniß haben konnten, so wird, wenn es sich um einen Verstorbenen handelt, die Sache noch verwickelter. Kommt nach seinem Tode eine Schrift unter seinem Namen heraus, die doch nicht von ihm ist, so kann er nicht mehr protestiren, und ob Andere dazu sich bewogen und im Stande finden werden, hängt vom Zufall ab. Die Schrift kann mit dem, was wir sonst von einem solchen Manne wissen, mehr oder weniger zusammenstimmen, ihre Aechtheit folglich aus inneren Gründen mehr oder weniger wahrscheinlich sein; aber ein sicheres Zeugniß dafür hätten wir, falls seine eigene Handschrift nicht mehr zu produciren ist, nur dann, wenn entweder in Briefen oder sonstigen Aufzeichnungen des Verstorbenen sich bestimmte Hinweisungen auf dieselbe, als seine Arbeit, fänden, oder wenn ein Bekannter des Verfassers die Erklärung abgäbe, er wisse, daß dieser eine solche Schrift unter der Feder gehabt und vollendet habe; wobei indeß die Aechtheit jener Aufzeichnungen schon für sich feststehen, der Bekannte aber ein notorisch zuverläßiger Mann sein und kein denkbares Interesse haben müßte, in der Sache ein falsches Zeugniß abzulegen.

Ist uns eine Schrift aus alten Zeiten unter einem gewissen Namen überliefert, so bleibt die Sache im Wesentlichen die gleiche. Ihre Aechtheit ist nur dann sicher bezeugt, wenn entweder in unzweifelhaft ächten Aufzeichnungen des Verfassers selbst, oder in ächten Schriften von Zeitgenossen, und zwar müssen dieß solche sein, die etwas Sicheres darüber wissen konnten, von der fraglichen Schrift als einem Werke dieses Mannes die Rede ist. So spricht z. B. Cicero von seinen verschiedenen Schriften verschiedentlich in seinen Briefen, von Cäsar's Commentarien in seinem Brutus[1]); Virgil, Horaz und Ovid von ihren früheren Dichtungen in den späteren; der jüngere Plinius gibt in einem seiner Briefe seinem Freunde Tacitus die erbetene Auskunft über einen Punkt, den dieser in seinen Historien, die er damals in der Arbeit hatte, behandeln wollte[2]), und in einem andern Briefe zählt derselbe Plinius die einzelnen Schriften seines Oheims, des ältern Plinius, zum Theil mit Angabe ihrer Eintheilung und Einrichtung auf.[3])

1) C. 75.

2) Epist., L. VI, 16; vgl. 20.

3) L. III, 5.

Das Letztere ist nöthig und die Beschreibung der Schrift muß schon eine genaue sein, um den Beweis der Aechtheit vollständig zu machen; denn es könnte ja die ächte Schrift, von der der Verfasser oder sein Bekannter spräche, verloren gegangen und eine andere später unterschoben worden sein. Nur wenn ein nahe stehender Zeitgenosse aus der Schrift eines Andern, von der er spricht, zugleich Stellen anführt, die wir noch jetzt darin lesen, wie dieß z. B. der genannte Plinius mit einem Martialischen Epigramme thut [1]), erreicht das Zeugniß denjenigen Grad von Zuverläßigkeit, der in solchen Dingen erreichbar ist. Wie es aber kein vollgültiges Zeugniß heißen kann, wenn ein gleichzeitiger oder wenig späterer Schriftsteller von einem andern zwar aussagt, daß er eine Schrift eines gewissen Titels und Inhalts geschrieben habe, ohne doch etwas daraus anzuführen, das wir in der jetzt unter diesem Namen vorhandenen Schrift finden, so ist das Zeugniß noch viel weniger in dem umgekehrten Falle für vollständig zu achten, wenn ein Schriftsteller zwar sich der gleichen Worte wie ein anderer bedient, ohne jedoch zu sagen, daß er sie von einem andern, oder doch nicht, von wem er sie entlehnt habe. Denn hier bleibt ja mindestens die doppelte Möglichkeit, daß der eine Schriftsteller die Redensart nicht aus der Schrift des andern, sondern beide sie aus einer gemeinschaftlichen Quelle geschöpft haben; oder daß es eine zu einer gewissen Zeit und in gewissen Kreisen gebräuchliche Phrase sei, deren sich beide unabhängig von einer schriftlichen Quelle bedienten.

Hieraus erhellt schon, daß der Natur der Sache nach selten das äußere Zeugniß für eine Schrift so zwingend sein wird, daß es nicht der Unterstützung durch innere Gründe, die aus der Zusammenstimmung der Schrift mit der Zeit, den Verhältnissen und Eigenschaften des angeblichen Verfassers hergenommen sind, bedürfte, und daß es, wo diese inneren Gründe entschieden widerstreiten, hinreichend wäre, auch gegen dieselben die Aechtheit der Schrift uns zu verbürgen. Es lassen sich schlagende Beispiele anführen, wie die scheinbar glänzendste äußere Bezeugung sich hinterher als trüglich erwiesen und nicht hat verhindern können, daß die so bezeugte Schrift dem angeblichen Verfasser abgesprochen werden mußte. So erschien, um ein Beispiel aus meiner eigenen Praxis anzuführen, zur Ostermesse 1591 ein Gedicht in deutschen Reimen mit dem Titel: „Vom Leben, Reisen u. s. w. des großen St. Christoffels, beschrieben durch den wohlgelehrten Herrn Nicodemum Frischlinum“, der wenige Monate vorher durch den bekannten unglücklichen Sturz um's Leben gekommen war. Sein Gegner Crusius bezeichnete in dem Tagebuche seiner Händel mit Frischlin das Gedicht als das Rabengekrächz, nicht Schwanengesang, vor dessen Untergang; er that

1) III, 21. Vgl. Martial. Epigr., X, 13.

dieß freilich auf die Ankündigung des Schriftchens hin, also ehe er es gelesen hatte; aber es findet sich kein späterer Beisatz, dergleichen das noch handschriftlich vorhandene Tagebuch sonst manche enthält, daß ihm nach Ansicht des Gedichts dessen Frischlinische Abkunft zweifelhaft geworden wäre. Und wollte man sagen, dem über das Grab hinaus unversöhnlichen Crusius habe es schon recht sein können, daß eine so gehässige Satire seinem Todfeinde, wenn auch fälschlich, zugeschrieben wurde: so hat auch der Bruder Frischlin's, der sein Andenken in einer eigenen Schrift in Schutz nahm, nirgends ein Wort dagegen gesagt. So hat denn das Gedicht vom großen Christoffel bis auf die neueste Zeit herab für ein Frischlinisches posthumum gegolten und wird in den deutschen Literaturgeschichten unter den Werken Frischlin's aufgeführt. Mir, als Biographen des unglücklichen Dichters, war zwar das Stillschweigen über diese Arbeit in seinen zahlreich vor mir liegenden Briefen, besonders auch aus seiner letzten Kerkerzeit, auffallend; doch wagte ich, da das Gedicht im Ganzen nicht übel mit Frischlin's Art zusammenstimmte, auf jenes Stillschweigen allein hin nicht, ihm dasselbe abzusprechen. Nun fand aber vor zwei Jahren ein hessischer Geistlicher in dem Archiv zu Darmstadt eine Reihe von Actenstücken, die es außer Zweifel setzen, daß der Verfasser des Gedichts vielmehr ein Hanauisch-Isenburgischer Pfarrer Namens Schönwaldt, und Frischlin lediglich derjenige war, der es in den Druck gegeben und vielleicht da und dort überarbeitet hatte. [1])

Auf ein anderes ähnliches Beispiel haben sich auch schon Andere in gleicher Absicht berufen. Wenige Tage nach der Hinrichtung Carl's I. von England erschien unter dem Titel: Königsbild [2]), eine Denkschrift, welche der König während seiner Gefangenschaft zu seiner Vertheidigung verfaßt haben sollte; sie wurde von der Masse des Publikums in gutem Glauben und mit Begeisterung aufgenommen, mit der Zeit in etwa fünfzig Auflagen gedruckt, und hat hauptsächlich dazu beigetragen, dem hingerichteten König bei dem englischen Volke den Ehrentitel des Märtyrers zu verschaffen. Noch im gleichen Jahr 1649 zog der große Milton die Aechtheit des royalistischen Machwerks in Zweifel, von dem heute für ausgemacht gilt, daß ein Bischof von Exeter sein Verfasser war; aber noch am Ende des Jahrhunderts wurde es dem Deisten Toland von seinen Landsleuten sehr übel genommen, daß er in einer Biographie Milton's dessen Zweifeln gegen die Aechtheit jener Denkschrift beigetreten war. Freilich that er es mit Seitenblicken, die neben dem Royalismus auch gegen die Orthodoxie der Engländer

1) Vgl. die Abhandlung: Ueber Entstehung und Verfasser des dem Dr. Nicodemus Frischlin zugeschriebenen Gedichts von St. Christoffel. Von W. Nebel, Pfarrer in Dreieichenhain. In dem Anzeiger für Kunde deutscher Vorzeit, 1861, Nr. 10 u. 11.

2) Εἰκὼν βασιλική.

anstießen, die aber eben der Grund sind, warum wir aus manchen andern gerade dieses Beispiel hier ausgewählt haben. „Wenn ich ernstlich erwäge", bemerkte nämlich Toland zu jener Unterschiebungsgeschichte, „wie alles dieß in unserer Mitte sich zugetragen hat, binnen vierzig Jahren, in einer Zeit großer Gelehrsamkeit und Bildung, wo beide Parteien so genau über ihre gegenseitigen Handlungen wachten, so kann ich mich nicht länger wundern, wie so viele unterschobene Schriften unter dem Namen Christi, seiner Apostel und anderer großer Personen haben veröffentlicht werden können in den christlichen Urzeiten, wo es von so großer Bedeutung war, daß dieselben Glauben fanden, wo die Betrügereien auf allen Seiten zu häufig waren, als daß man einander hätte Vorwürfe darüber machen können, während zugleich der Verkehr bei weitem noch nicht so allgemein wie jetzt, und die ganze Erde von Aberglauben bedeckt war. Eher glaube ich, daß die Unächtheit einiger weiteren Bücher noch unentdeckt geblieben ist, vermöge der Entfernung der Zeiten, des Todes der betreffenden Personen und des Untergangs aller Denkmäler, die uns über die Wahrheit belehren könnten; zumal in Erwägung, wie gefährlich es jederzeit für die schwächere Partei gewesen ist, die Ränke ihrer Gegner aufzudecken, mochten sie auch noch so plump sein, und wie die herrschende Partei streng verordnete, daß alle Bücher, die ihr Anstoß gaben, verbrannt oder auf eine andere Art unterdrückt werden sollten."[1])

Dieser Schluß des Deisten, daß, wenn in so hellen und kritischen Zeiten, wie die damaligen, eine Fälschung der Art möglich gewesen, Aehnliches in so dunkeln und unkritischen Zeiten, wie die der Entstehung des Christenthums waren, noch weit leichter habe vorkommen können, ist in der That vollkommen begründet. Gerade die nächsten Jahrhunderte vor und nach Christi Geburt waren die eigentliche Blüthezeit solcher Unterschiebungen, und gerade die ältesten Christen, und zwar nicht blos ungebildete, sondern die gelehrtesten Kirchenväter nicht ausgenommen, die leichtgläubigsten in Anerkennung solcher offenbar untergeschobenen Schriften.[2]) So beruft sich der Verfasser des in unserem Kanon befindlichen Briefs Judä (V. 14) auf eine Weissagung des Henoch, des siebenten Erzvaters von Adam an, die wir in dem apokryphischen Buche Henoch lesen; er glaubte also, wie später Tertullian und andere Kirchenväter, in diesem Machwerke, das frühestens dem letzten vorchristlichen Jahrhundert angehört, einer schwachen Nachahmung insbesondere des Buchs Daniel, die wirklichen Weissagungen des Vaters von Methusalah und Urgroßvaters von Noah zu finden. Im zweiten Jahrhundert

1) Vgl. Lechler, Geschichte des englischen Deismus, S. 201.

2) Besonders lehrreich ist hierüber die Abhandlung (von Zeller) über die Tübinger historische Schule, in v. Sybel's Histor. Zeitschrift, IV, 90 fg.

vor Christus hatte ein alexandrinischer Jude, Aristobul [1]), um das Judenthum der griechischen Welt durch ihre eigenen Auctoritäten zu empfehlen, angebliche Verse der ältesten griechischen Dichter zusammengetragen, beziehungsweise selbst gemacht, worin diese sich nicht blos im Sinne des Monotheismus, sondern auch für ganz speciell jüdische Religionssatzungen aussprachen. Wir finden jetzt die Frechheit kaum begreiflich, mit welcher der Jude im Stande war, den Orpheus von Abraham, Moses und den zehn Geboten, den Homer von der Vollendung der Schöpfung am siebenten Tage und der Heiligung des Sabbats reden zu lassen; allein Aristobul kannte seine Leute besser: nicht nur ohnehin die Eitelkeit seiner Volksgenossen kam ihm gläubig entgegen, sondern auch gelehrte christliche Kirchenväter, wie Clemens von Alexandrien und Eusebius, berufen sich in vollem Glauben auf die von ihm geschmiedeten Beweisstellen.

Eine ähnliche Bewandtniß hat es mit den sibyllinischen Weissagungen, einer Sammlung von Orakeln, die, vom zweiten Jahrhundert vor bis in das dritte nach Christus, jenem fabelhaften Namen unterschoben, von den Kirchenvätern als ächte Sprüche jener heidnischen Seherinnen, der Zeitgenossinnen des trojanischen Kriegs, des Königs Tarquinius Priscus u. s. f. gebraucht wurden. [2]) Die Sibylle weiß nicht nur von der Schlange im Paradies und dem Thurmbau zu Babel, sondern sie sagt auch die Lebensschicksale und Wunder Jesu, seine Krankenheilungen und Todtenerweckungen, die Speisung der fünftausend und das Wandeln auf dem See, die Dornenkrone und die Tränkung mit Essig und Galle, den Kreuzestod und die Auferstehung nach drei Tagen, auf's genaueste voraus, ja sie gibt in den Anfangsbuchstaben einer Reihe von Versen die Buchstaben des vollen Namens und Titels Christi: ohne daß dieß Alles den Kirchenvätern, die es anführen, über die wahre Beschaffenheit der Sache die Augen geöffnet hätte. Schon Celsus sprach von Verfälschung der Sibyllenorakel, aber Origenes [3]) verlangte die Vorweisung der unverfälschten Exemplare, und Lactantius [4]) berief sich gegen den Vorwurf christlicher Unterschiebung auf Varro und Cicero, die, vor Christi Geburt schon gestorben, von der Erythräischen und anderen Sibyllen sprechen (aber freilich von den Weissagungen auf Christus, um die es sich handelt, noch nichts wissen).

Wie an der Erdichtung sibyllinischer Orakel neben den Juden auch die Christen betheiligt waren, so sahen sich die Letzteren im Streite mit den

---

1) Ueber ihn vgl. Gfrörer, Philo und die alexandrinische Theosophie, II, 71 fg. Zeller, Die Philosophie der Griechen, III, 2, S. 573 fg.

2) Vgl. Friedlieb, Die sibyllinischen Weissagungen, 1852, die Einleitung.

3) Contra Cels., V, 61.

4) Div. Instit., IV, 15, 26 fg.

Ersteren bald auch veranlaßt, die griechische Uebersetzung des Alten Testaments zu fälschen, um Beweisstellen gegen die Juden zu gewinnen. Man brachte durch Zusätze das Kreuz Christi in die Psalmen, seine Höllenfahrt in den Jeremias hinein, und wenn die Juden einwandten, daß diese Stellen in ihrem Text nicht zu finden seien, daß folglich die Christen sie eingeschwärzt haben müssen, so hatten die Kirchenväter die Stirne oder den guten Glauben, umgekehrt die Juden zu beschuldigen, sie haben die Stellen aus ihren Bibeln betrüglicherweise ausgemerzt. [1]) Daß Jesus der auf ihn bezogenen Weissagung des Micha gemäß in Bethlehem geboren sei, war natürlich den ältesten Christen sehr wichtig; um dieß nun auch den Römern glaublich zu machen, berief sich Justin [2]) auf die Schatzungstabellen, die Quirinus, ihr erster Landpfleger in Judäa, habe fertigen lassen. Nun war aber Quirinus niemals Landpfleger von Judäa, sondern Präses von Syrien gewesen, und hatte als solcher zwar eine Schatzung in Judäa vorgenommen, aber erst neun Jahre nach der Zeit, in welche den Evangelien und auch dem Justin zufolge die Geburt Jesu fällt; von ihm konnten daher keine Schatzungstabellen existiren, worin der Sohn der Maria vorkam, oder wenn solche existirten, so wird es damit die gleiche Bewandtniß gehabt haben, wie mit den Acta Pilati, auf welche sich derselbe Justin in Betreff der näheren Umstände bei der Kreuzigung Christi beruft. [3]) Von diesen angeblichen Pilatus-Acten nämlich, die wir jetzt umgearbeitet im Evangelium Nicodemi lesen, wissen wir, daß sie das Machwerk eines Christen waren, der eine im Wesentlichen aus unseren Evangelien gezogene und mit allerhand Fabeln ausgeschmückte Erzählung von der Verurtheilung, dem Tod und der Auferstehung Jesu in das Gewand eines Berichts von Pilatus an den Kaiser Tiberius gekleidet hatte, um die Sache für die Widersacher desto glaublicher undandringlicher zu machen.

Ein besonders schlagendes Beispiel davon, wie jenen Zeiten Alles für ächt galt, was sie erbaute, ist der Briefwechsel Christi mit dem König Abgarus von Edessa, den uns Eusebius als Ausbeute aus dem edessenischen Archiv in einer von ihm gefertigten Uebersetzung aus dem syrischen Original mittheilt. [4]) Abgarus, ein kleiner Dynast jenseits des Euphrat, war, so wird erzählt, an einem unheilbaren Uebel erkrankt. Wie er nun von den wunderbaren Heilungen hörte, die Jesus in Jerusalem verrichtete, sandte er den Eilboten Ananias dahin mit einem Briefe, worin er Jesum, den er jenen Thaten nach, schreibt er, entweder für Gott selbst oder für dessen

1) Vgl. Hilgenfeld, Die alttestamentlichen Citate Justin's, in Zeller's Theol. Jahrbüchern, 1850, S. 390 fg.

2) Apol., I, 34. Vgl. Tertull. adv. Marcion., IV, 7, 19.

3) Apol., I, 35.

4) Kirchengeschichte, I, 13.

Sohn halten müsse, ersuchte, sich zu ihm zu bemühen, um ihn zu heilen, und, wenn er wolle, bei ihm in Sicherheit vor den Nachstellungen der Juden zu leben. Darauf habe denn Jesus dem Fürsten durch den Ueberbringer Folgendes zurückgeschrieben: „Selig bist du, der du an mich glaubst, ohne mich gesehen zu haben. Denn es ist von mir geschrieben, daß die mich sehen, nicht an mich glauben werden, damit die, welche mich nicht sehen, glauben und selig werden mögen. Was nun aber dein Gesuch, zu dir zu kommen, betrifft, so muß ich erst Alles, um dessentwillen ich gesandt bin, hier erfüllen, und nachdem ich es erfüllt, sodann aufgenommen werden zu dem, der mich gesandt hat. Und wenn ich aufgenommen sein werde, will ich dir einen meiner Jünger senden, daß er dein Uebel heile und Leben und Seligkeit dir und denen bei dir mittheile." Daß das Christenthum schon im zweiten Jahrhundert in Edessa Wurzel faßte, wissen wir, und erklären uns daher leicht, wie dieß unhistorisch bis in die Zeit Jesu selbst zurückdatirt werden mochte; aber Eusebius hatte an der Aechtheit eines so offenbar und noch dazu so schlecht fingirten Documents (es läßt ja Christum sich auf die Stellen Joh. 9, 39. 20, 29, als etwas bereits Geschriebenes berufen) keinen Zweifel, und dieser Eusebius, der erste Geschichtschreiber der christlichen Kirche, ist eine der Hauptauctoritäten, auf deren Angaben der Glaube an die Aechtheit der Evangelien beruht.

10.

Die ältesten Zeugnisse für die drei ersten Evangelien.

Gehen wir nach diesen allgemeinen Vorbemerkungen, welche vorauszuschicken unerläßlich war, zu den ältesten Zeugnissen für das Dasein und die Aechtheit unserer Evangelien über [1]), so steht soviel fest, daß wir gegen das Ende des zweiten Jahrhunderts nach Christus dieselben vier Evangelien, die wir noch jetzt haben, in der Kirche anerkannt und von den drei hervorragenden Kirchenlehrern Irenäus in Gallien, Clemens in Alexandrien und Tertullian in Karthago als Schriften der Apostel und Apostelschüler, deren Namen sie tragen, vielfach citirt finden. Zwar war noch immer eine ziemliche Anzahl weiterer Evangelien in Umlauf, es gab ein Evangelium der Hebräer und der Aegyptier, des Petrus, des Bartholomäus, des Thomas, des Matthias, auch der zwölf Apostel, die nicht blos ketzerische Parteien gebrauchten, sondern auf die sich mitunter auch rechtgläubige Kirchenlehrer noch beriefen; doch als die eigentlich zuverläßigen Grundlagen des Christenglaubens wurden um jene Zeit und fortan jene vier betrachtet.

---

1) Hiezu vgl. besonders Köstlin, Der Ursprung und die Composition der synoptischen Evangelien, 1853, und Hilgenfeld, Kanon und Kritik des Neuen Testaments, 1863.

Fragen wir, warum gerade nur diese vier, nicht mehr und nicht weniger, so antwortet uns Irenäus[1]): das Evangelium ist die Säule der Kirche, die Kirche ist in der ganzen Welt verbreitet, die Welt hat vier Gegenden: so ist es schicklich, daß es auch vier Evangelien gibt. Ferner: das Evangelium ist der göttliche Lebenshauch oder Lebenswind für die Menschen, nun gibt es auf Erden vier Hauptwinde, also auch vier Evangelien. Oder: das weltschaffende Wort thront auf den Cherubim, die Cherubim haben vier Gestalten, also hat uns das Wort auch ein viergestaltiges Evangelium gegeben. Diese seltsame Beweisführung ist nun zwar nicht so zu verstehen, als wären die angegebenen Umstände der Grund gewesen, warum Irenäus nicht mehr und nicht weniger Evangelien annahm; vielmehr hatten sich diese vier eben damals in den Kreisen der nach Glaubenseinheit strebenden katholischen Kirche in vorzüglichen Credit gesetzt, und dieses gegebene Verhältniß suchte sich Irenäus im Geiste seiner Zeit zurechtzulegen: der sich aber eben in dieser Auseinandersetzung als ein dem Geiste unserer Zeit, dem Geiste verständiger Kritik, vollkommen fremder zu erkennen gibt.

Doch auch hievon abgesehen, kann uns ein Zeugniß, das um ein Jahrhundert von der Zeit absteht, bis zu welcher herab die angeblichen Verfasser jener Schriften möglicherweise noch gelebt haben können, nicht befriedigen, sondern wir müssen uns nach älteren Urkunden für die Abkunft unserer Evangelien umsehen. Hiebei wird es unerläßlich sein, nicht blos die drei ersten Evangelien von dem vierten zu trennen, sondern auch von jenen vorerst jedes einzelne für sich vorzunehmen.

Was für's Erste das Matthäus-Evangelium betrifft, so hat uns Eusebius von Papias, der in der ersten Hälfte des zweiten Jahrhunderts Bischof von Hierapolis in Phrygien war und die Ueberlieferungen von den Aposteln aus dem Munde der Kirchenältesten fleißig sammelte, folgendes Zeugniß aufbehalten[2]): „Matthäus schrieb in hebräischer Sprache die Sprüche (des Herrn) auf, es verdolmetschte sie aber ein Jeder, so gut er konnte.“ Daß Matthäus sein Evangelium hebräisch, d. h. in der damaligen aramäischen Landessprache, geschrieben, wird von den späteren Kirchenlehrern mit dem sich von selbst ergebenden Beisatze, daß er es für die Christen in Palästina gethan habe, wiederholt, und von Eusebius näher dahin bestimmt, Matthäus habe es gethan, als er von den Hebräern zu Andern gehen wollte, um jenen seine persönliche Gegenwart durch eine Schrift zu ersetzen[3]); Hieronymus aber fügt bei: wer dieses hebräisch geschriebene Evangelium später in's Griechische übertragen habe, wisse man nicht.[4]) Allgemein ver-

1) Adv. haeres., III, 11, 8.
2) Kirchengeschichte, III, 39, 16.
3) Kirchengeschichte, III, 24, 6.
4) De vir. illustr., 3.

stand man also unter der Schrift, welche Papias dem Matthäus beimißt, das Original unseres jetzigen Matthäus-Evangeliums, und betrachtete dieses als eine von unbekannter Hand gefertigte Uebersetzung desselben in's Griechische. Dabei befremdet es, daß Papias in der angeführten Stelle, die wahrscheinlich allen übrigen Nachrichten zum Grunde liegt, nur von Sprüchen[1]) redet, die Matthäus aufgeschrieben; und so hat ihn denn Schleiermacher beim Worte genommen, und die hebräische Schrift des Matthäus nicht von einem vollständigen Evangelium, sondern nur von einer Redensammlung verstanden.[2]) Wenn nun aber Schleiermacher weiter ging, und auch das Verdolmetschen, wovon Papias sagt, daß es ein Jeder so gut zu Stande gebracht, als er gekonnt habe, nicht von Uebersetzung, sondern von Erläuterung der Aussprüche Jesu durch Beifügung ihrer geschichtlichen Veranlassungen verstand, so ist er hierin jedenfalls zu weit gegangen. Denn wenn ein griechisch Schreibender von Verdolmetschen einer hebräischen Aufzeichnung spricht, so kann dieß unmöglich etwas Anderes als Uebersetzen bedeuten. Die Ergänzung der Sprüche durch Erzählungen war aber auch gar nicht nöthig, wenn Papias von Sprüchen, die Matthäus aufgeschrieben, nicht im ausschließenden, sondern nur in dem Sinne redete, daß sie ihm neben den Erzählungen als die Hauptsache erschienen. Und daß er es nur so meinte, erhellt aus seinem von Eusebius vorher angeführten Zeugniß über den Marcus, wo er, nachdem er so eben von „Reden und Thaten“ Christi gesprochen, die dieser Dolmetscher des Petrus aufgezeichnet habe, dieß gleich darauf eine „Zusammenstellung der Herrnsprüche“ nennt. Doch nur von einer hebräischen Evangelienschrift bezeugt Papias die Abfassung durch den Apostel Matthäus; daß aber unser griechischer Matthäus eine Uebersetzung davon sei, sagt er nicht, und in seinem Ausdruck, es habe sie Jeder übersetzt, so gut er gekonnt habe, scheint die Andeutung zu liegen, daß diese Uebersetzungen von einander abwichen, mehr Bearbeitungen als Uebersetzungen waren. Wenn also Hieronymus sich so ausdrückt: wer das hebräische Evangelium des Matthäus in's Griechische übertragen habe, wisse man nicht, so hätte er allen Grund gehabt, weiter zu gehen und zu gestehen, daß man überhaupt nicht wisse, ob unser jetziger Matthäus eine Uebersetzung aus dem Hebräischen sei; wie denn seine sprachliche Beschaffenheit vielmehr auf ursprünglich griechische Abfassung deutet. Eine Zeitlang freilich sprach Hieronymus so, als hätte er das hebräische Original des Matthäus aufgefunden, nämlich in dem sogenannten Hebräer-Evangelium der Nazaräer, das auch bei Anderen als das ursprüngliche Matthäus-Evangelium galt; aber da er es in der Folge in's Griechische übersetzte, was er nicht nöthig gehabt hätte, wenn

1) Τὰ λόγια.

2) Ueber die Zeugnisse des Papias von unsern beiden ersten Evangelien. Werke, Zur Theologie, II, 361 fg.

unser Matthäus schon eine solche Uebersetzung gewesen wäre, so muß er also wohl sich überzeugt haben, daß dieß nicht der Fall war; wie denn auch die Stellen, die er und andere Väter aus jenem Hebräer-Evangelium anführen, von unserem Matthäus bedeutend abweichen oder ihm auch ganz fremd sind. Freilich erhellt eben aus diesen Stellen, die zum Theil das Gepräge späterer Uebertreibung an sich tragen, daß das von Hieronymus übersetzte Hebräer-Evangelium, weit entfernt, das ursprüngliche Matthäus-Evangelium zu sein, vielmehr, wenn es der Ueberlieferung zufolge mit diesem zusammenhängen soll, eher eine noch spätere Ueberarbeitung desselben als unser jetziger Matthäus war.

Damit sind wir erst auf den richtigen Gesichtspunkt für die Betrachtung dieses Evangeliums gestellt. Wir sehen einen Grundstock, der möglicherweise der Angabe des Papias gemäß von einem Apostel herrühren könnte, in verschiedenen Ueberarbeitungen, deren eine das Hebräer-Evangelium, eine andere unser Matthäus ist, noch andere uns weiterhin begegnen werden. Und dieses Ueberarbeiten des überkommenen und mit der Zeit anwachsenden Evangelienstoffs war ein fortgehendes Geschäft, so daß sowohl das sogenannte Hebräer-Evangelium zu verschiedenen Zeiten und bei verschiedenen Parteien in verschiedener Gestalt erscheint, als auch unser Matthäus deutliche Spuren zeigt, nicht auf einmal, sondern durch wiederholte Redactionen nach und nach zu Stande gekommen zu sein. Doch wir dürfen in dieser Richtung nicht weiter gehen, ehe wir auch die ältesten Zeugnisse für die beiden anderen Evangelien der zusammengehörigen Gruppe untersucht haben.

Da wird denn für das Marcus-Evangelium derselbe Papias, dem wir die Notiz über das Matthäus-Evangelium verdanken, als Zeuge angeführt. Als Ueberlieferung des Presbyters Johannes, eines — doch wahrscheinlich blos mittelbaren [1]) — Schülers des Herrn, berichtet er nämlich [2]): „Marcus, welcher Dolmetscher des Petrus war, schrieb, soweit er sich erinnerte, genau, doch nicht in Ordnung, auf, was Christus geredet und gethan. Denn er hatte den Herrn nicht selbst gehört noch begleitet, sondern später, wie gesagt, den Petrus, der seine Vorträge nach dem jedesmaligen Bedürfniß einrichtete, und nicht, als hätte er eine Zusammenstellung der Reden des Herrn machen wollen; so daß den Marcus kein Vorwurf trifft, wenn er Einiges so aufschrieb, wie er es behalten hatte. Denn nur um Eines war es ihm zu thun, nichts von dem, was er gehört hatte, zu übergehen und nichts daran zu fälschen.“ Diese papianische Grundnotiz wird von den späteren Kirchenlehrern in so widersprechender Weise näher bestimmt, daß man schon hieraus sieht, wie sie für sich nichts Sicheres über die Sache

---

1) Vgl. Hilgenfeld, Die Evangelien, S. 339, Anm. 4.
2) Bei Eusebius, Kirchengeschichte, III, 35, 15.

wußten. Nach Irenäus [1]) nämlich hätte Marcus seine Aufzeichnungen erst nach dem Tode der beiden Apostel Petrus und Paulus gemacht; nach Clemens von Alexandrien [2]) hingegen hätte er sein Evangelium, noch während Petrus in Rom predigte, auf Verlangen von dessen Zuhörern geschrieben, und Petrus dieß, da er davon hörte, weder gefördert noch gehindert; wogegen Eusebius sagt [3]), als Petrus davon erfahren, habe er sich des Eifers der Leute gefreut und die Schrift zum Vorlesen in den Gemeinden bestätigt. Hierfür beruft sich Eusebius auf dieselbe Schrift des Clemens, aus der er später das eben Angegebene anführt, daß Petrus sich vielmehr in die Sache in keiner Weise gemischt habe. Allein man wünschte für das Evangelium die volle apostolische Auctorität, und da genügte für's Erste die Abfassung erst nach dem Tode des Apostels nicht, wo der Verfasser ihn nicht mehr befragen konnte; war es aber noch bei seinen Lebzeiten geschrieben, warum sollte er sich so gleichgültig dagegen verhalten, und es nicht vielmehr so dringend, als es das verdiente, den Gemeinden empfohlen haben? Da wir hier augenscheinlich Nachrichten vor uns haben, die man sich allmählig immer mehr nach Wunsch zurechtmachte, so finden wir uns einzig auf die Angabe des Papias zurückgewiesen, die wir jetzt noch genauer betrachten müssen.

Er sagt, Marcus habe aus der Erinnerung an die Lehrvorträge des Petrus die Reden und Thaten des Herrn aufgezeichnet, doch nicht in Ordnung; und es fragt sich nun vor Allem, wie wir das letztere verstehen sollen. Meinte Papias, nicht in der richtigen Ordnung, so fragt sich, was ihm die richtige Ordnung war? Man vermuthet, die Ordnung des johanneischen Evangeliums, die freilich von der des Marcus wie sämmtlicher synoptischen Evangelien durchaus abweicht; allein das johanneische Evangelium war dem Papias, wie wir bald finden werden, noch nicht bekannt, und würde von ihm am allerwenigsten als Maßstab für die übrigen anerkannt worden sein. Dagegen kannte er, wie wir gesehen haben, ein hebräisches Matthäus-Evangelium und griechische Bearbeitungen desselben; allein von der Anordnung unseres griechischen Matthäus wenigstens weicht die des Marcus nicht so wesentlich ab, daß ihm deßwegen Papias die rechte Ordnung abgesprochen haben würde. Ueberhaupt aber scheint es, wenn er den Mangel an Ordnung bei Marcus aus seiner Abhängigkeit von den Vorträgen des Petrus erklärt, der nur gelegentlich von Jesu erzählt habe, so will er ihm nicht nur die rechte, sondern jede historische Anordnung seiner Erzählung absprechen. Diese fehlt nun aber in unserem Marcus-Evangelium so wenig als in irgend einem andern, und es könnte folglich Papias, wenn wir seine Aussage so verstehen, nicht unser jetziges Marcus-Evangelium, sondern müßte

1) Adv. haer., III, 1, 1, bei Eusebius, Kirchengeschichte, V, 8, 2.
2) Bei Eusebius, Kirchengeschichte, VI, 14, 6.
3) Kirchengeschichte, II, 15, 2.

eine ganz andere Schrift vor Augen gehabt haben. Auch im Uebrigen weist die Beschaffenheit unseres Marcus-Evangeliums nicht auf ein Verhältniß des Verfassers zu Petrus, dessen Persönlichkeit in demselben in keiner Art mehr, im Gegentheil weniger als bei Matthäus hervortritt, sondern durchaus auf Benutzung des letztern, an den sich aber einer, der aus den Vorträgen des Petrus schöpfen konnte, nicht so durchgängig gehalten haben würde. Da uns sonach Papias von der Schrift des Marcus eine Beschreibung gibt, die auf unser Marcus-Evangelium nicht paßt, und ihre Beschaffenheit aus einem Verhältniß ableitet, das die unseres Marcus-Evangeliums nicht erklärt, so können wir aus seinem Zeugniß für unser zweites Evangelium keinen Aufschluß gewinnen.

Für das Lucas-Evangelium haben wir ein äußeres Zeugniß von so altem Datum nicht, dagegen trägt es ein beachtenswerthes Selbstzeugniß in seinem Vorwort (1, 1—4).[1]) Hier sagt nämlich der Verfasser: Da schon so Viele es unternommen haben, von den in der Christenheit in Erfüllung gegangenen Begebenheiten nach den Ueberlieferungen der anfänglichen Augenzeugen und Diener des Wortes eine Erzählung zusammenzustellen, habe auch er sich entschlossen, nachdem er Allem von Anfang an genau nachgegangen, es nach der Reihe für den Theophilus aufzuschreiben, damit dieser von den Lehren, in denen er unterrichtet worden, die Sicherheit erkennen möge. Aus diesem Vorwort ersehen wir für's Erste, daß um die Zeit, als der Verfasser unseres dritten Evangeliums schrieb, bereits eine zahlreiche Evangelienliteratur vorlag, auf welche er kritisch zurückblickte. Für's Andere, indem er die Vielen, welche evangelische Erzählungen zusammengestellt haben, von den anfänglichen Augenzeugen und Dienern des Worts, deren Ueberlieferungen sie verarbeiteten, unterscheidet, scheint er kein unmittelbar von einem Apostel verfaßtes Evangelium zu kennen; und indem er für's Dritte als das Mittel, seine Vorgänger zu übertreffen, nicht etwa eine besondere Quelle, wie die Belehrung durch einen Apostel, sondern nur das angibt, daß er sich nach Allem von Anfang an mit Fleiß erkundigt habe, so hat es nicht den Anschein, als ob wir in ihm den Gefährten eines Apostels vor uns hätten, wofür doch der Verfasser des dritten Evangeliums seit alten Zeiten gegolten hat.

Unmittelbar nach der vorhin angeführten Stelle über Marcus fährt nämlich Irenäus fort: „Und auch Lucas, der Begleiter des Paulus, hat das von diesem verkündigte Evangelium in einem Buche niedergelegt." Fast könnten wir hier wieder, wie so eben bei dem Zeugniß des Papias von Marcus, auf die Vermuthung fallen, das müsse eine ganz andere Schrift

---

1) Ueber dieses Vorwort vgl. Köstlin, Der Ursprung und die Composition der synoptischen Evangelien, S. 132 fg.

betreffen; denn daß das Evangelium, welches Paulus verkündigte, kein solches war, wie es uns jetzt im dritten oder sonst einem Evangelium vorliegt, ist sicher, da der Inhalt der apostolischen und überhaupt der ältesten christlichen Verkündigung durchaus nicht in einer ausführlichen Lebensgeschichte Jesu, sondern in dem kurzen Erweise seiner Messianität aus den alttestamentlichen Weissagungen und seiner Auferstehung von den Todten bestand, wozu nach Umständen eine Ausführung über die versöhnende Kraft seines Todes, die Erzählung von der Stiftung des Abendmahls, die Erinnerung an den oder jenen denkwürdigen Lehrspruch Jesu kommen mochte. Am wenigsten war Paulus der Mann, seinen Lehrvorträgen jene geschichtliche Einrichtung zu geben, da er als später erst Hinzugekommener die Kenntniß aller einzelnen Lebensumstände Jesu theils schwerlich hatte, theils auch kein Gewicht darauf gelegt zu haben scheint; weßwegen denn auch nach Hieronymus' Zeugniß [1]) Manche vorsorglich annahmen, Lucas habe sein Evangelium nicht von Paulus allein, der im Fleische nicht mit Jesus gewesen, sondern auch von den übrigen Aposteln empfangen. Auch hier wie bei Marcus finden wir dann überdieß die beruhigende Voraussetzung, daß Paulus von dem Evangelium seines Begleiters beifällige Notiz genommen; wenn er nämlich Röm. 2, 16 und 2 Tim. 2, 8 sagt: „nach meinem Evangelium", so bezog man dieß ohne Weiteres auf das Evangelium des Lucas, da es doch vielmehr, weit entfernt, irgend eine Schrift zu bezeichnen, nur von der mündlichen Verkündigung des Apostels selbst zu verstehen ist.

Scheint sich so das Verhältniß des dritten Evangeliums zu Paulus gleich dem des zweiten zu Petrus in Nichts aufzulösen, so verhält es sich damit doch anders, da diese Annahme hier nicht blos in den Angaben der Kirchenväter, sondern in der Schrift selbst ihre Grundlage hat. Bekanntlich ist nämlich das dritte Evangelium nur der erste Theil eines größeren Ganzen, dessen zweite Hälfte die Apostelgeschichte bildet, und in diesem zweiten Theile scheint der Verfasser nicht nur bisweilen als Begleiter des Paulus aufzutreten, wovon tiefer unten wird zu reden sein, sondern es geht aus demselben auch ein besonderes Interesse des Verfassers für diesen Apostel und die von ihm in der urchristlichen Kirche vertretene Richtung hervor. Aber auch im Evangelium werden wir, wenn wir auf dessen innere Beschaffenheit zu reden kommen, Spuren einer solchen Richtung nicht verkennen können; so daß also an der Beziehung, welche die kirchliche Ueberlieferung dem dritten Evangelisten zu Paulus gibt, bis jetzt wenigstens mehr zu sein scheint, als an der persönlichen Beziehung des zweiten zu Petrus.

---

1) De vir. ill. 7.

11.

Fernere Zeugnisse für die drei ersten Evangelien.

Sehen wir uns nach weiteren Spuren dieser drei ersten Evangelien in den ältesten Zeiten der christlichen Kirche um [1]), so hat man außer dem so eben erwähnten Ausdruck des Apostels Paulus auch noch in andern Stellen neutestamentlicher Schriften eine Bezugnahme auf unsere Evangelien erkennen wollen. Allein die allerdings auffallende Uebereinstimmung von 1. Kor. 11, 23—25 mit Luc. 22, 19 fg. in der Erzählung von der Einsetzung des Abendmahls ist nicht aus einer Benützung des Evangeliums durch den Apostel, sondern umgekehrt daraus zu erklären, daß der Evangelist seinen Bericht aus dem ihm bekannten Briefe des Apostels genommen hat. Dagegen ist im Hebräerbrief (5, 7) ohne Zweifel auf eine in sämmtlichen synoptischen Evangelien vorkommende Scene, den Seelenkampf Jesu in Gethsemane, hingedeutet; doch mit so allgemeinen Worten, daß nicht zu entscheiden ist, ob der Verfasser dieses Briefs, dessen Abfassungszeit überdieß nicht feststeht, aus einem unserer Evangelien, oder nur aus der umlaufenden evangelischen Ueberlieferung geschöpft hat. Ebenso wenig möchte ich bezweifeln, daß im zweiten Brief Petri (1, 17 fg.) von der Verklärung Jesu auf dem Berge die Rede sei, und zwar macht dießmal die Anführung der Himmelsstimme mit denselben Worten wie bei Matthäus die wirkliche Benützung von diesem oder der von ihm gebrauchten Quelle wahrscheinlich; allein der zweite Brief Petri ist eine der jüngsten Schriften unseres Kanon, so daß dieses Zeugniß uns schwerlich über das Ende des zweiten Jahrhunderts nach Christus hinaufführt.

Nächst den Schriften unseres neutestamentlichen Kanon kommen wir nun an die sogenannten apostolischen Väter [2]), eine Gruppe von Schriften angeblicher Apostelschüler, deren Aechtheit aber durchaus mehr als zweifelhaft und deren Abfassungszeit streitig ist, die also schon insofern wenig geeignet sind, uns in der Frage nach dem Ursprung unserer Evangelien sichere Anhaltspunkte zu gewähren. Fest steht, daß in diesen Schriften, den angeblichen Briefen des Barnabas, des römischen Clemens, des Ignatius und Polykarp, sowie in dem sogenannten Hirten des Hermas, theils Anklänge an, theils Berufungen auf Sprüche und Erzählungen sich finden, die uns aus den drei ersten Evangelien bekannt sind. Bloße Anklänge nenne ich solche Berührungen jener Schriften mit unseren Evangelien, wenn ohne

1) Vgl. hiezu, außer den angeführten Schriften von Köstlin und Hilgenfeld, Zeller, Die Apostelgeschichte nach ihrem Inhalt und Ursprung kritisch untersucht, S. 6 fg.

2) Vgl. Hilgenfeld, Die apostolischen Väter, 1853.

irgend eine Erwähnung, daß dieß ein Ausspruch Christi, oder daß es irgendwo geschrieben sei, dieselben oder doch auffallend ähnliche Worte gebraucht, oder Dinge erwähnt werden, die wir auch in unsern Evangelien finden. Wenn z. B. der angebliche Ignatius an die Römer schreibt (Kap. 6): „Besser ist mir, in Christo zu sterben, als über die Enden der Erde zu herrschen; denn was nützt es dem Menschen, wenn er die ganze Welt gewinnt, an seiner Seele aber Schaden nimmt?“ oder wenn Barnabas unter andern Ermahnungen, die zum Theil an paulinische Briefe anklingen, zum Theil aber ohne Parallelen im Neuen Testamente sind, auch die hat: „Jedem, der dich bittet, dem gib“ (Kap. 19): so ist nicht wohl zu verkennen, daß dem Ersteren der Spruch Christi vorschwebte, den wir Matth. 16, 26, dem Andern der, den wir Luc. 6, 30 und Matth. 5, 42 lesen; aber daß sie dieselben gerade aus unsern Evangelien, ja ob sie sie überhaupt aus schriftlichen Quellen und nicht vielmehr nur aus der mündlichen Ueberlieferung geschöpft haben, ist wenigstens aus derartigen Anspielungen für sich noch nicht zu entscheiden. Aber auch ihre ausdrücklichen Berufungen auf Aussprüche Christi führen uns nicht weiter. Wenn Polykarp in seinem Brief an die Philipper (Kap. 7) sagt: „Bittet den allschauenden Gott, euch nicht in Versuchung zu führen, wie der Herr gesagt hat: „Der Geist ist willig, aber das Fleisch ist schwach“: so ist zwar die Beziehung auf die Mahnung Christi in Gethsemane (Matth. 26, 41) und daneben die Erinnerung an die Bitte im Vaterunser (Matth. 6, 13) nicht zu verkennen, aber ob dem Verfasser beide Sprüche aus derselben Quelle wie uns zugekommen waren, bleibt zweifelhaft. Wenigstens schriftliche Quellen überhaupt sind vorauszusetzen, wenn Barnabas den Spruch: Viele sind berufen, aber Wenige auserwählt, mit dem Beisatz, „wie geschrieben ist“ anführt (Kap. 4), oder der Verfasser des zweiten Clemensbriefs nach Anführung einer im Galaterbrief benützten Stelle des Jesaias fortfährt (Kap. 2): „Und eine andere Schrift sagt: ich bin nicht gekommen, die Gerechten zu rufen, sondern die Sünder“; aber dort ist unter der Schrift ohne Zweifel das apokryphische Esrabuch verstanden [1]), und hier gehört die Anführung einer evangelischen Aufzeichnung als (heiliger) Schrift neben einem alttestamentlichen Buche unter die Merkmale eines sehr späten Ursprungs des Briefs; ungerechnet noch, daß wir auch hier nicht wissen können, ob die benutzte schriftliche Quelle gerade eines unserer Evangelien (Matth. 20, 16. 22, 14. 9, 13) gewesen ist.

Dieß wird aber vollends zweifelhaft, wenn wir beobachten, daß die Aussprüche Christi, wie diese apostolischen Väter sie anführen, bisweilen wesentlich anders lauten, als in unsern Evangelien. Von dem oben erwähnten

1) 4 Esr. 8, 3. Vgl. Vollmar, Einleitung in die Apokryphen, II, 290; Hilgenfeld, Die Propheten Esra und Daniel, S. 70.

zweiten Brief des Clemens sehen wir hiebei ab, der noch in der zweiten Hälfte des zweiten Jahrhunderts Aussprüche Jesu anführt, die, in unsern kanonischen Evangelien unerhört, wahrscheinlich in dem apokryphischen Evangelium der Aegyptier standen. Aber auch der muthmaßlich dem Anfang des zweiten Jahrhunderts angehörige erste Clemensbrief führt in einer Ermahnung zur Demuth und Milde (Kap. 13) Worte des Herrn Jesus an, „die er redete, Billigkeit und Langmuth lehrend, so nämlich sprach er: Erbarmet euch, daß ihr Erbarmen findet; vergebet, daß euch vergeben werde; wie ihr thut, so wird euch gethan werden; wie ihr gebet, so wird euch gegeben werden; wie ihr richtet, so werdet ihr gerichtet werden; wie ihr gütig seid, so werdet ihr Güte finden; mit welchem Maß ihr messet, mit dem wird euch gemessen werden." Hier ist der Anklang an Matth. 7, 1 fg.: Richtet nicht, daß ihr nicht gerichtet werdet u. s. w. unverkennbar; die weitere Ausführung aber weicht so weit ab, daß sie nicht wohl aus unserem Matthäus, aber auch nicht aus Lucas geschöpft sein kann, der in der Parallelstelle 6, 37 fg. den Text des Matthäus gleichfalls, aber in anderer Art, erweitert: und so scheint denselben eine andere Evangelienschrift wieder in anderer Fassung gegeben zu haben, aus der nun der Verfasser des Clemensbriefs (und aus diesem wahrscheinlich der angebliche Polykarp, Kap. 2) schöpfte. Von evangelischen Thatsachen findet sich noch wenig Einzelnes in diesen Briefen, am meisten noch in denen, die den Namen des Ignatius tragen, die aber in Wahrheit nicht vor der Mitte des zweiten Jahrhunderts entstanden sind, wo es uns dann nicht wundern darf, außer dem Allgemeinen von Jesus als Gottes- und Davids-Sohn aus der Jungfrau, seinem Leiden und versöhnenden Sterben, seiner Auferstehung und Himmelfahrt, noch insbesondere die Erscheinung des Sterns bei seiner Geburt (Eph. 19), die Begründung seiner Taufe durch den Zweck, alle Gerechtigkeit zu erfüllen (Smyrn. 1), die Auferweckung der alttestamentlichen Frommen bei seiner Auferstehung (Magn. 9), das Essen und Trinken mit seinen Jüngern nach seiner Wiederbelebung (ebendas. 3) zu finden, wovon die drei ersten Punkte an Matth. 2, 1 fg. 3, 15. 27, 52, der zuletzt angeführte an Luc. 24, 39 und Apostelgesch. 10, 41, erinnern.

Festeren Boden gewinnen wir mit Justin den Märtyrer[1]), sofern die Aechtheit seiner wichtigsten Schriften keinem Zweifel unterliegt, und die Zeit seiner schriftstellerischen Blüthe jedenfalls die Regierung des Antoninus Pius, 138—161 n. Chr. war. Bei ihm finden wir nun vor Allem die bei den apostolischen Vätern fast durchaus vermißte Berufung auf schriftliche Quellen

1) Vgl. hiezu Hilgenfeld, Kritische Untersuchung der Evangelien Justin's, 1850; Volkmar, Die Zeit Justin's des Märtyrers, kritisch untersucht, in Zeller's Theol. Jahrbüchern, 1855, S. 227 fg., 412 fg.

der von ihm angezogenen Reden oder Begebenheiten aus dem Leben Jesu. Aber daß diese Quellen unsere Evangelien oder einige derselben gewesen seien, sagt auch er nicht. Er nennt seine Quellen gewöhnlich „Denkwürdigkeiten der Apostel", mit dem griechischen Wort, das ihm ohne Zweifel von Xenophon's Denkwürdigkeiten des Sokrates her bekannt war; daß man diese Denkwürdigkeiten Evangelien heiße, bemerkt er in einer Stelle [1]), die schon als späteres Einschiebsel angefochten worden ist, und wenn er sonst wohl auch von dem Evangelium in der Einzahl spricht, so hat es, in Anbetracht, daß auch bei Xenophon's Denkwürdigkeiten der Plural nur Eine Schrift bezeichnet, nicht an solchen gefehlt, die ihm nur Ein Evangelium zuschreiben wollten, während Andere unter seinem Evangelium in der Einzahl eine Evangeliensammlung verstanden haben. Näher sagt er von diesen Denkwürdigkeiten, sie seien von den Aposteln Jesu und deren Begleitern verfaßt, was mit der kirchlichen Vorstellung von dem Ursprung unserer Evangelien zusammenstimmt; woher er aber dieß weiß, und ob es nicht lediglich die nahe liegende Voraussetzung ist, daß Denkwürdigkeiten über Jesus nur von Personen, die ihm nahe standen, verfaßt sein können, erfahren wir nicht.

Was nun zuerst den erzählenden Inhalt der von Justin benützten Berichte betrifft, so sehen wir aus dem bisherigen Nebel schon so ziemlich dieselben geschichtlichen Umrisse hervortreten, wie wir sie in unsern Evangelien finden: Stammtafel von David, ja von Adam an, Engelankündigung und übernatürliche Erzeugung, Schatzung, Magier und Flucht nach Aegypten; dann der Täufer als Vorläufer, Taufe und Versuchung Jesu; Jünger-Wahl und Aussendung, Wunder und Lehramt, Zöllnerfreundschaft und Bekämpfung der Pharisäer; endlich Todes-Verkündigung, Einzug in Jerusalem, Tempelreinigung, Einsetzung des Abendmahls, Gefangennehmung und Kreuzigung, Auferstehung und Himmelfahrt. Daneben berichtet aber Justin auch Einiges, was wir in unsern Evangelien nicht finden. Er läßt Jesum in einer Höhle bei Bethlehem geboren werden, läßt ihn nachher seinem Vater in dessen Zimmermanns- und Wagner-Arbeiten behülflich sein, bei seiner Taufe im Jordan ein Feuer sich entzünden, wobei die Himmelsstimme nach Ps. 2, 7 lautet: „Mein Sohn bist du, heute habe ich dich gezeuget." Auch die Nachricht, nach der Kreuzigung Jesu seien alle seine Jünger von ihm abgefallen und haben ihn verläugnet, geht über die Art, wie unsere Evangelien dieses Verhältniß darstellen, fast ebenso weit hinaus, wie die Angabe des Barnabasbriefs (Kap. 5), sie seien vor ihrer Berufung durch Jesus die allerverruchtesten Sünder gewesen. Von diesen Abweichungen ließen sich wohl einzelne ohne-

---

1) Die justinischen Stellen findet man in jeder Einleitung in das Neue Testament, weßwegen ich sie hier nicht einzeln nachweise.

die Voraussetzung besonderer Quellen als eigene Combinationen Justin's fassen; z. B. wenn ihm unser Marcus (6, 3) die Frage der Nazaretaner nicht blos wie Matthäus (13, 55) in der Form: Ist dieß nicht des Zimmermanns Sohn? sondern mit den Worten: Ist dieß nicht der Zimmermann? an die Hand gegeben hatte, konnte er möglicherweise selbst den Schluß machen, der Sohn werde dem Vater in seinen Berufsarbeiten geholfen haben. Ebenso wenn er den Quirinus gegen die richtige Angabe des Lucas aus einem Präses von Syrien zum Landpfleger von Judäa macht, kann dieß leicht ein Versehen sein, wozu ihn der Umstand, daß demselben ein jüdischer Census zugeschrieben war, verleiten mochte. So könnte man auch das nur als eigene Auslegung des Ausdrucks bei Matthäus ansehen wollen, wenn er dessen morgenländische Magier bestimmt aus Arabien kommen läßt; bemerken wir jedoch, wie er diesen Ausdruck nicht weniger als zehnmal wiederholt, wie den, daß der Täufer am Jordan gesessen sei, wenigstens dreimal, so scheint solche Beharrlichkeit doch auf eine besondere Quelle hinzudeuten; eine Annahme, zu welcher uns die Höhle bei Bethlehem und das Feuer im Jordan ohnehin nöthigen. Und wenn wir nun von Epiphanius [1]) erfahren, daß das Hebräer-Evangelium, dessen sich die Ebioniten bedienten, gleichfalls von einem großen Lichte wußte, das bei der Taufe Jesu den Ort umleuchtet habe, und daß es bei der Himmelsstimme nach den Worten: „Mein Sohn, an dem ich Wohlgefallen habe", die wir in unsern Evangelien lesen, noch die anderen enthielt: „Heute habe ich dich gezeuget", die wir bei Justin fanden, so liegt die Vermuthung nahe, das Evangelium, aus dem er diese Züge schöpfte, möge eine Redaction des Hebräer-Evangeliums gewesen sein.

Mehr Uebereinstimmung mit unsern Evangelien als in den Erzählungen findet in den Reden Jesu statt, die Justin nach seinen apostolischen Denkwürdigkeiten mittheilt. Zwar ganz bis auf's Wort hinaus erstreckt sich die Einstimmung nur in sehr wenigen Fällen, aber die Abweichungen sind häufig der Art, wie sie nicht blos dem, der aus dem Gedächtniß citirt, sondern auch dem, der aus einem vorliegenden Buche sorglos abschreibt, leicht begegnen. Erst wenn in einer solchen Abweichung entweder Justin selbst an verschiedenen Stellen sich gleich bleibt, oder dieselbe abweichende Anführung auch bei andern Schriftstellern sich findet, gewinnt die Voraussetzung einer von unsern Evangelien verschiedenen Quelle größere Wahrscheinlichkeit. So wäre es für sich von keinem Belang, daß Justin die Stelle aus der Bergrede (Luc. 6, 37): „Darum werdet barmherzig, wie euer Vater im Himmel barmherzig ist", mit der Einschaltung anführt: „Werdet gütig und barmherzig, wie euer Vater im Himmel gütig und barmherzig ist"; daß er dieß aber zweimal in verschiedenen Schriften thut,

1) Haeres,, XXX. 13.

macht schon wahrscheinlicher, daß er diesen Spruch in seiner Quelle wirklich so gelesen hat. Ebenso wenn wir den Ausspruch Jesu: „Keiner kennt den Sohn als der Vater, und Keiner kennt den Vater als der Sohn“ u. s. f., bei Justin mit der doppelten Abweichung angeführt finden, daß erstlich das Erkennen des Vaters durch den Sohn dem des Sohnes durch den Vater voransteht, und zweitens das Erkennen in die vergangene Zeit gesetzt ist[1]), könnte dieß als ein freies Citat aus unserem Matthäus (11, 27) und Lucas (10, 22) erscheinen; sehen wir aber, daß der Spruch genau mit denselben Abweichungen wiederholt auch in den clementinischen Homilien angeführt wird, so werden wir auch hier an eine besondere Quelle denken müssen. Nicht selten zieht Justin Reden, die sich in unsern Evangelien zerstreut finden, in Eins zusammen; der Spruch jedoch, den er Jesu zuschreibt: „Worin ich euch finde, darin will ich euch richten“, dessengleichen wir in unsern Evangelien vergeblich suchen, läßt sich doch schwerlich als bloße Zusammenfassung der Reden Jesu Matth. 24, 37 fg., Luc. 12, 35 fg., 17, 26 fg. erklären, sondern scheint anderswoher genommen zu sein.

Sehen wir jetzt noch bestimmter auf das Verhältniß der Justin'schen Citate zu unsern einzelnen Evangelien (immer das vierte noch vorbehalten), so findet die meiste Uebereinstimmung mit unserem Matthäus statt. Die Aussprüche Jesu, wie sie Justin citirt, sind in der Regel der Fassung derselben bei Matthäus am ähnlichsten, und auch solche Reden und Begebenheiten, die von unseren Evangelisten nur Matthäus hat, finden sich bei Justin wieder. Aber, wenngleich minder häufig, ist doch stellenweise auch die Uebereinstimmung mit Lucas nicht zu verkennen. Daß dieses Evangelium zu Justin's Zeit seinen Hauptbestandtheilen nach vorhanden gewesen, erhellt ohnehin daraus, daß der von dem Märtyrer bekämpfte Gnostiker Marcion sich eines Evangeliums bediente, in welchem die orthodoxen Kirchenlehrer ein verstümmeltes Lucas-Evangelium sahen. Justin seinerseits gedenkt der lange unfruchtbaren Elisabet, der Schatzung, des Auftretens Jesu im dreißigsten Jahre, der Aussendung der 70 Jünger, der ihnen verliehenen Gewalt, auf Schlangen und Scorpionen zu treten, des in Tropfen niederfallenden Schweißes in Gethsemane, der Sendung des Gefangenen von Pilatus zu Herodes — aller dieser dem Lucas eigenthümlichen Punkte gedenkt Justin und zum Theil in ganz ähnlichen Worten und Wendungen wie Lucas. Dabei sucht er in solchen Stücken, worin beide Evangelisten von verschiedenen Voraussetzungen ausgehen, sie auszugleichen. So läßt er, ungeachtet der Vorherverkündigung der Schwangerschaft Maria's durch den Engel Gabriel, wie sie Lucas erzählt, dennoch den Joseph an seiner Verlobten irre und erst durch ein Traumgesicht zurecht gebracht werden, wie dieß Matthäus, der

1) οὐδεὶς ἔγνω, statt ἐπιγινώσκει, Apol., I, 63. Vgl. Clem. Homil. 17, 4. 18, 4. 11. 13. 20.

von einer Vorherverkündigung nichts weiß, nöthig fand; später den Joseph zwar mit Lucas nur zufällig durch die Schatzung von seinem Wohnort Nazaret nach Bethlehem geführt werden, dann aber gleichwohl bei der Rückkehr aus Aegypten mit dem Plan umgehen, in Bethlehem sich niederzulassen, wo er doch nach der Schatzung des Lucas nichts mehr zu thun hatte, sondern nur, wenn er nach Matthäus von jeher dort wohnhaft gewesen war. Daß mit Marcus die Uebereinstimmung seltener hervortritt, hat seinen Grund darin, daß dieses Evangelium so wenig Eigenes hat; doch findet sich eine Spur auch seiner Eigenthümlichkeit in dem Namen Boanerges für die Söhne Zebedäi, dessen Justin Erwähnung thut, und den von unseren Evangelien nur Marcus (3, 17) an die Hand gab.

Fragen wir nun, wie diese Gestaltung des evangelischen Stoffs bei Justin sich erklärt, und was in Bezug auf unsere Evangelien daraus folgt, so ist die Voraussetzung, daß Justin eben nur unsere Evangelien gehabt, diese aber frei citirt und aus eigener Vermuthung oder umlaufender Sage ergänzt habe, zur Erklärung des Thatbestandes ebenso ungenügend, als die entgegenstehende, daß er unsere Evangelien gar nicht gekannt, sondern sich eines Evangeliums bedient habe, das, unerachtet manches Zusammentreffens mit jenen, dennoch von ihnen verschieden war. Denn daß er mehrere Evangelien gehabt haben muß, wird schon daraus wahrscheinlich, daß seine Darstellung bisweilen eine ausgleichende ist, und daß davon eines mit unserem Matthäus, ein anderes mit unserem Lucas wesentlich identisch gewesen, das zeigt die angestellte Vergleichung; daß er aber außer ihnen noch ein oder mehrere weitere Evangelien gehabt haben muß, haben wir ebenfalls gefunden. Wir sehen also um die Mitte des zweiten Jahrhunderts den evangelischen Stoff bereits in verschiedene Redactionen gebracht, die zum Theil unseren jetzigen Evangelien entsprechen, zum Theil aber auch Abweichungen darbieten, die, wie die Höhle bei Bethlehem und das Feuer im Jordan, uns den unerloschenen Trieb der evangelischen Sagenpoesie vor Augen stellen.

Eine ähnliche Bewandtniß hat es mit den evangelischen Citaten der clementinischen Homilien, einer ebionitischen Schrift, die ein bis zwei Jahrzehnte jünger sein mag, als die Hauptwerke des Justin. Auch sie treffen am meisten mit Matthäus, seltener mit Lucas und Marcus zusammen, während sie zugleich durch einzelnes Eigenthümliche auf eine weitere Quelle hindeuten, die wahrscheinlich die auch von Justin gebrauchte war. Eine Mehrheit von Evangelien, worunter ohne Zweifel unser Matthäus und Lucas, war auch dem heidnischen Philosophen Celsus, der nach der Mitte des zweiten Jahrhunderts gegen die Christen schrieb, bekannt, und er gebrauchte ihre Abweichungen, z. B. in der Auferstehungsgeschichte, als Beweis gegen die Wahrheit des Christenthums. Wenn er sich hiebei des Ausdrucks bedient, etliche Christen erlauben sich, das Evangelium aus der ersten Schrift dreifach und vierfach und vielfach umzuprägen und umzubilden, um gegen die Wiederlegungen Ausflüchte zu gewinnen [1]), so liegt hierin, wenn wir das Gehässige abziehen, gewiß viel Richtiges. Denn alle Umprägungen, verschiedene Redactionen derselben Grundlage werden sich uns wenigstens die drei ersten Evangelien immer mehr darstellen, und auch die bald mehr apologetischen, bald mehr dogmatischen Interessen, um deren willen diese Umprägungen vorgenommen wurden, werden uns nicht ganz verborgen bleiben.

Ueber die Ordnung, in welcher unsere Evangelien geschrieben wörden, haben wir von Clemens von Alexandrien als Ueberlieferung der alten Kirchenvorsteher die Notiz, daß die mit den Genealogien — das wären unser Matthäus und Lucas — vor den anderen geschrieben seien, und wir werden finden, daß diese Angabe mit ihrer inneren Beschaffenheit zusammenstimmt. Origenes läßt den Matthäus zuerst, dann aber abweichend von Clemens, den Lucas nach Marcus schreiben; wobei wir nicht wissen, ob nicht bereits die Anordnung der Evangelien im Kanon, welcher doch höchst wahrscheinlich nur das kirchliche Rangverhältniß der beiden Apostel Petrus und Paulus zum Grunde lag, von Einfluß gewesen ist. Darin aber stimmen beide überein und treffen hier gewiß mit der geschichtlichen Wahrheit zusammen, daß sie das johanneische Evangelium für das zuletzt geschriebene erklären. [2])

Aus allen diesen Erörterungen ergibt sich also für die drei ersten Evangelien Folgendes. Selbst wenn wir das Zeugniß des Papias über Matthäus und Marcus als Verfasser von Evangelienschriften gelten lassen, gegen dessen Glaubwürdigkeit übrigens, wie wir bald finden werden, immer noch Einspruch möglich ist, so ist doch weder unser erstes Evangelium, so wie wir es haben, die Schrift des Apostels Matthäus, noch das zweite die des Apostelgehülfen Marcus, von denen Papias spricht, und während wir von unserem Matthäus-Evangelium nicht wissen, wie es sich zu der Apostelschrift verhielt, welche Zuthaten diese noch bekommen, welche Umarbeitungen noch erfahren hat, so wissen wir von unserem Marcus-Evangelium nicht einmal, ob es überhaupt mit der Marcusschrift des Papias irgend einen Zusammenhang hat. Von dem Verfasser des Lucas-Evangeliums aber wissen wir aus seinem eigenen Vorwort, daß er ziemlich spät und als ein secundärer, ältere Quellen verarbeitender Schriftsteller geschrieben hat; womit, wie wir bald sehen werden, die Stellen der Apostelgeschichte, in denen ein Begleiter des Paulus zu sprechen scheint, nicht im Widerspruche stehen. Sichere Spuren, daß unsere drei ersten Evangelien in ihrer jetzigen Gestalt vorhanden gewesen, begegnen uns erst gegen die Mitte des zweiten Jahrhunderts, mithin ein volles Jahrhundert nach der Zeit, in welcher die Hauptbegebenheiten der in den-

1) Orig. c. Cels., II, 27.

2) Bei Eusebius, Kirchengeschichte, VI, 14, 5. 7. 25, 5. 6. Vgl. III, 24, 7.

selben enthaltenen Geschichte spielten: und daß dieser Zeitraum zu kurz sei, um das Eindringen ungeschichtlicher Elemente in alle Theile der evangelischen Geschichte denkbar zu machen, wird Niemand mit Fug behaupten können.

12.

Die Zeugnisse für das johanneische Evangelium.

Dieß wird jetzt auch so ziemlich auf allen Seiten, soweit die Kritik aus der Theologie nicht vollständig verbannt ist, zugestanden. Um so fester wird dafür an dem vierten Evangelium, als der Schrift eines apostolischen Augenzeugen, als dem sicheren Boden für die Geschichte des Urchristenthums, gehalten. Es müssen wohl hauptsächlich innere Gründe sein, aus denen ein solches Vertrauen erwächst; denn was die äußeren Zeugnisse betrifft [1]), so stünde die Sache des vierten Evangeliums gut, wenn sie so stünde, wie die der drei ersten Evangelien. Papias, der von Matthäus wenigstens sagt, daß er eine hebräische Evangelienschrift verfaßt habe, wenn er auch nicht angibt, wie sich unsere griechische zu derselben verhalte, sagt von einem Evangelium, das der Apostel Johannes geschrieben hätte, so viel wir wissen, nichts. Was Papias gesagt hat, wissen wir freilich nur aus Eusebius; allein da es in dem Plane von dessen Kirchengeschichte liegt, die ältesten Zeugnisse für die neutestamentlichen Schriften zu sammeln, und da er den Papias als Zeugen für den ersten johanneischen Brief anführt, so ist sein Stillschweigen über ein Zeugniß von Papias für das johanneische Evangelium nahezu so viel, wie Stillschweigen des Papias selbst. Und dieses Stillschweigen des Papias über den Johannes als Verfasser eines Evangeliums fällt um so mehr in's Gewicht, als er nicht nur ausdrücklich versichert, den Ueberlieferungen auch von Johannes eifrig nachgefragt zu haben, sondern da er auch als kleinasiatischer Bischof und Bekannter des Johannesschülers Polykarp von dem Apostel, der seine späteren Jahre in Ephesus zubrachte, füglich Genaueres wissen konnte.

Doch Papias soll einmal auch für das johanneische Evangelium zeugen, er mag wollen oder nicht, und wenn nicht unmittelbar, doch mittelbar. In dem so eben erwähnten Zeugniß desselben für den ersten johanneischen Brief

---

1) Vgl. hiezu Bretschneider, Probabilia, S. 178 fg. Baur, Krit. Untersuchungen über die kanon. Evangelien, S. 349 fg. Zeller, Die äußeren Zeugnisse über das Dasein und den Ursprung des vierten Evangeliums, Theol. Jahrbücher, 1845, S. 579 fg., und dessen weitere Bemerkungen ebendaselbst, 1847, S. 136 fg. Hilgenfeld, Die Evangelien, S. 344 fg. Die Evangelien Justin's u. s. w. S. 292 fg.

soll, da dieser allen inneren Merkmalen zufolge demselben Verfasser wie das Evangelium zugeschrieben werden müsse, zugleich auch ein Zeugniß für dieses enthalten sein. Jenes Zeugniß für den Brief beruht auf der Nachricht bei Eusebius [1]), daß Papias aus demselben, wie auch aus dem ersten Brief des Petrus, Belegstellen gebraucht habe. Müßten wir nun dieß so verstehen, daß Papias Stellen, die wir jetzt im ersten johanneischen Briefe lesen, ausdrücklich als Aussprüche des Apostels Johannes angeführt habe, so wäre ein Zeugniß von ihm für diesen Brief allerdings vorhanden. Hätte hingegen Eusebius nur aus der Aehnlichkeit dieses oder jenes Ausdrucks oder Gedankens in der Schrift des Papias mit einem solchen im ersten johanneischen Briefe geschlossen, daß Papias diesen gekannt und anerkannt haben müsse, so könnte er sich in diesem Schlusse ebenso gut geirrt haben, als sich noch heute Theologen in ähnlichen Schlüssen zu irren pflegen. Indeß, wenn wir auch die Aussage des Eusebius im strengsten Sinne nehmen und voraussetzen, Papias habe wirklich den ersten johanneischen Brief als eine Schrift des Apostels Johannes angeführt, so ist das Andere noch keineswegs so ausgemacht, was weiter vorausgesetzt wird, daß Brief und Evangelium denselben Verfasser haben müssen. Zwar ist die Verwandtschaft in Schreibart und Ton, wie in gewissen Grundgedanken nicht zu verkennen, doch geht ihr auch ein sehr bestimmter Unterschied zur Seite, und Gedankenbildung und Ausdruck des Briefs verrathen einen merklich schwächeren Geist, als den des Evangelisten.

Doch ungleich näher noch als in Papias und dem ersten johanneischen Briefe soll das vierte Evangelium das Zeugniß seines apostolischen Ursprungs haben, in dem Zusatz an seinem Schlusse nämlich, 21, 24. Wenn der oder die Verfasser dieses Schlußsatzes sagen: dieser, nämlich der Jünger, von dem unmittelbar vorher die Rede und der als der Liebling Jesu bezeichnet war, dieser Nämliche sei es, der von diesen Dingen zeuge und dieß geschrieben habe, und sie, die Urheber dieses Zusatzes, wissen, daß sein Zeugniß wahr sei: so haben, sagt man, so nur Männer reden können, die persönliche Bekannte des Apostels und als solche dem ephesinischen Gemeindekreise, in welchem das Evangelium zuerst erschien, bekannt gewesen seien, wie etwa Aristion und der Presbyter Johannes, wir haben also hier ein Beglaubigungsattest, wie es der äußerste historische Skepticismus nur verlangen könne. [2]) Gewiß hätten wir ein solches, wenn die Verfasser jenes Zusatzes sich als jene Bekannten des Apostels genannt, und wir keine Ursache hätten, in dieses Vorgeben Zweifel zu setzen. Sie haben sich aber nicht genannt, ja aller Wahrscheinlichkeit nach redet hier gar kein Anderer, als der Verfasser dieses Evangeliums oder wenigstens dieses Anhangskapitels selbst, und Zeller

---

1) Kirchengeschichte, III, 39, 17.

2) Tholuck, Die Glaubwürdigkeit der evangelischen Geschichte, S. 276.

hat gewiß Recht, wenn er sagt, mit diesem Zeugniß lasse sich auf keinen Fall etwas anfangen, weder wenn es vom Evangelisten herrühre, noch wenn nicht; denn im ersten Falle sei es als Selbstzeugniß ohne Beweiskraft, im andern als Versicherung eines Interpolators verdächtig.

Wie ein solches Zeugniß beschaffen sein muß, wenn es etwas beweisen soll, können wir an einem ähnlichen Nachtrage sehen, der sich bei Cäsar's Werken findet. Im Eingang zum achten Buche des gallischen Kriegs sagt nämlich der Verfasser: „Unseres Cäsar's Commentarien über seine Thaten in Gallien habe ich (hier ist die Stelle zwar verdorben, doch so viel klar, daß er sagen will, er habe sie) ergänzt“, und weiterhin spricht er davon, wie er und Seinesgleichen jenes Werk noch ganz anders als das große Publikum bewundern, da sie nicht blos wie dieses wissen, wie vortrefflich, sondern auch wie leicht und schnell es Cäsar geschrieben habe. Hier nennt sich zwar der Ergänzer und Zeuge gleichfalls nicht, aber er richtet seine Zuschrift an Balbus, einen vertrauten Freund Cäsar's; sein offenes Reden von „unseres Cäsar's Commentarien“, seine bestimmte Erklärung: „wir wissen wie leicht und schnell er sie geschrieben“, sticht von dem Gemunkel des johanneischen Fortsetzers mit dem „Jünger, der von diesen Dingen zeuget“, und „wir wissen, daß sein Zeugniß wahr ist“, sehr zu dessen Nachtheil ab. Und wenn nun die Handschriften, in Einstimmung mit einer Nachricht bei Sueton[1]) als Verfasser jenes Nachtrags den A. Hirtius namhaft machen, der, beim Leben Cäsar's sein treuer Freund, ein Jahr nach seiner Ermordung als Feldherr der Republik bei Mutina fiel, so würde ein solches Zeugniß freilich für sich allein schon hinreichen, uns Cäsar als den Verfasser der sieben ersten Bücher vom gallischen Kriege zu verbürgen; aber es macht uns zugleich durch den Contrast anschaulich, wie wir an dem, das für Johannes als Verfasser des Evangeliums in der Stelle 21, 24 liegen soll, in der That gar nichts haben.

Was es mit einem andern neutestamentlichen Zeugniß auf sich hat, das man für das johanneische Evangelium noch beibringt, ergibt sich schon aus einer früheren Bemerkung. Wie für die synoptische Verklärung auf dem Berge nämlich, so wird für die Andeutung über die Todesart des Petrus im Anhang des johanneischen Evangeliums (21, 18 fg.) der zweite Petrusbrief angeführt, dessen angeblicher Verfasser 1, 14 sagt, er wisse, daß er seine Hütte bald ablegen müsse, wie ihm auch der Herr Jesus Christus geoffenbart habe. Daß in dieser Stelle auf die johanneische Erzählung Rücksicht genommen ist, möchte ich nicht läugnen; allein daß gegen Ende des zweiten Jahrhunderts, und früher ist der zweite Petrusbrief nicht entstanden, das vierte Evangelium vorhanden und in der Kirche anerkannt war, steht ja ohnedieß fest. Wenn man sich aber außerdem noch auf gewisse Stellen des

1) Julius, 56.

Marcus-Evangeliums berufen hat, die mit Stellen des johanneischen so auffallende Aehnlichkeit haben, daß sie sich nur aus der Benützung des letzteren durch den Verfasser des ersteren erklären lassen sollen [1]), so ist man doch selbst so billig gewesen, zuzugestehen, daß dieß ein Anderer auch aus der umgekehrten Voraussetzung einer Benützung des Marcus-Evangeliums durch den Verfasser des vierten könnte erklären wollen; in welcher Richtung wir auf dieses Verhältniß zurückkommen werden.

Was nun ferner die Schriften der apostolischen Väter betrifft, so kommt von diesen eigentlich nur Ignatius in Betracht. [2]) In seinen Briefen finden sich einige Stellen, die man als Anklänge an das vierte Evangelium angesehen hat: wie wenn er das Fleisch Christi ein Himmels- und Lebensbrod, sein Blut einen Gottestrank, ihn selbst die Thüre zum Vater nennt, oder von dem Geist sagt, er wisse, woher er komme und wohin er gehe, und er strafe das Verborgene. [3]) Allein wenn sich diese Ausdrücke auch nicht aus der kirchlichen Sprache der Zeit erklären lassen sollten, so fällt die Abfassung der ignatianischen Briefe doch selbst erst in die Mitte des zweiten Jahrhunderts; und wenn nun das johanneische Evangelium schon seit dem Ende des ersten in der Kirche als apostolisch vorhanden gewesen wäre, so müßte sein Einfluß auf diese und andere Schriften des zweiten Jahrhunderts ein ungleich tieferer gewesen sein und sich durch mehr als solche oberflächliche Anklänge beurkunden.

Dieß gilt in vollem Maße auch von Justin dem Märtyrer, dessen zahlreichen und unverkennbaren Berührungen mit den drei ersten Evangelien nur einige mehr als zweifelhafte mit dem johanneischen Evangelium gegenüberstehen. In den Einleitungen in das Neue Testament zwar findet man über dreißig Punkte solchen Zusammentreffens aufgeführt, wovon aber die überwiegende Mehrzahl vielmehr den Schluß begründet: da der Ideenkreis Justin's dem des vierten Evangeliums so nahe lag, so müßten sich bei ihm, wenn er es gekannt und als apostolisch anerkannt hätte, ungleich entschiedenere Beziehungen auf dasselbe finden. Denn Justin kennt die Lehre vom Logos und versteht unter demselben wie Johannes das Mittelwesen zwischen Gott und der Schöpfung; aber für dieses ist ihm jene Benennung nur eine unter vielen, da er es ebenso auch Herrlichkeit oder Weisheit Gottes, ferner Engel oder Botschafter und Heerführer (der Engel) nennt.

---

1) **Bleek**, Beiträge zur Evangelienkritik, S. 200 fg.

2) Daß in dem sogenannten Brief des Polykarp sich keine Beziehung auf das vierte Evangelium findet, wäre freilich nur dann gegen die johanneische Abkunft des letzteren beweisend, wenn der Brief wirklich von dem Johannesschüler Polykarpus wäre, bleibt indeß auch dann bemerkenswerth, wenn er demselben, etwa kurz nach seinem Märtyrertode, untergeschoben ist.

3) Ad Rom. 7, ad Philad. 7. 9. Vgl. Joh. 3, 8. 6, 32 fg. 10, 9. 16, 8.

Damit hängt zusammen, daß bei Justin der Logos, ob zwar von Gott in ausschließlicher, eigenthümlicher Weise gezeugt, doch in der Regel nur Erstgeborener, der Eingeborene aber nur mit Bezug auf die Stelle Ps. 22, 19 fg., sonst wohl gar auch Diener Gottes heißt. Sehen wir hienach den Logosbegriff bei Justin theils minder bestimmt, theils minder hoch gefaßt als im vierten Evangelium, so waren andererseits die dem Justin geläufigen Vorstellungen von einem Hervorgehen oder Heraustreten des Logos aus dem Vater ihm in diesem Evangelium nicht an die Hand gegeben, sondern er mußte sie anderswoher, aus der durch philonische Ideen bestimmten Zeitphilosophie, nehmen. Weiter ist zwar auch bei Justin wie bei Johannes der Logos das göttliche Princip in Christus; dagegen ist bei ihm die Logoslehre von der Lehre vom heiligen Geist noch nicht so scharf wie bei Johannes abgegränzt; wie sich denn auch der für das vierte Evangelium so bezeichnende Ausdruck Paraklet[1]) für den von Jesu den Seinigen zu sendenden Geist bei Justin noch nicht findet.

Untersuchen wir hienach die Stellen, aus welchen gleichwohl eine Bekanntschaft mit dem johanneischen Evangelium gefolgert zu werden pflegt, so reicht zur Erklärung des Zusammentreffens, soweit dieses nicht offenbar ein zufälliges ist, in den meisten Fällen die naheliegende Voraussetzung hin, daß beide Theile aus einer gemeinsamen Quelle, der alexandrinischen Religionsphilosophie und jüdisch-christlichen Typologie jener Zeit, geschöpft haben. Von wirklichem Belang ist eigentlich nur die einzige Stelle der ersten justinischen Apologie, wo es heißt: „Denn Christus sagte: wenn ihr nicht wiedergeboren werdet, werdet ihr nicht in das Himmelreich kommen; daß es aber unmöglich ist, in die Leiber derer, die uns geboren, zurückzukehren, ist Allen offenbar.“[2]) Hier scheint die Rücksicht auf die Stelle aus dem Gespräch Jesu mit Nicodemus, Joh. 3, 3—5, unverkennbar und unläugbar. Den ersten Theil der Stelle finden wir auch in den clementinischen Homilien angeführt mit den Worten: „Wenn ihr nicht wiedergeboren werdet mit lebendigem Wasser auf den Namen des Vaters, des Sohnes und des heiligen Geistes, werdet ihr nicht in das Himmelreich kommen.“[3]) Wobei die Abweichung zu bemerken ist, daß sowohl bei Justin als in den Clementinen statt des johanneischen Ausdrucks: von oben geboren werden, der damit nicht ohne Weiteres gleichbedeutende: wieder geboren werden, ferner statt des johanneischen: Reich Gottes, Himmelreich, statt: wenn einer, wenn ihr, und statt: kann sehen oder hineinkommen, ihr werdet oder möget hineinkommen, gebraucht ist. Die drei letzteren Ausdrucksformen, namentlich der ganz gleiche von dem johanneischen abweichende Schluß, findet sich auch Matth. 18, 3,

1) παράκλητος. Luther: Tröster; besser Anwalt, Fürsprecher.
2) Apol., I, 61.
3) Homil., XI, 26.

wo Jesus aus Anlaß der Frage der Jünger nach dem Größten im Himmelreich ein Kind in die Mitte stellt mit den Worten: „Wahrlich, ich sage euch (wie bei Johannes: wahrlich, wahrlich, ich sage dir), wenn ihr nicht umkehret und werdet wie die Kinder, so werdet ihr nicht in das Himmelreich kommen." Offenbar haben wir hier denselben Spruch in verschiedenen Gestaltungen vor uns: das dem Menschen unerläßliche von vorne Anfangen ist bei Matthäus als Werden wie die Kinder, bei Justin als Wiedergeburt, in den Clementinen als Wiedergeburt durch die Taufe, bei Johannes als Geborenwerden von oben durch den göttlichen Geist dargestellt. Daß diese geistliche Geburt mit der leiblichen in Gegensatz gebracht wurde, ergab sich von selbst, und wirklich finden wir in den clementinischen Homilien als Einleitung zu jener Stelle, bei Justin bald nachher als eine von den Aposteln herstammende Rede, eine Ausführung über dieses Verhältniß, von der sich leicht denken läßt, daß auch die Wendung von der Unmöglichkeit der wirklichen Rückkehr in den Mutterleib dazu gehören mochte. Wenn es nun etwa das Hebräer-Evangelium war, das diese Ausführung ursprünglich enthielt, so erklärt sich das Zusammentreffen Justin's mit dem vierten Evangelium in derselben, ohne daß man eine directe Benützung des letzteren durch den ersteren anzunehmen braucht, daraus, daß beide aus jener gemeinsamen Quelle geschöpft haben.

Einen mächtigen Beweis für das frühe Vorhandensein des vierten Evangeliums glaubte man in den neuerlich aufgefundenen sogenannten Philosophumena Origenis gewonnen zu haben, sofern aus dieser Schrift erhellen soll, daß schon die ältesten Gnostiker dasselbe gekannt und gebraucht haben.[1]) Wirklich werden hier aus einer ophitischen Schrift unzweifelhaft johanneische Sprüche, wie 1, 3. 3. 5, angeführt; aber wie alt diese Schrift war, wird uns nicht gesagt, und wir wissen es nicht. Doch wenn es in demselben Werke von dem Gnostiker Basilides heißt: „Und dieß, sagt er, ist es, was in den Evangelien gesagt wird: Es war das wahrhaftige Licht, das jeden Menschen erleuchtet, kommend in die Welt" (Joh. 1, 9), so scheint also Basilides, um 125 n. Chr., das johanneische Evangelium schon gekannt und anerkannt zu haben. Allein mit der Citationsformel „er sagt" oder „sagt er" in den Philosophumena Origenis ist es eine sehr weitschichtige Sache, da sie auch steht, wo gar kein Einzelner, oder wo Mehrere vorher genannt waren. Zum Beispiel die Darstellung des gnostischen Systems der Valentinianer eröffnet der Pseudo-Origenes mit den Worten: „Valentinus nun und Herakleon und Ptolemäus und ihre ganze Schule sagen"; in der Folge geht dann aber „sagt er" und „sagen sie" bunt durch einander, so daß man

1) Hiezu vgl. Zeller, Ueber die Citate aus dem vierten Evangelium in den Philosophumena Origenis: Theol. Jahrbücher, 1853, S. 144 fg.

sieht, der „Er" ist eben derjenige Schriftsteller einer Schule, dessen Schrift der Verfasser gerade jedesmal benützt, aber welcher Schriftsteller, ob der Stifter oder einer seiner Schüler und Nachfolger, erfahren wir nicht. Freilich soll Valentin's Bekanntschaft mit dem johanneischen Evangelium, und damit dessen Vorhandensein um die Mitte des zweiten Jahrhunderts, auch unabhängig von jenem Zeugniß schon feststehen. Tertullian nämlich sagt, Valentinus scheine ein vollständiges Instrument (Testament) zu gebrauchen.[1]) Allein ist denn Tertullian der sorgfältige Forscher, dem es zuzutrauen wäre, genauer als der Pseudo-Origenes zwischen dem Stifter und der Schule unterschieden zu haben? Das Gegentheil ist jedem Kenner seiner Schriften bekannt, und wenn er vollends selbst sagt, es scheine ihm nur so, als hätte Valentin ein vollständiges Testament gehabt, so werden wir gut thun, uns dieß gesagt sein zu lassen. So spricht er ja auch von Marcion, obwohl gleichfalls mit einiger Unbestimmtheit, so, als hätte er das johanneische Evangelium verworfen, also doch schon gekannt[2]); allein schwerlich würde dieser Gnostiker sich an das Lucas-Evangelium gehalten haben, aus dem er noch so Vieles auszumerzen hatte, um es für seine Zwecke tauglich zu machen, wenn ihm in dem johanneischen ein seinem antijüdischen Dualismus um so viel näher stehendes Evangelium vorgelegen hätte. Was indeß den Valentin betrifft, so soll seine Bekanntschaft mit dem vierten Evangelium sogar ohne äußeres Zeugniß daraus erhellen, daß er seine vornehmsten Aeonen mit Namen bezeichnete, die, wie Logos, Eingeborener, Leben, Gnade, Wahrheit u. s. f., dem johanneischen Prolog entnommen seien. Wäre dieß so, wie seltsam, daß Irenäus da, wo er von den neutestamentlichen Stellen berichtet, auf welche die Valentinianer ihre Aeonenlehre gestützt haben, zwar viele synoptische und paulinische, aber keine aus Johannes anführt, und daß erst in einem Nachtrag aus Ptolemäus auch johanneische Stellen zum Vorschein kommen.[3]) Denn daß dieser spätere Valentinianer das johanneische Evangelium als apostolische Schrift kannte, wissen wir aus seinem Brief an Flora, und ein anderes Mitglied der Schule, Herakleon, schrieb den ersten Commentar darüber, aber beide schwerlich vor dem drittletzten Jahrzehnt des zweiten Jahrhunderts.

Dieselbe Bewandtniß hat es mit den Montanisten, welche ihre Idee des Paraklet aus dem johanneischen Evangelium geschöpft haben, mithin gleichfalls dessen früheres Vorhandensein verbürgen sollen. Auch bei ihnen findet sich, wenn man den Bericht des Eusebius über die ältesten Verhandlungen der Kirche mit denselben nachsieht[4]), weder der Ausdruck Paraklet

---

1) De praescript. haeret., 38.
2) Adv. Marcion., IV, 3. 5. De carne Christi, 3.
3) Adv. haer., I, 8, 1—4, vgl. 5.
4) Kirchengeschichte, V, 16—19.

(sondern einfach Geist), noch eine Bezugnahme auf das vierte Evangelium: es scheint also auch diese Sekte, wie die der Valentinianer, ursprünglich ohne Beziehung auf das noch nicht vorhandene Johannes-Evangelium entstanden zu sein, als aber dieses mitten unter den gnostisch-montanistischen Bewegungen hervorgetreten war, es eifrig ergriffen und ausgebeutet zu haben.

13.

Anerkennung und Verwerfung des johanneischen Evangeliums.

Um diese Zeit der späteren Gnostiker und Montanisten aber finden wir das johanneische Evangelium auch sonst bekannt und anerkannt. In dem erst kürzlich aufgefundenen Schlusse der clementinischen Homilien [1]) ist unläugbar die Geschichte vom Blindgeborenen Joh. 9 berücksichtigt, vielleicht auch an einer andern Stelle [2]) Joh. 10, 3; auf eine Aeußerung des Apollinaris, Bischofs von Hierapolis (um 170), die das Vorhandensein des vierten Evangeliums voraussetzt, werden wir unten zu sprechen kommen; aber auch in der andern apollinarischen Stelle, wo es von Christus heißt: „Der in die heilige Seite Gestochene, der aus seiner Seite hinwiederum die beiden Sühnmittel, Wasser und Blut, d. h. den Logos und den Geist, ergossen hat“ [3]), liegt eine Anspielung auf die Stelle 1 Joh. 5, 6 fg., oder Joh. 19, 34, oder auf beide. Auch die gleichzeitigen Apologeten, Tatian und Athenagoras, berufen sich, wenn auch ohne es zu nennen, doch unverkennbar auf das vierte Evangelium, bis endlich Theophilus von Antiochien (gegen 180) es in aller Form citirt mit den Worten [4]): „Darum lehren uns die heiligen Schriften und alle Gottbegeisteten, unter denen Johannes sagt: Am Anfang war das Wort u. s. w.“ Aber freilich, woher er weiß, daß das Evangelium, dessen Anfangsworte er anführt, von dem Apostel Johannes verfaßt sei, sagt uns Theophilus nicht. Und seltsam, auch Irenäus sagt es uns nicht, der doch in seinen jungen Jahren den Polykarp gekannt und ihn von seinem Umgang mit Johannes und was dieser von dem Herrn berichtete, erzählen gehört hatte. Irenäus sagt wohl, Johannes habe das Evangelium geschrieben, als er sich zu Ephesus in Asien aufhielt, aber daß er dieß von Polykarp gehört habe, sagt er nicht, während er sich für die Auslegung der Offenbarung Johannis auf diejenigen, welche den Johannes selbst noch gesehen hatten, beruft. Nun sagt man freilich, hätte Irenäus nicht durch

1) Homil., XIX, 22. Vgl. Volkmar, Ein neuentdecktes Zeugniß für das Johannes-Evangelium, Theol. Jahrbücher, 1854, S. 446 fg.

2) Homil., III, 53.

3) Chron. Paschal. Al. p. 14 ed. Dindorf.

4) Ad Autolyc., II, 22.

Polykarp von einem Evangelium, das der Apostel Johannes verfaßt hatte, gewußt, und es wäre ihm später eine Schrift unter diesem Titel zu Gesichte gekommen, so würde er diese nicht als johanneisch anerkannt haben; daß er unser viertes Evangelium als ein Werk des Apostels Johannes anerkannte, beweist, daß ihm schon Polykarp davon in diesem Sinne gesprochen haben muß. Allein stelle man sich nur die Verhältnisse, wie sie Irenäus selbst uns darlegt, genauer vor. Er hatte den Polykarp als sehr junger Mensch [1]) in Asien gesehen, und erinnerte sich noch im Alter lebhaft seiner Gestalt, seiner Lebensweise, des Ortes, wo er saß, wenn er redete, seiner Vorträge an das Volk, dessen, was er von seinem Zusammenleben mit Johannes und den übrigen, die den Herrn gesehen hatten, von ihren Reden und Ueberlieferungen von dem Herrn zu erzählen wußte. Nun war Irenäus nachher, wie bekannt, aus dem Morgenland in das Abendland gekommen, und dieß muß, da Polykarp noch bis zum J. 169 in Smyrna lebte und Irenäus ihn doch nur als ganz junger Mensch gesehen zu haben versichert, schon frühzeitig geschehen sein. Selbst also, wenn ihm noch in den letzten Lebensjahren Polykarp's das johanneische Evangelium zu Handen gekommen wäre, ist sehr die Frage, ob er noch Zeit und Gelegenheit gehabt haben würde, von Lyon aus den in Smyrna lebenden apostolischen Mann darüber zu befragen; kam es ihm aber erst nach Polykarp's Tode zu, so konnte ihn der Umstand, daß er sich unter den Reden desselben, die er in früher Jugend mit angehört, keiner Aeußerung über eine johanneische Evangelienschrift erinnerte, nicht abhalten, eine solche, wenn sie ihm sonst zusagte, als apostolisch anzuerkennen.

Wir finden also des Irenäus Anerkennung des johanneischen Evangeliums deßwegen für uns unverbindlich, weil er sich für dasselbe nicht auf das Zeugniß von solchen, die den Johannes gekannt hatten, also namentlich nicht des Polykarp, beruft. Wie aber, wenn er sich darauf beriefe, würden wir uns dann gebunden achten müssen? Oder achten wir uns verbunden, alles das als wirkliche apostolische Ueberlieferung anzuerkennen, wofür sich Irenäus auf das Zeugniß derer, welche die Apostel noch gekannt hatten, beruft? „Die Alten", sagt er einmal [2]), „welche den Johannes, den Schüler des Herrn, noch gesehen, erinnern sich, von ihm gehört zu haben, wie der Herr von jenen Zeiten lehrte und sagte: Tage werden kommen, da werden Reben wachsen, jede mit 10,000 Schößlingen, und an jedem Schößling 10,000 Aeste, und an jedem Ast 10,000 Zweige, und an jedem Zweig 10,000 Trauben, und an jeder Traube 10,000 Beeren, und jede Beere wird, ausgepreßt, 25 Metreten (etwa 6 Ohm) Wein geben. Und wenn

1) Παῖς ὢν ἔτι, im Brief an Florin, bei Eusebius, Kirchengeschichte, V, 20, 5; ἐν τῇ πρώτῃ ἡμῶν ἡλικίᾳ, adv. haer., III, 3, 4, und bei Eusebius, IV, 14, 3.

2) Adv. haer., V, 33, 3.

einer von den Heiligen nach einer solchen Traube greifen wird, so wird eine andere rufen: ich bin eine bessere Traube, nimm mich, und preise durch mich den Herrn. Gleicherweise werde ein Weizenkorn 10,000 Aehren treiben, und jede Aehre 10,000 Körner geben, und jedes Korn 10 Pfund reines weißes Semmelmehl, und die übrigen Früchte, Saamen und Kräuter nach Verhältniß. Dafür gibt auch Papias, der den Johannes noch gehört und mit Polykarp Umgang gehabt hat, ein alter Kirchenlehrer, schriftliches Zeugniß im vierten seiner Bücher, deren er fünf geschrieben hat" (unter dem Titel „Auslegung der Herrnsprüche"). Hätten wir nun für die Abkunft des vierten Evangeliums von Johannes ein Zeugniß des Irenäus, das so bestimmt wie dieses auf persönliche Bekannte des Apostels zurückwiese, so würde, diesem Zeugniß den Glauben zu verweigern, die böswilligste Zweifelsucht heißen: während doch diesem so bestimmten Zeugniß für die Rede Jesu von den paradiesischen Riesentrauben kein Mensch Glauben schenkt und schon Eusebius keinen geschenkt, sondern um dieser und ähnlicher Geschichten willen den Papias einen Mann von sehr wenig Verstande genannt hat.[1]) Wir versagen dieser Erzählung unsern Glauben deßwegen, weil wir wissen, daß die Juden Jesum nicht an's Kreuz gebracht haben würden, wenn seine Lehre darin bestanden hätte, ihnen dergleichen Rabbinenmährchen, wie sie solche nicht crasser wünschen konnten, vorzuschwatzen; weil wir auch dem Johannes als Verfasser der Apokalypse (von dem Evangelium gar nicht zu reden) etwas so durchaus Geistloses nicht zutrauen können: also aus geschichtlichen Gründen. Dem Eusebius dagegen war diese Erzählung unglaublich aus demselben dogmatischen Grunde, aus welchem Irenäus sie glaublich fand, weil die Lehre von einem tausendjährigen Reiche Christi auf Erden, wozu sie gehörte, dem Einen ebenso zuwider, wie dem Andern nach dem Sinne war. Wir sehen also, wie dogmatische Gründe bei diesen alten Kirchenlehrern Alles entschieden: sagte ihnen eine Erzählung, eine Schrift, ihrem Inhalt und Geiste nach zu, so nahmen sie mangelhafte äußere Zeugnisse für voll; sagte sie ihnen nicht zu, so wurden die vollwichtigsten Zeugnisse für Mißverstand erklärt. Daß das so spät erst hervortretende johanneische Evangelium so schnelle und so allgemeine Anerkennung fand, hatte eben darin seinen Grund, daß es allen Parteien dogmatisch gerecht zu werden wußte, indem es jeder etwas bot, das sie befriedigte, ohne dieses doch so scharf auszuprägen, daß, was die eine anzog, die andere hätte abstoßen müssen.

Gleichwohl blieb das Evangelium nicht ohne Widerspruch. Zwar scheint es zunächst der Vorschub gewesen zu sein, welchen die Aussprüche Jesu über den Paraklet im vierten Evangelium, wie nicht minder die Visionen in der Offenbarung, dem montanistischen Prophetenwesen leisteten, was gegen das Ende

1) Kirchengeschichte, III, 39, 13.

des zweiten Jahrhunderts eine Partei in der kleinasiatischen Kirche, für welche der Witz des Ketzermachers Epiphanius, wegen ihrer Verwerfung des Logos-Evangeliums, den Spitznamen der Aloger (Unvernünftigen) aufbrachte [1]), gegen die johanneischen Schriften einnahm: und so pflegt gewöhnlich ihr Widerspruch, als lediglich auf dogmatischen Gründen beruhend, leichthin beseitigt zu werden. Allein sie brachten auch ganz triftige historisch-kritische Gründe vor. Sie sagten, das nach Johannes benannte Evangelium lüge, sofern es mit den übrigen Evangelien nicht übereinstimme. Denn nachdem es gesagt, daß das Wort Fleisch geworden sei und unter uns gewohnt habe und wenigem Andern fahre es sogleich fort, es sei eine Hochzeit gewesen zu Kana in Galiläa — ohne, wie wir wohl hinzudenken müssen, der Vorfälle aus der Kindheit Jesu, wie Matthäus und Lucas, Erwähnung zu thun. Auch das blieb von ihnen nicht unbemerkt, daß die zusammenhängende Erzählung von der Taufe Jesu und seiner daran sich schließenden Wanderung nach Galiläa bei Johannes für die vierzig Tage der Versuchung, welche die drei ersten Evangelisten zwischeneinschieben, keinen Raum lasse; sowie endlich, daß nach diesem Evangelium Jesus während seines Lehramtes zwei Passahfeste gefeiert habe, nach den übrigen nur eines. Die letztere Abweichung suchten die Freunde des Evangeliums als Ergänzung zu fassen. Johannes, sagte man [2]), der sich bis dahin mit mündlicher Verkündigung begnügt hatte, wie ihm die Evangelien des Matthäus, Marcus und Lucas zu Gesicht gekommen, habe er zwar die Wahrheit ihrer Erzählung anerkannt, aber das an ihnen ausgesetzt, daß sie nur die Geschichte des letzten Jahres Jesu von der Einkerkerung des Täufers an erzählen; daher habe nun er in seiner Schrift dieses Jahr übergangen und das Frühere nachgeholt. Allein daß sich durch diese, das Verhältniß nicht einmal richtig fassende Wendung der Widerspruch nicht ausgleichen läßt, werden wir in der Folge finden.

Freilich hatten sich die sogenannten Aloger den bequemsten Punkt, um gegen das johanneische Evangelium den Hebel anzusetzen, dadurch selbst entzogen, daß sie aus dogmatischem Vorurtheil mit dem Evangelium auch die Offenbarung Johannis verwarfen. Beide Schriften verhalten sich nämlich nach Geist und Form so zu einander, daß schon ein Schüler des Origenes ihre Grundverschiedenheit schlagend aus einander gesetzt [3]), die neuere Kritik aber es für ihr sicherstes Ergebniß erklärt hat, wenn der Apostel Johannes Verfasser des Evangeliums sei, so könne er die Apokalypse nicht geschrieben haben, oder wenn dieses, könne er nicht Verfasser des Evangeliums sein. [4])
Daß beide Schriften für Werke desselben Verfassers gelten, ist etwa so, wie

1) Haeres., LI, 4. 18. 32. Vgl. Iren. adv. haer., III, 2, 9.
2) Hieron. de vir. ill. 9. Vgl. Eusebius, Kirchengeschichte, III, 24, 7 fg.
3) Dionysius von Alexandrien bei Eusebius, Kirchengeschichte, VII, 25.
4) De Wette, Einleitung in das Neue Testament, §. 189 der sechsten Auflage.

wenn man uns zumuthete, Lessing zugleich für den Verfasser des Messias, oder Klopstock zugleich für den des Nathan anzusehen. Was nämlich zuerst den religiösen Standpunkt betrifft, so stehen beide Werke auf den entgegengesetzten Enden der Reihe verschiedener Standpunkte, die wir bei den neutestamentlichen Schriftstellern unterscheiden können: die Offenbarung ist die am meisten, das Evangelium die am wenigsten judaistische Schrift des Neuen Testaments. Auch dem Matthäus zwar, wie dem Verfasser der Apokalypse, ist Jerusalem die heilige Stadt (Matth. 4, 5; 27, 53. Offenb. 11, 2); aber während Matthäus sie sammt dem Tempel zerstört, und statt der wiederspenstigen Juden die Heiden berufen werden läßt, soll nach der Offenbarung der Tempel verschont, von der Stadt nur der zehnte Theil zerstört, die Einwohner aber größtentheils bekehrt werden (Kap. 11). Ist so der Verfasser der Offenbarung noch jüdischer gesinnt als Matthäus, so zeigt sich der Verfasser des Evangeliums dem Judenthum noch mehr entwachsen als selbst Paulus. Die unbedingte Zulassung der Heiden in das Gottesreich, für welche dieser noch streitet, ist bei jenem eine abgemachte Sache; die Sympathie, welche der Heidenapostel noch immer für das Volk empfand, dem er seiner Abstammung nach angehörte, ist im vierten Evangelium in die vollständigste Entfremdung übergegangen.[1]) So gibt es denn keinen entschiedenern Gegensatz, als wenn einerseits der Apokalyptiker in Jerusalem den Mittelpunkt des tausendjährigen Christusreichs sieht, während andererseits im Evangelium Jesus die Bedeutung von Jerusalem wie von Garizim der Anbetung Gottes im Geist und der Wahrheit gegenüber für aufgehoben erklärt; wenn dort als das antichristliche Princip das Heidenthum, hier als das eigentliche Reich des Unglaubens das Judenthum erscheint.

Mit dieser Verschiedenheit des Standpunkts hängt auch die Verschiedenheit von Stimmung und Ton in den beiden Schriften zusammen. Wenn man den Johannes den Apostel der Liebe genannt hat, so hatte man dabei nur das Evangelium und den ersten Brief im Sinne; denn nach der Offenbarung müßte er eher der Apostel des Zorns und der Rache heißen. Auch im Evangelium zwar waltet ein strenger Geist, der auf Ausscheidung der ungöttlichen Elemente dringt, aber mit Vorliebe verweilt der Evangelist doch überall bei der erlösenden, sammelnden, vereinigenden Thätigkeit Christi und seines Geistes; während der Apokalyptiker sich umgekehrt in der Ausmalung der göttlichen Strafgerichte über die gottlose Welt gefällt. Jüdisch ist auch das in der Offenbarung, daß ihr der Gang der Geschichte eine Reihe äußerer von oben einbrechender Katastrophen ist, während das Evangelium sich bereits, wenn auch noch nicht vollständig, zu dem Gedanken einer all-

1) Vgl. die für diesen Punkt grundlegende Abhandlung von Fischer über den Ausdruck οἱ Ἰουδαῖοι im Evangelium Johannes: Tübinger Zeitschrift für Theologie, 1840, Heft 2.

mähligen Entwicklung des Gottesreichs von innen heraus erhoben hat. Das Visionäre, die zusammengesetzte Engelmaschinerie und die bei allem Phantastischen doch rabbinisch berechnete Anlage der Offenbarung, gegenüber der Einfachheit und dem mystischen Gefühlston des Evangeliums könnte man aus der Verschiedenheit des Genre ableiten wollen, das der Verfasser das eine und das anderemal sich gewählt hatte; allein schwerlich konnte derjenige, der in dem Genre der Apokalypse sich wie in dem seiner Natur angemessensten Elemente bewegte, in dem so entgegengesetzten des Evangeliums sich ebenfalls so bewegen, wie wenn ihm kein anderes zusagen könnte. Endlich, wer am Schlusse des Mannesalters (denn nah an Sechszigen müßte der Apostel um die Zeit, vor welcher die Offenbarung nicht verfaßt sein kann, doch wohl gewesen sein) noch das ungelenke, fehlerhafte Judengriechisch der Apokalypse schrieb, der konnte sich nicht noch als alter Mann den fließenden und wenn auch nicht reinen, doch in seiner Art anmuthigen griechischen Styl des Evangeliums aneignen.

Daß zwei so grundverschiedene Schriften nicht Werke desselben Verfassers sein können, an diesem Obersatze hielt die neuere, besonders durch Schleiermacher und seine Schüler vertretene neutestamentliche Kritik so lange unbedenklich fest, als sie sich nicht darauf versah, daß es Jemanden einfallen könnte, gegen ihren Untersatz: „nun ist aber Johannes Verfasser des Evangeliums“, etwas einzuwenden. Der Tübinger Schule fiel dieß hernach wirklich ein, ja sie setzte statt des Evangeliums geradezu die Apokalypse als das Werk des Apostels in den Untersatz, und schloß auch hieraus, daß das Evangelium kein Werk des Apostels sein könne. Seit dieser gefährlichen Wendung sind die Theologen auch über den Obersatz wieder bedenklich geworden, und es soll nun entweder von der Apokalypse zum Evangelium nur ein Fortschritt sein, wie er auch demselben Individuum möglich gewesen [1]), oder es soll die im Evangelium gedämpfte Jugendglut später in der Apokalypse bei gegebenem Anlaß noch einmal hervorgebrochen sein. [2]) Ist nun Letzteres, die Abfassung der Apokalypse nach dem Evangelium, geradezu als etwas psychologisch Undenkbares zu bezeichnen, so ist auch mit dem Ersteren eine bloße Möglichkeit gesetzt, die aber nicht die mindeste Wahrscheinlichkeit für sich hat. Läßt man aber das Entweder-Oder gelten, so hat die Wendung, welche die Tübinger Schule demselben gegeben, wenigstens insoweit die entscheidendsten Gründe für sich, daß, wenn eine von beiden Schriften den Apostel zum Verfasser haben soll, sich dieß weit eher von der Offenbarung, als vom Evangelium annehmen läßt.

Bekanntlich ist die Offenbarung Johannis diejenige Schrift des neu-

---

1) Hase, Die Tübinger Schule, Sendschreiben an Baur, S. 30.

2) Luthardt, Das johanneische Evangelium nach seiner Eigenthümlichkeit, I, 67.

testamentlichen Kanon, deren Abfassungszeit wir aus ihr selbst am genauesten bestimmen können. Indem sie von den sieben Königen, die sich in den sieben Häuptern des Thiers darstellen, sagt, die fünf ersten seien gefallen, der sechste sei eben vorhanden, der siebente werde kommen, aber nicht lange bleiben, dann aber werde einer von den sieben als der achte wiederkommen (17, 9—11): so sind die fünf gefallenen Häupter augenscheinlich die römischen Kaiser von Augustus bis Nero; dieser, damals schon todt, ist das zum Tode verwundete Haupt, dessen Wunde aber wieder geheilt wird (13, 3), sofern man die Wirklichkeit seines Todes bezweifelte, oder, christlicherseits, an eine wunderbare Wiederbelebung desselben glaubte, und nun seine Wiederkehr aus dem Orient, wohin er sich zurückgezogen haben sollte, christlicherseits als des Antichrists, erwartete[1]); der sechste zur Zeit der Abfassung der Schrift eben vorhandene Herrscher kann demnach kein anderer als Galba sein, der nur von Juni 68 bis Januar 69 n. Chr. regierte. Um diese Zeit konnte der Apostel Johannes gar leicht noch leben; während im Evangelium uns allerlei Merkmale in eine Zeit herabführen, wo schwerlich mehr ein Jünger Jesu am Leben, gewiß aber keiner mehr im Stande war, ein Werk wie das vierte Evangelium zu verfassen.

Ferner aber stimmt zu der Eigenthümlichkeit, welche der Apostel Johannes in den übrigen Schriften des Neuen Testaments, wie fast durchaus in der ältesten kirchlichen Ueberlieferung zeigt, zwar die Apokalypse, aber nicht das Evangelium. Daß er und sein Bruder, oder für beide ihre Mutter, nach den ersten Stellen im messianischen Reiche trachtete (Matth. 20, 20 fg.), könnte man als einen judaistisch-weltlichen Standpunkt fassen, über den sich der Apostel in Folge des Todes Jesu erhoben hätte; aber wenn wir von dem Erbieten der Brüder lesen, auf eine samarische Stadt, die Jesum nicht aufnehmen wollte, Feuer vom Himmel fallen zu lassen (Luc. 9, 54), so scheint einerseits der den Brüdern gegebene Beiname Boanerges oder Donnersöhne (Marc. 3, 17) darauf hinzudeuten, daß solcher Feuereifer bei beiden bleibende Temperamentseigenschaft war, während wir andererseits in solcher Sinnesart ganz den Apokalyptiker mit seinen Zornschalen und seinem Schwefelpfuhle wiederfinden. Was insbesondere den Johannes betrifft, so zeigt er in seinem Einschreiten gegen einen Solchen, der im Namen Jesu Teufel austrieb, ohne sich an seine Jüngerschaft anzuschließen (Marc. 9, 38 fg. Luc. 9, 49 fg.), einen sehr exclusiven Sinn, und wenn die Geschichte wahr ist, die Eusebius aus der Ueberlieferung des Polykarp von seinem fanatischen Benehmen gegen den Häretiker Cerinth erzählt[2]), so hatte sich dieser eng-

1) Ueber die römische Volksmeinung in dieser Hinsicht und die falschen Nerone s. Tacit. hist., I, 2; II, 8. Sueton. Nero, 57. Vgl. Baur, Die beiden Briefe an die Thessalonicher: Theol. Jahrbücher, 1855, S. 141 fg.

2) Kirchengeschichte, III, 28, 6. Dagegen ist die Erzählung von dem soge-

herzige Zorneifer auch im hohen Alter noch nicht gemildert. Im Galaterbriefe (2, 9) finden wir den Johannes mit Petrus und dem Herrnbruder Jakobus als einen der Drei, die Paulus nicht ohne Ironie die vermeintlichen Säulen nennt, der Männer, welche dem Heidenapostel gegenüber die judaistische Richtung vertraten, und nur durch die Festigkeit des Paulus und die Gewalt der Thatsachen bezwungen, ihn halb widerwillig gewähren ließen. Von einem Solchen ist es zwar ganz in der Ordnung, daß er, wie der Verfasser der Apokalypse in den dieses Werk einleitenden Sendschreiben an die kleinasiatischen Gemeinden thut (2, 7. 14 fg.), unter dem Namen der Nikolaiten und der Lehre Bileams eine Richtung bekämpft und nach ihrer Ausartung schildert, die offenbar die paulinische war, wie unter denjenigen, „die sich Apostel nennen, aber keine sind“ (Offenb. 2, 2), wahrscheinlich Paulus mit seinen Schülern zu verstehen ist, der jene Gemeinden begründet hatte; zwischen dem judaistischen Säulenapostel des Galaterbriefs und dem Evangelisten hingegen, dem die Heidenwelt der eigentliche Boden für die Verbreitung des Christenthums ist, liegt eine Kluft, über welche nur durch Entwicklungskämpfe hinwegzukommen war, von denen wir im Evangelium nicht die verlorenste Spur entdecken.

Den Apostel Johannes uns als Verfasser des vierten Evangeliums zu denken, wird uns auch durch eine alte kleinasiatische Ueberlieferung erschwert.[1]) In dem Streite nämlich, der in der zweiten Hälfte des zweiten Jahrhunderts zwischen den Christengemeinden in Kleinasien und der römischen, die aber hierin die meisten übrigen auch morgenländischen Gemeinden auf ihrer Seite hatte, über den Tag der österlichen Abendmahlsfeier ausbrach, beriefen sich die Kleinasiaten auf den Vorgang des Apostels Johannes für eine Observanz, der das angeblich johanneische Evangelium gerade entgegensteht. Die kleinasiatischen Christen pflegten an demselben Tage, an welchem die Juden das Osterlamm, oder was nach der Zerstörung des Tempels an dessen Stelle getreten war, genossen, nämlich am Abend des 14. Nisan, das der synoptischen Erzählung zufolge an diesem Abend von Christus eingesetzte Abendmahl zu feiern; wogegen die Vorsteher der römischen Gemeinde behaupteten, an diesen Tag haben sich die Christen nicht zu binden, und nicht an ihm, der auf jeden Wochentag fallen konnte, sondern erst am folgenden Sonntag, als dem Auferstehungstag, das österliche Abendmahl zu begehen. Dieser Streitpunkt wurde zuerst etwa um das Jahr 160, als Polykarp, der Bischof von Smyrna, nach Rom kam, zwischen ihm und dem römischen Bischof Anicet

---

nannten Testament Johannis bei Hieron. in ep. ad Gal. 6, das Lessing zu einer seiner schönsten kleinen Schriften die Veranlassung gegeben, aus der Anschauung des Evangeliums und des ersten Briefs heraus entworfen.

1) Zum Folgenden vgl. Baur, Die kanonischen Evangelien, S. 334 fg.; Hilgenfeld, Die Evangelien, S. 342 fg., und eine Reihe von Abhandlungen beider in Zeller's Theol. Jahrbüchern u. Hilgenfeld's Zeitschrift f. wiss. Theologie.

verhandelt, wobei sich Polykarp für die kleinasiatische Sitte, das österliche Abendmahl am jüdischen Passahtage, dem 14. Nisan, zu feiern, darauf berief, „daß er mit Johannes, dem Jünger des Herrn, und den übrigen Aposteln, mit denen er zusammengelebt, es immer an diesem Tage gehalten habe“.[1]) Nun aber hat laut des vierten Evangeliums Jesus vor seinem Tode das Passah gar nicht mehr genossen, sondern das letzte Mahl mit seinen Jüngern den Abend vorher, am 13., veranstaltet, wobei von der Einsetzung des Abendmahls keine Rede ist: der Verfasser dieses Evangeliums hatte also keinen Grund, für die Feier des österlichen Abendmahls an einem Tage festzuhalten, an welchem Jesus nach ihm kein Mahl mehr genossen, sondern gelitten hatte und gestorben war. Der von Polykarp bezeugte Brauch des Apostels Johannes weist vielmehr ganz auf den Sachverhalt hin, wie ihn die drei ersten Evangelien geben; wogegen die Darstellung des vierten Evangeliums sich aus dem Bestreben hervorgegangen zeigt, wie überhaupt das Christenthum vom Judenthum, so auch seine Osterfeier von dem jüdischen Passah durch die Darstellung abzulösen, daß Jesus dieses nicht mehr genossen habe, sondern an dem Tage desselben, als das wahre, dem blos sinnbildlichen jüdischen ein Ende machende Passahlamm geschlachtet worden sei. Daß sich in der Verhandlung mit Polykarp der römische Bischof auf das vierte Evangelium berufen hätte, davon wird nichts erwähnt; dagegen finden wir zehn bis fünfzehn Jahre später, als der Streit sich in Laodicea erneuerte, eine Spur, daß es vorhanden, also vielleicht gerade in der Zwischenzeit und nicht ohne Bezug auf diesen Streit an's Licht getreten war. Wenn nämlich Apollinaris, Bischof von Hierapolis, von Denjenigen, die sich an den 14. Nisan hielten (den sogenannten Quartodecimanern) sagt, sie behaupten, Matthäus stelle die Sache in ihrem Sinne dar, allein daraus würde ja folgen, daß die Evangelien mit einander in Widerstreit kämen[2]): so ist dieß wohl nicht anders zu verstehen, als daß Apollinaris von der Darstellung des vierten Evangeliums ausging, welches das letzte Mahl Jesu auf den Abend des 13., auf den 14. aber seinen Tod verlegt, und nun (wie noch heute manche Theologen) den Bericht des Matthäus ohne Weiteres nach dem johanneischen auslegte.

Immer also, wenn wir von Demjenigen ausgehen, was wir von dem

1) Aus dem Sendschreiben des Polykrates an Victor, bei Eusebius, V, 24, 16.

2) In der oben angeführten Stelle der Passahchronik: .... καὶ στασιάζειν δοκεῖ κατ' αὐτοὺς τὰ εὐαγγέλια. Hier halte ich jeden Versuch, mit Schwegler und Baur das στασιάζειν anders als inter se pugnare zu deuten, für verfehlt. Apollinaris stritt als einer, der die Einstimmigkeit der vier Evangelien in Bezug auf den Tag des letzten Mahles Jesu durch Herüberziehen der drei ersten zum vierten bewerkstelligte, ohne zu bedenken, daß die Gegner, welche dieselbe Einstimmigkeit durch Hinüberziehen des Johannes zu den Synoptikern zu Stande brachten, von ihrem Standpunkte aus ihm, der den Johannes anders auslegte, denselben Vorwurf zurückgeben konnten.

Apostel Johannes wissen, werden wir nach einer Richtung hingewiesen, in welcher das vierte Evangelium nicht liegt, und umgekehrt wenn wir von dem vierten Evangelium ausgehen, kommen wir auf einen Punkt, auf dem wir den Apostel Johannes nicht antreffen. Als einer der in Palästina noch während des Bestandes des jüdischen Staates geboren war, und daselbst jedenfalls bis in das männliche Alter hinein gelebt hatte, mußte der Apostel doch im Lande und seinen Einrichtungen Bescheid wissen. Daß es aber bei dem Evangelisten hierin nicht richtig steht, dafür sei hier mit Umgehung aller Punkte, über die sich streiten läßt (wie der Erwähnung eines Bethanien am Jordan, 1, 28, von dem sich sonst keine Spur findet; der fabelhaften Beschreibung des Teichs Bethesda, 5, 2 fg.; der falschen Erklärung des Namens Siloah, 9, 7; des Cedernbachs statt Kidronbachs, 18, 1, den man sonst nur noch in der griechischen Uebersetzung von 2 Sam. 15, 23, mithin bei einem Alexandriner antrifft u. dergl.) nur auf den „Hohenpriester jenes Jahres", 11, 51. 18, 13, hingewiesen. Allen Umdeutungen und Ausflüchten zum Trotze wird hier der unbefangene Sinn immer als die Vorstellung des Evangelisten die finden, daß das Amt des Hohenpriesters jährlich (damals zwischen Hannas und Kaiphas) gewechselt habe; was ein palästinischer Apostel besser wissen und namentlich sich auch erinnern mußte, daß gerade Kaiphas eine ganze Reihe von Jahren im Amte geblieben war. Die genaue Kenntniß des Alten Testaments, welche der Evangelist allerdings zeigt, weist uns noch nicht auf einen in Palästina Geborenen, ja nicht einmal auf einen Judenchristen überhaupt hin, da bei dem jüdischen Grundstock der christlichen Gemeinden und der Wichtigkeit des Alten Testaments für die Begründung des neuen Glaubens, wie wir an dem Beispiele Justin's des Märtyrers sehen, auch ein Nichtjude sich bewogen fühlen und in der Lage sein konnte, sich eine solche Bekanntschaft zu erwerben. Wogegen andererseits die Bekanntschaft mit alexandrinischer und insbesondere philonischer Speculation, welche der Evangelist zeigt, dem Apostel kaum zuzutrauen ist. Abgesehen davon, daß er den drei ersten Evangelien zufolge von niederem Stande, ein galiläischer Fischer, war (nur im vierten, um dessen Glaubwürdigkeit es sich eben fragt, erscheint er als Bekannter des Hohenpriesters), so zeigt er sich, soweit wir aus den paulinischen Briefen und der Apostelgeschichte von ihm wissen, von solcher Weisheit unberührt, er müßte sie also erst später, muthmaßlich nach seiner Uebersiedlung nach Kleinasien, sich angeeignet haben. Aber eben in Kleinasien schrieb er im Jahre 68 die Apokalypse, die neben einem dem Evangelium durchaus fremden Geiste keine Spur von alexandrinischer Weisheit zeigt. Daß er nun noch später im Greisenalter noch geneigt und geschickt gewesen, in eine neue und seinem bisherigen Gedankenkreise so ferne liegende Denkweise sich einzuleben, und sie zugleich so eigenthümlich und harmonisch, wie sie im Evangelium vorliegt, zu gestalten, hat nicht die mindeste Wahrscheinlichkeit.

Wenn also die Musterung der äußeren Zeugnisse in Bezug auf die drei ersten Evangelien das Ergebniß lieferte, daß bald nach dem Anfang des zweiten Jahrhunderts sichere Spuren, zwar nicht von ihrem Vorhandensein in der jetzigen Gestalt, aber doch von dem Dasein eines großen Theils ihres Stoffes, und zwar mit allen Anzeichen davon sich finden, daß der Grundstock dieses Stoffes aus dem Lande stamme, welches der Schauplatz der in Rede stehenden Ereignisse gewesen war: so ergibt sich für das vierte Evangelium das weit weniger günstige Resultat, daß es erst nach der Mitte des Jahrhunderts bekannt wird, und zwar mit allen Anzeichen davon, daß es auf auswärtigem Gebiet und unter dem Einflusse einer dem ursprünglichen Kreise Jesu unbekannten Zeitphilosophie entstanden sei. Ist also dort die Möglichkeit nicht ausgeschlossen, daß in der immerhin mehrere Menschenalter betragenden Zwischenzeit zwischen den Begebenheiten und ihrer Aufzeichnung in der jetzigen Gestalt sich auch Sagenhaftes und sonst Unhistorisches eingeschlichen haben kann, so hat hier sogar die Einmischung philosophischer Construction und bewußter Dichtung alle Wahrscheinlichkeit.

B. Die Evangelien nach ihrer innern Beschaffenheit und ihrem Verhältniß unter einander.

14.

Verschiedene Hypothesen über das Verhältniß der drei ersten Evangelien. Lessing, Eichhorn, Hug, Griesbach, Gieseler, Schleiermacher.

Wenden wir uns nun von den äußeren Zeugnissen für unsere vier Evangelien zu deren innerer Beschaffenheit, soweit diese nicht schon gelegentlich zur Sprache gekommen ist, und zu ihrem Verhältniß unter einander [1]), so stellen sich auch hier die drei ersten dem vierten gegenüber in eine Gruppe zusammen. Während das letztere durchaus seinen eigenen Weg geht, und nur in wenigen Hauptpunkten der evangelischen Geschichte, in Reden aber und im Ausdrucke fast nie mit den übrigen zusammentritt, laufen diese, bei einzelnen Abweichungen sowohl in der Anordnung und Auswahl des Stoffes als im Ausdruck, doch im Allgemeinen so parallel, daß sie sich zur tabellarischen Zusammenschau (Synopsis, daher synoptische Evangelien) eignen.

Hier ist es nun das eigenthümliche und in der Literatur in dieser Art nicht wieder vorkommende Verhältniß der drei ersten Evangelien zuerst gewesen, was zu tieferer Forschung reizte, die aber freilich vor Ergründung ihres Verhältnisses zum vierten kein genugthuendes Ergebniß liefern konnte. Bei jenen dreien handelte es sich um die Frage, wie drei verschiedene Verfasser doch so durchgängig, oft bis auf die Worte hinaus, übereinstimmen können, und wie sie hinwiederum bei solcher Uebereinstimmung dazu kommen, oft auch wieder so bedeutend von einander abzuweichen. So lange man von der Voraussetzung einer göttlichen Eingebung der biblischen Schriften ausging, war die

1) Zum Folgenden vgl. Baur, Kritische Untersuchungen über die kanonischen Evangelien, Einleitung, S. 1 fg. Die Einleitung in das Neue Testament als theologische Wissenschaft, Theol. Jahrbücher, 1850, S. 463 fg.; 1851, S. 70 fg., 222 fg., 291 fg. Hilgenfeld, Die Evangelienforschung nach ihrem Verlaufe u. s. w., Zeitschrift f. wiss. Theologie, 1861, S. 1—71, 137—204. Der Kanon und die Kritik des Neuen Testaments, S. 125 fg.

Uebereinstimmung leicht erklärt. Der eigentliche Autor sämmtlicher Evangelien war ja der heilige Geist, die Evangelisten lediglich seine Dictirtschreiber, von denen es nur Wunder nehmen mußte, daß ihre Nachschriften nicht durchaus zusammenstimmten, oder daß der heilige Geist nicht dem einen ganz dasselbe wie dem andern in die Feder dictirt hatte. Dieß suchte man aus einer Anbequemung desselben theils an die Eigenthümlichkeit der Evangelisten, theils an die Bedürfnisse der Leser, für welche die einzelnen Evangelien bestimmt waren, zu erklären, und das mochte hinreichen, um begreiflich zu machen, warum der eine übergeht, was der andere mittheilt, oder über denselben Gegenstand der eine sich weitläufiger, der andere kürzer faßt. Wenn dagegen dasselbe Ereigniß mit verschiedenen Umständen erzählt, oder von dem einen Evangelisten in eine frühere, von dem andern in eine spätere Zeit des Lebens Jesu verlegt wird, wenn ebenso eine Rede Jesu sich bald verschieden gefaßt, bald verschieden gestellt findet, so kann hier nur Eines das Richtige sein, und von dem heiligen Geist ist nicht zu begreifen, wie er irgend einem der von ihm inspirirten Schriftsteller etwas Unrichtiges eingegeben haben kann. Beide Theile könnten nur dann Recht haben, wenn jeder etwas Anderes erzählte, wenn also Jesus zweimal, einmal im ersten Anfang seines Werks, ein anderesmal später, von den Nazaretanern verworfen, die Käufer und Verkäufer von ihm zweimal, einmal bei seiner ersten, und wieder bei seiner letzten Anwesenheit in Jerusalem, aus dem Tempel getrieben worden wären, und jeder einzelne Evangelist nur den einen von diesen Fällen erzählt, den andern übergangen hätte. Da man es jedoch, um auf den heiligen Geist keine Unwahrheit oder auch nur Ungenauigkeit kommen zu lassen, streng nehmen, und selbst um einer Abweichung in Kleinigkeiten willen zwei Erzählungen, die man ohne jene Rücksicht für identisch genommen haben würde, auf zwei verschiedene Vorfälle beziehen mußte, so bekam durch dieses mehrmalige Vorkommen ganz derselben Begebenheit nur mit wenig veränderten Nebenumständen die evangelische Geschichte ein Aussehen, das sie aller sonstigen Geschichte unähnlich machte. Sobald man es aber nicht mehr über sich vermochte, mit einem Storr zwei Hauptleute in Kapernaum zu verschiedener Zeit zwei kranke Knechte haben und einen wie den andern von Jesu durch ein Wort in die Ferne geheilt werden, zwei Töchterchen von Synagogenvorstehern sterben und von Jesu erweckt werden, und dabei beidemale auf dem Wege dahin eine blutflüssige Frau durch seine Berührung gesund werden zu lassen: so war Irrthum und Ungenauigkeit, wenn auch nur in Nebensachen, für die Evangelisten zugestanden, sie mithin wesentlich auf dieselbe Linie, wie andere menschliche Schriftsteller, herabgesetzt.

Um von diesem Standpunkt aus das Verhältniß der Evangelien zu einander begreiflich zu machen, ihre Zusammenstimmung wie ihre Abweichung, ihr Gemeinsames wie das jedem Eigenthümliche zu erklären, schrieb Lessing seine „Neue Hypothese über die Evangelisten als blos menschliche Geschichtschreiber betrachtet" (1778); ein Schriftchen von zwei Bogen, welche aber die fruchtbaren Keime aller späteren Forschungen über diesen Gegenstand enthalten. Als den Grundstock aller Evangelien stellt hier Lessing eine aus den mündlichen Erzählungen der Apostel und sonstiger Augenzeugen erwachsene schriftliche Sammlung von Nachrichten über Jesu Leben und Lehre auf, die unter den alten Judenchristen in Palästina, den sogenannten Nazarenern, entstanden, hierauf von mehr als einem Besitzer oder Abschreiber verändert, vermehrt oder auch verkürzt, zuletzt aus der palästinischen Landessprache, um auch für weitere Kreise brauchbar zu sein, frei in's Griechische übertragen wurde. Nach den ursprünglichen Gewährsmännern, denen diese Schrift nacherzählte, konnte sie Evangelium der Apostel, nach dem Leserkreis, für den sie bestimmt war, Evangelium der Nazarener oder der Hebräer genannt werden, wie diese Namen ohne Zweifel für dasselbe Evangelium bei den ältesten Kirchenvätern beständig wiederkehren; nach dem griechischen Redacteur aber hieß sie Evangelium des Matthäus, denn dieser war es nach Lessing, der, nicht wie Papias irrig sagt, ein hebräisches Evangelium schrieb, das dann Jeder, so gut es gehen wollte, in's Griechische übersetzte, sondern das hebräisch geschriebene Nazarener-Evangelium in einen griechischen Auszug brachte. Als ein solcher mochte die Arbeit des Matthäus Manchem nicht ausführlich genug sein, und so entstanden verschiedene neue Bearbeitungen der hebräischen Grundschrift, u. A. unser Lucas-Evangelium, dessen Verfasser zum Theil eine andere Auswahl und Anordnung als Matthäus traf und eines besseren Griechisch sich befleißigte; während Marcus zu seiner Arbeit ein minder vollständiges Exemplar der hebräischen Urkunde vor sich gehabt zu haben scheint.

Auch Johannes kannte und benützte nach Lessing sowohl diese Grundschrift als die aus ihr gezogenen Evangelien, insbesondere unsere drei ersten; gleichwohl ist sein Evangelium nicht zu ihnen zu rechnen, sondern macht allein eine Klasse für sich aus. Die bisherigen Evangelien und die Vorstellung von Christo, die sich aus ihnen verbreitete, genügten ihm nicht, darum suchte er dieselben nicht etwa stofflich zu ergänzen — denn sein Evangelium macht einen ganz andern Eindruck als eine Sammlung bloßer Nachträge —, sondern er suchte die Person Christi höher zu fassen, indem er ihn nicht blos wie jene als den größten Propheten oder als den Sohn Gottes im Sinne der jüdischen Messiasvorstellung, sondern in metaphysischem Sinn als Mittler zwischen Gott und Menschen darstellte. Und nur eine solche Darstellung konnte verhindern, daß das Christenthum nicht als bloße jüdische Sekte mit der Zeit wieder verschwand: nur das johanneische Evangelium hat der christlichen Religion Consistenz und Dauer gegeben. So stehen sich Matthäus und Johannes als die Evangelien des Fleisches und des Geistes gegenüber; daß aber auf der ersteren Seite noch zwei weitere Evangelien stehen, das Evangelium des Fleisches mithin dreifach vertreten ist, oder vielmehr, daß von den weit mehreren Evangelien dieser Klasse außer Matthäus gerade nur noch Marcus und Lucas von der Kirche anerkannt worden sind, hat nach Lessing seinen Grund darin, weil diese beiden in vielen Stücken gleichsam die Kluft füllten, die zwischen Matthäus und Johannes liegt, und weil der Erstere ein Schüler des Petrus, der Andere des Paulus gewesen war. Hierin liegt auch die Ursache der Ordnung, in welcher die vier Evangelien im Kanon stehen; denn daß sie in eben der Zeitordnung geschrieben sein sollten, ist unerwiesen.

Hatte schon Lessing der Entstehung und Verwandtschaft der drei ersten Evangelien größere Aufmerksamkeit zugewendet als der Eigenthümlichkeit des vierten, so trat nun besonders durch Eichhorn[1]) die Frage, wie das Verhältniß jener drei zu einander zu erklären sei, für längere Zeit in den Vordergrund der kritischen Verhandlungen. Zu erklären war aber, wie schon erwähnt, zweierlei: die Zusammenstimmung und die Abweichung. Eine solche Uebereinstimmung dreier Geschichtschreiber in Worten und Sachen, in der Aneinanderreihung einzelner Gedanken und ganzer Folgen von Begebenheiten, wie wir sie in unseren drei ersten Evangelien finden, ist nach Eichhorn nur aus dem Gebrauche schriftlicher Urkunden zu erklären. Dabei wäre an sich ein doppelter Fall möglich: entweder könnte ein Evangelist den andern, oder alle zusammen eine gemeinschaftliche Quelle benützt haben. Den ersteren Fall glaubt Eichhorn deßwegen nicht annehmen zu dürfen, weil sich aus ihm wohl die Uebereinstimmung, nicht aber die mannigfache Abweichung der Evangelisten begreifen lasse. Hätte Marcus den Matthäus, Lucas den Marcus oder beide vor sich gehabt, warum hätte der Nachfolger so Manches weggelassen, was der Vorgänger erzählte, warum so Manches anders gestellt und dargestellt, warum den Ausdruck oft ohne sichtbaren Grund verändert? Dagegen schienen sich durch die Annahme einer gemeinsamen schriftlichen Quelle, aus welcher die drei Evangelisten schöpften, beide Seiten ihres Verhältnisses zu einander genügend zu erklären. Sie benützten dasselbe Urevangelium, daraus erklärt sich ihre Uebereinstimmung; aber sie benützten es nicht unmittelbar, sondern der eine in dieser, der andere in einer andern Bearbeitung, daher ihre Abweichung von einander. Da nämlich Eichhorn das Urevangelium zu finden meinte, wenn er alles dasjenige strich, worin die drei Evangelien von einander abwichen, und nur das, was ihnen gemeinschaftlich war, stehen ließ, so stellte sich ihm dasselbe nur als ein erster roher Entwurf, als ein kurzer, unter Mitwirkung der Apostel in aramäischer Sprache verfaßter Leitfaden für die ersten Glaubensboten dar, welcher sofort durch verschiedene Hände vermehrt und griechisch bearbeitet worden sei. Benützte nun von solchen Ueberarbeitungen der eine Evangelist

1) Eichhorn hat seine Ansicht zuerst 1794 im fünften Bande seiner Allgemeinen Bibliothek dargelegt, dann 1804 in seiner Einleitung in das Neue Testament mit Rücksicht auf die in der Zwischenzeit hervorgetretenen Einwendungen genauer ausgeführt.

diese, der andere eine andere, so erklärt sich, daß der eine Manches hat, was dem andern fehlt, oder in anderer Stellung hat als dieser, weil es in der von ihm benützten Bearbeitung des Urevangeliums fehlte oder anders gestellt war; nicht minder erklärt sich die Abweichung des griechischen Ausdrucks bei sonst gleichlautenden Berichten aus der Benützung verschiedener griechischer Uebersetzungen; wogegen, wenn bisweilen zwei oder auch alle drei Evangelisten in ganz zufälligen griechischen Worten zusammentreffen, die Voraussetzung zu Hülfe kam, daß auch schon von dem unvermehrten Urevangelium eine griechische Uebersetzung vorhanden gewesen und von den Uebersetzern der verschiedenen Ueberarbeitungen desselben mitunter zu Rathe gezogen worden sei.

Man sieht von selbst, wie mit jeder neuen Instanz, mit jeder neu beobachteten Seite an dem so vielseitigen Verhältniß dieser Evangelien eine neue Hülfshypothese nöthig, die ganze Theorie immer verwickelter und künstlicher wurde, zugleich aber mit den einfachen Verhältnissen der Zeit und der Kreise, in denen die Evangelien entstanden sind, in immer grelleren Widerspruch kam. Daher jener Ausspruch Schleiermacher's, um die Hypothese vom Urevangelium unannehmbar zu finden, habe er schon daran vollkommen genug, daß er sich vorstellen müßte unsere guten Evangelisten von vier, fünf, sechs aufgeschlagenen Rollen und Büchern, in verschiedenen Zungen noch dazu, umgeben, wechselsweise aus einem in's andere schauend und zusammenschreibend; was ihn weit mehr in eine deutsche Bücherfabrik des neunzehnten Jahrhunderts, als in jene Urzeit des Christenthums versetze. Auch Herder fand sich von Eichhorn's Ausführung durch die prosaische Vorstellung einer apostolischen Kanzlei, auf die sie zu führen schien, abgestoßen, und schloß sich insofern mehr den Andeutungen Lessing's an; was er zu deren Berichtigung und weiterer Ausführung hinzuthat, war freilich zu flüchtig und schwankend, um als bleibender Gewinn gelten zu können; doch blieb seine Betonung der mündlichen evangelischen Verkündigung als Quelle der schriftlichen Evangelien nicht ohne Nachwirkung, wie seine Voranstellung des Marcus und Lucas vor Matthäus nicht ohne Nachfolge.

Die Theorie vom Urevangelium hatte besonders zwei schwache Seiten, von denen sie sich angreifen ließ und auch wirklich nach einander angegriffen worden ist. Die eine war, daß in dem Dilemma: von den drei ersten Evangelisten muß entweder einer den andern, oder alle zusammen eine gemeinsame Quelle benützt haben, Eichhorn das Erstere so ohne Weiteres von der Hand gewiesen hatte. Warum soll es denn so undenkbar sein, daß ein Evangelist die Schrift des andern benützt habe? fragte Hug [1]); etwa der vielen und bedeutenden Abweichungen wegen, die sich zwischen ihren Berichten finden? Allein weicht denn nicht auch Livius von Polybius vielfach ab, den er doch

1) Einleitung in die Schriften des Neuen Bundes, 1808.

seinem eigenen Geständniß nach benützt hat? Sollte denn ein Schriftsteller, der das Werk eines andern vor sich hat, dieses gerade nur abschreiben müssen? Wenn ihm infolge anderweitiger Erkundigung, Benützung weiterer Quellen, oder verschiedenen Standpunktes, eine Sache anders erscheint als seinem Vorgänger, sollte er von dessen Darstellung, auch wenn er sie vor sich hat, nicht abweichen dürfen? Nichts steht daher der Annahme im Wege, daß ein Evangelist das Werk des andern benützt habe, und es kommt nur darauf an, die eigenthümliche Anlage, den besonderen Zweck einer jeden von diesen Schriften zu erforschen, um auch den Gründen auf die Spur zu kommen, warum der eine von der Darstellung des andern abgewichen ist. Nach Hug freilich läuft in dem Verhältniß der Evangelisten Alles nur auf Verbesserung und Ergänzung des einen durch den andern, auf eine vierfache Wahrheitsgarantie hinaus. Marcus arbeitete, durch Mittheilungen des Apostels Petrus dazu in Stand gesetzt, die Schrift des Matthäus nach Ordnung und Zeitfolge um, und fügte verschiedene nähere Bestimmungen hinzu; Lucas unterwarf als ein Mann von Kenntnissen und Bildung seine beiden Vorgänger neuer Prüfung und Berichtigung; Johannes endlich, der seine sämmtlichen Vorarbeiter kannte, gab ihren Berichten die letzte Ergänzung und Vollendung. Allein jede Berichtigung eines Vorgängers setzt eine Unrichtigkeit bei diesem voraus, und auch die Ergänzung des einen durch den andern kann von einer Art sein, daß sie den zu ergänzenden Schriftsteller in ein sehr nachtheiliges Licht stellt. Hat der Verfasser des vierten Evangeliums Recht mit seiner Angabe, daß Jesus vor seiner letzten Reise nach Jerusalem schon mehrmals dort sich aufgehalten, gelehrt und gewirkt hatte, so kann der Verfasser des ersten Evangeliums, der von allen diesen früheren Reisen und Aufenthalten nichts weiß, kein Begleiter Jesu, nicht der Apostel Matthäus gewesen sein, so kann auch das zweite Evangelium nicht nach den Mittheilungen des Apostels Petrus geschrieben sein, denn der müßte seinen Verfasser vor Allem auf jenen Grundmangel des ersten Evangeliums aufmerksam gemacht und ihn zur Berichtigung desselben angetrieben haben. Und wenn der letzte Berichtiger, Johannes, auch wieder umgekehrt so Vieles, das sich bei seinen Vorgängern findet, übergeht, woher wissen wir, daß das Zustimmung ist? An sich könnte es ebenso gut Verwerfung sein, und erscheint als Zustimmung nur von einem Standpunkt aus, der in diesem Verhältniß überhaupt nur Einhelligkeit voraussetzt.

Dieser apologetische Standpunkt, diese Anbequemung an die kirchliche Ueberlieferung, zeigt sich bei Hug schon darin, daß er in Bezug auf die Frage, in welcher Reihenfolge die einzelnen Evangelisten einander benützt und berichtigt haben, ohne Weiteres bei ihrer Ordnung im Kanon stehen bleibt, da doch schon Lessing sinnvoll angedeutet hatte, wie diese Ordnung auch etwas ganz Anderes als ihre zeitliche Aufeinanderfolge zur Ursache haben könnte. In dieser Hinsicht war über das Marcus-Evangelium schon vor Hug eine Ansicht durchgeführt und von ihm mit unzureichenden Gründen bestritten worden, die dem Sachverhalt besser zu entsprechen schien. Wenn zwischen zwei Evangelien, die bei vielfachem Zusammentreffen doch ebenso viel Selbstständigkeit zeigen, indem jedes ganze Abschnitte für sich allein und auch das Gemeinsame zum Theil in anderer Ordnung hat, ein Evangelium steht, das dem Stoffe nach fast gar nichts Eigenthümliches, sondern von seinen sechszehn Kapiteln nur etwa soviel als ein halbes Kapitel füllen würde, nicht mit dem einen oder andern seiner Nebenevangelien gemein hat, das ebenso in der Anordnung bald mit dem einen, bald mit dem andern von diesen zusammentrifft, den Ausdruck aber bisweilen aus den beiden andern zusammenzulesen scheint: so dringt sich von selbst die Annahme auf, daß ein solches Evangelium nicht zeitlich zwischen den beiden andern stehe, sondern aus ihnen als seinen vorgefundenen Quellen hintennach zusammengeschrieben sei. Diese Ansicht war von Griesbach[1]) vorgetragen worden, und gewann durch die Anschaulichkeit, die sich von ihr aus dem Verhältniß geben ließ, eine solche Ueberzeugungskraft, daß sie bis auf die neueste Zeit als die eigentliche populäre unter den Theologen gelten konnte.

Die Verfasser der drei ersten Evangelien, dieß war das Dilemma gewesen, von welchem die verschiedenen bisher entwickelten Ansichten ausgingen, müssen entweder einer die Schrift des andern, oder einer wie der andere eine gemeinschaftliche Quelle benützt haben; daß dieß eine schriftliche Quelle gewesen sei, war die gemeinsame Voraussetzung. Die Reihe, in Frage gestellt zu werden, kam nun auch an diese. Die ursprüngliche evangelische Verkündigung, wurde geltend gemacht, sei doch eine mündliche gewesen, und daß auch die Kunde von dem Leben Christi sich längere Zeit blos mündlich fortgepflanzt habe, sei theils an sich wahrscheinlich, wenn man den Bildungsstand und die Verhältnisse der Apostel bedenke, theils in soweit auch erweislich, als in den Briefen des Apostels Paulus wenigstens sich keine Spur eines zu seiner Zeit schon vorhandenen schriftlichen Evangeliums finde. Dagegen habe es alle Wahrscheinlichkeit, daß diese mündliche Ueberlieferung, d. h. die Art, wie die sogenannten Evangelisten das Wichtigste aus der Lebensgeschichte Jesu vortrugen, bald einen festen Typus in Auswahl, Anordnung und selbst im Ausdruck angenommen habe. Dieß ist das mündliche Urevangelium, das Gieseler[2]) dem schriftlichen Eichhorn's entgegenstellte, und aus welchem er die unvollkommene Zusammenstimmung unserer drei ersten

---

1) Comment. qua Marci Evang. totum e Matth. et Lucae commentariis decerptum esse monstratur, 1789 u. 1790, Opusc. II, S. 385 fg. Vgl. Saunier, Ueber die Quellen des Evang. des Marcus, 1825.

2) Ueber die Entstehung und die frühesten Schicksale der schriftlichen Evangelien, 1818.

Evangelien nicht schlechter als Eichhorn, die Abweichungen aber besser als Diejenigen, die einen Evangelisten von dem andern benützt werden ließen, erklären zu können glaubte. Gieseler dachte sich die ersten Verkündiger des Evangeliums nach der Art der griechischen Rhapsoden, in deren Munde die homerischen Gesänge so fortlebten, daß sie zugleich manche Um- und Weiterbildung erfuhren. Durch eine solche Analogie empfahl sich diese Ansicht einer Zeit, die nach tieferem Eindringen in den Geist des Alterthums, nach einer lebensvolleren Auffassung des Ursprungs von Poesie und Religion strebte. Im Mittel der blos mündlichen Ueberlieferung erschien die evangelische Geschichte als ein Lebendiges, das wachsen, sich in Aeste theilen, neue Sprossen und Zweige treiben konnte, und dadurch war die Aussicht auf eine viel freiere Stellung zu dem geschichtlichen Inhalte der Evangelien eröffnet.

Damit konnte jedoch die nächste Aufgabe, das gegenseitige Verhältniß der in Rede stehenden Evangelien zu erklären, noch keineswegs für gelöst gelten. Daß sie vielfach von einander abweichen, erklärte sich aus dieser Voraussetzung einer blos mündlichen Gemeinquelle wohl, ja noch viel größere Abweichungen würden uns darnach nicht Wunder nehmen; um so weniger aber ließ sich ihre vielfache Uebereinstimmung daraus begreifen. Wie käme es, daß sie nicht blos im Allgemeinen dieselbe Auswahl und Anordnung des Stoffs befolgen, sondern auch mehr als einmal der Fall vorkommt, daß zwei Begebenheiten, die offenbar zeitlich nicht auf einander folgten, sondern zufällig bei einem Evangelisten hinter einander erzählt waren, auch bei den beiden andern in derselben Verbindung erscheinen? Und woher käme vollends die Zusammenstimmung im Ausdruck, in einzelnen Fällen bis auf höchst seltene griechische Wörter hinaus? Den ersten Verkündigern des Evangeliums konnte es doch nicht wie den homerischen Rhapsoden, die ein rhythmisches Gedicht vorzutragen hatten, auf die Form, und höchstens da, wo sie Reden Jesu wiedergaben, auf den Ausdruck ankommen, im Uebrigen war ihnen der Inhalt der Erzählungen die Hauptsache: daß auch darüber hinaus ihr Vortrag stereotyp geworden wäre, ist nicht anzunehmen, weil kein Grund davon abzusehen ist. Doch was bedarf es weiter? Unser dritter Evangelist sagt es ja in seinem Vorworte selbst, daß es zu seiner Zeit schon mehrere evangelische Schriften gab, und sein Evangelium trägt die deutlichen Kennzeichen davon an sich, daß er diese schriftlichen Vorlagen, und keineswegs blos die mündliche Ueberlieferung, als Quellen benützt hat.

Freilich, daß es nun gerade unsere zwei ersten Evangelien gewesen, welche der Verfasser des dritten vor sich hatte, daß wir uns überhaupt unter den ersten evangelischen Aufzeichnungen durchaus schon Schriften zu denken hätten, die sich über das Ganze des Lebens Jesu erstreckten, das folgt so unmittelbar noch nicht, und hier greift nun ein neuer Versuch, das Verhältniß der drei ersten Evangelien zu erklären, ein. Wenn wir fragen, bemerkt

Schleiermacher[1]) zunächst gegen Eichhorn, was haben wir uns wahrscheinlicher als den Anfang der evangelischen Literatur zu denken: eine zusammenhängende aber magere Erzählung über das ganze Leben Jesu (wie das Eichhorn'sche Urevangelium), oder viele aber ausführliche Aufzeichnungen über einzelne Begebenheiten? so können wir nicht anders als für das Letztere uns entscheiden. Als den ersten Anlaß einer christlichen Geschichtschreibung nämlich haben wir uns nach Schleiermacher nicht den freien Trieb der vielbeschäftigten Apostel und ersten thätigen Jünger vorzustellen, sondern das Verlangen solcher, die an Jesum gläubig geworden waren, ohne ihn selbst gekannt zu haben, und nun doch auch etwas Näheres von seinem Leben erfahren wollten. Dieses Verlangen wurde in den öffentlichen Versammlungen der Christen wohl nur sehr zufällig und sparsam gestillt, wenn sich etwa ein Lehrer auf denkwürdige Aussprüche Christi bezog, die eine Erzählung ihrer geschichtlichen Veranlassung nothwendig machten; mehr und Ausführlicheres konnten die Wißbegierigen nur durch vertrauten Umgang und auf besonderes Befragen erfahren. Und so wurde viel Einzelnes erzählt und vernommen, das Meiste wohl ohne aufgeschrieben zu werden; doch wurde gewiß bald auch Manches aufgeschrieben, theils von den Erzählern selbst, theils noch mehr von den Forschenden, zumal von Solchen, die den Erzählern nicht immer nahe blieben und gerne selbst wieder das Erforschte vielen Anderen mittheilen wollten. So sind einzelne Begebenheiten aufgeschrieben worden und einzelne Reden, und diese Aufzeichnungen entstanden häufiger und wurden eifriger gesucht, als die Masse der ursprünglichen Begleiter Christi durch Verfolgungen zerstreut wurde, und noch mehr, als die erste Generation des Christenthums anfing auszusterben. Dabei bemühten sich die Urheber wie die Besitzer einzelner Aufzeichnungen gewiß bald, diese zu vervollständigen, und wurden Sammler, jeder nach seiner besondern Neigung. So sammelte vielleicht der Eine nur Wundergeschichten, der Andere nur Reden, einem Dritten waren ausschließlich die letzten Tage Christi wichtig, oder auch die Auftritte der Auferstehung; Andere ohne so bestimmte Vorliebe, sammelten Alles, dessen sie habhaft werden konnten. Die einzelnen Stücke, aus denen dergleichen Sammlungen bestanden, waren nun aber von verschiedenem Ursprung und Werthe, keineswegs Alle aus erster, sondern manche auch aus zweiter oder dritter Hand, ja Einzelnes aus noch trüberen Quellen geflossen, durch mangelhafte Erinnerung, Befangenheit der Vorstellung und Wundersucht alterirt. Als solche im nachapostolischen Zeitalter gemachte Zusammenstellungen einzelner schriftlichen Erzählungsstücke betrachtet nun Schleiermacher unsere drei ersten Evangelien, auch das des Marcus nicht ausgenommen, in Betreff

1) Ueber die Schriften des Lucas, 1817. Vgl. seine aus Vorlesungen zusammengestellte Einleitung in das Neue Testament. Sämmtliche Werke, erste Abth., zur Theologie, achter Band, 1845.

dessen er sich der Griesbach'schen Ansicht ausdrücklich, obwohl nur mühsam und nicht ohne Schwanken, erwehrt.

Fragt man nun aber, wie es möglich gewesen, daß drei Sammler, die unabhängig von einander aus einem Vorrath von Erzählungen und Erzählungsgruppen auswählten, mit so merkwürdiger Uebereinstimmung großentheils auf dieselben Stücke verfallen seien, so weiß dieß Schleiermacher einerseits aus dem Maße des Umfangs, das eine zu leichter Vervielfältigung bestimmte Schrift einhalten mußte, andererseits aus der vorzüglichen Bedeutsamkeit, welche gerade jene Stücke für die evangelische Verkündigung gehabt haben sollen, nur höchst ungenügend zu erklären. Denn wenn doch Jesus, wie unsere Evangelien sagen, so viele Blinde, Lahme, Aussätzige geheilt, so viele Teufel ausgetrieben hat, wie kommt es, daß von dieser Menge von Geschichten unsere drei ersten Evangelisten (mit ein paar vielleicht blos scheinbaren Ausnahmen) gerade nur dasselbe Dutzend zur ausführlichen Erzählung herausgriffen, die übrigen, unter denen sicherlich (man denke nur an die andere Auswahl bei Johannes) manche als Wunder nicht minder beweiskräftig waren, ebenso überstimmend im Schatten summarischer Erwähnung liegen ließen, wenn jeder unabhängig vom andern ausgewählt und zusammengestellt haben soll? Dasselbe läßt sich in Betreff der Reden Jesu fragen, und ebenso wenig ist von der Schleiermacher'schen Ansicht aus die im Ganzen übereinstimmende Anordnung des Erzählungsstoffs in den drei ersten Evangelien begreiflich zu machen.

Zum Theil ließen sich die Mängel, die jeder dieser Ansichten für sich anhaften, durch Combination derselben heben, indem insbesondere die sogenannte Traditionshypothese, d. h. die Voraussetzung einer mündlichen Ueberlieferung als erster oder Hülfsquelle, zu jeder der übrigen hinzutreten kann; doch das wichtigste Ergebniß aller dieser Versuche, sich die Entstehung und das Verhältniß der drei ersten Evangelien zu erklären, war unstreitig das, daß durch sie unvermerkt die Abfassung derselben in eine Zeit herabgerückt und zu einem so secundären Geschäfte gemacht wurde, daß an Apostel oder auch nur Apostelgehülfen als Verfasser nicht mehr zu denken war. Schon Eichhorn hatte die Betheiligung des Matthäus beim ersten, des Marcus und Lucas beim zweiten und dritten Evangelium, die er noch nicht ganz aufgeben mochte, auf ein Mindestes herabgebracht; vollends aber Schleiermacher gebraucht die Namen: Evangelium des Matthäus, Marcus, Lucas, eingestandenermaßen nur als hergebrachte Benennungen, ob nun der Antheil, den diese Männer an den nach ihnen benannten Evangelien gehabt haben mögen, ein näherer oder entfernterer oder auch gar keiner gewesen sei.

15.

Das johanneische Evangelium. Bretschneider, Schleiermacher.

Während man auf diese Weise den drei ersten Evangelien gegenüber dem kritischen Zweifel den freiesten Spielraum ließ, blieb die Glaubwürdigkeit und der apostolische Ursprung des vierten feste Voraussetzung; und wenn man sich in jener Richtung Anfangs deßwegen so frei gehen ließ, weil man dieses sicheren geschichtlichen Rückhalts ja immer gewiß blieb, wurde zuletzt die Glaubwürdigkeit der drei ersten Evangelien gerade deßwegen so herabgesetzt, um den immer mehr an den Tag tretenden Widerspruch zwischen ihnen und dem vierten für dieses unschädlich zu machen. Standen sich das erste und das vierte Evangelium beide mit dem Anspruch auf apostolischen Ursprung gegenüber, und waren doch ihre Nachrichten über die Person und das Leben Jesu nicht wohl zu vereinigen, so blieb ebenso möglich, daß das vierte, als daß das erste seinen Anspruch aufgeben mußte; wogegen, wenn dieser dem letzteren zum Voraus benommen war, das andere um so unangefochtener in seiner apostolischen Geltung blieb.

Diese Stellung nahm die conservative Theologie besonders seit dem gefährlichen Angriff, den, nach allerhand Plänkeleien minder wissenschaftlicher Vorgänger, Bretschneider in seinen Probabilien [1]) gegen die Aechtheit und Glaubwürdigkeit des johanneischen Evangeliums führte. Denn Bretschneider's Ausgangs- und Stützpunkt war die historische Glaubwürdigkeit der drei ersten Evangelien, und weil er nun nicht blos einzelne Nachrichten, sondern die ganze Grundanschauung des vierten Evangeliums von der Person und dem Wirken Jesu mit der in jenen vorliegenden unvereinbar fand, so schloß er, daß das vierte Evangelium keine glaubhafte historische Urkunde, also auch nicht das Werk des Apostels Johannes sein könne. Gesetzt, sagt Bretschneider, das Evangelium Johannis wäre durch Zufall diese achtzehnhundert Jahre her unbekannt geblieben, und nun auf einmal zu unserer Zeit im Morgenland aufgefunden worden, so würde gewiß Jedermann eingestehen, daß der Jesus dieses Evangeliums ein ganz anderer als der des Matthäus, Marcus und Lucas sei, und daß unmöglich beide Schilderungen desselben zugleich wahr sein können. Daß jetzt die Meisten diesen Unterschied entweder gar nicht bemerken, oder doch nicht klar erkennen, hat mehr in der langen Gewohnheit und der eingewurzelten Vorstellung von der Wahrheit des vierten Evangeliums, als in bestimmtem Urtheil oder fester Ueberzeugung seinen Grund.

---

1) Probabilia de evangelii et epistolarum Joannis apostoli indole et origine, 1820.

Diese Grundverschiedenheit zwischen dem johanneischen Jesus und dem synoptischen fand Bretschneider vor Allem in den Reden. Die drei ersten Evangelien zeigen uns Jesum als ächten Volkslehrer, der die falschen Richtungen, die unter seinen Landsleuten der wahren Frömmigkeit und Sittlichkeit entgegenstanden, insbesondere den pharisäischen Aeußerlichkeitsgeist, bekämpfte, auf Reinheit der Gesinnung, Streben nach Gottähnlichkeit und allgemeine Menschenliebe drang, und diese Lehren in einer Form vortrug, deren Klarheit und Natürlichkeit, deren Wärme und Mannigfaltigkeit für Menschen aller Klassen verständlich, anziehend und erwecklich sein mußte. Aus diesem praktischen Volkslehrer sei im vierten Evangelium ein spitzfindiger Metaphysiker gemacht; statt um Gottesfurcht und Rechtschaffenheit drehen sich seine Reden fast ausschließlich um die höhere Würde seiner Person, die er nicht in der nationalen Form der jüdischen Messiasidee, sondern im Sinne der von dem Evangelisten in seinem Prolog vorgetragenen alexandrinischen Logoslehre fasse, und seine Ausdrucksweise sei so dunkel und zweideutig, seine Vorträge so frostig, gekünstelt und voll von Wiederholungen, sein ganzes Auftreten so schroff, als hätte er es absichtlich darauf angelegt, die Leute nicht zu gewinnen, sondern von sich zurückzustoßen. Von diesen beiden unvereinbaren Darstellungen Jesu habe die erstere ebenso die innere Wahrscheinlichkeit und die Angemessenheit an die Verhältnisse für sich, wie die andere sich durch die entgegengesetzten Eigenschaften als Erdichtung verrathe. Neben diesem Hauptzweifelsgrunde, der für ihn in den Reden lag, suchte aber Bretschneider auch an den Erzählungen des vierten Evangeliums, an der fremden Art, wie es von den Juden redet, an der Falschheit mancher Ortsangaben und sonstigen Notizen in demselben nachzuweisen, daß sein Verfasser nicht nur kein Apostel und Augenzeuge, sondern auch kein Palästinenser und kein geborener Jude, sondern ein philosophisch gebildeter Christ aus den Heiden gewesen sei. Die offenbare Rücksicht auf spätere Einwürfe und Lehrstreitigkeiten schienen ihm auf die Mitte des zweiten Jahrhunderts als die Zeit, die Verwandtschaft mit dem alexandrinischen Gnosticismus auf Alexandrien als den Ort der Abfassung hinzudeuten, als deren Zweck die Vertheidigung des Christenthums besonders gegen jüdische Angriffe und seine Empfehlung in der Griechenwelt erschien.

Wenn dieser so einschneidende Angriff auf die Aechtheit und Glaubwürdigkeit des vierten Evangeliums unter der Mehrzahl der Theologen zwar großes Aufsehen, aber wenig Eindruck machte, so war dieß kaum zu verwundern, da die Anhänglichkeit an die kirchliche Ueberlieferung ebenso verbreitet und hartnäckig, als der Sinn für kritische Untersuchungen selten ist; ja daß Bretschneider selbst hernach den Zweck seiner Probabilien durch die Verhandlungen, die sie hervorgerufen, erreicht und seine Zweifel für erledigt erklärte, läßt sich begreifen, weil sein theologischer Standpunkt überhaupt die Tiefe nicht hatte, um alle Consequenzen einer Verwerfung des johanneischen

Evangeliums auf sich nehmen zu können. Wenn aber sogar ein Mann wie Schleiermacher sich von den Bretschneider'schen Zweifeln so wenig berührt fand, daß er zwar meinte, es sei recht gut, daß sie einmal zur Sprache gekommen, aber von Erheblichkeit seien sie nicht, und ihm haben sie keinen Augenblick zu schaffen gemacht [1]), so zeigte dieß nur, wie voreingenommen der sonst so scharfsichtige Kritiker in diesem Punkte, ja wie subjectiv seine ganze Kritik war. Wie er die Offenbarung Johannis den ansehnlichsten Zeugnissen zum Trotz für unächt erklärte, weil sie nach Inhalt und Form seiner Geistesart widerstrebte, so wußte er in Betreff des johanneischen Evangeliums mit den dringendsten Verdachtsgründen leichter Hand fertig zu werden, weil er mit demselben sich innerlichst verwachsen fühlte. Der johanneische Christus, der den Vater in sich und sich eins mit dem Vater weiß, der nichts von ihm selber redet oder thut, sondern nur, was der Vater ihn thun und reden heißt, schien ja zusammenzufallen mit Schleiermacher's religiösem Ideal, einem Gottesbewußtsein, das, ohne Hemmung wirkend, gleich einem Sein Gottes im Menschen ist; das johanneische Evangelium war also das Mittel, durch welches sich Schleiermacher's moderne Frömmigkeit mit dem Christenthum zusammenschloß, und je unentbehrlicher dieser Anschluß für ihn war, desto weniger konnte er geneigt sein, Zweifeln Gehör zu geben, welche die Geltung dieses Evangeliums als einer ächten Darstellung Christi in Frage stellten.

Merkwürdig ist, wie dieses unkritische Fehlgreifen in Betreff der Quellen zur Geschichte Jesu bei Schleiermacher nur das Seitenstück ist zu einem ähnlichen in Betreff der Quellen zur Geschichte des Sokrates. Wenn Schleiermacher in einer jener späteren Anmerkungen, in denen er sonst die Ueberschwenglichkeiten seiner Reden über die Religion vorsichtig einzuschränken oder umzudeuten suchte, sichtlich gereizt durch den Bretschneider'schen Angriff auf sein Lieblingsevangelium, sich zu der Aeußerung hinreißen ließ, „wie ein jüdischer Rabbi mit menschenfreundlichen Gesinnungen, etwas sokratischer Moral, einigen Wundern oder was wenigstens Andere dafür nahmen, und dem Talent, artige Gnomen und Parabeln vorzutragen — denn weiter bliebe doch nichts übrig, ja einige Thorheiten würde man ihm auch noch zu verzeihen haben — wie Einer, der so gewesen, eine solche Wirkung, wie eine neue Religion und Kirche, habe hervorbringen können, ein Mann, der, wenn er so gewesen, dem Moses und Muhammed nicht das Wasser gereicht haben würde, dieß zu begreifen überlasse man (bei der Verwerfung des vierten Evangeliums) uns selbst" [2]): so wird man in diesem Ausfall auf den synoptischen Christus zwar vor Allem von der romantischen Vornehmheit sich widrig berührt fühlen, der das Einfache, Naturwüchsige, nicht mit dem

1) In seiner Einleitung in das Neue Testament, S. 315 fg.

2) Reden über die Religion, S. 442 der dritten Auflage.

Hochgeschmack irgend einer Geschraubtheit, einer vermeintlichen „Wehmuth“ oder „Ironie“ Versehene zu gemein ist; dann aber wird man sich alsbald erinnern, wie Schleiermacher genau mit derselben Vornehmheit den xenophontischen Sokrates gegen den platonischen heruntersetzte. Wenn sich Sokrates, bemerkte er in seiner bekannten Abhandlung über den Werth des Sokrates als Philosophen, nur mit Reden von dem Gehalt und aus der Sphäre beschäftigte, über welche die xenophontischen Denkwürdigkeiten nicht hinausgehen, wenn auch mit schöneren und blendendern der Form nach, so begreife man nicht, wie er in so vielen Jahren nicht den Markt und die Werkstätten, die Spaziergänge und die Gymnasien entvölkerte durch die Furcht vor seiner Gegenwart, wie er einen Alcibiades und Kritias, einen Plato und Euklid so lange Zeit befriedigen, wie er überhaupt der Urheber und das Vorbild der attischen Philosophie werden konnte. Von hier aus wird man es noch sehr schonend finden, daß Schleiermacher nicht auch für die Ufer des galiläischen See's und die Synagogen der Ortschaften umher Verödung fürchtete von einem blos synoptischen Jesus, wird aber den durch Kritiker von mehr historischem Sinne längst gegebenen Nachweis, daß die geschichtliche Auffassung des Sokrates die xenophontische Schilderung zum Grunde zu legen und aus der platonischen nur mit Behutsamkeit einzelne Ergänzungen aufzunehmen habe, als beruhigendes Vorzeichen für die Entscheidung auch dieser Evangelienfrage betrachten.

In seinem Verhältniß zum johanneischen Evangelium stand nun aber Schleiermacher nicht allein, sondern einem großen Theil seiner Zeitgenossen, nicht denjenigen erst, die, durch seine Glaubenslehre gebildet, seinen Christus zu dem ihrigen gemacht hatten, sondern der ganzen in Romantik und Fichte-Schelling'scher Philosophie herangewachsenen Generation, lag das mystisch-idealistische Johannes-Evangelium näher als der historische Realismus der drei ersten. Und eben daß der Verfasser der Probabilien gegen diese Zeitströmung schwimmen wollte, machte das Unglück seines Buchs. Bretschneider gehörte seiner Bildung und Sinnesart nach der älteren Kantisch-rationalistischen Richtung an, ihm sagte der praktisch-moralische Geist und die klare schlichte Form der drei ersten Evangelien ebenso zu, wie ihm an dem vierten die speculative Ueberschwenglichkeit und das mystische Helldunkel zuwider waren. Daß er Ersteres so deutlich merken ließ, gab ihm der Schleiermacher'schen Anhängerschaft gegenüber das Ansehen eines Zurückgebliebenen; daß er das Letztere nicht verbarg, ließ ihn gar als einen Solchen erscheinen, dem für die Tiefe des in Rede stehenden Evangeliums der Sinn abgehe. Für Alle, die Schleiermacher's Geist in Bann genommen hatte, für die Lücke, Hase, Neander und wie sie sonst noch hießen, blieb der apostolische Ursprung des johanneischen Evangeliums Grundstein ihrer Theologie, die Probabilien ein todtgeborenes Ding; der einzige de Wette hielt Anfangs sein Urtheil in der

Schwebe, um am Ende doch der Geistesströmung, der er angehörte, sein kritisches Bewußtsein zum Opfer zu bringen.

16.

Weitere Verhandlungen über die drei ersten Evangelien und ihr Verhältniß zum vierten. Schulz, Sieffert, Schneckenburger; meine kritische Bearbeitung des Lebens Jesu.

Indem nach diesem erfolglosen Zwischenspiel das johanneische Evangelium fester als je zu stehen schien, gingen die Untersuchungen über die drei ersten um so unbefangener fort, und gerade gegen dasjenige unter denselben, das gleich dem vierten den Namen eines Apostels an der Stirne trug, bildete sich nach und nach eine besondere Ungunst aus. In seiner Schrift über den Lucas hatte Schleiermacher mit der Vorliebe eines scharfsinnigen Mannes für den Gegenstand, den er eben zergliedert, an verschiedenen Stellen zu finden geglaubt, daß bald der Bericht, bald die Anordnung des Lucas vor denen des Matthäus den Vorzug verdienen. Einem andern freidenkenden Theologen war die Sündenvergebung, die allerdings Matthäus allein unter den Evangelisten in die Einsetzungsworte des Abendmahls hineinbringt, ein solcher Anstoß, daß er in einem besondern Anhang zu einer Schrift über das letztere seine Zweifel an der Aechtheit des Matthäus-Evangelium zusammenstellte.[1]) Ein paar jüngere Kritiker gingen auf diesem Wege weiter[2]), und es schien eine Zeitlang entschieden, daß der erste unter den Evangelisten der letzte werden, das angebliche Matthäus-Evangelium an Ursprünglichkeit und Glaubwürdigkeit nicht nur ohnehin dem johanneischen, sondern auch denen der beiden Apostelgehülfen Marcus und Lucas nachgesetzt werden müsse.

Es wurde eine Reihe von Merkmalen aufgeführt, aus denen erhellen sollte, daß der Verfasser dieses Evangeliums unmöglich ein Augenzeuge und Begleiter Jesu gewesen sein könne; wovon das erste der Mangel an Anschaulichkeit und Ausführlichkeit in seinen Berichten war. Schon Schleiermacher pflegte in seinen Vorlesungen über die Einleitung in's Neue Testament eine hübsche hieher gehörige Bemerkung vorzutragen. Im neunten Kapitel des Matthäus-Evangeliums, sagte er, wird erzählt, wie Jesus den Matthäus zum Apostel berief und dieser ihm nachfolgte, d. h. sich seinem bleibenden

1) Dav. Schulz, Die Lehre vom heiligen Abendmahl, 1824.

2) Sieffert, Ueber den Ursprung des ersten kanonischen Evangeliums, 1832. Schneckenburger, Ueber den Ursprung des ersten kanonischen Evangeliums, 1834. Womit zu vergl. die Gegenbemerkungen in meiner Recension dieser Schriften in den Jahrbüchern für wiss. Kritik, 1834, wieder abgedruckt in meinen Charakteristiken und Kritiken, S. 239 fg.

Gefolge zugesellte. Nun sollte man denken, wenn der berichtende Evangelist eben dieser damals berufene Apostel war, müßte doch ein Unterschied zu bemerken sein in der Art, wie er erzählt, sie müßte von da an, von wo er Alles selbst miterlebte, lebendiger, anschaulicher, umständlicher werden: aber auch nicht die Spur eines Unterschieds ist zu entdecken, seine Darstellungsweise bleibt nachher so summarisch, seine Zeit- und Ortsangaben so unbestimmt wie zuvor. Daß dieß nicht die Art eines Augenzeugen, sondern eines Solchen ist, der seine Berichte dem abschleifenden Strome der Ueberlieferung entnimmt, mußte einleuchten, auch ohne daß das Matthäus-Evangelium mit den übrigen verglichen wurde; im Gegentheil, wenn die Kritiker ihren Beweis zu seinen Ungunsten noch durch Hinweisung darauf zu verstärken meinten, daß die übrigen Evangelisten in der Regel viel umständlicher und anschaulicher erzählen, so war sehr die Frage, ob dieß die Anschaulichkeit des Augenzeugen, und nicht vielmehr dessen sei, der einen summarisch überkommenen Bericht durch freie Ausmalung aufzufrischen sucht.

Als ein weiterer Grund gegen den apostolischen Ursprung des ersten Evangeliums wurden die ihm eigenthümlichen großen Redemassen aufgeführt. Es lasse Jesum in Einem Zuge sprechen, was er offenbar zu verschiedenen Zeiten und bei verschiedenen Anlässen gesprochen habe, und was daher auch Lucas und Marcus an verschiedene Stellen ihrer Evangelien vertheilen. Daß die Bergrede, Matthäus Kap. 5—7, die Instructionsrede an die Apostel, Kap. 10, die große antipharisäische Rede, Kap. 23, Bestandtheile enthalten, die nicht ursprünglich in diesem Zusammenhange gesprochen, sondern von dem Redacteur um einer gewissen Inhalts- oder Ausdrucksverwandtschaft willen dahin gestellt worden sind, daß ebenso die sieben Parabeln, Kap. 13, eher darnach aussehen, von ihm eben als Parabeln zusammengestellt, als von Jesus wie doch der Evangelist ausdrücklich sagt, so auf Einen Haufen vorgetragen worden zu sein, ließ sich nicht verkennen, und wird auch jetzt kaum mehr geläugnet; dagegen war auch hier die Berufung auf Marcus und Lucas, die einen Theil dieser Reden viel besser stellen und ihre wahrscheinlichen Veranlassungen angeben sollen, nicht stichhaltig, da sich nachweisen ließ, wie insbesondere Marcus die bei Matthäus wenigstens geschickt an einander gereihten Sprüche oft ganz in Unordnung gebracht, Lucas aber für manche Reden Jesu, die er aus den längeren Matthäischen Vorträgen herausnahm, die Veranlassung geradezu selbst gemacht hat. Und wenn Matthäus um seiner Redemassen willen angefochten wurde, wie kam es doch, daß den Kritikern nicht die langen Christusreden bei Johannes einfielen, die weit mehr und tieferes Bedenken erregen als jene? Denn zu Einem Redeact zusammenzustellen, was zu verschiedenen Zeiten gesprochen worden, ist ein leichterer und eher auch einem Ohrenzeugen möglicher Verstoß, als, wie Bretschneider von dem vierten Evangelium nachgewiesen hatte, Jesu Reden in den Mund zu legen, die eine spätere Zeitphilosophie voraussetzen, oder die angeblichen Worte Jesu mit den eigenen Reflexionen des Evangelisten so zu vermischen, daß man oft nicht mehr weiß, ob der Eine oder der Andere der Redende ist.

So, wenn ferner dem Verfasser des ersten Evangeliums vorgeworfen wurde, Personen und Begebenheiten verdoppelt zu haben — zwei Blinde, Aussätzige, Besessene, wo Marcus und Lucas nur Einen haben, zwei wunderbare Speisungen, während Lucas und Johannes nur von Einer wissen —, so zeigt freilich der letztere Fall den Verfasser des ersten Evangeliums sehr bestimmt als einen Solchen, der in zwei verschiedenen Quellen, die ihm vorlagen, dieselbe Geschichte nur anders gestellt und mit etwas abweichenden Umständen erzählt fand, dieser Abweichung wegen jede Erzählung für eine besondere Geschichte hielt, und daher beide in sein Evangelium aufnahm; ein Verstoß, den allerdings nur ein Solcher zu begehen im Stande war, der den Ereignissen selbst schon ziemlich ferne stand. Daß dagegen, wer sich vor diesem auf der Hand liegenden Fehler, wie Lucas und Johannes, in Acht nahm, darum schon ein Augenzeuge oder von einem Augenzeugen berichtet gewesen sein müsse, folgt bei Weitem noch nicht.

Von einer weiteren Beschuldigung wird, ähnlich wie oben bei den Reden, der vierte Evangelist ganz ebenso wie der erste getroffen, von der Beschuldigung nämlich, aus prophetischen Stellen, und zwar zum Theil aus Mißverstand derselben, Züge in die Geschichtserzählung gemischt zu haben. Ist es Mißverstand der Stelle Zach. 9, 9, daß Matthäus 21, 7 Jesum auf zwei Eseln, dem Mutterthier und dem Füllen, in Jerusalem einreiten läßt, so ist es ganz ebenso auch Mißverstand von Ps. 22, 19, wenn Johannes 19, 23 fg., abweichend von allen übrigen Evangelisten, von der Theilung der Kleider Jesu das Loosen um seinen Leibrock als etwas Besonderes unterscheidet.

Wenn man endlich gegen das Matthäus-Evangelium geltend machte, sein Verfasser wisse von verschiedenen Ereignissen nichts, von denen ein Apostel nothwendig hätte wissen müssen, und wenn man hierunter z. B. die Auswahl der siebzig Jünger, die sichtbare Himmelfahrt, die mehreren Festreisen, die Auferweckung des Lazarus aufführte, so weiß ja von den beiden ersten Punkten auch das Johannes-Evangelium nichts; wenn es aber von den beiden andern allerdings allein etwas weiß, so ist eben die Frage, ob es damit nicht mehr weiß, als geschehen ist, d. h. ob nicht Beides unhistorische, nur aus dem weiten Abstande des vierten Evangeliums von den Thatsachen und seiner eigenthümlichen Tendenz erklärbare Angaben sind.

Von hier aus schien ein ausgleichendes Verfahren gegen sämmtliche vier Evangelien erforderlich: es durfte keines mehr, wie zuletzt noch das johanneische, als ächt und apostolisch schon vorausgesetzt, sondern ohne Voraussetzung mußten ihre Berichte jeder für sich und in Vergleichung mit einander geprüft, und darnach entschieden werden, ob einem unter denselben und welchem die Geltung einer apostolischen oder doch aus dem apostolischen

Zeitalter stammenden Schrift zuzuerkennen sei. Ein solches Verfahren, das ich schon in einer Beurtheilung der so eben gewürdigten Schriften über das Matthäus-Evangelium angedeutet hatte, suchte ich in meinem Leben Jesu durchzuführen, und das Ergebniß war in Bezug auf alle vier Evangelien ein verneinendes, d. h. daß ihre Erzählungen sich durchweg nicht als Berichte von Augenzeugen, sondern nur als Aufzeichnungen von Solchen betrachten lassen, die den Thatsachen schon ferner stehend, neben manchen ächten Notizen und Redestücken, allerhand sagenhafte Ueberlieferungen zusammengetragen und zum Theil noch durch eigene Dichtung verschönert haben.

Dabei war meine Taktik keineswegs, wie Baur mir vorgeworfen und man ihm nur allzuoft nachgesprochen hat, die Synoptiker durch Johannes, und hinwiederum den Johannes mittelst der Synoptiker zu schlagen, und dadurch zu bewirken, daß man am Ende nicht mehr wisse, woran man sich in der evangelischen Geschichte halten solle. [1]) Sondern wer mit Bekämpfung der vorhin erwähnten Kritiker das Matthäus-Evangelium als dasjenige nachzuweisen gesucht hat, das noch am meisten geschichtlichen Gehalt gewähre, dagegen das johanneische als dasjenige, auf welches am wenigsten historischer Verlaß, in welchem der Proceß der ideellen Umbildung des evangelischen Geschichtsstoffs am weitesten vorgeschritten, die höchste Steigerung des Wunderbegriffs wie der Vorstellung von Christo zu finden sei, wer somit den Boden bereitet hat, auf den nachher auch Baur sich stellte, bin ich gewesen. Und wenn mit einem bloßen Mehr oder Minder von Glaubwürdigkeit Baur mit Recht nicht zufrieden ist, sondern die Ermittelung qualitativer Merkmale verlangt, wodurch sich die verschiedenen Evangelisten von einander unterscheiden, so habe ich, wie zum Theil schon Andere vor mir, auf den prophetischen Pragmatismus des Matthäus, den historisirenden des Lucas, die Neigung des Ersteren, überlieferte Aussprüche Jesu zu größeren Redeganzen zu verbinden, des Letzteren, die einzelnen Sprüche mit gemachten Anlässen zu versehen, auf die übertreibende Manier und gesuchte Anschaulichkeit des Marcus und Aehnliches an verschiedenen Stellen meines Leben Jesu aufmerksam gemacht, ganz besonders aber das johanneische Evangelium einerseits zwar als die Spitze der evangelischen Mythenbildung, andererseits aber doch zugleich als ein eigenthümliches, von allen übrigen verschiedenes Erzeugniß dargestellt. Eine solche Betrachtungsweise hatte sich mir besonders bei den johanneischen Reden Jesu aufgedrängt. Während die drei ersten Evangelisten sich begnügten, den ihnen überlieferten Redestoff jeder in seiner Art zu vertheilen und zu ordnen, hin und wieder einmal auch umzubiegen, oder etwas aus dem Ihrigen einzuschalten, gaben sich mir die Reden Jesu im vierten Evangelium als freie Bildungen des Evangelisten zu erkennen, denen im besten Falle gewisse Hauptgedanken der

1) Kritische Untersuchungen über die kanon. Evangelien, S. 71. Kirchengeschichte des neunzehnten Jahrhunderts, S. 397. Vgl. Keim, Akad. Antrittsrede, S. 12.

wirklichen Reden Jesu, doch auch diese schon im alexandrinischen Geschmacke umgestaltet, zu Grunde liegen mochten. Aber auch der eigenthümliche Pragmatismus in der Erzählung des vierten Evangeliums, die immer wiederkehrenden groben Mißverständnisse der Reden Jesu von Seiten der Juden und seiner Jünger, die früh sich bildenden und doch immer wieder erfolglos bleibenden Anschläge gegen sein Leben, erschienen mir als etwas Gemachtes; Nikodemus als eine erdichtete Figur; das Verhältniß zwischen Petrus und Johannes planmäßig auf Bevorzugung des letzteren angelegt; die Scene mit der Samariterin am Jakobsbrunnen hatte ich geradezu als eine poetische Darstellung, und die Undenkbarkeiten in der Erzählung von der Auferweckung des Lazarus als einen Beweis bezeichnet, daß das Evangelium nicht in die Klasse historischer Compositionen gehöre. [1]) So bereitwillig ich anerkenne, daß in allen diesen Stücken Baur zu bestimmteren Ergebnissen fortgeschritten ist, daß seine Untersuchungen eine nothwendige Ergänzung, in einzelnen Punkten wohl auch Berichtigung der meinigen gewesen sind, so augenscheinlich ist es, daß er damit nur fortgesetzt hat, was ich angefangen, nicht vorgenommen, was ich unterlassen hatte. Wenn er mir vorwarf, ich habe eine Kritik der evangelischen Geschichte gegeben ohne eine Kritik der Evangelien [2]), so könnte ich ihm mit demselben Recht oder Unrecht das Umgekehrte vorwerfen, eine Kritik der Evangelien gegeben zu haben ohne eine Kritik der evangelischen Geschichte. Wenigstens können die allgemeinen Andeutungen, worauf er sich in letzterer Hinsicht beschränkt hat, unmöglich genügen, vielmehr erwächst gerade aus seinen Leistungen für die Evangelienkritik die Aufgabe, nun auch die evangelische Geschichte selbst einer neuen eingehenden Kritik zu unterwerfen.

17.

Versuche, im vierten Evangelium einen ächten und einen unächten Bestandtheil zu unterscheiden. Weiße, Schweizer, Renan.

Durch die vergleichende Prüfung der vier Evangelien in meiner kritischen Bearbeitung des Lebens Jesu, durch die Aufzeigung ihrer Widersprüche und

1) Leben Jesu, erste Auflage, I, S. 517—519. 558—560. 632—635. 638. 642. 648 fg. 655. 665. 675 fg.; II, S. 171. 377. Wenn ich in zwei Fällen zwischen der synoptischen und der johanneischen Darstellung nicht zu entscheiden wagte, so geschah dieß das einemal, bei der Bestimmung des Todestags Jesu, nur in dem Sinne, daß möglicherweise beide Angaben unhistorisch sein könnten; das anderemal bei der Frage, ob Jesus während seines öffentlichen Wirkens nur ein- oder mehreremale in Jerusalem gewesen, entscheide ich mich jetzt zwar mit Baur für die drei ersten Evangelien, doch erst nachdem ich die in meinen Augen gewichtigste Instanz für das vierte Evangelium auf eine genügendere Art als er aus dem Wege geschafft zu haben glaube, wovon an seinem Orte die Rede sein wird.

2) Kritische Untersuchungen über die kanonischen Evangelien, S. 41, 71. Vgl. die Kirchengeschichte des neunzehnten Jahrhunderts, S. 399.

der Unzulänglichkeit aller Ausgleichungsversuche, durch die Abwägung ihrer Glaubwürdigkeit auf allen einzelnen Punkten der evangelischen Geschichte und das fast durchaus für das vierte Evangelium nachtheilige Ergebniß dieser Abwägung, fand sich nun doch das besondere Vertrauen, das man bisher auf dieses Evangelium gesetzt hatte, merklich erschüttert. Unmöglich konnte man dasselbe ferner so wie bisher als oberste Auctorität geltend machen, unmöglich den Johannes so ohne Weiteres wie bisher den drei ersten Evangelisten als Augenzeugen, gegen den sie immer Unrecht haben müßten, gegenüberstellen. Diejenigen Vertheidiger, die dieß gleichwohl noch versuchten, waren nicht im Stande, das alte Vertrauen herzustellen, ja sie hatten es selbst nicht mehr, wie man am deutlichsten an der Haltung Lücke's in der dritten Auflage seines Commentars zum Johannes-Evangelium sehen konnte, der durch die weitgehendsten Zugeständnisse, namentlich in Betreff der Reden Jesu in diesem Evangelium, den Rest vergeblich sicher zu stellen suchte, und schließlich sich nicht verbergen konnte, daß gerade dem vierten Evangelium im Unterschiede von den übrigen manches besonders Anstößige eigen sei.

Doch darum mochte man es noch lange nicht so ganz, wie die Kritik wollte, fallen lassen. Es war etwas darin, das ansprach, für das man, wie man sich wohl ausdrückte, ein Zeugniß des heiligen Geistes im Innern zu vernehmen glaubte, das man folglich geneigt blieb, als apostolisches Gotteswerk gelten zu lassen. Fand sich also Ansprechendes und Zurückstoßendes, Solches, das man nicht annehmen konnte, und Solches, das man nicht missen wollte, in demselben Werke, so galt es einen Versuch, ob sich nicht beiderlei Bestandtheile von einander sondern, die einen dem Apostel und Augenzeugen, die andern einem späteren Bearbeiter, durch dessen Auctorität man sich nicht gebunden fand, zutheilen ließen. Herkömmlich hatte allerdings das johanneische Evangelium bei beiden Parteien, sowohl den Bestreitern als den Vertheidigern seines apostolischen Ursprungs, als ein Werk aus Einem Gusse gegolten; aber dieselbe Vorstellung hatte man ja auch von den drei ersten Evangelien gehabt, von denen jetzt, namentlich was den Matthäus und Lucas betraf, als die herrschende Ansicht die gelten konnte, daß sie aus verschiedenen Bestandtheilen zusammengesetzt und erst durch Ueberarbeitung in ihre jetzige Gestalt gebracht worden seien. Es war also ganz in der Ordnung, daß man jene Vorstellung ursprünglicher Einheit auch in Bezug auf das johanneische Evangelium vorerst als ein bloßes Vorurtheil betrachtete, an das man sich, wenn gründlichere Untersuchung ein anderes lehre, nicht zu binden habe.

Man müsse, sagte Weiße [1]), nicht fragen: ist das johanneische Evan-

1) Die evangelische Geschichte, 1838. Die Evangelienfrage in ihrem gegenwärtigen Stadium, 1856. Vgl. auch seine philosophische Dogmatik, 1855, I.

gelium ächt? sondern: was in demselben ist ächt? worauf er antwortet: Dasjenige, was in Bezug auf Anschauungs- und Darstellungsweise dem ersten johanneischen Briefe verwandt ist, der durch äußere Zeugnisse als Werk des Apostels Johannes fester steht. Mit diesem findet nun Weiße, was für's Erste den Styl betrifft, die lehrenden oder betrachtenden Theile des Evangeliums in einer Verwandtschaft, die sich nicht aus Nachahmung, sondern nur aus der Identität des Verfassers erklären lasse. Daß eine solche Stylverwandtschaft bei den erzählenden Theilen des Evangeliums nicht zu Tage trete, könnte unverfänglich gefunden werden, sofern der Brief eben keine erzählenden Theile zur Vergleichung darbiete; aber zwischen dem Brief und den Erzählungen des Evangeliums finde sich für's Andere in Bezug auf die Anschauungs- und Denkweise ein Widerspruch, der auf einen andern Verfasser für diese letzteren Bestandtheile hinweise. Der Brief wie der Prolog und die längeren Christusreden des Evangeliums sei völlig frei von all dem sinnlich-supranaturalistischen Wunderglauben, den wir an den Erzählungen des Evangeliums zu beklagen finden, und durchaus nur von einer geistigen idealen Vorstellung von Christus und der Geisteskraft in ihm erfüllt; namentlich sei auch die Auferstehung Christi in dem Brief und den Abschiedsreden des Evangeliums eben so geistig, als in der Erzählung seines 20. Kapitels materiell gefaßt.

Hier eröffnet sich uns bereits ein Blick in das rein subjective Motiv dieser sondernden Kritik. Um sich ein objectives Ansehen zu geben, beruft sie sich auf den johanneischen Brief, dessen Aechtheit aber ebenso fraglich ist als die des Evangeliums, und nachdem der Styl als Kriterium sich ihr versagt hat, hält sie sich an die dogmatische Grundansicht, wo sie dann aber den Brief entbehren und einfach bei dem Gegensatze stehen bleiben konnte, der in dieser Hinsicht zwischen den Reden und den Erzählungen des Evangeliums stattzufinden scheint. Von diesen scheinbar verschiedenartigen Bestandtheilen behagt dem Kritiker der erzählende nicht, zum Theil allerdings wegen seines Widerspruchs mit der im Allgemeinen das Gepräge der Geschichtlichkeit an sich tragenden synoptischen Erzählung, hauptsächlich aber wegen des grell supranaturalistischen Wunderbegriffs, den er in sich schließt; und auch von den Reden behagen ihm die dialogischen Stücke nicht, weil sie theils durch die unglaublichen Mißverständnisse vielfach ungereimt, theils von den Wundergeschichten als ihren Veranlassungen untrennbar sind. Dagegen behagt ihm der Lehrstoff des Evangeliums, und zwar theils die eigenen Reflexionen des Evangelisten, theils die längeren Christusreden: und so müssen nun die Lehrstücke von dem Apostel, die erzählenden aber sammt den dialogischen von einem späteren Ueberarbeiter sein. Auch uns macht die Beschaffenheit der letzteren Stücke die Augenzeugenschaft des Verfassers unwahrscheinlich; es fragt sich nur, was unsern Kritiker veranlaßt, von diesen Bestandtheilen des Evangeliums andere zu sondern und dem Apostel zuzuweisen. Das Lehrelement des Evangeliums behagt ihm, weil es, wie er sagt, den sowohl von den mythischen Zuthaten der Synoptiker, wie von dem supranaturalistischen Wunderglauben des Ueberarbeiters vollkommen freien, rein idealen Lehrbegriff von der Menschwerdung des göttlichen Logos in der Person Jesu von Nazaret enthält.

Allein ist denn diese Lehre von der Menschwerdung des göttlichen Logos, des am Anfang bei Gott und selbst Gott gewesenen Schöpferwortes, das während seines vorübergehenden Wandels im Fleische die Erinnerung an sein vorweltliches, herrliches Sein bei Gott, worein es in Kurzem zurückzukehren hofft, nicht verloren hat, ist denn dieß nicht der schroffste Supranaturalismus, zu dem sich alle einzelnen, auch noch so grellen Wundergeschichten doch nur wie selbstverständliche Folgerungen verhalten? Nein! antwortet Weiße, denn diese Menschwerdung sei nach der Lehre des Apostels Johannes nicht die miraculöse Einkörperung einer schon zuvor als begränzte Person neben der des Vaters existirenden göttlichen Person in einen Menschenleib, sondern nicht mehr noch weniger, als die vollendete Einleibung des lebendigen persönlichen Charakterbildes der Gottheit, das auch das Alte Testament schon von dem persönlichen Ich der Gottheit unterscheiden lehre, ohne es doch als zweite Person davon abzutrennen, in Seele und Geist eines einzelnen Menschen, aus dessen persönlicher Erscheinung demzufolge die Herrlichkeit dieses Charakterbildes herausstrahle. In der That also behagt auch der Lehrinhalt des johanneischen Evangeliums, so wie er objectiv vorliegt, dem Dilettanten nicht, sondern erst wie er ihn im eigenen Munde vermatscht und zu einem Ding gemacht hat, von dem er wahrscheinlich ebenso wenig weiß, was es heißen soll, als seine Leser. Wäre also Weiße nur ein besserer Exeget als er ist, d. h. würde es ihm weniger leicht, das objectiv Vorliegende sich durch willkürliche Umdeutung mundrecht zu machen, und wäre er ein besserer Philosoph als er ist, d. h. stünde sein Philosophiren auf eigenen Füßen und wäre nicht auf religiöse Krücken, wie hier die Anlehnung an eine vermeintliche Apostelschrift, angewiesen, so müßte er sich an dem Lehrgehalte des johanneischen Evangeliums nicht minder als an seiner Geschichtserzählung stoßen, und würde dasselbe ganz und ungetheilt seinem kritischen Schicksale überlassen: daß er dieß jetzt nur theilweise thut, hat einen lediglich subjectiven Grund.

Was nun die nähere Durchführung der Weiße'schen Ansicht betrifft, so soll der Apostel Johannes in seinen alten Tagen, um das schwindende Bild des Meisters festzuhalten, sich Aufzeichnungen gemacht haben theils von eigenen Betrachtungen über denselben, theils von Reden Jesu, freilich auch von diesen nur so, wie sie nach der langen Zeit, durch seine eigene Denk- und Ausdrucksweise mitbestimmt, in ihm lebten. Darüber sei dann nach des Apostels Tode ein Schüler desselben gekommen und habe die von ihm hinterlassenen Studien theils aus der Erinnerung an seine mündlichen Vorträge, theils aus anderweitiger evangelischer Ueberlieferung (denn unsere synoptischen Evangelien habe er, in einem einsam stehenden Kreise johanneischer Schüler lebend, nicht gekannt) mit wenig Geschick zu einer evangelischen Erzählung zu verarbeiten gesucht. Diese Ansicht war nicht eben neu; schon früher hatten Ammon, Rettig und Andere von dem Apostel Johannes als Verfasser der dem Evangelium zu Grunde liegenden Aufzeichnungen den Redacteur und Herausgeber unterschieden. Was nun in dem jetzigen Evangelium dem einen oder anderen der beiden Verfasser zugehöre, das hatte Weiße schon in seiner im Jahre 1838 erschienenen evangelischen Geschichte vorläufig angegeben, diesen Versuch jedoch später selbst als einen übereilten, der wissenschaftlichen Haltung entbehrenden fallen gelassen. Er hatte damals eine genauere Ausführung in Aussicht gestellt; aber „das Aperçu" war ausgeblieben, das ihn in den Stand setzen sollte, die ächte Johannesschrift vollständig und wörtlich aus der Ueberarbeitung des evangelischen Erzählers herzustellen. Die Schuld dieses Mißlingens fand nun aber Weiße nicht in der Verkehrtheit seines Gedankens, sondern in dem willkürlichen Verfahren des vorausgesetzten Ueberarbeiters, der sich nicht begnügt habe, zwischen die Worte der apostolischen Grundschrift seine eigenen Zuthaten einzuschieben, sondern auch jene selbst theils umgestellt, theils verändert, sowie hinwiederum in die von ihm eingeschobenen Erzählungsstücke Erinnerungen aus den Vorträgen des Apostels, ja wohl auch Bruchstücke von Aufzeichnungen seiner Hand, verarbeitet habe. Natürlich muß man hier den Kritiker fragen, woran er denn den apostolischen Grundstock von den Einschiebseln noch unterscheiden wolle, wenn einerseits jener Grundstock von dem Einschieber vielfach verändert, und andererseits auch in dem Eingeschobenen apostolische Bestandtheile enthalten sein sollen? Doch weit entfernt, dieß einzusehen, macht sich Weiße auch so noch daran, seine Sonderung, so gut es gehen will, ins Werk zu richten.

Die Aufzeichnungen des Apostels Johannes sollen theils in Reden Jesu, theils in eigenen Betrachtungen bestanden haben: und so findet denn Weiße in den ersten Kapiteln des Evangeliums Bestandtheile eines Aufsatzes der letzteren, in den späteren die Spuren einer Aufzeichnung der erstern Art. Dem betrachtenden Aufsatze des Apostels soll vor Allem der Prolog entnommen sein. Und während nun andere Leute an diesem Prologe gleich von vorne herein den Anstoß finden, daß sie sich nicht denken können, wie der galiläische Fischer, der judaistische Säulenapostel, zu dem alexandrinischen Logosphilosophem und der ganzen freien Geistesstellung gekommen sein soll, die dadurch bedingt ist: so erkennt Weiße gerade diese speculative Auseinandersetzung der fünf ersten Verse mit Vergnügen als apostolisch an, weil er sie in scheinbare Einstimmung mit seinem Philosophiren zu bringen weiß. Nun kommt aber Vers 6—8 der Prolog auf den Täufer zu sprechen mit offenbarer Beziehung auf die weitere Darstellung desselben im Evangelium; und da diese Darstellung, wie Weiße zu erkennen glaubt, so ist, wie sie ein

Apostel und ehemaliger Schüler des Täufers nicht gegeben haben kann, so können ihm zufolge auch jene Verse des Prologs nicht apostolisch, sondern müssen vom Ueberarbeiter eingeschoben sein. Vers 9—14 hierauf, wo das Speculiren wieder angeht, läßt unser Philosoph wieder den Apostel sprechen, Vers 15, wo die Rede auf den Täufer zurückkommt, den Interpolator; Vers 16, wo ein Augenzeuge zu reden scheint, wird dem Apostel zugestanden, aber gleich im folgenden Verse will die Erwähnung des Moses mit seinem Gesetz in den nach Ausstoßung des Täufers rein speculativen Prolog nicht passen, wird also auf Rechnung des Ueberarbeiters geschrieben; während der letzte, Vers 18, wieder apostolisch sein soll. So wird also der johanneische Prolog, diese, unbefangen angesehen, in bester Ordnung und strengstem Zusammenhang fortschreitende, das Gepräge Eines Grundgedankens, geschweige denn Eines Verfassers unverkennbar an sich tragende Ausführung, in nicht weniger als sieben Stücke, die abwechselnd von zwei verschiedenen Verfassern herrühren sollen, zerhackt; ein Ergebniß, das schon für sich allein gegen die Voraussetzung, aus der es sich ergibt, entscheidend ist.

Im Folgenden sind es dann also theils die erzählenden, theils die dialogischen Stücke, die aus dem Zusammenhang der Betrachtungen und längeren Reden als Zuthaten des Ueberarbeiters ausgeschieden werden. In Betreff der ersteren wird dem Leser zugemuthet, selbst zu bemerken, daß die Reden und Betrachtungen mit ihnen ursprünglich nicht zusammengehört haben, während doch gerade die wichtigsten Reden, wie Kapitel 5, 6, 9, geradezu nur Expositionen der gleichsam als Thema vorangeschickten Erzählungen sind; von den dialogischen Stücken aber wird versichert, daß sie sich mit Leichtigkeit ausscheiden lassen, ohne einen Schatten von Beweis, daß eine solche Ausscheidung überhaupt erforderlich und berechtigt sei. Und wenn dazwischen immer wiederholt wird, man sei weit entfernt zu behaupten, daß sich durch Ausscheidung der Einschiebsel die Urschrift des Apostels herstellen lasse, der Ueberarbeiter, der sich so viel erlaubt habe, könne sich auch noch mehr erlaubt, d. h. die apostolischen Aufzeichnungen nicht blos durch Zwischeneinschiebung, sondern auch durch Aenderungen an ihnen selbst alterirt haben, das thue aber der Evidenz der Thatsache, daß ein solcher Aufsatz von des Apostels Hand existirt habe, keinen Eintrag: so wendet man sich von einem Treiben mit Widerwillen ab, das seine Halt- und Bodenlosigkeit selbst eingesteht, und doch nicht von sich ablassen mag.

Schien nach einem so unglücklich ausgefallenen Theilungsversuche nichts übrig zu bleiben, als das johanneische Evangelium entweder ganz oder gar nicht als apostolisch anzuerkennen, so gehörten doch die Motive jener Theilung einer in der Gegenwart so weit verbreiteten Stimmung an, daß es uns nicht wundern darf, wenn Andere meinten, es nur geschickter angreifen zu dürfen, um den Gedanken dennoch durchführen zu können. Auf dem Wege Weiße's, die Reden als apostolisch den Erzählungen und Gesprächen als von späterer Hand hinzugefügt entgegenzustellen, urtheilte Schweizer [1]), gehe es freilich nicht, weil die Reden meistens mit den vorangehenden Gesprächen, und diese mit den Erzählungen untrennbar zusammenhängen. Aber zweierlei Hände, zweierlei Geister, glaubte auch er in dem Evangelium zu entdecken, die sich näher wie ein höherer und ein niedrigerer Standpunkt zu einander verhalten sollten; auch ihn stieß von einem Theile des johanneischen Evangeliums der gesteigerte Wunderbegriff, die mehr äußerliche Auffassungsweise ab, die mit dem idealen Geiste des übrigen Evangeliums nicht zusammenzustimmen schien. Auch bei ihm also schließt die Scheidelinie zwischen dem Apostolischen und Nichtapostolischen die längeren Reden als die Träger dieses idealen Geistes bis auf einzelne Interpolationen ein; aber sie schließt nicht, wie die von Weiße gezogene, alle Erzählungen und die dialogischen Stücke aus. Die Letzteren weiß sich Schweizer als unanstößig zurechtzulegen; an Erzählungen wie die von der Fußwaschung, der Salbung, an der Leidensgeschichte überhaupt, entdeckt er sogar das entschiedene Gepräge der Augenzeugenschaft; aber auch die Wundergeschichten findet er nur theilweise so, wie er sie sich von einem Apostel erzählt nicht denken kann.

Es zerfallen nämlich nach Schweizer's Entdeckung die im vierten Evangelium erzählten Wunder in zwei sehr verschiedene Klassen. Noch abgesehen von denjenigen, die gar nicht als wirkliche Wunder betrachtet werden können, seien die einen zwar geheimnißvoll, zum Theil schwierig, doch immer so, daß sich bald eine physische, bald eine psychische Vermittlung denken lasse. So könne es damit, daß Jesus den Nathanael unter dem Feigenbaume gesehen, ganz natürlich zugegangen sein; die Enthüllung des Lebenswandels der Samariterin sei einem Menschenkenner aus bloßer natürlicher Beobachtung ihres Benehmens möglich gewesen; der Kranke am Bethesdateiche könne ein dämonisch Gelähmter gewesen sein, den Johannes nur aus Rücksicht auf seine griechischen Leser nicht beim rechten Namen nenne, bei Besessenen aber gebe ja auch die Kritik die Möglichkeit psychischer Heilung zu; und selbst bei dem Blindgeborenen seien wir nicht genöthigt, Umstände vorauszusetzen, die eine natürliche Heilung schlechthin ausgeschlossen hätten. Aber freilich wenn Jesus, wie dasselbe Evangelium erzähle, Wasser in Wein, geringen Speisevorrath in großen verwandelt, einen in Kapernaum liegenden Kranken durch ein in Kana gesprochenes Wort geheilt haben und auf dem galiläischen See gegangen sein solle, so lasse sich dabei keine Art von natürlicher Vermittlung denken, so seien das magische, widernatürliche Wunder, die — nun hätte Schweizer freilich nur sagen sollen: er selbst nicht glauben — er sagt aber auch: der Concipient der Reden Jesu im vierten Evangelium nicht erzählt haben könne.

1) Das Evangelium Johannis nach seinem inneren Werthe und seiner Bedeutung für das Leben Jesu kritisch untersucht, 1841.

Und indem er nun näher zusieht, so trifft es sich merkwürdig genug, daß die dem Kritiker glaublich erscheinenden Wunder alle nach Jerusalem und Judäa, die unglaublichen alle nach Galiläa fallen; wodurch seine bis daher ganz subjective Kritik einen objectiven Anhaltspunkt zu gewinnen scheint. Denn nun wird es ihm auf einmal klar, daß der ursprünglichen apostolischen Schrift der Plan zum Grunde lag, nur die außergaliläische Wirksamkeit Jesu in der Art darzustellen, daß im Anschluß an die Festchronologie Jesus zwar dreimal nach Galiläa zurückgeführt wurde, der Verfasser jedoch von dem, was hier vorgegangen, ganz schwieg, und erst da zu erzählen fortfuhr, wo Jesus, durch ein Fest veranlaßt, Galiläa von Neuem verließ. Ob ein Verfasser, dem so besonders viel an der Wirksamkeit Jesu in Judäa lag, nicht selbst als Judäer zu denken sei, ob an einem solchen nicht auch die Bildung, die sich im Evangelium zeigt, begreiflicher wäre, als an einem Fischer aus Galiläa, diese Frage drängt sich hier dem Kritiker auf, und wird von ihm nicht schlechthin verneint; nur sei auch der Zebedaide als Verfasser nicht undenkbar, und selbst wenn sich als solcher ein Anhänger Jesu aus Judäa ergeben sollte, so müßte auch dieser in jedem Fall ein Augenzeuge gewesen sein. Diese Grundschrift nun habe ihr Verfasser ohne Zweifel aus einer östlicheren Gegend herübergebracht, und nach seinem Tode habe ein in seinen Geist nur wenig eingeweihter Schüler für nöthig gefunden, sie mit der in den westlicheren Gegenden herrschenden galiläischen Tradition durch Einschiebung galiläischer Erzählungen zwischen die judäischen und samarischen zu vermitteln.

Allein unter diesen galiläischen Stücken, welche Schweizer dem auf niedrigerem Standpunkte stehenden Nacharbeiter zuweist, findet sich auch die Rede in der Synagoge zu Kapernaum, 6, 27 fg., die mit ihren Ausführungen über das Lebensbrod und das Essen und Trinken von dem Fleisch und Blut des Menschensohnes gewiß im höchsten Style johanneischer Mystik gehalten ist; wogegen unter den judäischen, mithin von Schweizer als glaublich und apostolisch befundenen Geschichten auch das Wunder der Auferweckung des Lazarus sich findet, das doch gewiß so schwierig und physisch wie psychisch unvermittelt ist, wie nur irgend eine der von ihm als magisch von der Hand und dem Ueberarbeiter zugewiesenen Mirakelgeschichten. Darum wird nun von jener Rede mit äußerster Willkür behauptet, sie sei eigentlich im Tempel zu Jerusalem als Fortsetzung der Vorträge des fünften Kapitels gehalten worden; die Erweckung des Lazarus aber wird zum natürlichen Erwachen aus einem Scheintode, das mit Jesu kühner Zuversicht auf die Erhörung seines Gebets zusammengetroffen sei. Ist bei einer solchen Wundererklärung nicht mehr einzusehen, was selbst die am meisten magisch erscheinenden der galiläischen Wunder für Schwierigkeit bieten sollen, wie denn von dem Wandeln Jesu auf dem See Schweizer selbst eine natürliche Erklärung andeutet: so fragt sich, worin denn andererseits der Vorzug der außergaliläischen Wundergeschichten im johanneischen Evangelium vor den galiläischen bestehen solle, daß sie im Unterschiede von diesen letzteren glaublich und apostolisch gefunden werden? Der Vorzug ergibt sich nur dadurch, daß an denselben, wie schon angedeutet, rationalistisch gemäkelt, bei den Wundern des übernatürlichen Wissens natürliche Wahrnehmung eingeschwärzt, bei dem Kranken am Bethesdateich die achtunddreißig Jahre seiner Krankheit als grundlose Voraussetzung des Evangelisten bei Seite gebracht, bei Lazarus ein bloßer Scheintod, bei dem Blindgeborenen Umstände vorausgesetzt werden, die nur auf einen tüchtigen Arzt warteten, um gar wohl heilbar zu sein. Bei solchem Verfahren ist dann die Berufung auf geheime Heilkräfte, ähnlich den verderblichen Krankheitskräften, die, nachdem Jahrhunderte lang keine Wirksamkeit derselben bemerklich gewesen, oft unter unbekannten Bedingungen auf einmal hervortreten — diese Gleichstellung der Wunderkraft Jesu mit Pest und venerischer Krankheit ist ebenso unnöthig, als es nur ein Schein ist, wenn Schweizer sagt, nicht Wunderscheu sei es, die ihn zu seinem Ausscheidungsversuch bewege. Er und Seinesgleichen scheut angeblich nur die magischen oder absoluten Wunder, d. h. aber eben diejenigen, die wirkliche Wunder sind und sich nicht irgendwie psychologisch oder sonst natürlich (d. h. was ein solcher Theologe sich allenfalls noch als natürlich vorgaukelt) deuten lassen. So lassen sich aber, wenn man so wie Schweizer verfährt, alle deuten, und es ist also auch von seinem rein subjectiven Standpunkte aus unnöthig, um eines Theils der johanneischen Wundergeschichten willen (denn mit seinen übrigen Verdachtsgründen gegen gewisse Theile des Evangeliums wäre er ohne jenen Hauptgrund sicherlich bald fertig geworden) eine solche Ausscheidung vorzunehmen.

Und wozu die ganze Operation, wenn dem Kritiker zuletzt in dem jerusalemischen, also seiner Voraussetzung nach apostolischen Theile des Evangeliums eine Geschichte begegnet, die von all dem Idealen und Geistigen, das er sonst seiner Apostelschrift besonders auch in Betreff der Auferstehung Jesu nachrühmt, das gerade Gegentheil zeigt, die Erzählung 20, 19—29 nämlich, wo der auferstandene Jesus erst den Jüngern seine Hände und seine Seite zeigt, und dann den zweifelnden Thomas seine Finger in die Wundenmale legen heißt, mithin in einer materiellen Weise auferweckt erscheint, wie ihn Schweizer eben nicht auferweckt haben will? „Wäre dieser Abschnitt nicht johanneisch", sagt er hier überaus naiv, „so wäre auf einmal viel Schwieriges erklärt." Daher rüttelt er zwar an dem Zusammenhang mit dem Vorhergehenden, wagt aber schließlich doch nicht, den Abschnitt für ein Einschiebsel zu erklären: womit jedoch, da derselbe seine Voraussetzung von dem rein geistigen und idealen Charakter der Apostelschrift, mithin das Motiv seines Ausscheidungsversuchs, umstößt, diese ganze Art, das Räthsel des johanneischen Evangeliums zu lösen, sich selbst beseitigt.

Daß neuestens ein so feiner Kopf wie Renan sich beigehen ließ, die Zahl dieser unglücklichen Theilungsversuche durch einen neuen zu vermehren, erklärt sich nur daraus, daß ihm von den in Deutschland gemachten und deren üblem Ausgang die unmittelbare Anschauung fehlte. Er müßte denn, wenn er sie kannte, nicht übel so speculirt haben: wer das Gegentheil einer Weiße'schen Hypothese annehme, könne nicht wohl fehl gehen. Denn in der That, während Weiße die Betrachtungen und längeren Christusreden im vierten Evangelium als apostolisch annahm, die Erzählungen dagegen als späteres Machwerk verwarf, nimmt umgekehrt Renan an den abstracten metaphysischen Vorlesungen, wie er die Reden Jesu bei Johannes nennt, Anstoß, wogegen er den erzählenden Theil des Evangeliums höchst beachtenswerth findet, und daher, wenn auch nur schwankend, sich zu der Annahme neigt, daß zwar jene Reden nicht von dem Sohne des Zebedäus aufgeschrieben seien, aber sowohl der allgemeine historische Plan, als eine Reihe einzelner Angaben des Evangeliums, unmittelbar oder mittelbar von dem Apostel herrühren.[1]) Nun ist zwar allerdings, wenn es unter Unmöglichkeiten noch Grade geben könnte, die Aechtheit der johanneischen Christusreden gewissermaßen noch undenkbarer als die der johanneischen Geschichtserzählung, d. h. es wird jedem gesund organisirten, einer geschichtlichen Anschauung fähigen Kopfe zunächst an den Reden das Licht über den spätern Ursprung des vierten Evangeliums aufgehen; doch ist es der gemeinsame Boden einer Theilbarkeit desselben, auf den sich Renan mit seinem deutschen Vorgänger stellt, der auch seine Hypothese von vorne herein unhaltbar macht. Der erzählende Theil des vierten Evangeliums wird ihm nur dadurch erträglich, daß er von den Wundergeschichten desselben von Anfang an keine genauere Notiz nimmt. An der Auferweckung des Lazarus kann er dann freilich nicht wohl vorbeikommen; und da er von einem Wunder nichts wissen will, so macht er eine Mystification daraus, die ihm von Seiten der deutschen Kritik den Namen eines zweiten Venturini zugezogen, und von der man sich in der That wundern muß, wie sie ihm nicht die Augen geöffnet hat über die Falschheit der Voraussetzung, aus welcher sie geflossen ist.

18.

Baur's Untersuchungen über das johanneische Evangelium, deren Fortsetzung und Bestreitung.

Mit Theilungen und Einräumungen ging es länger nicht, weder so, daß die Kritik auf einen Theil ihrer Ansprüche verzichtete, noch so, daß das

---

1) Vie de Jésus, S. XXIV fg., 156 fg. Viel richtigere Einsichten über den Ursprung und Charakter des vierten Evangeliums finden sich in dem Werke: Les Évangiles, par Gustave d'Eichthal, 1863, S. XXV fg., 9 fg., 19 fg.

Evangelium für einen Theil seines Bestandes den Anspruch auf apostolischen Ursprung aufgab; das ganze untheilbare und in seiner Eigenthümlichkeit so bestimmt auftretende Evangelium forderte die Kritik zu einem ebenso entschiedenen Auftreten, zu einem Kampfe auf Leben und Tod heraus: entweder mußte diesem Evangelium gegenüber die Kritik ihre sämmtlichen Waffen zerbrechen und ihm zu Füßen legen, oder sie mußte es dahin bringen, ihm jeden Anspruch auf geschichtliche Geltung abzuthun, sie mußte es als nachapostolisches Erzeugniß ebenso begreiflich zu machen wissen, wie es bisher als apostolische Schrift unbegreiflich gewesen war. Diesen Kampf aufgenommen und auf eine Weise durchgefochten zu haben, wie noch selten kritische Kämpfe durchgefochten worden sind, ist der unvergängliche Ruhm des verewigten Dr. Baur.[1]) Manche Waffe hatte er von seinen Vorgängern entlehnt, aber manche auch selbst neu gefertigt, und alle hat er mit Geschick, Nachdruck und Beharrlichkeit so lange geführt, bis der Kampf zwar nicht vor den Richterstühlen der Theologen, aber vor dem der Wissenschaft zu Gunsten der Kritik entschieden war.

Vor Bretschneider hatte Baur hiebei vor Allem das voraus, daß er sich zu seinem Gegenstande nicht blos negativ verhielt. Ersterer fand sich, wie wir gesehen haben, von dem johanneischen Evangelium nicht blos historisch, sondern auch dogmatisch abgestoßen; die ganze speculative Richtung und mystische Art desselben war seinem nüchternen Sinne fremd und verschlossen. Dagegen hatte Baur gerade zu dieser Seite, dem philosophischen Tiefsinn und dem gnostischen Wesen des johanneischen Evangeliums eine natürliche Verwandtschaft; so scharf er nachzuweisen suchte, daß es nicht als geschichtliche Quelle gelten könne, so eifrig suchte er seinen idealen Gehalt, seine künstlerische Vollendung ins Licht zu setzen; der negative Kritiker behandelte das vierte Evangelium, so sehr wie nur der gläubigste Apologet gekonnt hätte, als sein Lieblingsevangelium. Ist er hierin insofern mitunter zu weit gegangen, daß er (was ihm überhaupt bei Entwicklung des dogmatischen Gehalts neutestamentlicher wie patristischer oder reformatorischer Schriften gern begegnete) die Gedanken des Evangelisten in die Formen moderner Speculation faßte und dadurch idealisirte, so gab dieß zwar den Gegnern eine willkommene Waffe an die Hand, ohne doch der Bündigkeit seiner Beweisführung für den unhistorischen Charakter der Schrift den mindesten Eintrag zu thun.

War ich bei meiner kritischen Bearbeitung des Lebens Jesu an das vierte Evangelium von den drei ersten her gekommen, hatte es von diesen aus

1) Ueber die Composition und den Charakter des joh. Evangeliums. In Zeller's Theol. Jahrbüchern, 1844, dann verbessert in den Kritischen Untersuchungen über die kanon. Evangelien, 1847. Womit zu vgl. verschiedene Abhandlungen über das joh. Evangelium in den Theol. Jahrbüchern, auch Das Christenthum und die christliche Kirche der drei ersten Jahrhunderte, zweite Auflage, 1860, S. 146 fg.

und in Analogie mit ihnen zu begreifen gesucht, so trat Baur an das vierte Evangelium unmittelbar heran, und suchte es in seiner Eigenthümlichkeit, in seinem Unterschiede von den übrigen zu fassen. Meine Grundanschauung in Betreff des Unhistorischen in den Evangelien war die des Mythus gewesen, worunter ich geschichtartige Einkleidungen urchristlicher Ideen, gebildet in der absichtslos dichtenden Sage, verstand; diese Formel, die sich mir zunächst für die ungeschichtlichen Bestandtheile der drei ersten Evangelien ergab, hatte ich für manche Erzählungen des vierten dahin erweitern müssen, daß ich auch freie und bewußte Dichtung darunter befaßte. Von dieser Vorstellung, die sich dem einen Kritiker zuletzt aufgedrängt hatte, ging der andere bei Betrachtung des vierten Evangeliums aus; dieses war ihm von vornherein eine frei entworfene religiöse Dichtung, deren Grundidee er darin erkannte, dem in Jesu erschienenen göttlichen Licht- und Lebensprincip den jüdischen Unglauben als das widerstrebende Princip der Finsterniß entgegenzustellen, und den Kampf beider Principien als einen von Moment zu Moment fortschreitenden geschichtlichen Proceß zur Anschauung zu bringen; eine Grundidee, aus welcher er dann auch die Abweichungen des Evangeliums von den übrigen in Betreff der Composition, der Auswahl und Gestaltung des evangelischen Stoffs, abzuleiten wußte. Gab dieser Gesichtspunkt dem Kritiker für das tiefere Verständniß des vierten Evangeliums unläugbare Vortheile an die Hand, so war ihm derselbe in der Betrachtung der drei ersten Evangelien insofern mitunter hinderlich, als er ihn veranlaßte, auch in diesen vorwiegend naiven und aggregatmäßigen Compositionen mehr Einheit des Plans und durchgehende Absichtlichkeit vorauszusetzen, als sich in denselben ohne Zwang nachweisen läßt.

Ein drittes, worin Baur im Verständniß des vierten Evangeliums über seine Vorgänger hinausschritt, war die bestimmtere Nachweisung der Zeit- und Entwicklungsverhältnisse, als deren Product wir uns dasselbe zu denken haben. Es ist die Zeit, welche durch den Aufschwung der Gnosis auf der einen, des Montanismus auf der andern Seite, und die Anstrengungen der Kirche, sich beider extremen Richtungen zu erwehren, außerdem durch die Anwendung des Logosbegriffs auf die Person Christi dogmatisch, wie durch die Frage über die Passahfeier kirchlich auf's lebhafteste bewegt war. Zu allen diesen Zeitrichtungen und Zeitfragen hat das vierte Evangelium, wie Baur zu zeigen sucht, eine Beziehung, es steht in allen Gegensätzen der Zeit, ohne doch irgendwie die bestimmte Farbe eines zeitlichen oder örtlichen Gegensatzes an sich zu tragen, und eben in dieser centralen, nirgends schroff vorgehenden, aber ebenso wenig charakterlos vermittelnden, sondern die Gegensätze in höherer Einheit zusammenschließenden Haltung liegt auch der Grund des schnellen und allgemeinen Beifalls, welchen das Evangelium schon bei seinem ersten Bekanntwerden von Seiten der verschiedensten Parteien sich gewann.

Die Nachweisung endlich, wie der Verfasser dieses Evangeliums aus seiner Ueberzeugung heraus, den wahren Geist des Christenthums und Christi selbst besser als die früheren im Judenthum befangenen Evangelisten gefaßt zu haben, im Sinne seiner Zeit mit dem besten Gewissen die evangelische Geschichte umändern, Jesu Reden in den Mund legen konnte, wie sie seinem fortgeschrittenen christlichen Standpunkt entsprachen; ja wie er als Derjenige, der sich bewußt war, die innerste Herrlichkeit Christi erkannt zu haben und der Welt bekannt zu machen, sich sogar berechtigt glauben konnte, sich als den Schoos- und Busenjünger Jesu, wenn auch nicht ausdrücklich anzugeben, doch deutlich genug errathen zu lassen, diese Nachweisung, die Krone der Baur'schen Abhandlung, ist eine großartige Probe tiefdringender, nachschaffender Kritik, und muß auf Jeden, der ihr zu folgen versteht, eine ergreifende, wahrhaft poetische Wirkung machen.

Eine werthvolle Ergänzung der Baur'schen Untersuchungen über das vierte Evangelium hat Köstlin, der denselben in seiner Schrift über den johanneischen Lehrbegriff mehrfach vorgearbeitet hatte, in seiner Abhandlung über die pseudonyme Literatur der ältesten christlichen Kirche [1]) gegeben. Als die Aufgabe, die der vierte Evangelist sich stellte, bezeichnet Köstlin die Wiedergeburt der evangelischen Geschichte aus dem Geiste einer fortgeschrittenen Zeit heraus, zu Stande gebracht in der Ueberzeugung, dadurch nur das Ursprüngliche selbst an's Licht zu bringen. Dem Verfasser lagen in reicher Auswahl vor theils mündliche Ueberlieferungen über Jesum, theils schriftliche Evangelien sowohl jüdischer als paulinischer Richtung, alle vielfach von einander abweichend und noch nicht kanonisch festgestellt; auf der andern Seite stand er selbst, zwar lebhaft durchdrungen von der einzigen Wahrheit und Göttlichkeit des Christenthums, dabei aber aufgenährt in Ideen, die aus alexandrinischen und gnostischen Kreisen stammten, und insbesondere der Logosidee als derjenigen sich bewußt, in welcher die ganze höhere Anschauung vom Christenthum ihren nothwendigen Schlußstein finde. Ueberall um sich her sah er das Alte und Neue, Juden- und Heidenchristenthum, Buchstaben und Geist im Streite, und da er als die stärkste Stütze des ersteren die älteren Evangelien erkannte, so wollte er diesen auf ihrem eigenen Boden entgegentreten, in einem neuen Evangelium die Vergangenheit selbst für den Geist und den Fortschritt zeugen lassen. Dabei galt es, aus der bunten Mannigfaltigkeit des Stoffs in den früheren Evangelien das Wesentliche, aus dem Körper ihrer Geschichtserzählung den Geist herauszuziehen; das blos Moralische als das Exoterische zu beseitigen, und das Mystische als das Esoterische hervorzuheben; der Person Jesu nicht blos alles Jüdische, sondern überhaupt alles menschlich Niedrige und Beschränkte möglichst abzuthun, und das Unendliche, Göttliche überall durchleuchten,

---

1) Theol. Jahrbücher, 1851, S. 149 fg.

sein Leiden und seinen Tod selbst als freiwillig übernommene erscheinen zu lassen. Wodurch sich der Evangelist zu solcher Neuerung berechtigt glaubte, war der Geist, dessen Beistand Jesus den Seinigen schon nach den früheren Evangelien verheißen hatte. Dieser Geist konnte, nach seiner Auffassung, Keinem fehlen, der Jesum liebte und seine Gebote hielt (14, 22 fg.), und er sollte die Gläubigen nicht blos an Alles erinnern, was Jesus geredet hatte (14, 26), sondern ihn auch in ihnen verherrlichen und sie zur vollen und ganzen Wahrheit, zum rechten Verständniß des bei Jesu Lebzeiten nur unvollkommen Gefaßten führen (16, 13. 14. 25). Im Besitze dieses Geistes mußte sich der Evangelist befugt wie befähigt, eine, bei aller ihrer Abweichung von der Ueberlieferung, dennoch wahre Vorstellung von Jesu, seiner Lehre und seiner Wirksamkeit zu geben. War, wie ihn der Geist belehrte, in Jesu der göttliche Logos Fleisch geworden, so konnte die Geschichtserzählung der bisherigen Evangelien unmöglich die richtige sein, es mußte mit Jesu anders zugegangen sein, und zwar so, wie es aus der Logosidee sich ergab, wenn man sie unter dem bisherigen evangelischen Vorrath aufräumen, denselben sichten, um- und weiterbilden ließ. Dabei war freilich ein Widerspruch nicht zu vermeiden. Der Geist sollte den Jüngern, d. h. den künftigen Gläubigen, die höhere Erkenntniß erst in Zukunft bringen. Aber aus dieser höheren Erkenntniß heraus schrieb nicht nur der Verfasser sein Evangelium, sondern ließ er auch seinen Christus reden. Es ist also, was der Geist erst den Gläubigen bringen soll, doch in Christo schon vorher da, und daher zwischen seinen Reden und den Reflexionen des Evangelisten eigentlich kein Unterschied, die Gränzlinie zwischen beiden oft so schwer oder gar nicht zu ziehen.

Daß auch eine so schlagende Ausführung, wie Baur und seine Schüler sie gaben [1]), Diejenigen nicht überzeugte, denen die Aechtheit und Glaubwürdigkeit des johanneischen Evangeliums aus inneren oder äußeren Gründen Bedürfniß war, versteht sich ebenso von selbst, als daß die Art, wie sie sich derselben zu erwehren suchten, wenig wissenschaftliche Bedeutung haben konnte. An allen Beweisen, auf die Baur seine Ansicht stützte, wurde gerüttelt, durch alle Ritzen und Spalten, die seine Schlüsse noch gelassen hatten, suchte man dem bedrohlichen Ergebniß zu entrinnen. Das einzige Argument, das Baur von der Stellung des Apostels Johannes zur Passahfrage gegen den johanneischen Ursprung des vierten Evangeliums hergenommen hatte, veranlaßte eine Literatur. Dabei gab der durchaus große Styl, in welchem Baur die Sache behandelte, den Ausfluchtsuchenden willkommene Vorwände an die Hand. Hatte sich ihm aus einer umfassenden kritischen

1) Vgl. insbesondere noch Schwegler, Das nachapostolische Zeitalter, 1846, Thl. 2; Hilgenfeld, Das Evangelium und die Briefe Johannis nach ihrem Lehrbegriff dargestellt, 1849; Die Evangelien, S. 229 fg.

Combination ein Ergebniß herausgestellt, so ließ er sich durch eine einzelne Stelle oder Notiz, die allenfalls dagegen aufgebracht werden konnte, schlechterdings nicht imponiren. Machte er nun aber in der sicheren Voraussetzung, daß es mit einer solchen vereinzelten Instanz unmöglich etwas auf sich haben könne, mit derselben allzukurzen Proceß, ging bei ihrer Beseitigung mitunter etwas gewaltsam zu Werke, so schrieen alle Kleinkrämer in der Kritik über eine solche Unrichtigkeit in der Rechnung des Großhändlers, die bei den gewaltigen Ziffern, mit denen er operirte, gar nicht in Anschlag kommen konnte.

Das lauteste Zeter erhob sich natürlich über den Falsarius, zu welchem die Baur'sche Ansicht den Verfasser des Evangeliums mache, den literarischen Betrug, aus dessen Werkstätte sie eines der theuersten Kleinode der christlichen Kirche hervorgehen lasse. „Ist das johanneische Evangelium unächt, untergeschoben", so schrie ein besonders Eifriger [1]), „dann verkehrt sich unsere Liebe in glühenden Haß, dann ist es für uns nicht mehr das geistige Evangelium, was es dem Clemens von Alexandrien, nicht das einige, zarte, rechte Hauptevangelium, was es für Luther war, sondern das langweiligste und gefährlichste Machwerk eines Wirrkopfs oder Betrügers." Das war nun freilich sehr unbesonnen gesprochen; denn langweilig, verworren u. dergl. sind doch Eigenschaften, die einer Schrift an und für sich anhaften, und von der Frage nach dem Verfasser unabhängig sind; wer droht, er werde eine Schrift langweilig finden, sobald er sie nicht mehr als das Werk eines bestimmten Verfassers betrachten dürfe, der gesteht, daß sie ihm bisher zwar an und für sich langweilig vorgekommen, er aber dieses Gefühl aus Respect vor dem vorausgesetzten Verfasser in sich nicht habe aufkommen lassen. Für dergleichen Verehrer, die dieß nur so lange sind, als es einen gewissen Namen trägt, und deren Verehrung nicht blos schwindet, sondern sich in Haß verwandelt, sobald ihm jener Name genommen ist, wird sich das johanneische Evangelium bedanken, und diejenigen vorziehen, die es an und für sich, mag es herrühren, von wem es will, zu schätzen wissen.

Die herkömmliche Frage: wie läßt sich denken, daß der Verfasser einer so ernsten, vom höchsten Geistesschwung getragenen, von tiefster Frömmigkeit durchdrungenen Schrift ein Fälscher und Betrüger, mithin ein schlechter Mensch gewesen? berichtigt sich schon durch die andere, die in gleicher Richtung aufgeworfen worden ist: wie es sich denken lasse, daß ein Mann, wie der Verfasser des vierten Evangeliums, der fähig gewesen wäre, das Größte in seiner Zeit zu wirken, wenn er unverlarvt aufgetreten wäre, sich zu einem solchen Kunstgriff bequemt haben sollte, um seine Ideen einzuschmuggeln? [2])

1) Schneider, Ueber die Aechtheit des joh. Evangeliums. Erster Beitrag, 1854.
2) Neander, Leben Jesu Christi, S. 11.

Was in der ersteren Frage als ein Betrug, als ein an dem Apostel verübtes Unrecht erscheint, faßt die zweite vielmehr als eine Entäußerung und Entsagung, welche der Verfasser ohne Noth sich auferlegt habe. Und so, als eine Entäußerung, nur nicht als eine unnöthige, aber als eine löbliche, wurde eine solche Unterschiebung von jener Zeit gefaßt. [1]) Neupythagoreer des letzten Jahrhunderts v. Chr. haben, wie jetzt als ausgemacht gelten kann, theils dem Stifter, theils alten Lehrern der Schule an die sechzig Schriften unterschoben, um unter dieser Firma neuere Philosopheme an den Mann zu bringen, und der neupythagoreische Lebensbeschreiber des Pythagoras belobt die Verfasser, daß sie, auf eigenen Ruhm verzichtend, ihre Werke dem Meister der Schule zugeschrieben haben. Ein Christ des zweiten Jahrhunderts schrieb eine Legende von Paulus und Thekla; man überwies ihn der Erdichtung, aber er erklärte, er habe es aus Liebe zu Paulus gethan, und die Kirche behielt seine Schrift im Gebrauch und feierte auf Grund derselben der Heiligen ein Fest. So beurtheilte jene Zeit und mehr oder minder das ganze, namentlich spätere Alterthum ein solches Verfahren, und daher kommt es auch, daß uns so viele und zum Theil höchst ehrwürdige Bücher vorliegen, die von ihren wahren Verfassern berühmten Namen unterschoben sind. Das Buch Daniel hält heute nur noch die überspannteste Orthodoxie, das Buch der Weisheit Salomo's Niemand mehr für Werke der Männer, in deren Person sie reden, und doch thut dieß der Achtung keinen Eintrag, die wir für die sich versteckenden Verfasser so ernster und gehaltvoller Schriften empfinden. Vollends jener Zeit des aufgeregtesten Phantasielebens, als welche wir die des verkommenden Heidenthums, des sich umbildenden Judenthums und des werdenden Christenthums kennen, war das historische Bewußtsein in den von der religiösen Bewegung ergriffenen Kreisen geradezu abhanden gekommen. Da galt für wahr, was erbaulich war, für alt, was man einleuchtend fand, für apostolisch, was eines Apostels würdig schien, und man glaubte an einem solchen oder an Christo selbst sich nicht zu vergehen, im Gegentheil ihnen nur einen schuldigen Tribut darzubringen, wenn man das Beste, was man wußte, ihnen in den Mund oder in die Feder legte. [2]) Glaubte demnach der Verfasser des vierten Evangeliums den wahren Geist Christi zu haben, so scheute er sich nicht, Christum in diesem Geiste reden zu lassen, und schien ihm zum Dolmetscher dieses Geistes der Apostel sich am besten zu eignen, dem der Herr in den Gesichten der Apokalypse

1) Hierüber vgl. Köstlin, Die pseudonyme Literatur der ältesten Kirche, in Zeller's Theol. Jahrbüchern, 1851, S. 149 fg.; (Zeller) Die Tübinger historische Schule, in v. Sybel's Hist. Zeitschrift, IV, 121 fg.; Hilgenfeld, Kanon und Kritik des Neuen Testaments, S. 73 fg.

2) Wie es in dem sogenannten Muratorischen Fragment von der Weisheit Salomo's heißt, sie sei ab amicis Salomonis in honorem ejus scripta.

die Geheimnisse der Zukunft geoffenbart, den er dadurch für seinen Vertrauten und Liebling erklärt hatte, so glaubte er sich berechtigt, sich im Geiste mit diesem Apostel in Eins zu setzen, sein Evangelium als ein Werk dieses Apostels erscheinen zu lassen.

19.

Rückblick auf die drei ersten Evangelien. Matthäus.

Sehen wir uns von diesem für das Verständniß des vierten Evangeliums erreichten Standpunkte noch einmal nach den drei ersten Evangelien um [1]), so ist die Hauptfrage, die sich uns aufdrängt, die, ob wir berechtigt sind, sie unter den gleichen Gesichtspunkt wie jenes zu stellen. Baur bekanntlich hat geurtheilt, wenn wir auch nur an Einem Evangelium den Beweis vor uns haben, daß ein Evangelium nicht blos eine einfache historische Relation sei, sondern auch eine Tendenzschrift sein könne, so sei dieß überhaupt der Gesichtspunkt, aus welchem die Kritik die Evangelien zu betrachten habe.

Daß nun sämmtliche Evangelien nicht einfach nur in der Absicht geschrieben sind, eine Geschichte zu erzählen, sondern durch das, was sie erzählen, etwas zu erweisen, zu lehren, in einer gewissen Richtung Propaganda zu machen, und daß diese Absicht auch nicht ohne Einfluß auf ihre Darstellung der Geschichte geblieben ist, daß sie insofern Tendenzschriften sind, diese Einsicht ist so alt, als die Anwendung der höheren Kritik auf diese Schriften. Und daß diese Absicht, obwohl im Allgemeinen dieselbe, nämlich Jesus als den Messias zu erweisen, doch in den verschiedenen Evangelien insofern eine verschiedene sein, mithin die Geschichte in verschiedener Richtung modificirt haben kann, als die Messiasidee verschiedene Auffassungen zuließ, ergab sich gleichfalls von selbst. Wenn man aber bis zu der Behauptung fortgegangen ist, kein einziges Wort in den Schriften der Evangelisten, auch nicht das unscheinbarste, sei ohne bewußte Absicht und einen ganz speciellen Sinn von ihnen gewählt, so ist diese Behauptung des sogenannten sächsischen Anonymus zwar nur die Caricatur der Baur'schen Ansicht, gleichwohl fragt sich, ob nicht auch Baur in den Abweichungen des einen Evangelisten von dem andern bisweilen tendenziöse Absicht gesucht hat, wo nur Ungenauigkeit, Willkür oder Zufall im Spiele war; ob nicht, wenn sein Vorgänger von den drei ersten Evangelien aus das vierte mitunter noch zu harmlos genommen haben mag, ihm das Umgekehrte begegnet ist, weil er sich seine Vorstellung von den Evangelien an dem vierten gebildet hatte,

1) Zum Folgenden sind zu vergleichen: Baur, Kritische Untersuchungen über die kanonischen Evangelien; Schwegler, Das nachapostolische Zeitalter, 1; Köstlin, Der Ursprung und die Composition der synoptischen Evangelien; Hilgenfeld, Die Evangelien.

die drei ersten für absichtsvoller und berechneter zu nehmen, als sie zu nehmen sind.

In der Apostelgeschichte wird bekanntlich der Hergang bei der Bekehrung des Paulus dreimal erzählt: einmal von dem Verfasser (9, 1—25), dann noch zweimal bei verschiedenen Veranlassungen von dem Apostel selbst (22, 1—21. 26, 4—23). Zwischen diesen Erzählungen finden sich nicht unerhebliche Abweichungen, indem nach der einen bei der himmlischen Lichterscheinung zwar Paulus zu Boden fällt, seine Begleiter aber stehen bleiben, nach der andern Alle zu Boden fallen; die Begleiter das einemal zwar die Stimme hören, aber Niemand sehen, das anderemal zwar den Lichtglanz sehen, aber die Stimme nicht hören; wozu noch in der mittlern Erzählung die Erwähnung einer Ekstase im Tempel zu Jerusalem, in der dritten ein merkwürdiger Zusatz in den Worten des erscheinenden Jesus kommt. Läsen wir nun diese drei Darstellungen desselben Vorgangs in drei verschiedenen Schriften, so ist Alles zu wetten, daß nicht blos der sächsische Anonymus, sondern auch Baur die hervorgehobenen Abweichungen aus dem verschiedenen Standpunkt und Zweck der Verfasser abzuleiten wissen würde; während sie, in einer und derselben Schrift, nur beweisen können, wie sorglos ihr Verfasser zu Werke gegangen ist, indem er, so oft die Geschichte zu wiederholen war, sie jedesmal wieder frei aus seiner Vorstellung heraus, ohne das früher Geschriebene nachzusehen, erzählt hat.

Darin jedoch vor Allem befinden wir uns mit Baur gegen diejenigen Kritiker, die das Marcus- und Lucas-Evangelium, sei es beide oder doch das eine derselben als das ältere voranstellen, in voller Uebereinstimmung, daß auch uns vielmehr das Matthäus-Evangelium als das ursprünglichste und beziehungsweise glaubwürdigste von jeher erschienen ist und noch erscheint. Insbesondere die Reden Jesu betreffend, wird man bei allen Bedenken im Einzelnen doch immer wieder zu der Anerkennung zurückkommen, daß wir sie im ersten Evangelium, wenn auch nicht unvermischt mit späteren Zuthaten und Umbildungen, doch reiner als in irgend einem der anderen vor uns haben. Aber auch das Thatsächliche erscheint in diesem Evangelium in Vergleichung mit den anderen in der Regel in seiner einfachsten Gestalt. Zwar hat gerade das Matthäus-Evangelium verschiedene Erzählungen eigen, deren Glaubwürdigkeit ganz besonders zweifelhaft ist, wie von dem Seewandeln des Petrus, dem Stater im Maule des Fisches, dem Traume der Gattin des Pilatus, der Auferstehung der Heiligen beim Tode Jesu, der Wache an seinem Grabe. Doch das sind meistens Stücke, welche wegzulassen die nachfolgenden Evangelisten ihre Gründe haben konnten, aus denen also ein späteres Alter des Matthäus nicht zu beweisen ist. Was er mit den übrigen gemeinschaftlich hat, ist bei ihm in der Regel am schlichtesten und so erzählt, daß die Darstellung der beiden anderen als Ausmalung oder Umgestaltung der seinigen erscheint. Man vergleiche in dieser Beziehung die Versuchungs- und Verklärungsgeschichte, dann die meisten Wundererzählungen, und man wird sich diesem Anerkenntniß kaum entziehen können.

Zu den Merkmalen der Ursprünglichkeit des ersten Evangeliums gehört auch das, daß es mehr als irgend ein anderes noch das jüdisch-nationale Gepräge trägt, das sich im Fortgange der Zeit und mit der weiteren Ausbreitung des Christenthums natürlich immer mehr verwischte. Seinem Verfasser ist Jerusalem die „heilige Stadt", der Tempel der „heilige Ort", wo die übrigen schlechtweg die Namen oder andere Bezeichnungen haben. Keiner gibt so genau wie er von dem Verhältniß Rechenschaft, in das sich Jesus zum mosaischen Gesetz, zu den jüdischen Gebräuchen und Sekten stellte; wobei er, was Marcus schon zu erläutern nöthig findet, noch als bekannt voraussetzt. In den Thaten und Schicksalen Jesu sieht er durchaus die Erfüllung alttestamentlicher Weissagungen, und dieses Zutreffen ist ihm ein Hauptbeweis dafür, daß die Christen mit Recht in ihrem Jesus den verheißenen Messias erkennen. Auch Jesus selbst erscheint bei Matthäus noch am innigsten mit dem Judenthum verflochten. In keinem andern Evangelium wird er so oft Sohn David's genannt; in keinem steht das Geschlechtsregister, das seine Abkunft von David und Abraham beurkundet, so allem Anderen voran; in keinem erklärt er so geflissentlich, nicht zur Auflösung, sondern zur Erfüllung des Gesetzes gekommen zu sein.

Bei allen diesen Merkmalen höherer Ursprünglichkeit ist übrigens der erste Evangelist doch schon ein secundärer Schriftsteller. Wie höchst wahrscheinlich die Reden, so hat er auch das Thatsächliche in seinem Evangelium, wenigstens zum Theil, augenscheinlich aus älteren Aufzeichnungen geschöpft. Daß in seinem Evangelium mehrere Geschichten zweimal vorkommen, wie die wunderbare Speisung, die Zeichenforderung, der Vorwurf, die Teufel durch Beelzebub auszutreiben, läßt sich genügend nur daraus erklären, daß dergleichen Geschichten dem Verfasser in verschiedenen Quellen, mit theilweise abweichenden Umständen erzählt, vorlagen, und von ihm daher für verschiedene Geschichten genommen wurden [1]); wodurch er sich freilich zugleich als einen sehr wenig kritischen Geschichtschreiber zu erkennen gibt.

Indeß verhalten sich diejenigen Stücke im ersten Evangelium, die wir aus verschiedenen Quellen herzuleiten haben, keineswegs immer als gleich-

1) In dieser Wahrnehmung liegt auch der Grund, warum ich der Hilgenfeld'schen Ansicht nicht beipflichten kann, daß wir im Matthäus-Evangelium nur Eine Grundschrift und deren Ueberarbeitung zu unterscheiden haben. Die Eine Grundschrift konnte nur Eine Speisung enthalten; daß zu dieser der Ueberarbeiter rein aus dem Seinigen eine zweite hinzugefügt haben sollte, bin ich nicht im Stande mir vorzustellen.

bedeutende Doubletten, sondern sie stehen umgekehrt nicht selten auch im Widerspruch mit einander. In der Instructionsrede bei ihrer ersten Aussendung verbietet Jesus den Zwölfen, sich an Heiden und Samariter zu wenden, wie er in der Bergrede gewarnt hatte, das Heilige den Hunden und die Perlen den Säuen zu geben, und stellt seine Wiederkunft in Aussicht, ehe sie noch in allen israelitischen Städten herumgekommen sein würden (7, 6. 10, 5 fg. 23). In anderen Stellen desselben Evangeliums hingegen droht er nicht blos dem Unglauben der Juden mit dereinstiger Berufung der Heiden an ihrer Statt (8, 11 fg. 21, 43), und erklärt, daß er nicht eher wiederkommen werde, als bis das Evangelium allen Völkern auf der ganzen Erde verkündigt sei (24, 14), sondern er beauftragt ganz ausdrücklich die Apostel, alle Völker ohne Unterschied durch die bloße Taufe in seine Gemeinde aufzunehmen (28, 19). So stehen auch die beiden Geschichten von dem Hauptmann zu Kapernaum (8, 5—10), und von dem kananäischen Weibe (15, 21—28), wo Jesus dieselbe Hülfe, die er das einemal dem Heiden ohne Weiteres gewährt, das anderemal von der Heidin nach längerer Weigerung sich nur als Ausnahme abdringen läßt, in entschiedenem Widerspruch. Man hat diesen durch die Annahme einer Entwicklung, eines Fortschritts in den Ueberzeugungen Jesu zu lösen gesucht [1]); ein solcher mag in der Wirklichkeit stattgefunden haben, aber bei Matthäus findet er sich nicht, sonst müßte die Geschichte vom Hauptmann nach der vom kananäischen Weibe stehen, und dürfte Jesus nicht, nachdem er schon die Berufung der Heiden vorhergesagt, den Zwölfen noch den Weg zu denselben verboten haben. Deutlich unterscheiden wir hier vielmehr zwei verschiedene Zeitalter und Entwicklungsstufen der ältesten Christenheit: die Aussprüche und Erzählungen der einen Klasse sind aufgezeichnet zu einer Zeit und von einem Standpunkte aus, wo die Heranziehung der Heiden zu der neuen Messiasgemeinde noch beanstandet war; die der anderen hingegen später, als der Gedanke und die Thätigkeit des Paulus bereits durchgeschlagen hatten, und die Heidenmission als etwas im Sinne Jesu Gelegenes galt.

Dabei sehen wir zugleich recht in die Art hinein, wie die ältesten Evangelien sich bildeten. Aus allerlei kürzeren und unvollständigen Aufzeichnungen wurden umfassendere Evangelien zusammengetragen, aber auch diese noch nicht als etwas ein für allemal Fertiges betrachtet, sondern von Zeit zu Zeit durch neue Einschaltungen und Nachträge bereichert. Das waren aber nicht immer solche Stücke, die, von Jesu wirklich so gethan oder gesprochen, bis dahin nur in der mündlichen Ueberlieferung oder einer dem Verfasser jenes Evangeliums zufällig unbekannt gebliebenen Schrift aufbewahrt worden waren; sondern, wenn im Laufe der Zeiten eine Einsicht aufging, eine Richtung hervortrat, die als unabweisliche Consequenz des christlichen

1) So besonders Keim, Die menschliche Entwicklung Jesu Christi, S. 40 fg.

Princips erschien, so nahm man als selbstverständlich an, daß schon Jesus etwas dahin Deutendes gesagt oder gethan haben müsse, und daraus entstanden neue Erzählungen und Aussprüche Jesu, die zuerst in der mündlichen Predigt vorgetragen, hernach in die Evangelien eingetragen wurden. Bei jedem Schritt, sagt Schwegler[1]) treffend, den das theologische Bewußtsein vorwärts that, wurde auch an den Evangelien nachcorrigirt, Veraltetes und Anstößiges ausgemerzt, Zeitgemäßes zugesetzt, mitunter selbst manches Schlagwort der neueren Zeit eingeschaltet, und so sehen wir die Kirche in einer fortwährenden Production evangelischer Reden und Sprüche begriffen, bis diese Evangelienreform mit der ausschließlichen Anerkennung unserer synoptischen Evangelien und der Verfestung der katholischen Kirche ihre Endschaft erreichte.

Daß die letzte der Ueberarbeitungen, welche sonach das Matthäus-Evangelium erfuhr, in ziemlich späte Zeiten fällt, sehen wir aus dem sogenannten Taufbefehl (28, 19), wo die vollständige Formel: taufen auf den Namen des Vaters, des Sohnes und des heiligen Geistes, während in der Apostelgeschichte einfach nur auf den Namen Jesu getauft wird, schon ganz an das spätere kirchliche Ritual anklingt. Einzelne dergleichen Verbesserungen mögen, nachdem die beiden anderen synoptischen Evangelien bereits vorhanden waren, doch gerade nur in das Matthäus-Evangelium, als das am meisten kirchlich gebrauchte, eingetragen worden sein. So ist in der Geschichte von dem reichen Jüngling (19, 16 fg.) die Fassung der Entgegnung Jesu bei Marcus (10, 17) und Lucas (18, 18 fg.): „Was nennst du mich gut? Keiner ist gut als Einer, Gott", sicher die ursprüngliche, und in der Fassung der Rede bei Matthäus: „Was fragst du mich um das Gute? Einer ist der Gute", die spätere Abänderung mit Rücksicht auf gnostischen Mißbrauch der Stelle und auf die gesteigerte Vorstellung von Christo, der die Ablehnung des Prädicats, gut, zu widersprechen schien, nicht zu verkennen.

Warum dieses Evangelium, das aller Wahrscheinlichkeit nach aus den Ueberlieferungen der galiläischen Christengemeinden entstanden, später verschiedentlich überarbeitet und dem Fortschritte der Ansichten innerhalb der Kirche angepaßt worden ist, gerade dem Matthäus zugeschrieben wurde, ließe sich freilich am leichtesten erklären, wenn er wenigstens Verfasser des ursprünglichen Grundstocks wäre. Allein durch die Notiz des Papias ist uns das noch lange nicht verbürgt, und die Schwierigkeit, es ohne diese Voraussetzung genügend zu erklären, reicht zum Beweise für deren Richtigkeit nicht hin. Das Evangelium selbst gibt sich nirgends für ein Werk des Matthäus aus. Wohl ist es das einzige, in welchem dieser außer dem Apostelkatalog noch besonders erwähnt erscheint, indem es dem von der Zollbank hinweg Beru-

1) Das nachapostolische Zeitalter, I, 258 fg.

senen, den die beiden Anderen Levi nennen, den Namen Matthäus gibt (9, 9). Auch hier übrigens tritt derselbe in keiner Art hervor, vielmehr ist es überall Petrus, der in diesem Evangelium, wie in keinem andern, als der Apostelfürst erscheint. Indessen hat Matthäus verschiedenen kirchenväterlichen Nachrichten zufolge als einer der Verkündiger des Evangeliums unter den Juden gegolten, und da man außerdem einen ehemaligen Zollbeamten zum Schreiben vorzugsweise geschickt erachten mochte, so konnte das Evangelium an seinen Namen geknüpft werden, auch ohne daß er bei der Abfassung desselben wirklich betheiligt war.

20.

Das Lucas-Evangelium.

Mit dem Matthäus-Evangelium hat das des Lucas einen Theil seines Inhalts gemein, während es einen andern kaum minder beträchtlichen eigen hat. Hand in Hand mit jenem, obwohl nicht ohne mancherlei Abweichungen in Anordnung, Auswahl und Ausdruck, schildert es die öffentliche Wirksamkeit Jesu von der Taufe bis zur Abreise aus Galiläa, dann wieder die Vorgänge in Jerusalem seit dem Einzug; ganz andere Erzählungen als jenes gibt es, nur in einigen Grundvoraussetzungen mit demselben zusammentreffend, in der Kindheitsgeschichte; eigenthümlich verlängert und mit großentheils eigenem Stoffe ausgestattet hat es die Reise Jesu aus Galiläa nach Jerusalem; und abermals manches Besondere gibt es in der Leidens- und noch mehr in der Auferstehungsgeschichte.

Hier nun trifft in den Stücken, die beiden gemeinschaftlich sind, Lucas mit Matthäus oft so genau bis auf's Wort hinaus zusammen, daß, die Priorität des Letzteren vorausgesetzt, Lucas entweder ihn oder seine Quellen vor sich gehabt haben muß. Auch Beides zusammen ist möglich; denn unter den mehreren Evangelienschriften, die laut seines Vorwortes dem Lucas vorlagen, könnte gar wohl neben Matthäus auch noch die eine oder andere der Quellenschriften, aus denen dieser schöpfte, sich befunden haben. Daß Letzteres wirklich der Fall war, wird sowohl aus Zusätzen als aus Weglassungen bei Lucas wahrscheinlich. Nahm er seine Bergrede aus Matthäus, so erklärt sich schwer, warum er die Armen im Geiste in Arme schlechtweg, die nach Gerechtigkeit Hungernden in wirklich Hungernde verwandelte; noch schwerer aber erklärt es sich, wie er dazu kam, die Strafrede Jesu gegen das prophetenmörderische Volk (11, 49) der „Weisheit Gottes“ in den Mund zu legen, wenn er diese räthselhaften Worte, die bei Matthäus (23, 34) fehlen, nicht in der von ihm benützten Quelle fand. Ebenso wenig würde Lucas in der Geschichte von dem Besuch Jesu zu Nazaret die Aeußerung, man werde ihm ansinnen, die Thaten, die er in Kapernaum gethan, auch hier zu thun (4, 23), diesen Zug, der am ersten Anfang der Wirksamkeit Jesu, wohin Lucas die Geschichte stellt, keinen Sinn hat, würde er gewiß nicht in die Erzählung hineingebracht haben, hätte er denselben nicht in seiner Quelle vorgefunden, die folglich zwar diesen Vorfall, wie die beiden anderen Synoptiker, später gestellt haben, dabei aber eine von diesen verschiedene gewesen sein muß, denen jener Ausspruch Jesu fehlt.

Sonst lassen sich die Abweichungen des Lucas von Matthäus zum Theil schon aus seiner schriftstellerischen Eigenthümlichkeit begreifen. Als späterer und wie schon aus der Sprache seines Vorworts erhellt mehr griechisch gebildeter Schriftsteller wollte er seinem Evangelium mehr Lebendigkeit, Abwechslung und schriftstellerische Abrundung geben. Schon dieß konnte ihn bestimmen, die großen Redemassen des Matthäus zu zerschlagen und die einzelnen Stücke mit Einleitungen zu versehen, die deren jedesmalige Veranlassung angaben. In der Geburtsgeschichte des Matthäus konnte ihm der Schatten, der, wenn auch nur einen Augenblick im Sinne des Joseph, auf die Reinheit der Maria fällt, anstößig sein, und er daher eine Darstellung vorziehen, die jeden Verdacht schon zum Voraus abschneidet. Bei der Art, wie er die von der Weissagung geforderte Geburt Jesu zu Bethlehem herbeiführt, konnte er gelehrt thun und seine Wissenschaft von dem Census des Quirinus zeigen wollen, die er auch Apostelgesch. 5, 37 wieder anbringt. Das Alles wäre schriftstellerische Willkür, ein Bestreben, die Vorgänger zu übertreffen, ihrer Arbeit die seinige als eine eigenthümliche und wo möglich bessere gegenüberzustellen, aber noch nicht eigentlich eine Tendenz, d. h. ein bestimmter, die Geschichtsdarstellung seines Evangeliums beherrschender Grundgedanke und Zweck.

Als solchen hat man bei dem angeblichen Begleiter des Paulus die Zurückstellung der Juden und der Zwölfe als Judenapostel gegen die Heiden und Heidenapostel, kurz ein universalistisches Streben, vorausgesetzt, und daraus z. B. seine Abweichungen von Matthäus in der Leidensgeschichte erklären zu können geglaubt, wo er den Pilatus milder und billiger darstelle, als sein Vorgänger, um die Schuld des Todes Jesu ausschließlich auf die Juden zu wälzen. Allein hier haben wir ja vielmehr bei Matthäus einerseits in den ihm eigenthümlichen Zügen von der Händewaschung des Pilatus und dem Traume seiner Gattin eine so augenfällige Entlastung des Heidenthums von der Schuld des Todes Jesu, und andererseits in dem gleichfalls nur bei Matthäus zu findenden Rufe des Judenvolks, sein Blut solle über sie und ihre Kinder kommen, eine so feierliche Uebertragung der Schuld auf die Juden, daß dem Lucas das Bestreben, den Matthäus hierin zu überbieten, wenn er es gehabt hätte, jedenfalls mißlungen wäre. Auch die Tendenz, die Zwölfe herunterzusetzen, wird in manche Züge bei Lucas mit Unrecht hineingelegt. Daß Jesus bei der Erweckung der Jairustochter nach Lucas auch die drei mitgenommenen Apostel schließlich hinausgetrieben habe

(8, 54), wie Baur behauptet, ist nicht erweislich; daß er bei dem Besuche seiner Mutter und Brüder nicht wie bei Matthäus die Hand über seine Jünger ausstreckt (8, 21), zeigt sich durch Vergleichung anderer Stellen (z. B. 10, 23) als unerheblich; das für die Zwölfe Beschämende in der Auslegung des Gleichnisses vom Säemann bei Lucas (8, 16 fg.) ist ohne künstliche Auslegung nicht zu finden.

Wenn die Erzählung von dem Besuch Jesu in Nazaret bei Matthäus, dem hierin Marcus folgt, ziemlich in der Mitte seines Evangeliums und der galiläischen Wirksamkeit Jesu steht (13, 53 fg.), von Lucas dagegen, wie schon angedeutet, ganz an deren Anfang unmittelbar nach der Versuchungsgeschichte gestellt ist (4, 14 fg.), so zeigt sich hierin zunächst auch nur das schriftstellerische Bestreben, den Umstand, daß Jesus nicht seine Heimath Nazaret, sondern Kapernaum zu seinem Wohnort erkor, durch die schlechte Aufnahme, die er dort gefunden hatte, zu motiviren. Sehen wir jedoch, wie am Anfang der Erzählung bei Lucas das messianische Heilsanerbieten betont, und am Schlusse als Beispiele Solcher, zu denen das Heil, dessen die Juden sich unwürdig zeigten, ausgewandert war, ein heidnischer Hauptmann und eine heidnische Wittwe gewählt sind, so muß es uns doch höchst wahrscheinlich werden, daß der Evangelist bei seiner Umstellung dieser Geschichte zugleich weiter hinaus gezielt, die Heimath Jesu im engeren Sinne nur als Vorbild seiner Heimath im weiteren Verstande, den Unglauben der Nazaretaner als Vorgang des Unglaubens der Juden überhaupt, die Uebersiedlung Jesu von Nazaret nach Kapernaum als Vorspiel der Uebertragung der messianischen Segnungen auf die Heiden gefaßt und dieses Vorspiel so bedeutsam gefunden habe, daß er für passend hielt, es als Wahrzeichen an den ersten Anfang der Wirksamkeit Jesu zu stellen.

So hätten wir also doch jene paulinisch-universalistische Tendenz, welche zu vermuthen uns übrigens schon durch zwei merkwürdige Berührungen des Lucas-Evangeliums mit einem paulinischen Briefe nahe gelegt wird. Bekannt ist für's Erste, wie in den Einsetzungsworten des Abendmahls Lucas gegen Matthäus und Marcus mit Paulus (1 Kor. 11, 24 fg.) zusammentrifft (22, 19 fg.), theils in den Worten: „dieß thut zu meinem Gedächtniß", die den genannten Beiden fehlen, theils in der eigenthümlichen Ausdrucksweise: „dieß ist der neue Bund in meinem Blut", statt dessen die beiden anderen: „mein Blut, das des neuen Bundes", haben; ein Zusammentreffen, das, wie schon oben gelegentlich bemerkt worden, nur aus der Bekanntschaft des Evangelisten mit dem paulinischen Briefe erklärbar scheint. Daß aber sein Verhältniß zu den Schriften des Paulus nicht das einer bloßen Bekanntschaft war, läßt ein anderes Zusammentreffen uns errathen, das mit einer dem Lucas eigenthümlichen Erzählung in Verbindung steht. Er ist der einzige unter den Evangelisten, der davon weiß, daß Jesus außer den zwölf Aposteln auch noch siebzig weitere Jünger ausgewählt und ausgesendet habe; und wenn man nun diesen siebzig Jüngern mit Recht von jeher ebenso eine Beziehung auf die vermeintlichen siebzig Völker der Erde gegeben hat, wie die zwölf Apostel eine solche auf die zwölf Stämme Israel's hatten, so ist es schwerlich ein bloßer Zufall, sondern ein Zeichen, daß Lucas selbst die Aussendung der Siebzig als Vorbild der einstigen Heidenmission betrachtet, wenn bei ihm Jesus in der Anrede vor ihrer Aussendung ihnen für ihren Aufenthalt in fremden Städten und Häusern wörtlich dieselbe Vorschrift ertheilt, die Paulus den korinthischen Christen für den Fall, daß sie von Heiden zu Tische geladen werden, gab, nämlich was ihnen vorgesetzt werde, zu essen (Luc. 10, 8. 1 Kor. 10, 27).[1])

Damit hängt das Andere zusammen, daß, während bei Matthäus und Marcus Jesus sowohl selbst Samarien meidet, als die Zwölfe die Städte der Samariter wie den Weg der Heiden meiden heißt, er bei Lucas nicht nur selbst ohne Scheu mehrfach mit ihnen in Berührung tritt, sondern ihrer auch in verschiedenen Reden ehrenvoll gedenkt; daß ferner der Schwerpunkt der Thätigkeit Jesu, der bei Matthäus nach Galiläa fällt, von Lucas zwischen Galiläa und der Reise nach Jerusalem, die bei ihm zum Theil durch samarisches Gebiet geht, in der Art getheilt wird, daß eine Reihe gerade der bedeutendsten und ihm eigenthümlichen Lehr- und Erzählungsstücke in diese Reise verlegt ist, als wäre es ihm zu wenig, daß Jesus fast bis an sein Ende nur in dem engen Galiläa thätig gewesen sein sollte, und als wollte er durch die Vorurtheilslosigkeit Jesu gegen die den Heiden gleichgeachteten Samaritaner die Vorurtheile der Judenchristen seiner Zeit gegen die Heiden niederschlagen. Wie in beiden Rücksichten das bei Lucas erkennbare Bestreben im johanneischen Evangelium sich vollendet, die Samariterfreundlichkeit in dem Gespräche Jesu mit der samarischen Frau und dessen Folgen, die reichere Ausstattung der Einen Reise nach Jerusalem in den mehreren Festreisen, erhellt von selbst.

Von hier aus gewinnen dann auch verschiedene Weglassungen bei Lucas Bedeutung. Zwar ist man auch hierin zu weit gegangen und hat Zufall und schriftstellerische Willkür zu wenig in Rechnung genommen; aber daß z. B. dort, wo dem Petrus als dem ersten, die Erkenntniß von Jesu Messianität aufgeht, Lucas die Seligpreisung und Ernennung desselben zum Grundstein der Gemeinde übergeht (9, 20; vgl. mit Matth. 16, 17 fg.), geschieht doch wohl ebensowenig von ungefähr, als daß er die Geschichte von dem kananäischen Weibe wegläßt, wo die Versicherung Jesu, nur zu den verlorenen Schafen des Hauses Israel gesandt zu sein, und die harte Vergleichung der Heiden mit Hunden, dem Pauliner selbst durch Jesu Willfährigkeit am Schlusse nicht gehörig gut gemacht schien. So könnte auch

1) 1 Kor.: Πᾶν τὸ παρατιθέμενον ὑμῖν ἐσθίετε. Luc.: ἐσθίετε τὰ παρατιθέμενα ὑμῖν.

in der Parabel vom Unkraut bei Matthäus (13, 14 fg.) Lucas an der Bezeichnung des Unkrautsäers mit demselben Ausdruck („feindseliger Mensch“), mit welchem die Ebioniten den Apostel Paulus bezeichneten, und der Unkrautmenschen durch den auf paulinische Christen anwendbaren Ausdruck „Thäter der Ungesetzlichkeit“, dem er auch sonst ausweicht (13, 27, vgl. mit Matth. 7, 23), Anstoß genommen und sie deßhalb weggelassen haben.[1])

Doch um das Verfahren des dritten Evangelisten mit dem ihm vorliegenden Stoffe ganz zu verstehen, müssen wir uns erinnern, daß sein Evangelium nur der erste Theil eines Werkes ist, dessen zweiten Theil die Apostelgeschichte bildet. Von dieser ist neuerlich nach verschiedenen Vorarbeiten durch Zeller's[2]) gründliche Untersuchungen zwingend nachgewiesen worden, daß in ihr eine zur Verherrlichung der Urgemeinde in Jerusalem und der sie leitenden Apostel verfaßte Schrift im Sinne der Vermittlung zwischen Paulinismus und Judenchristenthum dergestalt überarbeitet und ergänzt worden sei, daß einerseits Paulus den Uraposteln und namentlich dem Petrus in gleicher Würde gegenübergestellt, andererseits sowohl er petrinischer, wie Petrus paulinischer, als beide in Wirklichkeit waren, dargestellt, ihrem Verhältniß zu einander alles Schroffe und Feindselige genommen wurde. Von hier aus bekommt es alle Wahrscheinlichkeit, daß der Verfasser auch schon im ersten Theile seiner Schrift ein ähnliches Verfahren eingehalten, die ältere judenchristliche Ueberlieferung über Jesum nicht verworfen, sondern nur theils im paulinischen Sinne umzubilden, theils durch Gegenüberstellung paulinischer Stücke aufzuwiegen gesucht habe. So ist gleich die Kindheitsgeschichte des Lucas mit ihrem Ausholen von dem jüdischen Priestersohne Johannes und dem Gewichte, das sie auf die Erfüllung der Reinigungs- und Beschneidungsgesetze in Bezug auf das Jesuskind legt, nicht nur überhaupt sehr jüdisch, sondern entschieden jüdischer als die des Matthäus, die in den Weisen aus Morgenland schon ein unverkennbares Vorspiel des Herankommens der Heiden enthält. Doch als Licht zur Erleuchtung der Heiden und überdieß als künftiger Schmerz für seine Mutter, mithin als leidender Messias, wird Jesus auch in der Kindheitsgeschichte bei Lucas bezeichnet (2, 32. 34 fg.), und indem dieser den Tagen des Judenkönigs Herodes (1, 5), die zur Bezeichnung der Geburtszeit Jesu herkömmlich waren (vgl. Matth. 3, 1), die von dem Weltkaiser Augustus ausgeschriebene allgemeine Schatzung zur Seite stellte (2, 1), und den judaistischen Lobgesängen der Maria und des Zacharias gegenüber die Engel nach der Geburt Jesu der Erde und den Menschen überhaupt Frieden und Wohlgefallen Gottes verkündigen ließ (2, 14), überdieß das in judenchristlichem

---

1) Vgl. meine Abhandlung über das Gleichniß vom fruchtbringenden Acker, in Hilgenfeld's Zeitschrift f. wiss. Theologie, 1863, S. 209 fg.

2) Die Apostelgeschichte nach ihrem Inhalte und Ursprung kritisch untersucht (1854).

Sinne verfaßte Geschlechtsregister Jesu theils zurückschob, theils bis zu Adam und Gott, dem Vater aller Menschen, verlängerte (3, 23—38), glaubte er beiden Parteien genügt, der einen das Ihrige gelassen, der andern das Ihrige gegeben zu haben.

Geht man von diesem Standpunkte aus das Evangelium durch, so wird man sich, wenn man nur nicht im Absichtsuchen zu weit geht, seine Composition durchaus erklären können. Die scheinbaren Widersprüche verschwinden, sobald man sich erinnert, daß ja gerade darin die eigenthümliche Methode des Evangelisten besteht, auch die entgegenstehende Meinung zum Worte kommen zu lassen, daß er sich nicht, wie der Verfasser des vierten Evangeliums, den Mann fühlte, die evangelische Tradition frischweg einzuschmelzen und umzugießen, sondern sich begnügte, durch Auseinandernehmen, Umbiegen und Anschweißen sie in eine andere Gestalt zu bringen. Betrachten wir aus diesem Gesichtspunkte z. B. sein Verfahren mit der Bergrede (6, 20 fg.). Daß sie ihm so, wie sie bei Matthäus vorlag, schon überhaupt schriftstellerisch genommen zu massenhaft erscheinen und von ihm schon deßwegen vertheilt werden mochte, ist bereits erinnert worden. Allein auch ihr wiederholtes ausdrückliches Anknüpfen an das mosaische Gesetz, ja daß sie als Rede vom Berge selbst wie eine zweite sinaitische Gesetzgebung erschien, mochte ihm zuviel sein; daher wurden jene Anknüpfungen beseitigt, die Rede vom Berge in die Ebene verlegt und auch der Zeit nach zurückgestellt, aber Eingang und Schluß, welche dieselbe besonders kenntlich machten, im Wesentlichen unangetastet gelassen, obwohl der Evangelist bei Wiedergebung des ersteren sich mehr an eine andere Quelle, die ihm neben Matthäus vorlag, gehalten zu haben scheint. Die Versicherung Jesu freilich (Matth. 5, 17), nicht zur Auflösung, sondern zur Erfüllung des Gesetzes gekommen zu sein, ließ er weg; den Spruch aber, daß eher Himmel und Erde als ein Buchstabe des Gesetzes vergehen werde, hat er, wenn auch die Eintragung „der Worte Jesu“ statt „des Gesetzes“ erst eine Aenderung Marcion's sein sollte, wenigstens aus dem Zusammenhang der Bergrede herausgenommen und in einer wahren Rumpelkammer durcheinandergeworfener Redetrümmer untergebracht, wo nicht gar absichtlich zwischen zwei Sprüche eingeklemmt, die das Gesetz — der eine als antiquirt, der andere als verbesserungsfähig bezeichnen (16, 17). Ebendaselbst findet sich nämlich ein anderer Spruch mit einer merkwürdigen Veränderung aufgehoben. Bei Matthäus (11, 12) sagt Jesus: „von den Tagen Johannes des Täufers bis jetzt wird dem Himmelreich Gewalt angethan, und Gewaltthätige rauben es“. Dieser räthselhafte Spruch ließ eine Deutung gegen Paulus zu; darum vielleicht gab ihm Lucas die Fassung: „Von da an wird das Gottesreich gepredigt und jeder (wie in dem Gleichniß vom Gastmahl die Leute von den Wegen und Zäunen, d. h. die Heiden, Luc. 14, 23) in dasselbe genöthigt.“ So war auch der Spruch der Bergrede von den Herrherrsagern, die sich an enem Tage auf ihr Prophezeien, Teufelaustreiben und Wunderthun im Namen Jesu berufen, von diesem aber als Thäter der Ungesetzlichkeit, von denen er nichts wisse, werden zurückgewiesen werden (Matth. 7, 21—23), von dem judenchristlichen Verfasser dieser Aufzeichnung wahrscheinlich gegen den gesetzesfeindlichen Paulinismus gemünzt. Sehen wir nun aber, wie Lucas diesen Spruch in einem andern Zusammenhange (13, 24 fg.) so wiedergibt: die Juden werden sich an jenem Tage darauf berufen, daß sie vor Jesu gegessen und getrunken, und er auf ihren Straßen gelehrt habe, dessenungeachtet aber von ihm als Thäter (zwar nicht der Ungesetzlichkeit, doch) der Ungerechtigkeit zurückgewiesen werden und in lautes Wehklagen ausbrechen, wenn sie Leute von Abend und Morgen, von Mitternacht und Mittag kommen und mit Abraham, Isaak und Jakob zu Tische sitzen, sich aber hinausgeworfen sehen: so bemerken wir, wie geschickt Lucas einen judenchristlich-antipaulinischen Spruch in's paulinisch-antijüdische umzukehren gewußt hat. [1])

Bei diesem Verfahren konnte der Verfasser selbst mit Stoffen aus einer Quelle fertig werden, die eine noch schroffere judaistische Richtung hatte als Matthäus. Daß ihm eine solche vorgelegen haben muß, geht schon aus demjenigen hervor, was über die Seligpreisungen zu Anfang der Bergrede früher gesagt worden ist. Die Armen und Hungrigen als solche schon selig zu preisen und als Erben der künftigen Glückseligkeit darzustellen, und umgekehrt die Reichen zu verdammen, war die Lehre der sogenannten Ebioniten, d. h. der alten essenischen Judenchristen, die (wie Lucas 4, 6) den Teufel als Herrn dieser Welt Christus als dem Herrn der künftigen so schroff gegenüberstellten, daß sie jede Betheiligung an den Gütern dieser Teufelswelt als Selbstausschließung von den Gütern der andern, dagegen Mangel und Leiden in der erstern als die sicherste Anweisung auf die Seligkeit in der letztern betrachteten. Ganz dieselbe Ansicht liegt auch dem Gleichniß vom reichen Mann und armen Lazarus (Luc. 16, 19 fg.) zum Grunde; aber hier sehen wir zugleich, wie der Evangelist durch den Zusatz von V. 27 an dem ganz ebionitisch angelegten Gleichniß zuletzt doch noch eine Wendung gegen die Juden und ihren Unglauben an die Auferstehung Jesu zu geben weiß. Der ausdrücklichere Gegensatz, in welchem bei Lucas Jesus zum Teufel gestellt ist, der nach der Versuchung nur bis zu einer gewissen Zeit von ihm weicht (4, 13), später in den Judas fährt, auch die übrigen Jünger zu sichten begehrt, und in der Stunde der Gefangennehmung Jesu Gewalt hat (22, 3. 31. 53), den jedoch Jesus schon früher wie einen Blitz vom Himmel fallen gesehen hat (10, 18 fg.), und besonders den Dämonen gegenüber seine Macht über ihn beweist — dieser schärfere Gegensatz ist

1) Mit Recht legt Hilgenfeld (Die Evangelien, S. 194) gerade auf diese Stelle für das Verständniß des Lucas-Evangeliums besonderes Gewicht.

zwar gleichfalls judaistisch, könnte übrigens doch auch zu der eigenen Ueberzeugung des Evangelisten gehört haben, da er zur Steigerung der Vorstellung von Jesu in's Uebermenschliche und selbst Furchtbare nicht wenig beiträgt. Diese Seite an dem Eindruck der Wunder Jesu hebt aber Lucas wiederholt hervor (5, 8. 26. 7, 16. 8, 25. 37); wie denn überhaupt sein Wunderbegriff ein materiellerer (8, 45 fg.), die Wundergeschichten bei ihm greller und augenfälliger ausgemalt sind als bei Matthäus.

Sind die bisherigen Beobachtungen richtig, so muß Lucas im Verhältniß zu Matthäus der spätere Evangelist sein; daß er es aber ist, läßt sich auch unabhängig von dem Bisherigen beweisen. Wenn im Eingang der großen eschatologischen Rede bei Matthäus (24, 3) die Frage der Jünger an Jesum lautet: „wann wird dieß geschehen, und welches ist das Zeichen deiner Wiederkunft und des Endes der Welt?" so fragen sie nach zwei Punkten, der Zerstörung des Tempels zu Jerusalem, von der Jesus so eben gesprochen hatte, und der Wiederkunft Christi zur Abschließung der gegenwärtigen Weltperiode, welche beide sie sich in unmittelbarem Zusammenhange denken. Statt dessen läßt Lucas (21, 7) sie tautologisch so fragen: „wann wird dieß sein, und was ist das Zeichen, wann dieß (nämlich die so eben von ihm vorhergesagte Zerstörung des Tempels) geschehen wird?" wobei also der Punkt von der Wiederkunft ganz fallen gelassen ist; offenbar weil der Verfasser durch den Erfolg belehrt war, daß die Zerstörung des Tempels und die Wiederkunft Christi sammt dem Weltende nicht so unmittelbar, wie noch der Verfasser des ersten Evangeliums geglaubt hatte, zusammenhingen. Damit stimmt auch die Art, wie beide Evangelisten in der folgenden Rede Jesu den Uebergang von der Schilderung des einen Ereignisses zu der des andern machen. Bei Matthäus heißt es (V. 29): alsbald nach der Bedrängniß jener (Zerstörungs-) Tage werde die Sonne sich verfinstern und sofort das Zeichen des Menschensohns am Himmel erscheinen; er hat sich also die Zwischenzeit zwischen beiden Ereignissen nur als eine kurze gedacht. Dagegen hat Lucas an derselben Stelle (V. 24 fg.) nicht nur das „alsbald" abgeworfen, sondern auch Jesu die Vorhersagung in den Mund gelegt, Jerusalem werde von den Heiden zertreten werden, bis die Zeiten der Heiden erfüllt seien; er hatte also seit der Zerstörung Jerusalems schon eine längere Zeit verfließen sehen, als der Verfasser des Matthäus-Evangeliums, er muß mithin das seinige um ein Ziemliches später (obwohl immer noch vor dem Judenaufstand unter Hadrian, 135, von dem sich sonst wohl eine Spur in seiner Darstellung finden würde) geschrieben haben.

Da das Evangelium hienach in eine Zeit gehört, in welcher schwerlich mehr ein Gefährte des Paulus lebte und Bücher verfassen konnte, so fragt sich, wie man dazu kam, es in der Person des Lucas einem solchen zuzuschreiben. Die Veranlassung dazu lag in der Apostelgeschichte; denn in diesem zweiten Theile seines Werkes tritt der Erzähler stellenweise als ein Begleiter des Paulus auf (16, 10—17. 20, 5—15. 21, 1—18. 27, 1—28, 16). Da diese Begleiterschaft bis Rom geht, in den angeblich aus der römischen Gefangenschaft geschriebenen Briefen des Paulus aber unter Andern auch Lucas als sein treuer Gehülfe erscheint (Kol. 4, 14. 2 Tim. 4, 11. Philem. 24), so hat man angenommen, daß eben Lucas jener Begleiter, und daß der Begleiter zugleich Verfasser der beiden Werke, des Evangeliums und der Apostelgeschichte, sei. Allein wenn von diesen beiden Annahmen die erstere, selbst abgesehen von der mehr als zweifelhaften Aechtheit der Briefe Pauli aus der Gefangenschaft, deßhalb willkürlich ist, weil, wie angegeben, Lucas keineswegs der einzige ist, der in denselben in der Umgebung des Apostels erscheint, so beruht die andere Annahme auf dem falschen Schlusse, daß der Erzähler, der in einigen Stellen der Apostelgeschichte sich und den Apostel Paulus durch „wir" zusammenfaßt, zugleich der Verfasser des ganzen Werkes sein müsse. Nicht einmal für den zweiten Theil, die Apostelgeschichte, folgt dieß; im Gegentheil müßte, wenn der in jenen Stellen Redende zugleich der Verfasser des Ganzen wäre, er uns nothwendig auch Auskunft darüber geben, wo er jedesmal her- und wo er wieder hinkommt: das seltsame Hervorspringen und Wiederverschwinden des „wir" erklärt sich vielmehr nur unter der Voraussetzung, daß der spätere Verfasser Stellen aus der Denkschrift eines Begleiters Pauli, dessen Namen wir aber nicht erfahren, auf eine freilich nicht sehr kunstmäßige Weise in seine Erzählung verarbeitet hat. Was den Ort der Abfassung betrifft, so kann der in Rom ausmündende Schluß der Apostelgeschichte, wie die Tendenz, die Gegensätze der judenchristlichen und der paulinischen Richtung in der Einheit der Kirche auszugleichen, ebenso nach jener Welthauptstadt zu weisen scheinen, als die ausführliche Schilderung der kleinasiatischen Missionsthätigkeit des Paulus und ein gewisser hellenistischer Geist nach Kleinasien; auf eine Oertlichkeit außerhalb Palästina und einen dem engherzigen Judenchristenthum entwachsenen Kreis finden wir uns jedenfalls hingewiesen.

21.

Das Marcus-Evangelium.

Eine der schwierigsten Fragen der neutestamentlichen Kritik ist die nach der Stellung des Marcus-Evangeliums; weßwegen es denn auch keine gibt, die ihm nicht auch neuerlich wieder wäre angewiesen worden.[1]) Von der

1) Ueber dieses Evangelium im Besondern vgl. Hilgenfeld, Das Marcus-Evangelium, 1850; Baur, Das Marcus-Evangelium, 1850; Hilgenfeld, Neue Untersuchung über das Marcus-Evangelium, Theol. Jahrbücher, 1852, S. 108 fg., 259 fg.; Baur, Rückblick auf die neuesten Untersuchungen über das Marcus-Evangelium, Theol. Jahrbücher, 1853, S. 54 fg.

Ansicht, die es als das Urevangelium faßt, glauben wir hiebei absehen zu dürfen, da sie durch das Zugeständniß ihrer Verfechter, daß wir dieses Urevangelium in unserem jetzigen Marcus nicht mehr in seiner Urgestalt, sondern vielfach interpolirt, wohl auch überdieß verkürzt besitzen, sich selbst aufhebt, und wir, „den Schmelz der frischen Blume“ in diesem Evangelium zu erkennen, demselben Geisterprüfer überlassen müssen, der in dem ehrwürdigen F. Chr. Baur den C. F. Bahrdt des neunzehnten Jahrhunderts, in dem scharfen Logiker Reimarus einen verworrenen Kopf erkannt hat. Näher scheint uns Schwegler [1]) zum Ziel zu treffen, wenn er den Text des Marcus in Vergleichung mit dem des Matthäus einen flachen, charakterlos abgeschliffenen nennt, und Köstlin [2]), wenn er sagt, das zweite Evangelium gehöre einem späteren Stadium der evangelischen Geschichtschreibung an, und verhalte sich insbesondere zum ersten, wie in allen Literaturen die ihrer Grundlage nach prosaischen, eben darum aber im Einzelnen nach schlagendem Ausdruck und blumiger Schilderung haschenden Erzeugnisse späterer Perioden zu den klassischen Producten der älteren Zeit sich verhalten.

Schon Schleiermacher [3]) hat darauf aufmerksam gemacht, wie dieser Evangelist ein Bestreben nach Lebhaftigkeit und sinnlicher Anschaulichkeit in der Erzählung an den Tag lege, das etwas sehr Gesuchtes habe. Damit hänge eine gewisse Uebertreibung in der Darstellung zusammen, die hie und da an's Unnatürliche gränze, ein Hereinbringen von Gemüthsbewegungen, die keinen Anlaß haben, ein Veranstalten von Zusammenläufen des Volks, man wisse nicht, woher es komme; ferner eine Sucht, die Sachen mysteriös darzustellen, wohin Schleiermacher außer dem Besondersnehmen der Kranken auch die Manipulationen und die Anwendung sinnlicher Mittel bei den Wunderheilungen Jesu rechnet, die man nur mit Unrecht zu Gunsten der natürlichen Erklärung auslegen könne. Diese Bemühung um Anschaulichkeit, aber mit unzureichenden Mitteln, dieses Streben nach Vergrößerung und künstlicher Schönheit, betrachtete Schleiermacher als ein Zeichen, daß das Marcus-Evangelium mehr überarbeitet sei, als die beiden andern synoptischen Evangelien, ja er schrieb ihm mit Rücksicht darauf, wenn auch nur formell, eine Annäherung an den apokryphischen Charakter zu.

Jeder unbefangene Leser des Marcus wird diese Beobachtungen bestätigen müssen und mit eigenen noch vermehren können. Die Reflexion des späteren Schriftstellers zeigt sich auch in dem Bestreben, das von seinen Vorgängern einfach Hingestellte zu motiviren; wobei Marcus noch dazu öfters fehlgreift, wie bei der Begründung der Unfruchtbarkeit des Feigen-

1) Die Hypothese vom schöpferischen Urevangelisten, in Zeller's Theol. Jahrbüchern, 1843, S. 217.

2) Der Ursprung und die Composition der synoptischen Evangelien, S. 328.

3) Einleitung in das Neue Testament, S. 313.

baums (11, 13), oder der irren Rede des Petrus bei der Verklärung (9, 6). Auch das ist spätere Grübelei, daß er bisweilen die Wunder, wie das Verdorren des Feigenbaums, die Heilung des Blinden bei Bethsaida (8, 24 fg.), dadurch anschaulicher zu machen sucht, daß er sie als etwas Successives darstellt; da doch das Wunder als Erweis der durch das bloße Wort schaffenden Gotteskraft nur als etwas Plötzliches zu denken ist, und von der ursprünglichen Wundererzählung auch immer so dargestellt wird. Wie nüchtern und kümmerlich ferner sucht Marcus so manches kühne Wort der älteren Evangelien einzuschränken. Verbot Jesus bei Matthäus seinen Jüngern, auf ihrer Missionsreise Ranzen, Stab und Schuhe mitzunehmen, so schien dem Marcus der Stab unerläßlich, und statt der Schuhe gestattet er wenigstens Sandalen (6, 8 fg.). Läßt Matthäus die Jünger einmal bei der Ueberfahrt über den See vergessen, Brod mitzunehmen, so ist ihm das der Unbedachtsamkeit zuviel und er läßt sie wenigstens Ein Brod, aber mehr nicht, im Schiffe haben (8, 14). Umgekehrt war ihm der dreimaligen Verläugnung Petri gegenüber das einmalige Krähen des Hahns zu wenig und er künstelt ein zweimaliges heraus (14, 72).

So sehr sich hiedurch Marcus im Allgemeinen als einen späteren Schriftsteller zu erkennen gibt, so ist doch der Beweis, daß er den Matthäus als früheren voraussetzt, bei weitem leichter zu führen, als daß er auch den Lucas schon vor sich hatte. Wenn Matthäus den Anstoß der Pharisäer an dem Unterlassen der Händewaschung von Seiten der Jünger Jesu ohne weiteres Vorwort berichtet (15, 1 fg.), Marcus hingegen (7, 1 fg.) ein Langes und Breites über die Sitten der Juden in dieser Hinsicht vorauszuschicken nöthig findet, so wird jeder sagen: das Letztere, besonders in der trocken antiquarischen Art, wie es geschieht, weist auf eine spätere Zeit. Oder wollte einer ausweichend meinen, es weise nur auf einen von Palästina entfernten Abfassungs- oder Bestimmungsort des Evangeliums, so nehme man Stellen, wie Marc. 9, 1, vergl. mit Matth. 16, 28. Warum läßt hier Marcus (und fast ebenso auch Lucas 9, 27) nicht wie Matthäus Jesum sagen, es seien etliche unter den hier Stehenden, die den Tod nicht schmecken werden, bis sie den Sohn des Menschen in seinem Reiche kommen sehen; sondern nur: bis sie das Reich Gottes mit Macht gekommen sehen? Offenbar weil inzwischen die Generation der Zeitgenossen Jesu ausgestorben, und er persönlich nicht, wohl aber sein Reich in der Ausbreitung und Befestigung der christlichen Kirche gekommen war. Und warum läßt Marcus, und er allein, Jesum seine Mahnung an die Jünger, wachsam zu sein, da sie nicht wissen können, in welchem Zeitpunkt er kommen werde, mit den Worten beschließen: „Was ich aber euch sage, das sage ich Allen: wachet!“ (13, 37), als um jene Ermahnung, die, nur auf die Jünger bezogen, eitel zu sein schien, weil ihrer keiner die Wiederkunft Christi erlebt hatte, dadurch in Kraft zu erhalten, daß sie auf alle damals und später lebenden Christen erweitert wurde? Endlich, wenn wir in der großen eschatologischen Rede bei Matthäus (24, 20) lesen: „Betet aber, daß eure Flucht (aus dem belagerten Jerusalem) nicht geschehe im Winter oder am Sabbat"; bei Marcus dagegen (13, 18) die letzteren Worte weggelassen finden, so sehen wir ja augenscheinlich, wie in der Zwischenzeit zwischen der Abfassung des ersten und des zweiten Evangeliums der Sabbat in der christlichen Gemeinde an Bedeutung verloren hatte.

Das Verhältniß zu Lucas betreffend, könnte sich der Umstand, daß dem Marcus fast alle die Stücke fehlen, die jenem im Unterschiede von Matthäus eigen sind, leichter zu erklären scheinen, wenn man annimmt, Marcus seinerseits habe nur den Matthäus vor sich gehabt und von den reichen Zugaben, die erst später Lucas brachte, nichts gewußt; da sich kein Grund will denken lassen, warum er sie, wenn sie ihm vorlagen, verschmäht haben sollte. Allein einerseits findet sich Einzelnes von demjenigen, das nur Lucas, nicht aber Matthäus hat, doch bei Marcus auch, und andererseits hat er auch von dem, was ihm bei Matthäus vorlag, Manches weggelassen; hat er hiezu seine Gründe gehabt, so kann man sich auch solche denken, warum er noch weit Mehreres bei Lucas unberührt ließ.

Sehen wir uns nach bestimmteren Beweisen um, so ist die entscheidende Frage die, ob sich Stellen finden, wo sich das Verhältniß zwischen Marcus und Lucas nur aus der Voraussetzung, daß ersterer den letzteren benützt habe, erklären läßt, während es bei der umgekehrten Annahme unerklärlich bliebe. So werden von der Art, wie Marcus die Versuchungsgeschichte erzählt (1, 13), wohl die Meisten zugeben, daß ein so verworrener und für sich unverständlicher Bericht sich nur erklären läßt aus dem Hinblick des Verfassers auf einen ausführlicheren, den er eilfertig in's Kurze brachte, indem er noch den abenteuerlichen Zug von den Thieren hinzufügte. Dieß nur als Beispiel, wie überhaupt zum Behufe des zu führenden Beweises zwei Berichte sich verhalten müssen; denn hier ist der von Marcus benützte, wie die Engelaufwartung am Schlusse verräth, offenbar der des Matthäus. Aber ein ganz entsprechendes Verhältniß zwischen Marcus und Lucas findet sich in der Auferstehungsgeschichte. Wenn hier Marcus (16, 12) sagt: „Nach diesem aber erschien er zweien von ihnen unterwegs in anderer Gestalt, da sie über Feld gingen", so wird Niemand die Geschichte von den Emmauntischen Jüngern bei Lucas (24, 13 fg.), aber auch schwerlich Jemand das verkennen, daß diese so kurz und nichtssagend ursprünglich nicht berichtet werden konnte, sondern nur im Rückblick auf die bedeutsame Ausführung bei Lucas. Aehnlich verhält es sich mit der Schlußverheißung Jesu (16, 17), wo Erzählungen der Apostelgeschichte, insbesondere Kap. 2, 28, 3 fg., vorausgesetzt scheinen; doch weil diese Beispiele aus einem Abschnitt des Marcus-Evangeliums genommen sind, dessen Aechtheit beanstandet ist, so reichen sie für sich zum Beweise nicht aus.

Nun gibt es aber verschiedene Fälle, wo in dem Ausdruck des Marcus sich theils eine Rücksicht auf Lucas allein, theils auf Matthäus und Lucas zugleich zu verrathen scheint. Wenn Marcus seinen Apostelkatalog (3, 14 fg.) so anfängt: „Und er bestellte zwölfe, daß sie mit ihm seien, und daß er sie aussendete, zu predigen und die Krankheiten zu heilen und die bösen Geister auszutreiben, und er legte dem Simon den Namen Petrus bei, und Jakobus, den Sohn des Zebedäus, und Johannes, den Bruder des Jakobus", so erklären sich diese Accusative doch nicht sowohl aus den entfernten Zeitwörtern: er bestellte und sandte aus, als aus der Rücksicht auf eine Quelle, die von Anfang an alle Apostelnamen im Accusativ aufführte, und dieß ist der Katalog bei Lucas (6, 14 fg.). In anderen Fällen erscheint der Ausdruck des Marcus aus den Worten der beiden andern Synoptiker zusammengesetzt. So läßt Matthäus (3, 11) den Täufer sprechen: „Der nach mir kommt, ist stärker als ich, dem ich nicht werth bin, die Schuhe zu tragen." Bei Lucas (3, 16) sagt er: „Es kommt ein Stärkerer als ich (aber nicht: nach mir), dem ich nicht werth bin, den Schuhriemen aufzulösen." Lesen wir nun bei Marcus (1, 7): „Es kommt ein Stärkerer als ich nach mir, dem ich nicht werth bin, mich bückend, den Schuhriemen aufzulösen", so sehen wir, er hat aus Lucas die Satzform: es kommt ein Stärkerer, aus Matthäus das: nach mir, das Schuhriemenauflösen statt des Schuhetragens wieder von Lucas genommen, das Bücken aber als zierliche Veranschaulichung aus seinem Eigenen hinzugefügt. So erklärt ein andermal bei Matthäus (14, 1 fg.) Herodes Jesum für den wiedererweckten Täufer, und leitet daher die in ihm wirkenden Wunderkräfte ab, von einer Meinung des Volks aber ist nicht die Rede. Bei Lucas (9, 7 fg.) umgekehrt ist es das Volk, das unter andern auch diese Meinung hat; Herodes aber sagt hier nur, den Johannes habe er enthauptet, wer denn nun dieser sei, von dem er dergleichen höre? äußert also keine bestimmte Meinung über ihn. Nun aber Marcus (6, 14 fg.) läßt zuerst den Herodes ganz wie Matthäus für sich sagen, das sei der wiedererweckte Täufer, und darum wirken diese Kräfte in ihm; dann werden, ganz wie bei Lucas, die verschiedenen Urtheile des Volks angeführt, und Herodes erinnert sich der Enthauptung des Täufers, aber nicht, um, wie bei Lucas, eine Frage, sondern die bestimmte Aeußerung, daß es der wiedererweckte Täufer sei, daran zu hängen, die er ja aber bei Marcus (wie bei Matthäus) schon Anfangs gethan hatte, die sich also in seiner Darstellung ganz müßig wiederholt. Hier würde Marcus nicht so angefangen haben, wenn er nicht den Matthäus, nicht so fortgefahren sein, wenn er nicht den Lucas, und nicht so geschlossen haben, wenn er nicht abermals den Matthäus vor sich gehabt hätte. Ein ähnliches Zusammenlesen des Ausdrucks wird man bei dem Abendwerden (1, 34), bei der Heilung des Aussätzigen (1, 42) und sonst noch öfters finden; wogegen freilich in der

Einleitung der Versuchungsgeschichte bei Lucas (4, 1 fg.) die Verbindung einer vierzigtägigen Dauer der Versuchung mit den drei einzelnen, nachher eintretenden Versuchungsacten umgekehrt als Beweis einer doppelten Abhängigkeit des dritten Evangelisten von dem ersten und zweiten angeführt wird, den indeß die Ungewißheit der Lesart und der Construction unsicher macht.

Dazu kommt endlich eine Reihe kleiner Zusätze, die lediglich den Zweck haben, der Darstellung eine frischere Farbe zu geben, wie „mich bückend", 1, 7; „sich rings umschauend", 3, 34. 10, 23; „sich mit Zorn umschauend", 3, 5; „ihn liebevoll anblickend", 10, 21; „aufseufzend", 7, 12. 34; „mitleidsvoll", 1, 41; „sie umarmend", 9, 36. 10, 16 u. dgl.; Zusätze, die bei den beiden andern Synoptikern fehlen. Fragt man nun, was wahrscheinlicher ist, daß nicht allein Matthäus, sondern ganz ebenso auch Lucas, soweit er die entsprechenden Erzählungen hat, diese Züge bei Marcus vorgefunden, aber abgelehnt, oder daß Marcus dieselben gleichsam als Schönpflästerchen seiner Darstellung aufgeklebt habe? so wird, wer sonst unbefangen ist, sich wohl immer für das Letztere entscheiden.

Fragen wir, wenn somit Marcus, wie uns immer noch das Wahrscheinlichste ist, sein Evangelium aus den beiden andern zusammengearbeitet hat, was er für einen Zweck bei solcher Arbeit gehabt haben möge? so zeigt für's Erste der Augenschein, daß es ihm um Abkürzung, um eine Schrift von geringerem Umfang als die beiden andern Evangelien zu thun war. Dazu kam noch ein Weiteres. Die Abweichungen des Matthäus und Lucas, sagt Gfrörer [1]) nicht uneben, waren, besonders bei dem kirchlichen Gebrauche beider Evangelien, höchst unbequem, daher der Gedanke eines Christen, was ihm in beiden das Wesentliche schien, in einer dritten aus beiden geschöpften Arbeit kurz zusammenzustellen. Bedenken wir nun aber, in welchen Kreisen der Kirche Matthäus, und in welchen Lucas vorzugsweise gelesen werden mochte, so bestimmt sich jener Zweck des Marcus näher dahin, ein Evangelium zu liefern, das beiden Theilen, Juden- wie Heidenchristen, genug thun könnte. Scheint hiedurch die Tendenz des zweiten Evangeliums mit der des dritten zusammenzufallen, so stellt sich doch bei näherer Betrachtung der Unterschied heraus, daß, was Lucas mehr durch Hinzufügen und Gegenüberstellen, Marcus mehr durch Ausweichen und Weglassen zu erreichen sucht; wonach man auch schon ihre beiderseitigen Zwecke so unterscheiden könnte, daß Lucas sich vorgesetzt habe, paulinischen Ideen einen Zugang zu öffnen, ohne das Judenchristenthum zu beleidigen, Marcus dagegen mehr nur negativ, das Evangelium so vorzutragen, daß keiner von beiden Parteien zu nahe gethan würde. Daher vermeidet er alles Extreme, was einer oder der andern Partei zum Anstoß oder auch zum Schlagwort dienen konnte; geht

---

1) Die heilige Sage, II, 124.

allen den Streitfragen, die bis gegen die Mitte des zweiten Jahrhunderts die Kirche bewegten, aus dem Wege. Schon daß er die Geburts- und Kindheitsgeschichte Jesu wegließ, hat ohne Zweifel diesen Grund. Da war das Geschlechtsregister, woran sich die Judenchristen vom alten Schlage so besonders erbauten, aber gewisse Parteien unter denselben, wie wir aus den clementinischen Homilien sehen, aus Widerwillen gegen den Kriegs- und Weibermann David auch ärgerten, während die Heidenchristen kein Interesse dafür hatten; da war die Geschichte von der übernatürlichen Erzeugung Jesu, die den Heidenchristen nach dem Sinne sein mochte, aber von einem Theil der Judenchristen, wie auch von den alten Gnostikern Cerinth und Karpokrates, bestritten wurde; da war die Erzählung von den morgenländischen Sterndeutern und der Flucht des Messiaskindes in das Götzen- und Zauberland Aegypten, woran gleichfalls Anstoß genommen werden konnte. Und wenn auf der andern Seite Marcion weiter ging und aus seinem Evangelium auch noch den Abschnitt vom Täufer Johannes, der Taufe und Versuchung Jesu strich, so ist es, als hätte unser Evangelist in die richtige Mitte treten wollen, indem er nach der Kindheitsgeschichte, aber vor dem Abschnitt vom Täufer seinen Gränzpfahl einschlug mit den Worten (1, 1): (Hier ist der rechte) „Anfang des Evangeliums von Jesus Christus, dem Sohne Gottes.“

Und von hier an ist es nun wie in einem Rechnungsansatze, wo auf beiden Seiten die gleichen Größen gestrichen werden, daß allemal einem ausgelassenen judaistischen Zuge gegenüber auch ein universalistischer preisgegeben wird. So hat Marcus auf der einen Seite die Versicherung Jesu von der unverbrüchlichen Fortdauer des Gesetzes, sein Verbot an die Jünger, sich zu Heiden und Samaritern zu wenden, die Verheißung, daß sie einst auf zwölf Stühlen über die zwölf Stämme Israel's zu Gericht sitzen sollen, die Seligpreisung und Erhebung des Petrus, den Gefühlen der Heidenchristen zum Opfer gebracht; aber ebenso zur Schonung der Christen aus den Juden in der Rede des Täufers (1, 7 fg.) das harte Wort, daß Gott aus Steinen dem Abraham Kinder hervorrufen könne, bei dem Gleichniß von den Weingärtnern (13, 9), die ausdrückliche Anwendung auf die Juden, von denen das Reich Gottes werde genommen werden, dann, um ihrer gleichfalls mit Ausschließung der Juden und Berufung der Heiden drohenden Schlußwendung willen (Matth. 8, 12), die ganze Geschichte vom Hauptmann von Kapernaum, ohnehin aber den erweiterten Reisebericht bei Lucas mit seinen paulinisirenden Stücken, wie dem Gleichniß vom verlorenen Sohne, den Erzählungen vom barmherzigen und vom dankbaren Samariter, bei Seite gelassen. Dazwischen sehen wir ihn wohl einmal, wie dieß bei so verwandter Absicht natürlich ist, mit Lucas die Rolle tauschen. Während dieser, der sonst durch Umbiegen oder Umstellen zu helfen weiß, die Geschichte vom kananäischen Weibe um der Erklärung Jesu willen, nur für das Haus Israel gesandt zu sein, sowie wegen der Vergleichung der Heiden mit Hunden, lieber ganz wegläßt, sucht dießmal Marcus die Erzählung dadurch zu erhalten, daß er jene Erklärung Jesu streicht, vor der Stelle mit den Hunden aber die mildernden Worte einschiebt, man solle nur wenigstens vorher, ehe man ihnen gebe, die Kinder sich sättigen, d. h. die Juden zu dem messianischen Heile berufen werden lassen; ehe hiefür alles Mögliche geschehen, sei es unrecht, den Hunden zu geben, d. h. Heiden in das Messiasreich zuzulassen. Diesem Vortrittsrechte der Juden, konnte nämlich der Evangelist denken, sei nun lange genug Rechnung getragen worden, und daher von jetzt an die Aufnahme der Heiden nicht mehr füglich zu beanstanden.

Mit dem Verkürzungszweck und der Tendenz, allem Streitigen auszuweichen, hängt zwar einerseits auch das zusammen, daß Marcus alle längeren Reden entweder wegläßt, wie die Bergrede, oder, wie die Instructionsrede, die Reden gegen die Pharisäer und von den letzten Dingen, sehr ins Kurze zieht; da in diesen Reden, wie namentlich in der Bergrede, zum Theil eben jene Principienfragen zur Sprache kommen, an welche der Streit der Parteien sich knüpfte. Noch weit mehr jedoch ist hierin das Zeichen einer späteren Zeit zu erkennen, der in Bezug auf Jesum bereits die Geschichte, begreiflich vorzugsweise als Wundergeschichte, wichtiger geworden war als die Lehre. Daß Anfangs, nachdem man überhaupt begonnen hatte, auf das Einzelne des Lebens und Wirkens Jesu zu reflectiren, seine gehaltvollen Reden als die Hauptsache galten, sehen wir schon aus der Art, wie, unserer früheren Ausführung zufolge, Papias den Ausdruck: Herrnsprüche, geradehin zur Bezeichnung einer Evangelienschrift gebrauchte. So fällt bei Matthäus der Schwerpunkt seiner Darstellung in das Redeelement; auch bei Lucas, mag er immerhin durch seine Zertheilung der größeren Redemassen ein gewisses Gleichgewicht zwischen Reden und Thatsachen erstreben, ist doch das Verhältniß im Ganzen noch unverändert; erst Marcus zeigt durch die Art, wie er die längeren Reden verkürzt, aber die Erzählungen, besonders die Wundergeschichten, durch Ausmalung verlängert, daß ihm an den letzteren mehr als an den ersteren gelegen ist. Daß in dem spätesten unserer Evangelien, dem johanneischen, das Uebergewicht von Neuem auf die Seite des Redeelements fällt, hat in dem Eintritt eines neuen dogmatischen Standpunktes seinen Grund, der in zusammenhängenden Lehrreden auseinandergesetzt sein wollte. Dagegen reichten für den Zweck des Marcus kürzere Sprüche, in Verbindung mit dem Auftreten Jesu als Wunderthäter, aus. Während er daher den Eindruck, den Jesus als solcher sowohl auf das Volk als auf die Jünger macht, mindestens ebenso grell hervorhebt, wie Lucas; steigert er die Wundererzählungen selbst theils noch mehr als dieser, indem er namentlich auch die wunderwirkenden Worte Jesu, wie Zauberformeln, in der aramäischen Ursprache wiederzugeben liebt (5, 41. 7, 34)[1]), theils be-

1) Daß Renan hierin umgekehrt ein Zeichen von Ursprünglichkeit sieht, erscheint

richtet er von zwei Wunderheilungen, die sich bei den Andern nicht finden, und beide das gemein haben, daß Jesus den Kranken abseits vom Volke nimmt und Speichel anwendet (7, 31 fg. 8, 22 fg.).

Fragt man nach den Quellen dieser und einiger andern eigenthümlichen Züge bei Marcus, so könnten die beiden Heilungsgeschichten von ihm aus Matthäus (9, 32. 12, 22) herausgesponnen und nach seinen eigenen Wunderbegriffen ausgemalt sein. Sonst hat er noch allerlei Namen von Orten und Personen eigen, wie den schon öfter erwähnten Beinamen für die beiden Söhne des Zebedäus, den Vaternamen des Zöllners Levi, von dem Blinden zu Jericho gar Namen und Vatersnamen mit einander, von dem Kreuzträger Simon von Cyrene die Namen seiner beiden Söhne; endlich bei der Gefangennehmung Jesu die Notiz von dem nackt fliehenden Jüngling. Ob er diese Züge einer oder mehreren schriftlichen Quellen, ob mündlicher Ueberlieferung oder nur seiner eigenen Combination und Phantasie verdanke, darüber läßt sich nichts Sicheres aufstellen, auch kann das einemal dieses, das anderemal jenes der Fall gewesen sein.

Ganz übersehen dürfen wir doch das Verhältniß nicht, in welchem das Marcus-Evangelium zum johanneischen erscheint. Der Natur der Sache nach haben zwar auch die beiden andern Synoptiker mit diesem Evangelium gewisse Berührungspunkte, theils in Erzählungen, theils in einzelnen Aussprüchen Jesu; gerade zwischen Marcus und Johannes aber ist an etlichen Stellen das Zusammentreffen ein so genaues, daß man darin einen Beweis für die Abhängigkeit des Einen von dem Andern, apologetischerseits begreiflich des Marcus von Johannes, gesehen hat. Nimmt man alle die Stellen, die hier in Betracht kommen können, zusammen, so wird allerdings in hohem Grade wahrscheinlich, daß der Eine den Andern vor Augen gehabt hat; aber welcher welchen, das wird sich doch immer nur aus der allgemeinen Vorstellung heraus entscheiden lassen, die ein Jeder von dem Ursprung und dem Verhältniß der beiden Evangelien sich gebildet hat. In der Erzählung vom Gichtbrüchigen bei Marcus (2, 9. 12) und von dem Kranken am Teiche Bethesda bei Johannes (5, 9) finden wir, unter lauter verschiedenen Umständen, die Anrede Jesu: „Stehe auf, nimm deine Lagerstatt und wandle!“ gerade nur in diesen beiden Evangelien, bis auf das nicht eben gewöhnliche Wort, mit welchem das Lager bezeichnet ist, übereinstimmend; aber welcher von beiden Berichten hier, wenn man nicht die denkwürdige Rede in der Ueberlieferung aufbewahrt sich vorstellen will, der frühere sein soll, läßt sich den Worten an sich nicht wohl ansehen. In der Speisungsgeschichte haben Marcus (6, 37) und Johannes (6, 7), und nur sie, die 200 Denare, und ebenso in der bethanischen Salbungsgeschichte nur sie die 300 Denare ge-

---

uns als ein großer Mißgriff. Richtiger auch hierin Eichthal, Les évangiles, 1, 67, Note.

meinsam, welche dort um genügende Nahrungsmittel hätten ausgegeben werden müssen, hier für die Salbe hätten erlöst werden können; wozu in der letzteren Geschichte das Zusammentreffen derselben beiden Evangelisten in einer eigenthümlichen Construction und in einem Worte kommt, das so seltsam ist, daß ein Streit der Erklärer möglich war, ob es „ächt" oder „trinkbar" bedeute (Marcus 14, 3. 5. Johannes 12, 3. 5).[1]) Wenn man hier in Bezug auf das erstere Zusammentreffen auf die Steigerung hingewiesen hat, welche darin liege, daß die bei Marcus zur Anschaffung genügender Nahrungsmittel ausreichend befundenen 200 Denare bei Johannes für unzureichend erklärt werden, Jedem auch nur ein klein wenig Brod zu verschaffen, und in dieser Steigerung ein Zeichen gefunden hat, daß der johanneische Bericht der spätere sei, so hebt sich dieß durch den Umstand wieder auf, daß bei der andern Geschichte gerade umgekehrt Marcus mit den 300 Denaren, wozu Johannes die Salbe anschlägt, nicht zufrieden, sie noch höher verkäuflich achtet. Während etliche weitere Berührungen in der Leidensgeschichte von minderer Erheblichkeit sind, treffen in der Auferstehungsgeschichte Marcus und Johannes in dem Zuge zusammen, daß Jesus zuerst, nicht wie bei Matthäus der Maria Magdalena und der andern Maria, sondern der ersteren allein erscheint (Marc. 16, 9. Joh. 20, 11 fg.). Und wenn wir nun hier mit gleichem Gewichte wägen wollen, wie oben bei der Geschichte von den über Feld gehenden Jüngern, so scheint die kurze Notiz bei Marcus nur als Zusammenfassung der ausführlichen johanneischen Erzählung gefaßt werden zu können. Nun ist zwar hier immer noch der Unterschied, daß von einer so namhaften Person wie Magdalena eine Geschichte, auch noch so kurz erzählt, immer schon etwas bedeutete, wogegen, was zwei namenlosen Jüngern (das sind sie bei Marcus) begegnet war, nur durch die näheren Umstände Gewicht bekam, von denen Marcus zwar eine Andeutung gibt, die jedoch für sich ohne Hinblick auf die ausführlichere Erzählung nicht zu verstehen ist. Doch diese beiden Fälle gehören dem Schlusse des Marcus-Evangeliums an, den sein Fehlen in verschiedenen alten Handschriften kritisch verdächtig macht.

Wie man dazu gekommen, unserem Evangelium gerade den Namen des Marcus vorzusetzen, der in der Apostelgeschichte (12, 12) als Sohn einer dem Petrus befreundeten, zu der ersten Christengemeinde in Jerusalem gehörigen Mutter, später eine Zeitlang als Begleiter des Paulus und Barnabas (12, 25. 15, 37 fg.), hierauf im ersten Briefe des Petrus (5, 14) in der Umgebung dieses Apostels, wahrscheinlich in Rom, erscheint, und von der kirchlichen Ueberlieferung als dessen Dolmetscher bezeichnet wird, läßt sich nach dem Bisherigen leicht erklären. War Paulus unter den Evangelisten

1) Marcus: Ἀλάβαστρον μύρου νάρδου πιστικῆς πολυτελοῦς. Johannes: Λίτραν μύρου νάρδου πιστικῆς πολυτίμου.

durch seinen Lucas vertreten, so durfte dem Petrus eine gleiche Vertretung nicht fehlen, und daß man hiezu gerade den Marcus wählte, ist vielleicht mit Rücksicht auf den neutralen Charakter des Evangeliums geschehen, zu dessen Verfasser ein Mann, der nach einander dem Paulus und Petrus nahe gestanden hatte, ganz besonders zu passen schien. Wie aber die Versöhnung der Parteien, die friedliche Zusammenstellung beider großen Apostelnamen nur so zu Stande kam, daß Petrus dem Paulus vorangestellt wurde, so mußte auch im Kanon der Pauliner dem Petriner den Vorrang lassen, und das Marcus-Evangelium wurde dem des Lucas als das zweite dem dritten vorangestellt. Die Voraussetzung, daß in der Stadt, in der sich die Aussöhnung der streitenden Parteien, die Zusammenstellung der beiden Apostelnamen zur Begründung der Einen katholischen Kirche vollzog, oder doch im römischen Abendlande, auch das Marcus-Evangelium zuerst an's Licht getreten sei, wird noch durch die Latinismen bestätigt, die sich in seinem Griechisch so zahlreich wie in keiner andern Schrift des Neuen Testaments finden.

22.

Vergleichende Würdigung der vier Evangelien.

Fragen wir zum Schlusse dieser einleitenden Untersuchungen über unsere vier Evangelien, welchen Beitrag jedes derselben zur geschichtlichen Kenntniß Jesu, seiner Persönlichkeit, seiner Plane und Schicksale gebe, so fällt, allem Bisherigen nach, das Uebergewicht auf die Seite des Matthäus-Evangeliums. Wir haben allen Grund, anzunehmen, daß es unter den Evangelien dasjenige ist, welches uns das in der ältesten Gemeinde lebende Christusbild in seiner frühesten Gestalt vor Augen bringt.

Nicht als ob es die älteste der neutestamentlichen Schriften wäre; unzweifelhaft älter sind jedenfalls die ächten paulinischen Briefe. Aber Paulus hatte Jesum schwerlich auch nur von Angesicht gekannt, und wenn wir lesen, wie er sich ordentlich etwas darauf zu Gute thut, daß er nach seiner wundervollen Berufung sich im mindesten nicht beeilt, sondern drei ganze Jahre habe verstreichen lassen, ehe er die Bekanntschaft der älteren Apostel suchte (Gal. 1, 17 fg.), von denen allein er doch genauere Nachrichten über das Leben Jesu erwarten konnte, so sehen wir, wie wenig ihm hieran gelegen, wie ihm, dem in ihm aufgegangenen Christus gegenüber, der Christus der älteren Apostel, d. h. aber doch seiner Christusidee gegenüber der historische Christus, nur von untergeordneter Bedeutung war. Es sind nur die allgemein bekannten Thatsachen seines Kreuzestodes und seiner Auferstehung, und außerdem der Einsetzung des Abendmahls, die wir in den Briefen des Paulus als solche ihm durch Ueberlieferung zugekommene Stücke aus dem Leben Jesu aufgeführt finden (1 Kor. 11, 32 fg. 15, 3 fg.). Auch die Offenbarung Johannis ist älter als das Matthäus-Evangelium, aber aus ihr sehen wir vollends, wie die Blicke der ältesten Christengemeinde eine der Rückschau auf den irdischen Wandel Jesu ganz entgegengesetzte Richtung hatten. Je weniger er während seines gewaltsam abgebrochenen Erdenlebens den nationalen Erwartungen, deren selbst seine fähigsten Jünger sich nicht ganz entschlagen konnten, entsprochen hatte, um so ungeduldiger schlugen alle Herzen seiner nahegeglaubten Wiederkunft entgegen, die sich zu der Niedrigkeit seines vergangenen menschlichen Daseins als das glänzende Gegenbild verhalten, alles dort Vermißte reichlich einbringen sollte. Daher ist auch in der Apokalypse nur kurz von Tod und Auferstehung Jesu als den christlichen Grundvoraussetzungen die Rede, während alle Glut der prophetischen Phantasie sich der erwarteten Zukunft entgegenwendet. Es gehörte schon eine gewisse Abkühlung dieser Zukunftserwartungen, ein längeres Ausbleiben der Wiederkehr des Dahingegangenen dazu, bis man sich bewogen fand, einstweilen rückwärts gewendet, als Bürgschaft für das, was kommen sollte, auch schon in dem, was dagewesen war, die Spuren seiner höheren Würde aufzusuchen.

Dabei traf es sich glücklich, daß um die Zeit, als die schriftstellerische Thätigkeit von der Richtung auf die Gegenwart in Briefen und auf die Zukunft in Apokalypsen sich der Vergangenheit des Lebens Jesu und ihrer Darstellung in Evangelien zuwandte, in den Gegenden, wo er gewirkt hatte, noch ein schöner Vorrath seiner unvergeßlichen Reden und Sprüche im Umlauf war, freilich zum Theil schon abgelöst von ihrer ursprünglichen Veranlassung und aufgelöst in ihrem inneren Zusammenhang, hin und wieder auch bereits nach späteren Zeitverhältnissen umgebildet, doch immer noch so, daß sie durchschnittlich das ächte Gepräge des Geistes Jesu trugen. Ein Anderes ist es schon mit den Begebenheiten seines Lebens; von diesen waren, als der Trieb zu evangelischer Schriftstellerei erwachte, augenscheinlich nur noch die allgemeinsten Umrisse im Andenken, die es nun aber um so mehr galt, aus der Vorstellung von Demjenigen heraus, den man mit den Wolken des Himmels erwartete, zu ergänzen und auszuschmücken. Daher die Menge von Wundergeschichten, die nur gleichsam sich verkühlende Schlacken aus dem apokalyptischen Krater sind; daher jene Glanzpunkte, wie die Scenen der Taufe, der Verklärung, der Auferstehung Jesu, wo die künftige Herrlichkeit des vom Himmel her Erwarteten schon durch die niedrige Hülle seines irdischen Lebens hindurchgeschienen haben sollte.

Alles dieses erscheint bei Matthäus in besonderer Ursprünglichkeit, die aber dem Bisherigen zufolge doch immer nur eine relative ist. Denn auch in diesem Evangelium haben wir bereits ein durch Zeitferne und allerlei dazwischen liegende Vorstellungen und Ereignisse getrübtes Medium, in welchem Manches verloren gegangen, manches bedeutende Wort, manche Handlung Jesu in Vergessenheit gerathen sein mag; andererseits kann aber auch Manches zu dem Bilde Jesu hinzugekommen sein, manches Wort, das er nicht gesprochen, manche That, die er nicht gethan hatte, manches Begebniß, das nicht wirklich mit ihm vorgefallen war; und ebenso kann Manches in dem Evangelium in verändertem Lichte, in getrübter Färbung erscheinen. Da wir jedenfalls geschichtlich wissen, welch eine dicke Schichte jüdischer Vorurtheile selbst in den ausgezeichnetsten der Jünger Jesu einer reineren Auffassung der Messiasidee entgegenstand, und daß dieselbe keineswegs sofort mit der Hinwegnahme des Meisters geschwunden ist, so liegt die Vermuthung nahe, daß vielleicht gerade auf das älteste unserer Evangelien diese Vorurtheile noch besonders stark eingewirkt, wir also gerade von seinem Christusbilde noch manchen jüdischen Zug zu entfernen und auf Rechnung des Mediums zu schreiben haben, durch welches wir in demselben jenes Bild erblicken.

Daraus ergibt sich die Möglichkeit, daß bei allem relativen Vorzug des ersten Evangeliums doch die folgenden auch wieder Einzelnes vor ihm voraus haben können. Sie können für's Erste Manches nachbringen, was im ersten Evangelium fehlt, sei es, daß es in dem Ueberlieferungskreise, woraus dieses geschöpft ist, fehlte, aber in andern Kreisen sich erhalten hatte, oder daß es von dem Redacteur absichtlich oder zufällig übergangen worden ist. Eine solche Nachlese gibt uns Lucas, und wir sind keineswegs berechtigt, was er in dieser Weise nachbringt, einzig schon deßwegen, weil es bei Matthäus fehlt, als unhistorisch von der Hand zu weisen, sondern werden namentlich in manchen dem Lucas eigenthümlichen Reden eine Bereicherung unserer Kunde von Jesus anerkennen. Bringt doch Lucas sogar in seiner Apostelgeschichte (20, 35) noch einen Ausspruch Jesu nach, den er im Evangelium vergessen hat, das Wort: „Geben ist seliger als Nehmen", von dem wir wenigstens werden sagen müssen, daß es Jesu vollkommen würdig und ganz in seinem Geiste ist. Ja auch unter den nur aus apokryphischen Evangelien noch erhaltenen Sprüchen könnten einzelne ächt sein, wie z. B. der von den Kirchenvätern so oft angeführte: „Werdet tüchtige Wechsler."[1]) Unmöglich ist freilich nicht, vielmehr nach dem früher Auseinandergesetzten zum Voraus zu vermuthen, daß auch manches Wort und manche Erzählung von Jesu sich mittlerweile in der Sage gebildet hatte, oder absichtlich gebildet worden war, um gewissen Vorstellungen und Bestrebungen zur Stütze zu dienen; wie dieß z. B. von der Wahl und Aussendung der siebzig Jünger, oder von der Umbildung wahrscheinlich ist, welche die Auferstehungs-

---

1) Γίνεσθε τραπεζῖται δόκιμοι. Angeführt in den clement. Homilien, II, 51; III, 50; XVIII, 20; bei Clemens v. Alex., Strom., I, 28; außerdem bei Origenes, Hieronymus u. A. Vielleicht gehörte der Ausspruch zu dem Gleichniß von den Talenten in der Redaction des Hebräer-Evangeliums; s. Hilgenfeld, Das Evangelium der Hebräer, Zeitschrift f. wiss. Theologie, 1863, S. 368.

geschichte bei Lucas dem Matthäus gegenüber erfahren hat, und insbesondere von ihrem Schlusse, der Geschichte von der Himmelfahrt, die sogar in der Zwischenzeit, welche zwischen der Abfassung des Lucas-Evangeliums und der Apostelgeschichte verfloß, sich fortgewachsen zeigt.

Die gleiche doppelte Möglichkeit findet in den Fällen statt, wo eine von Matthäus berichtete Rede oder Thatsache bei den übrigen Evangelisten fehlt. - An sich liegt darin noch weniger ein Beweis gegen die Geschichtlichkeit des Berichts im ersten Evangelium, als im umgekehrten Falle, da Marcus schon der Kürze wegen Manches weglassen mußte, und er wie Lucas Anderes auch lediglich aus dogmatischen Bedenken übergangen haben kann. Aber wenn nun diese dogmatischen Bedenken gegen Erzählungen sich richteten, die selbst nur dogmatischem Vorurtheil ihr Dasein verdankten, so konnten sie, wenn auch nur zufällig, zur Entfernung unhistorischer Züge aus dem Bilde Jesu führen. So haben Lucas und Marcus ohne Zweifel ganz recht gethan, aus der Instructionsrede das den Zwölfen gegebene Verbot, sich an Heiden und Samariter zu wenden, wegzulassen, da dieses Verbot in den Bericht des ersten Evangeliums wahrscheinlich nur aus den Vorstellungen starrer Judenchristen hineingekommen war.

Was das johanneische Evangelium betrifft, so geht das Urtheil der neueren Kritik dahin, daß die namhafte Bereicherung, die es dem evangelischen Geschichtsstoff zubringt, eine lediglich scheinbare, das, was es wirklich Geschichtliches enthält, aus den älteren Evangelien genommen, Alles, was darüber hinausgeht, frei gebildet oder umgebildet sei. Diesem Urtheil wird sich schwerlich etwas abdingen lassen; eine andere Frage aber ist, ob nicht in dem Standpunkt, auf den es seinen Christus stellt, doch etwas ist, das wir den älteren Evangelien gegenüber als Berichtigung anerkennen müssen? Die freiere geistige Denkart ist im vierten Evangelium freilich in eine Form gebracht, die Jesu sicherlich fremd war; aber haben wir nicht Beispiele, daß z. B. ein später lebender Philosoph zum richtigen Verständniß einer Dichtung oder einer Religion durch die Vermittlung von Begriffen gelangt ist, von denen der Dichter, der Religionsstifter, selbst nichts wußte? Wenn wir annehmen, was nicht nur an sich die geschichtliche Analogie für sich hat, sondern für diesen Fall auch aus bestimmten Spuren erhellt, daß die ersten Jünger Jesu ihn nicht ganz begriffen, der Standpunkt der ersten Gemeinde ein hinter dem seinigen zurückgebliebener war, und wenn auf diesem Standpunkt der ältesten Gemeinde unsere älteren Evangelisten, insbesondere Matthäus, stehen, so mag der vierte seinen höheren Standpunkt immerhin auf einer aus Alexandrien entlehnten Leiter erstiegen haben, er könnte darum doch mittelst dieser fremden Leiter dem eigenen Standpunkte Jesu näher gekommen sein; und wenn wir den Spruch von der Unvergänglichkeit jedes kleinsten Buchstabens im Gesetz bei Matthäus, und den von der Anbetung Gottes im Geist und in der Wahrheit bei Johannes als zwei äußerste

Punkte aufstellen, so ist noch sehr die Frage, welchem von diesen beiden Punkten wir uns den geschichtlichen Jesus näher zu denken haben.

Dabei muß man sich hüten, nachdem man das Vorurtheil einer durchgängigen Zusammenstimmung zwischen dem johanneischen Evangelium und den andern überwunden hat, nunmehr die Kluft zwischen beiden Theilen in Bezug auf Geist und Standpunkt über die Gebühr zu erweitern. Wenn Baur das johanneische Evangelium das geistigste, aber auch ungeschichtlichste aller Evangelien nennt [1]), so erleidet freilich das letztere Prädicat durch das so eben Auseinandergesetzte keine wirkliche Einschränkung. Wenn er aber das erstere näher dahin bestimmt: es sei die Sphäre der reinen Geistigkeit, in welche uns dieses Evangelium versetze [2]), so fehlt hieran viel. Streng nimmt es freilich auch Baur nicht, denn er weist an dem Evangelium eine Reihe von Zügen nach, die nichts weniger als rein geistig sind. Aber er faßt diese Züge nicht so wie die entgegengesetzten in die Einheit eines Gesammtbegriffs zusammen, und seine ganze Ausführung ist mehr auf die Nachweisung der geistigen Seite an dem johanneischen Evangelium gerichtet, neben welcher er immer in Versuchung ist, die andere Seite zu übersehen. Allein man begreift dieses merkwürdige Evangelium nur dann vollständig, wenn man einsieht, daß es, wie einerseits das geistigste, so andererseits auch wieder das sinnlichste von allen ist. Der Verfasser desselben nimmt einen Anlauf, das Wunder symbolisch zu fassen und das Factische daran abzustreifen, das Kommen und Wiedersehen Jesu als ein Kommen im Geiste, die Auferstehung und das Gericht als schon jetzt sich stetig vollziehende zu begreifen; aber er bleibt auf halbem Wege stecken, sinkt in das Mirakel zurück, das er dann ebenso sehr factisch steigert, wie er es geistig bedeutsamer macht; er stellt neben das geistige Wiedersehen Jesu im Parallel sein sinnliches Wiederkommen mit den Wundenmalen, neben das innerliche, schon gegenwärtige Gericht den künftigen äußerlichen Gerichtsact; und daß er beides in Einem thut, in dem Einen das Andere hat und anschaut, darin besteht sein mystischer Charakter.

Diese beiden Seiten an dem johanneischen Evangelium haben, wie wir oben sahen, etliche Neuere so wenig zusammenzudenken vermocht, daß sie um ihrer vermeintlichen Unvereinbarkeit willen diejenigen Bestandtheile desselben, in denen sie den geistigen Standpunkt zu erkennen meinten, von denen, die mehr das sinnliche Gepräge tragen, als apostolische von nichtapostolischen scheiden zu dürfen glaubten, eben dadurch aber beurkundeten, daß ihnen das eigentliche Wesen des johanneischen Evangeliums unverständlich geblieben war. Und doch hatte man eine belehrende Analogie in nächster Nähe.

---

1) Die Einleitung in das Neue Testament als Wissenschaft: Theol. Jahrbücher, 1851, S. 306.

2) Das Christenthum der drei ersten Jahrhunderte, S. 170.

Das dem alexandrinischen Judenthum angehörige Buch der Weisheit, dessen Ausführungen über die weltordnende und weltregierende Weisheit und das allmächtige Wort Gottes ohnehin zum Verständniß des johanneischen Evangeliums verglichen werden müssen, zeigt uns auf der einen Seite einen sehr geistigen und entschieden philosophischen Standpunkt, womit aber ein so phantastischer Mirakelglaube Hand in Hand geht, daß z. B. die ägyptischen Plagen mit den abenteuerlichsten Wundern, von denen die Erzählung des Exodus nichts weiß, ausgeschmückt werden. Ein ähnlicher Widerspruch ist auch in Philo nicht zu verkennen. Das hatte der Platonismus so auf sich; es hat es aber auch heute noch jede Philosophie auf sich, die vorzugsweise durch die Phantasie, mit Zurückstellung des kritischen Verstandes, operirt, wie sich denn aus der Geschichte der Schelling'schen Philosophie und auch der alt-Hegel'schen Schule ganz ähnliche Beispiele aufbringen ließen.

Gerade in dieser Beschaffenheit liegt nun aber der Grund, der das johanneische Evangelium zum Lieblingsevangelium unserer Zeit macht. Das eigentliche evangelische Brod, die nährenden Grundstoffe der Geschichte wie der Lehre Christi, hat die Gemeinde von jeher aus den drei ersten Evangelien, vor Allem aus Matthäus, gezogen, und dessen, was der vierte hinzuthut, nur wie eines Gewürzes sich bedient. Luther's Vorliebe für das Johannes-Evangelium hing mit seiner Rechtfertigungslehre, der die Hervorhebung der göttlichen Persönlichkeit Jesu in demselben willkommen war, wie mit dem mystischen Zuge in seiner Natur und Bildung, zusammen. Die Bevorzugung desselben in unserer Zeit hat einen andern Grund, den man so ausdrücken kann, daß man die drei ersten Evangelien als naive, das vierte als das sentimentale, jene als die classischen, dieses als das romantische Evangelium bezeichnet. Was Schiller von dem naiven Dichter sagt: er sei streng und spröde wie die jungfräuliche Diana in ihren Wäldern, die trockene Wahrheit, womit er seinen Gegenstand behandle, erscheine nicht selten als Unempfindlichkeit, das Object besitze ihn gänzlich, er selbst trete hinter seinem Werke zurück und entfliehe dem Herzen, das ihn suche; aber um der Wahrheit und lebendigen Gegenwart willen, in der er das Object uns nahe bringe, werde der Eindruck seines Werkes, selbst bei sehr pathetischen Gegenständen, immer heiter, rein und ruhig sein — das ist genau auf unsere drei ersten Evangelisten anwendbar. Wenn dann Schiller den Unterschied des naiven und des sentimentalen Dichters so angibt: jener sei mächtig durch die Kunst der Begränzung, dieser durch die Kunst des Unendlichen, und wenn er das letztere mit den Worten erläutert: der sentimentale Dichter reflectire auf den Eindruck, den der Gegenstand auf ihn mache, und nur auf diese Reflexion gründe sich die Rührung, in die er selbst versetzt werde und uns versetze; er beziehe seinen Gegenstand auf eine Idee, und habe es daher immer mit zwei streitenden Vorstellungen und Empfindungen, seiner Idee als dem Unendlichen, und der Wirklichkeit als der Gränze, zu thun; daher werde das Gefühl, das er errege, immer ein gemischtes, der Eindruck, den er hervorbringe, immer ein aufregender und anspannender sein: so sieht ebenso Jeder, wie treffend damit der Eindruck des johanneischen Evangeliums und die Ursachen dieses Eindrucks angegeben sind. Der naive Dichter, sagt Schiller, ist derjenige, der selbst Natur ist, der sentimentale derjenige, der die Natur sucht. So rührt, können wir sagen, die Ruhe, Klarheit und Objectivität in der Darstellung der Synoptiker daher, daß sie ihren Christus nicht erst zu machen haben, daß sie ihn im Ganzen nur nehmen und auffassen dürfen, wie er in der christlichen Gemeindevorstellung gegeben war; dagegen der pathetische Schwung, die subjective Erregtheit, die pulsirende Empfindung im johanneischen Evangelium daher, daß der Verfasser sein Christusideal erst gleichsam vom Himmel herunterzuholen, mit geschichtlichen Formen zu umkleiden und in die Vorstellung der Gläubigen einzuführen hat.

Eben deßwegen aber ist das johanneische Evangelium mit seinem Christusbilde dem jetzigen Geschlechte sympathischer, als die synoptischen mit dem ihrigen. Diese, aus der ruhigen Gewißheit des Gemeindeglaubens heraus geschrieben (denn auch der Gegensatz zwischen dem liberalen Judenchristenthum des ersten und dem gemäßigten Paulinismus des dritten Evangeliums berührt die Auffassung der Person und des Wesens Christi verhältnißmäßig nur wenig) klangen an die gleich ruhige Gewißheit der Jahrhunderte des Glaubens natürlich an; jenes mit seinem unruhigen Ringen, die neue Idee mit der vorhandenen Ueberlieferung auszugleichen, das subjectiv Gewisse auch als objectiv glaubhaft darzustellen, muß der Stimmung einer Zeit zusagen, deren Glaube nicht mehr ein ruhiger Besitz, sondern ein beständiges Ringen ist, die mehr glauben möchte, als sie eigentlich noch glauben kann. Nach dieser Seite des Eindrucks, den es auf die jetzige Christenheit macht, können wir das johanneische Evangelium auch das romantische nennen, da es doch an und für sich selbst nichts weniger als ein romantisches Product ist. Die Unruhe, die gesteigerte Empfindung, die in dem Gläubigen von heute aus dem Ringen entsteht, neben den neuen Einsichten, die sich ihm unabweisbar aufdrängen, doch seinen alten Glauben noch festzuhalten, entsprang bei dem Evangelisten umgekehrt aus der Anstrengung, die alte Ueberlieferung zu seiner neuen Idee emporzuheben und nach dieser umzugestalten; aber die Unruhe, die Anstrengung, das Flimmern vor den Augen, das Schwanken der Umrisse an dem so hervorgebrachten Bilde, ist auf beiden Seiten dasselbe, und daher fühlt sich der heutige Christ gerade von diesem Evangelium so besonders angezogen. Der johanneische Christus, der in seinen Selbstschilderungen fortwährend gleichsam sich selbst überbietet, ist das Gegenbild des modernen Gläubigen, der, um dieß zu sein, auch fortwährend sich selbst überbieten muß; die johanneischen Wunder, die immer wieder in's Geistige umgedeutet, und doch zugleich als äußere Wunder gesteigert, die gezählt und in jeder Art beurkundet werden, und doch wieder nicht der wahre Glaubensgrund sein sollen, sind Wunder und keine Wunder; man soll sie glauben, und kann doch auch ohne sie glauben: ganz wie es diese halbe, in Widersprüchen sich abarbeitende, zu klarer Einsicht und entschiedenem Worte in religiösen Dingen zu matte und muthlose Zeit verlangt.

Der Verfasser des vierten Evangeliums ist ein Correggio, ein Meister des Helldunkels. Seine Zeichnung ist oft incorrect, aber die Reflexe der Farben, das Ineinanderspielen von Licht und Schatten ist von höchster Wirkung. Bei den Synoptikern ist die Zeichnung sowohl richtiger als kräftiger, aber weniger stimmungsvoller Zauber in Licht und Luft; daher erscheinen sie unserer Zeit hart und spröde, während dem vierten Evangelisten um jenes Vorzugs willen alle Fehler im Uebrigen zu Gute gehalten werden.

Wie es indeß oft die einfachsten technischen Mittel sind, durch welche der Künstler die höchsten Wirkungen erzielt, so läßt sich dieß auch in dem Verfahren des vierten Evangeliums bemerken. Ich will nur auf Einen solchen Kunstgriff aufmerksam machen, wenn man mir auch die Vergleichung übel nehmen wird, die ich zu seiner Erläuterung dienlich finde. Goethe sagt einmal vom Eulenspiegel, die Hauptspäße des Buchs beruhen darauf, daß alle Menschen darin figürlich sprechen, Eulenspiegel aber es eigentlich nimmt. So beruhen in den dialogischen Partien des johanneischen Evangeliums die Haupteffecte auf dem Umgekehrten, daß Jesus figürlich spricht, und alle anderen Menschen es eigentlich nehmen. Wenn ein Individuum unter Allen das einzige ist, das etwas nicht versteht [1]), so erscheint es lächerlich. Ist aber ein Individuum unter Allen das einzige, das etwas versteht [2]), so erscheint es erhaben. Sind dort die Verstehenden ganz ordinäre Menschen, gehört also zu jenem Verständniß gar nichts Besonderes, so erscheint der einzige Nichtverstehende als ein Halbmensch. Sind hier unter den Nichtverstehenden umgekehrt die gebildetsten, einsichtsvollsten Menschen, so muß der einzige Verstehende als ein Halbgott erscheinen. Findet dort bisweilen Uebertreibung statt, indem das Nichtverstehen undenkbar ist, so ist dieß kein Fehler, da es den bezweckten komischen Effect erhöht; hier dagegen wird es ebenso oft zum Fehler, als es die geschichtliche Wahrscheinlichkeit der Erzählung beeinträchtigt und das Erhabene dem Ungereimten nahe bringt.

---

1) Wie Eulenspiegel z. B. den Ausdruck: Wie's der Hirt zum Thore hinaustreibt.

2) Wie der johanneische Jesus das von Nikodemus nicht verstandene Bild von der neuen Geburt, oder den für die Leute zu Kapernaum so anstößigen Tropus vom Essen seines Fleisches und Trinken seines Blutes.

III. Etliche Vorbegriffe zu der folgenden Untersuchung.

23.

Rückblick.

Im ersten Abschnitte dieser Einleitung haben wir gesehen, wie die bisherigen Versuche, das Leben Jesu geschichtlich darzustellen, sämmtlich daran scheiterten, daß sie entweder, den Evangelien sich anschließend, in Jesu eine Persönlichkeit voraussetzten und in seinem Leben Kräfte wirksam dachten, dergleichen sonst in keiner Geschichte vorkommen; oder daß sie diese Voraussetzung zwar aufgaben, aber indem sie dabei doch fortfuhren, die Evangelien als durchaus historische Urkunden zu nehmen, zu einer höchst unnatürlichen Auslegung derselben sich genöthigt fanden; oder daß sie endlich zwischen beiden Standpunkten schwankend, nach beiden Seiten hin nachlassend und einräumend, auch in der Voraussetzung eines durchaus geschichtlichen Charakters der Evangelien erschüttert, ohne sich doch von ihr frei gemacht zu haben, alle feste wissenschaftliche Haltung verloren. Im zweiten Abschnitte haben wir dann die Evangelien als Quellen der Geschichte Jesu zuerst nach ihrer äußeren Bezeugung, hierauf nach ihrer inneren Beschaffenheit untersucht, und gefunden, daß die äußeren Zeugnisse, weit entfernt, den Ursprung jener Schriften von Augenzeugen oder Solchen, die diesen oder überhaupt nur der Zeit der Ereignisse nahe standen, zu verbürgen, vielmehr zwischen dieser Zeit und der Abfassung jener Schriften einen Zwischenraum offen lassen, durch den sich gar viel Unhistorisches eingedrängt haben kann; daß aber die innere Beschaffenheit und das Verhältniß der Evangelien zu einander ganz die von Schriften sind, die in dieser späteren Zeit nach einander von verschiedenen Standpunkten aus geschrieben, die Thatsachen nicht rein für sich, sondern versetzt mit den Vorstellungen und Bestrebungen dieser späteren Zeit und ihrer verschiedenen Richtungen wiedergeben. Wenn nun diese Quellenschriften von Jesu Dinge erzählen, dergleichen wir im Leben keines andern Menschen finden, und um deren willen auch alle bisherigen Versuche, eine geschichtliche Darstellung des Lebens Jesu zu Stande zu bringen, mißlungen sind, so werden wir uns fortan nicht mehr verbunden achten, um der Auctorität solcher Schriften willen jene Dinge als wirklich so geschehen anzunehmen, oder, wenn wir dieß nicht können, jene Schriften, als müßten sie unter allen Umständen für historisch glaubwürdig gelten, einer unnatürlichen Auslegung zu unterwerfen; sondern wir lassen den Schriften ihre Wunder, für uns aber sehen wir sie als bloße Mythen an. Das Wunder ist der fremdartige, der geschichtlichen Behandlung widerstrebende Bestandtheil in den evangelischen Erzählungen von Jesu; der Begriff des Mythus ist das Mittel, wodurch wir denselben aus unserem Gegenstande entfernen und eine geschichtliche Ansicht von dem Leben Jesu möglich machen. Von diesen beiden Begriffen wird daher zuvörderst noch mit Wenigem zu handeln sein.

24.

Der Wunderbegriff.

Unter einem Wunder [1]) versteht man insgemein ein Geschehen, das, aus dem Wirken und Zusammenwirken endlicher Ursächlichkeiten unerklärlich, als unmittelbare Einwirkung der obersten unendlichen Ursache oder Gottes selbst erscheint, zu dem Zwecke, Gottes Wesen und Willen in der Welt zu bethätigen, insbesondere einen göttlichen Gesandten in die Welt einzuführen, am Leben zu erhalten, in seinem Thun zu leiten, und hauptsächlich bei den Menschen zu beglaubigen. Diese göttliche Wunderthätigkeit gestaltet sich bald so, daß sie durch den göttlichen Gesandten wirkt, als eine ihm für den Zweck seiner Beglaubigung ein- für allemal verliehene Kraft, deren Wirksamwerden nur etwa an die Anrufung Gottes von Seiten des Wunderthäters gebunden ist; oder so, daß Gott selbst für ihn (bei der Erzeugung Jesu, um ihn in die Welt zu bringen; bei den Kindheitswundern, um ihn der Welt anzukündigen und darin zu erhalten; bei der Taufe, der Verklärung, um ihn zu verherrlichen; bei der Himmelfahrt, um ihn aus der Welt an den Ort zu bringen, wohin er von jetzt an gehörte) die Kette des natürlichen Geschehens durchbricht und ein übernatürliches eintreten läßt.

Ein solches Geschehen nun erkennt die Geschichtsforschung, soweit sie in der Lage ist, ihren eigenen Gesetzen folgen zu dürfen, schlechterdings nirgends an; dagegen sehen wir den religiösen Glauben überall, freilich

---

1) Zum Folgenden vgl. meine Dogmatik, I, §. 17, 224 fg.; (Zeller), Die Tübinger historische Schule, in von Sybel's Histor. Zeitschrift, IV, 101 fg.; (Ders.), Die histor. Kritik und das Wunder, ebendas. VI, 364 fg.

jedesmal nur in Bezug auf das eigene Religionsgebiet des Glaubenden, diese Voraussetzung machen, so daß also der Christ zwar die Wunder der jüdischen und christlichen Urgeschichte glaublich, die der indischen, ägyptischen, griechischen Mythologie aber fabelhaft und lächerlich findet, der Jude die Wunder des Alten Testaments anerkennt, die des Neuen aber von sich weist u. s. f. Stellt nun der christliche Glaube an die Wissenschaft die Forderung, ein Gleiches zu thun, und das Wunder zwar überall sonst abzulehnen, innerhalb des christlichen und insbesondere urchristlichen Kreises aber gelten zu lassen, so ist die Wissenschaft viel zu sehr auf Allgemeinheit gestellt, als daß sie solchem particularistischen Ansinnen willfahren könnte, sondern sie wird sagen: entweder werde ich das Wunder auf allen, oder auf keinem religionsgeschichtlichen Gebiete als möglich anerkennen; sie wird sich weigern, wenn auch ihre einzelnen Vertreter zufällig Christen oder Juden sind, eine christliche, jüdische u. s. f. Wissenschaft und insbesondere Geschichtsforschung zu sein. In jenem Entweder-Oder jedoch wird es ihr mit dem einen Gliede, das Wunder nöthigenfalls auf den Gebieten sämmtlicher Religionen gelten lassen zu wollen, doch kein wirklicher Ernst sein, und zwar deßwegen nicht, weil dieß so viel wäre, als auf allen jenen Gebieten sich selbst aufzugeben. Wenn es die Aufgabe der Geschichtsforschung ist, nicht blos zu ermitteln, was geschehen, sondern auch, wie das Eine aus dem Andern hervorgegangen ist, so müßte sie auf den letztern, edelsten Theil ihrer Aufgabe verzichten, sobald sie irgendwo dem Wunder eine Stätte einräumen wollte, das eben jenen Hervorgang des Einen aus dem Andern unterbricht.

Damit hätte eigentlich der Geschichtsforscher als solcher seine Weigerung, in der evangelischen Geschichte Wunder anzuerkennen, von seinem Standpunkt aus hinreichend begründet; allein sofern er doch nicht bloßer Geschichtsforscher, sondern überhaupt ein wissenschaftlicher Mann ist, oder doch sein soll, wird seine Art, die Geschichte zu bearbeiten, von einer allgemeinen Ansicht über die menschlichen und weltlichen Dinge getragen sein, die, wenn sie auch nicht in streng philosophischer Form erscheint, doch die Philosophie jenes Geschichtsforschers wird heißen können. Unmöglich kann es dem Historiker übel anstehen, eine Philosophie zu haben; nur so viel ließe sich etwa sagen, weil der philosophischen Systeme viele sind, und wer dem einen zugethan ist, das andere zu verwerfen pflegt, bringe sich der Geschichtsforscher, der seine Ablehnung des Wunders auf philosophische Gründe stütze, selbst um die allgemeine Anerkennung seines Verfahrens.

Allein da trifft es sich glücklich, daß in dem Ergebniß, um das es uns hier zu thun ist, alle philosophischen Denkweisen, sofern sie überhaupt auf den Namen der Philosophie Anspruch haben, einig sind. Wenn die sogenannten dogmatischen Systeme darin übereinkommen, das Wunder unmöglich zu finden, so müssen die skeptischen und kritischen es wenigstens für unerkennbar und unerweislich erklären. Daß, was die erstere Klasse von Systemen betrifft, für den Materialismus das Wunder schlechthin ein Unding ist, versteht sich von selbst. Aber auch der Pantheismus hat keinen Gott über der Welt, folglich auch keinen, der von Oben her in die Weltordnung eingreifen könnte; die Naturgesetze sind ihm ja eben das Wesen und der damit identische Wille Gottes in seiner beständigen Verwirklichung, und behaupten, Gott könne etwas gegen die Naturgesetze thun, ist für ihn so viel als behaupten, daß Gott gegen die Gesetze seines eigenen Wesens handeln könne. Am ehesten sollte man noch denken, daß dem Theismus mit seinem persönlichen, von der Welt verschiedenen Gott das Wunder denkbar und annehmlich erscheinen könnte. In der That hat diese Denkart populäre Formen, die auch das Wunder in sich aufnehmen mögen; wo sie aber wirklich als Philosophie erscheint, da hat sie sich allemal mit demselben unverträglich erwiesen. Denn da muß sie einsehen, daß ein Gott, der jetzt, und dann wieder ein andermal, ein Wunder thut, also eine gewisse Art von Wirksamkeit bald ausübt, bald wieder ruhen läßt, ein der Zeit unterworfenes, mithin kein absolutes Wesen wäre; daß also das Thun Gottes vielmehr als ein ewiger Act zu begreifen ist, der auf seiner Seite einfach und sich selbst gleich, nur nach der Seite der Welt hin als eine Reihe einzelner aufeinanderfolgender göttlicher Wirkungen erscheint. So faßte Leibnitz das Wunder gleichsam als einen Keim, der, von Gott schon bei dem Acte der Schöpfung in die Welt gelegt, ohne ferneres außerordentliches Zuthun von seiner Seite in der Entwicklungsreihe der durch jenen Act gesetzten Ursachen und Wirkungen eben dann aufgehe, wann das Wunder geschieht; wobei die Theologen nicht Unrecht hatten, wenn sie dadurch die Befugniß Gottes zu einzelnen, unmittelbaren Einwirkungen auf die Welt aufgehoben fanden. Bestimmter erklärte Wolf, jeder wunderbare Eingriff Gottes in den Lauf der Natur wäre eine Correctur der Schöpfung, also ein Beweis ihrer Unvollkommenheit, der einen Schatten auf die göttliche Weisheit werfen müßte[1]), und für Reimarus war dieß bekanntlich ein Hauptstützpunkt in seinem Feldzuge gegen die biblische Geschichte und die Kirchenlehre.

Von Seiten der skeptischen und kritischen Philosophen ist insbesondere Hume's Erörterung über die Wunder von so allgemeiner Ueberzeugungskraft, daß durch sie die Sache eigentlich für erledigt angesehen werden kann. Wenn wir auf ein Zeugniß hin ein Ereigniß für wirklich vorgefallen halten sollen, so prüfen wir zunächst allerdings das Zeugniß in Bezug auf seine Glaubwürdigkeit. Wir untersuchen, ob es auf der Aussage von Augenzeugen oder Entfernteren, von Wenigen oder Vielen beruht, ob diese in ihren Aussagen zusammenstimmen, ob sie als rechtschaffene, wahrheitsliebende Männer anzusehen sind, ob der Schriftsteller, der uns von dem Ereigniß erzählt, selbst Augenzeuge war oder nicht u. s. f. Aber gesetzt auch, das

1) Vgl. Kuno Fischer, Leibnitz und seine Schule, S. 529.

Zeugniß genügte allen Forderungen, die wir an die Glaubwürdigkeit eines solchen stellen können, so käme doch immer auch noch die Beschaffenheit des durch dasselbe bezeugten Ereignisses in Frage. Die Römer hatten ein Sprüchwort: Ich würde diese Geschichte nicht glauben, und würde sie mir von Cato erzählt; das hieß so viel, daß es Dinge geben könne von einer inneren Unwahrscheinlichkeit, die selbst das Zeugniß des übrigens glaubwürdigsten Gewährsmannes zu entkräften im Stande wäre. Gesetzt (dieses Beispiel hätte Hume gebrauchen können), das 22. Kapitel des vierten Buchs Mosis wäre wirklich von Moses, oder wäre gar von Bileam selbst geschrieben; ja gesetzt, wir wären dabei gewesen, wie er, soeben von seiner Eselin gestiegen, die Geschichte frisch erzählte, daß diese Eselin in menschlichen Worten zu ihm gesprochen habe, und er wäre uns überdieß als Biedermann bekannt: das Alles hälfe nichts, sondern wir würden ihm auf den Kopf zusagen, er fasele, er habe wohl geträumt, wenn wir nicht gar an unserer Meinung von seiner Biederkeit irre werden und ihn geradezu der Lüge zeihen würden. Wir würden nämlich im Innern gegen einander abwägen, was wahrscheinlicher sei, daß ein als höchst glaubhaft erscheinendes Zeugniß doch getrogen, oder daß ein aller sonstigen Erfahrung widersprechendes Ereigniß sich dennoch zugetragen habe? Ist hiebei das Ereigniß ein solches, das, wenn auch noch so ungewöhnlich, doch noch innerhalb der Gränzen des Natürlichen liegt, wie (dieses Beispiel gebraucht Hume wieder selbst) wenn uns ein Cato bezeugte, daß ein Fabius sich übereilt habe, so kann möglicherweise die eine Seite der andern das Gleichgewicht halten, und unser Urtheil in der Schwebe bleiben. Anders, wenn das Ereigniß, das ich auf ein Zeugniß hin glauben soll, ein übernatürliches, ein Wunder ist. Denn nun stellt sich die Sache so. Daß Zeugnisse, und zwar die glaubwürdigsten, von Augenzeugen, von Biederleuten u. s. f. dennoch falsch gewesen sind, davon sind Beispiele, wenn man will, nur wenige, aber sie sind doch vorgekommen; daß aber etwas erweislich wider die Gesetze der Natur geschehen wäre, das ist, mit Ausnahme der Fälle, um deren Glaubwürdigkeit es sich eben handelt, niemals vorgekommen. Und hiebei ist erst noch auf Seiten des Zeugnisses eine Beschaffenheit vorausgesetzt, welche von unsern evangelischen Wundererzählungen keiner zukommt, deren keine von einem Augenzeugen, alle vielmehr von Solchen aufgezeichnet sind, die sie von Andern überliefert erhalten hatten, und die durch die ganze Tendenz ihrer Schriften beurkunden, daß sie zu Allem eher, als zu kritischer Prüfung des ihnen Ueberlieferten aufgelegt waren. Daß dergleichen Zeugnisse getrogen haben, davon liegen zahllose Beispiele vor, und es fällt daher ein solches Zeugniß, der ungeheuren Last der Unwahrscheinlichkeit des Ereignisses gegenüber, die es aufzuwiegen hätte, nur wie eine Feder gegen ein Centnergewicht in die Wagschale. Indeß, davon abgesehen und den Zeugnissen die beste Qualität zugestanden, läßt sich doch schlechterdings kein Fall denken, in welchem es der Geschichtsforscher nicht ohne alle Vergleichung wahrscheinlicher finden müßte, daß er es mit einem unwahren Bericht, als daß er es mit einer wunderbaren Thatsache zu thun habe.

Gegen diese Instanz ist direct so wenig anzukommen, daß man sie jetzt in der Regel durch Abschwächung des Wunderbegriffs zu umgehen sucht. Das Wunder soll nichts Widernatürliches, ja nicht einmal etwas schlechthin Uebernatürliches, die Wunderkraft Jesu insbesondere nur eine Naturkraft höherer Art, eine, wenn auch sonst nicht vorgekommene, doch noch innerhalb der Gränzen der menschlichen Natur gelegene Heilkraft gewesen sein. Allein für's Erste läßt diese Formel, wie wir schon oben fanden, einen beträchtlichen und gerade den bedeutsamsten Theil der von Jesu verrichteten, wie ohnehin alle an ihm vorgegangenen Wunder unerklärt, und wenn es einen Schlüssel gibt, der uns sämmtliche Wundererzählungen, auch die der letztern Art, aufschließt, so werden wir diesen einem solchen vorziehen, der dieß nur mit einem Theile, und zwar mühselig genug, leistet. Für's Andere verliert das so abgeschwächte Wunder jede Beweiskraft. Denn eine Naturgabe, ein Talent, wie man sich auch geradezu ausdrückt, steht zu dem moralischen Werth eines Menschen allemal in zufälligem Verhältniß, dem Besten kann sie fehlen, und dem Schlechtesten zu Theil geworden sein; und wenn die höhere Heilkraft Jesu, wie von den Freunden dieser Ansicht in der Regel geschieht, vollends in Analogie mit der magnetischen Kraft gedacht wird, so wird sie so sehr zu etwas Körperlichem, daß sich von ihr auf die Wahrheit der Lehre, auf die höhere Würde der Person Jesu kein Schluß machen läßt, sondern Jesus könnte sie gehabt haben, und doch ein Schwärmer, und, was die Aussagen über seine Würde betrifft, ein Schwindler und Betrüger gewesen sein.

25.

Der Begriff des Mythus.

Als Schlüssel für die evangelischen Wundererzählungen und so manches Andere, was in den Berichten der Evangelien einer geschichtlichen Ansicht widerstrebt, habe ich in meinem früheren Werke den Begriff des Mythus dargeboten. Es ist vergeblich, habe ich gesagt, Geschichten, wie die vom Stern der Weisen, von der Verklärung, von der wunderbaren Speisung u. s. f. als natürliche Vorgänge sich begreiflich machen zu wollen; da es aber ebenso unmöglich ist, so unnatürliche Dinge sich als wirklich vorgefallen zu denken, so sind dergleichen Erzählungen als Dichtungen zu fassen. Fragte es sich, wie man in der Zeit, in welche die Entstehung unserer Evangelien fällt, dazu gekommen, dergleichen über Jesum zu erdichten, so wies ich vor

Allem auf die damaligen Messiaserwartungen hin.[1]) Nachdem einmal, sagte ich, erst Wenige, dann immer Mehrere dazu gelangt waren, in Jesu den Messias zu sehen, glaubten sie, es müsse an ihm auch Alles zugetroffen sein, was man, den alttestamentlichen Weissagungen und Vorbildern und deren landläufiger Auslegung zufolge, von dem Messias erwartete. Mochte Jesu Nazarenerthum noch so landkundig sein: als Messias, als Davidssohn, mußte er gleichwohl in Bethlehem geboren sein, denn Micha hatte es so vorausgesagt. Mochten von Jesu noch so scharfe Tadelworte gegen die Wundersucht seiner Landsleute in der Ueberlieferung leben: der erste Befreier des Volks, Moses, hatte Wunder gethan, so mußte der letzte Befreier, der Messias, und das war ja Jesus gewesen, gleichfalls Wunder gethan haben. Zu jener Zeit, d. h. der messianischen, hatte Jesaias geweissagt, werden die Augen der Blinden geöffnet werden, und die Ohren der Tauben hören; dann werde der Lahme springen wie ein Hirsch, und die Zunge der Schwerredenden fließend reden: so wußte man auch im Einzelnen, welcherlei Wunder Jesus, da er der Messias gewesen war, verrichtet haben mußte. So kam es, daß man über Jesum in der ersten Gemeinde Erzählungen erdichten konnte, ja erdichten mußte, ohne sich der Erdichtung bewußt zu sein.

Die Voraussetzung, die ich hiebei im Einklang mit der ältern Theologie machte, daß das Christenthum die Messiasvorstellung, die es in Jesu verwirklicht sah, nicht blos überhaupt, sondern auch schon näher bestimmt, in der jüdischen Theologie jener Zeit vorgefunden habe, ist bekanntlich nicht ohne Widerspruch geblieben. Nach Bruno Bauer wäre der Messiasbegriff als solcher erst um die Zeit des Täufers Johannes entstanden, in seinen einzelnen Zügen aber auch zur Zeit der Abfassung unserer Evangelien noch nicht ausgebildet gewesen, sondern erst damals, und zwar innerhalb des Christenthums, ausgebildet worden.[2]) Ganz so weit geht Volkmar nicht. Daß das jüdische Volk schon lange vor Christus seine Errettung aus dem Joche der Heidenmacht von einer gottgesandten Persönlichkeit erwartete, die es Messias, d. h. den gesalbten oder geweihten König des Gottesreichs nannte, erkennt er an; nur seien von diesen vorchristlichen Anfängen die späteren rabbinischen Ausführungen zu unterscheiden, die sich erst dem Christenthum gegenüber und nach ihm, zum Theil in's Abenteuerliche ausgebildet haben.[3]) Man sieht, es fragt sich hier nur um ein Mehr oder Minder. Daß dem Christenthum gar kein bestimmter Messiasbegriff vorangegangen, konnte nur ein Bruno Bauer behaupten. Daß aber dieser Begriff schon nach allen Zügen bestimmt und fest bestimmt gewesen, habe wenigstens ich nie behauptet. Es mag zu

1) Das Leben Jesu, kritisch bearbeitet, I, S. 72 fg. der ersten, S. 91 fg. der vierten Auflage.

2) Kritik der evang. Geschichte der Synoptiker, I, 181, 391 – 416.

3) Die Religion Jesu, S. 112 fg. Einleitung in die Apokryphen, II, 398 fg.

viel sein, wenn Gfrörer [1]) viererlei Messiastypen unterscheidet, die zur Zeit Jesu neben einander im Umlauf gewesen, je nachdem man nämlich das Bild desselben aus den älteren Propheten zusammengelesen, oder aus Daniel genommen, oder nach dem Vorbilde des Moses gestaltet, oder ihn mystisch als zweiten Adam u. dgl. gefaßt habe: so viel ist daran in jedem Falle richtig, daß in die Messiasvorstellung Merkmale aus sehr verschiedenen Quellen zusammenflossen, womit nothwendig ein gewisses Schwanken, die Möglichkeit verschiedener Auffassungen und Combinationen, gegeben war. Lag in der messianisch gefaßten Stelle des Micha (5, 1) das Davidische Vorbild, wie es der Geburtsgeschichte des ersten und dritten Evangeliums zu Grunde liegt, so findet sich in denselben Evangelien in der Benennung: Menschensohn, und den Reden von der Wiederkunft in den Wolken das Danielische in Anwendung gebracht; und wenn die Apostelgeschichte wiederholt (3, 22. 7, 37) die Verheißung von dem mosesgleichen Propheten (5 Mos. 18, 15) in Jesu erfüllt findet, so zieht sie das Mosaische Vorbild herbei, ohne darum das Davidische und Danielische aufzugeben. Wenn ferner Jesus bei Matthäus (11, 4 fg.) und Lucas (7, 22) die Abgesandten des Täufers zum Beweis, daß er der sei, der da kommen solle, darauf verweist, wie durch ihn die Blinden sehen u. s. f., so haben also die Evangelisten in der Stelle Jes. 35, 5 fg., worauf diese Aeußerung Jesu hindeutet, die Wunderthaten angegeben gefunden, die der Messias verrichten sollte. Wenn endlich Lucas (4, 25 fg.) die durch Elia und Elisa Ausländern erwiesenen Wohlthaten in vorbedeutende Beziehung zu der Verwerfung Jesu durch seine Landsleute bringt, so dürfen wir uns nicht wundern, daß überhaupt die Wunderthaten dieser beiden größten Propheten in der Geschichte Jesu nachgebildet wurden. Die rabbinischen Stellen, auf die ich mich für das aus dem Alten Testament gezogene Programm der Messiasthaten berief [2]), so spät sie sein mögen, zeigen

1) Das Jahrhundert des Heils, II, 219 fg.

2) Die beiden Hauptstellen sind erstlich Midrasch Koheleth f. 73, 3 (zu Pred. 1, 9: Das was gewesen, ist das was sein wird u. s. f.): Rabbi Berechia sagte im Namen des Rabbi Isaak: Wie der erste Retter (Moses), so ist auch der letzte (der Messias) beschaffen. Was sagt die Schrift von dem ersten Retter? 2 Mos. 4, 20: Und Moses nahm sein Weib und seine Söhne, und setzte sie auf den Esel. So auch der letzte Retter, Zach. 9, 9: Arm und auf einem Esel sitzend. Was weißt du von dem ersten Retter? Er ließ Manna herabsteigen, wie es 2 Mos. 16, 14 heißt: Siehe ich will euch Brod regnen lassen vom Himmel. So wird auch der letzte Retter Manna herabsteigen lassen, wie es Ps. 72, 16 heißt: Es wird Ueberfluß an Korn auf der Erde sein. Wie war es mit dem ersten Retter bewandt? Er ließ einen Brunnen aufsteigen. So wird auch der letzte Retter Wasser aufsteigen lassen, nach Joel 4, 18: Und es wird eine Quelle vom Hause des Herrn ausgehen und den Bach Sittim wässern. — Zweitens Midrasch Tanchuma f. 54, 4: Rabbi Acha sagte im Namen des R. Samuel, Nachmans Sohn: Was Gott, der heilige, hochgelobte thun wird in der künftigen (messianischen) Zeit, das hat er schon zuvor gethan durch die

doch die Eigenthümlichkeit der jüdischen Denkweise in diesem Stücke richtig an, und schließlich findet Volkmar selbst in der evangelischen Lebensgeschichte Jesu so gut wie ich die Geschichten David's und Samuel's, Mosis und der beiden Propheten nachgebildet. Daß aber diese Ausmalung des Messiasbildes mit alttestamentlichen Zügen erst innerhalb der Christenheit vorgenommen worden, hat doch gewiß weniger Wahrscheinlichkeit, als daß es schon unter den späteren Juden der Fall gewesen; obwohl auch im erstern Falle die mythische Ansicht von dergleichen evangelischen Erzählungen in ihrem vollen Rechte bliebe.

Man hat sich gegen die Voraussetzung, daß ein großer Theil der neutestamentlichen Mythen sich durch Uebertragung jüdischer Messiaserwartungen in die Geschichte Jesu gebildet habe, auch deßwegen gesträubt, weil hiebei die älteste Christengemeinde nicht eigentlich productiv sich verhalten, sondern die Erzeugnisse fremder Productivität sich lediglich angeeignet haben würde. Allein die Selbstthätigkeit der urchristlichen Gemeinde kommt bei unserer Annahme keineswegs zu kurz. Für's Erste nämlich haben nicht alle evangelischen Erzählungen, die wir als Mythen anzusehen haben, diesen Ursprung, sondern die christliche Gemeinde und ihre ältesten Schriftsteller haben auch neue Ideen und Erfahrungen, wenn auch am liebsten in Anlehnung an jene alttestamentlichen Vorbilder, als mythische Geschichten angeschaut. Für's Andere aber hat sich auch an denjenigen, die aus jener Quelle stammen, der neue Geist des Christenthums nicht unbezeugt gelassen. Warum wären denn von den Wundern Mosis und der Propheten im Neuen Testament nur die freundlichen und wohlthätigen, nicht aber die zahlreichen Strafwunder nachgebildet, als weil der Geist Christi ein anderer als der eines Moses und Elias gewesen war? Und die Lehren vom Glauben, von der Sündenvergebung, von der wahren Sabbatheiligung, die wir in die wunderbaren Heilungsgeschichten des Neuen Testaments verwebt, der Gedanke, daß der Tod ein bloßer Schlaf sei, den wir in den Todtenerweckungsgeschichten ausgeführt finden, sind ja ebenso viele christliche Originalideen, die jenen Erzählungen, mag auch ihr Stoff aus dem Alten Testament oder der jüdischen Messiaserwartung genommen sein, als neue, bessere Seele eingehaucht worden sind.

Durch diese Auffassung tritt die urchristliche Mythenproduction mit derjenigen auf Eine Linie, die wir auch sonst in der Entstehungsgeschichte der Religionen finden. Das ist ja eben der Fortschritt, den in neueren Zeiten die Wissenschaft der Mythologie gemacht hat, daß sie begriffen hat, wie der

---

Hände der Gerechten in dieser (vormessianischen) Zeit. Gott wird Todte auferwecken, wie er es schon zuvor gethan hat durch Elia, Elisa und Ezechiel. Er wird das Meer austrocknen, wie durch Moses geschehen ist. Er wird die Augen der Blinden öffnen, was er durch Elisa gethan hat. Gott wird in der künftigen Zeit Unfruchtbare heimsuchen, wie er an Abraham und Sara gethan hat. — Vgl. noch Sohar Exod. 4, b, und Gfrörer, Das Jahrhundert des Heils, II, 318 fg.

Mythus in seiner ursprünglichen Gestalt nicht bewußte und absichtliche Dichtung eines Einzelnen, sondern Erzeugniß des Gemeinbewußtseins eines Volks oder eines religiösen Kreises ist, das wohl ein Einzelner zuerst ausspricht, aber eben deßwegen damit Glauben findet, weil er darin nur das Organ der allgemeinen Ueberzeugung ist; nicht eine Hülle, in welche ein kluger Mann eine Idee, die ihm aufgegangen, zu Nutz und Frommen der unwissenden Menge einhüllte, sondern nur mit der Geschichte, ja in der Gestalt der Geschichte, die er erzählte, wurde er sich der Idee bewußt, die er rein als solche selbst noch nicht zu fassen im Stande war. „Der Mythus", sagt Welcker, „ging im Geist auf, wie ein Keim aus dem Boden hervordringt: Inhalt und Form Eins, die Geschichte eine Wahrheit." [1])

Je mehr nun aber die evangelischen Mythen wenigstens zum Theil als neu und selbstständig gebildet erscheinen, desto schwerer kann man sich vorstellen, wie die Urheber von dergleichen Erzählungen sich nicht sollten bewußt gewesen sein, daß sie etwas als geschehen erzählten, das nicht wirklich geschehen, sondern von ihnen erdichtet war. Wer zuerst von der Geburt Jesu in Bethlehem berichtete, der konnte es in gutem Glauben thun, denn nach Micha sollte der Messias aus Bethlehem kommen, und Jesus war der Messias gewesen, folglich mußte er in Bethlehem geboren sein. Wer hingegen zuerst erzählte, daß beim Verscheiden Jesu der Vorhang im Tempel zerrissen sei (Matth. 27, 51), der muß doch, scheint es, gewußt haben, daß er das weder gesehen, noch von Jemanden erfahren, sondern selbst ausgesonnen hatte. Allein gerade hier kann eine sinnbildliche Redensart, wie wir sie Hebr. 10, 19 fg. finden, daß der Tod Jesu uns den Weg durch den Vorhang ins Allerheiligste eröffnet habe, von einem Zuhörer leicht eigentlich verstanden worden, und so jene Erzählung ganz ohne Bewußtsein der Erdichtung entstanden sein. Ebenso kann die Geschichte von der Berufung der vier Jünger zu Menschenfischern bisweilen so erzählt worden sein, daß der Fang, zu welchem Jesus sie berief, ihrem früheren Geschäfte und seiner magern Ausbeute als der überschwenglich ergiebigere entgegengestellt wurde, und wie leicht daraus im Weitererzählen von Mund zu Munde die Geschichte von dem wunderbaren Fischzug (Luc. 5) entstehen konnte, erhellt von selbst. So sehen auch die zur Beurkundung der Auferstehung Jesu dienenden Erzählungen zunächst zwar ganz so aus, wie wenn sie entweder geschichtlich wahr, oder bewußte Lügen sein müßten: und doch ist es nicht so, man denke sich nur in die Situation hinein. Im Streit über diesen Punkt sagte etwa ein Jude: Kein Wunder, daß man das Grab leer fand, ihr hattet ja den Leichnam daraus weggestohlen. Wir weggestohlen? erwiederte der Christ, wie hätten wir das gekonnt, da ihr gewiß das Grab sorgfältig verwahrt hattet? Das glaubte er, weil er es voraussetzte; ein Anderer, der ihm nacherzählte,

1) Griechische Götterlehre, I, 77.

sagte schon bestimmter, das Grab sei bewacht gewesen, und das darauf gedrückte Siegel fand man ja im Daniel, dessen Löwengrube sich zum Vorbilde des Grabes Jesu, worin ihm der Tod so wenig anhaben konnte, als dort jenem die Bestien, von selbst darbot. Oder sagte ein Jude: Ja, er mag euch erschienen sein, aber als körperloses Gespenst aus der Unterwelt. Als körperloses Gespenst? antwortete der Christ; aber er hatte ja (das verstand sich für den Christen von selbst) und zeigte noch die Nägelmale von der Kreuzigung. Das Zeichen konnte ein Wiedererzähler schon als Betastenlassen verstehen, und so konnten auch dergleichen Erzählungen in gutem Glauben und doch ganz ungeschichtlich ausgebildet werden.

Doch mit dieser Nachweisung, daß weit über die Gränze hinaus, innerhalb deren man es insgemein annehmlich findet, ein bewußtloses Erdichten von solchen Erzählungen möglich war, soll nicht gesagt sein, daß an der evangelischen Mythenbildung nicht auch bewußte Dichtung Antheil gehabt habe. Besonders die Erzählungen des vierten Evangeliums sind großentheils so planmäßig angelegt, so in's Einzelne hinein ausgeführt, daß, wenn sie nicht historisch sind, sie nur als bewußte und absichtliche Erdichtungen scheinen betrachtet werden zu können. Bei der Entwerfung der Scene zwischen Jesus und der Samariterin am Jakobsbrunnen, bei den Reden und Gegenreden, die er sie wechseln läßt, muß der Verfasser des vierten Evangeliums sich seines freien Dichtens so gut bewußt gewesen sein, als Homer, wenn er die Unterhaltung des Odysseus mit der Kalypso oder des Achilleus mit seiner göttlichen Mutter schilderte. Dabei aber war sich Homer sicherlich zugleich der Wahrheit seiner Schilderung bewußt; er glaubte seine Götter und Heroen ganz so, wie es ihrem Wesen entsprach, wie sie geredet und gehandelt haben mußten, darzustellen, seinen Volksgenossen die rechte und adäquate Vorstellung von diesen Wesen zu vermitteln. Wie? und dieses Bewußtsein sollte der Verfasser des vierten Evangeliums nicht ebenso gehabt haben? Sein Jesus, den er nicht blos für die Schafe aus diesem Stalle gekommen wußte, konnte sich von den Samaritern nicht jüdisch abgesperrt, kam er aber einmal nach Samarien, so konnte er nicht anders als so und mit diesem Erfolge gesprochen, das Werk, das später den Aposteln gelang, mußte schon der Meister selber angefangen haben. So kann man auch in Betreff der Auferweckung des Lazarus der Kritik entgegenhalten, wenn es keinen Lazarus gab, als den in der Gleichnißrede bei Lucas, insbesondere keinen, der von Jesu in's Leben zurückgerufen worden war, so habe sich der Verfasser des vierten Evangeliums doch bewußt sein müssen, daß er mit dieser ganzen Geschichte der Christenheit nur ein selbstgemachtes Mährchen vorerzähle. Allein davon abgesehen, daß wir nicht wissen, ob nicht schon vor unserem vierten Evangelium die Sage den parabolischen Lazarus in einen wirklichen verwandelt hatte, wie noch heute in der Vorstellung einer Menge von Christen beide in einander zerfließen, so war dem Evangelisten zweierlei gewiß: erstlich, daß Jesus die Auferstehung und das Leben sei, und zweitens, daß er diese Eigenschaft, wie seine ganze Herrlichkeit, schon während seines Erdenlebens vorbildlich geoffenbart haben müsse. Zu solchem Vorbilde, solcher Bürgschaft für die künftige Wiederbelebung längst Verwester, schien die Erweckung so eben Verstorbener, wie die älteren Evangelien sie an die Hand gaben, nicht auszureichen, es mußte doch wenigstens einer erweckt worden sein, bei dem die Verwesung schon angesetzt hatte: von diesem Grundzuge seiner Erzählung kann der Evangelist aus seiner Idee von Jesus heraus selbst überzeugt gewesen sein. Daß alles Nähere der Ausführung, wie bei der Geschichte von der Samariterin, seine eigene dichterische Zuthat war, mußte er freilich wissen; aber dabei konnte er doch die Ueberzeugung haben, Wahres zu geben, denn die Wahrheit, nach der er strebte, war nicht diplomatische Treue im Wiedergeben des Geschehenen, sondern der volle und allseitige Ausdruck der Idee; darum ließ er seinen Christus sprechen, wie der Christus in ihm sprach, sich bewegen und handeln, wie er in seiner Phantasie lebte und sich bewegte; er schrieb auch eine Apokalypse, wie der Apostel, dessen Namen er borgte, nur daß er die Bilder seines Innern nicht wie dieser auf die Wetterwolken der Zukunft, sondern auf die ruhige Wand der Vergangenheit sich projiciren ließ. [1])

Fragt sich nun, ob außer jener unbewußten Sagenpoesie, wie sie in den drei ersten Evangelien vorwaltet, auch die mehr oder minder bewußte Dichtung, wie sie namentlich im vierten Evangelium nicht zu verkennen ist, mit dem Namen des Mythus bezeichnet werden dürfe, so ist in Betreff der griechischen Mythologie, woher die Benennung stammt, bekannt, daß man hier bis auf die neuere Zeit keinen Unterschied gemacht, sondern alle unhistorischen religiösen Erzählungen, wie sie auch immer entstanden sein mochten, Mythen genannt hat. Dieß haben die älteren Mythologen bis auf Heyne herab um so mehr gethan, als sie von jenem Unterschied in der Entstehung der Mythen nichts wußten, sondern diese sammt und sonders, auch die ältesten nicht ausgenommen, als bewußte und absichtliche Erdichtungen Einzelner betrachteten. Erst seit man sich jenes Unterschieds bewußt geworden, konnte die Frage entstehen, ob nicht auch in der Benennung ein Unterschied zu machen, und der Name Mythus ausschließlich jenen ursprünglichen, unbewußten, gleichsam naturnothwendigen Bildungen vorzubehalten sei. Hiefür haben sich verschiedene neuere Mythologen, namentlich auch Welcker in seinem Werke über die griechische Götterlehre, ausgesprochen, und auf eine so gewichtige Auctorität scheinen diejenigen sich berufen zu können, welche die fragliche Benennung für dasjenige in den Evangelien, was als bewußte Dichtung anzusehen ist, ablehnen. Allein Welcker kann auf seinem Gebiete ganz Recht haben, und doch die Theologen, wenn sie es ihm nachthun

1) Vgl. Baur, Krit. Untersuchungen über die kanon. Evangelien, S. 380.

wollen, Unrecht. Wer sich mit der griechischen Mythologie beschäftigt, der bewegt sich auf einem Felde, von dessen Erzeugnissen ein- für allemal vorausgesetzt wird, daß sie unmittelbar nur ideale, nicht historische Geltung haben; er mag daher feinere Unterschiede aufsuchen und diese auch durch verschiedene Benennungen bemerklich machen. Dagegen operirt der Theolog, der sich mit Evangelienkritik beschäftigt, auf einem Gebiete, wo umgekehrt die historische Geltung seines sämmtlichen Inhalts Voraussetzung ist. Wenn er nun dieser Voraussetzung gegenüber einen Kreis abzugränzen sucht, dessen Gebilde gleich denen der griechischen Mythologie nur ideale Geltung haben sollen, so thut er wohl, für diese einen gemeinsamen Namen zu wählen, und dazu eignet sich, wie ich behaupten muß, der innern Verwandtschaft wegen kein anderer besser als der des Mythus. Der historischen Geltung gegenüber, die man von Seiten der alten Theologie fortwährend für diese Erzählungen in Anspruch nimmt, verschwinden die feineren Unterschiede, wie jede von ihnen entstanden sein mag; die Hauptfrage ist hier nicht, ob eine Geschichte bewußter oder unbewußter Weise erdichtet, sondern ob sie überhaupt Geschichte oder Dichtung sei, wobei im letzteren Falle jene nähere Bestimmung in theologischer Hinsicht Nebensache ist.

Es hat auf mich immer einen eigenen Eindruck gemacht, wenn ich in Baur's Kritik des Johanneischen Evangeliums aus Anlaß des Wunders zu Kana, nach Abweisung aller Ausflüchte, das Wunder natürlich zu erklären, oder aus dem Texte des Evangeliums zu entfernen, die Frage las [1]): „Aber sollen wir nun vielleicht, wenn dem Wunder sein absolutes Recht bleiben muß, uns zur mythischen Ansicht hindrängen lassen?" und darauf die Antwort: „Auch diese ist schon durch die ganze bisherige Entwicklung ausgeschlossen." Denn ich dachte mir als Leser einen gläubigen Theologen, wie freudig der aufathmen werde an dieser Stelle, in einem Kritiker wie Baur nun auch einen Bundesgenossen gefunden zu haben gegen die „mythische Ansicht" von den Evangelien, gegen welche, als einen das Land umwühlenden erymanthischen Eber, damals Alles, was eine Büchse tragen, ja was nur eine Klapper rühren konnte, auf den Beinen war. Wenn aber der gute Theolog nun weiter las: „Um so gewisser kann die Erzählung nur aus der Grundidee des Evangeliums selbst begriffen werden", und schließlich fand, daß, was ich als einen Mythus, Baur als freie Dichtung des Evangelisten erklärte, so sah ich ihn, bitter enttäuscht, das Buch weglegen, und der Versicherung, wie etwas ganz Anderes es doch sei, eine solche Erzählung aus der Idee des Evangelisten, als aus alttestamentlichen Vorbildern abzuleiten, kopfschüttelnd sein Ohr verschließen. Geschichtlich oder ungeschichtlich? wahr oder unwahr? darum handelte es sich für ihn, und hatte es ihn in Unruhe versetzt, daß einer sich erdreistet hatte, zu sagen: die Geschichte ist nicht

1) A. a. O., S. 121.

wahr, so war es ihm ein schlechter Trost, wenn nun ein Anderer auftrat mit der Versicherung, sie sei vielmehr erdichtet.

Als Grund, warum Erzählungen, wie die von dem Wunder zu Kana, von der Auferweckung des Lazarus, sich nicht eignen sollen, unter den mythischen Gesichtspunkt gestellt zu werden, gibt Baur an: Wo die Reflexion so entschieden vorherrsche, die Darstellung in ihrer ganzen Anlage so planmäßig auf eine bestimmte Idee hinziele, da könne die Voraussetzung eines Mythus nicht stattfinden. Von Ewald aber sagt er gerade deßwegen, weil nach dessen Ansicht die bedeutendsten Wundergeschichten der Evangelien nur Anschauungen und Bilder seien, aus welchen erst der darin sich reflectirende Gedanke abstrahirt werden müsse, daß er der Sache nach ganz auf dem mythischen Standpunkt stehe, und es nur nicht Wort haben wolle.[1]) Ewald freilich lehnt nicht nur für eine bestimmte Klasse von Erzählungen, sondern für das ganze biblische Gebiet die Ausdrücke Mythus und mythisch ab; nicht aus menschlicher Furcht, sagt er (was sich bei einem Göttinger Sieben von selbst versteht), sondern weil das Wesen des Mythus mit dem Heidenthum verwachsen, und das Wort ein Fremdwort (d. h. in seiner Anwendung auf die Evangelien von einem Andern als Ewald aufgebracht) sei.[2]) Baur hat den Mythusbegriff von der evangelischen Geschichte nicht ganz ausgeschlossen, demselben vielmehr namentlich auf den Grundstock der evangelischen Ueberlieferung, wie er sich bei Matthäus findet, die Anwendbarkeit zugestanden[3]); aber dem Worte ist er möglichst ausgewichen, und die „mythische Ansicht" hat er immer als eine solche behandelt, welche seiner eigenen als eine fremde gegenüberstehe. Wenn er dabei für diese in Vergleichung mit der meinigen einen conservativeren Charakter in Anspruch nahm[4]), so ist freilich nicht einzusehen, woher ihr ein solcher kommen sollte. Denn der Begriff des Tendenzmäßigen, den Baur an die Stelle des bei mir vorherrschenden Mythusbegriffes setzte, oder der Kanon, daß eine geschichtliche Darstellung dieß in dem Maße weniger wirklich sei, als sich in ihr

1) Die Tübinger Schule, S. 158 der zweiten Auflage.

2) Jahrbücher der biblischen Wissenschaft, II, 66. Professor Ewald, sagt R. W. Mackay in seiner gründlichen Schrift „The Tübingen school and its antecedents", S. 345, Pr. Ewald, to whom the celebrity of any opinion not emanating from himself is sufficient reason for condemning and contradicting it etc. Nimmt man dazu, was derselbe Schriftsteller S. 343 sagt: Ewald wraps his virtue in an obscurity of inflated verbiage, und S. 351, Anmerkung, seine Maxime sei: denounce your adversary in unmeasured terms for what he says, and then in slightly varying language quietly adopt his suggestions, so sieht man mit Vergnügen, wie genau unser großer Göttinger auch schon jenseits des Kanals gekannt ist.

3) Kritische Untersuchungen über die kanonischen Evangelien, S. 603.

4) Kirchengeschichte des neunzehnten Jahrhunderts, S. 399. Vgl. Kritische Untersuchungen, S. 72 fg.

ein bestimmter Tendenzcharakter ausspreche [1]), ist ja gleichfalls nur ein Kriterium des Unhistorischen, und indem daneben für solche Erzählungen, an denen keine besondere Tendenz, sondern nur der allgemeine Charakter der frei sich gestaltenden Sage bemerkbar ist, auch der mythischen Ansicht noch Raum gelassen wird, so lag es wenigstens nicht an Baur's Principien, wenn er in der evangelischen Geschichte nicht sogar noch Mehreres als ich für unhistorisch erklärte.

Ich habe in dieser neuen Bearbeitung des Lebens Jesu, hauptsächlich in Folge von Baur's Nachweisungen, der Annahme bewußter und absichtlicher Dichtung weit mehr Raum als früher zugestanden; darum aber die Bezeichnung zu ändern, habe ich keine Ursache gefunden. Auf die Frage vielmehr, ob auch bewußte Erdichtungen eines Einzelnen füglich Mythen zu nennen seien, muß ich auch nach allem seither darüber Verhandelten noch immer antworten: in allewege, sobald sie Glauben gefunden haben und in die Sage eines Volks oder einer Religionspartei übergegangen sind; was dann immer zugleich beweist, daß sie von ihrem Urheber nicht blos nach eigenen Einfällen, sondern im Zusammenhang mit dem Bewußtsein einer Mehrheit gebildet waren. Jede unhistorische Erzählung, wie auch immer entstanden, in welcher eine religiöse Gemeinschaft einen Bestandtheil ihrer heiligen Grundlage, weil einen absoluten Ausdruck ihrer constitutiven Empfindungen und Vorstellungen erkennt, ist ein Mythus [2]); und wenn die griechische Mythologie ein Interesse haben mag, von diesem weitern Mythusbegriff einen engern zu unterscheiden, der bewußte Erdichtung ausschließt, so hat umgekehrt die kritische Theologie der sogenannten gläubigen gegenüber ein Interesse, alle diejenigen evangelischen Erzählungen, denen sie nur ideale Bedeutung zuerkennt, unter dem gemeinschaftlichen Begriff des Mythus zusammenzufassen.

26.

Plan des Werkes.

Außer diesem eigenthümlichen Apparat, die Wunder mythisch verdampfen zu lassen, wird sich nun aber die Kritik der evangelischen Geschichte begreiflicherweise aller der Mittel und Werkzeuge bedienen, deren die historische Kritik überhaupt zu ihren Operationen nicht entbehren kann, die aber eben, weil sie aller historischen Kritik gemein sind, hier keiner besondern Auseinandersetzung bedürfen.

In der Anwendung dieser Mittel, in der Instruirung des kritischen Processes, war in meiner frühern Bearbeitung des Lebens Jesu der analy-

1) Kritische Untersuchungen, S. 76.
2) Leben Jesu, vierte Auflage, S. 96. Julian, S. 64.

tische Weg genommen, d. h. es wurde von Außen nach Innen operirt, von der Schale auf den Kern, von den aufgeschwemmten Schichten auf das Urgebirge zu kommen gesucht. Die Kritik ging von den verschiedenen Auslegungen und Auffassungen der einzelnen evangelischen Erzählungen aus, suchte durch Ausscheidung der unzulässigen die wahre zu gewinnen, und indem sie die Entstehung und Ausbildung der jedesmal in Frage stehenden Erzählung begreiflich zu machen strebte, schloß sie mit der Andeutung, was etwa an derselben den historischen Kern gebildet haben möchte. Anders konnte die Kritik in ihren damaligen Anfängen nicht verfahren; sie mußte sich den bis dahin als heilig abgeschlossenen Boden der evangelischen Geschichte erst Schritt für Schritt erobern, sich gleichsam die Straße von der Küste in's Innere des Landes erst mit den Waffen in der Hand bahnen. Das war zwar eine mühsame und umständliche Sache, aber diese Umständlichkeit hatte auch ihr Gutes. Indem kein Schritt vorwärts gethan werden konnte, ohne daß ein theologisches Vorurtheil aufgelöst, ein dogmatischer Fehlschluß nachgewiesen, ein exegetischer Irrthum berichtigt worden wäre, gab dieß für Diejenigen, die dem Gange der Kritik folgten, eine tüchtige Schule, und so wird das Werk, das diesen Gang nahm, immer eines der instructivsten für alte wie für junge Theologen bleiben. Dabei fehlten jedoch diesem Verfahren auch empfindliche Nachtheile nicht. Für's Erste, indem der Weg von Außen nach Innen genommen, von der obersten Schichte auf das Tieferliegende gebohrt wurde, war der Gang der Kritik gerade der entgegengesetzte von demjenigen, den einst die Sache selbst in ihrer natürlichen Entwicklung genommen hatte. Die Kritik ging von dem Spätesten aus, um auf Dasjenige zuletzt zu kommen, was in Wirklichkeit das Erste gewesen war. Für's Andere, indem die Kritik von den einzelnen evangelischen Erzählungen ausging, und nur etwa am Schlusse der Prüfung einer jeden andeuten konnte, was nach Abzug der mythischen Zuthaten als geschichtlicher Rest derselben anzusehen sei, ergaben sich zwar bei einer Menge von Erzählungen solche kleine Restziffern, aber es fand sich kein Ort, diese Ziffern zusammenzuzählen, und in Einem Zuge zu entwickeln, was denn an der Person und Geschichte Christi, streng historisch genommen, gewesen sein möchte.

Darum schien es zur Ergänzung des früheren Verfahrens dienlich, und zugleich der indeß fortgeschrittenen Wissenschaft angemessen zu sein, dießmal den umgekehrten synthetischen Weg einzuschlagen. Es sind dem Verfasser des Leben Jesu, nachdem er sich von der Küste nach der Hauptstadt des Landes durchgeschlagen hatte, so tüchtige Streitkräfte nachgezogen, daß die Eroberung als gesichert, der feste Punkt im Innern des Landes als ein für allemal gewonnen angesehen werden darf. Wir wissen jetzt wenigstens gewiß, was Jesus nicht war und nicht gethan hat, nämlich nichts Uebermenschliches und Uebernatürliches: so wird es uns eher möglich sein, den Andeutungen der Evangelien über das Natürliche und Menschliche in ihm soweit nachzugehen, um wenigstens in ungefähren Umrissen angeben zu können, was er war und was er wollte. Davon also, von dem muthmaßlichen historischen Kern der Geschichte Jesu, der in dem früheren Werke gar nicht als Einheit zur Darstellung kam, werden wir dießmal ausgehen. Als die erste Wirkung dessen, was Jesus war, werden wir hierauf den in seinen Jüngern entstandenen Glauben an seine Auferstehung erkennen, damit aber die Vorstellung von ihm in eine Temperatur versetzt finden, wo sie im üppigsten Wachsthum zahlreiche unhistorische Schößlinge, einen immer wunderhafter als den andern, treiben mußte. Der gottbegeistete Davidssohn wird zum vaterlos erzeugten Gottessohn, der Gottessohn zum fleischgewordenen Schöpferwort; der menschenfreundliche Wunderarzt wird zum Todtenerwecker, zum unumschränkten Herrn über die Natur und ihre Gesetze; der weise Volkslehrer, der den Menschen in's Herz schauende Prophet wird zum Allwissenden, zu Gottes anderem Ich; der in seiner Auferstehung zu Gott Eingegangene ist auch von Gott ausgegangen, ist im Anfang bei Gott gewesen, und sein Erdendasein war nur eine kurze Episode, durch welche er sein ewiges Sein bei Gott zum Besten der Menschen unterbrach. Diesem Gang der Sache, d. h. der allmähligen Entwicklung der Vorstellungen von Jesu, der Bereicherung seiner Lebensgeschichte mit immer mehr idealen Zügen, wird unsere Kritik dießmal Schritt für Schritt nachgehen, zuerst die ersten Ansätze des Unhistorischen bemerklich machen, dann nach einander zeigen, wie sich über jeder Schichte allemal wieder eine neue gebildet hat, wie jede dieser Schichten nur der Niederschlag der jeweiligen Vorstellungen der Zeit und des Kreises, innerhalb deren sie sich bildete, gewesen ist, bis endlich mit dem johanneischen Evangelium ein Ruhepunkt eintrat, über welchen hinaus eine weitere Steigerung und zugleich Vergeistigung nicht mehr möglich, aber auch nicht mehr Bedürfniß war. Diese Darlegung wird für uns neben ihrem historischen zugleich den dogmatischen Werth haben, daß sie unserm Urtheil über den Charakter der evangelischen Geschichte zur Bewährung dient. Wer einer allgemein geglaubten Geschichte die historische Geltung abspricht, von dem wird außer den Gründen dieses Urtheils mit Recht auch die Nachweisung verlangt, wie denn die ungeschichtliche Erzählung aufgekommen sei? und diese Nachweisung hoffen wir in unserm zweiten Buche geben zu können.

Indem wir so dem Gange der Sache selbst folgen, hätten wir an und für sich gar nicht nöthig, uns mit den abweichenden Ansichten und Auslegungen der Theologen einzulassen; wovon wir in dem frühern Werke ausgegangen sind und es als eine Hauptaufgabe betrachtet haben, davon könnten wir dießmal geradezu Umgang nehmen. Wir könnten es um so füglicher, als diese theologischen Auslegungen und Ausgleichungen in der Regel nur Versuche sind, die Kritik von der geraden Straße abzulocken und in apologetische Dschungeln zu verwickeln, aus denen wenigstens nicht ohne Zeitverlust loszukommen ist. Dazu kommt, daß, wenn dieser apologetischen Ausflüchte zu der Zeit, als das frühere Werk entstand, schon eine ziemliche Anzahl war, ihrer seitdem geradezu Legion geworden ist. Es ist wie in einem trockenen Herbste mit den Feldmäusen: trittst du ein Loch zu, so öffnen sich sechs neue dafür. Wenn man ein Werk wie das gediegene von Zeller über die Apostelgeschichte liest, wo mit einer Gründlichkeit und Geduld, die der höchsten Anerkennung werth sind, jede, selbst die elendeste theologische Ausrede berücksichtigt, jedes auch noch so unbegründete Vorbringen gegen die Kritik widerlegt, von jedem Seitensprunge der verschmitzte Gegner zurückgeholt ist, so kann man sich des Gedankens nicht erwehren, ob es einem wissenschaftlichen Manne zugemuthet werden kann, „mit solchem Gesindel sich herumzuschlagen", durch das Bemühen damit sich in dem geraden Laufe der wissenschaftlichen Kritik aufhalten zu lassen? Selbst was Evidenz und zwingende Beweiskraft betrifft, läßt sich fragen, ob nicht ein Werk daran durch das fortwährende Abbrechen des Fadens der Entwicklung der Sache selbst, wozu jene Rücksichtnahme es nöthigt, mehr verliere, als es durch die Vollständigkeit der Widerlegung abweichender Ansichten gewinnen kann. Um das Geschrei der Theologen, man habe sich die Sache dadurch leicht gemacht, daß man ihre gewichtigen Gründe nicht berücksichtigt habe, d. h. ihre papiernen Schanzen einfach vorbeigezogen sei, ohne sie einer ernsthaften Belagerung zu würdigen, hätte sich eine Darstellung wenig zu kümmern, die zunächst gar nicht für Theologen, sondern für Gebildete und Denkende aller Stände und Berufsarten berechnet ist. Dennoch möchte ich schon des Spaßes wegen mich dieses Geschäfts nicht ganz überheben. Sofern mich aber der gerade Weg dießmal nicht darauf führen wird, so soll nur allemal da, wo es einige Ausbeute verspricht, d. h. an solchen Stellen, wo sich die ausgiebigsten Nester von dergleichen Ungeziefer angesiedelt haben, ein Ruhepunkt gemacht und dem Leser Proben gegeben werden, wie an den Aufgaben, die sich auf unserem genetisch-kritischen Wege von selbst natürlich lösen, die erhaltungslustige Theologie von heute sich mit den abenteuerlichsten Verrenkungen und seltsamsten Bocksprüngen abarbeitet.

Erstes Buch.

Das Leben Jesu

im geschichtlichen Umriß.

27.

Vorbereitung.

Zum Beweise, daß die Anerkennung des Wunderbaren auf christlichem Gebiete nicht zu umgehen sei, pflegt man schon die Entstehung des Christenthums selbst als das größte Wunder zu bezeichnen. Vergebens bemühe sich eine glaubenslose Wissenschaft, in der unmittelbar vorhergehenden Zeit die Ursachen nachzuweisen, aus denen sich eine solche Wirkung begreifen ließe: das Mißverhältniß zwischen beiden Seiten bleibe so groß, daß hier, wie bei der ersten Entstehung organischer Wesen oder dem Anfang des Menschengeschlechts, ohne die Voraussetzung eines unmittelbaren Eintretens der göttlichen Schöpferkraft nicht auszukommen sei.

Allerdings, wenn wir im Stande wären, alle diejenigen Momente, die den Hervorgang des Christenthums bedingten, in solcher Vollständigkeit geschichtlich nachzuweisen, daß Ursache und Wirkung sich entsprächen, so wäre damit die Ansicht, welche in der Entstehung des Christenthums ein Wunder sieht, widerlegt, weil das Wunder dadurch als ein überflüssiges nachgewiesen wäre, und ein überflüssiges Wunder selbst auf dem Standpunkte des Wunderglaubens nicht angenommen werden darf. Allein daraus folgt nicht, daß, wenn uns zu solcher Nachweisung die Mittel fehlen, wir gehalten seien, das Wunder anzuerkennen. Denn daß uns die Umstände, in denen die hervorbringenden Ursachen des Christenthums lagen, nicht mehr bekannt sind, das heißt noch nicht so viel, daß gar keine solchen Ursachen vorhanden gewesen seien. Im Gegentheil, wir sehen deutlich, wie es kommt, daß wir von denselben, unerachtet sie vorhanden waren, doch nur wenig wissen.

Ueber die Bildungsverhältnisse der Juden in Palästina haben wir gerade aus dem Jahrhundert, das dem Zeitalter Jesu voranging, nur höchst mangelhafte Nachrichten. Die Hauptquellen darüber sind das Neue Testament und die Schriften des Josephus. Das erstere, da es sich nur um Jesus und den Glauben an ihn dreht, und ihn als übernatürliche aus nichts Früherem erklärbare Erscheinung faßt, gibt uns über das, was wir suchen, nur gelegentlich und gleichsam unwillkürlich einzelne Winke. Josephus, der seine beiden Hauptwerke, über den jüdischen Krieg und die jüdischen Alterthümer, nach der Zerstörung Jerusalems in Rom schrieb, ist zwar über die politischen und dynastischen Verhältnisse Judäa's während des fraglichen Zeitraums sehr ausführlich, und die Bildungsgeschichte betreffend, verdanken wir ihm die genaueren Nachrichten über die drei jüdischen Sekten; aber gerade über diejenige Seite der Religionsmeinungen seines Volkes, die uns für unsern Zweck die wichtigste wäre, die messianischen Erwartungen, wirft er absichtlich einen Schleier, um den politischen Argwohn der Römer, der sich nicht ohne Grund daran knüpfte, nicht rege zu machen; womit es auch zusammenhängen mag, daß er des Christenthums und seines Stifters entweder gar keine, oder, selbst wenn die berühmte Stelle ächt wäre, doch nur höchst ungenügende Erwähnung thut.[1]) Die Schriften des alexandrinischen Juden Philo, die noch früher, zum Theil möglicherweise noch in die Lebenszeit Jesu selbst fallen und über den damaligen Bildungsstand der ägyptischen Juden sehr lehrreich sind, lassen auf die Verhältnisse des Mutterlandes nur unsichere Schlüsse zu. Umgekehrt ist der Talmud in seinen Grundbestandtheilen zwar palästinischen Ursprungs, und enthält darunter ohne Zweifel auch Nachrichten, die in die Zeit vor Christo hinaufreichen; aber sein Abschluß fällt so spät, daß man dessen bei keiner schlechthin sicher ist. Von den apokalyptischen Schriften, dem vierten Buch Esra und dem Buch Henoch, die man sonst wohl als Quellen für die beiden Jahrhunderte vor Christo zu benützen pflegte, ist neuerlich streitig geworden, ob sie nicht vielmehr dem ersten und zweiten Jahrhundert nach ihm angehören. Was endlich die griechischen und römischen Schriftsteller betrifft, so kannten und beachteten sie das, was in Palästina vorging, so wenig, daß sie uns über die das Christenthum vorbereitenden Umstände keinen Aufschluß geben; von dem Christenthum selbst aber zeigen sie erst von da an eine genauere Kenntniß, als es die Grenzen Palästinas längst überschritten hatte und seinen Grundzügen nach als fertig gelten konnte.

Gleichwohl liegen in dem Wenigen, was wir über die besonderen Zustände des jüdischen Volkes aus der Zeit vor dem Auftreten Jesu wissen, auf der einen, und in der ausführlicheren Kunde, die wir über die allgemeinen Bildungsverhältnisse der Völker um jene Zeit haben, auf der andern Seite, Data genug, um in der Entstehung des Christenthums kaum mehr Räthselhaftes übrig zu lassen, als bei jeder Epoche in der Geschichte, sei es der

1) Die Stelle, Jüdische Alterthümer, 18, 3, 3, ist jedoch sicherlich zum Mindesten interpolirt. Ist aber dieß zugestanden, so schwindet sie zu einer so nichtssagenden Notiz zusammen, daß dann vollends nicht zu begreifen ist, wie der Verfasser um ihretwillen den Zusammenhang seiner Darstellung (denn 18, 3, 4 schließt sich eng an 18, 3, 2 an) unterbrechen mochte. Ich halte die ganze Stelle, die sich freilich schon bei Eusebius, Kirchengeschichte, I, 11, 7 fg., findet, für ein christliches Einschiebsel, und berufe mich dafür auch auf den ganz andern Eindruck, den die Stelle über den Täufer, ebendaselbst 18, 5, 2, macht.

Kunst oder Wissenschaft, des religiösen oder des Staatslebens, in dem persönlichen Momente, dem Auftreten des genialen Individuums liegt, das bestimmt ist, nachdem des Brennstoffs genug sich angesammelt hat, darein den zündenden Funken zu werfen.

Ich weiß nicht, ob der übernatürlichste Ursprung, den man dem Christenthum zuschreiben mag, ehrenvoller für dasselbe sein kann, als wenn die Geschichtsforschung nachzuweisen sucht, wie es die reife Frucht alles desjenigen gewesen sei, was bis dahin in allen Zweigen der großen Menschenfamilie als höheres Streben sich geregt hatte. Damit ist schon gesagt, daß wir, um das Christenthum in seiner Entstehung zu begreifen, nicht bei dem Judenthum stehen bleiben dürfen, auf dessen Boden es allerdings erwachsen ist, doch erst nachdem dieser Boden von Stoffen, die von auswärts kamen, durchdrungen und gesättigt war. Niemals würde das Christenthum, können wir sagen, die Religion des Abend- wie des Morgenlandes geworden, ja in der Folge vorzugsweise die des Abendlandes geblieben sein, wenn nicht schon bei seiner Entstehung und ersten Ausbildung neben dem Orient auch der Occident, neben dem jüdischen auch der griechisch-römische Geist betheiligt gewesen wäre. Das Judenthum mußte erst in dem furchtbaren Mörser der Geschichte so zerstoßen, das israelitische Volk durch die wiederholten Wegführungen so unter die übrigen zerstreut, und damit ebenso viele Kanäle, um fremdländische Bildungsstoffe dem Mutterlande zuzuführen, geöffnet sein, ehe es die Fähigkeit erhielt, ein Erzeugniß wie das Christenthum aus sich hervorgehen zu lassen. Insbesondere mußte die Vermählung von Orient und Occident, wie sie das Werk des großen Macedoniers war, vorangegangen, es mußte in Alexandrien gleichsam das Brautbette für diese Vermählung gegründet sein, ehe an eine Erscheinung wie das Christenthum zu denken war. Wäre kein Alexander vorangegangen, so wäre kein Christus nachgekommen, ist zwar für theologische Ohren ein lästerlich klingender Satz, der jedoch, sobald wir uns bewußt werden, daß auch der Held eine göttliche Sendung hat, alles Anstößige verliert.

Wenn wir einen Augenblick, dem gemeinen Sprachgebrauche folgend, Juden- und Heidenthum als die beiden Factoren betrachten, die einander in die Hand arbeiten mußten, um die neue Weltreligion hervorzubringen, so rechnen wir auf Seiten des erstern noch diejenigen Einflüsse mit ein, welche das Judenthum von andern orientalischen Religionen, namentlich während und nach dem Exil von der persischen Religion, erfahren hatte. Unter dem heidnischen Factor aber verstehen wir in erster Stelle die griechische Bildung, in zweiter den festen Organismus des römischen Kaiserreichs, welchem auch das jüdische Land und Volk eben um die Zeit der Geburt Jesu angeschlossen wurde. So haben wir gleichsam zwei Linien, jede durch ein eigenthümliches Streben weiter geführt, und doch bestimmt, schließlich in Einem Punkte zusammenzutreffen, der dann eben die Stätte für die Entstehung der neuen

Religion werden mußte. Wollen wir die scheinbar so entgegengesetzten, und doch am Ende denselben Punkt suchenden Bestrebungen dieser beiden Linien durch eine kurze Formel bezeichnen, so können wir sagen: das Judenthum in allen Stadien seiner Entwicklung suchte Gott, das Griechenthum ebenso den Menschen.

28.

Der Entwicklungsgang des Judenthums.

Den erstern glaubte das jüdische Volk gefunden zu haben, als es sich, der Mehrheit der sinnlichen und im Bilde verehrten Götter Aegyptens und Palästinas gegenüber, des Einen geistigen, bild- und gleichnißlosen Jehova bewußt geworden war. Da es mit diesem Bewußtsein unter den Völkern allein stand, war der so erkannte Gott der seinige, Israel dessen auserwähltes Eigenthum, und es entwickelte sich zwischen dem Volk und seinem Gott ein Bundes- oder Vertragsverhältniß, vermöge dessen das erstere sich zu einem umständlichen, genau geregelten Dienst, der letztere dagegen sich dazu verpflichtete, dem Volke, sofern es jenem Dienste nachkäme, seinen mächtigen Schutz gegen alle andern Völker, seinen besondern Segen angedeihen zu lassen. Doch hatte bald, oder eigentlich von jeher, jeder Theil über den andern zu klagen. Jene Erkenntniß des Einen wahren Gottes war dem Volke nicht als Ganzem, sondern nur einzelnen hervorragenden Geistern unter demselben aufgegangen, während die Masse noch immer dem polytheistischen Thier- und Bilderdienste der Nachbarvölker nachhing. Andererseits war von dem besondern Schutze, der Israel von seinem Jehova verheißen war, wenig zu spüren, da mit kurzen Unterbrechungen es von jeher kaum einem Volke hinderlicher ergangen ist, als dem erwählten Judenvolke. Das stellten denn freilich die Priester und Propheten des Einen Gottes als Strafe für den Ungehorsam des Volkes dar; während dieses seine geringe Bereitwilligkeit zum Dienst eines solchen Gottes mit dem Ausbleiben des besondern Schutzes entschuldigen konnte, der ihm von demselben in Aussicht gestellt war.

Daß die Begründer des jüdischen Religionswesens aus dem allgemeinen Brauche der Nationen um sie her den Opferdienst beibehielten, war einerseits natürlich, und kam überdieß dem Volke zu Gute, das, da es sich schon so schwer in den bildlosen Gott fand, in einen opferlosen Gottesdienst sich gar nicht gefunden haben würde. Dennoch war die Verehrung eines unsichtbaren Wesens durch blutige Thieropfer ein Widerspruch, der sinnliche Dienst paßte nicht zu dem übersinnlichen Gott und konnte das Volk leicht wieder zu den sinnlichen Göttern zurücklocken, deren Wesen er besser entsprach. Je mehr von den edleren Geistern der Nation der Eine Gott zwar als Schöpfer der Natur, aber als geistiges Wesen und sittliche Macht begriffen wurde, desto mehr mußte ihnen auch darüber ein Licht aufgehen, daß der wahre Dienst dieses Gottes nicht in Opfern oder sonstigem äußern Thun, sondern in der Reinigung des Herzens und des Lebens bestehen müsse.

Bekanntlich war dieß die Einsicht, welche die sogenannten Propheten und besonders diejenigen unter denselben, welche seit dem Wanken des Zehnstämmereichs bis zur Rückkehr aus dem babylonischen Exil nach einander auftraten, sich errungen hatten und dem Volk an's Herz legten. „Ich hasse eure Feste, läßt Amos Jehova sprechen; wenn ihr mir Opfer bringet, genehmige ich sie nicht, das Spiel eurer Harfen mag ich nicht hören. Es ströme aber wie Wasser Recht, und Gerechtigkeit wie unversiegbare Bäche" (5, 21 fg.). „Denn, spricht derselbe bei Hosea (6, 6), Frömmigkeit lieb' ich und nicht Opfer, und Gotteserkenntniß mehr als Brandopfer." Dasselbe predigt Jesaia allerorten, und Micha fragt (6, 6 fg.): „Womit soll ich treten vor Jehova, mich beugen vor dem Gott der Höhe? Soll ich vor ihn treten mit Brandopfern, mit jährigen Kälbern? Wird Jehova Gefallen finden an Tausenden von Widdern, an Myriaden Strömen Oels? Er hat dir kund gethan, o Mensch, was gut ist, und was anders fordert er von dir, als Recht zu üben und Frömmigkeit zu lieben und demüthig zu sein vor deinem Gott?" Endlich geht Jeremia sogar so weit, daß er Jehova geradezu zum Volke sprechen läßt (7, 22 fg.): „Nicht habe ich euren Vätern, als ich sie aus Aegypten führte, wegen Brand- und Schlachtopfern Gebote gegeben, sondern dieß gebot ich ihnen: gehorchet meiner Stimme, so will ich euer Gott sein."

Dieß war jedoch noch lange nicht so gemeint, als sollte die Vergeistigung der Religion bis zum Fallenlassen des Opferwesens getrieben, neben dem moralischen Gottesdienste der ceremonielle aufgegeben werden. Selbst der hochsinnige Verfasser des spätern Theils der jesaianischen Weissagungen, der als die rechte Zubehör zum Fasten nicht Kopfhängen und Bußgeberden, sondern Werke der Wohlthätigkeit und Menschenliebe verlangt, will dabei doch die Fasttage beobachtet wissen (58, 3 fg.), und legt besonders auch auf die Heiligung des Sabbats großes Gewicht (56, 1 fg. 58, 13 fg.). Zu diesem Festhalten an den altväterlichen Religionsgebräuchen fand sich das jüdische Volk seit dem Exil besonders dadurch veranlaßt, daß es keinen andern Weg sah, dem Andrang der mächtigen Weltreiche gegenüber, die sich nach einander in seiner Nähe ausbildeten, seine Eigenthümlichkeit und Selbstständigkeit zu behaupten. Daher sehen wir seit jenem Zeitpunkte die Lust des Rückfalls in heidnische Götzendienste mit einemmale verschwunden, damit jedoch im Ganzen keine Vergeistigung der Religion, vielmehr eine steigende Aengstlichkeit, den äußern Cultusvorschriften gerecht zu werden, Hand in Hand gehen. Einmal unter der Herrschaft der Seleuciden in Folge des Zugangs zum Orient, den Alexander der griechischen Cultur eröffnet hatte, scheint griechische Denkart und Sitte auch unter den Juden in Palästina viel Anklang gefunden zu haben; doch die religiöse und nationale Eigenthümlichkeit des Volks hatte noch Kraft genug, um mittelst des maccabäischen Aufstandes die fremdartigen Stoffe auszustoßen, worauf es sich von da an nur noch starrer und schroffer in seinen selbstgerechten Ceremoniendienst einschloß. So war in dem spätern Judenthum, wenn wir es mit dem Standpunkte der Propheten vor und unter dem Exil vergleichen, ein Rückschritt nicht zu verkennen; mit seiner Richtung auf äußerlichen Dienst, auf Vermehrung und spitzfindige Ausspinnung des Ceremonienwesens war es dem Gott, den es suchte, wieder ungleich ferner gerückt, als die Propheten, die seine Gegenwart im Geiste des Menschen geahnt, in Rechtschaffenheit und Menschenliebe seinen wahren Dienst erkannt hatten.

Doch dieser Richtung auf Vergeistigung der Religion war in den Propheten noch eine andere zur Seite gegangen. Die Erhebung Israel's zu ächter Frömmigkeit machten sie zwar zur unerläßlichen Bedingung der Wiederkehr besserer Zeiten: Jehova wollte sein Volk erst durch Strafgerichte läutern und sichten, die Schlacken ausschmelzen und das Unreine auswaschen (Jes. 1, 25 fg. 4, 3 fg. Mal. 3, 2 fg.), auf die Bekehrten und Entsündigten sodann seinen Geist ausgießen, einen neuen Bund mit ihnen errichten und sein Gesetz in ihr Herz schreiben (Jerem. 31, 31 fg. Hesek. 11, 19 fg. 36, 26 fg. Joel 3, 1 fg.), ehe die neue glücklichere Zeit ihren Anfang nehmen sollte. Aber indem man sich die bessere Zukunft nach dem Vorbilde der guten alten Zeit ausmalte, die das Volk unter seinem König David genossen hatte, verband sich mit der Hoffnung auf dieselbe die Erwartung eines Herrschers von David's Art, aus David's Geschlecht, der sein Volk aus der Tiefe seines jetzigen Verfalls auf eine Höhe der Macht und Wohlfahrt noch über die Zeiten des alten David hinaus führen sollte. Als nach der Vernichtung des Zehnstämmereichs durch die Assyrer auch das Königreich Juda sich von denselben bedroht sah, verhieß der Prophet Jesaia (11, 1 fg.), dieser jetzt so übermächtige Feind werde in Kurzem unschädlich gemacht sein. Dann werde ein Reis vom Stamme Isai's, ein Sproß von seiner Wurzel aufschießen, ein Herrscher, auf dem der Geist Jehova's ruhen, der im Innern mit Gerechtigkeit und Kraft walten, ein goldenes Zeitalter heraufführen, das Reich Israel wiederherstellen und seinem alten Hader mit Juda ein Ende machen, dann mit so vereinten Kräften die umwohnenden Völker unterwerfen werde; womit wohl auch Bekehrung dieser Völker zur Jehovareligion verbunden gedacht wurde (Micha 4, 1 fg. Jes. 18, 7. 19, 17 fg. 60, 1 fg.). Und als später auch das Strafgericht über Juda sich zu vollziehen im Begriffe war, am Anfang des babylonischen Exils, weissagte Jeremia (33, 1 fg. 14 fg.) dereinstige Herstellung des verödeten Landes unter einem Sprößling David's, dessen Walten er ebenso wie einst Jesaia beschrieb. Dieß wendet der in Babel weissagende Hesekiel (34, 23. 37, 24) so, daß David selbst es sein werde, der das wiederhergestellte und geeinigte Volk als guter Hirte weiden solle.

Wie aber durch die ganze Geschichte des Volks Israel ein Widerstreit zwischen dem Priester- und Prophetenthum einerseits und dem Königthum andererseits hindurchgeht, so nahm die messianische Erwartung statt von David, wohl auch von Mose ihren Ausgangspunkt. Der zu Josia's Zeiten lebende Verfasser des Deuteronomium legt dem scheidenden Gesetzgeber die Verheißung in den Mund (5 Mos. 18, 15), einen Propheten wie er werde Jehova dem Volke aus seiner Mitte erwecken, dem sollen sie Folge leisten; eine Weissagung, die, wenn auch von der Fortdauer des Prophetenthums überhaupt gemeint, doch, wie wir aus dem ersten Maccabäerbuch (4, 46) und dem Neuen Testament (z. B. Joh. 6, 14. vgl. 4, 19 fg. Apostelgeschichte 3, 22) sehen, in der Folge von einem einzelnen messiasartigen Propheten verstanden worden ist. Welche Einwirkung dieses mosaische Vorbild des Messias auf die Gestaltung der Geschichte Jesu in den Evangelien gehabt hat, werden wir in der Folge finden. Statt an den Gesetzgeber knüpft der nachexilische Prophet Maleachi die Zukunftshoffnung an den zum Himmel erhobenen Propheten Elia an, den Jehova vor seinem furchtbaren Gerichtstage zur Bekehrung des Volks noch senden werde (3, 23 fg. vgl. Sirach 48, 10 fg.); eine Hoffnung, die wir im Neuen Testament mit der Erwartung des Davidischen Messias so vereinigt finden, daß Elia als Vorläufer des Messias erwartet wurde.

War hiemit, wie im Grunde schon wenn man in der Stelle des Hesekiel den David wörtlich von dem wiedererweckten verstorbenen Könige verstand, die Person des Erwarteten in's Uebernatürliche gerückt, wohin auch so manche überschwengliche Ausdrücke früherer Propheten (wie Jes. 11, 5 fg.) gedeutet werden konnten, so bot das Buch Daniel, um die Zeit der maccabäischen Volkserhebung geschrieben, eine Schilderung dar (7, 13 fg.), die für diese Wendung der Messiasidee entscheidend wurde. Wenn nämlich hier in der prophetischen Vision, nach dem Gericht über die vier Thiere, welche die bisherigen vier großen Weltreiche in sich darstellten, einer „wie eines Menschen Sohn“ in den Wolken des Himmels erscheint, vor den Thron Gottes gebracht, und von diesem mit endloser Herrschaft über alle Völker belehnt wird, so mochte immer (nach V. 27) diese Menschengestalt von dem Verfasser ebenso nur als Sinnbild des Volks Israel gemeint sein, wie die Thiergestalten Sinnbilder der barbarischen Völker waren, die bisher die Weltherrschaft geführt hatten: die Beziehung auf den Messias lag doch allzunahe, als daß sie hätte ausbleiben können; wenn auch die Zeit ihres Aufkommens neuerlich mit dem Alter des vierten Buchs Esra und des Buchs Henoch streitig geworden ist.[1])

1) In beiden Apokryphen ist die Beziehung der Danielischen Stelle auf den Messias und die Auffassung des letztern als eines in der überirdischen Welt präexistirenden Wesens unverkennbar. Bei Esra steigt er im Traumgesicht des Propheten menschengestal-

Auch wann der Name Messias (griechisch Christus) oder Gesalbter für den erwarteten Retter aufgekommen sei, ist ungewiß. Im Alten Testamente finden wir ihn immer nur von Königen oder Propheten und Priestern gebraucht (3 Mos. 4, 3. 1 Sam. 24, 7. 11. Ps. 105, 15. Dan. 9, 25 fg. vgl. 2 Mos. 28, 41. 1 Sam. 10, 1. 1 Kön. 19, 16); aber für den Propheten und König im höchsten Sinne, der von Gott mit seinen Geistesgaben wie kein Anderer ausgestattet sein sollte (Jes. 11, 2) bot sich die Benennung ganz besonders dar, wie sie denn außer dem Neuen Testamente auch im vierten Buch Esra und im Buch Henoch auf ihn angewendet wird. [1])

Welche verschiedenartigen Elemente in diesem so wunderlich zusammengetragenen Messiasbilde vereinigt waren, erhellt von selbst. Zwar war das sittlich-religiöse Moment, sofern eine Läuterung des Volks theils als Be-

---

tig aus dem Meer auf und fliegt hernach mit den Wolken des Himmels (13, 1 fg. der Ausgabe von Volkmar); bei Henoch erscheint er neben dem Alten der Tage mit einem Angesicht wie eines Menschen Angesicht, und wird wiederholt Menschen-, auch Mannes- oder Weibessohn genannt (46, 1. 48, 2 fg. 62, 5. 7. 69, 27. 29 der Ausgabe von Dillmann). Dort ist er von Gott seit langer Zeit mit den ohne Sterben Entrückten (Henoch, Moses, Elias, im obern Paradiese) aufbewahrt, um am Ende zur Befreiung der Creatur und zur Herrschaft über die Auserwählten hervorzutreten (13, 2 fg. 25 fg. vgl. 5, 28. 12, 32); hier ist sein Name schon vor der Schöpfung angerufen, ihn selbst hat Gott bei sich verborgen und nur den Auserwählten geoffenbart, bis er ihn einst auf dem Throne seiner Herrlichkeit sitzen und Gericht halten lassen wird (48, 2 fg. 62 6 fg.). In dem Streit über vor- oder nachchristlichen Ursprung der beiden Bücher, der jetzt auf beiden Seiten (auf der einen hauptsächlich von Hilgenfeld, Die jüdische Apokalyptik, S. 91 fg. 185 fg., die Propheten Esra und Daniel [1863], und in verschiedenen Abhandlungen der Zeitschrift für wissenschaftliche Theologie; auf der andern von Volkmar, Handbuch der Einleitung in die Apokryphen, [1863], II, Beiträge zur Erklärung des Buchs Henoch, Zeitschrift der Deutschen Morgenländischen Gesellschaft, 1860, S. 87 fg.) mit Gelehrsamkeit und Scharfsinn geführt wird, entscheiden zu wollen, maße ich mir nicht an; doch scheint mir in Bezug auf 4 Esra die Abfassung um 97 n. Chr. durch das Adlergesicht festgestellt, und was Henoch betrifft, so sind über die nachchristliche, ja geradezu christliche Herkunft eben desjenigen Abschnitts, der die oben angeführten und ähnliche Stellen enthält, die beiden Hauptstreiter einverstanden (Hilgenfeld, Jüdische Apokalyptik, S. 157 fg. 181 fg.; Volkmar in der Zeitschrift der Deutschen Morgenländischen Gesellschaft, S. 133). In den sogenannten sibyllinischen Weissagungen gehören gleichfalls alle diejenigen Stellen, die unzweifelhaft von einer Präexistenz und höhern Natur des Messias sprechen, den spätern Bestandtheilen der Sammlung an; was in den vorchristlichen von dieser Art vorkommt, wie der vom Himmel her zu sendende König (III, 286 fg. der Ausgabe von Friedlieb), der unsterbliche (III, 48), der von der Sonne her kommende König (III, 652 fg.), ist theils in seiner Beziehung zweifelhaft, theils, wenn es sich auf den Messias bezieht, geht es über die Ueberschwenglichkeit jüdischer Phraseologie nicht hinaus.

1) 4 Esra 5, 28. 12, 31 fg. Henoch 48, 10. 52, 4.

dingung des Erscheinens, theils auch wieder als Aufgabe des erwarteten Herrschers betrachtet wurde, nicht vergessen; aber nicht nur waltete das politische doch vor und wurde von der Masse begreiflich in der härtesten Form einer Ausrottung oder doch Knechtung aller Heiden durch das erwählte Volk verstanden, sondern es mischte sich auch, je übernatürlicher das Wesen des künftigen Retters gefaßt wurde, um so mehr Schwärmerei und wilder Fanatismus ein. Die messianische Erwartung war auf der einen Seite zwar immer mehr zur eigentlichen Nationalidee, zum letzten Hort eines tiefgesunkenen unglücklichen Volks geworden; auf der andern Seite aber war diese Idee so zweideutiger Natur, daß schwer zu entscheiden war, ob sie dem Volke als Handhabe einer möglichen Erhebung verliehen, oder bestimmt sei, es vollends in den Abgrund zu reißen. Von dem Unternehmen Jesu abgesehen, das aber der Nation als solcher auch nicht zu Gute kam, hat die Messiasidee in diesen letzten Zeiten des jüdischen Staates nur verderbliche Unternehmungen, sinnlose und zum Unheil ausschlagende Auflehnungen gegen die römische Uebermacht zur Folge gehabt.

Das Ergebniß der langen religiösen Entwicklung des jüdischen Volkes legt sich uns vor ihrem Abschlusse noch in den drei Sekten [1]) dar, die wir um die Zeit Jesu so einflußreich finden, und deren Entstehung oder doch bestimmtere Ausbildung in die Zeit nach der maccabäischen Volkserhebung fällt. So wenig wir zweifeln dürfen, daß es die besten im israelitischen Volk lebenden Kräfte waren, die sich zur Empörung gegen das von Antiochus ihm aufgedrungene Griechenthum zusammenfaßten, so wenig ist dadurch ausgeschlossen, daß nach der glücklichen Beendigung des Kampfes eben diese Kräfte nach und nach zu einer so unerfreulichen Richtung, als der Pharisäismus war, erstarren konnten. Haben doch wir selbst nach der gewiß gesunden Erhebung, der wir die Abwerfung der Franzosenherrschaft verdanken, in der romantischen Deutschthümelei eine Richtung erlebt, die sich zum deutschen Wesen ähnlich verhielt, wie der Pharisäismus zum jüdischen. Indem ein Volk das ihm aufgedrungene Fremde in Staat, Sitte, und im Falle der Juden auch in der Religion, ausstößt und seine Eigenthümlichkeit wieder zur ausschließlichen Geltung bringt, weist es leicht auch dasjenige von sich, was in der fremden Volksthümlichkeit Gutes ist, verfestet sich in seiner Einseitigkeit, und insofern es nun alles dasjenige hervorzukehren sich befleißigt, wodurch es in den Erscheinungsformen des Lebens von andern Völkern sich unterscheidet, fällt es, oder fallen vielmehr diejenigen, welche diese Richtung, auch nachdem sie ihre geschichtlichen Dienste gethan hat, noch festhalten, leicht einem Aeußerlichkeitsgeist anheim, der über der Form das

1) Von diesen handelt Josephus im Jüdischen Krieg 2, 8, 2—14, in den Alterthümern 13, 5, 9. 18, 1, 2—5.

Wesen vergißt. Damit verbindet sich dann in einer solchen Partei der starre Trotz, der von den nationalen Ansprüchen nichts nachlassen, den veränderten Zeitverhältnissen kein Opfer bringen will, daher gegen die Herrscher, soweit sie durch diese Zeitverhältnisse eingesetzt sind, immer zu Aufstand und Meuterei geneigt ist. Jene nationalen Ansprüche durchzuführen, wäre der pharisäischen Sekte nur dann etwa möglich gewesen, wenn sie sich fähig gezeigt hätte, dem Volke einen neuen Geist einzuhauchen, es von Innen heraus sittlich und religiös zu heben; aber gerade hiezu nahm ja die Partei nicht einmal einen Anlauf, indem sie durch ihr ganzes Treiben das Volk vielmehr zu dem Wahn verführte, als ob es mit dem Aeußern gethan wäre, als ob, wenn sie ihm nur erst durch recht pünktlichen Ceremoniendienst genug gethan hätten, ihr Gott gewiß ein Einsehen haben und ihnen mittelst des Messias zur höchsten sinnlichen Wohlfahrt, zu einer Stellung über allen andern Völkern verhelfen würde.

Dieser Partei starrer und beschränkter Judenthümler standen die Sadducäer als aufgeklärte Weltleute gegenüber. Daß sie, im Gegensatz gegen das pharisäische Satzungswesen, wie es sich auf der Grundlage des mosaischen Gesetzes in der mündlichen Ueberlieferung ausgebildet hatte, lediglich das geschriebene Gesetzeswort als Quelle der Religion und Religionsübung anerkannten, dieß gibt ihnen einen gewissermaßen protestantischen Schein; die Verwerfung der pharisäischen Lohnsucht und die Forderung, das Gute um seiner selbst willen zu üben, einen stoischen, der aber durch die damit verbundene Läugnung von Auferstehung, Engeln und Geistern in's Epikureisch-Materialistische hinüberspielt. Möglich, daß aus der Zeit des Eindrangs griechischer Bildung und Mode unter den früheren Seleuciden etwas von derartigen Philosophemen unter gebildeten Juden hängen geblieben war; obgleich ähnliche Grundsätze auch schon im Prediger Salomo vorgetragen sind. Jedenfalls konnte eine solche Denkweise im jüdischen Volke keinen breiteren Boden gewinnen; daher finden wir dieselbe zwar in den höheren Klassen verbreitet, wie denn nicht blos im hohen Rathe, sondern wiederholt auch auf dem hohenpriesterlichen Stuhle Sadducäer saßen: aber an Einfluß auf das Volk konnte sich die Partei mit der pharisäischen nicht messen, auch wäre sie mit ihrer kalten, vornehmen Sittenstrenge so wenig als jene mit ihrer gleißnerischen lohnsüchtigen Frömmigkeit im Stande gewesen, eine Wiedergeburt des israelitischen Volks herbeizuführen.

Alle tieferen religiösen und sittlichen Kräfte, so viele derselben in dem alten Volke Gottes noch übrig waren, scheinen sich in jener Zeit vielmehr in den Verein der Essener[1]) geflüchtet zu haben, dessen Erwähnung neben

1) Von den Essenern im Besondern handelt Josephus, Jüdischer Krieg, 2, 8, 2—13, Alterth. 18, 1, 5; Philo in der Schrift Quod omnis probus liber, und von den Therapeuten in der De vita contemplativa. Außerdem vgl. Gfrörer, Das

der jener beiden andern jüdischen Sekten wir in den ältesten Urkunden des Christenthums vielleicht nur deßwegen vermissen, weil er diesem zu nahe stand. Denn wenn es auch eine seltsame Verwechslung von Seiten des Vaters der Kirchengeschichte war, daß er den ägyptischen Zweig (oder Stamm) der Essener, die sogenannten Therapeuten, geradezu für Christen nahm [1]), so ist doch die Verwandtschaft zwischen dieser Sekte und der ältesten Christenheit in Lehren und Gebräuchen so groß, daß sie von jeher zu denken gegeben hat. Eine ähnliche Gesellschaftsverfassung mit Gütergemeinschaft und gewählten Verwaltern, Verwerfung des Eides, Hochhaltung der Armuth und der Ehelosigkeit, heilige Waschungen und Mahlzeiten finden sich auf beiden Seiten; freilich bei den Essenern mit starker ascetischer Färbung, statt des Weins z. B. bei ihren gemeinschaftlichen Mahlen nur Wasser, wie sie sich außer dem Wein auch des Fleisches enthielten und sich mit Pflanzenkost begnügten. Mehrere dieser Züge erinnern uns einerseits an den Täufer Johannes, der sich zu den Essenern nur wie im Mittelalter ein Einsiedler zu den Ordensleuten verhalten zu haben scheint; andererseits an Jakobus, den sogenannten Gerechten, den uns die ältesten christlichen Geschichtschreiber ganz wie einen essenischen Heiligen schildern [2]), und mit dem dann wieder die alte judenchristliche Sekte der Ebioniten, deren Verwandtschaft mit dem Essenismus unverkennbar ist, zusammenhängt.

In den Essenern und Therapeuten sehen wir einen Kreis von Israeliten, die sich von der hergebrachten öffentlichen Religionsübung ihres Volks unbefriedigt fanden, sich daher von dem nationalen Tempel- und Opferdienst ferne hielten, aber auch von dem verunreinigenden Verkehr mit den Menschen überhaupt sich möglichst zurückgezogen hatten. Der Zweck ihres Vereins war, die Seele von den Banden des Körpers zu lösen; dazu sollte Enthaltung von sinnlichem Genuß, strenge Ordenszucht, die nur Werke der Menschenliebe und Wohlthätigkeit dem freien Ermessen des Einzelnen überließ, Arbeit und gemeinsame Erbauung helfen. Uebrigens hatte die Gesellschaft verschiedene Zweige: neben den vier Stufen, die sich nach der Zeit des Eintritts bestimmten, unterscheidet Josephus von den Essenern der strengen Observanz, die sich der Ehe enthielten, solche, die in der Ehe lebten, und Philo von den ägyptischen Therapeuten, die ein rein contemplatives, dem Studium

---

Heiligthum und die Wahrheit, S. 355 fg.; Zeller, Die Philosophie der Griechen, III, 2, S. 583 fg., und die Abhandlung über den Zusammenhang des Essenismus mit dem Griechenthum, Theologische Jahrbücher, 1856, S. 401 fg.; Hilgenfeld, Die jüdische Apokalyptik, S. 245 fg., und die Evangelienfrage, Zeitschrift für wissenschaftliche Theologie, 1862, S. 40 fg.; Baur, Das Christenthum der drei ersten Jahrhunderte, S. 19 fg.

1) Eusebius, Kirchengeschichte, II, 17.

2) Hegesippus bei Eusebius, Kirchengeschichte, II, 23, 4 fg.

und der frommen Betrachtung gewidmetes Leben führten, die palästinischen Essener, die sich, ihres ordensmäßigen Zusammenlebens unbeschadet, mit Ackerbau und Friedensgewerben beschäftigten, mithin bei mehrerer Berührung mit dem gemeinen bürgerlichen Leben besonders geeignet waren, die religiösen Grundsätze der Gesellschaft auch über den abgeschlossenen Kreis des Ordens hinaus zu verbreiten.

Fragen wir, woher dem Judenthum eine solche, seiner ganzen sonstigen Art fremde Richtung gekommen sein möge, so bietet zwar für die Flucht des Esseners aus der Welt die Noth der Zeit einen Erklärungsgrund, zu der essenischen Ascese das jüdische Nasiräerwesen und die Enthaltungen späterer Propheten einigermaßen ein Seitenstück; aber eine Reihe anderer Züge ihrer Denk- und Lebensweise, wie vor Allem die auf jüdischem Standpunkte sogar bedenkliche Verehrung der Sonne als des Abbildes vom höchsten Lichte, der Dualismus zwischen Geist und Materie, worin ihre Ascese wurzelte, die Betrachtung des Körpers als eines Kerkers der Seele, im Zusammenhang mit dem Glauben an eine Präexistenz der letztern, diese und andere Züge weisen augenscheinlich über das Gebiet des Judenthums hinaus. Und hier leitet uns dann das Ordensartige in der Verfassung des Vereins, die Probejahre, die der Aufzunehmende durchzumachen hatte, die Ehrfurcht vor den Obern, die Verpflichtung zum Stillschweigen über die Geheimnisse des Ordens, die er über sich nahm, die Verwerfung blutiger Opfer, die Enthaltung von Fleisch und Wein, das Verbot des Eides, die Ansichten über die Ehe, alles dieses leitet uns auf die Neupythagoreer jener Zeit, eine aus der Vermischung orphisch-pythagorischer Ueberlieferungen mit platonischer und stoischer Speculation entstandene Schule, bei der wir alle diese Züge, theils als Sagen von ihrem Stifter und dem von ihm begründeten Bunde, theils als wirkliche Eigenthümlichkeiten der sogenannten pythagorischen Lebensweise finden, mit welcher Josephus die der Essener ausdrücklich gleichstellt. Wie diese unter Griechen erwachsene Geistesrichtung zu den Juden gekommen, hilft uns der schon erwähnte Umstand erklären, daß sich offenbar dieselbe Sekte bei den ägyptischen Juden unter dem Namen der Therapeuten wiederfindet. Denn hier, besonders wenn wir erfahren, daß die Therapeuten hauptsächlich in der Umgegend von Alexandrien ihre Wohnsitze hatten, erklärt sich die Berührung und Verschmelzung des Jüdischen mit dem Griechischen von selbst, und bei dem vielfachen Verkehr, der zwischen der Judenschaft in Aegypten und der des Mutterlandes stattfand, konnte sich die Sekte leicht auch in das letztere verpflanzen; wenn wir nicht lieber annehmen wollen, schon in der Zeit der Bildungsmischung unter den Seleuciden habe auch das orphisch-pythagorische Wesen in Palästina Anklang gefunden, und diese Richtung durch die spätere Berührung mit den ägyptischen Therapeuten sich nur verstärkt und weiter entwickelt.

Eine verwandte Denkart hatte sich in den zwei letzten Jahrhunderten vor Christi Geburt auch außerhalb des Ordens unter den alexandrinischen

Juden ausgebildet; wie denn gerade der Mann, der den Gipfel dieser Richtung bezeichnet, der Jude Philo, einer unserer Hauptgewährsmänner für die Kenntniß jenes Ordens ist. Von dem mosaischen Gottesdienst hatten sich diese philosophirenden Juden in Alexandrien zwar nicht losgesagt, und die heiligen Schriften ihrer Volksgenossen, namentlich die Bücher Mosis, standen bei ihnen in hohen Ehren; aber wie die Essener wußten sie dieselben mittelst einer allegorischen Auslegung auf die Seite ihrer vielfach abweichenden Meinungen hinüberzuziehen. Diese Abweichungen betreffen vorzugsweise den Gottesbegriff, insofern an dem Menschenartigen in der Art, wie das Alte Testament von Gott redet, der Hand, dem Sprechen, dem Zorne, der Reue, dem Ruhen und Niedersteigen Gottes Anstoß genommen, das göttliche Wesen über alle endliche Bestimmtheit hinausgehoben und in ein Jenseits versetzt wurde, aus welchem es nur durch niedersteigende Kräfte, durch dienende Mittelwesen, auf die Welt einwirken konnte. Wie in dieser Vorstellung die jüdische Engel- und die platonische Ideenlehre zusammenfließen, so in der vom Logos, als der wirksamen göttlichen Vernunft, in welcher sich alle jene vermittelnden Kräfte vereinigen, die jüdische Lehre vom göttlichen Geist und der göttlichen Weisheit auf der einen, und die stoische von der die Welt durchdringenden göttlichen Vernunft auf der andern Seite. Dazu kam dann die orphisch-platonische Ansicht von dem Leib als einem Kerker der Seele, womit eine abtödtende, in einer ekstatischen Anschauung Gottes gipfelnde Moral gegeben war, in deren Verwandtschaft mit der essenischen auch die Bewunderung ihren Grund hat, welche Philo den von ihm geschilderten Essenern und Therapeuten zollte.

Sehen wir nun nach, was jede dieser Richtungen, insbesondere die drei herrschenden Sekten, in Bezug auf die oben bezeichnete Aufgabe des jüdischen Volkes gefunden hatten, so war an der pharisäischen nur das Negative deutlich geworden, daß auf dem von ihr eingeschlagenen Wege Gott nicht zu finden, ein befriedigendes Verhältniß des Menschen zu ihm nicht zu erreichen war. Sofern es aber eine Seite der ursprünglichen hebräischen Religion selbst war, nämlich der äußerliche Dienst, das rituelle und ceremonielle Wesen, das der Pharisäismus, nur einseitig und abgetrennt von demjenigen, wodurch es in der althebräischen Religion ergänzt war, zu seinem Princip gemacht hatte, so konnte die religiöse Erstarrung, in welche diese Richtung das Volk hineingeführt hatte, als Beweis gelten, daß diese Seite der Religion nicht diejenige sei, in welcher das Belebende derselben liege, vielmehr diejenige, deren Ueberwuchern ihr leicht tödtlich werden könne. Auch die messianische Hoffnung, in der politischen und jüdisch-particularistischen Form, wie sie von den Pharisäern aufgefaßt wurde, zeigte sich schon jetzt und mehr noch später durch die Anschürung des Fanatismus im Volke und die unseligen Aufstände, die sie immer wieder veranlaßte, der wahren Religiosität und dem Volke selbst vielmehr verderblich; wie die

Idee von Gott und Gottesdienst, so mußte auch die vom Messias ganz anders gefaßt werden, wenn sie der Nation und der Menschheit zu Gute kommen sollte.

Ueber den Sadducäismus sind die uns aufbehaltenen Nachrichten zu dürftig, als daß wir seinen Beitrag zur Lösung der oben bezeichneten Aufgabe so bestimmt formuliren könnten; das Negative, daß und warum der von der pharisäischen Partei eingeschlagene Weg nicht der rechte sei, scheint den Männern dieser Richtung klar gewesen zu sein; aber etwas Positives, das sie an die Stelle gesetzt hätten, tritt nicht hervor, und der Nachdruck, womit sie die menschliche Freiheit im Gegensatz gegen die göttliche Vorherbestimmung, die Selbstgenugsamkeit der menschlichen Tugend gegenüber von den Belohnungen eines künftigen Lebens hervorhoben, scheint auf ein Zurücktreten des religiösen Interesses gegen das sittliche, und damit auf einen Standpunkt hinzudeuten, der die auf demselben Stehenden innerhalb des Judenthums nothwendig isoliren mußte.

Wenn Philo von den Essenern sagt, sie verehren Gott nicht dadurch, daß sie Thiere schlachten, sondern dadurch, daß sie ihre Gesinnung zu einem Gott wohlgefälligen Opfer zu machen streben, so sehen wir, daß sie dem falschen Wege des Pharisäismus gegenüber noch auf dem Boden der Religion selbst einen andern einschlugen. Freilich, wenn Josephus sich so ausdrückt, die Essener bringen keine Opfer, weil sie ihre Reinigungen für vorzüglicher halten, so werden wir erinnert, daß es nicht die Gesinnung rein als solche war, die bei dieser Sekte an die Stelle der im mosaischen Gesetze vorgeschriebenen Gebräuche trat, sondern zunächst gleichfalls wieder äußerliche Uebungen, wie Gebet, Waschung und Kasteiung, religiöse Mahle und Feste; aber diese Gebräuche waren doch vor Allem auf Entsagung und Bändigung der sinnlichen Triebe gerichtet, oder war, wie bei ihrem Sonnen- und Lichtdienst, die Hülle des Symbolischen so dünn, daß die geistige und sittliche Bedeutung weit mehr als bei den materielleren mosaischen Cultusvorschriften hindurchschien. Nach dieser Seite war also bei den Essenern dasjenige, worauf schon die Propheten gedrungen hatten, der Gottesdienst durch Reinigung des Herzens und Wandels, durch Rechtschaffenheit und Menschenliebe, einerseits zwar verwirklicht, andererseits aber in zwiefacher Hinsicht noch in eine unangemessene Form gebannt. Für's Erste nämlich mit einer Ascese und einem Ceremoniell verbunden, worin sich die Unfreiheit des ganzen Standpunktes, die Einmischung von Schwärmerei unter richtige Einsicht, verrieth; für's Andere in einen Geheimbund eingeschlossen, dessen Grundstock wenigstens sich von der Welt absperren zu müssen meinte, um seine Reinheit zu bewahren, da doch die ächte Frömmigkeit und Sittlichkeit ihre Kraft vielmehr dadurch bewähren muß, daß sie in die Welt eingeht und deren Verhältnisse mit ihrem Geiste durchdringt und heiligt. Und doch war durch diese Haltung gleichsam nebenbei etwas Wichtiges erreicht. Indem zu den

Unreinen, von deren Berührung man sich zurückzog, alle nicht zum Bunde Gehörigen, mithin auch die gewöhnlichen Juden, gerechnet wurden, so waren also diese dafür erklärt, nicht für sich schon das wahre Volk Gottes zu sein, sondern erst, wenn sie noch einen weitern Schritt zu ihrer Reinigung machten; der Kreis war zunächst zwar enger gezogen als vorher, denn von Zulassung nichtjüdischer Mitglieder in den Essenerbund hat man keine Spur, aber doch zugleich dem jüdischen Nationalstolz einen Schlag versetzt, der die Ueberwindung des Particularismus von ferne vorbereiten half.

29.

Der Entwicklungsgang der griechisch-römischen Bildung.

Daß der religiösen Bestimmung des jüdischen Volks gegenüber die ganze Eigenthümlichkeit des griechischen [1]) auf die Herausbildung des wahrhaft Menschlichen angelegt war, bedarf im Allgemeinen nicht erst eines Nachweises, da es in Staat und Sitte, in Poesie und bildender Kunst dieses Volkes als anerkannte Thatsache vor Augen liegt. An seiner Religion aber zeigt es sich in der Menschenähnlichkeit der griechischen Götter. Daß der Inder, der Assyrer, der Aegypter, seine Götterwesen nicht in reiner Menschengestalt bildete, hatte nicht blos in Mangel an Kunstfertigkeit und Geschmack, sondern vor Allem darin seinen Grund, daß diese Völker ihre Götter auch nicht rein menschlich dachten. Ob der Hellene seine Gottheiten zum Theil von auswärts, oder von inländischen Vorfahren erhalten habe: die eigenthümliche Veränderung, die er als Hellene mit denselben vornahm, ist allemal die, daß er ihre ursprüngliche Naturbedeutung in eine Beziehung auf das menschliche Leben umwandelte, sie aus Symbolen kosmischer Mächte zu Urbildern menschlicher Gemüthskräfte und Lebenseinrichtungen machte, und im Verhältniß damit auch ihre äußere Gestalt immer vollkommener dem Menschlichen aneignete.

Nun steht zwar eine Frömmigkeit, welche die menschlichen Götterideale eines Apollon, einer Athene, eines Zeus producirte, unstreitig höher als diejenige, welche ihre Götterwesen äußerlich noch nicht von der Thiergestalt, innerlich nicht von der wilden, zeugenden oder zerstörenden Naturgewalt losgemacht hatte; aber das Menschliche der griechischen Götter hatte, entsprechend ihrer ursprünglichen Naturbedeutung wie dem Stande der Volksbildung um die Zeit, in welche die Gestaltung dieser Vorstellungen fiel, neben seiner sittlichen auch noch eine so stark ausgeprägte sinnliche Seite,

1) Zum Folgenden vgl. Zeller, Die Philosophie der Griechen (zweite Auflage, 1856 fg.). Derselbe, Die Entwicklung des Monotheismus bei den Griechen (1862).

daß, sobald die sittlichen Begriffe sich läuterten, ein Anstoß an den Gräueln eines Kronos, den Ehebrüchen eines Zeus, den Diebstählen eines Hermes u. s. f. nicht ausbleiben konnte. Daher suchten Dichter dieser späteren Zeit, wie Pindar, ihnen anstößige Mythen in's Sittliche umzubilden; noch entschiedener aber wiesen schon frühzeitig einzelne Philosophen, vor Allen der Stifter der eleatischen Schule, Xenophanes, die unwürdigen und überhaupt die menschenartigen Vorstellungen von den Göttern, wie Homer und Hesiod sie an die Hand gaben, zurück, und Plato hat bekanntlich von diesem Gesichtspunkt aus den Homer geradezu aus seinem idealen Staate verbannt. Doch auch abgesehen von diesem sittlichen Anstoß wurde bald schon die Vielheit der Götter als unverträglich mit dem Begriffe des göttlichen Wesens erkannt, das als das Vollkommenste und als die oberste Ursache von Allem nur Eines sein könne; und so sehen wir unter gebildeten Griechen den Polytheismus immer mehr von der monotheistischen Vorstellung verdrängt, oder doch mit derselben durch strengere Unterordnung der einzelnen Götterwesen unter den Einen obersten Gott ausgeglichen. So erhob sich in diesem Stücke der Grieche allmählig zu dem Standpunkte, auf welchem der Hebräer von Hause aus stand, und insofern der erstere seine Vorstellung von dem Einen Gott auf philosophischem Wege gefunden hatte, konnte dieselbe bei ihrer späteren Berührung mit dem jüdischen Monotheismus diesem nun überdieß zur Läuterung von manchem allzu menschenähnlichen Zuge dienen, der demselben in den Schriften des Alten Testaments noch anklebte.

Daneben aber bildete der Grieche seine Vorstellungen von dem Menschen, seinem Wesen und seinen Pflichten, weit über jene homerischen Götterideale hinaus in einer Weise fort, wie dieß auf jüdischem Boden nie möglich gewesen wäre. „Von dem hebräischen Supranaturalismus", sagt Welcker [1]), „hätte die Humanität nie ausgehen können; denn je ernster und erhabener jener gefaßt wird, um so mehr muß die Auctorität und das Gesetz des Einen Gottes und Herrn die menschliche gottbewußte Freiheit niederhalten, aus welcher alle Kraft und Freudigkeit zum Besten und Edelsten fließt." Gerade weil das Göttliche dem Griechen nicht in der Gestalt eines gebietenden Gesetzes gegenübertrat, mußte er sich selbst Gesetz werden; weil er nicht, wie der Jude, sein Leben Schritt für Schritt durch religiöse Satzung geordnet sah, mußte er nach einer sittlichen Norm im eigenen Innern suchen. Daß dieß eine schwierige Aufgabe war, der Weg zu ihrer Lösung über gefährliche Stellen hinführte, sehen wir an der Sittenverderbniß, die bald nach der schönsten Blüthezeit über das griechische Volk hereinbrach, an der Willkür, mit welcher die gleichzeitigen Sophisten alle sittlichen Begriffe durcheinander warfen. Ihnen galt nach dem Ausspruch des Prota-

1) Griechische Götterlehre, I, 249.

goras der Mensch als das Maß aller Dinge; nichts sei etwas, also auch nichts gut oder schlecht von Natur, sondern nur durch willkürliche menschliche Satzung, an die sich der Einzelne nicht zu binden habe, sondern, wie schon die Urheber jener Satzungen sie zu ihrem eigenen Vortheil festgestellt haben, so stehe nun auch dem Einzelnen frei, gut zu heißen und als solches in Ausübung zu bringen, was ihm angenehm oder nützlich sei. Die Kunst, solches Handeln dialektisch zu rechtfertigen, an allem Bestehenden in Religion und Sitte zu rütteln, „die schwächere Sache zur stärkern“, d. h. aus Unrecht Recht zu machen, wurde von den Sophisten gelehrt und verbreitet, damit aber freilich nur in eine methodische Form gebracht, was alle Welt um sie her praktisch ausübte.

Wie sich dieser sittlichen Auflösung im Hellenenvolke und der sophistischen Beschönigung derselben Sokrates entgegenstellte, ist bekannt. Er konnte nicht, wie ein hebräischer Prophet, auf ein geschriebenes göttliches Gesetz verweisen, was auch bei seinen zum religiösen Zweifel längst angeregten Volksgenossen nichts geholfen haben würde; er blieb also, gleich den Gegnern, die er bekämpfen wollte, bei dem Menschen stehen, auch ihm war in gewissem Sinne der Mensch das Maß aller Dinge; aber nicht der Mensch, sofern er seinem Belieben folgt oder der Lust nachgeht, sondern sofern er sich selbst mit Ernst zu erkennen sucht und sich über das, was zu seiner wahren Glückseligkeit dient, durch regelrechtes Denken zu verständigen strebt. Wer aus solchem wahren Wissen heraus handelt, wird allemal gut handeln, und dieses Guthandeln wird den Menschen allemal glücklich machen: das war der kurze Inbegriff der Moral des Sokrates, zu deren Begründung er keiner göttlichen Gebote bedurfte; obgleich er auch von dem Wesen Gottes im Sinne der angedeuteten Vermittlung des nationalen Polytheismus mit einem vernünftigen Monotheismus sehr reine Begriffe vorgetragen hat. Daß Sokrates diese Lehren nicht schulmäßig in abgeschlossenem Kreise, sondern volksthümlich und gleichsam gesellig vortrug; daß er ferner, was er lehrte, zugleich im eigenen Leben als hohes Muster darstellte; daß er endlich der Märtyrer seiner Ueberzeugungen, seiner von der Masse seiner Mitbürger mißverstandenen Bemühungen um ihre geistige und sittliche Hebung wurde, gibt ihm eine Aehnlichkeit mit Christus, die von jeher aufgefallen ist: in der That ist bei aller tiefen Verschiedenheit, welche der Gegensatz der beiderseitigen Volks- und Religionsarten begründet, im ganzen vorchristlichen Alterthum, das hebräische nicht ausgenommen, keine Gestalt zu finden, die mehr Verwandtschaft mit Christus hätte, als die des Sokrates.

Nach ihm hat kein Grieche für die Heranhebung der hellenischen Bildung auf eine Stufe, wo sie sich mit der hebräischen Religion berühren konnte, mithin für die Vorbereitung des Christenthums, mehr gethan als sein Schüler Plato. Das Wahre an den Dingen waren ihm nur die Ideen, d. h. ihre allgemeinen Begriffe, die er aber nicht als bloße Vorstellungen im menschlichen

Geiste, sondern als wirkliche übersinnliche Existenzen betrachtete. Die höchste Idee ist die des Guten, diese aber von Gott selbst nicht verschieden; und wenn nun Plato die Ideen auch Götter nennt, so sieht man, wie hierin die Möglichkeit einer Ausgleichung seiner Philosophie einerseits mit dem Polytheismus seines Volks, andererseits mit dem jüdischen Monotheismus lag, sofern die Ideen, wie dort als Untergötter oder Dämonen, so hier als Engel genommen und der obersten Idee als dem Einen Gott untergeordnet werden konnten. Wenn Plato die Entstehung der Erscheinungswelt aus einer Mischung der Vernunft mit dem Vernunftlosen, aus dem Eingehen der Ideen in ihr Gegentheil (das man hernach Materie genannt, er selbst jedoch mehr nur negativ als das Nichtseiende, Form- und Bestimmungslose bezeichnet hat) erklärt; wenn er im Zusammenhang damit in der Sprache der Mysterien den menschlichen Leib als Fessel und Kerker der Seele, worein sie aus einem frühern körperlosen Zustande des reinen Anschauens der Ideen herabgesunken, und als die Aufgabe der Philosophie die möglichste Lösung der Seele vom Körper faßt, so erkennt man hierin zwar zunächst die Anknüpfungspunkte für die Ansichten der Essener und für jene gnostischen Speculationen, wie sie frühzeitig in der christlichen Kirche hervorgetreten sind; aber der ganze Standpunkt, nicht das Sichtbare, sondern das Unsichtbare als das wahrhaft Seiende, nicht dieses, sondern das künftige Leben als das wahre Leben zu betrachten, hat mit dem des Christenthums selbst so viel Verwandtschaft, daß wir auch hierin eine Vorbereitung desselben, oder der Menschheit für dasselbe von griechischer Seite her erkennen müssen. Wenn endlich Plato nicht blos wie Sokrates die Tugend als das einzig richtige Mittel zur Glückseligkeit betrachtet, sondern die Glückseligkeit eben in die Tugend selbst, als die rechte Beschaffenheit, Harmonie und Gesundheit der Seele setzt, und damit die Tugend, sofern sie ihren Lohn in sich selber trägt, von allen unreinen Beweggründen, auch von der Rücksicht auf jenseitige Vergeltung, die er übrigens gleichwohl mit Nachdruck lehrt, unabhängig macht, so hat er damit den Tugendbegriff um so viel über die Höhe des christlichen hinausgehoben, als dieß der ächte Philosoph dem volksthümlichen religiösen Standpunkte gegenüber soll, und nur die edelsten der christlichen Kirchenlehrer sind ihm hierin nahe gekommen.

Während hierauf Aristoteles im Wesentlichen zwar dem hohen Begriffe Plato's von dem sittlichen Strebziele des Menschen getreu blieb, nur daß er, seiner Richtung auf die Erfahrung gemäß, auch auf die äußern Güter und Uebel als mögliche Fördernisse oder Hemmnisse der sittlichen Thätigkeit mehr Rücksicht nahm, hat die stoische Schule zum Theil eben im Gegensatz zu der läßlichern Denkart der von Aristoteles begründeten peripatetischen die Selbstgenugsamkeit der Tugend, ihre Fähigkeit, den Menschen für sich schon zu beglücken, die Werthlosigkeit alles Andern außer ihr, zum Grundthema ihrer Sittenlehre gemacht. Als ein Gut ist nach stoischer Lehre einzig die

Tugend, als ein Uebel einzig die Schlechtigkeit zu betrachten; alle andern Dinge, wie eingreifend ihr Einfluß auf die menschlichen Zustände auch sein mag, fallen doch unter die Rubrik des Gleichgültigen; Gesundheit und Krankheit, Reichthum und Armuth, ja Leben und Tod selbst sind für sich weder Güter noch Uebel, sondern lediglich indifferente Stoffe, die der Mensch ebenso zum Guten wie zum Schlechten verwenden kann. Die Verwandtschaft mit dem spätern christlichen Standpunkt und seiner Gleichgültigkeit gegen äußere Zustände ist hier nicht zu verkennen; und wenn die stoische Philosophie ihren Weisen als den vollkommenen, schlechthin bedürfnißlosen und göttergleichen, auf eine Höhe stellt, die mit der christlichen Demuth unverträglich scheint, so wird diese Ueberhebung doch wieder ausgeglichen, wenn der Vorzug des Weisen eben nur darein gelegt wird, daß er sich dem Gesetze des Weltganzen gemäß macht, der allgemeinen Weltvernunft sich anbequemt; und die Ergebung in das Schicksal als die göttliche Führung, die Unterordnung des eigenen Willens unter den Willen der Gottheit, wird von den Stoikern in einer Weise gepredigt, die sogar an Aussprüche Christi erinnert.

Noch in einer andern Hinsicht hat der Stoicismus dem Christenthum vorgearbeitet. Particularistisch, auf das eigene Volk beschränkt, war im Alterthum, der Vereinzelung der Nationen vor dem Aufkommen der großen Weltreiche gemäß, nicht bloß die Denkart der Juden, sondern ebenso die der Griechen und Römer. Wie dem Juden nur die Nachkommen Abraham's als das Volk Gottes, so erschien dem Griechen nur der Hellene als der wahre, vollberechtigte Mensch, und er gab sich zum Barbaren dieselbe ausschließende Stellung, wie der Jude zu den Heidenvölkern. Selbst Philosophen wie Plato und Aristoteles hatten sich von diesem nationalen Vorurtheil noch nicht ganz losgemacht; erst die Stoiker zogen aus der Gemeinsamkeit der vernünftigen Anlage in allen Menschen die Folgerung der wesentlichen Gleichheit und Zusammengehörigkeit aller. Die Stoiker zuerst betrachteten alle Menschen als Bürger eines großen Staates, zu dem sich alle einzelnen Staaten nur wie die Häuser zu dem Ganzen der Stadt verhalten, als eine Heerde unter dem gemeinsamen Gesetze der Vernunft; die Idee des Kosmopolitismus ist, als eine der schönsten Früchte der Wirksamkeit des großen Alexander, zuerst in der Stoa aufgegangen; ja ein Stoiker hat zuerst das Wort gesprochen, daß alle Menschen Brüder sind, sofern sie alle Gott zum Vater haben. Was den Gottesbegriff anlangt, so haben die Stoiker die Vermittlung der volksthümlichen Vielgötterei mit dem philosophischen Monotheismus auf dem Boden pantheistischer Weltanschauung in der Art weiter geführt, daß sie Zeus als den allgemeinen Weltgeist, das Eine Urwesen, die übrigen Götter als Theile und Erscheinungsformen desselben faßten; wobei sie in dem Begriff des Logos, wie sie die allgemeine Vernunft als bildende Naturkraft bezeichneten, eine Vorstellung zubereiteten, die später für die dogmatische Begründung des Christenthums die höchste Wichtigkeit gewinnen sollte. Zugleich haben die Stoiker durch die allegorische Auslegung, welche sie, um aus den Göttern und Göttergeschichten der griechischen Mythologie naturphilosophische Ideen herauszudeuten, auf Homer und Hesiod in Anwendung brachten, den alexandrinischen Juden und weiterhin den Christen den Weg gezeigt, dem alten und bald auch dem Neuen Testament, wo der Wortsinn nicht mehr behagte, beliebig einen andern unterzuschieben.

Soweit eine Lehre, welche das höchste Gut in die Lust setzt und den Göttern jede Einwirkung auf die Welt und die Menschen entzieht, von der Linie geistiger Entwicklungen abzuliegen scheint, die das Christenthum vorbereiten halfen, so fehlen doch auch dem Epikureismus dahin einschlagende Züge nicht ganz. Für's Erste, wie es namentlich in der Philosophie wahr ist, daß entgegengesetzte Richtungen bei folgerechter Durchbildung sich berühren, so liegt das höchste Gut des Epikureers von dem des Stoikers nicht so weit ab, als es auf den ersten Anblick scheinen mag. Denn unter der Lust, in welche er das höchste Gut setzt, versteht er ja nicht den einzelnen sinnlichen Genuß, sondern eine bleibende ruhige Fassung des Gemüths, welche die Verzichtleistung auf manchen flüchtigen Genuß, die Uebernahme manches vorübergehenden Schmerzes verlangt; und diese epikureische Gemüthsruhe ist mit der stoischen Unerschütterlichkeit nahe verwandt. Zwar ist dem Epikureer die Tugend nie an und für sich Zweck, sondern immer nur Mittel für den Zweck der von ihr verschiedenen Glückseligkeit; aber als Mittel dazu ist sie ihm so unentbehrlich und so ausreichend, daß er sich weder Tugend ohne Glückseligkeit, noch diese ohne jene zu denken weiß. Und wenn sich die Epikureer zu den äußern Lebensgütern auch nicht so spröde wie die Stoiker verhielten, so wiesen sie doch darauf hin, wie einfach des Menschen wahre Bedürfnisse, und wie wohlgethan es sei, sich auf diese zu beschränken; wie umgekehrt auch Schmerz und Unglück durch Einsicht und Fassung sich überwinden lassen. Kamen hierin die Epikureer durch ihr leidentliches Verhalten nahezu auf denselben Punkt wie die Stoiker durch ihr thätiges, so verhielten sie sich zu diesen geradezu ergänzend in denjenigen Stücken, wo die stoische Strenge zur Härte und Unempfindlichkeit wurde. Während die Stoa von Mitleid und Nachsicht nichts wissen wollte, wurde von Epikur Erbarmen und Versöhnlichkeit empfohlen, und der epikureische Grundsatz, Gutes thun sei angenehmer als sich Gutes thun lassen, klingt geradezu an den Ausspruch Jesu: Geben ist seliger als Nehmen, an.

Wenn aus dem Gegensatz und Kampf dieser griechischen Philosophenschulen, von denen die eine in der Regel verneinte, was die andere behauptete, die eine widerlegen, was die andere beweisen zu können glaubte, sich zuletzt ein Zweifel an aller erkennbaren und erweislichen Wahrheit, der philosophische und wohl auch praktische Skepticismus entwickelte, so scheint hierin zunächst eine noch weitere Entfernung von dem religiösen Volksglauben zu liegen, als überhaupt schon in der Hinwendung zur Philosophie lag; und dennoch konnte dieses Brechen der letzten Stütze, die das menschliche Bewußtsein in der Philosophie suchte, dasselbe auch wieder empfänglicher für eine neue vermeintliche Offenbarung des Göttlichen machen. Das Ueberhandnehmen des Aberglaubens, das Flüchten zu geheimen Weihen und neuen Culten, die den Menschen in unmittelbare Berührung mit der Gottheit setzen sollten, wie es um die Zeit der Entstehung des Christenthums selbst unter den gebildetern Klassen der griechisch-römischen Welt zu bemerken ist, war nicht blos das Ergebniß davon, daß die alten Religionen, sondern auch davon, daß die vorhandenen philosophischen Systeme dem Menschen die gesuchte Befriedigung nicht mehr gewährten. Es ist bekannt wie aus diesem unbefriedigten Bedürfniß im dritten Jahrhundert n. Chr. die sogenannte neuplatonische Philosophie hervorging; aber schon im letzten Jahrhundert v. Chr. bemerken wir einen Vorläufer dieser Richtung in demselben Neupythagoreismus, dem wir oben einen Einfluß auf die Ausbildung der therapeutisch-essenischen Sekte unter den Juden zugeschrieben haben. Lag nun aber ein solches Bedürfniß nach einer neuen Berührung mit dem Göttlichen, einer neuen Verbindung zwischen Himmel und Erde, im Geiste jener Zeit, und wurde es unter Juden wie unter Heiden empfunden: so stellt sich auch das Christenthum in die Reihe der Versuche, demselben abzuhelfen, und erklärt sich der Anklang, den es fand, daraus, daß es demselben auf ursprünglichere und volksthümlichere Weise abzuhelfen wußte, als die künstlich ersonnenen Systeme des Neupythagoreismus und Neuplatonismus, oder die Geheimbünde der Therapeuten und Essener.

Wollen wir Demjenigen gegenüber, was die Griechen zur Vorbereitung des Christenthums geleistet haben, nun auch den Beitrag bezeichnen, den das römische Volk dazu geliefert hat, so können wir diesen auf zwei Punkte zurückführen. Der erste ist die Einheit eines großen Weltreichs, in welche sie eben in dem Jahrhundert vor Christi Geburt alle namhaften Völker der alten Welt zusammengefaßt hatten. Alexander war ihnen hierin vorangegangen; aber sein Reich, dem überdieß das eigentliche Abendland fehlte, war nicht als Einheit beisammen geblieben, sondern in mehrere Stücke, zwischen denen der blutige Streit nie ganz ruhte, auseinander gefallen. Die Idee des Weltbürgerthums, die Betrachtung des Menschen als Menschen, nicht mehr blos als Griechen, Juden u. s. f. konnte erst im römischen Weltreich tiefere Wurzeln schlagen; ebenso mußten sich in dieser großen Völkergemeinschaft die vielen einzelnen Stamm- und Völkergottheiten erst sammeln und mischen, ehe sie sich in die Vorstellung eines höchsten und bald einzigen Gottes, die Volksreligionen in eine Weltreligion, auflösen konnten. Mit dieser Veränderung hing aber die Vergeistigung der Religion unmittelbar zusammen. Der Eine Gott konnte kein sinnlicher mehr sein, und für den Gott aller Völker waren die Gebräuche nicht mehr passend, durch welche dieses oder jenes Volk seinen Gott zu ehren gewohnt gewesen war. Daß, einmal entstanden, das Christenthum vermöge der engeren Verbindung, welche die römische Herrschaft durch Ausgleichung der Bildung und der Einrichtungen, wie durch Erleichterung des Verkehrs zwischen den einzelnen Völkern und Ländern hergestellt hatte, sich schnell und ungehemmt verbreiten konnte, ist nur eine äußere Zugabe zu dem Vorigen. Die Kehrseite dieser Einheit aber ist die Vernichtung des Glücks und Behagens, das jedes einzelne dieser Völker früher in seiner Selbstständigkeit, im Leben nach eigenen Gesetzen und altem Herkommen genossen hatte, der Druck, womit das fremde Joch auf ihnen lastete, die vielfachen Mißhandlungen, die sie in der späteren Zeit der römischen Republik, insbesondere während der Bürgerkriege, hatten über sich ergehen lassen müssen. Indem hiedurch den Menschen das diesseitige Leben verbittert wurde, und der römischen Uebermacht gegenüber zuletzt an aller natürlichen Abhülfe verzweifelt werden mußte, wurden die Gemüther auf das Jenseits, die Erwartungen auf eine Wunderhülfe hingerichtet, wie die jüdische Messiasidee sie hoffen ließ, das Christenthum in vergeistigter Weise sie gewährte.

Der andere Punkt, den wir als römischen Beitrag zur Anbahnung des Christenthums betrachten dürfen, ist der praktische Sinn des römischen Volks. Hatten schon die spätern griechischen Philosophenschulen, wie die stoische und epikureische, sich mit Vorliebe der Sittenlehre zugewendet, so wurde unter den Händen der Römer, die für bloße Speculation, überhaupt für schulmäßiges Philosophiren, wenig Sinn hatten, die Philosophie vollends praktisch und populär. Und indem sich bei der populären Fassung die Gegensätze der verschiedenen Systeme und Schulen abstumpften, so bildete sich unter den Römern hauptsächlich jener Eklekticismus aus, als dessen namhaftester Vertreter Cicero aller Welt ebenso bekannt, als in seinem Verdienst und seiner culturgeschichtlichen Bedeutung neuerlich verkannt ist. Auch Seneca ist, obwohl auf stoischem Boden, von diesem Eklekticismus nicht unberührt, und bei beiden finden sich über den Einen Gott und das dem Menschen eingepflanzte Bewußtsein von ihm, wie über den Menschen, seine gottverwandte Natur, deren Verderbniß und Wiederherstellung, Gedanken und Aussprüche, deren Reinheit uns überrascht, und deren Aehnlichkeit mit den Lehren des Christenthums, namentlich bei Seneca, zu der Sage einer Verbindung desselben mit dem Apostel Paulus Veranlassung gegeben hat; während sie doch nur beweist, wie Alles von allen Seiten in jener Zeit nach dem Punkte hindrängte, auf dem wir sofort das Christenthum hervortreten sehen.

30.
Der Täufer.

Wenn wir nach diesen vorbereitenden Betrachtungen der Person Desjenigen näher zu treten suchen, dem es vorbehalten war, das Wort auszusprechen, das die Räthsel der ringenden Zeit lösen sollte, so kommen wir auf halbem Wege an dem Täufer Johannes vorüber, den das Neue Testament einerseits als den Vorläufer Jesu, andererseits als mehr denn einen Propheten (Matth. 11, 9), d. h. als diejenige Persönlichkeit darstellt, in der sich das Beste, was das Judenthum in seiner bisherigen Entfaltung errungen hatte, zusammenfaßte. Und wenn wir oben sagten, alle tiefern religiösen und sittlichen Kräfte, die in dem alten Volke Gottes noch übrig waren, scheinen sich in der letzten Zeit vor Christo in den Essenerorden geflüchtet zu haben, so zeigt der Täufer Johannes so viele Verwandtschaft mit dem, was wir von der Eigenthümlichkeit dieses Ordens wissen, daß man sich immer wieder versucht finden muß, Beide zusammen zu nehmen, und den Essenismus und weiterhin den Täufer als die Mittelglieder zu betrachten, mittelst deren sich das Christenthum aus dem Judenthum entwickelt hat.

Der Täufer Johannes tritt in der Wüste Juda auf (Matth. 3, 1), derselben Gegend westwärts vom todten Meere, wo die Essener zahlreiche Niederlassungen hatten; er lebt von Heuschrecken und wildem Honig (Matth. 3, 4), wie sich die Essener mit der einfachsten Kost begnügten; und die Wassertaufe, die er übte, erinnert gleichfalls an die heiligen Waschungen, auf welche die Essener so großen Werth legten. Bei dem Kleid aus Kameelhaaren und dem ledernen Gurt um seine Lenden (Matth. 3, 4) sind wir zwar nicht ganz sicher, ob nicht, nachdem es einmal unter den Christen üblich geworden, ihn als einen zweiten Elia zu betrachten, auch sein Costüm dem dieses alten Propheten, wie es 2 Kön. 1, 8 beschrieben ist, nachgebildet wurde; indeß begegnet uns auch noch ein Menschenalter später, in der Jugendzeit des jüdischen Geschichtschreibers Josephus, in dem Wüsteneinsiedler Banus, der sich gar in Baumrinde kleidete, von rohen Naturerzeugnissen lebte und Tag und Nacht in kaltem Wasser badete, eine ganz ähnliche und wie Johannes mit dem Essenismus verwandte Erscheinung.[1]) Zwar die Erzählung von der Geburt und ersten Jugend des Täufers, wie wir sie im Eingang des Lucas-Evangeliums finden, stellt seine ascetische Lebensweise, seine Enthaltung von Wein und geistigen Getränken, nur in der Art gewöhnlicher jüdischer Nasiräergelübde dar; aber wenn schon seine

1) Joseph. Vita 2.

Taufe zur Sinnesänderung als eine von jenen Reinigungen erscheint, von welchen Josephus meldet, daß die Essener sie für vorzüglicher gehalten haben als die gesetzlichen Opfer, so ist auch sein Spruch von den Steinen, woraus im Nothfall Gott dem Abraham Kinder erwecken könne (Matth. 3, 9), ganz im Sinne der Essener, die ebenso den Israeliten an und für sich, sofern er nicht die heiligenden Uebungen des Ordens auf sich nahm, immer noch als unrein betrachteten.

Den Inhalt dessen, was Johannes den Volkshaufen, die sich um ihn sammelten, an's Herz legte, faßt Matthäus (3, 2) in Einstimmung mit den beiden andern Synoptikern in die Formel zusammen: „Aendert euern Sinn, denn nahe ist das Himmelreich.“ Die erste Hälfte dieser Mahnung ist bei Lucas (3, 10—15) auf die verschiedenen Stände des Volks in einer Reihe besonderer Ermahnungen angewendet, die auf Redlichkeit und Menschlichkeit, Milde und Mittheilsamkeit hinauslaufen; als der Hauptgegensatz aber, gegen den sich die Predigt des Täufers wie später die Thätigkeit Jesu richtete, erscheinen bei Matthäus (3, 7 fg.) die beiden herrschenden Sekten der Pharisäer und Sadducäer. Ihr Herankommen zu seiner Taufe betrachtet der strenge Bußprediger gleichsam als eine List, durch eine blos äußere Uebung dem drohenden göttlichen Strafgericht entrinnen zu wollen; das werde aber ohne eine durch sittliche Früchte beurkundete Aenderung der inneren Gesinnung nicht gelingen, und insbesondere auch ihre Abkunft von Abraham, worauf sie pochen, sie nicht das Mindeste helfen. Daher verlangte Johannes von denen, die er taufte, ein Bekenntniß ihrer Sünden; worauf dann die Untertauchung im Flusse ein Sinnbild davon war, daß diese jetzt von Seiten Gottes vergeben, aber auch von Seiten des Menschen abgethan sein und nicht wiederholt werden sollten. Hiemit ist freilich der Standpunkt des Täufers wahrscheinlich zu abendländisch-rationell gefaßt, da er ohne Zweifel im Geiste des Essenerordens dem Wasser zugleich eine geheimnißvoll reinigende und entsündigende Kraft zuschrieb.

Mit diesen evangelischen Angaben stimmt die Beschreibung, welche Josephus von der Wirksamkeit des Johannes macht, wenn sie auch, weil auf griechische und römische Leser berechnet, sehr verschieden lautet, doch im Wesentlichen überein.[1]) Johannes sei ein wackerer Mann gewesen, sagt der jüdische Geschichtschreiber, und habe die Juden angewiesen, in Tugendübung, Gerechtigkeit gegen einander und Frömmigkeit gegen Gott sich durch eine Taufe zu vereinigen; denn so werde die Abwaschung ihm genehm erscheinen, wenn sie sich derselben nicht zur Abbitte einzelner Verfehlungen (d. h. levitischer Verunreinigungen) bedienten, sondern zur Heiligung des Leibes, sofern auch die Seele vorher schon durch Gerechtigkeit gereinigt sei. Auch in dieser Schilderung ist deutlich, wie Johannes, während er einerseits

1) Alterthümer 18, 5, 2.

im Einklang mit dem Essenismus den levitischen Waschungen seine Taufe entgegenstellte, andererseits ganz wie nachher Jesus vom Aeußern auf das Innere, von der leiblichen Reinigung auf die Läuterung der Gesinnung zurückging, und vielleicht eben deßwegen an die Stelle oftmaliger, den einzelnen äußeren Befleckungen entsprechender Abwaschungen die einmalige Taufe als Bild der Nothwendigkeit, ein- für allemal die Gesinnung zu ändern, setzte.

Der Grund, warum es hohe Zeit sei, dieser Mahnung zur Sinnesänderung nachzukommen, ist in der zweiten Hälfte der Formel enthalten, in welche Matthäus den Inhalt der Predigt des Johannes faßt: man solle den Sinn ändern, denn das Himmelreich sei nahe gerückt. Für diejenigen nämlich, welche dieser Mahnung entweder gar nicht, oder nur zum Schein, wie die Pharisäer, nachkamen, brachte dieses Reich ein furchtbares Strafgericht (Matth. 3, 7. Luc. 3, 7); sie waren ja die Spreu, welche der mit der Wurfschaufel erscheinende Messias von dem Weizen sondern und verbrennen, der unfruchtbare Baum, den er abhauen und in's Feuer werfen sollte (Matth. 3, 10. 12. Luc. 3, 9. 17). Schon unter den Propheten hatten einige, wie wir oben sahen, von einer Läuterung des Volks wie im Schmelzofen, die Jehova selbst oder der ihm vorangehende Bote vornehmen würde, gesprochen (Zach. 13, 9. Mal. 3, 1 fg.): da an der Glückseligkeit der bessern messianischen Zukunft nur Würdige Antheil haben sollten, so mußten die beharrlich Unwürdigen vorher durch ein göttliches Strafgericht weggerafft werden. Die Bessern, die sich jetzt von Johannes mit Wasser taufen ließen und ihre Sinnesänderung im Leben bewährten, sollten hernach von dem Messias bei dessen Erscheinung mit dem heiligen Geiste getauft werden (Matth. 3, 11. Marc. 1, 8. Luc. 3, 16); wie eine Ausgießung des göttlichen Geistes zur messianischen Zeit gleichfalls schon von den Propheten vorherverkündigt war (Joel 3, 1 fg.).

Von dieser messianischen Wendung, dem zweiten Theile der Predigt des Johannes, thut Josephus keine ausdrückliche Erwähnung; doch wenn man seine Art kennt, diese ganze, den Römern verdächtige Seite der Vorstellungen und Bestrebungen seines Volks in's Dunkel zu rücken, so wird man sie zwischen seinen Zeilen dennoch wahrnehmen können. Wenn der Ausdruck, Johannes habe die Juden aufgefordert, sich mittelst einer Taufe zusammenzuthun, nur unbestimmt auf einen Bund, eine Genossenschaft hinweist, so deutet die Zusammenrottung der Leute, von welcher Josephus als einer Wirkung der Predigt des Johannes spricht, und die Furcht vor Neuerung und Abfall, die ihm zufolge den Herodes zur Hinrichtung des Täufers bewog, unverkennbar darauf, daß die Messiasidee, diese unerschöpfliche Quelle jüdischer Empörungen, seinen Vorträgen nicht fremd war. Daß er selbst sie politisch gefaßt hätte, liegt hierin nicht nothwendig; er könnte mißverstanden worden sein, wie später Jesus mißverstanden worden ist; doch schließt die Forderung sittlicher Umkehr als Bedingung die Erwartung einer auch politischen Wiederherstellung des Volks durch Jehova für den Fall, daß jene Bedingung erfüllt wäre, auch nicht aus.

Daß es mit der Ankunft des erwarteten Retters, aber auch Richters, nicht mehr lange anstehen könne, dieß mochte Johannes aus den Zeichen der Zeit abzunehmen glauben; es konnte sich ihm auch in der Weise der alten Propheten als göttlicher Ruf darstellen, obwohl diese Wendung, welche Lucas der Sache gibt, sammt der Regententafel, die er dabei anbringt (3, 1 fg.), dem Eingang der Weissagungen des Jeremia nachgebildet zu sein scheint. Daß aber unter dem Messias, dessen nahe Ankunft er verkündigte, der Täufer bestimmt schon die Person Jesu verstanden habe, wie die Evangelien es darstellen, ist eine Voraussetzung, die sich zwar vom christlichen Standpunkte aus von selbst ergab, aber historisch durch nichts begründet, vielmehr mit bestimmten geschichtlichen Thatsachen im Widerspruch ist. Erkannte er in Jesus den Messias, so erwuchs für ihn daraus die Pflicht, ich will nicht sagen, sein Predigt- und Taufgeschäft sofort einzustellen, das er zur Vorbereitung der Massen auch fernerhin erforderlich glauben konnte, wohl aber, die von ihm Getauften auf Jesus als den, von dem sie weitere Belehrung anzunehmen hätten, zu verweisen. Statt dessen schickt er den synoptischen Evangelien zufolge noch aus dem Gefängniß zwei Jünger zu Jesus, keineswegs mit der Weisung, sich an ihn anzuschließen, sondern mit einer Frage, die beweist, daß er über seine Messianität nichts weniger als im Reinen war (Matth. 11, 2 fg. Luc. 7, 18 fg.); und im vierten Evangelium, wo er zwar durch seine Reden über Jesum einige seiner Jünger zum Anschluß an diesen veranlaßt, thut er dieß doch keineswegs mit allen, sondern wirkt neben Jesus als Haupt einer Schule fort (3, 23 fg.), deren Spuren wir in der That auch in den synoptischen Evangelien wie in der Apostelgeschichte finden (Matth. 9, 14. Marc. 2, 18. Luc. 5, 33. Apostelgesch. 18, 24 fg. 19, 1 fg.). Und diese Schule lebte, seinem Vorgang und seiner Anordnung gemäß, in Formen, die von denen, welche Jesus unter seinen Anhängern einführte, sehr verschieden waren. Die Johannesjünger hatten mit den Pharisäern die Sitte häufiger Fasten gemein (Matth. 9, 14), gegen welche Jesus, um eben des pharisäischen Abwegs willen, der dabei nahe lag (Matth. 6, 16), ein Bedenken hatte, und die er überdieß zu den Formen eines äußerlichen Religionswesens rechnete, dem er ein Ende zu machen sich berufen wußte. Dem entsprechend hatten sich die beiden Männer selbst schon in ihrer Lebensweise zu einander verhalten: Johannes hatte ebenso durch sein Nichtessen und Nichttrinken, d. h. durch die ascetische Strenge seines Wandels, wie Jesus durch das Gegentheil, jener ebenso durch seine finstere Absonderung, wie dieser durch seinen heitern Verkehr mit Menschen jeder Art, Anstoß und Nachrede erregt (Matth. 11, 18 fg. Luc. 7, 33 fg.). Daß nun hier der Mann, dessen Gesichtskreis ein um so viel engerer war, der noch so tief in ascetischen Vorurtheilen steckte, denjenigen, der alle diese Vorurtheile abgeworfen hatte, als den Höhern, als den, zu dessen Ankündigung er selbst gekommen sei, anerkannt haben sollte, hat nicht die mindeste Wahrscheinlichkeit. Der Täufer erscheint, obwohl uns von einem äußern Zusammenhang mit dem Orden die Spuren fehlen, doch in seinem Thun und Lassen als ein ächter Essener; während Jesus, nachdem er das Wahre und Gute in den Vorstellungen und Bestrebungen des Essenerordens sich angeeignet hatte, alles Beengende und Beschränkende daran fallen ließ, und so dem Johannes eher wie ein aus der Art geschlagener Schüler, als wie der höhere Meister erscheinen mochte.

31.

Jesus. Seine Herkunft.

Zu diesem Johannes, wie er am untern Jordan taufte, lassen nun sämmtliche Evangelisten Jesum kommen und sich seiner Taufe unterwerfen. An dieser Stelle erst kann die Geschichte den Faden des Lebens Jesu aufgreifen, indem sie aus dem Sagengewebe seiner Kindheits- und Jugendgeschichte, dessen Fäden zu entwirren einer spätern Untersuchung vorbehalten bleibt, sich nur zwei oder drei Punkte als historisch aneignen kann.

Der erste ist, daß Jesus aus Galiläa, und zwar aus dem Städtchen Nazaret stammte. Ein Galiläer, ein Nazaretaner, heißt er sein Lebenlang (Matth. 26, 69. 71. Marc. 1, 24. 14, 67. Luc. 18, 37. Joh. 1, 46. 7, 41. 19, 20), und auch nach seinem Tode noch blieb letzteres sein stehender Beiname (Luc. 24, 19. Apostelgesch. 2, 22. 3, 6. 4, 10. 6, 14. 22, 8. 26, 9), der auch auf seine Anhänger überging (Apostelgesch. 24, 5). Wenn Matthäus und Lucas ihn in Nazaret nur erzogen sein lassen, als seinen Geburtsort aber das jüdische Bethlehem angeben (Matth. 2, 1. 22 fg. Luc. 2, 4. 39. 4, 16), so zeigt die entgegengesetzte Voraussetzung über den ursprünglichen Wohnort seiner Eltern, wovon sie dabei ausgehen, daß sie hierin nicht einer geschichtlichen Kunde, sondern lediglich einem dogmatischen Schlusse aus der Prophetenstelle Mich. 5, 1 folgten.

Für's Andere hat es alle Wahrscheinlichkeit, daß Jesu Vater ein Zimmermann war, er also der niederen Klasse des Volkes angehörte. Des Zimmermanns Sohn, oder selbst auch der Zimmermann, hieß er den Evangelien zufolge bei seinen nazaretanischen Landsleuten (Matth. 13, 55. Marc. 6, 15), und daß Justin der Märtyrer[1]) der Beschäftigung mit Pflügen und Jochen, oder Wagebalken, die er ihm als solchem zuschreibt, eine alle-

1) Dial. c. Tryph. Jud. 88.

gorische Deutung auf Gerechtigkeit und Arbeitsamkeit gibt, von der sich im Neuen Testament noch keine Spur findet, reicht nicht hin, diesen Zug als einen erdichteten erscheinen zu lassen. Auch die Namen beider Eltern, Joseph und Maria, besonders der letztere, kehren im Neuen Testament zu oft wieder, als daß wir in ihnen nicht ächte Ueberbleibsel historischer Kunde vermuthen sollten. Aus dem Umstande, daß in der Lebensgeschichte Jesu bis zum Ende, ja noch über seinen Tod hinaus, seine Mutter als lebend erscheint (Matth. 12, 47. Joh. 19, 25. Apostelgesch. 1, 14), während Joseph nach der Kindheitsgeschichte nirgends mehr hervortritt, scheint zu folgen, daß dieser entweder frühzeitig gestorben, oder mit des Sohnes späterer Wirksamkeit nicht einverstanden war; wenn nicht vielmehr aus dogmatischen Gründen der Mann, der Jesu wirklicher Vater nicht sein sollte, aus der Ueberlieferung über ihn entfernt worden ist.

Von den übrigen Familienverhältnissen Jesu erfahren wir, daß er sowohl Brüder als Schwestern hatte (Matth. 13, 55. Marc. 6, 3). Von den Brüdern werden uns die Namen: Jakob, Joses, Simon und Judas genannt; von den Schwestern ist nur gesagt, daß sie zur Zeit des öffentlichen Wirkens Jesu noch in Nazaret wohnhaft gewesen. Der Umstand, daß Jesus einmal, wie ihm gemeldet wurde, seine Mutter und seine Brüder stehen draußen und wünschen ihn zu sprechen, gesagt haben soll: „wer sind meine Mutter und meine Brüder?“ und mit einer Hindeutung auf seine Jünger hinzugesetzt: Mutter und Brüder seien ihm diejenigen, die sein Wort hören und befolgen, oder die den Willen seines Vaters im Himmel thun (Matth. 12, 46 fg. Marc. 3, 32 fg. Luc. 8, 19 fg.), beweist an und für sich noch keine Entfremdung zwischen ihm und seiner Familie; jedenfalls steht Marcus allein mit der schroffen Wendung, als hätten die Verwandten Jesu bei ihrem Besuche die Absicht gehabt, sich seiner zu bemächtigen, in der Meinung, er sei von Sinnen (3, 21). Wenn aber Johannes geradezu sagt, auch seine Brüder haben nicht an ihn geglaubt (7, 5), so lag es zwar in der innersten Tendenz seines Evangeliums, die wirklichen Brüder Jesu als ungläubig bei Seite zu schaffen, um später unter dem Kreuze dem Lieblingsjünger die Stelle des wahren Sohnes der Maria, des geistigen Bruders Jesu, übertragen lassen zu können: doch würde bei der hohen Bedeutung, die bald nach dem Tode Jesu der sogenannte Herrnbruder Jakobus gewann, dieser gewiß in unsern synoptischen Evangelien irgendwie ausgezeichnet worden sein, wäre nicht notorisch gewesen, daß er damals wenigstens noch nicht zu dem engern Kreise der Anhänger Jesu gehörte. Nach dessen Tode hingegen erscheinen seine Brüder mit den Aposteln und seiner Mutter als der Kern der Gemeinde (Apostelgesch. 1, 14. 1 Kor. 9, 5), und der schon genannte Jakobus insbesondere als eine der drei Säulen, ja als das eigentliche Haupt der Gemeinde von Jerusalem (Gal. 1, 19. 2, 9. 12. Vgl. Apostelgesch. 15, 13. 21, 18). Die Richtung dieses Jakobus war nach den Andeutungen des

Apostels Paulus die streng judaistische, und in der kirchlichen Ueberlieferung lebte er, wie schon erwähnt, als ein vollkommener essenisch-ebionitischer Heiliger, in seinem ascetischen Wandel eher dem Täufer Johannes ähnlich als Jesu. Daß er nicht dessen wirklicher Bruder, sondern nur ein Vetter von ihm gewesen, hat man daraus wahrscheinlich zu machen gesucht, daß die Namen Jakobus und Joses, welche die Nazaretaner als Namen zweier Brüder Jesu nennen, von Matthäus anderswo (27, 56) als solche von zwei Söhnen einer andern Maria angegeben werden, die man dann für dieselbe nimmt, welche Johannes (19, 25) als Schwester der Mutter Jesu bezeichnet. Nun wird zwar im biblischen Sprachgebrauche wohl auch ein bloßer Vetter Bruder genannt; daß dieß aber bei jenen Männern in Bezug auf Jesus durchaus geschieht, ohne daß auch nur einmal das voraussetzlich Genauere angegeben würde, und daß sie wiederholt gerade neben der Mutter Jesu aufgeführt werden, läßt dieser Voraussetzung um so weniger Wahrscheinlichkeit übrig, je mehr sie der Entstehung aus dogmatischem Vorurtheil verdächtig ist.

Den Verfassern der beiden Geburtsgeschichten bei Matthäus und Lucas waren die Brüder Jesu auf jeden Fall nur Halbbrüder, d. h. Brüder nur von mütterlicher Seite, sofern sie ja bei Jesus an die Stelle Joseph's die Einwirkung des göttlichen Geistes setzten. Doch Alles, was sich in den Evangelien von einer solchen übernatürlichen Abkunft Jesu findet, ist für uns hier, wo wir nur mit geschichtlichen Größen rechnen, nicht vorhanden; aber auch das können wir nicht als eine solche gelten lassen, was von seiner Davidischen Abkunft berichtet wird. Denn mit dieser steht es gerade wie mit seiner Geburt zu Bethlehem: sie beruht auf dem dogmatischen Schluß von dem, was vom Messias erwartet wurde, auf das, was an Jesu, ihn als Messias vorausgesetzt, zugetroffen sein mußte; während sie andererseits durch den Widerspruch der beiden Stammbäume (Matth. 1, 1 fg. Luc. 3, 23 fg.), und überdieß durch die fast ironische Aeußerung Jesu über die Vorstellung vom Messias als Davidssohn (Matth. 22, 41 fg.), historisch zweifelhaft wird. Wenn man gemeint hat, in der Davidischen Abkunft Jesu einen Umstand zu haben, der die Entstehung des messianischen Bewußtseins in ihm erklärbarer mache, so werden wir bald finden, daß vielmehr die von der gewöhnlichen abweichende Wendung, die er der Messiasidee gegeben hat, sich viel leichter erklärt, wenn er sich leiblich nicht als Nachkommen David's wußte.

32.

Die Bildung Jesu. Sein Verhältniß zu dem Täufer Johannes.

Ueber die Mittel zu geistiger Ausbildung, die Jesu während der Jahre der Vorbereitung zu Gebote standen, erfahren wir aus unsern Quellen soviel wie nichts. Auch Lucas mit seiner Erzählung von dem Auftreten des Zwölfjährigen unter den Lehrern im Tempel zu Jerusalem (2, 41 fg.) will im Mindesten nicht sagen, daß er von diesen Männern etwas gelernt, sondern im Gegentheil, daß der junge Theodidakt schon so früh den gelehrtesten Häuptern seines Volks etwas zu rathen habe geben können; aber eben damit erscheint diese Erzählung nur als das Ergebniß einer dogmatischen Voraussetzung ohne historischen Werth. Auch die aus Gelegenheit derselben gemachte Angabe, daß seine Eltern alljährlich zum Passahfest nach Jerusalem gereist seien, dient nur dazu, theils jene Scene mit den Lehrern im Tempel herbeizuführen, theils im Einklang mit der ganzen Kindheitsgeschichte bei Lucas die gesetzliche Frömmigkeit der Eltern Jesu in's Licht zu stellen.

Daß in den Evangelien von einer eigentlich gelehrten Bildung, die Jesus genossen, nichts verlautet, könnten wir gleichfalls aus ihrem dogmatischen Bestreben ableiten, ihn als reinen Theodidakten darzustellen, und daher zu der Vermuthung geneigt sein, daß er eine solche doch empfangen haben möge; zumal, selbst wenn wir ihn in jungen Jahren an dem Handwerk seines Vaters betheiligt denken, ein solcher Betrieb nach jüdischer Sitte, wie wir sie aus dem Beispiel des Apostels Paulus kennen (Apostelgesch. 18, 3. 22, 3), eine gelehrte Laufbahn nicht ausschloß. Auf der andern Seite jedoch ist der Titel eines Rabbi oder Lehrers, den Jesu außer seinen Jüngern auch Andere, und selbst Schriftgelehrte, gaben, kein Beweis dafür, da man es damit, wenn sich einer nur einmal thatsächlich als Lehrer Geltung verschafft hatte, wie noch heutzutage mit ähnlichen Titeln, nicht so genau zu nehmen pflegte; in der Lehre und Lehrart Jesu aber ist nichts, das sich nicht, die innere Begabung vorausgesetzt, aus fleißigem Studium des Alten Testaments und dem freien, geselligen Verkehr auch mit den Gelehrten seines Volks, insbesondere mit den Angehörigen der drei herrschenden Schulen, vollkommen erklären ließe; während umgekehrt die Ursprünglichkeit, Frische und Abwesenheit jedes Schulgeschmacks, der bei dem so geistvollen Heidenapostel doch so merklich ist, eine selbstständigere Entwicklung für Jesum wahrscheinlicher macht. Einer solchen war aber gerade seine galiläische Abkunft günstig. Von diesem Landstrich wissen wir, daß seine Bevölkerung, besonders in seinen nördlichen Theilen, vielfach mit Heiden gemischt war, weßwegen auch dieser Theil geradezu Galiläa der Heiden hieß (Matth. 4, 15. nach Jes. 8, 23); und da die Provinz überdieß durch das mitten inne liegende Samarien von dem glaubensstolzen

Judäa getrennt war, so blickte man hier auf die Galiläer geringschätzig herunter und ließ sie nicht als vollwichtige Juden gelten; aber eben diese Umstände konnten der Ausbildung einer freieren religiösen Richtung nur zu Statten kommen.

Auch die Beziehung zu dem Täufer Johannes, in welche Jesus nach Lucas (3, 23) nicht lange vor seinem dreißigsten Jahre getreten zu sein scheint, stellen die Evangelisten nicht als eine solche hin, die auf seine Ausbildung von Einfluß gewesen wäre. Nach ihnen hatte Johannes Jesum nur zu taufen und als den Messias bekannt zu machen; ja sie wissen dabei von Umständen zu berichten, mit denen wir auf unserm historischen Standpunkte nichts anfangen können, auf die wir jedoch später im Zusammenhang einer andern Untersuchung zurückkommen werden. Darum aber, wie neuerlich geschehen ist, auch die einfache Nachricht, daß Jesus von Johannes getauft worden, als ungeschichtlich von der Hand zu weisen, scheint uns zu weit gegangen. Daraus, daß unter den Juden hundert Jahre später die Erwartung verbreitet war, Elias, dem man nach Maleachi als Vorläufer des Messias entgegensah, werde diesen durch eine Salbung in seine Wirksamkeit einführen, folgt noch nicht, daß die ganze Taufgeschichte lediglich um dieser Erwartung willen erdichtet ist; die Sache für sich betrachtet aber können wir uns unmöglich bewogen finden, durch Verwerfung dieser Angabe einen Faden abzuschneiden, der uns das Auftreten und Wirken Jesu aus dem vor ihm Gegebenen ableiten hilft.

Daß sich Jesus durch das, was er von dem Täufer hörte, zu der Wanderung an den Jordan bewogen fand, war natürlich, da auch ihm das bestehende Religionswesen nicht genügte, auch in ihm die Sehnsucht nach etwas Besserem lebendig und mächtig geworden war, und, wie wir aus seinem späteren Wirken sehen, der Weg der sittlichen Umkehr, auf welchen Johannes hinwies, auch ihm der einzig richtige däuchte. Daß er sich der Ceremonie der Untertauchung in den Fluß unterwarf, darin lag sinnbildlich bereits das Sündenbekenntniß, das Johannes von den Täuflingen verlangte (Matth. 3, 6. Marc. 1, 5), und daß die Evangelisten bei Jesu der Sache eine andere Wendung geben, ist nur die Folge eines dogmatischen Bedenkens und hat keine historische Bedeutung. Auch macht es, sobald man nur nicht von der für jede geschichtliche Betrachtung tödtlichen Vorstellung von der Sündlosigkeit Jesu ausgeht, nicht die mindeste Schwierigkeit, da selbst der beste und reinste Mensch sich doch immer mancher Fehler, mancher Lässigkeit oder Uebereilung, anzuklagen hat; überdieß mit der sittlichen Vervollkommnung der Sinn selbst für die leichteste Unlauterkeit der sittlichen Triebfedern, für die leiseste Abweichung von dem sittlichen Ideale sich schärft. Auch hat ja Jesus dem reichen Jüngling gegenüber, der ihn mit „guter Lehrer“ anredete, ausdrücklich dieses Prädicat als ein Gott allein zukommendes von sich gewiesen (Marc. 10, 17 fg. Luc. 18, 18 fg.).

Ein Verbleiben im Gefolge des Täufers ist nun zwar keineswegs von Allen, die sich von ihm taufen ließen, vorauszusetzen, da dieser Ceremonie sich auch Volkshaufen unterwarfen, die nach der Wallfahrt zu dem neuen Propheten wieder in ihre bürgerlichen Verhältnisse zurückkehrten; aber daß ein Kern von bleibenden Schülern sich um ihn, wie später um Jesum, sammelte, sehen wir aus den übereinstimmenden Berichten der Evangelien, und es fragt sich nun, ob wir nicht auch Jesum eine Zeitlang im Gefolge des Täufers zu denken haben. Daß die Evangelisten davon schweigen, beweist nichts dagegen, da sie aus dogmatischen Gründen jedem Schein einer auch nur vorübergehenden Unterordnung Jesu unter den Täufer aus dem Wege gingen; an und für sich aber hat es alle Wahrscheinlichkeit, daß er, den keine häuslichen und bürgerlichen Verhältnisse banden, den nähern Umgang eines so bedeutenden Mannes, den ein dem seinigen so verwandtes Streben beseelte, sich nicht blos vorübergehend zu Nutze gemacht haben wird. Daß er von demselben neben der gewaltigen sittlichen Anregung, die von ihm ausging, auch für seinen künftigen Beruf als Volkslehrer manches lernen konnte, versteht sich auf dem Standpunkte menschlich-natürlicher Betrachtung, auf dem wir hier durchaus stehen, von selbst; daneben wird sich aber Jesus zugleich immer mehr auch dessen bewußt geworden sein, was ihm an dem Täufer minder zusagte, des wesentlichen Unterschieds, der, wenn auch vielleicht nicht zwischen ihren Zwecken, doch in Betreff der Mittel stattfand, durch welche jeder von ihnen diese Zwecke am füglichsten erreichbar glaubte.

Bezweckten beide die religiös-sittliche Erhebung ihrer Nation, die Schaffung einer Volksgemeinde, die sich wesentlicherer Vorzüge, als der bloßen Abkunft von Abraham rühmen könnte, und den erwarteten Messias unter sich zu empfangen würdig wäre, so scheint es für's Erste, besonders dem Bericht des Matthäus zufolge, daß der Täufer hiezu vorzugsweise auf dem Wege der scharfen Rüge, der Drohung mit göttlichen Strafgerichten zu gelangen hoffte. Damit konnte Jesus seiner ganzen Geistesart nach nicht einverstanden sein. So sehr auch ihm, wo es am Orte war, die strafende Rede zu Gebote stand, so sagte ihm doch der Weg der Freundlichkeit und Milde mehr zu; er wußte sich von einem andern Geist erfüllt, als der des Elias war, mit welchem der Täufer von den Zeitgenossen und von ihm selbst verglichen wurde (Luc. 9, 54 fg. vgl. 1, 17. Matth. 17, 12 fg.). Damit hängt ein Anderes eng zusammen. Der Täufer hielt, wie wir gesehen haben, zum Zwecke der Heiligung, der Erhebung des Volks aus dem sittlichen Verderben, worein er dasselbe versunken sah, allerhand äußere Kasteiungen, wie namentlich häufiges Fasten und Enthaltung von Wein und den Freuden der Welt für erforderlich. Jesu konnte eine solche Ascese der levitischen Gesetzlichkeit gegenüber nur als eine andere Art die Religion zu veräußerlichen, als eine neue Gefahr, vom sittlichen Ziele abzuirren, erscheinen; und auch die finstere, trübe Stimmung, wie eine solche Ascese sie mit sich bringt, konnte er dem Gedeihen des sittlichen Lebens unmöglich förderlich erachten. Inwiefern außerdem noch die Art, wie beide Männer das letzte Ziel ihrer Aussichten, das durch die Sinnesänderung bedingte messianische Heil, auffaßten, eine verschiedene war, läßt sich nicht mehr nachweisen; daß sich aber auch hierin die Verschiedenheit ihres Wesens bemerkbar gemacht haben werde, hat alle Wahrscheinlichkeit.

Die Ueberlieferung bei Matthäus (4, 12) knüpft das öffentliche Hervortreten Jesu an die Verhaftung des Täufers; ob mit Recht, können wir freilich nicht mehr entscheiden, doch ist es auf keinen Fall der Widerspruch des vierten Evangeliums, der jene Angabe wankend machen könnte. Denn wenn der Verfasser dieses Evangeliums, nachdem er Jesum bereits in Galiläa und Jerusalem verschiedentlich hatte auftreten lassen, ausdrücklich bemerkt (3, 24), damals sei Johannes noch nicht im Gefängniß gewesen, so mußte dieser allerdings noch auf freiem Fuße sein, um so, wie er in diesem Evangelium nachher thut, freiwillig vor Jesu das Gewehr strecken zu können; da aber dieses ebenso unwahrscheinlich, als von der ganzen Anlage des vierten Evangeliums gefordert ist, so kann auch jene Angabe als keine historische erscheinen. Das Gleiche gilt von der, überdieß von ihm selbst alsbald wieder halb zurückgenommenen Notiz, daß Jesus schon während seines Lebens den Taufritus von Johannes entlehnt habe (3, 22. vgl. 4, 1 fg.). Die älteren Evangelisten lassen ihn diesen Gebrauch erst nach seiner Auferstehung anordnen (Matth. 28, 19. Marc. 16, 16); was die Vermuthung nahe legt, daß diese Aneignung des Taufgebrauchs erst nach dem Tode Jesu in der ältesten Gemeinde aufgekommen, aber wie so manches Spätere auf eine Verordnung Jesu zurückgeführt worden sei.

Zu der Darstellung des Matthäus, der mit dem Zurücktreten des Täufers Jesum, obwohl in anderer Gegend, hervortreten läßt, stimmt es, daß er von Anfang auch den Inhalt der Verkündigung Jesu genau in dieselben Worte faßt, mit denen er den Inhalt der Predigt des Johannes angegeben hatte, nämlich: „Aendert euren Sinn, denn nahe ist das Himmelreich“ (4, 17. vgl. mit 3, 2). Beides zusammengenommen, scheint es, als hätte Jesus eben nur an die Stelle des Täufers treten wollen; insbesondere liegt in jenen Worten so wenig als in den gleichen des Täufers ein Anspruch des Redenden, selbst der angekündigte Messias zu sein. Auch in der folgenden Berufungsgeschichte (Matth. 4, 18 fg.) erscheint Jesus nur wie ein Prophet; die allerlei Wunder, die er hernach verrichtet (Matth. 8. 9. 11), stellen ihn in den Augen des Volks noch nicht höher; die Dämonen schwatzen zwar das Geheimniß seiner Messianität aus (Matth. 8, 29), werden aber von ihm zum Stillschweigen verwiesen (Marc. 1, 25. 34). Die Heilung eines Dämonischen, der zugleich blind und stumm ist, und Jesu Wandeln über den See bringt auch die Menschen auf den Gedanken, er müsse wohl der Messias sein (Matth. 12, 23. 14, 33); doch zur nachhaltigen Ueberzeugung kann dieß damals noch nicht geworden sein, wenn Jesus noch später seinen Jüngern die Frage vorlegen konnte, für wen die Leute und für wen sie selbst ihn halten? (Matth. 16, 13 fg.). Daß die drei ersten Evangelien diese Geschichte übereinstimmend hinter die Speisung und vor die Verklärung stellen, die zwei ersten überdieß die Gegend, wo sie vorgefallen, so genau als die von Cäsarea Philippi bezeichnen, daß sie ferner bei allen die erste Leidensverkündigung nach sich zieht, und bald nachher der Aufbruch Jesu aus Galiläa nach Jerusalem erfolgt, ist nach Baur's feiner Beobachtung die unverkennbare Spur einer richtigen historischen Erinnerung. Solange also galt Jesus unter dem abergläubischen Volke zwar für einen Propheten, und wenn es ein übernatürlich vom Tode erweckter, wie Elias, Jeremias oder auch der kürzlich hingerichtete Täufer hätte sein müssen, doch immerhin nur für einen messianischen Vorläufer, nicht als der Messias selbst; und auch die Jünger müssen ihn, wenn doch, was Petrus auf jene Frage zur Antwort gab, Jesum als etwas Neues überraschte, bis dahin nicht für mehr gehalten, ja auch er selbst kann sich nicht für mehr ausgegeben haben, denn wenn er ihnen längst gesagt hätte, er sei der Messias, hätte er sie nicht jetzt erst fragen können, wer sie glauben, daß er sei? Wenn also Jesus in unsern Evangelien schon in der Bergrede (Matth. 7, 21 fg.), der Instructionsrede (10, 23 fg.), sich als den dereinst zum Weltgericht wiederkehrenden Messias kund gibt, so müssen diese Reden, und ebenso die Fälle, wo, wie oben erwähnt, dämonische oder andere Menschen ihn schon vorher als Messias anerkennen, wenn etwas Historisches an denselben ist, auf jeden Fall zu früh gestellt sein.

Dabei fragt sich jedoch immer noch: Hat sich Jesus selbst erst später für den Messias zu halten angefangen? oder hatte er für sich zwar von jeher diese Ueberzeugung, fand aber für gut, seinen Jüngern und dem Volke gegenüber sich erst späterhin dazu zu bekennen? Auf diese Frage kommen wir zurück, wenn wir überhaupt von dem Verhältniß handeln werden, worein sich Jesus zu der Messiasidee seines Volks gesetzt hat.

33.

Das religiöse Bewußtsein Jesu. Unmöglichkeit, es aus dem vierten Evangelium zu ermitteln.

Es ist ein gutes Wort von Schleiermacher in seinen Vorlesungen über unsern Gegenstand: nicht von den messianischen Weissagungen oder der Ueberzeugung aus, der Messias zu sein, habe sich das eigenthümliche Selbstbewußtsein Jesu entwickelt, sondern umgekehrt von seinem Selbstbewußtsein aus sei er zu der Ansicht gekommen, daß mit den messianischen Weissagungen Niemand anders gemeint sein könne, als er; das Bewußtsein, der Messias zu sein, sei also seinem allgemeinen religiösen Bewußtsein gegenüber nicht das Erste, sondern das Zweite, nicht das Ursprüngliche, sondern ein Abgeleitetes gewesen. Das ist zwar, wie Alles, was sich auf die Person Christi bezieht, von Schleiermacher durchaus subjectiv und gar nicht historisch gesprochen, aber es ist doch ein sinnvolles Wort, das sich auch geschichtlich bewähren läßt.

„Einmal in seinem Leben", sagt Hase, „hat Jesus die theokratische Messiashoffnung erwägen und überwinden müssen"[1]); aber er wäre sicherlich darin stecken geblieben, setzen wir hinzu, und hätte sie nicht überwunden, wenn er nicht zu der Messiasidee, ehe er sie auf sich anwendete, eine religiöse Grundanschauung schon mitgebracht hätte, durch welche jene Idee umgebildet, ihrer sinnlich-nationalen Bestandtheile entkleidet werden mußte. Gesetzt, er wäre durch äußere Umstände, durch Abstammung, Erwartungen der Kreise, worin er geboren und erzogen war, Verhältnisse und Ereignisse seiner Jugend, schon vor der Ausbildung seines religiösen Bewußtseins auf den Gedanken gekommen, der Messias zu sein, und es wäre also die landläufige Messiasidee gewesen, an der sich sein Selbstbewußtsein entwickelte, so hätte sich dieses nur in Gemäßheit der Form gestalten können, die jene Idee unter seinen Zeitgenossen angenommen hatte, und wie wir sie während seines Lebens auch bei seinen Jüngern vorfinden: er hätte sich für denjenigen halten müssen, der das israelitische Volk wohl auch sittlich und religiös heben, schließlich und hauptsächlich aber unter Jehova's Wunderbeistand von dem Drucke der Heidenvölker erlösen, ja zum weltherrschenden Volke machen werde. Wandte er diese Idee auf sich an, ehe er ihr ein eigenthümliches religiöses Bewußtsein entgegenzustellen hatte, so kam sie so übermächtig über ihn, daß er sich ihrer schwerlich mehr erwehren konnte; finden wir sie dagegen in seinem Leben und Handeln überwunden, so wird wahrscheinlich, daß er sich erst dann innerlich mit derselben eingelassen hat, als er es vermöge der Erstarkung eines eigenthümlichen religiösen Bewußtseins in ihm mit ihr aufnehmen konnte.

Wollen wir nun erfahren, was, abgesehen von der nationalen Messiasidee, das eigenthümliche religiöse Bewußtsein Jesu gewesen ist, so werden wir nicht nur von der kirchlich hergebrachten Ansicht, sondern auch von der jetzt herrschenden theologischen Richtung vorzugsweise auf das johanneische Evangelium verwiesen, in welchem der Jünger, der an Jesu Brust gelegen, gleichsam die innersten Geheimnisse dieser Brust, die tiefsten Eröffnungen Jesu über sein eigenes Wesen und sein Verhältniß zu Gott niedergelegt habe. Dabei ging die ältere Theologie ehrlich und unbefangen zu Werke, indem sie die Sache an ihrer Spitze faßte und Alles, was Jesus im vierten Evangelium von sich als dem eingeborenen Sohn Gottes, dem Licht der Welt, dem, der

1) Leben Jesu, §. 41.

in dem Vater ist und in dem die Menschheit den Vater sieht, dem vom Himmel Stammenden und zum Himmel Zurückkehrenden aussagt, einfach daraus erklärte, was ja in demselben Evangelium theils als Lehre des Evangelisten, theils aber auch als Zeugniß Jesu von sich selbst vorliegt, daß er nämlich als das persönliche göttliche Schöpferwort von Ewigkeit her bei Gott gewesen, dann für eine Zeitlang zum Behufe der Erlösung der Menschheit Mensch geworden sei, um, wenn er diesem Zwecke genügt hätte, wieder zu Gott in den Himmel zurückzukehren (1, 1 fg. 14. 3, 13. 16. 6, 62. 8, 58. 17, 5). Hienach wäre also das Selbstbewußtsein Jesu das eines göttlichen Wesens gewesen, das nur vorübergehend einen menschlichen Leib, vielleicht auch eine menschliche Seele angenommen, dabei aber die klare Erinnerung seines frühern Zustandes, das volle Bewußtsein seiner Göttlichkeit behalten hatte. Auch die Abhängigkeit, in der sich dieser johanneische Jesus von dem Vater wußte, wäre nicht die eines menschlichen Wesens von dem göttlichen, sondern die jenes weltschöpferischen Untergottes von dem Gott im höchsten Sinne gewesen.

Mit einem solchen Jesus, der für die altgläubige Theologie eben derjenige war, den sie brauchte, weiß nun aber die moderngläubige nichts mehr anzufangen, und sofern es doch gerade ihr Lieblingsevangelium ist, das ihr denselben am unverkennbarsten an die Hand gibt, kommt sie in Verlegenheit. „Sobald wir“, sagt Schleiermacher in seinen Vorlesungen über das Leben Jesu, „das Bewußtsein einer Präexistenz in Jesu als wirkliche Erinnerung gelten lassen, so hört das eigentlich menschliche Bewußtsein in ihm auf.“ Also dürfe, was Jesus im johanneischen Evangelium in diesem Sinne spreche, nur uneigentlich genommen werden; es liege nicht eine Erinnerung, sondern nur die Voraussetzung darin, daß der göttliche Rathschluß schon von Anfang an auf ihn als den Erlöser berechnet gewesen sei. Allein wenn ein Evangelium mit den Sätzen anhebt: Am Anfang sei das Wort, bei Gott und selbst Gott, gewesen; durch dieses Wort sei die Welt geschaffen; in der Folge sei es in Jesu Fleisch geworden; und nun tritt dieser Jesus redend auf, versichert, er sei vor Abraham gewesen, und spricht von der Herrlichkeit, die er, ehe die Welt war, bei Gott gehabt habe: so hören wir hier im Fleische deutlich das ewige Schöpferwort reden und sich seiner persönlichen Existenz vor der Menschwerdung erinnern, und werden jede andere Erklärung seiner Worte, wie deren die heutige Bemäntelungstheologie immer neue hervorbringt[1]), als eine gekünstelte und unwahre von der Hand weisen.

---

1) Man vgl., außer Lücke's Commentar, dritte Auflage, I, 368 fg., dem Excurs über den dogmatischen Inhalt des johanneischen Prologs und verschiedenen Stellen der Auslegung, besonders Luthardt, Das johanneische Evangelium nach seiner Eigenthümlichkeit u. s. w., S. 203 fg., 280 fg.; Weizsäcker, Ueber das Selbstzeugniß des johanneischen Christus, Jahrbücher für deutsche Theologie, II, 1, S. 154 fg., und

Freilich, daß irgend ein im Fleische Wandelnder sich wirklich einer Existenz vor seiner Geburt erinnere, ist uns, selbst abgesehen davon, daß dieß hier sogar eine göttliche, bis vor die Weltschöpfung zurückreichende gewesen sein soll, undenkbar, weil uns in der beglaubigten Geschichte kein Beispiel davon vorgekommen; wo aber dennoch einer von einer solchen Erinnerung, die er habe, reden würde, den würden wir ohne weiteres entweder, falls er es selbst glaubte, für einen Narren, oder, wenn nicht, für einen Betrüger halten. Da, uns Jesus als solchen zu denken, im Angesicht der Wirkungen, die er hervorgebracht, und der Reden und Handlungen, die uns in glaubhafteren Schriften von ihm aufbehalten sind, ebenso schwer fällt, als es uns leicht, ja durch alles Bisherige vorgezeichnet ist, anzunehmen, der vierte Evangelist lasse hier Jesum aus seinem alexandrinischen System heraus sprechen: so machen wir diesen Reden ihren vollen Wortsinn so wenig streitig, als wir uns einfallen lassen, sie für wirkliche Reden Jesu zu halten.

Doch auch das abgerechnet, was sich auf eine angebliche Präexistenz bezieht, sind die Selbstaussagen Jesu im vierten Evangelium von einer Art, die es schwer macht, sich von ihnen aus sein eigenthümliches Selbstbewußtsein denkbar zu machen. Ob ein Gott, der Mensch geworden, so wie der johanneische Jesus verfahren, ob er in seinen Reden so stark und so unaufhörlich den Gott auflegen und den Widerspruch der Menschen, denen ein aus menschlichem Munde herausssprechendes göttliches Ich unerträglich ist, stets von Neuem herausfordern, ob nicht auch ein menschgewordener Gott klüger und anständiger finden würde, seine Gottheit mehr indirect aus der Verklärung seiner Menschheit hervorleuchten zu lassen, darüber läßt sich freilich nichts Bestimmtes sagen, da die Voraussetzung lediglich dem Gebiete der Phantasie angehört. Ein Mensch aber, er mag gewesen sein wer er will, kann die Reden über sich selbst, wie sie Jesu im vierten Evangelium, auch abgesehen von jenen in ein vorzeitliches Jenseits hinüberragenden Spitzen, in den Mund gelegt sind, bei gesundem Kopf und Herzen nicht geführt haben. Die Reden Jesu von sich selbst in diesem Evangelium sind eine fortwährende Doxologie, nur aus der zweiten Person in die erste, aus der Anrede in die Selbstaussage übertragen, und nur aus der Gewohnheit, sie unwillkürlich in die zweite Person umzusetzen, erklärt sich, daß man sie auch heute noch erbaulich findet. Wenn ein begeisterter Christ seinen voraussetzlich in den Himmel erhobenen Meister das Licht der Welt nennt, wenn er von ihm aussagt, daß, wer ihn sah, den Vater, d. h. Gott selbst, gesehen habe, so halten wir dem gläubigen Verehrer solche Ueberschwenglichkeiten zu Gute. Allein wenn er wie der vierte Evangelist so weit geht, die Aussagen seines

---

dagegen Hilgenfeld, Das Johannes-Evangelium und seine gegenwärtigen Auffassungen, Zeitschrift für wissenschaftliche Theologie, II, 3, S. 281 fg.

frommen Enthusiasmus über Jesum diesem als Aussagen über sich selbst in den Mund zu legen, so leistet er ihm einen gefährlichen Dienst.

Das bekannte Wort: „Der Staat bin ich!" findet Jedermann empörend, weil es, was Allen angehört, für Einen ausschließlich in Anspruch nimmt. Hiezu kommt freilich in diesem besondern Falle, daß der hohle, nur auf Glanz und Schein gestellte Fürst, der jenes Wort sprach, am wenigsten berechtigt war, sich als die Verkörperung des von ihm gelenkten Staates anzusehen. Aber denken wir uns einen Mann, der hiezu mehr Recht gehabt hätte, einen Friedrich, einen Washington: selbst aus ihrem Munde würden wir ein solches Wort nur ungern hören; oder vielmehr von einem Manne ihrer Art sind wir gewiß, daß es ihm nie einfallen könnte, so zu reden. Den großen Friedrich macht uns der Ausspruch, daß der König nur der erste Diener des Staates sei, ebenso ehrwürdig, als uns Ludwig XIV. durch jenes hochmüthige Wort verächtlich wird. Wir denken: der Erstere hat besser gewußt, was der Staat, und was, im Verhältniß zu ihm, auch der höchstgestellte Einzelne ist, als daß er sich vermessen hätte, selbst und allein den Staat in sich darstellen zu wollen. Dem entsprechend aber ist uns Jesus in dem bescheidenen: „Was nennst du mich gut? Niemand ist gut als der einige Gott" (Marc. 10, 18. Luc. 18, 19), ebenso ehrwürdig, als er uns in dem johanneischen: „Wer mich sieht, der sieht den Vater" (14, 9), oder: „Ich und der Vater sind Eins" (10, 30), anstößig oder mindestens unverständlich ist. Wir denken (die Sache menschlich betrachtet, wie wir hier immer ausschließlich thun): es mag einer noch so lebhaft sich bewußt sein, die Idee der Religion, die Ausgleichung des menschlichen Selbstbewußtseins mit dem Gottesbewußtsein in möglichster Vollkommenheit in sich darzustellen: daß immer noch ein nicht aufgehender Bruch übrig bleibe, wird er um so weniger vergessen, je feiner sein religiöser Sinn ist, und dieses Bewußtsein auszusprechen, wird er um so weniger versäumen, je besser er sich auf das versteht, was zur Erweckung ächter Frömmigkeit unter den Menschen dient. Das Wort: „Wer mich sieht, der sieht den Vater", hat nie ein Mensch von wahrer Religiosität sprechen, wohl aber ein begeisterter Verehrer aus späterer Zeit denjenigen, den er sich gewöhnt hatte, als menschgewordenen Untergott zu betrachten, sprechen lassen können.

Als das Aechte und Menschenmögliche in diesen Reden des johanneischen Christus von sich selbst bleibt am Ende nur dasjenige übrig, was dem vierten Evangelium mit den drei ersten gemeinsam ist, und das kommt darauf hinaus, daß Jesus sein Verhältniß zu Gott aus dem Gesichtspunkte des Verhältnisses zwischen Sohn und Vater betrachtete. Diese Betrachtungsweise ruht aber in den drei ersten Evangelien auf einer breiten rationellen Grundlage. Die Menschen, die Gott in Absicht auf seine moralischen Vollkommenheiten, insbesondere seine unterschiedslose, über Böse und Gute sich erstreckende Güte, nachahmen, heißen Söhne Gottes (Matth. 5, 45. vgl. 9), wie Gott in Betracht seiner vorsorgenden und verzeihenden Liebe zu den Menschen ihr Vater, der Vater im Himmel heißt (Matth. 5, 45. 48. 6, 1. 4. 6. 8. 26. 32. 7, 11), und so von den Menschen, die sich zu dieser Einsicht in das wahre Wesen Gottes erhoben haben, im Gebet angerufen werden soll (Matth. 6, 9).

Wenn nun Jesus einmal für sich Gott als Vater und Herrn des Himmels und der Erde anredet, um ihm zu danken, daß er das Verständniß seiner Lehre den Weisen und Klugen entzogen, aber den Unmündigen verliehen habe (Matth. 11, 25 fg. Luc. 10, 21 fg), so scheint er sich damit zunächst nur auf den allgemeinen Boden zu stellen, auf welchem jeder bessere Mensch Gott als Vater anzureden berechtigt ist. Wenn er aber fortfährt (V. 27): „Alles ist mir übergeben von meinem Vater, und keiner kennt den Sohn als der Vater, noch einer den Vater, als der Sohn und wem es der Sohn offenbaren will", so werden wir hier in ein ganz eigenthümliches Verhältniß versetzt, in welchem der so Redende mit Gott zu stehen sich bewußt war. Es ist dieß dasselbe, wie wenn der johanneische Jesus zum Vater sagt: „Alles das Meine ist dein, und das Deine mein" (17, 6. 10), und ein andermal: „Der Vater kennt mich und ich kenne den Vater" (10, 15). Im vierten Evangelium haben dergleichen Aussprüche ihre Unterlage in allem demjenigen, was in demselben über die höhere Natur Jesu gesagt ist: Gott hat seinem persönlichen Schöpferworte, das er in menschlicher Gestalt in die Welt sandte, nicht nur die Menschen in ganz besondere Obhut übergeben, sondern, da ohne dasselbe nichts von allem Gewordenen geworden ist (1, 3), so ist ihm überhaupt Alles mit Gott dem Vater gemein. Eben darum aber können wir mit diesen Christusreden im vierten Evangelium geschichtlich nichts anfangen. Ein Jesus, der solche Dinge von sich aussagen kann, ist für die historische Betrachtung nicht vorhanden. In den drei ersten Evangelien fehlt dem angeführten Ausspruch diese Grundlage; ihnen ist Jesus wohl ein vom heiligen Geist erzeugter Mensch, aber kein eingekörpertes Schöpferwort, und alle Gewalt im Himmel und auf Erden wird ihm erst nach der Auferstehung übergeben (Matth. 28, 18). Insofern müssen wir versuchen, ob jener Ausspruch bei Matthäus und Lucas sich nicht aus der breiten Grundlage der allgemein menschlichen Gotteskindschaft heraus erklären läßt. Hier können wir uns nun gar wohl vorstellen, wie Jesus vermöge der Erkenntniß Gottes als des Vaters, die ihm unter einem Volke aufgegangen war, das Gott nur als Herrn, sich selbst nur im Knechtsverhältniß kannte, und die ihm aufgegangen war in Folge einer Gemüthsverfassung, in der sich jeder Widerspruch des persönlichen Bewußtseins mit dem Gottesbewußtsein gehoben hatte, sich in einer ganz eigenthümlichen Beziehung zu Gott wissen konnte; er mochte sich bewußt sein, daß Niemand als er Gott richtig, nämlich als den Vater, erkenne, bei allen Uebrigen diese Erkenntniß wenigstens eine durch ihn vermittelte sei. Aber warum setzt er denn hinzu, auch den Sohn erkenne

Niemand, als der Vater? War denn der Sohn, d. h. er selbst, Jesus, ein so geheimnißvolles Wesen, das nur von Gott erkannt werden konnte? Wenn er ein Mensch war, nicht, sondern nur, wenn er irgendwie ein übermenschliches Wesen war: so daß uns dieser Ausspruch, der im ersten und dritten Evangelium ganz vereinzelt steht, auf eine ähnliche Grundanschauung, wie die des vierten Evangeliums, weist, mithin als ein Ansatz erscheint, die Vorstellung von Jesu noch um eine Stufe weiter als in jenen Evangelien ohnehin schon geschieht, über das natürlich Menschliche hinaus zu erhöhen.

34.

Das religiöse Bewußtsein Jesu nach den drei ersten Evangelien.

Können wir also, um dem Selbstbewußtsein Jesu näher zu kommen, weder im vierten Evangelium, noch in jener Stelle der synoptischen, in welcher sie sich mit der Eigenthümlichkeit von jenem berühren, festen Fuß fassen, so bleibt uns nichts übrig, als uns ganz auf die synoptische Seite herüber zu wenden. Als den Kern der synoptischen Christusreden hat man mit Recht von jeher die Bergrede angesehen[1]), in deren Eingange schon die neue christliche Weltanschauung wie ein befruchtender Frühlingsregen sich ausschüttet. Die sogenannten acht Seligkeiten (Matth. 5, 3—10) bestehen wenigstens von vornherein aus jenen christlichen Paradoxen, durch welche die neue Betrachtung der Dinge mit der sowohl auf jüdischer als heidnischer Seite hergebrachten in Gegensatz trat. Als die Glückseligen gelten jetzt nicht mehr die Reichen, die Satten und Fröhlichen, sondern die Armen, die Trauernden, die Hungrigen und Durstigen; zu wahrem Glück und Besitz wird nicht mehr Gewalt und Streit, strenge Behauptung des eigenen Rechts, sondern Milde, Friedfertigkeit und Duldung als der richtige Weg erklärt. Der alten Welt gegenüber ist dieß eine verkehrte Welt, in welcher nicht wie dort vom Aeußern und von der Voraussetzung seiner Uebereinstimmung mit dem Innern ausgegangen, sondern das Innere so sehr als das einzig Wesentliche betrachtet wird, daß es auch ein entgegengesetztes Aeußere aufzuwiegen im Stande, ja mit einem solchen am liebsten verbunden sei.

Zwischen Matthäus und Lucas findet sich hier bekanntlich die Abweichung, daß bei diesem (6, 20 fg.) von Armen schlechtweg, bei jenem von Armen im Geiste, bei dem einen von solchen die jetzt (wirklichen) Hunger und Durst leiden, bei dem andern von solchen, die nach Gerechtigkeit hungern und dürsten, die Rede ist. Hier halte ich[2]) die einfachere Darstellung bei Lucas für die

---

1) „Das Aechteste des Aechten“ nennt sie Keim, a. a. O., S. 33.

2) Mit Köstlin, Der Ursprung und die Composition der synoptischen Evangelien, S. 66.

ursprünglichere, die Zusätze des Matthäus für spätere Verwahrung vor Mißverstand, als hätte Jesus um blos äußerer Noth willen, ohne innere Würdigkeit, die Menschen selig gepriesen. Allerdings erinnern die Seligpreisungen in ihrer Fassung bei Lucas, wo den in der jetzigen Welt äußerlich Unglücklichen Glück, in der künftigen verheißen, und durch gegenübergestellte Weherufe ebenso den jetzt Glücklichen Strafe in jenem Leben angedroht wird, stark an die Ansichten des späteren Ebionitismus; aber sie erklären sich hinreichend auch schon aus den Erfahrungen, die Jesus als Lehrer gemacht haben mochte. Hatte er gefunden, daß das höhere Bedürfniß unter den reicheren Volksklassen ebenso gewöhnlich im sinnlichen Behagen erstickt war, als unter den Armen durch das sinnliche Mißbehagen wach erhalten wurde, so konnte er, unter den gedrückten Volkshaufen Galiläas auftretend, sie um einer Lage willen selig preisen, unter der er die entsprechende Gemüthsverfassung mitverstand. Ist es doch bei jeder Revolution nicht anders (und das Aufkommen des Christenthums war eine der gewaltigsten), daß sie nicht bei den Satten und Befriedigten, sondern bei den Dürftigen und Unzufriedenen zuerst Anklang findet. Sofern es aber nicht das äußere Unglück an sich ist, um dessenwillen die Armen, Hungrigen u. s. f. von Jesu selig gepriesen werden, so hat allerdings Matthäus durch seine Zusätze die Worte Jesu nicht unrichtig ausgelegt, insbesondere richtiger als hernach die Ebioniten mit ihrer ascetischen Uebertreibung, jeden irdischen Besitz schon an und für sich für Sünde zu halten.

Daß Jesus die Verwirklichung der Seligkeit, die er den jetzt Armen und Bedrängten zuspricht, in eine künftige Welt, in den Himmel verlegt, damit steht er auf dem Standpunkte seiner Zeit und seines Volkes, dem wir ihn nicht entrücken dürfen. Das innere übersinnliche Glück, das in der Empfänglichkeit für das Höhere von selbst schon liegt, erscheint als ein künftiger Lohn, und in der That muß ja auch der Widerspruch des Innern und Aeußern sich lösen, das in der Menschheit geweckte neue geistige Leben auch den äußern Weltzustand sich angemessen gestalten; aber das erfolgt natürlich und allmählig, wenn auch nie vollkommen, in dieser Welt, und wird nur von der religiösen Vorstellung als wunderbare Ausgleichung in einer künftigen erwartet.

Aus der Einkehr von dem Aeußern in das Innere, wie sie im Eingange der Bergrede sich ausspricht, fließen dann alle jene Gesetzauslegungen im ersten Abschnitt dieser Rede, wo jedesmal der bei der äußern Handlung stehenbleibenden pharisäischen Auffassung gegenüber die Gesinnung als das allein Wesentliche betont, mit dem Morde schon der Zorn und Haß, mit dem Ehebruch schon die unreine Begierde als verboten dargestellt, mit dem Meineid jeder Eid überhaupt, als der einfachen Wahrhaftigkeit unangemessen, verworfen wird. In der Entgegensetzung dessen, was zu den Alten, d. h. zu den Empfängern des mosaischen Gesetzes, gesagt ist, und was nun er seinen Jüngern sage, stellt Jesus sich als den Gesetzgeber der Gesinnung dem Moses als dem Gesetzgeber für das blos äußere Handeln gegenüber, oder vielmehr als denjenigen über ihn, der das von jenem gegebene Gesetz des Buchstabens geistig zu vollenden gedenke. Indem hiebei den ächt hebräischen, überhaupt ächt antiken Grundsätzen der strengen Vergeltung, der Liebe zum Freunde und des Hasses gegen den Feind, die Vorschriften der Duldung und Feindesliebe entgegengestellt werden (Matth. 5, 38 fg.), mündet die Rede zuletzt in den Spruch aus (V. 45): „Damit ihr Söhne werdet eures Vaters im Himmel, denn er läßt seine Sonne aufgehen über Böse und Gute, und regnet über Gerechte und Ungerechte." Wenn irgend ein Spruch im Neuen Testament, so ist dieser gewiß von Jesu selbst und ihm nicht später in den Mund gelegt; denn die ganze Folgezeit bis zur Abfassung unserer Evangelien war viel zu erhitzt und verengt durch Kampf und Eifer, als daß wir ihr die Erzeugung eines Spruchs von so heiterer Weitherzigkeit zutrauen könnten. Hier also haben wir einen Grundzug der Frömmigkeit Jesu: als diese unterschiedslose Güte empfand und dachte er den himmlischen Vater, und eben in dieser Anschauung, die er von Gott hatte, liegt der Grund, warum er ihn am liebsten mit dem Vaternamen bezeichnete.

Diese Grundanschauung von Gott konnte Jesu nicht aus dem Alten Testament kommen. Hier war Jehova ein zorniger, eifriger, streng und weit hinaus vergeltender und strafender Gott, und wenn diese Vorstellung sich gleich bei den späteren Propheten milderte, so wurde sie doch niemals ganz durchbrochen. Andeutungen, wie die in der Erscheinung vor Elia, wo Gott nicht im Sturm, Erdbeben oder Feuer, sondern im sanften Wehen ist, (1 Kön. 19, 12), blieben vereinzelt, und schon in dem jüdischen Particularismus, der wenigstens den Heidenvölkern Jehova nur als strafenden und rächenden Gott gegenüberstellte, lag ein Hinderniß jeder milderen Anschauungsweise. Daher hieß wohl das Volk Israel Sohn Jehova's, und auch die israelitischen Könige wurden als Gottes Statthalter und Schützlinge so genannt; aber Gott im Verhältniß zu den Menschen überhaupt als Vater zu betrachten, ist eine dem Alten Testament fremde Vorstellung. Daß Jesus dieselbe zur Grundanschauung für das Verhältniß Gottes zum Menschen machte, dieß konnte er nur aus sich selber nehmen, es konnte nur Folge davon sein, daß jene unterschiedslose Güte die Grundstimmung seines eigenen Wesens, und er sich darin seiner Uebereinstimmung mit Gott bewußt war. Sich so wenig wie Gott, der langmüthige Vater, durch die Bosheit der Menschen aus der Fassung bringen zu lassen, das Böse nur durch Gutes, den Feind nur durch Wohlthun zu überwinden, war ein Grundsatz, der aus der innersten Stimmung seines eigenen Herzens floß. Wenn Jesus die Seinigen anwies, sich durch solches Verhalten als ächte Söhne des himmlischen Vaters zu beweisen, wenn er sie ermahnte, vollkommen zu sein, wie der Vater im Himmel vollkommen sei (Matth. 5, 48), so heißt dieß für uns soviel, daß er sich Gott in moralischer Hinsicht so dachte, wie er selbst in den höchsten Augenblicken seines religiösen Lebens gestimmt war, und an diesem Ideale hinwiederum sein religiöses Leben kräftigte. Die höchste religiöse Stimmung aber, die in seinem Bewußtsein lebte, war eben jene Alles umfassende, auch das Böse nur durch Gutes überwindende Liebe, die er daher auf Gott als die Grundbestimmung seines Wesens übertrug.

Sind die Menschen in ihrem Verhältniß zu Gott seine Kinder, so sind sie im Verhältniß zu einander Brüder (Matth. 5, 22 fg.), und hieraus ergibt sich für ihr Verhalten unter einander eine Gleichheit, die uns verpflichtet, gegen den Andern uns nicht anders zu verhalten, als gegen uns selbst, nicht ihn streng, uns selbst aber nachsichtig zu richten (Matth. 7, 3 fg.), überhaupt ihn immer nur so zu behandeln, wie wir von ihm behandelt zu werden wünschen (Matth. 7, 12). Mit Recht hat man auf diese Vorschrift, als auf das eigenthümliche Moralprincip des Christenthums, immer besonderes Gewicht gelegt; es liegt in ihr der Grundgedanke der Humanität, die Unterordnung aller Einzelnen unter die gemeinsame Idee der Menschheit, die in Allen lebt, von Jedem in Jedem wiedererkannt und geachtet werden soll.

Sofern sich Jesus in dieser humanen Liebesstimmung und der aus ihr fließenden Thätigkeit über alle Hemmungen und Schranken des Menschenlebens hinausgehoben, mit seinem himmlischen Vater einig fühlte, entsprang ihm hieraus eine innere Glückseligkeit, mit welcher verglichen alle äußeren Freuden und Leiden ihre Bedeutung verloren. Daher jene heitere Sorglosigkeit, welche der Bekümmerniß um Nahrung und Kleidung gegenüber auf den Gott verweist, der die Lilien kleidet und die Sperlinge füttert (Matth. 6, 25); die Genügsamkeit bei einem Wanderleben, das oft nicht einmal dem Haupte eine Ruhestelle bot (Matth. 8, 20); die Gleichgültigkeit gegen äußere Ehre oder Schmach in dem Bewußtsein, Träger und Verkündiger göttlichen Sinns unter den Menschen zu sein (Matth. 5, 11 fg.). Daher jene Vorliebe für die Kinder, die in ihrem harmlosen und anspruchslosen, von Haß und Stolz noch unberührten Wesen jener glücklichen Liebesstimmung am nächsten stehen, und sich hinwiederum als nächster Gegenstand für dieselbe darbieten (Matth. 18, 3 fg. 19, 14 fg.). Daher die Willigkeit, dem, der den rechten Backen schlug, auch noch den linken darzubieten; dem, der eine Meile in Anspruch nahm, wohl auch zwei zulieb zu gehen (Matth. 5, 44 fg.), und ohnehin dem fehlenden Bruder nicht blos siebenmal, sondern siebenzigmal siebenmal zu vergeben (Matth. 18, 21 fg.).

Indem Jesus diese heitere, mit Gott einige, alle Menschen als Brüder umfassende Gemüthsstimmung in sich ausbildete, hatte er das prophetische Ideal eines neuen Bundes mit dem in's Herz geschriebenen Gesetz (Jerem. 31, 31 fg.) in sich verwirklicht; er hatte, um mit dem Dichter zu reden, „die Gottheit in seinen Willen aufgenommen", daher war sie für ihn „von ihrem Weltenthron gestiegen, der Abgrund hatte sich gefüllt, die Furchterscheinung war entflohen"; in ihm war der Mensch aus der Knechtschaft zur Freiheit übergegangen. Dieses Heitere, Ungebrochene, dieses Handeln aus der Lust und Freudigkeit eines schönen Gemüthes heraus, können wir das Hellenische in Jesu nennen. Daß aber dieser eigene Herzenstrieb und im Einklang damit seine Vorstellung von Gott rein geistig und sittlich war, dieß, was der Grieche nur mittelst der Philosophie erreichen konnte, war bei ihm die Mitgift, mit der ihn seine Erziehung nach dem mosaischen Gesetz, seine Bildung durch die Schriften der Propheten, ausgestattet hatte.

Fragen wir, wie diese harmonische Gemüthsverfassung in Jesu zu Stande gekommen war, so findet sich in den uns vorliegenden Nachrichten von seinem Leben nirgends eine Kunde von schweren Gemüthskämpfen, aus denen dieselbe hervorgegangen wäre. Zwar umfassen jene Nachrichten bekanntlich außer den Sagen aus seiner Kindheit nur die kurze Periode seiner öffentlichen Wirksamkeit, und stellen ihn überdieß von einem Gesichtspunkte aus dar, der jede menschliche Fehlbarkeit ausschloß; daher man vermuthen könnte, daß der Periode der heitern Einigkeit mit sich selbst eine andere des düstern Ringens und vielleicht auch mancher Verirrungen vorhergegangen sein möge. Allein davon müßten, wenn nicht alle Analogien uns täuschen, auch in seinem späteren Leben, worüber es uns an Nachrichten nicht fehlt, Spuren zu entdecken sein. In allen jenen erst durch Kampf und gewaltsamen Durchbruch geläuterten Naturen, man denke nur an einen Paulus, Augustin, Luther, bleiben die Narben davon für alle Zeit, und etwas Hartes, Herbes, Düsteres haftet ihnen lebenslänglich an; wovon sich bei Jesu keine Spur findet.[1]) Jesus erscheint als eine schöne Natur von Hause aus, die sich nur aus sich selbst heraus zu entfalten, sich ihrer selbst immer klarer bewußt, immer fester in sich zu werden, nicht aber umzukehren und ein anderes Leben zu beginnen brauchte; was natürlich einzelne Schwankungen und Fehler, die Nothwendigkeit eines fortgehenden ernsten Bemühens der Selbstüberwindung und Entsagung, nicht ausschließt, wie Jesus durch die oben erwähnte Ablehnung des ihm beigelegten Prädicats: gut, selbst anerkannt hat (denn die abweichende oder vielmehr ausweichende Fassung dieser Rede bei Matthäus 19, 17 ist so gewiß eine spätere Aenderung, als die Ausforderung bei Johannes 8, 46: wer von euch kann mich einer Sünde zeihen? eben nur ein Wort des johanneischen Logoschristus ist). Daß die innere Entwicklung Jesu im Ganzen stetig, wenn auch nicht ohne gewaltige Anstrengung, doch ohne gewaltsame

1) Daß man eine Erinnerung an solche Kämpfe in der Versuchungsgeschichte hat entdecken wollen, beruht lediglich auf moderner Verdrehung dieser in ihrem wahren Sinne, wie wir an seinem Orte finden werden, kaum mißzuverstehenden Erzählung. Der Seelenkampf in Gethsemane aber, wenn man ihn auch geschichtlich faßt, ist doch nur ein Ringen, die längst habituell gewordene Gemüthsverfassung zu behaupten, nicht, sie erst zu erwerben.

Krisen, vor sich gegangen, dieß ist auch der einzige lebendige Sinn des Dogma von der Unsündlichkeit Jesu, mit dem in seiner starren kirchlichen Fassung, als einem rein negativen Begriff, schlechterdings nichts anzufangen ist. Wie schon angedeutet, glich hierin der so hochbegabte Heidenapostel dem Meister nicht, und auch die beiden großen Erneuerer des Christenthums in späterer Zeit, Augustin und Luther, waren in diesem Stücke mehr paulisch als christisch. Stünde aber einmal einer auf, in welchem der religiöse Genius der neueren Zeit ebenso von vorneherein Fleisch geworden wäre, wie in Jesu der der seinigen, so würde ein solcher schwerlich, wie jene gebrochenen Naturen, sich an den Vorgänger anlehnen, sondern dessen Werk in selbstständigem Geiste weiter führen.

35.

Verhältniß Jesu zum mosaischen Gesetz.

Hatte hienach Jesus den Einklang des religiösen Lebens, den Frieden und die Einstimmung mit Gott, auf rein geistigem Wege durch Entfaltung des in ihm lebenden Liebestriebs zu Stande gebracht, so war er zu all den äußerlichen Mitteln, durch welche sein Volk diese Zwecke zu erreichen suchte, in ein eigenthümliches Verhältniß getreten. Sie mußten ihm als ein Umweg erscheinen, den wenigstens er für sich nicht mehr nöthig hatte: Andere, die ihm auf seinem kürzesten Wege nicht folgen konnten, mochten desselben noch zu bedürfen glauben und vielleicht wirklich bedürfen; obwohl auch Gefahr war, es möchten Manche auf dem weiten Umwege vor Erreichung des Zieles stecken bleiben.

Wenn Jesus auf die Frage des Schriftgelehrten nach dem höchsten Gebote die Vorschriften, Gott von ganzem Herzen und den Nächsten wie sich selbst zu lieben, für den Kern und Inbegriff des Gesetzes und der Propheten erklärte (Matth. 22, 35 fg. Marc. 12, 28 fg.), so ist der Zusatz, den Marcus dem Schriftgelehrten in den Mund legt: die Beobachtung jener Gebote sei mehr als alle Brand- und sonstigen Opfer, zwar ohne Zweifel nur des Evangelisten eigene Zuthat, die aber eine ganz richtige Auslegung der Meinung Jesu enthält. Ein Haupttheil der jüdischen Opfer waren Sühnopfer für begangene Fehler und Sünden; die Voraussetzung war also, daß diese ohne jene Opfer von Gott nicht vergeben werden. Dagegen sehen wir Jesum, wo er aufrichtige Reue, wo er Glauben und Liebe wahrnahm, aus der Vollmacht seines religiösen Bewußtseins heraus ohne Weiteres Vergebung der Sünden ertheilen (Matth. 9, 2 fg. Luc. 7, 47 fg.). Ebenso stellt er sich zu der den Juden und selbst den Propheten so wichtigen Sabbatsfeier. Zwar gemeine Arbeit enthielt auch er sich an diesem Tage zu verrichten; wo aber entweder ein wirkliches Bedürfniß oder eine höhere Pflicht eine äußere Bemühung erforderte, trug er keinen Augenblick Bedenken, solche theils selbst vorzunehmen, theils den Seinigen zu gestatten. Bei der bekannten Erzählung vom Aehrenraufen ist es zwar wieder nur Marcus, der ihm den Ausspruch in den Mund legt: „Der Mensch ist nicht um des Sabbats willen gemacht, sondern der Sabbat um des Menschen willen“ (2, 27); aber doch läßt ihn auch Matthäus sagen: „Verstündet ihr, was es heißt: Barmherzigkeit will ich, und nicht Opfer, so würdet ihr nicht die Unschuldigen verurtheilen“ (12, 7). Dieß ist zwar nur dieselbe Einsicht, wie wir sie oben schon bei mehreren der hebräischen Propheten gefunden hatten; aber sie ist von Jesu mit einer Schärfe ausgesprochen, und der Anstoß mit seiner sabbatlichen Geschäftigkeit wird von ihm so sichtbar mehr gesucht als vermieden, daß kaum zu zweifeln ist, die Werthlosigkeit all dieses äußern Dienstes gegenüber von dem innerlichen war ihm nicht blos für sich klar geworden, sondern er suchte auch Mittel und Wege, seinen Volksgenossen allmählig darüber die Augen zu öffnen.

Ganz deutlich ist es zwar nicht, wie weit die Meinung und Absicht Jesu in diesem Stücke ging. Ein großer Theil seiner Polemik gilt jedenfalls den Zusätzen, welche spätere Lehrer zum mosaischen Gesetze gemacht hatten, und auf deren Beobachtung namentlich die pharisäische Partei ebenso streng wie auf die der Gesetzesvorschriften selber hielt. So waren im Gesetze zwar für allerhand wirkliche oder vermeintliche Verunreinigungen, wie Berührung einer Leiche, einer Wöchnerin und dgl., Waschungen vorgeschrieben; daß man sich aber unter allen Umständen auch vor Tische die Hände waschen solle, war rabbinische Zuthat, an die sich Jesus mit den Seinigen nicht band (Matth. 15, 1 fg.). Was ihn dem pharisäischen Halten auf dergleichen Satzungen besonders abgeneigt machte, war das schon oben Angedeutete, daß darin für die Menschen die Gefahr lag, auf diesem Umwege zu Gott stecken zu bleiben, indem sie über solchen Aeußerlichkeiten das innere Wesen der Frömmigkeit, ja selbst sittliche Pflichten, außer Acht ließen. Es kam vor, daß einer, um die Mittel für ein Opfer, das er gelobt hatte, übrig zu behalten, den Eltern die schuldige Unterstützung entzog (Matth. 15, 5); daß ein Anderer der Vorschrift, den Leviten den Zehnten von den Feldfrüchten zu geben, bis auf Dill und Kümmel hinaus, woran im Gesetze nicht gedacht war, nachkam, aber mit den moralischen Geboten desselben es sich um so leichter machte (Matth. 23, 23). Zwar wendet Jesus hiegegen unmittelbar nur den Spruch, dieses solle man thun und das Andere nicht lassen, d. h. wenn man sich ernstlich bemüht habe, die sittlichen Vorschriften des Gesetzes zu erfüllen, so sei es ganz löblich, wenn man auch noch den ceremoniellen nachzukommen trachte, auf keinen Fall jedoch dürfen die ersteren um der letzteren willen vernachlässigt werden; auch ermahnt er im Eingang derselben antipharisäischen Rede, in welcher dieser Spruch vorkommt, das Volk, wohl allen Vorschriften der Pharisäer und Schriftgelehrten, aber nicht ihrem Beispiele nachzuleben, da sie dem, was sie sagen, selbst nicht nachkommen (Matth. 23, 3). Allein ebendaselbst bezeichnet er die Lasten, welche diese Menschen dem Volk aufbürden, als kaum zu tragende; und wenn er nun ein andermal, wie im Gegensatze dazu, seine Last leicht und sein Joch sanft nennt (Matth. 11, 30), und bei Gelegenheit der von den Seinigen vernachlässigten Händewaschung sagt, jede Pflanze, die sein himmlischer Vater nicht gepflanzt habe, werde ausgerissen werden (Matth. 15, 13), so ist deutlich genug, daß er dieses rabbinische Satzungswesen als eine lästige und bedenkliche, überdieß auf keiner höhern Auctorität beruhende Sache betrachtete, die man sich wohl noch eine Zeitlang gefallen lassen möge, deren Tage aber doch gezählt seien.

Ob nun aber Jesus über diese rabbinischen Zusätze hinaus auch das mosaische Gesetz selbst seinem rituellen Theile nach habe antasten wollen, ist eine bei der Beschaffenheit unserer Quellen schwer zu beantwortende Frage. Wenn Jesus bei Gelegenheit der Vorwürfe, die ihm wegen der ungewaschenen Hände seiner Jünger beim Essen gemacht wurden, mit der Aufforderung, ihn wohl zu verstehen, zum Volke spricht: „Nicht was zum Munde eingehet, verunreinigt den Menschen, sondern was aus dem Munde ausgehet, das verunreinigt ihn“ (Matth. 15, 11), so war er sich entweder der Tragweite seiner eigenen Rede nicht bewußt, oder er hatte da ein Wort gesprochen, das auch den so hoch gehaltenen mosaischen Speiseverboten ihre Bedeutung aberkannte; ja wenn er der Gesetzesbestimmung (5 Mos. 24, 1) gegenüber, welche die Ehescheidung unter der Bedingung eines der Frau von dem Manne auszustellenden Scheidebriefs gestattete, jede Ehescheidung außer auf Grund des Ehebruchs selbst für Ehebruch erklärte, und jene Gesetzesbestimmung aus einer vorübergehenden Rücksicht auf die Herzenshärtigkeit des alten Judenvolkes ableitete (Matth. 5, 31 fg. 19, 3 fg.), so hatte er das mosaische Gesetz auch über seinen rituellen Theil hinaus in seinen das sittliche Zusammenleben der Menschen betreffenden Bestimmungen für perfectibel, mithin für unvollkommen erklärt.

Doch jeder weitergehenden Vermuthung in diesem Stücke scheint sich die eigene Erklärung Jesu in der Bergrede entgegenzustellen: man solle nicht meinen, daß er gekommen sei, das Gesetz oder die Propheten aufzulösen, er sei nicht gekommen, aufzulösen, sondern zu erfüllen; denn eher werden Himmel und Erde vergehen, als der kleinste Buchstabe des Gesetzes vergehen werde; wer daher die geringste der Vorschriften desselben auflöse und die Menschen so lehre, der werde der Geringste, wer sie aber halte und halten lehre, der werde groß im Himmelreich sein (Matth. 5, 17—19). Sofern hier unter den geringsten Geboten und dem kleinsten Buchstaben des Gesetzes nur Ceremonialgebote verstanden sein können, so hätte also Jesus auch diesem Theil des mosaischen Gesetzes nicht blos vorerst noch Duldung, sondern unverbrüchliche Geltung für alle Zeiten zuerkannt.

Da bei dieser Voraussetzung der Plan und die ganze Stellung Jesu schlechterdings unverständlich werden, so haben verschiedene Ausleger in dem Vergehen Himmels und der Erde einen wirklichen, und zwar nach damaliger Vorstellung nicht sehr entfernten Termin, nämlich den nach der Wiederkunft des Messias und dem von ihm zu haltenden Gericht erwarteten Weltuntergang, gefunden, in dem Sinne, daß zwar, so lange diese alte Welt noch stehe, das Gesetz bis auf's kleinste hinaus gültig bleiben, für die alsdann zu erwartende neue Welt aber keine fernere Geltung mehr haben solle. Allein jeder uneingenommene Leser wird die Worte Jesu vielmehr so verstehen, wie schon Lucas sie verstanden hat, wenn er sie so wiedergibt (16, 17): es sei leichter, daß Himmel und Erde vergehe, als daß ein Buchstabe des Gesetzes falle, d. h. eines sei von so ungemessener Dauer wie das andere; womit man, den Sprachgebrauch betreffend, Stellen wie Hiob 14, 12. Ps. 72, 7. Bar. 1, 11, vergleichen kann. Richtiger haben daher Andere hier eine nachträgliche Verschärfung der Worte Jesu vom Standpunkte des spätern Judenchristenthums vermuthet, und sogar in Demjenigen, der jene geringen Gebote auflöst und die Menschen so unterweist, dafür aber der Geringste im Himmelreich heißen soll, eine Anspielung auf den Apostel Paulus gefunden, der sich selbst den geringsten der Apostel nennt (1 Kor. 15, 9).

Wenn ich nun auch die letztere Vermuthung nicht gerade vertreten will, so möchte ich um so mehr die erstere durch die Nachweisung verstärken, daß die anstößigen Verse 18 und 19 sich geradezu als ein Einschiebsel (nicht in den Text unseres jetzigen Matthäus, wohl aber in die Rede Jesu und vielleicht eine frühere Aufzeichnung derselben) zu erkennen geben. Wenn V. 19 Demjenigen, der über eines der kleinsten Gebote sich selbst wegsetze und die Menschen sich wegsetzen lehre, die unterste, dem hingegen, der sie halte und halten lehre, eine hohe Stelle im Himmelreich verheißen, und nun V. 20 fortgefahren wird: „Denn ich sage euch, wenn eure Gerechtigkeit nicht die der Pharisäer und Schriftgelehrten übertrifft, werdet ihr nicht in das Himmelreich kommen“: so hängt dieß gar nicht unter sich zusammen. Denn unter diesem Uebertreffen der pharisäischen Gerechtigkeit ist, wie die von V. 21 an folgenden Ausführungen über die mosaischen Verbote des Todtschlags, des Ehebruchs, des Meineids zeigen, die Erfüllung des Gesetzes nicht blos nach dem Buchstaben, sondern nach seinem Geiste, das Meiden nicht blos der bösen That, sondern auch der entsprechenden Gesinnung, mit dem Morde des Hasses und der Rachgier, mit dem Ehebruch der ersten Regungen der bösen Lust, verstanden; und daß nun in diesem Sinne die pharisäische Gesetzerfüllung übertroffen werden soll, darin liegt entfernt kein Grund dafür, wie es der Verbindung der Sätze nach der Fall sein müßte, daß demnach auch die kleinsten Ceremonialgebote unverbrüchlich gehalten werden sollen, worin ja gerade die Pharisäer nicht wohl zu übertreffen waren. Sehen wir näher zu, so findet sich die Anknüpfungsformel: „Denn ich sage euch", zweimal: einmal (durch „wahrlich" verstärkt) zu Anfang von V. 18, dann wieder am Anfang von V. 20; und wenn wir nun dorthin, wo sie zum erstenmale steht, den zwanzigsten Vers stellen, zu dem sie in seiner jetzigen Stellung so wenig paßt, so erhalten wir den schönsten Zusammenhang. Denn nun erläutert Jesus den Sinn der Erfüllung oder Vervollständigung des Gesetzes, welche der Zweck seiner Sendung sei, nicht wie in der jetzigen Darstellung des Matthäus durch die unerwartete Wendung nach dem Buchstaben hin, davon selbst der kleinste nicht aufgegeben werden dürfe; sondern wenn er sagt: ich bin nicht gekommen aufzulösen, sondern voll zu machen, denn mit der pharisäischen Gesetzerfüllung, die zwar die äußere That meidet, aber der bösen Gesinnung im Innern nachhängt, mit bloßer Legalität ohne Moralität, ist es hinfort nicht gethan — wenn wir uns dieß als den Gedankengang Jesu denken, so hängt Alles sowohl unter sich als mit dem Sinne des ganzen Auftretens Jesu auf's beste zusammen. So mag die Rede Jesu ursprünglich, sei es mündlich oder bald auch schriftlich, überliefert gewesen sein, und man hatte daran, so lange das mosaische Ceremonialgesetz unter den ersten Christen aus den Juden noch unerschüttert fortbestand, kein Arges. Nachdem aber der Apostel Paulus, im Zusammenhange mit seiner Hinwendung zu den Heiden, die Christen von der Beobachtung desselben losgesprochen, und dadurch in judenchristlichen Kreisen jene Aufregung hervorgerufen hatte, die wir aus seinen Briefen und zum Theil auch aus der Apostelgeschichte kennen, da fand man von dieser Seite jenen so leicht paulinisch zu deutenden Ausspruch Jesu bedenklich, oder vielmehr, man setzte voraus, er müsse ursprünglich bestimmter für Aufrechthaltung des mosaischen Gesetzes in dessen ganzem Umfange gelautet haben, und schob daher die Sätze V. 18 und 19 ein, worauf man den eigentlich zu V. 17 gehörigen V. 20 gleichwohl noch folgen ließ.

Wie klar sich Jesus der Neuheit seines Princips und der Unverträglichkeit desselben mit dem alten jüdischen Wesen bewußt war, erhellt auch aus der Art, wie er sich aus Anlaß des Fastens aussprach (Matth. 9, 14—17). Man wunderte sich, daß er nicht auch wie der Täufer seine Jünger zu häufigem Fasten anhielt; denn wer unter den Juden nach besonderer Heiligkeit strebte, wie die Pharisäer und auch die Essener, der suchte dieß dadurch zu beweisen, daß er über das im Gesetz (3 Mos. 16, 29) vorgeschriebene jährliche Fasten am Versöhnungstag hinaus sich noch allerhand freiwillige Fasten auferlegte, wie der selbstgerechte Pharisäer in der Gleichnißrede (Luc. 18, 12) sich rühmt, gar zweimal in der Woche diese fromme Uebung vorzunehmen. Hier nun spricht Jesus nicht blos wie sonst (Matth. 6, 16 fg.) gegen die bei den pharisäischen Fastenübungen in der Regel mit unterlaufende Gleißnerei, begnügt sich auch nicht mit der Erklärung, daß für seine Jünger, wenigstens so lange er bei ihnen sei, eine so traurige Ascese nicht passe; sondern mit dem daran gehängten Spruch von dem alten Kleide, auf das man keinen neuen Lappen setze, den alten Schläuchen, in die man keinen neuen Wein gieße, wenn man nicht haben wolle, daß Kleid und Schläuche zerreißen und der Wein zu Grunde gehe (V. 16 fg.), scheint er das Bewußtsein auszusprechen, daß überhaupt zwischen dem von ihm aufgestellten Princip der Gesinnung und dem alten Ceremonienwesen keine Vermittlung möglich, oder daß, falls man einstweilen versuche, eins mit dem andern zu verbinden, sich doch bald genug die Unvereinbarkeit beider herausstellen werde.

Was das Opferwesen betrifft, so setzt Jesus dasselbe nicht blos beiläufig als fortbestehend voraus (Matth. 5, 23 fg.), sondern weist der evangelischen Erzählung zufolge den von ihm geheilten Aussätzigen ausdrücklich an, die von Moses (3 Mos. 14, 10 fg.) vorgeschriebene Opfergabe für seine Reinigung darzubringen (Matth. 8, 4. Marc. 1, 44. Luc. 5, 14). Dagegen wird viel zu wenig beachtet, daß in unsern evangelischen Erzählungen Jesus selbst, mit Ausnahme des Passahlamms, bei dem jüdischen Opferwesen sich nirgends betheiligt. Es gab doch außer Reinigungs- und Schuldopfern noch Brand-, Speis- und Dankopfer, die ein frommer Israelit zu bringen veranlaßt sein konnte, wobei allemal auch minder kostspielige Gaben für Aermere vorgesehen waren; aber nirgends finden wir eine Spur, daß Jesus oder seine Jünger ein solches Opfer dargebracht hätten. Das Stillschweigen unserer Berichte ist freilich auch hier kein vollständiger Beweis, auch kann man an die Kürze des einzigen Aufenthalts, den Jesus den Synoptikern zufolge in Jerusalem nahm, erinnern; allein es kommt in den Evangelien eine Handlung Jesu vor, die positiv auf eine dem Opferwesen wenig günstige Stimmung hinweist. Wir meinen die von allen vier Evangelisten berichtete sogenannte Tempelreinigung (Matth. 21, 12 fg. Marc. 11, 15 fg. Luc. 19, 45 fg. Joh. 2, 14 fg.), wo Jesus, als er im Tempel zu Jerusalem, d. h., wie man annehmen muß, in einem von dessen Vorhöfen, Käufer und Verkäufer, insbesondere Taubenkrämer, nach Johannes auch Ochsen- und Schafhändler mit ihren Thieren, und außerdem noch Geldwechsler antrifft, in heftigem Unwillen über solche Entweihung des Heiligthums sie insgesammt mit Umwerfung ihrer Tische hinaustreibt. Hier hat Reimarus einleuchtend nachgewiesen [1]), daß, so lange das Gesetz Mosis noch galt, nothwendig, namentlich zur Passahzeit, zum Behuf der fremden Festbesucher Opferthiere aller Art zum Tempel gebracht werden mußten, daß hiezu ein Platz im äußersten Tempelraum, dem sogenannten Heidenvorhof, gesetzlich eingeräumt war, und daß es für ein Zeichen frommen Eifers galt, wenn daselbst recht vieles Vieh zum Verkaufe kam. Ebenso unentbehrlich waren an derselben Stelle die Wechsler, von denen die Festbesucher für ihr gemeines Geld die übliche Tempelmünze eintauschen konnten. Nun scheint zwar Jesus, wenn

1) Vgl. meinen Reimarus, S. 195 fg.

er davon spricht, man solle aus dem Gebethaus keine Räuberhöhle machen, besonders an dem bei diesen Handels- und Wechselgeschäften mit unterlaufenden Betrug Anstoß genommen zu haben; aber schon, daß er zu dem Spruch aus Jeremia (7, 11), der den Tempel Jehova's nicht zur Mörderhöhle gemacht wissen will, den andern aus Jesaia (56, 7) zieht, wo der Tempel ein Bethaus genannt wird, deutet darauf hin, daß ihm, solchem geistigen Opferdienste gegenüber, dieses ganze materielle Opferwesen zuwider war. Von den Ebioniten sagt Epiphanius [1]), in ihrem angeblichen Matthäus-Evangelium komme der Ausspruch Christi vor: „Ich bin gekommen, die Opfer abzuschaffen, und wenn ihr nicht ablasset zu opfern, wird der Zorn (Gottes) von euch nicht ablassen.“ Dieß ist der Abscheu vor blutigen Opfern, welchen die Ebioniten mit den Essenern gemein hatten, und der sammt der essenischen Enthaltung von Fleischspeisen in der ascetisch-dualistischen Welt- und Lebensansicht dieser Sekte seinen Grund hat. Von dieser Ansicht war Jesus weit entfernt; um so näher lag seiner Ueberzeugung, daß zur Versöhnung mit Gott nur auf rein innerlichem Wege zu gelangen sei, der Widerwille gegen den crassen Materialismus des Opferdienstes, der ihn, besonders wenn er diesen Viehmarkt im Tempel jetzt zum erstenmale sah, leicht zu jenem Acte prophetischen Eifers fortreißen konnte.

Ueberhaupt aber zu dem gesammten jüdischen Tempeldienste scheint Jesus eine Stellung eingenommen zu haben, die nicht ganz so harmlos war, wie sie in unsern Evangelien sich ausnimmt. Unter den Beweisen für die Wahrheit der johanneischen Darstellung der Geschichte Jesu gegenüber von der synoptischen wird bekanntlich auch angeführt, wie unwahrscheinlich es sei, daß ein frommer Israelit so, wie man nach den drei ersten Evangelien von Jesu glauben müßte, mehrere Jahre sollte haben verstreichen lassen, ohne der gesetzlichen Vorschrift gemäß zu einem der hohen Feste nach Jerusalem zu pilgern. Man hat von der andern Seite verschiedene Gründe beigebracht, eine solche Versäumniß zu erklären; die genügendste Erklärung wäre aber doch, wenn sich zeigte, daß Jesus jener gesetzlich fromme Israelit eben nicht war. Reimarus hat in der Angabe der Evangelisten, es seien von dem hohen Rathe gegen Jesum falsche Zeugen aufgestellt worden, eine Entstellung des wirklichen Hergangs gefunden, da genug Wahres gegen ihn vorgelegen, und schon die einzige Austreibung der Käufer und Verkäufer aus dem Tempel hingereicht habe, ihm den Proceß zu machen. [2]) Wie aber, wenn in der Aeußerung, welche die falschen Zeugen Jesu nachsagten, er sei im Stande, den Tempel Gottes abzubrechen und binnen dreier Tage wieder zu bauen (Matth. 26, 61), dieselbe Gesinnung nur in ein kühnes Wort gefaßt wäre, die in jener Austreibung als kühne That erscheint? Bekannt-

1) Haeres., XXX, 16.
2) A. a. O., S. 208.

lich führt Johannes diesen Ausspruch bei Gelegenheit der von ihm an den Anfang der öffentlichen Wirksamkeit Jesu vorgeschobenen Tempelreinigung als eine wirkliche Rede Jesu, nicht als falsches Zeugniß gegen ihn, auf; als das Falsche erscheint bei ihm nur der Mißverstand, daß die Rede, die so, wie er sie wiedergibt, sich allerdings auf den Tod und die Auferstehung Jesu bezogen haben müßte, von den Juden auf ihr Tempelgebäude bezogen wird (2, 19 fg.). Wenn Marcus (14, 58) der falschen Zeugenaussage die Fassung gibt, Jesus habe das Vorhaben ausgesprochen, diesen „mit Händen gemachten" Tempel zu zerstören, und einen andern „nicht mit Händen gemachten" dafür zu bauen, so ist dieß wohl nur seine eigene Deutung, die er Jesu in den Mund legt; aber daß sie dem Sinne Jesu gemäßer ist, als die verschrobene johanneische auf die Auferstehung, wird aus der Vergleichung der Apostelgeschichte wahrscheinlich. Hier nämlich wird (während im Evangelium Lucas dieses falsche Zeugniß, als hätte er es für den zweiten Theil seines Werkes aufsparen wollen, übergeht) gleichfalls von falschen Zeugen dem Stephanus nachgesagt, er habe geäußert, Jesus von Nazaret werde diesen Platz (den Tempel) zerstören und die von Moses überlieferten Bräuche ändern (Apostelgesch. 6, 14). Hier ist nur von Zerstören, nicht auch von Aufbauen des Tempels die Rede; allein wenn dem erstern das Aendern des mosaischen Cultus beigefügt ist, so erhellt leicht, daß man sich als Neubau die Einführung einer geistigern Gottesverehrung zu denken hat, die ohne Zweifel auch Marcus schließlich andeuten wollte, wenn er gleich unter dem nicht mit Händen gemachten Tempel zunächst vielleicht einen wirklich vom Himmel herunterkommenden Wunderbau verstanden haben mag. Auch in der Geschichte des Stephanus werden die Zeugen als falsche bezeichnet, und doch spricht derselbe nachher in seiner Rede dem mit Händen gemachten Tempel die Würde einer wahren Wohnung Gottes ab (7, 48). Dieß ist allerdings eine alte, im Alten Testament (1 Kön. 8, 27) schon dem Salomo in den Mund gelegte Einsicht, die sich auch bei dem hebräischen Gottesbegriff von selbst ergab; allein die Wuth der Juden, wie sie sofort gegen Stephanus und die ganze junge Christengemeinde losbrach, beweist, daß Stephanus jene Einsicht nicht so harmlos, wie schon längst manche Propheten, nur zur größeren Ehre Gottes, sondern in einer bedenklichen praktischen Richtung ausgesprochen hatte. Von hier aus ergibt sich die Vermuthung, daß er etwas von der Art, wie es die Zeugen ihm nachsagten, wirklich geäußert hatte, diese mithin keine falschen Zeugen waren. Die Meinung seines Ausspruchs wäre gewesen, Jesus werde, wenn er vom Himmel wiederkomme, den Tempel vernichten und den mit demselben verbundenen mosaischen Cultus abschaffen; und wenn wir nun gegen Jesum selbst ein ganz ähnlich lautendes Zeugniß finden, so gewinnt es alle Wahrscheinlichkeit, daß auch dieses nur insoweit ein falsches war, als es im Sinne einer wirklichen materiellen Zerstörung und Wiedererbauung des Tempels vorgebracht wurde. Gar leicht könnte es aber sein, daß auch dieses angebliche Mißverständniß nur ein gemachtes wäre, daß die Juden die Aeußerung Jesu über seine reformatorische Endabsicht nur gar zu wohl verstanden, und daß eben hierin der Grund seiner Anklage und Verurtheilung gelegen hätte.

Der Schrecken über diese bewirkte dann, daß seine Anhänger die gefährliche Stellung, die ihr Meister eingenommen hatte, verließen und um mehrere Schritte zurückwichen; was um so leichter anging, als von den Aposteln keiner, selbst nach unsern jetzigen Berichten, den Sinn Jesu ganz erreicht hatte. Stephanus, seinem Namen nach ohne Zweifel ein in griechischen Landen geborener Jude, scheint die wahre Meinung Jesu besser als die palästinischen Apostel begriffen, und in seinem Geiste auf die bevorstehende Beseitigung des mosaischen Tempel- und Ceremoniendienstes hingewiesen zu haben: weßwegen ihn aber auch dasselbe Schicksal, wie seinen Meister, traf. Um so mehr hielten sich fortan die Judenapostel und Judenchristen in Jerusalem und dem übrigen Palästina auf jener Linie, die nicht nur geschützter, sondern auch ihrer Fassungskraft angemessener war, und in diesem Sinne wurde nun auch die Geschichte Jesu bearbeitet, aus welcher daher Alles, was seine vorgeschobenere Stellung bezeichnete, bis auf solche kaum noch verständliche Spuren, wie die Geschichte mit den falschen Zeugen, verschwand. Insofern kann man, wie oben angedeutet, immerhin zugestehen, daß der Ausspruch des johanneischen Christus von der geistigen, an keinen Ort mehr gebundenen Anbetung Gottes (4, 21. 23 fg.) dem wirklichen Sinn und Standpunkt Jesu näher stehe, als der matthäische von dem unvergänglichen Gesetzesbuchstaben; nicht als läge hier eine bessere geschichtliche Kunde vor, sondern sofern der Verfasser des vierten Evangeliums zu der Einsicht, welche Jesus durch religiöse Genialität schon vor mehr als hundert Jahren mitten in Palästina gefunden hatte, nachträglich durch die Mittel seiner alexandrinischen Bildung gelangt war.

36.

Die Stellung Jesu zu den Nichtisraeliten.

Hatte Jesus die Einsicht, daß der mosaische Gottesdienst dem wahren Wesen der Religion nicht entspreche, und die Absicht, durch behutsame Verbreitung dieser Einsicht eine Umgestaltung des jüdischen Religionswesens herbeizuführen, so scheint damit die Frage, wie er sich zu den Nichtisraeliten gestellt habe, bereits entschieden. Denn mit dem mosaischen Ceremonialdienst, der großentheils eben zum Zwecke der Absonderung des Volks Israel von den übrigen Völkern angeordnet war, fiel auch die Hauptscheidewand zwischen Juden und Heiden. Dennoch bedarf dieser Punkt einer eigenen Untersuchung, sofern es sich in der Geschichte niemals von selbst versteht, daß einer die Consequenzen seines Princips selbst auch gezogen habe, und sofern Jesus, auch wenn er dieß für sich gethan hätte, doch aus Klugheitsrücksichten sich den Nichtisraeliten gegenüber zurückhaltend benommen haben könnte.

Daß wir in dieser Hinsicht eine wahre Leiter von Standpunkten, sowohl was Aussprüche als Handlungen Jesu betrifft, in den Evangelien haben, ist bereits in der Einleitung gelegentlich erwähnt worden. Hier das den Jüngern gegebene Verbot, sich an Heiden oder Samariter (denn dieses den Heiden gleichgeachtete Mischvolk müssen wir hinzunehmen) zu wenden; dort über die Samariter manch günstiges Wort, bei der Annäherung von Heiden die freudigste Rührung, und endlich gar die Weisung an die Jünger, beiden das Evangelium zu verkündigen. Hier der samarische Boden von Jesu geflissentlich gemieden; dort derselbe ohne Scheu betreten, ja gerade auf diesem Boden ein besonders erfreuliches Wirken Jesu. Hier die anfängliche Weigerung, einer Heidin zu helfen; dort die zuvorkommendste Geneigtheit, einem Heiden zu willfahren, der sofort um seines Glaubens willen über die Juden erhoben wird, mit angehängter Drohung, daß einst an der Stelle des widerspänstigen Judenvolks die Heiden in's Himmelreich werden berufen werden. Davon findet sich nun zwar, näher zugesehen, das Meiden des samarischen Bodens bei Matthäus (19, 1) und Marcus (16, 1), das ungescheute Betreten desselben und die günstigen Aeußerungen über die Samariter bei Lucas (9, 52. 10, 33 fg. 17, 11 fg.), die gedeihliche Wirksamkeit Jesu in Samarien bei Johannes (4, 5 fg.); in Betreff der Heiden die ahnungsvolle Gemüthsbewegung bei ihrer Annäherung im johanneischen (12, 20 fg.), das Verbot, sich an sie zu wenden, im Matthäus-Evangelium (10, 5): aber in eben demselben (28, 19) wie bei Marcus (16, 15) und Lucas (24, 47) auch der Befehl, ihnen das Evangelium zu predigen, und abermals in demselben Evangelium sowohl die heidenfreundliche Geschichte vom Hauptmann von Kapernaum (8, 5 fg.), als die von dem kananäischen Weibe, worin die Heiden mit Hunden verglichen sind (15, 21 fg.).

Auf dieser Leiter werden wir, Alles wohl erwogen, Jesum mit seiner eigenen Praxis ebenso wenig auf die oberste, als auf die unterste Sprosse stellen dürfen. Was die Samaritaner betrifft, so ist die Geschichte, die uns der vierte Evangelist von dem Zusammentreffen Jesu mit der samarischen Frau am Jakobsbrunnen erzählt, theils an sich so offenbar poetisch, den Brunnenscenen zwischen Jakob und Rahel, Elieser und Rebekka (1 Mos. 24. 29) nachgebildet, theils so unverkennbar als Vorbild für die spätere Wirksamkeit der Apostel in Samarien (Apostelgesch. 8, 4 fg.) und weiter hinaus die Heidenbekehrung componirt, theils hängt sie mit dem eigenthümlichen Pragmatismus dieses Evangeliums hinsichtlich der mehreren Festreisen Jesu so eng zusammen, daß sie keinen sichern historischen Stützpunkt darbietet. Nicht minder ist die Scene mit den Hellenen, deren Anmeldung Jesum in die tiefe Gemüthsbewegung versetzt und zu den Reden von seiner Verherrlichung und dem Samenkorn, das erst ersterben müsse, um Frucht bringen zu können, veranlaßt, diese Scene ist aus den beiden synoptischen Geschichten von der Verklärung und von dem Seelenkampfe Jesu so im besondersten Geiste des johanneischen Evangeliums zusammengearbeitet, daß auch sie geschichtlich nicht in Rechnung kommt. Die schließliche Weisung, alle Völker ohne Unterschied zu lehren und zu taufen, ist dem Auferstandenen in den Mund gelegt, steht und fällt also mit der Auferstehung; aber auch davon abgesehen, ist nicht wohl denkbar, daß die Frage, ob das Evangelium auch den Heiden zu verkündigen sei, später so heftige Kämpfe hätte erregen, und die älteren Apostel, die ständigen Begleiter Jesu, sich von Anfang an sämmtlich auf die Seite der Verneinung dieser Frage hätten stellen können, wenn Jesus sie so rund und feierlich bejaht gehabt hätte.

Auf der andern Seite klingt aber das ausdrückliche Verbot an die ausgesendeten Jünger, nicht auf den Weg der Heiden und in keine samarische Stadt zu gehen, sondern sich an die verlorenen Schafe des Hauses Israel zu halten, vollends wenn man die Stelle von den Hunden, denen man das Heilige nicht geben, und den Schweinen, denen man keine Perlen vorwerfen solle (Matth. 7, 6), auf die Heidenpredigt bezieht, so craß jüdisch, daß es uns im Munde Jesu, fast wie oben die Verbürgung ewiger Dauer für jeden Buchstaben des Gesetzes, seine Meinung und Absicht unverständlich macht. Man faßt es wohl als vorübergehende Klugheitsmaßregel: um der evangelischen Verkündigung erst unter den Juden einen festen Boden zu schaffen, habe im Anfang ihr Vorurtheil gegen die Heiden geschont, und dieß den Jüngern eingeschärft werden müssen. Allein wozu brauchte es den Jüngern erst eingeschärft zu werden, da sie ohnehin schon von allen jüdischen Vorurtheilen, insbesondere auch dem Widerwillen gegen Heiden und Samariter, voll steckten? Für sie war ein solches Verbot überflüssig; gab es Jesus doch, so müßte er es aus seinem eigenen Sinne heraus gegeben haben, und aus diesem kann es, wenn uns sein ganzes Wollen und Wirken kein Räthsel werden soll, nicht geflossen sein.

Dagegen ist, was von den Aeußerungen und Handlungen des evangelischen Jesus in Bezug auf Nichtisraeliten zwischen diesen beiden äußersten Punkten liegt, gar wohl geschichtlich denkbar. An häufigen Berührungen mit Heiden konnte es in dem Gränzlande Galiläa mit seiner strichweise sehr gemischten Bevölkerung nicht fehlen. Und wenn nun hier Jesus ohne Zweifel mehr als einmal beobachten konnte, daß einzelne Heiden als Zuhörer seiner Lehrvorträge mehr Empfänglichkeit zeigten, ihm mit unbefangnerem Vertrauen entgegenkamen, sich bereitwilliger von der Nothwendigkeit, ein neues Leben anzufangen, überzeugen ließen, als die vorurtheils- und anspruchsvollen Söhne Abraham's, so sieht es ihm ganz ähnlich, daß er sich solchen Eindrücken und Erfahrungen mit offenem Sinne hingegeben, sie einestheils zur Beschämung und Aneiferung seiner Volksgenossen verwendet, anderntheils aber, je mehr von letzterer Seite die Beweise von Unempfänglichkeit und bösem Willen sich häuften, in sich selbst allmählig den Gedanken ausgebildet haben wird, die Sache könnte sich zuletzt noch so wenden, daß statt der Nachkommen Abraham's Gläubige aus den Heiden die Mehrheit in dem von ihm zu stiftenden Vereine bilden werden. Eine dahin zielende Aeußerung Jesu wird uns am Schlusse der Geschichte von dem Hauptmann von Kapernaum berichtet, welches zwar eine Wundergeschichte ist; allein es versteht sich von selbst, daß Beweise offenern glaubensfähigern Sinnes bei Heiden auch an andere ganz natürliche Veranlassungen sich knüpfen konnten. Die Erzählung von dem kananäischen Weibe, gleichfalls eine Wundergeschichte, läuft auf dieselbe Spitze aus, daß sich Jesus über den starken Glauben bei einer Heidin wundert; aber mit ihrem Eingang bildet sie zu jener insofern einen Gegensatz, als bei dem römischen Hauptmann Jesus gleich von vorneherein zur Gewährung seiner Bitte bereit ist, der kananäischen Frau dagegen zunächst eine zweimalige Weigerung vom judaistischen Standpunkt aus entgegensetzt, und erst durch ihr anhaltendes vertrauensvolles Flehen sich überwinden läßt. Diese, nach dem früheren Fall mit dem Hauptmann unerwartete Härte hat Marcus (7, 24) durch den Wunsch Jesu, in jener phönicischen Gränzgegend sein Incognito zu bewahren, begründet; allein dieß ist offenbar nur ein Versuch auf eigene Faust, das Anstößige der Erzählung zu mildern. Soll Jesus wirklich so verfahren sein, so ließe sich dieß nur so erklären, daß es entweder früher, im Anfang seines Wirkens geschehen, die Geschichte mithin von den Evangelisten zu spät gestellt sein müßte, oder daß es Jesu mit dem judaistischen Bedenken, das er der Frau Anfangs entgegenhielt, nicht Ernst, sondern seine Absicht nur gewesen wäre, ihr Vertrauen auf die Probe zu stellen und dadurch für seine jüdischen Begleiter um so musterhafter erscheinen zu lassen; viel näher jedoch liegt es, die Erzählung, die in ihrer jetzigen Gestalt als Wundergeschichte ohnehin nicht rein historisch sein kann, als ein mythisches Gegenbild des Ganges zu betrachten, welchen die Verkündigung des Evangeliums in der Folge genommen hatte. Wie durch das glaubenswillige Herbeidrängen der Heidenwelt zum Christenthum endlich das hartnäckige jüdische Vorurtheil gegen ihre Zulassung überwunden worden war, so mußte schon Jesus selbst nach anfänglicher wiederholter Weigerung durch die beharrliche Glaubensdemuth einer Heidin sich haben überwinden lassen, ihr seinen Segen zu spenden.

Den Samaritanern gegenüber war Jesu die Ueberwindung des jüdischen Vorurtheils um so leichter, je weniger er an dem Tempel und Tempeldienst zu Jerusalem hing; denn der Gegentempel auf Garizim bildete einen Hauptgrund der Erbitterung der Juden gegen die Samaritaner. Zwar ist nun, wie schon bemerkt, der Ausspruch Jesu im vierten Evangelium (4, 21. 23), die Zeit werde kommen und sei schon da, wo man weder in dem einen noch in dem andern dieser Tempel, sondern im Geiste und in der Wahrheit Gott anbeten werde, in dieser Gestalt sicher nicht historisch, vielmehr ganz nur aus dem geschichtlichen und religionsphilosophischen Standpunkte des späteren Verfassers heraus gesprochen; gleichwohl trifft er schwerlich weit von der Richtung, nach welcher die eigene Ansicht Jesu hinging. Daß Jesus dessenunerachtet bei seiner Reise auf das Fest nach Jerusalem das nationale Vorurtheil geschont und vielleicht im Anschluß an andere Galiläer statt des näheren Wegs durch Samarien den Umweg über das Ostjordanland gemacht hätte, wie Matthäus und Marcus angeben, ließe sich immerhin denken, und jedenfalls ist der Bericht des Lucas, der ihn durch Samarien reisen läßt, so verworren und stellenweise rückläufig (17, 11), daß er kaum einen historischen Anhalt bietet; denn die Berührungen mit Samaritanern, die er meldet, könnten, mit Ausnahme der Quartierbestellung (9, 52 fg.), auch vor der Festreise bei einer früheren Annäherung an die samarische Grenze vorgekommen sein. Indeß bleibt ebenso möglich, daß die Darstellung bei Matthäus aus dem judaistischen Vorurtheil der Kreise, aus denen das Evangelium ursprünglich hervorging und für die es bestimmt war, geflossen, und uns insofern bei Lucas, trotz der Verwirrung im Einzelnen, doch im Allgemeinen eine richtige Kunde aufbewahrt wäre. Die Erzählungen vom barmherzigen und vom dankbaren Samariter wenigstens (Luc. 10, 30 fg. 17, 12 fg.) zeigen uns in Betreff der Samariter das Gleiche, wie die Geschichten vom Hauptmann zu Kapernaum und dem kananäischen Weibe in Betreff der Heiden, daß nämlich auch an jenen wie an diesen Jesus Erfahrungen gemacht hatte, die ihn veranlaßten, sie seinen jüdischen Volksgenossen als beschämende Beispiele gegenüberzustellen. Daß dergleichen samariterfreundliche Erzählungen im spätern heidenfreundlichen Interesse hinterher Jesu angedichtet und in das paulinisirende Lucas-Evangelium aufgenommen werden konnten, läßt sich freilich nicht läugnen (und daß bei der Geschichte vom dankbaren Samariter eine freibildende Hand im Spiele gewesen, zeigt schon ihr Charakter als Wundergeschichte); andererseits jedoch hat eine Gesinnung Jesu gegen die Samariter, wie sie sich in den fraglichen Erzählungen ausspricht, nichts historisch Unwahrscheinliches, und daß diese sich blos im dritten Evangelium finden, gibt uns für sich allein noch kein Recht, sie auch ihrer Grundlage nach von der Hand zu weisen.

Hiebei können wir in der Ansicht Jesu insofern eine Weiterbildung annehmen [1]), daß er seinen Beruf zunächst nur auf sein eigenes Volk bezogen haben mag, unter dem er aufgewachsen war, und mit dem er auf dem gleichen Boden nicht nur überhaupt des Monotheismus, sondern auch der

1) In soweit stimme ich mit Keim zusammen, a. a. O., S. 40 fg.

alttestamentlichen Offenbarung stand; mit der Zeit jedoch, wie seine Berührungen mit den heidnischen Insassen und Umwohnern und den samarischen Gränznachbarn Galiläa's, die Erfahrungen überraschender Empfänglichkeit auf ihrer, wie betrübender Verstocktheit auf der Seite der Juden sich mehrten, habe er immer mehr auch sie in seine Plane mit eingeschlossen, und sich schließlich zu der Aussicht auf massenhaften Beitritt derselben zu der von ihm gestifteten Gemeinschaft erhoben; wozu er übrigens noch keine unmittelbare Anstalt machte, sondern alles Weitere der Zeit und der natürlichen Entwicklung der Dinge überließ.

37.

Jesu Verhältniß zur Messiasidee.

Indem wir das eigenthümliche religiöse Bewußtsein Jesu bis auf seine Stellung zum mosaischen Gesetz auf der einen, und zu den Heiden und Samaritern auf der andern Seite darzulegen gesucht haben, ohne auf das Verhältniß Rücksicht zu nehmen, in das er sich zur messianischen Idee seines Volks gesetzt hat, ist unsere Meinung nicht, als wären alle bisher erörterten Gedanken und Einsichten schon vollständig in ihm entwickelt gewesen, ehe er zur Ueberzeugung kam, der seinem Volke verheißene Messias zu sein. Nur die Grundlage seiner religiösen Eigenthümlichkeit, der ideale Zug, die Richtung auf das Innere, auf Lostrennung der Religion einerseits vom Politischen, andererseits vom Ceremoniellen, die heitere Gewißheit, zum Frieden mit Gott und mit sich selbst auf rein geistigem Wege gelangen zu können, nur dieß denken wir uns in Jesu schon vorher zu einer gewissen Reife und Festigkeit gediehen, ehe er sich mit der Messiasidee einließ, und nur darin sehen wir den Erklärungsgrund davon, daß er sie so selbstständig und eigenthümlich aufgefaßt hat.

Daß das Verhältniß, worein sich Jesus zu der jüdischen Messiasidee setzte, ein eigenthümlich bedingtes war, läßt sich schon aus der Art abnehmen, wie er sich in seinem besonderen Berufe bezeichnete. Der landesüblichen Benennungen für jene Würde waren es unsern Evangelien zufolge, außer dem Worte: Christus, d. h. Messias, selbst, zwei: derselbe wurde bald nach dem König, dessen Abkömmling und größerer Nachfolger er sein sollte, Sohn David's, bald wie Israel selbst und die besten unter seinen Königen, nur im höchsten Sinne, Sohn Gottes genannt. Als Sohn David's wird Jesus von den Hülfsbedürftigen, den Blinden bei Jericho und dem kananäischen Weibe, angesprochen (Matth. 9, 27. 15, 22. 20, 31); nachdem er den dämonischen Blindstummen geheilt hatte, fragt das Volk: sollte das nicht der Sohn David's sein? (Matth. 12, 23) und als solchen begrüßt es ihn jubelnd bei seinem Einzug in Jerusalem (Matth. 21, 9). Was an diesen angeblichen Veranlassungen, ihn so zu nennen, historisch war, bleibt hier noch dahingestellt; so viel erhellt daraus auf jeden Fall, daß der Ausdruck: Sohn David's, eine damals unter dem jüdischen Volk allgemein übliche Benennung des Messias war. Aber Jesus selbst nennt sich niemals so. Ja einmal spricht er sich über diese Bezeichnung in einer Weise aus, die einer indirecten Ablehnung mehr als nur ähnlich sieht. Zwar stellt er die Frage an die Pharisäer, für wessen Sohn sie den Messias halten (Matth. 22, 41 fg.), ohne ausdrückliche Beziehung auf seine eigene Person; aber wenn er auf ihre der herrschenden Volksmeinung entsprechende Antwort: für David's Sohn, die weitere Frage macht, wie denn David den, der ihrer Meinung nach sein Sohn sei, im 110. Psalm seinen Herrn nennen könne? worauf sie nichts zu erwiedern wissen: so ist nur zweierlei denkbar. Entweder hatte Jesus eine Auskunft im Rückhalt, welche das in der Benennung des Messias als Sohn David's liegende Verhältniß der Unterordnung mit dem Verhältniß der Ueberordnung, das in der Bezeichnung desselben als David's Herr lag, ausglich; dieß könnte aber nur die Voraussetzung einer höheren Natur im Messias gewesen sein, kraft deren er zwar dem Fleische oder dem Gesetze nach ein Abkömmling David's, dem Geiste nach aber ein höheres, unmittelbar von Gott ausgegangenes Wesen wäre; allein diese Ansicht haben die drei ersten Evangelisten Jesu sonst nirgends in den Mund gelegt, und so sind wir nicht berechtigt, sie in der vorliegenden Erzählung zu suchen. Es bleibt also nur, daß Jesus den Widerspruch wirklich für unlösbar hielt, und daher, da er sich offenbar auf die Seite des Psalms stellte, in welchem der üblichen Auslegung zufolge David (von dem freilich der Psalm nicht ist) den Messias (der ebenso wenig in dem Psalm angeredet ist) seinen Herrn nennt, die Betrachtung desselben als Sohnes von David für unstatthaft erklären wollte. Ihm war also der Messias ein Höherer als David, wie er ein andermal sich als mehr denn Salomo oder Jonas bezeichnete (Matth. 12, 41 fg.); er wollte das enge Band, das in der Volksvorstellung den Messias mit David verband, lockern, und da eben in dieser Verbindung alles weltlich Politische in der jüdischen Messiashoffnung seinen Sitz hatte, so dürfen wir jenen Ausspruch Jesu, wenn er wirklich von ihm herrührt, als Ablehnung dieses Elements in der Messiasvorstellung seiner Landsleute betrachten.

Als die andere landesübliche Benennung des Messias, ja als seinen eigentlichen Würdenamen, finden wir in den Evangelien den Namen: Sohn Gottes. So hatte im Alten Testament das Volk Israel (2 Mos. 4, 22 fg. Hos. 11, 1. Ps. 80, 16), aber auch gottgeliebte Herrscher dieses Volkes, wie David und Salomo (2 Sam. 7, 14. Ps. 89, 27) und deren würdige Nachfolger (Ps. 2, 7) geheißen; weiterhin war der Ausdruck zur stehenden Bezeichnung des erwarteten großen Herrschers aus David's Stamme, des Messias, geworden, wie wir denselben im Neuen Testament finden. So nennt Jesum voraussetzungsweise der Teufel in der Versuchungsgeschichte (Matth. 4, 3. 6) und spottweise die Juden unter dem Kreuze (Matth. 27, 40. 43); so reden ihn die Dämonen in den Gergesenern (Matth. 8, 29) und andern Besessenen (Marc. 3, 11), so die Leute im Schiff, als er über den See dahergewandelt kam (Matth. 14, 33), an; dafür erklärt ihn Gott selbst bei der Taufe (Matth. 3, 17) und auf dem Verklärungsberge (Matth. 17, 5); darauf inquirirt ihn bei seinem Verhör der Hohepriester (Matth. 26, 63), wobei die Benennungen Sohn Gottes und Christus oder Messias ausdrücklich einander gleichgesetzt werden. Diesen andern Messiastitel nun hat Jesus zwar nicht wie den des Davidssohnes indirect abgelehnt, aber, wenn wir von dem vierten Evangelisten absehen, ihn auch nie direct und aus sich selbst heraus sich beigelegt. Auf die beschwörende Frage des Hohenpriesters, ob er Christus, der Sohn Gottes, sei, antwortet er wohl: du sagst es, d. h. bejahend, und als Petrus seine Frage, für wen denn, bei den so schwankenden Meinungen der Leute über ihn, sie, die Jünger, ihn halten? mit einem freudigen: „für Christus, den Sohn des lebendigen Gottes“, beantwortete, pries er ihn dafür selig und rühmte diese in ihm aufgegangene Einsicht als unmittelbare Offenbarung seines himmlischen Vaters (Matth. 16, 15 fg.). Aber merkwürdigerweise fand er alsbald nöthig, einen Dämpfer darauf zu setzen. Bei allen drei Synoptikern folgt unmittelbar auf das Bekenntniß Petri erstens das Verbot, Niemanden zu sagen, daß er der Messias sei, und dann die erste Leidensverkündigung (Matth. 16, 20 fg. Marc. 8, 30 fg. Luc. 11, 21 fg.). Ist es nicht, als hätte Jesus den Jüngern sagen wollen: Ja, ich bin der Messias, aber nicht euer königlicher Davidssohn; ich bin der Sohn Gottes, aber er wird mich ganz anders als ihr wähnet, durch Leiden und Tod verherrlichen? [1])

Während also Jesus den einen der beiden üblichen Messiastitel, nämlich Sohn David's, niemals selbst von sich gebraucht, und einmal sogar fast ironisch behandelt; den andern aber, Gottessohn, zwar, wo er ihm entgegen-

---

1) In dem Gleichniß von den Weingärtnern ist unter dem Sohn, den der Herr nach den Knechten (den Propheten) sendet (Matth. 21, 37), allerdings Jesus selbst als der Messias zu verstehen; aber hier floß diese Bezeichnung aus der Fabel, und ihre Bedeutung mußte von den Zuhörern erst gefunden werden; abgesehen davon, daß es sich fragt, ob die Parabel wirklich von Jesu ist. Von der Stelle Matth. 11, 25 fg., Luc. 16, 21 fg., ist schon oben die Rede gewesen: wie hier Jesus Gott als seinen Vater anredet, erinnert einerseits an das Mustergebet, wo er auch die Seinigen ihn so anrufen lehrte; die eigenthümliche Beziehung aber, in die er sich sofort zu dem Vater setzt, liegt über den synoptischen Messiasbegriff in der Richtung des vierten Evangeliums hinaus, wo Jesus sich wiederholt nicht bloß als den Sohn, sondern als den eingeborenen Sohn Gottes (5, 19 fg. 6, 40) in einem Sinne bekennt, den wir von Seiten einer geschichtlichen Betrachtung des Lebens Jesu schon oben von der Hand weisen mußten.

gebracht wird, annimmt, aber nicht ohne Vorkehr gegen Mißverständniß zu treffen: ist derjenige Ausdruck, mit dem er sich selbst in seiner eigenthümlichen Stellung am liebsten bezeichnet, der Ausdruck Menschensohn, und es ist nun eine sehr verschieden beantwortete und in der That auch nicht so leicht, wie es scheint, zu beantwortende Frage, ob er sich damit als den Messias geben wolle oder nicht.[1]) Daß der Ausdruck im Alten Testament zunächst geradezu gleichbedeutend mit Mensch, Sterblicher, gebraucht wird, ist aus Stellen, wie Ps. 8, 5, Hiob 25, 6, bekannt, und auch im Neuen Testament findet er sich Marc. 3, 38 in dieser Bedeutung. Ist jedoch schon hier der Nebenbegriff der Niedrigkeit und Schwäche im Gegensatze zu unverdienter Gnade von Seiten Gottes oder unbefugtem Anspruch von Seiten des Menschen nicht zu verkennen, so tritt diese Nebenbedeutung bei Hesekiel noch bestimmter hervor, während zugleich der Ausdruck nicht mehr als Bezeichnung des Menschen oder der menschlichen Natur überhaupt, sondern eines einzelnen bestimmten Menschen erscheint. Hier redet nämlich Jehova den Propheten bei jeder neuen Vision, die er ihn schauen läßt, jedem neuen Auftrag, den er ihm ertheilt, regelmäßig als Menschensohn an (2, 1. 3. 6. 8. 3, 1. 3. 4. 10. 17 u. s. f.), und schon wenn wir die Situation beachten, in der er zum erstenmale so genannt wird, wo er nämlich, aus Schrecken vor dem furchtbaren Gesicht zu Boden gefallen, von Jehova auf seine Füße zu stehen geheißen wird, sehen wir, daß der Ausdruck im Anschluß an jenen herkömmlichen Sprachgebrauch gewählt ist, um den Contrast der schwachen Menschennatur des Propheten mit der hohen Offenbarung, deren er gewürdigt wird, hervorzuheben. Wenn nun Jesus einem, der sich zu seinem Begleiter anbietet, zu Gemüthe führt, des Menschen Sohn habe nicht, wo er sein Haupt hinlege (Matth. 9, 6); wenn er sagt, des Menschen Sohn sei nicht gekommen, sich bedienen zu lassen, sondern zu dienen und selbst sein Leben für Viele hinzugeben (Matth. 20, 28); wenn er zu wiederholten Malen das ihm bevorstehende Leiden und Sterben als etwas, das des Menschen Sohne begegnen werde, bezeichnet (Matth. 12, 40. 17, 12. 22. 20, 18. 26, 2): so könnte er sich hier möglicherweise nur in demselben Sinne so nennen, wie Hesekiel sich von Jehova so nennen läßt, als einen zwar von Gott mit hohen Offenbarungen betrauten, aber doch schwachen und niedrigen Menschen, der sich daher zu jeder Entbehrung, jedem Ungemach bereit finden lassen müsse. Auch wenn er sich, als des Menschen Sohne, die Befugniß zuschreibt, Sünden zu vergeben (Matth. 9, 6) und denselben als Herrn des Sabbats erklärt (Matth. 12, 8), ja selbst wenn er den Säemann des guten Saamens in der Parabel vom Unkraut auf des Menschen Sohn

1) Zum Folgenden vergleiche die Abhandlung von Baur, Die Bedeutung des Ausdrucks: ὁ υἱὸς τοῦ ἀνθρώπου, in Hilgenfeld's Zeitschrift für wissenschaftliche Theologie, III, 3, S. 274—292.

deutet (Matth. 13, 37), könnte man, diese Stellen für sich genommen, immer noch denken, er wolle weiter nichts sagen, als daß er, der sterbliche Mensch, von Gott mit so hohen Dingen beauftragt sei.

Allein eben an der letzteren Stelle scheitert diese Erklärung. Denn von demselben Menschensohn, der den guten Saamen ausgesäet hat, wird weiterhin (V. 41) gesagt, er werde am Ende dieser Welt seine Engel aussenden, um die Guten von den Bösen zu sondern, jene zu belohnen und diese zu bestrafen: Befugnisse, die auf jüdischem Standpunkt außer Jehova selbst nur etwa dem Messias beigelegt werden konnten. Dieser muß daher jedenfalls in allen den Stellen gemeint sein, wo es von dem Menschensohne heißt, er werde dereinst kommen in seiner oder seines Vaters Herrlichkeit, oder auch in seinem Reiche, und dann werde er auf seinem Stuhle sitzen, um Gericht zu halten (Matth. 10, 23. 16, 27 fg. 19, 28. 24, 27. 37. 39. 44. 25, 13. 31). Sehen wir aus diesen Stellen mit Bestimmtheit, daß der Ausdruck den Messias bezeichnen soll, so können wir aus einigen andern auch noch erkennen, woher ihm diese Bedeutung kam. Wenn nämlich Jesus mehrmals das Kommen des Menschensohns als ein Kommen in den Wolken des Himmels beschreibt (Matth. 24, 30. 26, 64. vgl. Offenb. 1, 7), so bietet zur Ableitung dieses Zugs Hesekiel mit seinem Menschensohne nichts dar, sondern wir finden uns an Daniel gewiesen, wo in der schon oben besprochenen Vision von den vier Thieren (7, 13), nach dem Untergang des letzten Thiers, mit den Wolken des Himmels einer wie eines Menschen Sohn vor den Thron Gottes kommt und mit ewiger Herrschaft über alle Völker belehnt wird; eine Stelle, die, auch wenn sie ursprünglich nicht vom Messias gemeint war, doch leicht auf ihn gedeutet werden konnte.

Wie früh nun aber diese Deutung der Danielischen Stelle, und damit die Bezeichnung des Messias als Menschensohn unter den Juden üblich geworden ist, dieß müssen wir, da uns, wie schon oben bemerkt, hier anderweitige sichere Zeugnisse fehlen [1]), lediglich aus den evangelischen Stellen heraus zur Entscheidung zu bringen suchen. Man sage nicht, wenn Jesus, um sich als Messias zu bezeichnen, eben jenen Ausdruck wählte, so müsse derselbe im Sprachgebrauche seiner Zeitgenossen bereits diese Bedeutung gehabt haben. Denn es fragt sich ja eben, ob er sich von vorneherein schon unzweideutig als den Messias geben wollte; wenn aber nicht, so diente ihm gerade ein Ausdruck, der noch nicht herkömmlicher Messiastitel war, am besten. Das wäre er auch, wenn wir dem vierten Evangelium folgen, so wenig gewesen, daß das Volk in Jerusalem auf die Versicherung Jesu, des Menschen Sohn müsse erhöhet werden von der Erde, die Frage machte: wer ist dieser Menschensohn? (12, 34.) Dieß ist zwar nur eine jener gemachten Unwissenheits-

---

1) Vgl. oben S. 171 fg. Die rabbinische Benennung des Messias als Wolkenmann (Anani) ist jedenfalls später.

fragen, wie sie in diesem Evangelium stehend sind, auch erscheint sie, selbst im Sinne des Evangelisten, von Seiten des Volks halb affectirt, da ja dem Vorhergehenden zufolge die Leute wohl verstanden hatten, daß vom Messias die Rede war. Allein auch bei Matthäus setzt die Frage Jesu an die Jünger: „wer sagen die Leute, daß ich sei, der Sohn des Menschen?“ zusammen mit der weiteren Frage: „wer aber saget ihr, daß ich sei?“ und der Seligpreisung des Petrus, weil er geantwortet hatte: der Messias (Matth. 16, 13 fg.) — dieß in solchem Zusammenhange setzt gleichfalls voraus, daß Menschensohn noch keine landläufige Benennung des Messias, ja nicht einmal den Jüngern bis dahin als solche bekannt gewesen war. Denn wäre sie es gewesen, so hätte ihnen Jesus mit jenem Beisatze zu seiner Frage die richtige Antwort in den Mund gelegt gehabt und es nachher keiner göttlichen Offenbarung zuschreiben können, daß in Petrus die Einsicht aufgegangen war, der, den sie bisher nur unter der Bezeichnung Menschensohn kannten, sei kein Anderer als der Messias. Hat also Matthäus hier genau berichtet, so war es damals noch nicht so wie später üblich, bei jenem Ausdruck an die Stelle des Daniel zu denken, sondern die Jünger hatten denselben bis dahin eher im Sinne des Hesekiel, gleichsam als eine Demuthsformel verstanden, in welcher Jesus von sich als dem schwachen Gefäße der göttlichen Offenbarung rede.

Ob auch er es nur so gemeint, oder für sich neben dem Sprachgebrauche des Hesekiel auch schon an den Danielischen Wolkenmann gedacht habe, wird sich darnach entscheiden müssen, ob diejenigen Stellen, wo er von dem Kommen des Menschensohns in den Wolken, in seiner Herrlichkeit, in seinem Reiche, überhaupt von einer bevorstehenden Wiederkunft in übermenschlicher Stellung spricht, als ächt anzusehen sind, oder nicht; wovon erst tiefer unten die Rede sein kann. Hier fragen wir einstweilen nur soviel: welchen Grund konnte Jesus haben, zu seiner Selbstbezeichnung gerade diesen Ausdruck zu wählen, der noch nicht als Bezeichnung des Messias in allgemeiner Uebung war? Der triftigste Grund wäre freilich gewesen, wenn er sich zu Anfang seines öffentlichen Wirkens selbst noch nicht als Messias gefaßt hätte; was mit unserer oben ausgesprochenen Ansicht zusammenstimmen würde, daß das prophetische Bewußtsein früher als das messianische in ihm aufgegangen sei. Doch ist auch das gar wohl denkbar, daß Jesus, während er für sich bereits über seine Messianität im Reinen war, doch für Andere zu seiner Selbstbezeichnung einen Ausdruck gewählt hätte, der noch nicht als Messiastitel gestempelt war, um seinen Jüngern und dem Volke nichts von Außen aufzudrängen, sondern die Ueberzeugung, daß er der Messias sei, in ihnen selbst entstehen zu lassen; daher auch seine sichtliche Freude, als er wenigstens mit seinen nächsten Vertrauten so weit war, als er die Blüthe der richtigen Ansicht von ihm in ihrem eigenen Innern aufgegangen sah.

Diesen Weg zu wählen, mochte er sich um so eher bewogen finden, je mehr er fürchten mußte, wenn er sich von vorneherein als den Messias gäbe, alle jene politisch nationalen Hoffnungen aufzuregen, die dem Sinne, in welchem allein er der Messias sein wollte, schnurstracks entgegenliefen. Und gerade mit diesem Sinne stimmte die Bezeichnung als Menschensohn merkwürdig überein. Im Gegensatz gegen den Messias als Gottessohn und was sich von wundersüchtiger Schwärmerei daran knüpfte, enthielt sie das Merkmal der Demuth und Niedrigkeit, des Menschlichen und Natürlichen; gegenüber demselben als Davidssohn und was von nationalem Hochmuth, von Particularismus und politischen Hoffnungen daran hing, lag in jener Benennung ein universalistischer, humaner und moralischer Zug. Des Menschen Sohn hat nicht, wo er sein Haupt hinlege; er ist nicht gekommen, sich bedienen zu lassen, sondern zu dienen; er wird in die Hände der Menschen überliefert, mißhandelt und getödtet werden: wie weit ab lag ein solcher Lebensgang von der glänzenden Bahn eines Gottessohns! Des Menschen Sohn ist es, der den guten Saamen des Wortes aussäet; er hat die Befugniß, auf Erden Sünden zu vergeben; er macht sich zum Geschäft, das Verlorene zu suchen und zu retten: welch ein ganz anderer Beruf, als den der Jude seinem Davidssohne beizulegen pflegte! Erst nachdem Jesus diesem Berufe im Angesicht seiner Jünger und des Volks längere Zeit nachgegangen war, sich als den Menschensohn und Menschenfreund gegeben hatte, der nichts Menschliches für zu gering, nichts Menschliches sich fremd achtete, der harmlose Menschenfreuden so wenig verschmähte, als vor den Leiden des Menschenlebens, wenn sie auf dem Wege seines Berufs lagen, zurückwich, erst da däuchte es ihm nicht mehr zu früh, die Hülle fallen zu lassen, den Messiastitel wenigstens den Vertrauten gegenüber anzunehmen; aber auch da noch beweist das Verbot an die Jünger, ihre Ueberzeugung von seiner Messianität weiter auszubreiten (wenn anders es historisch und nicht blos zur Hervorhebung der Bescheidenheit Jesu nach Jes. 42, 1 fg. vgl. Matth. 12, 16 fg. erdichtet ist), daß er das Volk noch immer nicht für reif hielt, den Sinn, in welchem er der Messias sein wollte, zu fassen, und die daran gehängte Leidensverkündigung, daß er auch die Jünger nicht nachdrücklich genug erinnern zu können glaubte, über dem Gottessohne den Menschensohn in ihm nicht zu vergessen.

Wenn Baur [1]) in dem Selbstbewußtsein Jesu zwei Factoren unterscheidet, einen allgemein menschlichen, welchen sein Bewußtsein von dem wahren, von aller falschen Vermittlung freien, rein sittlichen Verhältniß zwischen Gott und den Menschen ausmachte, und einen particulären, nationalen, den die jüdische Messiasidee bildete, und wenn er den ersteren als den unendlichen ideellen Inhalt betrachtet, der in diese beschränkte Form eingehen

1) Die Tübinger Schule, zweite Auflage, S. 30 fg. Vgl. das Christenthum der drei ersten Jahrhunderte, S. 35 fg.

mußte, um einen geschichtlichen Anknüpfungspunkt zu finden und der Welt mitgetheilt werden zu können: so ist dieß an sich gewiß sehr richtig, nur lautet es so, als hätte sich Jesus, während der Schwerpunkt seiner persönlichen Ueberzeugung auf der ersteren Seite lag, der jüdischen Messiasidee blos anbequemt. So ist es nun zwar von Baur unstreitig nicht gemeint. Er wußte so gut als Jemand, daß bei einer Persönlichkeit von so unermeßlicher geschichtlicher Wirkung, wie sie bei Jesus vor Augen liegt, von Anbequemung, von Rollespielen, gleichsam von irgend einem leeren, nicht mit der treibenden Idee ausgefüllten Raume im Bewußtsein, nicht die Rede sein kann, daß bei einer solchen Persönlichkeit jeder Zoll Ueberzeugung gewesen sein muß. Aber in seiner Darstellung tritt dieß nicht hervor, und insofern ist der Ausdruck Schleiermacher's glücklicher, Jesus müsse von seinem innersten Selbstbewußtsein aus zu der Ueberzeugung gekommen sein, daß mit den messianischen Weissagungen in den heiligen Schriften seines Volks Niemand anders gemeint sein könne als er.

Zu solcher Ueberzeugung konnte Jesus um so eher gelangen, als dem früher Auseinandergesetzten zufolge diese Weissagungen, d. h. diejenigen alttestamentlichen Stellen, welche in damaliger Zeit mit Recht oder Unrecht auf den erwarteten Messias bezogen wurden, selbst zwei Bestandtheile enthielten, die sich als realer und idealer, religiös-politischer und religiös-moralischer unterscheiden lassen. Was durch den erstern Bestandtheil in dem jüdischen Volk angeregt war, hatte allemal nur zum Unheil geführt. In die Knabenjahre Jesu fiel der Aufstand des Gauloniten oder Galiläers Judas gegen den römischen Census (Apostelgesch. 5, 37), der so unglücklich ablief, wie vor- und nachher alle Versuche der Juden, sich gegen die römische Uebermacht aufzulehnen; obwohl fanatische Anhänger der Grundsätze dieses Judas noch bis in die letzte Zeit des jüdischen Staates hinein vorhanden waren und Unruhen stifteten. Bei allen diesen Aufständen bildete aber die politisch gefaßte Messiasidee die innerste Triebfeder, indem die Fanatiker in der Meinung, daß einzig Jehova der rechtmäßige König des erwählten Volkes sei, und zur geeigneten Zeit demselben in der Person des Messias auch einen sichtbaren Gesalbten zur Rettung senden werde, jedem andern Oberherrn den Gehorsam verweigerten. Daß dergleichen Erfahrungen von der verderblichen Wirkung des politischen Bestandtheils in den messianischen Weissagungen einen Geist von der idealen Richtung Jesu nur noch entschiedener der andern religiös-moralischen Seite derselben zuwenden mußten, erhellt von selbst. Was Andere nur als Bedingung des Eintritts der messianischen Rettung faßten, die Erhebung des Volks zu ächter Frömmigkeit und Sittlichkeit, betrachtete er als die Hauptsache. Seine Meinung war nicht, daß zum Lohn für ihre Besserung Jehova die Juden durch wundervolle Umkehrung der Weltverhältnisse zum herrschenden Volke machen, ihnen ihre bisherigen Zwingherren unterwerfen und alle Fülle äußerer Güter und sinnlicher Genüsse bescheeren werde;

sondern in jener geistigen und sittlichen Erhebung, jenem neuen, nicht mehr knechtischen, sondern kindlichen Verhältniß zu Gott werden sie ein Glück finden, das, für sich schon begehrenswerth, zugleich die natürlichen Keime alles äußern Besserwerdens in sich schließe. Nach dem Reich Gottes in diesem Sinne sollten sie vor Allem trachten, so werde ihnen alles Uebrige von selbst zufallen (Matth. 6, 33).

38.

Der lehrende und der leidende Messias.

Den Messias selbst schilderten freilich die sogenannten messianischen Weissagungen vorzugsweise als gewaltigen König, wie es dem Ursprung dieser Idee aus der Sehnsucht nach der Wiederkehr einer nationalen Glücksperiode gleich der unter David gemäß war. Doch bezog man auch solche Stellen auf ihn, wo nicht von einem kriegerischen, sondern von einem friedlichen Herrscher, ja nur von einem Propheten die Rede war, den Gott seinem Volke senden werde; wie denn dem früher Erörterten zufolge auch in wirklich messianischen Stellen neben dem Sieg über die Feinde zugleich die Herbeiführung einer bessern Sinnesart unter dem Volke von ihm erwartet wurde.

Während indeß auf jüdischem Boden die Messiasidee die ihr von Hause aus eingewachsenen Züge des Königlichen und Kriegerischen sich nie ganz abthat, lag doch gleichfalls noch im Alten Testament in einer andern Vorstellung ein Element, von welchem aus dieselbe in der Folge umgebildet, an die Stelle des gewaltigen Herrschers ein Lehrer und Dulder gesetzt werden konnte. Dieß war die Idee des Knechts Jehova's im zweiten, spätern Theile des Jesaia. Daß dieser Knecht Jehova's ursprünglich mit dem Messias nichts zu schaffen hatte, ist augenscheinlich. Es ist ausdrücklich der Saamen Abraham's, das Volk Israel, das Jehova hier (Jes. 41, 8 fg. 44, 1 fg. 21. 45, 4. 48, 20) seinen Knecht nennt, den er von den Enden der Erde hergerufen und erwählt habe, und den er nicht verlassen noch verwerfen werde. Während des Exils unter fremde, götzendienerische Völker zerstreut, und dadurch seinem Kerne nach in seiner Anhänglichkeit an die Jehovareligion nur befestigt, erschien sich das israelitische Volk als der auserwählte Diener des wahren Gottes, und nach den beiden Seiten der Wechselwirkung, in die es mit den Völkern trat, unter die es gestoßen war, theils als Lehrer derselben, theils als Märtyrer.

Auf der einen Seite zwar bricht zunächst auch hier, wie bei der Messiasidee, die kriegerische Rachelust durch: Jehova wird die Völker, die seinen Knecht unterdrückt und mißhandelt haben, zu Schanden und zu nichte, das Volk Israel zum scharfen, Alles zermalmenden Dreschwagen machen (41, 11 fg. 15). Dabei war sich aber das Volk während des Exils zugleich nicht blos des hohen Vorzugs seiner Religion vor der babylonisch-chaldäischen, sondern auch der Anziehungskraft bewußt geworden, die sie, neben aller Abstoßung im Allgemeinen, doch im Einzelnen auch wieder auf bessere Geister anderer Nationen ausübte; daher setzte es nun seine Bestimmung in die Verbreitung der Jehovareligion unter andern Völkern; der Knecht Gottes, auf den dieser seinen Geist gelegt hat, ist zum Lichte der Nationen, zum Verkündiger von Wahrheit und Recht auf Erden berufen; wobei er, der im Exil leiden und sich bescheiden gelernt hat, duldsam und still verfahren und nicht ermatten wird, bis er seinen Zweck erreicht, seinem erhabenen Berufe genügt hat (42, 1 fg.).

Mit dieser hohen Bestimmung war das israelitische Volk während des Exils der Mißhandlung von Seiten der übermächtigen Heidenvölker preisgegeben; Jakob war ein Wurm, ein beraubtes, gefesseltes Volk (41, 14. 42, 22); doch nicht weil Jehova es verworfen hatte, sondern nur, weil er es für seine Untreue strafen, durch die Strafe aber zur Umkehr bewegen wollte, um ihm dann seine Missethaten zu verzeihen (42, 23 fg. 43, 21 fg.). Oder, in einer kühneren Wendung der Betrachtung, hatte das Volk Israel nicht sowohl für sich, als für andere Völker (oder sein besserer Jehova treu gebliebener Kern für die verdorbene abtrünnige Masse) gebüßt, die Strafe, welche die abgöttischen Nationen (und den ihnen gleichgewordenen Theil von Israel) hätte treffen sollen, hatte Jehova auf seinen Knecht gelegt, dessen nun aber für solche stellvertretende, mit geduldiger Unterwerfung getragene Leiden eine um so glänzendere Entschädigung durch Zurückführung in sein Land und Wiederherstellung seines Staates wartete (52, 13—53, 12).

Das alles ist freilich in diesem Abschnitte des spätern Anhangs zum Jesaia theils mit so persönlichen Zügen (wie Krankheit, Wunden, Sterben und Begrabenwerden), theils mit so prophetisch kühnem Wechsel der redenden und angeredeten Personen, theils auch hin und wieder in so dunkeln Worten ausgedrückt, daß man den Faden, den man im Eingang durch die ausdrückliche Gleichsetzung des Knechts Jehova's mit dem Volke Israel in die Hand bekommen hat, recht fest halten muß, um ihn nicht zu verlieren und sich zu der Meinung verleiten zu lassen, daß stellenweise, und namentlich in der Hauptstelle Kap. 52 und 53, unter dem Knecht Jehova's doch ein von dem Volke verschiedenes Einzelsubject zu verstehen sei. Und doch hatte der gelehrte Jude ganz Recht, der dem Kirchenvater und seiner christlichen Auffassung der Stelle entgegenhielt, es sei hier von dem jüdischen Volk als einem Collectivum die Rede, das im Exil zerstreut und gezüchtigt worden, um desto mehr Proselyten zu machen.[1] Auch die griechische Uebersetzung der sogenannten siebzig Dolmetscher hat wenigstens von vorne herein den Knecht Gottes so gefaßt, wenn sie 42, 1, wo es im Grundtexte nur heißt: mein

---

1) Orig. c. Cels., I, 55.

Knecht, mein Auserwählter, geradezu: Jakob mein Knecht, Israel mein Auserwählter, setzt, und auch der Stelle 49, 3 die gleiche Wendung gibt.

Daß im Neuen Testament diesem Abschnitt eine andere Deutung gegeben, und das, was vom Knechte Gottes gesagt ist, statt auf das Volk Israel auf Christus bezogen wird, ist bekannt. Die classische Stelle ist Apostelgesch. 8, 34 fg., wo der äthiopische Kämmerer den Evangelisten Philippus fragt, ob in den Worten Jes. 53, 7 fg.: „wie ein Schaf ward er zur Schlachtbank geführt, und wie ein Lamm vor seinem Scheerer verstummt, so öffnet er nicht seinen Mund" u. s. f., der Prophet von sich oder einem Andern spreche? worauf Philippus von dieser Stelle Anlaß nimmt, ihm Jesum (als den hier geweissagten leidenden Messias) zu verkündigen. So wird denn auch in den Evangelien in der Kreuzigung Jesu zwischen zwei Verbrechern eine Erfüllung von Jes. 53, 12: „er wird zu den Uebelthätern gezählt" (Matth. 15, 28 fg. vgl. Luc. 22, 37), in dem geräuschlosen Wirken Jesu die Erfüllung der Weissagung von dem nicht schreienden noch rufenden Knecht Gottes Jes. 42, 1—4 (Matth. 12, 18 fg.), in Jesu Krankenheilungen die Erfüllung des Ausspruchs Jes. 53, 4 gefunden (Matth. 8, 17). Letzteres durch eine Umdeutung die Worte des Propheten, der nicht von einem Wegnehmen oder Entfernen, sondern einem Aufsichnehmen fremder Krankheit durch den Knecht Gottes sprach; wie denn 1 Petr. 2, 22—24 die Stelle Jes. 53, 4—6 in diesem Sinne auf das stellvertretende Leiden Jesu angewendet wird.

Daß nun Jesus selbst schon die Weissagungen von dem Knecht Gottes im Anhang zum Jesaia auf sich bezogen, das ist uns freilich durch Luc. 22, 37, wo er nach seiner letzten Mahlzeit vor dem Hingang nach dem Oelberg zu seinen Jüngern sagt, auch das müsse an ihm in Erfüllung gehen: „und er ward unter die Uebelthäter gerechnet", noch nicht verbürgt; denn hier, scheint es, hat der eine Evangelist, was der andere (Marc. 15, 28) als Citat auf eigene Rechnung gibt, frischweg Jesu in den Mund gelegt. In der gleichen Ungewißheit läßt uns aus dem gleichen Grunde die Erzählung Luc. 4, 16 fg., wornach Jesus die derselben Prophetenschrift angehörige Stelle Jes. 61, 1 fg., in welcher freilich von dem Knecht Gottes nicht die Rede ist, sondern der Prophet im eigenen Namen von der frohen Botschaft redet, die er den Armen und Gefangenen anzukündigen habe, auf sich angewendet haben soll; und wenn es von dem auferstandenen Jesus heißt, er habe den Jüngern aus der Schrift, und zwar insbesondere auch aus den Propheten, nachgewiesen, daß der Messias habe leiden und sterben müssen, um zu seiner Herrlichkeit einzugehen (Luc. 24, 25 fg. 44 fg.), so ist damit zwar wohl hauptsächlich der jesaianische Abschnitt gemeint, aber die angeblichen Reden des Auferstandenen eignen sich nicht, einer historischen Beweisführung zur Stütze zu dienen.

Jedenfalls indeß hat sich auch unter den Juden späterhin eine Auslegung entwickelt, welche in dem jesaianischen Knecht Jehova's den Messias fand. Hieß doch im Alten Testamente nicht blos das Volk Gottes, sondern auch Moses und andere Gottesmänner, insbesondere aber David, Knecht Jehova's (Ps. 18, 1. 36, 1. 89, 4. 21), und von diesen lag es nahe genug, die auszeichnende Benennung auf den Messias zu übertragen. So deutet das sogenannte Targum Jonathan, eine chaldäische Paraphrase eines Theils der alttestamentlichen Bücher, deren Verfasser der gewöhnlichen Annahme zufolge um die Zeit von Christi Geburt gelebt haben soll, die Stelle Jes. 52. 53 auf den Messias; wobei es freilich vor den eigentlichen Leidenszügen noch zurückscheut und bei jedem derselben seitwärts abspringt. Aus dem Entsetzen vor der Jammergestalt des Knechts Jehova's macht es die Erwartung seiner Ankunft; sein stellvertretendes Leiden verwandelt es in ein bloßes Fürbitten; die Entstellung des Antlitzes wendet es von ihm ab, indem es sie von den Drangsalen des Volks im Exil versteht. In der That sind ja auch in den Aussagen des Deuterojesaias von dem Knecht Jehova's zwei Momente zu unterscheiden, zu denen man sich vom Standpunkte der jüdischen Messiasvorstellung aus verschieden verhalten konnte. Der ihm zugeschriebene Lehrerberuf ließ sich mit derselben vereinigen, da er in ihr selbst schon einen Anknüpfungspunkt fand; aber das Leiden, die Märtyrersrolle, schien mit der Königs- und Heldenrolle, welche die gewöhnliche Vorstellung dem Messias lieh, unverträglich, und es lassen sich daher die Seitensprünge des Targum, um ihr auszubeugen, wohl begreifen.

Daß nun in die Vorstellung, welche sich Jesus von dem Berufe des Messias machte, die Züge der erstern Art leicht eingingen, ja daß Züge, wie sie sich Jes. 42, 1 fg. von der anspruchslosen und ausharrenden Lehrerwirksamkeit des Knechts Jehova's finden, von ihm der Messiasidee einverleibt, nicht am wenigsten dazu beitrugen, ihm diese Idee auf ihn selbst anwendbar erscheinen zu lassen, hat alle Wahrscheinlichkeit. Wobei noch besonders darauf zu achten ist, wie die Fassung des Knechts Jehova's als Licht der Heiden (Jes. 42, 6. 49, 6) behülflich sein konnte, den Gesichtskreis Jesu von vorneherein über die Gränzen des jüdischen Volks hinaus zu erweitern. Wie aber von dem Lehrerberufe Duldung unzertrennlich ist; wie der unverdrossene Lehrer auch Undank in den Kauf nehmen und Widerspänstigkeit durch Langmuth überwinden muß; wie in der Geschichte der hebräischen Propheten Beispiele vorlagen, daß mehrere derselben ihre Treue gegen die von ihnen verkündigte und aufrecht erhaltene Jehovareligion mit dem Märtyrertode besiegelt hatten: so ergab sich von hier aus von selbst die Annäherung auch an diejenigen Züge des Bildes von dem Knecht Jehova's, die ein eigentliches Leiden, Plagen und Mißhandlungen bis zum Tod enthielten. Es ist möglich, daß sich Jesus von Anfang mehr nur an die Züge der ersteren Art hielt, daß er der Messias im Sinne des stillwirkenden, geduldigen Lehrers sein wollte; aber je mehr er unter seinem Volk auf Unempfänglichkeit und Widerstand stieß, je mehr er den Haß der Obern gegen sich aufgeregt sah und sich von dessen Unversöhnlichkeit überzeugte, desto mehr hatte er Veranlassung, auch die eigentlichen Leidenszüge aus Jes. 50. 52. 53 in seine Messiasvorstellung aufzunehmen, sich nach dem Beispiele früherer Propheten (Matth. 23, 37. Luc. 18, 33 fg.) auf das Aeußerste, auf Vergewaltigung, Verurtheilung und Hinrichtung, gefaßt zu machen und die Seinigen darauf vorzubereiten. Auch den Gesichtspunkt, sein hinzugebendes Leben als „Lösegeld für Viele" (Matth. 20, 28), seinen Tod als sühnenden Opfertod zu betrachten, könnte er sich aus Jes. 53 angeeignet haben, wie derselbe überhaupt dem jüdischen Gedankenkreise nahe lag.

Daß unsere drei ersten Evangelien diese Leidensverkündigungen erst spät, kurz vor dem Aufbruch Jesu zu dem verhängnißvollen Zuge nach Jerusalem, eintreten lassen (Matth. 16, 21 fg. 17, 12. 22 fg. 20, 17 fg. 22. 28 und die Parallelstellen), ist der geschichtlichen Wahrscheinlichkeit ebenso gemäß, als es derselben zuwider ist, wenn im johanneischen Evangelium Vorandeutungen seines Leidens und Todes nicht nur Jesu selbst schon vom ersten Anfang seines Wirkens an (2, 19 fg. 3, 14), sondern sogar dem Täufer Johannes noch vor dem öffentlichen Hervortreten Jesu (1, 29. 36) in den Mund gelegt werden. Daß die Ausdrücke, womit in diesem Evangelium Jesus seinen Tod vorhersagt, minder bestimmt lauten als die bei den Synoptikern, begründet keinen Vorzug der johanneischen Darstellung, weil, wenn Jesus wirklich von einer Erhöhung des Menschensohnes nach Art der ehernen Schlange sprach (Joh. 3, 14. 12, 32), er seinen Kreuzestod so gut vorher gewußt haben müßte, als wenn er, wie er bei den Synoptikern, aber erst viel später, thut, geradeheraus davon gesprochen hätte. Dergleichen bestimmtere Züge, wie namentlich, daß sein Tod gerade mittelst der Kreuzigung erfolgen werde, sind freilich aus dem Erfolg in die Reden Jesu hineingetragen; während andere, wie z. B. das Verspeien (Luc. 18, 32) aus der Weissagung Jes. 50, 6, sei es von Jesus, oder wahrscheinlicher von dem Evangelisten, genommen wurden.

Auch das aber hat alle Wahrscheinlichkeit für sich, daß die erste Eröffnung dieser Art, die Jesus seinen Jüngern machte, in ihnen auf so starken Widerwillen und Widerspruch stieß, wie uns Matthäus (16, 22) berichtet, daß Petrus ausgerufen habe: da sei Gott für, Herr, das soll dir nicht widerfahren! Denn sie theilten die gemeine Messiasvorstellung, die Jesus bis jetzt mehr nur indirect und thatsächlich umzubilden als ausdrücklich zu bestreiten versucht hatte, und zu dieser bildete Leiden und Verbrechertod freilich den grellsten Gegensatz. Und mochte nun immerhin Jesus den irdischen Sinn des Petrus tadeln und dessen Einrede gegen sein Leidensvorhaben als satanischen Versuch, ihn vom rechten Wege abzulenken, mit Entrüstung von sich weisen, auch von da an jede Gelegenheit benützen, um seine Jünger auf das Unausbleibliche eines solchen Ausgangs hinzuweisen: dieser konnte sie hernach doch früher überraschen, als sie sich in den Gedanken gefunden hatten, und sie daher im ersten Augenblick so darniedergeschlagen, als wären sie gar nicht darauf vorbereitet gewesen.

Etwas Anderes ist es mit der Vorhersagung seiner Auferstehung nach drei Tagen, welche die Evangelisten Jesum seiner Todesverkündigung regelmäßig anhängen lassen. Für die Auferstehung ist, wie hier vorläufig bemerkt werden mag, eine dreifache Betrachtungsweise möglich, indem sie entweder als wunderbarer, oder als natürlicher äußerer Vorgang, oder endlich als bloßer, ohne eine entsprechende äußere Thatsache aufgekommener Glaube gefaßt wird. Im letztern Falle kann sie, als nicht wirklich geschehen, auch nicht von Jesu vorhergesagt worden sein; im zweiten als unberechenbarer Zufall ebenso wenig; im ersten wäre die Vorhersagung freilich kein größeres Wunder als der Vorgang selbst, aber durch beides auch der Zusammenhang natürlicher Ursachen und Wirkungen so durchbrochen, daß die Voraussetzung davon einer Verzichtleistung auf die historische Betrachtung des Lebens Jesu gleichkommt, von uns mithin, die wir eine solche unternommen haben, nicht gemacht werden darf. Zwar ist auch in der Stelle von dem leidenden, aus dem Lande der Lebendigen weggerafften und bei Frevlern begrabenen Knecht Jehova's davon die Rede, nachdem er sein Leben zum Schuldopfer hingegeben, werde er Nachkommen schauen und lange leben (Jes. 53, 10); und wenn nun Jesus in sich diesen Knecht Jehova's sah, könnte man denken, habe er auch diesen Zug im Sinne einer wunderbaren Wiederbelebung auf sich anwenden, und von hier aus eine Erweckung vom Tode erwarten und vorhersagen können, wozu dann später nach dem Erfolge die Zeitbestimmung von drei Tagen gesetzt worden wäre. Allein der Zug mit den Nachkommen, wie der weiterhin (V. 12) folgende, daß er mit Starken Raub theilen solle, mußte ihn ja wohl nöthigen, das Ganze, wenn es auf ihn anwendbar sein sollte, nur bildlich zu nehmen, und entweder von Belohnung und Verherrlichung im künftigen Leben, oder, wie es V. 10 heißt, von dem Gelingen der Angelegenheit Jehova's in seiner Hand, d. h. von dem künftigen Siege seiner Sache, zu verstehen. Nur in solchem irgendwie uneigentlichem Sinne also, nicht in dem einer eigentlichen Wiederbelebung seines getödteten Leibes, könnte Jesus, wenn die historische Betrachtung auf seine Lebensgeschichte Anwendung finden soll, von seiner künftigen Auferstehung gesprochen haben.

39.

Die messianische Wiederkunft.

Aber er spricht ja in den Evangelien, außer von seiner Auferstehung am dritten Tage, auch von der Ankunft des Menschensohnes, d. h. von seiner eigenen messianischen Wiederkunft in einer späteren, obwohl nicht fernen Zeit, wo er in den Wolken des Himmels, in göttlicher Herrlichkeit und von Engeln begleitet, erscheinen werde, die Todten zu erwecken, Lebende und Verstorbene zu richten und sein Reich, das Gottes- oder Himmelreich, zu eröffnen (Matth. 10, 23. 13, 41. 16, 27 fg. 24, 27 fg. 25, 31 fg. vgl. 7, 22 fg. Joh. 5, 28 fg. 6, 29 fg.).

Hier stehen wir einem entscheidenden Punkte gegenüber. An dieses Stück der Lehre Jesu in wörtlichster Auffassung hielt sich die ältere Kirche, ja sie ist eigentlich auf diesem Grunde aufgebaut, indem ohne die Erwartung der nahen Wiederkunft Christi gar keine christliche Kirche zu Stande gekommen wäre. Für uns hingegen ist Jesus entweder gar nicht, oder nur als Mensch vorhanden. Einem Menschen kann dergleichen, wie er hier von sich vorhergesagt hat, nicht zukommen. Hat er es gleichwohl von sich vorhergesagt und selbst erwartet, so ist er für uns ein Schwärmer; wie er, wenn er es ohne eigene Ueberzeugung von sich ausgesagt hätte, ein Prahler und Betrüger wäre. Es ist nur um eine Kleinigkeit anders als mit den angeblichen Aussagen Jesu über seine Präexistenz. Wer sich eines früheren Daseins vor seiner Geburt zu erinnern meint (nicht blos, wie etwa Plato, gewisse in der Seele sich vorfindende Ideen als Erinnerungen aus einem solchen Dasein betrachtet), dessen kein anderer Mensch und dessen auch er selbst sich nicht wirklich erinnert, ist uns geradezu ein Verrückter; wer nach seinem Tode wiederzukommen erwartet, in einer Art, wie nie ein Mensch wiedergekommen ist, der ist uns, weil in Bezug auf die Zukunft eher eine Einbildung möglich ist, zwar nicht gerade ein Verrückter, aber doch ein arger Schwärmer.

Der Reden über eine vermeintliche Präexistenz nun haben wir im Obigen Jesum vollständig entlasten können, nicht indem wir sie gegen den klaren Wortlaut zu einem uneigentlichen Sinn umdeuteten, sondern indem wir erwogen, daß er sie nur im vierten Evangelium führt, dessen Verfasser uns überall nicht den wirklichen, sondern nur den Jesus seiner Vorstellung gibt. Mit den Reden Jesu über seine Wiederkunft steht es mißlicher. Sie finden wir in allen vier Evangelien, ja wir finden sie in den drei ersten, die wir als Träger mancher ächthistorischen Ueberlieferung anerkennen, ausführlicher und bestimmter als im vierten. Was ist also zu thun? Werden wir hier vielleicht mit einer Umdeutung dieser Reden in's

Uneigentliche ausreichen? Oder werden wir wahrscheinlich machen können, daß Jesus sie gar nicht gesprochen hat? Oder werden wir sie endlich im vollen Wortsinn auf ihm ruhen lassen, und also zugestehen müssen, daß er ein Schwärmer, und zwar nicht geringen Grades, gewesen? Dabei dürfen wir keineswegs dieses Letztere als etwas von vorneherein Undenkbares ausschließen. Es möchte uns bei unseren christlichen Gewöhnungen noch so sauer ankommen: wenn es sich als historisches Ergebniß herausstellte, so hätten unsere Gewöhnungen zu weichen. Auch darf man nicht sagen, ein Schwärmer hätte die geschichtlichen Wirkungen, die von Jesu ausgegangen sind, nicht hervorbringen, die hohen und gesunden Einsichten, die bisher auseinandergesetzt worden sind, nicht haben können. Von einem Betrüger mag dieß gelten, den wir daher überall aus dem Spiele lassen. Aber hohe Geistesgaben und Herzensvorzüge mit einer Dosis Schwärmerei versetzt zu sehen, ist keine ungewöhnliche Erscheinung, und von den großen Männern der Geschichte ließe sich sogar geradezu behaupten, daß keiner von ihnen ganz ohne Schwärmerei gewesen.

Daß Jesus den evangelischen Berichten zufolge seine Wiederkunft so nahe gedacht hätte, daß er seinen Jüngern sagte, es seien einige unter den um ihn Stehenden, die den Tod nicht schmecken werden, bis sie des Menschen Sohn in seinem Reiche kommen gesehen (Matth. 16, 28); diese Generation werde nicht vergehen, bis dieß alles geschehen, d. h. die Wiederkunft des Menschensohnes mit allen vorbereitenden und begleitenden Umständen eingetreten sein werde (Matth. 24, 34); daß er insbesondere sogleich nach der von ihm gleichfalls vorhergesagten Zerstörung Jerusalems diese letzte Katastrophe eintreten ließ (Matth. 24, 29); daß er sich also in Bezug auf den Zeitpunkt jedenfalls gewaltig geirrt hätte, indem nicht nur jene, sondern seit 1800 Jahren eine Generation um die andere vergangen ist, ohne daß seine vorausgesagte Wiederkunft eingetroffen wäre: dieß macht auf unserem Standpunkte die Sache nicht einmal schlimmer, da wir, um die Vorhersagung der Wiederkunft eines Menschen in den Wolken als etwas Leeres zu erkennen, nicht erst der Erfahrung bedürfen, daß sie auf den bestimmten Zeitpunkt nicht eingetroffen ist. Um so weniger können wir uns zu einer der gewaltsamen Umdeutungen versucht fühlen, welche die Theologen hier in wahrem Wetteifer mit den Texteswörten vorgenommen haben, indem sie unter dem „Geschlecht“, das nicht vergehen sollte, bis das alles geschehen wäre, bald das Judenvolk, bald die christliche Kirche, oder unter dem „Allen“, was vorher geschehen sollte, nur die Zerstörung Jerusalems, oder unter dem „Geschehen“ nur den ersten Anfang der Ereignisse verstanden, in deren Fortgang wir noch heute mitten inne stehen.

Aber auch unter dem Kommen Jesu selbst, von dem er in diesen Stellen spricht, können wir, wenn seine Worte uns treu überliefert sind, nicht etwa ein unsichtbares, allmähliges, d. h. die natürliche Entwicklung der Wirkungen seines Thuns auf Erden, sondern nur ein sichtbares und plötzliches, eine wunderbare Katastrophe verstehen. Daß die Propheten auch schon bei früheren göttlichen Strafgerichten über einzelne Völker von Verfinsterung der Sonne und des Mondes und Herabfallen der Sterne gesprochen hatten (Jes. 13, 10. 34, 4. Joel 3, 4. 4, 15. Amos 8, 9), das beweist nicht, daß dergleichen Züge nur uneigentlich zu nehmen wären, da jene Propheten vielmehr wirkliche Naturerscheinungen der Art als Vorzeichen und begleitende Umstände jener geschichtlichen Ereignisse erwarteten. Wenn aber Jesus in der Hauptstelle bei Matthäus (24, 30 fg. 25, 31 fg.) sagt, nach jenen Vorgängen an den Gestirnen werde das Zeichen des Menschensohnes am Himmel erscheinen, dann werde man unter dem Wehklagen aller Völker der Erde des Menschen Sohn auf den Wolken kommen sehen mit großer Macht und Herrlichkeit, er werde seine Engel aussenden mit einer stark schallenden Trompete, um von allen vier Winden her seine Auserwählten zu versammeln, hierauf sich auf seinen Thron setzen, um alle Menschen zu richten, die einen in's ewige Feuer, die andern in's ewige Leben eingehen zu lassen: so widerstrebt eine solche Schilderung jeder Umdeutung in das blos Bildliche, und wie die christliche Kirche sie von jeher im Wortverstande genommen hat, so ist sie auch sicherlich von Jesu gemeint gewesen, wenn sie wirklich von ihm vorgetragen worden ist.

Freilich, daß die hieher gehörigen Reden mancherlei spätere Umbildungen erfahren haben, läßt sich nicht verkennen. Das einemal sagt Jesus seinen Jüngern, des Menschen Sohn werde wiederkehren, ehe sie noch mit ihrer messianischen Verkündigung in allen Städten Israel's herumgekommen sein werden (Matth. 10, 23); das anderemal sagt er, diese Wiederkunft werde nicht eher eintreten, als bis das Evangelium in der ganzen Welt unter allen Völkern verkündigt sei (Matth. 24, 14). Das ist doch sehr zweierlei; es müßte also von der einen dieser Vorhersagungen bis zur andern Jesus seine Ansicht wesentlich geändert haben, oder vielmehr es ist klar, daß man die eine Jesu zu einer Zeit und in einem Kreise in den Mund legte, wo man das Messiasreich nur für das Volk Israel bestimmt dachte, die andere von einem Standpunkt aus, dem die Berufung der Heiden in dasselbe bereits eine ausgemachte Sache war. Besonders in die ausführliche Wiederkunftsrede (Matth. 24. Marc. 13. Luc. 21) ist augenscheinlich mancher Zug erst geraume Zeit nach dem Tode Jesu hineingekommen. Die Hungersnöthe und Erdbeben, die Kriege und Kriegsgerüchte, das Aufstehen von Volk gegen Volk und Reich gegen Reich, die dem Ende, d. h. der Zerstörung Jerusalems und dem Kommen des Menschensohns vorangehen sollen (Matth. 24, 6 fg.), lassen sich aus den Zeiten des Claudius und Nero in den entsprechenden Büchern von Tacitus Annalen und Josephus Alterthümern und jüdischem

Krieg genau nachweisen[1]); in der Mißhandlung und Tödtung der Christen durch jüdische und heidnische Obrigkeiten (Matth. 24, 9. Marc. 13, 9. Luc. 21, 12) sind die ersten Christenverfolgungen in Jerusalem, dann die große neronische, nicht zu verkennen; der Haß aller Völker gegen die Christen (Matth. V. 9) erscheint bei dem römischen Geschichtschreiber[2]) als angeblicher Haß der Christen gegen das ganze Menschengeschlecht; wie das Erkalten der Liebe in der Gemeinde in Folge des Ueberhandnehmens der Gesetzlosigkeit (Matth. V. 12) an den Vorwurf erinnert, den der Verfasser der Apokalypse (2, 4) der Gemeinde zu Ephesus macht, ihre erste Liebe verlassen zu haben. Ganz besonders auffallend stimmt aber die Schilderung der falschen Propheten und Messiase in der Rede Jesu (Matth. 24, 5. 11. 23—26) mit einzelnen Ereignissen der spätern Zeit zusammen. Hieher gehört der Theudas unter Claudius, von dem auch die Apostelgeschichte (5, 36), nur mit falscher chronologischer Stellung, weiß, daß er unter dem Vorgeben, etwas Besonderes, d. h. ein Prophet oder gar der Messias selbst zu sein, bei 400 Anhänger um sich gesammelt habe; der sogenannte ägyptische Prophet, für den der römische Tribun in Jerusalem den Apostel Paulus ansah (Apostelgesch. 21, 38), der als ein zweiter Moses aus Aegypten durch die Wüste zog, um dann als ein zweiter Josua Jerusalem ohne Schwertschlag zu erobern, und nach Josephus gar 30,000 Menschen an sich gezogen haben soll, und noch Andere, von denen Josephus sagt, daß sie unter dem Vorwande göttlicher Begeisterung auf Neuerung und Umsturz hingearbeitet und das Volk bis zum Wahnwitz aufgeregt haben.[3]) Dabei ist es ein besonders merkwürdiges Zusammentreffen, daß, wie Jesus (Matth. V. 26) die Seinigen warnt, wenn einer ihnen sagen werde, der Messias sei in der Wüste, so sollen sie es nicht glauben, ebenso Josephus sowohl von dem Aegyptier, als von verschiedenen andern falschen Propheten dieser letzten Zeiten, auch noch von einem, der nach der Zerstörung Jerusalems auftrat, meldet, daß sie das Volk durch das Versprechen, ihnen dort gewaltige Wunder zu zeigen, in die Wüste gelockt haben.

Auch die Beschreibung der Belagerung und Zerstörung Jerusalems sammt deren Folgen ist wenigstens bei Lucas (21, 20. 24. vgl. 19, 43 fg.), der von Einschließung der Stadt durch Wall und Kriegsheer, Verwüstung derselben und Zerstreuung der gefangenen Juden unter alle Völker, spricht, sichtbar dem wirklichen Hergang bei und nach der Zerstörung durch Titus nachgebildet; und selbst das Allgemeine, was auch Matthäus und Marcus

---

1) Vgl. besonders die Ausführung von Köstlin, Der Ursprung und die Composition der synoptischen Evangelien, S. 18 fg.

2) Tacit. Annal., XV, 44.

3) Jüdischer Krieg, 2, 13, 4. 10. 7, 11, 2. Alterthümer, 20, 5, 1. 8, 6.

haben (24, 2. 13, 2), daß der Tempel von Grund aus zerstört werden solle, tritt bei Vergleichung der Apokalypse in ein eigenthümliches Licht. Diese nämlich weiß (11, 1 fg. 13) von keiner Zerstörung des Tempels, und auch von der Stadt läßt sie nur ein Zehntel in Folge eines Erdbebens einstürzen, und dabei 7000 Menschen um's Leben kommen. Dieß ist zwar, die Aechtheit jener Reden Jesu vorausgesetzt, besonders dann unbegreiflich, wenn die Offenbarung eine Schrift des Apostels Johannes ist; doch auch wenn man in ihr, wie man jedenfalls muß, nur überhaupt das Werk eines Judenchristen aus Galba's Zeit erkennt, läßt sich schwer begreifen, wie ein solcher von einer so bestimmten und ausführlichen Weissagung Jesu, wenn eine dergleichen vorhanden war, so weit abweichen konnte. Es hat demnach alle Wahrscheinlichkeit, daß diese Weissagungen von der Belagerung und Zerstörung Jerusalems erst während und nach dem Erfolge unter der jüdischen Christenheit entstanden und Jesu in den Mund gelegt worden sind, um ihn auch in diesem Stücke den alttestamentlichen Propheten, besonders dem in jenen Zeiten so viel gelesenen und angewandten Daniel gleichzustellen.

Dieses alles jedoch betrifft immer noch nicht den Punkt selbst, um den es uns hier zu thun ist; mag immerhin die Weissagung der Zerstörung Jerusalems und der ihr vorangehenden Ereignisse Jesu später untergeschoben worden sein, darum kann er doch von seiner baldigen Wiederkunft in den Wolken gesprochen, und die Christen können dann diese, nachdem sie bis dahin nicht eingetreten war, um so gewisser im Gefolge der Zerstörung Jerusalems erwartet haben.

Wiederzukommen verhieß Jesus in seinem Reiche (Matth. 16, 28); und es fragt sich nun, wie er sonst von diesem Reiche gesprochen, insbesondere ob er es als ein solches dargestellt hat, das er während seines menschlichen Lebens schon gestiftet habe, oder das er erst bei einer einstigen Wiederkunft eröffnen werde. Wenn er, wie der Täufer, ursprünglich nur die Nähe des Himmelreichs verkündigte (Matth. 4, 17); wenn er die Seinigen beten lehrte: Dein Reich komme (Matth. 6, 9), so war ihm dieses Reich ein solches, das noch nicht da war, sondern erst kommen sollte. Und wenn er ein andermal sagt, nicht alle, die Herr, Herr, zu ihm sagen, werden in das Himmelreich kommen, und die Entscheidung über den Zutritt zu demselben auf „jenen Tag", d. h. den von ihm einst abzuhaltenden Gerichtstag verlegt (Matth. 7, 21 fg.); wenn er bei seinem letzten Mahle den Jüngern sagt, er werde von diesem Gewächse des Weinstocks nicht mehr trinken, bis er es mit ihnen neu trinken werde im Reiche seines Vaters (Matth. 26, 19), in welchem er ein andermal die von Morgen und Abend Herbeigekommenen mit Abraham, Isaak und Jakob zu Tische sitzen läßt (Matth. 8, 11): so erhellt noch bestimmter, daß er die Verwirklichung dieses Reiches nicht mehr in dieser sondern in einer andern, durch Gott auf übernatürliche Weise herbeizuführenden Weltperiode erwartete.

Andererseits jedoch, wenn er sagt, von den Tagen Johannis des Täufers an leide das Himmelreich Gewalt und Gewaltmenschen rauben es (Matth. 11, 12), oder, wie es bei Lucas lautet (16, 16), von da an werde das Reich Gottes verkündigt und Jeder dränge sich hinein; wenn er der Beschuldigung der Pharisäer gegenüber, daß er die Teufel durch Beelzebul austreibe, nachweist, er thue es vielmehr durch den Geist Gottes, und also sei das Himmelreich bereits zu ihnen gekommen (Matth. 12, 28); wenn er auf die Frage der Pharisäer, wann das Reich Gottes komme, zur Antwort gibt, es komme überhaupt nicht auf eine äußerlich wahrnehmbare Weise, da es in ihnen (oder bereits unter ihnen) sei (Luc. 17, 21): so erscheint hier das Reich Gottes im Gegentheil als ein schon hier gegenwärtiges, das durch Jesum während seines Lebens auf Erden gestiftet und eröffnet worden ist. Vergleichen wir überdieß die Parabeln vom Senfkorn und besonders vom Sauerteig (Matth. 13, 31 fg.), wo die Ausbreitung des Himmelreichs auf Erden mit der allmähligen Durchsäuerung einer Teigmasse verglichen wird, so scheint Jesus für dasselbe eine ganz natürliche allmählige Entwicklung in Aussicht genommen zu haben.

Indeß schließt Eins das Andere nicht geradezu aus. Auch in dem Gleichniß von dem Unkraut im Acker (Matth. 13, 24 fg.) ist von einem allmähligen Aufwachsen der guten wie der bösen Saat, nachher aber doch von einem plötzlichen Abschluß mit der Ernte die Rede, welche auf das Ende dieser Welt gedeutet wird. Soll durch Beides dargestellt sein, wie es mit dem Reiche Gottes zugeht, so wird also die Zeit seines allmähligen Aufwachsens während der gegenwärtigen Weltperiode, wo es noch nicht rein für sich, sondern in vielfacher Vermengung mit der Welt vorhanden ist, von der Zeit seiner Vollendung in der künftigen messianischen Weltperiode, die mit der Ausscheidung der Bösen von den Guten beginnen wird, zu unterscheiden sein. Ganz ähnlich läßt Matthäus (28, 20) Jesum bei seinem letzten Abschied von seinen Jüngern diese versichern, er werde bei ihnen sein alle Tage bis zum Ende der gegenwärtigen Weltperiode; dieses Ende aber war vorher (24, 3) eben mit der Wiederkunft Jesu gleichgesetzt worden; so daß also hier ebenso eine unsichtbare Gegenwart Jesu von seinem sichtbaren Wiederkommen, wie dort ein Vorhandensein des Reichs Gottes in unvollkommenem Vorbereitungs- und Entwicklungszustande von seiner vollkommenen Verwirklichung in der Zukunft unterschieden werden muß.

Daß Jesus von dem vorbereitenden Diesseits ein vollendendes Jenseits, von diesem Leben als der Zeit des Verdienens ein künftiges als die der Vergeltung unterschieden, und den Eintritt dieser Vollendung an eine wunderbare, von Gott herbeizuführende Weltveränderung geknüpft habe, liegt nicht nur in sämmtlichen Evangelien, wenn diesen noch irgend eine historische Geltung bleiben soll, auf's bestimmteste vor, sondern müßte von uns auch ohnehin aus der bloßen geschichtlichen Analogie heraus vorausgesetzt werden. Es war dieß nicht blos eine der unter seinem Volke herrschenden Vorstellungen, wie etwa die von einem weltlich mächtigen Messias, von der er sich ja auch losgemacht hat; sondern seiner allgemeinen Grundlage nach war es die Form, unter welcher allein das ganze Alterthum, soweit es zur Anerkennung eines Uebersinnlichen gelangt war, die Weltentwicklung anschauen konnte, in welcher sich daher auch Platonismus und Judenthum begegneten. Hatte aber Jesus einmal diese Anschauung, wie er sie haben mußte, unterschied er von dem jetzigen irdischen Dasein ein künftiges in dem Reiche Gottes, sei es im Himmel oder auf der erneuerten Erde, und dachte er sich die Eröffnung des letztern als einen göttlichen Wunderact, so ist es gleichgültig, in welchen näheren oder entfernteren Zeitpunkt er diesen Act verlegte, und es wäre nur ein menschlicher Irrthum, wenn er denselben sogar in kürzester Frist erwartet und diese Erwartung zum Troste der Seinigen ausgesprochen hätte; obwohl wir auch nicht wissen können, ob nicht die Seinigen in den Bedrängnissen nach seinem Hingang sich selbst damit getröstet haben, daß sie ihm dergleichen Weissagungen von einem nahen Anbruch der bessern Weltordnung in den Mund legten.

Was uns Anstoß gibt, ist in allen diesen Reden nur der Eine Punkt, daß Jesus jene wunderbare Veränderung, den Eintritt des idealen Vergeltungszustandes, an seine eigene Person geknüpft, daß er sich selbst als Denjenigen angegeben haben soll, der mit den Wolken des Himmels im Geleite von Engeln kommen werde, um die Todten zu erwecken und Gericht zu halten. Dergleichen von sich selbst erwarten, ist noch etwas ganz Anderes, als es im Allgemeinen nur erwarten, und wer es von sich und für sich erwartet, der will uns nicht allein als Schwärmer erscheinen, sondern wir sehen auch eine unerlaubte Selbstüberhebung darin, wenn ein Mensch (und nur von einem solchen reden wir hier durchaus) sich einfallen läßt, sich so von allen übrigen auszunehmen, daß er sich ihnen als künftigen Richter gegenüberstellt; wobei insbesondere Jesus ganz vergessen haben müßte, wie er einst das Prädicat gut als ein Gott allein zukommendes abgelehnt hatte.

Freilich, wenn Jesus überzeugt war, der Messias zu sein, und die Danielische Weissagung auf den Messias bezog, so mußte er auch die Erwartung haben, ihr gemäß dereinst mit den Wolken des Himmels zu kommen. Das Gericht zwar wird, genau zugesehen, in dieser Stelle nicht von dem in den Wolken kommenden Menschensohne, sondern von dem Alten der Tage, d. h. von Jehova selbst, gehalten; wie auch in der Offenbarung Johannis (20, 11 fg.) als der Richter nach althebräischer Weise der auf dem Throne sitzende Gott selbst erscheint. Indeß, wenn sich der Apostel Paulus als auf eine in den Urgemeinden herkömmliche Vorstellung darauf beruft, daß die Heiligen, d. h. die Christen, die Welt, ja die Engel selbst, richten werden (1 Kor. 6, 2 fg.), wie bei den Synoptikern Jesus den Zwölfen als seinen Beisitzern das Gericht über die zwölf Stämme Israel's verheißt (Matth. 19, 28. Luc. 22, 30), so könnte ja wohl neben der Vorstellung von Jehova als alleinigem Richter die von einer Uebertragung des Gerichts an den Messias als seinen Stellvertreter schon vor Jesu vorhanden gewesen und von ihm als Zubehör der Messiasvorstellung nur aufgenommen worden sein. Hatte er der Menschheit das Wort Gottes verkündigt, und sollte sie nach diesem einst gerichtet werden, so ergab sich für den Verkündiger des Wortes von selbst eine Hauptrolle bei dem künftigen Gericht; demjenigen, der den guten Saamen ausgestreut hatte, stand es zu, dereinst bei der Ernte seine Engel mit dem Ausraufen und Verbrennen des Unkrauts zu beauftragen (Matth. 13, 37. 41). Im vierten Evangelium allerdings lehnt Jesus für seine Person das Gericht ab und schreibt es nur dem von ihm verkündigten Worte zu (Joh. 12, 47 fg.); allein zu dieser Wendung war der Evangelist durch seinen Logosbegriff, der alles Negative, alles Verdammen und Verderben ausschloß, veranlaßt, und wir können sie daher nicht als Beweis gegen die Aechtheit der synoptischen Gerichtsreden Jesu gebrauchen.

40.

Schauplatz und Dauer der öffentlichen Thätigkeit Jesu.

Sehen wir uns nun nach der Art um, wie Jesus für die Pflanzung des Gottesreichs auf Erden thätig war, so sagt Matthäus (4, 23. 9, 35), er sei in ganz Galiläa, in allen Städten und Dörfern, umhergezogen, habe in den Synagogen gelehrt und die frohe Botschaft vom Himmelreich verkündigt, und Lucas (23, 5) läßt die Ankläger Jesu in Jerusalem zu Pilatus sagen, er rege das Volk auf durch sein Lehren, das er in Galiläa angefangen und durch Judäa bis Jerusalem fortgesetzt habe. Es ist das Leben eines Wanderlehrers, das die Evangelisten hier und überall Jesu beilegen: er hat zwar in der Stadt Kapernaum am galiläischen See, der Heimath seiner vornehmsten Schüler, seinen eigentlichen Wohnsitz (Matth. 4, 13. 8, 5. 14. 9, 1. vgl. 11, 23. Luc. 4, 23), doch zieht er meistens in Begleitung einer Anzahl vertrauter Jünger, auch einiger wohlhabenden Frauen, die für die äußeren Bedürfnisse der Gesellschaft Sorge trugen (Luc. 8, 1—3. 23, 49. Matth. 27, 55 fg. Marc. 15, 40 fg.), durch das Land, wo er bald am Sabbat in den Synagogen auftritt (Matth. 12, 9. 13, 53. Marc. 1, 21. 3, 1. 6, 2. Luc. 4, 16. 31. 33. 6, 6. 13, 10. Joh. 6, 59), bald unter freiem Himmel von Anhöhen herunter (Matth. 5, 1), oder am Seeufer vom Schiffe aus (Matth. 13, 1 fg. Marc. 2, 13. 3, 7 fg. 4, 1. Luc. 5, 1 fg.) zu größeren Volksmassen redet, in Jerusalem im Tempel das Volk ermahnt und mit den Gelehrten disputirt (Matth. 21,

23—23, 39. Marc. 11, 27—12, 43. Luc. 20. 21. Joh. 7, 14. 8, 20. 59. 10, 22 fg.), in Häusern, wohin ihn gastliche Einladung oder ein dauerndes Freundschaftsverhältniß führte, sich lehrreich und erbaulich vernehmen läßt (Matth. 9, 9 fg. 26, 6 fg. Luc. 5, 27 fg. 7, 36 fg. 10, 38 fg. 11, 37 fg. 14, 1 fg. Joh. 2, 1 fg. 12, 1 fg.), überhaupt wie Sokrates jede Gelegenheit benützt, um den Saamen seines Wortes in der Hoffnung, daß er wenigstens hie und da einen empfänglichen Boden finden werde, auszustreuen.

In Betreff dieser äußeren Form der Lehrwirksamkeit Jesu (von seiner Lehrart reden wir hier noch nicht) stimmen unsere sämmtlichen evangelischen Berichte so ziemlich überein; aber in Betreff des Schauplatzes, auf dem sich diese Thätigkeit entwickelt, findet zwischen den drei ersten Evangelien und dem vierten eine bedeutende Abweichung statt. Beide Theile zwar lassen das öffentliche Wirken Jesu, nach der in Judäa von ihm empfangenen Johannestaufe, in Galiläa beginnen und in Jerusalem zu Ende gehen; aber zwischen diesen beiden Endpunkten bewegt sich Jesus im vierten Evangelium großentheils auf einem andern Boden als in den übrigen. Diesen zufolge kommt er von seiner Rückkehr nach der Johannestaufe bis zu seiner letzten Reise nach Jerusalem über die Gränzen von Nordpalästina nicht hinaus, sondern zieht in den Landschaften westlich und östlich vom galiläischen See und vom oberen Jordan, wo die Herodessöhne Antipas und Philippus als römische Vasallenfürsten herrschten, umher, ohne jemals südlich Samarien und weiterhin Judäa und Jerusalem, überhaupt nicht das unter unmittelbarer römischer Verwaltung stehende Gebiet zu berühren. Und innerhalb dieser Gränzen ist es näher wiederum das Land westlich vom Jordan und vom See Tiberias, also Galiläa, wohin vorzugsweise die Wirksamkeit Jesu fällt, indem nur von drei kurzen Ausflügen auf das östliche Ufer des Sees (Matth. 8, 18—9, 1. 14, 13—34. 15, 39) und zwei schwerlich längeren an die nördlichen Gränzen des Landes, die Gegenden von Cäsarea Philippi (Matth. 16, 13) und der Phönizierstädte Tyrus und Sidon (Matth. 15, 21—29) berichtet wird. Während also den drei ersten Evangelien zufolge Jesus vor derjenigen Festreise, die seinen gewaltsamen Tod herbeiführen sollte, nicht nach Judäa und Jerusalem kam, war er nach dem vierten vor dieser letzten Festreise schon bei vier Festen, einem Passah (2, 13), einem nicht näher bezeichneten (5, 1), dann bei einem Laubhütten- (7, 2. 10) und einem Tempelweihfeste (10, 22, und zwar dießmal, wie es scheint, ohne in der Zwischenzeit zwischen den beiden Festen Stadt und Umgegend zu verlassen) in Jerusalem, außerdem einmal in Bethanien, in der Nähe der Hauptstadt (11, 17 fg.) gewesen, hatte ferner längere Zeit in der Landschaft Judäa (3, 22 fg.) und auf der Durchreise in Samarien (4, 4 fg.), eine Zeitlang auch in einem Städtchen in der Nähe der jüdischen Wüste sich aufgehalten (11, 54).

Dabei geben die ersten Evangelisten, besonders Matthäus, so oft Jesus, seit er sich nach des Täufers Verhaftung dahin begeben hatte, Galiläa verläßt, in der Regel einen besondern Grund an, warum er dieß gethan habe, sei es, daß er dem Volksandrange durch eine Ueberfahrt über den See habe entgehen wollen (Matth. 8, 18), oder vor den Nachstellungen des Herodes sich in die jenseitige Wüste zurückgezogen habe (14, 13), oder daß er wegen des Anstoßes, den die Schriftgelehrten an seiner Lehre nahmen, in die Gegend von Tyrus und Sidon entwichen sei (15, 21): während Johannes gerade umgekehrt dafür, warum Jesus Judäa verlassen und sich nach Galiläa oder Peräa zurückgezogen habe, gewöhnlich einen besondern Grund, und zwar bald die gefährliche Aufmerksamkeit seiner Feinde (4, 1 fg.), bald ihre Nachstellungen und Mordanschläge (7, 1. 6, 1. vgl. mit 5, 18. 10, 39 fg. vgl. mit 11, 54) angibt. Beide Theile gehen also von entgegengesetzten Vorstellungen aus: die drei ersten Evangelisten setzen voraus, das Jesu für sein Wirken bis zu seiner Todesreise angewiesene Gebiet sei Galiläa gewesen, das er nur aus besonderen Veranlassungen bisweilen auf kurze Zeit verlassen habe; der vierte denkt sich umgekehrt, eigentlich hätte Jesus immer in Jerusalem und Judäa wirken mögen, wenn ihm nicht die Vorsicht bisweilen gerathen hätte, sich in die entlegenern Provinzen zurückzuziehen.

Kann von diesen entgegengesetzten Voraussetzungen nur eine die richtige sein, so erklärt sich die Mehrheit der jetzigen Theologen natürlich gegen die Synoptiker für ihren Johannes. In der galiläischen Ueberlieferung, aus welcher die ersteren, insbesondere Matthäus, schöpften, sei von den früheren Festreisen Jesu theils wenig bekannt gewesen, theils was man davon wußte, frühzeitig mit den Nachrichten von der letzten und wichtigsten Festreise zusammengeflossen, und so erscheinen nun bei ihnen einerseits das Galiläische, andererseits das Jerusalemische als zwei zusammenhängende Massen, während uns Johannes belehre, daß dieß der Wirklichkeit nicht entspreche, sondern sowohl das galiläische Wirken Jesu durch Reisen nach Jerusalem unterbrochen, als seine Reden und Thaten in Jerusalem in verschiedene Aufenthalte vertheilt gewesen seien. Daher müssen nun die johanneischen Festreisen die Fächer abgeben, in welche der von den übrigen Evangelisten gelieferte Stoff in der Art eingetragen wird, daß jedesmal zwischen zwei jener Reisen und die judäischen Ereignisse, die sich an sie anschließen, ein Stück der galiläischen Begebenheiten fallen soll. Allein woran soll man sich bei dieser Einordnung halten, wenn die drei ersten Evangelisten im Verlauf ihrer galiläischen Erzählungen nirgends eine Abreise in der Richtung nach Judäa andeuten, der vierte aber in dem, was er zwischen seinen judäischen Berichten Galiläisches gibt, fast nirgends mit ihnen zusammentrifft? Hier bleibt Alles willkürlich, und die zahllosen Versuche, die Evangelien in dieser Hinsicht in Harmonie zu bringen, können nur als ebensoviele Gewebe bodenloser Vermuthungen erscheinen.

Man muß sich ein Herz fassen, die Frage so zu stellen: was ist geschichtlich wahrscheinlicher, daß Jesus, wie die drei ersten Evangelien es darstellen, längere Zeit ausschließlich in Galiläa und den anstoßenden Gränzstrichen gewirkt, und erst zuletzt zu dem verhängnißvollen Zuge nach Jerusalem sich entschlossen, dieser dann aber die Entscheidung schnell und mit einemmale herbeigeführt habe? oder daß er, der johanneischen Darstellung gemäß, seine Wirksamkeit von jeher zwischen Galiläa und Judäa getheilt, insbesondere in Jerusalem schon früher wiederholt Anstoß erregt habe, bis endlich bei seiner letzten Anwesenheit daselbst die Sache zum Bruche gekommen sei?

Dabei mag gelegentlich der Dauer der öffentlichen Wirksamkeit Jesu, soweit aus unsern evangelischen Nachrichten etwas über dieselbe zu entnehmen ist, gedacht werden. Eine ausdrückliche Angabe, wie lange Jesus öffentlich thätig gewesen, findet sich in keinem unserer Evangelien. Während uns jedoch die drei ersten auch für einen Schluß in dieser Richtung nichts an die Hand geben, indem bei ihnen nirgends Monate und Jahre unterschieden sind, und die hin und wieder vorkommenden Bestimmungen: nach zwei oder sechs Tagen (Matth. 17, 1. 26, 2), in dieser allgemeinen Unbestimmtheit keinen Halt gewähren können: scheinen im vierten Evangelium eben jene verschiedenen Festreisen, durch deren Erwähnung es sich von den übrigen unterscheidet, zu einem solchen Schlusse benützt werden zu können, indem von jedem dieser jährigen Feste, insbesondere von jedem Passahfest bis zum andern (vorausgesetzt, daß die Aufzählung vollständig ist), jedesmal ein Jahr zu rechnen wäre. Zwischen der Taufe Jesu durch Johannes, die von jeher als der Anfang seines öffentlichen Lebens genommen worden ist (Apostelgesch. 1, 22), und dem ersten von ihm besuchten Passahfeste scheint der Evangelist nur eine ganz kurze Zwischenzeit vorauszusetzen (vgl. 1, 29. 35. 44. 2, 1. 12); das zweite Fest, das er Jesum besuchen läßt, ist, da er es nur unbestimmt als ein Fest der Juden bezeichnet (5. 1), schwerlich als ein Passahfest zu nehmen, gibt uns also keinen Anhalt; dagegen wird um die Zeit der wunderbaren Speisung ein zweites Passahfest erwähnt (6, 4), doch nichts davon gesagt, daß Jesus es besucht hätte; und indem nun vor dem Todespassah (11, 55. 12, 1. 13, 1) kein weiteres namhaft gemacht ist, so ergeben sich für die öffentliche Wirksamkeit Jesu mindestens zwei Jahre nebst jener kurzen Zeit von seiner Taufe bis zum ersten Passahfeste. Wir sagen: mindestens; denn die altkirchliche Ansicht, welche in dem Judenfest 5, 1 gleichfalls ein Passahfest sah, brachte drei Jahre heraus, und wir unsererseits haben keine Bürgschaft dafür, daß der Evangelist alle Passahfeste, auch solche, die Jesus nicht besuchte, aufgezählt haben müsse. Wenn man nun schon gesagt hat, dieser johanneischen Rechnung gegenüber gewinne es nach der Darstellung der drei ersten Evangelien den Schein, als hätte die Wirksamkeit Jesu höchstens nur Ein Jahr gedauert, so ist dieß nicht richtig. Denn wenn Jesus frühere Passahfeste nicht besuchte, so hatten jene Evangelisten, deren Blicke sich erst mit Jesu Reise dahin auf Jerusalem richten, keine Veranlassung, derselben Erwähnung zu thun; daß aber Jesus nicht nothwendig jedes Passahfest besucht haben muß, zeigt uns Johannes selbst, wenn er ihn während eines Passahfestes ruhig in Galiläa bleiben läßt (6, 4. vgl. 1, 17. 59. 7, 1 fg.). Wir müssen also vielmehr sagen, daß wir aus den drei ersten Evangelien über die Dauer von Jesu öffentlicher Wirksamkeit gar nichts erfahren, und ihretwegen ebenso gut annehmen können, er sei eine Reihe von Jahren, als er sei nur Eines thätig gewesen, in jenem Fall aber nur erst im letzten zum Passahfest nach Jerusalem gereist.

Die Voraussetzung einer blos einjährigen Wirksamkeit freilich, wie sie sich bei mehreren alten Kirchenvätern und Häretikern findet[1]), stützte sich lediglich auf die Prophetenstelle von dem angenehmen Jahr des Herrn (Jes. 61, 1), die nach Lucas (4, 18) Jesus selbst auf sich anwandte, und die nun mit doppeltem Mißverstand in streng wörtlichem Sinne als Zeitbestimmung für sein Wirken gefaßt wurde. Ebenso auf Mißverstand beruht indeß die entgegengesetzte Ansicht, die sich gleichfalls bei Kirchenvätern findet, daß Jesus zwar mit dreißig Jahren von Johannes getauft worden, bei seiner Kreuzigung aber nicht mehr weit von fünfzigen gewesen sei[2]); darauf nämlich, daß bei Johannes (8, 57) die Juden ihm einmal entgegenhalten: du hast noch keine fünfzig Jahre und willst Abraham gesehen haben? was aber gar wohl auch nur heißen kann, er habe noch nicht einmal das Mannesalter vollendet. Wollen wir für die Dauer des öffentlichen Wirkens Jesu ein Maximum gewinnen, so müssen wir davon ausgehen, was auch von heidnischen Schriftstellern bezeugt wird[3]), daß Jesus unter der Procuratur des Pontius Pilatus hingerichtet worden ist. Dieser, der im Jahre 25 unserer Zeitrechnung seine Stelle in Judäa angetreten hatte, wurde im Jahre 36 von L. Vitellius nach Rom geschickt, um sich gegen verschiedene Anklagen der Juden zu verantworten, von wo er nicht mehr nach Judäa zurückkehrte; später kann also Jesu Hinrichtung nicht fallen. Nehmen wir nun die Zeitangabe bei Lucas (3, 1), die eigentlich dem Auftritt des Täufers gilt, zugleich als Bestimmung des Zeitpunkts der Taufe und des öffentlichen Auftretens Jesu, so daß dieses im fünfzehnten Jahre des Tiberius, welches dem neunundzwanzigsten der christlichen Zeitrechnung entspricht, erfolgt wäre, so geben die sieben Jahre von da bis zum Abgang des Pilatus aus Judäa die längste mögliche Frist für Jesu Wirksamkeit. Aber wie un-

1) Orig. de princip. 4, 5. Clem. hom., XVII, 19.
2) Iren. adv. haer. 2, 22, 5.
3) Tacit. Annal., XV, 44.

sicher auch dieß bei der zweifelhaften Richtigkeit der Zeitangabe des Lucas ist, erhellt von selbst.

Dieß vorher abzumachen, ehe wir in Betreff der Zahl der Festreisen Jesu zwischen der synoptischen und der johanneischen Darstellung entscheiden, war von Wichtigkeit. Müßte nämlich, wer Jesum während seines öffentlichen Wirkens nur Ein Passahfest besuchen läßt, nothwendig auch annehmen, daß sein Wirken nicht länger als ein Jahr gedauert habe, so könnte die Unwahrscheinlichkeit dieser letzteren Annahme leicht auch die erstere in ein ungünstiges Licht setzen und uns geneigt machen, in Betreff der Festreisen uns vielmehr an das vierte Evangelium zu halten; wie insbesondere Renan hiedurch für die Geschichtserzählung desselben gewonnen zu sein scheint. Steht uns dagegen, auch wenn wir uns in dieser Hinsicht an die drei ersten Evangelien anschließen, die Voraussetzung einer längeren Dauer für die öffentliche Wirksamkeit Jesu frei, so bleibt die Frage nach der Zahl der Festreisen für sich, und es handelt sich einzig darum, ob in Bezug auf sie die synoptische oder die johanneische Darstellung die höhere Wahrscheinlichkeit für sich hat.

Daß nun, was man zu Gunsten der letztern geltend zu machen pflegt, ein frommer Galiläer gehalten gewesen sei, wenigstens alle Passahfeste zu besuchen, läßt sich theils für jene Zeit auf keine Art erweisen, und Johannes selbst, wie gesagt, setzt es nicht voraus; theils fällt es, wie früher gezeigt worden, ganz dahin, wenn Jesus dieser gesetzlich fromme Galiläer gar nicht gewesen ist. Daß aber, wie die johannesfreundliche Theologie behauptet, die drei ersten Evangelisten selbst für Johannes zeugen und von Jesu Verhältnisse und Aussprüche berichten sollen, die nothwendig frühere Aufenthalte desselben in Judäa und Jerusalem voraussetzen[1]), ist, näher zugesehen, nicht wahr. Die Bekanntschaft mit dem Rathmann Joseph von Arimathäa, die man ohne solche frühere Aufenthalte unerklärlich finden will, kann sich, wenn man dessen Heimathort auch nicht in dem galiläischen Flecken jenes Namens suchen will, gar wohl während der letzten Anwesenheit Jesu in Jerusalem gemacht haben. Von Maria und Martha wissen wir aus Lucas (10, 38) nur, daß das Dorf, wo sie wohnten, auf dem Wege von Jesu gewöhnlichem Aufenthaltsort in Galiläa nach Judäa, also möglicherweise noch in Galiläa oder in Peräa lag; daß es Bethanien bei Jerusalem gewesen, sagt nur Johannes, um dessen Glaubwürdigkeit es sich hier eben fragt. Die einzig bedeutende Instanz gegen die synoptische Darstellung ist der Ausspruch Jesu (Matth. 23, 37. Luc. 13, 34): „Jerusalem, Jerusalem, die du tödtest die Propheten, und steinigst, die zu dir gesandt sind, wie oft habe ich deine Kinder versammeln wollen, wie die Henne ihre Küchlein unter ihre Flügel versammelt, und ihr habt nicht gewollt!“

Diesen Ausspruch kann Jesus zwar am allerwenigsten, wie Lucas den-

1) Bleek, Beiträge zur Evangelienkritik, S. 97 fg.

selben stellt, auf der Reise nach Jerusalem gethan haben, ehe er diese Stadt während seiner öffentlichen Wirksamkeit nur einmal gesehen hatte; aber auch in Jerusalem selbst kann er nach einem einmaligen Aufenthalte von wenigen Tagen nicht darauf hingewiesen haben, wie oft er dessen Bewohner schon vergeblich an sich zu ziehen versucht habe. Hier sind alle Ausflüchte vergebens, und man muß bekennen: sind dieß wirkliche Worte Jesu, so muß er öfter und länger, als es den synoptischen Berichten nach scheint, in Jerusalem thätig gewesen sein. Aber es sind nicht seine Worte. Matthäus zwar gibt sie als solche, zusammen mit der andern Rede: Darum siehe, ich sende zu euch Propheten und Weise und Schriftgelehrte, und von ihnen werdet ihr etliche tödten und kreuzigen u. s. f., damit über euch komme alles gerechte Blut, von dem Abel's bis zu dem des Zacharias u. s. f. (23, 34 fg.); und daß in beiden Aussprüchen von der Mißhandlung göttlicher Abgesandten durch die Juden die Rede ist, macht wahrscheinlich, daß sie in der That ursprünglich zusammengehörten. Lucas trennt beide in seiner Art; wenn er aber den zuletzt erwähnten Ausspruch von Jesu mit den Worten eingeleitet werden läßt: „Darum hat auch die Weisheit Gottes gesagt: ich werde zu ihnen senden" u. s. f. (11, 49), so ist für's Erste dieser Beisatz eben seiner Seltsamkeit wegen, die den Matthäus zur Weglassung desselben veranlassen konnte, ohne Zweifel als ursprünglich zu betrachten; für's Andere haben wir, wie gesagt, bei der Verwandtschaft beider Aussprüche allen Grund, anzunehmen, daß auch jener von Matthäus damit verbundene Anruf an Jerusalem gleichfalls zu der Rede der Weisheit Gottes gehört. Unter dieser Weisheit Gottes kann weder Jesus sich selbst, noch der Evangelist Jesum verstanden haben, da weder eine solche Bezeichnung, noch ein solches Selbstcitat Jesu sonst in den Evangelien vorkommt; man könnte an die göttliche Weisheit als Eingeberin der heiligen Schriften des Alten Testaments denken, aber im Alten Testament findet sich ein solcher Ausspruch nicht; es scheint also vielmehr eine besondere Schrift damit gemeint zu sein, deren Worte der eine Evangelist Jesum mit Nennung der Quelle anführen ließ, der andere ihm geradezu als eigenen Ausspruch in den Mund legte, eine Schrift, die, von einem Christen etwa um die Zeit der Zerstörung Jerusalems verfaßt, den Juden das Register ihrer Vergehungen gegen die göttlichen Gesandten von den ältesten Zeiten bis auf die neuesten, also von Abel bis auf Zacharias, Baruch's Sohn, den die Zeloten im Tempel ermordeten[1]), in ähnlicher Art, wie etwa Stephanus in seiner Rede (Apostelgesch. 7) im Sinne hatte, aber durch die persönlich gefaßte göttliche Weisheit vorhalten ließ; in deren Mund nun auch das: ich sende euch Schriftgelehrte u. s. w. besser als in den Mund Jesu paßt.[2])

1) Joseph. bell. jud. 4, 5, 4.

2) Vgl. meine Abhandlung: Jesu Weheruf über Jerusalem u. s. f. in Hilgenfeld's Zeitschrift für wissenschaftliche Theologie, 1863, S. 84 fg.

Ist es hienach mit der Behauptung, daß in den drei ersten Evangelien selbst sich Stellen finden, die nur durch die Voraussetzung einer öftern Anwesenheit Jesu in Jerusalem begreiflich werden, nicht richtig, so läßt sich umgekehrt gegen den vierten Evangelisten die Beschuldigung erheben, daß sich bei seiner Darstellung nicht begreifen läßt, wie nicht schon der erste Aufenthalt Jesu in der Hauptstadt auch der letzte war. Nach dem Berichte der Synoptiker mochten immerhin die Pharisäer schon als Jesus am Sabbat die verdorrte Hand geheilt hatte, in Berathung treten, wie sie ihn verderben könnten (Matth. 12, 14), und seit den scharfen Ausfällen, die er aus Anlaß des Streits über das Händewaschen sich gegen sie erlaubt hatte, ihm auflauern, um Grund zu einer Anklage gegen ihn zu gewinnen (Luc. 11, 53 fg.); das mochte noch so frühzeitig der Fall sein, wir begreifen doch ganz wohl, warum es mit der Ausführung noch gute Wege hatte: weil nämlich in Galiläa die hierarchische Partei nicht stark genug war, einen volksbeliebten Mann wie Jesus aus der Mitte seiner Anhänger herauszureißen; sobald sie ihn im Mittelpunkt ihrer Macht, in Jerusalem hatte, schritt sie ungesäumt und ungehindert zum Werke. Das ist bei Johannes ganz anders, wo Jesus sich gleich von Anfang an wiederholt in die Höhle des Löwen wagt und sich darin so benimmt, daß wir uns mehr als nur wundern müssen, wie er doch mehrmals wieder herauskommt. Gleich bei seinem ersten Besuch in Jerusalem treibt er hier die Käufer und Verkäufer aus dem Tempel, und zwar einerseits noch gewaltsamer und anstößiger als nach den synoptischen Berichten (von der Geißel, deren er sich bediente, weiß nur Johannes), andererseits weniger durch einen begeisterten Volksanhang gestützt, da diese erste Anwesenheit Jesu in der Hauptstadt nicht wie die letzte durch einen feierlichen Einzug und Empfang eingeleitet war. Schon hier müssen wir uns wundern, daß die Sache so glatt ablief, zumal auch die Rede vom Abbruch und Wiederaufbau des Tempels, die Jesus nach Johannes daran knüpfte, wenig geeignet war, die Gemüther zu besänftigen. Bei seiner zweiten Anwesenheit in der Hauptstadt aus Anlaß des ungenannten Festes bringt nun eine von ihm am Sabbat vorgenommene Heilung die Juden dahin, daß sie ihn zu tödten suchen, und Reden, in denen er sich Gott gleichzustellen schien, bestärken sie in diesem Entschluß (5, 16. 18. vgl. 7, 1. 19); wie sie am folgenden Laubhüttenfest um solcher Reden willen ihn wiederholt greifen wollten, ja schon Diener aussandten, ihn festzunehmen (7, 30. 32. 44). Fragen wir: warum thaten sie es nicht, wie sie in der Hauptstadt in allewege konnten? warum griffen ihre Schergen nicht zu, wie sie geheißen waren? so weiß der Evangelist nur zu antworten: weil seine Stunde noch nicht gekommen war (7, 30. 8, 20); wie er ein andermal, als sie schon Steine gegen Jesum aufgehoben hatten, sagt, dieser habe sich vor ihnen verborgen und sei unbehelligt zum Tempel hinausgegangen (8, 59. vgl. 10, 39. 12, 36). D. h. der Evangelist beruft sich auf ein Wunder, und in der That hätte ein solches dazu gehört, wo einerseits das Zerwürfniß schon so weit gekommen, und andererseits die Gelegenheit so günstig war, die Entscheidung doch noch länger aufzuhalten. Dabei stellt sich beiläufig noch der Widerspruch heraus, daß Jesus in der Zwischenzeit zwischen den Festen Judäa oder doch die Hauptstadt gemieden haben soll, um den Anschlägen seiner dortigen Feinde auszuweichen (4, 1. 7, 1. 11, 54): da er doch, wenn seine Stunde noch nicht gekommen war, und wenn es bei ihm stand, sich den Augen seiner Feinde wunderbar zu entziehen, füglich in Jerusalem hätte bleiben können.

Da der vierte Evangelist durch seine Erzählungen von den früheren Festaufenthalten Jesu die Sache vor der Zeit auf die Spitze getrieben hat, so hat er nun immer nur zu retardiren, und nachdem er hiedurch den natürlichen Entwicklungsgang der Sache lahm gemacht hat, sieht er sich zuletzt, um doch zum Schlusse zu kommen, genöthigt, in der Auferweckung des Lazarus eine falsche Springfeder einzusetzen. Jenes Verfrühen ist aber überhaupt die Art dieses Evangelisten. Nichts darf bei ihm in natürlicher Art werden, sondern alles hat schon präexistirt: wenn es bei den übrigen längerer Zeit und mancher Entwicklungen bedarf, bis der fähigste der Apostel in Jesus den Messias erkennt, hat dieß (was freilich auf johanneischem Standpunkte noch nicht das Rechte ist) im vierten Evangelium sein Bruder Andreas schon im ersten Augenblicke weg (1, 42); wie Jesus den Simon, was er dort viel später thut, hier gleich beim ersten Anblick als den Felsenmann Petrus bezeichnet (1, 43), seinen Kreuzestod und seine Auferstehung gleich bei seinem ersten Festbesuch verkündigt (2, 19 fg. 3, 14), und den Verräther schon von Anfang an kennt (6, 71). Zeigt hienach der vierte Evangelist durchaus das Bestreben, Alles, was Jesum zu heben dient, möglichst frühzeitig eintreten zu lassen, so begreift sich, warum er es nicht erwarten konnte, Jesum aus dem galiläischen Winkel auf den geeignetern Schauplatz zu führen, den die Hauptstadt ihm bot, um das Licht seines Geistes leuchten zu lassen, seine höhere Würde zu erweisen und seinen Muth wie seine göttliche Uebermacht (zwei Punkte, die sich freilich gegenseitig ausschließen) zu erproben. Was aber die Hauptsache ist: von der Grundidee des vierten Evangeliums aus, dem in Jesu erschienenen Lebens- und Lichtprincip den jüdischen Unglauben als das Princip der Finsterniß entgegenzustellen, ergab es sich von selbst, daß der Kampf zwischen beiden Principien sich gleich von Anfang an da entwickeln mußte, wo das jüdische Wesen seinen Sitz und Mittelpunkt hatte, nämlich in Jerusalem. [1])

Doch sehen wir von dem Verdacht ab, der gegen die johanneische Nachricht von mehreren Festreisen Jesu aus ihrem Zusammenhang mit der dogmatischen Anlage des Evangeliums erwächst, und nehmen etwa an, dieses

1) Vgl. Baur, Kritische Untersuchungen, S. 130 fg. 190. 283 fg.

lasse nur die Conflicte zu früh eintreten, Jesus sei wohl vor seiner letzten Reise schon mehrmals in Jerusalem gewesen, sei aber da so schonend und behutsam aufgetreten, daß sein Leben noch nicht ernstlich bedroht war: so kann auch so die johanneische Darstellung noch immer nicht als die wahrscheinlichere anerkannt werden. Judäa und seine Hauptstadt insbesondere war der Sitz und die Burg alles dessen, was Jesus bekämpfen wollte; dort herrschte die pharisäische Partei über eine leicht in Fanatismus zu setzende Bevölkerung, dort hatte der ganze Aeußerlichkeitsgeist in der Religion, das Hängen an Opfern und Reinigungen, in der zahlreichen Priesterschaft, dem prächtigen Tempel und feierlichen Tempeldienst, seinen festesten Halt: hier am Orte gegen diese Richtung aufzutreten, durfte Jesus verständigerweise erst dann wagen, wenn er durch längere Wirksamkeit in Gegenden, wo jene Richtung weniger herrschend, die Gemüther für seine Belehrung offener waren, sich Anhang und Geltung verschafft, wenn er einerseits das Volk nach seinen verschiedenen Klassen und den verschiedenen Graden von Empfänglichkeit für tiefere Religiosität genauer kennen gelernt, andererseits seinen eigenen Plan mit Rücksicht auf die Verhältnisse bestimmter ausgebildet hatte. Während dieses längeren Wirkens in Galiläa nun hatte Jesus wohl in weiten Kreisen Anklang und auch einen engeren Kreis vertrauter Schüler gewonnen; wollte er aber in's Große wirken, wollte er nicht blos die Zahl der schon vorhandenen jüdischen Sekten durch eine neue vermehren, sondern dem ganzen Religionswesen seines Volks eine andere Gestalt geben, so war es unerläßlich, nach gehöriger Vorbereitung in der Provinz schließlich in der Hauptstadt den entscheidenden Versuch zu wagen. Daß dieser nicht zu seinen Gunsten ausfallen werde, mochte Jesus nach den allerhand Erfahrungen, die er von der Verstocktheit der hierarchischen Partei, der Versunkenheit und dem Stumpfsinn der Masse und dem Unbestande der augenblicklichen Begeisterung selbst empfänglicher Kreise gemacht hatte, ahnen: aber die Sache selbst trieb ihn vorwärts; nicht weitergehen hieß alles, was ihm bis daher gelungen war, verkommen lassen; wogegen, wenn er vor dem letzten Schritte nicht zurückbebte, selbst bei ungünstigem Ausgang auf die Wirkung gerechnet werden konnte, die dem Märtyrertode für eine große Idee niemals gefehlt hat.

41.

Die Lehrart Jesu.

In der Thätigkeit, welche Jesus auf dem besprochenen Schauplatz entfaltete, steht natürlich seine Lehrthätigkeit allem Andern voran, und da wir die Grundzüge seines religiösen Standpunktes, mithin den Hauptinhalt seiner Lehre, bereits zu entwickeln versucht haben, so wollen wir diese hier mehr von der Seite ihrer Form nehmen, also zunächst die Lehrart Jesu in's Auge fassen; wobei sich indeß auch in Bezug auf den Inhalt Manches ergeben wird, was dem früher Erörterten zur Ergänzung dienen kann.

Daß Jesus als Lehrer einen ebenso hinreißenden, als auf empfängliche Gemüther tiefen Eindruck machte, sagen uns nicht blos die Evangelien (Matth. 7, 28. Marc. 1, 22. Luc. 4, 32. Joh. 6, 68), sondern es ist durch den geschichtlichen Erfolg beurkundet. Fragen wir nach der Ursache dieser Wirkung, so sagt Justin der Märtyrer in seiner ersten Apologie von Jesus: „kurz und bündig waren seine Reden, denn er war kein Sophist, sondern sein Wort war Gotteskraft.“[1]) Damit ist einerseits die Tiefe des religiösen Gemüths, aus der seine Rede hervorquoll, andererseits die schlichte Natürlichkeit ihrer Form bezeichnet. Er war kein Sophist, sagt der griechisch gebildete Kirchenlehrer, d. h. ins Jüdische übersetzt, er war kein Rabbine, er sprach nicht wie die Schriftgelehrten (Matth. 7, 29); nicht gekünstelte Beweisführungen waren seine Sache, sondern das treffende Wort, das seinen Beweis in sich selber trägt. Daher in den Evangelien jene reiche Sammlung von Sentenzen oder Gnomen, von jenen Kernsprüchen, die, auch abgesehen von ihrem religiösen Werthe, durch den hellen Geistesblick, den nicht zu irrenden Geradsinn, der sich darin ausdrückt, so unschätzbar sind. Gebet dem Kaiser, was des Kaisers ist, und Gott, was Gottes ist; Niemand setzt einen neuen Fleck auf ein altes Kleid, oder faßt neuen Wein in alte Schläuche; die Gesunden bedürfen des Arztes nicht, sondern die Kranken; wenn deine Hand oder dein Fuß dich ärgert, so haue sie ab, und wirf sie von dir; zieh' erst den Balken aus deinem Auge, und dann sieh, wie du den Splitter aus deines Bruders Auge ziehst; nicht siebenmal sollst du dem fehlenden Bruder vergeben, sondern siebenzigmal siebenmal — das sind unvergängliche Sprüche, weil in ihnen stets neu sich bestätigende Wahrheiten in die schlechthin angemessene und zugleich allgemein verständliche Form gefaßt sind.

Diese weisen Sprüche sind Jesu meistens durch Veranlassungen des Augenblicks entlockt, wie der vom Zinsgroschen durch eine verfängliche Frage der Pharisäer; der von der Versöhnlichkeit durch eine Anfrage des Petrus; der vom Arzt durch den Anstoß, den die Pharisäer an seinem Verkehr mit Zöllnern nahmen. Dagegen stehen die Sprüche vom Splitter und Balken und von der abzuhauenden Hand in unsern Evangelien im Zusammenhang einer längern Rede (Matth. 5, 30. 7, 3 fg.), wie uns dergleichen, von Jesu zum Zwecke der Belehrung weiterer oder engerer Kreise gehalten, verschiedene in den Evangelien aufbewahrt sind. So dient die Bergrede dem Zwecke, den weitern Kreis der Anhänger Jesu über die Grundsätze seines religiössittlichen Wirkens in's Klare zu setzen; die sogenannte Instructionsrede soll die

1) Justin. Mart. Apol., I, 14.

Zwölfe in ihre Thätigkeit als evangelische Sendboten einweisen; in der großen antipharisäischen Rede ist die Polemik Jesu gegen diese Geistesrichtung zusammengefaßt u. s. f. Dergleichen ausführlichere Reden finden sich besonders im Matthäus-Evangelium, und es darf als anerkannt vorausgesetzt werden, sowohl daß der Evangelist hier bisweilen Spruchperlen, die ursprünglich verschiedenen Veranlassungen angehörten, nur äußerlich an Einen Faden aufgereiht hat (wie z. B. in der Bergrede von 6, 19 an), als daß auch nach Jesu Hingang noch auf spätere Verhältnisse Sprüche in seiner Art gemacht und unter die seinigen gemischt worden sind. Soweit dergleichen Reden als ächt betrachtet werden können, bieten sie einen natürlichen, wenn auch keineswegs ängstlich geregelten Gedankengang; der Ausdruck aber ist, wie bei jenen kurzen Sprüchen, stets einfach, kernig und anschaulich; die Beispiele aus dem Leben, die Bilder aus der Natur, stets glücklich gewählt und oft wahrhaft dichterisch ausgeführt.

Noch mehr herrscht das Dichterische in den Gleichnißreden vor, einer Form, in welche Jesus seine Lehren gerne kleidete, um theils das Volk durch das Bildliche anzuziehen, theils den Empfänglicheren, denen er sie zergliederte, Gelegenheit zur Uebung ihrer Fassungskraft und ihres Nachdenkens zu geben.[1]) Die Parabel, der Apolog, eine im Orient herkömmliche und auch im Alten Testament mehrmals vorkommende Darstellung, scheint in jener Zeit besonders beliebt gewesen zu sein; wie wir außer den Evangelien nicht blos aus dem Talmud ersehen, sondern auch den Kaiser Tiberius läßt Josephus gegen den Tadel, den seine Gewohnheit fand, die Verwaltungsbeamten in den Provinzen möglichst selten zu wechseln, durch eine Parabel sich verantworten.[2])

Die sieben Gleichnisse, die Matthäus in seinem 13. Kapitel zusammenstellt, und die sich bei den beiden andern Synoptikern nur zum kleinern Theile finden, sind zwar sicher nicht so in einem Zuge gesprochen worden, gehören aber ebenso gewiß in der Hauptsache, nächst der Bergrede, zum Aechtesten was uns von Aussprüchen Jesu geblieben ist. Die erste, vom Säemann, die sich in sämmtlichen synoptischen Evangelien findet, hat etwas besonders Ursprüngliches, indem sie einestheils aus der lebendigen Erfahrung Jesu als Lehrers heraus gesprochen ist, anderntheils in der verschiednen Empfänglichkeit der Menschen für geistige Einwirkung gewissermaßen ein moralisches

---

1) Daß Jesus umgekehrt diese Form gewählt habe, um das Geheimniß des Himmelreichs dem Volke zu verbergen, und so die Weissagung Jes. 6, 9 fg. in Erfüllung zu bringen (Matth. 13, 10—15), ist lediglich die gewissermaßen hypochondrische Betrachtungsweise des Evangelisten, der die Erfahrung vor sich hatte, daß das jüdische Volk im Ganzen für die Lehre Jesu unempfänglich geblieben war. Vgl. Hilgenfeld, Die Evangelien, S. 82 fg.

2) Joseph. Antiq. 18, 6, 5.

Urphänomen zur Anschauung bringt. Ob die zweite vom Unkraut im Acker und die siebente vom Netze, die nur Matthäus hat, von Jesu selbst herrühren, kann man bezweifeln; sie gehen von der Erfahrung aus, daß unreine Elemente aus der menschlichen und auch der christlichen Gemeinschaft vorerst nicht wegzuschaffen sind; was auf die spätere Zeit der schon bestehenden Gemeinde hinweist, wenn man auch das Zusammentreffen des Ausdrucks: „ein feindseliger Mensch", für den Unkrautsäer mit der ebionitischen Bezeichnung des Apostels Paulus als bloßen Zufall betrachten mag. Die dritte und vierte Parabel, vom Senfkorn und vom Sauerteig, zeigen das allmählige Wachsthum des neuen religiösen Princips, und zwar die erstere, indem sie mit den unscheinbaren Anfängen desselben den gewaltigen Enderfolg in Contrast setzt, die andere, indem sie seine Kraft, alle Theile und Verhältnisse der Menschheit zu durchdringen, anschaulich macht. Die beiden Gleichnisse vom Schatz im Acker und von der Perle endlich sind mit ihrer Darstellung des unvergleichbaren Werthes des neu eröffneten Himmelreichs nur bildliche Ausführungen des Spruchs (Matth. 6, 33), vor Allem nach dem Himmelreich und seiner Gerechtigkeit zu trachten und wegen alles Andern unbesorgt zu sein.[1]) Ebenso kann man die einzeln stehende Parabel vom König, der mit seinen Knechten abrechnet (Matth. 18, 23—35), als Ausführung der fünften Bitte im Vaterunser (Matth. 6, 12) betrachten.

Ist in der Parabelgruppe, welche Matthäus Kap. 13 zusammenstellt, das Gottesreich vorzugsweise von der Seite seiner Entwicklung aufgefaßt, wie es in der Menschheit unscheinbar gepflanzt, verschieden aufgenommen, gehemmt, durch Zutritt unlauterer Bestandtheile verunreinigt, dennoch unaufhaltsam sich entwickelt und vollendet, und wie der Antheil daran der kostbarste Preis menschlichen Strebens ist: so wird es in einer Anzahl anderer Parabeln, die Matthäus und theilweise auch Lucas auf die Reise Jesu nach Jerusalem und in seinen Aufenthalt daselbst verlegen, mehr von Seiten der Vollendung und letzten Entscheidung genommen, und dabei das verschiedene Loos in's Auge gefaßt, welches den Menschen nach Maßgabe ihres Verhaltens zu demselben zu Theil werden werde. Hier kommen die Unterschiede zwischen den verschiedenen Schichten des jüdischen Volks, den in gleißnerischer Selbstgerechtigkeit verstockten Pharisäern und Schriftgelehrten, und der zwar tief gesunkenen, aber dessen sich bewußten und darum der Besserung fähigen Masse, aus welcher besonders die um ihres Römer- und Mammondienstes willen verhaßten und verachteten Zöllner herorgehoben werden, zur Sprache; es wird aber auch schon über das jüdische Volk hinausgegriffen und diesem mit Berufung der Heiden in das Gottesreich gedroht, wobei sich die Sache

---

1) Zugleich erinnern sie aber an Sprüchw. 3, 14 fg.: „Weisheit erwerben ist besser als Silber erwerben, und ihr Ertrag mehr als Gold; köstlicher ist sie als Perlen, und alle Kostbarkeiten kommen ihr nicht gleich."

bisweilen so stellt, daß, wo man nur den ersteren Gegensatz zu haben meint, doch auch schon der andere, sei es auch nur in der Redaction des Evangelisten, hereinscheint. So geht das Gleichniß von den Knechten und Talenten bei Matthäus (25, 14—30) rein nur auf die Anwendung oder Nichtanwendung der dem Menschen von Gott verliehenen Gaben; aber in der späteren Redaction bei Lucas (19, 12—27), wo statt der Talente Minen stehen, ist in den Bürgern, die den Herrn nicht als König anerkennen wollen, und darum schließlich niedergemacht werden, eine Beziehung auf die Juden und das als Strafe für die Verwerfung Jesu über sie verhängte Nationalunglück hinzugekommen. Ebenso wird das Gleichniß von den beiden Söhnen bei Matthäus (21, 28—31), von denen der eine dem Befehl des Vaters zu gehorchen verspricht, aber es nicht thut, der andere umgekehrt, von Jesu selbst V. 32 auf die Hohenpriester und Aeltesten auf der einen, die Zöllner und Huren auf der andern Seite gedeutet; während in der offenbar verwandten Parabel vom verlorenen Sohn bei Lucas (15, 11—32) die Anspielung auf das Verhältniß zwischen Juden und Heiden kaum zu verkennen ist. In der dem Matthäus eigenthümlichen Parabel von den Arbeitern im Weinberg, die, früher oder später berufen, doch alle gleich belohnt werden (20, 1—16), ist die Beziehung auf Juden- und Heidenchristen und die Zurückweisung der Vorzugsansprüche der ersteren deutlich ausgedrückt, während die beiden Gleichnisse von dem königlichen Mahle (Matth. 22, 1—14. Luc. 14, 16—24) und den rebellischen Weingärtnern (Matth. 21, 33—41. Marc. 12, 1—9. Luc. 20, 9—16) sogar auf die endliche Ausschließung und Bestrafung des hartnäckigen Judenvolkes hinauslaufen. Dabei ist es merkwürdig, daß, wie oben das Gleichniß von den Talenten bei Matthäus in seiner ursprünglichen Gestalt, bei Lucas dagegen in antijüdischer Ueberarbeitung erscheint, so hier bei dem Gleichniß von dem Mahle zwischen beiden Evangelisten das umgekehrte Verhältniß stattfindet. Bei Lucas heißt der Ladende einfach ein Mann, der eine große Mahlzeit veranstaltet; die Geladenen (d. h. die Juden, besonders die hochmüthigen Hierarchen) nehmen einfach die Einladung nicht an, wofür sie ebenso einfach von der Mahlzeit ausgeschlossen und an ihrer Stelle nicht blos die Armen und Krüppel der Stadt (d. h. vielleicht die Zöllner und ihresgleichen), sondern auch Leute von den Wegen und Zäunen (die Heiden) geladen und ordentlich gepreßt werden. Bei Matthäus ist der Ladende nicht nur mit deutlicherer messianischer Beziehung ein König, der seinem Sohne Hochzeit macht, sondern es ist auch aus dem Gleichniß von den rebellischen Weingärtnern, das der Evangelist unmittelbar vorher mitgetheilt hatte, der fremdartige Zug herübergenommen, daß die Geladenen, über die Ablehnung der Einladung hinaus, die ladenden Knechte mißhandeln und tödten, wofür nun der König durch seine Heere sie verderben und ihre Stadt verbrennen läßt; ein Zug, der offenbar nach dem Erfolge, nämlich der Zerstörung Jerusalems, in die Parabel eingetragen worden ist. Ein ungehöriger Ansatz bei Matthäus ist auch noch der von dem hochzeitlichen Gewande, dergleichen von Armen und Krüppeln nicht füglich verlangt werden konnte; er sollte aber, mag man dabei an die Beschneidung oder an die Taufe denken, die den eintretenden Heiden als Bedingung auferlegt wurde, jedenfalls zur Beschwichtigung der Judenchristen dienen.

Diese späteren Gleichnißreden bei Matthäus, von denen Marcus nur die eine von den Weingärtnern, Lucas außerdem noch die von der Mahlzeit und die von den Minen hat, und wozu wir auch noch die von den wachsamen Knechten (Matth. 24, 45 fg. Luc. 12, 42) und von den zehn Jungfrauen (Matth. 25, 1 fg.) rechnen können, zeigen schon in den Umarbeitungen und Mischungen, denen ein Theil von ihnen unterworfen worden ist, den Antheil einer fremden Hand, und erregen auch sonst den Zweifel, ob wir in ihnen Aussprüche Jesu selbst, und nicht vielmehr des Bewußtseins der ersten Gemeinde vor uns haben. Die Parabel von den zehn Jungfrauen ist der getreue Ausdruck der Erwartung einer baldigen Wiederkunft Christi, wie sie während des Jahrhunderts nach seinem Hingang in der Christenheit lebendig war; die von den rebellischen Weingärtnern hält, in Anlehnung an das berühmte Gleichniß Jes. 5, den Juden ganz dasselbe Sündenregister vor, das wir Matth. 23, 34—39. Luc. 11, 49—51. 13, 34 fg. gefunden und aus einer christlichen Schrift aus der Zeit der Zerstörung Jerusalems abgeleitet haben; und in der Parabel vom königlichen Mahle verrathen wenigstens die bei Matthäus eingetragenen Züge die Rücksicht auf den spätern Erfolg.

Eine dritte Gruppe von Parabeln sind die dem Lucas eigenthümlichen, die aber in sich wieder in zwei sich unähnliche Gruppen zerfallen. Schon von Andern ist auf die in den Parabeln des 16. und 18. Kapitels bei Lucas herrschende Bezeichnung des Haushalters (16, 8), des Mammons (16, 9), des Richters (18, 6), als ungerechter, oder genauer als Haushalter, Richter u. s. f. der Ungerechtigkeit, als auf Zeichen einer gemeinsamen Quelle aufmerksam gemacht worden. Dazu kommt aber in den beiden letzteren Parabeln, sammt der von dem reichen Gutsbesitzer (12, 16—21), die Eigenheit, daß den Wendepunkt der Erzählung ein von dem Helden derselben gehaltener und von dem Erzähler jedesmal in ähnlicher Weise eingeleiteter Monolog bildet. „Und er ging mit sich selbst zu Rathe", heißt es von dem Manne, der nicht weiß, wohin mit seinen Früchten, „und sprach"; vom ungerechten Haushalter: „er sprach aber bei sich selbst"; und ebenso von dem ungerechten Richter: „hierauf aber sprach er bei sich selbst". Ja auch in den Anfangsworten dieser Selbstgespräche, und zwar in einer ganz eigenthümlichen Redewendung, treffen die Gleichnisse von dem reichen Gutsbesitzer und dem ungerechten Haushalter zusammen.[1]) Der Erstere beginnt: „Was soll ich thun? . . Das will ich thun"; ganz ebenso der Andere: „Was soll ich

1) Vgl. Köstlin, Die synoptischen Evangelien, S. 274.

thun? . . Ich weiß was ich thun will"; sowie andererseits zwischen dem Selbstgespräche des ungerechten Richters und der Charakterschilderung des gleichfalls zu dieser Parabelngruppe gehörigen trägen Freundes (11, 5 fg.) eine gemeinsame Wendung nicht zu verkennen ist. [1])

Diese Merkmale einer gemeinschaftlichen Quelle sind zugleich ebenso viele Merkmale einer judenchristlichen, ja geradezu ebionitischen Quelle. In der Parabel vom ungerechten Haushalter erscheint das irdische Gut schon an sich als ein ungerechtes; in der vom trägen Freund und ungerechten Richter wird auf das Gebet ein Gewicht gelegt, wie wir es besonders bei den Ebioniten finden. Nun hat zwar auch Jesus sowohl die Armuth als das Gebet hochgehalten; daß wir aber Bedenken tragen, diese Parabeln auf ihn selbst zurückzuführen, macht theils die Einseitigkeit, womit es in denselben geschieht, theils die Schiefheit, die wir an den Parabeln Jesu Matth. 13 nirgends bemerken, daß nämlich von einem Hauptzuge der Fabel in der Anwendung ganz abgesehen werden muß. Der träge Freund, der ungerechte Richter, der sich nur durch die Unbequemlichkeit des anhaltenden Gebetenwerdens erweichen läßt, ist Gott; der ungerechte Haushalter wird wegen seiner Veruntreuung, die freilich das Wohlthun mit dem an sich schon ungerechten Reichthum bedeutet, in der Fabel aber ein Unterschleif ist, gelobt: dergleichen Härten, wie gesagt, finden sich in denjenigen Parabeln, die am wahrscheinlichsten auf Jesum selbst zurückgeführt werden, nicht; so wenig, als dergleichen bis zum Mimischen jüdische Redensarten, wie jenes: „Was soll ich thun? . . Das will ich thun." Sondern diese Hälfte der ihm eigenthümlichen Parabeln hat der auf Ausgleichung der Gegensätze bedachte Verfasser des dritten Evangeliums ohne Zweifel aus einer ebionitischen Quelle geschöpft, um in seiner Art auch diese äußerste rechte Seite der damals in der Kirche geltenden Richtungen in seinem Evangelium zum Worte kommen zu lassen.

Weit mehr in der eigenen Art Jesu nach Inhalt und Form sind die auf der andern Seite stehenden Parabeln bei Lucas, wie die vom Pharisäer und Zöllner (18, 9—14), vom barmherzigen Samariter (10, 30—37) und vom verlorenen Sohn (15, 11—32); und wenn bei den beiden letzteren bereits etwas Paulinisches hereinscheint, sofern dort der als Muster aufgestellte Samariter einem Heiden gleich zu achten, hier aber der selbstgerechte ältere Sohn ebenso ein Bild des spätern Judenchristenthums, wie der bußfertige jüngere der dem Christenthum sich zuwendenden Heidenwelt abgeben kann, so mag dieß immerhin im Sinne des Evangelisten gelegen und auf seine Darstellung eingewirkt haben, darum können aber doch die Parabeln selbst im Wesentlichen von Jesu so vorgetragen worden sein, dessen Geiste sie so voll-

1) Luc. 11, 8 (von dem trägen Freunde): εἰ καὶ οὐ δώσει αὐτῷ...διά γε... δώσει αὐτῷ. Luc. 18, 4 fg. (der ungerechte Richter): εἰ καὶ τὸν θεὸν οὐ φοβοῦμαι... διά γε...ἐκδικήσω αὐτήν.

kommen entsprechen. Zwischen diesen beiden Klassen der dem Lucas eigenthümlichen Parabeln steht, wie schon früher erinnert worden, die vom reichen Mann und armen Lazarus (16, 19—31) insofern mitten inne, als in ihr einem ebionitischen Grundstock eine antijüdische Schlußwendung angehängt erscheint, wovon der erstere ebenso wahrscheinlich auf die judenchristliche Quelle, als die letztere auf die eigene Redaction des Evangelisten zurückzuführen ist.

Wie überhaupt die lehrhaften Aussprüche Jesu häufig durch Anfragen veranlaßt erscheinen, indem bald seine Jünger ihn fragen, wer der Größte im Himmelreich sei? (Matth. 18, 1) oder Petrus, wie oft man dem fehlenden Bruder zu vergeben habe? (18, 21) bald die Schüler des Täufers, warum seine Jünger nicht auch soviel fasten müssen wie sie und die Pharisäer? (9, 14) oder die Schriftgelehrten und Pharisäer, wie seine Jünger dazu kommen, das vorgeschriebene Waschen vor dem Essen zu unterlassen? (15, 1): so stellen die drei ersten Evangelisten gegen das Ende der Laufbahn Jesu eine Reihe von Anfragen zusammen, die seine Feinde in der Absicht an ihn richteten, ihn entweder, wenn er nicht darauf zu antworten wüßte, bei dem Volke herunterzusetzen, oder ihm eine Antwort zu entlocken, die sich irgendwie zu seinem Nachtheile benützen ließe. Schon bei seinem Aufbruch aus Galiläa stellen ihm bei Matthäus die Pharisäer die Frage wegen der Ehescheidung (19, 3); dann, wie er am Tage nach seinem Einzug in Jerusalem in den Tempel tritt, machen sich die Hohenpriester und Volksältesten mit der Frage wegen seiner Vollmacht an ihn, werden aber von ihm mit der Gegenfrage nach der Vollmacht des Täufers Johannes zum Schweigen gebracht (21, 23 fg.). Daran schließen sich von Seiten Jesu verschiedene Gleichnißreden; dann aber folgt noch auf demselben Schauplatze eine Gruppe von drei Fragen seiner Feinde und einer Gegenfrage seinerseits, die ihm Ruhe schafft (Matth. 22, 15—46. Marc. 12, 13—37. Luc. 20, 20—44). Jesu Antworten auf diese Fragen bestehen zum Theil eben in jenen kurzen unvergeßlichen Sprüchen, die wir als Grundbestandtheile seiner Reden schon oben betrachtet haben; warum wir ihrer hier noch besonders gedenken, ist, weil sich in einer dieser Antworten Jesus als Schriftausleger zeigt. Nämlich den Sadducäern gegenüber, welche durch Vorlegung eines nach den jüdischen Ehegesetzen möglichen Falls die pharisäische, auch von Jesu angenommene Lehre von der Auferstehung lächerlich machen wollten, räumt er zuerst den casuistischen Anstoß durch eine geistigere Auffassung jener Lehre hinweg, sucht dann aber die Lehre von der Auferstehung und der in ihr mitgedachten Unsterblichkeit selbst durch Berufung auf eine in den Büchern Mosis gebräuchliche Redensart zu beweisen. Gott nennt sich dort „den Gott Abraham's, Isaak's und Jakob's“; den Gott von Todten könne er sich unmöglich nennen; daraus folge, daß jene Männer leben (Matth. 23, 31 fg.). Nun sehen diese Erzählungen von Jesu manchen Anekdoten von Rabbinen im Talmud so ähnlich, daß man schon vermuthet hat, sie seien wenigstens zum Theil als Seitenstücke dazu in judenchristlichen Kreisen erdichtet worden, um Jesum auch in Absicht auf Disputirfertigkeit nicht hinter den jüdischen Celebritäten zurückbleiben zu lassen. Dabei würde man besonders gerne gerade diese Widerlegung der Sadducäer missen, denn Wenige werden im Ernst mit de Wette in derselben eine gelungene Beweisführung mittelst tiefsinnigen Schriftverständnisses finden. Es ist eine Abfertigung der Rabbinen in rabbinischer Art, damit freilich eine treffliche argumentatio ad hominem, aber ohne objectiven Wahrheitsgehalt. Wer den Kindern und Enkeln eines verstorbenen Freundes Gutes thut, und dabei erklärt, er thue dieß als Freund ihres Vaters und Großvaters, der sagt damit über das dermalige Fortleben oder Nichtfortleben der letztern nicht das Mindeste aus, vielmehr kann er so sprechen, auch wenn er an Unsterblichkeit nicht glaubt; worüber er etwas aussagt, ist nur das ehemalige und in seinem Gemüth noch immer fortdauernde und fortwirkende Freundschaftsverhältniß zu den Verstorbenen. Ganz ebenso ist es mit jener mosaischen Bezeichnung Jehova's: der Verfasser von 2 Mos. 3, 6 hat, indem er sie gebrauchte, nur an die irdische Geschichte der Patriarchen, entfernt nicht an ihren dermaligen Zustand gedacht, der, seiner Vorstellung nach, als Aufenthalt in dem Schattenreiche des Scheol, ein Leben war und auch keines. Dagegen wurden nach damaliger pharisäischer Vorstellung die abgeschiedenen Frommen in einer bessern Abtheilung dieser Unterwelt für die künftige Auferstehung aufbewahrt (vgl. Luc. 16, 22 fg.), und wenn Jesus insbesondere jene drei Patriarchen im messianischen Reiche, also nach der Auferstehung, dem Mahle der vollendeten Frommen vorsitzen läßt (Matth. 8, 11), so sehen wir, wie fest in ihm die Voraussetzung ihres Fortlebens war. Daß er diese Voraussetzung auch in das Alte Testament hineinlas, dem sie in diesem Sinne fremd ist, werden wir so natürlich finden, daß es ihm in unsern Augen, die in ihm ja immer nur den Menschen sehen, nicht den mindesten Abbruch thut. Von einer grammatisch-historischen Schriftauslegung wußte in jenen Zeiten unter allen Juden in Palästina und im Auslande kein einziger; gerade die geistvollsten, wie z. B. Philo, waren in dieser Hinsicht die bodenlosesten; Niemand fragte: was hat hier der Verfasser seinen Worten zufolge gemeint? was den Umständen nach meinen müssen, den Vorstellungen seiner Zeit nach meinen können? sondern was man selbst als wahr und göttlich zu erkennen glaubte, das nur konnte, das mußte, wo es irgend mit seinen Worten vereinbar war, auch der alte heilige Schriftsteller gemeint haben. Daß Jesus diese freilich sehr irrige Auslegungsweise seiner Zeit- und Volksgenossen theilte, ist für uns auch ohne diese Anekdote so ausgemacht, als daß er von dem copernicanischen Weltsystem noch nichts wußte; aber wir sehen gerade darin seine Größe, daß er die alte Schrift mit neuem Geiste las; dadurch war er ein Prophet, und wenn er ein noch schlechterer Exeget gewesen wäre.

Daß wir bei den bisherigen Erörterungen über die Lehrart Jesu uns ausschließlich an die drei ersten Evangelien gehalten haben, hat darin seinen Grund, daß aus dem vierten über dieselbe kein Aufschluß zu entnehmen ist. Wenn wir auch zugeben können, daß sein Verfasser auf dem Wege seiner ganz anderartigen Bildung hin und wieder dem Geist und Sinn Jesu nahe gekommen sein möge, so verhält es sich doch mit der Form und Ausdrucksweise ganz anders. Diese hat er, wo sie das Gepräge der Aechtheit trägt, aus unsern synoptischen und andern damals vorhandenen Evangelien geschöpft; soweit sie umgekehrt ihm eigenthümlich ist, hat sie alle Merkmale des Gemachten und Unhistorischen an sich. Mehrere der bekannten synoptischen Gnomen, wie die vom abzubrechenden und wieder aufzubauenden Tempel (Matth. 26, 61. Joh. 2, 19), von dem in seiner Heimath nicht geachteten Propheten (Matth. 13, 57. Joh. 4, 44), das Wunderwort: stehe auf, nimm dein Bett und wandele! (Marc. 2, 9. Joh. 5, 9) die Sprüche, daß wer sein Leben zu erhalten suche, es verlieren werde und umgekehrt (Matth. 10, 39. 16, 25. Joh. 12, 25), daß der Knecht nicht größer als sein Herr, noch der Schüler größer als sein Lehrer sei (Matth. 10, 24. Joh. 13, 16), daß, wer seine Jünger aufnehme, ihn selbst und in ihm den aufnehme, der ihn gesandt habe (Matth. 10, 40. Joh. 13, 20), die Mahnung: stehet auf und lasset uns von hinnen gehen! (Matth. 26, 46. Joh. 14, 31) diese Sentenzen hat zwar auch der Verfasser des vierten Evangeliums, obwohl theilweise mit Abänderungen, aufgenommen; aber schon aus der ungeschickten Stellung, in die er mehrere derselben bringt (so z. B. 4, 44. 13, 16. 14, 31), ersehen wir, daß er mit solchem Stoffe nicht recht umzugehen wußte, daß er, sonst aus ganzem Holze zu schnitzen, die Reden Jesu aus sich selbst herauszuspinnen gewohnt, in diesen ihm eigenthümlichen Gedankengängen die ächten überlieferten Stücke nicht unterzubringen wußte. So möchte er auch gern Parabeln geben; aber die synoptischen widerstrebten dem Tone seiner Christusreden allzusehr, und, selbst brachte er keine zu Stande. Seine Gleichnisse vom guten Hirten (10, 1 fg.) und vom Weinstock (15, 1 fg.) sind nur Allegorien, keine Parabeln, weil ihnen der geschichtliche Verlauf einer Fabel abgeht. Der johanneische Christus kommt nicht so weit von sich selbst los, daß er eine parabolische Geschichte erzählen könnte; für den subjectiven Gefühlston dieses Evangeliums ist die Form der Parabel viel zu objectiv. Am meisten sagte dem Verfasser noch die bei den Synoptikern gleichfalls vorgezeichnete Form der Streitrede zu; aber auch sie hat er zu etwas ganz Anderem gemacht. Der Streit, der sich in den drei ersten Evangelien um die Fragen der Zeit, das Fasten, das Händewaschen, die Sabbatheiligung, die Steuerverhältnisse, die Lehren von der Auferstehung, vom Messias, bewegt, dreht sich im vierten in letzter Beziehung immer nur um die Person und Würde Jesu; und während dort auch die Frage über die Person des Messias von Jesu ganz gegenständlich behandelt wird (Matth. 22, 47 fg.), sehen wir hier umgekehrt selbst die an sich objective Streitfrage vom Sabbat alsbald in die engste Beziehung zu der eigenthümlich johanneischen Lehre von der Person Jesu gesetzt (5, 17 fg.). Der johanneische Jesus spricht gleichsam in Chiffern, deren Schlüssel die Logoschristologie des Evangelisten ist, die daher den Mitredenden, denen dieser Schlüssel fehlt, unverständlich und anstößig sind; ist er mit einem solchen Ausspruch mißverstanden worden, so setzt er, um auf die Unentbehrlichkeit jenes Schlüssels noch dringlicher hinzuweisen, einen andern darauf, der ohne den Schlüssel noch weniger zu verstehen ist, und so spinnt sich der Streit auf eine Weise fort, die, wenn auch für die Besitzer des Schlüssels, die Leser des vierten Evangeliums, erbaulich, für die Juden, die denselben nicht besaßen und nicht erlangen konnten, im höchsten Grade unfruchtbar, und von Seiten Jesu, da sie ihn dem Volke nur entfremden konnte, zweckwidrig gewesen wäre. Keine einzige dieser eigenthümlich johanneischen Reden Jesu war, so lange er den Menschen menschlich gegenüberstand, recht zu verstehen; folglich ist auch keine von ihm damals so gehalten worden.

42.

Die Wunder Jesu.

Wenn in unserem dritten Evangelium die nach Emmaus wandernden Jünger den gekreuzigten Jesus als einen Propheten bezeichnen, gewaltig in That und Wort (24, 19), so ist unter der That hier sein Wunderthun verstanden, und dieses als Beweis seiner Prophetenwürde seinem Wort oder seiner Lehre noch vorangestellt. So heißt er auch in der Apostelgeschichte, in der Pfingstrede des Apostels Petrus, ein Mann, vor den Juden beurkundet durch Machtthaten, Zeichen und Wunder, die Gott durch ihn gethan (2, 22). Es war ja nach dem Zeugniß des Apostels Paulus (1 Kor. 1, 22) Nationaleigenheit der Juden, von einem Manne, dessen Lehre sie Glauben schenken sollten, Zeichen zu verlangen, d. h. es sollten auf sein Wort Erfolge eintreten, zu deren Herbeiführung menschliche Kraft nicht hinreichte, zum Beweis, daß Gott mit ihm sei (Joh. 3, 2); wie schon Moses vor dem Untergang der rebellischen Rotte Korah zu dem Volke gesprochen haben sollte (4 Mos. 16, 28 fg.): „Daran werdet ihr erkennen, daß Jehova mich gesandt hat, und ich nicht von mir selber handle, wofern diese sterben, wie alle andern Menschen, so hat Jehova mich nicht gesandt; wenn aber Jehova ein Wunder wirkt, und die Erde ihren Mund aufthut und sie verschlingt, dann werdet ihr erkennen, daß sie (in mir) Jehova verworfen haben.“

Da die hebräische Nationalsage dem Moses und den vornehmsten Propheten eine Reihe solcher Wunder beigelegt hatte, wie sie nun in den vom Volke heilig gehaltenen Büchern zu lesen waren, so war es natürlich, daß von jedem, der Anspruch darauf machte, ein Prophet, oder gar „der letzte Retter des Volks“ (nach Moses dem ersten), d. h. der Messias, zu sein, gleichfalls Wunder erwartet wurden, und daß ein Lehrer, bei allen sonstigen Gaben, doch nicht recht für voll galt, wenn ihm dieses Kennzeichen höherer Beglaubigung abging (vgl. Joh. 10, 41). Hienach ist es ganz glaublich, was wir in den Evangelien lesen, daß Jesu mehr als einmal, besonders wenn er sich etwas herauszunehmen schien, was nur ein Prophet sich herausnehmen durfte, die Forderung eines beglaubigenden Zeichens entgegentrat. Wenn in den drei ersten Evangelien die Hohenpriester und Volksältesten ihn wegen seines reformatorischen Auftretens im Tempel (er hatte Tags zuvor die Verkäufer und Wechsler daraus vertrieben) um die Vollmacht angingen, aus der er das thue (Matth. 21, 23. Marc. 11, 28. Luc. 20, 2), so hat der vierte Evangelist dieses Ansinnen in die Frage verwandelt: welches Zeichen lässest du uns sehen, daß du dergleichen thun darfst? (2, 18) wie auch bei Matthäus (12, 38) die Schriftgelehrten und Pharisäer Jesum einmal geradezu mit dem Verlangen antreten, ein Zeichen von ihm zu sehen, daß sie ein andermal sogar als ein Zeichen vom Himmel näher bestimmen (Matth. 16, 1. Marc. 8, 11).

Sehr natürlich ist aber auch, daß sich Jesus auf derlei Forderungen nicht einließ. Es hieß wohl, die alten Propheten haben ja solche Thaten auch gethan; allein die alten Propheten lebten in der gefälligen Sage, Jesus für damals noch in der strengen geschichtlichen Wirklichkeit, und erst später sollte ihm die Sage, wie jenen alten Propheten, unter die Arme greifen. Nach Marcus (8, 12) hätte Jesus auf die Zeichenforderung der Pharisäer kurzweg erklärt, es werde diesem bösen und ehebrecherischen Geschlecht kein Zeichen gegeben werden; bei Matthäus (12, 39. 16, 4) und Lucas (11, 29) setzt er noch hinzu, kein Zeichen außer dem Zeichen des Propheten Jonas. Dieß wird zwar bei Matthäus durch den bekannten Zusatz V. 40 auf Jesu dreitägigen Aufenthalt im Grabe, als vorgebildet durch des Propheten dreitägigen Aufenthalt im Bauche des Seethiers, gedeutet; aber dieser Beisatz fehlt bei Lucas, wo es vielmehr statt desselben heißt: wie Jonas ein Zeichen gewesen sei für die Niniviten, so werde des Menschen Sohn ein solches für dieses Geschlecht sein; und inwiefern er dieß sein sollte, erfahren wir, wenn es bei Lucas weiter heißt, die Leute von Ninive werden im Gerichte gegen dieses Geschlecht auftreten, denn sie haben auf die Predigt des Jonas hin Buße gethan, die Zeitgenossen Jesu aber, muß man hinzudenken, auf die Predigt Jesu nicht. Daß dieß der ursprüngliche Sinn der Rede vom Jonaszeichen ist, bezeugt gegen seine eigene

Auslegung auch Matthäus, wenn er nach den Worten von dem Aufenthalt im Bauche des Seethiers wie Lucas fortfährt, die Niniviten werden im Gerichte gegen dieses Geschlecht zeugen, denn sie haben sich auf die Predigt des Jonas (also nicht auf das Wunder seiner Rettung aus dem Fischbauche) bekehrt. Auch daß bei beiden Evangelisten neben den Niniviten, die auf die Predigt des Jonas hin Buße thaten, die Königin von Saba angeführt wird, die sich durch den Ruf von Salomo's Weisheit von den Enden der Erde herbeiziehen ließ, beweist, daß hier nicht von einem Wunder, sondern überhaupt von einer Sache, die großen Eindruck macht, die Rede ist. Auf die Bewohner von Ninive hat die bloße eintägige Predigt des Jonas solchen Eindruck gemacht, daß sie bis zum König hinauf Buße thaten; den gleichen und noch stärkeren Anlaß zur Besserung und Rettung bietet Gott den Juden in Jesus und seiner Predigt dar, sie werden ihn aber nicht benützen. Daß nach dem Tode Jesu und dem Aufkommen des Glaubens an seine Auferstehung unter dem Zeichen des Jonas die letztere verstanden und dieß als ausdrückliche Erklärung Jesu eingeschoben wurde, ergab sich von selbst; daß hier Lucas gegen Matthäus die ursprünglichere Form der Rede Jesu aufbehalten hat, ist uns auch sonst schon vorgekommen.[1])

Streng genommen wären durch das Wort vom Jonaszeichen, selbst wenn man es auf die Auferstehung bezieht, doch alle andern Wunder, also insbesondere diejenigen, um welche es sich hier handelt, die von ihm zu verrichtenden Wunderthaten, von Jesu abgelehnt; aber es sei eben nicht streng und allgemein zu nehmen, sagt man, wie schon aus dem einschränkenden Beisatz erhelle, daß „diesem bösen und ehebrecherischen Geschlecht", d. h. nicht den Zeitgenossen Jesu überhaupt, sondern nur den Pharisäern und Schriftgelehrten, die ein Zeichen gefordert hatten, keines gegeben werden solle. Allein that Jesus überhaupt Wunder, und viele davon so öffentlich, wie die Evangelisten erzählen, so waren sie auch für die Schriftgelehrten und Pharisäer gethan, die sie mit ansehen konnten und den Evangelien zufolge mehr als einmal wirklich mit angesehen haben. Unter dem von ihm getadelten „Geschlecht" hat Jesus hier wie Matth. 11, 16 seine Zeitgenossen überhaupt verstanden, deren Unempfänglichkeit und Verkehrtheit ihm in

---

1) Baur (Kritische Untersuchungen über die kanonischen Evangelien, S. 513 fg.) findet in dem Wort vom Jonaszeichen schon ursprünglich eine Beziehung auf Jesu Auferstehung, und hält daher nicht bloß diese Deutung bei Matthäus, sondern auch schon die Worte bei Lucas: „außer dem Zeichen des Propheten Jonas", für eine Erweiterung der Rede Jesu nach dem Erfolg, so daß Marcus mit seiner einfachen Abweisung der Zeichenforderung das Richtige hätte. Der Sache nach kommt dieß auf dasselbe hinaus; nur verliert man mit der Erwähnung des Jonaszeichens den passenden Uebergang zu demjenigen, was Jesus sofort von der Buße der Niniviten auf die Predigt des Jonas hin sagt.

den Pharisäern und Schriftgelehrten besonders grell zur Anschauung kam. Immerhin kann von dieser verkehrten Mehrheit eine bessere Minderheit unterschieden werden, aber nicht in dem Sinne, daß für sie Wunder gethan werden sollten, was ja in dieser Ausschließlichkeit gar nicht möglich war, sondern diese Minderheit wäre dann als eine solche zu denken, die Wunder weder verlangt noch bedarf.

Im schroffsten Widerspruch freilich mit dieser Ablehnung des Zeichen- und Wunderthuns scheint sich Jesus in der Antwort, die er den Abgesandten des Täufers gab, auf eine ganze Reihe von Wundern, die er thue, und zwar zum Zeichen seiner messianischen Sendung thue, zu berufen (Matth. 11, 5. Luc. 7, 22). Dieser Aufzählung der Wunder, die Jedermann ihn thun sehen könne, fügt Jesus die Worte bei: „Und selig ist, der keinen Anstoß an mir nimmt.“ Damit zielt er auf den Täufer Johannes, der ihn hatte fragen lassen, ob er der verheißene Messias sei, oder ob man eines Andern warten solle? so aber hatte dieser fragen lassen, als er von den Werken, d. h. den Wunderthaten Jesu hörte. Hat er auf diese Kunde hin fragen lassen, so kann er an Jesu keinen Anstoß genommen haben, er müßte denn der Kunde nicht geglaubt, oder die Werke Jesu mit den Pharisäern für Teufelswerke gehalten haben; woran nach der evangelischen Darstellung nicht zu denken ist. Sondern nur zweifeln konnte er etwa noch, ob jene Wunder, dergleichen doch ebenso schon von alttestamentlichen Propheten gethan worden waren, auch dießmal wieder nur einen Propheten, oder endlich einmal den Messias selbst ankündigten? Diesen verzeihlichen Zweifel aber konnte Jesus nicht als ein Anstoßnehmen an ihm bezeichnen. Vielmehr lauten seine Worte ganz so, als hätte er sie gegen solche gesprochen, die sich daran stießen, daß er die von dem Messias erwarteten Wunder nicht that, und dann sind die Wunder, auf die er sich unmittelbar vorher als auf solche berief, die Jedermann von ihm sehen könne, im geistigen Sinne von den sittlichen Wirkungen seiner Lehre zu verstehen. „Wie?“ will er sagen, „ihr vermisset an mir die Wunderthaten, die ihr von dem Messias erwartet? und ich thue doch täglich geistig Blinden die Augen, Tauben die Ohren auf, mache Lahme aufrecht und rüstig wandeln, und gebe selbst den sittlich ganz Erstorbenen neues Leben. Wer einsieht, wie viel mehr werth diese geistigen Wunder sind, der wird an dem Mangel der leiblichen keinen Anstoß nehmen; nur ein solcher aber ist auch für das Heil, das ich der Menschheit bringe, sowohl empfänglich, als desselben würdig.“

Indessen Jesus mochte immerhin das leibliche Wunderthun ablehnen: bei der Denkart seiner Zeit- und Volksgenossen mußte er Wunder thun, er mochte wollen oder nicht. Sobald er einmal für einen Propheten galt (Luc. 7, 16. Matth. 21, 11) — und wir werden doch nicht bezweifeln, daß er zu diesem Rufe so gut wie der Täufer auch ohne Wunder habe gelangen können — so traute man ihm auch Wunderkräfte zu, und sobald man sie ihm zutraute, traten sie sicher auch in Wirksamkeit. Wenn, wo er sich seitdem zeigte, die Leidenden ihn ordentlich anfielen, um nur seine Kleider berühren zu dürfen, weil sie davon Heilung erwarteten (Matth. 14, 36. Marc. 3, 10. 6, 56. Luc. 6, 19), so müßte es seltsam zugegangen sein, wenn unter allen diesen bei keinem die erregte Einbildungskraft, der gewaltige sinnlich-geistige Eindruck, sei es wirkliche Hebung oder doch augenblickliche Linderung seiner Uebel hervorgebracht hätte, die nun der Wunderkraft Jesu zugeschrieben wurde. Ob gerade ein Uebel wie das der blutflüssigen Frau (Matth. 9, 20 fg.) auf solche Weise durch Erregung der Phantasie heilbar war, mag man bezweifeln, aber daß es in manchen Fällen wirklich so zugegangen sein kann, wie dort berichtet ist, wird sich nicht in Abrede stellen lassen. Und wenn in solchen Fällen Jesus die Geheilten, wie jenes Weib, mit den Worten entließ: „Dein Glaube hat dir geholfen" (V. 22. vgl. Marc. 10, 52. Luc. 17, 19. 18, 42), so hätte er sich nicht wahrhaftiger, nicht bescheidener, nicht correcter und präciser ausdrücken können. Auch in der Angabe der Evangelisten, daß ihm in seiner Heimath Nazaret wegen des Unglaubens der Leute nur wenige Curen gelungen seien (Matth. 13, 58. Marc. 6, 5), ist noch eine verlorene Spur der richtigen Einsicht zu erkennen.

Eine solche Heilung durch Erregung der Einbildungskraft war besonders bei einer Krankheitsart möglich, die selbst zur Hälfte auf Einbildung beruhte, und die gerade damals unter den Juden Modekrankheit war, bei der Besessenheit. Wir haben diese Krankheit auch in unsern Tagen im Zusammenhang mit neu aufgeregtem Geister- und Dämonenglauben auftauchen sehen, indem Nerven- und Geistesstörungen, die sonst einfach in Form von Krämpfen, periodischer Verrücktheit u. dgl. aufgetreten sein würden, im Zusammentreffen mit jenem Aberglauben sich als Wahn dämonischer Besitzung gestalteten, und nun auch nur mittelst Eingehens und Einwirkens auf diesen Wahn sich heben ließen. Es hat alle Wahrscheinlichkeit, daß in Betreff der Ursache dieser Krankheit Jesus die Vorstellungen seiner Zeit theilte; daß sie aber nicht selten vor seiner Bedrohung im Namen Gottes wich, betrachtete er zwar als ein Zeichen der messianischen Zeit (Matth. 12, 28), legte aber darauf für sich und seine Jünger um so weniger ein entscheidendes Gewicht (s. Luc. 10, 20), als er dasselbe auch durch Andere bewirkt sah, die er sich in dieser Hinsicht unbefangen gleichstellte (Matth. 12, 27. Luc. 11, 19). Daß die Erwähnung von Kranken dieser Art, die in den drei ersten Evangelien so häufig ist (Matth. 4, 24. 8, 16. 28 fg. 9, 32 fg. 10, 1. 8. 12, 22 fg. 15, 22. 17, 18 fg.), im vierten gänzlich fehlt, ist einer der sichersten Beweise seines spätern Ursprungs und unhistorischen Charakters.

Bei dergleichen Phantasiecuren konnte es aber nicht fehlen, daß mit der Aufregung bisweilen auch die durch sie herbeigeführte Lebensförderung wieder schwand, und die alten Uebel wiederkehrten. Auch von solcher Recidive spricht Jesus, und zwar nicht blos in Bezug auf Kranke, die von Andern geheilt waren, sondern ganz allgemein, so daß wir annehmen dürfen, es waren ihm auch bei seinen eigenen Curen dergleichen Fälle vorgekommen. Er erklärt sie, was die Besessenen betrifft, aus der Wiederkehr des ausgetriebenen Dämon mit unterdeß an sich gezogener Verstärkung (Matth. 12, 43—45. Luc. 11, 24—26); woraus wir sehen, daß er die Ursache dieser Uebel für eine übernatürliche, aber seine Kraft, sie zu heben, keineswegs für eine absolute nahm.

Hier stehen wir nun aber auch an der Gränze, die sich auf historischem Standpunkte für diese Wirkungsart Jesu zieht; nicht als ließe sich von jeder einzelnen Wundererzählung in den Evangelien angeben, ob und wie weit sie für geschichtlich anzusehen ist oder nicht, wohl aber so, daß wir einen Punkt bezeichnen können, jenseits dessen auf alle Fälle die Möglichkeit aufhört, weil hier jede geschichtliche Analogie uns verläßt, jede Denkbarkeit nach Naturgesetzen ein Ende hat. Fangen wir mit dem Aeußersten an, so kann Jesus niemals durch einen bloßen Segensspruch Nahrungsmittel in's Ungeheure vermehrt, niemals Wasser in Wein verwandelt haben, noch kann er dem Gesetz der Schwere zum Trotz, ohne einzusinken, auf dem Wasser gewandelt sein; er kann keine Todten in's Leben zurückgerufen, noch, wenn er nicht Schwärmer und Schwindler zugleich gewesen sein soll, die Entdeckung eines bloßen Scheintodes für eine Todtenerweckung ausgegeben haben. Ebenso wenig wird sich angeborene oder sonstige Blindheit und Taubheit auf sein Wort oder seine Berührung gehoben, oder Aussatz augenblicklich verloren haben. Denn allen dergleichen Erfolgen pflegen wir sonst nur im Gebiete des Mährchens oder des Aberglaubens, niemals auf dem Boden der Geschichte zu begegnen; wir finden wohl, daß an dergleichen Erfolge bisweilen geglaubt, und zwar in der Art geglaubt worden ist, daß Einzelne sie nicht nur mit angesehen, sondern selbst an sich erfahren zu haben meinten (Erblindete einen Augenblick wieder zu sehen, Taube zu hören sich einbildeten), ohne daß doch der Erfolg in Wirklichkeit eingetreten war. Außer den vermeintlich dämonischen, d. h. Gemüths- und Nervenkrankheiten, eigneten sich am meisten noch diejenigen Uebel, welche in den Evangelien gewöhnlich als Paralyse bezeichnet werden, d. h. Zustände von Lähmung, Zusammenziehung oder Verkrümmung einzelner Glieder oder des ganzen Körpers (Matth. 4, 24. 8, 6. 9, 2. 6. 12, 10. Luc. 13, 11) dazu, durch einen starken Eindruck auf das Gemüth, ganz oder theilweise, vorübergehend oder bleibend, gehoben zu werden; wenigstens sind von dieser Art höchst auffallende Curen auch sonst bekannt und für eine derselben von dem Meister der natürlichen Wundererklärung die urkundlichen Belege beigebracht.[1]) Unter diese Kategorie, theils

1) S. Paulus, Exegetisches Handbuch, I, 2, S. 509, und die daselbst angeführte Mittheilung im Sophronizon.

von psychischen, theils von blos vermeintlichen Heilungen, überhaupt von natürlichen Ergebnissen der Aufregung eines religiös exaltirten Kreises, haben wir auch diejenigen Wunder und Zeichen zu stellen, von denen der Apostel Paulus, theils als von selbstgewirkten, theils als von solchen spricht, die in den christlichen Gemeinden gäng und gäbe seien (1 Kor. 12, 28 fg. 2 Kor. 12, 12).

Die Frage liegt hier nahe, ob sich Jesus nicht, theils aus Menschenfreundlichkeit, theils um in einem Fache wirklich etwas zu leisten, worin er der Erwartung seiner Volksgenossen gemäß schlechterdings etwas leisten sollte, auch natürlicher Heilmittel bedient habe, der Volkslehrer nicht auch Volksarzt gewesen sei? eine Ansicht, die in den Zeiten der Aufklärung und des Rationalismus im weitesten Umfang durchgeführt, auch heute (man denke nur an Ewald's Geschichte Christus') noch nicht alle Geltung verloren hat. In der That hat sie in den Sitten des Orients und so auch des Judenvolks, wo Priester und Propheten von jeher zugleich Träger medicinischer Ueberlieferungen waren, eine nicht zu verkennende Stütze[1]); während die crasse Unwissenheit und der finstere Aberglaube des Volks in jener Zeit es begreiflich machen, daß auch Heilungen, die durch augenscheinlich natürliche Mittel bewirkt waren, für Wunder genommen wurden. Um jedoch hierin über die bloße Möglichkeit und allgemeine Muthmaßung hinauszukommen, müßten uns in der evangelischen Erzählung Anhaltspunkte gegeben sein, an die wir unsere Vermuthung anknüpfen könnten. Als solche werden von den Freunden jener Voraussetzung alle diejenigen Fälle betrachtet, wo Jesus bei seinen Heilungen über das bloße Wort hinaus sich äußerer Stoffe oder körperlicher Handanlegung bedient haben soll. Daß er die Zunge eines Taubstummen mit Speichel berührt (Marc. 7, 33), einem Blinden in die Augen spuckt (Marc. 8, 23), dem Blindgeborenen einen aus Speichel und Staub bereiteten Teig auf die Augen streicht, und ihn sofort in einem Teiche sich waschen heißt (Joh. 9, 6 fg.), und daß die Heilung hier erst nach dieser Waschung, bei dem andern Blinden aber laut der ausdrücklichen Angabe des Evangelisten in zwei Absätzen erfolgt, darin hat man die Anwendung natürlicher Mittel gesehen, und weiterhin auch in dem bloßen Berühren und Handauflegen (z. B. Matth. 8, 3. 15. 9, 59. 20, 34. Marc. 6, 5. Luc. 4, 40) ein Handanlegen und nach Umständen chirurgisches Operiren vermuthet. Allein dem Sinne der evangelischen Berichterstatter kann nichts entschiedener zuwider sein. Ihnen ist die Handauflegung bei der Wunderheilung dasselbe, was sie bei der Ertheilung des Segens ist, sie schauen

1) Auch an das kann man denken, was Josephus (Bell. jud. 2, 8, 6) von den Heilbestrebungen der Essener sagt; obwohl der Umstand, daß er neben Wurzeln auch von Steinen spricht, deren Eigenschaften sie erforschten, der Sache eher ein magisches Ansehen gibt.

darin den Uebergang der höheren Kraft von dem Wunderthäter auf den Kranken an, und auch der Speichel und Teig ist nicht aus der Geschichte der Medicin, sondern des Aberglaubens zu begreifen, dem zulieb ja auch der angehende Kaiser Vespasian, den der gefällige Procurator von Aegypten dem alexandrinischen Pöbel als Götterliebling produciren wollte, einem Blinden in die Augen spucken mußte, der dann auch nicht ermangelte, auf der Stelle sehend zu werden.[1]) Dabei ist nicht außer Acht zu lassen, daß diejenigen Vornahmen, die, wie das Spucken und Teigmachen, noch am meisten an natürliche Mittel erinnern, nicht etwa in den ältesten und ursprünglichsten, sondern in den spätesten und auch sonst der unhistorischen Umgestaltung verdächtigsten Berichten, nämlich bei Marcus und Johannes, sich finden. Es bleibt also in diesem Stücke bei der allgemeinen Möglichkeit, ohne daß zu irgend einem bestimmteren Ergebniß zu gelangen wäre.

Wir bedürfen aber auch einer solchen Voraussetzung gar nicht, weder um die von Jesu gewonnene Geltung, noch um die Entstehung der evangelischen Wundergeschichten zu erklären. Jene war er der Mann durch rein geistige Mittel zu erringen; für diese reichen die von uns nicht bestrittenen ganz natürlichen Glaubenswunder auf der einen, und auf der andern Seite der uns längst bekannte Schluß von dem, was mit und von dem Messias geschehen müsse, auf das, was mit und von Jesu wirklich geschehen sei, einschließlich der sinnbildlichen oder für manche Einrichtung der nachmaligen Christengemeinde vorbildlichen Bedeutung dieser Geschichten, vollkommen aus.

43.

Die Jünger Jesu.

Bei seinem Thun und Lehren war es Jesu nicht blos um die augenblicklichen Erfolge zu thun, wie sie bei dem weiten und wechselnden Kreise ab- und zuströmender Volksmassen allein zu erzielen waren; er wollte etwas Dauerndes begründen, und wenn wir auch nicht wissen, wie lang oder kurz er sich die Frist bis zum Eintritt des Abschlusses der jetzigen Weltperiode gedacht haben mag, so sollte doch, was er in der Menschheit anregte, die Kraft haben, dieselbe in möglichst weitem Umfange anzuziehen und umzubilden. Das war ohne einen engeren Kreis von Schülern, die beständig in seiner Gesellschaft blieben, von ihm tiefer als die Massen in seine Gedanken eingeweiht, von seinem Geiste durchdrungen wurden, nicht zu erreichen. Dergleichen engere Schülerkreise um sich zu haben, war bei

1) Tacit. Histor., IV, 81. Sueton. Vesp. 7.

den hebräischen Propheten und später den Rabbinen ebenso herkömmlich als bei den griechischen Philosophen. Insbesondere um den unmittelbaren Vorgänger Jesu, den Täufer Johannes, finden wir außer der ab- und zuströmenden Menge zugleich einen solchen ständigen Jüngerkreis.

Wie zahlreich derselbe auf Seiten des Täufers war, wissen wir nicht; bei Jesus findet sich bekanntlich das Eigenthümliche, daß er aus zwölf Personen bestand, deren Namen uns im Neuen Testament in einem vierfachen Katalog (Matth. 10, 2—4. Marc. 3, 16—19. Luc. 6, 14—16. Apostelgesch. 1, 13), bis auf einzelne Abweichungen in der Ordnung und eine im Namen gleichlautend, aufbewahrt sind. Die Bedeutung dieser Zahl liegt in dem zwölfstämmigen Hebräervolke auf der Hand; wenn auch nicht nach Matthäus (19, 28) und Lucas (22, 30) Jesus selbst seinen zwölf Jüngern verhieße, daß sie bei seiner Wiederkunft auf zwölf Stühlen sitzen und die zwölf Stämme Israel's richten sollen. Von einem bestimmten Wahlacte, durch welchen Jesus die Zwölfe auf einmal berufen hätte, sagt Matthäus nichts, und was Marcus (3, 13 fg.) und Lucas (6, 13) davon zu erzählen wissen, hat ganz das Ansehen, aus der herrschenden Voraussetzung, daß die Zwölfe von Jesu selbst ausgewählt seien (vgl. Joh. 6, 70. 15, 16. Apostelgesch. 1, 2), nach eigener Phantasie herausgesponnen zu sein. Auf der andern Seite aber wäre es doch wohl zu weit gegangen, wollte man vermuthen, daß erst nach dem Tode Jesu aus judaistischen Vorstellungen heraus sich die Feststellung des Apostelcollegiums auf zwölf Personen gemacht habe. Dazu erscheint diese Zahl zu früh. Nicht nur die schon etlich und dreißig Jahre nach dem Tode Jesu geschriebene Offenbarung Johannis setzt die Zwölfzahl der Apostel gewissermaßen als ein christliches Fundamentalverhältniß voraus (21, 14), sondern auch der Apostel Paulus, dessen erste Bekanntschaft mit der Christensekte in das erste Jahrzehnt nach dem Tode Jesu hinaufreicht, spricht von den Zwölfen als einem bestehenden Collegium (1 Kor. 15, 5). Daß Jesus den engeren Kreis seiner Schüler auf diese Zahl festsetzte, beweist allerdings, daß er bei seinem Reformplan zunächst an das Volk Israel dachte, aber nicht, daß er dabei stehen bleiben wollte.

Wenn die Evangelisten, selbst diejenigen nicht ausgenommen, welche die Auswahl der Zwölfe zu einem einmaligen Acte machen, verschiedene Glieder dieses Kreises bei besondern Gelegenheiten einzeln oder paarweise in Verbindung mit Jesu treten lassen, so hat dieß zwar im Allgemeinen alle geschichtliche Wahrscheinlichkeit; aber die einzelnen Scenen, von welchen sie dabei zu erzählen wissen, sind so sichtbar auf dem Wege der Sage oder der freien Dichtung entstanden, daß wir erst später genauer darauf eingehen können. Durch dergleichen eigene Berufungsgeschichten sind in den synoptischen Evangelien die beiden Brüderpaare, die Jonassöhne Simon und Andreas (Letzterer fehlt indeß bei Lucas) und die Zebedäussöhne Jakobus und Johannes ausgezeichnet (Matth. 4, 18—22. Marc. 1, 16—20. Luc. 5,

1—11). Daß sie in diesen Erzählungen vom Fischfang auf dem galiläischen See hinweg zur Nachfolge Jesu berufen werden, daran scheint soviel geschichtlich zu sein, daß sie in der That früher Fischer an diesem See gewesen waren. Ein Aehnliches mag von der Geschichte der Berufung eines Zöllners gelten, die ebenfalls sämmtliche Synoptiker geben (Matth. 9, 9 fg. Marc. 2, 13 fg. Luc. 5, 27 fg.); ob er wohl nur im Matthäus-Evangelium einen Namen hat, der in den Apostelverzeichnissen wiederkehrt, nämlich den des angeblichen Verfassers jenes Evangeliums, während er bei Marcus und Lucas Levi heißt. Auch das vierte Evangelium meldet, wie Andreas und Simon zu Jesu gekommen (1, 35 fg.), aber Ort und Umstände sind dabei ganz andere; von Jakobus ist keine Rede, und Johannes wird in der mysteriösen Art nur angedeutet, welche diesem Evangelium in Bezug auf diesen seinen angeblichen Verfasser oder Gewährsmann eigenthümlich ist. In demselben Zusammenhange werden noch Philippus und Nathanael berufen, wovon nur der erstere in den synoptischen Apostelkatalogen sich findet, der letztere durch eine unsichere Vermuthung für denselben mit dem Bartholomäus (neuerlich mit dem Matthäus) dieser Verzeichnisse gehalten wird. Da zwar die Zwölfzahl der Apostel bekannt war, von diesen selbst aber mehrere ziemlich unbekannt geblieben waren, so war es natürlich, daß einzelne leere Stellen bald mit verschiedenen Namen ausgefüllt wurden, wie an der Stelle des Lebbäus-Thaddäus der zwei ersten Evangelien in den beiden Katalogen des Lucas ein Judas Jakobi erscheint.

In sämmtlichen Apostelverzeichnissen, bei Matthäus sogar mit der ausdrücklichen Bezeichnung als der Erste, steht Simon Petrus an der Spitze; in der Erzählung sämmtlicher Evangelien ist er in Rede (Matth. 15, 15. 16, 16. 22. 17, 4. 18, 21. 19, 27. 26, 33. Joh. 6, 68. 13, 6. 9) und That (Matth. 14, 28 fg. 26, 58. Marc. 1, 36. Joh. 18, 16. 21, 3. 7) den Uebrigen voran; in allen wird er von Jesu mit den Beinamen Kephas oder Petrus ausgezeichnet (Matth. 16, 18. Marc. 3, 16. Luc. 6, 14. Joh. 1, 43). Möglich, daß ein sonst schon aus irgend einem Anlaß ihm eigen gewordener Beiname als ein ihm von Jesu gegebener Ehrenname betrachtet, oder daß derselbe ihm erst später von der Gemeinde beigelegt wurde; das Wesen eines Mannes wenigstens, der bei vielem Feuer wenig Festigkeit besaß, wie er nicht blos durch seine Verläugnung, sondern auch durch sein späteres Verhalten in dem Streite zwischen Heiden- und Judenchristenthum (Gal. 2, 11 fg.) bewies, kann man durch den Beinamen des Felsenmannes nicht gerade treffend bezeichnet finden. Ungleich bezeichnender muß für die beiden Zebedäuskinder der zwar nur bei Marcus (3, 17) aufbehaltene Beiname Boanerges oder Donnersöhne erscheinen: für Johannes insbesondere, wenn die gewitterschwangere Offenbarung wirklich von ihm ist; für beide, wenn die Erzählung bei Lucas (9, 54) von dem Feuer, daß sie auf ein samarisches Dorf, weil es ihrer Festkaravane die Herberge versagte, vom

Himmel herabbitten wollten, auf einer geschichtlichen Grundlage beruht. Sie standen Jesu auch dadurch noch besonders nahe, daß ihre Mutter (Salome nach Marc. 15, 40. vgl. mit Matth. 27, 56) eine von den Frauen war, die Jesum begleiteten; wie sie denn für ihre Söhne die beiden ersten Stellen im künftigen Messiasreich erbeten haben soll (Matth. 20, 20 fg.). Diese drei Männer, Petrus, Jakobus und Johannes, denen Marcus, wie es scheint, der Bruderschaft mit Petrus wegen, etlichemal noch den Andreas beigesellt (1, 29. 13, 3), finden wir in den drei synoptischen Evangelien gleichsam als den engeren Ausschuß des Zwölfercollegiums, der von Jesu zu verschiedenen Scenen, wie die Verklärung, der Seelenkampf in Gethsemane, nach Marcus auch die Auferweckung der Jairustochter, beigezogen wird, deren richtiger Auffassung die übrigen nicht gewachsen schienen, oder die als Mysterien nur vor wenigen Geweihten vorgegangen sein sollten. Wie aus diesem synoptischen Triumvirat im vierten Evangelium Jakobus geradezu todt geschwiegen (nur der Anhang, 21, 2, erwähnt der Söhne des Zebedäus), Petrus aber, ohne daß seinem überlieferten Vorrang ausdrücklich zu nahe getreten würde, doch durch eine feinberechnete Darstellung überall hinter den „andern Jünger" oder den „Jünger, den Jesus lieb hatte", d. h. den Johannes, zurückgestellt wird, dieß ist bei der Voraussetzung, daß der Apostel Johannes der Verfasser des Evangeliums sei, ebenso schwer zu erklären, als es bei unserer Voraussetzung über den Ursprung des Evangeliums sich leicht begreift, wie an einem späteren Orte gezeigt werden soll. Auch die Art, wie in diesem Evangelium an Philippus, Andreas, Thomas die Rollen vertheilt sind, beruht allem Anschein nach auf ganz freiem Verfahren, das nur etwa durch das Ansehen dieser Namen in der Ueberlieferung der Kirche Kleinasiens, wo z. B. Philippus in Hierapolis begraben sein sollte [1]), bedingt sein mochte.

Sonst tritt aus dem Kreise der Zwölfe nur noch derjenige mit unterscheidbarer Eigenthümlichkeit hervor, dem sämmtliche Apostelverzeichnisse die letzte Stelle anweisen, Judas der Verräther. Wie Jesus dazu kam, einen Mann, der zu solcher That fähig war, in seinen engsten Kreis zu ziehen und darin zu behalten, und wie Judas dazu kam, seinen Meister zu verrathen, das wird uns durch die drei ersten Evangelisten zwar nicht begreiflich, durch den vierten aber geradezu unbegreiflich gemacht. Was Jesum betrifft, so sagen zwar auch die Synoptiker bei andern Gelegenheiten, er habe die Gedanken der Menschen durchschaut (Matth. 9, 4. Marc. 2, 8. Luc. 5, 22); aber in Bezug auf Judas sagen sie doch erst ganz zuletzt, als der Verrath schon geschehen ist, daß Jesus es wohl gewußt habe (Matth. 26, 21 fg.). Der vierte Evangelist hingegen bemerkt ausdrücklich, Jesus habe von Anfang an schon denjenigen gekannt, der ihn verrathen würde (6, 64);

1) Eusebius, Kirchengeschichte, III, 31, 3.

wodurch es, menschlich genommen, rein unerklärlich wird, warum er ihn nicht aus seiner Gesellschaft verwies. Ebenso bleibt auf Seiten des Judas nach der synoptischen Darstellung, bei der Geringfügigkeit der ihm gebotenen Summe (nach Matth. 26, 15 dreißig Silberlinge, etwa 25 Thaler) der Beweggrund zu seinem Verrathe dunkel; aber wenn wir im vierten Evangelium von einem Gesellschaftsbeutel lesen, den Judas geführt und gelegentlich bestohlen habe (12, 6), so sehen wir vollends nicht ein, wie er gegen die einmalige geringe Belohnung einen dauernden Posten, der für seine Unredlichkeit so gewinnreich war, aufgeben mochte. Ist nun freilich dort der Betrag des Lohns, wie wir später sehen werden, nur aus einer fälschlich hieher bezogenen Prophetenstelle (Zach. 11, 12) genommen, so beruht auch bei Johannes die betrügliche Beutelführung von Seiten des Judas wahrscheinlich nur auf einem Rückschluß aus seinem Verrath; wie die Angabe, daß Jesus seinen Verräther schon von Anfang an gekannt habe, lediglich auf dem Logoschristusbegriff des vierten Evangelisten beruht.

Auf die verschiedenen Vermuthungen darüber, was wohl den Judas zu seinem Verrathe bewogen haben möge, wobei meistens vorausgesetzt wurde, derselbe habe seine weltlich-eigennützigen Messiashoffnungen durch Jesum nicht befriedigt, sich vielleicht auch gegen die drei bevorzugten Jünger zurückgesetzt gefunden [1]), lassen wir uns hier nicht ein, da sie ohne allen Halt in unsern evangelischen Ueberlieferungen sind. Dagegen ist ein neuerer Versuch bemerkenswerth, die ganze Erzählung von Judas und seinem Verrath als eine tendenziöse Dichtung zu fassen. [2]) Weder Paulus, wird geltend gemacht, noch die Offenbarung Johannis wissen von einem Verräther; beide sprechen schlechtweg von den Zwölfen, wie wenn nie einer ausgefallen wäre (Offenb. 21, 14. 1 Kor. 15, 5), und in der paulinischen Erzählung von der Einsetzung des Abendmahls (1 Kor. 11, 23), worin man gewöhnlich den Verrath erwähnt finde, sei nur von der Ueberlieferung Jesu an die Obrigkeit mit demselben Worte die Rede, womit Matthäus (4, 12) und Marcus (1, 14) von der Gefangennehmung des Täufers sprechen [3]), bei welcher doch kein Verrath im Spiel gewesen. Als Motiv, einen Verräther zu erdichten, betrachtet der scharfsinnige Urheber dieser Ansicht den Wunsch der paulinischen Partei, dem Heidenapostel in dem Zwölfercollegium einen Platz zu verschaffen, was nicht anders habe geschehen können, als so, daß man einen aus demselben herauswarf, indem man den Verrath des jüdischen Volks an Jesu auf ihn übertrug. Dieß habe der Verfasser des Urevangeliums ge-

1) So neuestens auch Renan, Vie de Jésus, S. 381.

2) Volkmar, Die Religion Jesu und ihre erste Entwicklung, S. 260 fg., 285 fg.; die geschichtstreue Theologie, S. 75 fg.

3) 1 Kor.: ἐν τῇ νυκτὶ, ᾗ παρεδίδοτο (ὁ κύριος Ἰησοῦς). Matth.: ἀκούσας δὲ ὅτι Ἰωάννης παρεδόθη.

than, sei aber nur mit demjenigen durchgedrungen, was für ihn bloßes Mittel gewesen, der Ausstoßung eines der Zwölfe; seinen eigentlichen Zweck, die Einschiebung des Paulus, habe die judenchristliche Partei sofort vereitelt, indem sie zwar den Judas wiederherzustellen sich nicht mehr getraut, aber seinen Platz alsbald durch Erdichtung der Wahl des Matthias wieder ausgefüllt, und denselben so dem Paulus abermals versperrt habe. Allein in der Geschichte des Verräthers ist zwar Vieles dunkel, doch nichts so Unwahrscheinliches, daß wir uns zu einer so kühnen Hypothese über ihre Entstehung veranlaßt sehen könnten, die für uns namentlich dadurch unannehmbar wird, daß wir von einem so durchgreifenden Einfluß des Paulinismus auf die ursprüngliche Gestaltung der evangelischen Ueberlieferung uns nicht überzeugen können.

Die zwölf Jünger heißen zwar in sämmtlichen Evangelien auch Apostel; doch nur Lucas (6, 13) sagt ausdrücklich, daß Jesus selbst sie so genannt habe. Dieß konnte er in Bezug auf ihre künftige Bestimmung zu evangelischen Sendboten auch dann, wenn er sie nicht bei seinen Lebzeiten schon auf eine solche Missionsreise aussandte, wie dieß gleichwohl die drei ersten Evangelisten erzählen. Ob dieß wirklich so geschehen sei, kann man aus verschiedenen Gründen bezweifeln. Für's Erste genügte für den engeren Kreis, den nach der synoptischen Darstellung die ausgesendeten Jünger damals nicht überschritten, so lange Jesus lebte, seine eigene Thätigkeit; für's Andere waren in jener Zeit, wie Jesu nicht verborgen sein konnte, die Vorstellungen der Zwölfe von dem Reiche des Messias noch so ganz jüdisch, daß sie, damit ausgesendet, seiner Absicht nur entgegenwirken konnten. Für's Dritte sind die Anweisungen, mit denen Jesus sie ausgesendet haben soll, so sehr auf die späteren Verhältnisse nach dem Tode Jesu berechnet, daß ein Theil derselben in der großen prophetischen Rede über die Bedrängnisse der letzten Zeiten vor der Zerstörung Jerusalems wiederkehrt (vgl. Matth. 10, 17—22 mit Matth. 24, 9—13. Marc. 13, 9 fg. Luc. 21, 12 fg.), und die Vermuthung sich aufdrängt, es möge auch diese Apostelaussendung, wie so manches Andere, das sich erst nach dem Tode Jesu machte, zunächst dem Auferstandenen als letzter Befehl (Matth. 28, 19 fg.), dann aber dem noch Lebenden als wirkliche Probeaussendung zugeschrieben worden sein, von welcher, was gleichfalls nicht zu übersehen ist, nur Marcus (6, 30) und Lucas (9, 10) die Apostel zurückkehren und Jesu von ihren Erfolgen Bericht erstatten lassen.

Wenn wir in Bezug auf die zwölf Apostel zwar ihre Aussendung noch bei Lebzeiten Jesu, nicht aber ihre Auswahl durch ihn zweifelhaft finden, so stellt sich dieß anders in Bezug auf die siebenzig Jünger, welche der Erzählung des Lucas (10, 1 fg.) zufolge Jesus noch außer jenen ausgewählt und ausgesandt haben soll. Sowohl daß nur Lucas davon erzählt, als was er davon erzählt, muß gegen diese Nachricht Bedenken erregen.

Jesus soll die Siebenzig ausgewählt haben, nachdem er von Galiläa aufgebrochen war, und zwar zu dem Zwecke, sie paarweise in alle die Städte und Ortschaften, wohin er zu kommen gedachte, vorauszuschicken. Damit scheint zunächst nur dasselbe gemeint, was vorher (9, 52) gesagt war, er habe in ein samarisches Dorf Boten vorausgesandt, die ihm Quartier bestellen sollten. Begreift man schon nicht, wie er zu dergleichen Bestellungen siebenzig Mann gebraucht haben sollte, so ist auch die Instruction, die er ihnen im Folgenden gibt, gar nicht hierauf, sondern auf eine Missionsreise berechnet; wie sie denn bei ihrer Zurückkunft (10, 17) von Dämonenaustreibungen, die zu einer bloßen Quartierbestellung nicht gehörten, zu berichten wissen. So ist auch in der ihnen ertheilten Anweisung von einem längeren lehrenden Aufenthalt der Sendboten in Städten und Häusern die Rede, wie uns dergleichen aus der Zeit nach dem Hingang Jesu von den Aposteln und andern Glaubensboten bekannt ist; wozu dann aber nicht paßt, daß unmittelbar nach dem Schlusse der Instruction bereits von der Rückkehr der Jünger und dem Erfolg ihrer Sendung die Rede ist. Ueberdieß, wenn die Aussendung der Siebenzig ein wirklicher und von der der Zwölfe verschiedener Vorgang gewesen wäre, so würde ihnen Jesus sicher auch besondere Ermahnungen mit auf den Weg gegeben haben; statt dessen wir von Lucas einfach einen Theil der Instructionsrede für die Zwölfe bei Matthäus und derjenigen Reden, die derselbe Evangelist auf die Botschaft des Täufers folgen läßt, hieher gezogen und als Anweisung für die Siebenzig verwendet finden.

Daß aber der dritte Evangelist der einzige ist, der einer Auswahl und Aussendung von siebenzig Jüngern gedenkt, ist deßwegen verdächtig, weil eine solche mit seinem eigenthümlichen Standpunkt und Zweck auf's genaueste zusammenhängt. Zunächst zwar erinnern die siebenzig Jünger an die von Moses zu seinem Beistand ausgewählten siebenzig Aeltesten (4 Mos. 11, 16. 25), wie der Verfasser der clementinischen Recognitionen [1]) sie als Beweis gebraucht, daß Jesus wirklich der 5 Mos. 18, 15 verheißene mosesgleiche Prophet gewesen. Aber die Siebenzig oder Zweiundsiebenzig ist nach jüdischer Vorstellung auch die Zahl der Weltnationen [2]): und nun liegt es ganz in der Art des dritten Evangelisten, daß er die ihm vielleicht in einem judenchristlichen Evangelium als Nachbild der siebenzig Aeltesten gegebenen siebenzig Jünger als Vorbild der Heidenapostel aufgefaßt und sie in diesem Sinne in sein Evangelium aufgenommen hat. [3])

Ueberblicken wir alles dasjenige, was wir von den zwölf Aposteln theils aus dem Neuen Testament, theils aus den spärlichen anderweitigen Nach-

1) I, 40.

2) Clem. Homil., 18, 4. Recogn., 2, 42. Epiphan. Haeres., 51, 7.

3) Vgl. Baur, Kanonische Evangelien, S. 499 fg.; Köstlin, Synoptiker, S. 264 fg.; Gfrörer, Die heilige Sage, I, 235; Hilgenfeld, Evangelien, S. 209.

richten wissen, und fragen, wie weit Jesus in ihnen fähige und würdige Schüler gefunden hatte? so werden wir, den Verräther und bei den übrigen die Tage des ersten Schreckens nach der Gefangennehmung und Hinrichtung des Meisters abgerechnet, ihrer Treue und Standhaftigkeit, soweit wir über ihre ferneren Schicksale glaubhaft berichtet sind, alle Gerechtigkeit widerfahren lassen müssen. Ueber ihre Fähigkeit aber, ihren Meister zu verstehen, in das Innere seiner Ideen und Plane einzudringen, werden wir nicht ebenso vortheilhaft urtheilen können, und um so weniger, je höher wir Jesum selbst zu stellen Ursache finden. Daß sie neben einem solchen Lehrer im Stande waren, bis zu seiner Hinwegnahme noch von einer Wiederherstellung des Reichs Israel zu träumen (Luc. 24, 21. Apostelgesch. 1, 6), gibt uns einen sehr geringen Begriff von ihrer Fassungskraft, und das starre Vorurtheil, das sie auch nachher noch der Zulassung der Heiden in das neue Messiasreich entgegenstellten, zeigt uns wenigstens, daß sie unfähig waren, die Consequenzen, die in dem Princip ihres Lehrers lagen, als die Umstände es erforderten, selbst zu ziehen. Zwar ist uns nur die letztere Unfähigkeit in den Briefen des Apostels Paulus unzweifelhaft beurkundet; das Erstere, daß sie noch über Jesu Tod hinaus weltliche Messiashoffnungen festgehalten haben, erfahren wir nur aus den Evangelien und der Apostelgeschichte, von denen wir nicht sicher sind, wie weit das Bestreben, durch den Contrast mit dem Nichtverstehen der Zwölfe die Ueberlegenheit Jesu und der späteren Heidenapostel in's Licht zu stellen, auf ihre Darstellung von Einfluß gewesen ist. Aber wenn die Apokalypse, wofür wenigstens die äußeren Zeugnisse mit einer Entschiedenheit wie kaum bei einer andern Schrift des Neuen Testaments sprechen, ächt, d. h. ein Werk des Apostels Johannes ist, so gibt uns das einen traurigen Eindruck, wie wenig Jesus von einem seiner vertrautesten Jünger (wenn wir auch den Lieblings- und Busenjünger des vierten Evangeliums ganz bei Seite lassen) verstanden worden ist. Denn daß in diesem Buche von dem ächten Sinne Jesu nicht viel anzutreffen ist, daß es durchaus in dem von Jesu als ihm fremd zurückgewiesenen Feuer- und Rachegeist des Elias geschrieben ist, daß auch seine schroff jüdische Anschauungs- und Darstellungsweise von der eigenen des Meisters, wie wir sie aus den drei ersten Evangelien kennen, himmelweit verschieden ist, bedarf keines ausführlicheren Beweises. Sonst haben wir zwar keine ächte Schrift eines der Zwölfe im Neuen Testament, aber schon die Bedeutung, mit welcher nachher Paulus hervortrat, beweist, daß es Jesu unter seinen unmittelbaren Schülern an einem Vertreter fehlte, welcher der Aufgabe gewachsen gewesen wäre, die Gedanken des Meisters in Angemessenheit an die Entwicklung der Zeitverhältnisse weiter zu bilden.

Daß diese Rolle Paulus übernehmen mußte, also ein Mann, der Jesu als Menschen nicht nahe gestanden, ja ihn wahrscheinlich im Leben nie gesehen hatte, war von den eingreifendsten Folgen für die Gestaltung des

Christenthums. Ihm trat Jesus nicht in seiner einfachen geschichtlichen Wirklichkeit, sondern zuerst im Widerschein des Enthusiasmus seiner Anhänger, die er verfolgte, und die, durch ihre Bedrängnisse gesteigert, bereits mehr den wiederkehrenden Wolkenmann als den hingegangenen Lehrer im Sinne trugen, hierauf in einer Vision, d. h. im Mittel seiner eigenen, bis zur Entzückung erhitzten Einbildungskraft, entgegen; für ihn war er also von vornherein schon ein übermenschliches himmlisches Wesen. Dieß war er zwar auch für seine unmittelbaren Schüler, seitdem sie die unerträgliche Thatsache seines Kreuzestodes durch Production der Vorstellung von seiner Auferstehung überwunden hatten; aber in der lebendigen Erinnerung an seinen irdischen Wandel hatten sie doch immer noch einen Faden, der ihre jetzige Vorstellung von ihm mit dem Menschlichen und Natürlichen verknüpfte: dieser verknüpfende Faden mangelte dem Paulus, daher ging bei ihm der phantasiegefüllte Ballon ohne Aufenthalt in die Lüfte. Die Vergottung Jesu wurde von Paulus, der ihn als Menschen nicht gekannt hatte, begonnen, von solchen, die, wie der Verfasser des Hebräerbriefs, in gleichem Falle waren, fortgesetzt, und von dem Verfasser des vierten Evangeliums, der ihm zeitlich wie räumlich noch ferner stand, vollendet.

44.

Die Reise nach Jerusalem.

Wie weit Jesus, als er die verhängnißvolle Reise nach Jerusalem antrat, mit der Gestaltung seines Planes und insbesondere der Constituirung der Gesellschaft, die sich um ihn gesammelt hatte, gekommen gewesen, ist nicht mehr bestimmt anzugeben. Matthäus läßt ihn vor dem Aufbruch dahin gewisse Grundzüge einer künftigen Gemeindeverfassung entwerfen. Nachdem Petrus als Sprecher der Zwölfe seiner Ueberzeugung, daß ihr Meister der Messias sei, Worte gegeben, ertheilt ihm Jesus bei Matthäus nicht blos jenen Beinamen mit der Deutung, daß er auf ihn, wie auf einen Felsen, seine Gemeinde gründen wolle, sondern überträgt ihm auch die Schlüsselgewalt eines Hausmeisters (vgl. Jes. 22, 22. Offenbar. 3, 7) im Himmelreich, kraft deren ihm die Befugniß zustehen solle, zu öffnen und zu schließen, oder wie es hier mit einem verwandten Bilde ausgedrückt ist, zu lösen und zu binden, d. h. zu verordnen und zu verbieten, mit der Gewißheit, daß, was er auf Erden in dieser Art festsetze, im Himmel zum Voraus genehmigt sei (Matth. 16, 17 — 19). Wenn Jesus dieselbe Befugniß später (Matth. 18, 18. vgl. auch Joh. 20, 23) den Jüngern insgesammt überträgt, und die Gemeinde als oberste Schiedsrichterin in Streitigkeiten zwischen Christen aufstellt, so versetzt uns schon der Gebrauch des Ausdrucks: Gemeinde (Ekklesia) zu einer

Zeit, wo eine solche noch nicht bestand, und die bestimmten Verordnungen über ihre Befugnisse, wozu auch noch die Ausschließung des Rabbititels aus derselben (Matth. 23, 8 fg.) genommen werden kann, in eine spätere Zeit, deren Einrichtungen, wie sie sich allmählig gestaltet hatten, auf ausdrückliche Verordnung Jesu zurückgeführt wurden; und im Zusammenhang damit können wir auch in der doppelten Darstellung, daß das oberste Binde- und Löseamt in der Gemeinde das einemal dem Petrus, das anderemal den Jüngern insgemein übertragen wird, die Widerspiegelung verschiedener Standpunkte und Stadien in der Entwicklung der ältesten Kirchenverfassung finden.

Was Jesus mit seiner Reise nach Jerusalem bezweckte, müssen wir, da die Berichte von der Reise selbst nichts darüber enthalten, oder vielmehr als den Zweck derselben geradezu sein Leiden und Sterben darstellen (Matth. 16, 21. 20, 18), aus den Schritten abzunehmen suchen, die er bei und nach seinem Eintreffen in der Hauptstadt vornahm. Diese sind zunächst sein feierlicher Einzug in dieselbe (Matth. 20, 1—11. Marc. 11, 1—10. Luc. 19, 29—38. Joh. 12, 12—19) und die daran sich schließende Tempelreinigung, wovon wir die letztere bereits besprochen haben. An den erstern hat bekanntlich Reimarus die Beschuldigung eines politischen Attentats geknüpft, durch welches sich Jesus mit dem Beistande des Volks zum Herrscher habe aufwerfen wollen; während man andererseits die Geschichtlichkeit des Vorgangs bezweifelt, und die Erzählung theils aus der von Matthäus und Johannes angeführten Weissagung des Zacharias (9, 9), theils aus der Absicht eines Gegensatzes zu dem kriegerischen Einzug des apokalyptischen Christus (Offenb. 19, 11 fg.) abgeleitet hat. Es wäre möglich, daß aus jener Weissagung der Einritt auf dem Esel in die evangelische Erzählung gekommen wäre, wobei aber der feierliche Einzug Jesu unter dem Jubel des Volks dennoch historisch sein könnte; es läßt sich aber auch denken, daß Jesus, der ja die Messiasrolle durchaus nicht in jeder Hinsicht ablehnen wollte, sich im Gegensatz gegen die herrschende Vorstellung von demselben als einem furchtbaren Kriegshelden auf die Stelle des Zacharias habe stützen wollen, die ihn als milden Friedensfürsten darzustellen schien. Eine politische Beziehung liegt darin nicht nothwendig; wer unbewaffnet mit Unbewaffneten auf dem Friedensthier einzieht, der muß entweder schon anerkannter Herrscher sein, oder er muß dieß nur in einem Sinne und durch Mittel werden wollen, die jede äußere Gewalt ausschließen, so daß das Fürstliche des Einzugs nur als die höhere Weihe seines Lehr- und Reformatoramts erscheint.

Nach den Berichten der drei ersten Evangelien war es die galiläische Fest-Karavane, mit welcher Jesus zog, und welche großentheils aus Schülern und Anhängern ihres landsmännischen Propheten bestand, die ihm bei der Annäherung an die Hauptstadt durch Belegung des Wegs mit Baumzweigen und Kleidern und durch Begrüßung als Davidssohn jene Huldigung brachte, durch welche sofort die ganze Hauptstadt in Bewegung kam. Daß sich auf die Nachricht von der Ankunft des Propheten aus Galiläa auch andere Festbesucher aus der Stadt aufgemacht hätten, um ihm eine feierliche Einholung zu bereiten, wie das vierte Evangelium die Sache darstellt, wäre an sich nicht undenkbar, nur wird es durch die Verbindung, worein es hier mit der Auferweckung des Lazarus gebracht ist, zweifelhaft.

Wenn nun im Geleite dieser Anhängerschaar Jesus alsbald zum Tempel zog, und darin jene Handlung vornahm, die einer mit dem jüdischen Opferwesen eng zusammenhängenden Sitte so empfindlich zu nahe trat; wenn er darauf in den nächsten Tagen öffentliche Reden folgen ließ, in denen die herrschende Pharisäer- und Priesterpartei auf's schärfste angegriffen, ihre Heuchelei, ihr Hochmuth, ihre Habgier schonungslos aufgedeckt, das Volk zur Abwendung von ihnen aufgefordert, und ihnen selbst göttliche Strafe, die Berufung anderer und getreuerer Arbeiter in den Weinberg des Herrn angedroht wurde (Matth. 23. vgl. 21, 33—41): so begreift man, wie dergleichen Schritte die Besorgniß der geistlichen Herrscher erregen und sie zu Anschlägen veranlassen konnten, sich eines so gefährlichen Gegners kurzweg zu entledigen, die einstweilen nur noch in dessen bedeutendem Volksanhang ein Hinderniß fanden (Matth. 21, 15 fg. 45 fg. Marc. 11, 18. 12, 12. Luc. 19, 47 fg. 20, 19. Joh. 12, 19).

In welcher Art Jesus während seines Aufenthalts in der Hauptstadt seinem Endzwecke näher zu kommen gedachte, darüber lassen sich nur Vermuthungen aufstellen, da unsere Evangelien aus dem Erfolg und ihrem späteren dogmatischen Standpunkt heraus der Sache die Wendung geben, als hätte er auf nichts Anderes, als auf das Mißlingen seiner Bemühungen und auf seinen schleunigen Untergang gerechnet. Allein wenn er diesen allerdings ahnen und sich schlimmsten Falls darauf gefaßt halten mochte, so muß er doch als verständiger Mann auch für den, wenn gleich mit jedem Tage unwahrscheinlichern Fall des Gelingens einen Plan in Bereitschaft gehabt haben. Im Allgemeinen können wir uns diesen nicht anders vorstellen, als daß Jesus für möglich hielt, auf dem Wege religiös-sittlicher Belehrung das jüdische Volk allmählig so weit zu bringen, daß es sich des äußerlichen Ceremonien-, Reinigungs- und vielleicht auch Opferwesens mehr und mehr entschlüge, damit von selbst der Bevormundung durch seine bisherigen geistlichen Obern sich entzöge, und sich der Leitung von Männern anvertraute, die im Geiste ächter innerlicher Frömmigkeit herangebildet wären. Die Erfolge, die er in dieser Richtung in seiner heimathlichen Provinz bereits errungen hatte, gaben ihm sowohl den Muth, als sie ihm die Nothwendigkeit nahe legten, sich der zu bekämpfenden Macht in ihrem Mittelpunkte zu stellen, dieß aber in einer Zeit zu thun, wo die Menge der anwesenden Festbesucher ihm, soweit sie galiläische Landsleute waren, eine Stütze, sofern aber auswärtige Juden, eine Gelegenheit boten, seine Ideen schnell im weitesten Kreise bekannt werden zu lassen. Daß er nun erwartet hätte, schon in dem

Zeitraum der kurzen Festwoche seinen letzten Zweck, die Umgestaltung des ganzen nationalen Religionswesens, zu erreichen, läßt sich nicht denken; vielleicht aber hoffte er, durch seine Lehrthätigkeit während dieser Zeit wenigstens so viel Boden in der Hauptstadt zu gewinnen, daß er sich auch nachher daselbst halten und für seine Zwecke fortwirken könnte; oder gedachte er nach dem Feste wieder nach Galiläa heimzukehren, den in der Hauptstadt ausgestreuten Saamen einstweilen für sich keimen zu lassen, und auf späteren Festreisen die unterbrochene Arbeit wieder aufzunehmen: doch Alles, wie gesagt, bleibt Vermuthung, die wir aber anzudeuten Jesu schuldig sind, um den Schein wegzuräumen, als müßte er, wenn man einmal von der evangelischen Auffassung der Sache abweicht, entweder ein verunglückter Revolutionär oder ein planloser Schwärmer gewesen sein.

Nach einem mehrtägigen Aufenthalt Jesu in Jerusalem, während dessen er aber die Nächte außerhalb der Stadt, theils in Bethanien, theils in einem Gehöfte am Oelberg zuzubringen pflegte (Matth. 21, 17. Marc. 11, 11 fg. Luc. 21, 37), war es der Darstellung des ersten Evangelisten zufolge schon zwei Tage vor dem Anfang des Festes dahin gekommen, daß die Hohenpriester, Schriftgelehrten und Volksältesten im Hause des Hohenpriesters Kaiphas zu einer Berathung zusammentraten, wie sie Jesum mit List greifen und umbringen lassen könnten (Matth. 26, 1—5. vgl. Marc. 14, 1 fg. Luc. 23, 1). Doch die Volksgunst, in der sie ihn stehen sahen, machte die Ausführung eines solchen Schrittes während der Festtage, wo die Hauptstadt mit Massen fremder, insbesondere auch galiläischer Wallfahrer überfüllt war, eines zu befürchtenden Volkstumults wegen unräthlich; und wenn nun der Ausdruck: „nicht auf das Fest", doch schwerlich von der Ausführung einer so schwierigen Sache noch vor dem nahen Festanfang verstanden werden kann, so scheinen demnach die Hierarchen erwartet zu haben, Jesus werde auch nach dem Feste, wenn die übrigen Festbesucher wieder heimzögen, noch in der Hauptstadt bleiben.

Hier greift nun, der übereinstimmenden Darstellung der Evangelien zufolge, die Thätigkeit des Verräthers ein. Daß Jesus sein Nachtlager außerhalb der Stadt zu nehmen pflegte, kann in der Ueberfüllung der städtischen Quartiere während des Festes seinen Grund gehabt, es kann aber auch, besonders wenn er, wie es scheint, mit den Orten wechselte, den Zweck gehabt haben, den Nachstellungen seiner Feinde zu entgehen. Hätten diese ihn wohl jedenfalls am Ende zu erreichen gewußt, so mußte ihnen doch ein Mann aus der nächsten Umgebung Jesu willkommen sein, der ihren Häschern an den Ort, wo er sich gerade jene Nacht aufhielt, zum Führer zu dienen versprach (Matth. 26, 14 fg. Marc. 14, 10. Luc. 22, 3 fg. Joh. 18, 2 fg. Apostelgesch. 1, 16). Wie theuer sie diesen Verrath erkauften, wissen wir nicht, denn die dreißig Silberlinge sind, wie schon oben bemerkt, aus einer Prophetenstelle genommen, die man auf den Verrath des Judas bezog.

Die Ausführung des Anschlags verlegen die drei ersten Evangelisten ebenso bestimmt auf den 14. Nisan, mit dessen Abende der erste und festlichste Tag des Passah begann, als der vierte Evangelist auf den 13., den Abend vor dem Festanfang (Matth. 26, 17 fg. Marc. 14, 12 fg. Luc. 22, 7 fg. Joh. 13, 1 fg.). Beide Theile lassen Jesum an diesem Abend unmittelbar vor dem Hinausgang an den Ort, wo seine Gefangennehmung erfolgte, mit seinen Jüngern eine Mahlzeit einnehmen, die nach den Synoptikern die Passahmahlzeit war, nach Johannes aber nicht, wie es eine am Abende des 13. gehaltene Mahlzeit auch nicht sein konnte. So lassen denn auch die Synoptiker Jesum an jenem Abend in Anknüpfung an die Gebräuche der Passahmahlzeit das Abendmahl einsetzen, wovon Johannes nichts sagt, sondern Jesum eine andere symbolische Handlung, die Fußwaschung, an seinen Jüngern vornehmen läßt. Und dennoch meinen beide Theile unverkennbar eines und dasselbe Mahl, wie daraus erhellt, daß sie es nicht nur beiderseits als das letzte bezeichnen, das Jesus mit den Seinigen gehalten habe und von welchem er unmittelbar zu seiner Gefangennehmung aufgebrochen sei, sondern auch über demselben sowohl den Verrath des Judas als die Verläugnung des Petrus vorhergesagt werden lassen. Kann hier höchstens nur ein Theil das Richtige geben, so hat doch die Frage, auf welcher Seite dieß der Fall sei, mehr exegetisch-kritische, als historische Wichtigkeit; für die Ansicht von der Glaubwürdigkeit und dem Ursprung namentlich des johanneischen Evangeliums ist ihre Beantwortung entscheidend, während einfach historisch genommen wenig daran liegt, an welchem Tage die Gefangennehmung und Hinrichtung Jesu erfolgt, und ob seine letzte Mahlzeit mit den Jüngern das Passahmahl gewesen ist oder nicht. Wir lassen es also hier einstweilen dahingestellt, indem wir uns vorbehalten, später anschaulich zu machen, wie diese Abweichung in die Darstellung unserer Evangelien gekommen sein mag.

45.

Letzte Mahlzeit, Gefangennehmung und Hinrichtung Jesu.

Die Schilderung des letzten Abends, den Jesus mit seinen Jüngern zubrachte, ist bei sämmtlichen Evangelisten von der Voraussetzung aus angelegt, daß er das, was ihm demnächst bevorstand, genau nach allen Umständen vorher gewußt habe (vgl. Joh. 13, 1. 18, 4). Diese Voraussetzung, die sich ihnen aus ihrer Vorstellung von Jesu als gottgezeugtem Messias oder eingekörpertem Schöpferworte ohne Beschränkung von selbst ergab, erleidet auf unserm Standpunkte die Einschränkung auf das Menschenmögliche und geschichtlich Wahrscheinliche. Jesus mochte vorhersehen, daß es mit ihm zu Ende gehe, er mochte wohl auch gegen die Treue des einen, die Standhaftigkeit des andern von seinen Jüngern seine Zweifel hegen und nicht verbergen; daß er aber so bestimmt gewußt und erklärt haben sollte, gerade diese Nacht noch werde sich sein Schicksal erfüllen, daß er so ausdrücklich den Judas als Verräther bezeichnet, dem Petrus eine dreimalige Verläugnung vor dem nächsten Hahnenschrei vorhergesagt haben sollte, davon ließe sich Ersteres nur etwa durch Winke von Seiten geheimer Anhänger im hohen Rath erklären, wovon doch jede Spur in den Berichten fehlt; alles aber ist historisch eben so schwer zu denken, als, wie wir später finden werden, psychologisch leicht zu erklären ist, wie seine Anhänger in der Folge dazu kamen, sich die Sache so vorzustellen.

Die Einsetzung des Abendmahls (Matth. 26, 26—29. Marc. 14, 22—25. Luc. 22, 19 fg.) mit seinen Todesbildern wird schon aus den Ahnungen begreiflich, die sich Jesu bei richtiger Erkenntniß seiner Lage in jenen Tagen natürlicherweise aufdrängen mußten. Er sah sich einerseits von mächtigen schwergereizten Feinden umgeben, deren Fanatismus des Aeußersten fähig war; während er sich andererseits selbst von seinen vertrautesten Freunden nur höchst unvollkommen verstanden sah, geschweige daß er mit der Masse des Volks schon so weit wäre gekommen gewesen, daß er sie als entschieden für sich gewonnen, als einen verläßlichen Rückhalt gegen die Anschläge seiner Feinde hätte betrachten können. So mochte sich ihm, indem er als Hausvater den Brodkuchen zerbrach, um ihn an die Seinigen auszutheilen, unwillkürlich das Bild seines Leibes, dem von seinen grimmigen Feinden vielleicht ein ähnliches Schicksal zugedacht war, beim Einschenken des rothen Weins das Bild seines Blutes, das vielleicht in kurzem so dahinfließen würde, vor die Seele stellen, er mochte seine Jünger ahnungsvoll versichern, so wie er das hier mit Brod und Wein thue, werde es bald mit ihm geschehen, und dann mögen sie, so oft sie wieder gemeinsam Brod und Wein genießen, an ihn und was er ihnen jetzt gesagt habe denken. So in den Gedanken seines nahen Todes vertieft, mochte er diesen zugleich aus dem Gesichtspunkt eines Opfertodes, sein Blut als die Weihe eines neuen Bundes zwischen Gott und der Menschheit betrachten, und um der Gesellschaft, die er begründen wollte, einen lebendigen Mittelpunkt zu geben, mochte er diese Brod- und Weinvertheilung als eine zu wiederholende Feier anordnen.

Das alles war natürlicherweise möglich; ob aber alles auch wirklich so wie es die Evangelisten uns berichten, vor sich gegangen, ist eine andere Frage. Zwar das Stillschweigen des vierten ist auf unserm Standpunkte kein Gegenbeweis; andererseits jedoch auch das Zeugniß des Apostels Paulus (1 Kor. 11, 23—25) kein so entschiedener dafür, als gewöhnlich angenommen wird. Paulus gibt die Ueberlieferung über die Einsetzung des Abendmahls, wie er sie in der Gemeinde bei seinem Eintritt in dieselbe vorgefunden hatte; wie viel aber an dieser Ueberlieferung aus dem ursprünglichen Vorgang und wie viel aus der seitdem aufgekommenen christlichen Sitte stammte, ist nicht so leicht zu bestimmen. Hatte Jesus an jenem Abende dem jüdischen Festgebrauche gemäß Brod und Wein ausgetheilt, und daran nur etwa eine Hindeutung auf den ihm drohenden gewaltsamen Tod geknüpft, und war hernach in der Gemeinde die Sitte aufgekommen, diese Austheilung zum Andenken an seinen Tod zu wiederholen, so ergab es sich von selbst, die Anordnung dieser Wiederholung („das thut, so oft ihr's trinket" u. s. f.) Jesu selbst in den Mund zu legen. Hatte man sich in der Gemeinde gewöhnt, in dem Brod und Wein bei jenem Gedächtnißmahle den Leib und das Blut Christi, und in dem letztern das Blut eines neuen Bundes zu sehen, so mußte er selbst schon jene Stoffe dafür erklärt haben, und so konnte sich der Hergang in späterer Zeit vom Standpunkte der christlichen Sitte sogar einem solchen darstellen, der, wie die Apostel, Zeuge jenes letzten Abends gewesen war. Die Wiederholung des Mahles aber war den ersten Christen, auch ohne eine Anordnung von Seiten Jesu, theils durch das jährlich sich wiederholende Passahmahl, theils noch mehr durch die heiligen Mahle der Essener nahe gelegt, die sich wöchentlich, und besonders feierlich alle sieben Wochen, wiederholten; nur daß die Christen an die Stelle des bei den essenischen Mahlen neben dem Brode gebräuchlichen Wassers im Anschluß an den Passahritus den Wein setzten.

Von der Scene am Oelberge, welche die Evangelisten unmittelbar auf das letzte Mahl folgen lassen (Matth. 26, 30 fg. Marc. 14, 21 fg. Luc. 22, 39 fg. Joh. 18, 1 fg.), ist so viel ohne Zweifel historisch, daß Jesus durch Schergen des jüdischen Synedriums unter Anführung eines ungetreuen Jüngers ohne ernstlichen Versuch einer Gegenwehr gefangen genommen worden ist. Dagegen ist das, was der Gefangennehmung in den synoptischen Berichten vorangeht, der sogenannte Seelenkampf mit seinen drei Gängen bei Matthäus und Marcus, dem Engel und Blutschweiß bei Lucas, jedenfalls stark mythisch ausgeschmückt. Aber auch das Allgemeine, daß Jesus an jenem Abende vor seinem Leiden und Tode Bangigkeit empfunden, und dieser Stimmung nur nach gewaltigem innern Kampfe Meister geworden, ist von der Voraussetzung aus erzählt, daß er das, was ihm in den nächsten Stunden bevorstand, sicher und genau vorhergewußt habe. Diese Voraussetzung macht Schwierigkeit; denn die Evangelisten denken sich das Vorherwissen als ein übernatürliches, wie wir es nicht denken können; als natürliches aber war es schwerlich so bestimmt, um eine solche Gemüthsbewegung gerade in der Stunde vor dem Eintreffen des Geahnten herbeizuführen. Nur so viel mögen wir etwa als geschichtlich annehmen, daß, als in jener letzten Zeit der Gedanke eines gewaltsamen Ausgangs immer näher an Jesum herantrat, die Schrecken dieser Vorstellung düstre Schatten in sein Gemüth geworfen, und er des Aufgebots aller sittlichen Kraft, der erneuerten Versenkung in das Gefühl der Vaterliebe Gottes und das Bewußtsein seines Berufes bedurft habe, um seine ruhige gottergebene Fassung auch diesem Aeußersten gegenüber zu behaupten.

In der folgenden Erzählung von dem Verhör und der Verurtheilung Jesu (Matth. 26, 57—27, 31. Marc. 14, 53—15, 20. Luc. 22, 54—23, 25. Joh. 18, 12—19, 16) haben sämmtliche Evangelisten die Grundzüge gemein, daß Jesus erst vor der jüdischen Obrigkeit verhört und schuldig befunden, dann vor den römischen Procurator geführt wird, der das Todesurtheil bestätigen und vollziehen lassen soll, sich aber von der Schuld des Angeklagten nicht sofort überzeugen kann, und nach wiederholten Versuchen, ihn zu retten, nur dem ungestümen Andringen der Juden nachgebend, den Befehl zu seiner Hinrichtung ertheilt. Als die Schuld Jesu vor dem jüdischen Tribunal erscheint bei den beiden ersten Evangelisten unter dem Schleier eines angeblich falschen Zeugnisses seine Aeußerung, den Tempel Gottes abbrechen und in drei Tagen wieder aufbauen zu wollen, d. h. er wurde nach dem früher Auseinandergesetzten eines Anschlags gegen das bestehende jüdische Religionswesen beschuldigt; was allerdings im Sinne gewaltsamer Mittel, deren Anwendung er beabsichtigt hätte, eine falsche Beschuldigung, in Betreff seiner letzten Absicht aber nicht ohne Grund war. Hierauf wird er befragt, ob er wirklich der Messias zu sein behaupte? und daß er dieß mit Hindeutung auf Ps. 110 und Dan. 7 bejaht, wird als Gotteslästerung und todeswürdiges Verbrechen betrachtet. Dem römischen Procurator gegenüber benützten nach der übereinstimmenden Darstellung der Evangelisten die jüdischen Obern die politische Seite, welche die Auffassung des Messias als Königs der Juden darbot, um ihm den Angeklagten als Aufwiegler des Volks gegen die römische Herrschaft darzustellen; womit sie nicht ohne Schwierigkeit, da Pilatus die Merkmale eines politisch gefährlichen Menschen an Jesu nicht finden konnte, endlich durchdrangen. In allem diesem ist nichts geschichtlich Unwahrscheinliches; wenn auch nicht zu verkennen ist, daß besonders der Widerstand des Pilatus von den Evangelisten, um die Unschuld Jesu auf der einen, die verstockte Bosheit der Juden auf der andern Seite in's Licht zu setzen, mit besonderer Geflissenheit ausgeführt ist; worauf wir daher, wie auf die ganze nähere Ausführung dieser Scenen in den Evangelien, in einer späteren Untersuchung zurückkommen werden.

So gehen auch in der Beschreibung, welche die Evangelisten von der Kreuzigung Jesu geben (Matth. 27, 31 fg. Marc. 15, 20 fg. Luc. 23, 25 fg. Joh. 18, 16 fg.), alle diejenigen Züge uns hier nichts an, welche nur darauf berechnet sind, der Natur wie der Menschenwelt, dem Tempelvorhang wie der heiligen Schrift Zeugnisse für die Schuldlosigkeit des Gekreuzigten und gegen seine Mörder abzugewinnen; wir halten uns lediglich daran, daß er an's Kreuz geschlagen und von demselben nach allgemeinem Dafürhalten als todt wieder abgenommen worden ist. Für die Prüfung der Realität seines Todes kommt besonders die Frage in Betracht, wie lange Jesus sowohl vor als nach dem anscheinenden Eintritt desselben am Kreuze gehangen hat. Denn die Kreuzigung war, bei dem spärlichen Blutverlust, den die Nägelwunden verursachten, keine schnell tödtende Strafe, und sollte dieß auch nicht, sondern eben in ihrer Langsamkeit desto schmerzlicher sein. Je länger also Jesus für's Erste lebendig am Kreuze hing, desto wahrscheinlicher ist es, daß, als zuletzt die Lebenszeichen aufhörten, dieß ein wirkliches Aufhören des Lebens war; und je länger er für's Andere nachher noch daran hängen blieb, desto gewisser mußte, was bisher doch vielleicht nur Scheintod gewesen war, zum wirklichen Tode werden: wogegen, wenn er nach wenigen Stunden schon gestorben schien und sofort vom Kreuze abgenommen wurde, dieß möglicherweise eine bloße Betäubung gewesen sein konnte, von der er sich wieder erholen mochte. Aus Matthäus (27, 45 fg.) und Lucas (23, 44 fg.) nun wissen wir nur, daß Jesus etwas über drei Stunden lebend am Kreuze gehangen haben muß; denn nachdem sie schon allerlei erzählt haben, das, während er dahing, vorgegangen, lassen sie um die sechste Stunde (d. h. Mittags 12 Uhr) eine Finsterniß entstehen und diese bis um die neunte (Nachmittags 3 Uhr) andauern, worauf sie dann Jesu Tod erfolgen lassen. Nach Marcus (15, 25) wäre Jesus um die dritte Stunde (d. h. Vormittags 9 Uhr) gekreuzigt worden, hätte also sechs Stunden lebend am Kreuz gehangen. Dagegen läßt Johannes (18, 28) ungefähr um die sechste Stunde, d. h. Mittags, wo den Synoptikern zufolge über dem bereits am Kreuze Hängenden die Sonne sich verfinsterte, den Pilatus erst das Urtheil sprechen; und wenn nun mit der Hinausführung und Kreuzigung doch auch noch einige Zeit hinging, während andererseits vor dem Anbruch des folgenden Tags, d. h. nach jüdischer Rechnung vor Abends 6 Uhr, Joseph von Arimathäa den Procurator um den Leichnam Jesu gebeten und nach erhaltener Erlaubniß denselben abgenommen haben soll: so kämen höchstens zwei bis drei Stunden heraus, die Jesus vor, und wahrscheinlich noch weniger, die er nach dem Aufhören der Lebenszeichen am Kreuze gehangen haben könnte.

Nach Marcus (15, 44) hätte Pilatus selbst sich über den so früh eingetretenen Tod Jesu gewundert, doch daß er wirklich erfolgt war, von dem wachhabenden Hauptmann erfahren; nach Johannes (19, 31 fg.) hätte er auf die Bitte der Juden Soldaten abgeschickt, um durch Zerschlagung der Beine den Tod der drei mit einander Gekreuzigten gewiß und deren Abnahme noch vor Anbruch des folgenden Fest- und Sabbattages thunlich zu machen; statt dessen dann einer der Soldaten, da sie Jesum schon gestorben fanden, ihm nur noch mit der Lanze einen Stich in die Seite gegeben, dieser aber das Ausfließen von Blut und Wasser zur Folge gehabt hätte. An diesem Lanzenstich hat man den sichersten Beweis für die Wirklichkeit des Todes Jesu zu haben geglaubt; allein nicht nur ist, was er zur Folge gehabt haben soll, etwas Unmögliches, sondern er erscheint auch im vierten Evangelium, dem er eigenthümlich ist, in einen so wunderlichen prophetisch-mystischen Pragmatismus verflochten, daß er als geschichtliches Moment gar nicht zählt, sondern erst später mit der übrigen unhistorischen Ausstattung dieses Theils der evangelischen Geschichte in Erwägung kommen kann. Der Beweis für die Realität des Todes Jesu, welcher allerdings von Seiten seiner Hinrichtung nicht ausreichend zu führen ist, liegt in dem Mangel jedes genügenden Beweises für seine Wiederbelebung: wenn derjenige als wirklich gestorben zu betrachten ist, von dessen weiterem Fortleben jede geschichtliche Kunde fehlt, so ist der Tod Jesu am Kreuze als ein wirklicher Tod zu betrachten.

Nicht unmittelbar die Realität seines Todes betrifft die vielfach verhandelte Frage, ob den Gekreuzigten nur die Hände, oder auch die Füße angenagelt worden seien. Denn die Möglichkeit eines Scheintodes wäre auch im letzteren Falle nicht schlechterdings ausgeschlossen, da auch die Annagelung der Füße noch keine Verblutung mit sich brachte; aber die Wanderungen, die Jesus den evangelischen Berichten zufolge schon am Tage seiner Wiederbelebung gemacht haben soll, vom Grab in die Stadt, dann auf's Land nach dem drei Stunden entfernten Emmaus, dann Abends wieder in die Stadt, und bald gar nach Galiläa, die hätte er natürlicherweise nicht machen können, wenn er auch in den Füßen schwärende und schmerzhafte Wunden gehabt hätte. Insofern ist diejenige Theologie, welche sich die Auferstehung Jesu als natürliches Erwachen aus einem Scheintode denkt, d. h. heutzutage nicht nur die wenigen offenen, sondern auch die vielen verschämten oder verschleierten Rationalisten, stark bei dieser Frage, und zwar für ihre Entscheidung zu Gunsten des bloßen Händeannagelns, interessirt[1]); während wir auf unserm Standpunkte keine Ursache haben, die eine oder andere Seite zu begünstigen. Was die Evangelisten betrifft, so geben die zwei ersten in dieser Frage keinen Anhaltspunkt; wenn bei Lucas (24, 39) der Auferstandene den Jüngern zum Beweise, daß er der wirkliche ihnen bekannte Jesus und kein körperloses Gespenst sei, seine Hände und Füße zeigt und sie zum Betasten derselben auffordert, so denkt man von selbst an die Wunden, die in beiden Gliedmaßen noch sichtbar gewesen; während man bei Johannes, wo neben der Seitenwunde nur von Nägelmalen in den Händen die Rede ist, veranlaßt wird, eben nur diese angenagelt zu denken. Von zeitgenössischen Schriftstellern gibt uns Josephus, so manchmal er auch in seiner Geschichte des jüdischen Kriegs von Kreuzigungen zu sprechen hat, über den fraglichen Punkt doch keinen Aufschluß; Kirchenväter, die gleichfalls noch Gelegenheit hatten, Gekreuzigte zu sehen, wie Justin[2]), Tertullian[3]), lassen wohl auch die Füße Jesu angenagelt sein, aber wir wissen nicht, ob deßwegen, weil sie dieß als

1) Vgl. die Abhandlung von Paulus: Zwei Nägel weniger in den Sarg des Rationalismus. Lit.-Blatt der Allgemeinen Kirchenzeitung, 1831, Nr. 135. Aber auch Schleiermacher in den Vorlesungen über das Leben Jesu.

2) Dial. c. Tryph., 97.

3) Adv. Marcion., III, 19.

Sitte bei der Kreuzigung kannten, oder um die Stelle Ps. 22, 17: „Sie durchgraben mir Hände und Füße", als an Jesu erfüllt anführen zu können. In der bekannten Stelle des Plautus[1]) endlich, wo von zweimaligem Annageln der Hände wie der Füße die Rede ist, wollen Manche die angedrohte Verschärfung der Strafe nicht darin finden, daß beiderlei Gliedmaßen mit je zwei Nägeln statt mit einem, sondern daß außer den beiden Händen, was das Gewöhnliche gewesen, ausnahmsweise auch noch die beiden Füße angenagelt werden sollten. Alles gegen einander abgewogen, möchte wohl die Annagelung auch der Füße das Wahrscheinlichere sein; doch muß bei dem Mangel eines sicheren Beweises die Sache auf sich beruhen.

Daß Jesus nach der Abnahme vom Kreuze begraben worden, war schon zu des Apostels Paulus Zeit christliche Ueberlieferung (1 Kor. 15, 4) und hat an und für sich geschichtlich nichts wider sich; denn wenn auch nach römischem Brauche die Gekreuzigten hängen zu bleiben pflegten, bis sie durch Witterung, Vögel und Verwesung verzehrt waren, nach jüdischer Sitte aber die Gehängten vor Abend abgenommen und auf einem unehrlichen Begräbnißplatze verscharrt wurden, so sprach doch ein römisches Gesetz die Leichen der Hingerichteten deren Verwandten und Freunden, wenn sie sich dieselben ausbaten, zu. Daß dieß in Bezug auf den Leichnam Jesu seine eigentlichen Jünger gethan hätten, davon weiß keiner der Evangelisten; alle lassen hier vielmehr einen zu Jesu nur in entfernterer Beziehung stehenden Mann, den reichen Rathsherrn Joseph von Arimathäa, eintreten, mit Abweichungen übrigens in Betreff der Art, wie das Begräbniß verrichtet worden, die hier doch einen Zweifel begründen und diesen Punkt einer späteren Untersuchung aufbehalten, welcher ohnehin die vereinzelte Notiz des Matthäus von der Wache am Grabe anheimfällt.

46.

Die Auferstehung. Das Ungenügende der evangelischen Berichte.

Sämmtlichen Evangelien zufolge ist nun Jesus, nachdem er am Freitag Abend bestattet worden war und den Sabbat über im Grabe gelegen hatte, in der ersten Frühe des Sonntags neu belebt aus diesem hervorgegangen (Matth. 28, 1 fg. Marc. 16, 1 fg. Luc. 24, 1 fg. Joh. 20, 1 fg.). Daß irgend Jemand diesen Hervorgang mit angesehen hätte, wird nicht gesagt; auch Matthäus, der Wächter an das Grab stellt, läßt sie, von dem Glanze des zur Abwälzung des Steins vom Himmel steigenden Engels geblendet, wie todt niederfallen, also nicht mehr sehen, wie der Engel sein Geschäft verrichtete, und Jesus aus dem Grabe hervorging. Aber bald hernach

1) Mostellaria, II, 1, 13.

kommen nach sämmtlichen Evangelisten mehrere oder wenigere Frauen an das Grab, wo sie bereits den Stein weggewälzt finden, und hierauf durch einen oder mehrere Engel von der Auferstehung Jesu in Kenntniß gesetzt werden, die bald durch verschiedene Erscheinungen des Auferstandenen selbst beurkundet wird.

Hier stehen wir also an der entscheidenden Stelle, wo wir den Berichten von der wunderbaren Wiederbelebung Jesu gegenüber entweder die Unzulänglichkeit der natürlich-geschichtlichen Ansicht für das Leben Jesu bekennen, mithin alles Bisherige zurücknehmen und unser ganzes Unternehmen aufgeben, oder uns anheischig machen müssen, den Inhalt jener Berichte, d. h. die Entstehung des Glaubens an die Auferstehung Jesu, ohne ein entsprechendes wunderbares Factum begreiflich zu machen. Je unmittelbarer diese Frage den Lebensnerv alles bisherigen Christenthums berührt, desto näher liegt zwar die Rücksicht auf die Empfindlichkeit, womit jedes freie Wort darüber aufgenommen wird, ja auf die empfindlichen Folgen, die es möglicherweise für den, der es ausspricht, haben kann; aber je wichtiger und für die ganze Auffassung des Christenthums entscheidender auf der andern Seite der Punkt ist, desto dringender ergeht an den Forscher die Aufforderung, mit Beiseitesetzung aller jener Rücksichten sich recht unumwunden, recht bestimmt, ohne Zweideutigkeit und Hinterhalt hierüber auszusprechen.

Daß für die gewöhnliche Theologenschaft, soweit sie nicht ganz im Buchstabenglauben steckt, diese Stelle der evangelischen Geschichte das Feld ist, wo sie all ihre Fertigkeit entwickelt, mit vielen Worten nichts zu sagen, oder etwas ganz Anderes zu sagen, als worauf die Worte lauten; daß ein Hase hier Phrasen dreht, um seine Hinneigung zu der Annahme eines bloßen Scheintodes Jesu zu verstecken, ein Ewald seine Gedanken in die weitbauschigsten Redensarten hüllt, um nicht merken zu lassen, daß er in diesem Hauptpunkte mit dem von ihm unaufhörlich geschmähten Verfasser der kritischen Bearbeitung des Lebens Jesu derselben Meinung ist, muß man in der Ordnung finden. Aber selbst Baur hat sich zu der Erklärung herbeigelassen, was die Auferstehung Jesu an sich sei, liege außerhalb der geschichtlichen Untersuchung[1]), und ist damit, wenigstens dem Worte nach, der brennenden Frage ausgewichen. Denn seine Worte lauten so, als ließe sich historisch nicht ausmachen, und als wäre es auch nicht die Aufgabe der geschichtlichen Forschung, auszumachen, ob die Auferstehung Jesu ein äußerer, sei es wunderbarer oder natürlicher Vorgang, oder ob sie nur der Glaube seiner Jünger gewesen sei. Davon war aber für Baur so viel in jedem Falle ausgemacht, daß sie das Erstere in keiner Art, daß sie in keinem Sinne ein äußerer Vorgang gewesen; womit sich ihm das Zweite von selbst ergab. Die Einrede, daß ihm das nicht als Historiker, sondern als Philosophen gewiß gewesen,

1) Das Christenthum der drei ersten Jahrhunderte, S. 39.

wäre theils nicht zutreffend, theils eine Sophisterei. Denn auch nur rein historisch geprüft, mußte er die neutestamentlichen Auferstehungsberichte zum Beweis für eine wirkliche Wiederbelebung des Gekreuzigten unzureichend erkennen; so viel Philosophie aber, als hier und sonst zur Abweisung des Wunders gehört, ist dem Historiker unentbehrlich, und namentlich von Baur als Historiker überall in Anwendung gebracht worden. Etwas Anderes und ein ächt historisches Wort von Baur ist es, wenn er in demselben Zusammenhang sagt, die nothwendige geschichtliche Voraussetzung für alles Folgende sei nicht sowohl das Factische der Auferstehung Jesu, als vielmehr der Glaube an dasselbe. Denn das ist ein Denkzettel für die Apologeten, welche die Welt bereden möchten, ohne die Anerkennung, daß Jesus wirklich auferstanden, sei die Entstehung der christlichen Gemeinde nicht zu erklären. Nein, sagt der Historiker mit Recht, nur das muß anerkannt werden, daß die Jünger fest geglaubt haben, Jesus sei auferstanden; das reicht aber auch vollkommen hin, ihr weiteres Auftreten und Wirken begreiflich zu machen; worauf jener Glaube beruhte, was das Thatsächliche an der Auferstehung Jesu war, das ist eine offene Frage, die der Forscher so oder so beantworten mag, ohne daß dadurch der Ursprung des Christenthums schwerer oder leichter begreiflich würde.

Die Entstehung jenes Glaubens in den Jüngern ist allerdings vollständig erklärt, wenn wir die Auferstehung Jesu als äußern wunderbaren Vorgang so hinnehmen, wie die Evangelisten sie geben, d. h. wenn wir voraussetzen, daß Jesus wirklich todt gewesen, hierauf von Gott durch einen Act seiner Allmacht in das Leben zurückgerufen, oder vielmehr in eine neue höhere Art des Daseins versetzt worden sei, worin er sich zwar den Seinigen auf Erden noch leiblich wahrnehmbar machen konnte, aber dem Tode nicht mehr unterworfen, bald in den Himmel, in die nächste Nähe Gottes, aufnommen wurde. Diese Ansicht zu der unsrigen zu machen, sind wir aber durch mancherlei Gründe gehindert. Ob wir Wunder an sich für möglich halten oder nicht: wenn wir ein so unerhörtes Wunder als wirklich geschehen annehmen sollten, müßte es uns auf eine Art bezeugt sein, daß die Unwahrheit eines solchen Zeugnisses schwerer denkbar wäre, als die Wirklichkeit dessen, was es bezeugte. Die Zeugen müßten also vor Allem Augenzeugen, der Vorgang müßte uns von denjenigen selbst, die ihn erlebt haben wollen, berichtet sein. Daß nun unter unsern Evangelien irgend eines einen Apostel oder sonstigen Augenzeugen des Lebens Jesu zum Verfasser hätte, dieß ist eine Voraussetzung, die sich uns im Obigen nicht bewährt hat. Die einzige Schrift im Neuen Testament, deren Abkunft von einem der zwölf Apostel wir wenigstens möglich gefunden haben, die Offenbarung Johannis, führt uns über den allgemeinen Glauben, daß Jesus getödtet gewesen sei und nun unsterblich wieder lebe, nicht hinaus (1, 5. 18. 2, 8 u. ö.).

Der früheste Schriftsteller, der uns über die Art, wie der Glaube an Jesu Auferstehung unter seinen Jüngern aufgekommen, Genaueres berichtet, ist der Apostel Paulus, der von den ersten Erscheinungen, die diesen Glauben begründeten, nicht Augenzeuge war, sondern sie, wie er auch selbst erklärt, Andern nacherzählt. Er nun sagt (1 Kor. 15, 3—7), es sei ihm überliefert worden, daß der nach der Schrift gestorbene und begrabene Jesus am dritten Tage wieder erweckt worden nach der Schrift, und daß er dem Kephas, dann den Zwölfen, hierauf mehr als fünfhundert Brüdern auf einmal, dann dem Jakobus, hernach sämmtlichen Aposteln, erschienen sei. Daß der Apostel Paulus es so von Petrus, Jakobus und vielleicht noch andern Betheiligten gehört hatte (vgl. Gal. 1, 18 fg. 2, 9), und daß diese alle, auch die fünfhundert Brüder, fest überzeugt waren, den gestorbenen Jesus wieder lebend gesehen zu haben, wollen wir nicht bezweifeln. Fragen wir jedoch (was uns, wo es sich um den Glauben an etwas so Unerhörtes handelt, erlaubt sein muß), wodurch sich denn jene Männer überzeugt hatten, daß ihre vermeintliche Wahrnehmung nicht auf Täuschung beruhte, so läßt uns unser Gewährsmann im Stich. Er sagt nur einfach, der wiederbelebte Jesus sei ihnen „erschienen“ [1]), d. h. sie haben geglaubt, ihn wahrzunehmen, und zwar sichtbar wahrzunehmen; wie sie aber zu diesem Glauben gekommen, welche Gründe sie gehabt haben, die Erscheinung für etwas Wirkliches, und zwar für die Erscheinung ihres getödteten Meisters zu halten, sagt er uns nicht. Und ob er auch nur für sich darnach geforscht hat, läßt sich bezweifeln. Nachdem ihm selbst jene Christuserscheinung zu Theil geworden war, von der wir tiefer unten werden zu handeln haben, war er durch sie seiner Sache so gewiß, für sich so befriedigt und ausreichend belehrt, daß er drei Jahre verstreichen ließ, ehe er von Damascus, in dessen Nähe er das Gesicht gehabt hatte, nur einmal nach Jerusalem ging, um über Jesum sowohl überhaupt, als insbesondere über die Erscheinungen, die auch Andere nach seinem Tode von ihm gehabt haben wollten, genauere Erkundigung einzuziehen (Gal. 1, 18 fg.). Daß er von diesen Erscheinungen schon früher, während er die Bekenner des neuen Christus verfolgte, vielfach gehört hatte, muß man annehmen; ebenso klar aber ist, daß er in seiner damaligen leidenschaftlichen Gemüthsstimmung nicht geschickt war, dem Thatsächlichen daran ruhig nachzuforschen. Daß er zu einer solchen Untersuchung auch nach seiner Bekehrung keinen Trieb empfand, daß er vielmehr drei ganze Jahre mit dem, was er selbst gesehen und gehört zu haben meinte, sich begnügen mochte, das beweist hinlänglich, wie rein subjectiv diese ganze Wendung in ihm zu Stande gekommen, wie wenig er überhaupt auf historische Untersuchung eines objectiven Thatbestandes

1) ὤφθη.

angelegt war. Rühmt er sich doch ordentlich, daß er außer jener Erscheinung nach nichts Weiterem sich umgesehen, daß er auch in Jerusalem, als er sich endlich dahin wandte, außer Petrus und Jakobus, dem Bruder des Herrn, keinen von den Aposteln gesprochen habe. Diese mögen ihm nun von den Erscheinungen, deren sie sich rühmen durften, erzählt, vielleicht auch einer oder der andere der fünfhundert Brüder ihm von dem, was sie wahrgenommen zu haben glaubten, gesagt haben: daß er eine genauere Untersuchung über diese Aussagen angestellt, sie nach ihrer Begründung, ihrer Uebereinstimmung mit sich selbst und mit einander geprüft hätte, ist von dem Manne nicht zu erwarten, der durch seine eigene vermeintliche Erscheinung schon zum Ueberfluß überzeugt, und auf die Zulänglichkeit dieser subjectiven Ueberzeugung gewissermaßen eifersüchtig war.

Also für's Erste, die Aussage eines Augenzeugen über die Erscheinungen, auf denen der Glaube an die Auferstehung Jesu ursprünglich beruhte, haben wir nicht. Für's Zweite, derjenige Zeuge, von dem wir annehmen können, daß er seinen Bericht aus dem Munde von Augenzeugen geschöpft habe, der Apostel Paulus, führt uns über die Thatsache, daß diese Augenzeugen eben fest daran glaubten, Jesum als wiederbelebten wahrgenommen zu haben, nicht hinaus. Wollen wir Näheres erfahren, so müssen wir uns an den Evangelisten wenden, und das sind nun schon Zeugen, von deren keinem wir, wie von Paulus, ohne Weiteres voraussetzen können, daß er seinen Bericht aus dem Munde von Augenzeugen empfangen habe. Ihr Zeugniß hat mithin zum Voraus schon nicht das Gewicht, das es haben müßte, um die Last der Unwahrscheinlichkeit dessen, wofür es zeugt, aufwiegen zu können. Dazu kommt aber, daß die Erzählungen der Evangelisten sowohl mit den Angaben des Apostels Paulus, als unter sich selbst, in vielfachem Widerspruche stehen. Daß dieser Apostel von den Erscheinungen Jesu vor Frauen nichts sagt, die bei den Evangelisten außer Lucas voranstehen (Matth. 28, 9. Marc. 16, 9. Joh. 20, 14 fg.), kann man daraus erklären, daß er nur auf Männeraussagen sich berufen wollte; wie ja auch der Verfasser des Anhangs zum vierten Evangelium die in diesem berichtete Erscheinung Jesu vor Maria Magdalena nicht mitzählt. Als den ersten (Mann, wenn man so will), dem eine Erscheinung des Auferstandenen zu Theil geworden, führt Lucas (24, 34) wie Paulus den Petrus an. Von einer solchen dem Petrus besonders zu Theil gewordenen Erscheinung wissen nun aber Matthäus und Marcus und ebenso auch Johannes nichts, sondern nur von der vor sämmtlichen Aposteln (Matth. 28, 16. Marc. 16, 14. vgl. Joh. 20, 19. 26), die Paulus von der Petruserscheinung unterscheidet. Daß dieser von der Erscheinung vor den zwei über Land gehenden Jüngern nichts sagt, von welcher Lucas (24, 13 fg.) und Marcus (16, 12) berichten, mag man immerhin damit zu erledigen glauben, daß sie ihm neben den Erscheinungen vor Aposteln auf der einen und vor den fünfhundert Brüdern auf der andern Seite zu wenig erheblich vorgekommen. Von dieser letzteren aber wissen nun wieder die Evangelisten nichts, so wenig als von einer besondern Erscheinung vor Jakobus, deren Paulus sofort gedenkt, und von welcher sonst nur noch im Hebräer-Evangelium eine Kunde sich findet.[1]) Endlich eine zweite Erscheinung vor sämmtlichen Aposteln, womit Paulus seine Aufzählung beschließt, findet sich wenigstens in den drei ersten Evangelien nicht; nur bei Johannes, wo aber das erstemal, da Thomas fehlte, nur zehn Apostel gegenwärtig gewesen waren, erscheint Jesus acht Tage später dem nun vollzähligen Eilfercollegium noch einmal; und im Eingang der Apostelgeschichte, wo zum erstenmale der irdische Wandel des Auferstandenen auf vierzig Tage ausgedehnt wird, ist nun freilich für alle möglichen Erscheinungen Raum gemacht, aber um den Preis des vollständigen Widerspruchs mit der früheren Darstellung desselben Verfassers im Evangelium, wo die letzte Erscheinung des Auferstandenen unverkennbar noch am Auferstehungstage selber vor sich geht.

Kann man sich bis hieher immer noch mit der Auskunft helfen, daß ja weder Paulus noch einer der Evangelisten sich anheischig mache, sämmtliche Erscheinungen des Auferstandenen anzuführen, so trifft dieß doch auf den vierten Evangelisten, beziehungsweise den Verfasser seines 21. Kapitels, nicht zu, der die Erscheinungen wenigstens bis zur dritten zählt (21, 14). Da wäre also die vor den Eilfen (20, 19 fg.; daß Thomas fehlte, mag als unerheblich gelten), mithin die zweite paulinische, die erste; die vor dem vollzähligen Apostelcollegium (20, 26 fg.), also die fünfte bei Paulus, die zweite; die Erscheinungen vor Petrus und Jakobus, die erste und vierte bei Paulus, könnte man sagen, seien, weil nur einen einzelnen Apostel betreffend, übergangen; aber warum auch die vor fünfhundert Brüdern, unter denen doch aller Wahrscheinlichkeit nach auch die Eilfe waren? während die vor sieben Aposteln am galiläischen See (21, 1 fg.) nicht zu unbedeutend gefunden wird, als die dritte Erscheinung berichtet zu werden, zu welcher nun aber weder bei Paulus, noch bei einen der übrigen Evangelisten, etwas Entsprechendes sich findet. Daß diese Erscheinung die letzte gewesen, sagt der Verfasser nicht, auch ist, was er Jesum dabei reden läßt, nicht der Art, daß eine spätere Erscheinung dadurch schlechterdings ausgeschlossen würde; dagegen ist bei den drei übrigen Evangelisten die letzte Zusammenkunft Jesu mit seinen Jüngern, von der jeder von ihnen berichtet, offenbar auch als die letzte, die überhaupt stattgefunden habe, gemeint, da sie die letzten Anordnungen und Verheißungen Jesu enthält, bei Marcus und Lucas überdieß mit der Himmelfahrt schließt. Diese letzte Erscheinung wird nun aber von Matthäus (der übrigens so wenig als Johannes von einer Himmelfahrt weiß) ebenso bestimmt nach Galiläa, als von Lucas und offenbar auch von

1) Hieron. de viris ill. 2.

Marcus nach oder in die nächste Nähe von Jerusalem verlegt; wovon also jedenfalls das eine auf Irrthum beruhen muß.

Doch dieser Widerspruch in Betreff der Oertlichkeit haftet nicht blos an dieser letzten Zusammenkunft, sondern geht durch die ganze Geschichte der Erscheinungen des Auferstandenen hindurch. Der Apostel Paulus bezeichnet den Ort der von ihm erwähnten Erscheinungen nicht näher; bei Matthäus zeigt sich Jesus nur den beiden Marien am Auferstehungsmorgen auf dem Weg vom Grabe zur Stadt, also bei Jerusalem, die Jünger bescheidet er durch sie, wie er schon bei Lebzeiten (26, 32) und so eben noch ein Engel gethan hatte (28, 7), nach Galiläa, wo er ihnen sofort auch, nach der Meinung des Evangelisten ohne Zweifel zum ersten und letztenmal, erscheint (28, 9 fg. 16 fg.). Damit in geradem Widerspruch läßt Lucas am Auferstehungstage Jesum nicht blos den zwei nach Emmaus wandernden Jüngern bei, und dem Petrus und gleich darauf sämmtlichen Eilfen mit noch etlichen Andern (wahrscheinlich den Brüdern Jesu und den Weibern, Apostelgesch. 1, 14) in Jerusalem erscheinen, sondern ihnen auch die ausdrückliche Anweisung geben, hier in der Stadt zu bleiben, bis die Kraft aus der Höhe über sie kommen würde; was der Verfasser der Apostelgeschichte erst an Pfingsten, also nach sieben Wochen, geschehen läßt (24, 49. Apostelgesch. 1, 4). Dieß so, wie Marcus thut, zu vereinigen, daß zuerst der Engel durch die Frauen die Jünger nach Galiläa als den Ort, wo sie ihn sehen sollten, beschieden, dann aber, man sieht nicht warum, Jesus sich denselben doch in und bei Jerusalem gezeigt hätte (16, 7 fg.), geht nicht an; sondern wenn Lucas Recht hat mit der Angabe, daß Jesus am Auferstehungstage die Jünger angewiesen habe, in Jerusalem zu bleiben, so kann er sie nicht, wie Matthäus erzählt, an eben dem Morgen nach Galiläa gewiesen haben, auch werden sie nicht gegen sein ausdrückliches Geheiß dahin gegangen sein, können also dort die Erscheinungen, von denen Matthäus und der Verfasser des Anhangskapitels bei Johannes berichten, nicht gehabt haben. Umgekehrt, wenn Jesus den Jüngern Galiläa als den Ort bestimmt hatte, wo sie ihn sehen sollten, so läßt sich nicht denken, was ihn bewogen haben könnte, sich ihnen noch an demselben Tage in Jerusalem zu zeigen; es fallen also, wenn Matthäus Recht hat, alle von den drei übrigen berichteten Erscheinungen, die den Jüngern in und um Jerusalem zu Theil geworden, als nicht geschehen hinweg. Dabei haben wir die untergeordneten Widersprüche, daß nach Lucas (24, 1 fg.) Maria Magdalena, Maria Jakobi, Johanna und noch etliche andere Frauen zum Grabe gehen, in demselben zwei Engel sehen, und nach ihrer Rückkehr das Gesehene und Gehörte den Aposteln und allen Uebrigen verkünden; nach Marcus (16, 1 fg.) nur drei Frauen, worunter statt Johanna Salome, diesen Gang machen, Einen Engel im Grabe sehen, und nachher aus Furcht Niemanden etwas sagen; nach Matthäus (28, 1 fg.) nur die zwei erstgenannten Frauen einen Engel auf dem weggewälzten Stein des Grabes sitzend finden, und nachher auf dem Rückwege noch Jesu selbst begegnen; wogegen es nach Johannes (20, 1 fg.) die einzige Maria Magdalena war, die hinaus ging und das erstemal nur das leere Grab, erst auf dem zweiten Gange dann zwei Engel im Grabe sitzen und hierauf Jesum selber hinter ihr stehen sah; daß ferner Matthäus und Marcus nichts davon wissen, was Lucas (24, 12) angibt, daß auf den Bericht der Weiber auch Petrus zum Grabe gegangen sei und es leer gesehen habe, während nach Johannes (20, 2 fg.) auch noch der andere Jünger mit ihm ging: diese und einige andere untergeordnete Abweichungen bringen wir nicht einmal besonders in Anschlag, da auch ohne sie klar genug ist, daß wir an den evangelischen Berichten von den Erscheinungen des Auferstandenen keine Zeugnisse der Art haben, wie sie sein müßten, um uns zu nöthigen, lieber die unerhörte Thatsache, die sie betreffen, für geschehen anzunehmen, als vorauszusetzen, daß die Berichte auf Irrthum beruhen.

Doch auf diese evangelischen Berichte über die Erscheinungen Jesu nach seiner Auferstehung sind wir nur deßhalb eingegangen, um zu finden, welche Mittel denn diejenigen, denen sie zu Theil geworden sein sollen, gehabt und angewendet haben, sich von der Realität dieser Erscheinungen zu überzeugen. Hier ist es nun das Bestreben sämmtlicher Berichte, in's Licht zu stellen, wie die Eilfe, wenn auch nicht zum Ruhm ihrer Gläubigkeit, doch zur Beruhigung derer, die auf ihr Zeugniß hin glauben sollen, nichts weniger als schnell zum Glauben gewesen seien. Nach Lucas hielten sie die Erzählung der Weiber von der Erscheinung und Botschaft der Engel für leeres Geschwätz (24, 11); nach Marcus schenkten sie auch den über Land gegangenen Jüngern, die Jesum selbst gesehen zu haben versicherten, keinen Glauben (16, 12 fg.); nach Matthäus waren sogar bei der abschließenden Erscheinung Jesu in Galiläa Einige Anfangs noch ungläubig (Matth. 28, 17), worüber wir uns nicht wundern dürften, wenn er auch ihnen, wie nach Marcus den über Feld gehenden Jüngern, in veränderter Gestalt erschienen wäre. Wodurch nun aber schließlich die Zweifel der Jünger beschwichtigt und sie zum Glauben gebracht wurden, das war nach Matthäus und Marcus eben nur dieß, daß Jesus auch ihnen selbst erschien, ihnen näher trat und sie anredete. Ungleich weiter sieht er sich bei Lucas zu gehen veranlaßt, und den gründlichsten Zweifler hat er bei Johannes zu befriedigen. Dort waren eben die beiden Emmauswanderer bei den Eilfen eingetreten und von diesen, noch ehe sie ihnen ihr Zusammentreffen mit Jesu erzählen konnten, mit der Kunde von seiner Auferstehung und der dem Petrus zu Theil gewordenen Erscheinung empfangen worden, als mit einemmale Jesus in ihrer Mitte stand. Da sie unerachtet jener Kunde doch erschracken und ein Gespenst zu sehen meinten, wies ihnen Jesus seine Hände und Füße mit der Aufforderung, ihn zu betasten und sich zu überzeugen, daß er Fleisch und Bein habe, mithin kein Gespenst sei; und da sie es vor Freuden immer noch nicht glauben konnten, fragte er, ob sie nichts Eßbares da hätten, und genoß sofort ein Stück gebratenen Fisch und etwas Honigwaben vor ihren Augen (24, 36 fg.). Das wären nun Proben, welche für sich den Schluß auf eine natürliche Wiederbelebung Jesu nahelegen könnten; aber den Emmauswanderern war er ja eben vorher vom Tisch hinweg verschwunden, und daß er jetzt auf einmal unter den Jüngern mitten im Zimmer stand, deutet auch auf kein natürliches Kommen hin. Sondern hier findet sich ohne Zweifel, was schon Lucas meinte, von Johannes nur bestimmter ausgesprochen, wenn er sagt, Jesus sei gekommen und mitten im Zimmer gestanden, als die Thüren geschlossen waren (20, 19. 26). Dabei zeigt er das erstemal seine Hände und seine Seite, wie es scheint, nur zum Anschauen; das zweitemal aber läßt er den Thomas Finger und Hand in seine Wundenmale legen, wozu dann im Anhang des Evangeliums auch noch die Eßprobe mit gebratenem Fisch und Brod kommt (21, 5. 9. 12 fg.).

Hier würde nun, wenn es mit dem Essen und Betasten seine historische Richtigkeit hätte, nicht zu zweifeln sein, daß, was den Jüngern erschien, ein natürlich lebendiger und leiblicher Mensch gewesen; wenn mit dem Zeigen und Befühlen der Wundenmale, nicht daran, daß dieser Mensch eben der am Kreuz gestorbene Jesus gewesen; endlich, wenn mit dem Kommen bei geschlossenen Thüren, daran nicht, daß es mit der natürlichen Leiblichkeit und Lebendigkeit dieses Menschen doch eine ganz besondere, ganz übernatürliche Bewandtniß gehabt habe. Eben dieß aber ist ein Widerspruch, den wir nicht zusammendenken können. Ein Körper, der sich betasten läßt, also Widerstandskraft hat, kann nicht durch verschlossene Thüren dringen, d. h. jene Widerstandskraft zugleich nicht haben; wie umgekehrt ein Körper, der ungehindert durch Bretter dringt, keine Knochen und keinen Magen haben kann, um Brod und Bratfisch zu verdauen. Das sind keine Merkmale, die in einem wirklichen Wesen beisammen sein können, sondern solche, wie nur eine phantastische Vorstellung sie verknüpft: eben indem das evangelische Zeugniß für die Auferstehung Jesu sich zum bündigsten Beweise zuspitzen will, zerbricht es und zeigt sich als das bloße Ergebniß des Wunsches, einer dogmatischen Vorstellung Halt zu geben, das aber, sobald jener Wunsch nicht mehr vorhanden ist, haltlos in sich zusammenfällt.

47.

Die Auferstehung Jesu keine natürliche Wiederbelebung.

Wir können also in der Auferstehung Jesu deßwegen keinen wunderbaren äußeren Vorgang sehen, weil die evangelischen Zeugnisse für die Erscheinungen, die den Glauben an dieselbe ursprünglich begründeten, diejenige Sicherheit, die sie bieten müßten, um uns ein solches Wunder glaublich zu machen, entfernt nicht darbieten, sofern sie für's Erste nicht von Augenzeugen herrühren, für's Andere unter sich nicht zusammenstimmen, und für's Dritte von dem Wesen und Wandel des Auferstandenen eine Beschreibung machen, die sich selbst widerspricht.

Während nun die kirchliche Auffassung der Sache, den letzten Punkt betreffend, einfach das Wunder geltend macht, zu dessen Wesen es gehöre, Merkmale zu enthalten, die nach gemeiner menschlicher Vorstellung sich widersprechen, sucht man auf einem andern Standpunkte die evangelischen Erzählungen so zu fassen, daß sie solche Widersprüche nicht enthalten, vielmehr die Wiederbelebung Jesu als ein natürlicher Vorgang, sein Zustand nach derselben als der gleiche wie vorher sich darstellt. Bei den Erscheinungen des Auferstandenen, von denen die Evangelien erzählen, hält man sich ausschließlich an diejenigen Züge, welche auf eine ganz natürliche Leiblichkeit zu führen scheinen: die Wundenmale, die Betastbarkeit, das Essen, das hier nicht als bloßes Essenkönnen, sondern als Nahrungsbedürfniß gefaßt wird; wogegen man die entgegengesetzten Merkmale, die auf etwas Geisterhaftes in dem Wesen des wiederbelebten Jesus hindeuten, durch eine abweichende Erklärung aus dem Wege zu schaffen sucht. Daß die Jünger, wie einigemale gemeldet wird, bei seinem Erscheinen erschracken (Luc. 24, 37. Joh. 21, 12), sei begreiflich bei ihrer Vorstellung, daß er wirklich gestorben, mithin das, was sie jetzt von ihm sehen, sein aus der Unterwelt heraufgestiegener Schatten sei; daß die Emmauswanderer ihn so lange nicht erkannten, Maria Magdalena ihn für den Gärtner hielt, davon erklärt man das Erstere bald aus der Entstellung seiner Züge durch das Leiden, bald daraus, daß er überhaupt markirte Züge nicht gehabt habe, Letzteres aus dem Umstande, daß der nackt aus dem Grabe Gestiegene von dem benachbarten Gärtner Kleider entlehnt hatte; wenn er, während die Thüren verschlossen waren, plötzlich mitten in der Versammlung seiner Jünger stand, so meint sogar Schleiermacher, es sei ja selbstverständlich, daß man ihm vorher die Thüren aufgemacht habe. Daß der Leib, den Jesus aus dem Grabe brachte, kein wunderbar verklärter, sondern ein schwer verwundeter und angegriffener, allmählig genesender Menschenleib gewesen, davon sieht man auf diesem Standpunkte in dem Fortschritt den Beweis, der sich in seinem Befinden zeige, wenn er sich am Auferstehungsmorgen von Maria Magdalena die Betastung noch verbitte (Joh. 20, 17), zu der er acht Tage später, als die Heilung seiner Wunden schon weiter fortgeschritten war, den Thomas selbst einlade; wenn er am Morgen sich noch ruhig in der Nähe des Grabes halte, Nachmittags sich bereits zu einem Ausflug in das drei Stunden entfernte Emmaus kräftig fühle, einige Tage später sogar die Reise nach Galiläa unternehme.

Auch in Betreff der Wiederbelebung selbst sei das Uebernatürliche wohl in der Vorstellung der Jünger und der Evangelisten, aber nicht in der

Sache an sich vorhanden. Daß aufgeregte Weiber die weißen Leintücher im leeren Grabe oder unbekannte weißgekleidete Männer für Engel gehalten, sei nicht zu verwundern; zur Wegwälzung des Steins aber habe es keines Engels bedurft, da sie zufällig oder absichtlich von Menschen könne vorgenommen worden sein[1]); daß endlich Jesus, als der Stein weggenommen war, lebendig aus dem Grabe hervorgegangen, auch dieß erkläre sich nach den vorangegangenen Umständen ganz natürlich. Die Kreuzigung, selbst wenn man außer den Händen auch die Füße mit angenagelt denke, bringe nur geringen Blutverlust mit sich, und tödte daher nur sehr langsam durch Krampf der ausgespannten Glieder oder durch allmähliges Verschmachten; wenn nun Jesus schon nach etwa sechs Stunden, zwar vermeintlich todt, vom Kreuze abgenommen worden, so spreche alle Wahrscheinlichkeit dafür, daß dieser vermeintliche Tod nur eine todähnliche Erstarrung gewesen, von der sich Jesus nach der Abnahme vom Kreuz in der kühlen Gruft, in wundenheilende Salben und kräftig duftende Spezereien gehüllt, wieder erholt habe. Dabei pflegt man sich auf eine Geschichte bei Josephus zu berufen, welcher erzählt, er habe einmal bei der Rückkehr von einer militärischen Recognition, auf die er ausgeschickt gewesen, viele jüdische Gefangene gekreuzigt angetroffen, und da er darunter drei Bekannte gesehen, habe er diese von Titus losgebeten; sie seien sofort abgenommen und sorgfältig gepflegt, auch wirklich einer gerettet worden, während die zwei andern nicht mehr zu retten gewesen.[2]) Daß dieses Beispiel der Voraussetzung, für die man es anführt, besonders günstig wäre, kann man nicht sagen. Wenn unter drei Gekreuzigten, von denen wir nicht wissen, wie kurz oder lange sie am Kreuze hingen, die aber noch Lebenszeichen gegeben haben müssen, da Josephus sie ja retten wollte, bei sorgfältiger ärztlicher Behandlung zwei starben und nur einer davonkam, so wird dadurch doch gewiß nicht wahrscheinlich, daß einer, der, für todt abgenommen, ohne ärztliche Behandlung blieb, wieder zum Leben gekommen sei. Möglich, was man so möglich heißt, bleibt es allerdings; aber es als wirklich so geschehen vorauszusetzen, wäre man nur dann berechtigt, wenn man dafür, daß Jesus nachher lebend sich gezeigt habe, sichere Beweise beizubringen hätte. Das ist ja aber dem so eben Auseinandergesetzten zufolge keineswegs der Fall. So klar, einstimmig und in sich zusammenhängend der Bericht der Evangelisten über den Tod Jesu ist, so abgerissen, so voll Widerspruch und Unklarheit ist alles, was sie uns über

1) Nach Schleiermacher von den Leuten des Gartenbesitzers, die nichts von der Beisetzung Jesu in dem Grabe wußten, sondern nur den Stein wieder an die Stelle entfernt von der Oeffnung bringen wollten, wo er vorher, um dem neuen Grabe Luft zu lassen, gestanden hatte. Vgl. meine Abhandlung: Schleiermacher und die Auferstehung Jesu, in Hilgenfeld's Zeitschrift für wissenschaftliche Theologie, 1863, S. 386 fg.

2) Joseph. vita, 75.

die Wahrnehmungen erzählen, die seinen Anhängern von seiner Wiederbelebung geworden sein sollen; es sind immer nur einzelne Apparitionen, er zeigt sich bald hier, bald dort, bald so, bald so, man weiß nicht, wo er herkommt, noch wo er hingeht oder wo er bleibt; das Ganze macht nicht den Eindruck eines objectiv wiederhergestellten, in sich zusammenhängenden Lebens, sondern nur einer subjectiven Vorstellung, einzelner Visionen, die Anfangs wirklich vorgekommen sein mögen, später jedenfalls ausgemalt und in verschiedenen Richtungen weiter ausgebildet wurden.

Es war mithin ein unnöthiges Bemühen von Seiten der natürlichen Erklärung, aus den evangelischen Berichten über die Wiederbelebung Jesu das Wunderbare wegschaffen zu wollen; die Absicht kann ja nur sein, aus dem wirklichen Hergang der Sache das Wunder zu entfernen; diesen Hergang aber geben uns die Evangelisten nicht, sondern lediglich ihre Vorstellung davon, und dieser können wir das Wunder immer lassen. Ebenso aber können nun auch wir die Mühe sparen, das Unnatürliche der Deutungen, die man von dieser Seite den Worten der Evangelisten gibt, im Einzelnen nachzuweisen. Daß, wenn ein Erzähler zweimal mit denselben Worten sagt: „Jesus kam und stand in der Mitte, als die Thüren verschlossen waren", es sich keineswegs von selbst versteht, daß man ihm diese vorher aufgemacht habe; daß, wenn es mit der Leiblichkeit Jesu eine natürliche Bewandtniß hatte, er den beiden Jüngern zu Emmaus nicht vom Tisch hinweg verschwinden konnte; daß die vermeintlichen Fortschritte in seiner Genesung nur erträumt sind, da der unverkennbaren Vorstellung sämmtlicher Berichterstatter über den Zustand und die Leiblichkeit des Auferstandenen nichts mehr zuwider sein kann, als alles, was auf Leiden oder überhaupt auf menschliche Bedürftigkeit hinweist, liegt am Tage. Dabei stellt sich zugleich heraus, daß diese Ansicht von der Wiederbelebung Jesu, auch abgesehen von den Schwierigkeiten, in die sie sich verwickelt, die Aufgabe nicht einmal löst, um die es sich hier handelt: die Begründung der christlichen Kirche durch den Glauben an die wunderbare Wiederbelebung des Messias Jesus zu erklären. Ein halbtodt aus dem Grabe Hervorgekrochener, siech Umherschleichender, der ärztlichen Pflege, des Verbandes, der Stärkung und Schonung Bedürftiger, und am Ende doch dem Leiden Erliegender, konnte auf die Jünger unmöglich den Eindruck des Siegers über Tod und Grab, des Lebensfürsten, machen, der ihrem späteren Auftreten zu Grunde lag; ein solches Wiederaufleben hätte den Eindruck, den er im Leben und Tode auf sie gemacht hatte, nur schwächen, denselben höchstens elegisch ausklingen lassen, unmöglich aber ihre Trauer in Begeisterung verwandeln, ihre Verehrung zur Anbetung steigern können.

48.

Die Christuserscheinung des Apostels Paulus.

Wir haben uns oben von demjenigen, was uns der Apostel Paulus, wie wir annehmen dürfen im Wesentlichen aus dem Munde von Augenzeugen, über die Erscheinungen des auferstandenen Jesus berichtet, zu den Erzählungen der Evangelisten von denselben gewendet, um näher zu erfahren, was aus den kurzen Angaben des Apostels nicht zu entnehmen war, worauf denn wohl die Ueberzeugung jener Augenzeugen beruht haben möge, wirklich den auferstandenen Jesus gesehen zu haben. Aber wir fanden nicht, was wir suchten. Abgesehen davon, was wir schon wußten, daß wir bei keinem der Evangelisten sicher sind, daß er aus dem Munde oder nach Aufzeichnungen von Augenzeugen erzählt, gehen sie zwar mehr in's Einzelne als Paulus, aber ihre Berichte stehen theils gegenseitig mit einander, theils was sie berichten mit sich selbst in solchem Widerspruch, daß wir uns an sie nicht halten können, sondern uns auf die Aussage des Apostels Paulus zurückgewiesen finden. Sehen wir diese noch einmal genauer an, so entdecken wir, daß wir von derselben nur deßwegen so unbefriedigt weggegangen sind, weil wir den Apostel nicht haben ausreden lassen. Er spricht ja nicht blos von den Christuserscheinungen, die dem Kephas und Jakobus, den Zwölfen und den fünfhundert Brüdern zu Theil geworden seien, sondern — „zuletzt unter Allen, setzt er hinzu, gleich als einer unzeitigen Geburt, erschien er auch mir" (1 Kor. 15, 8). Er gebraucht von der ihm gewordenen Erscheinung denselben Ausdruck wie von den übrigen, er stellt sie in Eine Reihe mit diesen, nur als die letzte, wie er sich selbst den letzten der Apostel, aber in völlig gleichem Range mit den übrigen, nennt. Soviel also Paulus wußte oder sich vorstellte, waren die Erscheinungen, welche die älteren Jünger bald nach der Auferstehung Jesu gehabt hatten, von derselben Art, wie die, welche ihm selbst, nur später, zu Theil geworden war. Nun also, von welcher Art war denn diese? [1])

Wir haben von derselben in der Apostelgeschichte bekanntlich einen ausführlichen, sogar dreifachen Bericht (9, 1—30. 22, 1—21. 26, 4—23), der allerdings ganz wie von einer äußeren, sinnfälligen Erscheinung lautet, von einem himmlischen Lichte, das den Paulus zu Boden warf und auf einige Tage blendete, einer Himmelsstimme, die vernehmliche Worte mit ihm

1) Hierüber vergleiche, außer den Ausführungen Baur's in seinem Apostel Paulus und Christenthum der drei ersten Jahrhunderte, und Zeller's in seiner Schrift über die Apostelgeschichte, C. Holsten, Die Christusvision des Apostels Paulus, in Hilgenfeld's Zeitschrift für wissenschaftliche Theologie, 1861, III, 224—284; H. Lang, Religiöse Charaktere, I, 11 fg.

redete und auch von seinen Begleitern gehört wurde, zu sagen weiß. Aber eine solche Probe von der äußeren Wirklichkeit der Erscheinung, wie dem dritten und vierten Evangelium zufolge Jesus den älteren Jüngern gegeben haben soll, indem er sich von ihnen betasten ließ und vor ihren Augen Speise genoß, kommt hier nicht vor; wenn wir von der Blindheit und deren Hebung durch Ananias, sowie von den Wahrnehmungen der Begleiter absehen, so können wir alles als eine Vision betrachten, die zwar Paulus einer äußeren Ursache zugeschrieben hätte, die aber gleichwohl nur in seinem Innern vorgegangen wäre. Daß wir es mit den einzelnen Zügen des Berichts in der Apostelgeschichte nicht genau nehmen dürfen, zeigt uns die Vergleichung desselben, wo er sich als Rede des Paulus noch zweimal wiederholt; denn da finden wir, daß der Verfasser es selbst nicht genau genommen hat, daß es ihm auf ein paar Abweichungen mehr oder weniger nicht angekommen ist. Nicht nur heißt es, wie schon oben gelegentlich erwähnt wurde, das einemal, die Begleiter seien verstummt dagestanden, das anderemal, sie seien mit Paulus zu Boden gefallen; das einemal, sie haben die Stimme gehört, aber Niemanden gesehen, das anderemal, sie haben das Licht gesehen, aber die Stimme dessen, der mit Paulus redete, nicht gehört: sondern auch die Rede Jesu selbst bekommt in der dritten Wiederholung den bekannten Zusatz vom Löcken wider den Stachel; ungerechnet noch, daß die Bestellung zum Heidenapostel, die nach den beiden früheren Darstellungen theils durch Ananias, theils erst bei einer nachmaligen Vision im Tempel zu Jerusalem erfolgte, in dieser letzten Darstellung der Rede Jesu bei der ersten Erscheinung einverleibt ist. Wir haben keine Veranlassung, die drei Darstellungen dieses Vorfalls in der Apostelgeschichte aus verschiedenen Quellen abzuleiten, und auch in diesem Falle sollte man denken, der Verfasser hätte die Abweichungen bemerken und ausgleichen müssen: daß er es nicht that, oder vielmehr, daß er, ohne seine eigene frühere Erzählung nachzuschlagen, sie frei wiederholte, zeigt uns, wie sorglos um dergleichen Einzelheiten, die dem nach strenger geschichtlicher Treue Strebenden wichtig sind, die neutestamentlichen Schriftsteller verfuhren.

Doch wenn der Erzähler in der Apostelgeschichte auch genauer zu Werke ginge, immerhin ist er kein Augenzeuge, ja schwerlich auch nur ein Solcher, der die Geschichte aus der Erzählung eines Augenzeugen schöpfte. Hält man auch denjenigen, der an verschiedenen Stellen der Apostelgeschichte sich und den Apostel Paulus durch „wir“ oder „uns“ zusammenfaßt, für den Verfasser des ganzen Werks, so war derselbe doch bei dem Vorgang vor Damascus noch nicht in der Gesellschaft des Apostels, in die er erst viel später in Troas, auf dessen zweiter Missionsreise, kam (Apostelgesch. 16, 10). Aber jene Voraussetzung über den Verfasser der Apostelgeschichte ist noch dazu, wie wir früher gesehen haben, irrig: derselbe hat die Denkschrift eines zeitweiligen Begleiters des Apostels über die mit ihm gemachten

Reisen in sein Werk nur stellenweise verarbeitet, und wir sind daher nicht berechtigt, den Erzähler auch in solchen Stellen und Abschnitten, wo jenes „wir" fehlt, als Augenzeugen vorauszusetzen. Zu diesen gehört nun aber eben der Abschnitt, in welchem die beiden Erzählungen vorkommen, die Paulus erst dem jüdischen Volke zu Jerusalem, dann dem Agrippa und Festus in Cäsarea von seiner Bekehrung macht. Das „wir" war das letztemal 21, 18 beim Besuch des Paulus bei Jakobus da, und kehrt erst 27, 1 wieder, als es sich um die Einschiffung des Apostels nach Italien handelt; es nöthigt uns daher äußerlich nichts, in jenen Reden den Bericht eines solchen vorauszusetzen, der sie, und in ihnen die eigene Erzählung des Paulus von dem Hergang bei seiner Bekehrung, mit angehört hatte; und ihrer innern Beschaffenheit nach hat die Geschichte, mit Lichtglanz und Niederfall, wunderbarer Erblindung und Heilung, Träumen und Gesichten die in einander eingreifen, so ganz den Zuschnitt der landläufigen jüdischen und urchristlichen Erscheinungs- und Wundergeschichten, und insbesondere der Art, wie der Verfasser der Apostelgeschichte und des dritten Evangeliums dergleichen Scenen anzuordnen liebt (man vergl. z. B. die Geschichte von Cornelius und Petrus, Apostelgesch. 10. 11, von Zacharias und dem Engel, Luc. 1, 8 fg.), daß es uns mit dieser paulinischen Christophanie ganz ebenso geht, wie oben mit denen der älteren Jünger: wir sehen uns auch hier von den Zeugnissen dritten Ranges auf das des Apostels, das überdieß hier nicht wie dort ein Zeugniß zweiten, sondern ersten Ranges ist, zurückgewiesen.

Da haben wir denn freilich wieder dasselbe wie dort zu beklagen, daß der Apostel auch in Bezug auf die ihm selbst zu Theil gewordene Erscheinung sich so gar kurz faßt. In der schon angeführten Stelle (1 Kor. 15, 8) sagt er auch von sich selbst nur, der auferstandene Christus sei ihm erschienen oder sichtbar geworden. Ein andermal fragt er: „Habe ich nicht Jesus Christus, unsern Herrn, gesehen?" (1 Kor. 9, 1) womit er ohne Zweifel dieselbe Erscheinung meint. In derjenigen Stelle endlich, wo er noch am ausführlichsten auf die mit ihm vorgegangene Umwandlung eingeht (Gal. 1, 13—17), sagt er nur, es habe Gott gefallen, seinen Sohn in ihm zu offenbaren, daß er denselben unter den Heidenvölkern verkündigen solle. Nehmen wir diese verschiedenen Aeußerungen zusammen, so haben wir einerseits die Ueberzeugung des Apostels, Jesum gesehen zu haben, und wir können gar wohl aus der Erzählung der Apostelgeschichte soviel hinzunehmen, daß er ihn auch gehört, daß er Worte von ihm vernommen zu haben meinte. Dergleichen Worte aus höheren Regionen anzuhören, glaubte sich ja Paulus auch sonst gewürdigt. Es kann zwar nicht unsere Erscheinung, sondern muß eine spätere gemeint sein, wenn er in seinem zweiten Sendschreiben an die Korinthier (12, 1 fg.) von einem Menschen spricht, der vor vierzehn Jahren bis in den dritten Himmel, bis in's Paradies, entrückt worden sei, und unsagbare Worte gehört habe, die er keinem Menschen mittheilen dürfe. Wenn er aber hinzusetzt, er wisse nicht, Gott werde es wissen, ob er dabei in oder außer dem Leibe gewesen, so sehen wir, es fehlte ihm das Bewußtsein nicht, wie schwierig es sei, bei dergleichen Erscheinungen den eigentlichen Thatbestand festzustellen. Und wenn er nun andererseits in der Stelle des Galaterbriefs die mit ihm vorgegangene Umwandlung als Offenbarung des Sohnes Gottes in ihm bezeichnet, so legt er ja selbst das Hauptgewicht bei der Sache auf das Innere, denkt sich das Sehen und Hören Christi begleitet von dem Aufgehen der wahren Erkenntniß desselben als des Sohnes Gottes in seinem Gemüthe. Daß er sich dabei den erhöhten Christus wirklich und äußerlich gegenwärtig, die Erscheinung als eine im vollen Sinn objective dachte, ist sicher; aber er gibt entfernt nichts an, was uns (wie verschiedene Züge in der Erzählung der Apostelgeschichte, wenn wir sie streng historisch zu nehmen hätten) hindern könnte, anderer Meinung zu sein und die Erscheinung als eine lediglich subjective, als eine Thatsache seines innern Seelenlebens zu betrachten.

Daß gewisse überschwengliche Seelenzustände bei ihm nichts Seltenes waren, sagt uns der Apostel selbst. Wenn es ihm überhaupt gut thäte, sich zu rühmen, schreibt er den Christen in Korinth (2 Kor. 12, 1 fg.), so könnte er sich des Uebermaßes der Gesichte und Offenbarungen rühmen, mit denen er begnadigt sei; worunter er dann besonders den schon erwähnten Fall mit der Entzückung in den dritten Himmel aufführt. Doch es sei dafür gesorgt, daß er sich derselben nicht überhebe, durch einen Pfahl, der ihm in's Fleisch gegeben, durch Faustschläge eines Satansengels, denen er unterworfen sei. Hiebei an krampfhafte, vielleicht epileptische Zufälle zu denken, liegt nahe, und damit stimmt auch, was er sonst von der Schwäche seines Körpers, der Unscheinbarkeit seiner äußeren Erscheinung sagt (2 Kor. 10, 10. Gal. 4, 13). Auf eine nervöse Anlage führt außerdem das Zungenreden, worin er, wie er sagt (1 Kor. 14, 18), alle Mitglieder der korinthischen Gemeinde übertraf; denn das war ein ekstatisches Reden, das ohne Dolmetscher Niemand verstehen konnte. Einer Offenbarung schreibt Paulus auch den Antrieb zu jener Reise nach Jerusalem zu, die seine Auseinandersetzung mit den älteren Aposteln zum Zwecke hatte (Gal. 2, 2), und hiebei können wir, worauf schon Baur aufmerksam gemacht hat, recht sehen, wie diese vermeintlich übernatürlichen Seelenerscheinungen in ihm zu Stande kamen. Er führt außer der Offenbarung noch einen sehr rationellen Grund an, warum er mit Barnabas die Reise unternommen, nämlich um nicht Gefahr zu laufen, daß sein ganzes bisheriges apostolisches Bemühen vergeblich sei. Die Verhältnisse hatten sich eben damals übel verwickelt. Die großen Erfolge des Apostels Paulus unter den Heiden hatten angefangen, die Aufmerksamkeit der Urgemeinde in Jerusalem auf sich zu ziehen. Daß dieser Metropole des Judenchristenthums sich in Antiochien ein Mittelpunkt des Heidenchristenthums gegenüberstellte, erregte dort Bedenken. Es kamen Mitglieder der dortigen Gemeinde nach Antiochien, wo Paulus wirkte, und stellten, wie es scheint mit Berufung auf die Apostel, die an der Spitze jener Gemeinde standen, die Forderung, daß die Heiden, um in die Gemeinschaft des messianischen Heils aufgenommen zu werden, sich erst dem mosaischen Gesetz, insbesondere der Beschneidung unterwerfen müßten. Auf eine solche Forderung konnte Paulus seiner innersten Ueberzeugung nach nicht eingehen: hielten wirklich auch die Urapostel an derselben fest, so war eine Spaltung gegeben, die das Werk, dem er sein Leben gewidmet hatte, zu vernichten drohte. Man kann denken, wie tief dieß sein Gemüth erregte, wie es Tag und Nacht mit ihm umging: und daß daraus zuletzt eine Offenbarung, ein vermeintlicher Befehl des im Traum oder Wachen sich kundgebenden Christus wurde, darf uns bei der Gemüthsbeschaffenheit des Apostels nicht Wunder nehmen.

Versetzen wir uns nun in die Zeit vor seiner Bekehrung zurück und denken an die Aufregung, in welche ihn, den Eiferer für die väterlichen Satzungen des Judenthums (Galat. 1, 14), die bedrohlichen Fortschritte des werdenden Christenthums versetzen mußten. Auch damals sah er das ihm Theuerste und Heiligste gefährdet, es schien eine Geistesrichtung unaufhaltsam einzureißen, die gerade das, was ihm eine Hauptsache war, die strenge Beobachtung aller jüdischen Gesetze und Bräuche, zur Nebensache machte, die insbesondere der Partei, der er sich mit dem ganzen Feuer seines Wesens angeschlossen hatte, der pharisäischen, auf's Feindseligste entgegentrat. Nun könnte man freilich denken, aus solchen Gemüthsbewegungen hätte am Ende eher ein visionärer Moses oder Elias, als eine Christuserscheinung hervorspringen sollen; doch nur, wenn man die andere Seite der Sache außer Acht läßt. Daß die Befriedigung, welche Paulus in seinem pharisäischen Gerechtigkeitseifer zu finden meinte, keine nachhaltige war, zeigte der Erfolg. Es zeigte sich aber auch schon damals in der leidenschaftlichen Unruhe, der zelotischen Hast seines Treibens. Bei seinen verschiedenen Berührungen mit den neuen Messiasgläubigen, wenn er erst, wie wir uns denken müssen, als streitfertiger Dialektiker, der er war, mit ihnen disputirte (vgl. Apostelgesch. 9, 29), dann in ihre Versammlungen einbrach, sie gefänglich einzog und gerichtlich vernehmen half, konnte es nicht fehlen, daß er sich ihnen gegenüber in zwiefacher Beziehung im Nachtheil fand. Die Thatsache, auf welche sie sich stützten, auf welche sie ihren ganzen, von dem hergebrachten Judenthum abweichenden Glauben bauten, war die Auferstehung Jesu. Wäre nun Paulus Sadducäer gewesen, so wäre ihm die Bestreitung dieser behaupteten Thatsache leicht geworden, denn die Sadducäer erkannten überhaupt keine Auferstehung an (Apostelgesch. 23, 7). Aber er war Pharisäer, glaubte mithin an eine Auferstehung, freilich erst am Ende der Tage; aber daß sie im einzelnen Falle bei einem heiligen

Manne ausnahmsweise auch früher erfolgt sein könne, machte auf dem Standpunkte damaligen jüdischen Denkens keine Schwierigkeit. Er mußte sich also vornehmlich daran halten, daß dieß bei Jesu deßwegen nicht anzunehmen sei, weil er kein heiliger Mann, vielmehr ein Irrlehrer, ein Betrüger gewesen. Eben dieß aber mußte ihm, seinen Bekennern gegenüber, täglich zweifelhafter werden. Sie meinten es nicht nur offenbar ehrlich, waren von seiner Wiederbelebung, wie von ihrem eigenen Leben, überzeugt, sondern sie zeigten auch eine Gemüthsverfassung, einen stillen Frieden, eine ruhige Freudigkeit auch im Leiden, die das fried- und freudelose Eifern ihres Verfolgers beschämte. Konnte es ein Irrlehrer gewesen sein, der solche Anhänger hatte, ein lügenhaftes Vorgeben, was solche Ruhe und Sicherheit gab? Sah er nun einerseits die neue Sekte trotz aller Verfolgungen, ja in Folge derselben, immer weiter um sich greifen, und empfand er andererseits als ihr Verfolger die innere Befriedigung immer weniger, die er bei den Verfolgten so vielfach wahrnehmen konnte, so darf es uns nicht Wunder nehmen, wenn er sich in Stunden des Unmuths und inneren Unglücks bisweilen die Frage stellte: wer hat denn am Ende Recht, du oder der gekreuzigte Galiläer, von dem diese Menschen schwärmen? Und war er einmal so weit, so ergab sich bei seiner leiblichen und geistigen Eigenthümlichkeit leicht eine Ekstase, in welcher ihm eben der Christus, den er bisher so leidenschaftlich verfolgt hatte, in all der Herrlichkeit, von der seine Anhänger zu sagen wußten, erschien, ihn auf das Verkehrte und Vergebliche seines Treibens aufmerksam machte und zum Uebertritt in seinen Dienst berief.

49.

Rückschlüsse auf den Ursprung des Glaubens an die Auferstehung Jesu.

Hatte es mit der Christuserscheinung, welche den Uebergang des Apostels Paulus vom pharisäischen Judenthum zu der neuen Messiasgemeinde vermittelte, diese Bewandtniß, und waren diejenigen Erscheinungen, welche den Aufgang des Glaubens an Jesus als den auferstandenen Christus in den älteren Jüngern begleiteten, von wesentlich gleicher Art mit jener: so sind auch sie lediglich innere Vorgänge gewesen, die wohl den Betheiligten als äußere sinnliche Wahrnehmungen sich darstellen mochten, aber von uns als Thatsachen des aufgeregten Gemüthslebens, als Visionen zu begreifen sind.

Die Ursachen, dergleichen Erscheinungen herbeizuführen, die Bedingungen, sie möglich zu machen, waren in beiden Fällen in ähnlicher Art gegeben. Die Aufregung, in welche das Gemüth des nachmaligen Heidenapostels durch die bedrohlichen Fortschritte des Christenthums und seinen Eifer in der Verfolgung von dessen Anhängern sich versetzt fand, war bei den älteren

Aposteln umgekehrt durch die von Seiten der Juden über Jesum und seine Anhänger hereingebrochene Verfolgung herbeigeführt. Was andererseits bei Paulus der Eindruck der ersten Christengemeinde, ihrer Glaubens- und Leidensfreudigkeit war, das war bei den früheren Jüngern die Erinnerung an die Persönlichkeit Jesu selbst und die in ihnen lebendig gewordene Ueberzeugung, daß er der Messias sei.

Die jüdischen Messiasvorstellungen, obgleich von Verschiedenen verschieden gefaßt, kamen doch darin überein, daß der Messias nach Eröffnung seines Reiches weit über die Dauer eines natürlichen Menschenlebens hinaus über die Seinigen herrschen werde. Nach Lucas 1, 33 (vgl. Joh. 12, 34) sollte seine Herrschaft geradezu kein Ende nehmen, wie man uns aus Ps. 110, 4. Jes. 8, 5. Dan. 7, 14. 27 herauslesen konnte; anderwärts sehen wir bald eine tausendjährige (Offenb. 20, 4), bald eine vierhundertjährige[1]), bisweilen auch kürzere[2]) Herrschaft des Messias auf der Erde vorausgesetzt; starb er am Ende, so geschah dieß nur mit allem irdischen Leben überhaupt zum Behuf der Verwandlung in's Ueberirdische[3]), auf keinen Fall durfte er sterben, ehe er sein Werk vollendet, das, was das Volk von ihm erwartete, in Ausführung gebracht hatte; auf keinen Fall als ein Unterliegender, als ein verurtheilter Verbrecher sterben. Beides war bei Jesu eingetreten, seine messianische Wirksamkeit war durch die von den Juden an ihm verübte Gewaltthat noch vor ihrem rechten Beginne abgebrochen. Sie war aber nur unterbrochen, ja selbst dieß nur scheinbar: das Volk, zu dem er gesandt war, hatte sich unwerth gezeigt, ihn jetzt schon zu behalten und der Segnungen, die er ihm hatte bringen wollen, theilhaftig zu werden; daher hatte ihn einstweilen der Himmel aufgenommen, bis sich das Volk würdig machen würde, daß Gott ihn wieder sende, um die dem ächten Israel längst zugedachten Erholungszeiten eintreten zu lassen (Apostelgesch. 3, 20 fg.). Das Moment des vorzeitigen und gewaltsamen Todes konnte in die jüdische Messiasvorstellung nur unter der Bedingung aufgenommen werden, ließ sich aber unter dieser Bedingung auch gar wohl einfügen, wenn der Tod des Messias nicht als Hinabsinken seiner Seele in das Schattenreich, sondern als Erhebung zu Gott, als Eingang in die messianische Herrlichkeit (Luc. 24, 25 fg.), mit Vorbehalt einstiger Wiederkehr in derselben, gefaßt wurde.

Sah man in dieser Hinsicht im Alten Testamente nach, so konnte man diesen Hindurchgang des Messias durch Tod und Grab zum neuen höheren Leben darin ebenso gut finden, als man überhaupt in so mancher Stelle,

---

1) 4 Esra 5, 29 fg., vgl. dazu Volkmar, Einleitung in die Apokryphen, II, 61 fg.

2) Gfrörer, Das Jahrhundert des Heils, II, 252 fg.

3) 4 Esr. a. a. O.

die von ganz andern Personen und Dingen handelte, den Messias und seine Angelegenheiten fand. Hat denn etwa, konnte man sagen und sagte man in der That, David (Ps. 16, 9 fg.) für sich selbst Gott gepriesen, daß er seine Seele nicht in der Unterwelt lassen, noch sein Fleisch der Verwesung preisgeben wolle? David, der doch wie andere Menschen gestorben und dessen Leichnam verwest ist? und war es also nicht vielmehr sein größerer Nachkomme, der Messias, d. h. Jesus, dem jene Worte David's als Verheißung galten? (Apostelgesch. 2, 25 fg.) Hatte ferner nicht Jesaia von dem Knecht Jehova's geweissagt, er werde zwar weggerissen werden aus dem Lande der Lebendigen und bei Frevlern sein Grab erhalten, aber wenn seine Seele das Schuldopfer erlegt habe, werde er lange leben und unter Mächtigen seinen Theil bekommen? (Jes. 53, 10—12.) Dabei mochten sich die Jünger mancher Worte Jesu selbst erinnern, in denen eine Hindeutung einerseits auf das ihm bevorstehende Leiden und Sterben, andererseits auf den dadurch nicht zu vereitelnden Sieg seiner Sache lag, und die vielleicht eben auch an dergleichen alttestamentliche Stellen angeknüpft hatten. Wenn Lucas (24, 25 fg. 32. 44 fg.) es als ein Hauptgeschäft des auferstandenen Jesus darstellt, daß er den Jüngern die Schrift aufgeschlossen und ihnen gezeigt habe, wie sein Leiden, Sterben und Auferstehen in derselben vorherverkündigt sei, so haben wir hier noch die Spur davon, daß es nach dem Hingang Jesu besonders auch ein erneuertes Forschen in der Schrift war, das den Glauben seiner Jünger neu beleben half.

Es stand mithin unmittelbar nach Jesu Ableben zwischen seinen Anhängern und den altgläubigen Juden die Sache so. Die letzteren sagten: Euer Jesus kann schon deßwegen der Messias nicht gewesen sein, weil der Messias ewig bleiben, oder doch erst nach längerer messianischer Herrschaft mit allem irdischen Leben überhaupt sterben soll, euer Jesus aber vor der Zeit, ohne irgend etwas Messianisches gethan zu haben, schmählich gestorben ist. Dagegen sagten die ersteren: Da unser Messias Jesus so frühzeitig gestorben ist, so kann mit den Weissagungen, die dem Messias ewige Dauer zusprechen, nur gemeint sein, daß sein Tod kein Verbleiben in der Unterwelt, sondern der Durchgang in ein höheres Leben bei Gott sein solle, woraus er seiner Zeit zur Erde zurückkehren wird, um sein durch eure Schuld unterbrochenes Werk zu Ende zu führen.

Nun waren freilich die bevorzugten Männer des Alten Testaments, denen eine ähnliche Erhebung zu Gott zu Theil geworden war, ein Henoch und Elia (nach späteren jüdischen Legenden auch Moses, wovon unten), ohne Vermittlung durch den Tod dahin gelangt, sie hatten ihren Leib ohne Weiteres in die himmlischen Regionen mitnehmen dürfen. Dies scheint ein wesentlicher Unterschied zu sein, ist es aber nicht. So wie sie waren, hatten die irdischen Leiber eines Henoch und Elia doch nicht in die himmlische Geisterwelt eingehen können, sondern Gott hatte sie vorher verwandeln müssen:

was er hier mit den lebenden Leibern vorgenommen hatte, nahm er bei Jesus mit dem todten vor, indem er zugleich die künftige Todtenerweckung bei ihm anticipirte. Das war nur derselbe Unterschied, den der Apostel Paulus (1 Kor. 15, 51 fg.) zwischen denjenigen annahm, welche die Wiederkunft Christi erleben würden, und den früher Verstorbenen: jene sollten verwandelt, diese auferweckt werden, d. h. der Leib der ersteren ohne Zwischeneintritt des Todes die für das neue Leben im Reiche Christi erforderliche Beschaffenheit erhalten, während bei den letzteren der gestorbene Leib zugleich wiederbelebt und umgewandelt wurde. Doch daß ein solches Doppelwunder, noch über das mit Henoch und Elia vorgegangene hinaus, sich mit Jesus ereignet habe, konnte nur der glaublich finden, der in ihm einen Propheten noch über jene hinaus fand, d. h. der unerachtet seines Todes überzeugt war, daß er der Messias sei: diese Ueberzeugung war das Erste, was seine Jünger in den bangen Tagen nach seiner Hinrichtung sich zu erringen hatten. Mit dieser Ueberzeugung war dann aber gegeben, daß seine Seele nicht machtlos in der Unterwelt gefangen sein konnte, sondern zu Gott in den Himmel erhoben sein mußte; und wenn man nun über die Art, wie diese Erhebung vor sich gegangen sein möge, reflectirte, kam man auf dem jüdischen Standpunkt, dem die Seele ohne Leib ein bloßer Schatten war, auf die Vorstellung einer Wiederbelebung seines Leibes, d. h. der Auferstehung.

Diese letztere Vorstellung brauchte noch nicht einmal bestimmt ausgebildet zu sein, so ergab sich bereits die Möglichkeit, daß der erhöhte Messias sich den Seinigen in seiner neuen Herrlichkeit zeigen konnte. Dachte man ihn bei Gott vorerst nur etwa in der Stellung eines Engels, so mußte er auch erscheinen können wie die Engel. Uebrigens brauchte eine solche Kundgebung nicht nothwendig eine sichtbare zu sein. Bei der dem Paulus zu Theil gewordenen Christuserscheinung war, der Darstellung der Apostelgeschichte zufolge, beides beisammen: ein Lichtglanz, der als die Hülle des erhöhten Christus galt, und eine vernehmliche Himmelsstimme. Die letztere erinnert uns an das hörbare Orakel des spätjüdischen Glaubens, die sogenannte Tochter der Stimme (bath kol), die wir aus rabbinischen Schriften kennen, und die, wie auch aus Joh. 12, 29 zu sehen, darin bestand, daß ein zufällig entstandener natürlicher Schall, wie ein plötzlicher Donnerschlag und dergleichen, als omen betrachtet, und ihm aus den Umständen oder Stimmungen heraus, mit denen er zusammentraf, eine bestimmte Deutung gegeben wurde. Wäre es Paulus selbst, der uns von einem Lichte, das ihn plötzlich umleuchtet, und von einer Stimme, die er aus dem Glanze heraus vernommen (anders als blos bildlich, wie 2 Kor. 4, 6) erzählte, so würden wir keinen Anstand nehmen, an einen Blitz und Donnerschlag zu denken, der, zusammentreffend mit den inneren Kämpfen in seinem Gemüthe, von dem Apostel für die Erscheinung und strafende Stimme des von ihm verfolgten Christus gehalten worden sei; da es aber nur die Apostelgeschichte ist, die uns jene Erzählung gibt, so können wir, bei dem späteren Ursprung und auch sonst vielfach unhistorischem Charakter dieser Schrift, nicht wissen, ob nicht diese Züge nur der Sage oder Dichtung angehören.

So sind auch einzelne der evangelischen Erscheinungen des Auferstandenen, für sich genommen, einer Zurückführung auf ganz natürliche Vorgänge keineswegs unzugänglich. Wenn dem Lucas zufolge am zweiten Tage nach seiner Hinrichtung zwei Jünger, die von Jerusalem aus über Feld gingen, mit einem Unbekannten zusammentrafen, der ihnen in begeisterter Rede über den Tod des Messias das Verständniß aufschloß, und sie nun diesen in dem Augenblick, da er sich im Abenddunkel von ihnen entfernte, als ihren Jesus zu erkennen meinten; wenn im Anhangskapitel des vierten Evangeliums etliche Jünger, in der Dämmerung des Frühmorgens auf dem galiläischen See im Schiffe beschäftigt, einen Unbekannten am Ufer, der ihnen in Bezug auf das Auswerfen des Netzes einen Rath ertheilte, um des überraschend glücklichen Erfolgs willen für „den Herrn" hielten, ohne daß sich doch einer getraute, ihn zu fragen, ob er es wirklich sei: so könnte man, diese Erzählungen für sich genommen und der Hauptsache nach als historisch vorausgesetzt, gar wohl vermuthen, die Aufregung der Jünger nach dem plötzlichen Tode Jesu, ihre mit der Erneuerung seines Bildes unablässig beschäftigte Einbildungskraft, habe ihnen leicht in dem nächsten besten Unbekannten, der ihnen unter räthselhaften Umständen aufstieß und einen besondern Eindruck auf sie machte, eine Erscheinung ihres entrissenen Meisters gezeigt; wobei man sich auf geschichtliche Beispiele ähnlicher Täuschungen, die unter ähnlichen Verhältnissen auch sonst vorgekommen sind, berufen könnte.

Ich führe eines aus der Geschichte meiner Heimath an. Der Herzog Ulrich von Würtemberg war von dem schwäbischen Bunde freilich nicht getödtet, sondern nur aus seinem Lande vertrieben, dieses von den Oestreichern besetzt und gegen seine Rückkehr gesichert worden. „Da aber der Herzog", sagt sein trefflicher Geschichtschreiber [1]), „noch viele Anhänger im Lande zählte, deren Herz und Sinn er wachend und träumend beschäftigte, und das Verbot, von ihm nicht einmal zu sprechen, seine Person in ein geheimnißvolles Dunkel stellte, so wurde natürlich die Einbildungskraft um so erfinderischer. Man ließ Thiere und Steine von ihm reden. Es gab wohl auch Leute, die den alten Herrn (da und dort im Land) wollten gesehen oder gar verkleidet unter ihrem Dach gehabt haben. Das Herz denkt's, die Stunde bringt's." Da nun daran, daß der Herzog wirklich so unbeschützt unter seine Feinde hineingereist sein sollte, bei seiner argwöhnischen Aengstlichkeit nicht zu denken ist, so haben wir diese Erzählungen von seinem spukhaften Umgehen im Lande lediglich als Erzeugnisse der erregten Einbildungskraft und weiterhin

1) L. F. Heyd, Ulrich, Herzog zu Würtemberg, II, 169 fg.

der Sage zu betrachten, für welche, wie der feinsinnige Geschichtschreiber zu erinnern nicht vergißt, Verhältnisse wie die bezeichneten ein besonders günstiger Boden sind. Die Wirthin in Münchingen, von welcher er erzählt, kann wirklich einen fremden Gast, der bei ihr einkehrte, der Köhlerjunge bei Urach den Unbekannten, dem er den Weg durch die Wälder zeigte, sogleich oder hinterher für den Herzog gehalten, und diese Geschichten, weiter erzählt, können zur Ausbildung von andern dergleichen, an denen gar nichts Wirkliches war, Veranlassung gegeben haben.

Aehnliche Täuschungen mögen auch in unserm Falle mit untergelaufen sein; doch schwerlich waren die ersten Erscheinungen, die Einzelne von Jesu zu haben glaubten, von dieser Art. Sobald einmal die Kunde, Jesus sei neubelebt gesehen worden, gegeben war, konnten dergleichen Verwechslungen sich ereignen; aber ursprünglich entstehen konnte jener Glaube, da es sich nicht um einen blos Vertriebenen, sondern um einen Gestorbenen handelte, auf diesem Wege nicht. Wenn Paulus sagt, zuerst sei der Auferstandene dem Kephas erschienen, so ist dadurch, wie schon oben bemerkt, nicht ausgeschlossen, daß schon vorher einzelne Frauen ihn gesehen zu haben glauben konnten. Des Marcus Ausdruck (16, 9): Er erschien zuerst der Maria Magdalena, von der er sieben Dämonen ausgetrieben hatte, gibt viel zu denken. Daß es diese Frau war, die zuerst eine solche Erscheinung gehabt, darin stimmt mit Marcus nicht allein Johannes (20, 14 fg.), sondern auch Matthäus überein, nur daß dieser ihr noch die andere Maria beigesellt (28, 1. 9 fg.), und die Notiz von den sieben aus ihr getriebenen Dämonen war dem Marcus von Lucas (8, 2) an die Hand gegeben. Bei einer Frau von solcher Körper- und Gemüthsbeschaffenheit war von der innern Aufregung bis zur Vision kein großer Schritt. Daß aber auch bei Männern jener Zeit und Bildungsart dergleichen Seelenzustände nichts Unerhörtes waren, haben wir oben an dem Beispiele des Apostels Paulus gesehen. Was den Petrus betrifft, so können wir diejenigen, welche in den Evangelien und der Apostelgeschichte eine wirkliche, zwar ungewöhnliche, doch natürliche Geschichte sehen, als Beweis einer visionären Anlage auch dieses Apostels auf den Vorgang vor der Taufe des römischen Hauptmanns Cornelius (Apostelgesch. 10) verweisen. Da befiel ihn ja auch am hellen Mittag während des Gebets auf dem Dache eine Entzückung, in der er die bekannte Erscheinung des vom Himmel kommenden Tuchs mit den allerhand Thieren hatte, und eine himmlische Stimme zu vernehmen glaubte. Wir schreiben zwar diese Geschichte auf Rechnung der Gemeindesage oder des Pragmatismus des Verfassers der Apostelgeschichte; glauben aber in den Tagen nach dem Tode Jesu in dem engeren Kreise seiner Anhänger eine Gesammtstimmung, eine Steigerung des Gemüths- und Nervenlebens voraussetzen zu dürfen, welche die besondere Disposition des Einzelnen ersetzte.

Von Jakobus sagt die Ueberlieferung im Hebräer-Evangelium [1]), der Auferstandene sei ihm erschienen, nachdem er mehrere Tage gefastet hatte: auch dieß würde, als historisch vorausgesetzt, unter Vergleichung von Apostelgesch. 10, 10, eine Vision oder Hallucination um so erklärlicher machen.

Lucas erzählt von den nach Emmaus wandernden Jüngern, als der Unbekannte, ihrer Einladung folgend, sich mit ihnen zu Tische gesetzt, habe er das Brod genommen, das Gebet gesprochen, dann es gebrochen und ihnen gegeben, und daran, „am Brechen des Brodes", haben sie ihn als den Herrn erkannt (24, 30 fg. 35). In ähnlich bedeutsamer Art findet sich die Vertheilung von Brod und Fisch durch einen Unbekannten, in dem die Jünger den auferstandenen Jesus sahen, auch im Anhangskapitel zum johanneischen Evangelium hervorgehoben (21, 13). Erinnern wir uns nun, daß durch den Ausdruck „Brodbrechen" das Abendmahl bezeichnet zu werden pflegte (Apostelgesch. 2, 42. 46. 20, 7. 1 Kor. 10, 16), und daß dieses Mahl, die leibhaftige Vergegenwärtigung des letzten und wohl noch manches andern Mahles, wobei Jesus ihnen hausväterlich das Brod ausgetheilt hatte, in den ältesten Zeiten in häufiger, wahrscheinlich täglicher Wiederholung den kräftigsten Trost und Zusammenhalt der kleinen Urgemeinde bildete, so liegt die Vermuthung nahe, daß es hauptsächlich auch die erhöhte Stimmung bei diesem Mahle gewesen sein möge, welche in einzelnen Fällen das Andenken an den Entrissenen zur vermeintlichen Erscheinung auch vor größeren Versammlungen steigerte.

50.

Zeit und Ort der apostolischen Christusvisionen.

Fragen wir, wann und wo die Jünger Jesu diese Erscheinungen gehabt haben, so gibt uns hierüber der älteste Zeuge, der Apostel Paulus, wie schon oben erwähnt wurde, so viel wie keinen Aufschluß. Den Ort bestimmt er gar nicht, und die Zeit nur scheinbar. Er sagt (1 Kor. 15, 3—8), er habe als Ueberlieferung empfangen, daß Christus gestorben sei, und daß er begraben worden sei, und daß er am dritten Tage auferweckt worden sei nach der Schrift, und daß er erschienen sei dem Kephas, darauf den Zwölfen u. s. f. Paulus sagt also wohl, daß Jesus am dritten Tage auferstanden sei; daß aber der Auferstandene an demselben dritten Tage dem Kephas oder sonst wem erschienen sei, sagt Paulus nicht. Und da er dieser Kephaserscheinung zwar unmittelbar hinter der Angabe von der Auferweckung, aber ebenso unmittelbar alsdann hinter der Erscheinung Jesu vor sämmtlichen Aposteln der ihm selbst zu Theil gewordenen Erscheinung gedenkt, die doch

1) Hieron. de vir. ill. 2.

jedenfalls erst mehrere Jahre nach dem Tod und der Auferstehung Jesu stattgefunden hatte, so wissen wir überhaupt nicht, welche Fristen zwischen den verschiedenen Erscheinungen, und ebenso zwischen der ersten von ihnen und der Auferstehung am dritten Tage, wir uns zu denken haben.

Dagegen lassen die Berichterstatter dritten Ranges, die Evangelisten, sämmtliche oder doch einen Theil der Erscheinungen des Auferstandenen schon am Auferstehungstage selber vor sich gehen. Nach Johannes erscheint er der Maria Magdalena noch am Morgen der Auferstehung am Grabe selbst, darauf am Abend den versammelten Jüngern; nach Lucas an demselben Tage erst den Emmauswanderern und dem Petrus, dann den Eilfen und den übrigen; und auch der verkürzten und verworrenen Darstellung des Marcus liegt doch die gleiche Voraussetzung zu Grunde. Bei Matthäus zeigt sich der Auferstandene zwar den Eilfen erst später in Galiläa, aber den Weibern gleichfalls schon am Auferstehungsmorgen auf ihrem Rückwege von dem leer gefundenen Grabe zur Stadt. Und nun kann man sagen: wie wäre man denn in der ältesten Christenheit darauf gekommen, gerade den dritten Tag nach dem Tode Jesu als den Tag seiner Auferstehung anzusetzen, wenn nicht eben an diesem Tage die ersten Erscheinungen des Auferstandenen erfolgt wären? Wie wäre es zu erklären, daß schon zur Zeit des Apostels Paulus und der Abfassung der Offenbarung Johannis der Tag nach dem Sabbat als der Herrntag, der christliche Wochenfeiertag, erscheint (1 Kor. 16, 2. Offenb. 1, 7), wenn nicht eben an diesem Tage zuerst die große Thatsache der Wiederbelebung ihres Messias den Jüngern kund geworden war?

Nehmen wir die Auferstehung Jesu als Wunder, so konnte dieses an einem Tage so gut wie an dem andern stattfinden; eine natürliche Wiederbelebung mußte sogar an einem der nächsten Tage, oder sie konnte nie mehr vor sich gehen; dagegen scheint der psychologische Umschwung, aus welchem *wir* die Christusvisionen der Apostel hervorgehen lassen, zu seiner Entwicklung einer längeren Zeit zu bedürfen. Bis die Jünger von dem Schrecken über das ungeahnte Ereigniß nur wieder zu sich kamen, bis sie aus ihrer anfänglichen Zerstreuung sich nur wieder sammelten, mußte, scheint es, mehr als nur Ein Tag vergehen. War es insbesondere auch erneuerte Vertiefung in die heiligen Schriften des Alten Testaments, woraus ihnen die Gewißheit, daß ihr Jesus trotz Leiden und Tod doch der Messias, daß Leiden und Tod für ihn nur Durchgang zur messianischen Herrlichkeit gewesen, hervorging, so war auch hiezu eine längere Frist erforderlich. Es scheint also, wenn es wahr ist, daß schon am dritten Tage nach dem Tode Jesu Erscheinungen desselben stattgefunden haben, nicht denkbar zu sein, daß diese Erscheinungen bloße subjective Visionen der Jünger waren; unsere Ansicht von der Entstehung des Glaubens an die Auferstehung Jesu scheint an der Unmöglichkeit zu scheitern, die Entstehung desselben schon am dritten Tage denkbar zu machen.

Auf das gleiche für unsern Standpunkt ungünstige Ergebniß scheint auch die Bestimmung der Oertlichkeit dieser Erscheinungen in den Evangelien zu führen. Am Morgen nach dem Sabbat, an dessen Vorabende der Gekreuzigte begraben worden war, befanden sich der Darstellung der Evangelisten zufolge die Jünger noch in Jerusalem, und hier fanden nach allen, auch den Matthäus nicht ausgenommen, die ersten Erscheinungen des Auferstandenen statt: Jesus erschien also seinen Jüngern an demselben Orte, wo sein Leichnam in's Grab gelegt worden war. Auch dieser Umstand scheint nur uns in Verlegenheit zu setzen, während er für die beiden andern möglichen Ansichten von der Auferstehung Jesu unbedenklich ist. Denn mochte Jesus durch ein Wunder in's Leben zurückgerufen, oder natürlich aus einem Scheintode erwacht sein: in beiden Fällen war kein Leichnam mehr im Grabe zu finden, durch dessen Vorweisung man die Behauptung der Jünger, daß er auferstanden sei, widerlegen konnte. Bei unserer Ansicht dagegen, die den Leichnam im Grabe läßt, ist das anders. Wenn in derselben Stadt, vor deren Thoren in einem wohlbekannten und leicht zu findenden Grabmale der Leichnam Jesu lag, noch keine 48 Stunden nach der Beisetzung desselben seine Jünger mit der Behauptung auftraten, er sei auferstanden, sei lebendig aus dem Grabe hervorgegangen: wie ist es denkbar, daß die Juden nicht stracks zu diesem Grabe liefen, den Leichnam hervorholten und durch öffentliche Vorzeigung desselben das kecke Vorgeben Lügen straften? Oder vielmehr wie konnten die Jünger zu diesem Vorgeben kommen, wenn sie doch nur in der nahen Gruft nachsehen durften, um sich von seiner Grundlosigkeit zu überzeugen?

Allein für's Erste melden die Evangelisten zwar, daß bereits am zweiten Morgen nach seinem Begräbniß Jesus den Seinigen erschienen sei; daß aber diese schon jetzt mit der Verkündigung seiner Auferstehung den ungläubigen Juden gegenübergetreten wären, sagt kein einziger. Nach allen vielmehr hielten sie sich von Anfang still, und Lucas in der Apostelgeschichte läßt erst an Pfingsten, also sieben Wochen nach jenem dritten Tage, die Apostel mit der Predigt von ihrem auferstandenen Christus hervortreten. Dazu kommt, daß die Beisetzung Jesu im Felsengrabe des Joseph, wie bereits angedeutet und an einem spätern Orte des Näheren auseinanderzusetzen ist, nichts weniger als geschichtlich feststeht; war aber Jesus vielleicht mit andern Hingerichteten an einem unehrlichen Orte verscharrt worden, so hatten gleich von Anfang seine Jünger nicht die leichte lockende Gelegenheit, nach seinem Leichnam zu sehen, und wenn sie dann erst nach einiger Zeit mit der Verkündigung seiner Auferstehung hervortraten, so mußte es auch ihren Gegnern schon schwerer werden, seinen Leichnam noch kennbar und beweiskräftig zu produciren; was ohnehin bei dem Abscheu der Juden vor Leichen bei Weitem nicht so nahe lag, als wir uns jetzt vorstellen.

Was aber die Kürze der Zeit für die Entwicklung einer Stimmung in den Jüngern betrifft, aus der jene Visionen hervorgehen konnten, so ist auch diese Schwierigkeit nicht unüberwindlich. Auf rein logischem Wege, durch Vermittlung heller Gedanken, ging es dabei ja doch nicht zu und konnte es nicht zugehen, sondern der Umschwung erfolgte in den dunkeln Tiefen des Gemüths, es war ein gewaltsamer Durchbruch, ein Blitz, in welchem die Schwüle des gepreßten Innern sich entlud. Ein solcher Durchbruch wartet nicht, bis Alles vorher im Denken zurechtgelegt ist, im Gegentheil nimmt er mit der Ahnungskraft des Gemüths dasjenige voraus, was hinterher die Reflexion aufzuhellen sucht, stellt mit Einem Schlage dasjenige als Gegebenes hin, was erst nachher der Verstand zu verarbeiten bekommt. So wären wir mit unserer Vorstellung von der Auferstehung Jesu noch lange nicht geschlagen, wenn es auch feststünde, daß in der That schon am dritten Tage nach seinem Tode die Ueberzeugung von derselben unter den Jüngern hervorgetreten wäre.

Indeß es ist allerlei in den neutestamentlichen Berichten selbst, was uns diese Angabe zweifelhaft macht. Nehmen wir gleich das zuletzt Berührte: warum sollen denn die Jünger, wenn sie schon am dritten Tage der Auferstehung ihres Christus gewiß geworden waren, bis zum fünfzigsten gewartet haben, ehe sie etwas davon in's größere Publikum kommen ließen? Die Apostelgeschichte sagt, weil sie auf den heiligen Geist warten mußten, der erst an Pfingsten auf sie ausgegossen werden sollte; und wir auf unserm Standpunkte wissen, daß die Wahl gerade dieses Tags für die Geistesmittheilung durch das gegenbildliche Verhältniß bestimmt ist, in welches die urchristliche Betrachtungsweise die erste Verkündigung des Evangeliums zu der Gesetzgebung auf Sinai stellte [1]), daß also jene Zeitbestimmung zunächst nur einen dogmatischen, keinen historischen Grund hat. Allein ob nicht doch zugleich die Erinnerung darin liegt, daß es mit der Verkündigung der Auferstehung Jesu länger angestanden, und ob darin nicht weiter liegt, daß es auch mit der Entstehung des Glaubens an diese Auferstehung länger als nur drei Tage angestanden habe, ist eine andere Frage.

Aber alle Evangelisten stimmen doch darin überein, den Auferstandenen schon am dritten Tage in oder bei Jerusalem erscheinen zu lassen, auch Matthäus. Auch Matthäus, ja, aber wie? Erst läßt er den Engel am Grabe den Frauen die Auferstehung Jesu verkündigen mit der Weisung, die Nachricht schnell den Jüngern mitzutheilen, mittlerweile gehe ihnen Jesus nach Galiläa voraus, wo sie ihn sehen sollen. Nicht blos die Jünger sollen den Auferstandenen erst in Galiläa sehen, sondern „ihr", sagt der Engel, auch ihr Weiber, werdet ihn dort, in Galiläa, sehen. Wenn nun unmittelbar darauf, als die Weiber von dem Grabe zur Stadt liefen, um den Jüngern die Kunde zu bringen, ihnen Jesus selbst in den Weg tritt, so ist dieß gewiß höchst

1) Vgl. Gfrörer, Das Jahrhundert des Heils, II, 390 fg.

sonderbar. Bekamen sie Jesum schon hier zu sehen, so sahen sie ihn nicht erst, wie der Engel ihnen eben vorhergesagt hatte, in Galiläa. Und welche Veranlassung konnte Jesus haben, von seinem Plane, wie er ihn so eben noch durch den Engel hatte ankündigen lassen, so schnell abzugehen? Die Frauen waren ja im Begriff, ihren Auftrag an die Jünger auszurichten, und für sich waren sie bereits überzeugt, denn sie gingen vom Grabe mit Furcht natürlich, aber auch mit großer Freude, wie Matthäus sagt. Oder hatte ihnen Jesus noch etwas Weiteres zu sagen, das der Engel vergessen hatte? Vielmehr wiederholt er nur ganz dasselbe, was ihnen schon der Engel gesagt hatte: die Jünger sollen nach Galiläa abreisen, dort werden sie ihn sehen. Etwas so rein Ueberflüssiges, wie diese erste Christuserscheinung bei Matthäus, ist nicht nur nicht geschehen, sondern auch in dieser Verbindung ursprünglich nicht erzählt worden; sie ist ein späteres Einschiebsel, nicht in unsern Matthäustext, sondern in die Darstellung, welche der erste Evangelist seiner Auferstehungsgeschichte zu Grunde legte, in die er aber hier einen mit derselben schlechthin unverträglichen Zug eingetragen hat. Denken wir uns diese Erscheinung weg, so stimmt seine Erzählung auf's beste mit sich zusammen. Bei Jerusalem am Grabe und am Auferstehungsmorgen erscheint nur der Engel mit der vorläufigen Kunde und der Weisung nach Galiläa; Jesus selbst erscheint abgeredetermaßen erst in Galiläa, nachdem die Jünger mit den Frauen ihre Wanderung dahin vollendet hatten. Ist hienach Galiläa der Schauplatz für das Erscheinen des Auferstandenen, und wird dieses eben damit auch in eine etwas spätere Zeit als den dritten Tag herabgerückt, da die Jünger unmöglich noch an demselben Tag, an dessen Morgen sie in Jerusalem die Weisung zu der Wanderung erhielten, auf dem Berg in Galiläa angekommen sein können: so steht dieser bei Matthäus zu Grunde liegenden Ansicht, wie schon oben erwähnt, die Darstellung bei Lucas und Johannes gerade entgegen, wo Jerusalem und die Umgegend der eigentliche, und wenn wir das Anhangskapitel bei Johannes abrechnen, einzige Schauplatz der Kundgebungen des Auferstandenen ist, die eben damit auch schon am Auferstehungstage selbst ihren Anfang nehmen können. So wenig diese letztere Vorstellung mit der ersteren, die der Erzählung bei Matthäus zu Grunde liegt, vereinbar ist, so hat ihr doch der Verfasser des ersten Evangeliums so weit nachgegeben, daß er den Auferstandenen, wenn auch nicht den Jüngern, denn da wäre ja die Reise nach Galiläa ganz zwecklos geworden, doch den Frauen noch bei Jerusalem selbst erscheinen ließ.

Zeigt sich von diesen entgegenstehenden Vorstellungsweisen über die Oertlichkeit dieser Erscheinungen die des Lucas und Johannes schon dadurch als die spätere, daß bei Matthäus ein Zug aus ihr der andern aufgeklebt ist, so hat, diesen Zug abgerechnet, die Darstellung bei Matthäus auch die innere geschichtliche Wahrscheinlichkeit auf ihrer Seite. Dem wunderbar wiederbelebten Jesus freilich stand es vollkommen frei, sich zu Jerusalem wie in Galiläa den Seinigen zu zeigen, und den natürlich wieder zum Leben gekommenen hielten vielleicht Wunden und Schwachheit vorerst in Jerusalem fest; aber die Jünger, mit denen wir auf unserm Standpunkt es allein zu thun haben, sie hatten nach dem Schlage, der in der Hauptstadt ihren Meister getroffen hatte, offenbar alle Ursache, sobald als möglich in ihre galiläische Heimath zurückzukehren. Sie konnten nicht wissen, wie weit die hierarchische Partei gehen, ob sie nicht durch ihren Erfolg gegen den Meister angefeuert, auch nach seinen bekanntesten Anhängern greifen würde. Solcher Gefahr standen sie in Jerusalem, wo sie fremd waren, ohne Schutz gegenüber; während in Galiläa sie daheim, durch verwandtschaftlichen und landsmännischen Zusammenhang gesichert, die Hohenpriesterpartei dagegen bei Weitem nicht so mächtig war wie in der Hauptstadt. Dahin weisen uns auch in der evangelischen Darstellung, obwohl sie schon bei Matthäus nicht mehr ganz ursprünglich ist, unverkennbare Spuren. Nach der Flucht, welche die beiden ersten Evangelisten bei der Gefangennehmung Jesu alle seine Jünger ergreifen lassen (Matth. 26, 56. Marc. 14, 50), sehen wir zwar beim Verhör noch den Petrus zugegen, aber am Kreuze läßt sich nach Matthäus und Marcus keiner von den Zwölfen mehr blicken, und wenn bei Matthäus (26, 31) Jesus die Weissagung des Zacharias (13, 7) auf sie anwendet: ich will den Hirten schlagen und die Schafe der Herde werden sich zerstreuen, so scheint dieses Wort von dem Verfasser des vierten Evangeliums ganz richtig dahin ausgelegt zu sein, (16, 32), daß die Jünger in ihr Heimwesen zurückkehren werden. Wenn diese Rückkehr nach Galiläa im vierten Evangelium (den Anhang dazu gerechnet) frühestens acht Tage nach der Auferstehung, und selbst bei Matthäus erst nach der Kunde von dieser und auf eine Anweisung Jesu hin erfolgt, so erscheint schon Letzteres als eine beschönigende Darstellung, die, was ungeheißen aus Furcht geschah, auf höheren Befehl zurückführt.

Waren aber die Jünger nach der Hinrichtung Jesu im ersten Schrecken in ihre Heimath zurückgeflohen, so läßt sich ihre Umstimmung bis zu dem Punkte, wo die Christusvisionen eintreten konnten, so wenig sie auch in Jerusalem schlechthin unerklärlich ist, doch weit leichter erklären. Außer dem Machtbereich der Feinde und Mörder ihres Meisters wich der Bann des Schreckens und der Betäubung, der mit seiner Gefangennehmung und Verurtheilung sich auf ihre Gemüther gelegt hatte. Dann war ihnen in Galiläa, in den Gegenden, die sie so oft mit ihm durchwandert, unter der Bevölkerung, mit der sie sich so oft an seinen Reden begeistert hatten, alle Veranlassung gegeben, sein Bild stets von Neuem in sich hervorzurufen, es in den verschiedenen bedeutsamen Situationen, worin sie ihn dort gesehen hatten, sich zu vergegenwärtigen. Auch die Entfernung des Grabes ist in Anschlag zu bringen, dessen unmittelbare Nähe doch, wenigstens in der ersten Zeit, das Aufkommen des Glaubens, daß der Begrabene daraus hervorgegangen sei, erschweren mußte. Und wenn uns die Verlegung der Erscheinungen nach Galiläa von dem dritten Tage als dem Zeitpunkt für den Eintritt derselben losmacht, so wird auch durch die hiemit gewonnene längere Frist der Umschwung in der Stimmung der Jünger begreiflicher.

Hat hienach, was die Oertlichkeit der Erscheinungen des Auferstandenen betrifft, aller Wahrscheinlichkeit nach Matthäus Recht, so ist doch leicht zu sehen, wie es kam, daß man ihm in der Folge Unrecht gab, ja daß er sich selbst, d. h. der letzte Ueberarbeiter der ältern von ihm verarbeiteten Erzählung, durch die Einschiebung der Erscheinung Jesu vor den Frauen bei Jerusalem Unrecht gab. Schon an sich lag es der Phantasie am nächsten, den Auferstandenen eben da, wo er aus dem Grabe hervorgegangen sein mußte, zuerst auch seine Wiederbelebung beurkunden, d. h. erscheinen zu lassen. Dann waren ja die Jünger, nachdem sie sich in Galiläa wieder gefaßt und im Glauben an Jesus als den Messias neu befestigt hatten, nach Jerusalem zurückgekehrt und hier die Stifter einer Gemeinde geworden, die vermöge der centralen Stellung dieser Stadt bald der Mittelpunkt aller Gemeinden des gekreuzigten und wiedererstandenen Messias wurde. Wie natürlich nun, daß man der Zeit, während welcher die Apostel aus diesem Mittelpunkte gewichen waren, gern vergaß, und der Sache die Wendung gab, als wäre die Hauptstadt nie ohne den Kern einer Gemeinde gewesen, die Eilfe von Anfang an in Jerusalem beisammengeblieben, und eben hier durch die ersten Erscheinungen ihres auferstandenen Meisters zu neuem Glauben erweckt worden? So wurde die Sache in späterer Zeit namentlich in Jerusalem erzählt, und so daher von dem Verfasser des dritten Evangeliums, der die galiläische Tradition des ersten hauptsächlich auch durch judäische und jerusalemische Ueberlieferungen bereicherte[1]), dargestellt. Daraus folgt aber nicht, daß nun etwa Matthäus aus galiläischem Patriotismus diese Landschaft zum Schauplatz der Wiedererscheinung des Auferstandenen gemacht hätte; sondern in der galiläischen Ueberlieferung, der er folgte, war nur keine Veranlassung, den ursprünglichen Thatbestand zum Vortheile Jerusalems umzugestalten.

Schwerer als von der Ortsbestimmung will sich von der Zeitangabe, die der Auferstehungsgeschichte zu Grunde liegt, eine unhistorische Entstehung denken lassen; die uralte bestimmte Nachricht, Jesus sei am dritten Tage auferstanden und als Auferstandener gesehen worden, scheint allen Anspruch auf geschichtliche Geltung zu haben. Doch auch hier läßt sich, wenn einmal der Glaube an seine Wiederbelebung und an Erscheinungen des Wiederbelebten gegeben war, der Grund unschwer entdecken, warum dafür gerade der dritte Tag angesetzt worden ist. Ueber den gekreuzigten Messias durfte der Tod nur kurze Zeit Gewalt gehabt (vgl. Apostelgesch. 2, 24), sein Sieg über

1) Vgl. Köstlin, Die synoptischen Evangelien, S. 230 fg.

Tod und Unterwelt mußte sich so früh wie möglich entschieden haben. Hatte so der Glaube seiner Anhänger einerseits ein natürliches Interesse, den Zeitpunkt seines Hervorgangs aus dem Grabe möglichst nahe an den seines Todes und Begräbnisses hinanzurücken, so durfte man damit auf der andern Seite doch nicht so weit gehen, daß das Moment des Todes ganz zu verschwinden scheinen konnte: Jesus sollte dem Leibe nach nur eine kurze Weile todt, aber er sollte wirklich todt gewesen sein. Diesem Bestreben kam der Umstand entgegen, daß die Hinrichtung Jesu nach der zusammenstimmenden Ueberlieferung sämmtlicher Evangelien, die von ihrer Abweichung in Betreff des Passahfests nicht berührt wird, den Tag, und seine Beerdigung den Abend vor dem Sabbat stattgefunden hatte. Am Sabbat hatte Gott geruht von allen seinen Werken (1 Mos. 2, 2. Hebr. 4, 4): wie schicklich ergab es sich da, auch den Messias von den Arbeiten seines Menschenlebens eben diesen Tag über rasten, im Grabe nur eine Sabbatruhe halten zu lassen. Dazu kam, daß vermöge der typischen Bedeutung der Dreizahl der dritte Tag für eine kurze Zeit, als Frist für die ungehemmte Durchführung einer Sache, gewissermaßen die sprüchwörtliche Bestimmung gewesen zu sein scheint. „Jehova", sagt bei Hosea (6, 2) das bußfertige Volk, „Jehova wird uns wiederbeleben nach zwei Tagen, und am dritten Tage wird er uns aufrichten, daß wir vor ihm leben." In ähnlicher Art läßt bei Lucas (13, 32 fg.) Jesus dem Fuchs Herodes sagen: „Siehe, ich treibe Teufel aus und vollbringe Heilungen heute und morgen, und am dritten Tage vollende ich", und auch die Zeitbestimmung in der Aussage der falschen Zeugen (Matth. 26, 61), Jesus habe sich anheischig gemacht, den Tempel Gottes abzubrechen und in drei Tagen wieder aufzubauen, braucht gar nicht erst aus der Auferstehungsgeschichte abgeleitet zu sein. Dagegen scheint der Aufenthalt des Jonas im Bauche des Seethiers, wo er ein Gebet gehalten hatte (2, 1—11), das sich mit den messianischen Leidenspsalmen vergleichen ließ, erst später, nachdem die Auferstehung Jesu bereits auf den Sonntag Morgen festgesetzt worden war, zur Vergleichung beigezogen worden zu sein (Matth. 12, 40), da die drei Tage und drei Nächte dieses Aufenthalts mit den zwei Nächten und einem Tage, die Jesus nach den evangelischen Erzählungen im Grabe zubrachte, nicht zusammenstimmen.

In dieser Art konnte die Festsetzung des dritten Tages für die Auferstehung Jesu noch bei Lebzeiten der Apostel aufkommen und von diesen selbst angenommen werden, wenn sie auch keinen historischen Grund hatte. Augenzeuge des Hervorgangs Jesu aus dem Grabe gewesen zu sein, rühmte sich Niemand, die Bestimmung der Zeit desselben beruhte lediglich auf Schlüssen; der einzig sichere Schluß aber war der, daß Jesus aus dem Grabe hervorgegangen sein müsse, ehe er irgend Jemanden erschienen war. Wie lange vorher, blieb unbestimmt, und wenn dazu aus dogmatisch-prophetischen Gründen der Tag nach dem Sabbat, der dritte Tag, besonders schicklich erschien, so konnte auch ein solcher, der erst am vierten, achten Tag oder später eine Christuserscheinung gehabt hatte, gegen die Festsetzung der Auferstehung auf den dritten Tag so wenig etwas haben als Paulus, dem die seinige erst mehrere Jahre später zu Theil geworden war.[1])

So hatte sich der Glaube an Jesus als den Messias, der durch seinen gewaltsamen Tod einen scheinbar tödtlichen Stoß erlitten hatte, von innen heraus, auf dem Wege des Gemüths, der Einbildungskraft und des aufgeregten Nervenlebens, wiederhergestellt; es war nun Allem die lebendige Fortwirkung gesichert, was von neuem und tieferem religiösen Leben in Jesu gewesen, und von ihm durch Lehre und Vorbild den Seinigen mitgetheilt worden war. Aber die phantastische Form dieser Wiederherstellung blieb von jetzt an auch für die Art maßgebend, wie sein Bild angeschaut, seine Reden, Thaten und Schicksale aufbehalten wurden; sein ganzes Leben hüllte sich in eine Glanzwolke, die es immer mehr über das Menschliche hinaushob, aber auch der natürlichen und geschichtlichen Wahrheit immer mehr entfremdete. Auch die Geschichte der Erfahrungen, welche den Glauben an seine Auferstehung begründet hatten, erlitt in diesem Sinne eine Umbildung, von der wir aber erst am Schlusse des folgenden Buches zu reden haben werden, dessen Aufgabe ist, eben die Umgestaltung in ihren einzelnen Zügen und Wendungen zu verfolgen, welche die Lebensgeschichte Jesu unter dem Einfluß der phantastischen Stimmung der ältesten Gemeinden, die in manchen Stücken zugleich ein Rückfall in jüdische Zeitvorstellungen war, erfahren hat.

---

1) Vgl. meine S. 297 angeführte Abhandlung.

Zweites Buch.

Die mythische Geschichte Jesu

in ihrer Entstehung und Ausbildung.

51.

Anordnung.

Nachdem wir im Bisherigen die ungefähren Umrisse einer wirklichen Lebensgeschichte Jesu gezogen, ihn als Menschen uns so verständlich zu machen gesucht haben, als bei einer Gestalt noch möglich ist, die wir nicht blos in so weiter Zeitferne, sondern hauptsächlich durch ein so trübes, die Strahlen so eigenthümlich brechendes Medium erblicken, gehen wir nun dazu über, dieses Medium selbst zu zersetzen, d. h. die darin sichtbaren Scheinbilder dadurch aufzulösen, daß wir die Bedingungen nachweisen, unter denen sie entstanden sind.

Für diese Darlegungen bietet sich uns mehr als eine Art von Anordnung dar. Wir könnten jedes unserer vier Evangelien nach der Stufe, die es in dem Entwicklungsgange des christlichen Vorstellungskreises bezeichnet, für sich nehmen und zeigen, wie auf dieser Stufe, bei diesen kirchlichen Bestrebungen, von diesen dogmatischen Voraussetzungen aus das Leben Jesu sich jedesmal darstellte und darstellen mußte; oder, bei der genauern Verwandtschaft der drei ersten Evangelien und der Verflechtung verschiedener Richtungen in denselben, könnten wir sie dem vierten gegenüber zusammennehmen, und zuerst den synoptischen, dann den johanneischen Mythenkreis nach seiner Entstehung entwickeln, sodaß wir die Bahn des Lebens Jesu im erstern Fall viermal, im andern wenigstens zweimal zu durchlaufen hätten. Müßte hievon das Erstere unserer Darstellung entschieden eine schwerfällige Haltung geben, so wäre doch auch das Andere nicht ohne Gewaltsamkeit. Bei aller Verschiedenheit von der synoptischen steht nämlich die johanneische Vorstellungsweise mit ihr doch im engsten Zusammenhang, hat sie, auch bei den einzelnen Erzählungen, überall zu ihrer Voraussetzung, und verhält sich zu ihr nur wie die höchste Steigerung, wie der Superlativ zum Positiv und Comparativ. Daher mag es zwar einer Kritik, die sich das Verständniß der Evangelien als literarischer und geschichtlicher Erzeugnisse zur höchsten Aufgabe gemacht hat, gemäß sein, jedes derselben für sich zu nehmen und seine Darstellung des Lebens Jesu im Zusammenhang zu entwickeln; wir, deren Endabsicht auf die Beantwortung der Frage geht, ob wir an den evangelischen Erzählungen von Jesu geschichtliche Nachrichten, oder was sonst wir an ihnen haben, sind auf einen andern Weg angewiesen. Wir werden nicht gerade die einzelnen Erzählungen, aber doch einzelne Gruppen von solchen, z. B. die Erzählungen von der Abstammung, der Erzeugung, der Taufe, den Wundern Jesu, besonders nehmen und durch alle vier Evanlien hindurch in ihrer Entwicklung verfolgen; wobei wir, so weit es thunlich ist, die Zeitordnung des Lebens Jesu zur Richtschnur nehmen werden.

Als erster Abschnitt ergibt sich uns hiebei die mythische Vorgeschichte Jesu, zu der wir nach der einen Seite noch die Geschichte der Herkunft seines Vorläufers, nach der andern die seiner Einführung durch diesen Vorläufer, die Taufgeschichte und die von ihr unzertrennliche Versuchungsgeschichte ziehen.

Erstes Kapitel.

Die mythische Vorgeschichte Jesu.

52.

Eintheilung.

Die ganze Vorgeschichte Jesu, wie sie in den Evangelien vor uns liegt, hat sich, die historischen Notizen von seinem Daheimsein in Nazaret, seinem spätern Verhältniß zu dem Täufer Johannes, seinem und vielleicht auch den Namen seiner Eltern vorausgesetzt, aus dem einfachen Satze des neuen Glaubens entwickelt, daß Jesus der Messias war.

Jesus war der Messias, d. h. der Sohn David's, der Sohn Gottes, der andere Moses, der letzte, größere Retter seines Volks und der sich gläubig ihm zuwendenden Menschheit.

Er war der Sohn David's, d. h. für's Erste, er stammte aus seinem Geschlecht: dieß nachzuweisen beeiferte man sich von verschiedenen Seiten und von verschiedenen Gesichtspunkten aus, daher die zwei Geschlechtsregister bei Matthäus und Lucas. Er war der Sohn David's, d. h. für's Andere, er war geboren in David's Stadt: da er aber doch landkundigermaßen der Nazarener war, so brauchte nun der eine Evangelist eine eigene Maschinerie, die Eltern Jesu von Nazaret nach Bethlehem, der andere, sie von Bethlehem weg nach Nazaret zu bringen. Er war der Sohn David's, d. h. für's Dritte, er war wie dieser durch einen prophetischen Mann gesalbt, durch diese Salbung mit dem heiligen Geist erfüllt und zur Uebernahme seines hohen Berufes ausgerüstet.

Jesus war aber als Messias auch der Gottessohn, und zwar im strengsten Wortverstande: das hieß für die Verfasser des ersten und des dritten Evangeliums, im Leibe seiner Mutter durch den heiligen Geist ohne Zuthun eines menschlichen Vaters erzeugt, von Engeln verkündigt und bewillkommt; für den Verfasser des vierten Evangeliums hieß es, Jesus war das fleischgewordene göttliche Schöpferwort, eine Würde, der gegenüber nicht blos die davidische Abstammung und die Geburt in David's Stadt, sondern auch die idyllischen Hirtenscenen bei seiner Ankündigung und Geburt, als zu klein gedacht und unerheblich hinwegfielen. [1])

Jesus war als Messias endlich der andere Moses, d. h. aus ähnlichen Gefahren, die seine wie einst des ersten Retters Kindheit bedrohten, wunderbar errettet worden; Gefahren, die dadurch herbeigeführt waren, daß der in den Büchern Mosis verheißene Stern aus Jakob bei seiner Geburt sich gezeigt, die Geschenkebringenden aus Saba zur Huldigung bei dem messianischen Kinde sich eingestellt hatten; der andere Moses, der wie dieser und wie Samuel schon als Knabe seiner höhern Bestimmung zugewendet, der Lehrer der Gelehrten war; der endlich die Versuchungen, denen das Volk unter Mosis Führung erlegen war, bestanden und sich dadurch als den Wiederbringer und Wiederhersteller erwiesen hat.

Erste Mythengruppe.

Jesus der Davidssohn.

I. Jesus, der Messias, stammt aus David's Geschlecht. Die beiden Geschlechtsregister.

53.

Wenn es sich darum handelte, die Abkunft von David, die Jesu nach den Vorstellungen seines Volks, wenn er der Messias war, zukommen mußte (Joh. 7, 42. Röm. 1, 3), nachzuweisen, so war dieses Geschäft von beiden Seiten her durch zwei entgegengesetzte Umstände erleichtert: dadurch nämlich, daß David's Geschlecht abwärts wie aufwärts ebenso bekannt, als das Geschlecht Jesu ohne Zweifel unbekannt war.

David's Descendenz lag in der Reihe der jüdischen Könige bis zum Exil, wie sie in ausführlicher Geschichtserzählung die Bücher der Könige und der Chronik, in Form einer Stammtafel, die bis auf Serubabel, den Führer der aus dem Exil Zurückkehrenden und dessen nächste Nachkommen

---

1) Zum Davids- und Gottessohne könnte man noch den Menschensohn aus Daniel fügen und sagen: wie aus der Vorstellung des Messias als Davidssohnes die beiden Stammbäume Jesu und die Erzählung von seiner Geburt in Bethlehem, aus der des Messias als Gottessohns die Erzählung von der übernatürlichen Erzeugung Jesu entsprangen, so sei der von Jesu zu seiner Selbstbezeichnung gewählte Ausdruck Menschensohn die Veranlassung gewesen, ihm der danielischen Stelle gemäß die Reden von seiner einstigen Wiederkunft mit den Wolken des Himmels in den Mund zu legen. Doch s. oben Nr. 39.

heruntergeht, der Eingang des ersten Chronikbuchs an die Hand gab, aller Augen vor. Daß nun, wer von David abstammte, zugleich ein Nachkomme des Nationalstammvaters Abraham war, verstand sich zwar von selbst; doch sofern man in dem Messias außer dem Sohn David's auch den dem Abraham verheißenen Saamen sah, in welchem alle Geschlechter der Erde gesegnet werden sollten (1 Mos. 22, 18. Galat. 3, 16), so konnte es angemessen erscheinen, auch die Ascendenz David's bis zu Abraham noch dareinzugeben, die theils im ersten Buch Mosis, theils am Schlusse des Büchleins Ruth und im Eingang der Chronik zur Hand lag; ja, wollte einer von Abraham vollends den Schritt bis zu dem erstgeschaffenen Adam hinauf machen, so war auch dieser nicht verlegen, sondern fand im fünften und eilften Kapitel der Genesis und abermals im Eingang der Chronik was er brauchte.

Also von Adam bis zu Serubabel und seinen nächsten Nachkommen lief der genealogische Faden, wie er im Alten Testament gegeben war, herunter; hier ging er nun freilich zu Ende und hing in der Luft, und zwar war er um beiläufig fünfhundert Jahre zu kurz, um welche er, wenn er als Stammbaum Jesu gelten sollte, verlängert werden mußte. Dieß konnte auf zweierlei Weise geschehen; am besten natürlich, wenn man die Abstammung Jesu so weit hinauf wußte und urkundlich belegen konnte. Daß aber dieß wenig Wahrscheinlichkeit hat, wird man zugeben. Es bedarf nicht einmal der Nachricht des Julius Africanus, daß Herodes, aus Scham über seine unedle Herkunft, die jüdischen Geschlechtsregister vernichtet habe[1]), um es als höchst zweifelhaft erscheinen zu lassen, daß nach den stürmischen Zeiten erst der macedonischen, dann der maccabäischen und endlich der beginnenden römischen Herrschaft in einer obscuren galiläischen Zimmermannsfamilie so weit hinaufreichende Stammbäume vorhanden gewesen seien. Daß später, nach dem Aufkommen einer Christengemeinde, die Verwandten „des Herrn“ sich viel mit der Genealogie ihrer Familie beschäftigten, wie der gleiche Africanus meldet, ist wohl glaublich, und aus solcher Beschäftigung, die mit den Gliedern der Familie sicherlich auch andere Gemeindeglieder theilten, kann man sich unsere beiden Stammtafeln bei Matthäus (1, 1—17) und Lucas (3, 23—38) hervorgegangen denken; aber daß diese die oben erwähnte Lücke mit ganz verschiedenen Mittelgliedern ausfüllen, bestätigt unsere Vermuthung, daß ihren Urhebern dazu keinerlei Urkunden zu Gebote standen, sondern sie auf eigenes Vermuthen und Rathen angewiesen waren. Nämlich den Sohn des Serubabel, durch welchen das Geschlecht zu Jesus hin fortläuft, nennt Matthäus Abiud, Lucas Resa (hierin beide von 1 Chron. 3 abweichend), den Vater Joseph's aber, durch den Jesus von Serubabel und David stammen soll, Matthäus Jakob, Lucas Eli, und zwischen beiden sind sowohl die Namen verschieden als die Zahl der Geschlechter, deren wir bei Matthäus,

1) Bei Eusebius, Kirchengeschichte, I, 7, 13.

den Serubabel ein-, den Joseph aber ausgeschlossen, zehn, bei Lucas aber beinahe noch einmal so viel, nämlich neunzehn, finden.

Diese Abweichung ergab sich, wie gesagt, sehr natürlich, wenn die Verfasser beider Stammbäume in Ausfüllung jener Lücke auf ihre eigene Erfindung angewiesen waren und keiner von dem Versuche des andern wußte; doch selbst wenn der Urheber des Stammbaums bei Lucas von dem bei Matthäus wußte, konnte er seine Gründe haben, warum er von demselben abwich. Denn er weicht von ihm auch in Betreff der Glieder von David bis Serubabel ab, die ihm doch so gut wie dem Verfasser des andern Stammbaums im Alten Testamente vorlagen. Von David ab läßt nämlich der letztere das Geschlecht Jesu durch Salomo und die bekannte Reihe der Könige von Juda herunterlaufen; der erstere aber wählt sich unter den Söhnen David's den Nathan aus, der 1 Chron. 3, 5 unmittelbar vor Salomo genannt, von dessen Nachkommenschaft aber im Alten Testament nirgends die Rede ist, so daß der Verfasser des Stammbaums bei Lucas, wenn er sie nicht anderswo verzeichnet fand, ihre Namen selbst zu machen hatte. Warum er nun der ihm im Alten Testament vorliegenden Königslinie auswich, davon lassen sich verschiedene Gründe denken. Zu vornehm und zu gut war sie ihm für seinen Christus natürlich nicht. Also muß sie ihm irgendwie zu schlecht und unwürdig gewesen sein. Daß, wie bei Dynastien leider herkömmlich, auch die davidische in späterer Zeit entartet war, ist bekannt. Ueber ihren letzten Sprößling, den nach Babel weggeführten Jechonja oder Jojachin, hatte der Prophet Jeremia in Jehova's Namen (22, 30) das Urtheil gesprochen: „Es wird keiner gedeihen von seinem Saamen, der da sitze auf dem Throne David's und herrsche fürder über Israel.“ Wem dieses Wort Jehova's im Gedächtniß war, der konnte von dem so Verworfenen unmöglich denjenigen abstammen lassen, dem der Herr den Thron seines Vaters David geben, und der Jakob ohne Ende beherrschen sollte (Luc. 1, 32 fg.). So verkommen war aber in der That nicht erst jener Spätling, sondern schon Rehabeam, ja schon Salomo selbst mit seiner Wollust und Abgötterei konnte für ausgeartet gelten: so daß man sich nicht wundern darf, wenn, einer alten Nachricht zufolge[1]), es schon unter den Juden eine Partei gab, die den Messias nicht aus dieser so vielfach befleckten regierenden, sondern aus einer in der Verborgenheit reiner gebliebenen Linie davidischer Nachkommen erwartete. Eine von diesem Gesichtspunkt aus entworfene Genealogie in seine Schrift aufzunehmen, lag dem paulinisch gebildeten Verfasser des dritten Evangeliums ebenso nahe, als dem noch mehr judenchristlich gesinnten Verfasser des ersten die Aufnahme der andern. Denn der Judenchrist war in Betreff seines Messias natürlich Legitimist: wogegen der Pauliner, so zu sagen orleanistisch gesinnt, einen Messias vorziehen

1) Vgl. Credner's Einleitung in das Neue Testament, I, 68 fg.

mochte, der, aus einer nicht regierenden Linie stammend, zugleich weniger als Judenkönig erschien.[1]) Aus demselben Grunde war dem Verfasser des dritten Evangeliums an dem von ihm aufgenommenen Stammbaum die Fortsetzung noch über Abraham bis zu Adam und Gott selbst hinauf willkommen, oder gab er ihm selbst diese Verlängerung, durch welche Jesus gleichsam als zweiter Adam (1 Kor. 15, 45. 47) über die Schranken des Judenthums hinaus zu der ganzen Menschheit in Bezug gesetzt wurde.

Doch nicht blos die Abweichung dieser beiden Stammbäume von einander, sondern auch die Beschaffenheit eines jeden für sich läßt uns in denselben weniger die Ergebnisse historischer Erkundigung, als die Erzeugnisse dogmatischer Voraussetzungen erkennen. Der bei Matthäus theilt sich in drei Abschnitte von jedesmal gleich vielen Gliedern, wovon der erste von Abraham bis David, der zweite von David bis zum babylonischen Exil, der dritte von diesem bis auf Jesus reicht. Daß der Verfasser hiebei auf das zweitheilige Urgeschlechtsregister in der Genesis (1 Mos. 5, 1 fg. 11, 10 fg.) Rücksicht genommen, erhellt schon aus der Ueberschrift, die er ihm gibt: Buch der Herkunft Jesu Christi; wie das in der Genesis nach der alexandrinischen Uebersetzung Buch der Herkunft der Menschen heißt.[2]) Dieses letztere nun gibt zuerst von Adam bis Noah zehn Geschlechter, und ebensoviel hierauf, gewiß nicht ohne Bedeutung und Absicht, von Sem bis Abraham. In dieser Gleichheit der Zeiträume, binnen welcher die großen geschichtlichen Wendepunkte aufeinander folgten, wie hier auf den ersten Stammvater der Menschheit der zweite, und auf diesen der Vater der Gläubigen, meinte man den Rhythmus der Geschichte, gleichsam den Taktschlag der göttlichen Weltregierung zu erkennen, mit dem es freilich in der Wirklichkeit nicht diese einfache Bewandtniß hat. Setzte nun unser evangelischer Genealogist mit den Nachrichten der Genesis den Stammbaum am Schlusse des Buchs Ruth zusammen, so fand er von Abraham bis David, beide miteingeschlossen, 14 Glieder. Ob 10 wie dort, oder 14, galt ihm gleich, im Gegentheil die 14, als die doppelte 7, war eine besonders heilige Zahl; nur sollte, wie dort die 10, so hier die 14, sich wiederholen. Und zwar reichte bis zu Christus, wenn doch die vielen jüdischen Könige in den Stammbaum kommen sollten, Ein weiteres 14 nicht, es mußten mindestens noch zwei, im Ganzen also drei 14 sein, was dann in der 3 abermals eine heilige Zahl ergab. Auch mußte, wie das erste 14 mit David, das dritte mit dem Messias schloß, so auch der Schluß des zweiten mit einem geschichtlichen Merkpunkte zusammentreffen, als welcher sich freilich dießmal keine große gottgeliebte

---

1) Vgl. Hilgenfeld, Die Evangelien, S. 165.

2) 1 Mos. 5, 1: αὕτη ἡ βίβλος γενέσεως ἀνθρώπων. Matth. 1, 1: βίβλος γενέσεως Ἰησοῦ Χριστοῦ.

Persönlichkeit, sondern das große göttliche Strafgericht der Wegführung nach Babel ergab.

Den dritten Absatz nun dem ersten gleichzählig zu machen, daran hinderte den Verfasser nichts, da ihm hier außer dem Namen Serubabel und etwa noch dem seines Vaters, mit denen er sein Geschlechtsregister zieren wollte, keine weiteren Namen gegeben waren; und daß für die beiläufig 600 Jahre von Jechonja bis auf Jesus (diesen nicht mitgezählt) dreizehn Generationen nicht ausreichten, sofern da der Sohn dem Vater durchschnittlich erst in dessen sechsundvierzigsten Jahre geboren sein müßte, machte ihm wenig Kummer. Uebler stand es mit dem mittleren Abschnitt. Denn der jüdischen Könige waren es von Salomo bis zum Ende des Reichs 20, oder wenn wir den Joahas und Zedekia, die das Geschlecht nicht weiter leiteten, abrechnen, doch 18: da mußten also, wenn die Vierzehn Meister bleiben sollte, vier herausgeworfen werden. Daß der Genealogist dabei etwa nach den schlechtesten gegriffen hätte, läßt sich nicht sagen, denn Joas und Amazia, die er übergeht, waren nach der eigenen Schätzung der alttestamentlichen Geschichtschreiber löbliche Fürsten, und jedenfalls besser als Joram und mancher Andere, den er gleichwohl würdig fand, in seinem Geschlechtsregister eine Stelle einzunehmen. Sondern wenn man sieht, wie er vor Jechonja oder Jojachin dessen Vater Jojakim überspringt, so könnte man zwar an ein durch den Gleichklang der Namen veranlaßtes Versehen denken, besonders da er dem Jojachin Brüder gibt, die nur dessen Vater Jojakim hatte; wenn man aber weiter findet, wie er von Joram statt auf Ahasja, oder griechisch Ochozias (mit Ueberspringung von drei Namen, nämlich Ahasja, Joas und Amazia) auf Usia, griechisch Ozias, übergeht, so verfällt man fast auf den Verdacht, er habe zu seinen Auslassungen absichtlich gerade solche Stellen gewählt, wo ein ähnlicher Klang der Namen sie einigermaßen verdecken konnte. Nur hat er dann eigentlich zu viel gethan, indem nach jenen Weglassungen das zweite 14 nur dann voll ist, wenn entweder am Anfang der schon in der ersten Abtheilung gezählte David noch einmal gezählt, und dann mit Josia geschlossen wird; oder beginnt man mit Salomo, so muß hinten Jechonja noch dazu gerechnet werden, und da ohne ihn die dritte Abtheilung nur dreizehn Glieder hat, so muß dann er statt David doppelt gezählt werden, wie er auch sowohl vor als nach der den Abschnitt bezeichnenden babylonischen Gefangenschaft genannt war. Mit diesen Mitteln ist es denn allerdings erreicht, was der Schriftsteller wollte: das Geschlecht des Messias Jesus ist nicht blos überhaupt von Abraham und David abgeleitet, sondern es fällt auch bis zu ihm in drei gleichen vierzehnstufigen Cascaden herunter: zum Zeichen im Sinne des Schriftstellers, daß hier kein blindes Ungefähr, sondern eine höhere, das Menschengeschick ordnende Hand, — in unserm Sinne, daß hier nicht zuverlässige geschichtliche Forschung, sondern willkürliche dogmatische Construction im Spiele war.

Das Geschlechtsregister bei Lucas hat keine solchen Abtheilungen mit Zahlen; um so bedeutsamer erscheint die, zwar gleichfalls nicht ausgeworfene Gesammtzahl, nämlich, den an der Spitze stehenden Gott eingerechnet, 77, also eilfmal die heilige Sieben. Es bis zu dieser Zahl zu verlängern, hat aber Mühe gekostet, wie man von dem Punkt an, wo es vom Alten Testament abgeht, aus den zahlreichen Wiederholungen derselben Namen (vier Joseph, zwei Juda, ebenso viele Levi, Melchi, Matthat, Mattathias, und noch einen Matthata dazu) sieht, dergleichen wohl auch in historischen Geschlechtsregistern vorkommen, die aber in solcher Häufung doch eher auf die erschöpfte Phantasie eines Schriftstellers hinweisen, der, weil ihm keine neuen Namen einfallen wollten, wiederholt nach dem schon gebrauchten griff.

Daß übrigens dieser Schriftsteller nicht der Verfasser des dritten Evangeliums gewesen ist, sondern letzterer das Geschlechtsregister als einzelnes Stück vorgefunden, und seiner Schrift, so gut es gehen wollte (vielleicht mit einer Verlängerung nach oben), einverleibt hat, erhellt aus der Art, wie es bei ihm zwischen die zwei zusammengehörigen und auf einander bezogenen Erzählungen von der Taufe und der Versuchung Jesu, nach Schleiermacher's treffendem Ausdruck, eingeklemmt erscheint. Bei Matthäus steht es an der Spitze des Evangeliums, und zwar ganz passend, da sich die Geburtsgeschichte Jesu daran schließt; insofern könnte man denken, daß dieser Evangelist es eben für diese Stelle selbst verfaßt hätte: würde diese Annahme nicht für Matthäus wie für Lucas durch einen in dem Inhalt der Geschlechtsregister liegenden Grund unmöglich gemacht. Beide Evangelisten nämlich schließen in ihren Geburtsgeschichten den Joseph von jedem Antheil an der Erzeugung Jesu aus, während ihre Geschlechtsregister eben durch Joseph die Herkunft Jesu von David ableiten. Beide bezeichnen zwar auch in den Geschlechtsregistern den Joseph nur als den vermeintlichen Vater Jesu oder als den Mann der Maria, seiner Mutter; aber dieß sind augenscheinlich Einschiebsel und Abänderungen, die sie machen, um die Geschlechtsregister mit ihren Geburtsgeschichten in Einklang zu setzen. Wer, um Jesum als Davidssohn, d. h. als Messias, zu erweisen, ein Geschlechtsregister anlegte, das den Joseph als Ankömmling David's darstellte, der muß nothwendig diesen Joseph für den wirklichen Vater Jesu gehalten haben. Die beiden Genealogien Jesu im ersten und dritten Evangelium sind Denkmale einer Zeit und eines Kreises, wo Jesus noch für einen natürlich erzeugten Menschen galt; wer ihn ohne männliches Zuthun durch göttliche Thätigkeit in Maria in's Dasein gerufen dachte, dem blieb, wenn er ihn gleichwohl noch als Davidssohn erweisen wollte, nichts übrig, als sich an seine Mutter zu halten und sie aus David's Geschlecht abzuleiten. Unsere Evangelisten legen nun aber Stammbäume Joseph's vor, die sie nicht verloren gehen lassen wollten, und doch so, wie sie waren, mit der Aufführung Jesu als wirklichen Sohns von Joseph, nicht brauchen konnten; daher schnitten sie mittelst jener Beisätze den natürlichen Zusammenhang zwischen Jesus und Joseph durch, ohne zu beachten, daß sie damit den Lebensnerv und die Beweiskraft dieser Geschlechtsregister durchschnitten hatten.

54.

Betrachtet man so die beiden Geschlechtsregister von dem natürlichen Gesichtspunkt aus, so erklären sie sich mit allen ihren Abweichungen von einander, von der Geschichte und vom Verfolg der evangelischen Erzählung selber so leicht und einfach, daß man kaum begreift, wie von einem andern Gesichtspunkt aus so verzweifelte Schwierigkeiten darin gefunden werden können, und zum Voraus den Gesichtspunkt nicht für den richtigen halten kann, von welchem aus sich diese Schwierigkeiten ergeben. Sie ergeben sich aber bei der Voraussetzung, daß wir sowohl in diesen Stammbäumen, und zwar in beiden, ächte geschichtsmäßige Urkunden, als weiterhin in der Geburtsgeschichte Jesu einen Bericht von geschichtlichem Werthe haben.

Bei dieser Voraussetzung will für's Erste erklärt sein, wie Matthäus, oder wer der Verfasser des von ihm mitgetheilten Stammbaumes ist, dazu kam, aus demselben vier bekannte jüdische Könige wegzulassen und die geradezu falsche Behauptung aufzustellen, daß von David bis zum babylonischen Exil nur vierzehn Geschlechter aufeinander gefolgt seien? An ein Versehen ist nicht nur bei einem inspirirten Schriftsteller nicht zu denken, sondern auch ein sich selbst überlassener konnte höchstens etwa Jojakim und Jojachin für Einen nehmen, daß er aber außerdem noch drei Könige, also gerade so viele ausließ, als nöthig war, um sein zweites Vierzehn herauszubringen, das kann kein Zufall, sondern muß Absicht gewesen sein. Wir sagen nun: die Absicht war eben, nicht mehr als vierzehn Glieder zu bekommen; finden aber in der Art, wie der Verfasser dabei zu Werke ging, eine unhistorische Willkür. Die neukirchlichen Theologen umgekehrt finden darin, wie schon ehedem manche Kirchenväter, etwas tief Bedeutungsvolles. Nämlich in der Weglassung der drei Könige zwischen Joram und Usia eine Einschärfung des göttlichen Verbots der Abgötterei 2 Mos. 20, 5. Joram, sagen sie[1]), hatte die Athalja, die abgöttische Tochter Ahab's und der Jesabel, zur Gemahlin, deren Nachkommen der theokratischen Thronfolge unwürdig waren, und darum aus dem Geschlechtsregister Christi weggelassen wurden. Allein da alle folgenden Könige und Vorväter Jesu Nachkommen dieses Ehepaars waren,

---

1) Krafft, Chronologie und Harmonie der vier Evangelien, S. 55. Ebrard, Wissenschaftliche Kritik der evangelischen Geschichte, S. 192 der zweiten Auflage.

so hätte unter solcher Voraussetzung an dieser Stelle das Geschlechtsregister geradezu abgebrochen werden müssen. Nein! sagt der Theologe, nur bis in's dritte und vierte Geschlecht droht Jehova in jener Gesetzesstelle das Vergehen der Abgöttischen zu ahnden; also war nur für Sohn, Enkel und Urenkel jenes Paares, accurat wie wir es bei Matthäus finden, das Recht, in dem Stammbaum Jesu zu figuriren, verwirkt. Man sieht, die Tollheit hat hier Methode; daher wären Vernunftgründe bei ihr übel angebracht.

Zu erklären ist nun aber, wenn man die Stammbäume als geschichtliche Urkunden nimmt, für's Zweite vor Allem ihre Abweichung von einander. Wie kann Joseph zugleich ein Sohn von Jakob und von Eli gewesen sein, wie zugleich durch Salomo und die Könige, und wieder durch Nathan und eine nichtkönigliche Linie von David abgestammt haben? Die Antwort scheint zunächst nicht so schwer. Hätten wir Stammbäume von dem jüngern Scipio Africanus, so könnte auch einer die Reihe der Scipionen, der andere die der Aemilier geben, und dennoch beide historisch sein, indem der Urheber des einen Stammbaums sich an den natürlichen, der andere an den Adoptivvater des Mannes gehalten hätte. So faßte schon der Kirchenvater Augustinus [1]) den Jakob des Matthäus als den natürlichen, den Eli des Lucas als den Adoptivvater Jesu. Und da zur Verhütung des Aussterbens der Geschlechter im mosaischen Gesetze vorgeschrieben war, daß nach dem kinderlosen Ableben eines Ehemannes dessen Bruder, wofern einer vorhanden war, die Wittwe ehlichen, und der erste von ihm mit derselben erzeugte Sohn auf den Namen des verstorbenen Bruders in die Geschlechtsregister eingetragen werden sollte (5 Mos. 25, 5 fg.), so hat schon vor Augustin der christliche Gelehrte Julius Africanus [2]) die Abweichung der Genealogien durch die Voraussetzung zu erklären geglaubt, erst sei Joseph's Mutter mit Eli verheirathet gewesen, von dem sie keinen Sohn gehabt, nach dessen Tode habe dann sein Bruder Jakob sie geehlicht und auf seinen Namen den Joseph mit ihr erzeugt, und nun sage sowohl Matthäus mit Recht, Jakob habe den Joseph gezeugt, sofern er sein natürlicher Vater gewesen, als Lucas den Joseph Eli's Sohn nenne, auf dessen Namen er nach dem Gesetz eingetragen war.

Doch wenn Jakob und Eli rechte Brüder waren, so hatten sie beide denselben Vater, und es müßten gleich über ihnen die beiden Stammbäume zusammenlaufen, was sie doch keineswegs thun. Deßwegen nahm Africanus an, Jakob und Eli seien nur von Seiten der Mutter Brüder gewesen, die nacheinander zwei Männer gehabt, deren einer der salomonischen, der andere der nathanischen Linie des davidischen Geschlechts angehört, und wovon der

1) De consensu Evangelistarum, II, 3.

2) Bei Eusebius, Kirchengeschichte, I, 7, und ihm später beifallend Augustin in den Retractationen, II, 7.

eine den Jakob, der andere den Eli mit ihr erzeugt habe. Das wäre nun zwar künstlich, aber doch insoweit gut, als es nicht unmöglich ist; wenn es nur damit gethan wäre. Allein ganz wie hier Joseph, so hat weiter oben Serubabel's Vater Salathiel, in welchen beiden Namen beide Stammbäume unter lauter Abweichungen unglücklicherweise zusammentreffen, in beiden zwei verschiedene Väter und Abstammungslinien, bei Matthäus den Jechonja aus der königlichen, bei Lucas den Neri aus der andern Linie, und es bedarf nun abermals derselben doppelten Voraussetzung, sowohl daß Jechonja und Neri Brüder und der eine der natürliche, der andere nach dem Leviratsgesetz der gesetzliche Vater des Salathiel, als daß beide nur mutterhalb Brüder, mithin ihre beiden Väter nacheinander mit derselben Frau verheirathet gewesen, daß überdieß, gerade wie vorhin, der eine Genealogist sich an den gesetzlichen, der andere gegen die mosaische Vorschrift an den natürlichen Vater gehalten hätte. Das ist doch auch manchen Theologen zu viel, weßwegen sie entweder das einfache Adoptionsverhältniß vorziehen[1]), oder den Salathiel und Serubabel bei Lucas für andere als die bei Matthäus erklären, oder, und dieß ist jetzt die beliebteste Auskunft, den einen Stammbaum als den der Maria betrachten.

Man muß begierig sein, bei welchem von beiden Stammbäumen diese letztere Auffassung Platz greifen soll, da in dem einen Maria gar nicht, in dem andern nur als Gattin des Davidsabkömmlings Joseph genannt ist. Und doch ist gerade in dem letztern, der sie wenigstens nennt, die Beziehung des Geschlechtsregisters auf sie durch den Ausdruck: „Jakob zeugte Joseph, den Mann der Maria", so bestimmt ausgeschlossen, daß man sich eher noch getraut, diejenige Genealogie, in der ihr Name ganz fehlt, d. h. die des Lucas, als die ihrige zu betrachten.[2]) Da soll nun, wenn es heißt (V. 23 fg.): Jesus war, wie man meinte, ein Sohn Joseph's, des (Sohnes) von Eli, des (Sohnes) von Matthat u. s. f., das Wort Sohn in der ersten, dritten und allen folgenden Stellen einen wirklichen Sohn, und nur allein in der zweiten Stelle, zwischen Joseph und Eli, einen Schwiegersohn bedeuten[3]); oder erklärt man: Jesus war vermeintlich ein Sohn von Joseph, (weiterhin ein Sohn, d. h. durch Maria ein Enkel) von Eli, (noch weiter hinauf ein Sohn, d. h. Urenkel) von Matthat u. s. f.[4]); zwei Erklärungsarten, zwischen denen die Wahl schwanken könnte, wenn es sich darum handelte, der unnatürlichsten den Preis zu ertheilen. Uebrigens schreiben zwar verschiedene Kirchenväter

---

1) Wie Schmidt, Biblische Theologie, I, 45.

2) So Krafft, Chronologie und Harmonie der Evangelien, S. 56 fg. Ebrard, Wissenschaftliche Kritik, S. 195.

3) Paulus, im Comm. z. d. St.

4) Krafft, a. a. O., S. 58.

und apokryphische Evangelien auch der Maria davidische Abkunft zu[1]), gerade das Lucas-Evangelium aber nicht, sonst würde es bei Gelegenheit der Schatzung (2, 4) nicht sagen, auch Joseph sei gegangen, sich mit Maria einschreiben zu lassen, weil er aus dem Geschlechte David's gewesen, sondern, weil sie beide.

Zu erklären ist nun aber für's Dritte, wenn sowohl die Geschlechtsregister als die später zu erörternde Geburtsgeschichte historisch gefaßt werden, wenn also Joseph zwar ein Abkömmling David's, aber nicht Jesu Vater gewesen ist, was dann die Stammbäume für Jesum beweisen sollen? Sie sollen, antwortet man, oder es soll wenigstens der Stammbaum bei Matthäus, wenn man den bei Lucas der Maria zueignet, nicht die natürliche Abstammung Jesu, sondern die Vererbung des theokratischen Rechts auf die Messiaswürde von David auf ihn durch den Mann seiner Mutter nachweisen, es soll kein genealogischer, sondern ein juridischer Stammbaum sein.[2]) Aber beides ist in der jüdischen und urchristlichen Vorstellung (Röm. 1, 3. Joh. 7, 42), wie offenbar auch in der ursprünglichen Anlage unserer Stammbäume, ungetrennt gewesen; das messianische Anrecht wurde als ein mit dem davidischen Blute vererbtes betrachtet, und erst eine veränderte Ansicht von der Person Jesu, auf deren Boden die Stammbäume nicht mehr, oder doch nicht mehr als Stammbäume Joseph's, sondern nur etwa als solche der Maria hätten entstehen können, veranlaßte die Evangelisten, welche die geschätzten alten Documente nicht verlieren wollten, sie durch den oben erwähnten Schnitt freilich für das neue Dogma unschädlich, aber zugleich für sich selbst sinnlos zu machen.

II. Jesus, als der Messias, ist geboren in David's Stadt.

55.

Aus Bethlehem sollte nach dem Spruche des Propheten (Micha 5, 1) der ersehnte Hirt des Volks Gottes, d. h. der Messias, kommen; das verstand man von Geborenwerden in Bethlehem (Matth. 2, 4 fg.), und so durfte es nicht fehlen, wenn Jesus der Messias war, mußte er in dieser Davidsstadt geboren sein (Joh. 7, 42).

Ganz so leicht einzuleiten, wie die Abkunft Jesu von David, war dieß nicht. Von Jesu Eltern wußte man zwar nicht, daß sie von David stammten,

1) Protevang. Jacobi, c. 1. 2. 10. Evang. de nativ. Mariae 1. 13. Justin. Dial. cum Tryph. 23. 43. 100.

2) Ebrard, a. a. O., S. 191.

aber es wußte auch Niemand das Gegentheil, und so konnte man über diesen Punkt getrost behaupten was man wollte. Mit dem Heimathort Jesu, dem Wohnort seiner Eltern, stand es anders: da wußte im Gegentheil Jedermann, daß es, so weit man zurückdenken konnte, Nazaret, nicht Bethlehem gewesen war. Da jedoch Heimathort und Geburtsort nicht nothwendig zusammenfallen, so konnte die Weissagung darum doch ihr Recht behaupten: Jesus konnte ja möglicherweise auf der Reise geboren sein, oder konnten seine Eltern in seiner frühen Kindheit ihren Wohnsitz verändert haben. Im ersten Falle wohnten sie von jeher in Nazaret und hatten nur einmal aus einer zufälligen Veranlassung sich vorübergehend in Bethlehem aufgehalten; im andern Falle war ihr Wohnort ursprünglich Bethlehem gewesen, sie aber in der Folge veranlaßt worden, dieses mit Nazaret zu vertauschen. Da hatten also die Erzähler die Wahl, auf welche Art sie die Sache darstellen wollten, und auch was den einen bewegen mochte, sich für die eine, den andern, sich für die andere Darstellungsweise zu entscheiden, läßt sich noch erkennen. Je mehr jüdisch-dogmatisch einer dachte, desto mehr fiel bei ihm die Weissagung mit ihrem Bethlehem in's Gewicht; je hellenistisch-pragmatischer, desto mehr das geschichtlich bekannte Verhältniß zu Nazaret. Jenem erschien sonach Bethlehem nicht allein als Geburtsort Jesu, sondern zugleich als die unvordenkliche Heimath seiner Eltern; diesem Nazaret als die Stadt, in der Jesus nicht blos erzogen war, sondern auch geboren worden wäre, hätte er nicht der Weissagung zulieb anderswo geboren werden müssen. Daß Ersteres der Fall des Matthäus, Letzteres der des Lucas ist, erkennt man von selbst.

Matthäus fängt an, von den Eltern Jesu, der Schwangerschaft seiner Mutter, den Zweifeln Joseph's und ihrer Beschwichtigung durch den Traumengel zu reden (1, 18—25), ohne zu sagen, wo das alles vorgegangen. Indem er aber sofort ohne weitere Vorbemerkung Jesum in Bethlehem geboren werden läßt (2, 1), so muß man annehmen, daß auch das vorher Erzählte daselbst vorgefallen, mithin Jesu Eltern dort zu Hause gewesen seien, der Evangelist aber Bethlehem erst da nenne, wo es für seinen dogmatischen Zweck wichtig war, nämlich bei der Geburt Jesu, der nicht hätte der Messias sein können, wenn er nicht in der Davidsstadt geboren gewesen wäre. Hier erhalten die Eltern Jesu alsdann den Besuch der Weisen aus Morgenland, und hätten nicht daran gedacht, den Ort zu verlassen, wären sie nicht vor dem drohenden Kindermorde durch den Traumengel zur Flucht nach Aegypten angewiesen worden (2, 14); ja selbst von da waren sie nach dem Tode des Kinderwürgers drauf und dran, wieder nach Bethlehem zurückzukehren, hätte ihnen nicht sein Nachfolger in Judäa, der nicht viel bessere Archelaus, Bedenken gemacht, und nun der redliche Traumengel sie veranlaßt, in dem galiläischen Nazaret sich anzusiedeln (2, 22 fg.). Hier sieht jeder, der sehen will: der Evangelist nimmt den Aufenthalt der Eltern Jesu in Bethlehem als etwas Gegebenes, er läßt sie von jeher dort sein, und braucht daher keinerlei Anstalt, sie erst zum Behuf der Geburt Jesu dahin zu führen; seine Aufgabe ist umgekehrt, sie, nachdem diese erfolgt ist, von da wegzubringen, und zu erklären, wie es kam, daß sie später mit Jesu in Nazaret anzutreffen sind.

Lucas hingegen gibt, sobald er von Jesu Eltern zu reden anfängt, Nazaret als ihren Wohnort an. Hier läßt er den Engel Gabriel der Maria ihre wunderbare Schwangerschaft ankündigen (1, 26 fg.); hier hat man sich Maria's Hauswesen zu denken, worein sie nach dem Besuch bei Elisabet heimkehrt (1, 56); hieher kehren nach dem Zwischenaufenthalt in Bethlehem Jesu Eltern mit dem Kinde zurück, bei welcher Gelegenheit Nazaret ausdrücklich als ihre Stadt, d. h. ihr Wohnort bezeichnet wird (2, 39). Hier ist also gerade umgekehrt nicht wie bei Matthäus das Daheimsein der Eltern Jesu in Bethlehem, sondern in Nazaret das Gegebene; alle Sorge des Erzählers muß dahin gerichtet sein, wie er sie zur rechten Zeit nach Bethlehem bringt; während ihre Rückkehr von da nach Nazaret, da dieses ihre Heimath ist, sich von selbst ergibt.

Versetzen wir uns noch bestimmter in die Stellung des dritten Evangelisten dieser Aufgabe gegenüber. Was ihm vorlag, war einerseits Jesus als der Nazaretaner, wie er in der geschichtlichen Ueberlieferung lebte, andererseits Jesus als Messias, der folglich vermöge dogmatischer Voraussetzung in Bethlehem geboren sein mußte. Ob er die Erzählung des Matthäus von der Geburt und Kindheit Jesu kannte, wissen wir nicht; aber wenn auch, so konnte er urtheilen, dieser sein älterer College habe sich die Sache zu leicht gemacht. Wie kamen Jesu Eltern nach Bethlehem? so stellte er sich die Aufgabe; und da mußte ihm die Antwort des Matthäus, daß sie von jeher dort gewesen, als eine Voraussetzung dessen, was erst abzuleiten war, erscheinen. Daß sie nach Bethlehem kamen, das konnte er, da er mit Engelerscheinungen nicht sparsamer ist als Matthäus, möglicherweise durch eine solche Erscheinung einleiten, die den Joseph geradezu angewiesen hätte, mit seiner Verlobten nach Bethlehem zu reisen, um die Weissagung des Micha in Erfüllung zu bringen. Doch war dieß immerhin ein wenig mit der Thüre in's Haus gefallen, also nur im Nothfall in Anwendung zu bringen. Auch war ein Engel bereits bei der Verkündigung Jesu und seines Vorläufers gebraucht, und Engel sollten nachher, bei seiner Geburt, wieder verwendet werden: so schien es feiner, jene Ortsveränderung aus natürlichen Ursachen, aus den geschichtlichen Verhältnissen jener Zeit, zu erklären, wodurch ja die auch hierin wirksame höhere Fügung nicht ausgeschlossen wurde.

Zumal dadurch dem Verfasser Gelegenheit wurde, zu zeigen, daß er mancherlei wisse, was andere Evangelienschreiber nicht wußten, daß er in Geschichte und Alterthümern, nicht blos jüdischen, sondern auch römischen, kein Fremdling sei. Daß er dergleichen Notizen anzubringen liebt, sehen wir außer der Erzählung, von der es sich hier handelt, aus der Art, wie er den

Auftritt des Täufers chronologisch zu bestimmen sucht (3, 1), und aus den historischen Ausführungen in der Rede des Gamaliel in der Apostelgeschichte (5, 36 fg.). Freilich aus eben diesen Proben der Geschichtskenntnisse unseres Evangelisten sehen wir zugleich, daß dieselben nicht gerade sehr genau waren. In der erstern Stelle läßt er dreißig Jahre nach Christi Geburt einen Lysanias regieren, der ohne Zweifel schon dreißig Jahre vor Christi Geburt umgebracht war[1]); in der andern Stelle läßt er ein Mitglied des hohen Raths in Jerusalem von einem Aufstand als einem Ereigniß der Vergangenheit reden, der erst etwa zehn Jahre nach der Zeit dieser Rede ausbrach, und einen andern Aufruhr als nach jenem vorgefallen darstellen, der etlich und dreißig Jahre früher fällt. „Vor diesen Tagen", sagt nämlich Gamaliel noch unter Tiberius, „stand Theudas auf"; dessen Aufstand er sofort übereinstimmend mit Josephus[2]) beschreibt, von dem wir aber wissen, daß derselbe unter der Statthalterschaft des Cuspius Fadus vorfiel, den Claudius nach Judäa geschickt hatte. „Nach diesem", fährt Gamaliel fort, „stand Judas der Galiläer auf in den Tagen der Schatzung"; das war aber die bekannte quirinische nach der Absetzung des Archelaus durch Augustus. Nun sind freilich die Theologen gegen ihre heiligen Schriftsteller so gefällig, wie die Zeiger beim Scheibenschießen gegen hohe Herrn: diese mögen fehlgeschossen haben, so weit sie wollen, sie haben doch in's Schwarze getroffen. So hat man hier einen spätern Lysanias und einen frühern Theudas aus dem Nichts geschaffen, um die Geschichtskenntnisse des Lucas oder gar des heiligen Geistes bei Ehren zu erhalten; aber wenn ein Autor die dreimal (denn daß an der Stelle, wo wir stehen, ein gleicher Fall obwaltet, werden wir alsbald finden), ich sage, wenn ein Autor die dreimal, wo er sich mit historischer Gelehrsamkeit befaßt, sich jedesmal dergestalt verredet, daß seine Ausleger alle Hände voll zu thun haben, die Sache noch so leidlich in's Geleise zu bringen, so steht bei ihm in diesem Stück nicht Alles wie es sollte.

Doch wie dem sei, der Verfasser wußte jedenfalls mancherlei aus der Geschichte, er wußte namentlich von der Schatzung oder dem römischen Census, dessen Durchführung ehedem unter den Juden so viel böses Blut gemacht und den Aufstand des Galiläers Judas veranlaßt hatte. Wenn er sich nun an der Aufgabe zerarbeitete, die in Nazaret wohnenden Eltern Jesu zum Behufe von dessen Geburt nach Bethlehem zu bringen, war es ein Wunder, daß ihm dabei jene Schatzung einfiel? Da sie so Manches veranlaßt hatte, konnte sie denn nicht auch die Eltern Jesu zu jener ihm so wünschenswerthen Reise veranlaßt haben? Reisen zu veranlassen, hatten ja die Schatzungen oder Aufzeichnungen auch sonst auf sich; chronologisch aber

---

1) Das Nähere hierüber siehe in meinem Leben Jesu, kritisch bearbeitet, I, S. 341 fg. der vierten Auflage, worauf ich überhaupt in diesem Abschnitt verweise.

2) Jüdische Alterthümer, 20, 5, 1.

konnte jene Schatzung sich um so eher dazu zu eignen scheinen, je weniger der Evangelist über die Zeit derselben im Klaren war. Wenn er sie in der Stelle der Apostelgeschichte auf ein etlich und dreißig Jahre späteres Ereigniß folgen läßt, so hat er sich in Bezug auf das eine oder das andere, wahrscheinlich aber auf beide, in der Zeit geirrt. Zwar wußte er in Betreff dieser Schatzung noch verschiedene Punkte mehr, als er in der Stelle der Apostelgeschichte zum Besten gibt. Er wußte (2, 1 fg.), was von der Geschichte bestätigt wird, daß es die erste römische Schatzung im Judenlande war: eben darum hatte sich die Empörung des Judas an sie geknüpft. Er wußte ferner, daß sie durch Quirinus als Präses von Syrien vorgenommen worden war, wie auch Josephus berichtet. Er weiß endlich, daß dieß geschehen sei vermöge eines von dem Kaiser Augustus erlassenen Befehls, daß die ganze bewohnte Welt, d. h. das ganze Römerreich, eingeschätzt werden solle.

In diesem letztern Punkte weiß er allerdings mehr als die Geschichte; denn kein älterer der Zeit des Augustus nahe stehender Schriftsteller erwähnt eines allgemeinen Reichscensus, den dieser Herrscher angeordnet hätte, sondern sowohl Sueton als Dio Cassius und ebenso das Ancyranische Monument wissen nur von mehrmaliger Verzeichnung und Einschätzung des Volks, d. h. der römischen Bürger, und erst viel spätere Quellen, vom Ende des fünften christlichen Jahrhunderts und abwärts, reden zum Theil mit Worten, die ihre Abhängigkeit von der Stelle des Lucas deutlich verrathen, von einer Vermessung und Aufzeichnung des ganzen Reichs. Indessen, möchte immerhin hier der Evangelist den Mund etwas zu voll genommen haben, sei es in der Meinung, für den römischen Weltherrscher zieme sich nur ein solches Weltdecret, oder, was die Eltern des Weltheilandes nach Bethlehem rief, müsse etwas gewesen sein, das die ganze Welt in Bewegung setzte[1]): wenn es nur mit dem Census in Judäa um jene Zeit seine Richtigkeit hat. Diese hat es nun wirklich insoweit, daß, wie schon erwähnt, nachdem Archelaus der Ethnarchie über Judäa und Samarien entsetzt und

1) Spricht ja noch neuestens ein christlicher Jurist (Huschke, Ueber den zur Zeit der Geburt Christi gehaltenen Census, 1840, S. 35) von der „innern geschichtlichen Nothwendigkeit" nicht nur der Einführung des Reichscensus unter Augustus, sondern auch des Zusammentreffens der Geburt Christi mit demselben, sofern eben in dem Zeitpunkt, als mit dem Reichscensus Augustus als „neuer irdischer Adam" eingesetzt war, „der Heiland der Welt als der zweite himmlische Adam geboren werden mußte. Soll es uns", setzt der glaubenssichere Mann hinzu, „da noch Sorgen machen, daß, wie man uns einwandte, in keiner andern gleichzeitigen oder doch sonst des vollen Vertrauens würdigen Geschichtsquelle dieser allgemeine Census erwähnt wird?" Gewiß nicht, vollends wenn man denselben mit dem hellsehenden Juristen in den Lücken des Dio Cassius und den Rissen des Ancyranischen Monuments zu lesen versteht!

sein Land der Provinz Syrien einverleibt war, auf kaiserliche Anordnung Quirinus als Präses dieser Provinz die erforderliche Verzeichnung der Bewohner und ihres Vermögens zum Zwecke der Besteuerung vornehmen ließ.[1]) Damals war aber Jesus nach unserer christlichen Zeitrechnung bereits ein Knabe von sechs bis sieben Jahren, und nach Matthäus (2, 1) und wahrscheinlich auch nach Lucas (1, 5. 26) müßte er, als unter Herodes dem Großen geboren, sogar noch ein paar Jahre älter gewesen sein; diese quirinische Schatzung also kam jedenfalls zu spät, um seine Mutter zum Behuf seiner Geburt nach Bethlehem zu führen.

Aber könnte denn nicht auch zehn Jahre früher schon etwas wie ein Census in Judäa vorgenommen worden sein und die gleiche Wirkung gehabt haben? Möglich; nur wollen wir erst Vormerkung davon nehmen, daß hienach Lucas bereits für's Erste einen Provinzialcensus mit einem Welt-, d. h. Reichscensus, und für's Zweite einen frühern Census mit einem spätern verwechselt hätte. Davon wäre das Letztere nicht blos ein Verstoß in Betreff der Zeit, sondern jener frühere Census könnte auch nicht, wie Lucas angibt, von Quirinus als Präses von Syrien vorgenommen worden sein, da Quirinus erst mehrere Jahre nach Herodes' Tode die Statthalterschaft von Syrien übernahm. Ferner sagt nun aber von einem solchen Census der über diese Zeit sehr ausführliche Josephus kein Wort, und die römische Sitte brachte einen solchen erst dann mit sich, wenn ein Land seinen einheimischen Herrschern ganz abgenommen und unmittelbar unter römische Verwaltung gestellt war; insbesondere aber der quirinische Census nach der Absetzung des Archelaus scheint durch die Bewegung, die er im Volke hervorrief, sich als ein solcher zu kennzeichnen, vor dem kein anderer von römischer Seite über die Juden ergangen war. Doch gesetzt auch, es wäre aus irgend einem Grunde — dergleichen man in einer Stelle des Josephus[2]) finden will — ausnahmsweise — wie man eine ähnliche Ausnahme in einer Notiz bei Tacitus[3]) nachweisen zu können meint — noch vor der Verwandlung Judäa's in eine römische Provinz ein römischer Census daselbst vorgenommen worden, so müßte es dabei doch zugegangen sein, wie es nach römischem Brauche in solchem Falle zuzugehen pflegte, und vermöge des Zwecks, den man dabei hatte, zugehen mußte. Nach Lucas (2, 3 fg.) nun reiste auf den kaiserlichen Befehl hin ein Jeder in seine eigene Stadt, d. h. wie es hernach in Bezug auf den Joseph erläutert wird, in den Ort, woher sein Geschlecht ursprünglich stammte, Joseph also nach Bethlehem, weil dort vor tausend Jahren der Ahnherr seines Geschlechts, David, geboren war. Das war der gemeinen Annahme zufolge die Sitte bei jüdischen Volksaufzeichnungen, da das jüdische

1) S. Josephus, Jüdische Alterthümer, 17, 13, 5. 18, 1, 1.
2) Jüdische Alterthümer, 16, 9, 3.
3) Annal. VI, 41.

Staatswesen, wenigstens in älterer Zeit, auf der Familien- und Stammverfassung beruhte; die Römer dagegen hatten, bei dem durchaus statistisch-finanziellen Zwecke, dem ihr Census in den Provinzen diente, diese Rücksicht nicht, sondern den glaubwürdigsten Nachrichten zufolge [1]) wurden die Landleute in die Bezirkshauptstädte und übrigens jeder in den Ort citirt, wo sein wirklicher oder Adoptivvater Bürger gewesen war. Daß nun die damals etwa noch übrigen Abkömmlinge David's (vorausgesetzt auch, daß Joseph ein solcher gewesen), nach all den Umwälzungen der tausendjährigen Zwischenzeit, auch wenn sie in einer entfernten Landschaft angesiedelt waren, noch immer in Bethlehem bürgerlich gewesen, hat nicht die mindeste Wahrscheinlichkeit; und sagt man auch, die Römer haben sich bei ihren auswärtigen Schatzungen an die Gebräuche der unterworfenen Länder angeschlossen, so werden sie das doch nur so weit gethan haben, als es ihren Zwecken nicht allzusehr zuwiderlief; was doch offenbar der Fall gewesen wäre, wenn sie einen Mann zur Angabe seines Namens, seiner Familie und seines Vermögens aus dem fernen Galiläa nach Bethlehem gesprengt hätten, wo man seine Angaben gerade am wenigsten controliren konnte.

Doch Lucas läßt den Joseph nicht allein nach Bethlehem reisen, sondern seine Verlobte, Maria, mitnehmen, um sich mit ihr einschreiben zu lassen (V. 5). Dieses Mitreisen der Maria war nun aber sowohl nach römischer als jüdischer Sitte überflüssig. Daß bei jüdischen Aufzeichnungen es sich niemals um die Weiber handelte, ist aus dem Alten Testament bekannt; aber auch weder die römischen Bürger hatten beim Census nach dem Gesetze des Servius Tullius ihre Weiber und Kinder persönlich mitzubringen, sondern nur anzugeben, noch ist für die Provinzialen die Nothwendigkeit persönlichen Gestellens der Weiber nach römischem Rechte zu erweisen. [2]) Reiste also Maria mit nach Bethlehem, so muß es ihr oder Joseph's freier Wille gewesen sein; ja die ganze Reise beider erscheint als eine freiwillige, nachdem Alles dahingefallen ist, was sie nach Lucas dazu genöthigt haben soll. Der quirinische Census kann es nicht gewesen sein, denn der fand erst zehn Jahre später statt; ein um so viel früherer auch nicht, denn von einem solchen ist nichts bekannt und er widerspricht den Verhältnissen; überhaupt kein römischer Census, denn der hätte einen Galiläer nicht nach Bethlehem gerufen; aber ebensowenig eine jüdische Verzeichnung, denn bei der hätte Maria, wie übrigens auch bei einer römischen, zu Hause bleiben können.

Es hatten also zwar die Eltern Jesu keinen ersichtlichen Grund, gerade

---

1) Belege findet man in Paulus, Exegetisches Handbuch z. d. St. des Lucas und bei Huschke, a. a. O., S. 116 fg.

2) Auch nicht aus Lactant. de mort. persecutor. 23, worauf Huschke sich beruft, indeß selbst gesteht, daß dieser Fall nicht nur um 300 Jahre jünger, sondern auch ein Beispiel außerordentlicher Härte ist.

damals in der für die Schwangere ungelegensten Zeit jene Reise zu machen; aber um so mehr Grund hatte der Evangelist, sie dieselbe machen zu lassen, und für ihn war gerade jener ungelegene Zeitpunkt der einzig gelegene, um seinen Jesus in der Davidsstadt geboren werden, und damit ein wichtiges Messiasmerkmal an ihm zutreffen zu lassen.

III. Jesus als der Messias ist gleich David durch einen prophetischen Mann zu seinem Amte eingeweiht.

56.

Um in allen Stücken den andern größern David vorzustellen, mußte der Messias nicht blos aus David's Geschlechte stammen und in David's Stadt geboren sein, sondern es mußte ihm auch, wie dem David, ein prophetischer Mann in göttlichem Auftrage die Weihe zu seinem königlichen Amte ertheilt haben. Bei David versah dieses Geschäft Samuel, und es bestand in einer Salbung mit Oel, dergleichen der Seher schon vorher mit dem ersten Könige, Saul, vorgenommen hatte. Der göttliche Befehl aber bestand in Bezug auf David in der Sendung des Samuel nach Bethlehem zu Isai, wo Gott ihm versprochen hatte, denjenigen von des Mannes Söhnen zu zeigen, den er erwählt habe (1 Sam. 16, 1 fg.); den Saul umgekehrt hatte Gott zu Samuel gesandt und diesem bei seinem Eintritt gesagt, das sei der Mann, den er salben solle (1 Sam. 9, 15 fg.).

Nun war aber dieses davidische Vorbild für die Einweihung des Messias in der nachexilischen Zeit durch eine andere Vorstellung gekreuzt worden. Dem entarteten Volke stand ein schrecklicher, von Jehova abzuhaltender Gerichtstag bevor; doch ehe dieser anbräche, verhieß der Prophet Maleachi (3, 23 fg.), werde Jehova noch einen letzten Versuch zur Besserung und Rettung seines Volkes machen, durch die Sendung des Propheten Elia, der mittelst seiner gewaltigen Predigt die Gemüther so viel möglich zum Empfang des richtenden Gottes zubereiten werde (Luc. 1, 17). Das war der Bote, der dem Herrn den Weg bereiten sollte (Mal. 3, 1), und auch die Stimme bezog man hieher, die schon der zweite Jesaias (40, 3) am Ende des Exils rufen hörte, in der Wüste dem Gott Israels eine Straße zu ebnen. Auf die Zeit dieses wiederkehrenden Elias, dieses Wiederherstellers alles Entarteten und Verkehrten, wartete der fromme Israelit mit Sehnsucht und pries diejenigen glücklich, die sie erleben würden (Sirach 48, 11 fg.); und da man als denjenigen, auf dessen Ankunft er vorbereiten sollte, statt Jehova's weiterhin den Messias betrachtete, so wurde Elias als Vorläufer des Messias erwartet (Matth. 17, 11). Er sollte aber in Bezug auf diesen zugleich die Rolle, die Samuel bei David gehabt hatte, übernehmen, ihn salben, und ihn dadurch, wie einst Samuel den David, in seiner hohen Bestimmung sowohl ihm selbst als Andern bekannt machen.[1])

Daß nun Jesus von dem in's Leben zurückgekehrten Elias gesalbt worden wäre, davon wußte kein Mensch, und es zu behaupten war mißlich; wollte man daher dieses Messiasmerkmal nicht verlieren, so galt es, unter den wirklichen Personen, mit denen Jesus in Berührung gekommen war, eine ausfindig zu machen, die einige Aehnlichkeit mit Elias bot und etwas mit Jesu vorgenommen hatte, das sich zur Noth als eine Salbung betrachten ließ. Eine solche Aehnlichkeit bot der kurz vor Jesu volksthümlich gewordene Täufer Johannes. Er war in der jüdischen Wüste aufgetreten, also war er die jesajanische Stimme in der Wüste; er mahnte zur Buße, weil das Himmelreich nahe sei, also war er der Wegbereiter für den Herrn; er war ein rauher Ascet, also auch in dieser Hinsicht den Thisbiten zu vergleichen. Gesalbt hatte er Jesum nicht, aber getauft; das ließ sich wohl auch als Salbung nehmen, sofern man als den Zweck der Ceremonie bei Jesu nicht wie bei allen Andern die Verpflichtung zur Sinnesänderung, sondern die Einweihung zu seinem messianischen Amte und die Ausrüstung für dasselbe betrachtete.[2])

Den Täufer, den sein Beruf an den Jordan band, konnte man nicht, wie einst den Samuel als es sich um die Salbung David's handelte, zu Jesu in's Haus schicken, sondern dieser mußte, wie es auch ohne Zweifel wirklich geschehen war, zu dem Täufer an den Jordan kommen. Die Taufe an Jesu vorzunehmen (Matth. 3, 13—17. Marc. 1, 9—11. Luc. 3, 21 fg. Joh. 1, 32—34), dazu brauchte Johannes nicht, wie einst Samuel zur Salbung, eine besondere göttliche Aufforderung, da er sie mit Allen ohne Unterschied vornahm; aber für Jesum mußte an ihr eine besondere Bedeutung hervortreten, es mußten ihm die zu seinem messianischen Amt erforderlichen Kräfte, wenn nicht mittelst, doch gleichzeitig mit der Taufe, die ja seine Salbung vorstellen sollte, zu Theil werden. Der Inbegriff dieser göttlichen Kräfte, oder genauer der Träger und Vermittler derselben an den Menschen, war nach jüdischer Vorstellung der Geist Gottes. Als Samuel den David inmitten seiner Brüder gesalbt hatte, heißt es (1 Sam. 16, 13), gerieth der Geist Jehova's über David von selbigem Tage an hinfort. Von dem Reis aus Isai's Wurzel aber, dem Messias, hatte Jesaia (11, 1 fg.) geweissagt, es werde auf ihm ruhen der Geist Jehova's, der Geist der

---

1) Dieß gibt der Jude Tryphon in dem justinischen Dialog, 8. 49, als die unter dem jüdischen Volke verbreitete Erwartung an.

2) Auch die Taufe der Christen wurde, vermöge der Geistesmittheilung, die sie in sich schloß, bisweilen als Salbung bezeichnet, s. 1 Joh. 2, 20. 27.

Weisheit und der Klugheit, der Geist des Raths und der Kraft, der Geist der Erkenntniß und Furcht Jehova's.

Was nun im Alten Testamente der Vorzug besonders begnadigter Gottesmänner, wie Könige und Propheten (Jes. 61, 1), gewesen war, daß der Geist Gottes über sie kam und in höherer Begeisterung wahrnehmbar wurde, das war in der neuen Messiasgemeinde Gemeingut geworden, indem (gemäß der Weissagung Joel 3, 1 fg.) die Mittheilung des heiligen Geistes mit der Taufe auf den Namen Jesu und der Handauflegung der Apostel verbunden gedacht wurde (Apostelgesch. 2, 38. 8, 17. 19, 5 fg. Röm. 8, 9. 11. 15. Gal. 3, 2). Von dieser abgeleiteten Geistesmittheilung an die Christen mußte die ursprüngliche, die Mittheilung an den Christus selbst, nothwendig etwas voraus gehabt haben; sie durfte nicht blos in ihren außerordentlichen Wirkungen wahrnehmbar, sondern sie mußte selbst ein wunderbarer äußerer Vorgang gewesen sein. Ein natürliches Symbol für den Geist war von jeher das Feuer. Mit dem heiligen Geist und mit Feuer werde der nach ihm Kommende taufen, hatte Johannes vorhergesagt (Matth. 3, 11). So wurde auch wirklich die von dem erhöhten Christus vom Himmel aus bewirkte erste Geistesmittheilung an die Apostel vor der weiterhin durch ihre Handauflegung bewirkten in der Erzählung der Apostelgeschichte (2, 3) durch die sichtbare Erscheinung der Feuerzungen ausgezeichnet, und ein von Justin benutztes Evangelium ließ bei der Taufe Jesu, als er in das Wasser stieg, im Jordan sich ein Feuer entzünden.[1]) Aber neben dem Feuer war in den Ausdrücken, die das Alte Testament von dem göttlichen Geist gebraucht, noch ein anderes Bild angelegt. Auf dem Sproß David's sollte er „ruhen", sich auf denselben „niederlassen". Vor dem Anfang der Schöpfung hatte er über dem Urgewässer „geschwebt" (1. Mos. 1, 2): wie eine Taube, setzten altjüdische Erklärer hinzu, die über ihren Jungen schwebt, ohne sie zu berühren.[2]) Auch über dem Gewässer zu Noah's Zeit war wiederum eine Taube erschienen (1 Mos. 8, 8—12), und da als Gegenbild dieses verderbenden Wassers in der Christenheit das rettende Wasser der Taufe galt (1 Petr. 3, 21), das als neuschaffendes ohnehin ein Seitenstück des Wassers bei der Schöpfung war: wie nahe lag es, auch über dem Taufwasser, da wo es zum erstenmal in seiner hohen Bedeutung hervortrat, d. h. bei der Taufe des Messias, die Taube wieder erscheinen zu lassen. Die Tauben- wie die Lammsymbolik war ja dem Christenthum ohnehin vertraut (Matth. 10, 16) und konnte

---

1) Dial. c. Tryph. 88. Aehnlich die Praedicatio Pauli, laut des Tractatus de non iterando bapt. in Cyprian's Werken, S. 142 ed. Rigalt.

2) Siehe diese und andere Stellen in meinem Leben Jesu, kritisch bearbeitet, I, 416 fg.

zur Bezeichnung seines milden Geistes sogar noch genauer als das verzehrende Feuer zu passen scheinen (vgl. Luc. 9, 54 fg.).

Diesen Gottesgeist in Taubengestalt ließ das Hebräer-Evangelium nicht blos auf Jesum herabkommen, sondern in ihn hineingehen [1]); den Ebioniten natürlich, die im Gegensatze der spätern Kirchenlehre darauf bestanden, in Jesu von Hause aus einen bloßen Menschen zu sehen, mußte daran gelegen sein, seine nachmalige höhere Ausrüstung recht handgreiflich hervorzuheben. Auch in unsern drei ersten Evangelien gehört die Erzählung von der Taufe Jesu ihrer ursprünglichen Anlage nach, wie die Geschlechtsregister, noch dem Standpunkt an, der in Jesu einen natürlich erzeugten Menschen sah; doch konnten sie auch auf diesem Standpunkte von dem abenteuerlichen Zuge mit dem Hineingehen der Taube — ohne Zweifel in den Mund Jesu — sich fern halten, indem das Bleiben, d. h. das Verweilen der Taube über ihm, das zwar nur Johannes ausdrückt, doch auch die übrigen unstreitig (nach Jes. 11, 1) voraussetzen, ihnen den gleichen Dienst leistete, wenn auch nicht die Immanenz, doch die Permanenz der Einwirkung des göttlichen Princips auf Jesum zu bezeichnen.

Daß die Taube aus dem geöffneten Himmel kam, zeigte zwar auch ohne das große Licht, das dem Hebräer-Evangelium zufolge den Ort umleuchtet haben soll, daß es keine gewöhnliche Taube, sondern ein Wesen höherer Art war; doch war das Ganze bis hieher nur ein stummes Bild, das eine Erklärung wünschenswerth machte. Diese Erklärung konnte der Täufer geben; sie mußte dahin gehen, daß Jesus durch diese Geistesmittheilung zum Messias ausgerüstet und durch das Sichtbare daran als solcher beglaubigt sei. Eine solche Erklärung meinte man in einer berühmten Stelle des Alten Testaments zu haben, aber sie war Jehova selbst in den Mund gelegt, in den Worten des Psalms (2, 7): „Du bist mein Sohn, heute habe ich dich gezeuget." Daß dieser Spruch sich auf irgend einen israelitischen König bezieht, der damit für den Stellvertreter Gottes erklärt wird, ist als ebenso gewiß anzusehen, wie es ungewiß und für uns auch gleichgültig ist, welcher König damit gemeint sein mag. [2]) Im Neuen Testament dagegen wird der Spruch wiederholt (Hebr. 1, 5. 5, 5. Apostelgesch. 13, 33) auf Jesum bezogen und als seine Erklärung zum Messias, oder auch zum Gottessohn im höhern Sinne, aufgefaßt. Sie war in dem Psalm vermeintlich durch David (vgl. Apostelgesch. 4, 25) im göttlichen Auftrage gegeben; was lag aber näher, als sie jetzt, da die Zeit gekommen war, daß sie zur Wahrheit werden sollte, durch Gott selbst feierlich wiederholen zu lassen? Der Himmel war schon für die Herabkunft des göttlichen

---

1) Bei Epiphanius, Haeres. XXX, 13, vgl. 29.

2) Vgl. übrigens E. Meier, Die drei Königspsalmen u. s. f., in Zeller's Theol. Jahrbüchern, 1846, S. 334 fg., und Hitzig's Commentar z. d. St.

Geistes als Taube offen: so mochte aus diesem geöffneten Himmel auch die Stimme Gottes herunterschallen, um durch die bekannte göttliche Anrede an den Messias die Bedeutung der ganzen Scene zum vollen Ausdruck zu bringen.

Dabei setzen wir voraus, daß die Himmelsstimme ursprünglich so gefaßt war, wie Justin sie aus den Denkwürdigkeiten der Apostel anführt[1]), nämlich ganz nach Ps. 2, 7: „Mein Sohn bist du, ich habe dich heute gezeuget.“ So lasen noch verschiedene spätere Kirchenväter und auch eine unserer Evangelienhandschriften bietet uns in der Stelle des Lucas diese Lesart dar.[2]) Im Hebräer-Evangelium des Epiphanius ist diese Form bereits mit der uns aus unsern Evangelien bekannten combinirt. Da sagt nämlich die Himmelsstimme zuerst wie jetzt bei Marcus und Lucas: Du bist mein lieber Sohn, an dir habe ich Wohlgefallen; dann weiter: ich habe dich heute gezeugt. Auf den Lichtglanz hin, der sich alsdann zeigte, fragt der Täufer Jesum: Wer bist du, Herr? worauf die Himmelsstimme ihm zur Antwort gibt, was wir jetzt bei Matthäus lesen: Dieß ist mein lieber Sohn, an dem ich Wohlgefallen habe. Was die Ursache war, die Worte: heute habe ich dich gezeugt, erst zurückzustellen, dann ganz zu entfernen, erkennen wir deutlich aus der Art, wie Justin sie zurechtzulegen sucht. Es folge aus diesen Worten nicht, sagt er, daß Jesus erst in jenem Zeitpunkte als Gottes Sohn gezeugt worden sei; nicht objectiv seine Gottessohnschaft, sondern nur subjectiv die Erkenntniß derselben von Seiten der Menschen habe mit seiner Taufe durch Johannes ihren Anfang genommen. Die fraglichen Worte stimmten nämlich zwar ganz gut zu der Ansicht, von der wir oben nachgewiesen haben, daß sie den Geschlechtsregistern bei Matthäus und Lucas zum Grunde liegt, und die wir noch später bei Cerinth und den Ebioniten finden, daß Jesus ein natürlich erzeugter Mensch gewesen, dem das höhere Princip erst bei der Taufe mitgetheilt worden sei; sobald man aber, wie wir von den Verfassern unserer drei ersten Evangelien in Kurzem näher sehen werden, und wie auch Justin thut, Jesum schon von vorne herein durch den heiligen Geist erzeugt sein ließ, so kam man mit jenen Worten in Verlegenheit und mußte sie entweder künstlich deuten, oder ganz entfernen. Da man aber im letztern Falle doch die Himmelsstimme nicht verlieren wollte, griff man nach einem andern, auch sonst messianisch gedeuteten Gottesspruch, Jes. 42, 1, den Matthäus in Anwendung auf Jesus an einem andern Orte (12, 18) so wiedergibt: „Siehe, mein Knecht, den ich erwählt habe, mein Geliebter, an dem meine Seele Wohlgefallen hat.“ Zu der Taufscene mußte dieser Spruch um so mehr zu passen scheinen, da im Verfolg desselben Jehova erklärt, auf diesen Ge-

1) Dial. c. Tryph. 88. 103.

2) Vgl. Hilgenfeld, Die Evangelien Justin's u. s. w., S. 169 fg.

liebten (der freilich dem geschichtlichen Sinn der Prophetenstelle nach kein andrer als das Volk Israel ist) seinen Geist legen zu wollen. Am deutlichsten ist in der Fassung der Himmelsstimme bei Matthäus: Dieß ist mein lieber Sohn, der Anklang an die Prophetenstelle; während bei Marcus und Lucas in der Anrede: Du bist mein lieber Sohn u. s. f. zugleich noch die ausgemerzte Psalmstelle durchklingt.

Genau genommen war es freilich nicht diese Psalmstelle allein, die mit der veränderten Ansicht von der Person Jesu sich nicht vertrug. War Jesus durch den heiligen Geist schon ursprünglich erzeugt, wozu brauchte dieser sich später noch auf ihn niederzulassen? War denn über jene physische Gottessohnschaft hinaus, um von der Einwohnung des göttlichen Logos nicht zu reden, noch eine höhere, vollständigere Gottesmittheilung auch nur möglich? Und war es überhaupt schicklich, daß der Gottessohn sich der johanneischen Bußtaufe unterwarf? Den letztern Anstoß hinwegzuräumen, hat der Verfasser unseres ersten Evangeliums (Matth. 3, 14 fg.) die Scene eingeschoben, daß den zu seiner Taufe herankommenden Jesus der Täufer von seinem Vorhaben abhalten will mit den Worten: „Mir thäte Noth, von dir getauft zu werden, und du kommst zu mir?“ worauf Jesus erwidert: „Laß nur, denn so gebührt es uns, alle Gerechtigkeit zu erfüllen“, d. h. ohne Zweifel, der in vermeintlichen Vorbildern und Weissagungen begründeten Erwartung, daß ein anderer Elias den Messias salben werde, zu genügen.

Aber indem so das Unschickliche des Taufacts überhaupt weggeräumt schien, blieb immer noch der Widerspruch zwischen der nachträglichen Geistesmittheilung und der ursprünglichen Erzeugung durch den heiligen Geist, ja sie trat nur um so schärfer hervor. Machte der Täufer jene Einwendung vor der Taufe Jesu, also ehe er noch die Wunderzeichen, die auf sie folgten, wahrgenommen hatte, so mußte er Jesum schon vorher als einen über ihm stehenden, und da er sich seiner (Geistes- und Feuer-) Taufe (Matth. 3, 11) bedürftig bekennt, als den Messias selbst, gekannt haben; es konnten mithin jene Wundererscheinungen nicht für ihn, den Täufer, bestimmt gewesen sein, sondern sie mußten sich auf Jesum selbst oder auf das Volk bezogen haben. Auf Jesus bezog sich das Taufwunder der ursprünglichen Meinung der Erzählung nach in dem sehr reellen Sinne, daß sich ihm bei der Gelegenheit der göttliche Geist erst mittheilte; dieser Sinn war aber durch die höhere Ansicht von seiner Person ausgeschlossen, und daher stellen uns Matthäus und Marcus den Vorgang als ein Schauspiel dar, das Jesu (man weiß freilich nicht, wozu) und vielleicht (denn der Ausdruck schwankt) auch dem Täufer gegeben worden; während Lucas, der auch die Taube ausdrücklich verkörpert, sämmtliche Umstehenden zu Zeugen davon macht. Diese Darstellung konnte dem vierten Evangelisten, der am wenigsten gemeint sein konnte, seinem Christus bei dieser Gelegenheit noch etwas zuwachsen zu lassen, das ihm nicht mit dem Logos schon vorher innegewohnt hätte, nicht genügen; der Zweck der Erscheinung mußte mit Bestimmtheit von Jesu weg in den Täufer verlegt werden, dem sie als Erkennungszeichen des Gottessohnes dienen sollte. Ein solches brauchte er aber nur, wenn er Jesum als solchen vorher nicht gekannt hatte; was daher von dem Verfasser des vierten Evangeliums, im Widerspruch und wahrscheinlich mit bestimmter Rücksicht auf den ersten, ausdrücklich erklärt wird. Aber auch die Himmelsstimme fiel bei dieser Fassung der Sache weg, sofern sie in eine dem Täufer früher zu Theil gewordene göttliche Hinweisung auf das zu erwartende Zeichen verwandelt wurde.

Indem wir so die evangelische Erzählung von den Wundererscheinungen bei der Taufe Jesu historisch, d. h. im Geist der Berichterstatter und ihrer Zeit, auffassen, und sie ebendeßwegen nicht historisch nehmen, entgehen wir einer Reihe von Plackereien, denen die theologische Auslegung in dem Bestreben, die Geschichtlichkeit des Vorgangs aufrecht zu erhalten, sich unterziehen muß. Daß der Eine, um sich das Wunder annehmlicher zu machen, Alles als eine zwar von Gott, aber nur im Innern des Täufers und Jesu bewirkte Vision betrachtet; der Andere eine wirkliche, aber natürliche Taube zufällig über Jesum hinschweben läßt; ein Dritter lieber an eine Lufterscheinung, einen Blitz mit Donnerschlag denkt, der ihm zugleich die Himmelsstimme erklären hilft, wäre noch das Wenigste. Aber die Frage: wozu denn für den geborenen Gottessohn noch eine nachträgliche Geistesmittheilung? diese Frage, die sich auf unserm Standpunkte von selbst gelöst hat, zu beantworten, haben die Theologen ein ganzes Nest von Flausen und Ausreden, eine immer ungereimter als die andere, ausgeheckt. In Jesu, sagt der Eine[1]), wohnte von jeher der Sohn Gottes; nun aber trat der heilige Geist, die dritte Person der Gottheit, mit ihm in ein neues Verhältniß, das von der Wesensgleichheit des Geistes mit Sohn und Vater noch verschieden war. Angeboren, sagt ein Anderer[2]), war Jesu der heilige Geist als Princip des Lebens, bei der Taufe aber wurde er ihm mitgetheilt als Geist des Amtes; oder das Bewußtsein der Gottessohnschaft soll er von jeher gehabt, aber das Vermögen, sich als solchen der Welt zu bezeugen, erst jetzt erhalten haben: lauter elende Sophistereien und inhaltsleere Abstractionen, bei denen sich kaum ihre eigenen Urheber etwas Bestimmtes gedacht haben können.

Ist hienach die evangelische Erzählung von den Vorfällen bei der Taufe Jesu, unerachtet aller Zusätze, die sie aus andern Vorstellungen heraus erhalten hat, doch ihren Grundzügen nach aus dem Bestreben abzuleiten, für

---

1) Ebrard, Wissenschaftliche Kritik, S. 261.

2) Luthardt, Das johanneische Evangelium nach seiner Eigenthümlichkeit u. s. w., S. 338.

Jesus als den Davidssohn gleichfalls eine Salbung und daran sich knüpfende Geistesmittheilung zu erhalten, wie sie dem Ahnherrn durch Samuel zu Theil geworden war: so finden wir dieses Bestreben bei einem unserer Evangelisten noch weiter hinauf fortgesetzt. Wie die Bücher Samuel's, deren eigentlicher Held David ist, doch nicht von seiner, sondern von Samuel's Geburtsgeschichte ausgehen, so schickt Lucas der Geschichte der Verkündigung und Empfängniß Jesu die seines Vorläufers voran, und zwar so, daß die Nachbildung nicht zu verkennen ist. Insofern wäre hier der Ort, die Kindheitsgeschichte des Täufers in ihrer Entstehung nachzuweisen; doch ihrer Verflechtung mit der Verkündigungs- und Geburtsgeschichte Jesu wegen kann sie erst mit dieser zusammen betrachtet werden, mit der wir, da sie von dem Gesichtspunkte nicht der Davids-, sondern der Gottessohnschaft Jesu aus entworfen ist, einen neuen Abschnitt eröffnen müssen.

Zweite Mythengruppe.

Jesus der Gottessohn.

I. Jesus ist ohne männliches Zuthun durch den heiligen Geist in Maria erzeugt.

57.

Wenn dem früher Ausgeführten zufolge das Christenthum seiner sittlich-religiösen Grundlage nach zwar aus dem Judenthum hervorgegangen ist, doch aus diesem erst dann hervorgehen konnte, nachdem sich dasselbe im Verlauf der Geschichte mit allerlei auswärtigen, insbesondere griechischen, Bildungsstoffen durchdrungen hatte, so gilt dieß auch von einer Vorstellung, die zwar nicht zu jener geistigen Grundlage des Christenthums gehört, aber für seine Form bestimmend geworden ist, der Vorstellung von Jesus als dem Sohne Gottes. Daß Jesus als Messias so genannt wurde, war im ältesten Judenthume begründet, hatte aber hier, wie wir oben gesehen haben, einen blos bildlichen Sinn, der eine volle menschliche Sohnschaft nicht ausschloß: daß mit jenem Ausdruck Ernst gemacht, Jesus als Sohn Gottes mit Ausschluß eines menschlichen Vaters gefaßt wurde, darin ist eine Einwirkung heidnischer Vorstellungen auf die urchristlichen Kreise kaum zu verkennen.

Die Psalmstelle von dem heute gezeugten Gottessohne wurde, wie wir gesehen haben, noch von solchen auf Jesum angewandt, die ihn gleichwohl für Joseph's Sohn hielten und jene göttliche Zeugung und Sohnschaft in dem hergebrachten theokratischen Sinne nahmen, daß Jesus, wie die bessern Könige aus David's Geschlecht vor ihm, nur in unvergleichbar höherem Grade, als Liebling und Stellvertreter Gottes zu betrachten sei. Zur Steigerung dieses Begriffs in Bezug auf Jesus trug der Glaube an seine Wiedererweckung, an sein verklärtes Fortleben bei Gott, zwar nicht wenig bei, ohne jedoch die natürliche Ansicht von seiner Entstehung sofort aufzuheben. Wenn wir bei dem Apostel Paulus im Eingang des Römerbriefs (1, 3) über Jesum die Worte lesen: „der entsprossen ist aus dem Saamen David's nach dem Fleisch, aber mächtig als Sohn Gottes erwiesen nach dem Geiste der Heiligkeit durch die Auferstehung von den Todten“ — so sehen wir, wie wenig auf jüdischem Standpunkte beide Betrachtungsweisen sich ausschlossen.

Dabei ist übrigens doch schon innerhalb des Judenthums eine Neigung bemerkbar, die natürliche und die religiöse Betrachtungsweise wenigstens in der Art einander entgegenzustellen, daß an der Erzeugung besonders wichtiger Menschen der Antheil der natürlichen Eltern zu Gunsten der göttlichen Mitwirkung möglichst beschränkt wird. Männer, auf die in dem Plane Gottes mit seinem erwählten Volke besonders viel ankam, werden in der hebräischen Sage gern als Spätgeborene, als Kinder greiser Eltern oder lange unfruchtbar gebliebener Mütter dargestellt. Abraham, sagt der Apostel Paulus (Röm. 4, 17 fg.), traute auf Gott, der die Todten lebendig macht und das Nichtseiende in's Dasein ruft, darum sah er nicht an weder seinen schon erstorbenen Leib, da er an die hundert Jahr alt war, noch die Erstorbenheit des Mutterleibes der Sara, sondern war stark im Glauben, daß Gott, was er verheißen, auch Macht habe zu thun — nämlich ihnen in ihrem Alter noch den Isaak als Sohn zu schenken. Weiterhin ist Joseph, Jakob's weiser Lieblingssohn und der Retter seiner Familie, das Kind einer lange unfruchtbaren Mutter; ebenso Simson, der starke Held, und Samuel, der Wiederhersteller des Volks und des reinen Gottesdienstes; letztere beide so, daß ihre unwahrscheinlich gewordene Geburt durch himmlische Boten, wie die Isaak's durch Jehova selbst, vorherverkündigt wird. Daß in demselben Sinne die Geburtsgeschichte des Täufers bei Lucas angelegt ist, wurde schon angedeutet, und in apokryphischen Evangelien findet sich auch Maria, die Mutter Jesu, zum spätgeborenen Kinde gemacht, bei welcher Gelegenheit eines dieser Apokryphen die solchen Darstellungen zum Grunde liegende Idee lehrreich offen legt. „Gott“, bemerkt es, mit Berufung auf die eben angeführten Beispiele aus der alttestamentlichen Geschichte, „wenn er einer Frau den Mutterleib verschließt, thut es nur, um ihn desto wunderbarer wieder zu öffnen und zu zeigen, daß, was alsdann geboren wird, nicht die Frucht menschlicher Lust, sondern göttliches Geschenk sei." [1]) Mußte schon bei solchen Spätgeburten Gott das Meiste thun, so lag es nicht allzufern, ihn in einem Falle, den man vor allen andern auszeichnen wollte, Alles thun, d. h. da der weibliche Antheil, wenn es sich doch um die Entstehung eines Menschen handelte, jedenfalls stehen bleiben mußte, die Stelle des männlichen ganz vertreten zu lassen.

Dennoch lag etwas in dieser Vorstellung, was den strenggläubigen Juden von ihr zurückstoßen mußte. Einen lange verschlossenen Mutterleib öffnen, die erstorbene Zeugungskraft greiser Eheleute neu beleben, konnte Gott als Schöpfer und Erhalter der Welt und der in ihr wirksamen Kräfte, ohne der Reinheit seines übersinnlichen Wesens zu nahe zu thun; ihn aber geradezu als zeugendes Princip an der Stelle des fehlenden männlichen Antheils eintreten zu lassen, war bedenklich, weil es ihn in die Sinnlichkeit herabzuziehen, den zeugungslustigen Heidengöttern gleichzustellen schien. Zwar gab es eine Stelle im Alten Testament, die sich einer solchen Deutung darbot und auch von den Christen frühzeitig so gedeutet worden ist, die Stelle von der schwangerwerdenden Jungfrau, Jes. 7, 14. Als zur Zeit des Königs Ahas die Könige von Syrien und Israel wider Juda heranzogen und der König zagend sich um assyrischen Beistand bewarb, gab ihm der Prophet Jesaia das beruhigende Zeichen: so schnell werden sich die Verhältnisse zum Bessern wenden, daß ein junges, jetzt schwanger werdendes Weib [2]) (wahrscheinlich das des Propheten selbst, vgl. 8, 3. 8) ihren in der gehörigen Frist geborenen Sohn bereits Immanuel, d. h. Gottmit-uns, werde nennen können. Hier ist zwar in Wirklichkeit weder vom Messias noch von einer jungfräulichen Geburt die Rede: doch bei der unter den Juden herrschenden bodenlosen Auslegungsweise würde sie dieß an der Deutung der Stelle auf den Messias so wenig verhindert haben, als sich die Christen dadurch hindern ließen, sie als eine Weissagung auf ihren Christus zu betrachten, wenn die Vorstellung einer solchen Herkunft des Messias schon unter den Juden vorhanden gewesen wäre. Aber es ist noch nicht gelungen, dieß aus der vorchristlichen Zeit nachzuweisen.

Daß dagegen im Gebiete der griechisch-römischen Religion die Vorstellung von Göttersöhnen gäng und gäbe war, bedarf nicht erst des Beweises. Sie bezog sich aber nicht blos auf die Halbgötter der mythischen Vorwelt, sondern fand auch auf geschichtliche Persönlichkeiten der spätern Zeiten vielfache Anwendung. In manchen Fällen mag es Eitelkeit von

1) Evangel. de nativ. Mariae, c. 3, bei Thilo, Cod. apocr. N. T. I, 322. Vgl. mein Leben Jesu, kritisch bearbeitet, I, 130, Anm. 2.

2) Denn ein junges, mannbares Weib, ob verheirathet oder ledig, nicht unberührte Jungfrau, heißt das hebräische Wort, wie die virgines nuptae und die puellae jam virum expertae bei Horaz, Carm. II, 8, 22; III, 14, 10.

Herrschern oder Schmeichelei von Untergebenen gewesen sein; in andern war es unläugbar wirklicher Glaube engerer oder weiterer Kreise von Verehrern, und dieser Glaube kommt zum Theil sehr frühe, kaum nach dem Ableben der Verehrten zum Vorschein. Um von Pythagoras nichts zu sagen, den in späterer Zeit seine schwärmerischen Anhänger zu einem Sohn Apollo's machten[1]), so ging über Plato schon zu Lebzeiten seines Schwestersohnes Speusippus die Sage in Athen, daß ihn mit seiner Mutter Periktione Apollo erzeugt habe[2]); wozu ein gelehrter christlicher Kirchenvater die Anmerkung macht, die Leute haben den Fürsten der Weisheit sich nur als den Sohn einer Jungfrau (und des Gottes der Weisheit, hätte er hinzusetzen dürfen) denken können.[3]) Der große Alexander freilich mag das Gerücht, von Zeus mit seiner Mutter Olympias erzeugt zu sein, selbst aufgebracht haben; auch dem ältern Scipio, über den eine ähnliche Sage im römischen Volke ging, traut Livius[4]) zu, daß er ihr Aufkommen begünstigt habe; noch weniger war Augustus zu gut dazu, von dem uns Sueton und Dio Cassius[5]) aus älteren Quellen eine offenbar der des Alexander nachgebildete Erzeugungsgeschichte erzählen, wie nämlich zu seiner Mutter Atia, als sie bei einer nächtlichen Apollofeier im Tempel eingeschlafen war, eine Schlange sich gesellt, und deßhalb ihr nach zehn Monaten geborener Sohn für einen Sprößling Apollo's gegolten habe. Doch, wie immer entstanden, dergleichen Geschichten wurden vielfach geglaubt in einer Zeit, deren Drange nach einer Berührung mit der übersinnlichen Welt sie entgegenkamen, und so ist es nicht zu verwundern, wenn unter diesen gottgezeugten Weisheitslehrern und Weltbeherrschern die Christen ihrem Messias eine ebenbürtige Stellung zu geben suchten. Dabei wurde natürlich alles Sinnliche, an männlichen Beischlaf Erinnernde, was in den griechisch-römischen Erzählungen sogar geflissentlich hervorgehoben ist, abgestreift; es war kein Gott in Menschen- oder auch Schlangengestalt, der sich insgeheim zu seiner Mutter geschlichen, sondern der heilige Geist, Gottes übersinnliche Schöpferkraft, die in dem Leibe der reinen Jungfrau die göttliche Frucht in's Leben gerufen hatte.

In dieser Form mochte die Vorstellung auch dem Christen aus den Juden annehmlich werden; er fand nun eine Weissagung dieser Erzeugung seines Christus in dem jesaianischen Jungfrauensohn, annähernde Vorbilder in den spät und wider menschliche Erwartung noch geborenen Gottesmännern des Alten Testaments, und während er den altjüdischen Vorwürfen durch die unsinnliche Vorstellung der Sache sich entzog, hatte er durch den Vor-

1) Jamblich. vita Pythag. 2.
2) Diog. Laërt., III, 1, 2.
3) Hieron. adv. Jovin. 1, 26.
4) L. XXVI, 19.
5) Sueton. Octav. 94. Dio Cass. hist. 45.

rang, den eine Herkunft dieser Art seinem Christus vor Moses und allen jüdischen Propheten sicherte, eine starke Waffe im Kampfe mit dem Judenthum gewonnen.

Doch diese Vorstellung, einmal errungen, war nun auch schicklich in Scene zu setzen, in einer ordentlichen Erzählung vorzutragen. Dazu gehörte vor Allem, wie bei den meisten jener alttestamentlichen Spätgeburten, eine göttliche Vorherverkündigung. Dann war der natürliche Vater da, auf den noch die Geschlechtsregister so viel gebaut hatten, und der nun abgefunden sein wollte. Endlich war dem göttlichen Sprößling auch ein würdiger Empfang auf der Erde zu bereiten.

Ueber die beiden ersteren Punkte haben wir in unsern Evangelien einen doppelten Bericht, einen im ersten und einen im dritten Evangelium (Matth. 1, 18—25. Luc. 1, 26—38), von denen für die unbefangene Betrachtung wohl immer der erstere als der frühere und ursprünglichere erscheinen wird. Er ist nämlich sowohl derber wie einfacher als der andere. Derber, sofern er die anstößige Thatsache der Schwangerschaft einer Braut, und zwar nicht vom Bräutigam, voranstellt, und den Anstoß zwar für den Leser durch den Beisatz, daß die Schwangerschaft vom heiligen Geiste verursacht gewesen, sogleich hinweggräumt, den Bräutigam Joseph aber wirklich Anstoß nehmen und erst hinterher im Traume durch einen Engel beruhigt werden läßt. Ob auch nur Maria von der übernatürlichen Ursache ihres Schwangerwerdens vorher in Kenntniß gesetzt worden, erfahren wir hier nicht. Das schien dem Verfasser der entsprechenden Erzählung bei Lucas, wenn er anders die des Matthäus kannte, gar zu sehr mit der Thüre in's Haus gefallen. Es durfte doch der Maria nicht, wie von einem Heidengotte, Gewalt geschehen, sondern sie mußte vorher über die Sache verständigt werden. Daher wird hier ein Engel, und zwar kein gewöhnlicher, namenloser, sondern der schon aus dem Alten Testamente (Dan. 8, 16. 9, 21. vgl. Tob. 12, 15) als einer der höchsten Würdenträger im göttlichen Hofstaate bekannte Gabriel an Maria abgeschickt, um ihr anzukündigen, daß sie von Gott begnadigt sei, schwanger zu werden und den Messias zu gebären, und zwar werde dieß, wie der Engel auf ihre zweifelnde Frage hinzusetzt, durch den heiligen Geist bewirkt, und darum ihre heilige Leibesfrucht im vollen Wortsinne Sohn Gottes genannt werden. Indem sich hierauf Maria in den höhern Willen ergibt, hält es der Verfasser für überflüssig, nachträglich noch auszuführen, wie sich Joseph in die Sache gefunden habe; wie umgekehrt Matthäus überflüssig gefunden hatte, von vorne herein zu sagen, wie Maria über das, was mit ihr geschehen sollte, verständigt worden sei.

Neben diesen Abweichungen, die in der verschiedenen Anlage der beiden Erzählungen begründet sind, haben sie aber die beiden Grundzüge gemein, daß erstlich ein himmlischer Bote die wunderbare Empfängniß des messianischen

Kindes ankündigt, und daß er zweitens dessen Namen: Jesus, vorherbestimmt. So gaben es die alttestamentlichen Vorbilder in den Geschichten des Isaak und Ismael, des Simson und Samuel, an die Hand. Wie bei Matthäus der Engel zu Joseph sagt: sie, dein Weib, wird (oder bei Lucas zu Maria: du wirst) einen Sohn gebären, und du sollst seinen Namen Jesus nennen, gerade so hatte Jehova (1 Mos. 17, 19) zu Abraham gesprochen: dein Weib wird dir einen Sohn gebären, und du sollst seinen Namen Isaak nennen; wie der letztere Name von dem Lachen bald Abraham's selbst (17, 17), bald der Sara (18, 12—15), bald der Leute (21, 6), so wird bei Matthäus der Name Jesus aus der Bestimmung des Kindes zur Erlösung des Volks von seinen Sünden hergeleitet, in Worten, welche hinwiederum an die Ankündigung der Bestimmung Simson's zur Rettung Israels aus der Hand der Philister (Richt. 13, 5) erinnern. Zu dieser Nachbildung alttestamentlicher Erzählungen, die auf judenchristliche Entstehungskreise hinweist, stimmt auch die jüdische Fassung der Bestimmung Jesu insbesondere bei Lucas, wo von dem Stuhle David's, von endloser Herrschaft über das Haus Jakob, die Rede ist (1, 32 fg.); obwohl auch bei Matthäus unter den Sünden, von denen der wunderbar Erzeugte sein Volk erlösen soll (1, 21), zugleich im jüdischen Sinne die Folgen derselben, die Unterjochung und Mißhandlung durch die Heidenvölker, mitzudenken sind.

Zugabe: Verkündigung und Geburt des Vorläufers.

58.

Die künstlichere Anlage der Geburtsgeschichte Jesu bei Lucas zeigt sich zwar auch schon an den bisher betrachteten Zügen, doch entschiedener tritt sie darin hervor, daß, während Matthäus sich begnügt, uns mit den Lebensanfängen Jesu bekannt zu machen, Lucas auch noch die seines Vorläufers Johannes in den Kreis seiner Darstellung zieht (1, 5—25. 36. 39—80). Insofern gleicht der Anfang seines Evangeliums, wie schon bemerkt, dem des ersten Buchs Samuel, das auch von der Geburtsgeschichte nicht der Könige Saul oder David, sondern des zu ihrer Salbung berufenen Sehers Samuel ausgeht, ohne jedoch mit dieser die Geburtsgeschichten jener Könige so zu verflechten, wie dieß der Verfasser des ersten Kapitels des Lucas-Evangeliums mit denen des Messias Jesus und seines Vorläufers Johannes thut.

Wie Samuel's Eltern auf dem Gebirge Ephraim, so sind die des Täufers auf dem Gebirge Juda zu Hause (1, 39), und wie der Königsmacher Samuel wenigstens in der jüngern jüdischen Ueberlieferung als ein Sprößling des Stammes Levi galt (1 Chron. 7, 26 fg.), vermuthlich weil die Salbung der Könige der spätern Regel nach durch einen Priester geschah (1 Kön. 1, 39), so wird auch bei Lucas der Mann, der den Messias zu salben hatte, vaterhalb von Leviten hergeleitet, seine Mutter aber sogar zu einer Nachkommin Aaron's und Namensschwester von dessen Frau (2 Mos. 6, 23) gemacht; womit vielleicht, da die Mutter Jesu eine Verwandte der Mutter seines Vorläufers heißt (1, 36), noch der weitere Zweck erreicht werden sollte, den königlichen Davidssohn zugleich durch seine Mutter aus priesterlichem Geschlecht abzuleiten, mithin als Priesterkönig nach der Ordnung Melchisedek's (Ps. 110, 4) darzustellen.[1]) Wie Samuel's Mutter, so ist nun auch die des Johannes lange unfruchtbar; während aber die erstere neben eine andere fruchtbare Gattin ihres Mannes, als die unfruchtbare aber geliebte Frau, gleichsam als Rahel neben eine Lea, gestellt wird, ist die Mutter des Täufers mehr zu einer andern Sara, d. h. der damaligen Sitte gemäß zur alleinigen, aber in Unfruchtbarkeit alt gewordenen Frau ihres gleichfalls schon alten Mannes gemacht; wobei der beiderseits gleiche Ausdruck: „sie waren vorgeschritten in ihren Tagen" (Luc. 1, 5. 1 Mos. 18, 11), über die Nachbildung keinen Zweifel läßt. Das hingegen ist dann wieder nach dem Samuelischen Vorbilde, daß die Verheißung des Sohnes sich an eine gottesdienstliche Reise knüpft: bei Samuel an die jährliche Reise seiner Eltern nach Silo, um dem Jehova ein Opfer zu bringen, bei Johannes an die Reise seines Vaters nach Jerusalem, um seiner priesterlichen Dienstpflicht nachzukommen.

Der Wunsch, Nachkommenschaft zu erhalten, war bei Samuel's Eltern, da ja der Vater von der andern Frau Kinder hatte, besonders stark auf Seiten der unfruchtbaren Frau; daher ist sie es, die zu Jehova um einen Sohn betet und von dem Hohenpriester die Versicherung der Erhörung erhält (1 Sam. 1, 10 fg.): während bei den Eltern des Täufers der Wunsch auf beiden Seiten gleich stark vorausgesetzt, aber, da die Frau hier den Mann nicht begleitet, nur von diesem, man muß sich denken, während des Räucherns im Heiligthum, vor Gott gebracht und von dem erscheinenden Engel Gabriel zusagend beschieden wird. Die Engelerscheinung, die in Samuel's Geschichte fehlt, entlehnte der evangelische Bericht aus der Geschichte des gleichfalls spätgeborenen Simson (Richt. 13); daß dem Zacharias der Engel nicht wie Simson's Eltern unbestimmt wo oder auf dem Felde, sondern im Tempel erscheint, brachte der Stand des Erstern mit sich; den Namen des Engels aber, der der Erzählung des Lucas eigenthümlich und aus der nachexilischen Mythologie der Juden (Dan. 8, 16. 9, 21) genommen ist, war doch gewissermaßen auch schon in der Geschichte Simson's gegeben

---

1) Wie er im Testament der zwölf Patriarchen erscheint, vgl. Hilgenfeld, Die Evangelien Justin's u. s. w., S. 265, Anm.

wo zwar der Engel die Nennung seines Namens verweigert (V. 18), aber wiederholt als Mann Gottes bezeichnet ist (V. 6. 8), was eben Gabriel bedeutet.

Ein Zweifel an der Verheißung des Gottesboten findet sich in der Geschichte Simson's so wenig, als in der des Samuel ein Zweifel an der Zusicherung des Hohenpriesters, sofern in beiden Fällen die Eltern noch nicht als alt, mithin die Sache nicht als so unwahrscheinlich, vorausgesetzt wird; da die Erzählung des Lucas die Eltern des Täufers zu einem alten Ehepaar gleich Abraham und Sara gemacht hatte, so entlehnte sie dorther auch den Zug, daß dem Zacharias das Wort des Engels Anfangs unglaublich erscheint. Wie dort beide Eltern nach einander den Einwand ihres hohen Alters geltend machen (1 Mos. 17, 17. 18, 12), so hier Zacharias für sich und seine Frau (1, 18); und wie Abraham auf die erste Verheißung, daß er durch seine Nachkommen das Land Kanaan besitzen werde, die Frage macht, woran er das erkennen solle? (1 Mos. 15, 8) mit denselben Worten drückt auch Zacharias dem Engel gegenüber seinen Zweifel aus (V. 18). Dem Abraham und der Sara ging ihr Unglaube so hin; aber ihnen lag auch noch kein ähnliches Beispiel göttlicher Machtwirkung vor; dagegen wurde dem Zacharias, der in der Geschichte seines Volkes mehrere dergleichen vor sich hatte, als strafendes Zeichen Verstummen bis zur Erfüllung der Verheißung auferlegt (V. 20), wie Paulus der Erzählung der Apostelgeschichte zufolge nach der vorwurfsvollen Christuserscheinung eine Zeit lang erblindet, und wie Daniel nach der Erscheinung des Engels (freilich nicht zur Strafe, sondern vor der Majestät der Erscheinung) verstummte, bis ihm dieser durch Berührung seiner Lippen wieder zur Sprache verhalf (Dan. 10, 15 fg.).

Während die Vorherbestimmung des Namens für den verheißenen Knaben aus der Geschichte Ismael's und Isaak's (1 Mos. 16, 11. 17, 19) genommen ist, erinnern die Vorschriften wegen seiner künftigen Lebensweise, daß er nämlich Wein und starke Getränke meiden solle, bis auf's Wort hinaus an diejenigen, welche der Mutter Simson's für ihr Verhalten während ihrer Schwangerschaft gegeben waren (Richt. 13, 4. 7. 14); auch die höhere Weihe beider Knaben vom Mutterleib an und ihr geistkräftiges Aufwachsen ist beiderseits mit ähnlichen Worten ausgedrückt (Richt. 13, 5. 24 fg. Luc. 1, 15. 80). Dagegen sind die der Erzählung bei Lucas eingeflochtenen Lobgesänge wieder der Geschichte Samuel's abgesehen: wie dessen Mutter, als sie den ihr geschenkten Sohn zum Hohenpriester brachte (1 Sam. 2, 1 fg.), so stimmt der Vater des Täufers, als sich bei dessen Beschneidung seine Zunge wieder löst, einen Lobgesang an (Luc. 1, 67 fg.); obwohl dem Hymnus der Samuelsmutter im Einzelnen mehr der der Maria (Luc. 1, 46 fg.) als der des Zacharias nachgebildet erscheint.

Daß der Urheber dieser Vorgeschichte im dritten Evangelium seine Erzählung so musivisch aus verschiedenen alttestamentlichen Vorbildern zusammengesetzt haben sollte, kann nur demjenigen unwahrscheinlich vorkommen, der von der Denkart und Schriftstellerei der spätern Juden keine Vorstellung hat. Der Jude jener Epigonenzeit lebte so ganz in der frühern Geschichte seines Volkes und in den heiligen Büchern, in welchen dieselbe niedergelegt war, daß er in diesen alles später Geschehene vorangedeutet, überall Weissagungen und Vorbilder der folgenden Ereignisse fand, und daß ebenso der Dichter, der die Geburt eines neuern Gottesmannes verherrlichen wollte, sich gar nicht anders denken konnte, als daß es dabei so wie in den entsprechenden Fällen der heiligen Urgeschichte zugegangen.

Daß übrigens der Dichter dieser Vorgeschichte kein geistloser Nachahmer ist, sondern wo sein Zweck es mit sich bringt, ohne sich an das Gegebene zu binden, selbstständig zu erfinden weiß, beweist die originelle Art, wie er die Mutter des Messias mit der seines Vorläufers zusammenführt. Die Absicht bei Veranstaltung dieser Zusammenkunft war keine andere, als Jesum dadurch zu verherrlichen, daß dem Täufer schon so früh wie möglich eine Beziehung auf ihn, und zwar im Verhältniß der Unterordnung, gegeben wurde; diese Absicht ließ sich nicht besser erreichen, als wenn nicht erst die Söhne, sondern schon die Mütter, doch bereits mit den Keimen der Söhne im Mutterleibe, zusammengeführt wurden, und hiebei sich etwas ereignete, worin sich das spätere Verhältniß der beiden Männer bedeutsam vorbildete. Um mit Wahrscheinlichkeit zusammengeführt werden zu können, mußten die Frauen sich verwandt sein; daß sie wirklich zusammenkamen, wurde durch einen Wink des Engels zu Wege gebracht, der die zweifelnde Maria, um ihr die Erfüllung der ihr gegebenen Verheißung glaublich zu machen, auf das kaum weniger Unglaubliche, was Gott an ihrer Verwandten, Elisabet, gethan, verwies. Eine Vorandeutung des Verhältnisses beider Söhne legte der Verfasser zwar schon in die Worte, mit denen er die Mutter des Vorläufers die Messiasmutter begrüßen läßt (1, 43): „Woher kommt mir dieß, d. h. wie komme ich zu der Ehre, daß die Mutter meines Herrn zu mir kommt?" was, nur auf die Mütter zurückgetragen, dasselbe ist, wie wenn Matthäus (13, 14) dem Täufer beim Herankommen Jesu die Worte in den Mund legt: „Mir thäte Noth, von dir getauft zu werden, und du kommst zu mir?" Doch ungleich schlagender war die Vorbedeutung, wenn auch der werdende Täufer selbst schon bei dieser Huldigung betheiligt war. Und dafür lag ein Beispiel in der Geschichte eines der alttestamentlichen Spätgeborenen vor. Auch des Erzvaters Isaak Frau, Rebekka, war Anfangs unfruchtbar, und erst auf ihres Mannes Gebet bescheerte ihr Jehova jene Zwillinge, welche die Stammväter zweier Völker, der Idumäer und der Israeliten, werden sollten (1 Mos. 25, 21). Das spätere Verhältniß dieser Völker hatte sich nun aber, der hebräischen Sage zufolge, schon in dem Verhalten der beiden Kinder im Mutterleibe vorgebildet. Erstlich ihre feindselige Stellung zu einander darin, daß sich die beiden Kinder im Leibe der Mutter stießen (25, 22);

zweitens die geistige Ueberlegenheit des schwächern aber vielgewandten Israel über Edoms rohe Kraft darin, daß bei der Geburt Jakob die Ferse des erstgeborenen Bruders hielt (25, 26; vgl. 27, 36). Da nun aber der Täufer nicht der Zwillingsbruder Jesu sein durfte, so blieb hier nichts übrig, als daß er im Leibe seiner Mutter bei der Annäherung der Messiasmutter eine bedeutsame Bewegung machte. Wie Abraham frohlockt hatte, daß er den Tag der Erscheinung Christi sehen sollte, und sich gefreut, als er ihn (im Paradiese) wirklich erlebte (Joh. 10, 56), so drückte der Vorläufer schon im Leibe seiner Mutter seine Freude über das Kommen desjenigen, den er einst ankündigen sollte, dadurch aus, daß er beim Gruße der eintretenden Maria eine frohlockende Bewegung machte (1, 44). Um dieß zu können, mußte er, da sich auch die Wundergeschichte in Nebenzügen gern an den natürlichen Gang der Dinge anschließt, doch schon in das Alter getreten sein, wo Leibesfrüchte sich zu bewegen anfangen: daher die Bestimmung, daß Elisabet schon sechs Monate schwanger ist, als Maria durch die Engelsbotschaft zu dem Besuche bei ihr veranlaßt wird.

Von dem Lobgesang, den Samuel's Mutter anstimmt, als sie den entwöhnten Knaben seiner höhern Bestimmung übergibt, ist bereits als von einem nicht wohl unbenutzt zu lassenden Muster die Rede gewesen. Zunächst lag es, dem Vater des Täufers einen ähnlichen Hymnus in den Mund zu legen; allein ehe mit der Geburt und Beschneidung des Letztern ein Zeitpunkt eintritt, an den sich eine derartige Auslassung schicklich knüpfen ließ, trifft Maria zum Besuche ein, und nun kommt sie dem Zacharias in Ausbeutung des Lobgesanges der Mutter Samuel's zuvor (vgl. Luc. 1, 47 mit Sam. 2, 1; Luc. V. 49 mit Sam. V. 2; Luc. V. 51 mit Sam. V. 3 fg.; Luc. V. 52 mit Sam. V. 8; Luc. V. 53 mit Sam. V. 5; außerdem Luc. V. 48 mit 1 Sam. 1, 11), und läßt dem Zacharias für seinen Lobgesang bei der Beschneidung seines Sohnes (1, 67 fg.) nur noch eine Blumenlese aus verschiedenen Psalmen- und Prophetenstellen übrig.

Geburt Jesu.

59.

Ankündigung der Geburt des Täufers; Ankündigung der Geburt Jesu; Zusammenkunft ihrer Mütter; Geburt und Beschneidung des Täufers; Geburt und Beschneidung Jesu: so sind bei Lucas die Erzählungen in einander geflochten; während bei Matthäus nicht nur von dem Täufer hier keine Rede ist, sondern auch auf die Geburt Jesu nur einmal voraus- (1, 25) und einmal zurückgewiesen (2, 1), sie selbst aber und wie es dabei zugegangen, nicht zum Gegenstande der Erzählung gemacht wird.

Bei Lucas findet sich eine solche Erzählung (2, 1—20), deren Grundlage die quirinische Schatzung, als Anlaß der Reise der Eltern Jesu nach Bethlehem, wir schon oben untersucht und als einen durch dogmatisches Bedürfniß veranlaßten historischen Fehlgriff erkannt haben. Auf diese Grundlage sind nun aber die weitern Züge der Erzählung aufgetragen. Als Fremde, die nur durch die Schatzung nach Bethlehem geführt sind, haben Jesu Eltern dort keine eigene Wohnung, und weil derselbe Anlaß viele Fremde daselbst zusammengeführt hat, finden sie nicht einmal in der Herberge Raum, sondern müssen sich in einem Stalle — oder nach den apokryphischen Kindheitsevangelien und mehrern Kirchenvätern in einer Höhle unweit des Orts[1]) — einrichten und das neugeborene Kind in eine Krippe legen. Hiemit ist schon der Uebergang in die Hirtenwelt gemacht, auf welche jedoch den Urheber unserer Erzählung nicht blos der Stall und die Krippe führt, sondern um welche es ihm auch an und für sich zu thun ist. Die Erzväter des hebräischen Volkes waren Hirten gewesen und hatten unter den Heerden ihre Offenbarungen erhalten; dem ersten Retter des Volks, Moses, war der Engel des Herrn erschienen, als er die Heerden seines Schwähers Jethro hütete (2 Mos. 3, 1 fg.), und den Ahnherrn des Messias, David, hatte Gott aus den Hürden bei Bethlehem genommen, um sein Volk zu weiden (Ps. 78, 70 fg. 1. Sam. 16, 11); wie nicht minder die griechisch-römische Sage ihre Helden, einen Cyrus, Romulus, gern unter Hirten erzogen werden läßt.[2]) So sind es auch hier arme einfältige Hirten auf dem Felde, nicht die Pharisäer und Schriftgelehrten oder der grausame König in der Hauptstadt, welche der ersten Kunde von der Geburt des messianischen Kindes gewürdigt werden.

Daß es Nacht ist, als der Engel den Hirten erscheint und die Herrlichkeit des Herrn sie umleuchtet, hängt wieder an einer andern Vorstellung. Nach Jesaias (9, 1) sollte das Volk, das in Finsterniß wandelt, ein großes Licht schauen, sollte den in der Nacht des Todes Sitzenden eine Helle erglänzen. Diese Weissagung wird nicht blos von Matthäus (4, 16), sondern ist auch im Verlauf der Kindheitsgeschichte des Lucas (1, 79) auf den Messias Jesus bezogen; er ist der Aufgang aus der Höhe, das in der Finsterniß erscheinende Licht (vgl. Joh. 1, 5), und sobald hiebei dem Bilde sein Recht widerfuhr, auch einmal eigentlich genommen zu werden, so ergab sich die Nachtscene, die wir bei Lucas haben, von selbst.

Der den Hirten in himmlischem Lichte erscheinende Engel verkündigt ihnen nun die Geburt des messianischen Retters in der Davidsstadt, und als Zeichen der Wahrheit seiner Verkündigung verweist er sie darauf, daß sie,

---

1) Justin. Dial. c. Tryph. 78. Orig. c. Cels. I, 51. Protev. Jacobi c. 18. Evang. de nativ. Mar. c. 13. Wobei Justin sich auf Jes. 33, 16 beruft.

2) Herodot. I, 110 fg. Liv. I, 4.

zur Stadt zurückgekehrt, ein neugeborenes Kind in einer Krippe liegend finden würden; wie einst Jesaias (7, 14) dem König Ahas ein noch ungeborenes, aber bei seiner Geburt mit einem Namen froher Bedeutung zu benennendes Kind zum Zeichen gegeben hatte, und wie es überhaupt in der Art der hebräischen Sage lag, bald die Wahrheit einer Weissagung, bald die Göttlichkeit einer Verfügung, bald die Würde eines Gottesmanns durch das Zutreffen eines für die nächste Zeit vorhergesagten Erfolgs verbürgt werden zu lassen (vgl. z. B. 1 Sam. 2, 34. 10, 7 fg. Matth. 21, 2 fg. Apostelgesch. 10, 5 fg. 17 fg.). Sobald der eine Engel seine Botschaft ausgerichtet hat, fallen die himmlischen Heerschaaren als Chorus ein, die Hirten aber gehen in die Stadt zurück, finden das Kind, und erzählen, was ihnen in Betreff desselben für eine Verkündigung geworden ist; worüber die gewöhnlichen Hörer sich verwundern, während seine Mutter alle diese Worte im Herzen bewahrt und überlegt, wie einst Jakob das, was ihm sein Wunderkind Joseph von seinen Träumen sagte, nachdenklich im Herzen bewahrt hatte (1 Mos. 37, 11).

Nachdem so die Geburt Jesu durch eine Engelscene verherrlicht war, erschien es überflüssig, die Scene bei seiner Beschneidung so, wie es in Bezug auf den Täufer geschehen war, auszuschmücken; nur übergangen sollte sie nicht werden (Luc. 2, 21), um, der Tendenz dieser Kindheitsgeschichte bei Lucas gemäß, die treue Gesetzbeobachtung von Seiten der Familie Jesu in's Licht zu stellen.

II. Jesus das fleischgewordene göttliche Schöpferwort.

60.

Die Ansicht, daß Jesus durch den heiligen Geist im Leibe einer Jungfrau erzeugt worden, ließ sich zwar, wie oben ausgeführt, durch die Ausscheidung alles Sinnlichen aus dieser Vorstellung auch mit dem jüdischen Gottesbegriff ausgleichen, behielt jedoch, da das sinnliche Moment sich unwillkürlich immer wieder eindrängen mußte, nicht blos für jüdische Ohren, sondern auch für Christen aus den Heiden, die sich zu einer geistigern Vorstellung von dem Wesen der Gottheit erhoben hatten, immer etwas Anstößiges. Mußten gleichwohl auch Christen dieser Art, und diese noch besonders, um ihr neues Religionswesen von dem altjüdischen unabhängig zu stellen, ihren Christus über alles Menschliche, und damit auch über die größten der alttestamentlichen Propheten hinausgehoben wünschen, so schien sich ihnen außer jener bedenklichen Vorstellung noch ein anderer Weg darzubieten, worauf zu demselben Ziele zu gelangen, ja am Ende noch ein höheres zu erreichen war. [1])

Mit der Unmöglichkeit, ihren gemordeten Messias als todt, als wesenlosen Schatten zu denken, d. h. mit der Production des Glaubens an seine Auferstehung und Erhöhung zu Gott, war für seine Anhänger eine Vorstellung von Jesu gegeben, die ihn wenigstens von dem Zeitpunkte seiner Auferstehung und Erhebung in den Himmel an mit dem übrigen göttlichen Hofstaat, den Engeln, in Eine Reihe, ja als denjenigen, dem von Gott alle Gewalt im Himmel und auf Erden übergeben war (Matth. 28, 18) über sie stellte. Doch nicht einmal auf gleicher Stufe stand er mit ihnen, wenn sein Dasein erst mit seiner menschlichen Geburt angefangen hatte, während die Engel so alt waren als die Weltschöpfung. Sollte er ihnen in diesem Stücke gleichgestellt werden, so mußte er schon vor seiner menschlichen Geburt existirt haben, diese nicht die Entstehung seiner Person, sondern nur ein Herabsteigen derselben aus einer frühern übersinnlichen Existenz gewesen sein.

Der Ausbildung einer solchen Ansicht von Jesus als Messias kamen verschiedene jüdische Vorstellungen zu Hülfe. Mochte der Menschensohn bei Daniel, der in den Wolken des Himmels vor den Thron Gottes kommt und von ihm mit der Weltherrschaft belehnt wird, ursprünglich auch blos als Symbol des Volkes Israel gemeint sein: sobald man in ihm einmal, wie in unsern Evangelien augenscheinlich vorliegt, den Messias sah, so lag darin schon ein Anlaß, diesen als ein übermenschliches Wesen zu betrachten. Den Namen des Messias rechneten die Juden, wie ihr Volk und ihr Gesetz, unter diejenigen Dinge, die im göttlichen Verstande schon vor der Weltschöpfung vorhanden gewesen seien; d. h., da Gott, wie ihre Eigenliebe sie glauben ließ, die Welt um des Volks Israel willen geschaffen hat, und um seinetwillen auch den Messias in die Welt schicken wird, so mußte er gleichzeitig mit der Entwerfung des Weltplans auch schon an den Messias gedacht und seine Sendung sich vorgenommen haben. Nun weiß man aber, wie es mit dergleichen Vorstellungen geht. Aus dem Vorherbestimmtsein wird leicht ein Vorhergeschaffensein, aus der idealen eine reale Präexistenz. So gut Jesus aus der Bezeichnung Gottes als Gott Abraham's, Isaak's und Jakob's das wirkliche Fortleben dieser Erzväter erschloß (Matth. 22, 31 fg.),

1) Zum Folgenden vgl. Zeller, Zur neutestamentlichen Christologie, Theol. Jahrbücher, 1842, S. 51 fg. Die Philosophie der Griechen, III, 2, S. 621 fg. Schwegler, Das nachapostolische Zeitalter, II, 286 fg. Hellwag, Die Vorstellung von der Präexistenz Christi in der älteren christlichen Kirche, Theologische Jahrbücher, 1848, S. 144 fg. 227 fg. Lücke, Commentar zum Evangelium Johannis (dritte Auflage), I, 283 fg. Baur, Das Christenthum der drei ersten Jahrhunderte, S. 308 fg. Volkmar, Commentar zur Offenbarung Johannis, S. 72 fg. 113. Holsten, Die Christusvision des Paulus, Zeitschrift für wissenschaftliche Theologie, 1861, S. 231 fg.

so gut konnte ein Anderer daraus, daß auf das Erscheinen des Messias im ewigen Weltplane Gottes gerechnet war, schließen, daß er zur Zeit der Weltschöpfung schon bei Gott gewesen sei. Die Bezeichnung Jesu als des „Anfangs der Schöpfung Gottes“ in der Offenbarung (3, 14) steht auf der Gränze zwischen der idealen und realen Auffassung dieses Begriffs.

Auf etwas Aehnliches konnte eine Eigenheit der mosaischen Schöpfungsgeschichte führen. Bekanntlich ist im ersten Buch Mosis die Erschaffung des Menschen doppelt erzählt. Das einemal 1, 27 mit den Worten: „Und Gott schuf den Menschen nach seinem Bilde, nach dem Bilde Gottes schuf er ihn, Mann und Weib schuf er sie“; das anderemal, 2, 7 fg. so, daß Gott Jehova den Menschen, d. h. den Mann, aus einem Erdenkloß bildet, und in seine Nase den Lebensodem bläst, erst nachträglich dann aus einer seiner Ribben das Weib erschafft. Diese Doppelerzählung, welche die neuere Kritik auf die Unterscheidung verschiedener im ersten Buch Mosis zusammengestellter Schriftstücke geführt hat, brachte jüdische Denker auf ganz andere Entdeckungen. Da es vom Menschen das einemal hieß, er sei nach dem Bilde Gottes geschaffen, das anderemal, er sei aus einem Erdenkloß geformt worden, so konnte das nicht derselbe Mensch, sondern das Eine mußte der übersinnliche, himmlische, das Andere der sinnliche, irdische Mensch gewesen sein. Diese Unterscheidung finden wir bei dem alexandrinischen Juden Philo, wir finden sie aber auch bei dem Apostel Paulus, und zwar auf Jesus als den Messias angewendet. Jesus ist bei Paulus seinem Wesen nach eben dieser andere Mensch, der zweite Adam, das Bild Gottes, der dem ersten irdischen Menschen als himmlischer gegenübersteht (1 Kor. 15, 45 fg. 2 Kor. 4, 4). Der zweite oder letzte heißt er, unerachtet er vor dem andern geschaffen ist, ohne Zweifel deßwegen, weil er erst nach diesem in die Erscheinung treten sollte, sofern Gott erst, nachdem die Nachkommenschaft des irdischen Adam sich bis auf einen gewissen Punkt entwickelt hatte, zum Abschluß der jetzigen Weltperiode den himmlischen, der seit seiner Erschaffung in verklärter Lichtgestalt als der Sohn Gottes bei diesem im Himmel gewesen war, in Menschengestalt auf die Erde sandte. Hatte so der Messias als der himmlische Adam schon seit der Schöpfung existirt, so konnte er, wenn auch erst in Jesu unter die irdischen Menschen eingetreten, doch vorher schon auf die Menschheit und insbesondere das erwählte Volk eingewirkt haben, und wenn Paulus einmal (1 Kor. 10, 4. 9) Christus den geistigen Felsen nennt, der den Israeliten durch die Wüste gefolgt sei, und die Korinthischen Christen warnt, nicht Christum zu versuchen, wie einige von jenen gethan haben, so sind wir wenigstens nicht genöthigt in dem Ersteren eine bloße Allegorie zu sehen, und bei dem Letzteren durch eine gezwungene Construction dem Ergebniß auszubeugen, daß Paulus sich seinen Adam-Christus schon zur Zeit des Zugs durch die Wüste in einem eigenthümlichen Verhältniß zu dem Volk Israel gedacht habe.

Ob er ihm aber auch einen Theil an der Weltschöpfung zugeschrieben habe, ist bekanntermaßen streitig. Zwar wenn man 1 Kor. 8, 6 liest: „Wir haben Einen Gott, den Vater, aus welchem Alles und für welchen wir sind, und Einen Herrn Jesus Christus, durch welchen Alles, und wir durch ihn", so sollte man zunächst nicht anders denken, als daß hier Christus, wenn auch in zweiter, mehr werkzeuglicher Stellung, als Weltschöpfer gedacht sei. Und wenn Paulus zugleich Verfasser des Kolosserbriefs ist, wo (1, 15 fg.) Christus das Bild des unsichtbaren Gottes, der Erstgeborene der gesammten Schöpfung heißt, mit dem Beisatz, daß in und zu ihm alles im Himmel und auf Erden, Sichtbares und Unsichtbares, geschaffen sei und bestehe, wenn also die erstere Stelle nach der letztern ausgelegt werden dürfte, so wäre die Weltschöpfung durch Christus als paulinische Lehre nicht zu bezweifeln. Freilich, da der mosaischen Urkunde zufolge der Mensch, auch jener nach dem Bilde Gottes geschaffene, erst am sechsten Tage nach allem Uebrigen geschaffen ist, weiß man nicht recht, wie man ihn bei der Schöpfung betheiligt denken soll; daß aber sein Geschaffensein im Allgemeinen seine schöpferische Thätigkeit nicht ausschließen würde, sehen wir eben aus der Stelle des Kolosserbriefs: nachdem er zuerst von Gott geschaffen war, wäre dann durch ihn alles Uebrige geschaffen worden. Doch wenn auch der Brief an die Kolosser mit denen an die Philipper und Epheser einer etwas spätern Zeit angehört, und die Stelle im Korintherbriefe für sich genommen eine andere Deutung zuläßt, so sehen wir aus derselben doch, was wir ohnehin aus dem Hebräerbrief erkennen, wohin der Entwicklungsgang dieser Vorstellungen zielte. Der Hebräerbrief knüpft, ähnlich wie der an die Kolosser, mit Uebergehung der paulinischen Idee von dem Urmenschen, an das Messiasprädicat: Sohn Gottes, indem er dasselbe nicht im jüdisch-theokratischen, sondern im metaphysischen Sinne faßt, unmittelbar die Weltschöpfung an. Der Sohn ist der Abdruck des Wesens, der Abglanz der Herrlichkeit Gottes, der Erstgeborene, durch welchen Gott die Aeonen, d. h. die jetzige und künftige, die sichtbare und die unsichtbare Welt geschaffen (1, 1—6), den er hierauf den Menschen zulieb ihnen hat gleich werden, menschliches Fleisch und Blut annehmen lassen (2, 14 fg.). Der Sache nach haben wir hier bereits dasselbe Wesen, das der vierte Evangelist den Logos nennt, nur daß der Verfasser des Hebräerbriefs diesen Ausdruck noch nicht gebraucht; was um so merkwürdiger ist, da er ihn kennt (4, 12 fg.) und vermöge seiner offenbar alexandrinisch-philonischen Bildung kennen muß.

Der philonische Logosbegriff hat, wie die ganze alexandrinische Religionsphilosophie, eine doppelte Wurzel, eine jüdische und eine griechische. Jenes ist aber ursprünglich nicht das göttliche Sprechen zum Behufe der Schöpfung, 1 Mos. 1; denn auch in der Wendung Ps. 33, 6: durch Jehova's Wort ist der Himmel gemacht, und all sein Heer durch den Hauch seines Mundes", haben wir noch nicht einmal eine poetische Personification; die Memra der chaldäischen Paraphrasen des Alten Testaments aber ist vielmehr als Rückwirkung der alexandrinischen Logosidee zu betrachten. Dagegen zieht sich durch die ganze hebräische Reflexions- und Spruchliteratur, von dem Buche Hiob und den Proverbien an bis zum Sirach und der Weisheit Salomo's die Idee der göttlichen Weisheit, die, im Hiob (28, 12 fg.) offenbar nur poetische Personification, in den Sprüchwörtern (besonders Kap. 8 u. 9) in einer Art geschildert ist, daß man, wenn es auch des Verfassers Meinung nicht war, doch leicht an eine wirkliche Persönlichkeit denken konnte. Die Weisheit tritt hier selbst redend auf, sie rühmt sich, von Gott als der Anfang seines Handelns vor seinen übrigen Werken bereitet zu sein; als er die Grundvesten der Erde legte, sei sie als Künstlerin ihm zur Seite und sein Ergetzen gewesen, wie sie hinwiederum an den Menschenkindern ihr Ergetzen habe. Auch nach Sirach (Kap. 24) ist die Weisheit von Gott vor der Zeit geschaffen, am Anfang aus dem Munde des Höchsten hervorgegangen; sie hat sich unter den Völkern eine feste Wohnung gesucht, bis sie von Gott angewiesen wurde, in Jakob zu wohnen[1]) und in Israel ihr Eigenthum zu haben (vgl. Baruch 3, 36 fg.). Im Buch der Weisheit Salomo's (7, 25 fg. 10, 1 fg.) ist die Weisheit der Ausfluß der Herrlichkeit Gottes und der Abglanz des ewigen Lichtes, der weltordnende menschenfreundliche Gottesgeist, der das Gute in der Welt erhält, in frommen Menschenseelen seine Wohnung nimmt, und insbesondere das Volk Israel auf seinem Zug durch die Wüste in Gestalt der Wolken- und Feuersäule geleitet hat. Von dieser weltbildenden und welterhaltenden Weisheit Gottes wird in dem zuletzt angeführten Apokryphum das Wort Gottes nicht nur als Schöpferwort (9, 1), sondern auch als richtendes Machtwort unterschieden und als solches gleichfalls ganz persönlich dargestellt. Als den Wunderzeichen des Moses gegenüber die Aegypter in ihrem Unglauben beharrten, da fuhr (Weish. 18, 14 fg.) mitten im Schweigen der Nacht Gottes allmächtiges Wort als gewaltiger Streiter vom Himmel herab, wie ein scharfes Schwert sein ernstes Gebot tragend, und stellte sich (gleich dem Pestengel 1 Chron. 22, 16) zwischen Himmel und Erde auf, Alles mit Tod erfüllend.

Nun war aber gerade in demjenigen System griechischer Philosophie, das neben dem platonischen auf die Juden in Alexandrien den größten Einfluß gewann, dem stoischen, zur Bezeichnung der die Welt durchdringenden, sie künstlerisch bildenden göttlichen Vernunft nicht der Ausdruck: Weisheit, sondern derselbe gebräuchlich, durch welchen die alexandrinische Uebersetzung des Alten Testaments und die griechisch redenden Juden überhaupt das göttliche Schöpferwort bezeichneten, der Ausdruck: Logos, welcher vermöge einer Eigenheit der griechischen Sprache zugleich Vernunft und Wort bedeutete. Daher

1) V. 8: ἐν Ἰακὼβ κατασκήνωσον. Joh. 1, 14 (vom λόγος): καὶ ἐσκήνωσεν ἐν ἡμῖν.

kam es, daß philosophirende Juden in Alexandrien sich bald gewöhnten, was man früher der göttlichen Weisheit beigelegt hatte, dem göttlichen Logos zuzuschreiben. So ist insbesondere bei Philo, dem überlebenden Zeitgenossen Jesu, der Logos einerseits ganz das, was in der jüdischen Spruchliteratur die göttliche Weisheit, andererseits ebenso das, was bei den Stoikern die Weltvernunft, bei Plato und den Neupythagoreern die Weltseele und die Ideenwelt. Der Logos des Philo ist der Vermittler zwischen Gott und Welt, er steht auf der Gränze zwischen beiden und ermöglicht ihren Verkehr, indem er abwärts als Inbegriff der göttlichen Ideen diese der Welt einbildet, aufwärts die Welt und insbesondere die Menschen bei Gott vertritt; er ist weder ungeschaffen, noch geschaffen wie wir, sondern zwar geworden, aber das Aelteste und Ursprünglichste von allem Gewordenen; daher wohl ein Gott für uns tief unter ihm stehende Wesen, aber nicht der Gott an und für sich, sondern ein zweiter oder Untergott. Dieser Logos hat als unsichtbarer Engel in der Wolken- und Feuersäule den Auszug des Volks Israel aus Aegypten geleitet, und ist wahrscheinlich auch unter der übermenschlichen Erscheinung zu verstehen, die nach Philo in der messianischen Zeit, nur den Geretteten erkennbar, für alle Andern unsichtbar, die zerstreuten Juden in das Land der Verheißung zurückführen sollte; aber von diesem übermenschlichen Wesen dachte sich Philo den messianischen Fürsten, der sich an die Spitze des heimkehrenden Volkes stellen würde, verschieden, indem er den Logos als übersinnliches, keines Eingehens in den Stoff fähiges, ja schwerlich auch nur bestimmt persönliches Wesen betrachtete.

Die Vereinigung dieser beiden Begriffe, des Logos- und des Messias- oder Christusbegriffs, konnte aber nicht ausbleiben. Die Mittlerrolle, welche der eine zwischen Gott und dem erwählten Volke, der andere zwischen Gott und Welt überhaupt zu spielen hatte, mußte sie zusammenführen. Im Neuen Testament zwar findet sich außer und vor dem johanneischen Evangelium (1, 1—18) ihre Vereinigung nicht. Der Apostel Paulus setzt zwar ein vormenschliches Dasein des Messias oder des Sohns voraus, weiß aber von einem Logos im Sinne Philo's nichts; und im Hebräerbrief, wo sich der Ausdruck findet, ist doch in ähnlicher Art wie im Buch der Weisheit neben diese, so neben den weltschaffenden und welterlösenden Sohn, den Abglanz der Herrlichkeit und den Abdruck des Wesens Gottes (1, 1—3), der Logos als ein scharfer, Alles durchdringender und richtender Geist gestellt (4, 12 fg.). In der Offenbarung Johannis findet sich an dem Haupte des als Sieger aufziehenden Christus als sein geheimer Name geschrieben: „das Wort Gottes“ (19, 13). Daß aber hiedurch Jesus nur als Verkündiger und Vollstrecker des göttlichen Richterspruchs über die Welt bezeichnet werden soll, lehrt der Zusammenhang, insbesondere das scharfe Schwert, das (V. 15) aus seinem Munde geht, und das eben dieses strenge Wort Gottes ist. Uebrigens leuchtet von selbst ein, daß der spätere Verfasser des Evangeliums, das ja gleichfalls ein johanneisches sein sollte, an diese apokalyptisch-johanneische Bezeichnung anknüpfen und sie in seinem metaphysischen Sinne nehmen konnte. Schwerlich indeß ist der Verfasser dieses Evangeliums der erste gewesen, der die Vereinigung beider Begriffe vollzogen hat, da sie, wenn nicht früher, doch jedenfalls unabhängig von ihm in andern Schriften derselben Zeit sich findet, vor allen bei Justin dem Märtyrer, dessen Schriftstellerei in die Zeit von 147—160 n. Chr. fällt, und zwar bei diesem, wie schon früher bemerkt worden, in einer von dem johanneischen Typus so vielfach abweichenden Form, daß man deutlich erkennt, er hat die Logoslehre ebenso wie der Verfasser des vierten Evangeliums als eine umlaufende Zeitidee aufgenommen und in seiner Weise für die Christologie benützt.

Den Eintritt des in Jesus erschienenen höheren Wesens in die Menschenwelt bezeichnet Paulus durch den Ausdruck (Röm. 8, 3): Gott habe seinen Sohn in Aehnlichkeit eines sündigen Leibes gesendet, d. h. in einem Leibe, der dem sündhaften Menschenleibe ähnlich (blos ähnlich, weil selbst ohne Sünde) war. Daß der Apostel dieß auch so ausdrückt: Gott habe Christum geschickt als einen vom Weibe Geborenen (Galat. 4, 4), hat mit der Ausschließung des männlichen Antheils in den Geburtsgeschichten bei Matthäus und Lucas so wenig zu schaffen, als daß es ein andermal (Röm. 1, 3 fg.) von ihm heißt, er sei dem Fleische nach aus dem Saamen David's entsprossen, aber seinem heiligen Geiste nach durch die Auferstehung von den Todten als Gottes Sohn erwiesen; ohne Zweifel vielmehr hat sich Paulus unter seinem Christus einen natürlich erzeugten Menschen gedacht, mit dem sich der Sohn Gottes, der himmlische Adam, vielleicht schon vor der Geburt, vereinigt habe.

Auch im johanneischen Evangelium, das diesen höheren Geist als den göttlichen Logos, den eingeborenen Sohn, der von Anfang bei Gott gewesen und durch den alle Dinge geschaffen seien, bezeichnet, wird über die Art seines Eintritts in das menschliche Leben nichts Näheres gesagt. Es heißt nur (1, 14), das Wort sei Fleisch geworden, d. h. es habe einen menschlichen Leib angenommen; aber in welchem Zeitpunkt und wie, erfahren wir nicht. An eine Ausschließung des väterlichen Antheils von seiner Erzeugung zu denken, sind wir auch hier so wenig wie bei Paulus veranlaßt. Nicht allein von den Juden (6, 42), sondern auch von dem Apostel Philippus, nachdem er schon in Jesus den im Gesetz und den Propheten geweissagten Messias erkannt hatte und von ihm zu seiner Nachfolge berufen war, wird Jesus ohne angedeutete Berichtigung als der Sohn Joseph's bezeichnet (1, 46). So gut die gläubigen Christen, also ihrer Abkunft nach natürliche Menschen, doch „nicht aus Fleisch und Blut, oder dem Willen eines Mannes, sondern aus Gott gezeugt sind“ (1, 13), ebenso gut konnte nach johanneischer Ansicht Christus selbst, unerachtet seiner vollkommen menschlichen Erzeugung, in Folge jener Vereinigung des Logos mit dem menschlichen Erzeugniß, der eingeborene Sohn Gottes sein. Wann aber diese Vereinigung vor sich gegangen, deutet der Evangelist nicht an. Man hat daraus, daß es von dem Logos als dem wahrhaftigen Licht, wie es scheinen kann in Bezug auf die Zeit der Wirksamkeit des Täufers, heißt, er sei erst im Kommen begriffen gewesen (1, 9), und daß sofort bei der Taufe der göttliche Geist als über Jesu bleibend dargestellt wird (1, 32 fg.), schließen wollen, der vierte Evangelist habe sich erst die Taufe als den Zeitpunkt der Vereinigung des Logos mit den Menschen Jesus gedacht.[1]) Allein der Geist in Taubengestalt, den er bei dieser Gelegenheit auf Jesum herabkommen läßt, kann nicht ohne Weiteres mit dem Logos gleichgesetzt werden, sondern ist ein Ueberbleibsel aus der ältesten Ansicht von dem Höheren in Christus, das der Evangelist als herkömmlich nachführt, unerachtet es zu seiner Logoslehre nicht paßte; wie das Herabkommen des Geistes auf Jesum bei der Taufe schon zu der synoptischen Erzeugung Jesu durch ihn nicht mehr gepaßt hatte. Das Wahrscheinlichste bleibt immer, daß der vierte Evangelist jene Vereinigung nach der Art der platonischen Einkörperung der präexistirenden Seelen an den ersten Anfang des Lebens Jesu geknüpft, die Kindheitsgeschichte aber übergangen habe, theils weil es um vieles schwieriger war, den fleischgewordenen Untergott, als den gotterzeugten Menschen, im Kindesalter vorzustellen, theils weil ein Kindheitsevangelium für den hohen Styl und Schwung seiner Darstellung zu niedrig war.

Sind nun aber die Ansichten des johanneischen Prologs und die der synoptischen Geburtsgeschichten über die Entstehung der Person Jesu zwar der älteren in der Taufgeschichte niedergelegten Ansicht über die messianische Ausrüstung derselben gleichermaßen ungleich, so sind sie darum doch nicht unter sich gleichzusetzen. Die Auskunft Justin's[2]), unter dem heiligen Geist oder der Kraft des Höchsten, die Matthäus und Lucas als wirkende Ursache der Schwangerschaft Maria's angeben, sei nichts Anderes zu verstehen als der Logos, hält nicht Stich. Ob Geist oder Wort, etwas Anderes ist immer ein in Jesu fleischgewordenes und ihm immanent gebliebenes göttliches Wesen, etwas Anderes eine bloße, seine Erzeugung bedingende göttliche Einwirkung. Im letzteren Falle wird das Subject der evangelischen Geschichte durch diese Einwirkung erst hervorgebracht; im ersteren ist es schon vorher vorhanden und begibt sich durch sein Fleischwerden nur in eine andere Daseinsform. In dem einen Falle ist die Persönlichkeit Jesu ein gemischtes Product aus befruchtender göttlicher Einwirkung und empfangender menschlicher, d. h. weiblicher, Mitwirkung; im andern ist sie die rein göttliche Persönlichkeit des Logos, zu der sich das Menschliche an ihm nur als vorübergehende Zuständlichkeit verhält.

---

1) Hilgenfeld, Die Evangelien, S. 241. Die Evangelienfrage, Theologische Jahrbücher, 1857, S. 522. Vgl. auch schon Bretschneider, Probabil., S. 6. 128.
2) Apol. I, 31. 35.

61.

Doch auf die göttliche Weisheit der Sprüchwörter und des Sirach stieß man nicht blos, wenn man für die Persönlichkeit des Messias Jesus nach einem höheren übermenschlichen Subjecte suchte, sondern auch schon der Lehrer Jesus wies nach dieser Richtung hin. Die Weisheit trat in jenen Schriften wiederholt als Lehrerin der Menschen redend auf: sobald man in Jesu das Ideal eines Lehrers fand, lag es nahe, ihn an die Stelle der Menschenlehrerin Weisheit zu setzen. Wenn es in den Sprüchwörtern einmal von der Weisheit heißt (9, 1 fg.), sie habe ihr Haus gebaut, ihr Schlachtvieh geschlachtet, ihren Wein gemischt, ihren Tisch zugerichtet, und lasse nun durch ihre Dienerinnen auf den Höhen der Stadt ausrufen: „Kommt, esset von meinem Brode und trinket von dem Weine, den ich gemischet!" so wird man an das evangelische Gleichniß von dem Gastmahl (Matth. 22, 1 fg. Luc. 14, 16 fg.) erinnert, wo der Herr ebenfalls seine Diener in die Straßen der Stadt sendet mit der Ladung, sein Mahl sei zugerichtet, seine Stiere und sein Mastvieh geschlachtet und alles bereit, die Gäste mögen nur kommen. In dieser Parabel ist es Gott selbst, der die Stelle der Weisheit in den Sprüchwörtern einnimmt; aber wir haben schon oben einen Fall gefunden, wo in der evangelischen Ueberlieferung Jesus an die Stelle derselben gesetzt worden ist. Die Rede von den Propheten und Aposteln, die zu den Juden gesendet, von ihnen aber mißhandelt und ermordet werden würden, welche Jesus bei Lucas (11, 49 fg.) als Worte der „Weisheit Gottes" anführt, werden ihm bei Matthäus (23,34 fg.) geradezu als eine eigene im eigenen Namen gesprochene Worte in den Mund gelegt; wie der uralte judenchristliche Geschichtschreiber Hegesippus die Zeitgenossen Jesu als diejenigen bezeichnete, die gewürdigt waren, mit eigenen Ohren „die gottbegeisterte Weisheit" zu hören. [1])

Den Schluß des Buches Sirach (Kap. 51) bildet ein Dankgebet, worin der Verfasser als Zögling und Ausspender der Weisheit zum Theil sogar dieselben Worte gebraucht, die wir an einer bekannten Stelle des ersten und dritten Evangeliums Jesu in den Mund gelegt finden. „Ich will dich lobpreisen, Herr, König", sagt er (V. 1 fg.), sowohl für mancherlei Schutz und Errettung, als auch für die Gabe der Weisheit, die er ihm gewährt habe. Und nun ruft er (V. 23): „Nahet euch zu mir, ihr Unverständigen, da eure Seelen so sehr dürsten (V. 26), begebet euern Hals unter das Joch, und eure Seele nehme Zucht an (V. 27); sehet, wie ich wenig Mühsal gehabt und viel Erquickung gefunden habe." Nothwendig müssen uns hier die Worte Jesu Matth. 11, 25 fg. einfallen: „Ich lobpreise dich,

1) Bei Eusebius, Kirchengeschichte, III, 32, 8.

Vater, Herr des Himmels und der Erde", worauf dann freilich der ihm eigenthümliche Dank dafür folgt, daß Gott die rechte Einsicht den Weisen und Klugen verborgen, den Unmündigen geoffenbart habe; hierauf aber ganz wie bei Sirach die Einladung: „Kommet her zu mir, alle ihr Mühseligen und Belasteten, ich will euch erquicken; nehmt mein Joch auf euch und lernet von mir ... und ihr werdet Erquickung finden für eure Seelen." Zufällig kann ein solches Zusammentreffen nicht wohl sein; doch ließe sich hier möglicherweise denken, daß Jesu selbst die Stelle des ursprünglich hebräisch geschriebenen Buchs Sirach vorgeschwebt hätte.

Wenn wir nun aber in den Sprüchwörtern (8, 1. 22 fg.) die Weisheit rufen hören: „Jehova bereitete mich als Anfang seines Handelns vor seinen Werken; ... bevor Hügel eingesenkt waren, ward ich geboren; ... als er die Grundvesten der Erde legte, da war ich als Künstlerin ihm zur Seite, da war ich sein Ergetzen Tag für Tag ... Und nun Söhne, höret auf mich, denn wer mich findet, findet Leben und erhält Wohlgefallen von Jehova, wer aber mich verfehlt, verletzt sein Leben, und Alle die mich hassen, lieben den Tod"; wenn wir ferner bei Sirach lesen (24, 1 fg.): „Die Weisheit lobt sich selbst, und inmitten ihres Volkes rühmt sie sich: .. Ich ging aus dem Munde des Höchsten hervor ... (V. 19 fg.) Kommet zu mir, die ihr mein begehret, und sättiget euch von meinen Früchten! ... Wer mich isset, hungert immer, und wer mich trinkt, dürstet immer" u. s. f.: so sehen wir hier in die Geburtsstätte der johanneischen Christusreden hinein. Der geschichtliche Jesus wurde mit der alttestamentlichen und apokryphischen Weisheit zusammengeschaut, die Stellung der Weisheit als Lehrerin der Menschheit, aber auch als vorweltliche Gespielin und Mitschöpferin der Gottheit, ihm angewiesen. Die Versicherung der Weisheit, wer sie finde, finde Leben, wer aber sie verfehle, verletze sein Leben, und wer sie hasse, liebe den Tod, klingt aus den johanneischen Christusreden mehrfach wieder (z. B. 3, 20 fg. 36. 5, 24); die Einladung der Weisheit, von ihrem Brode zu essen und von ihrem Tranke zu trinken, ja sie selbst zu essen und zu trinken, finden wir ebenso im Munde des johanneischen Christus (4, 10 fg. 6, 51 fg. 7, 37), nur daß der Zusatz der Weisheit bei Sirach, wer sie einmal gegessen und getrunken, werde immer wieder nach ihr hungern und dürsten, bei Johannes von Jesus im höhern Sinne dahin umgewandelt ist, daß wer zu ihm komme und an ihn glaube, nimmermehr dürsten werde, indem das Wasser, das er gebe, in dem Menschen selbst zur ewig fließenden Quelle sich gestalte (6, 27. 35. 4, 14). Auch der Weinstock und seine Reben, womit Christus bei Johannes sich und seine Jünger vergleicht (15, 1 fg.), ist aus den Reden der Weisheit bei Sirach (24, 16 fg.) genommen. Ueberhaupt aber der Ausdruck in dem Sirachbuche: „Die Weisheit lobt sich selbst, und inmitten ihres Volkes rühmt sie sich", gibt den Charakter sämmtlicher Christusreden im vierten Evangelium an. Ein solches fortwährendes Rühmen und Anpreisen seiner selbst ist auch von Seiten eines personificirten Begriffs oder göttlichen Attributs nicht im Mindesten anstößig, wird es aber ebenso bald, als es auf eine wirkliche menschliche, sei es auch gottmenschliche Person übertragen wird.

War einmal der redende Jesus mit der im Alten Testament und seinen Apokryphen redenden Weisheit in Eins gesetzt, wurde diese Weisheit später zu Alexandrien, in Folge der Bekanntschaft gebildeter Juden mit platonischer und stoischer Philosophie, in den Begriff des göttlichen Logos umgesetzt, und drang im Laufe des zweiten Jahrhunderts das Christenthum in so gebildete Kreise ein: so ergab sich von selbst, was wir im johanneischen Evangelium haben, daß Jesus in seinen Reden sich als Heils- und Lebensprincip anpreist, wie die Weisheit der Proverbien und des Sirach, und endlich im Prolog geradezu nach Philo als der göttliche weltschöpferische Logos eingeführt wird.

Dritte Mythengruppe.

Jesus der andere Moses.

I. Lebensgefahr und Lebensrettung aus Anlaß des Messiassterns.

62.

Man kann sagen: wer nur seinen Sueton mit Verstand liest, dem muß ein Licht darüber aufgehen, wie er die Wunder der evangelischen Geschichte anzusehen hat. Denn von der übernatürlichen Erzeugung bis zur Himmelfahrt laufen die Parallelen fort, und wenn die alttestamentlichen Wundererzählungen zum Theil noch bestimmtere Vergleichungspunkte bieten, so kommt auf Seiten Sueton's der förderliche Umstand in Betracht, daß seine Prodigien und Mirakel, soweit sie sich nicht natürlich erklären lassen, von Jedermann für Fabeln erkannt werden, und es nun, bei der oft so sprechenden Aehnlichkeit der fast gleichzeitigen Kaiserwunder mit den Christuswundern, heutiges Tags doch schwer zu fallen anfängt, in den einen Fabeln, in den andern wahre Geschichten zu sehen.

Das Thema der uns zunächst vorliegenden Erzählungsgruppe: Lebensgefahr und wunderbare Rettung eines zu großen Dingen bestimmten Kindes, ist eines der Grundthemen aller Heldensage, das wir, um hier nicht weiter auszugreifen, als ein wirklicher Zusammenhang der Völker und Sagen wahrscheinlich oder doch möglich ist, in der hebräischen, der persischen, der griechischen und römischen Sage wiederfinden. Um der Gefahren, die das junge Leben des Zeus, des Herakles, bedrohten, und der Art, wie sie abgewendet wurden, zu geschweigen, finden wir dieses Thema in den Kindheitsgeschichten des Moses im Pentateuch, des Abraham in der späteren jüdischen Legende, des Cyrus bei Herodot, des Romulus bei Livius, und dann aus dem gleichen Jahrhundert in der Jugendgeschichte des ersten römischen Kaisers bei Sueton und des christlichen Messias im Matthäus-Evangelium (Kap. 2), mit so ähnlichen Zügen durchgeführt, daß es unmöglich ist, theils den Einfluß der einen Sage auf die andere, theils die gemeinsame psychologische Quelle von allen zu verkennen. Diese Quelle ist das Gesetz der Phantasie, den Werth eines Gutes, also auch eines großen, wohlthätig wirkenden Menschen, durch die nahe gerückte Möglichkeit seines Verlustes auf der einen, durch die göttliche Fürsorge für seine Erhaltung auf der andern Seite desto fühlbarer zu machen. Was aber die Einwirkung der einen Sage auf die andere betrifft, so ist eine solche von Seiten der mosaischen auf die christliche unverkennbar, von Seiten der persisch-griechischen wahrscheinlich, von Seiten der römischen wenigstens möglich.

Eigenthümlich ist in der Kindheitsgeschichte Jesu die Art, wie die Gefahr herbeigeführt wird. Es geschieht durch einen Stern, der um die Zeit seiner Geburt am Himmel erscheint und morgenländische Magier nach Jerusalem führt, wo sofort ihre Erkundigung nach dem neugeborenen Judenkönig die Aufmerksamkeit des alten Herodes auf diesen zieht. Erscheint so der Stern einerseits als Mittel, die Lebensgefahr zu motiviren, so war doch der Sage an demselben auch an und für sich schon gelegen. Daß neu erscheinende Sterne, namentlich die unerwartet auftretenden und wieder verschwindenden Kometen, Umwälzungen der menschlichen Dinge, Geburt und Tod großer Männer, Krieg, oder im bessern Fall guten Wein bedeuten, ist ein Glaube, der vom grauen Alterthum bis in unsere Tage hereinreicht. Man geht von der Voraussetzung aus, daß einer so auffallenden Erscheinung am Himmel eine ähnliche auf der Erde, in den Verhältnissen der Menschenwelt entsprechen müsse; nimmt, wenn einmal unter hunderten sich ein solches Zusammentreffen auffinden läßt, dieß als Beweis für die Voraussetzung; übersieht die neunundneunzig Fälle, wo die Naturerscheinung ohne ein geschichtliches Seitenstück vorübergeht, und fügt dann umgekehrt einem geschichtlichen Erfolge, den man besonders auszeichnen will, die ihm in der Wirklichkeit fehlende außerordentliche Naturerscheinung mittelst freier Dichtung bei. Ob man bei einer überlieferten Erzählung dieser Art anzunehmen hat, daß die Naturerscheinung wirklich stattgefunden habe, nur aber von dem Erzähler mit einem geschichtlichen Ereigniß in einen innern Zusammenhang gesetzt worden sei, der ihr in Wirklichkeit fremd war, oder daß die ganze angebliche Erscheinung auf Dichtung beruhe, wird aus dem Vorhandensein oder Fehlen anderweitiger unverdächtiger Nachrichten über jene Erscheinung, außerdem aus der Beschaffenheit der Erzählung und ihrer Quellen heraus entschieden werden müssen. Wenn Sueton erzählt [1]), daß bei den ersten Spielen, die Octavian zu Ehren seines ermordeten Großoheims gegeben, sich sieben Tage lang ein Komet gezeigt und unter dem Volke für die Seele des vergötterten Cäsar gegolten habe, so kann es, abgesehen von dieser abergläubischen Deutung, mit der Notiz von der Erscheinung eines Kometen um jene Zeit seine volle Richtigkeit haben, weil die Erzählung nichts der Natur eines solchen Sternes Zuwiderlaufendes enthält, und weil der Geschichtschreiber der Zeit und dem Orte des Vorgangs nahe genug stand, um noch glaubwürdige Nachrichten darüber haben zu können; wie wir denn in der That aus Plinius [2]) erfahren, daß in eigenen Aufzeichnungen des Augustus von jener Sternerscheinung die Rede war. Wenn wir hingegen in einer rabbinischen Schrift [3]) lesen, in der Stunde von Abraham's Geburt habe ein Gestirn im Osten gestanden, das vier andere in den vier Himmelsgegenden stehende Gestirne verschlungen habe, so ist hier theils das, was geschehen sein soll, so abenteuerlich, theils die Entstehungszeit des Berichts von der des angeblichen Ereignisses so weit entfernt, daß der Bericht nach beiden Rücksichten sich als ein bloßes Märchen zu erkennen gibt. Erzählt uns endlich Justinus [4]) von Mithridates, sowohl in seinem Geburtsjahr als im Jahr seines Regierungsantritts sei beidemale ein Komet, jedesmal siebenzig Tage, jeden Tag vier Stunden, und zwar so groß und hell zu sehen gewesen, daß er den vierten Theil des Himmels eingenommen und den Glanz der Sonne überstrahlt habe: so ist hier die Beschreibung der Erscheinung jedenfalls stark fabelhaft, und ob wir aus derselben doch das Allgemeine gelten lassen sollen, daß wenigstens in einem jener beiden Zeitpunkte (denn die Verdoppelung ist mehr als verdächtig) ein Komet erschienen sei, wird von der Untersuchung der Quellen abhängen, die Justinus, oder vielmehr der von ihm ausgezogene Trogus zu seiner Geschichtschreibung benützt hat.

Die Erzählung des Matthäus-Evangeliums von dem bei Jesu Geburt erschienenen Sterne nun läge für's Erste dem fraglichen Ereigniß zeitlich nicht so fern, daß sie schon aus diesem Grunde zu beanstanden wäre. Nach achtzig, ja nach hundert und mehr Jahren könnte von einer außerordentlichen Sternerscheinung in Palästina so gut noch eine Kunde vorhanden gewesen sein, als zu Rom um die Zeit Sueton's, d. h. Trajan's, von dem cäsarischen Kometen. Doch hier zeigt sich bereits ein Unterschied zu Ungunsten der evangelischen Erzählung. Der Komet bei Sueton traf mit den

---

1) Julius, 88. Vgl. Plutarch. Caes. 69.
2) Hist. nat. II, 23.
3) Jalkut Rubeni f. 32, 3.
4) Hist. Philipp. 37, 2.

Spielen zu Ehren Cäsar's zusammen, also mit einem Ereigniß, worauf die allgemeine Aufmerksamkeit gerichtet war, und in Verbindung mit welchem die damit zusammentreffende himmlische Erscheinung sich dem Andenken des Volks einprägen, wohl auch in gleichzeitige Aufzeichnungen übergehen mußte. Das Geburtsjahr Jesu hingegen war, wenn wir von den evangelischen Erzählungen absehen, deren Wahrheit ja eben erst bewiesen werden soll, für die Mitlebenden durch kein besonderes Ereigniß markirt; man wird also nach hundert Jahren schwerlich mehr genau gewußt haben, ob eine Sternerscheinung, falls eine solche in der Erinnerung lebte, gerade in jenem Jahr zu sehen gewesen war oder in einem andern.

Was für's Zweite die Beschreibung des Sterns bei Matthäus betrifft, so vernehmen wir, die Magier haben denselben im Morgenlande gesehen, und nachdem sie in ihm, wir wissen nicht woran, den Stern des neugeborenen Judenkönigs, d. h. des Messias, erkannt, die Reise nach Jerusalem angetreten; daß ihnen während dieser Reise der Stern sichtbar geblieben, wird nicht gesagt; dagegen kommt er, wie sie auf die Weisung des Herodes hin sich nach Bethlehem auf den Weg machen, auf einmal wieder zum Vorschein und geht ihnen nicht allein als Zugführer dahin voran, sondern bleibt auch in Bethlehem über dem Hause der Eltern Jesu so merklich stehen, daß die Magier gleichfalls Halt machen und mit ihren Geschenken in das Haus treten. Was es für eine Art von Stern gewesen, erfahren wir nicht: aber es mag gewesen sein, was es für einer will, das was Matthäus von ihm erzählt kann er als natürlicher Stern unmöglich geleistet haben, und als übernatürlicher, d. h. unmittelbar von Gott gesendeter und geleiteter Stern, müßte er mehr geleistet, nämlich die Magier mit Umgehung von Jerusalem gleich nach Bethlehem gewiesen haben, um nicht durch Aufregung des alten Wütherichs in der Hauptstadt die armen bethlehemitischen Kinder unnöthigerweise an's Messer zu liefern. Alles daher, was an dem Stern übernatürlich gewesen sein müßte, wie sein Vorangehen und Haltmachen, müssen wir auf jeden Fall als sagenhafte Zuthat beseitigen, und es fragt sich nur, ob wir damit auch die Erscheinung eines Sterns überhaupt aufzugeben, oder diese als geschichtlich festzuhalten Ursache haben.

Durch ein anderweitiges historisches Document aus jener Zeit ist sie nun freilich, so viel man bisher wußte, nicht beglaubigt; aber Kepler — ein großer Name — hat, um einen Anhaltspunkt für die Bestimmung des wahren Geburtsjahrs Christi zu gewinnen, berechnet, daß im Jahr der Stadt Rom 748, zwei Jahre vor dem Tode des Herodes, eine Conjunction der Planeten Jupiter, Saturn und Mars stattgefunden habe, und in dieser Conjunction hat nun Kepler, und nach ihm eine Reihe neuerer Astronomen und Theologen [1])

---

1) Vgl. statt aller Wieseler, Chronologische Synopse der vier Evangelien, S. 62 fg.

den geschichtlichen Kern des Sterns der Weisen bei Matthäus zu finden geglaubt. Allein davon abgesehen, daß Matthäus nicht von einer Gruppe mehrerer, sondern von Einem Sterne spricht, so wiederholt sich ein solches Zusammentreffen zweier, ja dreier Planeten nicht so selten (zwischen Jupiter und Saturn alle zwanzig Jahre), daß es sternkundigen Morgenländern als etwas so ganz Besonderes hätte erscheinen können, wie in der Erzählung des Matthäus vorausgesetzt wird; daher hat auch Kepler selbst die Planetenconjunction für sich allein nicht genügend gefunden, sondern vermuthet, es möge zu derselben noch ein neuer außerordentlicher Stern hinzugetreten sein, wie zu seiner Zeit, im Jahre 1604, eben als gleichfalls jene drei Planeten beisammenstanden, auf einmal ein solcher Stern erschienen, und nachdem er längere Zeit mit der Helle eines Fixsterns erster Größe geleuchtet hatte, allmählig erblaßt und zuletzt verschwunden war. Da jedoch zwischen dem Erscheinen eines solchen Sterns und der Conjunction jener Planeten schlechterdings kein innerer Zusammenhang stattfindet, so schwebte die Vermuthung, daß, wie im Jahre 1604 nach Christus, so auch zur Zeit seiner Geburt, mit der ordentlichen Planetenvereinigung ein außerordentlicher Stern zusammengetroffen sein möge, so lange in der Luft, bis Professor Wieseler in Göttingen in chinesischen Zeittafeln fand, daß in der That im vierten Jahr vor dem Anfang unserer Zeitrechnung (und just um so viel setze diese die Geburt Jesu zu spät) ein heller Stern erschienen und längere Zeit sichtbar gewesen sei.

Alle Achtung vor der Genauigkeit der Zeittafeln des himmlischen Reichs, alle auch vor einer Theologie, welche der Eifer, Beweise für die Wahrheit des Christenthums (!) zusammenzusuchen, bis an die chinesische Mauer treibt: wir unseres Theils gestehen, daß uns die Reise zu weit ist, ja daß sie uns als einen Umweg erscheint, da wir das Gesuchte besser und genügender in der Nähe zu haben glauben. Nämlich gesetzt auch, man hätte für das Geburtsjahr Jesu einen Kometen oder einen außerordentlichen, aber natürlichen Stern, so hat man doch immer noch keinen solchen, wie Matthäus den seinigen beschreibt, der Reisenden nicht blos scheinbar, sondern wirklich vorangeht, indem er nicht erst wie andere Sterne, wenn die Wanderer Halt machen, sondern schon vorher, wo sie Halt machen sollen, stehen bleibt. Denn es wäre eben ein Stern, ein Weltkörper, der etwas für sich und um ganz anderer Dinge als um unserer irdischen Angelegenheiten willen da ist. Dagegen finden wir einen Stern ganz wie wir ihn brauchen, einen Stern, von dem alle die Gefälligkeiten für messianische Pilger zu erwarten sind, die Matthäus von dem seinigen zu rühmen weiß, im vierten Buch Mosis (24, 17). Der von Bileam verkündigte Stern aus Jakob ist ja kein Stern für sich, sondern der Messiasstern, der sich also keines Dienstes weigern durfte, den ihm der judenchristliche Glaube zu Ehren des Messias Jesus aufzutragen Lust haben mochte.

Die Episode von Bileam und seiner Weissagung ist bekanntlich eines der schönsten poetischen Stücke im Alten Testament, gedichtet in einer glücklichen Zeit, als durch Siege über die feindlichen Nachbarstämme, besonders Moab und Edom, das Selbstgefühl des Volkes neu gehoben war. Dieses Gefühl kleidet der Verfasser des Stücks in eine Erzählung, wornach gegen den siegreich aus der Wüste vordringenden Moses der erschreckte Moabiterkönig Balak, um Israel zu verfluchen, vom Euphrat her den Sänger Bileam kommen läßt, dem aber statt des Fluchs von Jehova vielmehr Segen und hohe Weissagungen zu Gunsten seines Volks in den Mund gelegt werden. Unter diesen Weissagungen befindet sich auch die folgende (V. 17): „Ich seh' ihn, doch nicht jetzt; ich schau' ihn, doch nicht nahe: es tritt hervor ein Stern aus Jakob, es erhebt sich ein Scepter aus Israel, und zerschmettert die Seiten Moabs, und vertilgt alle Söhne des Kriegsgetümmels." Wenn hier offenbar für denselben Gegenstand mit dem Ausdruck: ein Stern aus Jakob, der andere: ein Scepter aus Israel, wechselt, so bedarf es nicht erst des Zusatzes (V. 18): „und es herrschet der aus Jakob", um uns zu überzeugen, daß von einem Sterne hier nur im sinnbildlichen Verstande die Rede und darunter ein glorreicher Herrscher zu verstehen ist. Daß aber für's Andere mit diesem Herrscher nicht der Messias, sondern ein geschichtlicher israelitischer König, vielleicht eben derjenige gemeint ist, unter welchem der Dichter lebte, und dessen Großthaten er, um ihn desto mehr zu heben, schon durch einen Seher zu Mosis Zeit geweissagt werden läßt, liegt gleichfalls am Tage; wenn auch darüber gestritten werden kann, an welchen König, ob an David oder an einen spätern, dabei zu denken sei.

Wenn nun aber die chaldäische Paraphrase des Pentateuchs, die für älter als unsere Evangelien gilt, statt des Sterns einen König und statt des Scepters den Ausdruck: ein Gesalbter, hat, so war damit die Deutung auf den Messias, wenn auch noch nicht gegeben, da jeder König ein Gesalbter oder Messias heißen konnte, doch angebahnt. Daß unter den späteren Rabbinen viele die Stelle vom Messias verstanden, ist gewiß; daß aber auch schon in früherer Zeit eine solche Deutung herkömmlich geworden war, wird dadurch wahrscheinlich, daß der Pseudomessias, der den jüdischen Aufstand unter Hadrian entzündete, sich offenbar nach dieser Stelle Bar Cochba, d. h. Sohn des Sternes, nannte. So konnte er sich zwar nennen, wenn er den Stern auch nur als bildliche Bezeichnung des Messias faßte; aber längst hatte der Buchstabengeist und der astrologische Aberglaube der Zeit dahin zusammengewirkt, daß unter dem Stern aus Jakob ein wirklicher Stern, der zur Zeit des Messias erscheinen und dessen Ankunft anzeigen sollte, verstanden wurde. In dem apokryphischen Testament der zwölf Patriarchen aus dem Ende des ersten christlichen Jahrhunderts heißt es von dem Messias [1]): „und aufgehen wird sein Gestirn am Himmel als eines Königs, ausstrahlend Licht der Erkenntniß"; ja wie seine, so ließ man jüdischerseits, wie schon oben erwähnt, bald auch Abraham's Geburt durch einen Stern angekündigt werden. War aber diese Erwartung, daß um die Zeit der Geburt des Messias ein Stern erscheinen werde, einmal gegeben, so wird man einräumen, daß ein Christ, der sie hegte, überzeugt sein und als Verfasser einer evangelischen Vorgeschichte erzählen mußte, sie sei bei der Geburt Jesu zugetroffen, ob er nun von einer besondern Himmelserscheinung aus jener Zeit etwas wußte oder nicht, und daß er sich auch in der Beschreibung, die er von seinem Sterne machte, nicht an historische Erkundigung, sondern lediglich an seine Vorstellung von dem Messiassterne gehalten haben wird.

Also den Stern entnahm der Verfasser unserer Erzählung dem vierten Buch Mosis, und die Magier entnahm er dem Stern, d. h. wer konnte diesen zuerst beobachtet und in ihm den Messiasstern erkannt haben, als in die Geheimnisse der Natur- und insbesondere der Sternkunde eingeweihte Männer, und zwar aus dem Morgenlande, der alten Heimath geheimer Kenntnisse, vielleicht aus Babylonien, vom Euphrat, woher auch Bileam gekommen war, der jenen Stern noch von Weitem in der fernen Zukunft geschaut hatte, wie nun seine Nachfolger ihn in der Nähe der Gegenwart erblickten?

Aber die Magier bringen dem messianischen Kinde, dessen Stern sie gesehen hatten, Geschenke; dergleichen hatte Bileam nicht gebracht, im Gegentheil hatte ihn Balak durch Geschenke, die er ihm an den Euphrat schickte, zur Herausreise bewegen müssen (4 Mos. 22, 7). Bileam kam durch Geschenke bewogen, um sofort den Stern aus Jakob zu sehen; die Magier kamen durch den Stern herbeigezogen, um Geschenke zu bringen. Hier zeigt sich in dem Nachbilde eine Perturbation, die sich nur aus der Einwirkung eines andern Vorbildes erklärt, das wir auch nicht weit zu suchen brauchen. Der Messias war ja nicht blos der Stern aus Jakob, er war auch der Anfang aus der Höhe (Luc. 1, 78. vgl. Matth. 4, 16), das Licht, das nach der Weissagung des Jesaias (60, 1 fg.) über Jerusalem aufgehen, und dem Völker und Könige mit reichen Geschenken zuziehen sollten. Unter diesem Lichte war zwar von dem Propheten, wie er ausdrücklich sagt, die Herrlichkeit Jehova's, d. h. Jehova selbst verstanden, der mit dem Ende des Exils versöhnt in das um der Sünden Israel's willen von ihm verlassene Jerusalem zurückkehren sollte (vgl. 52, 7 fg.), um sein geläutertes und zu Gnaden angenommenes Volk wiederherzustellen und zu be-

1) Test. Levi 18, in Fabric. Cod. Pseudepigr. V. T. 584 fg. Das „Zeichen des Menschensohns am Himmel", Matth. 24, 30, ist ohne Zweifel eben dieser Messiasstern, der, je nach der Verschiedenheit der Vorstellungen vom Messias, bei seiner menschlichen Geburt oder bei seiner Ankunft in den Wolken erwartet werden konnte.

herrschen. Nachdem jedoch zwar die Rückkehr aus dem Exil und die Wiederaufrichtung des Jehovadienstes in Jerusalem erfolgt, von aller weiter verheißenen Herrlichkeit aber nichts in Erfüllung gegangen war, ergab es sich von selbst, daß man der Verheißung eine Beziehung auf eine entferntere Zukunft gab, die dann keine andere als die Zeit des Messias sein konnte. Diesem mußten nun auch die Geschenke an Gold und Weihrauch (V. 6) gelten, welche die Heidenvölker nach Jerusalem bringen sollten; wie ja im zweiundsiebzigsten Psalm von einem Könige, der das Volk Israel mit Gerechtigkeit richten, seine Unterdrücker zermalmen, seinen Elenden helfen und den man fürchten werde, so lange Sonne und Mond scheinen, also von einem Herrscher, unter dem man später kaum umhin konnte, den Messias zu verstehen, gesagt war (V. 10), daß die Könige von Sabäa und Meroë ihm Geschenke, worunter namentlich Gold, bringen werden. Insofern ist es wie eine dunkle Erinnerung an den wahren Ursprung dieses Zugs der evangelischen Erzählung, wenn in der kirchlichen Ueberlieferung die Weisen aus Morgenland frühzeitig als Könige gefaßt worden sind.

Es ist also die Erzählung des ersten Evangeliums von den Magiern und ihrem Stern das Ergebniß einer Combination der beiden messianisch verstandenen Weissagungen des Bileam und des Deuterojesaias. Aus der ersteren stammt der Stern und daß diejenigen, die ihn erblicken, Sterndeuter sind; aus der andern stammt der Zug, daß sie dem himmlischen Glanze nachwandeln, d. h. nach der Combination beider Weissagungen von dem Sterne geleitet werden, und daß sie dem neugeborenen Messias, zu welchem der Stern sie führt, Geschenke, und zwar wie Jesaias verheißen hatte, Gold und Weihrauch bringen; wozu der evangelische Erzähler, vielleicht aus dem (Hebr. 1, 9) gleichfalls messianisch gedeuteten Psalm 45 (V. 9) noch die Myrrhe fügte. Wie übrigens die Ueberbringer der Geschenke bei Jesaias den fremden Völkern angehören, unter denen sich die Juden während des Exils aufgehalten hatten, so sind auch bei Matthäus die Magier nicht etwa als ausländische Juden, sondern als Heiden zu nehmen, und die kirchliche Legende, wenn sie die Weisen aus Morgenland als die Erstlinge der zum Christenthum zu bekehrenden Heidenwelt faßte, hat auch hier wieder einen richtigeren Takt bewiesen, als manche neuere Theologen, die, um die Nachfrage der Magier nach dem Messiaskinde erklärlicher zu machen, auswärtige Juden in ihnen sahen.

63.

Daß in der evangelischen Erzählung die Magier, um den neugeborenen Judenkönig zu finden, sich zunächst nach Jerusalem wenden, könnte zwar in der jesaianischen Stelle begründet scheinen, der zufolge die Geschenkebringenden ebendahin ziehen. Der Hauptgrund aber ist, daß zu Jerusalem der Wütherich Herodes hauste. Denn die Geschichte mit dem Stern und den Magiern, obwohl, wie wir gesehen haben, von selbstständiger messianischer Bedeutung, dient doch im Zusammenhang unserer Erzählung zugleich dazu, für den neugeborenen Messias eine Lebensgefahr und die wunderbare Errettung aus derselben herbeizuführen, um dadurch den hohen Werth seines Lebens und den göttlichen Schutz über dasselbe in ein desto helleres Licht zu stellen.

Daß hiebei zunächst die Kindheitsgeschichte des ersten Retters der Nation zum Vorbilde für die des letzten gedient hat, ist schon bemerkt worden. Herodes ist der zweite Pharao, der wie dieser mit andern Kindern auch das erkorene hätte hinmorden lassen, wenn es nicht durch höhere Fügung gerettet worden wäre. Dabei war es indeß dem Pharao, der Erzählung 2 Mos. 1 zufolge, eben um die vielen Kinder, nicht um das Eine zu thun, von dessen bevorstehender Geburt und Bestimmung er nichts wußte, da er vielmehr durch das Gebot, alle israelitischen Knäblein zu tödten, nur der bedenklichen Vermehrung des Volks einen Riegel vorschieben wollte; dem Herodes umgekehrt war es nur um das Eine messianische Kind zu thun, von dessen Geburt ihm die Magier gesagt hatten, und nur, weil er es nicht anders zu treffen wußte, gab er den Befehl, alle männlichen Kinder eines gewissen Alters, die sich in seiner muthmaßlichen Geburtsstadt Bethlehem finden würden, umzubringen. Indeß, wie so manche alttestamentliche Erzählung, so war auch die von dem pharaonischen Mordbefehl in der Folge weiter ausgeschmückt worden, und zwar in einer Weise, die sie noch geeigneter machte, unserer evangelischen Erzählung zum Vorbilde zu dienen. Daß Pharao bei seinem Befehl auf ein Kind so hoher und für ihn so gefährlicher Bestimmung wie Moses keine besondere Rücksicht sollte genommen haben, schien der Bedeutung dieses Kindes wenig angemessen; daher findet sich bei Josephus[1]), der hierin aller Wahrscheinlichkeit nach älterer Ueberlieferung folgte, die Sache so gestellt, daß Pharao durch eine Eröffnung seiner Schriftdeuter (wie Herodes durch die Nachfrage der angekommenen Sterndeuter) von der bevorstehenden Geburt eines Kindes, daß einst den Israeliten aufhelfen, die Aegypter aber demüthigen würde, zu jenem allgemeinen Mordbefehl veranlaßt wird.

Hiemit ist nun erst die Erzählung von Moses auf dieselbe Linie mit der von Cyrus, Romulus nnd Augustus gestellt, auf welcher ihr sofort auch die von Jesus zur Seite trat. Der Pharao oder Herodes ist bei Cyrus dessen Großvater Astyages, bei Romulus und Remus deren Großoheim Amulius, bei Augustus der römische Senat. Astyages hat einen Traum gehabt, den ihm die Magier dahin auslegen, seine Tochter werde einen Sohn gebären, der statt seiner König werden solle[2]); Amulius fürchtete

1) Antiq. 2, 9, 2.
2) Herod. I, 108.

natürlicherweise die Rache der Zwillinge für die Entthronung ihres Großvaters [1]); vor Augustus Geburt sollte zu Rom durch ein Vorzeichen angezeigt worden sein, daß die Natur mit einem König für das römische Volk schwanger gehe. [2]) Wie geneigt insbesondere die hebräische Volksphantasie zu Dichtungen dieser Art war, erhellt daraus, daß in späteren jüdischen Schriften die Erzählung von der Lebensgefahr des Gesetzgebers auch in der Geschichte des Stammvaters der Nation nachgebildet wurde. Hier ist der Pharao Nimrod; dieser sieht nach der einen Darstellung im Traum einen Stern, der nach der andern wirklich am Himmel erscheint, und von dem ihm seine Weisen die Auslegung geben, er bedeute einen zu dieser Stunde dem Tharah geborenen Sohn, von dem ein mächtiges Volk, zum Erben dieser und der künftigen Welt bestimmt, ausgehen werde. [3]) Und nachdem nun in die Kindheitsgeschichte Jesu derselbe Zug aufgenommen war, wurde er schließlich, gleichsam als die zweite Spiegelung des Regenbogens, auch noch in die Kindheitsgeschichte des Täufers eingetragen, der durch das Blutbad zu Bethlehem in Gefahr gebracht, durch ein Wunder gerettet worden sein sollte. [4])

Während nun in der Legende von Cyrus, Romulus und Abraham die Tyrannen specielle Befehle zur Tödtung eben nur der bestimmten ihnen gefährlichen Kinder geben, gleichen sich die Erzählungen von Moses, Augustus und Christus darin, daß hier die Machthaber das ihnen persönlich unbekannte Schicksalskind in einem weiten Netze mit andern zusammen zu fangen suchen. In der ursprünglichen Erzählung von Moses weiß, wie schon bemerkt, Pharao nicht einmal davon etwas, daß überhaupt die Geburt eines solchen Kindes bevorstehe; in der spätern Legende bei Josephus weiß er, wie Herodes bei Matthäus und der römische Senat bei Sueton, zwar dieß, aber gleich ihnen weiß er nicht, welches von den zu gebärenden oder neugeborenen Kindern das gefährlichste ist: und daher befiehlt nun Pharao, alle männlichen Kinder der Israeliten zu ersäufen; der Senat, keinen in jenem Jahr geborenen Knaben aufziehen zu lassen; Herodes, alle in Bethlehem und der Umgegend befindlichen Knaben von zwei Jahren und darunter umzubringen. Zuerst zwar wollte Herodes sich in den Stand setzen, gleich den Tyrannen in den Legenden von Cyrus, Romulus und Abraham dem gefährlichen Kinde unmittelbar zu Leibe zu gehen, indem er durch die Magier bei ihrer Rückkehr von Bethlehem dasselbe nachgewiesen zu bekommen hoffte; erst als diese in Folge höherer Warnung auf ihrer Rückreise Jeru-

1) Liv. I, 3.

2) Sueton Octav. 94.

3) Jalkut Rubeni f. 32, 3, und die Stelle aus einer arabischen Schrift in Fabric. Cod. Pseudepigr. V. T. I, 345.

4) Protevang. Jac. c. 22 fg.

salem umgangen hatten, griff er zu jener andern Maßregel, und nun erst verstehen wir auch, warum er sich gleich Anfangs, wo ihm bei seinem ursprünglichen Vorhaben noch wenig daran liegen konnte, doch bei den Magiern so sorgfältig nach der Zeit, wann ihnen der Stern zuerst erschienen sei, hatte erkundigen müssen, um daran einen Anhaltspunkt für das muthmaßliche Alter des Kindes zu gewinnen. Ist nun ein solcher Mordbefehl, wenn auch nicht ganz der Klugheit, doch immerhin der Grausamkeit des alten Herodes angemessen, so macht ihn doch das historisch mehr als zweifelhaft, daß weder Josephus, der sonst über Herodes so ausführlich ist, noch sonst ein alter Schriftsteller desselben Erwähnung thut, außer einem aus dem vierten christlichen Jahrhundert, der augenscheinlich die von Herodes befohlene Hinrichtung eines seiner Söhne mit dem ihm aus Matthäus bekannten Kindermorde vermengt hat. [1])

In der Art, wie sie ihr Wunderkind aus der Lebensgefahr gerettet werden lassen, theilen sich die Wege unserer Erzählungen. In der mosaischen und der altrömischen, wo der geographischen Rolle gemäß, welche in Aegypten der Nil, in Latium der Tiber spielen, die Kinder vom Wassertode bedroht waren, ist es ein an's Ufer gesetzter Korb und das Mitleid derer, die sie darin finden, wodurch die Kinder gerettet werden; in der von Cyrus die Klugheit und Gutherzigkeit der mit dem Morde Beauftragten; in der Legende von Augustus bewirkt das eigene Interesse der Senatoren, denen in jenem Jahr Söhne geboren waren, daß dem Senatsbeschluß (von dem übrigens sonst gerade so wenig bekannt ist, als von dem herodischen Kindermord) keine Folge gegeben wurde; der Erzähler im ersten Evangelium setzt hier eine Springfeder ein, die zwar auch sonst in der jüdischen und urchristlichen Sagengeschichte viel gebraucht, bei ihm aber ganz besonders beliebt ist, eine göttliche Weisung im Traume. Ein Engel, der ihm im Traum erschien, hatte schon früher den Joseph gemahnt, sich an der Schwangerschaft seiner Braut nicht zu stoßen (1, 20); dann wurden die Magier im Traume (ob durch einen Engel, wird nicht ausdrücklich gesagt, doch jedenfalls von Gott) gewarnt, von Bethlehem aus nicht zu Herodes zurückzukehren (2, 12); jetzt, während dieser eben damit umgeht, das Blutbad über die dortigen Kinder zu verhängen, weist der Traumengel den Joseph zur Flucht nach Aegypten an (2, 13); nach dem Tode des Tyrannen sodann mahnt er ihn zur Rückkehr in's Land Israel (2, 20); worauf nachträglich noch die Traumanweisung kommt, statt nach Bethlehem in das Gebiet des nicht minder grausamen Archelaus, lieber nach Galiläa sich zu wenden (2, 22).

Ein wunderbarer Stern und fünf wunderbare Träume binnen weniger Jahre, darunter vier derselben Person zu Theil geworden, ist nun doch beinahe

---

1) Macrob. Saturnal. II, 14.

zu viel, zumal wenn, weit entfernt, daß alle diese Wunder nöthig gewesen wären, sich vielmehr nachweisen läßt, daß mehrere derselben nicht nur ohne Schaden, sondern selbst mit offenbarem Nutzen hätten zusammengeworfen werden können. Daß die letzte Traumwarnung zu ersparen war, wenn schon bei der vorletzten Joseph, statt unbestimmt in's Land Israel, nach Galiläa zu ziehen angewiesen wurde, leuchtet sofort ein; obwohl die Vertheilung an zwei verschiedene Träume wenigstens nichts schadete. Von erheblichem Schaden war es dagegen, wie schon früher angedeutet, daß nicht entweder der Stern, der sich doch auf's Wegzeigen so gut verstand, die Magier, statt erst nach Jerusalem, gleich nach Bethlehem und von da wieder heimführte, oder daß die Traumwarnung vor dem Besuche Jerusalems den Magiern nicht schon auf dem Hinwege gegeben wurde, wodurch die Einmischung des Herodes und das Blutbad zu Bethlehem zu vermeiden war. Daß Gott im ordentlichen Natur- und Geschichtsverlaufe dergleichen Gräuel zuläßt, ist zu verstehen; daß er sie aber durch sein außerordentliches Eingreifen selbst herbeiführen sollte, wie hier die Kinder zu Bethlehem ungekränkt geblieben wären, wenn nicht, durch den Stern herbeigezogen, die Magier Jerusalem alarmirt hätten, ist nicht zu glauben.

Wir haben also hier nicht nur keinen natürlich geschichtlichen, sondern auch keinen solchen Verlauf, wie wir ihn uns unter Voraussetzung eines wunderbaren göttlichen Eingreifens denken müßten; um so mehr aber einen solchen, wie ihn ein frommer Christ aus den Juden gegen das Ende des ersten Jahrhunderts sich denken mochte. Der mußte eine durch einen Tyrannen verfügte Ermordung von Kindern haben, welcher der zweite größere Retter der Nation durch ein Wunder entging, weil auch der erste Retter einem tyrannischen Kindermorde durch höhere Fügung entgangen war, und weil zum Ueberflusse die Stelle des Jeremia von der über ihre Kinder klagenden Rahel (31, 15. Matth. 2, 17 fg.), eine Stelle, die sich freilich im Sinne des Propheten auf die Wegführung des Volks in's Exil bezog, auf diesen messianischen Kindermord sich umdeuten ließ. Wunderbare Träume ferner je mehr desto besser; dergleichen hatten nicht nur die Gottesmänner des alten Bundes gehabt, sondern insbesondere als Zeichen der letzten, d. h. der messianischen Zeit galt es, daß in Folge göttlicher Geistesmittheilung Männer und Weiber prophezeien, Alt und Jung Gesichte und Träume schauen werden (Joel 3, 1. Apostelgesch. 2, 17).

Der Weg der Rettung vor dem Würger Herodes, den der Traumengel dem Pfleger des messianischen Kindes zeigt, ist die Flucht außer Landes. In der Offenbarung Johannis (12, 5 fg.) wird das Kind, das die sonnumleuchtete und sternbekränzte auf dem Monde stehende Frau gebären soll, vor der Nachstellung des Drachen, der es verschlingen will, in den Himmel hinaufgerissen, während die Mutter in die Wüste flieht. Cyrus, Romulus werden unter Hirten, Moses von der Königstochter erzogen, bis ein späterer Vorfall, die Tödtung eines Aegyptiers, den schon Mann gewordenen zur Flucht außer Landes veranlaßt (2 Mos. 2, 15). Daß es diese spätere Flucht des ersten Retters ist, die der evangelische Erzähler an dieser früheren Stelle im Leben des letzten Retters vor Augen hat, erhellt daraus, daß er seine Heimkehr von derselben nach dem Tode des Herodes durch die gleichen Worte, wie der alttestamentliche Erzähler die Rückkehr des Moses nach dem Tode Pharao's, motivirt. „Ziehe hin", sagt dort Jehova, „kehre zurück nach Aegypten, denn gestorben sind alle, die nach deinem Leben trachteten"; worauf es heißt, Moses habe sein Weib und seine Söhne zu sich genommen, auf den Esel gesetzt, und sei in's Land Aegypten zurückgekehrt (2 Mos. 4, 19 fg.). „Stehe auf", sagt hier der Traumengel zu Joseph (der ja im Schlafe lag, während dem Moses Jehova im Wachen erschien, also eines andern Eingangswortes sich bediente), „nimm das Kind und seine Mutter zu dir und ziehe in's Land Israel, denn gestorben sind, die nach dem Leben des Kindes trachteten"; worauf gleichfalls gemeldet wird, er sei aufgestanden, habe das Kind und dessen Mutter zu sich genommen und sei in's Land Israel gezogen (Matth. 2, 20 fg.). Man sieht, wie hier an die Stelle des Moses eigentlich Joseph, an die seines Weibes Maria, und an die seiner Kinder das Jesuskind tritt; und abermals mit richtiger Ahnung der Herkunft der evangelischen Erzählung hat die kirchliche Legende aus der mosaischen auch den Esel hiehergezogen.

Der erste Retter, der in Aegypten aufgewachsen war, floh aus Aegypten nach Midian; der letzte, in Palästina geboren, flieht nach Aegypten, und kommt später von daher zurück. Darin sieht der Erzähler die Erfüllung der Weissagung des Hosea (11, 1): „Aus Aegypten habe ich meinen Sohn gerufen." Unter diesem Sohn hatte zwar der Prophet entfernt nicht den Messias verstanden. Wenn bei ihm Jehova anhebt: da Israel jung war, liebt' ich es; dann fortfährt: und aus Aegypten rief ich meinen Sohn; weiterhin sagt, er habe Ephraim gegängelt wie ein Kind, aber dessen unerachtet haben sie den Götzen geopfert: so ist ja mit Händen zu greifen, daß hier der Sohn, wie ein andermal der Knecht Gottes, eben das Volk Israel ist. Freilich die Stelle lautete einmal von dem Sohne Gottes; der Sohn Gottes aber war der judenchristlichen Exegese der Messias Jesus; hatte also Gott seinen Sohn aus Aegypten gerufen, so mußte Jesus einmal (und zwar als Kind, da ja bei Hosea von Gängeln die Rede ist) in Aegypten gewesen sein. Das war nach urchristlicher Logik ein vollkommen bündiger Schluß, über den wenigstens den Juden kein Recht zustand, sich zu beklagen, da von ihnen die Christen diese Logik gelernt hatten. Uebrigens war Aegypten als Zielpunkt der Flucht für den jungen Messias schon durch ältere Vorgänge an die Hand gegeben. Wenn auch der Gesetzgeber nicht nach, sondern aus Aegypten geflohen war, so war doch Aegypten wiederholt die Zufluchtsstätte der Erzväter vor Theuerung und Hungersnoth gewesen. Nahm man das Volk Israel wie Hosea als Ganzes, so konnte man sagen, es habe seine früheste Kindheit (die Patriarchenzeit) in Palästina, die spätere aber in Aegypten zugebracht, und sei von da in der Folge durch Gott in das Land seiner Bestimmung zurückgerufen worden: und nun lag es nahe, diesen Lebensgang des collectiven Gottessohns in dem Leben des persönlichen Gottessohns nachzubilden.

Wie weit übrigens der Eifer unseres ersten Evangelisten in Aufsuchung vermeintlicher Weissagungen im Alten Testament, wie weit aber auch seine über alle Regeln richtiger Auslegung sich wegsetzende Willkür im Pressen solcher Stellen ging, zeigt uns schließlich noch seine Versicherung, durch Joseph's Zug nach Nazaret sei die Weissagung der Propheten erfüllt worden: „Er soll ein Nazaräer heißen“ (2, 23). Damit ist sicher nichts Anderes gemeint, als daß der Messias bei den Propheten öfters als Sprößling Isai's bezeichnet wird, wofür Jesaias in der bekanntesten Stelle 11, 1, das hebräische Wort nezer (andere Propheten, wie Jeremia 23, 5. 33, 15. Zach. 3, 8. 6, 12, das gleichbedeutende zemach) gebraucht; worin nun neben der Wortbedeutung zugleich eine geheimnißvolle Hindeutung auf Nazaret als die künftige Heimath des Davidssprößlings liegen soll.

Seitenstück: Die Darstellung Jesu im Tempel.

64.

Werfen wir von dieser Erzählung des Matthäus-Evangeliums einen vergleichenden Blick auf das andere Evangelium, das uns noch eine Kindheitsgeschichte gibt, das des Lucas, so finden wir an derselben Stelle einen ganz verschiedenen, nach Inhalt und Grundgedanken abweichenden Bericht (2, 22—40). Während bei Matthäus die Verherrlichung der Geburt des messianischen Kindes durch den Stern und die Huldigung der Magier eine Lebensgefahr für dasselbe herbeiführt, der es nur dadurch entgeht, daß es in Folge göttlicher Mahnung in's Ausland geflüchtet wird, wo es bis zum Tode des Verfolgers verweilen muß: wird es bei Lucas zur gesetzlichen Zeit, d. h. vierzig Tage nach seiner Geburt, nach Jerusalem gebracht, um als männliche Erstgeburt Jehova dargestellt zu werden, wobei zugleich seine Mutter ihr Reinigungsopfer als Wöchnerin leistet, dem Kinde aber die Huldigung, die ihm bei Matthäus Magier aus dem Morgenlande bringen, von gesetzlich frommen Israeliten zu Theil wird, übrigens von Gefahr keine Rede ist, sondern die Eltern mit dem Kinde, nachdem sie ihrer frommen Pflicht genügt, in Frieden nach ihrer Heimath zurückkehren (2, 22—40). Es bleibt also bei Lucas die Verherrlichung Jesu zwar in engerem Kreise als bei Matthäus, führt dafür aber auch nicht wie bei diesem eine tragische

Verwicklung herbei, sondern Alles läuft friedlich ab, und die in der Zukunft drohenden Verwicklungen werden nur in der Rede des greisen Simeon von dem Widerspruch, den Jesus finden, und dem Schwert, das die Seele seiner Mutter durchdringen werde (V. 34 fg.), voraus angedeutet.

Ferner ist in der Erzählung des Lucas keine Rücksicht auf das Vorbild aus dem Leben des Moses zu bemerken, sondern, wenn wir im Eingange dreimal, in Bezug auf die Tage der Reinigungszeit, auf die Lösung des Erstgebornen und das Opfer der Wöchnerin, das Gesetz Mosis angeführt finden, am Schluß aber lesen, nachdem seine Eltern Alles erfüllt gehabt, was das Gesetz Jehova's forderte, seien sie in ihre Heimath zurückgekehrt: so sehen wir, es ist dem Erzähler, der ja, wie wir uns erinnern, auch der Beschneidung Jesu ausdrückliche Erwähnung gethan hat, vielmehr um den Nachweis zu thun, daß an dem christlichen Messias von frühster Kindheit an nichts versäumt worden sei, was nach mosaischem Gesetz an einem Kinde geschehen sollte. Der zelotische Jude haßte in Jesu Denjenigen, der Gesetz und Tempel zerstören wollte (Matth. 26, 61. Apostelgesch. 6, 14): natürlich, daß man sich auch in feindseligen Erdichtungen gefiel, wie sie zum Theil noch in späteren jüdischen Schmähbüchern[1]) zu finden sind, daß er auch schon gesetzwidrig erzeugt und erzogen worden sei. Hiegegen galt es nun, anschaulich zu machen, wie Jesus im Gegentheil der Sprößling einer gesetzlich frommen Familie gewesen, der vermeintliche Zerstörer des Tempels vielmehr frühzeitig im Tempel Gott dargestellt und von andächtigen geisterfüllten Tempelbesuchern als der längst erwartete Retter empfangen worden sei. In dieser Hinsicht ist die Begrüßung des Jesuskindes durch Simeon und Hanna, nachdem es (gleichfalls bei Lucas) bei seiner Geburt schon durch Engel, also in noch glänzenderer Weise begrüßt worden war, für den jüdischen Standpunkt doch keineswegs ein Ueberfluß: dem Juden war es nicht genug, zu wissen, wie es Jesus mit Gott oder mit der Religion überhaupt, sondern er wollte auch versichert sein, wie er es mit dem Judenthum, dem Gesetz und Tempel gehalten habe.

Zugleich ließ sich die Begrüßung des messianischen Kindes durch fromme Israeliten noch zu etwas Anderem benützen. Der Hauptanstoß, den die Juden an dem christlichen Messias nahmen, war das weltlich schmähliche Ende, das er gefunden: die Kreuzigung Christi war ihnen ein Aergerniß, worüber sie nicht hinwegzukommen wußten (1 Kor. 1, 23). Wenn nun ein Mann wie Simeon, der, gerecht und fromm, auf den Trost Israels, d. h. auf den Messias wartete und vom heiligen Geiste getrieben war, wenn ein solcher beim Anblick des messianischen Kindes diesem seine zukünftigen Kämpfe und seiner Mutter ihren Schmerz mit unverkennbarer Hindeutung auf seinen gewaltsamen Tod vorherverkündigte, so lag hierin die Belehrung,

---

1) Wie das Buch Tholedoth Jeschu; vgl. Eisenmenger, Entdecktes Judenthum.

daß, richtig und geistgemäß aufgefaßt, die Messiasidee das Merkmal des Leidens und Sterbens nicht aus-, sondern in sich schließe. Wenn sich dabei Simeon so ausdrückt, das Kind sei bestimmt zum Fall und Aufstehen Vieler in Israel und zum widersprochenen Zeichen, so lag darin die Andeutung, daß auf den jüdischen Widerspruch gegen Jesus im göttlichen Plane schon gerechnet, und daß es nun Sache jedes einzelnen Juden sei, den von Gott gesetzten Messias sich nicht zum Fall, sondern zur Aufrichtung dienen zu lassen.

Die Anordnung der Darstellungsscene bei Lucas hat etwas, das an die Geschichte von den Magiern bei Matthäus erinnern kann. Simeon kommt in den Tempel vom Geiste getrieben, der ihm verheißen hat, daß er vor seinem Ende noch den Messias sehen solle: wie die Magier nach Jerusalem kamen von dem Sterne geleitet, der ihnen ein Zeichen der Geburt des Messias war. Wie die Magier sofort vor dem Kinde, als der Stern ihnen dessen Haus kenntlich gemacht hatte, niederfielen und ihm ihre Geschenke darbrachten, so nimmt Simeon dasselbe, das ihm, wie man sich vorstellen muß, beim ersten Anblick der Geist als das ihm verheißene bezeichnete, in seine Arme und bringt ihm in begeisterten Worten seine Huldigung. Und wie dort die Ankunft und Nachfrage der Magier die Hauptstadt in Aufregung brachte, so sorgt hier die Prophetin Hanna durch ihre Erzählungen dafür, daß die Sache keinem Messiasgläubigen in Jerusalem verborgen bleibt. Die Aehnlichkeit kann zufällig sein und daher rühren, daß an der gleichen Stelle der messianischen Kindheitsgeschichte ähnliche Züge sich von selbst ergaben; doch wäre gar nicht unmöglich, daß der Verfasser der Erzählung im dritten Evangelium die des ersten gekannt und ihr absichtlich eine andere gegenübergestellt hätte. Unter den Beschuldigungen der frühesten Gegner des Christenthums war, wie wir aus Justin dem Märtyrer wissen[1]), auch die, daß die Wunder Jesu nur zauberhafte Vorspiegelungen, er selbst ein Magier und Betrüger gewesen sei, wie damals so viele mit vorgeblich höheren Kräften durch die Länder zogen. Wie ein Vorwurf dieser Art auf die Erzählung des ersten Evangeliums von der Flucht nach Aegypten, in dieses alte Heimathland der Zauberei, gestützt werden konnte, sehen wir aus der Schrift des Celsus gegen die Christen, in welcher dieser heidnische Philosoph einem Juden die Behauptung in den Mund legt, Jesus habe in seiner Jugend aus Armuth in Aegypten Dienste genommen und dort geheime Künste gelernt, die er nach seiner Rückkehr in die Heimath in Ausübung gebracht habe.[2]) War einmal dieser Verdacht rege, so konnte nicht blos die Flucht nach Aegypten, sondern auch schon die Berührung mit morgenländischen Magiern bedenklich gefunden werden; an deren Stelle es

1) Dial. c. Tryph. 69.
2) Orig. c. Cels. I, 28.

rathsam scheinen mochte, unverdächtige Israeliten zu setzen, die, statt Sternen und Sterndeutung, mit dem Tempel und dem heiligen Geiste thun hatten. So ist denn auch die Schlußformel von dem Aufwachsen geistigen Erstarken des Jesusknaben (2, 40) wieder ganz althebräisch, nä lich der ähnlichen Formel in der Geschichte des Simson (Richt. 13, 24 zum Theil bis auf die Worte nachgebildet.

Daß wir in den beiden Kindheitsgeschichten bei Matthäus und Luc keine Geschichten, sondern nur Dichtungen haben, erhellt nun aber, auß dem Undenkbaren oder augenscheinlich Tendenzmäßigen ihrer einzelnen Züg schließlich auch noch daraus, daß zwar jede mit sich selbst auf's Be zusammenstimmt, mit der andern aber schlechterdings nicht zu vereinig ist. Schon oben haben wir gesehen, daß jeder der beiden Evangeliste von einer andern Voraussetzung über den ursprünglichen Wohnort de Eltern Jesu ausgeht, sofern bei Matthäus als solcher Bethlehem, be Lucas Nazaret erscheint. Dieser Voraussetzung gemäß bleiben dann be Matthäus die Eltern Jesu nach der Geburt des Kindes ruhig in Bethlehem wohnen, empfangen hier den Besuch der Magier, und hätten an keine Ortsveränderung gedacht, wären sie nicht der bevorstehenden Ermordung der bethlehemitischen Kinder wegen durch den Traumengel nach Aegypten gewiesen worden. Aber sobald sie hier von dem Ableben des kinderwürgenden Tyrannen in Kenntniß gesetzt sind, wären sie auch sogleich wieder in ihr Bethlehem heimgekehrt, wenn ihnen nicht im Traume bedeutet worden wäre, in dem jetzt über Judäa gesetzten Archelaus sei der Apfel nicht weit vom Stamme gefallen, sie werden daher wohl thun, sein Gebiet zu meiden und sich in Galiläa ansäßig zu machen. Während so bei Matthäus der Schwerpunkt der Existenz der Eltern Jesu durchaus in Bethlehem liegt, dem sie nur durch eine von Außen kommende Kraft entrückt werden, bildet bei Lucas umgekehrt Nazaret diesen Punkt, in welchem der in Schwingung gesetzte Pendel so frühe wie möglich wieder zur Ruhe zu kommen trachtet. Durch die Schatzung als Fremde nach Bethlehem geführt, bleiben sie dort nur die vierzig Tage, während deren theils das Befinden der Wöchnerin, theils die am Schlusse derselben zu machende Reise nach Jerusalem das Verweilen in dem der Hauptstadt nahen Orte räthlich machte; sobald ihr Geschäft in Jerusalem abgemacht ist, hält sie nichts mehr zurück, in ihr fernes Nazaret heimzukehren.

Wären beide Berichte historisch, so müßten sie sich in einander einschieben lassen. Die Magier müßten entweder vor oder nach der Darstellung im Tempel gekommen, die Darstellung im Tempel entweder vor diesem Besuch, oder zwar nach demselben, aber noch vor der Flucht nach Aegypten, oder endlich erst als Eltern und Kind aus Aegypten wieder zurück waren, vor sich gegangen sein. Allein welche von diesen Stellungen wir versuchen mögen, in keine wollen sich die Erzählungen fügen. Lassen wir die Darstellung im Tempel vorangehen, so kehrte unmittelbar von dieser die Familie nach Nazaret zurück, und die nachher kommenden Magier konnten sie nicht mehr in Bethlehem finden, wie doch Matthäus ausdrücklich sagt, daß es der Fall gewesen. Außerdem, wenn bereits aus Anlaß der Darstellung im Tempel die Prophetin Hanna allen Hoffenden in Jerusalem die Nachricht von der Geburt eines Messias mitgetheilt hatte, so konnte bei der nachherigen Ankunft der Magier die Sache nicht mehr so, wie Matthäus es darstellt, eine Neuigkeit für die Hauptstadt sein. Stellen wir daher versuchsweise die Ankunft der Magier sammt der daran hängenden Flucht nach Aegypten vor die Darstellung im Tempel, so kommen wir nun aber mit den vierzig Tagen in's Gedränge, die Lucas als Zwischenzeit zwischen der Geburt Jesu und seiner Darstellung im Tempel anberaumt. Denn wenn sich Herodes bei den Magiern erkundigte, wie lange es her sei, daß ihnen der Stern zuerst sichtbar geworden, so scheint er vorausgesetzt zu haben, daß gleichzeitig mit der Erscheinung des Sterns das messianische Kind geboren sei; und wenn er in Folge der Auskunft, die ihm die Magier darüber gaben, die bethlehemitischen Kinder bis zu zwei Jahren umbringen ließ, so muß er sich den Messiasknaben wenigstens annähernd so alt gedacht haben. Also schon von der Geburt Jesu bis zum Eintreffen der Magier aus ihrer entfernten Heimath hätte man sich nach Matthäus mehr als nur vierzig Tage verflossen zu denken; und nun sollen in dieser Zeit überdieß die Magier wieder abgezogen, die Eltern mit dem Kinde nach Aegypten gereist, dort bis zum Tode des Herodes geblieben und nach demselben wieder aus Aegypten nach Palästina zurückgewandert sein. Das ist für sechs Wochen augenscheinlich zu viel, und man wird daher zu dem Versuche genöthigt, so schwer es auch halten mag, da in der Erzählung des Matthäus eins am andern hängt, die ägyptische Reise von dem Magierbesuche zu trennen, und zwischen beide die Darstellung im Tempel als Keil einzutreiben. Da wären also nach dem Abzuge der Magier die Eltern Jesu mit dem Kinde nach Jerusalem gereist, und das müßte gewesen sein, ehe noch der Engel um der von Herodes drohenden Gefahr willen sie zur Flucht nach Aegypten angewiesen hatte; aber wie wäre es zu begreifen, daß dieser Engel nicht vor Allem der so gefährlichen Reise in die Residenz des Wütherichs zuvorgekommen, oder daß, als die Reise dennoch gemacht und die Neuigkeit von dem in der Hauptstadt angekommenen Messiaskinde durch die gesprächige Hanna in allen Gassen verbreitet war, Herodes nicht nach demselben gegriffen und sich die ebenso unsichere als gehässige Maßregel des Blutbads zu Bethlehem erspart hätte? Vielmehr aber setzt der Bericht von der Darstellung im Tempel bei Lucas einen Vorfall wie die Ankunft und Erkundigung der Magier in keiner Art voraus, sondern lautet so, wie wenn jetzt zum erstenmal in der Hauptstadt etwas von der Sache verlautet hätte, und für das Kind weit und breit keine Gefahr gewesen wäre.

Wird uns demnach der unhistorische Charakter beider evangelischen Darstellungen, den uns schon die Beschaffenheit jeder einzelnen für sich gezeigt hatte, durch ihre Unvereinbarkeit bestätigt, und müssen wir sie daher als Dichtungen betrachten, welche die Verfasser des ersten und dritten Evangeliums entweder selbst entworfen, oder in ihre Werke aufgenommen haben, so kann uns doch Eines noch befremden. Sehen wir nämlich in dem ersten Evangelium das noch mehr judaistische, in dem dritten ein paulinisirendes Evangelium, und halten damit die Erzählungen von dem Stern und den Magiern einerseits und der Beschneidung und Darstellung im Tempel andererseits zusammen, so möchten wir uns fast wundern, nicht vielmehr die letztere bei Matthäus, die andere aber bei Lucas zu lesen, statt umgekehrt. Denn in dem Stern und den Magiern liegt ebenso offenbar eine Hinweisung auf die Heidenwelt und ihre Bestimmung zum Eintritt in das Reich Christi, wie in der Hervorhebung der Beschneidung und Darstellung im Tempel eine Rücksicht auf die Heiligkeit des jüdischen Gesetzeswesens. Allein im Matthäus Evangelium fanden wir ja neben unläugbar jüdisch-particularistischen Stücken zugleich solche, in denen die Heranziehung der Heiden in Aussicht gestellt war; und in welcher Art, unter welchen Bedingungen sie zugelassen werden sollten, darüber ist in der Erzählung von den Magiern nichts bestimmt. Auf der andern Seite ist es der Heidenapostel selbst, der es hervorhebt, daß Christus bei seiner irdischen Erscheinung unter das Gesetz gethan gewesen sei (Gal. 4, 4 fg.), so daß man die Darstellung bei Lucas eben nur als die Durchführung dieses paulinischen Ausspruchs an der Kindheitsgeschichte Jesu betrachten könnte. Indeß Paulus setzt doch sogleich hinzu, der Zweck jener Veranstaltung in Bezug auf Christum sei gewesen, daß er die dem Gesetz Unterworfenen loskaufen (V. 5), mithin dem Gesetz ein Ende machen sollte (Röm. 10, 4); ein Gedanke, der in der Kindheitsgeschichte des Lucas nicht angedeutet ist. Vielmehr, wenn wir diese Vorgeschichte, auch das den Täufer Betreffende mit eingeschlossen, zusammennehmen, so können wir in Form und Inhalt derselben einen judaistischen Zug nicht verkennen. Allein dergleichen judaistische Stücke fanden wir ja auch sonst schon von Lucas seinem Evangelium einverleibt, nur immer zugleich theils durch Stücke entgegengesetzter Richtung aufgewogen, theils an sich selber in's Universalistische umgebogen. Solche den Judaismus der Gesammtanlage unschädlich machende Züge finden sich auch hier, sei es, daß sie ursprünglich in der Erzählung lagen, die alsdann von dem Verfasser des Evangeliums um so unbedenklicher aufgenommen werden konnte, oder daß sie von ihm erst eingeschaltet worden sind. Wenn Simeon das Messiaskind ein Licht zur Offenbarung für die Heidenvölker nennt (2, 31. vgl. Jes. 42, 6), so ist hier in ein kurzes Wort der ganze Inhalt der Erzählung von dem Sterne zusammengefaßt; wie andererseits in der weiteren Rede Simeon's von dem Fall und Aufstehen Vieler in Israel und dem Offenbarwerden der Gedanken vieler Herzen (2, 34 fg.) den Juden die an sie herantretende Sichtung, in der Viele nicht bestehen würden, so scharf wie möglich entgegengehalten ist.

II. Jesus, wie Moses und Samuel, früh seiner höheren Bestimmung zugewendet.

65.

Von Augustus erzählt Sueton [1]), nachdem ihn noch als kleines Kind eines Abends die Amme in einem Gemache zu ebener Erde in die Wiege gelegt, sei er am andern Morgen verschwunden gewesen, und nach langem Suchen habe man ihn endlich im höchsten Theile des Hauses, gegen Sonnenaufgang liegend, vorgefunden.

Nun wird man fragen, was denn diese Geschichte mit der von dem zwölfjährigen Jesus im Tempel (Luc. 2, 41—52) für eine Aehnlichkeit haben solle? Allerdings ist das Lebensalter und was daran hängt in beiden Erzählungen ein verschiedenes; aber beidemale haben wir doch den gemeinsamen Zug, daß ein zu höheren Dingen bestimmtes Kind sich aus seiner alltäglichen Umgebung verliert, und nach längerem Suchen an einem gottgeweihten Orte gefunden wird. Zwar ist dieser in der Erzählung von Augustus kein Tempel; aber der Osten ist die heilige Weltgegend, und der hohe Thurm, wie Sueton sich ausdrückt, deutet ohnehin die Götternähe an, wohin, wie wir uns denken müssen, das Augustuskind aus seiner Wiege auf übernatürliche Weise entrückt worden war. Wie bei Christus, so war auch bei Augustus die hohe Bestimmung zugleich hohe Abkunft, denn schwerlich ist die angeführte Anekdote ohne Bezug auf die Sage von seiner Erzeugung durch Apollo entstanden, dem in seiner Eigenschaft als Sonnengott der Osten noch besonders zugehörte; wie in unserer evangelischen Erzählung in der Antwort Jesu die Hinweisung auf das Haus seines Vaters zugleich eine Rückweisung auf die Geschichte von seiner übernatürlichen Erzeugung ist.

Wie Jesus ein Gottessohn in Menschengestalt, so war der als Hirtenkind erzogene Cyrus ein Königsenkel in Knechtsgestalt, und auch bei ihm brach der Sage zufolge die königliche Natur und Bestimmung frühzeitig, nämlich im zehnten Jahre, durch. Um diese Zeit von seinen Altersgenossen im Spiel zum König gewählt, handhabte er diese Würde so ernstlich, daß sich daran die Entdeckung seiner wahren Herkunft knüpfte. [2])

---

1) Octav. 94.

2) Herodot. I, 114 fg.

Etwas länger stand es bei Moses an, bis seine Bestimmung zum Retter seines Volks in ähnlich vorbedeutender Art sich ankündigte. Zum Behufe der gewaltsamen Hülfleistung, worin diese Ankündigung bestanden haben soll, mußte er schon „groß" sein, wie die Erzählung im zweiten Buch Mosis (2, 11) sagt, wenn auch nicht gerade schon vierzig Jahre alt, wie die Apostelgeschichte (7, 23) aus späterer jüdischer Ueberlieferung es näher bestimmt. Doch wissen wir, daß eine abweichende rabbinische Meinung ihm bei jenem Vorfalle erst zwanzig Jahre gab, und wenn auch die starke Thatkraft sich erst im Jünglings- oder Mannesalter äußern konnte, so ließ man doch die ausgezeichnete Intelligenz des Gesetzgebers schon in jüngeren Jahren hervortreten. Nach Josephus [1]) war seine frühe Verständigkeit außer Verhältniß mit seinem Alter; nach Philo [2]) zog den Knaben Moses nicht Kinderspiel und Scherz, sondern nur ernste Beschäftigung an, und frühzeitig mußten ihm Lehrer bestellt werden, denen er sich aber durch eingeborene Geisteskraft in Kurzem überlegen zeigte.

Samuel war noch klein, als ihn seine Mutter zum bleibenden Dienste Jehova's in das Tempelzelt zu Silo brachte (1 Sam. 1, 25) und noch Knabe, als zum erstenmale in der Nacht der Ruf und Spruch Jehova's an ihn erging (3, 1 fg.). Genauer ist sein Alter im Alten Testament nicht angegeben; aber wie in Bezug auf Moses die Apostelgeschichte, so sagt uns von Samuel Josephus [3]), ohne Zweifel ebenfalls aus späterer Ueberlieferung, das Bestimmtere, daß er mit dem zwölften Jahre zu weissagen angefangen habe. Vom zwölften Jahre an nämlich wurde dem Talmud zufolge unter den Israeliten der Knabe als reif betrachtet, es galt, wie bei uns das vierzehnte, als der Uebergang vom Knaben- zum Jünglingsalter; weßwegen in einer zwar christlichen Schrift, doch wahrscheinlich nach jüdischer Tradition, auch Salomo's und Daniel's weise Urtheilssprüche (1 Kön. 3, 23 fg. Susanna 45 fg.) in ihr zwölftes Jahr verlegt werden. [4]) Daß jedoch insbesondere die Jugendgeschichte Samuel's unserem evangelischen Erzähler, wie schon früher, so auch hier, zum Vorbilde gedient hat, erhellt noch aus andern Zügen. Erstlich leitet er seine Erzählung (V. 41) durch die Bemerkung ein, daß die Eltern Jesu alljährlich zum Passahfest nach Jerusalem gereist seien; wie von Samuel's Eltern sowohl einleitend (1, 3) als nachher wiederholt (1, 21. 2, 19) bemerkt ist, daß sie alljährlich nach Silo gezogen seien, um dem Jehova ein Opfer zu bringen. Zweitens ist die Bemerkung am Schlusse der evangelischen Erzählung, der Jesusknabe sei fortgeschritten an Alter und Weisheit und Annehmlichkeit vor Gott und Menschen (2, 52),

1) Antiq. 2, 9, 6.
2) De vita Mosis, Opp. ed. Mang., II, 83 fg.
3) Antiq. 5, 10, 4.
4) Ignat. epist. ad Magnes. 3.

offenbar der Schlußbemerkung über den Knaben Samuel nachgebildet, daß er herangewachsen und vor Gott und Menschen gut, d. h. wohlgefällig gewesen sei (2, 26).

Gehen wir von diesen allgemeinen Anlässen für die Entstehung einer derartigen Erzählung, wie sie in der Natur der Heldensage überhaupt, und von den besondern, wie sie in der hebräischen Prophetensage liegen, zu der eigenthümlichen Anlage der christlichen Messiassage fort, so müssen wir uns erinnern, daß die Ausrüstung des Menschen Jesus mit den für seinen messianischen Beruf erforderlichen Kräften zuerst an seine Taufe durch Johannes geknüpft, mithin in ein reiferes Lebensalter verlegt, und erst später in der Art gefaßt wurde, daß schon seine erste Entstehung durch ein übernatürliches Princip bewirkt, also die höheren messianischen Kräfte ihm schon von Lebensanfang an eigen gewesen seien. Ging man nun, wie unser erster Evangelist, von der Geburt und frühsten Kindheit Jesu unmittelbar zu seiner Taufe fort, so blieb zwischen beiden eine allzu große Kluft, und man setzte sich der Frage aus: Ei, wenn doch euer Jesus schon von Mutterleib an des heiligen Geistes voll war, wie kommt es, daß dieser so lange in ihm gefeiert, daß er die ersten Macht- und Weisheitsproben erst in seinen Mannesjahren abgelegt hat? Dieser Frage, mittelst deren sich der ebionitische Zweifel an der übernatürlichen Erzeugung Jesu immer wieder einschleichen konnte, bauten spätere apokryphische Kindheitsevangelien durch Erzählungen vor, wornach Jesus schon als Kind Wunder gethan, in der Wiege bereits gesprochen und sich für den Sohn Gottes erklärt, seinem Informator im Alphabet dessen mystische Bedeutung aufgeschlossen, überhaupt schon vor seinem zwölften Jahre alle Lehrer durch seine Fragen verlegen gemacht haben sollte.[1])

Dergleichen späteren Ausgeburten einer verwilderten Phantasie steht die Erzählung bei Lucas als ein verhältnißmäßig gesundes Erzeugniß urchristlicher Dichtung gegenüber. Von dem Wunderthun für's Erste nimmt sie durchaus Umgang. In Betreff der Weisheit aber geht sie wohl auch über das Maß des Menschlichen und Wahrscheinlichen hinaus, indem sie den zwölfjährigen Jesus statt zu den Füßen der Lehrer, wie es für sein Alter die Sitte mit sich brachte (vgl. Apostelgesch. 22, 3), vielmehr in ihrer Mitte wie ihresgleichen sitzen, und außerdem Gott in einem Sinne seinen Vater nennen läßt, der entweder die Geschichte seiner übernatürlichen Erzeugung oder eine Reife seiner religiösen Entwicklung voraussetzt, wie sie der Knabe natürlicherweise noch nicht haben konnte; immerhin jedoch verstößt sie nicht so offenbar wie jene apokryphischen Märchen gegen die Natur, sondern geht von jener Bezeichnung Gottes als seines Vaters abgesehen, nicht weiter als

1) Vgl. das Protevang. Jacobi, das Evang. Thomae, auch das arabische Kindheitsevangelium in Thilo's Codex Apocr. I.

der eitle Josephus in Bezug auf sich selbst geht, wenn er von dem Aufsehen redet, das er schon im vierzehnten Jahre durch seinen frühreifen Geist und seine Kenntnisse erregt habe.[1]) Dabei geht unsere Erzählung auch insofern höchst zweckmäßig zu Werke, als sie den wünschenswerthen Schrittstein, um von der Geburt und ersten Kindheit Jesu zu seinem reifen Alter zu gelangen, gerade in die Mitte, auf die Uebergangsstelle aus dem Knaben- in das Jünglingsalter, legt.

Die Erzählung beginnt mit dem Thema dieser ganzen Kindheitsgeschichte im dritten Evangelium, mit der Angabe, wie die gesetzliche Frömmigkeit der Eltern Jesu sich auch in ihren jährlichen Reisen zum Passahfeste nach Jerusalem beurkundet habe. Wenn sodann bei der Abreise der Eltern von Jerusalem der Knabe zurückbleibt und sie ihn vergeblich suchen, so zeigt sich schon, daß seine Wege nicht die gewöhnlicher Menschen sind, daß er einem eigenen höheren Gesetze folgt; in seiner Frage beim Wiederfinden: warum sie ihn gesucht? ob sie denn nicht gewußt haben, daß sein Platz im Hause seines Vaters sei? gibt er ihnen dieß nicht ohne Härte selbst zu fühlen, die übrigens durch die Schlußbemerkung von seinem fortwährenden Gehorsam (V. 51) gemildert, jedenfalls von Johannes durch sein bei anderer Gelegenheit gesprochenes: „Weib, was habe ich mit dir zu schaffen?" (2, 4) weit überboten wird. Wie tief die Fassungskraft der menschlichen Eltern unter der Höhe der Gedanken des Gottessohnes stand, das stellt der Erzähler noch durch den Beisatz in's Licht, daß sie seine Frage nicht verstanden haben (V. 50); wie er schon im vorigen Abschnitt ihre Verwunderung über die Rede des Simeon angemerkt hatte (2, 33). Allein, wenn schon vor der Geburt Jesu der Maria sowohl als dem Joseph durch den Engel verkündigt war, das Kind werde, als ein durch den heiligen Geist erzeugtes, Sohn Gottes heißen, so mußten sie ja nothwendig verstehen, was er mit dem Hause seines Vaters sagen wollte, und wenn der evangelische Erzähler es sie nicht verstehen läßt, so zeigt er sich eben damit nicht als geschichtlichen, sondern als Wundererzähler, zu dessen Styl das fortwährende Staunen und Nichtverstehen der dem Wundermann gegenüberstehenden Menschen gehört. Die Bemerkung endlich, die schon oben bei den Erzählungen der Hirten gemacht war (2, 19) und hier wiederholt wird, daß Maria alle diese Worte in ihrem Herzen behalten habe, zeigt uns, daß dem Verfasser bei dem messianischen Wunderkinde das alttestamentliche Wunderkind Joseph vorgeschwebt hat, in dessen Geschichte es mit Bezug auf die bedeutsamen Träume, von denen er als Knabe zu erzählen wußte, gleichfalls heißt, sein Vater habe das Wort (oder die Sache) im Sinne behalten (1 Mos. 37, 11).

1) Vita, 2.

III. Der Messias Jesus besteht die Versuchung, welcher das Volk in der Wüste unter Mose's Anführung erlegen war.

66.

An den Hercules des Prodicus trat die Versuchung oder die Wahl, nach dem Ausdrucke des Xenophon[1]) in dem Alter heran, da die Jüninge ihre eigenen Herren werden und zu erkennen geben, ob sie den Weg der Tugend oder des Lasters einschlagen wollen. Bei Abraham konnte die Versuchung, die schwere Prüfung seines Glaubens und Gehorsams, da sie in dem Befehl bestand, seinen einzigen spätgeborenen Sohn zu opfern, erst in vorgerücktem Alter eintreten (1 Mos. 22). Dagegen war das Volk Israel nach dem Worte des Propheten noch jung, da Jehova es als seinen Sohn aus Aegypten rief (Hos. 11, 1) und während der vierzig Jahre in der Wüste durch allerlei Noth versuchte, um sein Herz zu ergründen und zu erkennen, ob es seine Gebote halten würde oder nicht (5 Mos. 8, 2). Auch David hatte gleich am Anfang seiner öffentlichen Laufbahn, nachdem er eben erst (wie die Erzählungsstücke von dem Redactor der Königsbücher zusammengestellt sind) durch Samuel gesalbt und des heiligen Geistes voll geworden war, eine gefährliche Probe zu bestehen, den Zweikampf mit dem riesigen Philister Goliath (1 Sam. 17). Diese Prüfungen hatten Abraham und David, wie Hercules, glücklich bestanden; aber das Volk Israel war der Versuchung erlegen, hatte sich zum Murren gegen Jehova, zur Wollust und Abgötterei hinreißen lassen. Es war ihm hierin nicht anders gegangen als dem ersten Menschenpaare, das auch der lockenden Stimme der Schlange gegen das göttliche Verbot Gehör gegeben, und sich dadurch Verbannung aus dem Paradiese und vom Baume des Lebens zugezogen hatte.

Wie überhaupt die mosaische Geschichte, so lebten insbesondere die von dem Volke so übel bestandenen Prüfungen in der Wüste sammt den dadurch herbeigeführten göttlichen Strafgerichten als warnende Beispiele im Gedächtniß der Israeliten fort. „Das alles“, schreibt der Apostel Paulus, nachdem er einen Abriß dieser Vorfälle gegeben, „ist jenen als Vorbild widerfahren, aufgeschrieben aber ist es zur Warnung für uns, die wir am Ende der Zeiten leben“ (1 Kor. 10, 6. 11); wie er ein andermal, da er befürchtet, seine korinthischen Christen möchten sich in ihrer Einfalt durch falsche Lehrer täuschen lassen, an Eva erinnert, die sich von der listigen Schlange berücken ließ (2 Kor. 11, 3).

---

1) Memorab. II, 1, 21.

Wiederherstellung des Verdorbenen, Gutmachen dessen, was Andere schlecht gemacht hatten, war die Bestimmung des Messias: so mußte er auch die Versuchung besser bestehen, und Jesus als Messias sie besser bestanden haben, als das Volk in der Wüste, oder die ersten Eltern im Paradiese. Nun war zwar Jesu ganzes Leben, und besonders sein Leiden, eine Reihe solcher Prüfungen gewesen (Luc. 22, 28. Hebr. 4, 15); aber man sieht von selbst, wie stark der Reiz sein mußte, einen einzelnen feierlichen Prüfungsact auszusondern, und wie die Prüfung Abraham's, die Versuchung der ersten Eltern, mit dramatischer Anschaulichkeit auszumalen (Matth. 4, 1—11. Marc. 1, 12 fg. Luc. 4, 1—13).

Dazu wirkte noch ein anderer Umstand mit. Ueber Abraham, über das Volk in der Wüste, hatte Gott selbst die Versuchung verhängt, und zwar in guter Absicht; denn es lag nur an dem Volke, sie ebenso gut zu bestehen, als sein Stammvater sie bestanden hatte. Mit der Zeit aber erschien es doch bedenklich, die Versuchung ohne Weiteres auf Gott zurückzuführen. Manchen brachte sie doch zu Fall, der vielleicht ohne sie aufrecht geblieben wäre; über Manchen brachte sie Leiden, die er nicht verschuldet hatte: erschien da Gott, wenn er sie verhängt hatte, nicht als ein neidisches, schadenfrohes Wesen? Gott müßte selbst am Bösen Theil haben, schien es, wenn er Jemanden zum Bösen versuchen könnte (Jac. 1, 13). Daher frühzeitig die Neigung, der Versuchung einen andern Urheber zu geben. In der Genesis ist das Wesen, das in Eva den Reiz erregt, dem göttlichen Gebote zuwiderzuhandeln, die Schlange, als das klügste unter den Thieren des Feldes; eine märchenhafte Darstellung, bei der man nicht stehen bleiben konnte. Nun machten die Israeliten im Exil mit der Zendreligion Bekanntschaft, die neben dem guten ein böses Grundwesen annahm und die ganze Weltentwicklung als einen Kampf der beiden entgegengesetzten Principien betrachtete. Diese Anschauung sagte dem jüdischen Volke eben in seiner damaligen Krisis zu, und so eignete es sich insbesondere die Vorstellung des persischen Ahriman mit der Einschränkung an, daß er dem guten Gotte zwar entgegenwirkte, aber doch streng untergeordnet blieb. Er war der Widersacher (Satan), der Ankläger und Verläumder der Menschen bei Gott, der durch seine Zweifel gegen den Bestand von Hiob's Frömmigkeit Gott veranlaßte, ihn durch schwere Leiden zu versuchen; er war es auch gewesen, der in angenommener Schlangengestalt die ersten Eltern im Paradiese versucht, und dadurch Tod und Verderben in die Welt gebracht hatte (Weish. 2, 24. 2 Kor. 11, 3. Offenb. 12, 9 fg.).

Nichts ist lehrreicher für diese in der jüdischen Weltansicht vorgegangene Umwandlung, als die Vergleichung der Art, wie das ältere Königsbuch und wie die spätere Chronik die von David vorgenommene und von Jehova so schwer geahndete Volkszählung motiviren. „Und der Zorn Jehova's", lesen wir in der ersteren Schrift (2 Sam. 14, 1), „entbrannte wiederum über

Israel, und er reizte David, indem er sprach: zähle Israel und Juda." Dagegen in der andern (1 Chron. 22, 1): „Und der Satan stand auf wider Israel und reizte David, Israel zu zählen." Wäre nun ebenso die Geschichte der Erzväter und des Zugs durch die Wüste in der spätern nachexilischen Zeit umgeschrieben worden, so würden wir vielleicht auch bei den über Abraham und das Volk Israel verhängten Versuchungen den Satan in ähnlicher Weise betheiligt finden. Im Talmud wenigstens ist dieß der Fall. In der babylonischen Gemara wird Gott zur Prüfung Abraham's wie im Prolog des Buchs Hiob zur Prüfung Hiob's, durch den Satan aufgestiftet, der sofort dem Abraham beim Hinausgang zur Opferung seines Sohnes auch noch persönlich versuchend in den Weg tritt. Ebenso ist es beim Zug durch die Wüste in dieser spätjüdischen Darstellung der Satan, der, als Moses auf dem Berge zögert, dem Volke seinen Tod einredet und es dadurch zum Stierdienst verleitet. [1])

Seit auf diese Weise alles Böse und Uebel in der Welt, insbesondere soweit es das Volk Israel betraf, auf den Satan als seine erste Ursache zurückgeführt war, ergab es sich von selbst, daß der Messias, der ja das Volk von seinen Sünden reinigen und von den Uebeln, die es drückten, befreien sollte, dem Satan als dessen Bekämpfer und Ueberwinder entgegengestellt wurde. Christus ist gekommen, die Werke des Teufels zu zerstören (1 Joh. 3, 8), die bösen Geister zu verderben (Marc. 1, 24. Luc. 4, 34); er sieht den Satan wie einen Blitz aus dem Himmel fallen (Luc. 10, 18), den Herrscher dieser Welt, der kein anderer als der Teufel ist, hinausgeworfen (Joh. 12, 31). Aber zu diesem Ende gilt es, ihn erst zu überwinden. Er darf, wenn er gegen Christus herankommt, an diesem nichts finden, woran er ihn fassen könnte (Joh. 14, 30). Herankommen aber wird er gegen ihn, so gewiß er gegen so manche alttestamentliche Fromme herangekommen ist, und so gewiß er auch noch in der christlichen Welt wie ein brüllender Löwe umhergeht und sieht, welchen er verschlinge (1 Petr. 5, 8). Besteht in gewöhnlichen Fällen diese satanische Sichtung nur im Eingeben böser, versuchender Gedanken (Luc. 22, 31. Joh. 13, 2), so war dem Messias gegenüber, wo es den Entscheidungskampf galt, ein persönliches Hervortreten des Satan gleichsam zum Zweikampfe mit dem Messias gefordert. Wie David dem höhnenden Philisterriesen, so muß sich der Messias dem weltherrschenden Satan stellen; wie David jenen durch den Stein aus seiner Schleuder niederstreckt, so schlägt der Messias diesen durch die Waffe des Gotteswortes in die Flucht; in beiden bewährt sich durch diesen Sieg der heilige Geist, den sie unmittelbar vorher, der eine mittelst der Salbung durch Samuel, der andere mittelst der Taufe durch Johannes, mitgetheilt bekommen hatten

---

1) Gemara Sanhedr. in Fabric. Cod. pseudepigr. V. T., S. 335. Schabbat bab. bei Gfrörer, Das Jahrhundert des Heils, II, 381.

Ist der Zeitpunkt, in welchen die Versuchungsgeschichte gestellt ist, durch dieses davidische Vorbild, oder überhaupt durch den Umstand bestimmt, daß die erhaltene Geistesmittheilung sich unmittelbar in der stärksten Probe bewähren sollte, so bestimmt sich der Ort, wo sie spielt, die Dauer des Aufenthalts Jesu an demselben, außerdem Inhalt und Form der Versuchung wie der Abwehr, nach dem Vorbilde der mosaischen Geschichte. Ihr Schauplatz ist die Wüste, nicht blos weil diese unter den Juden von jeher als der Aufenthalt der bösen Geister galt (3 Mos. 16, 8. 10. Tob. 8, 3. Matth. 12, 43), sondern vor Allem, weil auch das Volk Israel in der Wüste versucht worden war. Die Prüfungszeit des Volks in der Wüste hatte vierzig Jahre gedauert: für den Messias drängte sich der Inhalt dieser vierzig Jahre in ebenso viele Tage zusammen, was zugleich mit der Beschaffenheit der ersten ihm von dem Satan bereiteten Versuchung zusammenhing.

Die erste Versuchung nämlich, die in der Wüste an das Volk herantrat, war der Hunger gewesen, und gleich dieser ersten war es in der Art erlegen, daß es gegen Moses und Aaron, d. h. in letzter Beziehung gegen Jehova selbst, murrte (2 Mos. 16), ja bald auch mit dem ihm gewährten Manna unzufrieden, nach Fleischspeise verlangte (4 Mos. 11). Durch Hunger vor Allem sollte daher auch der Messias versucht werden; um Hunger zu empfinden, mußte er gefastet haben; gefastet aber hatte Moses während des Zugs durch die Wüste auf dem Sinai (wie später in ähnlicher Art Elias 1 Kön. 19, 8) vierzig Tage (2 Mos. 34, 38; 5 Mos. 9, 9): so fastete auch Christus in der Wüste vierzig Tage, und nach Verfluß derselben empfand er Hunger, woran ihn der Satan fassen zu können hoffte. Den hungernden Messias zum Murren zu versuchen, ging nicht an, da ja bei ihm das Fasten ein freiwilliges gewesen war; also knüpft der Versucher an seine Gottessohnschaft an und sucht ihn zu eigenmächtiger Selbsthülfe zu verleiten. Die Form, in der er dieß thut, die Aufforderung, die umherliegenden Steine durch ein Machtwort in Brod zu verwandeln, ist theils durch den steinigen Boden der Wüste, theils durch eine im Neuen Testament auch sonst gebräuchliche sprüchwörtliche Redensart bestimmt. Im Nothfalle, hatte der Täufer Johannes, gleichfalls in der Wüste, gesagt, könne Gott dem Abraham aus diesen Steinen Kinder erwecken (Matth. 3, 9), und noch genauer mit diesem Zuge der Versuchungsgeschichte zusammentreffend, hatte Jesus gefragt, ob es wohl einen Menschen gebe, der seinem Sohn, wenn dieser ihn um Brod bitte, dafür einen Stein reiche? (Matth. 7, 9.) Um so angemessener mußte es dem schadenfrohen Wesen des Satans scheinen, einen Hungrigen statt Brodes auf Steine hinzuweisen, noch dazu mit der Aufforderung, sie durch einen Gott vorgreifenden Machtbefehl in Brod zu verwandeln. Daß übrigens, unerachtet mitunter ein einzelner Zug anderswoher genommen wird, das eigentliche Vorbild der Versuchungsgeschichte die Prüfung des Volks Gottes in der Wüste bleibt, zeigt sich alsbald wieder in der Antwort, durch welche Jesus diesen ersten Angriff des Versuchers zurückschlägt. Am Schlusse des Wüstenzuges fordert nach der Darstellung im Deuteronomium Moses das Volk auf, des ganzen Weges zu gedenken, auf dem Jehova es diese Zeit her in der Wüste geleitet und geprüft habe, und sagt u. A. (5 Mos. 8, 3): „Er demüthigte dich, und ließ dich hungern, und speisete dich mit dem Manna, das du nicht kanntest und deine Väter nicht kannten, um dir kund zu thun, daß der Mensch nicht vom Brod allein lebt, sondern von Allem, was (nach der griechischen Uebersetzung: von jedem Worte, das) aus dem Munde Jehova's hervorgeht." Eben dieses Letztere gibt Jesus hier mit Berufung auf die Schrift dem Versucher zur Antwort (Matth. 4, 4), der, dadurch im ersten Gange besiegt, sich zu einem zweiten wendet.

Um diese zweite Versuchung zu verstehen, müssen wir von ihrem Schlusse der Erwiderung Jesu, ausgehen: „Abermals steht geschrieben: du sollst den Herrn, deinen Gott nicht versuchen." In der Stelle des fünften Buchs Mosis, woraus auch dieser Spruch genommen ist (6, 16), heißt es genauer: „Ihr, nämlich das Volk, sollt (wenn ihr in's Land Kanaan kommt) nicht Jehova euern Gott versuchen, wie ihr ihn versuchtet zu Massa", d. h. dazumal, als sie wegen des Wassermangels in der Wüste gegen Moses und Aaron murrten (2 Mos. 17); was als ein Versuchen Jehova's betrachtet wird, sofern es einen Zweifel an seinem Wunderbeistande in sich schloß (V. 7). Dieses Versuchen Gottes, oder wie er es zu fassen scheint, Christi, zählt auch der Apostel Paulus unter den Dingen auf, worin sich die Christen den Vorgang der Israeliten in der Wüste zum warnenden Beispiel dienen lassen sollten, um ähnlichen Strafen zu entgehen (1 Kor. 10, 9, wo 2 Mos. 17, 1 fg. mit 4 Mos. 21, fg. zusammengenommen ist). Auch in dem um seiner vermeintlich messianischen Bedeutung willen unter den ersten Christen vielgelesenen Abschnitt des Propheten Jesaias, Kap. 7, wo der König Ahas, von dem Propheten zur Forderung eines beglaubigenden Zeichens aufgemuntert, zur Antwort gibt (V. 12): „Ich will es nicht fordern, und Jehova nicht versuchen", hat zwar der Ausdruck ohne Zweifel denselben Sinn, konnte aber möglicherweise auch so verstanden werden, der König wolle Gott keine ungehörige Zumuthung machen; wie es Ps. 78, 18 in Bezug auf das Murren der Israeliten um Fleisch (4 Mos. 11) heißt: „sie versuchten Gott in ihrem Herzen, indem sie Speise forderten für ihre Lust". Welche ungehörige Zumuthung eignete sich nun dazu, dem Messias vom Satan als eine solche vorgeschlagen zu werden, die er an Gott stellen sollte? Ps. 91, 11 fg. wird von demjenigen, der unter dem Schutze des Höchsten steht, und das war ja im ausgezeichnetsten Sinne beim Messias der Fall, gesagt, Gott stelle ihm seine Engel zu Diensten, ihn auf allen seinen Wegen zu bewahren, sie werden ihn auf den Händen tragen, daß er seinen Fuß an keinen Stein stoße. Dieß wörtlich genommen konnte so verstanden werden, der Schützling Gottes könne sich ohne Gefahr von einer Höhe herabstürzen, da Gottes Engel ihn schon auffangen und ohne Schaden zur Erde bringen werden. Dazu fordert also der Satan Jesum auf, und da es von dem Manne reines Herzens und unschuldiger Hände, also wiederum vorzugsweise vom Messias, in einem andern Psalm (24, 3. vgl. 15, 1) hieß, er dürfe auf Jehova's Berg steigen und auf seinem heiligen Wohnsitz stehen, so soll nun der Messias auf die Tempelzinne steigen, und sich von da herunterstürzen; worauf dann ganz passend die Abfertigung durch den Spruch diente, daß man Gott den Herrn nicht versuchen solle.

Eine der vornehmsten Warnungen, die in der schon mehrmals angeführten Stelle des ersten Korintherbriefs der Apostel Paulus aus der Geschichte des Zugs durch die Wüste ableitet, ist die (10, 7), nicht Götzendiener zu werden, wie etliche von jenen (nach 2 Mos. 32, 6) es geworden seien. Den Götzendienst erklärt Paulus in demselben Abschnitt, der unter den späteren Juden herrschenden Ansicht gemäß, für Dämonendienst (10, 20 fg.); der oberste der Dämonen aber ist nach eben dieser Vorstellungsweise Beelzebul (Matth. 12, 24) d. h. der Satan. In den Händen götzendienerischer Völker mußten die Juden seit geraumer Zeit die Weltherrschaft sehen: folglich war nach ihren Begriffen der Obergötze, der Satan, Herrscher oder Gott dieser gegenwärtigen Welt (2 Kor. 4, 4. Joh. 12, 31. 14, 30. 16, 11). Die Versuchung zur Abgötterei, welche der Messias als Antitypus des Volkes zu bestehen hatte, gestaltete sich daher in der Vorstellung dieser späteren Zeit geradezu als Aufforderung zur Teufelsanbetung; wozu der Teufel als Reizmittel das Versprechen fügen konnte, dem Messias diese ganze Welt, über die ihm als dem Herrn derselben die Verfügung zustehe (Luc. 4, 6), übergeben zu wollen. Um diesem Reize die möglichste sinnliche Stärke zu verschaffen, muß er Jesu diese Welt in ihrer ganzen Herrlichkeit zeigen; in dieser Absicht führt er ihn auf einen hohen Berg, wie den Moses vor seinem Ende Jehova auf den Berg Nebo geführt und ihn das ganze Land hatte schauen lassen, das er dem Volk Israel geben wollte (5 Mos. 34, 1 fg.). Daß der Messias dieser Versuchung so wenig wie der früheren erliegen durfte, versteht sich von selbst, und auch hier ist die Waffe, mit der er den Versucher zurückschlägt, ein Wort aus der Rede des Moses am Schlusse der Wüstenwanderung, die Mahnung an das Volk nämlich, Jehova allein mit Ausschluß aller andern Götter zu verehren (5 Mos. 6, 13 fg.).

So in drei Gängen geschlagen, muß sich der Satan überwunden geben und zieht ab, doch, wie Lucas (4, 13) hinzusetzt, nur um bei gelegener Zeit seinen Angriff zu erneuern. Wenn unter diesem spätern Angriff Lucas ohne Zweifel das Leiden Jesu verstand, so findet sich dieses, freilich gerade nicht bei Lucas, sondern bei Matthäus, gleichfalls durch drei Gänge eröffnet, indem sich Jesus im Garten Gethsemane dreimal von den schlafenden Jüngern losreißt, um von dem Vater die Abwendung des Leidenskelchs zu erflehen (Matth. 26, 36—45). Ebenso verleugnet dann Petrus dreimal seinen Meister (Matth. 26, 69—75), und muß dafür dreimal seine Liebe zu demselben in Frage gestellt sehen (Joh. 21, 15—17); lauter Fälle, in welchen die dreimalige Wiederholung den gleichen Grund haben wird: die natürliche Vorliebe nicht blos der Juden für die Dreizahl, die insbesondere zur Anordnung dramatischer Scenen, wie unsere Versuchungsgeschichte, geeignet erscheinen mußte. Daher ließ auch die oben erwähnte Erzählung der Gemara den Satan mit Abraham drei Gänge machen; während andere rabbinische Darstellungen, vielleicht nach der Zahl der ägyptischen Plagen, von zehn Versuchungen Abraham's zu sagen wissen.

Die Dreizahl der Versuchungsgänge ist in der summarischen Angabe bei Marcus verschwunden, wo es nur heißt: „Und sogleich (nach der Taufe Jesu) trieb ihn der Geist in die Wüste, und er war in der Wüste vierzig Tage, versucht werdend von dem Satan, und war mit den Thieren, und Engel dieneten ihm". Ob die Thiere nur das Bild der Wüste weiter ausmalen (vgl. auch 2 Macc. 5, 27), oder Jesum als zweiten Adam darstellen sollen: ein abenteuerlicher Zug ist es immer, der zusammen mit der bis zum Unverständlichen verkürzten Darstellung des Uebrigen nicht für die Ursprünglichkeit dieses Berichts und des zweiten Evangeliums überhaupt spricht. Aber auch der Bericht des Lucas erscheint dem des Matthäus gegenüber als ein abgeleiteter, theils darin, daß er, wenigstens nach der gewöhnlichen Lesart, erst von einem Versuchtwerden während der vierzig Tage spricht, dann nach Verfluß derselben doch noch die drei einzelnen Versuchungsacte folgen läßt, theils durch künstelnde Ueberarbeitung der Erzählung dieser letzteren bei Matthäus. Künstelei ist es für's Erste, daß Lucas die Versuchung zur Teufelsanbetung an die zweite, die zum Herabstürzen von der Tempelzinne an die dritte Stelle gesetzt hat. Dem Inhalte nach ist die Aufforderung, ihn anzubeten, das Stärkste, was der Teufel Jesu zumuthen konnte, macht also passend den Schluß; was den Lucas zu einer Umstellung veranlaßte, war ohne Zweifel die Reflexion, daß der Satan mit Jesu wohl eher aus der Wüste auf den Berg und dann in die Stadt, als aus der Wüste in die Stadt und dann wieder hinaus auf den Berg möge gegangen sein: eine ungehörige Reflexion bei einer Erzählung wie die unsrige, wo es auf eine Unwahrscheinlichkeit mehr oder weniger nicht ankam. Den Ueberarbeiter verrathen ferner Zusätze wie der, daß der Teufel Jesu die sämmtlichen Reiche der Welt „in einem Augenblicke" gezeigt, daß er sein Anerbieten derselben mit seiner Weltherrschaft begründet haben, und daß er schließlich nur bis auf Weiteres von ihm gewichen sein soll, da er doch in dieser Art, d. h. persönlich und sichtbar, Jesu später nicht mehr gegenübergetreten ist. Darüber kommt dem Lucas der von Marcus trotz seiner Verkürzung bewahrte Schluß der Erzählung bei Matthäus abhanden, daß nach dem Abzuge des Teufels Engel sich eingestellt und Jesum bedient haben. Sie erquickten ihn nachträglich, wie ein Engel den Elias im Voraus (1 Kön. 19, 5 fg.), aber nicht mit irdischer, sondern ohne Zweifel mit himmlischer Speise, mit dem Engelbrode, wie das Manna nach späterer jüdischer Vorstellungsweise genannt wurde (Ps. 78, 25 in der griechischen Uebersetzung; Weish. 16, 20), und so bewährte sich das von Jesu gleich Anfangs ausgesprochene Vertrauen, daß zur Erhaltung des Frommen Gott nicht an das gemeine sinnliche Brod gebunden sei.

Das vierte Evangelium hat keine Versuchungsgeschichte; ja, als wollte es dieselbe absichtlich ausschließen, kettet es die einzelnen Begebenheiten von der Taufe Jesu durch Johannes bis zu seiner ersten Wunderhandlung durch die knappsten Zeitbestimmungen, wie: am andern, am dritten Tage (1, 29. 35. 44. 2, 1) so enge zusammen, daß dazwischen die Versuchung mit ihren vierzig Tagen keinen Platz finden kann. Hier hat demnach allerdings Johannes eine unglaubliche Erzählung weniger als die Synoptiker; allein er übergeht sie nicht, weil er sie historisch zu wenig beglaubigt, sondern weil er sie dogmatisch nicht nach seinem Geschmacke fand. Zwar der Teufel hatte auch in seiner Dogmatik, sowohl als Urheber der Sünde unter den Menschen, wie als Widersacher Christi, einen hervorragenden Platz; aber ein sinnfälliges Hervortreten desselben widerstrebte seiner hellenistischen Bildung, und daß sich Jesus mit ihm, wie mit einem Ebenbürtigen, in einen förmlichen Zweikampf eingelassen haben sollte, schien der Würde des Gottessohns in seinem Sinne unangemessen zu sein. Darum suchte der Verfasser des vierten Evangeliums, wie sonst öfters, so auch hier, mit Preisgebung der Form den Inhalt und das Ergebniß der Versuchungsgeschichte festzuhalten, wobei er sich an die Hinweisung des dritten Evangelisten auf das Leiden Jesu als eine erneuerte satanische Anfechtung hielt. In diesem Sinne führt er, auch hierhin dem Lucas (22, 3) folgend, doch mit Vermeidung seines an eine förmliche Teufelsbesitzung erinnernden Ausdrucks (dessen wesentlichen Inhalt er übrigens 6, 70 doch für seine Darstellung zu retten weiß), insbesondere den Verrath des Judas auf satanische Eingebung zurück (13, 2), und faßt weiterhin vor dem Anfang der eigentlichen Leidensgeschichte Alles, was als wirklicher dogmatischer Gehalt der Versuchungsgeschichte angesehen werden konnte, in die Worte zusammen, die er seinem Christus in den Mund legt (14, 30): „Es kommt der Herrscher der Welt und hat mir nichts an."

Indem wir so die Versuchungsgeschichte als einen messianischen Mythus fassen, entgehen wir für's Erste allen den an dieser Stelle herkömmlichen Quälereien, sie mit ihren vierzig Tagen in das gerade hier so eng zusammengezogene Gewebe der johanneischen Erzählung einzufügen. Zu diesem Ende hat die apologetische Theologie von dem Anfang der Geschichtserzählung des vierten Evangeliums, Kap. 1, 19, bis 4, 54 herunter kaum eine Stelle unversucht gelassen, doch überall mit gleich schlechtem Erfolge, da die johanneische Darstellung nicht nur nicht auf die mögliche Einschiebung, sondern wahrscheinlich umgekehrt auf die Ausschließung der Versuchungsgeschichte berechnet ist. Doch auch abgesehen von dieser Incongruenz des vierten Evangeliums mit den synoptischen, die bei unsrer Ansicht von dem erstern gegen die Erzählung der letztern nichts beweist, bietet für's Andere diese Erzählung an sich schon so besonders viele und bedeutende Schwierigkeiten dar, daß eine Betrachtungsweise, die diese von vornherein abschneidet, als ein willkommener Fund erscheinen muß. Denn so viel Keckheit werden heut zu Tage Wenige haben, um mit Ebrard zu sagen, die Würde Jesu als des zweiten Adam habe erfordert, daß ihm der Satan wie dem ersten persönlich und sichtbar, doch nicht mehr wie diesem in thierischer Maske, sondern unverlarvt in seiner eigenen Gestalt erschienen sei. An die Ausflüchte einer Vision, eines Traums, einer Parabel u. dgl. aber darf man nur erinnern, um dieselben im Angesichte des Textes, der offenbar von einem wirklichen äußeren Vorgang spricht, als ebenso unannehmbar erscheinen zu lassen, wie die Annahme eines Mythus, sobald man sich nur einmal in den richtigen Gesichtspunkt gestellt hat, sich von selbst ergibt.

Durch Hereinziehung der Tauf- und Versuchungsgeschichte haben wir den Kreis bereits überschritten, der als evangelische Vorgeschichte abgegränzt, und neuerlich auch als derjenige ausgesondert zu werden pflegt, innerhalb dessen man sich gegen die Zulassung mythischer Elemente nicht länger sträuben will. Die ganze Theologenschule, die durch Schleiermacher ihr Gepräge erhalten hat, als deren Vertreter wir hier nur de Wette und Hase nennen wollen, gibt mit ihrem Meister, ja in noch weiterem Umfang und vollerem Sinn als dieser, die Geburts- und Kindheitsgeschichte als historisch auf und betrachtet sie als ein Gewebe urchristlicher Sagen und Dichtungen, woraus ein geschichtlicher Kern, wenn auch ein solcher vielleicht zu Grunde liegen möge, doch auf keinen Fall mehr herauszufinden sei.[1]) Damit ahmt man das Beispiel kluger und entschlossener Feldherren nach, die, um einen festen Platz desto eher behaupten zu können, unhaltbare Vorstädte preiszugeben, ja selbst niederzubrennen kein Bedenken tragen. Als eine solche gegen das kritische Belagerungsgeschütz nicht länger haltbare Vorstadt hat man freilich in neuerer Zeit alle Gelegenheit gehabt, die evangelische Vorgeschichte kennen zu lernen, und es gehört entweder der ganze Starr- und Stumpfsinn der ältern Tübinger Schule, oder die ganze rabulistische Dreistigkeit der neukirchlichen Richtung dazu, um sich, wie Schmid oder Ebrard, solchem Augenschein zu

1) Hase, Leben Jesu, §. 26.

verschließen und auch diesen Theil der evangelischen Geschichte als vollkommen historisch festhalten zu wollen.

Dennoch ist in dem Verfahren der Theologen dieser letzteren Art etwas, worin wir ihnen gegen jene andern Recht geben müssen. Das Abbrennen einer Vorstadt ist nur dann rathsam, wenn sie von den Stadttheilen, die man halten will, so bestimmt abgegränzt ist, oder die letzteren von so feuerfestem Stoffe sind, daß eine Fortpflanzung des Brandes von jener auf diese nicht zu befürchten steht. Ist hingegen eine solche möglich, oder gar wahrscheinlich, so läßt man lieber die Vorstadt stehen und sieht, wie lange man sie halten kann, als daß man durch Anzündung derselben den Untergang des ganzen Platzes beschleunigt. Freilich, wenn wir jene Theologen der ersteren Klasse hören, so wäre der evangelische Bericht über das öffentliche Leben Jesu gegen solche Gefahr in jeder Art sicher gestellt. Als Graben und Ringmauer soll ihm das apostolische Zeugniß dienen, das (nach Apostelgesch. 1, 21 fg. 10, 36 fg. vgl. mit Marc. 1, 1) erst mit der Taufe Johannis seinen Anfang nehme. [1]) Allein ein apostolisches Zeugniß erkennen ja diese Theologen in den synoptischen Evangelien nicht an, das des Johannes aber, den sie als Augenzeugen nicht aufgeben mögen, wissen sie neuerdings durch die bekannten Alibi's, die sie eintreten lassen so oft er etwas ihnen Unglaubliches erzählt, illusorisch zu machen. Was aber das dauerhaftere Material betrifft, woraus die Erzählungen aus dem öffentlichen Leben Jesu bestehen sollen, so stehen gleich innerhalb der Ringmauer erstens die Taufgeschichte mit der Taube und der Himmelsstimme, wovon die erstere auch der Augenzeuge Johannes hat, dann die Versuchungsgeschichte mit dem persönlich auftretenden Teufel: Stoffen, gewiß so brennbar, als irgend welche in der Kindheitsgeschichte, also von dem in der Vorstadt angesteckten Feuer leicht, ja nothwendig zu ergreifen. Oder fangen wir vom Ende der evangelischen Geschichte an, so ist die Erzählung von der Himmelfahrt Jesu das ebenbürtige Seitenstück zu der von seiner übernatürlichen Erzeugung, die Verklärungsgeschichte von der Taufgeschichte, dann laufen durch das ganze Gebiet des Lebens Jesu die Erzählungen von seinen Wundern fort, die gleichfalls aus einem gefährlichen Material bestehen. Steht es so im Innern der Festung, so thut man freilich gut, sich zweimal zu besinnen, ehe man die Vorstadt in Brand steckt, und wäre ich unglücklicherweise drinnen, würde ich es auch mit denen halten, die lieber das Ganze, einschließlich der Vorstädte, auf ungewisses Gelingen hin vertheidigen, als durch Abbrennen der letzteren das Ganze dem gewissen Verderben preisgeben wollen. Der wirkliche Unterschied zwischen der Kindheitsgeschichte Jesu und der seines öffentlichen Lebens, wie sie in den Evangelien uns vorliegt, ist nur der, daß in jener, von etlichen ganz allgemeinen Notizen abgesehen, gar

1) Hase, Leben Jesu, a. a. O.

nichts Historisches ist, in dieser dagegen zwischen dem Unhistorischen doch auch manches Geschichtliche sich findet, dem der kritische Brand nichts anhaben kann. Dieses Geschichtliche jedoch wird immer zugleich das Natürliche sein; das Uebernatürliche in der Geschichte des öffentlichen Lebens Jesu ist dem in der Kindheitsgeschichte so gleichartig, daß, wer es hüben als historisch festhalten zu müssen glaubt, am besten thut, auch drüben keinen Zweifel an seiner geschichtlichen Geltung aufkommen zu lassen.

Zweites Kapitel.

Die mythische Geschichte des öffentlichen Lebens Jesu.

67.

Uebersicht.

Ist die Geschichte der Geburt und Kindheit Jesu, ein paar magere historische Notizen abgerechnet, durchweg aus dogmatischen Vorstellungen herausgesponnen, und mußte daher ganz in den Bereich unserer jetzigen Darstellung gezogen werden, deren Aufgabe es ist, die Ausbildung der mythischen Geschichte Christi genetisch nachzuweisen; während wir im vorigen Buche, wo es sich um die wirkliche Geschichte Jesu handelte, nichts mit derselben anzufangen wußten: so haben wir in der Geschichte seines öffentlichen Lebens, wie die Auseinandersetzung unseres vorigen Buchs gezeigt hat, sowohl an Thatsachen als besonders an Reden Jesu manches Historische anzuerkennen, und werden es daher hier nur mit dem Reste zu thun haben, welcher dort in der geschichtlichen Construction nicht aufgegangen ist. Hieher gehört begreiflich in erster Linie das Wunderbare, sowohl die Wunder, welche Jesus gethan, als die sich mit ihm oder in Bezug auf ihn zugetragen haben sollen; es gehört aber auch Manches daher, das zwar nicht, wie das Wunder, den Naturgesetzen, aber doch denen der geschichtlichen Wahrscheinlichkeit widerspricht, d. h. von dem sich leichter begreifen läßt, wie es als Gebilde der frommen Sage oder Dichtung entstehen, als wie es sich wirklich habe zutragen können. Daß hierüber gestritten werden kann, erhellt von selbst; wir begnügen uns daher, nur diejenigen Stücke aus der Geschichte des öffentlichen Lebens Jesu hier vorzunehmen, bei denen die mythische Bildung mit einer gewissen Anschaulichkeit nachzuweisen ist. Dergleichen Stücke sind von vorne herein das Verhältniß Jesu zu seinem Vorläufer und zu seinen Jüngern, gegen den Schluß die Geschichten von der Verklärung Jesu und seinem Einzug in Jerusalem; während vom Anfang bis zum Ende dieser Periode die zahlreichen Wundererzählungen fortlaufen.

Erste Mythengruppe.

Jesus und sein Vorläufer.

68.

Man hatte geschichtlich: Johannes hat Jesum getauft. Man wollte dogmatisch haben: Johannes hat durch seine Taufe, als durch eine Salbung, Jesum zu seinem messianischen Amte eingeweiht. Daher die schon früher betrachtete Taufgeschichte.

Nun hatte man aber weiter historisch: der Täufer hat sich, nachdem er Jesum getauft hatte, nicht an diesen angeschlossen, sondern sein Taufgeschäft ganz wie bisher für sich fortgesetzt. Das behagte dem dogmatischen Interesse der Christenheit natürlich nicht: der Täufer sollte Jesum auch selbst noch als den Messias anerkannt haben. Wie die synoptische Ueberlieferung dieß schon durch ihre Darstellung der Taufgeschichte zu erreichen suchte, haben wir gesehen. Indem sie den Johannes zum Augen- und Ohrenzeugen des Wunders machte, das sich dabei ereignet haben sollte, verstand es sich von selbst, daß er sich das gesagt sein ließ und Jesum als den, wofür ihn die Himmelsstimme erklärte, anerkannte. Schon vorher hatte er auf einen Stärkeren als er, der nach ihm kommen und mit dem heiligen Geiste taufen würde, verwiesen; daß er dabei schon die Person Jesu von Nazaret im Auge gehabt habe, wird nicht ausdrücklich gesagt, aber nach seiner Geburtsgeschichte bei Lucas ist es vorauszusetzen, und wenn er nach Matthäus den zu seiner Taufe herankommenden Jesus mit der Erklärung zurückhalten will, vielmehr thäte ihm, dem Täufer, noth, sich von Jesu taufen zu lassen, so muß er in diesem bereits vor dem Taufwunder jenen Stärkeren erkannt haben. Dieser Anerkennung Jesu von Seiten des Täufers gab das Hebräer-Evangelium auch einen anschaulichen Ausdruck, indem es nach der Himmelsstimme den Täufer Jesu zu Füßen fallen und ihn um Ertheilung der Taufe bitten ließ.[1])

Immer blieb jedoch die Frage, warum doch der Täufer, nachdem ihm einmal der Größere, auf den er nur vorbereiten sollte, durch Gott selbst gezeigt und gleichsam vorgestellt war, nicht sofort sein Geschäft eingestellt und sich an ihn angeschlossen habe? Darauf antwortete die synoptische Tradition zunächst mit dem vierzigtägigen Aufenthalt Jesu in der Wüste, wo der Messias allein sein mußte. Weiterhin lassen Matthäus und Marcus,

1) Epiphan. haeres. XXX, 13.

wie man fast glauben muß, während oder am Schlusse dieses Aufenthalts, die Gefangennehmung des Täufers erfolgen, wo es dann ohnehin mit der Anschließung ein Ende hatte.

Nun wußte man aber, oder glaubte doch zu wissen, daß Johannes nicht sogleich getödtet, sondern einige Zeit gefangen gehalten worden war, und da während dieser Zeit Jesus seine öffentliche Wirksamkeit begonnen haben sollte, so konnte man sich nicht anders denken, als daß der Täufer von dieser noch Kenntniß genommen habe (Matth. 11, 1 fg. Luc. 7, 18 fg.). Das weit umher erschallende Gerücht von Jesu Wunderthaten mußte ihm trotz der Kerkermauern zu Ohren kommen, und da er von jeher einen nach ihm Kommenden verkündigt hatte, so drängte sich ihm jetzt die Frage auf, ob der Mann von solchen Thaten nicht eben jener Kommende sei, den zu verkündigen er gesandt gewesen? Hatte er freilich einst bei seiner Taufe den heiligen Geist in Taubengestalt über Jesu schweben sehen und die himmlische Erklärung seiner Gottessohnschaft vernommen, so mußte er ohne Anfrage wissen, daß Jesus und kein Anderer jener Kommende sei, und hatte er mittlerweile überdieß von seinen Wunderthaten gehört, so konnte ihn das in seiner Ueberzeugung nur bestärken. So, wie er nach der synoptischen Erzählung thut, fragen lassen, noch dazu mit dem zweifelnden Zusatz, ob man vielleicht eines Andern warten solle? konnte er nur, wenn entweder er über die Bedeutung des Taufwunders unterdessen zweifelhaft geworden, oder dieses gar nicht geschehen war. Daß er nun aber von dem Glauben an das hohe Wunderzeichen, dessen Zeuge zu sein er gewürdigt worden, im Kerker abgefallen wäre, eine so schwere Schuld deutet unsere Erzählung mit keinem Worte an. Wir müssen also annehmen, daß sie die jetzige Taufgeschichte nicht voraussetzt, d. h. daß die Erzählung von der Sendung des Täufers aus dem Kerker ursprünglich von einem Verfasser herrührt, der von einem wunderbaren Vorgang bei der Taufe Jesu nichts wußte. Daher läßt er ihn fragen, wie jeder Andere auch fragen konnte, nämlich, da man Wunder auch einem bloßen Propheten zutraute, ob die Wunder, die man ihm von Jesus erzählte, wirklich den ersehnten Messias bedeuten, oder ob man, wie schon so oft, die Hoffnung auf diesen noch weiter hinaus vertagen müsse? Als Antwort auf diese Frage wird ein Ausspruch Jesu verwendet, der, wenn er anders von ihm gethan worden ist, einer frühern Auseinandersetzung gemäß sich nur auf die sittlichen Wunder seines Wirkens beziehen kann[1]), von den Evangelisten aber als Hinweisung auf die wirklichen sinnlichen Wunderthaten, die Jesus verrichtet habe, verstanden wird.

Wie diese Antwort auf den Täufer gewirkt, ob sie ihn zur Anerkennung Jesu als dessen, der da kommen sollte, geführt habe, wird nicht gesagt; statt dessen aber wird Jesu eine Rede über Johannes in den Mund

---

1) S. oben, Erstes Buch, S. 265.

gelegt, die er gar wohl auch ohne eine solche Sendung desselben gethan haben kann, die aber gerade hieher gestellt wurde, weil sie geeignet schien, der geschichtlich vorliegenden Thatsache, daß der Täufer sich nicht an Jesum angeschlossen hatte, viel von ihrem Anstößigen zu nehmen. Während nämlich in dieser Rede (Matth. 11, 7 fg. Luc. 7, 24 fg.) Johannes einerseits als der verheißene messianische Vorläufer, als die höchststehende Persönlichkeit der alten Zeit anerkannt wird, muß er sich doch andererseits streng von den Söhnen der neuen Zeit, des messianischen Himmelreichs, unterscheiden, sogar dem Geringsten von diesen unterordnen lassen; wobei es dann weniger Wunder nehmen konnte, daß ihm auch das volle Verständniß desjenigen, der diese neue Zeit herbeigeführt hatte, abgegangen war.

Daß Johannes von Herodes in's Gefängniß gesetzt worden, gibt auch Lucas summarisch an (3, 20); aber wann dieß geschehen, und daß er jene Gesandtschaft an Jesum bereits aus dem Gefängniß geschickt habe, diese Angabe des Matthäus findet sich bei Lucas nicht. Dadurch wurde nun aber der Ausgang dieser Sendungsgeschichte, von der so gar kein Erfolg gemeldet wird, auf's Neue unbefriedigend. War Johannes, nachdem der von ihm angekündigte Größere öffentlich zu wirken angefangen, und nun überdieß seine Zweifel so nachdrücklich beantwortet hatte, noch auf freiem Fuße und unbehindert, ihm seine Unterwürfigkeit zu bezeigen, warum hat er es nicht gethan? Er mußte es gethan haben, zwar nicht so, daß er sein Taufen aufgab und sich an ihn anschloß, denn daß er dieß nicht gethan hatte, dafür war die Fortdauer seiner von der Jüngerschaft Jesu streng geschiedenen Schule ein zu sprechender Beweis; wohl aber so, daß er jene Frage, ob Jesus der Kommende sei, statt sie zweifelnd an diesen zu richten, sich selbst und Andern im Sinne des festesten Glaubens beantwortet, über sein Verhältniß zu ihm Erklärungen gegeben hatte, die jeden Anstoß heben mußten. Diese Wendung hat der Erzählung der vierte Evangelist gegeben (1, 19—28), wobei er sich, wie auch sonst öfters, an den Lucas angeschlossen, das von diesem Begonnene fortgebildet und zum Ziele geführt hat.

Die Hinweisung des Täufers auf einen Stärkeren, der nach ihm kommen würde, hatte schon Lucas durch die Vermuthung der zu ihm hinausströmenden Volkshaufen, er möchte wohl der Messias sein, motivirt, ihr also die bestimmtere Bedeutung einer Ablehnung dieser Würde und einer Ueberweisung derselben an den nach ihm Kommenden gegeben (3, 15. vgl. Apostelgesch. 13, 25). Dem vierten Evangelisten war auch dieß gewissermaßen noch nicht officiell genug. Es genügte nicht, daß die Leute jene Vermuthung nur still im Herzen gehegt, sie mußten sie ausdrücklich als Frage an den Täufer gestellt haben; und die Leute, die sie stellten, durften nicht blos gemeine Volkshaufen, sondern es mußten Abgesandte der jüdischen Obrigkeit in Jerusalem, Priester und Leviten, gewesen sein, damit auf die vor ihnen abgegebene Erklärung des Täufers sich später Jesus als auf ein menschlich beweiskräftiges Zeugniß berufen konnte (vgl. Joh. 5, 33 fg.). Dabei ergab sich nur der Uebelstand, daß, was sich von unbefangenen, leicht erregten Volkshaufen gar wohl begreifen läßt, von Seiten der jüdischen Hierarchen und ihrer pharisäischen Sendlinge undenkbar ist: daß sie nämlich dem Täufer, dessen Bußpredigt unmöglich nach ihrem Sinne sein konnte, und der die pharisäische Sekte auch ausdrücklich angegriffen hatte, nach einander die Titel des Messias, des Elias, des Propheten, präsentirt haben sollten, um mit allen einen Korb zu bekommen. Daß sie es aus böser Absicht gethan, um den Johannes, wenn er einen dieser Titel annähme, wie später Jesum, daran fassen, bei den Römern verdächtigen und zur Strafe ziehen zu können, wird von dem Evangelisten nirgends angedeutet, dessen Absehen vielmehr einzig dahin geht, den Johannes jene Titel ausschlagen zu lassen; sollte er sie aber ausschlagen können, so mußten sie ihm angeboten worden sein. Bei Lucas hatte er nur den Messiastitel zu Gunsten Jesu abgelehnt, während er bei sämmtlichen Synoptikern von Jesus selbst in gewissem Sinne für Elias und ohnehin für einen Propheten im höchsten Sinne erklärt wird (Matth. 17, 12 fg. vgl. 11, 9. 14). Im vierten Evangelium muß er auch die beiden letztern Titel ausschlagen, theils um sich noch tiefer unter Jesus zu stellen, theils wohl auch, weil dem Verfasser die Betrachtung des Täufers als andern Elias zu jüdisch war.

Aber auch die Sendung der beiden Johannisjünger zu Jesu hat der vierte Evangelist, nur in einer nach seiner Art umgearbeiteten Gestalt, zu erhalten gewußt. Nicht erst später aus dem Gefängniß, sondern bald nach der Taufe, weist bei ihm Johannes zwei seiner Jünger auf den vorüberwandelnden Jesus hin, und nicht mit einer zweifelnden Frage, ob er der Kommende, sondern mit der bestimmten Versicherung, daß er das sündentragende Lamm Gottes sei; wie hierauf Jesus bei den Synoptikern die Boten ihrem Meister verkündigen heißt, was sie hören und sehen, so gibt er hier auf die Frage der beiden Johannisjünger, wo er sich aufhalte, zur Antwort: kommt und sehet! worauf die Beiden, statt wie die synoptischen Abgesandten zu dem Täufer zurückzukehren, im Gefolge Jesu bleiben und ihm weitere Jünger zuführen (1, 35 fg.).

Da man die Anfrage des Täufers durch die zwei Jünger bei Matthäus und Lucas, so wie sie jetzt im Zusammenhang der beiden Evangelien nach der Taufgeschichte steht, nur als Zweifel und Anstoß verstehen konnte, so wollte der vierte Evangelist auch diesen Zug lieber durch Umwandlung unschädlich machen, als unberichtigt stehen lassen. Der Anstoß wurde also auf die Jünger des Täufers übertragen: sie, nicht der Meister selbst, sollten sich daran gestoßen haben, daß derjenige, der einst am Jordan im Gefolge ihres Meisters gewesen, nun größeren Zulauf als dieser selbst habe, und nicht Jesus sandte dem Johannes, sondern dieser selbst gab seinen

Jüngern die lösende Erklärung (3, 22 fg.). Daß sich die Beschwerde der Johannisjünger bei ihrem Meister an den Streit mit einem Juden über die Reinigung, d. h. den reinigenden Werth der Taufe, knüpfte (V. 25), und daß Johannes in seiner Antwort Jesum mit dem Bräutigam, sich mit dem Freunde desselben vergleicht (V. 29), erinnert an eine andere synoptische Stelle (Matth. 9, 14 fg.), wo die Johannisjünger Jesu die Frage vorlegen, warum sie und die Pharisäer so viel fasten, seine Jünger aber nicht? und Jesus ihnen zur Antwort gibt, für die Hochzeitleute schicke es sich nicht, zu trauern und zu fasten, so lange der Bräutigam bei ihnen sei. Auch diese Stelle hat der vierte Evangelist hier verarbeitet und der Vergleichung Jesu mit dem Bräutigam die Wendung gegeben, daß nicht, wie bei den Synoptikern, die Zeit der Anwesenheit des Bräutigams mit der, wann er von den Seinigen genommen sein werde, d. h. die Lebenszeit Jesu mit der Zeit nach seinem Tode, sondern der Bräutigam, d. h. der vom Himmel gekommene Gottessohn; mit seinem nur von der Erde stammenden Vorläufer in Gegensatz gestellt wird. Indem hiebei der Täufer selbst sich für denjenigen erklärt, der dem zunehmenden Jesus gegenüber abnehmen müsse, sagt er einestheils dasselbe von sich im Verhältniß zu Jesu aus, was der Verfasser der Bücher Samuel's von Saul im Verhältniß zu David (2 Sam. 3, 1); damit dieß aber den vollen Werth einer freien Unterordnung habe, wird ausdrücklich erklärt, daß er noch nicht in's Gefängniß geworfen gewesen sei (V. 24), daß er vielmehr noch im offenen Feld und ohne Zwang die Waffen vor Jesu gestreckt habe.

Der Widerspruch mit Matthäus, der die öffentliche Wirksamkeit Jesu erst nach der Gefangennehmung des Täufers beginnen läßt, liegt hier auf der Hand; aber auch übrigens gibt uns der vierte Evangelist von dem Täufer ein Bild, das sich weder mit der Schilderung desselben in den drei ersten Evangelien, noch mit der geschichtlichen Wahrscheinlichkeit vereinigen, sondern nur aus der Eigenthümlichkeit dieses Evangelisten erklären läßt. Zwar daß er uns von dem rauhen Aeußern, der Kleidung und Lebensart des Täufers keine Schilderung macht, kann man um so unerheblicher finden, da er doch die Prophetenstelle von dem Rufer in der Wüste gleich den Synoptikern auf ihn anwendet (1, 23). Bedenklicher schon ist eine andere Lücke in seiner Schilderung des Täufers. Bei den Synoptikern besteht dessen Predigt aus den zwei Stücken: thut Buße, denn das Himmelreich ist nahe. Johannes übergeht die erstere Hälfte ganz, um die zweite, aber in freier und höherer Weise, desto weiter auszuführen. Wie die Synoptiker, so läßt auch er den Täufer auf einen nach ihm kommenden Stärkeren und Höherstehenden hinweisen; aber diese höhere Würde desselben wird mit Zügen näher bezeichnet, die theils dem synoptischen Täufer, theils dem Gedankenkreise der Synoptiker selbst fremd sind. Daß er das Lamm sei, das der Welt Sünde trage (Joh. 1, 29. 36), diese Anwendung der Weissagung Jes. 53, 4 fg. 7

auf Jesum, ist zwar auch den drei ersten Evangelisten nicht unbekannt, wenn sie in dem sterbenden Jesus ein Sühnopfer für Viele sehen (Matth. 20, 28. Marc. 10, 25. vgl. Matth. 26, 28); aber dem Täufer schon eine Einsicht zuzuschreiben, die den Jüngern Jesu erst nach seinem Tode aufzudämmern begann, fällt ihnen nicht ein. Das Andere aber, was der Täufer im vierten Evangelium ausspricht, daß der nach ihm gekommene Jesus nur deßwegen ihn überholt habe, weil er vor ihm gewesen sei (1, 15. 30), nur deßwegen über allen Andern stehe, weil er vom Himmel komme und auf Erden verkündige, was er dort gesehen und gehört habe (3, 31 fg.), diese Ansicht von einer himmlischen Präexistenz Jesu vor seiner Menschwerdung ist nicht nur dem synoptischen Täufer, sondern den Synoptikern selbst fremd und nur dem vierten Evangelisten eigenthümlich, der sie in seiner subjectiven Weise auch seinem Täufer geliehen, und um über die Unterschiebung keinen Zweifel übrig zu lassen, ihm zum Theil ganz dieselben Ausdrücke und Wendungen in den Mund gelegt hat, in denen er eben vorher seinen Jesus zu Nikodemus hatte sprechen lassen. Hatte Jesus zu Nikodemus gesagt: „Was vom Fleische geboren ist, das ist Fleisch, und was vom Geiste geboren ist, das ist Geist; wir reden was wir wissen, und was wir gesehen haben, das bezeugen wir, und unser Zeugniß nehmet ihr nicht an“ (3, 6. 11); so spricht nun der Täufer über Jesum: „Wer von der Erde stammt, der ist von der Erde und redet von der Erde; wer vom Himmel kommt, der ist über Allen, und was er gesehen und gehört hat, das bezeugt er, und sein Zeugniß nimmt Niemand an“ (3, 31 fg.). Da überhaupt im vierten Evangelium der Täufer, Jesus und der Evangelist wo er eigene Reflexionen einmischt, in denselben Gedanken und Redensarten sich bewegen, so sind hier nur drei Fälle denkbar. Entweder haben sowohl Jesus als der Evangelist diese Denk- und Sprechart von dem Täufer gelernt; oder sowohl der Täufer als der Evangelist haben sie von Jesu angenommen; oder endlich der Evangelist hat seine Denk- und Ausdrucksweise sowohl Jesu als dem Täufer geliehen. Das Erstere ist gegen den religiösen Respect, den man Jesu schuldig zu sein glaubt, es ist aber auch gegen die geschichtliche Wahrscheinlichkeit, da theils die synoptischen Evangelien von solchen Gedanken und Ausdrücken im Munde des Täufers nichts wissen, theils für seinen ganzen Standpunkt dergleichen Speculationen nicht passen. Das Andere, was z. B. Hengstenberg annimmt[1]), der Apostel Johannes habe nicht nur seine eigene Ausdrucksweise der Ausdrucksweise Jesu nachgebildet, sondern auch seinem früheren Lehrer, dem Täufer Johannes, während er sich mit Jesus in seiner Nähe aufhielt (Joh. 3, 22 fg.), von dem eben vorhergegangenen Gespräch desselben mit Nikodemus erzählt, und

1) Im Commentar zum Johannes.

der Täufer sich nun alsbald die Schlagworte daraus angeeignet, dieß ist doch gewiß weit weniger natürlich und wahrscheinlich, als das Dritte, daß vielmehr der Evangelist sowohl den Täufer als Jesus so reden lasse, wie er selbst, wenn er seine tiefsten religiösen Ueberzeugungen aussprechen wollte, zu reden pflegte, und insbesondere hier dem Täufer dieselben Gedanken und Wendungen in den Mund lege, die ihm von dem unmittelbar vorher niedergeschriebenen Gespräch Jesu mit Nikodemus her noch im Sinn und in der Feder lagen.

Auch in den drei ersten Evangelien ist der Täufer im Sinne der Tendenz dieser Schriften als Vorläufer des Messias Jesu verwendet, aber es ist ihm doch in der scharfen Bußpredigt auch noch etwas Eigenes für sich gelassen; im vierten Evangelium ist ihm alles Fürsichsein genommen, er ist nur noch für den nach ihm Kommenden als Zeuge und gleichsam als hölzerner Wegzeiger da, er gleicht den Helden neuester Tendenzdramen, die jeder natürlich menschlichen Eigenthümlichkeit entleert, gewissermaßen ausgebälgt, und mit dem Häcksel des subjectiven Pathos ihrer Dichter ausgestopft sind.

Zweite Mythengruppe.

Jesus und seine Jünger.

69.

Geschichtlich wußte man, daß unter den vornehmsten Jüngern Jesu mehrere Fischer und mindestens ein Zöllner gewesen waren. In Bezug auf die ersteren hatte sich auch das Sinnwort Jesu erhalten, er wolle sie aus Fischern im gewöhnlichen Sinne zu Menschenfischern machen.

Nun wußte man ferner aus der alttestamentlichen Prophetenlegende, wie z. B. ein Elia seinen Diener und Nachfolger Elisa berufen haben sollte. Dieser pflügte eben, und trieb zwölf Joch Ochsen vor sich her, als der Prophet seinen Mantel über ihn warf: da verließ Elisa die Rinder und lief dem Elia nach (1 Kön. 19, 19 fg.).

Es ist unmöglich, bei dieser Erzählung nicht an den bekannten Zug aus der römischen Geschichte zu denken, wie bei drohender Kriegsgefahr die Abgesandten des Senats den L. Quinctius Cincinnatus von seinem Gütchen jenseits des Tiber weg, wo er mit abgelegter Toga im Pflügen oder im Ziehen eines Grabens begriffen war, zum Dictator beriefen.[1]) Das kann

1) Liv. III, 26.

wirklich so vorgegangen sein; denn daß ein so vornehmer Mann selbst seinen Acker baute, stimmt mit der Einfachheit der altrömischen Sitten überein, und daß der Senat ihn von diesem Geschäft hinweg zur Dictatur berief, erklärt sich natürlich, da er sich seinen Mitbürgern längst in verschiedenen hohen Aemtern bewährt hatte. Gleichwohl bleibt auch hier eine sagenhafte Entstehung der Geschichte möglich, da der Contrast zwischen einer niedrigen materiellen Beschäftigung und einer hohen Berufung die Einbildungskraft nicht blos, wo sie ihn findet, anzieht, sondern von ihr, auch wo sie ihn nicht findet, gern hervorgebracht wird.

Auch auf Seiten der beiden biblischen Erzählungen hat das, daß ein Elisa früher Ackerbauer, ein Petrus und Johannes früher Fischer gewesen sein mögen, keine Schwierigkeit, und es lägen insofern die Berufungsgeschichten, die uns von ihnen erzählt werden, nicht außerhalb der geschichtlichen Möglichkeit. Nur Eines ist hier anders: diese Männer werden nicht wie Cincinnatus berufen in Folge der Proben ihrer Tüchtigkeit, die sie den Berufenden vorher gegeben hatten; sondern Elisa auf einen unmittelbaren göttlichen Befehl hin (V. 16), die Fischerapostel aus Vollmacht des messianischen Hellblicks, vermöge dessen Jesus die Menschen beim ersten Zusammentreffen durchschaute. Die Berufung des Cincinnatus, wenn auch im Augenblick überraschend, ist doch eine wohlbegründete natürlich zusammenhängende Sache; diese natürliche Begründung fehlt der Berufung sowohl des Prophetenschülers als der Apostel, die sich uns damit, was wir bei der römischen Erzählung nur möglich fanden, als wirklich sagenhafte Gebilde zu erkennen geben.

Mehrere der ausgezeichnetsten Jünger Jesu mögen ehedem Fischer gewesen sein, und Jesus mag sie in ihrem späteren Berufe mit Anspielung auf ihre frühere Beschäftigung Menschenfischer genannt haben; wie er ja das Himmelreich einem Netze verglich, worin Fische jeder Art gefangen werden (Matth. 13, 47 fg.). So kann er sie aber genannt haben, als sie längst ihr früheres Gewerbe verlassen hatten; ja auch den Ausdruck, er wolle sie zu Menschenfischern machen, kann er gebraucht haben, als er nach längerer Bekanntschaft mit ihnen sie zum apostolischen Amte tauglich erkannte, ohne daß eine Scene, wie Matthäus (4, 18—22) und Marcus (1, 16—20) von einer erzählen, vorgegangen zu sein braucht.

Daß wir in dieser ein Erzeugniß der Sage haben, erhellt aber nicht blos aus ihrer Aehnlichkeit, sondern auch aus einer merkwürdigen Abweichung derselben von der alttestamentlichen Prophetenberufung. Elisa hatte sich von dem berufenden Elia die Erlaubniß erbeten, erst noch seinen Eltern Lebewohl zu sagen, hatte diese Erlaubniß ohne Anstand erhalten, und war erst nach genommenem Abschied dem Elia nachgefolgt. Diesen Zug finden wir in der evangelischen Erzählung ausgeschieden. Wie weit der Messias über dem bloßen Propheten stehe, mußte auch dadurch veranschaulicht werden, daß bei der Berufung zu seiner Nachfolge von einem solchen Aufschube nicht die Rede sein durfte. Die von Jesu berufenen Fischer folgen ihm augenblicklich und unbedingt, sie lassen nicht blos das Geschäft, in dem sie eben begriffen sind, liegen und stehen, sondern die Zebedäussöhne lassen auch ihren Vater im Stich, dem nur Marcus, um ihn nicht gar zu hülflos, mithin seine Söhne zu rücksichtslos erscheinen zu lassen, noch bei ihm bleibende Lohnknechte zugesellt. Aber nicht nur aus der Apostelberufung weggelassen wurde diese Bitte um Aufschub, sondern der gelungenen, weil von den Berufenen ohne Umstände angenommenen Berufung wurden solche gegenübergestellt, die an dem Verlangen eines Aufschubs scheiterten, oder wo doch dieses Verlangen ausdrücklich zurückgewiesen werden mußte. Die bedeutsamen Worte Jesu: „Laß die Todten ihre Todten begraben“, und „Keiner, der die Hand an den Pflug legt und noch rückwärts blickt, ist brauchbar zum Reiche Gottes“, sollten aus Anlaß solcher Gesuche gesprochen sein, wo das einemal ein Berufener erst seinen Vater zu begraben, ein anderer sich von den Seinigen zu verabschieden gewünscht hatte (Matth. 8, 21 fg. Luc. 9, 59—62).

Doch eine einfache wunderlose Geschichte, wie die Berufungsgeschichte bei Matthäus und dem ihm nacherzählenden Marcus ist, genügte der Einbildungskraft der urchristlichen Kreise in die Länge nicht. Für uns zwar ist es wunderbar genug, daß Jesus Männer, die er, wie man der Erzählung nach annehmen muß, zum erstenmale sah, oder doch nicht näher kannte, ohne Weiteres zu seiner Nachfolge berufen, und diese dem Rufe ohne Weiteres sollen Folge geleistet haben; aber der andächtige Hörer der evangelischen Verkündigung verlangte noch mehr. Die Erklärung Jesu, die berufenen Männer zu Menschenfischern machen zu wollen, war ein bloßes Wort: man wollte an diesem Wendepunkte der evangelischen Geschichte, bei Gelegenheit der so folgereichen Berufung der ersten Apostel, eine angemessene That, ein jenes Wort sowohl bekräftigendes als veranschaulichendes Wunder haben. Wie bereits bemerkt, hatte Jesus die für das Himmelreich geworbenen Menschen mit eingefangenen Fischen, das Himmelreich selbst mit einem in's Meer geworfenen Netze verglichen; bedeuteten also gefangene Fische bekehrte Menschen, so war ein wunderbar reicher Fischzug, den Jesus seinen Jüngern jetzt bescheerte, das Vorbild der zahlreichen Bekehrungen zum Glauben an ihn, die denselben in Zukunft gelingen sollten. In dieser Umgestaltung erscheint die Erzählung bei Lucas (5, 1—11), dem dafür die einfache Berufungsgeschichte der beiden ersten Evangelien fehlt. Er stellt sie um Weniges später und leitet sie auch anders ein. Bei Matthäus und Marcus sieht Jesus, am galiläischen See umherwandelnd, erst die Brüder Simon und Andreas ihr Netz auswerfen, fordert sie vom Ufer aus auf, ihm als Menschenfischer nachzufolgen, worauf sie ihre Netze verlassen und sich zu ihm gesellen; dann sieht er ebenso den Jakobus und Johannes mit ihrem Vater

Zebedäus im Schiff mit Ausbessern ihrer Netze beschäftigt, und ruft sie zu sich mit dem gleichen Erfolge. Hier bei Lucas ersieht er, am Seeufer lehrend und von der Menge der Zuhörer gedrängt, zwei Schiffe, deren eines dem Petrus, das andere den beiden Zebedäussöhnen gehörte, die sämmtlich am Lande mit Abwaschen ihrer Netze beschäftigt waren; davon steigt er in das erstere, heißt den Simon (Andreas fehlt in der Erzählung des Lucas) ein wenig vom Ufer abstoßen, und belehrt so, im Schiffe sitzend, die Menge; nach Beendigung seines Vortrags fordert er den Petrus auf, tiefer in den See hineinzufahren und die Netze zum Fang auszuwerfen; Petrus, obwohl ihr erfolgloses Bemühen in der vergangenen Nacht einwendend, will es doch auf Jesu Wort hin versuchen, und nun fängt er mit seinen Leuten eine solche Menge Fische, daß nicht nur das Netz zerreißt, sondern, als sie einen Theil des Fangs in das Schiff der Zebedäussöhne entleeren, beide Fahrzeuge zu sinken drohen. Wenn darauf Jesus das an Schrecken gränzende Erstaunen der Leute und insbesondere des Petrus über ein solches Wunder durch das Wort, von jetzt an solle er Menschen fischen, beschwichtigt, und in Folge davon die Männer Alles verlassen und ihm nachfolgen, so sehen wir einerseits, daß wir dieselbe, nur zur Wundergeschichte gewordene Erzählung haben, wie bei Matthäus und Marcus, andererseits aber kann kein Zweifel sein, daß das Wunder ein symbolisches ist und nach Anleitung der schon angeführten Gleichnißrede Jesu die spätere so reichgesegnete Wirksamkeit der Apostel unter dem Bilde eines reichen Fischfangs zur Anschauung bringt.

Dabei fragt sich, ob wir nicht sogar noch weiter zu gehen, und auch in einzelnen Zügen der Erzählung symbolische Andeutungen zu suchen haben. Wenn Petrus der Aufforderung Jesu, tiefer in den See hineinzufahren und da die Netze auszuwerfen, den schlechten Erfolg ihres Bemühens in der vergangenen Nacht entgegenhält, nun aber auf die Anweisung Jesu hin einen so reichen Fang thut, so kann man hierin freilich zunächst nur den Contrast zwischen der kärglichen materiellen Ausbeute ihres bürgerlichen Gewerbes und dem reichen geistigen Ertrage des ihnen durch Jesum gewordenen höheren Berufes finden; und ebenso kann man das Reißen des Netzes und die nothwendige Vertheilung der Beute in zwei Schiffe nur als Veranschaulichung des überreichen Fanges nehmen. Ob aber der Verfasser des dritten Evangeliums, welcher ja zugleich auch der Verfasser der Apostelgeschichte ist, bei dem erst fruchtlosen, dann, als sie es auf Jesu Geheiß wiederholen, so reichgesegneten Bemühen der apostolischen Menschenfischer nicht an den geringen Erfolg der evangelischen Verkündigung unter den Juden, den über Erwartung günstigen unter den Heiden[1]), bei dem Reißen des Netzes Petri in Folge des überreichen Fischfangs nicht an die drohende Spaltung der Gemeinde aus Anlaß der Wirksamkeit des Paulus, und bei

1) Vgl. Volkmar, Die Religion Jesu, S. 316.

der Unterbringung des Fangs in zwei Nachen an das Aufkommen heidenchristlicher Gemeinden neben den judenchristlichen gedacht habe, ist eine Frage, die alle Erwägung verdient, und die vielleicht durch Vergleichung einer weiteren Erzählung noch mehr Licht bekommt.

Einen wunderbaren Fischzug hat nämlich auch das vierte Evangelium in seinem Anhangskapitel (21, 1—14), und daß es diesen nicht wie das dritte an den Anfang der öffentlichen Wirksamkeit Jesu, sondern an das äußerste Ende seines irdischen Wandels, in die Tage der Auferstehung versetzt, wird uns so wenig als manche sonstige Abweichungen bewegen können, in demselben etwas anderes als eine Umbildung des Fischzugs bei Lucas zu sehen. Der Verfasser hat nämlich mit dieser Erzählung noch Züge von zwei andern Wundergeschichten, der Seewanderung und der Speisung, zusammengewebt, die aber hier, wo der Boden des Ganzen, der Wandel des Auferstandenen, ein Wunder ist, für sich wunderlos erscheinen: Jesus geht nicht auf dem See, was für den Auferstandenen gar nichts Besonderes gewesen wäre, sondern steht am Ufer, und Petrus versucht nicht auf den Wellen zu gehen, sondern schwimmt ordentlich hinüber; wie nachher das Brod und der Fisch, den Jesus unter die Seinigen vertheilt, zwar da sind, man weiß nicht woher, ohne daß doch von wunderbarer Hervorbringung oder Vermehrung die Rede wäre. Doch auch abgesehen von diesen Beimischungen erscheint die Geschichte des Fischzugs selbst mehrfach verändert. Neben Petrus und den Zebedäussöhnen sind hier noch Thomas und Nathanael, und außerdem noch zwei ungenannte Jünger dabei; die Erzählung setzt ferner nicht wie die des Lucas erst am Tage nach der Nacht des vergeblichen Bemühens an, sondern sie begleitet den Petrus und seine Genossen zu dem fruchtlosen nächtlichen Geschäft hinaus, und läßt Jesum nicht erst im Verlaufe des nächsten Tags, sondern schon im ersten Morgengrauen an's Ufer treten. Wenn es aber von den zum Fischen Ausgezogenen heißt: „in jener Nacht fingen sie nichts“ (V. 3), ganz wie bei Lucas Petrus dem Herrn zur Antwort gegeben hatte: „die ganze Nacht hindurch haben wir uns abgemüht und nichts bekommen“ (V. 5); wenn dann am Morgen Jesus, nachdem die Jünger seine Frage, ob sie nichts zu essen haben, verneint hatten, sie auffordert, das Netz rechts vom Schiffe auszuwerfen, so werden sie etwas finden (V. 6), wie er bei Lucas den Simon aufgefordert hatte, tiefer in den See hineinzufahren und die Netze zum Fang in's Wasser zu lassen (V. 4); und wenn sie hierauf nach beiden Erzählungen einen so reichen Fang thun, daß ihnen der Segen ordentlich zur Last wird, so ist in beiden Erzählungen die Variation desselben Thema nicht zu verkennen.

Die Abweichungen, die sich in der Beschreibung des glücklichen Erfolges finden, bestätigen dieses Ergebniß, statt es zu erschüttern.[1]) Während nämlich

1) Man vergleiche auch das ähnliche Wunder aus der Pythagorassage, Das Leben Jesu, kritisch bearbeitet, II, S. 565—567 der vierten Auflage.

Lucas nur überhaupt von einer großen Menge Fische spricht, gibt der Verfasser von Joh. 21 ihre Zahl bestimmt auf 153, und zwar große Fische, an; während nach Lucas ihre Menge und Schwere das Netz zerreißt, heißt es bei Johannes nur, sie haben es nicht mehr heraufzuziehen vermocht, aber zerrissen sei es nicht, so viel der Fische auch gewesen; endlich, während man bei Lucas die Fische in die zwei Nachen vertheilt, die davon zu sinken drohen, werden sie bei Johannes im Netz an's Land geschleppt. Bemerkenswerth ist hier in Betreff der Zahl 153 eine Anmerkung des gelehrten Kirchenvaters Hieronymus. „Die Schriftsteller über der Thiere Natur und Eigenschaften", bemerkt er [1]), „unter denen der treffliche cilicische Poet Oppianus, sagen, es gebe 153 Gattungen Fische; alle diese wurden von den Aposteln gefangen und nichts blieb ungefangen, gleichwie Vornehme und Geringe, Reiche und Arme, alle Arten von Menschen, aus dem Meere dieser Welt herausgezogen werden zur Seligkeit." Hieronymus betrachtet also die Zahl 153 als die von den naturgeschichtlichen Schriftstellern jener Zeit, namentlich von Oppian, angenommene Zahl sämmtlicher Fischgattungen, und daß nun von den Aposteln damals gerade diese Anzahl von Fischen gefangen worden, darin sieht er ein prophetisches Vorbild davon, daß in der Folge durch die Predigt der Apostel Menschen aller Art dem Reiche Gottes einverleibt worden sind. Was nun den Oppian betrifft, so findet sich in seinem Gedicht über den Fischfang, das indeß der wahrscheinlichsten Annahme zufolge in den letzten Jahren des Marc Aurel geschrieben, mithin jünger als das vierte Evangelium ist, eine Gesammtzahl der Fischgattungen nicht ausgeworfen, und zählt man selbst zusammen, so kann man, je nachdem man auch die Arten, worein manche Gattung zerfällt, mitzählt oder nicht, und die ähnlichen Namen doppelt zählt oder nicht, zwar möglicherweise 153, ebenso gut aber auch mehr oder weniger herausbringen. Indessen beruft sich ja der Kirchenvater auf Oppian nur unter Andern, und es bleibt daher immer die Möglichkeit, daß in einem vielleicht verlorenen naturhistorischen Schriftsteller jene Zahl entschiedener hervorgehoben war.

Dem sei indeß wie ihm wolle: daß die gefangenen Fische eine sinnbildliche Beziehung auf die dem Reiche Gottes einzuverleibenden Menschen haben, erhellt aus einem weiteren Zuge, worin die johanneische Erzählung von der des Lucas abweicht. Dort zerreißt das Netz; hier wird ausdrücklich hervorgehoben, daß es trotz der Menge der Fische nicht zerrissen sei. Dieß erscheint zwar zunächst nur als Steigerung oder Ergänzung des Wunders, indem, mußte man denken, wer die Fische bescheert hatte, auch dem Netze übernatürlicherweise die Stärke verleihen konnte, sie zu fassen. Indessen wenn wir beobachten, daß dieses Nichtreißen des Netzes im Anhang desjenigen Evangeliums hervorgehoben wird, das (mit demselben griechischen

1) Comment. in Ezechiel. 47.

Worte, und zwar demjenigen, von welchem das Wort Schisma, d. h. Kirchenspaltung, stammt) auch von dem Leibrock Jesu sagt, daß er nicht auseinandergerissen worden (19, 24), und dem die Einverleibung der Schafe aus diesem und aus dem andern Stalle, d. h. der Christen aus den Juden und aus den Heiden, in Eine Heerde (10, 16) eine so wichtige Angelegenheit ist: so werden wir kaum umhin können, in dem Nichtzerreißen des Netzes bei dem reichen Fange das Sinnbild davon zu sehen, daß der Eingang der Fülle der Heiden in das Reich Christi keine Spaltung bringen darf, daß, wie der Verfasser des Kolosserbriefs sich ausdrückt (3, 11), hier nicht mehr Grieche oder Jude, nicht mehr Beschneidung oder Vorhaut, nicht mehr Barbar, Scythe, Knecht oder Freier, sondern Alles und in Allen Christus ist. Damit hängt es wohl auch zusammen, daß in der johanneischen Erzählung von vorneherein nur von Einem Schiffe, mithin auch später nicht wie bei Lucas von einer Vertheilung der Fische in deren zwei die Rede ist, sondern der gesammte Fang in dem Einen Netze an das nahe Ufer geschleift wird, um Christo zu Füßen gelegt zu werden. Soweit war zwischen der Abfassungszeit des dritten Evangeliums sammt der Apostelgeschichte und der des vierten mit seinem Anhang die Entwicklung der Verhältnisse fortgeschritten, daß man sich nicht mehr mit dem friedlichen Nebeneinanderbestehen einer Juden- und Heidenchristenheit begnügte, sondern die Kirche als Eine und ungetheilte dem wiederkehrenden Christus entgegenführen wollte.

Außer den Fischern unter den vertrauteren Jüngern Jesu wußte man nun aber ferner, daß unter denselben auch ein oder der andere Zöllner gewesen war, und weiter wußte man, daß an dem harmlosen Umgang Jesu mit Leuten dieser Klasse von Seiten pharisäisch denkender Juden vielfach Anstoß genommen worden war.

Wie nun der Uebergang eines Fischers von seinem bisherigen Gewerbe zur Jüngerschaft Jesu sich auf vielerlei Art gemacht haben kann, ohne daß ihn Jesus gerade vom Auswerfen oder Flicken der Netze wegzurufen brauchte; wie aber der Sage eben nur die letztere Form, weil sie die anschaulichste war, gefiel: so konnte es sich auch mit einem Zöllner so oder so, ganz allmählig und natürlich gemacht haben; aber die Sage verfuhr hier genau wie dort: wie die Fischer im Kahn bei ihren Netzen, so mußte Jesus den Zöllner an der Zollbank sitzend gesehen, wie jene so diesen aufgefordert haben, ihm nachzufolgen, worauf, wie dort die Fischer, so hier der Zöllner Alles liegen und stehen ließ und Jesu nachfolgte (Matth. 9, 9 fg. Marc. 2, 13 fg. Luc. 5, 27 fg.). Während aber ein ähnliches Sinnwort über das Verhältniß seines künftigen Berufs zu seinem bisherigen, wie das von den Menschenfischern, hier fehlt, wie der andere historisch bekannte Umstand, daß an Jesu freundlichem Verkehr mit Zöllnern vielfach Anstoß genommen worden war, hieher gezogen, und damit doch auch ein Sinnwort, nur anderer Art, zur Ausstattung der Scene gewonnen. So gewiß Jesus bei

Zöllnern, die er für seine Einwirkung empfänglich fand, gespeist haben kann, ohne sie gerade vorher von der Zollbank abgerufen zu haben, so eignete sich doch, wenn man einmal eine solche Abberufungsgeschichte hatte, das Zöllnermahl mit dem Worte Jesu: „die Gesunden bedürfen des Arztes nicht, sondern die Kranken“, und „ich bin nicht gekommen, die Gerechten zu berufen, sondern die Sünder“, trefflich, daran gehängt zu werden.

Den auf diese Weise von Jesu berufenen Zöllnern nennt das erste Evangelium Matthäus, den es hinwiederum in seinem Apostelkataloge mit Bezug auf diese Berufungsgeschichte als den Zöllner bezeichnet (10, 3). Marcus und Lucas nennen ihn Levi; einen Mann dieses Namens haben sie aber in ihren Apostelkatalogen nicht, sondern gleichfalls den Matthäus, dem jedoch bei ihnen die Beziehung als Zöllner fehlt, zum Beweise, daß sie diese Berufungsgeschichte nicht auf ihn, als hätte etwa ihr Levi noch den Beinamen Matthäus gehabt, bezogen. So gut Berufungsgeschichten ohne Namen erzählt wurden (Luc. 9, 59 fg.), weil Jesu Worte dabei als die Hauptsache galten, mochten ein andermal die Namen variiren, um so füglicher in einem Fall wie der unserige, wo die Berufungsgeschichte nur als Einleitung der Scene und der Reden bei dem Zöllnermahle erscheint.

Eine weitere Einkehr bei einem Zöllner ist dem dritten Evangelium eigen. Es verlegt sie in die letzte Lebensperiode Jesu, als er auf der Reise nach Jerusalem durch Jericho passirte (Luc. 19, 1—10), wo sämmtliche Synoptiker außerdem eine Blindenheilung vorgehen lassen. Der Zöllner, mit Namen Zacchäus, ist kein gewöhnlicher, sondern ein Oberzöllner und reich; er sitzt nicht an der Zollbank, bis Jesus ihn zu sich ruft, sondern, da er von seiner Ankunft hört, macht er sich auf, den Wundermann zu sehen, was er des Volkszudrangs und seiner kleinen Statur wegen nicht anders zu bewerkstelligen weiß, als indem er auf einen Maulbeerfeigenbaum am Wege steigt. Dort erblickt ihn Jesus, heißt ihn eilends herabkommen, weil er heute bei ihm einkehren müsse, und Zacchäus folgt nicht nur hocherfreut dem Rufe, sondern erklärt sich auch zu reicher Spende an die Armen und übervollem Ersatze des etwa unrechtmäßig Erworbenen bereit; worauf Jesus die Versicherung, daß heute dem Hause dieses Mannes Heil widerfahren sei, gegen die murrenden Juden durch die Hinweisung darauf deckt, daß auch der Zöllner ein Sohn Abraham's sei, und mit dem Worte schließt, des Menschen Sohn sei gekommen, zu suchen und zu retten, was verloren ist. Jene Hinweisung auf Abraham hat man als Zeichen einer judenchristlichen Quelle betrachtet, aus der Lucas hier geschöpft habe [1]); wobei es dann aber ganz in seiner Art wäre, wenn er für sich den Sohn Abraham's im paulinischen Sinn (von Galat. 3, 7 fg.) genommen hätte, wornach der Glaube an

1) Köstlin, Die synoptischen Evangelien, S. 228.

Christus auch den Heiden (dem der Zöllner gleich galt) zum Sohne Abraham's stempelte.

70.

Von einem Feigenbaum und daß Jesus dort einen nachmaligen Jünger wahrgenommen, freilich nicht auf, sondern unter dem Baume, weiß auch der vierte Evangelist, und wie bei Lucas Zachäus, nachdem er, vom Baume gestiegen, sich alles unrechten Gutes abgethan hat, von Jesus als ein Sohn Abraham's für gerettet erklärt wird, so nennt bei Johannes Jesus den Nathanael, nachdem er ihn unter dem Feigenbaum gesehen, einen wahrhaften Israeliten, in dem kein Arges sei. Die Art übrigens, wie Jesus den Nathanael sieht, ist nicht wie bei Zachäus ein natürliches, sondern ein übernatürliches Schauen, das von dem so Geschauten als eine vollgültige Probe der Gottessohnschaft Jesu anerkannt wird (1, 48 fg.).

Dieß ist aber auch, abgerechnet noch, daß es sich bei Zachäus um keine Berufung zur Jüngerschaft im engeren Sinne handelte, die einzige Aehnlichkeit zwischen den Berufungsgeschichten der drei ersten Evangelien und denen des vierten. Auch der vierte Evangelist erzählt das erste Bekanntwerden mit Jesu von Petrus und Andreas, und ohne ihn zu nennen, wahrscheinlich auch von Johannes; dagegen fehlt Jakobus hier wie im ganzen Evangelium (den Anhang abgerechnet); statt seiner wird noch von Philippus, den wir auch in den Apostelkatalogen der Synoptiker finden, und von dem schon genannten Nathanael, den nur das vierte Evangelium kennt, erzählt, wie sie mit Jesu in Verbindung gekommen. Alle näheren Umstände dabei sind aber verschieden.

Für's Erste, daß irgend einer von den Jüngern Jesu vordem Fischer oder Zöllner gewesen, davon würden wir, wenn wir blos das vierte Evangelium hätten (abermals von dem Nachtrag, Kap. 21, abgesehen), keine Ahnung haben. Dagegen unterrichtet es uns, daß einer derselben, und zwar derjenige, der ihm der wichtigste ist, ein Bekannter des Hohenpriesters gewesen sei (18, 15); wovon hinwiederum die drei ersten nicht das Mindeste wissen. So wenig als von der geheimen Jüngerschaft des jüdischen Obern Nikodemus (3, 1 fg.) und davon, daß überhaupt, wie das vierte Evangelium angibt, viele von den Volksobersten, freilich nur insgeheim aus Furcht vor den Pharisäern, an Jesum geglaubt haben (12, 42).

Daß die christliche Verkündigung Anfangs mehr nur bei den niedrigen Schichten des Volks Anklang gefunden, daß nicht viele weltlich Weise, nicht viele Mächtige und Edle unter den ersten Gläubigen zu finden waren, das konnte man sich zwar in einer Art zurecht legen, wobei das Christenthum im Gegensatz zu der Weisheit dieser Welt nur um so mehr als göttliche Offenbarung erschien (Matth. 11, 25 fg. 1 Kor. 1, 25 fg.). Andererseits enthielt aber der Vorwurf der Gegner, wie wir ihn noch um die Mitte des zweiten Jahrhunderts bei Celsus finden[1]), Jesus habe nur verrufene Menschen, Zöllner und Schiffleute der schlechtesten Art, zu Jüngern gehabt, doch einen Stachel, der um so schmerzlicher wurde, je mehr allmählig das Christenthum auch in die höheren Kreise der Gesellschaft eindrang. Man kann es daher nur sehr natürlich finden, daß ein Evangelium, das, von einem hochgebildeten Geiste verfaßt, auch Christen höherer Klassen und Bildungsstufen genug thun wollte, sich zu jener Thatsache eine andere Stellung gab. Den Umstand, daß keiner von den Volksobersten oder Pharisäern, sondern nur das niedere Volk an Jesum geglaubt habe, legt es zwar als unwidersprochenen Vorwurf den Pharisäern in den Mund (7, 48 fg.), erkennt also die äußere Thatsache, wie es nicht umhin konnte, gleichfalls an; doch innerlich im Herzen, versichert es, haben auch viele von den Volksältesten (soweit sie nur keine Pharisäer waren), an Jesum geglaubt, es aber aus Furcht vor dem pharisäischen Banne geheim gehalten, und wie Nikodemus zu ihren Zusammenkünften mit Jesu die Nacht gewählt (12, 42. 19, 38 fg.). Damit stimmt es, daß auch von den Aposteln gerade der Lieblingsjünger durch die Bekanntschaft mit dem Hohenpriester in eine höhere Sphäre gerückt, bei den übrigen aber ihrer früheren Fischer- oder Zöllnerlaufbahn wenigstens nicht gedacht wird.

Fielen damit die anschaulichen Motive der Abrufung vom Fischfang und von der Zollbank hinweg, so bot sich dem vierten Evangelisten um so mehr der Täufer als derjenige, welcher die Anknüpfung des Verhältnisses zwischen Jesus und seinen ersten Jüngern vermittelt haben mußte. Die Jünger hob es, wenn sie, statt von einer niedern gewerblichen Beschäftigung, aus der vorbereitenden Schule des Täufers kamen. Dieser aber, je mehr ihn der vierte Evangelist nur als den Hinweiser zu Christo faßte, um so natürlicher ergab es sich, daß er außer dem Volke, das theils im Unglauben beharrte, theils nur zu halbem unvollkommenem Glauben kam, auch die ersten von den rechten und ganzen Gläubigen, den Aposteln, zu ihm hingewiesen habe. Nachdem er daher erst der um ihn versammelten Volksmenge den auf ihn zukommenden Jesus als das Lamm Gottes, das die Sünde der Welt trage, bezeichnet hatte, wiederholt er Tags darauf, wie abermals Jesus vorübergeht, gegen zwei seiner Jünger dieselbe Bezeichnung mit dem Erfolge, daß beide Jesu nachgehen, auf ihre Frage nach seinem Aufenthalt von ihm eingeladen werden, zu kommen und selbst zu sehen, und sofort den Rest des Tages bei ihm, und wie man glauben muß auch ferner in seinem Gefolge bleiben (1, 35 fg.). Aus diesem ersten Grundstock wächst nun die fernere Jüngerschaft Jesu, soweit uns der Evangelist über ihren Zusammentritt unterrichtet, Zweig um Zweig heraus. Andreas, einer der beiden von Johannes Zugewiesenen, bringt seinen Bruder Simon zu Jesus; den Philippus, den,

1) Orig. c. Cels., I, 62.

wie es scheint, die Landsmannschaft mit den genannten beiden Brüdern ihm in den Weg geführt, beruft er selbst, und Philippus hinwiederum bringt den Nathanael herzu.

Mit der Situation des Fischfangs war auch das Sinnwort von den Menschenfischern weggefallen; statt dieses bei Matthäus und Marcus auf die beiden Jonassöhne bezüglichen Spruchs, den übrigens schon Lucas nur dem Simon gesagt sein ließ, zog der Evangelist einen von Hause aus nur den Simon betreffenden hieher, die Beilegung des Petrusnamens nämlich, welche die ältern Evangelisten beträchtlich später, nach längerer Bekanntschaft Jesu mit dem Jünger, er höchst unwahrscheinlich gleich beim ersten Zusammentreffen beider, und zwar so erfolgen läßt, daß es scheint, nicht blos den Petrus- oder Felsencharakter, sondern auch seinen bürgerlichen Namen und Vatersnamen soll ihm Jesus übernatürlicher Weise angesehen haben (V. 43). Ebenso übernatürlich sieht er hierauf dem herbeikommenden Nathanael schon von Weitem seine Redlichkeit an, und zum Beweise, daß er dazu fähig sei, beruft er sich darauf, daß er ja schon vorher, ehe Nathanael in seinen natürlichen Gesichtskreis getreten war, ihn unter dem Feigenbaume gesehen habe. Jenes aus physiognomischer Menschenkenntniß, dieses als Beobachtung im unbemerkten Vorüberwandeln erklären zu wollen, ist lächerlich einem Evangelium gegenüber, das von seinem Jesus ausdrücklich sagt, er habe nicht nöthig gehabt, daß ihm Jemand über die Menschen Zeugniß gab, da er selbst gewußt habe, was in dem Menschen war (2, 25); einem Jesus, der Gott, ehe die Welt war, gesehen hatte, war es ein Kleines, den Nathanael, ehe Philippus ihn rief, unter dem Feigenbaume gesehen zu haben.

Besondere Aufmerksamkeit verdienen noch die Umstellungen, die der vierte Evangelist in Betreff der Ordnung vorgenommen hat, in welcher die ersten Jünger sich an Jesum anschließen. Bei Matthäus und Marcus beruft Jesus zuerst die beiden Jonassöhne, unter denen Simon, hierauf die beiden Zebedäussöhne, unter denen Jakobus voransteht; bei Lucas ist von vornherein nur Simon namentlich in Handlung gesetzt, Andreas wird gar nicht genannt, Jakobus und Johannes nur nachträglich als Simon's Gehülfen. Hier im vierten Evangelium ist zuerst nur von zwei Jüngern ohne Namen die Rede, welche, durch des Täufers Hinweisung veranlaßt, Jesu nachgehen (1, 35. 37); der eine derselben wird uns hierauf als Andreas enthüllt (V. 41), während der andere in dem Dunkel des Incognito bleibt, das sich erst allmählig im Laufe des Evangeliums soweit erhellt, daß immer deutlicher Johannes daraus hervordämmert. Der in allen älteren Berichten voranstehende Petrus ist also hier nicht einmal unter dem Erstlingspaare der Berufenen, sondern dieses bilden Andreas und der muthmaßliche Johannes, und erst durch Vermittlung seines sonst überall ihm nachstehenden, von Lucas bei der Berufungsgeschichte ganz übergangenen Bruders Andreas kommt Petrus mit Jesu in Verbindung; während des Johannes, wo sie sonst zusammen genannt sind, in der Regel ihm vorangestellter Bruder Jakobus hier wie im ganzen Evangelium fehlt. Durch die Beilegung des Petrusnamens wird zwar hinterher dem Apostelfürsten seine herkömmliche Ehre angethan; aber um die apostolische Erstgeburt ist er einmal gebracht, einestheils zwar zu Gunsten seines Bruders, zugleich aber jenes Ungenannten, der sich sofort durch das ganze Evangelium ihm an die Seite, und ehe er sich's versieht auch voranschiebt. Wir haben hier den ersten Zug eines überaus fein angelegten Planes, der, für das Verständniß des vierten Evangeliums vom höchsten Belang, ohne Vorwurf für seinen Verfasser sich doch nur dann erklärt, wenn dieser nicht der Apostel Johannes ist, mithin, was er zu Gunsten dieses Apostels thut, nicht persönlich für sich selbst, sondern für ein von ihm vertretenes Princip thut, dessen Träger ihm Johannes ist.[1]) Betrachten wir dieses Verhältniß noch etwas näher.

Als die drei Säulen der Urgemeinde in Jerusalem finden wir zu des Apostels Paulus Zeit die drei Männer Jakobus, Kephas und Johannes (Galat. 2, 9). Der Sohn des Zebedäus kann jener vielgeltende Jakobus nicht gewesen sein, denn der war schon früher hingerichtet worden (Apostelgesch. 12, 2). War er also einer von den Zwölfen, so müßte es der andere Jakobus unserer Apostelverzeichnisse, der Sohn des Alphäus gewesen sein. Doch daß er ein Apostel war, wird aus der doppeldeutigen Phrase Galat. 1, 19 nicht gewiß; dagegen heißt er hier ein Bruder des Herrn, worunter, wenn man in ihm den Apostel Jakobus Alphäi sieht, nur ein Vetter Jesu verstanden sein könnte. Nach dem früher Ausgeführten ist mir wahrscheinlicher, daß er ein wirklicher Bruder Jesu, dann aber keiner von den Zwölfen war, und daraus erklärt sich auch die folgende Erscheinung. In den drei ersten Evangelien wie im Galaterbriefe finden wir an der Spitze der Jünger Jesu die gleichen Namen: Petrus, Jakobus und Johannes. Aber hier, in den synoptischen Evangelien, ist Jakobus nicht der Bruder des Herrn, sondern der Bruder des Johannes, der Sohn des Zebedäus. Nun ist ganz wohl denkbar, daß Jesus diese drei Männer, weil er sie für die treuesten oder tüchtigsten hielt, seines besonderen Vertrauens gewürdigt, gleichsam als den engeren Ausschuß des Zwölfer-Collegiums behandelt hätte. Freilich sind die Beispiele, welche die Synoptiker davon geben, historisch mehr als zweifelhaft. Er soll sie allein zugezogen haben bei seiner Verklärung auf dem Berge, bei dem Seelenkampf in Gethsemane, und bei der Auferweckung der Jairustochter; geheimnißvollen Vorgängen, denen im Sinne der Erzähler nur Fortgeschrittene, tiefer Eingeweihte beigewohnt haben sollten. Von selbst fällt einem hier die alte Erzählung bei Clemens von Alexandrien ein, daß dem Jakobus, Johannes und Petrus der Herr nach seiner Auferstehung die

1) Nach Renan wäre in der That der Verdruß darüber, daß in den älteren Evangelien seine Person nicht genug hervorgehoben war, ein Hauptmotiv für Johannes gewesen, selbst auch ein Evangelium zu schreiben.

Gnosis, d. h. eine esoterische Geheimlehre überliefert habe.[1]) Der Jakobus, von welchem Clemens hier spricht, ist freilich nicht der Zebedäussohn, sondern nach des Clemens Bezeichnung Jakobus der Gerechte, d. h. der Bruder des Herrn; aber wie nahe diese beiden in der alten kirchlichen Ueberlieferung einander rückten, wie sie gewissermaßen die Stellen mit einander tauschten, erhellt aus einer andern Aeußerung desselben Clemens, wo er die drei Apostel Petrus, Jakobus (Zebedäi) und Johannes darum lobt, daß sie nach Jesu Himmelfahrt mit edler Selbstbescheidung nicht einen unter ihnen selbst, sondern Jakobus den Gerechten zum Bischof von Jerusalem gemacht haben.[2]) Es erscheint also das evangelische Triumvirat, Petrus, Jakobus und Johannes, zugleich als eine Widerspiegelung des späteren geschichtlichen von denselben Namen; wobei nur die allbekannte Thatsache, daß Jakobus der Bruder des Herrn bei Lebzeiten Jesu noch nicht unter seinen Jüngern gewesen war, nöthigte, sich statt seiner an einen andern Jakobus, den man als einen der Zwölfe kannte, zu halten.

Das bezeichnete geschichtliche Triumvirat war bekanntlich streng jüdisch gesinnt; nur mit Mühe konnte Paulus von demselben erlangen, daß es ihn in seinem Wirken als Heidenapostel anerkannte (Galat. 2, 1—10), und auch nachher noch hatte er mit den Anhängern dieses Trimvirats, besonders des Jakobus, fortwährend zu kämpfen (Gal. 2, 12). Es bildete den Anhaltspunkt des Judenchristenthums, und hinwiederum einen seiner Anhaltspunkte bildete die bevorzugte Stellung, die das gleichnamige Apostelkleeblatt bei Christi Lebzeiten eingenommen haben sollte. So ironisch der Apostel Paulus über jene drei vermeintlichen Säulen sich aussprach, sie blieben auch nach ihrem Tode noch als Hemmnisse des Fortschritts stehen, so lange zwei von ihnen persönlich, der dritte in einem gleichnamigen Doppelgänger, in der evangelischen Ueberlieferung die ersten Stellen bei Christo einnahmen. Dem Fortschritt hier Bresche zu machen, mußte das Aposteltriumvirat gesprengt werden, und dieß unternahm der vierte Evangelist.

Mit kühnem Griffe nahm er vor Allem den Johannes geradezu für die geistige Richtung in Beschlag. Der Griff war im Angesicht der Apokalypse und der geschichtlichen Erinnerung bis zum Verwegenen kühn, darum thut er ihn mit äußerster Behutsamkeit. Er nennt den Johannes in seinem ganzen Evangelium nicht, er läßt ihn nur errathen. Erst führt er ganz unscheinbar neben Andreas einen Ungenannten ein (1, 35. 41), der nur weder Petrus noch Philippus, noch Nathanael sein kann, da diese als später zu Jesu Gekommene von ihm unterschieden werden. Dann, nachdem weiterhin von Petrus, Andreas, Philippus, Thomas, zum Theil wiederholt, mit Namen die Rede gewesen, begegnen wir beim letzten Mahle Jesu einem ungenannten Jünger,

1) Eusebius, Kirchengeschichte, II, 1, 4.
2) Bei Eusebius, a. a. O., 3.

den Jesus lieb hatte, der auch zunächst an seiner Brust zu Tische lag, und dem nun Petrus winkt, etwas von Jesu zu erfragen (13, 23 fg.). Nach der Gefangennehmung Jesu ist es „ein anderer Jünger", der als Bekannter des Hohenpriesters dem Petrus den Zutritt in dessen Palast verschafft (18, 15). Unter dem Kreuze sodann treffen wir wieder den Jünger, den Jesus lieb hatte (19, 26), durch dessen Augenzeugniß der Bericht über die Seitenwunde Jesu beglaubigt wird (V. 35), und gleich nachher werden wir verständigt, daß dieser Lieblingsjünger und der „andere Jünger", mithin ohne Zweifel auch der gleich Anfangs neben Andreas namenlos eingeführte, eine und dieselbe Person sind (20, 2). Endlich im Anhang des Evangeliums kommt unter sieben theils benannten theils ungenannten Jüngern abermals der Jünger, den Jesus liebte und der beim letzten Mahle an seiner Brust gelegen hatte, vor, und wird als der Verfasser des Evangeliums bezeichnet (21, 7. 20. 24). Ein Name wird aber auch hier nicht genannt, und daß wir uns unter dem so mysteriös angedeuteten Jünger gerade den Johannes zu denken haben, läßt sich aus dem vierten Evangelium für sich nicht streng beweisen. Die Vergleichung der drei ersten könnte uns weiter bringen, wenn etwas, das im vierten Evangelium dem andern oder dem Lieblingsjünger zugeschrieben ist, in jenen von Johannes erzählt würde; aber das ist nicht der Fall. Dennoch hat die kirchliche Ueberlieferung den Sinn des Verfassers ohne Zweifel richtig gefaßt, wenn sie in diesem ungenannten Jünger von jeher den Johannes sah. Denn sollten die nächsten Leser des Evangeliums verstehen, wer damit gemeint war, so mußte es ein im Entstehungsgebiete desselben sehr bekannter und angesehener Apostel sein; das war aber in Kleinasien und insbesondere in Ephesus, das uns äußere Zeugnisse wie innere Gründe als die Heimath des vierten Evangeliums bezeichnen, vorzugsweise Johannes. Daß der ungenannte Jünger zugleich Verfasser des Evangeliums gewesen, sagt zwar nur der spätere Anhang ausdrücklich; doch auch das Evangelium selbst will ihn als solchen höchst wahrscheinlich zu verstehen geben (19, 35). Aber dieser Johannes des vierten Evangeliums ist nicht mehr der judaistische Säulenapostel, der dem Paulus so viel zu schaffen machte, sondern als Busenjünger des johanneischen Christus, als Verfasser oder doch Gewährsmann des johanneischen Evangeliums, ist er zum Träger eines geistigen, universellen, selbst über Paulus hinausgeschrittenen Christenthums gemacht. Und dieser vergeistigte Johannes ist nun aus dem synoptischen Triumvirat herausgenommen und als Lieblingsjünger in einem Sinne, den die drei ersten Evangelien gar nicht kennen, über alle andern gestellt.

Von den beiden übrigen Gliedern dieses Triumvirats ist Jakobus geradezu verschwunden. Was den Bruder des Herrn, den Jakobus des geschichtlichen Triumvirats, betrifft, so wird in keinem Evangelium so ausdrücklich wie im vierten gesagt, daß die Brüder Jesu nicht an ihn geglaubt haben (7, 5). Daß sie nachmals gläubig geworden, darauf nahm der Verfasser entweder keine Rücksicht, oder wollte er andeuten, daß ihr judaistischer Glaube nicht viel besser als Unglaube gewesen sei. Jedenfalls, indem sein Jesus vom Kreuze herab den Jünger, den er liebte, seiner Mutter als ihren Sohn vorstellt, und dieser sie sofort zu sich nimmt (19, 26 fg.), so ist damit nach Baur's feiner Beobachtung Johannes an die Stelle der Brüder Jesu, insbesondere des Jakobus, gesetzt, der Busenjünger zugleich für den wahren geistigen Bruder des Herrn erklärt. Mit dieser Beseitigung des judaistischen Herrnbruders fiel für den vierten Evangelisten jede Veranlassung hinweg, ja er hätte seinem Zwecke zuwidergehandelt, wenn er dessen Doppelgänger, den Zebedaiden Jakobus, so wie die Synoptiker hervorgehoben hätte; daraus erklärt sich sein Schweigen von demselben, das bei der Voraussetzung, der Verfasser des Evangeliums sei wirklich Johannes, der Bruder dieses Jakobus, gewesen, durch keine noch so künstliche Wendung der apologetischen Theologie begreiflich wird.

Konnte der Verfasser des vierten Evangeliums den Namen Jakobus vermeiden, sofern der Bruder des Herrn zu Jesu Lebzeiten noch nicht zu seinem nächsten Kreise gehört hatte, der Zebedaide aber früh hingerichtet, in der Ueberlieferung wenigstens der außerpalästinischen Gemeinden längst verblichen war: so ging dieß bei Petrus nicht an, der, bei Jesu Lebzeiten notorisch einer seiner vertrautesten Jünger, nunmehr als Haupt des Judenchristenthums, besonders seit sein Name mit der Welthauptstadt Rom in Verbindung gesetzt war, lebendig in der Kirche fortwirkte, und darum auch in ihrer Ueberlieferung fortlebte. Ein Evangelium, das von Petrus schwieg, wäre gar kein Evangelium gewesen, und eines, das ihn der auszeichnenden Züge, die man mit seinem Bilde zu verknüpfen längst gewohnt war, zu berauben versuchte, hätte nur in sehr beschränkten seitabstehenden Kreisen Anklang finden können. Das hatte der vierte Evangelist wohl erwogen. Daher entzieht er dem Apostelfürsten von seinen herkömmlichen Ehren nichts, berichtet sowohl von dem rühmlichen Beinamen, den Jesus ihm beigelegt (1, 43), als von dem glaubensstarken Bekenntniß, das er, allen andern Aposteln voran, von Jesu abgelegt hatte (6, 68 fg. vgl. Matth. 16, 16), läßt ihn überhaupt nicht seltener als die früheren Evangelisten, ja bei verschiedenen Anlässen noch mehr als diese, handelnd hervortreten; doch weiß er diesen vortheilhaften Zügen fast immer, und je näher die Geschichte ihrem Ausgang rückt, desto mehr, entweder ein leises Aber anzuhängen, das sie dämpft, oder sie zwischen Petrus und seinem Johannes in einer Art zu theilen, die den letztern in Vortheil setzt. So ist zwar der Eifer recht schön, mit dem Petrus beim letzten Mahle erst die Fußwaschung von Seiten Jesu gar nicht dulden, dann auch Hände und Haupt von ihm gewaschen haben will (13, 6—10); doch zeigt sich in diesem Umspringen von einem Aeußersten in's Entgegengesetzte zugleich ein Ungestüm, der über den tiefen Sinn des Thuns Jesu ohne feineres Verständniß hinwegfährt. Ebenso, wenn zwar alle Evangelisten von einem Jünger erzählen, der bei der Gefangennehmung Jesu dem Knechte des Hohenpriesters ein Ohr abgehauen habe, aber nur der vierte als diesen Jünger den Petrus namhaft macht (18, 10), so legt er ihm auch damit nur einen weiteren Zug jenes fleischlichen Eifers bei, der ihm das Eindringen in den Geist seines Meisters erschwerte.

Die feine Berechnung des vierten Evangelisten zeigt sich nun aber erst in den Fällen recht, wo er dem Petrus seinen andern oder Lieblingsjünger an die Seite stellt. Von einem Falle sind wir oben ausgegangen, wie er nämlich zwar gleich den Synoptikern den Petrus unter den vier ersten mit Jesu in Verbindung kommen läßt, aber nicht als den ersten von allen, sondern als den dritten, während der muthmaßliche Johannes unter den beiden ersten ist, und nicht durch unmittelbare Berufung Jesu, sondern durch Vermittlung eines der beiden ersten. Dieser Vermittler ist hier sein Bruder Andreas; in andern Fällen ist es aber der Lieblingsjünger. Wie die Hellenen, die am letzten Passahfeste gern die Bekanntschaft Jesu gemacht hätten, sich nicht an Petrus, sondern an Philippus, dieser an Andreas, und beide sich dann an Jesum wenden (12, 20 fg.), so muß am letzten Mahle Petrus selbst, um herauszubringen, wen von seinen Jüngern Jesus als seinen Verräther bezeichnen wolle, den am Busen Jesu zu Tische liegenden Lieblingsjünger um seine Vermittlung ansprechen (13, 23 fg.). Nach der Gefangennehmung Jesu folgt ihm zwar auch im vierten Evangelium Petrus in den hohenpriesterlichen Palast; aber nicht blos geht auch der andere Jünger, wovon die übrigen Evangelien nichts wissen, mit hinein, sondern dieser ist es, der, vermöge seiner Bekanntschaft mit dem Hohenpriester, dem Petrus erst den Eintritt verschaffen muß (18, 15). Bei der Kreuzigung und dem Tode Jesu lassen Matthäus und Marcus nur die mit ihm aus Galiläa gekommenen Frauen, Lucas zwar auch alle seine Bekannten, aber nur von ferne, zusehen (Matth. 27, 55 fg. Marc. 15, 40 fg. Luc. 23, 49): der vierte Evangelist stellt die Frauen mit der Mutter Jesu nahe an das Kreuz, und gesellt ihnen hier den Lieblingsjünger bei, um ihn durch die Mutter Jesu in jenes ganz einzige Verhältniß zu diesem zu bringen, wovon schon oben die Rede gewesen ist. Am bezeichnendsten aber ist das Verfahren unseres Evangelisten in der Auferstehungsgeschichte, wo er dem nach Lucas zum Grabe laufenden Petrus den Lieblingsjünger zur Seite gibt und jenem unvermerkt den Rang ablaufen läßt (20, 2—9); was dann der Verfasser des Anhangskapitels in der Fischzugsgeschichte nachgeahmt hat (21, 7).

Sehen wir von hier auf die Berufungsgeschichten zurück, so kann es uns nicht mehr einfallen, den synoptischen und den johanneischen Bericht über die Art, wie die Anschließung der ersten Jünger an Jesum vor sich gegangen, mit einander ausgleichen zu wollen, nachdem wir vielmehr in der johanneischen Darstellung eine Umarbeitung der synoptischen im Sinne der eigenthümlichen Stellung und Tendenz jenes Evangeliums erkannt haben. Wir dürfen uns aber auch Glück wünschen, durch diese Erkenntniß der apologetischen Künsteleien und Plackereien überhoben zu sein, durch welche es denkbar gemacht werden soll, wie dieselben Männer, nachdem sie sich, durch den Täufer oder wie Petrus durch seinen Bruder zu Jesu hingewiesen, bereits an diesen angeschlossen hatten, von ihm noch einmal wie ihm bisher fremde Menschen aufgefordert worden sein sollen, ihm nachzufolgen. Wenn Jesus bei Matthäus und Marcus zu Simon und Andreas sagt: „Kommet mir nach", und darunter zugestandenermaßen der bleibende Anschluß an ihn zu verstehen ist, so kann doch gewiß nichts Anderes gemeint sein, wenn er bei Johannes zu Philippus sagt: „Folge mir"; und wenn von Andreas und Johannes gleicherweise die beiden ersten wie der vierte Evangelist melden, sie seien Jesu nachgefolgt, so will augenscheinlich der eine Theil wie der andere sagen, sie haben Jesum fortan als Jünger begleitet, und es kann ebenso wenig nach dem von Johannes berichteten Anschlusse noch einer Aufforderung wie bei Matthäus und Marcus bedurft haben, als nach dieser Aufforderung und der ihr geleisteten Folge erst der Täufer jene Männer zu Jesu hingewiesen haben kann.

Dritte Mythengruppe.

Jesus als Wunderthäter.

71.

Die Wunder Jesu. Blindenheilungen.

Die Wunderthaten, die unsere Evangelien von Jesu berichten, können wir in zwei, oder wenn man will, drei Klassen eintheilen, sofern sie entweder an Menschen, oder an der außermenschlichen Natur, und die ersteren entweder an dem kranken oder dem erstorbenen menschlichen Organismus verrichtet worden sein sollen.

Davon haben wir in Betreff der ersten Klasse, der Krankenheilungen, in einer früheren Untersuchung [1]) bereits zugestanden, daß dergleichen vermeintliche Wunder, nur freilich auf ganz natürliche Weise, von Jesu wirklich bisweilen mögen bewirkt worden sein. Da das jüdische Volk von einem Propheten, und noch mehr vom Messias, Wunder, insbesondere auch wunderbare Heilungen, erwartete, und Jesus für einen Propheten, späterhin

1) Erstes Buch, Nr. 42.

für den Messias galt, so müßte es, haben wir gesagt, selbst sonderbar zugegangen sein, wenn nicht manche Kranke in seiner Gegenwart, bei seiner Ansprache und Berührung, sich wirklich erleichtert gefühlt, bleibend oder doch vorübergehend gebessert gefunden hätten. Das fanden wir in dem Maße denkbarer, als die Leiden solcher Menschen der psychologischen Einwirkung offen standen, also bei Gemüths-, Nerven- und allenfalls auch Muskelleidenden eher als bei Hautkranken oder eines Sinnes Beraubten; während sich uns bei Verstorbenen oder gar bei außermenschlichen Naturgegenständen jede derartige Erklärung durchaus versagte. Die Erklärung der Wundererzählungen dieser letzteren Art haben wir nicht bei der Psychologie und Physiologie, sondern bei der Religionsgeschichte zu holen, sie liegt in den jüdischen und urchristlichen Erwartungen vom Messias; und sofern auch diejenigen Heilwirkungen Jesu, die wir als natürlich möglich anerkennen, ihm nicht gelungen wären, wenn man nicht das Vermögen dazu ihm als einem Propheten zugetraut hätte, so ist der Unterschied zwischen beiden nur der, daß, in Folge der jüdischen Erwartungen, der für den Messias oder doch einen Propheten geltende Jesus einen Theil jener Wirkungen wirklich hervorbrachte, ein ungleich größerer aber ihm hinterher in der Sage zugeschrieben wurde.

Das prophetische Programm, das den von Jesu erzählten Wundern zu Grunde liegt, haben wir schon oben kennen gelernt; es sind die Worte bei Jesaias (35, 5 fg.): „Dann öffnen sich die Augen der Blinden, und die Ohren der Tauben thun sich auf; dann hüpft wie ein Hirsch der Lahme, und es jubelt die Zunge des Stummen.“ Diese Stelle, obwohl sie in der ersten Abtheilung der jesaianischen Orakel steht, gehört doch wie die zweite der Zeit am Ende des Exils an, und schildert, wie vor Freude über die Erlaubniß zur Rückkehr die armen Verbannten alle ihre Leiden vergessen, sich von allen Uebeln geheilt fühlen werden. Wie nun aber alle dergleichen Weissagungen, nachdem mit der Heimkehr aus dem Exil die erwartete Glücksperiode sich nicht eingestellt hatte, weiter hinaus auf die messianische Zeit bezogen wurden, von der sich die Vorstellungen immer mehr in's Uebernatürliche steigerten: so wurde auch die ursprünglich nur bildlich gemeinte Weissagung von dem Sehen der Blinden, Hüpfen der Lahmen u. s. f. in der Folge wörtlich und eigentlich von den Wunderthaten des künftigen Messias gefaßt, und unsere evangelischen Wundererzählungen sind einem großen Theile nach nur die Ausführung der so verstandenen Prophetenstelle. Diese hat übrigens in der Art, wie Jesus sie auf sich angewendet haben soll, bereits etliche Veränderungen erfahren, auf die wir merken müssen. Jesus heißt (Matth. 11, 5) die Abgesandten des Täufers diesem melden, was sie, als durch ihn gewirkt, hören und sehen, nämlich: „Blinde blicken auf, und Lahme wandeln, Aussätzige werden gereinigt, Taube hören, und Todte werden auferweckt.“ Für's Erste also die Stummen, die in der Prophetenstelle aufgeführt sind, fehlen in der Rede Jesu, ohne Zweifel jedoch nur so, daß sie unter den von ihm genannten Tauben mitbegriffen sind, weil beide Uebel häufig verbunden erscheinen, wie denn auch in den Evangelien die von Jesu geheilten Tauben meistens zugleich als stumm beschrieben werden (Matth. 9, 32. Marc. 7, 32 fg.). Dagegen ist von Reinigung Aussätziger und Auferweckung Verstorbener, wovon Jesus spricht, in der jesaianischen Stelle keine Rede; wohl aber kommen beiderlei Wunder in der alttestamentlichen Prophetenlegende vor: Elisa hat einen Aussätzigen geheilt, und er wie sein Meister Elia jeder einen Todten erweckt. Die Austreibung von bösen Geistern, die in den evangelischen Wundererzählungen eine so große Rolle spielt, fehlt sowohl in der Stelle des Jesaias als in der Prophetenlegende, weil in jenen früheren Zeiten Besessenheit noch nicht an der Tagesordnung war; sie fehlt aber auch in der Rede Jesu, die nur dasjenige als durch ihn erfüllt aufzählen sollte, was man nach alttestamentlichen Weissagungen oder Vorbildern von dem Messias erwarten konnte.

Es sind also zur Erzeugung der evangelischen Wundergeschichten von vorneherein zwei Factoren thätig gewesen, die man als einen idealen und einen realen Factor unterscheiden kann. Was in der jesaianischen Stelle von geheilten Blinden, Tauben, Lahmen gesagt wird, das ist, man mag es auslegen wie man will, doch auf keinen Fall von wunderbarer Wiederherstellung, sondern irgendwie uneigentlich und ideell zu nehmen; dagegen sind die Thaten des Elia und Elisa als wirkliche reale Wunderhandlungen erzählt, und die spätere jüdische Volksvorstellung erwartete dergleichen von dem Messias.[1]) Ebenso sind in dem Spruche Jesu Matth. 11, 5, seinem ursprünglichen Sinne nach die Heilungen und Erweckungen ohne Zweifel nur moralisch und ideell, als Wirkungen der Predigt des Evangeliums an die Armen verstanden; die evangelische Sage hat sie reell, als wirkliche leibliche Wunder gefaßt, doch so, daß hin und wieder, besonders in der letzten, mystisch-künstlerischen Umbildung dieser Sage, wie wir sie im vierten Evangelium finden, der ursprüngliche ideelle Charakter jener Wunder von Neuem zum Vorschein kommt.

Nehmen wir zuerst die Heilungswunder klassenweise, und zwar in der Ordnung vor, welche der angeführte Ausspruch Jesu uns an die Hand gibt, so sprechen die Evangelisten sowohl summarisch unter andern Kranken von vielen Blinden, denen Jesus das Gesicht wiedergegeben habe (Matth. 15, 30. Luc. 7, 21), als sie uns verschiedene besondere Heilungsgeschichten von solchen, mehr oder minder in's Einzelne ausgeführt, mittheilen. Gemein ist den drei ersten Evangelisten eine Blindenheilung, die Jesus auf der Reise nach Jerusalem, und zwar auf der letzten Hauptstation, Jericho, vorgenommen haben soll (Matth. 20, 29—34. Marc. 10, 46—52. Luc. 18, 35—43). Nach Matthäus und Marcus beim Hinausgehen aus der Stadt, nach Lucas beim

1) S. oben, Einleitung, S. 151 fg.

Hineingehen; und gleich an dieser Abweichung können wir sehen, wie wenig es den Evangelisten auf dergleichen nähere Umstände, die dem historischen Schriftsteller wichtig sind, angekommen ist. Denn der einzige Grund, warum bei Lucas Jesus das Wunder schon vor der Stadt verrichten muß, ist der, daß von seinem Durchzuge durch die Stadt, von dem Matthäus und Marcus nichts Besonderes zu sagen wissen, Lucas etwas zu erzählen hatte, nämlich die Geschichte mit Zachäus; wollte er nun, wie er seit der Mitte seines achtzehnten Kapitels wieder thut, der Ordnung des Matthäus folgen, also (mit Weglassung der Geschichte von der Mutter der Zebedäussöhne, deren Redegehalt er einem spätern Orte vorbehielt) die Blindenheilung zunächst auf die Leidensverkündigung folgen lassen, so durfte Jesus, als er den Blinden heilte, Jericho noch nicht passirt haben, weil er sonst nicht mehr, was doch Lucas nachher erzählen wollte, in Jericho mit Zachäus könnte zusammengetroffen sein. Eine andere Abweichung ist, daß es bei Matthäus zwei Blinde sind, bei Marcus und Lucas nur einer, und daß Jesus bei Matthäus ihre Augen berührt, wovon die beiden andern Berichterstatter nichts sagen. Ganz ebenso läßt Matthäus Jesum gleichfalls mit zwei Blinden, die er heilte, in einem früheren Falle verfahren (9, 27—31), von dem die übrigen nichts wissen; und so mag ihm die Zweizahl und die Berührung aus der einen auch in die andere Erzählung hineingekommen sein, wie natürlicherweise eine solche Geschichte bald von einem, bald von zwei Blinden, bald aus dieser bald aus jener Zeit und Gegend, und mit diesen oder andern Nebenumständen erzählt werden mochte: man wollte eben eine wunderbare Blindenheilung haben, auf die einzelnen Umstände kam es dabei nicht an.

Der Zug in der Erzählung, daß die Blinden Jesum beharrlich als Sohn David's anrufen, hat neuerlich Veranlassung gegeben, ihre Blindheit symbolisch von der Verblendung des Judenchristenthums zu verstehen, das in Jesu nur den Sohn David's sieht, bis er selbst ihm die Augen öffnet.[1]) Daß nun Jesus, wenn er sich die Heilung Blinder zuschrieb, dieß ebenso nur bildlich verstand, wie wenn er in der angeblich dem Paulus zu Theil gewordenen Erscheinung sagt, er sende ihn zu den Heiden, um ihre Augen zu öffnen, daß sie sich von der Finsterniß zum Lichte kehren (Apostelgesch. 26, 18), dieß haben wir oben selbst darzuthun versucht. Daß aber Matthäus oder irgend einer der drei ersten Evangelisten bei ihren Blindenheilungsgeschichten an einen blos bildlichen Sinn gedacht haben, müssen wir aus dem Augenschein ihrer Erzählungen heraus in Abrede stellen. Die Idee: Christus der Eröffner blinder Geistesaugen, war, als jene Evangelisten schrieben, längst in der sinnlichen Vorstellung eines leiblichen Wunders untergegangen, und so sind auch die einzelnen Züge dieser Erzählungen so lange aus jener Wundervorstellung heraus zu erklären, als nicht, wie oben in der Fischzugs-

1) Volkmar, Die Religion Jesu, S. 235. 250.

geschichte, die geistige Beziehung unverkennbar durchschlägt; was in diesen synoptischen Blindenheilungsgeschichten nicht der Fall ist.

Zunächst ging der Bildungsproceß dieser Erzählungen nichts weniger als in der ideellen Richtung weiter. Schon in der Beschreibung der Blindenheilung bei Jericho thut sich zwar auch Lucas, noch weit mehr jedoch Marcus durch Züge hervor, die nur der Lebendigkeit und sinnlichen Anschaulichkeit dienen; wohin neben dem Namen und Vatersnamen des Blinden[1]) der Zuspruch der Leute und das Abwerfen des Obergewands von Seiten des zu Heilenden gehört. Dann hat er aber, wie unbefriedigt durch die einschlägigen Erzählungen seiner Vorgänger, auch noch eine eigene Blindenheilungsgeschichte, die er zwischen die Erzählungen vom Sauerteig der Pharisäer und vom Bekenntniß Petri eingeschoben, und nebst der ihm gleichfalls eigenthümlichen Heilungsgeschichte eines Taubstummen sich ganz nach seinem Geschmacke zurecht gemacht hat (8, 22—26). Den Blinden, den man bei Bethsaida zu Jesu bringt, führt dieser vor Allem vor das Dorf hinaus: denn das Wunder ist ein Mysterium, das nicht vor die Ungeweihten gehört; weßwegen auch am Schlusse dem Geheilten, wie zwar hin und wieder auch bei Matthäus und Lucas, doch am geflissensten bei Marcus geschieht, die Bekanntmachung desselben verboten wird. Dann spuckt Jesus dem Blinden in die Augen, gerade wie der dienstwillige Procurator von Aegypten den von ihm zuerst als Imperator ausgerufenen Vespasian veranlaßte, einem angeblich Blinden in die Augen zu spucken[2]): weil bei magischen Augencuren in dem Volksaberglauben der Zeit der Speichel eine vorzügliche Rolle spielte. Weiter wird der Blinde nicht auf einmal vollkommen sehend, sondern, nachdem ihn Jesus auf das Spucken und erste Handauflegen hin gefragt hat, ob er etwas sehe, und zur Antwort bekommen, er sehe die Leute nur undeutlich wie Bäume herumwandeln, legt er ihm die Hände noch einmal auf die Augen, worauf nun erst die vollständige Herstellung erfolgt. Dieß sieht zunächst wie eine Schmälerung des Wunders aus, sofern die Heilkraft des Wunderthäters nicht als eine absolute erscheint, sondern mit dem Widerstande des Krankheitsübels gleichsam zu ringen hat; weßwegen auf diesen Zug ganz besonders die natürliche Wundererklärung ihre Vermuthungen gründet. Doch so ist es von Marcus nicht gemeint, vielmehr will er das Wunder, unbeschadet seiner Geltung als eines solchen, nur der Vorstellung näher bringen, indem er es in seine aufeinanderfolgenden Momente zerlegt: ein verfehltes Bemühen freilich, wobei er weit mehr verliert als ge-

1) Man hat allerhand über die Quelle vermuthet, aus der Marcus die Namen Timäus und Bartimäus geschöpft haben möge. Wie, wenn diese Quelle keine andere als das griechische Zeitwort τιμάω (ἐπετίμησε und ἐπετίμων, Matth. 31. Marc. 48) wäre?

2) S. oben, S. 269.

winnt. Als Eingriff der absoluten Ursächlichkeit in die Kette der endlichen Ursachen ist das Wunder wesentlich ein plötzlicher Erfolg und wird durch Auseinanderziehen in einzelne Momente nur in Widerspruch mit sich selbst gebracht.

An Marcus sehen wir den Verfasser des vierten Evangeliums anknüpfen und zunächst auf der von jenem eingeschlagenen Bahn der Veranschaulichung und zugleich Steigerung des Wunders weitergehen. Statt der je zwei Blindenheilungsgeschichten bei Matthäus und Marcus hat er nur Eine (9, 1—41), die aber ganz anders als die gleichfalls einzige bei Lucas alle weiteren überflüssig macht. Denn der Blinde, den Jesus nach Johannes, und zwar nicht in Bethsaida oder Jericho, sondern in der Hauptstadt selbst heilte, war kein gemeiner Blinder, sondern ein Blinder von Geburt an, also gleichsam ein absolut Blinder, dessen Heilung nur durch ein absolutes Wunder möglich war; ein Gedanke, den der Verfasser dem Geheilten selbst in den Mund legt, wenn er ihn den ungläubigen Juden entgegenhalten läßt (V. 32), seit die Welt stehe, sei es nicht erhört worden, daß Jemand einem Blindgeborenen die Augen aufgethan habe. Als äußeren anschaulichen Mittels zu seiner Heilung ferner bedient sich Jesus nicht blos des Speichels, er spuckt dem Blinden nicht unmittelbar in die Augen, sondern auf den Boden, und macht einen Teig an, den er ihm auf die Augen streicht; ein Zug, der zugleich dazu dient, aus der Wunderheilung eine äußere Bemühung, d. h. eine Sabbatverletzung zu machen. Der Teig mußte sofort wieder abgewaschen werden, wenn der Blinde der neu geschenkten Sehkraft froh werden sollte: daher schickt ihn Jesus, zwar nicht, wie einst der Prophet Elisa den aussätzigen Naeman an den Jordan (2 Kön. 5, 10), sondern zum nahen Siloahteiche, sich abzuwaschen, von wo er sehend zurückkommt. Alle diese Züge liegen nach der Seite theils der Steigerung, theils der Veranschaulichung und magischen Beleuchtung des Wunders; wozu überdieß kommt, daß der Thatbestand desselben mit einer Peinlichkeit, von der die älteren Evangelien bei ihren Wundergeschichten nichts wissen, durch ein ordentliches Zeugenverhör festgestellt wird. Die Reden der Nachbarn, als der wohlbekannte blinde Bettler sehend zurückkommt, sind für sich bloße Vermuthungen, weil die Aehnlichkeit täuschen kann; seine eigene Aussage auf ihr Befragen ist mehr, besonders da er seinen Wohlthäter nicht näher kennt, mithin insofern unbefangen ist; doch vor der Obrigkeit, wohin der Evangelist ihn gefordert werden läßt, um der Sache officielle Beglaubigung zu geben, genügt auch sie nicht, seine Eltern werden gerufen, die auch allein glaubhaft bezeugen können, daß ihr Sohn in der That von Geburt an blind gewesen ist. Bleibt auch so etwa noch ein Zweifel, so wird er durch die Bemerkung niedergeschlagen, daß die jüdische Obrigkeit auf das Bekenntniß Jesu als des Messias den Synagogenbann gesetzt hatte: blieb gleichwohl der Mensch nicht blos bei seiner Aussage über das Thatsächliche seiner Heilung, sondern verbarg auch seinen Glauben an die prophetische Würde Jesu nicht, so redete er sich selbst zu Schaden; was er, wie der Evangelist zu verstehen geben will, nicht gethan haben würde, wenn er nicht fest von dem an ihm geschehenen Wunder überzeugt gewesen wäre.

Doch indem der vierte Evangelist die Wunder auf den Gipfel der äußeren Realität führt, und hierin die besonders von Marcus eingeschlagene Richtung vollendet, sucht er zugleich, wie keiner seiner Vorgänger, ihre ideelle Bedeutung in's Licht zu stellen. So wird hier das Wunder gleich von vorneherein nicht durch ein Hülfsgesuch des Leidenden, sondern durch eine dogmatische Streitfrage, welche die Jünger an seinen Zustand knüpfen, eingeführt, eine Streitfrage, die von Jesu dahin beantwortet wird, dieser Mensch sei eigens deßwegen blind geboren worden, damit sich in seiner Heilung durch ihn Gottes allmächtiges Wirken offenbaren könne. Diese Offenbarung oder Verherrlichung Gottes durch den Sohn besteht aber bei Johannes nicht blos darin, daß Jesus etwas vollbringt, das die menschliche Kraft übersteigt, und das zugleich durch seinen wohlthätigen, menschenfreundlichen Charakter Gottes würdig ist; sondern es ist in der Regel eine Seite an dem Wirken Gottes und seines Schöpferwortes, die sich in der Wunderhandlung Jesu gleichsam bildlich abspiegelt. Der göttliche Logos ist nach alexandrinischer Lehre das Lebens- und Lichtprincip für die Welt, die Nahrung für die Seelen: in jeder dieser Eigenschaften stellt sich der johanneische Jesus durch ein oder mehrere Wunder dar. Was das unserige betrifft, so hieß es im Prolog von dem Logos: „In ihm war Leben, und das Leben war das Licht der Menschen, und das Licht scheint in die Finsterniß, aber die Finsterniß nahm es nicht auf ... Die ihn aber aufnahmen, denen gab er Macht, Kinder Gottes zu werden, sofern sie an seinen Namen glaubten" (1, 4 fg. 12). Wenn nun am Schluß unserer Wundererzählung, nachdem die jüdischen Obern sich unverbesserlich gezeigt, der Geheilte aber seinen Glauben an Jesum als den Sohn Gottes erklärt hat, Jesus sagt: „Zum Gerichte bin ich in die Welt gekommen, damit die Nichtsehenden sehen, und die Sehenden blind werden"; und wenn dann auf die Frage der Pharisäer, ob er auch sie für Blinde erkläre? Jesus zur Antwort gibt, wenn sie das wären, d. h. sich dafür erkennten, wäre es gut, mit dieser Erkenntniß fehle ihnen aber auch die Fähigkeit der Besserung (9, 39—41): so sehen wir deutlich: der erst leiblich, dann geistig sehend gewordene Blindgeborene stellt in sich diejenigen Menschen dar, welche, obwohl von Hause aus der Welt, also der Finsterniß angehörig, doch die Fähigkeit und den Willen haben, das Licht in sich aufzunehmen, und dadurch Kinder Gottes zu werden; die Juden hingegen diejenigen, welche sich dem Licht verschließen und in der Finsterniß, d. h. in der Sünde bleiben. Zur Durchführung des Gegenbildes würde es eigentlich gehören, daß, wie der leiblich Blinde und geistig seiner Blindheit sich bewußte nicht blos geistig, sondern auch leiblich sehend wird, ebenso die leiblich und vermeintlich auch geistig Sehenden zuletzt nicht blos ihrer geistigen Blindheit überführt, sondern auch mit leiblicher geschlagen würden. Allein das würde der Erklärung des johanneischen Christus widersprechen, daß er nicht gekommen sei, die Welt zu richten, sondern selig zu machen, und daß der Ungläubige schon in sich selbst gerichtet sei (3, 17 fg. 12, 47 fg.). Von Jesus, als dem göttlichen Schöpferworte, kann nur Bejahendes, nur Leben, Licht und Heil ausgehen, er darf kein Strafwunder thun und braucht auch keines zu thun; die Creatur, die sich ihm verschließt, braucht er nur in dem Zustande der Unseligkeit zu lassen, worin sie ohne ihn von selbst schon sich befindet, so ist sie gestraft genug.

So ist das Wunder bei Johannes in allen seinen Zügen von der idealen Auffassung durchleuchtet, es ist durchaus symbolisch, aber zugleich durchaus real; es wäre der größte Mißverstand, zu meinen, der vierte Evangelist wolle nicht sagen, das so Bedeutsame sei zugleich wirklich so vorgegangen. Wie wenig bei ihm eins das andere ausschließt, aber auch wie seltsam eine solche Weltanschauung sich gestaltet, sehen wir noch aus einem einzelnen Zuge der Erzählung. Von dem Namen des Teichs, worin Jesus den Blinden sich waschen heißt, dem hebräischen Worte Siloah, das ohne Zweifel einen Wassererguß bedeutet, gibt der Evangelist die Auslegung, es heiße ein Abgesandter (V. 7); die Quelle und der Teich waren ihm also durch ihren Namen eine Weissagung auf den gottgesandten Jesus oder den dahin abgeschickten Blinden, eine Weissagung, die aber dennoch zugleich als reales Wasser existirte.

72.

Heilungen von Gelähmten.

Als die zweite Art von Leidenden, denen durch ihn geholfen werde, führt Jesus in der mehrerwähnten Antwort an den Täufer Lahme auf. Lahme sind auch unter den mancherlei Kranken, die man vor der zweiten Speisung zum Behuf der Heilung zu Jesu bringt; wo dann das Volk sich wundert, als es unter sehend gemachten Blinden u. dgl. auch Lahme gehen sieht (Matth. 15, 30 fg.). Sonst ist häufiger von Paralytischen, was Luther durch Gichtbrüchige übersetzt, die Rede (Matth. 4, 24. 8, 6. 9, 2); der Wortbedeutung nach wären das solche Kranke, denen auf einer Seite die Muskeln gelöst, d. h. gelähmt sind; während die Beschreibung des Kranken Matth. 9, 2 fg. auf völlige Lähmung, wenigstens der Füße, die des andern, Matth. 8, 5 fg., auf ein schmerzhaftes Gichtleiden geht. Daß Jesus dergleichen Kranke geheilt haben mußte, lag in der sinnlich verstandenen Weissagung des Jesaias (35, 6): „Dann wird der Lahme springen wie ein Hirsch“; eine Weissagung, der (V. 3) die Aufforderung vorher geht: „Kräftigt euch, ihr aufgelösten (oder schlaffen) Kniee!“ wo die griechische Uebersetzung das gleiche Wort hat, womit Lucas (5, 18. 24) den Paralytischen bezeichnet. Daß die jesaianische Stelle die Wurzel dieser Wundergeschichten ist, tritt in den evangelischen Erzählungen nicht so augenfällig zu Tage, wie in einer, die wir in der Apostelgeschichte finden. Bekanntlich ist hier das erste Wunder, wodurch die Apostel nach dem Pfingstfest ihre höhere Ausrüstung bethätigen, die durch Petrus vollbrachte Heilung eines Lahmen, der vor dem Tempel in Jerusalem bettelte. Wenn von diesem, nachdem ihn Petrus im Namen Jesu aufstehen und gehen geheißen und ihm die Hand gereicht hatte, gesagt wird, alsbald haben sich seine Füße und Knöchel gefestigt und er sei aufgesprungen, gestanden und gegangen, dann mit den Aposteln in den Tempel getreten und darin umhergegangen und gesprungen (Apostelgesch. 3, 7 fg.), so ist in dem wiederholt hervorgehobenen Springen des Lahmgewesenen das bei Jesaias verheißene Springen wie ein Hirsch nicht zu verkennen; während die gefestigten Beine und Knöchel an die Kräftigung der aufgelösten Kniee in derselben Weissagung erinnern.

Die Geschichte von dem Knechte des Hauptmanns von Kapernaum, den überdieß nur Matthäus als paralytisch bezeichnet, wird uns später unter einem andern Gesichtspunkte begegnen; die classische Heilungsgeschichte eines Paralytischen in den Evangelien ist die von dem Manne, den man, gleichfalls in Kapernaum, auf einem Bette zu Jesu bringt, und dem dieser erst die Vergebung seiner Sünden ankündigt, dann, als die Schriftgelehrten daran Anstoß nehmen, ihn aufstehen und sein Bett heimtragen heißt (Matth. 9, 1—8. Marc. 2, 1—12. Luc. 5, 17—26). Mit der Frage, ob die Heilung eines solchen Kranken auf natürlich psychologischem Wege mittelst des Zutrauens, das er zu Jesu als einem Propheten haben mochte, möglich gewesen, haben wir hier nichts mehr zu thun; wir haben die Möglichkeit im Allgemeinen im vorigen Buche nicht bestritten; jedenfalls aber sind diese evangelischen Erzählungen nach der Vorstellung von dem Messias als Wunderthäter so umgebildet, daß das etwa zu Grunde liegende Thatsächliche nicht mehr auszuscheiden ist. Die Freiheit, die man sich in der Umgestaltung solcher Geschichten nahm, zeigt sich uns hier auch in den Abweichungen der einzelnen Evangelisten von einander. Matthäus sagt nur einfach, Jesus sei über den See hinüber wieder in seine Stadt Kapernaum gekommen, da haben sie ihm einen Gelähmten auf einem Bette liegend gebracht, und da er ihren Glauben gesehen, habe er den Kranken der Vergebung seiner Sünden versichert. Den Glauben der Leute, der Träger und des Kranken selbst, erkannte Jesus nach Matthäus eben aus der Mühe, die sie sich mit dem Herbeischleppen desselben gaben; dem Lucas schien diese Glaubensprobe noch nicht besonder genug, und da er ohnehin die spätere Einsprache der Schriftgelehrten, denen er noch die Pharisäer hinzufügt, dadurch einleiten zu müssen glaubte, daß er sie gleich Anfangs um Jesum versammelt sein ließ, so macht er ihr Gedränge lieber vollends so groß, daß die Männer mit ihrer Tragbahre nicht zu Jesu hindurchdringen können, sondern sich veranlaßt sehen, mit derselben den absonderlichen Weg über das Dach des Hauses einzuschlagen, und den Kranken auf seinem Bette von oben her mitten in's Zimmer vor Jesum hinabzulassen. Daß Jesus in einem Hause gewesen, hat Lucas wenigstens nicht aus Matthäus; er bedurfte aber diesen Zug, um die eigenthümliche Glaubensprobe herauszubringen, die er sich ausgedacht hatte. Bei dem Wege durch das Dach, oder durch die Ziegel, wie er sich ausdrückt, dachte Lucas ohne Zweifel an die Oeffnung, die nach morgenländischer Bauart in dem platten mit Backsteinen belegten Dache der Häuser angebracht war, und mittelst deren man von Innen auf das Dach und von da wieder in das Haus gelangte; durch diese ließ man, nach der Vorstellung des Evangelisten, da eine stehende Treppe fehlte, und eine Leiter hier nicht wohl zu gebrauchen war, das Bett mit dem Kranken, wie es scheint, an Stricken, in den Raum, wo Jesus lehrte, hinunter. Ob der Verfasser des zweiten Evangeliums diese Beschaffenheit palästinischer Häuser nicht kannte, ob er den Glaubenseifer der Leute in ein noch helleres Licht setzen wollte: genug, er nimmt von der in dem Dache schon vorhandenen Oeffnung keine Notiz, sondern läßt die Leute, deren Zahl er von den vier Ecken des Bettes auf vier bestimmte, eine solche erst brechen, ohne zu bedenken, daß er damit die unmittelbar darunter befindliche Versammlung der Gefahr aussetzte, von den herabfallenden Backsteinen erschlagen zu werden. Daß eine solche Uebereilung ganz in der Art des Marcus ist, wird Niemand leugnen, der sich auch nur der Geschichte von dem unfruchtbaren Feigenbaum erinnert; eben damit aber auch diese Erzählung unter denjenigen sich merken, die jeden Gedanken an Marcus als Urevangelisten unmöglich machen.

Ein diesem verwandtes Heilungswunder lassen die drei ersten Evangelisten am Sabbat vor sich gehen, so daß, wenn in dem vorigen Falle der Stein des Anstoßes für die Schriftgelehrten der war, daß Jesus sich das Recht, Sünden zu vergeben, anmaßte, in diesem seine heilende Thätigkeit als Verletzung des Sabbats in Anspruch genommen wird. Schon die Anordnung, daß sämmtliche Synoptiker die Heilung der verdorrten Hand unmittelbar nach der Geschichte von dem Aehrenraufen am Sabbat einreihen (Matth. 12, 9—14. Marc. 3, 1—6. Luc. 6, 6—11), zeigt uns, daß es ihnen dießmal weniger um das Wunder an sich, als darum zu thun ist, daß es gerade am Sabbat verrichtet wurde. Die Art und der Umfang der Sabbatfeier war ein zwischen Jesus und dem pharisäischen Judenthum streitiges Thema, das uns daher in den Evangelien unter verschiedenen Formen wiederkehrt. Der Streit konnte sich an jede auch ganz natürliche Thätigkeit knüpfen, wie an das Aehrenraufen der Jünger, das im mosaischen Gesetze nicht als Beeinträchtigung fremden Eigenthums gefaßt, und insofern im Allgemeinen erlaubt war (5 Mos. 23, 25), und da es keine eigentliche Arbeit heißen konnte, besonders im Falle des Bedürfnisses, von Jesu auch am Sabbat als unverfänglich betrachtet, dagegen von dem Pedantismus späterer Gesetzausleger unter die am Sabbat verbotenen Geschäfte gerechnet wurde. Hatte Jesus bei einem Anlaß dieser Art der pharisäischen Einrede das Beispiel David's entgegengehalten, der in einem Nothfall auch keinen Anstand genommen hatte, mit den sonst nur den Priestern vorbehaltenen Schaubroden im Tempel seinen und der Seinigen Hunger zu stillen: so mochte er in solchen Fällen, wo nicht eigenes Bedürfniß, sondern fremde Noth, der er abhelfen wollte, ihn zu der vermeintlichen Sabbatsverletzung veranlaßte, sich des Beispiels von dem Hausthier bedienen, das aus einer dringenden Gefahr zu retten der Eigenthümer auch am Sabbat unbedenklich die Hand anlege. Daß auch diese Beweisführung als ihre Veranlassung keineswegs nothwendig ein Wunder voraussetzt, vielmehr auch zu jeder ganz natürlichen Handlung wohlthätiger Hülfleistung paßte, erhellt ebenso von selbst, wie daß, nachdem man einmal Wunder von Jesu zu erzählen pflegte, gerade auch solche, am Sabbat verrichtet, als ein passender Anlaß dazu erscheinen mußten. Dieß konnten sie, selbst wenn sie durch das bloße Wort Jesu bewirkt gedacht wurden, da eine Rabbinenschule jener Zeit sogar das Trösten der Kranken am Sabbat untersagte.

Das Wort von dem Schaf, das am Sabbat aus der Grube gezogen wird, hat hier übrigens blos Matthäus; bei Marcus und Lucas legt Jesus den lauernden Pharisäern nur die Frage vor, was denn sie am Sabbat für erlaubt halten, Gutes oder Böses zu thun, eine Seele zu retten oder zu verderben? Dagegen hat Lucas den Spruch vom Hausthier mit unwesentlichen Abweichungen in zwei andere Wundergeschichten eingerahmt: zum abermaligen Beweise, daß bei den Erzählungen dieser Art der Schwerpunkt weniger in dem Wunder, als in dem auf die rechte Sabbatfeier bezüglichen Spruche Jesu lag. Das einemal (Luc. 14, 1—6) trifft Jesus am Sabbat bei einem Pharisäermahle einen Wassersüchtigen, und nachdem er ihn, trotz des bedenklichen Schweigens der Pharisäer auf seine Frage, ob man am Sabbat heilen dürfe, geheilt hat, legt er den Pharisäern die weitere Frage vor, wer von ihnen denn, wenn sein Esel oder Ochse am Sabbat in den Brunnen falle, Anstand nehmen werde, ihn alsbald herauszuziehen? Das anderemal (13, 10—17) ist es in einer Synagoge eine schon achtzehn Jahre krankhaft zusammengebückte Frau, die er durch Wort und Handauflegung aufrichtet, und dem Einspruche des Synagogenvorstehers durch die Frage begegnet, ob nicht ein jeder von ihnen seinen Ochsen oder Esel auch am Sabbat von der Krippe löse, um ihn zur Tränke zu führen? wobei die Abweichung in dem Bilde in dem Umstande ihre Veranlassung hat, daß das Uebel der Frau als ein Gebundensein durch den Satan, wovon Jesus sie losgemacht habe, gefaßt ist.

Unter diesen Heilungen ließe sich besonders die letztere, wenn sie uns in einem streng geschichtlichen Bericht aufbehalten wäre, als eine auf psychologischem Wege durch den Eindruck des Worts und der Berührung Jesu auf den Glauben der Kranken bewirkte Heilung begreifen; wie denn ein ganz verwandtes Beispiel aus neuerer Zeit von Dr. Paulus urkundlich erhärtet ist.[1]) Um so weniger fügt sich die plötzliche Heilung eines Wassersüchtigen einer solchen Betrachtung; und die Geschichte von der verdorrten Hand hat in der hebräischen Prophetenlegende ein zu augenscheinliches Vorbild, als daß wir über ihren Ursprung zweifelhaft sein könnten. Wie öfters, so unterscheidet sich auch hier die neutestamentliche Wundergeschichte von der alttestamentlichen dadurch, daß in der letzteren das Uebel zuerst zur Strafe wunderbar verhängt, dann wunderbar gehoben wird; während in der ersteren dem Geiste des Evangeliums gemäß das Uebel gegeben ist und durch den menschenfreundlichen Wunderthäter nur hinweggenommen wird. So ist es dort (1 Kön. 13, 4 fg.) ein göttliches Strafwunder, daß dem götzendienerischen Jerobeam die frevelhaft gegen einen Propheten Jehova's ausgestreckte Hand augenblicks verdorrt, d. h. so erstarrt, daß er sie nicht mehr an sich ziehen kann; und erst als auf des Königs Ansuchen der Prophet bei Jehova Fürbitte für ihn einlegt, erfolgt durch ein zweites und zwar Gnadenwunder ihre Wiederherstellung. In der evangelischen Erzählung ist die Hand des Leidenden schon vorher durch Krankheit starr, und zwar zeigt sich diese Starrheit nicht wie bei dem König, bei dem sie die Strafe für ein frevelhaftes Handausstrecken war, darin, daß er sie nicht an sich ziehen, sondern umgekehrt nicht ausstrecken konnte; und von Jesu wird sie hierauf in der Art geheilt, daß er sie wieder ausstrecken kann. Wenn wir nun aber vergleichen, wie es dort von Jerobeam heißt (V. 4): „Und siehe, es verdorrte seine Hand, die er ausstreckte"; hier (Matth. V. 10. Marc. V. 1): „Und siehe, da war ein Mensch mit einer verdorrten Hand"; dann dort am Schlusse (V. 6): „Und die Hand des Königs ward wieder hergestellt und ward wie vorher"; hier (V. 13): „Und seine Hand ward wieder hergestellt und gesund wie die andere"; so wird man die Nachbildung schwerlich verkennen. Daß aber die Heilung gerade auch solcher Uebel in jener Zeit von einem Manne erwartet wurde, der „die Gunst des Himmels und eine Zuneigung höherer Wesen" genoß, dafür zeugt die mehrerwähnte Erzählung bei Tacitus, wornach dem Vespasian in Alexandrien neben einem angeblich Blinden auch einer, der an der

1) S. oben Erstes Buch, S. 267.

Hand litt (nach Sueton war es einer mit einem lahmen Bein), zur Erprobung seiner Wunderkraft in den Weg gestellt wurde. [1])

Auch bei dieser Klasse von Wundern finden wir wieder alle in den früheren Evangelien zerstreut vorkommenden Momente im vierten Evangelium zusammengefaßt und wie einerseits gesteigert, so andererseits vergeistigt, und ebenso finden wir wieder, daß die Darstellung des vierten Evangelisten zunächst an die des zweiten anknüpft. Die Geschichte von dem Kranken am Bethesdateich zu Jerusalem (Joh. 5) betrifft einen Lahmen, wie die Heilungsgeschichte des Paralytischen zu Kapernaum: sie ist aber zugleich die Geschichte einer Sabbatheilung, wie die von dem Menschen mit der verdorrten Hand, von dem Wassersüchtigen und dem zusammengebückten Weibe. Dabei überbietet sie die erstere Geschichte theils durch den glänzenden Schauplatz, auf dem sie vorgeht, theils durch die Angabe der langen Dauer der Krankheit, die bei dem Paralytischen zu Kapernaum fehlt, bei der zusammengebückten Frau aber nur auf achtzehn Jahre, statt wie hier bei Johannes auf achtunddreißig, lautet; die Sabbatheilungsgeschichten aber sucht sie durch die tiefere Fassung der Frage, worin zugleich die Vergeistigung und Symbolisirung der ganzen Wundererzählung liegt, zu übertreffen.

Der Teich Bethesda (von dem wir außer der Erzählung des vierten Evangelisten weder bei Josephus noch bei den Rabbinen eine Kunde finden) mit seinen fünf Hallen voll Blinder, Lahmer und anderer Leidenden ist gleichsam ein großes Krankheitstheater, auf dem der erhabene Wunderarzt auftritt und sich den am längsten und hartnäckigsten Leidenden auswählt, um sich an ihm auf's glänzendste als das lebenspendende göttliche Schöpferwort zu bethätigen. Daß an dem Teiche für sich schon höhere Kräfte walteten, sofern von Zeit zu Zeit ein Engel niederstieg, das Wasser zu bewegen, worauf dann der zuerst Hineingestiegene geheilt wurde [2]), daß aber diese Engelwirksamkeit zur Rettung gerade des Rettungsbedürftigsten sich unzureichend erweist, das stellt Jesum, der ihm Rettung bringt, um so höher; während dieser Zug in Verbindung mit der ganzen Beschreibung der wundersamen Heilanstalt zugleich die Vermuthung nahe legt, es möge etwas Symbolisches darunter verborgen sein. Man hat die 38 Krankheitsjahre als Gegenbild der 38 Jahre betrachtet, welche das Volk Israel in der Wüste zubringen mußte, ehe es in das Land der Verheißung gelangte (5 Mos. 2, 14) [3]); und

---

1) Tacit. Histor. IV, 81. Sueton. Vespas. 7.

2) Für die Aechtheit von V. 4, der die Notiz von dem Engel enthält, sprechen die gewichtigsten kritischen Gründe; vgl. Hengstenberg's Commentar z. d. St.

3) Krafft, Chronologie und Synopse, S. 98. Hengstenberg, Commentar zum Evangelium Johannis, I, 300.

bei den fünf Hallen wundert es mich, daß man nicht an die fünf Bücher Mosis denken will, denn diese sind doch hauptsächlich unter den Schriften zu verstehen, in denen, wie Jesus eben aus Anlaß dieses Wunders bemerkt (5, 39. vgl. 45 fg.), die Juden das ewige Leben zu haben meinen; worin sie es aber ohne Christus ebenso wenig finden, als jener Kranke in den Hallen des Bethesdateiches ohne ihn Heilung fand. Im Sinne der gläubigen Ausleger soll mit dieser symbolischen Auffassung der historischen Geltung der Erzählung nicht zu nahe getreten sein; die Meinung ist vielmehr, durch göttliche Fügung habe Jesus hier einen Menschen antreffen müssen, der durch die Jahre seiner Krankheit als Typus des Volkes Gottes, als „der kranke Mann Juda", wie Hengstenberg sich im modernsten Zeitungsstyl ausdrückt, sich darstellte. Auf unserem Standpunkte ist die geschichtliche Geltung der Erzählung schon vorher dahingefallen, und die muthmaßliche Nachweisung ihrer symbolischen Bedeutung hat für uns nur den Werth, auch für die einzelnen Züge der Dichtung bestimmtere Erklärungsgründe an die Hand zu geben; ohne daß jedoch das Unsichere solcher Deutungen uns in der Ueberzeugung von dem jedenfalls ungeschichtlichen Charakter derartiger Erzählungen irre machen könnte.

Daß die johanneische Erzählung insbesondere aus der synoptischen von dem Gichtbrüchigen zu Kapernaum herausgebildet ist, läßt sich an verschiedenen Zügen erkennen, die beiden gemeinsam sind. So fehlt die Beziehung auf die Sündenvergebung auch bei Johannes nicht, nur daß er das vorläufige: „Deine Sünden sind dir vergeben!" in ein nachträgliches: „Sündige nicht mehr, damit dir nicht noch Schlimmeres widerfahre!" (V. 14) verwandelt hat. Unverkennbar aber ist die Bezugnahme in der Art, wie der wunderthätige Befehl Jesu an den Kranken in den beiden Erzählungen ausgedrückt ist. Die Synoptiker haben denselben zweimal, einmal noch problematisch in der Frage an die Pharisäer, was sie für leichter halten, zu einem solchen Menschen zu sagen: Deine Sünden sind dir vergeben! oder: Stehe auf (Marcus: nimm dein Bett) und wandle! Hierauf als wirklichen Befehl an den Kranken: Stehe auf, nimm dein Bett und gehe heim! Da der vierte Evangelist keine Ankündigung der Sündenvergebung vorangeschickt hatte, so hat er auch jene Vorfrage nicht, sondern nur den wirklichen Befehl, den er nun aber aus jenen beiden Reden bei den Synoptikern zusammensetzt. Er hält sich an die erstere Form, doch so, daß er, wie auch schon Marcus thut, aus der zweiten das aufzupackende Lager heraufnimmt; daß er sich dabei aber insbesondere an Marcus gehalten hat, erhellt daraus, daß beide zur Bezeichnung dieses Lagers in einem absonderlichen Worte zusammentreffen. Matthäus nennt es zweimal mit dem gewöhnlichsten Worte Bett; Lucas einmal ebenso, zweimal mit dem verkleinernden Worte Bettchen, zuletzt umschreibend: das, worauf der Kranke lag. Dagegen gebraucht Marcus durchaus, d. h. viermal, und ebenso Johannes fünfmal ein Wort, das zwar auch sonst im Neuen Testament nicht unerhört, doch so besonder ist, wie wenn wir im Deutschen etwa Pritsche sagen wollten[1]), und das daher, da es sich bei Johannes sonst nicht, wohl aber bei Marcus wiederfindet, eine Benützung des letztern durch den erstern wahrscheinlich macht.

Eigen ist dem vierten Evangelisten auch hier wieder wie bei der Geschichte von dem Blindgeborenen die Veranstaltung, daß der Thatbestand des Wunders durch ein förmliches Verhör sicher gestellt wird. Die Juden, d. h. die jüdischen Obern, wie sie den Menschen sein Bette daherschleppen sehen, bemerken ihm, das sei am Sabbat nicht erlaubt. Er erwidert, der ihn zum Gehen befähigt, habe es ihn geheißen. Sie wollen wissen, wer das gewesen sei? Er erklärt, das selbst nicht zu wissen, da Jesus, dem Volk ausweichend, nach Ertheilung des Wunderbefehls weggegangen war. Erst nachher trifft er mit dem Geheilten im Tempel wieder zusammen, wo er ihm die oben besprochene Ermahnung gibt, und bei dieser Gelegenheit muß der Mensch seinen Namen erfahren haben, denn jetzt erst zeigt er den Juden an, Jesus sei es gewesen, der ihn gesund gemacht. Während nun aber in der Geschichte des Blindgeborenen (der übrigens den Namen Jesu bereits kannte, nur sonst nichts von ihm wußte) die Inquirenten noch weiter in ihn und seine Angehörigen dringen, um die Art des Uebels und seiner Heilung durch Jesus näher zu erforschen, machen sie hier, sobald Jesus als der Urheber der Sabbatsverletzung ermittelt ist, Halt, um ihren Angriff gegen diesen zu wenden. Hier ist dann aber die Darstellung sehr wenig anschaulich. „Darum verfolgten ihn die Juden“, heißt es, „weil er das am Sabbat that. Jesus aber antwortete ihnen“ u. s. f. Antworten nun kann man auf eine Einwendung, einen Vorwurf, eine Anklage; Verfolgung dagegen, wenn sie nicht in der sinnlichen Wortbedeutung genommen werden kann, ist ein länger fortgesetztes Thun, dem man sich entziehen, wovor man sich in Acht nehmen, aber worauf man nicht antworten kann. Nach der ersten angeblichen Antwort Jesu heißt es dann weiter: „Darum suchten ihn die Juden noch mehr zu tödten“; und darauf „antwortet“ Jesus abermals, und zwar in längerer Rede, die den Juden, wenn sie ihn tödten wollten, dazu alle Zeit und Gelegenheit geben mußte. Man sieht: sobald der Geheilte Jesum bei den Juden als den Urheber der Sabbatsentweihung angegeben hatte, ist für den Erzähler die Scene zu Ende, es ist ihm fortan nur noch um die Rede Jesu zu thun, die er daran knüpfen wollte, und die er daher als angebliche Antwort auf eine Verfolgung so ungenügend einleitete.

Diese Rede hatte der Evangelist gleich Anfangs in Aussicht genommen,

1) Das Wort κράββατος, das auch noch Marc. 6, 55. Apostelgesch. 5, 15. 9, 33 in derselben Bedeutung eines tragbaren Krankenbetts vorkommt. Vgl. Catull. Carm. 10, 22.

als er dieses Heilungswunder auf den Sabbat verlegte. Die Jesu angemuthete Unthätigkeit am Sabbat sollte ihm Veranlassung geben, seine nimmer ruhende göttliche Logosnatur hervorzukehren. Daher bedient er sich zur Abwehr der jüdischen Vorwürfe nicht der praktischen Argumente vom Ochsen und Esel, oder von David und den Schaubroden, wie bei den Synoptikern (dergleichen übrigens dem Verfasser des vierten Evangeliums, wie aus 7, 23 zu sehen, nicht unbekannt waren), sondern des metaphysischen, daß, wie Gott, sein Vater, ohne Unterbrechung durch eine Sabbatruhe wirke und schaffe, so auch ihm als dem Sohne, der sich in all seinem Thun nach dem Vater richte, ein unablässiges Wirken gebühre. Die Lehre von dem ununterbrochenen Schaffen Gottes war eine Grundlehre der jüdisch-alexandrinischen Philosophie; dem Logos, als dem Vermittler der Wirksamkeit Gottes in der Welt, kam dieselbe nie rastende Thätigkeit zu: die Würde Jesu als des fleischgewordenen Logos ließ sich bei keinem Anlaß nachdrücklicher in's Licht setzen, als wenn die jüdischen Gegner sein göttlich unbegränztes Wirken durch ihr nationales Sabbatgesetz zu beschränken versuchten. Mit Recht ist daher gesagt worden, daß von dem Lehrsatze des johanneischen Prologs (1, 4): „In ihm, dem Logos, war Leben, und das Leben war das Licht der Menschen", die letzte Hälfte in der Geschichte vom Blindgeborenen, die erste in unserer Geschichte zur Anschauung gebracht sei[1]); wobei nur darauf beharrt werden muß, daß im Sinne des Evangelisten diese Geschichten ebenso als durchaus wirkliche, wie als durchaus symbolische Vorgänge zu fassen sind.

Daß nun aber diese ganze Rede von dem vierten Evangelisten frei gebildet ist, zeigt sich außer der Verwandtschaft ihres Grundgedankens mit dem philonischen System für's Andere in dem unhistorischen Zuge, der im vierten Evangelium beständig wiederkehrt, daß, wo Jesus Gott seinen Vater nennt, die Juden darin eine wesentliche Gleichstellung mit Gott finden (V. 18); was den wirklichen Juden nicht einfiel, die an die Bezeichnung des Messias, ja auch gemeiner Könige, als Söhne, d. h. Schützlinge und Statthalter Gottes, wie an etwas ganz Unverfängliches gewöhnt waren. Für's Dritte zeigt es sich noch darin, daß eine Reihe von Sätzen dieser Rede theils im Prolog (vgl. V. 37 mit 1, 18), theils sonst, als Worte des Evangelisten (vgl. V. 32 mit 19, 35; V. 44 mit 12, 43), oder des Täufers (vgl. V. 20 mit 3, 35) vorkommen, noch mehrere im ersten johanneischen Briefe sich wiederholen (vgl. V. 24 mit 1 Joh. 3, 14; V. 34 und 36 fg. mit 1 Joh. 5, 9; V. 38 mit 1 Joh. 1, 10; V. 40 mit 1 Joh. 15, 12; V. 42 mit 1 Joh. 2, 15); wovon das Letztere freilich nur für denjenigen ein Wahrscheinlichkeitsbeweis ist, der den ersten johanneischen Brief für früher als das Evangelium hält, übrigens auch das Erstere schon hinreicht, um das von allen Seiten her sich auf-

---

1) Baur, Kritische Untersuchungen über die kanonischen Evangelien, S. 176.

drängende Ergebniß in Betreff der Reden Jesu im vierten Evangelium zu verstärken.

73.

Heilungen von Aussätzigen, Tauben und Stummen.

Auf die Lahmen folgen in der Rede Jesu (Matth. 11, 5) die Aussätzigen, wie in seiner Ansprache an die Zwölfe bei deren Aussendung (Matth. 10, 8) diese unter andern Krankenheilungen insbesondere auch zur Reinigung von Aussätzigen ermächtigt werden. Aus der jesaianischen Stelle wie die Blinden und Lahmen konnte Jesus die Aussätzigen nicht nehmen, da der Prophet ihrer dort keine Erwähnung thut; wie sie denn auch in das Bild von der neubelebenden, alle Schäden vergessen machenden Freude des Volks über das Ende der Verbannung, das er entwerfen wollte, nicht wohl paßten. Aber als Programm der messianischen Wunder wurde jener prophetische Ausspruch, wie schon oben erinnert, aus dem prophetischen Vorbilde ergänzt. In der Prophetenlegende spielt der Aussatz eine große Rolle, wie er unter den in Judäa herkömmlichen Krankheiten, und demgemäß im mosaischen Gesetz (3 Mos. 13. 14) eine solche spielte. Ein so bösartiges, hartnäckiges, besonders auch durch die Absperrung, die seine ansteckende Eigenschaft nothwendig machte, schreckliches Uebel eignete sich vorzugsweise, als göttliche Strafe oder Prüfung (man denke an die Erzählung von Hiob), wie die Heilung von demselben als göttliche Wohlthat gefaßt zu werden. Unter den Wunderzeichen, zu denen Jehova den Moses, um ihn beim Volke zu beglaubigen, befähigt, nimmt daher das Hervorbringen und Schwindenmachen des Aussatzes eine der ersten Stellen ein (2 Mos. 4, 6 fg.). Jehova heißt ihn seine Hand in den Busen stecken und wieder herausziehen, da war sie schneeweiß von Aussatz, und nachdem er sie zum zweitenmal hineingesteckt und herausgezogen, war sie wieder wie sein übriges gesundes Fleisch. Ist dieß nur gleichsam ein göttliches Wunderspiel, so wird es ein andermal mit der Verhängung und Wegnahme des Aussatzes bitterer Ernst. Als Mirjam, Mose's Schwester, sich beigehen ließ, gegen ihren Bruder zu meutern, entbrannte der Zorn Jehova's wider sie, und sie ward aussätzig wie Schnee; erst auf Aaron's Fürsprache bei Moses und dessen Verwendung bei Jehova ward sie nach siebentägiger Absperrung als rein wieder aufgenommen (4 Mos. 12, 1—15). Besonders berühmt und in einer Stelle des dritten Evangeliums (Luc. 4, 27) auch von Jesu selbst erwähnt, ist die Heilung eines Aussätzigen durch den Propheten Elisa, aus dessen Geschichte auch sonst so manche Züge in die Geschichte Christi gekommen sind (2 Kön. 5, 1 fg.). Der syrische Feldherr Naeman, der am Aussatze litt, spricht den Propheten um Heilung an; wie ihm aber dieser ein siebenmaliges Baden im Jordan verordnet, meint der Kriegsmann mit Verdruß sich auf eine gewöhnliche Badekur verwiesen, da er vielmehr erwartet hätte, der Prophet werde zu ihm treten, unter Anrufung Jehova's, seines Gottes, mit seiner Hand über die kranke Stelle fahren, und so den Aussatz wegschaffen. Doch läßt er sich überreden, die Vorschrift des Propheten zu befolgen, und sieht sich nach siebenmaliger Untertauchung im Jordan vollständig geheilt; während der Prophet sich gleich darauf veranlaßt findet, den Aussatz auf seinen gewinnsüchtigen Diener Gehasi zu übertragen.

Auch hier ließ die messianische Hoffnung, wenigstens wie sie in das Christenthum einging, die strafende Seite des alttestamentlichen Wunders weg, aber die heilende und gnadenreiche durfte dem Messias nicht fehlen. So ist denn gleich unter den ersten Kranken, die Jesum um Heilung ansprechen, in sämmtlichen synoptischen Evangelien (Matth. 8, 1—4. Marc. 1, 40—45. Luc. 5, 12—16) ein Aussätziger, der vor ihm niederfällt und die Ueberzeugung ausspricht, wenn er nur wolle, könne er ihn rein machen. Jesus, indem er ihn anrührt, spricht seinen Willen aus, und augenblicklich ist der Mensch so rein, daß ihm Jesus anbefehlen kann, sich zuversichtlich dem Priester zur Besichtigung zu stellen und das Reinigungsopfer bereit zu halten. Dieser Erzählung durch die Vermuthung zu Hülfe zu kommen, der Mensch sei wohl, ohne es zu wissen, schon so viel wie heil, der Aussatz im letzten Abblättern begriffen gewesen, und Jesus habe ihm dieß nur eröffnet, ihn also nicht rein gemacht, sondern nur für rein erklärt, diese rationalistische Wendung ist der evangelischen Erzählung gegenüber ebenso gewaltsam, als sie auf unserem Standpunkte bis zum Lächerlichen überflüssig ist. Wir haben hier einen prophetisch-messianischen Mythus deutlichsten Gepräges, der keiner natürlichen, sondern nur der genetischen Erklärung bedarf, die wir gegeben haben.

Eine zweite Aussatzheilung findet sich noch bei Lucas, und zwar sind es hier gleich zehn Aussätzige auf einmal, denen die Heilkraft Jesu zu Gute kommt (17, 11—19). Als er, auf der Reise nach Jerusalem begriffen, auf der Gränze zwischen Galiläa und Samarien hinzog, begegneten ihm vor einem Dorfe zehn aussätzige Männer, die in gesetzlicher Entfernung stehen blieben, aber ihn mit lauter Stimme anriefen, sich ihrer zu erbarmen. Er, ohne sie, wie den Kranken im vorigen Falle, zu berühren, oder auch nur zu sich her zu rufen, forderte sie auf, hinzugehen und sich den Priestern zu zeigen: und indem sie hingingen, wurden sie rein. Hier wäre nun die Geschichte als Wundergeschichte eigentlich zu Ende, und wir würden sie insoweit einfach als eine Variation der vorigen betrachten, wobei uns nur die bedeutende Steigerung der Zahl, von eins auf zehn, einigermaßen Wunder nehmen könnte. Allein die Erzählung des Lucas ist damit noch nicht abgeschlossen. Sondern, wie sich die Zehne nun geheilt erkennen, da gehen Neune von ihnen ihrer Wege weiter, Einer aber kehrt um, seinem Wohlthäter fußfällig zu danken, und dieser Eine ist ein Samariter. Ihm gegenüber spricht sich sofort Jesus mißbilligend über die neun Juden aus, welche die Erfüllung der Dankespflicht gegen Gott einem Nichtjuden überlassen haben; während er den Samariter mit der Erklärung entläßt, sein Glaube habe ihm geholfen.

In dieser Schlußwendung haben wir nun auf der einen Seite die Nachbildung des Schlusses der Geschichte von Elisa und Naeman zu erkennen, den die vorige Aussatzgeschichte unberücksichtigt gelassen hatte. Denn Naeman, als er sich geheilt sah, war ebenfalls umgekehrt, dem Propheten zu danken und den Gott Israels als den einzig wahren Gott anzuerkennen, und er war ebenso ein Fremder, wie hier der Samariter. Und auch als den Einzigen unter Mehreren hatte ihn Jesus bei Lucas dargestellt, wenn er sagte (4, 27), viele Aussätzige seien zu des Propheten Elisa Zeit in Israel gewesen, und keiner von ihnen rein geworden, als allein Naeman der Syrer: ähnlich wie hier zwar Zehne rein wurden, aber keiner dem Naeman gleich sich durch Dankbarkeit dessen würdig erwies, als allein ein Samariter. Den Naeman entläßt Elisa, nachdem er seine Geschenke ausgeschlagen, mit den Abschiedsworten: „Gehe hin in Frieden.“ Statt dessen verabschiedet Jesus den dankbaren Samariter mit der auch sonst bei Wundergeschichten vorkommenden Formel: „Gehe hin, dein Glaube hat dir geholfen.“ Daß nun die letzteren Worte, die bei der Heilung der blutflüssigen Frau (Luc. 8, 48) oder des Blinden bei Jericho (Luc. 18, 42) vollkommen an ihrer Stelle sind, hieher nicht passen, ist leicht zu sehen: denn wenn der Samariter um des in seiner Umkehr zu Jesu bewiesenen Glaubens willen geheilt worden war, wodurch waren denn die übrigen geheilt worden, die einen solchen Glaubensbeweis nicht gaben? Es ist also diese Schlußrede von dem Evangelisten aus andern Wundergeschichten hieher übergetragen; ohne sie aber hat die Erzählung in der Frage Jesu, ob sich denn unter den zehn Geheilten keiner gefunden habe, der Gott die Ehre hätte geben mögen, als dieser Fremde? einen ebenso lehrhaften Schluß, wie die Parabel vom barmherzigen Samariter in der Frage (10, 36), wer von diesen Dreien sich an dem unter die Räuber Gefallenen als sein Nächster bewiesen habe? was dann gleichfalls ein Fremder ist.

Mit dieser dem Lucas eigenthümlichen Gleichnißrede hat überhaupt unsere ihm gleichfalls eigenthümliche Wundergeschichte die auffallendste Aehnlichkeit; beide gehören zu seinen Samaritergeschichten, die mit der Tendenz seines Evangeliums so eng zusammenhängen. Hier ist der einzig Dankbare unter Zehn, wie dort der einzig Barmherzige unter Dreien, ein Samariter, während beidemale die übrigen, sämmtlich ächte und gerechte Juden, undankbar und unbarmherzig sich beweisen. Die Zehnzahl wie die Dreizahl sind runde für eine Gleichnißrede geeignete Zahlen, wie uns die erstere z. B. in dem Gleichniß von den zehn Jungfrauen (Matth. 25, 1 fg.) begegnet. Daß nun diese Geschichte gleich der vom barmherzigen Samariter von Jesu ursprünglich als Gleichnißrede vorgetragen, später aber geschichtlich aufgefaßt worden sei, möchten wir nicht sagen. Wenn einer von einem unbestimmten Subject, wie einem König, einem Säemann, einem Reisenden, oder auch von einem dritten mit beliebigem Namen, wie von einem Lazarus, etwas mit lehrhafter Nutzanwendung erzählt, so ist die Parabel leicht zu erkennen; erzählt er aber etwas von sich selbst, so muß Jeder meinen, das sei ihm wirklich so begegnet, und ist dieß nicht der Fall, so hat er entweder ungeschickt eingekleidet, oder die Leute hinter's Licht geführt. Eines so wenig wie das Andere haben wir ein Recht, Jesu zur Last zu legen, und können darum in der vorliegenden Wundergeschichte nur das Werk eines Späteren sehen, der dem alten prophetisch messianischen Thema von der Aussatzheilung diese heidenfreundliche Wendung gab, sei es, daß ihm dabei die Parabel vom barmherzigen Samariter im Sinne lag, oder daß er selbst auch der Urheber von dieser war.

Bei dieser Klasse von Wundergeschichten läßt uns das vierte Evangelium im Stich; von Aussätzigen ist in demselben keine Rede. Der Grund ist wohl, daß in der reinlichen Griechenwelt Kleinasiens, in welcher der Verfasser sich bewegte, dergleichen Uebel nicht so, wie unter den Juden in Palästina, an der Tagesordnung waren; daß sie sich auch nicht so wie Blindheit und Lahmheit in seine Symbolik, die sich in den Gegensätzen von Licht und Finsterniß, Leben und Tod bewegt, einfügen ließen.

Das Letztere ist auch mit den Tauben der Fall, die in der Antwort Jesu an die Abgesandten des Täufers den nächsten Platz einnehmen. In der jesaianischen Stelle, aus der diese wieder genommen sind, werden neben ihnen noch besonders Stumme aufgeführt; in dem Griechischen der Evangelien bezeichnet dasselbe Wort Taube und Stumme, und so kommt es, daß Matthäus und Lucas, die in jener Antwort Jesum nichts von Stummen, sondern nur von Tauben sprechen lassen, die durch ihn das Gehör wieder erlangen, umgekehrt unter ihren Wundergeschichten zwar von Stummen erzählen, die Jesus redend gemacht, aber nichts von Tauben, denen er das Gehör wieder geschenkt habe; während Marcus zweimal, einmal in einer ihm eigenthümlichen Heilungsgeschichte, das anderemal in einer, wo die beiden Andern nur von Besessenheit wissen, Taubheit und Stummheit verbindet.

Von diesen Erzählungen verhalten sich jedenfalls die beiden ersten bei Matthäus als Doubletten. Wenn man das einemal (9, 32—34) einen dämonisch stummen Menschen zu Jesus bringt, der nach Austreibung des Dämons redet, worüber das Volk als über etwas, dessengleichen in Israel noch nicht erschienen, sich verwundert, die Pharisäer aber sagen, Jesus treibe die Dämonen aus durch den obersten der Dämonen; das anderemal (12, 22—24. vgl. Luc. 11, 14) ein Besessener zu Jesu gebracht wird, der blind und stumm ist, Jesus ihn heilt, daß er sprechen und sehen kann, das Volk in dem Wunderthäter den Davidssohn vermuthet, die Pharisäer aber sagen, er treibe die Dämonen nur durch Beelzebul, den obersten der Dämonen, aus: so ist ja wohl augenscheinlich, der Verfasser des ersten Evangeliums hat in einer seiner Quellen die Geschichte als Heilung eines dämonisch Stummen, in einer andern als Heilung eines dämonisch Blindstummen vorgefunden, wie dergleichen Geschichten in verschiedenen Formen und Verknüpfungen umliefen, und hat nun in der Meinung, es seien zwei verschiedene Vorfälle, beide Erzählungen, die eine an einer früheren, die andere an einer späteren Stelle, seinem Evangelium einverleibt; während Lucas, wenn auch nicht die wahre Bewandtniß erkannt, doch die Einrückung von zwei so ganz ähnlichen Geschichten in sein Evangelium für überflüssig gehalten hat.

Daß man Stumme zugleich für besessen hielt, ist bei den unheimlichen Gebärden solcher Leidenden auf dem Standpunkte des Dämonenglaubens natürlich; weniger nahe liegt es bei Blinden; indeß wenn wir sehen, wie dieser Wahn selbst Gliederkrankheiten, wie die der zusammengebückten Frau, in seinen Kreis gezogen hatte, so darf uns die Annahme dämonischer Besitzung als Ursache der Blindheit nicht allzusehr Wunder nehmen. Etwas Anderes ist es, wenn ein Kranker, den Matthäus mondsüchtig nennt, doch mit Lucas als einen Dämonischen beschreibt, von dem einzigen Marcus zugleich als stumm und taub bezeichnet wird (9, 17. 25). Da dieß jener Fall ist, wo die Kraft der Jünger nicht ausreicht, sondern Jesus selbst sich in's Mittel schlagen muß, so sieht man, Marcus hat durch Häufung der Uebel, vielleicht im Hinblick auf den dämonisch Stummen bei Matthäus, den Fall als einen besonders schwierigen darstellen wollen.

Hat Marcus schon hier in Ausmalung theils der Zustände des Kranken, theils der Scene zwischen seinem Vater und Jesu, sich mit sichtbarem Behagen gehen lassen (worauf wir später zurückkommen), so ist die Geschichte von dem schwerredenden Stummen (7, 32—37) mit der schon oben betrachteten Blindenheilung bei Bethsaida das wahre Musterstück einer Wundererzählung im Geschmacke unseres zweiten Evangelisten. Zu dem mysteriösen Beiseitenehmen des Kranken und dem vergeblichen Verbot am Schlusse, das Geschehene auszubreiten, kommt hier noch das aramäische Wort, womit Jesus den verschlossenen Ohren des Tauben sich zu öffnen befiehlt, das der Verfasser, der es seinen Lesern übersetzen muß, recht wie ein Zauberwort in seiner fremdartigen Ursprache wiedergibt. Die Ausmalung des allmähligen Fortschreitens der Heilung, wie bei jener Blindengeschichte, finden wir hier nicht; dafür ist die Manipulation Jesu, im Zusammenhang damit, daß hier ein doppeltes Gebrechen zu heben war, desto ausführlicher beschrieben: mit dem Speichel, den er dort unmittelbar in die Augen spuckt, bestreicht er hier die Zunge, in die Ohren aber legt er die Finger; wozu noch ein Seufzen und gen Himmel Blicken kommt, das einen Affect in die Scene bringt, den wir nur im vierten Evangelium in der Geschichte von der Auferweckung des

Lazarus wiederfinden. Wenn dann am Schlusse das Volk in übermäßiger Verwunderung ausruft: „Wohl hat er Alles gemacht, die Tauben macht er hörend, und die Sprachlosen redend“, so heißt dieß nichts Anderes, als daß Jesus hiemit geleistet habe, was man nach der Propheten-stelle von dem Messias erwartete, was also Jesus, sobald er aus besseren Gründen als Messias anerkannt war, geleistet haben mußte, er mochte es wirklich geleistet haben oder nicht.

74.

Heilungen von Besessenen.

Der Ordnung jener Rede Jesu zufolge, nach deren Anleitung wir seine Wunderthaten betrachten, kämen wir jetzt an seine Todtenerweckungen; allein es sind noch verschiedene Arten von Heilungswundern zurück, die, in jener Rede nicht aufgeführt, gleichwohl in Erwägung gezogen sein wollen.

Unter diesen stehen die Dämonenaustreibungen oben an, deren Jesus dort keine Erwähnung thut, wo er sich nur auf diejenigen Wunder beruft, die man nach Maßgabe theils der Weissagung, theils des Vorgangs der alttestamentlichen Propheten von dem Messias erwartete; zu deren Zeiten aber, selbst der spätesten, von Besessenheit noch keine Rede war. Daß nun unter allen Heilungen, welche die Evangelien von Jesu erzählen, die Heilung solcher Uebel, die man aus dämonischer Besitzung ableitete, am meisten natürliche Möglichkeit und geschichtliche Wahrscheinlichkeit für sich hat, ist schon früher auseinandergesetzt worden: hat Jesus überhaupt Kranke geheilt, so sind gewiß vermeinte Dämonische darunter gewesen.

Daraus folgt aber nicht, daß die Berichte von solchen Heilungen, wie sie uns in den Evangelien vorliegen, historisch genaue Berichte sind; im Gegentheil, keine dieser Heilungen können wir uns ganz so, wie sie erzählt ist, natürlicherweise geschehen denken, und es wäre auch seltsam, wenn die Anregung, welche die Vorstellung einer persönlichen Gegenwart böser Geister und eines Zusammenstoßens derselben mit dem Messias der Einbildungskraft gab, sich nicht in vielfacher Ausschmückung solcher Geschichten bethätigt hätte. Von den summarischen Angaben, daß Jesus oder seine Jünger Dämonen ausgetrieben haben (jenes Matth. 4, 24. 8, 16. Marc. 1, 34. 39. 3, 11. Luc. 4, 41. 6, 18; dieses Matth. 10, 1. 8. Marc. 3, 15. 6, 7. 13. Luc. 9, 1. 10, 17. 20), und von solchen Erzählungen abgesehen, wo die Besessenheit nur in zweiter Linie, als Ursache anderer Krankheitsübel, erscheint, wie bei den Stummen und Blindstummen der vorhin betrachteten Geschichten, oder wo der Kranke, weil es sich um eine Heilung in die Ferne handelt, im Hintergrunde bleibt, wie die dämonische Tochter des kananäischen Weibes, haben wir in den synoptischen Evangelien drei Fälle dieser Art, wovon der erste als ein einfacher, die beiden andern als verwickelte, schwierige Fälle beschrieben sind.

Schon in jenen summarischen Angaben wird bei Lucas und Marcus besonderes Gewicht darauf gelegt, daß die Dämonen in den Besessenen Jesum als den Messias erkannt haben. Die unreinen Geister, sagt Marcus (3, 11. vgl. Luc. 4, 41), wenn sie seiner ansichtig wurden, fielen ihn an und schrien: Du bist der Sohn Gottes! worauf ihnen Jesus, wenn er sie überhaupt zum Worte kommen ließ (vgl. Marc. 1, 34), bei schwerer Strafe verbot, ihn als solchen weiter bekannt zu machen. Den Messias, der sie sammt ihrem Oberhaupte dereinst der Verdammniß überantworten sollte (Matth. 8, 29. 25, 41. Marc. 1, 24. Luc. 4, 34. Offenb. 20, 1 fg. 10), mußten die Dämonen ja wohl kennen, und vermöge ihrer durchschauenden geistigen Natur werden sie keinen dafür gehalten haben, der es nicht wirklich war; hatten sie also in Jesus den Messias erkannt, so war dieß auf dem Standpunkte der jüdischen Volksvorstellung ein starker Beweis, daß er dieß in der That gewesen war. Zugleich ergab sich für die Darstellung der wirksame Contrast, daß, während Jesus unter seinen Volksgenossen den Glauben an ihn als Messias zu pflanzen sich vergebens abmühte, er bei den scharfsichtigeren Dämonen umgekehrt nur zu wehren hatte, daß sie ihn nicht mehr als seine Bescheidenheit zuließ, für den Messias ausriefen. Da nun aber wir in den Dämonischen nur natürlich kranke Menschen sehen, so können wir ihn auch kein solches Durchschauen Jesu in seiner tiefsten Bedeutung zuschreiben, d. h. wir können nicht annehmen, wie es die Evangelisten offenbar darstellen, daß, sobald ein solcher Mensch Jesu zum erstenmal ansichtig geworden sei, er ihn, ohne sonst etwas von ihm zu wissen, als den Messias erkannt habe; sondern wo ein solches Erkennen stattfand, da werden wir voraussetzen müssen, daß etwas vorangegangen war, das den Kranken natürlicherweise auf jene Ueberzeugung führen konnte.

Einen solchen erklärenden Umstand gibt die evangelische Erzählung von dem Dämonischen in der Synagoge zu Kapernaum (Marc. 1, 21—28. Luc. 4, 31—37) selbst an die Hand, wenn sie Jesum vorher einen Lehrvortrag halten und damit gewaltigen Eindruck auf die Versammlung machen läßt. Dadurch konnte sich ein Anwesender, der an dämonischen Zuständen litt, leicht so aufgeregt finden, daß er in einen Paroxysmus fiel, in welchem er in der Rolle des Dämon den gewaltigen Mann Gottes bat, ihn doch in Frieden zu lassen. Die Evangelisten freilich setzen beides nicht in ursächlichen Zusammenhang, sondern lassen den Dämon seine Erkenntniß rein aus sich selber schöpfen, so daß er Jesum, auch wenn dieser nicht gesprochen hätte, als das, was er war, erkannt haben würde. Auch lassen sie ihn Jesum nicht blos für einen Propheten, sondern für den Heiligen Gottes, d. h. für den Messias erklären, was am ersten Anfang der Wirksamkeit Jesu undenkbar erscheint, da einer sehr glaubhaften Ueberlieferung zufolge die Ansicht, daß Jesus der Messias sei, selbst seinem nächsten Kreise erst viel später aufgegangen ist; es gibt also unsere Erzählung jedenfalls entweder die von dem Besessenen Jesu zuerkannte Würde zu hoch an, oder sie ist um vieles zu früh gestellt. Aus dem Eindruck nun aber, den Jesus durch seine Rede, seine Persönlichkeit und Alles, was in der Gegend von ihm verlautete, auf den Kranken machte, läßt sich dann auch der Erfolg, wie die Evangelisten ihn angeben, natürlich erklären. Erkannte der Mann in Jesu auch nur einen Propheten, so mußte er ihm nach jüdischer Vorstellung eine höhere gottverliehene Kraft zum Kampfe gegen die Macht des Bösen, also gegen das Dämonenreich, zutrauen, und sobald Jesus, diese Meinung theilend oder benützend, dem Dämon auszufahren gebot, so konnte dieß die Wirkung haben, wie sie uns erzählt wird, daß unter gewaltigen Zuckungen eine Krisis erfolgte, die dem krankhaften Zustand ein Ende machte; ob für immer, wissen wir freilich hier so wenig als irgendwo sonst bei diesen evangelischen Erzählungen; unerhört indeß wäre auch eine bleibende Heilung eines solchen Uebels durch psychologischen Eindruck nicht.

Eine andere Bewandtniß hat es mit der sämmtlichen Synoptikern gemeinschaftlichen Erzählung von dem oder den besessenen Gadarenern (Matth. 8, 28—34. Marc. 5, 1—20. Luc. 8, 26—39). Sie ist das Prachtstück unter den evangelischen Besessenengeschichten, mit allem Möglichen und Unmöglichen, welches Letztere ja in gewissen Kreisen immer den größten Eindruck macht, reichlich ausgestattet. In Betreff dieser Ausstattung übrigens weichen die verschiedenen Berichte nicht unbedeutend von einander ab, indem Züge, die sich bei Marcus und Lucas finden, in der Darstellung des Matthäus fehlen. Umgekehrt ein Mehr in Vergleichung mit jenen hat der letztere insofern, als er von zwei Besessenen spricht, während die beiden anderen nur von einem wissen. Diese Abweichungen hat man zu seinem Nachtheil ausgelegt, und in seinem Berichte nur eine sehr verwaschene Ueberlieferung gefunden, in welcher insbesondere die Mehrheit der Dämonen in dem Einen Kranken sich zu einer Mehrheit von Dämonischen umgestaltet habe; allein ebenso gut könnte umgekehrt, um die Mehrheit der Dämonen in jedem einzelnen Kranken desto bestimmter hervorzuheben, im späteren Wiedererzählen nur noch von Einem Kranken gesprochen worden sein. In allen übrigen Stücken wenigstens erscheint die Erzählung des Matthäus denen der beiden anderen gegenüber als die einfachere. Schon in seiner Beschreibung des Zustandes der beiden Besessenen sagt er mit den wenigen Worten, sie seien sehr wild gewesen, so daß Niemand des Wegs, wo sie hausten, gehen konnte, so viel als die anderen mit ihrer, besonders bei Marcus, bis zur Ueberladung ausführlichen Schilderung. Die Anrede der Besessenen an Jesum ist sodann bei allen drei Berichterstattern im Wesentlichen dieselbe, wie in der vorigen Geschichte: die Frage, was er von ihnen wolle, und die Bitte, sie nicht vor der Zeit unglücklich zu machen; von der es aber natürlicher ist, daß der Besessene sie that, da Jesus in seine Nähe kam, als daß er, wie es im Unterschiede von Matthäus besonders bei Marcus dargestellt ist, zu dem gefürchteten Manne von ferne herbeigelaufen sein sollte. Der Erzähler, als fände er es selbst nicht recht denkbar, sucht es durch einen vorangegangenen Befehl Jesu, der Dämon solle ausfahren, zu motiviren; ein Befehl, von dem man nun aber nicht begreift, wann ihn Jesus ausgesprochen haben soll, wenn doch der Besessene vorher nicht in seiner Nähe war. Natürlicher freilich ist jene Darstellung des Matthäus nur vom Standpunkte des Wunders aus; denn daß ein kranker Mensch dieser Art in Jesu beim ersten Anblick den Messias erkannt haben sollte, ist am jenseitigen Seeufer, wo diese Geschichte spielt, und wo Jesus noch wenig bekannt war, noch schwerer denkbar als auf der galiläischen Seite. Wie viele Dämonen in jedem der Besessenen gewesen, ja daß überhaupt in Einem mehrere gewesen seien, ist im ersten Evangelium nicht gesagt; die Frage Jesu nach dem Namen des Dämon und die Antwort, er heiße Legion, weil ihrer viele seien, ist Zuthat des zweiten und dritten Evangeliums. Und leicht könnte man vermuthen, diese sei nur aus dem folgenden Zuge erschlossen, den Matthäus mit den andern gemein hat, der Bitte der Dämonen nämlich, in die Schweine fahren zu dürfen: dieß konnte eine Zahlengleichheit der Dämonen mit den Schweinen vorauszusetzen scheinen, weßwegen dann der Heerde hier eine Legion dort gegenübergestellt wurde.

Der Zug mit den Schweinen ist derjenige, woran selbst starkgläubigen Auslegern der Glaube auszugehen pflegt; denn auch wer die Besetzung menschlicher Seelen durch böse Geister denkbar findet, kann sich ein gleiches Verhältniß derselben zu Thierseelen nicht leicht vorstellen, und selbst wer sich diese Vorstellung noch zumuthet, muß sofort über den Widerspruch stutzig werden, der in dem angeblichen Benehmen der bösen Geister liegt. Erst sollen sie sich, um nicht in den Höllenabgrund oder außer Lands zu müssen, das Quartier in den Schweinen erbeten, unmittelbar darauf aber, als ihnen die Bitte gewährt war, durch den diesen Thieren gegebenen Antrieb, sich in den See zu stürzen, das erbetene Quartier selbst zerstört haben. So dumm werden wirkliche Teufel nicht gehandelt haben, wohl aber konnte eine Sage oder Dichtung in solchen Widerspruch verfallen, wenn sie bei Entwerfung ihrer verschiedenen Züge sich von verschiedenen Zwecken und Rücksichten leiten ließ. Da hier nicht blos eine einfache, sondern eine in jeder Art ausgezeichnete Austreibungsgeschichte gegeben werden sollte, so mußten die Dämonen nicht blos aus dem Menschen ausfahren, sondern zum Beweis, daß sie ihn wirklich verlassen hatten, in einen andern Gegenstand hineinfahren; als solcher eignete sich für unreine Geister am besten das unreine Thier, das Schwein, und war es deren eine Heerde, so konnte daraus auch für die Dämonen eine Mehrheit abgeleitet, und damit für die ganze Geschichte eine weitere Steigerung gewonnen werden. Das Fahren in die Schweine ließ sich durch eine Bitte der Dämonen motiviren, die sich aus der Zeitvorstellung ergab, daß dergleichen Wesen lieber als Parasiten in einem, sei es auch thierischen Körper, als körperlos in der Einöde oder gar in der Hölle sein mögen. Nun aber, daß sie wirklich in die Schweine gefahren waren, worin sollte sich das zeigen? Sprechen, wie aus den Menschen, konnten sie doch wohl aus den Schweinen nicht; zu Boden Fallen und Verzuckungen waren bei den wunderlichen Bewegungen, welche diese Thiere ohnehin oft machen, kein sicheres Zeichen: es blieb nichts, als was die Thiere für sich gewiß nicht gethan haben würden, daß sie selbst in den Tod rennen mußten, d. h. von den Dämonen in den Tod gejagt wurden; ein Zug, der an sich, von dem besondern Fall und der vorhergegangenen Bitte der bösen Geister abgesehen, zu deren zerstörungslustigem Wesen trefflich paßte. Von dergleichen Austreibungsproben wurde in jener Zeit auch sonst erzählt. Josephus[1]) berichtet von einem jüdischen Beschwörer, der mittelst eines Zauberrings und salomonischer Zauberformeln den Besessenen die Dämonen aus der Nase zog; dieser habe, um die Anwesenden zu überzeugen, daß das böse Wesen wirklich heraus sei, ein volles Wassergefäß in die Nähe gestellt und dem Dämon befohlen, es umzuwerfen, was dieser auch gethan habe; und zwar versichert Josephus, diesen Beweis der unvergleichlichen Weisheit seines Salomo selbst mit angesehen zu haben. In ähnlicher Art erzählt Philostratus[2]) von Apollonius von Tyana, er habe einem Dämon, der einen Jüngling besessen hatte, befohlen, sich mit einem sichtbaren Zeichen zu entfernen, worauf derselbe sich erboten habe, ein in der Nähe befindliches Standbild umzuwerfen, das auch wirklich zum Erstaunen aller Anwesenden in dem Augenblick umgefallen sei, als der Dämon den Jüngling verließ. War indeß ein solcher Gegenstand, wie in diesen Erzählungen, in der Nähe, so war Täuschung nicht ausgeschlossen; wer konnte aber an so etwas denken, wenn derselbe, wie die Schweineheerde nach des Matthäus ausdrücklicher Versicherung, sich vielmehr in ziemlicher Entfernung befand?

Den Schluß der Erzählung bildet bei Matthäus, daß auf den Bericht, welchen die entflohenen Schweinehirten in der Stadt von dem Vorfall machten, deren Bewohner herauskommen und den ihre materiellen Interessen bedrohenden Wunderthäter ersuchen, seine Thätigkeit einer andern Gegend zuzuwenden. Dieß haben die beiden andern Erzähler auch; aber außerdem beschreiben sie dann noch den Zustand des Geheilten, wie der ehemals so wüste und tobsüchtige Mensch vernünftig und in Kleidern zu Jesu Füßen gesessen, und als Jesus die Rückfahrt antreten wollte, den Wunsch geäußert

---

1) Antiq. 8, 2, 5.
2) Vita Apollon. 4, 20.

habe, ihn begleiten zu dürfen, was aber Jesus nicht gewährt, sondern den Bittsteller angewiesen habe, zu den Seinigen heimzukehren und ihnen die ihm widerfahrene Wohlthat Gottes zu verkündigen. Dieser Anhang insbesondere, und von ihm aus die ganze Erzählung, hat neuerlich manche Kritiker allegorisch angemuthet.[1]) Der ehemals von einer Legion unsauberer Geister Besessene, der nun vernünftig und sittsam zu Jesu Füßen sitzt, erschien ihnen als ein Bild der bekehrten Heidenwelt, wozu der Gadarener als Insasse einer größtentheils heidnischen Gegend sich besonders eignete; die Dämonenlegion stellte dann die vielen Heidengötter vor, die ja auf urchristlichem Standpunkt als Dämonen erschienen (1 Kor. 10, 20 fg.); ihre Wahlverwandtschaft zu den Schweinen bedeutete die sittliche Unsauberkeit des Heidenthums; daß aber Jesus den Geheilten nicht bei sich und den Zwölfen behält, sondern ihn auffordert, die ihm zu Theil gewordene Wohlthat Gottes unter seinen Angehörigen und Volksgenossen zu verkündigen, wäre gleichsam die Einsetzung des Heidenapostolats und seiner von den Judenaposteln getrennten Wirksamkeit durch Jesum selbst. Eine solche Deutung liegt hier allerdings sehr nahe, doch bleibt sie immer nur Vermuthung, und wie leicht man darin zu weit gehen kann, zeigt der Umstand, daß man von dieser Seite nun auch in den Fesseln, die dem Besessenen vergebens angelegt worden waren, die Gesetzgebungen der alten Welt sehen wollte, die sich unvermögend gezeigt hatten, dieselbe in sittlicher Ordnung zu erhalten.

Die dritte der oben ausgezeichneten Heilungsgeschichten (Matth. 17, 14—21. Marc. 9, 14—29. Luc. 9, 37—43) ist in ihrer einfachsten Form bei Matthäus darauf angelegt, die Stärke der Wunderkraft in Jesu weniger durch Ausmalen der Schwierigkeit des Falls an sich, als dadurch in's Licht zu setzen, daß zuerst seine Jünger unfähig erscheinen, zu helfen, hierauf er selbst mit Leichtigkeit Hülfe schafft. Ein solches Messen des Meisters an seinen Jüngern lag in der Art der hebräischen Prophetensage. Elisa, auf dessen Vorbild wir in der Geschichte Jesu so oft zurückgewiesen werden, hatte zur Wiedererweckung des gestorbenen Sohns seiner sunemitischen Gastfreundin seinen Diener Gehasi mit seinem Stabe vorausgesandt; dieser hatte aber nichts ausgerichtet, und Elisa mußte selbst kommen, um den Knaben, übrigens nicht ohne vielfältiges Bemühen, zu erwecken (2 Kön. 4, 8 fg. 29 —37). Dieß wird nun hier, obwohl in einer andern Wunderart, denn es ist kein todter, sondern ein besessener Knabe, um den es sich handelt, an Jesu theils nachgebildet, theils insofern überboten, daß dieser den geschäftigen Eifer des Propheten nicht nöthig hat, sondern den Dämon nur einfach zu bedrohen braucht, um seinen Zweck zu erreichen. Als die Ursache, warum die Jünger den Kranken nicht haben heilen können, wird bei Matthäus ihr

1) Baur, Kritische Untersuchungen über die kanonischen Evangelien, S. 430 fg. Volkmar, Die Religion Jesu, S. 229 fg.

Unglaube angegeben; Marcus bezieht den Unglauben auf den Vater des Knaben und bildet daraus ein Gespräch zwischen Jesu und ihm, das wir ohne Zweifel ganz nur auf seine eigene Rechnung zu schreiben haben. Bei Matthäus findet sich nach dem Unglauben der Jünger noch eine zweite Ursache ihres Nichterfolgs angegeben: diese Art von Dämonen nämlich sei nicht anders als mit Hülfe von Gebet und Fasten auszutreiben. Dieß reimt sich nun mit dem Andern eigentlich nicht; denn war zur Austreibung des in Rede stehenden Dämons Gebet und Fasten vonnöthen, so reichte der Glaube nicht aus, es war also nicht der Unglaube die Ursache des Mißlingens. Deßwegen läßt auch Lucas mit gutem Takte die Rede vom Unglauben aus und beschränkt sich auf die von Fasten und Gebet; es scheint, Matthäus hat hier verschiedene Versuche, das Mißlingen von Dämonenaustreibungen, wie es in den Christengemeinden öfters vorkommen mochte, ohne Nachtheil für die Sache Jesu zu erklären, zusammengestellt. Rückwärts schien nun aber auch der Umstand einer Erklärung zu bedürfen, warum die Jünger gerade mit diesem Kranken nicht fertig geworden seien; daher schon Lucas die Symptome seines Uebels mehr als Matthäus ausmalt, Marcus aber, wie oben erwähnt, auch noch Taubheit und Stummheit dazufügt, und die Krankheit dem Knaben schon von Kindheit auf anhaften läßt. So wie sie den Zustand beschreiben, erscheint er als eingewurzelte Fallsucht; daß ein solches Uebel einem Worte, mochte dieses auch durch noch so großes Ansehen von Seiten des Sprechenden, durch noch so großes Zutrauen von Seiten des Kranken unterstützt sein, auf einmal und für immer gewichen sei, ist gegen alle Wahrscheinlichkeit; wenn auch bei einem einfacheren Falle der Umstand, daß die Jünger daran erlagen, hierauf aber Jesus selbst damit zu Stande kam, gar wohl vorgekommen sein mag.

Daß nun diese Klasse der Wunder Jesu, die Heilungen Besessener, im vierten Evangelium fehlt, ist schon früher erwähnt worden. Zwar die Ausdrücke: Dämonion und dämonisch sein, fehlen demselben nicht, werden aber nur so gebraucht, wie sie auch im classisch-griechischen Sprachgebrauche vorkommen, und wie der Evangelist selbst (10, 20) den letztern Ausdruck erklärt, nämlich gleichbedeutend mit toll oder verrückt sein. Als Jesus am Laubhüttenfeste die Juden fragt: warum suchet ihr mich zu tödten? antwortet ihm das Volk: du hast ein Dämonion, wer sucht dich zu tödten? (Joh. 7, 19 fg.) d. h. dich plagen melancholische Grillen; wie es bei Matthäus (11, 18) und Lucas (7, 33) von dem Täufer Johannes heißt, weil er weder aß noch trank, haben seine Zeitgenossen gesagt: er hat ein Dämonion. Wie dann Jesus ein andermal den Juden erklärt, sie seien nicht aus Gott, darum hören sie auf Gottes Worte nicht, wer aber sein Wort halte, der werde nicht sterben in Ewigkeit, behaupten sie abermals, er müsse ein Dämonion haben (Joh. 8, 48. 52), d. h. närrisch sein. Nun ist zwar auch im classisch-griechischen Sprachgebrauch jener Ausdruck nicht blos bildlich zu fassen, sondern man nahm wirklich einen Einfluß dämonischer Wesen auf dergleichen Personen an; wie auch bei Johannes der bessere Theil des Volkes jene Vorwürfe gegen Jesum durch die Einwendung zurückweist, ob denn ein Dämonion (wie die Gegner Jesu ein solches in ihm wirksam dachten) Blinden die Augen aufthun könne? (Joh. 10, 21.) Doch das ist noch nicht die Vorstellung von Dämonen als Ursachen theils verschiedener auch sonst vorkommender Krankheiten, wie Blindheit, Stummheit und dergleichen, theils der ganz besonderen Krankheitsform, die im engeren Sinne Besessensein heißt. Diese Vorstellung fehlt im vierten Evangelium, und es finden sich in demselben weder in summarischer Erwähnung, noch in ausführlicher Erzählung, von Jesu geheilte Besessene.

Es gab eine Zeit, wo man dieß dem Johannes zum Vortheil anrechnete. War doch die Vorstellung von dämonischer Besitzung eine von denjenigen biblischen Vorstellungen, die der neueren Aufklärung am frühesten unerträglich geworden waren: wie willkommen, daß man eine so häßliche Pöbelmeinung bei dem Lieblingsjünger Jesu nicht fand. Allein nicht nur die Vorstellung findet man nicht bei ihm, sondern auch die Geschichten nicht, an welche diese Vorstellung sich knüpfte. Das Erwünschte wäre, wenn dieselben oder ähnliche Geschichten, welche uns die Synoptiker als Besessenengeschichten erzählen, von Johannes aus einem andern rationellern Gesichtspunkte dargestellt wären. Statt dessen fehlen bei ihm dergleichen Geschichten ganz, und das ist deßwegen bedenklich, weil nach Allem, was wir von jener Zeit wissen, die Besessenheit damals in den Gegenden, in welchen die evangelische Geschichte spielt, geradezu Modekrankheit war. Von Josephus bis zu Justin dem Märtyrer und Philostratus herunter sind jüdische, christliche und zum Theil auch griechisch-heidnische Schriften von Besessenen und deren Heilungen voll. Es hat demnach die Angabe der drei ersten Evangelisten, daß dergleichen Kranke Jesu häufig vorgekommen, alle historische Wahrscheinlichkeit für sich. Und vermöge der großen Rolle, welche in Krankheiten dieser Art die Einbildungskraft spielt, läßt sich, wie schon öfter von uns bemerkt worden, eine Heilung durch das bloße Wort Jesu bei keiner andern Krankheitsart eher denken, als bei dieser. Daß nun das vierte Evangelium gerade von solchen Kranken und Heilungen nichts meldet, das deutet gewiß nicht auf einen Verfasser, der dem Leben und Wirken Jesu als Augenzeuge, oder auch nur als bald nachher lebender Landsmann nahe stand.

Wie gefährlich dieser Thatbestand für das vierte Evangelium ist, hat in neuerer Zeit kaum einer tiefer empfunden, als Ewald. Richtig erkennt er in den Besessenengeschichten einen ganz besonders historischen Bestandtheil der drei ersten Evangelien, und sieht ein, wenn das vierte auf historische Geltung Anspruch haben solle, so dürfe ihm dieser Bestandtheil nicht fehlen. Während nun aber wir andern uns nach der Decke strecken und so weiter schließen: Nun fehlt aber dieser Bestandtheil dem vierten Evangelium in der That, und damit ein Hauptstück, womit es den Anspruch auf historische Geltung begründen könnte, — sagt Ewald vielmehr: er fehlt ihm wohl jetzt, aber er hat ihm ursprünglich nicht gefehlt; zwischen dem fünften und sechsten Kapitel ist ein Stück des Evangeliums verloren gegangen, das unter Anderem auch eine Dämonenaustreibung enthalten haben muß.[1]) Wir, außer Standes, dem großen Vogel Urselbst in Göttingen auf so kühnem Fluge der Machtsprüche uns nachzuschwingen, sagen vielmehr so: da der vierte Evangelist von Dämonenaustreibungen nichts erzählt, muß er von solchen entweder nichts gewußt haben, oder nichts haben wissen wollen. Wußte er nichts davon, so kann die Ursache nicht die gewesen sein, daß dergleichen Geschichten nicht vorgefallen waren, denn dem glaubwürdigen Zeugniß der synoptischen Evangelien zufolge waren sie wirklich vorgefallen; sondern die vorgefallenen Geschichten müssen ihm unbekannt geblieben sein. Dieß konnten sie aber nicht, wenn er der Apostel Johannes war; sie konnten es auch dann nicht, wenn ihm als einem Späteren die synoptischen oder ihnen verwandte Evangelien bekannt waren, in welchen allen die Heilung von Besessenen eine Hauptrolle spielte: und jene Evangelien waren ihm allen Merkmalen nach bekannt. Schweigt er also von jenen Geschichten, von denen er aus diesen Evangelien wissen mußte, so muß er von denselben nichts haben wissen wollen. Baur vermuthet, er möge sich außer Standes gesehen haben, ihnen für den Gesichtspunkt, unter den er die Wunder Jesu als Zeichen seiner Logosnatur stellt, eine besondere Bedeutung abzugewinnen.[2]) Allein in den an Dualismus streifenden Gegensatz und Kampf zwischen Licht und Finsterniß, wie er durch sein ganzes Evangelium geht, hätte sich die Vorstellung der Besessenheit und ihrer Heilung durch Christus passend einfügen lassen, wenn diese Vorstellung an und für sich dem Evangelisten und den Lesern, für die er sein Evangelium bestimmte, nach dem Sinne gewesen wäre. In dieser Hinsicht hat Köstlin darauf hingewiesen, daß der Glaube an dämonische Besitzungen und eine Gewalt des Messias über die Dämonen vorzugsweise jüdisch und judenchristlich gewesen sei, daher auch die Gabe der Dämonenaustreibung von Paulus unter den in der korinthischen Gemeinde üblichen Geistesgaben nicht aufgezählt werde (1 Kor. 12, 10. 28); während an dem Verfasser des dritten Evangeliums und der Apostelgeschichte das Gewicht, das er auf diese Seite der Thätigkeit Jesu legt, zu dem auch sonst zu bemerkenden Judenchristlichen in ihm gehöre.[3]) Dazu ist jedenfalls noch zu nehmen, was schon Bretschneider hervorgehoben hat[4]), daß im zweiten Jahrhundert n. Chr. die

1) Die johanneischen Schriften, I, 25, Anm.
2) Kritische Untersuchungen, S. 255, Anm.
3) Der Ursprung und die Composition der synoptischen Evangelien, S. 241.
4) Probabil. 118.

angebliche Heilung Dämonischer durch Beschwörung etwas so Gemeines geworden war, daß sich daraus kaum noch dem niedersten Volke, geschweige gebildeten Griechen, die höhere Natur Christi beweisen ließ. Genug, Dämonen und Dämonenaustreibungen waren in der Zeit, Gegend und Bildungsschichte, in welcher und für welche der Verfasser des vierten Evangeliums schrieb, nicht guter Ton; die ganze Sache war, wie man aus Lucian sieht, durch Gaukler und Betrüger so in Mißcredit gekommen, daß es das Gerathenste schien, Jesum diesem ganzen Gebiete fern zu halten.

75.

Unwillkürliche Heilungen und Heilungen in die Ferne.

Neben der Eintheilung nach den Krankheitsübeln, die wir unserer bisherigen Darstellung zu Grunde gelegt haben, könnte man die Heilungswunder Jesu auch nach der Art eintheilen, wie er dabei zu Werke ging. Man könnte von solchen, wobei er materieller Mittel, wie Speichel oder Koth, sich bediente, zu jenen aufsteigen, wo er durch einfache Berührung, davon weiter zu denen, wo er durch das bloße Wort heilte, und hier wieder zwischen den Fällen unterscheiden, wo der zu Heilende gegenwärtig war und das Wort selbst vernahm, und jenen, wo er abwesend war und das Wort Jesu in die Ferne wirkte. Von allen diesen Fällen, die sämmtlich einen bestimmten einzelnen Willensact Jesu als Ursache der Heilung voraussetzen, wären endlich noch solche Fälle zu unterscheiden, wo er von einem oder mehreren Kranken berührt, und ihm dadurch, ohne einen besondern Willensact von seiner Seite, die Heilung gleichsam abgewonnen wird. Die bisher von uns betrachteten Wunder Jesu fallen sämmtlich in die Klasse der bewußten und absichtlichen Heilung Gegenwärtiger, bald mittelst materieller Stoffe, bald durch Berührung, bald durch das Wort: dagegen sind die unwillkürlichen Heilungen und die Heilungen in die Ferne noch nicht zur Sprache gekommen.

Wenn Jesus nach verschiedenen summarischen Angaben der synoptischen Evangelien (Matth. 14, 36. Marc. 6, 56) von Kranken oder deren Angehörigen bisweilen gebeten wurde, sich von ihnen zum Behuf der Heilung nur am Saume seines Gewandes fassen zu lassen, und er dieß, wie wir hinzudenken müssen, bewilligte, so fehlte hiebei sein bestimmter Wille zur Heilung nicht; wenn ihn dagegen, wie wir gleichfalls lesen (Marc. 3, 10. Luc. 6, 19), die Kranken wohl auch ohne Weiteres anfielen und sein Gewand zu fassen suchten, so wissen wir nicht, ob er von jedem Einzelnen derer, die sich in solcher Art an ihn drängten, Notiz nehmen und seinen Willen speciell auf ihn richten konnte. Bestimmt aber wird uns, daß dieß nicht der

Fall gewesen, daß die Heilung erfolgt sei, ehe er wußte, wem sie zu Theil geworden, von der blutflüssigen Frau erzählt, deren Geschichte sämmtliche drei Synoptiker mit der von der Auferweckung der Jairustochter verflechten (Matth. 9, 20—22. Marc. 5, 25—34. Luc. 8, 43—48).

Dabei findet jedoch zwischen den drei Berichterstattern eine Abweichung statt, in welcher wir das Fortwachsen des Mythus, die zunehmende Vergröberung des Wunderbegriffs deutlich wahrnehmen können. Wenn in jenen summarischen Angaben Matthäus sagt (14, 36), die Kranken, die den Saum Jesu berührten, seien gesund geworden, Lucas aber (6, 19), es sei dabei von Jesu eine Kraft ausgegangen, die Alle geheilt habe, so kann man zwar sagen, Beides komme auf das Gleiche hinaus, sofern auch Matthäus die Heilung nicht, wie wir in manchen dieser Fälle, durch die Macht der Einbildungskraft in den Kranken, sondern durch eine Jesu inwohnende Wunderkraft bewirkt sich dachte; aber doch ist das Vorsichtigere oder wenigstens Unbestimmtere in dem Ausdrucke des Matthäus, das Derbere und Sinnlichere in dem des Lucas nicht zu verkennen. Dem entspricht nun auch ihre Haltung in der ausführlichen Erzählung von der blutflüssigen Frau; wobei Marcus, wie sich erwarten läßt, auf der Seite des Lucas steht und seiner Darstellung hin und wieder noch einen weiter ausmalenden Zug beifügt. Matthäus erzählt, wie Jesus im Geleite seiner Jünger dem Hause des jüdischen Vorstehers zuging, um dessen so eben gestorbene Tochter zu erwecken, sei eine Frau, die seit zwölf Jahren am Blutflusse litt, von hinten an ihn herangetreten und habe den Saum seines Kleides berührt, in der festen Ueberzeugung, daß diese Berührung hinreichen werde, sie gesund zu machen; Jesus habe sich umgekehrt, und wie er die Frau gesehen, zu ihr gesprochen: „Sei getrost, meine Tochter, dein Glaube hat dir geholfen!“ und von Stund an sei die Frau geheilt gewesen. Hier ist nichts, was sich nicht, wenn wir von den Angaben über die besondere Art und die Dauer des Uebels absehen, so zugetragen haben könnte. Es kann eine kranke Frau zutrauensvoll Jesum berührt, in Folge dieser Berührung Besserung verspürt haben, und von Jesu mit einem beruhigenden Wort entlassen worden sein; als die Ursache dieser Besserung ihres Zustandes denkt sich der Evangelist freilich eine Jesu inwohnende übernatürliche Heilkraft, aber was er sagt und Jesum sagen läßt, ist doch nur etwas, womit auch wir einverstanden sein können, daß es der Glaube der Kranken gewesen sei, der ihr geholfen habe. Um zu erkennen, wie die Erzählung des ersten Evangelisten gemeint ist, kommt es hauptsächlich auf die Frage an, wodurch nach ihm Jesus veranlaßt war, sich umzuwenden. Ausdrücklich sagt es Matthäus nicht; wir können uns aber nach seiner Darstellung wohl denken, Jesus habe ganz natürlicherweise empfunden, daß ihn Jemand am Kleide faßte, denn nach Matthäus war er nur in Begleitung seiner Jünger, die ihn nicht drängten oder berührten, so daß er im Fortschreiten jenes Festhalten gar wohl bemerken konnte.

Hier war es nun aber eben, wo die Erzählung des Matthäus dem Wunderglauben bald nicht mehr genügte. Nicht blos die Frau sollte sich auf die Berührung Jesu hin geheilt, sondern auch Jesus das Ausgehen der heilenden Kraft bei der Berührung der Frau gefühlt, und nur deßwegen sich nach ihr umgewendet haben. Einzig dem Zwecke, dieses Umwenden Jesu natürlich unerklärbar zu machen, dient das Volksgedräng, das Lucas und Marcus zu dem Jüngergeleite des Matthäus hinzufügen. Im Gedränge und Drücken der Volksmassen konnte Jesus eine einzelne Berührung seines Gewandes auf natürlichem Wege unmöglich unterscheiden; unterschied er sie gleichwohl, so muß er etwas Uebernatürliches, muß es die Ausströmung seiner Wunderkraft gewesen sein, woran er sie unterschied. Dieß soll durch die Frage Jesu, die Antwort der Jünger, endlich auf Jesu fortgesetztes Forschen durch das Herbeikommen der Frau in's Licht gestellt werden; und indem dabei zugleich sich ergab, daß auf die glaubensvolle Berührung hin die Heilkraft Jesu in Wirksamkeit getreten war, ehe er noch wußte, zu wessen Gunsten, erschien er nicht mehr blos als ein solcher, der durch sein Wort und seinen Willen Heilung schaffen konnte, sondern als derjenige, in welchem dieselbe gegeben und gegenwärtig war, welchem, um ein bekanntes Wort (Kol. 2, 9) hier in etwas anderem Sinne anzuwenden, die ganze Fülle göttlicher Heils- und Heilungskräfte leiblich innewohnte.

Von hier aus ist es dann freilich nicht mehr weit zu jenen Erzählungen der Apostelgeschichte, daß durch Auflegung der Schweißtücher und Schürzen von Paulus (19, 11), ja durch das bloße Auffallen des Schattens von Petrus (5, 15), Kranke geheilt worden seien; was wir, mit gehöriger Beschränkung auf gewisse Uebel und für die meisten Fälle auch nur vorübergehende Erleichterung der Kranken, so wenig durchaus in Abrede stellen wollen, als daß auf dem Grabe des Abbé Paris, oder durch Auflegung von Reliquien bei gläubigen Katholiken zuweilen Erfolge erzielt worden seien, die man für Heilungen ansprechen mochte. Diese Wirkungen aber konnten eintreten, ob die Knochen, an die der Glaube sich knüpfte, in Wirklichkeit einem Heiligen oder einem Verbrecher angehört hatten, und ebenso bei Jesus, ob er ein auch für uns noch maßgebender religiöser Charakter, oder ein Prophet im Sinne des gewöhnlichen Judenthums war, wenn er nur verstand, bei seinen Zeitgenossen sich Glauben zu verschaffen. Dieselbe Bewandtniß hat es, wenn man sich, wie neuere Theologen gerne thun, die Heilkraft Jesu nach Art der thierisch-magnetischen denkt; abgesehen davon, daß eine augenblicklich und gleichmäßig heilende Einwirkung der magnetischen Kraft auf Kranke der verschiedensten Art und ohne fortgesetzten magnetischen Rapport in der Geschichte des thierischen Magnetismus kein Beispiel hat.

Wenn in dergleichen unwillkürlichen Heilungen die Heilkraft Jesu ganz sinnlich wie ein elektrisches Fluidum erscheint, das bei der Berührung des damit gefüllten Körpers in den berührenden leeren überströmt, so hat sie bei den Heilungen in die Ferne, von denen unsere Evangelien gleichfalls Proben mittheilen, umgekehrt ein ganz geistiges Ansehen, indem der bloße Wille Jesu auf einen leiblich abwesenden Kranken sich wirksam bewiesen haben soll. Wie sich daher die heutigen Theologen dort gern an die Anologie des thierischen Magnetismus lehnen, so berufen sie sich hier auf die Eigenschaft des Geistes, an keinen Raum gebunden zu sein. „Eine Heilung in die Ferne", sagt Hase[1]), „hat gerade als geistige Wirksamkeit nichts Undenkbares." Gewiß, wenn es reine Geister gäbe, so möchte man, da der Raum nur für körperliche Dinge ist, sich etwa vorstellen, daß sie auf einander wirken könnten, ohne an die Bedingungen des Raumes gebunden zu sein. Allein was helfen uns solche Phantasien, wo wir es, wie in dem vorliegenden Falle, nicht mit reinen, sondern mit eingekörperten Geistern zu thun haben? Eingekörperte Geister, dergleichen wir hier sowohl an Jesus, als an den Kranken haben, können nach außen nur durch ihren Körper, mithin unter den Bedingungen des Raumes wirken; es ist also die Berufung auf die Natur des Geistes, um eine Heilung in die Ferne zu erklären, eine bloße Redensart ohne allen wirklichen Gedankengehalt.

Von dergleichen Heilungen haben eine Matthäus und Marcus gemeinschaftlich, die andere Matthäus und Lucas und in etwas abweichender Form auch Johannes. Erstere ist die Heilung der Tochter des kananäischen Weibes (Matth. 15, 21—28. Marc. 7, 24—30), letztere die des Knechts oder Sohnes des Hauptmanns oder königlichen Dieners in Kapernaum (Matth. 8, 5—13. Luc. 7, 1—10. Joh. 4, 46—54). In der erstern Erzählung ist die Kranke bei beiden Evangelisten eine Besessene; in der andern haben wir bei Matthäus einen arg geplagten Gliederkranken, bei Lucas und Johannes einen Sterbenskranken überhaupt. Dort ruht aller Nachdruck auf der anfänglichen Weigerung Jesu, seine Wunderkraft zum Besten jener Heidin zu verwenden, und seiner Umstimmung durch den beharrlichen Glauben der Frau; hier dreht sich, wenigstens bei Matthäus und Lucas, Alles darum, daß, während Jesus bereit ist, in das Haus des Hauptmanns zu gehen, dieser das Vertrauen ausspricht, Jesus könne die Heilung auch aus der Ferne bewirken. Die erstere Erzählung haben wir, von dem Wunder abgesehen, schon früher zu betrachten Veranlassung gehabt[2]); in Betreff des Wunders, das uns allein noch zu besprechen übrig ist, fällt sie mit der andern Geschichte zusammen.

1) Leben Jesu, §. 55; vgl. 81.

2) Erstes Buch, S. 220.

An dieser sehen wir vor Allem wieder deutlich, wie sie, zuerst im Wiedererzählen, dann in der reflexionsmäßigen Ueberarbeitung, sich immer mehr gesteigert hat. Bei Matthäus bittet der Hauptmann Jesum um Hülfe für seinen kranken Knaben; Jesus erbietet sich zu kommen und ihn zu heilen; der Hauptmann meint, das sei zu viel Herablassung und auch nicht nöthig, Jesus brauche nur ein Wort zu sprechen, so werde das so sicher wirken, als wenn er, der Hauptmann, einem seiner Diener befehle, in der Entfernung etwas auszurichten; diesen Glauben des Heiden stellt Jesus seinen Volksgenossen als beschämendes Beispiel vor, dem Hauptmann aber sagt er die geglaubte Heilung zu, die denn auch zur selbigen Stunde erfolgt. Daß Lucas den Knaben des Matthäus, der möglicherweise auch ein Sohn sein könnte, als Knecht, doch, um das eifrige Bemühen des Hauptmanns für seine Heilung desto genügender zu motiviren, als einen dem Herrn besonders werthen Knecht bestimmt, ist ein unerheblicher Zug; ein bestimmter Zweck dagegen ist in der andern Abweichung zu erkennen, daß der Hauptmann, der bei Matthäus in Person zu Jesu kommt, bei Lucas die Aeltesten der Juden schickt, um Jesum in sein Haus bitten zu lassen. Der Zweck dieser Aenderung legt sich in demjenigen dar, was die Aeltesten außer dieser Bitte weiter vorbringen, daß sie nämlich den heidnischen Hauptmann als einen Judenfreund, der ihnen sogar eine Synagoge gebaut habe, Jesu empfehlen. Nimmt man dieß so, als sollte Jesus gleichsam gerechtfertigt werden, daß er seine Wunderkraft einem Heiden zu Diensten stellte, so möchte man eine solche Wendung allerdings eher in einem Evangelium judaistischer, als in einem paulinischer Richtung erwarten; faßt man es hingegen so, daß überhaupt der Heide den Juden empfohlen, daß damit gesagt werden soll: sehet, ihr Juden und Judenchristen, so hübsche und wohlmeinende Leute gibt es unter den Heiden, und ihr habt sehr Unrecht, sie in Bausch und Bogen zu verdammen, — so sehen wir, wie eine solche Wendung ganz in den Plan eines Evangeliums paßte, das sich die Versöhnung des Judenchristenthums mit dem paulinischen zur Aufgabe gemacht hatte. Ganz ebenso sehen wir ja in dem zweiten Theile des Werkes, der Apostelgeschichte (10, 1 fg. 22), gleichfalls einen römischen Hauptmann, den Cornelius, als Candidaten der christlichen Taufe durch das gute Zeugniß empfohlen, das von der gesammten Judenschaft seiner Gottesfurcht und Wohlthätigkeit ausgestellt wird.

Bei Matthäus hatte zuerst der Hauptmann nur überhaupt um Hülfe für seinen kranken Knaben angesucht, auf Jesu Erbieten, mit ihm in sein Haus zu gehen, dieß bescheiden und gläubig abgelehnt und nur um ein messianisches Machtwort gebeten: bei Lucas schickt er zuerst die Aeltesten der Juden mit der Bitte an Jesum, zur Rettung seines Knechts zu kommen, dann, als Jesus mit diesen geht und sich seinem Hause nähert, schickt er ihm etliche Freunde mit der Ablehnung des Kommens und der Bitte um ein bloßes Wort entgegen. Hier stimmt, was Matthäus erzählt, auf's

Beste in sich zusammen; aber der Bericht des Lucas leidet an einem innern Widerspruch. Wenn der Hauptmann zuerst um das persönliche Kommen Jesu hatte bitten lassen, was konnte ihn denn hinterher so umstimmen, daß er sich durch eine zweite Botschaft dieses Kommen verbat? Der Verfasser scheint selbst gefühlt zu haben, daß hier ein Widerspruch ist, daher sucht er beide Botschaften durch die der zweiten in den Mund gelegte Bemerkung in Uebereinstimmung zu bringen (V. 7), schon die Sendung der ersten habe den Sinn gehabt, daß der Hauptmann sich des unmittelbaren Verhandelns mit Jesu, mithin auch dessen persönlichen Kommens in sein Haus, für unwerth geachtet habe. Allein dieses Kommen hatte er sich durch die erste Botschaft mit deutlichen Worten erbeten, und so bleibt räthselhaft, wie er dazu kam, es sich hinterher verbitten zu lassen. Eine ähnlich abmahnende Botschaft finden wir gleichfalls bei Lucas (und Marcus) im Unterschiede von Matthäus in der Geschichte von der Jairustochter. Diese wird im ersten Evangelium (9, 18 fg.) Jesu von dem Vater als so eben gestorben angekündigt, worauf der Gang Jesu in dessen Haus, der von Anfang schon auf eine Todtenerweckung berechnet ist, ohne Unterbrechung vor sich geht: bei Lucas (8, 41 fg.) und Marcus (5, 22 fg.) liegt das Mädchen noch in den letzten Zügen, und der Vater bittet Jesum, zu kommen und sie beim Leben zu erhalten; da aber, während Jesus hingeht, ihr Tod erfolgt, so kommt man dem Vater aus dem Hause entgegen mit der Erinnerung, den Lehrer nicht weiter zu bemühen, da das Mädchen todt und nun doch Alles vergeblich sei. Hier kann man sich denken, daß auch der Vater, der vorher um den Besuch Jesu gebeten hatte, nun diesen nicht weiter bemühen wollte; denn da sich in seinem Hause inzwischen die Umstände geändert hatten, konnte er gar wohl jetzt etwas nicht mehr wünschen, was er sich vorher erbeten hatte. Dagegen ist in der Geschichte des Hauptmanns von Kapernaum, wo die Umstände dieselben geblieben waren, zu einer solchen Umstimmung kein Anlaß, und die Vermuthung, daß sie aus der andern Geschichte in diese unpassenderweise übertragen worden sei, liegt um so näher, als die Ablehnung des Selbstkommens Jesu beidemale mit demselben Worte ausgedrückt ist. [1])

Dabei bleibt übrigens beiden synoptischen Berichten das gemeinsam, daß der Bittsteller durch seinen Glauben das Erbieten Jesu überbietet, d. h. Jesus will äußerlich mehr thun, aber der Bittsteller nimmt mit Wenigerem vorlieb, in der Ueberzeugung, daß von Jesu auch schon das Wenige mehr als genug sei. Ein solches Verhältniß zwischen dem Logoschristus und einem Menschen ist nun gegen das Grundschema des vierten Evan-

1) Luc. 8, 49 (Jairustochter): μὴ σκύλλε τὸν διδάσκαλον. Luc. 7, 6 (Hauptmann von Kapernaum): κύριε, μὴ σκύλλου.

geliums. Hier darf niemals der Mensch mehr leisten, als der Gottmensch erwartet hatte, sondern umgekehrt, dieser muß immer weit mehr thun, als der Mensch glauben oder nur sich vorstellen konnte; das Ueberraschen, Ueberbieten, liegt hier ebenso ausschließlich auf Seiten Christi, wie auf Seiten des Menschen nur das Zurückbleiben im Glauben und Verstehen liegt. Nur in diesem Sinne umgewandelt, taugte die Erzählung; aber so taugte sie auch trefflich in den Zusammenhang des vierten Evangeliums. Es scheint, als hätte der Verfasser aus den beiden Gestalten, worin sie in den älteren Evangelien vorlag, die Züge der seinigen zusammengelesen. Den Knaben des Matthäus faßt er nicht wie Lucas als Knecht, sondern als Sohn des Bittstellers auf; dagegen weiß er nichts von der Gliederkrankheit, die denselben nach Matthäus quälte, sondern läßt ihn mit Lucas ohne Angabe der Krankheitsform am Sterben sein. Wie bei Matthäus wendet sich der Bittsteller persönlich an Jesum, aber nicht mit der unbestimmten Bitte um Hülfe, sondern wie bei Lucas mit dem selbst noch bestimmter ausgedrückten Ersuchen, zum Zwecke der Heilung des Kranken mit ihm zu kommen. Hier tritt nun aber die eigenthümlich johanneische Umwendung der Erzählung ein. Statt daß bei den beiden Synoptikern Jesus bereitwillig mitgeht, aber von dem glaubensvollen Hauptmann oder dessen Abgesandten zurückgehalten wird, spricht sich im vierten Evangelium Jesus mißbilligend über das Ansinnen des Mannes aus, der dessen unerachtet darauf beharrt; und während es dort der Hauptmann ist, der mit dem Vertrauen auf das bloße Wort Jesu als genügend zur Heilung des Entfernten Jesum und uns überrascht, spricht hier Jesus zu des Mannes und unserer Ueberraschung von sich aus das in die Ferne wirkende Machtwort, und nun erst, auf diesen von Jesus empfangenen Anstoß hin, tritt in dem Menschen mit einemmale der Glaube auch an das bloße Wort Jesu hervor.

War der Bittsteller hiemit von vorneherein in das ungünstige Licht eines Menschen gestellt, der von Jesu höherer Macht nur die gröbsten Begriffe hat, so konnte er in einem Evangelium, das in der Heidenwelt den eigentlichen Boden für das Christenthum sieht, nicht mehr ein römischer Hauptmann, d. h. ein Heide sein; er wurde daher in einen Beamten des Königs, d. h. des galiläischen Tetrarchen Herodes Antipas, der wohl auch König hieß (Matth. 14, 9. Marc. 6, 14), verwandelt, und durch das an ihn gerichtete Wort Jesu: „Wenn ihr nicht Zeichen und Wunder sehet, glaubet ihr nicht“, als Vertreter des fleischlichen wundersüchtigen Judenthums hingestellt. Als ein solcher jedoch, der sich durch Jesum zum Glauben an sein bloßes Wort führen läßt, zeigt er sich im Unterschiede von den verstockten Judäern als einen Galiläer, die in unserem Evangelium den Uebergang zu den empfänglichern Samaritern oder Heiden bilden. Für ihn ist Kapernaum, wie es die synoptischen Berichte an die Hand gaben, der angemessene Heimathort; aber seinen Jesus läßt der vierte Evangelist nicht gern in dieser Stadt, die in der judenchristlichen Ueberlieferung als der eigentliche Sitz seiner Wirksamkeit erschien, sich aufhalten (vgl. 2, 12), der Ort seiner galiläischen Wunderwirkungen ist hier vielmehr Kana (4, 46); wodurch im gegenwärtigen Falle, da der Kranke in Kapernaum lag, noch die Vergrößerung der Entfernung, mithin die Steigerung des Wunders, erreicht wurde.

Daß es dem Verfasser des vierten Evangeliums neben Anderem auch um diese, überhaupt um nachdrücklichere Hervorhebung und Beglaubigung des Uebernatürlichen an der Sache zu thun war, ersehen wir noch aus einem andern Zuge. Nachdem Jesus das gewährende Wort gesprochen, heißt es bei Matthäus, zur selbigen Stunde sei der Knabe geheilt worden; bei Lucas, als die Abgeschickten in das Haus zurückgekommen, haben sie den kranken Knecht gesund gefunden. Hier brauchte es allerdings der Natur der Sache nach keiner umständlichen Ermittlung des Zeitpunkts der Heilung; da die Abgesandten bei Lucas Jesum bereits in der Nähe des Hauses trafen, und auch der Hauptmann selbst bei Matthäus ihn in einer Straße derselben kleinen Stadt anging, in welcher sein Haus sich befand, so ergab sich, wenn er oder seine Boten beim Nachhausekommen den Kranken gesund antrafen, von selbst, daß er es auf das Wort Jesu hin geworden sein mußte. Bei Johannes dagegen kommt der Entfernung zwischen Kana und Kapernaum wegen der Vater erst am folgenden Tage wieder heim, und da war nun Raum für die Untersuchung, ob erst heute oder schon gestern, und zu welcher Stunde gestern, die Besserung bei dem Kranken eingetreten sei. Das wird jetzt auch wirklich von dem Vater genau erforscht: und richtig, es findet sich, daß die Stunde der Besserung genau mit der, in welcher Jesus das Lebenswort für den Sohn ausgesprochen hatte, zusammentraf. Die Peinlichkeit dieser Ermittlung und Constatirung nun aber, wenn man sie mit der einfachen Angabe des Matthäus vergleicht, gibt der Darstellung des vierten Evangeliums ein sehr secundäres Ansehen und zeigt dasselbe auch hier als die letzte reflexionsmäßige Ueberarbeitung des synoptischen Erzählungsstoffes.

Bei dieser Geschichte ist es besonders augenscheinlich, daß zwischen der Ansicht des strengsten Wunderglaubens und der von Reimarus, so lange die evangelischen Berichte für historisch genommen werden, nichts in der Mitte liegt. Hier ist nämlich jede natürliche oder auch nur halbnatürliche Erklärung des Erfolgs deßwegen ausgeschlossen, weil, bei der Entfernung des Kranken von dem Wunderthäter, die Erregung des Glaubens in dem ersteren durch den persönlichen Eindruck des letzteren hinwegfällt. Sprach Jesus zu dem Hauptmann nach Matthäus: „Gehe hin, dir geschehe, wie du geglaubt hast!“ oder nach Johannes zu dem königlichen Diener: „Ziehe hin, dein Sohn lebt!“ so muß er entweder gewußt haben, daß er eine solche Heilung zu bewirken vermochte, d. h. er muß ein Wunderthäter im

Sinne des entschiedensten Supranaturalismus gewesen sein; oder, wenn er solche Wundermacht sich ohne Grund zutraute, war er ein vermessener Schwärmer; schrieb er sie sich aber gar mit dem Bewußtsein zu, daß er sie in Wahrheit nicht besaß, so war er ein frecher Schwindler und Betrüger. Das Wort: dein Sohn lebt, mit Ewald dahin abzuschwächen, daß Jesus dem Vater nur habe sagen wollen, sein Sohn werde nicht sterben, und dann von einem wunderbaren (d. h. ehrlich gesprochen, zufälligen) Zusammentreffen des Wortes Jesu mit der Stunde des Besserwerdens zu sprechen, heißt um die Sache herumreden und hilft erst nichts: denn von einem ihm als sterbend dargestellten Kranken in der Entfernung versichern, er werde nicht sterben, konnte nur entweder einer, der sich bewußt war, es hindern zu können, oder ein ebenso unbesonnener als unverschämter Charlatan. Hier wenn irgendwo zeigt uns zwischen einem Wunderglauben, zu dem wir uns nicht mehr zwingen können, und einem naturalistischen Pragmatismus, der uns nicht genug thut, nur die Kritik den Ausweg. Auch hier haben wir keine Geschichte, sondern einen messianischen Mythus, der aus dem alttestamentlichen Prophetenmythus herausgewachsen ist. Was man ordentlicherweise einem Propheten zutraute, war, daß er gegenwärtig mit körperlicher Berührung heilen könne; dieß, sagt der aussätzige Naeman (2 Kön. 5, 11), habe er von Elisa erwartet, und als statt dessen der Prophet, ohne aus seinem Haus zu treten, ihm sagen läßt, er solle sich siebenmal im Jordan baden, meint er sich zum besten gehalten, weil er sich davon keinen Erfolg verspricht. Dennoch läßt er sich bereden, der Anweisung zu folgen und wird gesund: d. h. der Prophet hat in die Ferne ein Wunder bewirkt, da das Bad im Jordan, wie bei der johanneischen Blindenheilung das Waschen im Siloahteiche, nur die Form ist, an welche es ihm beliebte, die Wirkung seines Wortes zu knüpfen. Hinter solcher Wundermacht durfte der Messias nicht zurückbleiben, und derjenige vollends, in dem das göttliche Schöpferwort Fleisch geworden war, was konnte der weiter als ein bloßes Wort bedürfen, um heilend und belebend in die weiteste Ferne zu wirken?

76.

Todtenerweckungen.

Kehren wir jetzt von denjenigen Heilungen Jesu, die wir in dem Wunderverzeichniß Matth. 11, 5 nicht aufgeführt fanden, zu der Ordnung der dort aufgezählten Wunder zurück, so finden wir an nächster und letzter Stelle die Todtenerweckungen. Auch diese wie die Aussatzheilungen sind nicht, gleich den übrigen messianischen Zeichen, auf welche sich Jesus dort beruft, aus der Prophetenstelle Jes. 35, 5 fg. genommen, wohl aber waren

Todtenerweckungen durch das prophetische Vorbild an die Hand gegeben. Elia (1 Kön. 17, 17 fg.) und Elisa (2 Kön. 4, 18 fg.) hatten Todte erweckt, und unter den göttlichen Thaten, welche die Juden in Gemäßheit dieses Vorbildes in der messianischen Zeit erwarteten, wird insbesondere auch Erweckung von Todten aufgeführt.[1])

Dazu kam dann aber ein im Christenthum selbst liegendes Moment. Jesus war es, der Leben und Unvergänglichkeit an's Licht gebracht hatte (2 Timoth. 1, 10); die Christen waren nicht wie die Uebrigen, die über den Tod hinaus keine Hoffnung haben (1 Thess. 4, 13); das Christenthum war die Religion der Auferstehung und Unsterblichkeit. Eine künftige Auferstehung der Todten zu neuem unsterblichen Leben war zwar, nach Daniel 12, 2, auch die Lehre des späteren, namentlich pharisäischen Judenthums (s. 2 Macc. 7); doch da sie sich in den Büchern Mosis und der älteren Propheten noch nicht fand, in diese vielmehr mittelst einer künstlichen Auslegung hineingetragen werden mußte, so wurde sie von den Sadducäern nicht anerkannt und blieb als Zankapfel der Schulen selbst nicht viel mehr als Schulmeinung. Die Auferweckung der Todten erwartete man bald von Gott selbst, bald ließ man sie durch den Messias vorgenommen werden, je nachdem man den Begriff dieses letzteren mehr oder weniger übernatürlich faßte; wie ja diese Vorstellung bis zum Auftreten Jesu in beständigem Schwanken begriffen war, und erst durch ihn die rechte Bestimmtheit und Lebendigkeit erhielt. Seit seinem Wirken wußte man, d. h. wußten seine Anhänger, wie man sich den Messias zu denken hatte; seit seinem Hingange wußte man — man wußte es, weil man es wünschte, und wußte es gewiß, weil man es glühend wünschte —, daß er in der nächsten Zeit wiederkommen werde, um alle diejenigen messianischen Verrichtungen, mit denen er bei seiner ersten Anwesenheit noch im Rückstande geblieben war, darunter auch die Auferweckung der Todten, nachzuholen. Im Hinblick auf die nahe Erweckung durch Christum erschien dem Christen der Tod nur als ein Schlaf, und das Wort Jesu über die Jairustochter (Matth. 9, 24): „Nicht gestorben ist das Mägdlein, sondern es schläft", bildet, ganz abgesehen von dem Wunder, womit es hier in Verbindung gebracht ist, die urchristliche Anschauung von dem Tode überhaupt. Als Bürgschaft für die künftige Auferstehung galt zunächst zwar die geglaubte Auferstehung Christi (1 Kor. 15, 12 fg.), d. h. daß er von Gott auferweckt worden war; neben dieser passiven Auferweckung wollte man nun aber von dem künftigen Todtenerwecker auch active Proben dieser Macht sehen, er mußte nicht blos von den Todten auferweckt worden sein, sondern selbst auch Todte auferweckt haben.

---

1) Siehe die oben, Einleitung S. 152 fg., angeführte Stelle aus Tanchuma.

Wenn die Antwort auf die Botschaft des Täufers, die wir in dem gegenwärtigen Abschnitt unserer Darstellung zu Grunde legen, wirklich von Jesu gesprochen ist, so hat er sich neben dem Sehendmachen von Blinden u. s. w. auch die Auferweckung von Todten zugeschrieben; freilich in keinem andern Sinne, als wie er (Matth. 8, 22) dem Menschen, der erst noch seinen Vater begraben wollte, die Antwort gab, er solle das Geschäft, die (leiblich) Todten zu begraben, den (geistig) Todten überlassen, in dem bildlichen Sinne nämlich, daß er den für das Höhere erstorbenen Sinn der Menschen neu zu beleben, mit neuem sittlichen Streben zu erfüllen wisse. In diesem Sinne hat besonders das vierte Evangelium den christlichen Sprachgebrauch ausgebildet, wenn es seinen Jesus sagen läßt (11, 25): „Ich bin die Auferstehung und das Leben, wer an mich glaubt, wenn er auch stirbt, wird leben"; oder (5, 21): „Wie der Vater die Todten erweckt und lebendig macht, so macht auch der Sohn, welche er will, lebendig"; worunter zwar immer auch die künftige Erweckung der leiblich Todten, zugleich aber die geistige Belebung, die von Jesu ausgeht, zu verstehen ist.

Doch wie einmal die Denkart der urchristlichen Kreise war, konnte diese gegenwärtige geistige Erweckung als Bürgschaft für die künftige leibliche Todtenerweckung nicht genügen; Jesus mußte während seines irdischen Lebens auch leiblich Todte, wenigstens einzelne, erweckt haben, dann erst wußte man gewiß, daß ihm die Macht inwohnte, einst bei seiner herrlicheren Wiederkunft sämmtliche Todte in's Leben zurückzurufen. Und hier kam nun die Prophetenlegende zu Hülfe; hatten ein Elia und Elisa jeder einen Todten erweckt, so mußte schon darum der Messias Jesus mindestens ein Gleiches gethan haben. Matthäus und Marcus begnügen sich mit Einer Geschichte dieser Art, der Auferweckung der Jairustochter (Matth. 9, 18, fg. Marc. 5, 22 fg.); Lucas gibt deren zwei, nämlich neben der genannten (bei ihm 8, 41 fg.) noch die des Jünglings zu Nain (7, 11 fg.); Johannes zwar wieder nur Eine, die Auferweckung des Lazarus (Kap. 11), aber in ihr eine solche, die statt aller ist, neben der jede andere als matter Ueberfluß erscheinen müßte.

Das Thema der ersten, den drei synoptischen Evangelien gemeinsamen Todtenerweckungsgeschichte ist, wie schon bemerkt, der Spruch: „Sie ist nicht todt, sondern sie schläft"; d. h. die christliche Grundanschauung von dem Tode als einem bloßen Schlafe. Dieses Thema finden wir hier als Wundergeschichte verkörpert, und zwar in der einfachsten Form bei Matthäus. Der Vater des Mädchens, unbestimmt als ein Vorsteher bezeichnet, kündigt Jesu den so eben erfolgten Tod seiner Tochter an, mit der Bitte, zu kommen und ihr die Hand aufzulegen, so werde sie wieder lebendig werden, und Jesus geht, begleitet von seinen Jüngern, mit. Nachdem unterwegs der Zwischenfall mit der blutflüssigen Frau eingetreten, kommen sie in das Trauerhaus und treffen hier nach der damaligen jüdischen Unsitte, die Gestorbenen schon nach wenigen Stunden zu begraben, bereits die Flötenbläser und einen lärmenden Haufen sonstiger Leichenbegleiter, die Jesus fortgehen heißt, aus dem Grunde, den wir so eben als das Thema der Erzählung bezeichnet haben, worüber er jedoch von den Leuten verlacht wird. Es stellt sich hier die neue christliche Anschauung vom Tode der alten jüdischen wie heidnischen geradezu entgegen. Auch der Jude alten Styls mit seinem nicht mosaisch begründeten, im Streite der Schulen schwankenden Glauben an eine Auferstehung, die überdieß im fernen Hintergrunde eines langen Schattenlebens lag, gehörte nicht minder als der Heide zu denen, die keine Hoffnung haben; für sie mochte daher die lärmende Todtenklage passen, aber auf christlichem Standpunkte mußte sie als etwas Ungeeignetes hinwegfallen; während umgekehrt die christliche Zuversicht im Tode Juden wie Heiden als lächerlicher Wahn erschien. Christus ist es, welcher der trostlosen Todtenklage der alten Welt ein Ende gemacht hat: in der Wirklichkeit dadurch, daß sich an ihn die Hoffnung auf baldige Auferweckung und ein seliges Leben mit ihm für alle an ihn Glaubenden knüpfte; hier dagegen, wo dieses Verhältniß in eine Wundergeschichte umgesetzt ist, vollbringt er es dadurch, daß er das Mädchen, dem die Todtenklage gilt, auf der Stelle in das irdische Leben zurückruft. Dieß setzt er, nachdem die profane Menge hinausgetrieben ist, einfach so in's Werk, daß er die Hand des Mädchens ergreift, das sich sofort aufrichtet; recht im Gegensatze zu den Todtenerweckungen der Propheten, die nicht ohne längeres angestrengtes Bemühen der Wunderthäter vor sich gegangen waren.

Allerdings nun ist es überaus einfach und naiv, daß nach Matthäus der Vater ohne Weiteres voraussetzt, Jesus dürfe nur kommen und dem gestorbenen Kinde die Hand auflegen, so werde es wieder lebendig werden. Dadurch, daß es der Mann als etwas nahm, das sich von selbst versteht, schien ein so außerordentliches Wunder, wie eine Todtenerweckung ist, auf den Boden des Gewöhnlichen, wenigstens innerhalb des Wunders, herabgezogen. Es erschien größer, wenn es nicht erwartet worden war und doch geschah. Sprach freilich der Vater wie bei Matthäus Jesum an, zu seiner gestorbenen Tochter zu kommen, so mußte er ihre Wiederbelebung für möglich gehalten haben. Deßwegen lassen ihn Lucas und Marcus zu Jesu kommen, ehe das Mädchen gestorben ist. Jesu erbetene Handauflegung soll nur die gefährlich Kranke heilen; daß sie auch hinreiche, eine Todte zu erwecken, wird nicht vorausgesetzt. Aber Jesus sollte eine Todte erweckt haben. Daher stirbt bei Marcus und Lucas das Mädchen in der Zwischenzeit zwischen der Verhandlung des Vaters mit Jesu und seiner Ankunft in dem Trauerhaus, und nun wird die Voraussetzung, daß die Hülfe des Wunderthäters jetzt zu spät komme, durch Leute ausgesprochen, die aus dem Hause treten und den Vater erinnern, da es mit seinem Kinde vorüber sei, den Lehrer nicht weiter zu bemühen. Ob der Vater auf diese Nachricht hin selbst auch die Hoffnung aufgegeben habe, wird nicht gesagt, da Jesus jeder Aeußerung von seiner Seite durch die Ermunterung zuvorkommt, er solle sich nicht fürchten, nur glauben, so werde sein Kind gerettet werden. Dadurch ist die spätere Erklärung, daß das Mädchen nicht gestorben sei, sondern nur schlafe, vorbereitet, aber wirkt auch nicht mehr so schlagend wie bei Matthäus, wo sie ohne solche Einleitung hervortritt. Deutlich sieht man übrigens, wenn man die Darstellung der Geschichte bei Lucas und Marcus mit der bei Matthäus vergleicht, wie die Todtenerweckung hier nachträglich gleichsam auf ein Postament gestellt worden ist. Die Art, wie die beiden mittleren Evangelisten sie einleiten, ist nur die objective Darstellung der Reflexion, daß zwar Krankenheilungen durch Wort und Handauflegung schon wunderbar genug, doch immerhin etwas seien, das der Mensch sich allenfalls noch vorstellen könne, während die Erweckung von Todten alles menschliche Denken und Verstehen übersteige.

Daß Lucas und Marcus das Vorsteheramt des Vaters näher dahin bestimmen, er sei Vorsteher einer Synagoge gewesen, und daß sie überdieß seinen Namen anzugeben wissen, kann keinen Vorzug ihres Berichts begründen, da der erstere Zug ein Zusatz aus eigener Reflexion des späteren Erzählers, der Name Jair aber gar seiner sprachlichen Bedeutung wegen gewählt sein könnte.[1]) Ein anderer dem Lucas eigenthümlicher Zug, daß das Mädchen ihres Vaters einziges Kind gewesen, dient ohnehin nur, die Scene gefühlvoller zu machen und scheint aus der Geschichte von dem Jüngling zu Nain, wo Lucas ihn gleichfalls hat, herübergenommen zu sein; wie die Angabe bei ihm und Marcus, das Mädchen sei zwölf Jahre alt gewesen, wahrscheinlich aus der mit unserer Geschichte verflochtenen Erzählung von der Blutflüssigen, deren Krankheitszeit sämmtliche Berichterstatter auf zwölf Jahre feststellen, in jene hineingekommen ist. Daß Jesus, ehe er zur Verrichtung des Wunders schritt, das unnütze Volk hinausgehen hieß, sagt schon Matthäus; daß er auch einen Theil seiner Jünger ausgeschlossen hätte, davon weiß Matthäus nichts; nach Lucas und Marcus dagegen nimmt Jesus außer den Eltern des Mädchens nur den engsten Ausschuß seiner Jünger, Petrus, Jakobus und Johannes mit; auch tritt zu der Handreichung, mittelst deren Matthäus die Wiederbelebung des Mädchens bewirkt werden läßt, bei ihnen noch ein Machtwort hinzu: „Mädchen, stehe auf!“ was Marcus sogar noch in der aramäischen Ursprache, deren sich

1) Das hebräische Jair (wie übrigens u. A. ein Sohn Manasse's, des Sohns von Joseph, hieß, 4 Mos. 32, 41. Jos. 13, 30) bedeutet: Er wird erleuchten. Ps. 13, 4 heißt es mit demselben Worte: Jehova erleuchte meine Augen, daß ich nicht entschlafe zum Tode. Weil diese belebende Erleuchtung sich an seiner Tochter offenbarte, könnte der Vater jenen Namen erhalten haben.

Jesus bediente, wiederzugeben weiß. Letzteres kann auch hier, wie bei der dem Marcus eigenthümlichen Heilung des Taubstummen, nur den Zweck haben, den Wunderact desto mysteriöser zu machen; worauf auch die Ausschließung der Jünger bis auf jene Dreimänner und am Schlusse das Verbot, das Geschehene kund zu thun, während Matthäus ohne Arges die Kunde in das ganze Land ausgehen läßt, angelegt ist. Der Befehl Jesu bei Marcus und Lucas, dem wiederbelebten Mädchen zu essen zu geben, ist ein veranschaulichender Zug, den die natürliche Erklärung vergebens zu ihrem Vortheil auszubeuten sucht.

Daß sich neben der Erweckungsgeschichte eines Mädchens auch eine solche ausbildete, deren Gegenstand ein Knabe oder Jüngling ist, lag schon in den alttestamentlichen Vorbildern, sofern sowohl Elia als Elisa jeder den jungen und zwar einzigen Sohn einer Mutter, die in der Geschichte von Elia überdieß Wittwe ist, vom Tode erweckt haben sollte. Alle diese das Gefühl anregenden Momente finden wir in der Erzählung des Lucas von der Erweckung des Jünglings zu Nain wieder, die sich schon in dieser Hinsicht zu der Geschichte von der Jairustochter als eine Steigerung verhält. Die Mutter, die Wittwe, die ihren einzigen Sohn zu Grabe geleitet, nimmt unsere Theilnahme stärker in Anspruch, als der Vater, dem die Tochter (von der wir überdieß nur durch den Erzähler unserer Geschichte erfahren, daß sie gleichfalls sein einziges Kind gewesen) gestorben ist; dort erscheinen als die Klagenden vorzugsweise gedungene Leichenbegleiter, deren Treiben nur widrig ist, hier ist es die verlassene Mutter, die durch ihre Thränen um den einzigen Sohn das Mitleid des Wunderthäters erregt. So finden wir auch in dem Zuspruch Jesu an die Wittwe, wenn wir ihn mit dem an Jairus gerichteten vergleichen, denselben Inhalt, nur aus dem Objectiven in's Subjective umgesetzt. Verhält es sich thatsächlich so, daß, wie Jesus zu Jairus gesprochen hatte, der Tod nur ein Schlaf ist, so folgt daraus für das Gefühl, was Jesus zu der Wittwe von Nain spricht, und Lucas auch schon bei der Geschichte der Jairustochter eingeschoben hatte (8, 52), daß die Todten nicht zu beweinen sind. Dieß folgt auf urchristlichem Standpunkte, wenn sie auch vor der Hand todt bleiben, da ja ihre Auferweckung mit der Wiederkunft Christi vor der Thüre ist; in der Wundergeschichte freilich erscheint es dadurch begründet, daß der Todte sofort in das irdische Leben zurückgerufen wird. Wie aber solche Hervorkehrung der Gefühlsseite ganz im Charakter des dritten Evangeliums ist, sieht jeder, der sich auch nur an die vornehmsten der ihm eigenthümlichen Parabeln im Unterschiede von denen des Matthäus erinnert.

Doch auch in Hinsicht auf das Thatsächliche verhält sich diese Todtenerweckung zu der vorhin betrachteten als Steigerung. Die Jairustochter war so eben gestorben und lag, wie wir annehmen müssen, noch unerkaltet auf ihrem Bette; wenn ihre Zurückrufung in's Leben als Beweis für Jesu

Wundermacht gebraucht wurde, wie nahe lag den Ungläubigen hier der Verdacht, das Mädchen sei nicht wirklich todt, nur ohnmächtig gewesen, und würde von selbst auch ohne die Dazwischenkunft Jesu wieder zu sich gekommen sein. Das war anders mit einem Todten, der bereits zu Grabe getragen wurde; der war ungleich gewisser, war so zu sagen notorisch todt. Zwar pflegte man damals unter den Juden, wie schon erinnert, die Todten sehr früh, in der Regel binnen vier Stunden nach dem Verscheiden, zu begraben; aber man stellte vorher doch einige Todesproben an, die, wenigstens für die Zeitgenossen, Beweiskraft hatten. Deßwegen hat auch Philostratus in seiner Lebensbeschreibung des neupythagoreischen Wundermanns Apollonius insbesondere diese Geschichte nachgebildet, indem er seinen Helden der Bahre einer Braut begegnen läßt, die er durch Berührung und wenige Worte in's Leben zurückruft.[1]) Bei Jesu bedarf es nur des Befehls an den Jüngling, sich aufzurichten; die Berührung hatte lediglich dem Sarge gegolten, um die Träger zum Stehen zu bringen. Wenn es dann, nachdem der Todte auf der Bahre sich zum Sitzen aufgerichtet, heißt, Jesus habe ihn seiner Mutter zurückgegeben, so ist dieß wörtlich dasselbe, was von Elia in Bezug auf den von ihm erweckten Sohn der sareptanischen Wittwe gesagt war (1 Kön. 17, 23).

Daß wir übrigens auch in diesem Falle, wo der zu Erweckende schon zu Grabe getragen wird, bei der jüdischen Unsitte des frühen Begrabens, an sich durchaus keine Sicherheit haben würden, daß der Todtgeglaubte nicht ein blos Scheintodter gewesen, ist der natürlichen Erklärung einzuräumen. Um so gewisser ist, daß Jesus, wenn er der Mutter das Weinen untersagt, die Sargträger stehen und den Jüngling sich aufrichten heißt, sich durchaus nicht wie ein solcher benimmt, der in dem Zustande des Hinausgetragenen nur einen Scheintod erkennt, sondern als einer, der einen wirklich Todten lebendig zu machen die Macht und den Willen hat; daß ebenso wenig hernach das bis zum Schrecken gehende Erstaunen der Menge, ihr Preis Gottes, daß er sich durch Sendung eines großen Propheten seines Volkes angenommen, der bloßen Entdeckung eines Scheintodes gelten kann; daß mithin die Geschichte, so wie der Evangelist sie erzählt, als wirkliche Todtenerweckung gemeint ist. Können wir eine solche uns nicht denken, so ist, was uns übrig bleibt, nicht eine natürliche, sondern gar keine Geschichte, und wir werden die Elemente, woraus die Erzählung entstanden ist, in demselben Gebiete zu suchen haben, worin für uns die Unmöglichkeit liegt, sie als Geschichte zu fassen: in den Vorstellungen von Gott und seiner Offenbarung in Natur und Menschenwelt, die bei den Juden und ältesten Christen andere waren und Anderes mit sich brachten, als bei uns.

---

1) Vgl. Baur, Apollonius von Tyana und Christus, S. 145.

77.

Die Auferweckung des Lazarus.

Daß auch mit der zuletzt betrachteten Gestaltung des Auferweckungswunders noch nicht jeder Zweifel abgeschnitten, der Beweis, den dasselbe liefern sollte, noch nicht vollkommen hergestellt sei, ist übrigens nicht erst dem Rationalismus der neueren Zeit, und in der älteren nicht blos Gegnern des Christenthums, sondern gleich von Anfang auch innerhalb der christlichen Kreise selbst zum Bewußtsein gekommen. Was man durch diese Todtenerweckungsgeschichten sich gewiß machen wollte, war die künftige Auferweckung der Todten durch den wiederkehrenden Christus. Dachte man sich nun auch diese Wiederkunft in der ersten Zeit so nahe, daß z. B. der Apostel Paulus sie noch zu erleben hoffte (1 Kor. 15, 51 fg. 1 Theſſ. 4, 15 fg.), so war doch, wenn man auch nur auf die Christen Rücksicht nahm, ein guter Theil von diesen, und je weiter man in der Zeit vorrückte, ein desto größerer, schon längst verstorben, begraben und selbst verwest; und daß nun auch auf diese die todtenerweckende Kraft des wiederkehrenden Christus sich erstrecken werde, das war dadurch, daß er bei seinen Lebzeiten etliche kaum erst Verstorbene und noch nicht Begrabene wieder belebt hatte, noch nicht hinlänglich sicher gestellt. Das verbürgende Wunder der Vergangenheit mußte zu dem künftigen, das es verbürgen sollte, in ein richtigeres Verhältniß gesetzt werden; zum Beweise, daß dereinst alle, die in den Gräbern liegen, die Stimme des Gottessohns hören und daraus hervorgehen werden (Joh. 5, 28 fg.), mußte er während seines Erdenwallens einen solchen, der schon einige Zeit, der Verwesung preisgegeben, im Grabe lag, mit mächtiger Stimme daraus hervorgerufen haben (Joh. 11, 17. 39. 43). Dieß ist die Wurzel der johanneischen Todtenerweckungsgeschichte, in welcher aber auch sonst alle Fäden der Eigenthümlichkeit dieses Evangeliums zusammenlaufen. Man hat unter den drei evangelischen Todtenerweckungen die sämmtlichen Synoptikern gemeinsame der Jairustochter gleichsam als den Positiv, die von Lucas nachgetragene des Jünglings zu Nain als den Comparativ bezeichnet, zu denen die dem Johannes eigenthümliche Erzählung von der Erweckung des Lazarus den Superlativ bilde; aber gerade so verhalten sich die Evangelien des Matthäus, Lucas und Johannes auch im Allgemeinen zu einander. Bei Matthäus erscheint das Wunderbare durchaus in einfacher Gediegenheit, als müßte es so sein; bei Lucas wird theils das Princip, woraus es hervorgeht, theils die Wirkung auf das Gemüth, die es hervorbringt, näher in's Licht gesetzt; bei Johannes endlich ist Alles, Princip und Wunderact, Gemüthseindruck und geistige Bedeutung des Wunders auf den höchsten Ausdruck, und diese verschiedenen Seiten zugleich in eine Einheit gebracht, die ihre Wirkung nicht verfehlt, selbst nachdem die Widersprüche, die darin liegen, dem unbefangenen Blicke längst erkennbar geworden sind.

Damit von vorneherein das Gemüth in Mitleidenschaft gezogen werde, darf der Gegenstand des Wunders kein uns gleichgültiger Unbekannter, sondern er muß ein Freund Jesu, und das weibliche Herz, das sich über seinen Tod betrübt, darf nicht das einer gewöhnlichen Mutter, sondern es müssen die zarten Schwesterherzen von Martha und Maria sein, jener Maria, die auch an Jesu mit einer so eigenen schwärmerischen Verehrung hing. Die feinere Anlage ferner, durch welche sich in der Erweckungsgeschichte der Jairustochter Lucas von Matthäus unterschied, hat der Erzähler im vierten Evangelium nicht außer Acht gelassen. Um eine Aufsteigung vom Geringeren zum Größeren zu gewinnen, läßt auch er den nachmals Auferweckten zuerst noch nicht als todt, sondern nur als krank angekündigt werden. Geht dort der Vater selbst, so senden hier die Schwestern an Jesum eine Botschaft mit der Nachricht von dem Erkranken ihres Bruders; daß ihre Meinung war, er solle kommen und ihn heilen, bleibt ungesagt, ergibt sich jedoch aus dem Folgenden (V. 21. 32). Jesus befand sich aber nicht wie dort in derselben Stadt mit dem Kranken, sondern in der Provinz Peräa, jenseits des Jordans, während dieser in Bethanien bei Jerusalem lag. Gleichwohl, statt daß er dort ungesäumt dem Hause des Kranken zuging, verweilt er hier noch zwei Tage, ohne Anstalt zur Abreise zu machen.

Warum das, da ihn doch die räumliche Entfernung einerseits, die nahen Gemüthsbeziehungen andererseits zu doppelter Eile treiben mußten? Dort ist die Sache ohne Arges so erzählt, als wäre Jesus zu einer Kranken geeilt, diese aber wider sein Erwarten gestorben, ehe er das Haus erreichte; was that solches Nichtwissen der Würde des Messias für Eintrag, wenn er die Macht hatte, die ihm unerwartet Gestorbene unmittelbar darauf vom Todte zu erwecken? Mit dem eingekörperten göttlichen Logos war das aber ein Anderes. Auf ihn durfte keinerlei Nichtwissen fallen. Der johanneische Christus wußte, was er that, als er nach Empfang der Krankheitsbotschaft noch zwei Tage in Peräa blieb; er wußte, daß Lazarus inzwischen sterben würde, und wollte ihn sterben lassen. Wenn er beim Einlauf der Botschaft sagte, diese Krankheit sei nicht zum Tode, sondern um der Verherrlichung Gottes und seines Sohnes willen, so ist es der gröbste Mißverstand, dieß so zu nehmen, als hätte Jesus damals selbst noch keinen tödtlichen Ausgang der Krankheit des Lazarus erwartet; die Meinung ist nur, der zwischeneintretende Tod werde nicht der letzte Erfolg sein, sondern Alles werde sich mittelst der Wiederbelebung des Gestorbenen in Verherrlichung Gottes und seines Logoschristus auflösen. Denn wie nun die zwei Tage herum sind und er sich zur Reise nach Judäa anschickt, sagt er, ohne unterdeß weitere Nachricht erhalten zu haben, also aus seinem höheren, in die Ferne dringenden Wissen heraus, Lazarus sei entschlafen, er gehe aber hin, ihn aufzuwecken.

Diese Rede gibt dem Evangelisten Veranlassung, eines seiner stehenden Mißverständnisse anzubringen. Den Schlaf nehmen die Jünger eigentlich, während ihn Jesus figürlich vom Tode verstanden hatte, der seinem Machtworte bald, wie ein leichter Schlummer, weichen sollte: auch hier der Gegensatz der christlichen Anschauung des Todes zu der gemeinen, in der sich alle andern Personen außer ihm noch befangen zeigen. Und nun enthüllt Jesus auch den Zweck seines Zögerns: er freue sich, erklärt er den Jüngern, um ihretwillen, daß er nicht dort gewesen, den Tod des Freundes zu verhindern, weil, was er nun zu vollbringen gedenke, nämlich die Todtenerweckung, ihrem Glauben ganz anders, als eine bloße Krankenheilung, zur Kräftigung dienen werde. Es bedarf kaum eines Winkes, daß eine solche Handlungsweise, den Freund, den man retten kann, lieber sterben zu lassen, um ihn nachher wieder erwecken zu können, einem Phantasiewesen, wie der johanneische Christus, ebenso angemessen ist, wie sie an einem wirklichen Menschen, und wäre es auch der gottbegabteste und gotteinigste, unmenschlich und empörend wäre.

Jesus hatte aber nicht blos deßwegen und nicht blos so lange gezögert, als nothwendig war, damit Lazarus todt wäre, bis er in Bethanien ankäme, sondern es sollte so viel Zeit verfließen, daß der Todte bei seiner Ankunft bereits vier Tage im Grabe lag (V. 17), daß Martha sagen konnte, er rieche schon (V. 39), sei bereits der Verwesung anheimgefallen. Daß sich Letzteres hernach bei der Eröffnung der Gruft so befunden habe, wird freilich nicht gesagt, aber ebenso wenig das Gegentheil; drei Tage lang, so glaubte man unter den späteren Juden[1]), umschwebe die Seele noch den gestorbenen Leib, am vierten aber entweiche sie und überlasse ihn der Verwesung: augenscheinlich sollte durch diesen Zug der jetzt von Jesu zu Erweckende denen so nahe wie möglich gerückt werden, deren künftige Erweckung man am jüngsten Tage von ihm erwartete.

Wie in der Geschichte von der Jairustochter, als Jesus in der Nähe des Hauses angekommen ist, einer oder etliche heraustreten, die den Vater von dem unterdeß erfolgten Tode des Mädchens in Kenntniß setzen und den Lehrer nicht weiter bemüht wissen wollen: so geht hier, auf die Nachricht, daß Jesus komme, Martha ihm vor das Dorf hinaus entgegen. Von dem Tode des Bruders sagt sie, als wüßte sie, daß er Jesu schon bekannt war, derselbe würde nicht eingetreten sein, wenn Jesus gegenwärtig gewesen wäre; daß er nun aber eingetreten ist, hat ihr nicht, wie den Leuten des Jairus, alle Hoffnung benommen; selbst vor den Jüngern in unserer Erzählung, die mit der Wanderung Jesu nach Judäa nicht einverstanden waren, hat sie die Ahnung voraus, daß mit dem Tode des Bruders noch nicht Alles vorüber sei, daß auch jetzt noch Jesus nur den Vater bitten dürfe, um, was er

1) Gfrörer, Das Heiligthum und die Wahrheit, S. 319 fg.

wolle, gewährt zu erhalten. Doch so empfänglich auch die Schwester der Maria, das Mitglied jenes geweihten bethanischen Kreises, dargestellt sein wollte, immer muß sie doch Jesu die Möglichkeit übrig lassen, auch ihr Verstehen und Erwarten noch zu überbieten. Daher zeigt sie sogleich die Unbestimmtheit ihrer Ahnung und die Schwäche ihres Verständnisses darin, daß sie die Versicherung Jesu, ihr Bruder werde auferstehen, von der Auferstehung am jüngsten Tage versteht und insofern wenig tröstlich findet. Wie nun aber Jesus jene Versicherung auf ihren allgemeinen Grund zurückführt, in der Erklärung, er sei die Auferstehung und das Leben, und wer an ihn glaube, werde leben, wenn er auch stürbe, spricht sie zuversichtlich ihren Glauben aus, daß er Christus, der in die Welt kommende Sohn Gottes sei; einen Glauben, der zwar noch ohne rechtes Verstehen war, aus dem sich aber dieses entwickeln ließ. Der Satz übrigens: „Ich bin die Auferstehung und das Leben“ u. s. f. bildet ebenso das Thema dieser johanneischen Auferweckungsgeschichte, wie der Spruch: „das Mägdlein ist nicht gestorben, sondern schläft“, das Thema der gemeinsamen synoptischen, und der Zuspruch: „weine nicht!“ das der besondern lucanischen gebildet hatte. Von beiden unterscheidet sich das johanneische Thema eben dadurch, wodurch sich das johanneische Evangelium überhaupt von den synoptischen unterscheidet: daß nämlich für's Erste Christus nicht blos thatsächlich als derjenige auftritt, der den Tod zum bloßen Schlafe macht und die Thränen über die Gestorbenen trocknet, sondern daß er sich in dieser Eigenschaft des Gottessohns im höheren Sinne unseres Evangeliums ausdrücklich als Gegenstand des Glaubens, und diesen Glauben hinwiederum als Bedingung der Theilnahme an dem ewigen Leben hinstellt; und daß für's Andere unter dem von ihm gespendeten Leben weder blos die einstige allgemeine, noch die jetzt ausnahmsweise einem Einzelnen zu gewährende leibliche Auferweckung, sondern zugleich das von ihm ausgehende neue geistige Leben verstanden ist.

Nachdem sich Martha zu diesem Glauben bekannt hat, geht sie, die Schwester zu holen, mit der nun aber eine Schaar tröstender und leidtragender Juden herauskommt. Diese weinenden Juden spielen in der Geschichte des Lazarus dieselbe Rolle, wie in der von der Jairustochter die Flötenbläser und die lärmende Trauerversammlung: sie bringen den Widerspruch der altjüdischen wie der heidnischen Anschauung vom Tode mit der neuen christlichen zur Erscheinung. Um wie viel höher nun aber der johanneische Christus über jenem Standpunkte steht, als der synoptische, wird in seinem Benehmen ersichtlich. Dem synoptischen Christus scheint die lärmende Klage der Leute unpassend, und darum heißt er sie hinausgehen; hier bei Johannes ist von Lärmen nicht die Rede, die Leute weinen nur und Maria weint mit; aber statt ihnen freundlich, wie der Wittwe zu Nain, das Weinen zu wehren, ergrimmt Jesus im Geiste über ihr Thun. Daß er dazu menschlicherweise keinen Grund hatte, ist klar; aber alle Versuche, dem

Worte, durch welches der Evangelist wiederholt die Gemüthsbewegung Jesu bezeichnet [1]), eine andere Bedeutung als die des Ergrimmens, oder eine andere Beziehung als auf die Thränen der Juden und der Maria zu geben, sind vergeblich. Der Logoschristus ist ergrimmt, daß die Leute, und selbst Maria, über den Tod des Lazarus weinen können, während doch er, das Princip des Lebens, dabeisteht; diese Verblendung der Menschen über das, was sie an ihm haben, erregt seinen Unwillen, wie gleich hernach seinen Schmerz; denn auch die Thränen, worein er im Hingang zum Grabe nun selbst ausbricht, können, wenn die Darstellung in sich zusammenstimmen soll, nicht Thränen des Schmerzens um den Tod des Lazarus sein, den er ja eben im Begriffe ist aufzuwecken, und sind es schon deßwegen nicht, weil die Juden sie dafür halten (V. 36), die im vierten Evangelium Jesum allemal mißverstehen. Sehen wir uns nach etwas Aehnlichem in der evangelischen Geschichte um, so ist der einzige Fall, wo sonst noch von Thränen Jesu die Rede ist, Luc. 19, 41 fg., wo er beim Anblick der Stadt Jerusalem weint, im Gedanken an die schrecklichen Tage, die über sie kommen werden, weil sie die Zeit ihrer Heimsuchung nicht erkannt habe. Diese Zeit der Heimsuchung für das jüdische Volk waren die Tage der Wirksamkeit Jesu, die eben jetzt mit dem Wunder der Erweckung des Lazarus ihren Höhepunkt erreichen sollte, ohne doch die Juden zum Glauben und zur Erkenntniß zu bringen. Deßwegen weint Jesus, und deßwegen machen auch die Thränen von Neuem dem Unwillen Platz, als die Juden äußern, ob denn der Mann, der vor Kurzem den Blinden sehend gemacht, nicht auch den Tod des Lazarus hätte verhindern können? worin theils ein Vorwurf gegen ihn, theils abermals der Mangel an jeder Ahnung, daß man hier die Auferstehung und das Leben in Person vor sich habe, lag. [2])

Das Grabmal, vor das wir sofort geführt werden, ist fast wie das nachherige Grabmal Jesu beschrieben; es heißt eine Höhle, wie das Grab Jesu den Synoptikern zufolge in Felsen gehauen, mithin gleichfalls eine künstliche Höhle war, und seinen Verschluß bildet, wie bei dem Grabe Jesu, ein davor gewälzter Stein; auch der Leintücher, worein der Todte gewickelt war, wird ganz ebenso wie später bei Jesu (20, 6 fg.) Erwähnung gethan: die Auferweckung des Lazarus durch Christus sollte nicht blos eine Bürgschaft für die künftige Auferweckung aller Todten durch ihn, sondern auch

1) V. 33: ἐνεβριμήσατο τῷ πνεύματι. V. 38: πάλιν ἐμβριμώμενος ἐν ἑαυτῷ.

2) Der Deutung Hilgenfeld's (Evangelien, S. 296, Anm. 1), daß der Unwille Jesu, „sich auf den Schmerz beziehe, welcher hier die menschliche Person aus ihrer Einheit mit dem göttlichen Logos herauszureißen drohe", kann ich deßwegen nicht beitreten, weil sonst überall im vierten Evangelium, insbesondere gleich im folgenden Kapitel (12, 27), die Einheit dieser beiden Seiten als unverrückbar erscheint.

ein Vorspiel seiner demnächst bevorstehenden eigenen Auferstehung sein. Nachdem nun gegen die von dem muthmaßlichen Verwesungsgeruch hergenommene Einrede der Martha der Stein vom Grabe entfernt ist, findet der johanneische Christus, statt wie der synoptische in den beiden früheren Auferweckungsgeschichten einfach sein Machtwort zu sprechen, für gut, erst ein Gebet zu seinem Vater voranzuschicken. Freilich kein Bittgebet, wie Elia bei seiner Todtenerweckung, dergleichen der mit dem Vater einige Sohn nicht nöthig haben konnte, sondern ein Dankgebet für die bereits geschehene Erhörung. Also hat er doch zuerst im Stillen gebeten, aber mit der Gewißheit, erhört zu sein; wie ja Bitte und Erhörung, oder von der andern Seite genommen Befehl und Ausführung, zwischen dem Vater und ihm nicht als ein Reihe einzelner Acte, sondern als ein stetiges, keiner Veränderung unterworfenes Wechselverhältniß zu denken sind. Auch von einer einzelnen Danksagung gegen den Vater kann demnach, streng genommen, so wenig als von einer Bitte die Rede sein, und wenn sich Jesus zu einer solchen doch herbeiläßt, so geschieht es lediglich aus Anbequemung an das umstehende Volk, um dieses auf Gott als denjenigen, der dem Sohne solche Macht verliehen, hinzuweisen (V. 42). Allein wenn eine Anbequemung die gewünschte Wirkung haben soll, so darf der sich Anbequemende nicht sagen, daß es blos Anbequemung ist; und andererseits ein Gebet, das nur aus Anbequemung gesprochen wird, ist eine widerliche Grimasse. Man hat witzig zu sein gemeint, wenn man gegen die Ansicht der Kritik, daß der johanneische Christus nur ein personificirter dogmatischer Begriff sei, bemerkte, ein Begriff gehe auf keine Hochzeit, habe kein Mitleid und dergleichen mehr.[1]) Hier kann man umgekehrt sagen: so wie der johanneische Christus am Grabe des Lazarus gehandelt haben soll, handelt kein wirklicher Mensch, und sei er auch ein Gottmensch, sondern nur ein verkörperter Begriff, und zwar nur ein solcher, der aus zwei widersprechenden Merkmalen zusammengesetzt ist. Der johanneische Christus ist auf der einen Seite das mit Gott einige ewige Schöpferwort: so braucht er den Vater um nichts Einzelnes zu bitten, ihm für nichts Einzelnes zu danken, da ja sein ganzes Thun nur ein successives Ausströmen dessen ist, was vom Vater aus stetig in ihn einströmt. Auf der andern Seite jedoch wandelt er unter Menschen als Mensch, der diese zum Vater führen, sie bei jeder Gelegenheit auf den Vater hinweisen soll, und dieß am wenigsten bei einem Werke unterlassen darf, worin sich, wie in der Auferweckung eines Todten, die Herrlichkeit des Vaters so ganz besonders offenbart. Also spricht er ein lautes Gebet zum Vater, und zwar lieber das Dankgebet, als das durch den Schein der Ungewißheit seiner Erhörung noch leichter zu mißdeutende Bittgebet; aber da er als Mensch zugleich der

1) Luthardt, Das johanneische Evangelium nach seiner Eigenthümlichkeit, I, 96.

fleischgewordene Logos ist, so ist das Beten bei ihm bloße Anbequemung, und da er als der Logos auch erkannt werden will, so sagt er es selbst, daß er das Gebet nicht aus und für sich, sondern lediglich für die Umstehenden gesprochen hat. Als wirkliches Wesen, als Mensch genommen, erscheint der Christus des vierten Evangeliums in diesem Beten aus Anbequemung als ein Schauspieler, und in seinem Geständniß, daß sein Beten nur Anbequemung sei, noch dazu als ein ungeschickter; aber auch als personificirter Begriff genommen, legt er hier ganz besonders die widersprechenden Merkmale dar, die in ihm zu einer undenkbaren Einheit zusammengefaßt sind.

Die starke Stimme, womit Jesus sofort in das Grabmal hineinruft und den Todten herauskommen heißt, bildet deutlich die Stimme des Gottessohnes vor, welche einst alle, die in den Gräbern liegen, hören und darauf hin aus den Gräbern hervorgehen werden (Joh. 5, 28 fg.); sie ist das Commandowort zur Auferstehung, das anderswo auch einem Erzengel als messianischem Herold übertragen und von gewaltigem Trompetenschall begleitet erscheint (1 Kor. 15, 52. 1 Thess. 4, 16).

Die Geschichte von der Auferweckung des Lazarus ebenso wie die beiden andern evangelischen Todtenerweckungsgeschichten als ein unhistorisches Gebilde der urchristlichen Phantasie, als eine nur bewußtere und künstlichere Durchführung desselben dogmatischen Thema zu betrachten, dazu haben wir uns bisher dadurch bestimmt gefunden, daß die Erzählung geschichtlich ebenso schwierig zu denken ist, als sich ihre Entstehung aus dogmatischen Vorstellungen und der Eigenthümlichkeit des johanneischen Evangeliums leicht und vollständig erklärt. Es kommt aber noch ein Umstand hinzu. Daß der vierte Evangelist der beiden andern Todtenerweckungen keine Erwähnung thut, muß man begreiflich finden, und Niemand wird aus seinem Stillschweigen von denselben einen Beweis gegen ihre Geschichtlichkeit hernehmen wollen. Denn gesetzt auch, sie wären wirklich vorgefallen gewesen, so war Alles, was ihnen Bedeutung gab, in der Lazarusgeschichte so sehr in der höchsten Potenz enthalten, daß in einer Darstellung, die ohnehin auswählend verfahren mußte, jene neben dieser füglich zu entbehren waren. Ganz anders stellt sich die Sache, wenn man nun umgekehrt fragt, warum denn von der um so viel bedeutendern Erweckungsgeschichte des Lazarus die Synoptiker nichts erzählen? warum sie nicht statt der viel weniger wichtigen und beweiskräftigen, die sie geben, vielmehr die Geschichte von Lazarus mitgetheilt haben? Man hat gemeint, das sei um so schlimmer für die Verfasser der drei ersten Evangelien. Es beweise, daß keiner von ihnen, auch Matthäus nicht, ein Apostel oder sonstwie Augenzeuge des Lebens Jesu gewesen sei. Denn einem solchen freilich könnte die Auferweckung des Lazarus nicht unbekannt gewesen sein, und wenn sie ihm bekannt war, hätte er sie auch erzählen müssen. Sei aber keiner von ihnen ein Augenzeuge, sondern alle nur Sammler von Ueberlieferungen, so könne die Auferweckung des Lazarus gar wohl wirklich vorgegangen sein, und doch bei ihnen sich nicht finden. Sie könnte sich ja bis zu der Zeit, in der sie schrieben, entweder ganz aus der Ueberlieferung verloren, oder doch einen Theil ihrer Bedeutsamkeit eingebüßt haben. Diese Bedeutsamkeit, meint man[1]), bestand vornehmlich in ihrer pragmatischen Wichtigkeit für die Entwicklung des Schicksals Jesu, sofern sie die Erbitterung seiner Feinde bis zu dem bestimmten Anschlag auf sein Leben steigerte, der diesem sofort ein Ende machte. Was es mit dieser pragmatischen Wichtigkeit der Auferweckung des Lazarus für eine Bewandtniß hat, ist schon oben angedeutet worden.[2]) Um die Hinrichtung Jesu herbeizuführen, bedurfte es so wenig des Anstoßes durch ein Wunder, als bei Sokrates, da der natürlichen Ursachen in dem Widerstreit der Standpunkte und Interessen übergenug vorhanden waren. Ebenso wenig bedarf aber die Auferweckung des Lazarus dieser pragmatischen Bedeutung, um als ein Ereigniß zu erscheinen, das, wenn es wirklich vorgefallen war, in keinem einigermaßen ausführlichen und verständig angelegten Evangelium übergangen werden durfte. Sie war das Wunder aller Wunder, und so ist sie von dem vierten Evangelisten auch sichtbar dargestellt. Man traut seinen Augen nicht, wenn man bei Schleiermacher die Behauptung liest, in Bezug auf die Lehre habe die Geschichte von Lazarus keinen großen Werth. Wie? die Geschichte keinen großen didaktischen Werth, in der sich Jesus, wie in keiner andern, als die Auferstehung und das Leben erweist? und nicht blos thatsächlich erweist, sondern auch ausdrücklich aus der Geschichte die Lehre zieht? Doch Schleiermacher hat noch eine andere Ursache aufgespürt, warum die Kunde von der Auferweckung des Lazarus sich aus der evangelischen Ueberlieferung frühzeitig habe verlieren können. Er macht darauf aufmerksam, wie überhaupt das Verhältniß Jesu zu der Familie, in welcher die Geschichte spielt, bei Matthäus und Marcus ganz fehle, bei Lucas, der von den Schwestern wisse, wenigstens der Bruder und der Wohnort verloren gegangen seien. Dieß möge daher kommen, daß, als die den Berichten der Synoptiker zu Grunde liegenden Nachrichten gesammelt wurden, die Famalie Lazarus, vielleicht wegen erlittener Verfolgungen (Joh. 12, 10), nicht mehr in Bethanien anzutreffen war. Aks hätte die Kunde von einem so ungeheuern Ereigniß, wenn es wirklich stattgehabt hatte, ob nun die Familie, die es zunächst betraf, ausgewandert, vielleicht auch ausgestorben war oder nicht, sich nicht nothwendig in der Gegend erhalten müssen! Einzig wenn der vierte Evangelist sie erst im zweiten Jahrhundert componirt hat, ist es erklärlich, daß die älteren Evangelisten nichts von derselben wissen.

Doch den Schleiermacher'schen Wink über das verschiedene Verhalten

1) So namentlich Schleiermacher, Einleitung in das Neue Testament, S. 282 fg. Vgl. Lücke, Commentar zum Evangelium Johannis (dritte Auflage), II, 476.

2) S. 251.

der Evangelisten zu der bethanischen Familie dürfen wir nicht verloren gehen lassen, wenn er uns auch zu einem entgegengesetzten Ergebniß als den scharfsinnigen Johannesfreund führen sollte. Von einer Familie zu Bethanien, mit welcher Jesus in besonders innigem Freundschaftsverhältniß gestanden hätte, wissen allerdings die drei ersten Evangelisten nichts. Gesalbt werden lassen ihn die beiden ersten (Matth. 26, 6 fg. Marc. 14, 3 fg.) wenige Tage vor seinem letzten Passahfest in Bethanien, aber im Hause eines Simon, der Aussätzige genannt, und von einer Frau, deren Name nicht angegeben wird. Lucas läßt eine Salbung früher, noch in Galiläa, ohne Angabe des Orts, in dem Hause eines Pharisäers Simon mit Jesus vorgenommen werden, und bezeichnet die auch bei ihm ungenannte Salbende als eine Sünderin (7, 36 fg.). Dagegen läßt er Jesum später auf der Reise von Galiläa nach Jerusalem, aber noch weit von diesem Endziele, in einem ungenannten Dorfe bei einer Frau, Namens Martha, einkehren, die eine Schwester Maria hat, wo sich dann die bekannte Geschichte zuträgt, die in dem bedeutsamen Worte: „Eins ist Noth!" ihre Blume hat (10, 38 fg.). Daß wir diese Geschichte, wie überhaupt die Namen der beiden Schwestern, zum erstenmal bei Lucas finden, erregt allerdings Bedenken, aber entscheidet noch nicht gegen den historischen Werth der Nachricht. Daß die sich um Vieles mühende mit der scheinbar lässigen Schwester unzufriedene Martha, die lauschend zu Jesu Füßen sitzende Maria, die nach seinem Urtheil das bessere Theil erwählt hat, ganz wie Personificationen des werkeifrigen Judenchristenthums und des glaubensinnigen paulinischen Christenthums dargestellt sind [1]), läßt sich erklären, wenn auch wirklich zwei solche Schwestern gelebt und mit Jesu in Beziehung gestanden hatten.

Also bei Matthäus und Marcus haben wir in Bethanien eine salbende Frau, aber ohne Namen; bei Lucas einerseits eine salbende Sünderin, gleichfalls ohne Namen, aber nicht in Bethanien, andererseits die Schwestern Martha und Maria, gleichfalls nicht in Bethanien und verschieden von der salbenden Frau. Diese Fäden finden sich bei Johannes zusammengezogen (12, 1 fg.). Die salbende Frau ist Maria, und weil die Salbung der Ueberlieferung zufolge in Bethanien vorgefallen war, so ist Maria mit ihrer Schwester in Bethanien wohnhaft. Schon bei Lucas beweist allerdings der Empfang, den Martha Jesu zu Theil werden läßt, freundliche Gesinnungen, und das Verhalten der Maria deutet selbst auf tiefere Empfänglichkeit hin; doch von einem innigen Freundschaftsverhältniß zwischen Jesus und der Familie ist erst bei Johannes die Rede (11, 3. 5. 11. 36). Im Uebrigen erscheinen die Schwestern im vierten Evangelium ganz so, wie es ihrer Schilderung

---

1) Worauf zuerst Zeller aufmerksam gemacht hat, Theologische Jahrbücher, 1843, S. 85.

im dritten entspricht. Bei dem Mahle, woran sich die Salbung schloß, wartet Martha auf, wie sie sich in der Erzählung des Lucas mit der Aufwartung viele Mühe machte; auch ihr Entgegeneilen, als sie nach ihres Bruders Ableben von der Ankunft Jesu hört, ist ganz nach Art jener Geschäftigkeit; ebenso ist auf Seite der Maria der Fußfall vor Jesu und später das Ausgießen der köstlichen Salbe auf seine Füße im Charakter derjenigen, welche dort bei Lucas zu Jesu Füßen sitzend im Lauschen auf seine Worte alles Andere vergaß. Fragt man nun: was ist wahrscheinlicher, daß sich in Wirklichkeit Alles so verhalten habe, wie Johannes es darstellt, daß also Maria es gewesen, die Jesum salbte, sie und ihre Schwester ihren Wohnsitz in Bethanien bei Jerusalem gehabt, und dieses Haus Jesu bei seiner letzten Festreise ein freundliches Asyl geboten habe, daß aber die Kunde davon in der Ueberlieferung erloschen, der Name Maria's als der salbenden Frau abhanden gekommen, von ihrem und ihrer Schwester Hauswesen in Bethanien, das, wenn auch der Ort zerstört war, in der Christenheit als ein Heiligthum hätte fortleben müssen, schon nach wenigen Jahrzehnten Niemand in der Gegend mehr etwas gewußt habe? oder daß umgekehrt der Sachverhalt der gewesen sei, wie er bei den Synoptikern erscheint, daß in dem Hause eines mit Jesu in keiner engeren Beziehung stehenden Mannes zu Bethanien eine sonst nicht weiter bekannte Frau Jesum salbte, und daß in einem andern Orte, vielleicht in Galiläa, ein Schwesternpaar, Martha und Maria lebte, bei denen Jesus gastliche Aufnahme und Empfänglichkeit für seine Lehren fand, daß aber der vierte Evangelist diese auseinanderliegenden Nachrichten geschickt combinirt, der Hörerin zu Jesu Füßen die Salbung seiner Füße, der geschäftigen Martha die Aufwartung bei jener Gelegenheit übertragen, beide Schwestern zu dem Ende nach Bethanien übergesiedelt und in das enge Freundschaftsverhältniß zu Jesu versetzt habe, das uns in der Geschichte des Lazarus entgegentritt? — wenn wir uns diese Frage stellen, so ist zwar schon nach dem Bisherigen das Erstere unwahrscheinlich genug; doch wollen wir nicht entscheiden, bis wir das Verhältniß der beiden Darstellungen noch vollständiger in's Auge gefaßt haben.

Wir haben nämlich bisher den Bruder der beiden Schwestern, den Lazarus, von dem wir doch ausgegangen sind, außer Acht gelassen. Den müßte also in jenem ersteren Falle die synoptische Ueberlieferung gleichfalls verloren haben; was schon des ganz einzigen Wunders wegen, das sich an seinen Namen knüpft, kaum denkbar ist. Doch sie hat ihn ja nicht verloren, könnte man sagen: bei Lucas findet sich ja auch ein Lazarus. Freilich kein wirklicher, nur ein parabolischer, der arme Lazarus nämlich, der in diesem Leben schwärenbedeckt und Mangel leidend vor der Pforte des reichen Mannes liegt, dann aber nach dem Tode in Abraham's Schoße sitzend, den Neid des in der Hölle gequälten Reichen erregt (16, 19 fg.). Beide Lazarus sind in der That nicht ohne Verwandtschaft. Arm zwar ist, soviel wir sehen, der johanneische nicht, wie der parabolische des Lucas; aber krank ist er auch, und schon die Eingangsworte der Erzählungen von beiden haben eine merkwürdige Aehnlichkeit. „Es war aber ein gewisser Kranker, Lazarus aus Bethanien", beginnt Johannes; „es war ein gewisser Armer mit Namen Lazarus", beginnt Jesus seine Gleichnißrede bei Lucas. Beide Lazarus ferner sterben und werden begraben; nur der eine freilich kehrt aus dem Grabe wieder in's Leben zurück, aber — der andere hätte wenigstens wiederkehren sollen, es wird verlangt, aber nicht gewährt. Und warum wird dem reichen Mann in der Parabel seine Bitte von Abraham nicht gewährt, den Lazarus in seines Vaters Haus zu senden, um seine fünf Brüder zu bekehren? Deßwegen nicht, weil Abraham voraussieht, daß sie, die auf Moses und die Propheten nicht achten, auch nicht glauben würden, wenn einer von den Todten auferstünde. Und wie richtig hier Vater Abraham vorausgesehen hat! Es stand ja wirklich einer von den Todten auf, nämlich Jesus; aber glaubten darum die Juden? Ja ein Lazarus, ganz wie der reiche Mann es gewünscht hatte, stand aus dem Grabe auf, und die Juden glaubten doch nicht, sondern faßten jetzt erst recht den Beschluß, Jesum zu tödten.

Wie nun? werden wir annehmen, der historische Lazarus sei in der Ueberlieferung zum parabolischen, die Wundergeschichte zur Gleichnißrede, der wirklich vorgekommene Fall (die Wiederkehr eines Verstorbenen) zum blos gesetzten Falle geworden? Wer von der Art, wie dergleichen Erzählungen sich um- und weiterbilden, nur irgend eine Vorstellung hat, wird vielmehr das Umgekehrte wahrscheinlich finden. Der vierte Evangelist hatte aus dem dritten die beiden in einem Dorfe wohnenden Schwestern, die Jesum bei sich beherbergten, in seinen Plan aufgenommen, sofern die eine derselben ihm geeignet schien, ihr die berühmte Salbung, die andere, ihr die Aufwartung bei dem Mahle, während dessen die Salbung vorfiel, zu übertragen. Mußte er sie zu dem Ende nach Bethanien versetzen, wo der Ueberlieferung zufolge die Salbung vorgefallen war, so war ihm auch für die Todtenerweckungsgeschichte, die er geben wollte, kein Ort gelegener, als eben dieses Bethanien. Sie sollte als das Wunder aller Wunder die Wunderthätigkeit Jesu schließen; sie sollte ferner die Erbitterung der in Jerusalem herrschenden Hohepriester- und Pharisäerpartei auf's Höchste steigern: sie mußte also in der letzten Zeit und entweder in oder doch nahe bei der Hauptstadt vorgefallen sein. Indeß in diese selbst sie zu verlegen, widersprach dem Pragmatismus des vierten Evangeliums, wornach Jesus in dieser letzten Zeit der feindlichen Nachstellungen wegen Jerusalem lieber mied, und wenn er dort war, allen Grund hatte, sich in Acht zu nehmen: also besser in einem nahen Dorf, und da hatte man von der Salbungsgeschichte her Bethanien. Und waren die beiden Schwestern dorthin versetzt, so warteten sie ja gleichsam auf den Bruder, der ihnen sofort in Lazarus zugeführt wird. Daß der vierte Evangelist so zu seiner Darstellung gekommen, daß er zuerst die Schwestern aus dem dritten Evangelium genommen, und ihnen dann erst den Bruder beigesellt hat, verräth sich deutlich in der Art, wie er die drei Geschwister zum erstenmal einführt (11, 1 fg.). „Es war aber einer krank, Lazarus aus Bethanien, aus dem Dorfe Maria's und Martha's, ihrer Schwester. Maria aber war diejenige, welche den Herrn salbte und seine Füße mit ihren Haaren trocknete; deren Bruder Lazarus war krank.“ So bezeichnet man einen Bruder nur, wenn die Schwestern bekannter sind als er; das waren Maria und Martha durch die Erzählung von Jesu Einkehr bei ihnen im dritten Evangelium, auf welche auch im vierten der Ausdruck: „aus dem Dorfe der Maria und Martha“, hinweist; denn Lucas beginnt dort seine Erzählung mit der Angabe, Jesus sei auf der Reise in ein Dorf gekommen und da habe ihn Martha aufgenommen. Der vierte Evangelist setzt nun aber überdieß hinzu, diese Maria sei auch die Frau gewesen, die Jesum gesalbt habe, was er erst später erzählt; daß er es hier zum Voraus bemerkt, sieht ganz so aus, als wollte er diese Notiz zum erstenmal in Umlauf setzen. Noch augenscheinlicher verräth er, daß er in seinem Lazarus eine neue Figur in die evangelische Geschichte einführt; denn „ein gewisser“, ein Bruder berühmterer Schwestern, war dieser doch wahrhaftig nicht, wenn an ihm Jesus das größte seiner Wunder vollzogen hatte, während er so gut wie seine Schwestern von Jesu geliebt war.

Also die beiden Schwestern hatte der vierte Evangelist nach Bethanien versetzt, und für sein Schlußwunder, das eine Todtenerweckung sein sollte, war ihm eben dieses Bethanien der geeignetste Schauplatz. Den leiblich zu Erweckenden den geistig erweckten Schwestern als Bruder beizugesellen, lag wenigstens nicht fern. Zur weiteren Ausgestaltung seiner Todtenerweckungsgeschichte nun aber taugten ihm die beiden synoptischen nicht. Er wollte einen ganz sicher und gewiß Todten, einen mindestens Begrabenen haben, was weder die Jairustochter noch der Jüngling von Nain war. Dagegen kam bei Lucas ein Verstorbener, freilich nur im Gleichniß vor, der begraben und gewiß todt war, denn seine Seele war ja schon in Abraham's Schooß getragen. Auch er sollte wiederkommen, aber er durfte es nicht, weil es umsonst gewesen wäre, da er die Brüder des reichen Mannes doch nicht bekehrt haben würde. Aber eben deßwegen war es im Sinne des vierten Evangelisten der Mühe werth, den Verstorbenen wirklich wiederkommen zu lassen, um den unverbesserlichen Unglauben des Judenvolks recht zu constatiren. Darum war keine Figur der synoptischen Ueberlieferung zum Helden der Todtenerweckungsgeschichte, welche der vierte Evangelist geben wollte, nach allen Seiten hin geeigneter, als der Lazarus der Gleichnißrede bei Lucas. Da wir hienach ebenso deutlich sehen, wo der vierte Evangelist seinen Lazarus sammt Umgebung herbringt, als es uns unbegreiflich bleibt, wo die übrigen Evangelisten ihn, wenn er wirklich existirt hatte und von Jesu auferweckt worden war, hingebracht haben sollten, so können wir, scheint es, die Untersuchung über diesen Punkt als abgeschlossen betrachten.[1])

Dennoch wollen wir es uns nicht verdrießen lassen, uns nach der Art und Weise umzusehen, wie Andere sich mit der Geschichte von Lazarus zurechtzusetzen suchen. Maßgebend ist auch hier für die neuere Theologenschaft die Haltung Schleiermacher's gewesen.[2]) Die beiden Todten, von deren Erweckung durch Jesus uns die Synoptiker erzählen, hatte Schleiermacher ohne Weiteres als Scheintodte gefaßt. Bei der einen Erzählung nimmt er mit höchst elender Exegese Jesum bei seinem Worte, das Mädchen sei nicht todt, sondern schlafe nur; auch der Jüngling von Nain, bemerkt er, könne bei der jüdischen Sitte des schnellen Begrabens gar wohl nur scheintodt gewesen sein. Aber Lazarus lag schon den vierten Tag im Grabe. Da konnte freilich die Verwesung bereits ihren Anfang genommen haben. Aber sie mußte es nicht, meint Schleiermacher; die Aeußerung der Martha sei lediglich ihre Vermuthung. Jedenfalls schreibe Jesus dieses Wunder nicht sich als eigene That zu, wie man es freilich auch nicht denken könne, ohne durch einen solchen schöpferischen Act seine menschliche Lebenseinheit zu zerreißen; sondern er erbitte es von Gott und verdanke es diesem als dessen unmittelbare That. Was heißt nun das in ehrlichem Deutsch? Auch Lazarus ist, obwohl der Fall bei der längeren Zeit, die er schon in der Gruft gelegen hatte, ein minder gewöhnlicher war, blos scheintodt gewesen, und daß gerade Jesus die Veranlassung seiner Wiederbelebung wurde, war ein Zufall, in welchem die höhere Fügung nicht zu verkennen ist. Jetzt begreifen wir erst, wie Schleiermacher sagen konnte, die Geschichte von Lazarus habe keinen großen didaktischen Werth. So wie er sie faßt, hat sie vielmehr gar keinen.

Auf das Nähere, wie der johanneischen Erzählung zufolge Jesus sich bei der Sache benahm, hat sich Schleiermacher klüglich nicht eingelassen. Und doch muß man nothwendig fragen: wenn es nur der Zufall war, nur die unwahrscheinliche Möglichkeit, daß der schon vier Tage begrabene Lazarus vielleicht blos scheintodt sein könnte, worauf Jesus rechnete, wie konnte er

---

1) Die meiste Förderung verdankt diese Untersuchung Zeller, der zuerst den johanneischen Lazarus aus dem parabolischen in dieser Art abgeleitet hat (Studien zur neutestamentlichen Theologie, in den Theologischen Jahrbüchern, 1843, S. 89. Vgl. auch Baur, Kritische Untersuchungen, S. 248 fg.). Daß beide nur Einer seien, diese Vermuthung hatte ich schon 1833 in einer Anzeige der Schriften über das Leben Jesu von Paulus und Hase aufgestellt, die ich der Societät für wissenschaftliche Kritik in Berlin auf ihre Bestellung einschickte, aber von dieser, weil sie die frons turgida cornibus darin bemerkte, zurückgesandt erhielt. Da ich jedoch den Springpunkt des Verhältnisses, die Verwandlung der hypothetischen Wiederkunft eines Todten in eine wirkliche, nicht getroffen hatte, so blieb die Vermuthung, als zu gewagt, aus meinem Leben Jesu weg.

2) Das Folgende nach seinen Vorlesungen über das Leben Jesu.

schon in der Entfernung, wie noch am Grabe selbst Reden führen, die als leeres Geflunker erscheinen, wenn nicht die Gewißheit, seinen Freund den Seinigen lebendig wiedergeben zu können, dahinterstand? Man müsse, sagt Schweizer[1]), die ganze pragmatische und psychische Lage Jesu in Betracht ziehen. Er war in jenem Zeitpunkt, nachdem er vor den Verfolgungen der Machthaber in Jerusalem nach Peräa gewichen war, in gedrückterer Lage als jemals vorher. Dabei war sein messianisches Bewußtsein ungeschwächt. Was mußte da das Ergebniß sein?[2]) Die zuversichtlichste Hoffnung, antwortet Schweizer, daß ihn Gott in solcher Lage nicht im Stiche lassen werde. „Demjenigen, erläutert Hase (denn es wascht hier immer eine Hand die andere), vor dem Jairus' Tochter (aus ihrem Scheintode) erwacht war, mochte der Wunsch zur Ahnung, oder in seiner Bedrängniß zum kühnen Vertrauen werden, daß hier, wo seine individuelle Neigung mit der Verherrlichung des Gottesreichs zusammenfiel, Gott sein Gebet um das Leben dessen, den er liebte, erhören werde."[3]) Entspricht alsdann, fährt wieder Schweizer fort, solcher Zuversicht ein äußeres Ereigniß, das an sich kein eigentliches Wunder ist, so entsteht dennoch ein Wunder, nämlich das des gerechtfertigten Gottvertrauens. So ist hier das Wunder nicht die Wiederkehr des nur zurückgetretenen Lebens an sich, sondern das Zusammentreffen derselben mit Jesu Zuversicht und der Eröffnung des Felsengrabes auf seinen Befehl. Warum soll denn, schließt der ästhetisch gebildete Theologe, im Leben Jesu nicht wenigstens einigemale ein auffallender Erfolg seiner kühnen Zuversicht entsprochen haben, wenn doch etwas jenem Dichterworte zu Grunde liegt: „Es gibt im Menschenleben Augenblicke" u. s. w.? Das ist die rechte Höhe, wenn die Theologie sich mit modernen Dichterfedern putzt, die sie dann sicher allemal unrecht anbringt. So bedenkt sie hier nicht, wie übel dem Helden, der jene Worte spricht, die falsche Anwendung der darin enthaltenen Wahrheit bekommt. Der Erste, der ihm am andern Morgen mit einem Liebeszeichen entgegen komme, hatte er willkürlich bei sich festgesetzt, müsse sein treuester Freund sein: und gerade der wurde sein Verräther. Der Freund, den er gestorben fand, müsse, so wahr Gott ihn nicht im Stiche lassen könne, nicht wirklich todt sein, sondern auf seinen Ruf in's Leben zurückkehren, das hätte sich Jesus hier in den Kopf gesetzt, und einem so rasenden Einfall hätte der Erfolg entsprochen. Eine solche Erklärung, bemerkt

1) Das Evangelium Johannes nach seinem innern Werthe u. s. w., S. 156 fg.

2) „Das sind Potenzen", setzt Schweizer mit deutlicher Beziehung auf den gegenwärtigen Verfasser hinzu, „welche ein Leben Jesu auffinden und als Schlüssel zum Verständniß einzelner Thaten benutzen muß, ehe es den Namen eines Leben Jesu verdienen will." Sehr wohl, erwiedert der Verfasser; wenn erst die angeblichen Thaten kritisch festgestellt sind. Vorher, der bloßen Legende gegenüber, ist der psychologische Pragmatismus übel angebracht.

3) Leben Jesu, §. 94.

Ebrard mit vollem Rechte, wornach der Herr auf die vermessenste Weise Gott versucht haben würde, enthalte zehnmal mehr Unbegreiflichkeiten, als zwanzig Kritiker in dem evangelischen Bericht zu finden vermögen.[1]) Dieß ist nur zu wenig gesagt; es hätte vielmehr gesagt werden müssen, sie schände Jesum so sehr, wie nur jemals Naturalisten und Spötter ihn geschändet haben.

Wesentlich besser wird die Sache auch dadurch nicht, wenn man mit Renan aus der Auferweckung des Lazarus statt eines tollen Wagstücks Jesu eine Intrigue der bethanischen Familie macht. Außer sich über die schlechte Aufnahme, die ihr angebeteter Freund in Jerusalem fand, haben seine bethanischen Verehrer nach etwas gesucht, das seiner Sache in der ungläubigen Hauptstadt neuen Schwung geben könnte. Das mußte ein Wunder, womöglich die Auferweckung eines Todten, am liebsten eines in Jerusalem bekannten Mannes sein. Nun erkrankt während Jesu Abwesenheit in Peräa Lazarus. Die Schwestern, beängstigt, schicken nach dem abwesenden Freunde. Aber ehe dieser sich einstellt, hat es sich mit dem Bruder gebessert, und jetzt kommt ihnen ein köstlicher Einfall. Lazarus, noch bleich von der überstandenen Krankheit, läßt sich wie ein Todter in Binden wickeln und in die Familiengruft einschließen. Wie Jesus ankommt, geht ihm Martha entgegen und führt ihn vor die Gruft. Jesus wünscht den verstorbenen Freund noch einmal zu sehen, aber nach Entfernung des Steins tritt dieser ihm mit seinen Binden und Tüchern lebend entgegen. Alle Anwesenden sehen darin ein Wunder; — und Jesus? Ließ er sich durch ein so grobes Blendwerk täuschen? Oder, noch schlimmer, ging er selbst auf die Täuschung ein? Er konnte, antwortet Renan, so wenig als der heilige Bernhard, als Franz von Assisi, die Wundersucht seiner Anhänger im Zügel halten. Er ließ sich die Wunder, die man von ihm haben wollte, mehr aufdrängen, als er sie that. Im Kampfe mit der Welt hatte sein Sinn, nicht durch seine, sondern durch der Menschen Schuld, etwas von seiner ursprünglichen Lauterkeit verloren. Verzweifelt, auf's Aeußerste gebracht, gehörte er sich selbst nicht mehr an. Uebrigens befreite ihn nach wenigen Tagen der Tod von dem traurigen Zwang einer Rolle, die täglich größere Ansprüche machte, täglich schwerer zu behaupten war![2])

In der That bleibt, der Geschichte von Lazarus gegenüber, sobald man sie nicht mehr als Wunder im ächten Sinne faßt, nichts übrig, als entweder, wie die zuletzt genannten Erklärer, die Ehre Jesu der Wahrheit des Berichts, oder die Wahrheit des Berichts der Ehre Jesu und der gesunden Vernunft aufzuopfern. Wir müssen Ewald loben, daß er, freilich mit allerhand Winkelzügen in seiner Art, doch das Letztere vorgezogen hat. Es ist bei Weitem nicht die ganze johanneische Erzählung mit ihren einzelnen Um-

1) Wissenschaftliche Kritik, S. 463.
2) Renan, Vie de Jésus, 359 fg.

ständen, sondern nur das Allgemeinste daraus, was er als historisch festhält.[1]) „Daß Lazarus von Christus einst wirklich aus dem Grabe (wohlgemerkt, Ewald sagt nicht: vom Tode) erweckt wurde, können wir nicht bezweifeln; aber ebenso grundlos und verkehrt wäre es, wenn wir verkennen wollten, welcher Geist des höheren Lebens dem Apostel hier die Brust hebt und die Erzählung auf's Wunderbarste belebt. Das Andenken an eine einst wirklich erlebte Todtenerweckung wurde ihm das Zeichen und Merkmal der am Ende der Dinge bevorstehenden großen allgemeinen Todtenerweckung und Einführung in ein neues Leben, welcher die ganze apostolische Zeit entgegenjauchzte; alle einzelnen Umstände dabei, deren er sich noch erinnern konnte, waren ihm Glieder dieser erhebendsten Wahrheit geworden, und nur von der Glut unendlicher Hoffnung ergriffen, wandte er seine Augen nun rückwärts in jenes einst Erlebte und Selbstgeschaute, um mit derselben feurigsten Lebendigkeit Alles niederzuschreiben, was ihm von diesem Sinnbilde himmlischer Gewißheit noch erinnerlich war.“ Also der Apostel Johannes schrieb nieder, was ihm in seinem Alter von der Wiederbelebung des Lazarus noch erinnerlich war; aber er schrieb es nieder mit all der Glut der Empfindung und Phantasie, welche die Hoffnung auf die bevorstehende allgemeine Todtenerweckung durch Christus in ihm erregte, seine Darstellung des Vergangenen war durch den Widerschein des Künftigen, wie Ewald sich auch ausdrückt, „verklärt“. Dieß kann man nun, und soll es wohl auch, zunächst so verstehen, daß durch diesen Ausblick auf das Zukünftige nur die Form der johanneischen Erzählung afficirt, die Darstellung lebendiger und pathetischer geworden sei, dabei aber der Inhalt doch nur aus wirklichen Erinnerungen bestehe. Allein dann müßte von der Erzählung weit mehr als historisch festgehalten werden, als was Ewald angibt: daß Lazarus von Christus wirklich „aus dem Grabe“ erweckt worden, oder, wie er es ein andermal ausdrückt, daß Christus „den Verlorenen gerettet habe“.[2]) Denn dieser letztere Ausdruck, so zweideutig und so vorsichtig gewählt er auch ist, verräth uns nun vollends, wie Ewald's Ansicht von dieser vermeintlichen Wundergeschichte einfach darauf hinausläuft, daß Lazarus „verloren“ gewesen wäre, wenn ihn nicht Jesus durch den, wir wissen nicht warum, gegebenen Befehl, seine Gruft zu öffnen, „gerettet“, d. h. ihm möglich gemacht hätte, aus seiner todähnlichen Betäubung zu erwachen und in's Leben zurückzukehren. Alles was in dem Benehmen und den Reden Jesu über diese natürliche und wahrscheinlich auch blos zufällige Thatsache hinausgeht, was den Vorgang in das Licht eines von Jesu bewirkten, für seine Würde als des Gottessohns wie kein anderes beweiskräftigen Wunders stellt, wäre Zuthat des Evangelisten aus seiner begeisterten Erwartung heraus. Welch ein Evangelist, dem sich,

1) Die johanneischen Schriften, I, 314 fg.
2) Geschichte Christus', 358.

und wäre es auch während des längsten Lebens, eine Geschichte so durchaus in etwas Anderes umwandeln konnte! Was hätte sein Zeugniß dann eigentlich noch für einen Werth? Wenn sich zu seinem Christus der wirkliche so verhielt, wie sich nach Ewald die historische Grundlage der Erweckungsgeschichte des Lazarus zu dem verhalten haben soll, was Johannes daraus gemacht hat, was bleibt uns noch von dem johanneischen Christus? Nein! lassen wir den elenden Rest eines vermeintlich natürlichen Ereignisses, das keiner Rede mehr werth ist, das aber, wenn nur es und nichts weiter die geschichtliche Grundlage der evangelischen Erzählung gewesen sein soll, entweder Jesum zum Rasenden, oder den Evangelisten zum Faselhans macht, lassen wir dieses eigenschaftslose „Ding an sich" vollends schwinden, und bekennen offen, daß wir es hier mit einem lediglich idealen Gebilde, einer freien Dichtung des Evangelisten zu thun haben, aus der wir von dem wirklichen Jesus gar nichts, sondern nur das erfahren, wie sich die schon in den judenchristlichen, hierauf in den paulinischen Kreisen vielfach alterirte Vorstellung von dem Höheren in Christo nun vollends in dem Geiste eines alexandrinisch gebildeten Christen reflectirte.

78.

Seeanekdoten.

Da der Wohnort Jesu am galiläischen See lag, und seine Wirksamkeit sich die meiste Zeit um dessen Ufer bewegte, so war es natürlich, daß auch einem Theil der Wundergeschichten, die man sich bald von ihm erzählte, eine Beziehung auf diesen See gegeben wurde. Von diesen Seeanekdoten können wir die eine Hälfte näher als Fischer-, die andere als Schifferlegenden bezeichnen, sofern sich die einen auf den Fischfang als das Gewerb eines Theils der Jünger, die andern auf das Wasserelement im Verhältniß zu dem es befahrenden Menschen beziehen. Von den Anekdoten der ersteren Klasse haben wir die von dem wunderbaren Fischzug Petri bei Lucas, weil sie mit seiner Berufung zum Menschenfischer zusammenhängt, schon oben besprochen, und mit ihr der innern Verwandtschaft wegen, unerachtet der so viel späteren Stellung, den Fischzug im Anhang des johanneischen Evangeliums zusammengenommen; übrig ist noch die Geschichte von dem Stater, den nach Jesu Anweisung Petrus im Maule eines Fisches gefunden haben soll (Matth. 17, 24—27).

An dieser dem Matthäus eigenthümlichen Wundergeschichte scheinen alle Erklärungen zu Schanden zu werden. Die wundergläubige weiß die Fragen nicht zu beantworten, wozu ein so seltsames Wunder, wie die Heranführung eines Fisches der ein Geldstück im Maule hat an die Angel des Petrus, nöthig, ja wozu es eigentlich nur gut gewesen, und wie ohne ein zweites

Wunder der Fisch im Stande gewesen sein soll, während er, um nach der Angel zu schnappen, das Maul aufsperrte, doch die Münze darin zu behalten. Die natürliche Erklärung, die den Stater nicht unmittelbar im Maule des Fisches gefunden, sondern mittelbar durch den Verkauf desselben erworben werden läßt, verstößt allzu hart gegen den Text, der das Finden der Münze unmittelbar an das Oeffnen des Fischmaules knüpft. Da der Evangelist nur die von Jesu gegebene Anweisung, nicht aber das berichtet, daß Petrus derselben nachgekommen sei und wirklich im Maule des Fisches ein Geldstück gefunden habe, so hat man das Wort Jesu neuerlich blos bildlich und sprüchwörtlich nehmen wollen, wie wenn wir von der Morgenröthe sagen, sie habe Gold im Munde; allein die Ausführung eines Geheißes und das Eintreffen einer Vorhersagung Jesu verstehen sich in einem Evangelium von selbst. Doch auch die mythische Auffassung scheint mit einer Wundergeschichte nicht recht zu Stande zu kommen, die sich ihr weder als Erfüllung einer messianischen Erwartung, noch als Verkörperung einer urchristlichen Vorstellung, sondern als willkürliches Gebilde einer ungebundenen Phantasie darstellt.

Sehen wir indeß genauer zu, so ist die in Rede stehende Erzählung nur an ihrem Schlusse Wundergeschichte, während sie am Anfang und in der Mitte ganz wie eine jener Disputationen aussieht, deren die drei ersten Evangelien uns verschiedene berichten, unter denen sie insbesondere mit der vom Zinsgroschen (Matth. 22, 15—22. Marc. 12, 13—17. Luc. 20, 20—26) unverkennbare Verwandtschaft hat. Beidemale betrifft die Streitfrage eine Abgabe: dort die Steuer an die Römer, und es wird gefragt, ob es recht sei, daß die Juden sie bezahlen; hier die für den jüdischen Tempel, und es handelt sich darum, ob Jesus und seine Jünger sie zu entrichten schuldig seien. Dort entscheidet Jesus die Frage bejahend, nachdem er die Steuermünze, einen Denar, herbeischaffen geheißen; hier schafft er, nachdem er die Frage verneinend entschieden, zum Behuf einer versöhnlichen Praxis die Steuermünze, einen Stater, selbst wunderbar herbei.

Da der Meinungsstreit, ob das Volk Gottes sich nicht gegen diesen verfehle, wenn es außer ihm in den Römern noch einen andern Oberherrn anerkenne, seit den Tagen des Gauloniten Judas unter den Juden fortgährte, so ist es gar wohl denkbar, daß eine dahin gehende Frage auch Jesu einmal vorgelegt worden ist. Daß dagegen die Frage nach seiner und der Seinigen Verflichtung zur jüdischen Tempelsteuer schon zu seinen Lebzeiten in Anregung gekommen, hat weniger Wahrscheinlichkeit. Erst geraume Zeit nach seinem Tode, als die christliche Religionsgemeinschaft sich immer mehr von der jüdischen ablöste, konnte die Frage entstehen, ob auch die Christen noch zu einer Abgabe an den jüdischen Tempel verpflichtet seien. Und da war auf christlichem Standpunkte die correcteste Antwort die, daß an sich zwar der Messias, als über dem Tempel stehend (Matth. 12, 6), und mit ihm seine Anhänger als das königliche Priestergeschlecht (1 Petr. 2, 9), zu jener Steuer nicht verpflichtet sein können, daß sie jedoch um des lieben Friedens willen sich derselben nicht entziehen wollen; eine Entscheidung, die, wie so manches andere Ergebniß späterer Entwicklungen, Jesu selbst, und vielleicht geradezu mit Nachbildung der Geschichte vom Zinsgroschen, in den Mund gelegt wurde.

Nun aber das Wunder? — Jesus durfte sich durch jene Einräumung, durch jene Bequemung zu einer Steuer, die zu entrichten dem Messias eigentlich nicht gebührte, nichts vergeben. Indem er sich unterwarf, mußte er sich zugleich erhaben zeigen, er mußte das Zeichen seiner Unterwerfung selbst in einer Weise herbeischaffen, die ihn weit über alle diese Verhältnisse hinausstellte. So war ein Wunder hier mehr als irgendwo gefordert.

Aber warum gerade dieses Wunder? Wie sonst öfters, so war auch hier als Sprecher der Jünger Petrus aufgestellt. An ihn wenden sich die Steuereinnehmer mit der Anfrage, ob sein Meister die Tempelabgabe entrichte? mit ihm nimmt Jesus, wie er gleich darauf in's Haus tritt, die Katechese vor, welche zu der Entscheidung führt, daß streng genommen sie, als Gotteskinder, zu keiner Steuer für das Gotteshaus verpflichtet seien; an ihn knüpfte sich also am schicklichsten auch das Wunder, das die Entrichtung dieser Steuer von Seiten Jesu und der Seinigen in das rechte Licht stellen sollte. Petrus aber war in der urchristlichen Ueberlieferung der Fischer. Er vor Allen war von Jesu von dem Netze hinweg zum Menschenfischfang berufen, ihm als Vorzeichen seines apostolischen Wirkens der reiche Fischzug bescheert worden. Einen solchen konnte Jesus ihm jetzt wieder gewähren, der, zu Gelde gemacht, den Betrag der Tempelsteuer aufgebracht hätte. Doch dieß war ein unnöthiger Umweg. Bei jenem frühern wunderbaren Fischzuge war es ein Anderes gewesen; da hatte es sich nicht um einen Geldbetrag, sondern um ein Sinnbild der apostolischen Thätigkeit gehandelt. Daher waren dort gewöhnliche Fische, nur in großer Anzahl, gefangen worden. Hier dagegen handelte es sich um die Tempelsteuer für zwei Männer, welche vier Drachmen, oder einen Stater, betrug. Da diese einmal wunderbar herbeigeschafft werden sollte, warum nicht gleich baar? und da sie durch den Fischerapostel herbeigeschafft werden sollte, warum nicht so, daß ihm ein Fisch den Stater brachte? Weil es sonach dießmal nur um Einen Fisch zu thun ist, muß Petrus nicht das Netz, sondern die Angel auswerfen, und weil er dem erangelten Fisch, um ihn von der Angel zu nehmen, das Maul aufmachen muß, muß der Fisch den Stater im Maule tragen. Aber hier macht der Erzähler, indem er es dem Petrus leicht machen will, dem Fisch seine Aufgabe allzu schwer. Daß Fische verschluckte Kostbarkeiten im Magen haben, ist seit Polykrates' Zeiten öfters vorgekommen; daß aber ein Fisch, und zwar ein geangelter, neben der Angel auch noch ein Geldstück im Maule gehabt hätte, ist ohne Beispiel in der Weltgeschichte.

Mit dergleichen Schwierigkeiten hat es unser erster Evangelist (wir dürfen uns nur an die zwei Esel erinnern, auf die er Jesum beim Einzug in Jerusalem setzt) nicht schwer genommen. Und dennoch würde man sehr Unrecht thun, wenn man dieses allerdings mährchenhafte Wunder, das unter sämmtlichen Evangelisten nur er erzählt, benutzen wollte, um ihn als den spätesten, wenigstens unter den Synoptikern, darzustellen. Im Gegentheil, daß Lucas und Marcus es weggelassen haben, kennzeichnet sie als die späteren. Die Frage nach der Verpflichtung der Christen zur Tempelabgabe konnte nur so lange von Interesse sein, als der Tempel stand.[1]) Es gehört mithin diese Geschichte nicht einmal zu den jüngsten Bestandtheilen des Matthäus-Evangeliums. Als dieses zu dem Ganzen zusammengearbeitet wurde, das jetzt vor uns liegt, war freilich der Tempel bereits zerstört, doch die alten Verhältnisse, zumal in Palästina selbst, noch in frischem Andenken. Als später Lucas und Marcus im Auslande schrieben, schien ihnen das Thema der Erzählung des Matthäus nicht mehr von Belang, und vielleicht auch die Lösung desselben zu judenfreundlich, als daß sie dieselbe in ihre evangelischen Darstellungen hätten aufnehmen mögen.[2])

Wie die Fischeranekdoten darauf hinauslaufen, daß Jesus seinen Jüngern reichen und werthvollen Fang gewährt, so die Schifferanekdoten darauf, daß er sie aus Noth und Verlegenheit reißt, worein Wind und Wellen sie gebracht haben, und dieß zwar das einemal so, daß er selbst im Schiff anwesend ist, das anderemal so, daß er vom Ufer her über den See wandelnd zu ihnen kommt.

Die erstere Geschichte (Matth. 8, 23—27. Marc. 4, 36—40. Luc. 8, 22—25) lautet von vorneherein so, wie sie sich gar wohl könnte ereignet haben. Jesus kann, nach einem arbeitsvollen Tage mit den Jüngern von Kapernaum abgefahren, im Schiff eingeschlafen, es kann, während er schlief, ein Sturm ausgebrochen sein, der die Jünger beängstigte, sie können ihn geweckt und Hülfe von ihm begehrt, und er kann ihre Zaghaftigkeit gescholten — aber er kann nicht, wie die Evangelisten berichten, auch die Winde und das Meer gescholten haben, wenn er nicht entweder unbedingter Macht über die Natur sich bewußt, oder ein elender Prahler und Schwindler war; wovon für uns das Eine von vorneherein undenkbar, das Andere durch Alles,

---

1) Vgl. Köstlin, Die synoptischen Evangelien, S. 31, Anm. Hilgenfeld, Evangelien, S. 91.

2) Volkmar, Die Religion Jesu und ihre erste Entwicklung, S. 265, bezieht die Geschichte auf den Leibzoll, den seit der Zerstörung Jerusalems die Juden, mithin auch die Judenchristen, an die Römer zu entrichten hatten, wobei nun die Frage entstanden sei, ob auch die Heidenchristen ihn zu bezahlen haben? Allein in diesem Falle müßte in der Erzählung, wie in der vom Zinsgroschen, von einer Kaisersteuer die Rede sein; als Vorbild des spätern Leibzolls an den römischen Fiscus die jüdische Tempelsteuer zu wählen, wäre gar zu ungeschickt gewesen.

was wir glaubhaft von Jesu wissen, ausgeschlossen ist. Von Jehova sagt ein Psalm (106, 9, mit demselben Ausdruck in der griechischen Uebersetzung), er habe das Schilfmeer „gescholten", daß es zurückwich und das Volk trockenen Fußes durch seine Fluten gehen ließ: da können wir uns allenfalls denken, wie auch Gottes Stellvertreter, dem Messias, die Gewalt beigelegt werden mochte, dem Toben des Meeres Schranken zu setzen.

Doch ganz verstehen können wir diese Erzählung nur, wenn wir außer Jesu auch das Schiff und die Jünger in Betrachtung ziehen. Wie die Dichter der Griechen und Römer die Gefahren des Gemeinwesens gern unter dem Bilde eines umstürmten Fahrzeugs darstellen, so haben in dem mit den Wellen kämpfenden Schifflein sowohl in dieser als in der andern Geschichte die Kirchenväter ein Sinnbild der christlichen Kirche, in dem Sturm und den Wellen ein Bild der Anfechtungen gesehen, denen die Kirche in der Welt unterworfen ist. Daß aber diese Symbolik nicht etwa erst aus unserer Geschichte in den christlichen Vorstellungskreis gekommen, sondern schon vorher unter den Juden vorhanden gewesen ist, hat ein ausgezeichneter Kenner des Judenthums mit dankenswerthem Bemühen nachgewiesen. Hengstenberg[1]) hat darauf aufmerksam gemacht, wie im 107. Psalm die Zurückführung des Volks Israel aus dem Exil unter dem Bilde von Seefahrern dargestellt ist, die aus Sturm und Wellen von Jehova glücklich an's Land gebracht werden. „Er sprach, heißt es (V. 25. 28—30), und erregte einen Sturmwind, der thürmte die Wellen des Meeres; da schrieen sie zum Herrn in ihrer Drangsal, und aus ihrer Beklemmung rettete er sie. Er hemmte den Sturm zu leisem Wehen, und es schwiegen die Wellen; und sie freuten sich, daß sie sich legten, und er führte sie zum erwünschten Ufer." Nun meint freilich Hengstenberg, mit Rücksicht auf diesen Psalm und seine Symbolik habe Jesus die wunderbare Stillung des Sturms wirklich vorgenommen, um dadadurch eine thatsächliche Weissagung des Schutzes zu geben, dessen sich seine Kirche in allen Nöthen und Fährlichkeiten bis zum Ende der Tage von ihm zu getrösten haben solle; ja ganz allgemein sagt Hengstenberg, die symbolischen Handlungen des Herrn im Neuen Testament ruhen gewöhnlich auf Bildern des Alten Testaments. Sofern unter diesen sogenannten symbolischen Handlungen, wie hier, auch Wunder verstanden werden, befinden wir uns mit dem Hengstenbergischen Satz in vollkommener Einstimmung, wenn wir ihn auch etwas anders nehmen. Hengstenberg's Meinung ist, dergleichen sei erst einem alttestamentlichen Schriftsteller als Bild eingegeben, dann von Jesu als wirkliche Handlung vorgenommen worden: die unsrige hingegen geht dahin, dergleichen Bilder haben sich in der späteren Sage zu Handlungen verdichtet, die aber niemals wirklich so vorgegangen seien.

Aus den paulinischen Briefen wissen wir, daß die ersten Christen in

---

1) Im Vorwort zum Jahrgang 1861 der Evangelischen Kirchenzeitung, S. 4 fg. Vgl. seinen Commentar zum Evangelium Johannis, I, 352 fg.

ihren Versammlungen sich unter Anderem auch mit Psalmen und frommen Gesängen zu erbauen pflegten (1 Kor. 14, 26. Eph. 5, 19. Kol. 3, 16). In der Apostelgeschichte (4, 24—30) ist uns ein solcher Erguß aufbehalten, der zwar übrigens frei componirt, doch nur Anwendung einer darin angeführten Psalmstelle (Ps. 2, 1 fg.) ist. So sind ohne Zweifel auch ganze Psalmen gesungen und auf christliche Verhältnisse angewendet worden; und hiezu eignete sich nicht leicht einer besser, als eben der von Hengstenberg nachgewiesene 107te. Nach Vers 2 sollte er gesprochen werden von den Erlösten, die der Herr erlöst hat aus der Hand des Feindes, und die er aus allen Landen, vom Morgen und Abend, vom Norden und vom Meere her, gesammelt hat: darin mußten sich ja die Christen erkennen, die von Morgen und Abend, von Mitternacht und von Mittag zum Reiche Gottes berufen (Matth. 8, 11. Luc. 13, 29), durch Christum aus der Hand der Feinde — darunter verstand man aber jetzt den Teufel und seine Gesellen — erlöst waren (Luc. 1, 74). War nun weiterhin in dem Psalm von Seestürmen die Rede, woraus die Gesammelten errettet worden, so wurden diese Stürme jetzt nicht mehr auf die Unfälle des alten Volks Gottes, sondern auf die Verfolgungen bezogen, welche die neue Messiasgemeinde schon frühzeitig zu erdulden hatte, und der Herr, zu dem sie riefen, und der den Stürmen und Wellen Ruhe gebot, war nicht mehr Jehova, sondern Christus. Damit war man aber bereits auf einen Punkt gelangt, wo das Bild fast nothwendig zur Geschichte, und zwar zur Wundergeschichte, werden mußte. Jesus hatte einmal als wirklicher Mensch auf Erden gelebt: so wurde auch die Stillung des Sturms als seine wirkliche Handlung angeschaut, und diejenigen, die er daraus gerettet, mußten die Apostel, die während seines Erdenwallens ihn umgebende Urgemeinde, gewesen sein. Daß er in der That einmal mit seinen Jüngern auf dem galiläischen See einen Sturm durchgemacht, während desselben erst geschlafen, dann, als er geweckt war, hohe Fassung bewiesen, bleibt daneben, wie schon Anfangs bemerkt, immer möglich; aber die Wundergeschichte würde aus der Psalmstelle und der urchristlichen Symbolik heraus von ihm erzählt worden sein, ob ein Ereigniß seines wirklichen Lebens diesen Anknüpfungspunkt bot oder nicht, und so fehlt uns, während wir das Wunder in der evangelischen Erzählung entschieden als Dichtung erklären müssen, für den natürlichen Rest derselben mindestens jede Bürgschaft, daß er historisch sei.

So werth diese Geschichte ihrer tröstlichen symbolischen Bedeutung wegen der ältesten Christenheit sein mußte, so hatte sie doch einen Mangel. Die Noth überfällt die Jünger, während Jesus bei ihnen im Schiffe ist. Kann denn nun aber die Kirche in Gegenwart ihres Herrn von irgend einer Noth angefochten werden? Freilich er schlief: aber der Hüter Israels schlummert und schläft ja nicht (Ps. 121, 4). Alle Noth betrifft die Kirche nur, weil und während Christus fern ist; wohl ist er bei ihr alle Tage bis an der Welt Ende (Matth. 28, 20), aber nur geistig; seine leibliche Gegenwart hat er ihr entzogen, und sie zu ihrer Sichtung und Bewährung dem Kampfe mit der Welt überlassen. Daß aber auch so sein Arm nicht verkürzt, daß er im Stande sei, wenn die Noth der Seinen am größten geworden, ihnen zu Hülfe zu kommen, das ist's, wessen man sich versichern, was man in einer Wundergeschichte anschauen wollte. Dießmal (Matth. 14, 22—33. Marc. 6, 45—52. Joh. 6, 16—21) haben sich also die Jünger allein ohne Jesum eingeschifft; warum er selbst zurückgeblieben, ist durch die Abfertigung des Volks nach der Speisung ziemlich gezwungen motivirt. Nachdem er dieses Geschäft beendigt, steigt er zum einsamen Gebet auf den Berg; nach Marcus hätte er von da gesehen, was bei Matthäus nur als mittlerweile geschehen erzählt ist, wie nach Einbruch der Dunkelheit das schon mitten im See befindliche Schiff wegen widrigen Windes mit den Wellen kämpfte. Er läßt es eine gute Weile kämpfen, denn erst in der vierten Nachtwache, d. h. gegen Tagesanbruch, macht er sich zur Hülfe auf. Daß man nicht wisse, um welche Stunde er zum Gericht kommen werde, das hatte er den evangelischen Erzählungen zufolge mehr wie einmal als Beweggrund zur Wachsamkeit geltend gemacht (Matth. 24, 42. 25, 6), einmal auch gerade mit Rücksicht auf die Eintheilung der Nacht in vier Nachtwachen gesagt, sie können nicht wissen, wann der Herr komme, ob am Spätabend, oder um Mitternacht, oder um den Hahnenschrei, oder in der Morgenfrühe (Marc. 13, 35): ebenso verborgen ist die Stunde, die er zur hülfreichen Erscheinung ausersehen hat, es kann gar wohl, wie hier, die späteste, die vierte Nachtwache sein.

Nun aber, wie will Jesus vom Ufer aus ohne Schiff den mitten auf dem See treibenden Jüngern zu Hülfe kommen? Schwierigkeit kann dieß dem Messias begreiflich keine machen; es fragt sich nur, welche Art des wunderbaren Hinüberkommens für ihn die schicklichste ist. Das Schweben mittelst dessen der Hyperboreer Abaris über Flüsse und Meere setzte, war in der hebräischen Sage nicht herkömmlich, und in der urchristlichen wurde das Fliegen nur dem bösen Zauberer Simon nachgesagt; die alttestamentlichen Wundermänner hatten, wenn sie über ein Wasser wollten, einen Stab bei der Hand, den sie nur ausstrecken (2 Mos. 14, 16), oder einen Mantel, mit dem sie das Wasser nur schlagen durften (2 Kön. 2, 14), in andern Fällen brauchten die Träger des Heiligthums nur in das Wasser hineinzutreten (Jos. 3, 13—17), so wich es zurück und gab ihnen eine Straße frei, daß sie zu Fuß auf dem trockenen Grund hinüberwandeln konnten. Diese aus der Geschichte eines Mose, Josua und Elisa berühmte Auskunft war hier nur leider nicht anwendbar. Jesus wollte nicht an das andere Ufer gelangen, sondern in ein Schiff, das auf der Höhe des Sees schwamm: da half ihm das Wandeln auf dessen trocken gelegtem Grunde nichts. Hier blieb nur ein Gehen auf dem Wasser selber übrig, und in der That ließ sich, da von Schwierigkeit ein für allemal keine Rede sein konnte, für den Messias eine anständigere Art des Hinüberkommens nicht denken. Es war nämlich die Art Jehova's selbst. Der Zug Israels durch das rothe Meer, wobei Jehova in der Feuersäule die Nachhut machte, wurde poetisch bisweilen so geschildert, daß wenigstens Jehova selbst mehr wie ein auf dem Meer, als durch das Meer Wandelnder erschien. Wenn es bei Jesaia (43, 16) heißt: „So spricht der Herr, der im Meer einen Weg machte, und im starken Wasser einen Pfad", so stehen wir noch ganz auf dem Boden der mosaischen Erzählung; wenn aber der Psalmist sagt (Ps. 77, 20): „Im Meere war dein Weg, dein Pfad durch vieles Gewässer, und deine Spuren wurden nicht erkannt", so ist von dem letzteren Zuge nur noch ein Schritt bis zu der Schilderung im Buch Hiob (9, 8), wo Gott derjenige heißt, der auf den Höhen des Meeres, oder nach der griechischen Uebersetzung, der auf dem Meere wie auf festem Boden wandelt. Daß er nun in derselben Art wie Jehova über das Wasser gekommen sei, war doch gewiß das Schicklichste, was man seinem Messias nachsagen konnte.

Hier müssen wir aber auch auf die Art einen Blick werfen, wie die Eigenthümlichkeit der einzelnen Evangelisten in der Erzählung sich geltend macht. Des Marcus schon erwähnte Angabe, daß Jesus vom Berge aus das Schiff in der Mitte des Sees treibend gesehen, ist, obschon das eingebrochene Dunkel einige Schwierigkeit macht, doch nicht gerade unhaltbar. Um so bedenklicher ist nach den Worten (V. 48): „Um die vierte Nachtwache kam Jesus zu ihnen, wandelnd auf dem Meere", der Zusatz desselben Evangelisten: „und er wollte sie vorübergehen". Wenn Ewald behauptet[1]), diese Worte können nichts Anderes bedeuten, als Jesus habe zu ihnen über den See hinüberkommen wollen, so sagt er nur, was er wünscht, daß sein Marcus gesagt haben möchte; in der That aber sagt dieser nicht so, sondern er sagt, Jesus habe an ihnen vorbeigehen wollen, und würde auch an ihnen vorbeigegangen sein, wenn sie nicht geschrieen und ihn dadurch veranlaßt hätten, von ihnen Notiz zu nehmen. Von vorneherein, da Jesus ihre Noth aus der Ferne sieht und endlich in der Richtung nach ihnen zu sich aufmacht, könnte man auch die Erzählung des Marcus so nehmen, als wäre das Schifflein der Jünger das Ziel von Jesu Seewanderung gewesen; durch jenen Zusatz jedoch wird man eines Andern belehrt, nämlich, Jesus habe die Jünger auch ferner sich selbst überlassen und für sich eben nur über den See hinüberkommen wollen, zu welchem Ende ihm der Weg über seine Oberfläche so gangbar wie einem Andern der um seine Ufer herum gewesen sei. Indem so das Gehen auf dem See als etwas erscheint, das Jesus nicht blos wundershalber, sondern wie etwas Alltägliches vornimmt, wird er vollends zu einem übernatürlichen uns fremdartigen Wesen; während zugleich

1) Die drei ersten Evangelien, S. 262.

der Evangelist, der sich in einer solchen Vorstellung von Jesu gefällt, uns wenigstens nicht als der Urevangelist erscheinen kann.

Einen kaum minder seltsamen Zug übrigens finden wir an der gleichen Stelle bei Johannes. Nachdem er die Abfahrt der Jünger berichtet hat, fährt er fort (V. 17): „Bereits war es finster geworden, und noch war Jesus nicht zu ihnen gekommen.“ Aber konnten denn die Jünger erwarten, daß er mitten auf dem See zu ihnen kommen würde? Sie konnten es nur, wenn er es ihnen entweder versprochen hatte, wovon nichts gesagt ist, auch würden sie dann, als er kam, sich nicht gefürchtet haben; oder wenn dergleichen Gänge bei ihm gewöhnlich waren, wie der Zusatz bei Marcus voraussetzt: so daß man hier abermals eine Spur davon sehen könnte, daß der vierte Evangelist bei seinen Wundergeschichten gern an den zweiten anknüpft.

Wie Jesus dem Schiff nahe gekommen und der anfängliche Schrecken der Jünger durch sein „Ich bin's!“ beschwichtigt ist, hat nun auch Matthäus etwas Eigenthümliches, eine Zwischenscene nämlich mit Petrus (V. 28—31). Wie zur Probe, ob der auf den Fluten Daherwandelnde kein Gespenst, sondern der sei, für den er sich ausgab, ruft ihm Petrus zu, wenn er der Herr sei, solle er ihm gebieten (und zugleich die Kraft verleihen), über das Wasser hin zu ihm zu kommen. Jesus gebietet's, Petrus versucht's, es gelingt einen Augenblick, bald aber erschreckt ihn der starke Wind, er fängt an einzusinken und ruft den Herrn um Beistand an, der ihn mit den Worten: „Kleingläubiger! warum auch zweifeln?“ bei der Hand faßt und mit sich in das Schiff nimmt. In jedem Falle haben wir in dieser Zugabe des Matthäus einen höchst sinnvollen Zug, nicht einen lediglich abenteuerlichen, wie der eben besprochene bei Marcus. Eckermann[1]) erzählt von Goethe, er habe diese Erzählung für eine der schönsten und ihm werthesten Legenden erklärt, sofern in ihr die hohe Wahrheit zur Anschauung komme, daß der Mensch durch Glauben und frischen Muth im schwierigsten Unternehmen siege, dagegen bei der geringsten Anwandlung von Zweifel unfehlbar verloren sei. Um dieselbe jedoch in ihrer Entstehung zu begreifen, müssen wir auf das Alte Testament, und zwar auf die Geschichte von dem Durchzug der Israeliten durch das rothe Meer zurückgehen. Den Israeliten, die wohlbehalten durchkamen, stehen dort die Aegypter gegenüber, die ihnen nachdringen wollten, aber in der wiederkehrenden Fluth versanken. Und warum? „Durch den Glauben“, sagt der Verfasser des Hebräerbriefs (11, 29), „gingen sie (die Israeliten) durch das rothe Meer, wie durch trockenes Land; das versuchten auch die Aegypter und ertranken.“ Sie ertranken, weil sie den Glauben nicht hatten; wie hier Petrus am Ertrinken war, weil der Glaube ihn im Stiche ließ. Wollte man nämlich, um die mosaische Parallele

1) Gespräche mit Goethe, II, 263.

vollständig zu machen, aus der Umgebung Jesu ein Gegenbild für die versunkenen Ungläubigen haben, so bot sich Petrus dar, dessen Glaube in der Stunde der Gefahr dem Erlöschen nahe gekommen und nur durch Jesu Fürbitte erhalten worden war (Luc. 22, 31 fg.); weßwegen er auch hier nicht wirklich untergeht, wie die Aegypter, sondern nur einsinkt und von Jesu gehalten wird. Die beiden mittleren Evangelisten lassen diese Episode, wie sonst noch Manches, was den Petrus im Besondern betrifft, weg; nur der Verfasser des Anhangs zum vierten Evangelium, das sich aus einem oben auseinandergesetzten Grunde wieder mehr mit Petrus zu thun macht, hat sie einer schon früher von uns besprochenen Erzählung, doch in wesentlich veränderter Gestalt, einverleibt.[1])

Nach Matthäus und Marcus steigt nun Jesus zu den Jüngern in das Schiff, worauf der Wind sich legt und sie den Rest der Fahrt bis an das andere Ufer ohne weiteren Anstand zurücklegen; was immer noch eine Strecke gewesen sein muß, da sie, als Jesus sich zu dem Wundergange aufmachte, erst in der Mitte des Sees gewesen waren. Nach dem vierten Evangelium dagegen wollten sie zwar Jesum in das Schiff aufnehmen, aber in demselben Augenblicke sahen sie sich auch schon am Lande, wohin sie wollten (V. 21), und so stieg Jesus nicht mehr in das Schiff. Was also Marcus ihn blos beabsichtigen läßt, an den Jüngern vorbei über den ganzen See hinüber zu gehen, das führte er nach Johannes insofern wirklich aus, daß er, ohne sich des Schiffs zu bedienen, an das andere Ufer kam, und vielleicht schließlich überdieß noch den Lauf des Schiffs wunderbar beschleunigte.[2]) Auch hier wandelt demnach der vierte Evangelist auf dem Wege des zweiten in Steigerung des Wunders weiter; aber wie so oft nur, um, in unserer Zeit wenigstens, das Gegentheil dessen zu erreichen, was er wollte. Denn daß er Jesum mit den Jüngern erst zusammentreffen läßt, als sie schon nahe am Ufer waren, daraus schließen jetzt selbst johannesgläubige Theologen[3]), den alten Paulus wieder aufweckend, Jesus sei nicht über den See, sondern am Ufer um dessen nördliche Spitze herum gegangen, und nur den Jüngern sei es im Morgennebel so vorgekommen, als wandelte er über das Wasser; daher sage Johannes auch nicht, wie die andern, Jesus sei auf dem See gewandelt, sondern nur, die Jünger haben ihn auf dem See wandeln sehen. Allein das heißt im mindesten nicht, sie haben sich das blos eingebildet, sondern kommt ganz auf dasselbe mit dem hinaus, was

---

1) Siehe oben S. 413 fg.

2) Vgl. Meyer's Commentar z. d. St.

3) Bleek, Beiträge, I, 103 fg., in merkwürdiger Uebereinstimmung mit Gfrörer, Die heilige Sage, I, 218 fg. Auch hier, wie in allen dergleichen Unterschleifen, ist Schleiermacher in seinen Vorlesungen über das Leben Jesu, obwohl nur mit flüchtigen Andeutungen, vorangegangen.

die beiden Synoptiker sagen; wie denn auch nicht einzusehen ist, welche Bedeutung die ganze Erzählung haben sollte, wenn Jesus natürlicherweise zu den Jüngern gekommen wäre.

Daß dieß die Meinung des vierten Evangelisten nicht ist, erhellt auch aus der Peinlichkeit, mit der er die Art, wie Jesus über den See gekommen, hinterher durch das Volk controlirt werden läßt. Als das zur Speisung auf dem östlichen Ufer um Jesum versammelte Volk ihn am andern Morgen nicht mehr an Ort und Stelle findet, berechnet es, 1) zu Schiffe könne Jesus nicht über den See gekommen sein, denn a) das Fahrzeug der Jünger habe er nicht mitbestiegen, und b) ein anderes Fahrzeug sei nicht da gewesen. Aber 2) auch zu Lande kann er nicht hinübergekommen sein, da ihn das Volk, als es sofort über den See zurückfährt, bereits dort findet (V. 25), wohin er auf dem Umweg zu Lande in der kurzen Zeit nicht wohl gelangt sein konnte. So bleibt also nach Abschneidung aller natürlichen Wege des Hinüberkommens für Jesum nur ein übernatürlicher übrig, und diese Folgerung zieht das Volk selbst in der verwunderten Frage (V. 25), wann er hieher (auf das westliche Ufer zurück) gekommen sei? Dem Volke diese Controle, d. h. das schnelle Hinüberkommen, möglich zu machen, schafft der Evangelist „andere Fahrzeuge" (V. 23), d. h. wohl Fischerkähne, herbei, die er aus der Geschichte von der Sturmstillung bei Marcus (4, 36) nimmt, deren indeß eine ganze Flotte nicht hingereicht haben würde, die 5000 Mann mit den dazu gehörigen Weibern und Kindern hinüberzuschaffen. Johannes also, wenn irgend einer, erzählt hier ein Wunder, und wer ihm dieß nicht glauben und ihn übrigens doch für einen Augenzeugen halten will, dem bleibt nichts übrig, als ihn mit Hase[1]) wieder einmal abwesend sein zu lassen, d. h. in die schon sattsam durchlöcherte Ansicht der Schule von dem vierten Evangelium abermals ein Loch zu machen.

79.

Die wunderbare Speisung.

In demselben Psalm, der die Noth der Israeliten während des Exils unter dem Bilde eines Seesturms und ihre Rettung daraus als Stillung des Sturms durch Jehova darstellt, finden wir gleich Anfangs für denselben Gedanken das Bild einer Hungersnoth, aus der Jehova sie gerettet habe. „Sie irrten", heißt es (Ps. 107, 4—9), „in der Wüste, in der Einöde, . . . hungrig und durstig, ihre Seele in ihnen verschmachtete. Da schrieen sie zu Jehova, und er rettete sie, und leitete sie zu einer bewohnten Stadt; nun

1) Leben Jesu, §. 75, vgl. mit 74.

sollen sie seine Gnade und seine Wunder preisen, daß er gesättigt die darbende Seele, und die hungrige gefüllt mit Gutem."

Der Hunger in der Wüste befand sich aber, wie wir uns von der Versuchungsgeschichte her erinnern, nicht blos bildlich, sondern als wirklicher Hunger, schon unter den Prüfungen, die das Volk Israel während seines Zugs aus Aegypten zu bestehen hatte, und die Art, wie Jehova demselben abgeholfen, gehörte zu den berühmtesten Wundern der hebräischen Urgeschichte. Er hatte demselben abgeholfen durch das Manna als ein Brodsurrogat, und überdieß, weil sie auch Fleisch haben wollten, durch die Wachteln; und nach dem aus 5 Mos. 18, 15 gezogenen Rabbinenspruche: wie der erste Retter, so der letzte Retter, erwartete man vom Messias insbesondere auch eine neue Auflage der Mannabescheerung.[1])

In Hungersnöthen hatten auch die Propheten durch wunderbare Hülfe ihre höhere Sendung erwiesen. Als während der großen Dürre unter Ahab Elia sich bei der Wittwe zu Zarpath aufhielt, nahm durch Jehova's Wunderwirksamkeit zu Gunsten seines Propheten das Mehl im Eimer und das Oel im Kruge der Frau nicht ab, so lange der Mißwachs dauerte (1 Kön. 17, 7 fg.). Als zu Elisa's Zeiten gleichfalls während einer Hungersnoth die hundert Prophetenschüler, die er bei sich hatte, Mangel litten, reichten einmal nach Jehova's Wort zwanzig Gerstenbrode sammt etwas geschrotenem Korn zu ihrer Sättigung so vollständig aus, daß noch etwas übrig blieb (2 Kön. 4, 38. 42—44).

Hatte sich so in der Prophetengeschichte, den veränderten Zeitumständen gemäß, die Form des Wunders in der Art geändert, daß nicht mehr ein neuer Nahrungsstoff vom Himmel her gespendet, sondern gewöhnliche irdische Nahrungsmittel für weit längere Zeit oder für weit mehrere Personen, als sie natürlicherweise ausgereicht hätten, zulänglich gemacht wurden: so lag es nahe, daß die messianische Hoffnung neben jener streng mosaischen Form auch in einer andern auftrat, worin sie an die Prophetengeschichte anknüpfend, von dem Messias nur eine wunderbare Vermehrung vorhandener Nahrungsmittel erwartete[2]); nur daß er, um die Propheten zu überbieten, mit kleinerem Vorrath eine größere Menge sättigen mußte.

Daß nun aber Jesu, wenn ihm als Messias eine wunderbare Speisung zukam, diese nicht in der Form eines Mannaregens, sondern einer Brodaustheilung beigelegt wurde, das hatte seinen Grund auch noch in etwas Anderem. Der wichtigste Ritus der neuen Christusgemeinde bestand ja in

---

1) S. die Stelle aus Midrasch Koheleth, oben S. 152.

2) So wird in der oben angeführten Stelle aus Midrasch Koheleth als Belegstelle für das von dem letzten Retter zu gewährende Manna Ps. 72, 16 angeführt, wo nur von Ueberfluß an Brodfrucht die Rede ist, der zur Zeit des im Psalm gepriesenen Königs (der späteren Deutung zufolge des Messias) im Lande sein sollte.

einer Brodaustheilung. Unter Brodbrechen und Gebet waren die ersten Gläubigen nach der Pfingstrede des Apostels Petrus beisammen (Apostelgesch. 2, 42, 46); am Brodbrechen erkannten den Auferstandenen die nach Emmaus wandernden Jünger (Luc. 24, 30. 35), er hatte nämlich ganz ebenso wie bei seinem letzten Mahle das Brod genommen, ein Dankgebet darüber gesprochen, es in Stücke gebrochen und den Jüngern ausgetheilt. Und wenn Paulus (1 Kor. 10, 3) von den Israeliten unter Mose sagt, sie seien alle in der Wolke und dem Meere getauft worden, haben alle dieselbe geistliche Speise gegessen und denselben geistlichen Trank getrunken, so betrachtet er das Manna und das Wasser aus dem Felsen ebenso als vorbedeutende Zeichen des Brodes und Weines im Abendmahl, wie er die Benetzung durch die Wolke und das Meer als Vorbild der christlichen Taufe betrachtete. Von dem Abendmahl erzählte man sich in der ältesten Kirche wohl, wie Jesus dasselbe an seinem letzten Abend eingesetzt habe; allein es sollte auch noch als Gegenbild der mosaischen Mannaspeisung, und überdieß in seinem Charakter als Wundermahlzeit dargestellt werden, daher unsere evangelische Speisungsgeschichte. Sie enthält keinen Zug, der sich nicht aus dem mosaisch-prophetischen Vorbild einerseits und dem Gegenbilde des christlichen Abendmahls andererseits ableiten ließe.

Dabei ist es, als sollte auch die Besonderheit, daß in den Büchern Mosis die Sättigung des Volks mit Wachteln doppelt erzählt, und nicht minder von dem Manna zweimal ausführlich die Rede ist (2 Mos. 16. 4 Mos. 11), in den Evangelien nachgebildet werden, sofern wenigstens die beiden ersten von denselben zwei Speisungsgeschichten haben, die sich zwar in der Hauptsache ähnlich sehen, sich aber doch durch verschiedene Nebenzüge unterscheiden (Matth. 14, 13—21 und 15, 29. 32—39. Marc. 6, 30—44. 8, 1—10). Das einemal hat sich Jesus in eine wüste Gegend auf dem Ostufer des galiläischen Sees, das anderemal in der Nähe desselben Sees auf einen Berg, der aber auch als Wüste bezeichnet wird, zurückgezogen; dort war das ihm nachgezogene Volk einen ganzen Tag bis zum Abend, hier drei Tage bei ihm geblieben; dort betrug die Menge ohne die Weiber und Kinder 5000, hier 4000 Mann; dort sind es die Jünger, die zuerst bei Jesu darauf antragen, das Volk zeitig zu entlassen, damit es sich noch Speise kaufen könne, hier ist es Jesus, der gegen die Jünger äußert, er möge das Volk nicht nüchtern von sich lassen; dort finden sich fünf Brode und zwei Fische, hier sieben Brode und wenige Fische vor; dort bleiben davon zwölf, hier sieben Körbe Brocken übrig. Aber alles Andere, Hunger, der den herbeigeströmten Schaaren in Folge allzulangen Verweilens droht, Zweifel der Jünger an der Möglichkeit, denselben hinlängliche Nahrung zu schaffen, Frage Jesu nach ihrem eigenen Vorrath, Befehl an das Volk, sich zu lagern, dann das Gebet, die Austheilung, Sättigung und Sammlung der Ueberbleibsel, das alles ist beidemale ganz übereinstimmend, zum Theil mit den gleichen Worten erzählt. Dennoch wird in beiden Evangelien auf die beiden Erzählungen ausdrücklich als auf zwei verschiedene Vorfälle zurückgewiesen (Matth. 16, 9 fg. Marc. 8, 19 fg.). Eine absichtliche Nachbildung der alttestamentlichen Doppelerzählung ist dieß nun zwar schwerlich, wohl aber aus derselben Ursache zu erklären, daß nämlich der Verfasser unseres ersten Evangeliums, wie der Sammler der Pentateuchs, dieselbe Geschichte in zwei verschiedenen Quellen mit etwas abweichenden Umständen und in verschiedenem Zusammenhange vorfand, um dieser Abweichungen willen die doppelte Erzählung derselben Geschichte für zwei Geschichten nahm und arglos neben einander stellte. Marcus tritt hier dem Matthäus nach; Lucas, wie auch sonst bisweilen in ähnlichen Fällen, gibt nur die erste Geschichte (9, 10—17) und läßt die zweite weg; während Johannes, ebenfalls ganz in seiner Art, seine Erzählung aus Zügen von beiden Geschichten zusammenwebt (6, 1—15). Die fünf Brode und zwei Fische nämlich, die fünftausend Mann und die zwölf Körbe Brocken nimmt er aus der ersten Speisungsgeschichte; dagegen verlegt er den Vorgang, wie Matthäus und Marcus die zweite Speisung, auf einen Berg, läßt ferner ebenso wie bei dieser die Scene durch eine Anrede Jesu an die Jünger eröffnet werden; auch schließt sich an seine Speisungsgeschichte, wie an die zweite der beiden ersten Synoptiker, die Forderung eines himmlischen Zeichens und ein Bekenntniß Petri an (6, 30 fg. 68. vgl. mit Matth. 16, 1. 16).

Gehen wir nach diesen Vorbemerkungen die einzelnen Züge der Erzählung durch, so dient die Oertlichkeit, die öde von Menschenwohnungen abgelegene Gegend, in der sie spielt, einerseits zur Motivirung des Wunders, während sie andererseits, wie bei der Versuchungsgeschichte, schon durch das mosaische Vorbild gegeben war. Ebenso gehört die Tageszeit, der späte Abend, zwar auch zur Motivirung dessen, was geschehen soll, zugleich aber weist sie uns — nicht rückwärts in die mosaische, sondern vorwärts in die christliche Geschichte. Die Mahnung der Jünger an die vorgerückte Tageszeit als Grund, das Volk zu entlassen, oder, was Jesus statt dessen thut, es zu speisen, erinnert an das Zureden der Emmauswanderer an den Unbekannten, bei ihnen zu bleiben, weil es gegen Abend sei und der Tag sich geneigt habe, worauf dann das schon erwähnte Brodbrechen folgt (Luc. 24, 29); ferner an den Abend, da Jesus sich mit den Zwölfen zu Tische setzte, um das Passahlamm zu genießen und sein heiliges Mahl zu stiften. Jesu Liebes- und Wundermahl ist ein Abendmahl.

Die Eröffnung der Handlung, ob sie nun, wie bei der ersten Speisungsgeschichte der Synoptiker, durch eine Mahnung der Jünger, oder wie bei der zweiten von Jesu selbst durch eine Aeußerung des Mitleids über die schon drei Tage ohne zureichende Nahrung bei ihm ausharrende Menge eingeleitet ist, macht beiderseits keine Schwierigkeit; dagegen begreift man nach der Erzählung des vierten Evangeliums nicht, wie Jesus, sobald er nur das Volk auf sich zukommen sieht, schon den Philippus fragen kann: „Woher kaufen wir Brod, daß diese essen?“ Das Volk kam ja nicht, um zu essen, sondern nach der eigenen Angabe des Evangelisten der Krankenheilungen wegen, und Jesu Sache war es doch gewiß nicht, vor allem Andern und ohne einen Nothfall, der nach der johanneischen Erzählung nicht vorhanden war, für des Volkes leibliche Nahrung zu sorgen. In der That, wenn man den Beisatz des Evangelisten liest, jene Frage an Philippus habe Jesus gemacht, um ihn zu versuchen, so könnte man sie so verstehen, wie seine Rede am Jakobsbrunnen in Samarien, als die Jünger ihm aus der Stadt Nahrungsmittel geholt hatten und ihn zum Essen aufforderten. Damals sagte er, er habe eine Speise, von der sie nichts wissen; was die Jünger von wirklicher Speise verstehen, die ihm in ihrer Abwesenheit Jemand gebracht haben möchte, er aber auf das Thun des Willens Gottes und die Vollbringung seines Werkes deutet (Joh. 4, 31—34). So, könnte man denken, habe Jesus auch hier eine geistige Speisung des Volks im Sinne gehabt, worauf dann die Antwort des Philippus, für zweihundert Denare Brod würde für eine solche Menge nicht hinreichen, nur eines von den bei Johannes stehenden Mißverständnissen wäre, und die Lösung in den weitern Ausführungen des sechsten Kapitels über den Logos als das von Gott den Menschen gespendete Lebensbrod läge. Allein, wie in der Regel im johanneischen Evangelium, erfährt dieser Aufschwung in's Geistige unterwegs einen Gegenstoß, der ihn bricht; trotz des edealen Anlaufs bleibt es bei dem materiellen Wunder, das nur hinterher, nachdem es in aller sinnlichen Breite sich vollzogen hat, auch wieder in's Geistige umgedeutet wird. Diese ideale Perspective hat nun aber der Evangelist hier gleich von vorneherein in Aussicht genommen; weil er weiß, was er aus der Speisungsgeschichte zuletzt machen will[1]), nämlich unbeschadet ihrer sinnlichen Realität ein Symbol der geistigen Ernährung der Menschheit durch den Logos, weil ihm so das Sinnliche an der Geschichte gleichsam durchsichtig ist, läßt er Jesum schon am Anfang jene Frage machen, die uns, wenn wir uns nicht ganz auf seinen Standpunkt stellen, ungereimt erscheinen muß.

Die Einwendungen, welche die Jünger bei der ersten Speisungsgeschichte gegen das Ansinnen Jesu, sie sollen dem Volke zu essen geben, bei der zweiten gegen seine Aeußerung, er möge die Leute nicht nüchtern von sich lassen, erheben, nämlich dort die Hinweisung auf ihren geringen Vorrath, hier die Frage, woher in der Wüste hinreichende Nahrungsmittel kommen sollten? sind zwar von der Art, wie sie jede ausführliche Wundergeschichte, um sich Relief zu geben, liebt, zugleich aber sowohl in der mosaischen als in der prophetischen Speisungsgeschichte vorgezeichnet. Auf die Zusicherung Jehova's, das murrende Volk mit Fleisch einen ganzen Monat

1) Wie er von seinem Jesus sagt (V. 6): αὐτὸς γὰρ ᾔδει, τί ἔμελλε ποιεῖν.

lang bis zum Ueberdruß sättigen zu wollen, hatte ihm Mose zuerst die Menge des Volks als Einwendung entgegengehalten, und dann bemerklich gemacht, was alles erforderlich wäre, um ein so zahlreiches Volk so lange mit Fleisch zu sättigen (4 Mos. 11, 21 fg.). Ebenso stellt Elisa's Diener dem Befehl seines Herrn, den Prophetenschülern die zwanzig Gerstenbrode vorzusetzen, die Frage entgegen: „Wie sollte ich dieß hundert Männern vorsetzen?“ (2 Kön. 4, 43.) Auch hier sehen wir das vierte Evangelium in den Spuren des zweiten weiter gehen. Eine Summe, die erforderlich wäre, um für die versammelte Volksmenge Nahrung herbeizuschaffen, machen die Jünger nur bei diesen beiden namhaft, und zwar bei beiden die gleiche Summe, zweihundert Denare, ohne Zweifel als einen Betrag, der die Mittel der Gesellschaftskasse übersteigen würde; nur daß Marcus meint, so viel würde man sicher brauchen, Johannes hingegen, so viel würde nicht einmal hinreichen, um einem jeden nur ein Weniges geben zu können. Dagegen kommt die Vertheilung der Reden, die bei den übrigen Evangelisten die Jünger insgemein führen, an Philippus und Andreas und die Aufstellung eines Knaben als Trägers der Brode und Fische ganz auf Rechnung der uns schon bekannten dramatisch ausmalenden Manier des vierten Evangeliums.

Daß die vorhandenen Nahrungsmittel vorzugsweise aus Brod bestehen, ergab sich theils aus dem kirchlichen, theils aus dem mosaischen wie dem prophetischen Vorbilde, sofern auch das Manna die Stelle des Brodes vertreten hatte und vielfach so genannt wurde, daß es Gerstenbrode, d. h. die geringste Sorte Brod gewesen, wovon nur Johannes weiß, kann aus der Geschichte von Elisa genommen sein. Daß dem Brod eine aus Fleisch bestehende Zukost beigefügt wird, entspricht dem mosaischen Vorgang, wo dem Volke außer dem Manna auch die Wachteln gewährt worden waren; daß nun aber in der evangelischen Erzählung die Zukost vielmehr aus Fischen besteht, das möchte sich aus der Erinnerung der murrenden Israeliten an die Fische, die sie in Aegypten umsonst gehabt, und aus dem Worte Mosis, daß, um so viel Volks mit Fleisch zu speisen, alle Fische des Meeres zusammengebracht werden müßten, doch kaum genügend ableiten lassen. Sieht man auf das andere der von uns bemerklich gemachten Vorbilder, das christliche Abendmahl, so können die Fische und überhaupt die Fleischzukost sogar Befremden erregen. Daß freilich die Jünger bei ihrer Wanderung in die Einöde neben dem Brod auch Wein mit sich geführt hätten, das taugte zu ihrer Lebensweise nicht; so viel ist also wohl begreiflich, daß in der Speisungsgeschichte das andere Element des Abendmahls unvertreten ist; woher aber die Fische kommen, bleibt von dieser Seite immer noch räthselhaft. Wir können, vom Abendmahl abgesehen und die Entstehung der Wundersage in Galiläa vorausgesetzt, die Fische einstweilen als einen localen Zug fassen, sofern in jenen Seegegenden Fische einen Hauptbestandtheil der Volksnahrung ausmachten, wie ja auch unter den Auferstehungsproben, die

Jesus seinen zweifelnden Jünger gibt, das Verzehren eines Stücks Bratfisch vorkommt; können außerdem daran denken, daß die Apostel, einige eigentlich und alle figürlich, Fischer waren, mithin auch insofern die Fische neben dem Brod am nächsten lagen.

Doch zum Abendmahl werden wir alsbald mit Nothwendigkeit zurückgeführt, wenn wir auf die Beschreibung achten, welche die Evangelisten von der Austheilung der Brode und Fische durch Jesum geben. Zwar könnte man sagen: daß Jesus hier wie bei der Stiftung des Abendmahls das Brod erst durch Gebet segnet, lag in der jüdischen Sitte, und hier noch überdieß in dem Vorhaben eines Wunderacts; daß er es beidemale bricht, in der Natur des Brodes; wie, daß er es beidemale austheilt, in der Natur der Verhältnisse lag: so daß also aus der Uebereinstimmung seines Verfahrens in beiden Fällen kein Schluß auf eine innere Beziehung beider Erzählungen gezogen werden dürfte. Allein warum wird denn das gleiche Verfahren Jesu so oft geflissentlich hervorgehoben? warum die Art, wie er dabei zu Werke ging, als etwas, woran man ihn erkennen konnte, geltend gemacht? Wie es hier von ihm heißt: „er nahm die fünf Brode und die zwei Fische, blickte zum Himmel auf, segnete, brach und gab sie seinen Jüngern", so heißt es nicht blos bei der Abendmahlseinsetzung ganz ebenso: „er nahm das Brod, segnete, brach und gab es seinen Jüngern" (Matth. 26, 26)[1]), sondern auch in der Scene am galiläischen See nach der Auferstehung „nimmt Jesus das Brod und gibt es ihnen, desgleichen auch von dem Fische" (Joh. 21, 13)[2]), und ebenfalls nach der Auferstehung, bei den Jüngern zu Emmaus, „nahm er das Brod, segnete es, brach es und gab es ihnen", und hieran, „am Brechen des Brodes", wurde er, der ihnen bis dahin nicht erkennbar gewesen, als Jesus von ihnen erkannt (Luc. 24, 30 fg. 35). Das war also der Act, in welchem begriffen man sich den hingegangenen Jesus in der Gemeinde am liebsten vorstellte; es war nämlich derjenige, in welchem er in dem heiligen Gebrauche des Abendmahls fortlebte, und von hier aus wurden außer dem Stiftungsact des Abendmahls theils in die Tage seiner Auferstehung, theils in die seines natürlichen Lebens ähnliche Acte zurückgetragen. Und Ein Punkt ist es, worin unsere Speisungsgeschichte den urchristlichen Abendmahlsritus sogar noch genauer vorbildet, als selbst die Geschichte seiner Einsetzung. In dieser war Jesus nur mit den Jüngern zusammen, er theilte also Brod und Wein nur an diese aus; dagegen fand beim Abendmahl in den ältesten

1) Von den Fischen heißt es bei Marcus 6, 41: καὶ τοὺς δύο ἰχθύας ἐμέρισε πᾶσι, wie es Luc. 22, 17 von dem Becher heißt, Jesu habe ihn den Jüngern mit den Worten gereicht: λάβετε τοῦτο, καὶ διαμερίσατε ἑαυτοῖς.

2) Auch hier erinnert das καὶ τὸ ὀψάριον ὁμοίως an das ὡσαύτως καὶ τὸ ποτήριον (bei Justin, Apol. I, 66: καὶ τὸ ποτήριον ὁμοίως) in der Einsetzungsgeschichte des Abendmahls, Luc. 22, 20. 1 Kor. 11, 25.

Gemeinden eine doppelte Abstufung statt, indem Brod und Wein von dem Vorsteher den Diakonen übergeben, und von diesen dann den einzelnen Gemeindegliedern gereicht wurde[1]): gerade wie in der Speisungsgeschichte Brod und Fisch erst von Jesu den Aposteln, dann von diesen dem Volke gereicht wird.

Daß bei diesen vorläufigen Abendmahlsspiegelungen der Wein fehlen konnte, hat denselben Grund wie der Umstand, daß die urchristliche Abendmahlsfeier bisweilen nur als „Brodbrechen" bezeichnet wird (Apostelgesch. 2, 42. 46. 20, 7), weil nämlich das Brod doch immer die Substanz der Sache war; daß aber hier wie Joh. 21 dem Brode statt des Weins die Fische zur Seite treten, ist vielleicht daraus zu erklären, daß ja mit dem Abendmahl in der christlichen Urzeit auch gemeinsame Mahlzeiten, die sogenannten Agapen, verbunden waren. Von diesen über die einfachen Elemente des Abendmahls hinausgehenden eigentlichen Mahlzeiten kann man in den Fischen eine Andeutung finden; so daß die Speisungsgeschichte nicht blos auf das Abendmahl im engern Sinne, sondern auf die Sitte der christlichen Liebesmahle überhaupt, das Abendmahl mit inbegriffen, Beziehung hätte. Die Gemeinschaft der christlichen Liebe, die in diesen Mahlen auch die armen Gemeindeglieder satt machte, wurde in der Speisungsgeschichte als Wundermacht Christi dargestellt, die für Alle reichlich Nahrung schafft. Aus der Sitte dieser urchristlichen Mahle läßt sich vielleicht auch der Zug erklären, daß bei der ersten Speisungsgeschichte Lucas das Volk in Gesellschaften zu funfzig, Marcus theils zu funfzig, theils zu hundert sich niederlegen läßt: es könnte dieß Andeutung der Tischgenossenschaften sein, worein eine größere Gemeinde bei den Agapen sich theilen mochte.

Daß es sich bei der Speisungsgeschichte um ein Wunder handelt, liegt unverkennbar darin, daß Jesus die gebrochenen Stücke von fünf oder sieben Broden und von zwei oder doch nur wenigen Fischen austheilt, und davon fünf- oder viertausend Mann sammt den mit ihnen gekommenen Weibern und Kindern nicht blos satt werden, sondern überdieß noch das einemal zwölf, das anderemal sieben Körbe Brocken, d. h. ein größeres Quantum, als ursprünglich zur Austheilung gekommen war, übrig bleiben. Aber in welchem Moment das Wunder eigentlich vor sich gegangen, wird nicht angegeben. Darüber hätte uns ein Augenzeuge gewiß belehrt, meint Schleiermacher; wir setzen hinzu: wenn es von einer unmöglichen Geschichte einen Augenzeugen geben könnte. Suchen wir uns die Sache, insbesondere den Moment der wunderbaren Vermehrung, deutlich zu machen, so sehen wir die Stücke, ehe sie in den Mund und Magen der Leute kamen, dreierlei Hände passiren: die Hände Jesu, die der Apostel, endlich die der zu sättigenden Menge selbst, und in jede dieser drei Stationen kann man die

1) Justin. Mart. Apol. I, 65.

wunderbare Vermehrung verlegen. Wären die Bruchtheile von fünf Broden ohne vorangegangene Vermehrung in die Hände von mehr als fünftausend Menschen gekommen, um in diesen erst zu wachsen, so könnten von den Jüngern den Leuten nur ganz kleine Krümchen mit Vorsicht ausgetheilt worden sein; eine kleinliche Vorstellung, die sicher nicht die der Evangelisten ist. Es bleiben also nur die Hände Jesu oder der Apostel übrig, und da scheint es dem Sinne der Erzählung am angemessensten, daß in den Händen dessen, der den kleinen Vorrath mit Aufblick zum Himmel segnete, auch dessen Vermehrung vorgegangen sei. Diese kann man sich dann in der doppelten Weise vorstellen, entweder daß, so oft Jesus mit einem Brodkuchen oder Fisch zu Ende war, ein neuer und immer wieder ein neuer aus seinen Händen kam; oder daß von den fünf Brodkuchen und zwei Fischen unter seinen Händen ein jeder so lange wuchs, d. h. neue Stücke abwarf, bis dort ein Fünftel, hier die Hälfte der Menge versorgt war, dann wäre ein anderer Brodkuchen und der zweite Fisch an die Reihe gekommen. Und da Johannes gewiß auch im Sinne der übrigen Erzähler sagt, die Körbe Brocken seien gesammelt worden von den fünf Broden, so müssen sie die Sache sich in der letzteren Art gedacht haben, denn im ersteren Falle wären ja die Brocken nicht von den fünf Brodkuchen gekommen, sondern der Brodkuchen selbst mehrere geworden.

Doch wie man sich auch das Wunder vorstellen mag, in jeder Form hat es etwas so Ungeheuerliches, daß man sich nicht wundern darf, wenn die neuere Theologie sich desselben um jeden Preis zu entledigen wünscht. Nur sollte sie dabei offen und ehrlich zu Werke gehen, d. h. anerkennen, daß zwar die Evangelisten hier ein Wunder erzählen wollen, sie aber ein solches nicht glauben, und weil der gleiche Fall in den Evangelien unaufhörlich wiederkehrt, diese überhaupt nicht für historische Compositionen halten können. Statt dessen sehen wir an dieser Stelle in einen Wettstreit elender Nothbehelfe und unwahrer Ausflüchte hinein. Schleiermacher, auch hier ganz auf Paulus'schem Boden, findet in den Worten Jesu bei Johannes (6, 26), die Leute seien ihm nachgezogen, nicht weil sie Zeichen gesehen, sondern weil sie von den Broden gegessen haben, eine Andeutung, daß die Vermehrung der Brode etwas Natürliches gewesen sei; aber was dann die Zeichen gewesen, welche die Leute sahen, und wie es mit den Broden zugegangen, darüber lehnt er, schlauer aber minder aufrichtig als Paulus, jede Auskunft ab: natürlich, weil sich bei näherem Eingehen auf die Sache unvermeidlich zeigen müßte, daß auch sein Augenzeuge Johannes den Vorgang als ein Wunder erzählt, und jene Rede Jesu nur so verstanden hat, den Leuten sei das erlebte Wunderzeichen nicht als solches, d. h. als Beweis und Abbild seiner höheren Macht, sondern nur nach seiner materiellen Seite, als Brodspende, von Wichtigkeit. Daß ein gastfreundliches Mahl, das Jesus nicht durch seine Wundermacht, sondern ganz natürlicherweise durch das

Beispiel der Mittheilung seiner eigenen Vorräthe, womit er Andern voranging, herbeigeführt hatte, unter Mitwirkung volksthümlicher Erinnerungen und Erwartungen rasch zu der Sage einer wunderbaren Speisung herangewachsen sei, dieser Vorstellung steht nach Hase[1]) nur die Augenzeugenschaft des Johannes entgegen. Was aber thun, da nach dem Geständniß desselben Theologen „eine unvermittelte Mehrung der nährenden Substanz sich jedem ernsten Denken entzieht"? Wir wissen schon, was der wissenschaftliche Bearbeiter des Lebens Jesu thun wird: er schickt den unwillkommenen Augenzeugen schon hier fort, dessen Anwesenheit ihn ohnehin bei der gleich folgenden (von uns vorher besprochenen) Erzählung von dem Seewandeln Jesu in Verlegenheit setzen würde. Freilich waren nach der ausdrücklichen Angabe der beiden mittleren Evangelisten (Marc. 6, 30. Luc. 9, 10) die Apostel, d. h. die ausgesendeten Zwölfe (Luc. 9, 1. Marc. 6, 7), eben vorher zu Jesu zurückgekehrt; aber der Träumer Johannes muß sich wohl verspätet, und als er hernach wieder mit Jesu zusammentraf und von der Geschichte reden hörte, sich nicht die Mühe genommen haben, ihrem wahren Hergang nachzufragen. Nach Ewald[2]) läßt sich nicht mehr genauer angeben, was die erste Veranlassung zu einer Erzählung gab, in welcher er blos die Lehre verkörpert sieht, daß, wo der wahre Glaube mit ächter Liebe sich verbindet, mit den geringsten äußern Mitteln unendlich viel gewirkt werden kann. Wo die Bedeutung der Wundergeschichte so abstract moralisch gefaßt wird, braucht man allerdings, um das Entstehen der evangelischen Erzählung begreiflich zu machen, noch einen besondern äußern Anlaß, der zwar auch bei Ewald schon als ein eigenschaftsloses x so viel wie nichts ist, dessen aber wir bei unserer bestimmteren Ableitung aller einzelnen Züge der Erzählung förmlich überhoben sind.

Von diesen Zügen sind uns jetzt nur noch das Auffammeln der Brocken und die Zahl der Körbe übrig. Daß überhaupt Brocken gesammelt werden, kann einerseits als Nachklang der Geschichte vom Manna erscheinen, das ja auch, freilich gleich von vorneherein und nicht erst die Ueberbleibsel, gesammelt wird; ein bestimmteres Vorbild aber hat es in der Geschichte des Elisa, der die zwanzig Brode den hundert Propheten vorsetzen läßt mit der Erklärung: „Denn so spricht Johova: man wird essen und übrig lassen." Worauf der Berichterstatter fortfährt: „Da setzte er (der Diener) es ihnen vor, und sie aßen, und ließen übrig nach dem Wort Jehova's" (2 Kön. 4, 43 fg.). Andererseits erinnert aber dieses Auffammeln der Ueberbleibsel des Wundermahls, besonders wie es der vierte Evangelist motivirt: „damit nichts umkomme", an die Scheu der ältesten Kirche, von den Elementen des Abendmahls etwas auf den Boden fallen oder sonst zu Grunde gehen

1) Leben Jesu, §. 74.
2) Die drei ersten Evangelien, S. 260. Geschichte Christus, S. 320 fg.

zu lassen.[1]) Daß die Brocken in Körbe gesammelt werden, ergab sich theils von selbst, theils war ja auch das Manna in Gomermaße gesammelt worden; daß aber der Körbe in der einen Speisungsgeschichte gerade zwölfe sind, scheint nach der Zahl der auflammelnden Apostel bestimmt, während die sieben Körbe in der andern Geschichte den sieben Broden in eben derselben, vielleicht auch den sieben beim Abendmahl beschäftigten[2]) Diakonen (vgl. Apostelgesch. 6, 1 fg. 21, 8) nachgezählt zu sein scheinen. In der ersteren Zahl kann man, wie in der Zwölfzahl der Apostel, zugleich eine Beziehung auf die zwölf Stämme Israels finden; ob aber, weil in die zwölf Körbe nur die Reste des Mahles gesammelt werden, die vorher Gespeisten als Heiden, die Speisung als das große Heidenabendmahl zu fassen sei, durch welches die zwölf Judenstämme in keiner Art verkürzt werden sollen[3]), ist eine Frage, die schwerlich viele Leser bejahen möchten.

80.

Die Weinbescheerung.

Der Manna- oder Brodbescheerung stand in der Geschichte Mosis eine wunderbare Wasserbescheerung zur Seite (2 Mos. 17. 4 Mos. 20), und auch diese wurde in der jüdischen Erwartung von dem ersten Retter auf den zweiten, den Messias, übertragen. Auch sinnbildlich in der Bedeutung geistiger Nahrung wurde dem Brode des Verstandes das Wasser der Weisheit an die Seite gestellt (Sir. 15, 3); in der Apokalypse spielt das Wasser des Lebens, zu dem das Lamm die Seinen führt, dessen Strom von Gottes und des Lammes Stuhle ausgeht, eine große Rolle (7, 17. 21, 6. 22, 1. 17); und auch im johanneischen Evangelium spricht Jesus von einem lebendigen Wasser, das er den Menschen gebe, und das für ewig den Durst stille (4, 10. 13 fg.).

Sonst übrigens vergleicht Jesus das, was er der Menschheit bringe, eher mit Wein, und zwar einem neuen, den man nicht in alte Schläuche fassen dürfe (Matth. 9, 17); wie er sich in Folge seiner Lebensweise von manchen Seiten dem wassertrinkenden Täufer nicht im besten Sinne als Weintrinker gegenübergestellt sah (Matth. 11, 18 fg.). Auch durch die

1) Tertull. de cor. mil. 3. Orig. in Exod. homil. 13, 3.

2) Vgl. die oben angeführte Stelle von Justin.

3) So Luthardt, Das johanneische Evangelium, II, 44, in dem Sinne, daß Jesus durch diese zum Schlusse seines Wunders angeordnete Aufsammlung in zwölf Körbe jene Andeutung habe geben wollen; Volkmar, Die Religion Jesu, S. 232 fg., im Sinne einer Dichtung, die das Wirken des Heidenapostels vorbilden sollte.

übliche Vergleichung der Freuden des Messiasreichs mit einem Gastmahl (Matth. 8, 11. 26, 29. Offenb. 3, 20), einem Hochzeitmahle, wobei der Messias als der Bräutigam erscheint (Matth. 22, 1—14. vgl. 9, 15. Joh. 3, 29. Offenb. 19, 7. 21, 2. 9. 22, 17), war das Bild des herzerfreuenden Weines näher als das des nüchternen Wassers gerückt.

Des Johannes Beruf war es, mit Wasser zu taufen; ihm sollte der Messias mit der Geistes- und Feuertaufe folgen (Matth. 3, 11. Luc. 3, 16. Joh. 1, 26. 33). Wirklich kündigte sich der Erzählung der Apostelgeschichte zufolge nach Jesu Hingang die Ausgießung des heiligen Geistes auf seine Jünger durch Feuerzungen an; wobei Erscheinungen eintraten, die von Spöttern einer Ueberfüllung jener Männer mit süßem Weine zugeschrieben wurden (Apostelgesch. 2, 13), während es vielmehr die Wirkungen des heiligen Geistes waren. Gab aber hier die Geistesfülle den Eindruck des „Glühens wie von neuem Wein", so mochte wohl auch einmal umgekehrt eine Weinbescheerung als Bild der Geistesmittheilung gebraucht werden.

Der Täufer gehörte dem alten Bunde an, seine Wassertaufe war nur die letzte jener Reinigungen, jener Gesetzeswerke, durch welche seit Moses das jüdische Volk das göttliche Wohlgefallen vergeblich zu erringen gesucht hatte. Diesem Alten das in Christo gekommene Neue, dem Gesetz die Gnade, dem Moses den Sohn Gottes, in der Art gegenüberstellen, daß nur auf der letzteren Seite Genügen und Seligkeit, auf der ersteren nur Unvollkommenheit und Unzulänglichkeit zu finden sei, ist ganz besonders der Standpunkt des vierten Evangeliums. „Das Gesetz", heißt es am Schlusse seines Prologs, „ist durch Moses gegeben; die Gnade und Wahrheit ist durch Jesus Christus geworden. Und aus seiner Fülle", war unmittelbar vorher gesagt, „haben wir alle genommen, und Gnade um Gnade" (1, 16 fg.). Mit Recht ist bemerkt worden[1]), daß in der Erzählung von der Weinspende zu Kana in Gestalt einer Thatsache ganz dasselbe wiederkehre, was in jener Stelle des Prologs über das Verhältniß von Moses und Christus, Gesetz und Gnade gesagt war.

Mußten alle diese Momente darauf hinwirken, wenn Jesu als dem andern Moses oder der persongewordenen göttlichen Weisheit neben der wunderbaren Speisung eine eben solche Tränkung zugeschrieben werden sollte, diese lieber in Wein, als, wie bei seinem Vorbild, in Wasser bestehen zu lassen, so kam hier noch dieselbe Rücksicht hinzu, um deren willen hauptsächlich die mosaische Mannaspende sich bei Jesus in eine Brodspende verwandelt hatte. Konnte man Jesu unmöglich eine wunderbare Nahrungsbescheerung beilegen, ohne dabei an das Brod im Abendmahl zu denken, so konnte man ebenso wenig von ihm erzählen, er habe wie Mose durch ein Wunder auch einen Trank

1) Luthardt, a. a. O., I, 354.

gespendet, ohne an den Wein im Abendmahl sich zu erinnern, wie ja auch Paulus mit dem Manna das Wasser aus dem Felsen in der Wüste als Vorbilder der beiden Elemente des Abendmahls betrachtet (1 Kor. 10, 3 fg.). War aber der Stoff der wunderbaren Speisung derselbe mit dem einen der Abendmahlselemente, dem Brode, gewesen, so lag es nahe, auch den Stoff der wunderbaren Tränkung dem andern Abendmahlselemente entsprechen, mithin in Wein bestehen zu lassen. Auch das erklärt sich uns von hier aus, warum die Erzählung von der wunderbaren Weinbescheerung nur im johanneischen Evangelium sich findet. Als Vorbildung des Abendmahls genügte den drei ersten Evangelisten die Speisungsgeschichte, sofern sie alle außerdem noch von der Stiftung des Abendmahls eine besondere Erzählung geben, in welcher neben dem Brode auch dessen anderes Element, der Wein, zu seinem Rechte kommt. Da hingegen der vierte Evangelist, wie unten auseinandergesetzt werden soll, seine Gründe hatte, von der Scene der Einsetzung des Abendmahls Umgang zu nehmen, so lag für ihn hierin die Aufforderung, damit in seinem Evangelium doch wenigstens indirect beide Elemente desselben zur Sprache kämen, dem Speisungswunder auch ein Tränkungswunder, der Brodspende eine Weinspende an die Seite zu stellen.

Er macht es zum Anfang der Zeichen Jesu (2, 11); es ist, als hätte es ihn gedrängt, sobald er die Sätze seines Prologs über die Bestimmung und das Zeugniß des Täufers historisch ausgeführt hatte, nun jene von uns ausgehobene Stelle über das Verhältniß Jesu zu Moses, der Gnade zum Gesetz, gleichfalls als Programm seines ganzen Evangeliums, in Scene zu setzen. Vielleicht daß sich hieraus auch die Form, die er dem Wunder gibt, erklärt. Dem evangelischen Speisungswunder wie dem alttestamentlichen Oelwunder des Elia würde es entsprechen, wenn Jesus eine kleine Quantität Wein vermehrt, für geraume Zeit oder für viele Menschen zulänglich gemacht hätte. Statt dessen verwandelt er Wasser in Wein. Mit einer Wasserverwandlung hatte auch Moses seine Wunderlaufbahn eröffnet; nur war es die strafende Verwandlung alles Wassers in Aegypten in Blut gewesen. Ein Strafwunder durfte das Erstlingswunder Jesu freilich nicht sein; das Blut, worein er das Wasser verwandelte, durfte kein wirkliches, sondern nur das edle Blut der Traube (1 Mos. 49, 11. 5 Mos. 32, 14) sein, das ja, wie es im Abendmahl genossen wird, auch wieder das Opferblut des Messias (Matth. 26, 28), das lebengebende Blut des vom Himmel herabgekommenen Menschensohnes (Joh. 6, 53—58) ist.

Treten wir nach diesen Vorbemerkungen der johanneischen Erzählung von dem Wunder zu Kana (2, 1—11) näher, so ist die Scene, daß es eben bei einem Hochzeitsmahle vor sich geht, durch die schon erwähnte Vorstellung der Freuden des Messiasreichs unter dem Bilde eines Mahles, und näher eines Hochzeitmahles bestimmt. War die Scene eines solchen Mahles in's Jenseits verlegt, oder die Bezeichnung als bloße Vergleichung gemeint, wie Matth.

9, 15. 22, 1 fg. Joh. 3, 29, so konnte, vermöge eines wahrscheinlich aus dem hohen Liede genommenen Bildes, Jesus selbst den Bräutigam vorstellen, dem als Braut bisweilen die Gemeinde gegenübergestellt wurde (Ephes. 5, 25—27. 29. 32 und die oben angeführten Stellen der Offenbarung). Bei einer als Geschichte in das menschliche Leben Jesu verlegten Scene dagegen verbot sich diese Wendung: der Bräutigam muß hier ein anderer, Jesus kann nur Hochzeitsgast sein; aber er ist doch derjenige, von welchem die Festfreude schließlich ausgeht. Denn der natürliche Bräutigam (dieß ist als Motiv des Wunders nothwendig) hat nicht hinreichend für Wein gesorgt oder sorgen können.

Den eingetretenen Mangel zeigt die Mutter Jesu dem Sohne an, wie bei der ersten Speisungsgeschichte der Synoptiker die Jünger ihn darauf aufmerksam machen, daß es Zeit wäre, die Leute zu entlassen, damit sie sich noch Speise kaufen könnten. Aber Jesu Mutter macht ihm jene Anzeige, wie aus seiner Antwort erhellt, in dem Sinn einer Anforderung an seine Wundermacht. War auch nach der eigenen Angabe des Evangelisten das nachfolgende Wunder das erste, welches Jesus that, und hat er auch von wunderbaren Ereignissen seiner Kindheit nichts berichtet, so schien es ihm doch schicklich, daß die Mutter Jesu die höhere Natur in dem Sohne von jeher gekannt oder doch geahnt habe. Aber indem er sie durch solche Ahnung hebt, drückt er sie andererseits durch die zurückweisende Erwiederung Jesu tief unter dessen unnahbare Hoheit hinab. Durch das schneidende: „Weib, was habe ich mit dir zu schaffen?" hat der vierte Evangelist, wie es scheint, die Frage Jesu an seine Eltern: „Warum suchtet ihr mich? Wußtet ihr nicht, daß ich in dem, das meines Vaters ist, sein muß?", die der dritte dem zwölfjährigen Jesus in den Mund legt (Luc. 2, 49), überbieten wollen; aber jeder wird urtheilen, daß ihm dieß gar zu schroff gerathen sei, der nicht erwägt, wie es sich hier nicht um ein natürlich-menschliches, sondern um das eingebildete Verhältniß des fleischgewordenen Schöpferworts zu jeder menschlichen Auctorität handelt, wovon selbst die übrigens heiligste von ihm zurückgewiesen werden muß. Als besondern Grund dieser Zurückweisung setzt Jesus noch hinzu, seine Stunde sei noch nicht gekommen. Daß von dem Tag und der Stunde der Wiederkunft des Messias und des Endes der gegenwärtigen Weltperiode kein Mensch, sondern nur Gott der Vater allein wisse, ist die übereinstimmende Ansicht der drei ersten Evangelisten (Matth. 24, 36. 25, 13. Marc. 13, 32. Apostelgesch. 1, 7), unter denen der zweite jenes Nichtwissen ausdrücklich auch auf den Sohn, den Messias, ausdehnt. Während hier Gott allein der Wissende, die Menschen, mehr oder minder ausdrücklich auch den Messias mit eingeschlossen, die Nichtwissenden sind, erscheint im vierten Evangelium, höchst bezeichnend für dessen ganzen Standpunkt, den nichtwissenden Menschen gegenüber der Gottessohn, der fleischgewordene Logos, als der einzig Wissende, und die Zeit und Stunde, um die es sich handelt, ist nicht die seiner einstigen Wiederkunft, sondern seiner gegenwärtigen Verherrlichung, vorerst durch Wunder, und schließlich durch seinen Tod. Um den letztern handelt es sich, wenn es öfters heißt, die Verfolgungen seiner Feinde haben keinen Erfolg gehabt, weil seine Stunde noch nicht gekommen war (7, 30. 8, 20), und später, er habe gewußt und erklärt, daß nun seine Stunde gekommen sei (12, 21. 13, 1). Dagegen ist es die Zeit, öffentlich in Jerusalem aufzutreten, von der er gegen seine Brüder behauptet, sie sei noch nicht gekommen (7, 6. 8), wie er hier der Mutter entgegenhält, die Stunde des Wunderthuns sei für ihn noch nicht da; obwohl er hier wie dort zu dem, wozu er nur vor der Zeit aufgefordert worden war, sich doch bald wirklich anschickt. Daß Maria dieß vorher weiß und aus diesem Wissen heraus die Diener anweist, zu thun, was ihr Sohn ihnen sagen werde, dadurch wird sie nun nachträglich abermals gehoben, indem sie, wenn auch an ihren Abstand von dem, der über Allen ist (3, 31), erinnert, doch an dem, was sie weiß, sich nicht irre machen läßt.

Die sechs steinernen Krüge, welche nach der Sitte der jüdischen Reinigung (der Hände vor dem Essen, Matth. 15, 2. Marc. 7, 2 fg.) dastanden, sind in ihrer symbolischen Bedeutung nicht zu verkennen; daß Jesus sie mit Wasser füllen heißt, damit schafft er sich die Grundlage für sein Wunder, und die Angabe des bedeutenden Maßgehalts der Krüge (zusammen $1\frac{1}{2}$ bis nahe an $2\frac{1}{2}$ würtembergische Eimer oder 3 bis 5 badische Ohm) und daß sie bis oben gefüllt werden, soll Jesum als den zeigen, der aus dem Vollen spendet (1, 16), der, wie Gott selber, seine Gaben nicht mit kargem Maße zumißt (3, 34).

Die Krüge werden also mit Wasser gefüllt, dann schöpfen die Diener auf Jesu Geheiß daraus und bringen es dem Speisemeister, der, sobald er das Getränke gekostet, es für Wein, und zwar bessern, als zuvor auf den Tisch gekommen, erkennt. Wenn hiebei der Evangelist den Ausdruck gebraucht: „Das Wasser, das Wein geworden war“, und weiter unten Kana als den Ort bezeichnet, wo Jesus Wasser zu Wein gemacht habe (4, 46), wenn er ferner diese Wasserverwandlung ein Zeichen nennt, in Folge dessen die Jünger an Jesum geglaubt haben (V. 11), und sie als erstes galiläisches Zeichen mit einer Heilung in die Ferne als dem zweiten in eine Reihe stellt (4, 54): so hat er hiemit die Handlung Jesu unverkennbar als ein Wunder bezeichnet, und die gläubige Auslegung hat ein Recht zu der Bemerkung, daß jede das Wunderbare wegdeutende Erklärung nicht blos wider die Worte und die Absicht des Johannes sei, sondern auch seine Glaubwürdigkeit und Beobachtungsfähigkeit verletze, ja sogar den Charakter Jesu in ein zweideutiges Licht stelle.[1]) Glaubt man dem Johannes, so muß man auch an das Wunder

1) Meyer, Commentar zum Evangelium Johannis, S. 108 der dritten Auflage.

glauben; kann man das letztere nicht, so muß man auch dem Evangelisten, und zwar nicht blos hier, sondern, da er eine Reihe nicht minder unglaublicher Wunder erzählt, ja da fast jedes Wort seines Christus ebenso undenkbar als diese Wunder ist, muß man ihm überhaupt, und namentlich auch dafür, daß er sich als den Apostel Johannes zu verstehen gibt, den Glauben versagen. Hase's auch hier in Anwendung gebrachte Auskunft, ihn abwesend sein zu lassen[1]), fällt nachgerade um so mehr in's Lächerliche, als nach V. 2 die Jünger Jesu mit zu der Hochzeit geladen waren, und in dem ungenannten unter den vorher von Jesu angeworbenen Jüngern (1, 35. 41) Hase selbst den Johannes erkennt; Schleiermacher's und seiner Nachtreter[2]) Berufung darauf, daß von dem Eindruck des vermeintlichen Wunders auf die Gäste nichts gesagt, überhaupt die Erzählung nicht gehörig anschaulich sei, ist ein feiges Chicaniren eines für jeden aufrichtigen Leser unmißverstehbaren Berichts; während Neander's[3]) Versuch, die Verwandlung von Wasser in wirklichen Wein durch eine bloße Potenzirung des Wassers zu weinartigen Eigenschaften zu ersetzen, nur ein mitleidswerthes Product gleichmäßiger Glaubens- wie Denkschwäche heißen kann.

Es folgt nun eine Rede des Speisemeisters, die den Erklärern viel vergebliche Mühe verursacht hat, eine Sitte, die in derselben sogar als allgemein bezeichnet wird, irgendwo in der Welt als bestehend nachzuweisen. Wenn der Speisemeister sagt, jeder Mensch setze den Gästen erst den guten Wein vor, dann, wenn sie trunken seien, den geringern, so thut dieß umgekehrt kein Mensch, weil es der Natur der menschlichen Sinneswerkzeuge widerspricht, die eine Steigerung des Reizes verlangt. Diese ganze angebliche Sitte hat der Evangelist lediglich selbst gemacht, oder genauer aus einem synoptischen Worte Jesu sich zurecht gemacht. Wenn ihm überhaupt bei seiner Erzählung jene Rede Jesu vorschwebte, worin dieser das, was er der Menschheit brachte, mit einem neuen Wein verglich, so fand er bei Lucas (5, 39) an dieselbe noch die Worte gehängt: „und keiner, der alten getrunken, mag alsbald neuen, denn er spricht: der alte ist besser“. Dieß ist in der Stelle des dritten Evangeliums von der Anhänglichkeit der Menschen an das Alte (hier das Judenthum und die jüdischen Gebräuche) und ihrem Vorurtheil gegen das Neue (die von Jesu aufgestellten Grundsätze) gemeint, und durch eine erfahrungsgemäße Beobachtung versinnlicht; unser Evangelist will umgekehrt zeigen, daß das von Jesu gebrachte Neue vorzüglicher als das Alte sei, mithin in der Wunderzählung sein nachbescheerter Wein besser als der von dem Bräutigam zuvor aufgesetzte gemundet habe. Dieß sucht

1) Leben Jesu, §. 50.

2) Worunter hier, wie überhaupt öfters als er es Wort haben will, auch Ewald gehört, Die johanneischen Schriften, I, 149 fg.

3) Leben Jesu Christi, S. 271.

er in seiner Art durch einen Contrast in's Licht zu setzen: da es sich aber in seiner Erzählung nicht, wie in der Stelle des Lucas, um den Unterschied von altem, d. h. in einem früheren Jahrgang gewachsenen, und neuem, d. h. jungem, sondern nur von früher oder später aufgestelltem Weine handelt, so verwandelt sich ihm die natürliche und oft zu hörende Redensart bei Lucas: der alte ist besser, in die angebliche, aber nirgends nachweisliche Sitte, den bessern Wein zuerst aufzustellen, und die Thatsache, daß nach dem alten der neue nicht sogleich mundet, in den eingebildeten Brauch, den Gästen nach dem bessern später schlechtern Wein vorzusetzen.

Gegen diese symbolische Ansicht von dem Wunder in Kana, wie sie früher von Herder ohne Antastung seiner geschichtlichen Geltung, neuestens vornehmlich von Baur mit ausdrücklicher Abwerfung der letztern vorgetragen worden ist, läßt sich auf kritischem Standpunkte nur das noch einwenden, daß auf eine solche Bedeutung der Erzählung von dem Evangelisten mit keinem Worte hingewiesen sei, daß er namentlich nicht, wie z. B. bei dem Speisungswunder, Reden Jesu daran knüpfe, welche diese Bedeutung in's Licht zu setzen dienen. Aber eben diese Hinweisung auf das Speisungswunder hilft auch diesen Knoten lösen. Die beiden Wunder der Brodbescheerung und der Weinbescheerung gehören nach Form und Inhalt, wie durch ihre gemeinsame Beziehung auf das Abendmahl, so wesentlich zusammen, daß sich die Bedeutung des einen nicht wohl ohne die des andern erörtern ließ, sondern die Frage nur die war, ob bei Gelegenheit des Tränkungswunders zugleich die höhere Bedeutung des Speisungswunders, oder aus Anlaß des letzteren auch die Bedeutung des ersteren zur Sprache kommen sollte. War nun durch den Zusammenhang, worin das Speisungswunder bei den Synoptikern erscheint, ihm seine Stellung ungefähr in der Mitte der Erzählungen von Jesu angewiesen, und hatte der vierte Evangelist Gründe, die Weinbescheerung an den Anfang seines Evangeliums zu stellen, so erklärt sich leicht, wie er nicht geneigt sein konnte, schon dem ersten Wunder, das er erzählte, jene ausführliche Erörterung anzuhängen; um eine aufsteigende Bewegung in sein Evangelium zu bringen, berichtet er die ersten beiden Wunder (2, 1 fg. 4, 46 fg.) kurz und einfach, erst dem dritten (5, 1 fg.) hängt er weitläufigere Reden an, die sich beim vierten, der Speisungsgeschichte, und so fort (das Seewandeln wird mehr nur als Anhang der Speisungsgeschichte behandelt) an Bedeutsamkeit steigern, bis sie beim letzten, der Auferweckung des Lazarus, obwohl hier, des dramatischen Charakters der Scene wegen, nur in dialogischen Andeutungen, ihren Höhepunkt erreichen. In den der Speisungsgeschichte angehängten Reden ergab es sich dann von selbst, daß Jesus sich als geistige Nahrung der Menschheit in jedem Sinne, wie sein Fleisch als Speise, so sein Blut als Trank, vorstellte, und damit die Bedeutung des in Kana gespendeten Tranks wenigstens nach seiner Beziehung auf das Abendmahl andeutete; während das Verhältniß des Alten und Neuen, des Judenthums und des Christenthums, wie es in der Verwandlung des Wassers in Wein lag, schon zum Voraus in der oben besprochenen Stelle des Prologs erläutert war.

81.

Die Verfluchung des Feigenbaums.

Das Wunder der Verfluchung des Feigenbaums (Matth. 21, 18—22. Marc. 11, 12—14. 20—23), das wir für diese letzte Stelle aufgespart haben, weil es als Strafwunder einzig in seiner Art in der evangelischen Geschichte ist (die Apostelgeschichte hat deren mehrere), ist zwar eben als solches ein besonders schwieriges, dabei aber aus andern Ursachen ein ganz besonders lehrreiches Wunder. Es lassen sich nämlich bei demselben nicht blos, wie bei andern, die Elemente nachweisen, aus denen es sich gebildet hat; sondern auch die verschiedenen Formen, die es zu durchlaufen hatte, bis es zur Wundergeschichte wurde, gleichsam seine Verwandlungen von der Raupe bis zum Schmetterling, oder von der Kaulquappe bis zum Frosch, sind im Alten und Neuen Testament noch neben einander vorhanden.

In einem Rückblick in Israel's Vergangenheit läßt der Prophet Hosea, derselbe der bald hernach die Stelle von dem aus Aegypten gerufenen Sohn oder Liebling Gottes hat, Jehova sprechen (9, 10): „Wie Trauben in der Wüste fand ich Israel, wie eine Frühfeige am Feigenbaum ersah ich eure Väter; doch sie gingen zum Baal Peor“ u. s. f., d. h. sie vergalten die Sorge, mit der er sich der vereinzelten schutzlosen Horde annahm, durch Abfall zum Götzendienst. In einer andern Wendung findet sich dasselbe Bild bei Micha (7, 1 fg.), wenn er ruft: „Wehe mir, denn mir geht's wie beim Obstsammeln, wie bei der Nachlese des Herbstes: keine Traube zu essen, keine Frühfeige, wornach mich gelüstet. Verschwunden sind die Frommen aus dem Lande, und Rechtschaffene gibt's unter den Menschen nicht, . . . der Beste unter ihnen ist wie ein Dornbusch“ u. s. f. Hier ist das Volk nicht, wie oben, die Traube oder Frühfeige, sondern der Feigenbaum oder die Rebe, die aber, wie abgelesene Stöcke nach dem Herbste, keine Frucht mehr bieten; das entartete, keine redlichen Mitglieder mehr aufweisende Israel ist ein früchteleerer Feigenbaum.

Was einem solchen Baume, bedeute er nun ein ganzes Volk oder einen einzelnen Menschen, von Rechts wegen widerfährt, das sagt uns hierauf im Neuen Testament erst der Täufer (Matth. 3, 10), dann Jesus selbst (Matth. 7, 19). „Bereits ist die Axt dem Baume an die Wurzel gelegt; jeder Baum, der nicht gute Frucht bringt, wird abgehauen und ins Feuer geworfen.“ Und wie an die Stelle des Micha (und andererseits an die Weinbergparabel des Jesaia, Kap. 5) anknüpfend, trägt Jesus ein andermal (Luc. 13, 6—9) eine Parabel von einem Herrn vor, der in seinem Weinberg einen Feigenbaum gepflanzt hatte, auf dem er mehrere Jahre vergeblich Früchte suchte. Wie er das dritte Jahr wieder keine findet, befiehlt er dem Gärtner, den unnützen und nur hinderlichen Baum umzuhauen; doch der Gärtner bittet nur noch dieses Jahr um Frist, während welcher er Alles versuchen wolle, den Baum tragbar zu machen; entspreche er auch dann der Erwartung nicht, so möge er ohne weitere Gnade umgehauen werden. Nun ist es merkwürdig, daß Lucas, der allein diese Gleichnißrede vom unfruchtbaren Feigenbaume hat, dafür die Geschichte von der Verfluchung des Feigenbaums übergeht. Ist es nicht, als wäre er sich bewußt gewesen, daß er den wesentlichen Inhalt dieser Geschichte in jener Gleichnißrede schon mitgetheilt hatte, und zwar in einer minder anstößigen Form, als die eines von Jesu geübten Strafwunders dem Evangelisten erscheinen mochte, der gleichfalls allein unter allen den von einigen Jüngern gemachten Antrag auf ein Strafwunder von Jesu verworfen werden läßt (Luc. 9, 54 fg.)?

Der Trieb war aber einmal vorhanden; ein Wort, ein Bild der Art ruhte in der urchristlichen Ueberlieferung nicht eher, als bis es sich wo möglich zur Wundergeschichte vollendet hatte. Der strenge Besitzer des Weinbergs in der Parabel war Gott, der langmüthige Gärtner der Messias Jesus; das Jahr, das er für den Baum noch auswirkt, das gnadenreiche Jahr des Herrn (Luc. 4, 18), die Zeit des Wirkens Christi in Israel. Nun lief aber bekanntlich diese Frist erfolglos ab; für diesen Fall wollte der Gärtner den Baum seinem Schicksal überlassen, ja der Messias, den er vorstellt, hat nach christlicher Anschauung, wenn er auf des Himmels Wolken wiederkommt, dieses Strafgericht an Gottes Statt selbst zu vollstrecken. Sollte dieß Jesus vorbildlich schon während seines Erdenlebens an einem Baume vollzogen haben, der das früchteleere Israel bedeutete, so konnte man ihm schicklicherweise doch nicht, wie es in jenem Spruche hieß, die Axt in die Hand geben, um den Baum von ihm taglöhnerartig umhauen zu lassen; sondern man setzte es mit seiner Wunderkraft in Verbindung, und ließ den unfruchtbaren Feigenbaum auf ein Wort von ihm verdorren. In dieser Art erzählen uns Matthäus und Marcus die Geschichte, und stellen sie in einen Zusammenhang, der nach der einen Seite hin noch die Spuren ihrer ursprünglichen Bedeutung trägt, während diese nach der andern Seite vollkommen verwischt sind. Daß es nämlich in der letzten Lebenswoche Jesu, auf einem seiner letzten Gänge von Bethanien nach Jerusalem ist, wo er den unfruchtbaren Baum bemerkt und an demselben Gericht geübt haben soll, hängt mit der Bedeutung der Geschichte insofern zusammen, als sich allerdings eben damals Israels Unempfänglichkeit für das ihm von Jesu gebotene Heil vollends entschied. Dagegen zeigt das Gespräch zwischen Jesu und den Jüngern, das beide Evangelisten dem Wunder hinten anhängen, daß ihnen der ursprüngliche Sinn der Erzählung schon völlig über dem Mirakel abhanden gekommen war. Denn auf die verwunderte Frage der Jünger, wie doch der Baum so plötzlich verdorrt sei, erwidert Jesus, sie dürften nur rechten Glauben haben, so würden sie nicht blos das, was er jetzt an dem Feigenbaum gethan, zu thun im Stande sein, sondern wenn sie zu einem Berge (Lucas hat in einer ähnlichen Rede bei anderem Anlaß eine Art von Feigenbaum, 17, 6) sprechen würden, er solle sich aufheben und ins Meer werfen, so würde es geschehen. Diese Reden, die den wahren Sinn der Erzählung nur verdunkeln, können zu derselben erst gezogen worden sein, seit man nur noch eine Wundergeschichte in ihr sah; welcherlei Reden ursprünglich dazu gehörten, das hat uns Lucas im Zusammenhang seiner Parabel vom Feigenbaum aufbehalten. Dort (13, 1 fg.) spricht Jesus von den Galiläern, die Pilatus beim Opfern hatte erschlagen lassen, und von den achtzehn Menschen, auf welche der Thurm bei der Quelle Siloah gefallen war, und fragt die Juden, ob sie etwa meinen, daß das jenen Leuten wegen besonderer Verschuldung widerfahren sei? Nein, antwortet er, sondern, wenn ihr nicht Buße thut, werdet ihr alle ebenso zu Grunde gehen; und daran knüpft er dann die Parabel vom Feigenbaum. Nur das wäre auch die Moral der Geschichte von dem verfluchten Feigenbaum, die sich dann freilich nicht an die Jünger, sondern wie dort an die Juden zu richten hätte: daß sie, wenn sie nicht Buße thun, wie dieser Feigenbaum zu Grunde gehen werden.

Hat also hier, wie wir dieß in einzelnen Fällen auch sonst schon gefunden haben, und wie es bei den mancherlei andern Quellen, die ihm neben Matthäus zu Gebote standen, natürlich ist, Lucas in seiner Parabel die reine und ursprüngliche Form dieser Erzählung aufbehalten, so erscheint dann weiterhin, wenn wir uns einmal auf den Standpunkt der Wundergeschichte stellen, und ihre verschiedene Darstellung bei Matthäus und Marcus vergleichen, die des Matthäus in doppelter Hinsicht als die ursprünglichere. Fürs Erste läßt er den Feigenbaum auf das Wort Jesu hin augenblicklich verdorren, und das ist bei Wundergeschichten die einzig rechte naive Art. So gut der Wunderthäter durch ein Wort das Vertrocknen eines Baums bewirken kann, so gut kann er auch bewirken, daß dieser Erfolg unmittelbar auf sein Wort hin in's Auge fällt. Beides von einander zu trennen, wie Marcus den Baum an dem einen Morgen von Jesu verflucht, und erst am andern sein Verdorrtsein von den Jüngern bemerkt werden läßt, ist schon Grübelei und Künstelei. Zwar den Vorgang dadurch natürlich erklärbar machen zu wollen, wozu man seine Darstellung schon benutzt hat, ist dem Evangelisten nicht eingefallen; nur anschaulicher und dramatischer wollte er die Sache machen, aber er hat damit, wie sonst durch ähnliche Umgestaltungen, die kräftige Urform des Wunderberichts nur abgeschwächt.

Doch noch ungleich mehr hat er sich durch seinen Zusatz verredet, es sei damals nicht Feigenzeit gewesen. Nicht als ob er damit, die Geschichte an den Kalender gehalten, Unrecht hätte. Damals, in der Woche vor Ostern, war in der That noch nicht Feigenzeit; denn die Frühfeige wurde erst im Juni, die eigentliche Feige erst im August reif, und wenn Josephus von dem Uferlande des galiläischen Sees sagt, daß es zehn Monate im Jahre Feigen biete[1]), so beweist dieß für die öde Felsengegend von Jerusalem nichts. Marcus macht jenen Beisatz, um zu erklären (was bei einem einzelnen Baume auch zur Feigenzeit durch Krankheit oder örtliche Ursachen leicht erklärbar ist), warum Jesus auf demselben keine Feige fand; übersieht aber in seinem Erklärungseifer, daß er dadurch den sofort von Jesu vorgenommenen Strafact unerklärlich macht. War die Zeit nicht, wo ein rechtschaffener Feigenbaum Früchte haben soll, so hatte seine Verfluchung von Seiten Jesu in keiner Art einen Sinn. Besser daher auch hier Matthäus, der die Unfruchtbarkeit des Baums nicht erklärt, d. h. nicht daran erinnert, daß damals an einem Feigenbaum sich füglich gar keine Frucht befinden konnte, aber dadurch, wenigstens für einen gewissen Standpunkt, die Möglichkeit offen läßt, das Verfahren Jesu zu erklären. In der unserer Geschichte zu Grunde liegenden Gnome und Parabel ist keine Jahreszeit genannt, aber als die Zeit, wo auf dem Baum vergebens Früchte gesucht werden, natürlich die der Lese gemeint; was sie in ihrer Gestalt als Wundergeschichte in die letzten Lebenstage Jesu stellte, war, wie wir gesehen haben, vielleicht eine nachklingende Erinnerung an ihre ursprüngliche Bedeutung; daß sie aber durch diese Stellung in den Frühling gerückt wurde, wohin sie als wirkliche Geschichte nicht paßte, wurde von den einzig auf das Wunder bedachten Wiedererzählern nicht erwogen.

Vierte Mythengruppe.

Die Verklärung und der Einzug Jesu in Jerusalem.

82.

Die Verklärung.

In einer jüdischen Schrift[2]) lesen wir aus Anlaß der Erzählung 2 Mos. 34, 29 fg.: „Siehe, Moses, unser Lehrer, glückseligen Andenkens, der ein bloßer Mensch war, bekam, weil Gott von Angesicht zu Angesicht

1) Bell. jud. 3, 10, 8.
2) Nizzachon vetus, S. 40.

mit ihm redete, ein so glänzendes Antlitz, daß die Juden Scheue trugen, ihm zu nahen; um wie viel mehr muß man von der Gottheit selbst dieß annehmen, und hätte Jesu Antlitz von einem Ende der Welt bis zum andern strahlen müssen? Aber er war mit keinerlei Glanze begabt, sondern durchaus wie alle andern Menschen. Daraus erhellt, daß nicht an ihn zu glauben ist." Das ist nun zwar aus einer spät nachchristlichen Schrift; aber ihre Art zu schließen ist so, wie auch schon in der ersten christlichen Zeit ein Jude schließen mußte, so lange er dem glänzenden Angesichte des ersten Retters auf Seite dessen, der für den letzten Retter ausgegeben wurde, nichts entsprechen sah. Daß er nun freilich, wie angeblich Moses, wenn er mit dem Volke verhandelte, des Glanzes wegen auf sein Angesicht eine Decke hätte legen müssen, konnte man von Jesus nicht sagen, weil es zu notorisch nicht der Fall gewesen war; aber ohne christliches Seitenstück durfte man einen so berühmten mosaischen Zug nicht lassen, es kam nur darauf an, ihm die rechte Wendung zu geben.

Da finden wir nun zunächst bei dem Apostel Paulus in einer Stelle (2 Kor. 3, 7 fg.), wo er sein hohes Selbstgefühl als Diener des neuen Bundes, des lebendigmachenden Geistes ausspricht, die Worte: „Wenn aber der Dienst des Todes, mit Buchstaben in Steine gegraben, eine solche Herrlichkeit hatte, daß die Söhne Israels nicht in das Antlitz Mosis schauen konnten wegen seines Glanzes, der doch vergänglich war, wie sollte nicht dem Dienste des Geistes noch viel mehr Herrlichkeit zukommen?" Hier ist zwar dem Moses nicht Christus, sondern die Apostel gegenübergestellt, und der Glanz an den letzteren lediglich geistig gefaßt. Doch wenn es weiterhin heißt (V. 13. 18), sie, die Diener des Neuen Bundes, machen es nicht wie Moses, der eine Decke auf sein Angesicht legte, sondern „wir alle schauen mit unverhülltem Angesicht die Herrlichkeit des Herrn im Spiegel, und werden in dasselbe Bild verwandelt von Herrlichkeit zu Herrlichkeit": so ist schließlich doch auch Christus selbst in die Vergleichung als derjenige hereingezogen, von welchem die Herrlichkeit seiner Diener als Abglanz ausgeht, und dabei ist doch wohl auch an die äußere Verklärung gedacht, welche dem auferstandenen Christus zu Theil geworden ist, und durch ihn bei seiner Wiederkunft auch den Seinigen zu Theil werden soll (1 Kor. 15, 43—49).

Wie es aber immer ein Gegenstand möglicher Einwürfe von Seiten der jüdischen Gegner blieb, daß so Manches, was von dem Messias erwartet wurde, von Jesu während seines Erdenlebens nicht geleistet worden war, mithin auf seine Wiederkunft verschoben werden mußte; wie dann, um dieses zukünftige Geschehen zu verbürgen, wenigstens einzelne vorläufige Proben davon, wie z. B. von der messianischen Todtenerweckung, mythisch in das vergangene Erdenleben Jesu zurückgetragen wurden: so konnte man sich veranlaßt sehen, auch den Lichtglanz des erhöhten und in den Wolken wiederkommenden Christus schon während seiner ersten Anwesenheit, wenn auch nur vorübergehend, durch seine menschliche Hülle hindurchbrechen zu lassen. Dieß ist, von einer Seite wenigstens, die Entstehungsart der neutestamentlichen Verklärungsgeschichte (Matth. 17, 1—13. Marc. 9, 2—13. Luc. 9, 28—36), welche von der oben angeführten jüdischen Schrift, der sie nicht unbekannt sein konnte, ohne Zweifel deshalb nicht in Anschlag gebracht wird, weil sie von Jesu nicht, wie die alttestamentliche Erzählung von Moses, eine bleibende Verklärung des Angesichts aussagt; wofür sie aber, wie wir sehen werden, bemüht ist, auf andern Seiten die mosaische Geschichte zu überbieten.

Zunächst ist die Nachbildung von dieser in der evangelischen Erzählung augenscheinlich, und zwar sind die Vorkommnisse 2 Mos. 24, 1 fg. und 34, 29 fg. zusammengenommen. Der Schauplatz der neutestamentlichen wie der alttestamentlichen Scene ist ein Berg: dort der Sinai, hier, wie auch sonst in der evangelischen Geschichte, ein ungenannter, der aber, wie jener in der Versuchungsgeschichte, als ein hoher Berg bezeichnet wird. Der Personen, die Jesus zu näherer Anschauung dessen, was daselbst mit ihm vorgehen sollte, mit sich nimmt, sind es drei, der uns wohlbekannte engere Ausschuß des Apostel-Collegiums: wie Moses auf den Berg außer den siebenzig Aeltesten noch besonders die drei Männer Aaron, Nadab und Abihu mit sich genommen hatte (2 Mos. 24, 1. 9). An die vorhergehenden Ereignisse wird die evangelische Erzählung durch die Zeitbestimmung: nach sechs (bei Lucas acht) Tagen angeknüpft, wie es von Moses hieß, nachdem die Wolke sechs Tage lang den Berg bedeckt hatte, sei er am siebenten von Jehova in dieselbe hineingerufen worden (2 Mos. 24, 16). Auch was auf die Bergscene beiderseits folgt, hat einige Aehnlichkeit. Wie Moses nach jener Berufung mit den drei Männern, der die Dreimännerbegleitung Jesu nachgebildet ist, vom Berge kommt (von der Verklärung seines Angesichts ist freilich erst später die Rede), ist das Erste, was ihm aufstößt, der Anblick des um das goldene Kalb tanzenden Volks, und seine erste Gemüthsbewegung der Zorn über die Unfähigkeit seiner zurückgelassenen Stellvertreter (2 Mos. 24, 14), von denen Aaron sogar zur Fertigung des Götzenbildes behülflich gewesen war (2 Mos. 32, 15 fg.). Als Jesus vom Berge kommt, ist sein erster Anblick der besessene Knabe, und seine erste Empfindung der Unwille über die Unfähigkeit seiner Jünger, den Dämon zu bannen.

Auf dem Berge selbst entwickelt sich beiderseits der Glanz des Angesichts; denn auch das des Moses war auf dem Berge während seiner Unterredung mit Jehova glänzend geworden, wenn dieß auch erst, als er wieder zu den Menschen herabgestiegen war, bemerklich wurde; die Wolke ferner, und zwar eine lichte Wolke, weil die Herrlichkeit Gottes darin gedacht werden muß, ist gleichfalls ein der mosaischen Geschichte entnommener Zug (2 Mos. 19, 16. 24, 16. 18 u. ö.). Nun aber ist auf Seiten Jesu schon das ein Mehr, daß außer dem Angesicht auch seine Kleider leuchtend werden; ganz besonders aber, daß er zwar einerseits als Verklärter ganz an die Stelle des

Moses tritt, dieser nun aber andererseits ihm mit Elias in untergeordneter Stellung, fast wie die zwei begleitenden Engel dem Jehova in der Geschichte des Abraham, zur Seite tritt.

Der Zweck der Bergbesteigung des Moses war, von Jehova die Gesetze zu vernehmen und die Tafeln zu empfangen, die er dem Volke zu überbringen hatte. Der Messias konnte nicht erst einer solchen Belehrung bedürfen: derjenige, in dessen Zeit durch Ausgießung des göttlichen Geistes das Gesetz den Menschen in's Herz geschrieben werden sollte (Jerem. 31, 31 fg. Hesek. 11, 19 fg. 36, 26 fg.), mußte es vor allen im Herzen tragen; bei ihm hatte die Bergbesteigung nur den Zweck, ihn den Seinigen von überirdischem Lichte durchleuchtet und im Verkehr mit erhabenen Gestalten der jüdischen Vorzeit zu zeigen, überdieß, was zwar bereits bei seiner Taufe geschehen war, ihn von Gott selbst für seinen Sohn erklärt werden zu lassen. Den Moses rief schon die Aehnlichkeit dessen, was jetzt an Jesu vorging, mit dem, was einst dem Gesetzgeber begegnet war, überhaupt der Zusammenhang des messianischen Berufs mit dem seinigen, von selbst herbei. Der Messias war ja nach damaliger Auslegung (Apostelgesch. 3, 22. 7, 37) derjenige, den Moses einst mit den Worten verkündigt hatte (5 Mos. 18, 15): „Einen Propheten aus deiner Mitte, aus deinen Brüdern, wie ich bin, wird dir Jehova, dein Gott, erwecken, auf ihn sollst du hören.“ Dazu kam, wenn jetzt Moses in freundlichem Gespräch mit Jesus sich zeigte, so war damit bewiesen, daß er in ihm nicht, nach der Ansicht der jüdischen Eiferer, den Zerstörer, sondern den Vollender des Gesetzes sah.

Doch außer dem Gesetzgeber erschien auf dem Verklärungsberge auch ein Prophet, nämlich Elias. Ihn wollte nach der Weissagung des Maleachi (3, 23 fg. vgl. Sirach 48, 10 fg.) Jehova senden, ehe sein furchtbarer Gerichtstag käme, um wo möglich das Volk noch zur Buße zu bewegen; daher war es zu Jesu Zeit ein Satz der Schriftgelehrten, erst müsse Elias kommen und Alles wieder herstellen, und ehe dieser Vorläufer erschienen sei, könne auch von einem Messias keine Rede sein (Matth. 17, 10). Es ist bekannt, wie angeblich schon Jesus selbst, wahrscheinlicher jedoch die urchristliche Apologetik, den Beweis, der sich hieraus gegen die Messianität Jesu führen ließ, dadurch zu entkräften suchte, daß sie den Täufer Johannes als diesen Elias darstellte (Matth. 11, 14. Marc. 1, 2. Luc. 1, 17): man begnügte sich mit einem uneigentlichen Elias, da der eigentliche nicht nachzuweisen war. Nun ist aber im höchsten Grade seltsam, daß der evangelischen Erzählung zufolge eben nach einer Erscheinung des eigentlichen Elias Jesus seine Jünger auf den uneigentlichen verwiesen, und auf ihn deßwegen verwiesen haben soll, weil sie ein Erscheinen des eigentlichen vermißten. Wie sie nämlich mit ihm von dem Verklärungsberge herabstiegen, sollen ihn die Jünger gefragt haben: wie sagen denn nun die Schriftgelehrten, Elias müsse vorher kommen? worauf er antwortet: allerdings muß Elias vorher kommen; in der That aber ist er auch schon gekommen (in Johannes nämlich), und nur nicht erkannt, vielmehr mißhandelt und getödtet worden, wie dieß auch das Schicksal des Messias selbst sein wird (Matth. 17, 10—13. Marc. 9, 11—13). Die Frage der Jünger kann nur den Sinn haben: wenn, wie wir überzeugt sind (vgl. Matth. 16, 16), du der Messias bist, wie steht es denn mit dem Satze der Schriftgelehrten, daß diesem Elias vorangehen müsse, der doch vor dir nicht erschienen ist? So aber konnten die Jünger unmöglich fragen, wenn eben vorher Elias erschienen war, und ebenso wenig würde Jesus, gesetzt, sie hätten so gefragt, sie auf den Täufer, sondern einfach auf den so eben gesehenen wirklichen Thisbiten verwiesen haben. Sehr wohl hingegen würde sich jene Frage der Jünger an die vorangegangene Geschichte von dem Bekenntniß Petri anschließen; weßwegen man schon vermuthet hat, Matthäus habe sie in diesem Zusammenhang vorgefunden, und die Verklärungsgeschichte aus dem Seinigen zwischeneingeschoben.[1]) Indeß ist es auch ohnedieß ganz in der Art unserer synoptischen Evangelien, nur des gemeinsamen Gegenstandes wegen, gleichsam ad vocem Elias, hier zwei Erzählungen, wie sonst so oft zwei Sprüche, zusammenzustellen, die dem Sinne nach nicht zusammengehören. Hier freilich ist es nicht blos das, sondern beide Geschichten schließen sich förmlich aus. War Elias so eben erschienen, so konnten die Jünger nicht so fragen; fragten sie so, so konnte Elias nicht eben vorher erschienen sein. Zwei solche Geschichten zusammenzustellen, ist freilich sehr naiv; aber das ist ja Matthäus überhaupt.[2]) Wir können hier deutlich zwei Schichten der Ueberlieferung unterscheiden. Dem aus der Weissagung des Maleachi abzuleitenden Zweifelsgrunde gegen Jesu Messianität begegnete man zuerst durch die Auffassung des Täufers als Elias; dann aber auf den Wortsinn der Prophetenstelle exequirt, suchte man den wirklichen Elias zur Stelle zu schaffen, den man freilich nicht vor allem Volk auftreten, sondern nur seitab erscheinen lassen konnte: wozu sich von selbst die Verklärungsgeschichte und die Zusammengruppirung mit Moses (vgl. auch Offenb. 11, 3 fg.) darbot.

Was den Gegenstand der Unterhaltung zwischen Jesus und den beiden Abgeschiedenen gebildet habe, sagen die zwei ersten Evangelisten nicht; es lag auch nichts daran, da der Zweck der Zusammenkunft nur war, Jesum in Einstimmung mit dem Gesetzgeber und nicht ohne den ihm zugeordneten

1) Köstlin, Die synoptischen Evangelien, S. 75.

2) Weil sich Baur durch sein Ausgehen von Johannes den Sinn für das Naive in den Synoptikern hat trüben lassen, sucht er auch in diese Zusammenstellung einen Sinn zu bringen, indem er die Frage der Jünger künstelnd so deutet, als hätten sie an der gehabten Erscheinung des Elias nur die Dauer vermißt (Rückblick auf die neuesten Untersuchungen über den Marcus, Theologische Jahrbücher, 1853, S. 78). Allein ihren Worten nach vermißten sie nicht sein Bleiben, sondern sein Kommen, was sie nach der vorangegangenen Geschichte nicht vermissen konnten.

Propheten zu zeigen. Daß ihm die Männer den Ausgang, der ihm in Jerusalem bevorstand, vorher verkündigten, wie Lucas berichtet, war insofern überflüssig, als er diesen Ausgang eben vorher selbst vorausgesagt hatte (Luc. 9, 22); doch die Absicht des Evangelisten ist wohl, den Tod Jesu, diesen Hauptanstoß für die Denkart der Juden, als begründet in dem göttlichen Rathschluß, für dessen Vertraute die beiden Abgeschiedenen galten, darzustellen. Des Petrus Vorschlag, Jesu und den beiden Gestalten aus dem Geisterreich Hütten zu bauen, die hohe übernatürliche Anschauung wie etwas natürlich Sinnliches festzustellen, bezeichnen Lucas und Marcus als Mißverstand, und ersterer läßt alle drei Jünger schlaftrunken sein, wie sie sich später in Gethsemane wieder zeigen: womit beidemale ihr Abstand von Jesu bezeichnet werden soll, indem sie, während mit ihrem Meister gerade das Höchste und Geheimnißvollste vorgeht, mit betäubten Sinnen am Boden liegen.

Hatte man nun aber auf dem Verklärungsberge, wie einst auf dem Sinai, eine Wolke, welche die Herrlichkeit Gottes in sich schloß, so durfte dieser so wenig als dort stumm bleiben; aber während seine Worte dort an Moses als Aufträge gerichtet waren, die dieser dem Volk überbringen sollte, sind sie hier, dem veränderten Zweck der Scene gemäß, vielmehr an die Jünger als göttliches Zeugniß über Jesum gerichtet. Es sind dieselben Worte aus Jes. 42, 1. vgl. mit Ps. 2, 7, die schon bei Jesu Taufe vom Himmel erschollen waren; nur daß denselben hier, als deutlicher Rückweis auf die Geschichte Mosis, aus jener Stelle, in welcher der Gesetzgeber dem Volk einen Propheten wie er verheißt (5 Mos. 18, 15), die Aufforderung, ihn zu hören, beigefügt ist.

Neben dieser Ableitung der Verklärungsgeschichte darf sich eigentlich nur diejenige Auffassung, welche einen äußern wunderbaren Vorgang in derselben sieht, an einen übernatürlichen Lichtglanz des Gesichts und der Kleider Jesu, eine wirkliche Erscheinung der beiden längstverstorbenen Männer, ein hörbares Reden Gottes aus der Wolke glaubt, noch mit Ehren sehen lassen. Wem dergleichen im Ernste noch annehmbar ist, wer mit seiner eigenen Ueberzeugung noch ganz auf dem Standpunkte der Evangelisten steht, dem bietet freilich auch diese Erzählung keinen Anstoß, und wir haben gegen ihn nichts zu erinnern, als daß wir zweifeln, ob er wirklich ein solcher ist, es sich nicht blos einbildet. Alle diejenigen Erklärungen hingegen, die den Vorfall halb oder ganz natürlich denkbar machen wollen, sind gar zu armselig und ungereimt, als daß es sich verlohnte, bei ihnen länger zu verweilen. Wer sollte denken, daß auch noch Schleiermacher[1]) in der Verwandlung der Gestalt Jesu und dem Glanz, der ihn umleuchtete, eine optische Erscheinung sieht, von der sich aber Näheres nicht angeben lasse, d. h. er will die Sache nicht näher untersucht haben, weil er wohl weiß, daß jede ge-

1) In den Vorlesungen über das Leben Jesu. Ebenso Hase, Leben Jesu, §. 87.

nauere Erörterung die Ungereimtheit der ganzen Auffassung in's Licht stellen müßte; in den zwei Männern, welche die Evangelisten aus ihrer Vorstellung heraus als Moses und Elias bezeichnen, vermuthet er heimliche Anhänger, die vielleicht mit dem hohen Rathe in Verbindung gestanden, wozu es trefflich stimme, daß sie Jesu seinen Ausgang vorhergesagt haben sollen, da solchen Männern der tödtliche Haß des Synedriums gegen ihn bekannt sein konnte; eine Stimme soll gar nicht wirklich zu hören gewesen sein, sondern jene optische Erscheinung haben die Jünger in jüdischer Art als eine göttliche Erklärung über Jesum aufgefaßt, und dieß dann spätere hellenistische Erzähler als wirkliche Stimme mißverstanden. So sind freilich nach dem Vorgang von Paulus und Venturini alle Hauptpunkte der evangelischen Erzählung glücklich bei Seite gebracht, Jesus ist nicht wirklich verklärt worden, Moses und Elias nicht erschienen, keine Himmelsstimme über ihn erschollen: dann können wir aber nicht mehr wissen, was, oder ob überhaupt etwas der Art mit Jesu vorgegangen ist. Dieß scheint Ewald zu meinen, wenn er sagt[1]), wir können nicht mehr angeben, aus welchen niederen Stoffen diese Darstellung sich hervorgebildet habe, aber ihre innere Wahrheit leuchte ein, ebenso wie die höheren Stoffe, deren diese innere Wahrheit sich zu ihrer Darstellung bediene, nicht zweifelhaft seien. Niedere Stoffe heißen in der Ewald'schen Verstecksprache die natürlich geschichtlichen Grundlagen einer Erzählung, höhere Stoffe die alttestamentlichen Vorstellungen und Vorgänge, denen sie nachgebildet ist, die innere Wahrheit ist die Idee: was der Verklärungsgeschichte Historisches zum Grunde liege, will also Ewald sagen, können wir nicht mehr wissen, aber einleuchtend sei ihre ideale Wahrheit und unverkennbar die alttestamentlichen Vorbilder, nach denen sie sich gestaltet habe. Dasselbe sagen wir ungefähr auch, nur daß wir von dem x einer angeblich natürlichen Veranlassung ganz absehen, von idealer Wahrheit aber nur die judenchristliche Meinung von der Gegenbildlichkeit Mosis und Christi und der Zusammengehörigkeit des Elias mit dem letzteren darin finden können.

Eben um dieses judenchristlichen Charakters der Geschichte willen hat der vierte Evangelist sie nicht, oder nur in einer bis zum Unkenntlichen veränderten Form, aufgenommen; wovon jedoch erst weiter unten gehandelt werden kann.

83.

Der Einzug Jesu in Jerusalem.

Auf die Verklärungsgeschichte lassen sämmtliche Synoptiker nur noch wenige Reden Jesu folgen, und ihn dann die verhängnißvolle Reise zum

1) Die drei ersten Evangelien, S. 274. Vgl. Geschichte Christus, S. 338 fg.

Passahfest nach Jerusalem antreten. Von den Abweichungen der drei ersten Evangelisten theils unter sich, theils vom vierten in Betreff dieser Reise ist schon an einem früheren Orte die Rede gewesen; hier haben wir es nur noch mit dem Schlusse derselben, dem Einzug Jesu in Jerusalem, zu thun (Matth. 21, 1—11. Marc. 11, 1—10. Luc. 19, 29—34. Joh. 12, 12—16).

Unter den Antinomien, die sich aus der Vergleichung der so verschiedenartigen auf den Messias bezogenen Stellen des Alten Testaments ergaben, war auch eine, die seine Ankunft betraf. Nach Daniel 7, 13 sollte er mit den Wolken des Himmels kommen; nach Zach. 9, 9 auf einem Esel einziehen. Diese Stelle, in welcher in der That schon ursprünglich ein idealer Friedensfürst gemeint ist, wurde mit mehr Recht als so viele andere auf den Messias bezogen. „Was sagt die Schrift von dem ersten Retter?" heißt es in der von uns schon öfter angeführten rabbinischen Stelle, in welcher der Messias dem Moses gegenübergestellt ist.[1]) Antwort: „2 Mos. 4, 20 steht: Und Moses nahm sein Weib und seine Söhne, und setzte sie auf einen Esel. So auch der letzte Retter, Zach. 9, 9: Arm und auf einem Esel sitzend."[2]) Den Widerspruch dieser aus Zacharias geschöpften Vorstellung mit der aus Daniel sich ergebenden glichen die Rabbinen dahin aus, im Fall es die Israeliten verdienen würden, solle ihr Messias majestätisch in den Wolken des Himmels erscheinen, wären sie aber dessen unwürdig, so solle er armselig auf einem Esel einreiten.[3]) Anders die Christen, welche das Einreiten auf dem Esel in die erste Anwesenheit ihres Messias, d. h. in das Erdenleben Jesu, verlegten, das Kommen mit den Himmelswolken dagegen bei seiner einstigen Wiederkunft erwarteten. Da in der Stelle des Zacharias, sofern sie den König sanftmüthig (von Armuth ist keine Rede) auf dem Friedensthier einziehen läßt, ein Gegensatz gegen die landläufige jüdische Messiaserwartung zu liegen schien, in der er als gewaltiger Krieger vorgestellt war, so ließe sich gar wohl denken, daß Jesus für seinen Einzug in die Hauptstadt absichtlich das Reiten auf einem Esel gewählt hätte, um dadurch an die Stelle des Zacharias zu erinnern, und durch diese anschauliche Demonstration sich von jenem kriegerisch-politischen Messiasthum loszusagen. Denn daß die auch bei Zacharias dem Einziehenden beigelegte Königswürde nicht nothwendig eine politische Auffassung bedingte, haben wir früher auseinandergesetzt. Möchten wir also auch nicht, wie neuerlich öfter geschehen ist, die ganze Angabe, daß Jesus auf einem Esel in Jerusalem eingezogen sei, von vorneherein als unhistorisch von der

1) Midrasch Koheleth 73, 3. S. oben S. 152.

2) Dieser mosaisch-messianische Esel sollte dann derselbe sein, den schon Abraham gegürtet hatte, als er sich zur Opferung Isaak's anschickte. Jalkut Rubeni. 79, 3.

3) Gemara Sanhedr. f. 98, 1.

Hand weisen, so werden wir doch allerdings so viel bald finden, daß die evangelischen Erzählungen davon weniger nach irgend einer Thatsache, als nach alttestamentlichen Stellen und dogmatischen Vorstellungen gebildet worden sind.

Der deutlichste Beweis davon liegt in der Darstellung des ersten Evangelisten, der uns über den Einzug Jesu etwas Unmögliches berichtet, das er nicht aus irgend einer, wenn auch noch so entstellten Kunde von einem wirklichen Vorfall, sondern lediglich aus einer von ihm mißverstandenen Prophetenstelle geschöpft haben kann. Wenn er nämlich erzählt, die beiden von Jesu nach Bethphage gesandten Jünger haben nach seiner Anweisung von da eine Eselin mit ihrem Füllen gebracht, auf beide Thiere ihre Kleider gebreitet und Jesum darauf gesetzt, so steht uns, wenn wir uns denken sollen, wie Jesus auf den beiden Thieren zugleich geritten sei (und an ein abwechselndes Reiten ist bei der kurzen Wegstrecke nicht zu denken), der Verstand still, und kommt nicht eher wieder in Gang, als bis wir die von dem Evangelisten citirte Stelle des Zacharias genauer ansehen. Hier heißt es nämlich: „Frohlocke sehr, Tochter Zions (das: saget der Tochter Zions bei Matthäus ist aus Jes. 62, 11), siehe dein König kommt zu dir, gerecht und siegreich, sanftmüthig und reitend auf einem Esel, und einem Füllen, der Eselin Sohn." Nun weiß zwar jeder, der mit der hebräischen Dichtersprache nur einige Bekanntschaft hat, daß damit nicht zweierlei Thiere gemeint sind, sondern dasselbe Thier, das im ersten Vers ein Esel hieß, im zweiten als Eselsfüllen näher bestimmt ist. Im Allgemeinen wußte das der Verfasser des ersten Evangeliums ohne Zweifel so gut als wir; aber weil er in der Stelle des Zacharias eine Prophezeiung auf Christus sah, glaubte er es dießmal genau nehmen und die doppelte Bezeichnung auch von zwei Thieren verstehen zu müssen. Hatte er damit der Weissagung ihr volles Recht widerfahren lassen, so meinte er das Seinige gethan zu haben, und stellte sich die weitere Aufgabe gar nicht, sich auch anschaulich zu machen, wie denn nun der Einritt des Einen Messias auf zwei Eseln vor sich gegangen sein möge.

Daß Lucas und Marcus es ihm hierin nicht nachthun, sondern sich mit Einem Thiere begnügen, darin zeigt sich ihre Darstellung durchaus nicht als die ursprünglichere, denn der Ursprung dieses Zugs der Erzählung liegt in der Stelle des Zacharias, und dieser hält sich Matthäus näher, indem er ihr wörtlich und blindlings folgt, während die beiden andern dieß doch schon mit einiger Besinnung thun. Daß sie von den zwei Thieren des Matthäus nicht das Mutterthier, sondern das Füllen zum Dienste Jesu wählen, geschieht aber auch wieder aus einer unhistorischen Rücksicht, die sie durch den Beisatz verrathen, Jesus habe ein Füllen bringen heißen, auf dem noch kein Mensch gesessen habe. In der Stelle des Zacharias war dieß nicht hervorgehoben, aber das Füllen, von dem sie sprach, ließ sich so fassen und kam dann der Ansicht entgegen, daß, wie später nur ein Grabmal, worin noch kein Mensch gelegen (Luc. 23, 53), so jetzt nur ein Thier, auf dem noch kein Mensch gesessen hatte, den heiligen Leib des Messias zu tragen würdig gewesen sei. Daß auch dieß eine Rücksicht ist, die eher für den späteren Erzähler, als für Jesum selbst bestimmend sein konnte, der von einem nicht zugerittenen Thiere sich nur Störung seines Einzugs und damit des beabsichtigten Eindrucks zu versprechen hatte, erhellt von selbst.

Doch daß Jesus nur überhaupt mit Erfüllung der Weissagung des Zacharias auf einem Esel in Jerusalem eingeritten sei, genügte der urchristlichen Sage nicht; der messianische Esel mußte ihm durch höhere Anordnung zur Verfügung gestellt, und er mußte als Messias gewußt haben, wo der für ihn bestimmte Esel angebunden stand und nur abgeholt werden durfte. Dieß mußte er um so mehr gewußt haben, da ja in einer andern alttestamentlichen Weissagung der Messias ausdrücklich als derjenige dargestellt war, der seinen Esel anbindet. Im Segen Jakob's sagt der sterbende Patriarch von Juda, doch so, daß man es auch auf den vielfach vom Messias verstandenen Schilo beziehen konnte (1 Mos. 49, 11): „Er bindet an den Weinstock seinen Esel, und an die Edelrebe seiner Eselin Sohn"; hier hatte also Matthäus abermals seine zwei Esel, die alte und den jungen, alle aber hatten den angebundenen Esel, den Justin der Märtyrer in der That vor dem Einzuge Jesu der Weissagung gemäß an einem Weinstock im Eingange des Dorfes angebunden sein läßt.[1]) Die Evangelisten haben von dem Weinstock nichts, sondern lassen Jesum zu den zwei abgesendeten Jüngern nur sagen, wenn sie in das vor ihnen liegende Dorf hineinkommen, werden sie einen Esel angebunden finden. Die Stelle aus dem Segen Jakob's war ihnen nicht mehr so gegenwärtig, wie die aus Zacharias; darum ist sie aber dem Märtyrer doch ganz mit Recht hier eingefallen, da die evangelische Erzählung in ihrem Anfang ebenso gewiß ursprünglich nach ihr, wie in ihrem Fortgang nach der Prophetenstelle gemacht ist. Eigentlich sollte man ihr zufolge allerdings erwarten, daß der Messias vielmehr beim Absteigen seinen Esel an eine Rebe binden würde; doch wenn dieser schon vorher daran gebunden stand, so gab dieß zugleich eine Gelegenheit, das übernatürliche Wissen des Messias sich erproben zu lassen, und die Macht seiner messianischen Bestimmung dazu, wenn die Jünger dem Eigenthümer des Esels nur zu sagen brauchten, der Messias bedürfe seiner, um denselben ohne Widerrede geliehen zu bekommen. Daß der vierte Evangelist von allen diesen Umständlichkeiten Umgang nimmt, und einfach sagt, Jesus habe ein Eselchen gefunden und sich darauf gesetzt, geschieht nur, weil es ihm neben der Weissagung des Zacharias hier einzig um die Rückweisung

1) Apol. I, 32.

auf die Erweckung des Lazarus zu thun ist, wozu er sogleich übergeht (V. 17 fg.).

Indeß die Weissagung des Zacharias besagte nicht blos, daß der messianische Herrscher auf einem Esel in Jerusalem einziehen sollte, sondern sie forderte aus dieser Veranlassung die Hauptstadt zum Jauchzen und Frohlocken auf; wie auch die jesaianische Stelle, welche der erste Evangelist ihrer Aehnlichkeit wegen mit der des Zacharias verschmelzt, das Geheiß enthielt, der Tochter Zions zu sagen, daß ihr Retter komme. Als solchen kündigen nun wirklich nach der Darstellung der drei ersten Evangelisten die begleitenden Schaaren Jesum durch den Ruf: Heil dem im Namen Jehova's kommenden Davidssohne! und durch Ausbreiten von Kleidern und Bestreuen des Wegs mit Baumzweigen an; die Hauptstadt, in welcher nach der synoptischen Geschichtsdarstellung Jesus noch unbekannt ist, kommt darüber in Aufregung, und die Leute fragen, wer denn das sei? worauf er ihnen als Jesus, der Prophet aus Nazaret in Galiläa, vorgestellt wird. Nach Johannes dagegen sind es Schaaren aus der Stadt selbst, die dem in Jerusalem nicht unbekannten Jesus auf die Kunde von seiner Annäherung mit jenem Ruf und jenen Huldigungen entgegenkommen; wobei die Kunde von der Auferweckung des Lazarus als Grund dieser feierlichen Einholung hervorgehoben wird. Bis auf den letzteren Zug könnte das alles, auch den Anstoß der hierarchischen Partei und die Entgegnung Jesu, wovon die Evangelisten nicht ganz gleichförmig berichten, mit eingeschlossen, so geschehen sein; aber auch wenn nichts davon geschehen war, ergab sich die Erzählung aus der messianisch gefaßten Prophetenstelle.

Drittes Kapitel.

Die mythische Geschichte des Leidens, Todes und der Auferstehung Jesu.

Erste Mythengruppe.

Das bethanische Mahl und das Passahmahl.

84.

Das bethanische Mahl und die Salbung.

Es ist eine der ältesten evangelischen Ueberlieferungen, daß Jesus kurz vor seinem Leiden bei einem Mahle zu Bethanien von einer Frau mit kostbarer Salbe gesalbt worden sei (Matth. 26, 6—13. Marc. 14, 3—9. Joh. 12, 1—8). Diese Geschichte war der ersten Christenheit besonders werth, wie sich in dem Worte kund gibt, das Matthäus und Marcus dabei Jesu in den Mund legen: wo immer in der Welt dieses Evangelium (von einem solchen in der Bedeutung seiner eigenen Geschichte sprach aber Jesus schwerlich schon selbst) werde verkündigt werden, da werde man auch der That dieser Frau gedenken. Hienach sollte man erwarten, die beiden ersten Evangelisten würden uns den Namen der Frau, oder doch sonst etwas Näheres über sie aufbehalten haben; da dieß nicht der Fall ist, so erhellt, daß der ersten Christenheit weniger daran gelegen war, wer Jesum gesalbt hatte, als daß dieser überhaupt gesalbt worden war; weßwegen auch außer der Ortschaft Bethanien noch das Haus, worin es geschehen war, nebst dem Hauseigenthümer namhaft gemacht ist. Warum man aber auf die Thatsache, daß Jesus vor seinem Leiden gesalbt worden, so großes Gewicht legte, das gesteht uns die Erzählung in der Aeußerung, die sie gleichfalls Jesu in den Mund legt: daß die Frau seinen Leib mit Salbe begossen, das habe sie zu seiner Bestattung gethan, oder damit habe sie die Salbung seines Leichnams zur Bestattung vorweggenommen, wie Marcus den Ausdruck des Matthäus richtig deutet, während die Wendung bei Johannes, sie habe die Salbe auf den Tag seiner Bestattung aufbewahrt, den ursprünglichen Sinn bis zur Unverständlichkeit verwischt. Diese Wichtigkeit der im Voraus vorgenommenen Salbung erklärt sich aber genügend nur daraus, daß die rechtzeitige, d. h. die des Leichnams Jesu bei seinem Begräbniß, nicht wirklich stattgefunden hatte; wie sie denn nach Matthäus und Marcus in der That nicht stattgefunden hat, nach Lucas nur beabsichtigt war, und einzig nach Johannes, und zwar mit Aufwendung eines ganzen Centners Specereien, wirklich ausgeführt worden ist: ein Verhältniß, worauf wir an seinem Orte zurückkommen werden.

Doch diese Aussprüche Jesu bilden nur den Schluß der Scene, welche durch das Auftreten der Frau mit dem Salbgefäß, das sie über Jesu Haupt ausgießt, herbeigeführt worden ist. Diese Handlung wird erst von den Jüngern als Verschwendung gerügt, mit Hinweisung darauf, wie viel Gutes um den Werth der kostbaren Salbe den Armen hätte gethan werden können; dann von Jesu als wohlgethan in Schutz genommen, da es an Armen und an Gelegenheit, denselben wohlzuthun, niemals fehle, er aber, und damit die Möglichkeit, ihm Liebe und Ehre zu erweisen, ihnen bald entzogen sein werde. Es ist nicht undenkbar, daß dieß alles wirklich so gesprochen worden ist; wenn aber die weitere Rede Jesu, welche die Salbung der Frau als Vorwegnahme der Leichensalbung faßt, ganz darnach aussieht, aus dem Bewußtsein der ersten Christenheit heraus gebildet zu sein, die sich von dem Mangel der Salbung bei der Bestattung ihres Meisters schmerzlich berührt fand: so ergibt sich von selbst auch für jenen vorangehenden Ausspruch Jesu eine ähnliche Vermuthung. Man kann sich in der ältesten Christenheit als Uebertreibung ihres Armuthssinnes eine Richtung denken, die als wahrhaft gutes Werk nur die Wohlthätigkeit gegen die Armen, das Almosen, gelten ließ, dagegen Alles, was auf Schmuck und Zier der Andacht sich bezog, als Verschwendung von sich wies. Dieser phantasielos-ebionitischen Richtung tritt hier das Bedürfniß des persönlichen Christuscultus entgegen, und es ist bezeichnend, daß gerade der vierte Evangelist hierin so weit geht, in dem von den Armen hergenommenen Einwurfe gegen solchen Aufwand bloße Heuchelei zu sehen, als das wahre Motiv desselben Habsucht zu betrachten, und demgemäß statt der Jünger überhaupt, denen Matthäus jenen Einwurf in den Mund legt, nachdem Marcus unbestimmt einige daraus gemacht hat, geradezu den Judas, den Kassendieb und späteren Verräther, zu setzen. Natürlich: war schon dem judenchristlichen Messias gegenüber der Tadel des für seine Person gemachten Aufwandes unstatthaft, so kann er dem fleischgewordenen göttlichen Schöpferworte gegenüber nur von der vollendeten Ruchlosigkeit erhoben werden.

Doch so wenig auf dem Standpunkte des vierten Evangeliums das Bemängeln der Salbung von einem der wenn auch schwachen doch redlichen Eilfe, sondern nur von dem verlorenen Zwölften ausgegangen sein konnte, so wenig konnte eine so schöne, so ganz der Würde des Gottessohnes angemessene That von der nächsten besten Unbekannten, sie mußte von der innigsten und sinnigsten Verehrerin Jesu verrichtet worden sein. Als solche war dem Verfasser des vierten Evangeliums, wie wir schon früher gesehen haben, von dem dritten jene Maria, Martha's Schwester, dargeboten, die bei Lucas freilich in Bethanien weder wohnhaft, noch an der Salbung betheiligt ist, sondern, während ihre Schwester dem durchreisenden Jesus eine gastliche Aufnahme bereitet, seiner Rede lauschend zu seinen Füßen sitzt, dafür von der geschäftigen Schwester bei Jesu verklagt, von diesem aber in Schutz genommen wird (Luc. 10, 38—42). Sie und keine andere mußte die salbende Frau gewesen sein: wie sie dort zu Jesu Füßen saß, so mußte sie ihm auch hier nicht das Haupt, wie Matthäus und Marcus erzählen, sondern die Füße gesalbt, sie mußte nicht blos unbestimmt wie viel, sondern ein ganzes Pfund der köstlichsten Nardensalbe im Werth von dreihundert Denaren dazu verwendet haben. In der näheren Bezeichnung der Salbe, sowie in der Angabe ihres Werthes mit Zahlen, hat hier, wie öfters in dergleichen veranschaulichenden und verstärkenden Zügen, der vierte Evangelist die Darstellung des zweiten als Vorarbeit benutzt.

Dem Schwesternpaare aus Luc. 10 hatte Johannes, wie wir früher gesehen haben, den Lazarus als Bruder beigesellt, und so wird die Erzählung von dem Mahle den aussätzigen Simon los, an dessen Stelle Lazarus der Gestorbene und von Jesu Auferweckte tritt. Doch nicht ganz an seine Stelle; er erscheint nämlich nicht wie jener als der Hausherr und Wirth, sondern nur als einer der zu Tische Sitzenden; während Martha aufwartet, wie sie sich in der Erzählung bei Lucas so viel mit der Aufwartung bemüht hatte. Man sieht, der vierte Evangelist will der herkömmlichen Erzählung, welche die Salbung an das Haus des Simon knüpfte, nicht geradezu widersprechen, daher läßt er ihn nur weg und nennt den Lazarus, aber ohne ihn geradezu an die Stelle von jenem zu setzen; so daß man bei ihm nicht weiß, wer denn eigentlich Jesu das Gastmahl gegeben hat, und nur etwa aus Martha's Aufwarten errathen mag, daß es nach Luc. 10, 38 ihr, oder auch ihres Bruders Haushalt gewesen, worin Jesus bewirthet wurde.

Aber der vierte Evangelist hat in seiner Erzählung auch einen Zug, der uns nach einer ganz andern Seite als nach der Anekdote des dritten von Maria und Martha hinweist. Daß er im Unterschiede von den beiden ersten Maria nicht das Haupt, sondern die Füße Jesu salben läßt, konnten wir uns zur Noth als Nachklang davon erklären, daß Maria dort bei Lucas zu Jesu Füßen saß; aber daß sie seine Füße mit ihren Haaren trocknet, ist ein Zug so eigenthümlicher Art, daß wir nothwendig fragen müssen, was er soll und wo er herkommt. In ersterer Beziehung kann man ihn als Zeichen der innigen demuthsvollen Hingebung, und somit möglicherweise als Erzeugniß der eigenen Einbildungskraft des Evangelisten betrachten; sobald er sich aber auch noch in einer andern evangelischen Erzählung findet, so werden wir einen Zusammenhang beider Erzählungen, und wenn er sich der andern tiefer als der unsrigen eingewachsen zeigt, werden wir ferner annehmen müssen, daß jene andere der unsrigen als Quelle gedient habe. In der That findet er sich, und findet sich mit allen Zeichen der Ursprünglichkeit, in der dem Lucas eigenthümlichen Erzählung von der Salbung Jesu durch eine Sünderin (7, 36—50). Daß diese Geschichte der unsrigen nicht so fremd, d. h. nicht die Erzählung von einer ganz andern Begebenheit ist, wie man gewöhnlich voraussetzt, ist aus allerlei Merkmalen abzunehmen. Schon dieß muß auffallen, daß Lucas sonst von keiner Salbung weiß, daß also bei ihm diese Salbung durch die Sünderin, die er freilich nicht nach Bethanien und in die letzten Tage Jesu, sondern in die Zeit seines Wirkens in Galiläa versetzt, die Stelle der bethanischen Salbung vertritt. Auch bei ihm geht sie ferner nicht nur über einem Mahle vor, sondern der Hausherr und Gastgeber hat auch denselben Namen wie der bethanische bei Matthäus und Marcus, nämlich Simon, nur daß er nicht als Aussätziger, sondern als Pharisäer bezeichnet ist, wie es zu seiner Rolle im Gegensatz gegen die Sünderin paßte. Wie bei Matthäus und Marcus trägt ferner die Frau ihre Salbe in einem Alabastergefäß; wie dort wird sie, wohl nicht laut von den Jüngern, aber im Stillen von dem Hausherrn, angefochten und von Jesu in Schutz genommen, wobei freilich Anfechtung wie Abwehr im Zusammenhang mit der veränderten Persönlichkeit der Frau ganz andere sind.

Wie läßt sich aber eben diese Veränderung erklären, oder ist es überhaupt denkbar, daß aus der gepriesenen Frau, die aus inniger Verehrung ihr Salbgefäß auf das Haupt Jesu ausgoß, in der Ueberlieferung oder durch Umgestaltung eines Schriftstellers eine verrufene Sünderin werden konnte, die bußfertig die Füße Jesu mit ihren Thränen benetzte, mit ihren Haaren abtrocknete, mit Küssen bedeckte und mit Salbe begoß? Hiebei müssen wir uns erinnern, daß „die Geschichte von einer Frau, die wegen vieler Sünden bei Jesu verklagt war", so gut wie die von der Frau, die ihn salbte, zu den ältesten evangelischen Ueberlieferungen gehörte. Das Hebräer-Evangelium soll sie enthalten und auch Papias sie erzählt haben.[1]) Daß ihr viele Sünden vergeben seien, wird von der Sünderin bei Lucas ausdrücklich gesagt (V. 47); dagegen wird sie nicht wirklich bei Jesu verklagt, sondern der Pharisäer denkt nur bei sich, wenn Jesus ein Prophet wäre, so müßte er wissen, was er da für eine Verehrerin gewonnen habe. Dagegen finden wir im vierten Evangelium in der zwar von der Kritik angefochtenen[2]), aber, wenn auch nicht als Bestandtheil dieses Evangeliums, doch jedenfalls sehr alten Perikope von der Ehebrecherin (8, 1—11) eine Frau, die freilich nur wegen Einer Sünde, in der sie ergriffen worden, ausdrücklich bei Jesu angeklagt und von ihm in Schutz genommen wurde.

Daß eine Erzählung dieser Art, wenn sie im Hebräer-Evangelium vorlag, dem Pauliner Lucas besonders zusagen mußte, erhellt von selbst; aber ebenso daß sie ihm in der Gestalt, wie wir sie jetzt im johanneischen Evangelium lesen, nicht genügen konnte. Hier erscheint die Frau durchaus leidend, sie sucht Jesum nicht auf, sondern wird von Andern zu ihm geschleppt, übt auch, während sie vor ihm steht, keinerlei Handlung aus, sondern ihre Ankläger, Pharisäer und Schriftgelehrte, sind es, die den Fall benützen, Jesu eine verfängliche Frage vorzulegen, der sie aber durch Appellation an ihr eigenes Schuldbewußtsein in einer historisch genommen freilich höchst unwahrscheinlichen Weise entwaffnet. Seinem ganzen Standpunkte nach mußte hier Lucas den Drang zum Heil in der Sünderin selbstthätiger hervortreten, ihre Annäherung an Jesum mehr als eine freiwillige erscheinen lassen. War doch sein verlorener Sohn, wenn auch nothgedrungen, doch aus eigenem Entschluß zum Vater zurückgekehrt und hatte ihm seine Schuld bekannt; der Oberzöllner Zachäus war aus Eifer, Jesum zu sehen, auf einen Baum gestiegen, der Zöllner im Tempel hatte, um Vergebung flehend, an seine Brust geschlagen: so mußte auch die Sünderin um die Nachsicht, die Jesus ihr angedeihen ließ, in irgend einer Art sich bemüht haben. Als ein solches Bemühen ließ sich die Salbung fassen, und da die Frau, von der diese erzählt wurde, von den älteren Evangelisten nicht genannt, noch sonst etwas Näheres von ihr angegeben war, so stand einer Combination beider Erzählungen um so weniger etwas im Wege, als die Bezeichnung Sünder und Sünderin, die Buße vorausgesetzt, im Sinne des Evangeliums nichs Entehrendes hatte. Als demuthsvolle Sünderin aber durfte die Frau sich nicht dem Haupte, sondern nur den Füßen Jesu nähern; das Erste, womit sie diese benetzte, mußten ihre reuigen Thränen sein; ihre Haare durfte sie nicht für zu gut achten, die thränengebadeten Füße des Herrn zu trocknen, ihre Lippen nicht, sie küssend zu berühren, das kostbarste

1) S. Euseb. Hist. eccl., III, 39, 17.

2) S. z. B. Ewald, Die johanneischen Schriften, I, 270. Dagegen für die Aechtheit Hilgenfeld, Die Evangelien, S. 285 fg.

Oel nicht, sie zu salben: lauter Züge, die durch die hochmüthige Unterlassung der entsprechenden Höflichkeitspflichten von Seiten des pharisäischen Wirthes noch besonders in's Licht gesetzt werden. Im Zusammenhang damit nehmen dann auch die Reden, die hier nicht zwischen Jesus und seinen Jüngern, sondern zwischen ihm und dem pharisäischen Wirthe gewechselt werden, nicht den Aufwand, sondern den Charakter der salbenden Frau zum Gegenstand. Während der Pharisäer diese als eine verworfene und durch ihre Annäherung auch Jesum herabwürdigende Persönlichkeit betrachtet, stellt Jesus die pharisäische Selbstgerechtigkeit als Quelle von Lieblosigkeit, die von der Sünderin in Anspruch genommene und von ihm gewährte Sündenvergebung als Quelle hingebender Liebe in einer Gleichnißrede dar, die in manchen Zügen als das Gegenstück der Parabel von dem König, der mit seinen Knechten abrechnet (Matth. 18, 23—35), angesehen werden kann. Beidemale zwei Schuldner, der eine mit einer größern, der andere mit einer kleinern Schuld; nur daß bei Lucas beide demselben Gläubiger, bei Matthäus der eine Knecht dem König, der andere seinem Mitknechte schuldig ist. Bei Matthäus will der Knecht, dem der König auf sein Bitten die größere Schuld erlassen hat [1]), seinem Mitknecht die kleinere nicht erlassen, wird mithin als abschreckendes Beispiel hingestellt; bei Lucas umgekehrt ist der, dem viel erlassen wird, auch derjenige, der (hier freilich den, der ihm die Schuld erlassen, da von einem, der nun wieder ihm schuldig wäre, nicht die Rede ist) am meisten liebt, und nur von demjenigen, dem wenig erlassen worden, oder der als selbstgerechter Pharisäer wenig Erlaß nöthig zu haben meint, wird gesagt, daß er auch wenig lieben werde.

Wir haben also hier eine Gruppe von fünf Erzählungen, in deren Mitte 1) die des Matthäus und Marcus von der Unbekannten steht, die bei einem Mahle zu Bethanien das Haupt Jesu gesalbt hatte, dafür von den Jüngern wegen Verschwendung in Anspruch, von Jesu in Schutz genommen worden war. Auf der äußersten Linken von dieser Erzählung steht 2) die des Hebräer-Evangeliums von einer Sünderin, die bei Jesu verklagt und von ihm (wahrscheinlich, da wir ja die ursprüngliche Erzählung nicht mehr haben) unverdammt, nur mit der Mahnung, nicht mehr zu sündigen, entlassen wurde; auf der äußersten Rechten 3) die des Lucas von den zwei Schwestern Martha und Maria, deren eine Jesum in ihrem Hause aufnimmt und geschäftig bedient, während die andere lauschend zu seinen Füßen sitzt und gegen den Tadel der Schwester von ihm in Schutz genommen wird. Die erste und zweite dieser Geschichten combinirt Lucas 4) in seiner Erzählung von der die Füße Jesu salbenden Sünderin;

1) Hier treffen beide Gleichnißreden auch im Ausdruck zusammen. Matth. 18, 25: μὴ ἔχοντος δὲ αὐτοῦ ἀποδοῦναι —. Luc. 7, 42: μὴ ἐχόντων δὲ αὐτῶν ἀποδοῦναι —.

die erste und dritte Johannes 5) in seiner Erzählung von der salbenden Maria, nur daß er zugleich aus der vierten combinirten Erzählung des Lucas von der salbenden Sünderin die Züge von der Fußsalbung und Abtrocknung mit den Haaren als solche beigezogen hat, die sich auch zu dem empfindsamen Wesen seiner bethanischen Maria schickten.

85.

Das Passahmahl und die Abendmahlseinsetzung.

Wie das bethanische Mahl der ersten Christenheit besonders um der Salbung willen von Wichtigkeit war, welche bei demselben mit Jesu, als vorausgeschickter Ersatz der ihm versagt gebliebenen Todtenehre, vorgenommen worden war: so das Passahmahl, das er kurz vor seinem Ende noch mit den Seinigen in Jerusalem genossen hatte, deßwegen, weil sich an dasselbe das Gedächtnißmahl anknüpfte, dessen wiederholte Feier den eigentlichen Mittelpunkt des urchristlichen Gemeindelebens bildete.

Einem so wichtigen Vorgange geziemte vor Allem eine entsprechende Einleitung: der Stifter des neuen Bundesmahles mußte schon in der Art, wie er das Mahl bestellte (Matth. 26, 17—19. Marc. 14, 12—15. Luc. 22, 7—13), seine höhere Vollmacht bewiesen haben. Wie er, als es sich um den würdigen Einzug in die Hauptstadt handelte, nur seine Boten zu schicken brauchte, um durch die bloße Hinweisung auf das Bedürfniß des Herrn den ersten besten Bewohner des nahen Dorfs zur Ueberlassung eines Reitthiers zu vermögen, so braucht er jetzt nach Matthäus nur seine Jünger zu einem beliebigen Bürger der Hauptstadt zu schicken, mit der Ankündigung, der Lehrer beabsichtige, mit seinen Jüngern bei ihm das Passahmahl zu halten, um ohne Anstand das erforderliche Speisezimmer zur Verfügung gestellt zu bekommen. Schon hierin liegt, da an eine vorangehende Verabredung mit dem Manne im Sinne des Evangelisten nicht zu denken ist, etwas Wunderbares, sei es, daß man sich dieß als die magische Gewalt des Wortes Jesu, oder als Fügung Gottes zu seinen Gunsten denke. Dieses wunderbare Moment liegt darin, auch ohne daß man in Betracht zieht, wie es bei dem Andrang fremder Festbesucher zur Passahzeit natürlicherweise schwer, wo nicht unmöglich sein mußte, am Morgen des ersten Festtags noch für den Abend ein Local in der Stadt unbelegt zu finden.

Nahe lag jedoch der Reiz, das Wunderbare noch anschaulicher hervortreten zu lassen, indem man diese Bestellungsgeschichte vollends ganz in den Model der Bestellung des Esels zum Einzug in Jerusalem drückte. Letzteres sehen wir bei Marcus und Lucas schon darin, daß bei ihnen Jesus nicht wie bei Matthäus seine Jünger überhaupt, sondern, wie nach dem Esel, zwei derselben (nach Lucas den Petrus und Johannes) absendet; dann, wie dort die beiden Abgesandten einen angebundenen Esel finden sollten, und wie einst Samuel dem Saul als Probe seiner Sehergabe die Begegnung verschiedener Leute, worunter auch einige, die Essen und Trinken tragen, vorhergesagt hatte (1 Sam. 10, 2 fg.), so sagt hier bei den zwei mittlern Evangelisten Jesus den beiden Jüngern vorher, wenn sie in die Stadt kommen, so werde ihnen ein Mensch mit einem Wasserkrug begegnen, dem sollen sie in das Haus, wohin er gehe, folgen, und den Hausherrn im Namen des Lehrers nach dem Gelasse fragen, worin er mit seinen Jüngern das Passahmahl essen könne; darauf werde ihnen der Mann ein großes, bereits mit Polstern versehenes Obergemach zeigen, da sollen sie die Mahlzeit zurichten: was denn auch alles genau zutrifft.

Von dieser ganzen Bestellungsgeschichte hat hier, wie oben beim Einzug, der vierte Evangelist Umgang genommen; wie er dort den Esel ohne nähere Angabe der Art und Weise von Jesu gefunden werden läßt, so läßt er hier ein Gastmahl veranstaltet werden, ohne zu sagen, wo und wie (13, 1 fg.). Aber ist denn auch wirklich das Mahl, von dem er redet, dasselbe mit demjenigen, von welchem die Synoptiker berichten? Es scheint nicht; denn während die Synoptiker das ihrige ausdrücklich als das Passahmahl bezeichnen, gibt Johannes die bestimmtesten Andeutungen, daß das seinige ein Mahl vor dem Passahmahl gewesen, und statt der Einsetzung des Abendmahls, welche die Synoptiker während der Mahlzeit vorgehen lassen, erzählt Johannes von einer Fußwaschung, die Jesus während derselben mit seinen Jüngern vorgenommen habe.

Wenn nach Matthäus am ersten Tage der ungesäuerten Brode die Jünger zu Jesu mit der Frage treten: „Wo willst du, daß wir dir das Passahmahl zubereiten sollen?“ und wenn es dann, nachdem die Bestellung gemacht ist, weiter heißt, am Abend habe sich Jesus mit den Zwölfen zu Tische gesetzt (Matth. 26, 20), nach Lucas (22, 15) mit der Erklärung, wie sehr er sich gesehnt habe, dieses Passah mit ihnen vor seinem Leiden noch zu essen: so haben wir hier das Passahmahl, das nach mosaischer Verordnung (2 Mos. 12) am Abend des 14. Nisan gegessen werden sollte.[1]) Die Ausflucht aber, daß vielleicht Jesus, sei es in der Voraussicht, daß am folgenden Tage der Tod ihm bevorstehe, sei es im Anschluß an eine durch die übergroße Menge der Festbesucher geforderte (nur leider nicht nachzuweisende) Sitte, das Mahl einen Tag vorher genossen habe, schneidet nicht blos Lucas durch seine Bezeichnung des Tags als desjenigen,

1) Nach jüdischer Rechnung, den Tag Abends 6 Uhr zu beginnen, gehörte die für den Genuß des Osterlamms bestimmte Abendstunde eigentlich schon zum 15. Nisan als der Anfang dieses hohen Festtags; doch wird sie in gewöhnlicher Redeweise wie auch in der obigen Gesetzesstelle, noch zum 14. gerechnet.

an welchem das Passahlamm geschlachtet werden mußte (22, 7), sondern in der That schon Matthäus durch seinen „ersten Tag der ungesäuerten Brode“ ab, welches nach der mosaischen Verordnung (2 Mos. 12, 15. 18) der 14., keineswegs schon der 13. Nisan war.

Dagegen fehlt bei Johannes nicht nur jeder Wink, daß das fragliche Mahl das Passahmahl gewesen sei, sondern wenn es heißt (13, 1 fg.), vor dem Passahfeste habe Jesus, im Bewußtsein seines nahen Endes auf der einen, wie seiner hohen Würde auf der andern Seite, bei einem Mahle dieß und das vorgenommen, so war das also nicht das Passahmahl selbst, sondern ein früheres. Wenn dann weiterhin die Mahnung Jesu an Judas, was er thue, bald zu thun, von den Jüngern dahin gedeutet wird, Jesus möge ihn wohl beauftragt haben, die Festbedürfnisse für die Gesellschaft einzukaufen (13, 29), so stand also das Fest, und insbesondere das Passahmahl, erst bevor, denn eben auf dieses war allerlei einzukaufen, und daß es noch nicht vorüber war, erhellt vollends unwidersprechlich daraus, daß am andern Morgen die Juden nicht in das heidnische Prätorium treten wollen, um sich nicht zu verunreinigen, sondern das Passah essen zu können (18, 28).

Will man nun aber um dieser so offenbar verschiedenen Art willen, wie die Synoptiker auf der einen Seite, auf der andern Johannes dieses Mahl bezeichnen, zwei Mahlzeiten unterscheiden, deren eine mit der Fußwaschung am 13., die andere mit dem Abendmahl als Passahmahlzeit am 14. Nisan gehalten worden sei[1]), so überzeugt man sich aus andern Zügen bald, daß vielmehr beide Theile doch nur Eine Mahlzeit meinen. Denn nach Johannes wie nach den Synoptikern wird während derselben der Verrath des Judas, und während oder doch unmittelbar nach dem Aufbruch von derselben die Verläugnung des Petrus von Jesus vorherverkündigt, und zwar diese letztere auch bei Johannes, der doch die frühere Mahlzeit geben soll, als etwas, das noch vor dem nächsten Hahnenschrei erfolgen werde (13, 38). Diese Zeitbestimmung zeigt zugleich, was freilich ohnedieß schon sowohl aus dem Eingang der johanneischen Erzählung, der die Fußwaschung als den letzten Liebesbeweis Jesu gegen seine Jünger darstellt, wie aus den Abschiedsreden und dem Hinausgang zu dem Orte der Gefangennehmung, die sich daran schließen, sattsam erhellt, daß Johannes ebenso gut als die Synoptiker das letzte Mahl Jesu mit seinen Jüngern schildern will. Da nun aber dieses Eine und letzte Mahl Jesu bei den Synoptikern ebenso augenscheinlich die Passahmahlzeit selber, als bei Johannes eine Mahlzeit am Abend vorher ist, so haben wir hier einen Widerspruch,

1) So früher z. B. Heß, neuerlich u. A. Röpe, Historisch-kritische Abhandlung, daß das Mahl des Fußwaschens Joh. 13 mit dem Passahmahle nicht identisch sei (1856).

so vollständig wie nur irgend einen, wobei nothwendig ein Theil Unrecht haben muß.[1])

Daß es Angesichts dieses Augenscheins gleichwohl Theologen gibt, die den Widerspruch läugnen, zeigt nur, wie in der Theologie noch ein ganz anderes Interesse als das der einfachen Wahrheit maßgebend ist; und daß sie dabei in entgegengesetzter Art zu Werke gehen, indem die einen den Johannes zu der Meinung der Synoptiker, die andern die Synoptiker zu der Meinung des Johannes hinüberzuziehen suchen, noch andere gar das Eine so gut wie das Andere möglich finden[2]), das beweist nur, daß sie zu solcher Umdeutung durch keinen der beiderseitigen Texte, sondern lediglich durch jenes fremdartige Interesse veranlaßt sind, dem nichts daran liegt, welcher von beiden Theilen nachgeben muß, wenn nur beide unter Einen Hut gebracht, d. h. beide bei historischen Ehren erhalten werden. Damit keiner Unrecht habe, muß einer von beiden sich das größte Unrecht, d. h. die gewaltsamste Verdrehung seiner deutlichen Worte und seiner unverkennbaren Meinung gefallen lassen. Hier läuft nun aber auch die Grenze zwischen solchen Theologen, mit denen man verständigerweise noch verhandeln kann, und denen, die man sich selbst und dem Princip, in dessen Dienst sie sich gestellt haben, überlassen muß.

Damit ist indeß noch nicht gesagt, daß alle diejenigen Theologen, welche

1) Das Verhältniß beider Darstellungen, auch für den weitern Verlauf der Leidenswoche, wird nachfolgende Tabelle veranschaulichen:

Monats- und Festtage nach den Synoptikern.	Wochentage nach sämmtlichen Evangelisten.	Monats- und Festtage nach Johannes.
14. Nisan.	Donnerstag.	13. Nisan.
Abends	die	Mahlzeit.
15. Nisan.	Freitag.	14. Nisan.
Erster Festtag.		
Leiden	und	Tod Jesu.
16. Nisan.	Sabbat.	15. Nisan.
Zweiter Festtag.		Erster Festtag.
Jesus	im	Grabe.
17. Nisan.	Sonntag.	16. Nisan.
Dritter Festtag.		Zweiter Festtag.
In der	Frühe die	Auferstehung Jesu.

2) Das Erstere u. A. Wieseler, Chronologische Synopse, S. 334 fg.; das Andere Weizel, Die christliche Passahfeier der drei ersten Jahrhunderte, S. 315 fg.; das Dritte Schleiermacher in den Vorlesungen über das Leben Jesu.

den Widerspruch der synoptischen und der johanneischen Darstellung in diesem Punkte anerkennen, sich darum schon von jeder Befangenheit losgesagt hätten. Denn wenn es sich nun fragt, welcher von beiden Theilen Recht und welcher Unrecht haben solle, so schaaren sich die getreuen Anhänger um ihren Johannes, der nicht Unrecht haben darf, weil dann sie selbst mit ihrer an ihn geknüpften modernen Gläubigkeit Unrecht hätten. Das ist eine Rücksicht, so unwahr und irreführend wie irgend eine; die historische Prüfung ist ein Geschwornengericht, das seinen Wahrspruch unbekümmert um mögliche Folgen zu finden hat. Wenn das vierte Evangelium seine Glaubwürdigkeit nicht aus sich selbst erweisen kann, so muß und wird der Spruch gegen dasselbe ausfallen, mag daraus der modernen Theologie noch so viel Unlust und Verlegenheit erwachsen.

Prüfen wir hienach die beiden sich widersprechenden Darstellungen, so ist die synoptische, wornach das letzte Mahl Jesu das Passahmahl am Abend des 14., und sein Todestag der Tag des Passahfests, der 15. Nisan, war, jedenfalls die ältere. Anerkanntermaßen haben unsere ersten drei Evangelisten zwar sämmtlich nach der Zerstörung Jerusalems geschrieben, aber Quellen benützt, in denen zum Theil viel ältere palästinische Ueberlieferungen über Jesum niedergelegt waren. Ferner erscheint in dem Streite über die Passahfeier, der in der zweiten Hälfte des zweiten Jahrhunderts wiederholt zwischen der kleinasiatischen Kirche und der römischen ausbrach [1]), die Sitte, den 14. Nisan als den Tag, an welchem Jesus mit seinen Jüngern das Osterlamm gegessen habe, durch Begehung des Abendmahls zu feiern, als das uralte Herkommen, für welches sich die Kleinasiaten insbesondere auch auf den Vorgang des Apostels Johannes beriefen. Indessen auch die Gegner beriefen sich für ihre Observanz, das österliche Abendmahl ohne Rücksicht auf den Monatstag erst am Auferstehungstag, d. h. am Sonntag, zu genießen, auf die Ueberlieferung ihrer Kirche; der Streit war, wie jeder ächte Kirchenstreit, nicht historischer, sondern dogmatischer Natur. Das Haften an dem 14. Nisan als dem Tage des jüdischen Passahmahles erschien in der späteren Zeit als Judaismus, von diesem Tage absehen, hieß das Christenthum vom Judenthum lösen; daher sehen wir bald auch in der morgenländischen Kirche die Fortschrittsmänner, wie einen Apollinaris von Hierapolis, weiterhin einen Clemens von Alexandrien, auf

---

1) Ueber diesen Streit vergleiche Euseb. Hist. eccl., V, 24. Chron. Paschal. Alex. ed. Bonn., I, 13 fg. Baur, Kritische Untersuchungen über die kanonischen Evangelien, S. 334 fg.; Das Christenthum der drei ersten Jahrhunderte, S. 156 fg. Hilgenfeld, Der Passahstreit der alten Kirche (1860); Der Kanon und die Kritik des Neuen Testaments, S. 219 fg. Außerdem verschiedene Abhandlungen von beiden in Zeller's Theologischen Jahrbüchern und Hilgenfeld's Zeitschrift für wissenschaftliche Theologie.

der Seite der römischen Observanz. Diese zu begründen, sagte man nun: das Mahl hielt Jesus am Tage vor dem Passah, das Passahlamm aber aß er nicht, sondern während die Juden es aßen, litt er; er war ja selbst das eigentliche und wahre Passahlamm, der Sohn Gottes, von welchem das Lamm nur das wesenlose Vorbild gewesen war. Dieß war die chronologische Durchführung des schon von dem Apostel Paulus (1 Kor. 5, 7) an die Hand gegebenen Gedankens, daß Christus als unser Passahlamm für uns geopfert sei; derselbe Gedanke liegt aber auch der Darstellung des vierten Evangeliums zu Grunde. Jesus hat vor seinem Leiden kein Passahmahl mehr genossen, sondern ist selbst an die Stelle des Passahlamms getreten, indem er an demselben Tage und in denselben Stunden, während deren die vorbildlichen Passahlämmer am Brandopferaltare des Tempelhofs geschlachtet wurden, als das wahre Lamm Gottes auf Golgatha sein Leben verblutete.[1]) Erst Apollinaris, etwa um 170 n. Chr. weist auf diese Darstellung des vierten Evangeliums hin, indem er darauf aufmerksam macht, daß die entgegengesetzte Ansicht, die sich auf den Matthäus berufe (wenn sie diese nicht, wie Apollinaris gethan zu haben scheint, nach Johannes umdeute), die Evangelien mit einander in Zerwürfniß bringe. Ist nun, worauf uns so viele Spuren hinweisen, das johanneische Evangelium nicht lange vorher verfaßt, so sehen wir hier in das Motiv seiner Darstellung hinein; wir verstehen, warum es das letzte Mahl Jesu auf den Tag vor der Passahmahlzeit und den Tod Jesu auf den Tag dieser Mahlzeit verlegte, mithin die Darstellung der älteren Evangelien um einen Tag vordatirte: es war das mit seinem ganzen Standpunkt auf's innigste verwachsene Bestreben, Jesum auf dem Gipfel seines Wirkens nicht mehr die ausgelebte jüdische Feier mitmachen, sondern durch seinen an ihre Stelle gesetzten Tod den Grund eines neuen Religionswesens legen zu lassen.

So leicht sich aber hienach denken läßt, wie der vierte Evangelist in dieser Sache zu einer unhistorischen Darstellung kommen konnte, so schwer scheint sich auf der andern Seite annehmen zu lassen, daß nun die Synoptiker mit ihrer Zeitbestimmung Recht haben sollten. Das Passahmahl zwar macht keinen Anstoß; aber was weiter in der Nacht und am andern Tage geschehen sein soll, desto mehr. Daß das Synedrium in einer so heiligen Nacht, wie die nach dem Genusse des Passahlamms, und an einem so heiligen Tage

1) Ich bediene mich hier der treffenden Worte eines sehr rechtgläubigen Theologen: Krafft, Chronologie und Harmonie der vier Evangelien, S. 130. Vielleicht liegt in eben diesem typischen Verhältniß der Grund, warum Johannes (12, 1) das bethanische Mahl, bei welchem Jesus zum Tode gesalbt wurde, auf den sechsten Tag vor dem Passah, d. h. den 10. Nisan, verlegte, wo man nach 2 Mos. 12, 3—6 die Passahlämmer auszuwählen pflegte. Vgl. Hilgenfeld, Die Evangelien, S. 298; Urchristenthum, S. 40.

als der folgende erste Festtag war, nicht nur bewaffnete Diener zur Gefangennehmung Jesu ausgeschickt, sondern auch persönlich Gerichtssitzung, Verhör, Urtheil und Klage beim Procurator vorgenommen, und zur Vollziehung der Todesstrafe an einem solchen Tage die Römer veranlaßt haben sollte, findet man äußerst unwahrscheinlich. Diener zwar, wenn gleich nicht ausdrücklich angegeben ist, daß sie bewaffnet gewesen, läßt auch Johannes am Hauptfesttage der Laubhütten von den Hohenpriestern und Pharisäern ausgeschickt werden, um Jesum zu greifen (7, 45. vgl. 32), und nach der Apostelgeschichte (12, 3 fg.) setzte Herodes während der Tage der ungesäuerten Brode den Apostel Petrus gefangen, wobei er jedoch allerdings seine Verurtheilung und Hinrichtung bis nach dem Feste zu verschieben gedachte. Wie sich in jenen Zeiten das jüdische Gerichtswesen zum jüdischen Sabbat- und Festkalender gestellt hatte, darüber sind wir höchst ungenügend unterrichtet, da Josephus in diesem Punkte nicht ausgiebig, der Talmud aber eine vielfach unklare, selbst widersprechende Bestimmungen mit sich führende Quelle ist.[1]) So wissen wir aus demselben zwar einerseits, daß das Synedrium sich auch an Sabbaten und Festen, nur nicht in seinem gewöhnlichen Local, versammelte; daß dieß aber auch geschehen sei, um Gericht zu halten, wird nicht gesagt, ja anderswo ist das Gerichthalten unter den am Sabbat verbotenen Dingen aufgezählt. Was aber die Hinrichtung betrifft, so ist uns ein Ausspruch des Rabbi Akiba aus der hadrianischen Zeit aufbehalten: Wer etwas wider die Schriftgelehrten sagt, wird hinaufgeführt nach Jerusalem zu einem der drei hohen Feste, um ihn am Feste zu tödten, damit das Volk sich ein Exempel daran nehme. Freilich, ob dieß gerade am Hauptfesttage geschehen sei, wird nicht gesagt; doch hat der Punkt mit der Hinrichtung, da diese jedenfalls von den Römern vollstreckt worden ist, weniger Schwierigkeit.

Nun wird aber weiter behauptet, daß, von allem Andern abgesehen, die Darstellung der Synoptiker sich selbst widerlege, sofern sie den Tag der Hinrichtung Jesu durch einen Ausdruck bezeichnen, der ihrer eigenen Voraussetzung, daß es der erste und Haupttag des Passahfests, also die vorangegangene Mahlzeit das Passahmahl gewesen sei, widerspreche. Sie bezeichnen ihn nämlich (Matth. 27, 62. Marc. 15, 42. Luc. 23, 54) als den Rüsttag oder Vorsabbat; so habe aber der erste Passahtag, der, wie alle ersten Tage der mehrtägigen Feste, selbst Sabbatsrang hatte, nicht genannt werden können, sondern es müsse die Bezeichnung aus einer älteren Darstellung herübergenommen sein, in welcher der Tag der Hinrichtung Jesu, wie bei Johannes, nicht der erste Festtag, sondern der Tag vorher war. Darauf weise auch die Angabe des Lucas hin, daß die Frauen am Begräbnißabend noch Specereien und Salben bereitet, über den folgenden Sabbat aber dem Gesetze

1) Vgl. hiezu Bleek, Beiträge, I, 140 fg. Gfrörer, Das Heiligthum und die Wahrheit, S. 197 fg.

gemäß geruht haben (23, 56). Wäre der Todes- und Begräbnißtag der erste Passahfesttag gewesen, so hätten sie an diesem so wenig als am darauf folgenden Sabbat sich mit der Zurüstung der Specereien beschäftigen dürfen; nur bei Johannes habe das Beeilen der Kreuzabnahme am Abend mit Rücksicht auf die Heiligkeit des folgenden Tags einen rechten Sinn, da bei ihm der Hinrichtungstag der Tag vor dem Passah, und erst der folgende Tag der erste Festtag sei. Allein auch bei Johannes wird der Hinrichtungstag als der Rüsttag nicht auf das Passah, sondern auf den Sabbat bezeichnet (19, 14), als Grund, warum der nächste Tag nicht habe entweiht werden dürfen, nicht der angegeben, daß es der erste Tag des Passahfestes, sondern daß es ein Sabbat gewesen sei (19, 31), und nur in dem Beisatz, jener Sabbat sei ein großer, d. h. besonders heiliger gewesen, ist seine Eigenschaft als zugleich erster Festtag angedeutet. Sehen wir demnach auch im vierten Evangelium, wo der Sabbat zugleich der Festtag ist, die erstere Eigenschaft vorwiegen, so steht es in dieser Hinsicht auf demselben Standpunkt mit den drei übrigen, die von den beiden neben einander gestellten Tagen den zweiten, den Sabbat, als den heiligern betrachten, und die Vermuthung liegt nahe, daß es wirklich in damaliger Zeit in dergleichen Fällen so gehalten worden sei; wie denn auch eine solche Emporhebung des Sabbats über alles Andere durchaus dem Geiste des späteren Judenthums entspricht. Jedenfalls hat Baur mit Recht bemerkt, was nach damaliger jüdischer Sitte gehen und stehen konnte, das habe der Verfasser des ersten Evangeliums, der dem Judenthum noch so nahe stand (und noch mehr die älteren palästinischen Quellen, aus denen er schöpfte), besser wissen müssen, als wir es heute wissen können, wenn also er keinen Anstand dabei finde, daß Jesus am ersten Ostertage verurtheilt und hingerichtet worden, so können wir uns füglich dabei beruhigen.

In demselben Umstande, der den vierten Evangelisten veranlaßte, das letzte Mahl Jesu um einen Tag vorzudatiren, aus dem Passahmahl eine Mahlzeit am Tage vorher zu machen, haben wir auch den Grund zu suchen, warum er der Einsetzung des Abendmahls (Matth. 26, 20—29. Marc. 14, 17—25. Luc. 22, 14—20) bei dieser Mahlzeit keine Erwähnung thut. Daß ihm das Abendmahl als christlicher Ritus bekannt gewesen, wäre eine nothwendige Annahme, wenn es auch nicht aus seinem sechsten Kapitel erhellte; aber auch die Voraussetzung, daß es von Jesu selbst bei seinem letzten Mahle eingesetzt worden, erscheint bereits zu des Apostels Paulus Zeiten in der Christenheit so verbreitet, daß sie dem Verfasser des vierten Evangeliums selbst ohne die synoptischen bekannt gewesen sein müßte. Aber so wenig auf dem Standpunkte des vierten Evangeliums das letzte Mahl Jesu ein Passahmahl gewesen sein durfte, so wenig durfte er an demselben das Abendmahl eingesetzt haben, wenn dieses nicht als Ableger eines jüdischen Festgebrauchs erscheinen sollte. Als solcher, kann man nun zwar sagen, erschien es ja nicht, wenn die letzte Mahlzeit Jesu auf den Abend vor dem Passahmahl verlegt war; nachdem der vierte Evangelist dieß gethan hatte, konnte er Jesum getrost das Abendmahl während jener Mahlzeit einsetzen lassen. Allein in der Vorstellung der ältesten Gemeinde war, wie aus der Darstellung der synoptischen Evangelien hervorgeht, die Einsetzung des Abendmahls durch Jesum mit der Passahmahlzeit so fest verbunden, daß eine letzte, ja überhaupt jede Mahlzeit Jesu, der jene Einsetzung angehängt wurde, immer wieder als Passahmahlzeit genommen worden wäre, und daß, wer das Abendmahl nicht aus Anlaß der Passahmahlzeit eingesetzt wissen wollte, es überhaupt nicht bei einer Mahlzeit eingesetzt sein lassen durfte. Dann konnte es aber überhaupt nicht rituell eingesetzt, sondern nur symbolisch angedeutet werden, wie dieß mit Worten im sechsten Kapitel, mit vorbildlichen Wunderhandlungen aber in der Wein- und Brodspende dieses Evangeliums geschieht. So war das Abendmahl zwar unverkennbar von Jesu gewollt und gestiftet, aber gestiftet nicht in sinnlich-realer, sondern in der mystisch-idealen Weise des johanneischen Evangeliums, und nicht im Anschluß an einen jüdischen Festgebrauch, sondern als ein Neues, worin der Abschluß jenes Alten gegeben war.

Dieses Letztere bringt der vierte Evangelist noch in einer Weise zur Anschauung, die zunächst doch wieder als Anschließung an die Gebräuche des jüdischen Passah erscheinen könnte. Als Christus um die Zeit, da die Osterlämmer geschlachtet wurden, am Kreuze gestorben, und ihm als dem wahren Osterlamm die Beine nicht gebrochen worden waren (wovon später), stieß einer der Soldaten mit der Lanze in seine Seite, und alsbald floß Blut und Wasser heraus, auf daß die Schrift erfüllt würde, welche sagt: „Sie werden sehen, in wen sie gestochen haben" (Joh. 19, 33—37. vgl. Zach. 12, 10). Gestochen hatten sie nämlich in den Sohn Gottes, dessen Blut in Wahrheit ein Trank ist (Joh. 6, 55), nicht blos im geistigen Sinne, sondern auch im leiblichen, im Abendmahl; wobei man das Wasser, das mit dem Blut aus der Seitenwunde floß, neben seiner Beziehung auf das Taufwasser zugleich auf das Wasser beziehen könnte, das nach urchristlicher Sitte dem Abendmahlswein beigemischt zu werden pflegte.[1]) Während also in den synoptischen Evangelien Jesus das jüdische Passahmahl noch mitgenießt und in Anknüpfung an dessen Gebräuche das Abendmahl stiftet, stirbt er bei Johannes als das wahre Passahlamm, nämlich als der für die Sünde der Welt sich hingebende Gottessohn, und ergießt aus seiner verwundeten Seite den Lebenstrank, den die blutigen Opfer der Juden zwar vorgebildet hatten, der aber jetzt erst, im christlichen Abendmahl, wahrhaft und wirklich vorhanden ist.

1) Justin. Mart. Apol., I, 65 fg.

86.

Die Fußwaschung, sammt der Verkündigung des Verraths und der Verläugnung.

War nun aber nach johanneischer Darstellung bei dem letzten Mahle Jesu weder das Passahlamm gegessen, noch das Abendmahl gestiftet worden, so war demselben der eigentliche Inhalt genommen; denn die Verkündigung des Verraths und der Verläugnung, die ihm noch übrig blieb, reichte nicht hin, es in seiner herkömmlichen Bedeutsamkeit aufrecht zu erhalten. Ganz missen wollte es aber der Verfasser des vierten Evangeliums nicht, theils weil es in der christlichen Ueberlieferung jene Bedeutsamkeit einmal hatte, theils weil es den Abschiedsreden, die er an dieser Stelle seiner Erzählung einfügen wollte, zur erwünschten Unterlage dienen konnte. Er mußte also auf einen Ersatz bedacht sein, wo möglich einen solchen, der einerseits, wie jene Brod- und Weinaustheilung, den Charakter einer symbolisch-exemplarischen Handlung an sich trug, andererseits aber mit den Liebes- und Abschiedsreden, die er hier anzuknüpfen im Sinne hatte, in innerem Zusammenhange stand. Wie immer, sah er sich auch hier in den ihm vorliegenden synoptischen Berichten um, ob sie nicht einen Stoff böten, woraus er das, was er brauchte, bilden könnte, und wie gleichfalls öfter, fand er einen solchen bei Lucas. Diesem war, freilich höchst seltsamerweise, über dem Streiten der Jünger, wer von ihnen es wohl sei, auf den die Andeutungen Jesu wegen des ihm bevorstehenden Verraths sich beziehen, das Streiten der Jünger über die Frage eingefallen, wer von ihnen der Größte sei, und er hatte daher über dem letzten Mahle den von Matthäus passender an einen frühern Ort verlegten Rangstreit der Jünger ausbrechen lassen (Luc. 22, 24 fg. vgl. Matth. 20, 20 fg.). Aus dieser Veranlassung läßt er Jesum unter anderem sagen, im Gegensatz zu der Weltsitte solle unter ihnen der Größere wie der Jüngere und der Angesehene wie der Diener sein. „Denn wer ist größer, der zu Tische sitzt, oder der bedient? nicht der zu Tische sitzt? Ich aber bin unter euch wie der Diener.“ Diese Vergleichung findet sich an einer andern Stelle desselben Evangeliums zum förmlichen Gleichniß ausgeführt, indem die Belohnung derer, welche der wiederkommende Christus in der rechten sittlichen Fassung finden würde, unter dem Bilde von Knechten dargestellt ist, die der bei Nacht heimkehrende Herr wachend findet. „Wahrlich ich sage euch, heißt es hier, er wird sich gürten und sie zu Tische sitzen heißen und hinzutretend sie bedienen“ (Luc. 12, 37). Diese Bilder hat nun der vierte Evangelist hier wirklich in Scene gesetzt, indem er Jesum sich mit einem Schurz umgürten und den Jüngern gegenüber den Diener machen läßt, mit der Nutzanwendung am Schlusse, daß wenn er, der Herr und Lehrer, dieß an ihnen gethan habe, sie dasselbe einander erweisen sollen, da der Knecht nicht über dem Herrn, noch der Abgesandte über dem sei, der ihn aussende (13, 4—16). Den Diener aber macht er nicht wie der Herr in jener Gleichnißrede durch Darreichen von Speisen, sondern durch einen noch niedrigern Dienst, den des Fußwaschens, das zugleich in der dadurch bewirkten Reinigung noch eine weitere sinnbildliche Bedeutung bot. Und zum deutlichen Zeichen, daß der Evangelist mit dieser Erzählung die Lücke füllen will, die durch Herausnahme der Abendmahlsstiftung entstanden ist, läßt er Jesum die Fußwaschung gleichfalls wie etwas vornehmen, das in der Gemeinde wiederholt werden sollte, wenn er ihn den Jüngern erklären läßt, wie er ihnen, so sollen sie hinfort einander die Füße waschen, er habe ihnen ein Beispiel gegeben, dem sie nachleben sollen; was zwar im Sinne des Evangelisten nur sinnbildlich gemeint ist (übrigens vgl. 1 Timoth. 5, 10), aber doch einen beabsichtigten Anklang an das paulinisch-lucanische: „Das thut, so oft ihr's trinket" u. s. f. hat.

Daß Jesus in der letzten Zeit gegen den ungetreuen Jünger Verdacht geschöpft und diesen auch geäußert hätte, wäre natürlicherweise möglich; allein die Evangelisten lassen ihn den Verrath des Judas übernatürlicherweise vorherwissen und vorherverkündigen (Matth. 26, 21—25. Marc. 14, 18—21. Luc. 22, 21—23. Joh. 13, 18—30), und zwar thun sie es aus einem Grunde, der sie bewegen mußte, die Sache so darzustellen, wenn sie sich auch historisch nicht so verhielt. Diesen dogmatischen Grund, warum Jesus den Verrath vorhergesagt und warum er ihn gerade über Tische vorhergesagt haben muß, gesteht uns der vierte Evangelist. In ersterer Beziehung legt er Jesu die Worte in den Mund (13, 19): „Schon jetzt sage ich es euch, ehe es geschieht, damit, wenn es geschieht, ihr glaubet, daß ich es bin." Hiemit ist das Motiv aller angeblichen Vorhersagungen des eigenen Schicksals, besonders wenn dieses ein unglückliches ist, die in der mythischen Geschichte hochgehaltener Personen vorkommen, aufgedeckt. Das Unglück, der Mißerfolg in dem Leben eines Gottesmannes ist zunächst immer ein Anstoß, sofern die natürliche Voraussetzung die ist, daß der Gottgeliebte, der Gottgesandte, auch von Gott gefördert sein werde, und dieser Anstoß will beseitigt, die Verneinung der höheren Sendung, die in dem Unglück zu liegen scheint, wieder verneint sein. Eine solche Verneinung liegt darin, wenn der Gottesmann das Unglück, das ihn treffen wird, vorherweiß und vorherverkündigt. Wissen kann er es nur durch Gott, der ihn durch Mittheilung dieses Wissens als einen ihm nahe Stehenden, und zugleich das Unglück, das er ihm vorher zu wissen thut, als seine mit der hohen Stellung seines Gesandten nicht im Widerspruch stehende Verfügung bezeichnet. Indem ferner der Gottgesandte sein Mißgeschick vorherweiß, und demselben doch nicht zu entrinnen sucht, vielmehr im Einverständniß mit der höheren Fügung ruhig entgegengeht, erscheint er demselben gegenüber nicht blos leidend, sondern selbstthätig, es erscheint nicht als fremde Gewalt, die ihn unterdrückt, sondern als ein Leiden, das er im Bewußtsein seines höheren Zweckes freiwillig übernommen hat.

Ein Anstoß lag nun aber in dem über Jesum gekommenen Mißgeschicke ganz besonders auch insofern, als es durch den Verrath eines seiner Jünger herbeigeführt war. Konnte ein Vertrauter ihn seinen Feinden überliefern, so muß dieser Vertraute nichts Besonderes in ihm gesehen haben, und behielt er einen so falschen Freund in seiner Nähe, so kann er ihn nicht durchschaut, kann ihm mithin kein höheres Wissen beigewohnt haben. Dagegen kehrte sich nun im Bewußtsein seiner Anhänger erstens: er hat ihn durchschaut, und zwar, wie der vierte Evangelist steigernd versichert, sogar schon von Anfang an (6, 64). Zweitens: schnöder Undank von Seiten eines Tischgenossen war für den Messias schon im Leben seines Ahnherrn David vorgebildet (2 Sam. 15. 16) und in der Psalmstelle vorhergesagt (41, 10): „Auch mein Freund, dem ich vertraute, der mein Brod ißt, erhebt gegen mich die Ferse.“ In dieser Stelle, die nur der vierte Evangelist ausdrücklich anführt, nach der sich aber diese ganze Erzählung von vornherein gebildet haben muß, liegt nun auch der Grund, warum Jesus den Verrath des Judas gerade über Tisch vorhersagt. Die Psalmstelle, wie sie lautet, veranlaßte dazu weniger; „der mein Brod isset“ bezeichnet ein Verhältniß der Abhängigkeit, ein Band der Dankbarkeit, das der treulose Freund verletzt; aber Johannes citirt: „der mit mir das Brod ißt“; die christliche Ueberlieferung sah in der Psalmstelle die Verletzung des heiligen Rechts der Tischgenossenschaft durch den Verräther vorausverkündigt. Bei dergleichen Anwendungen und Nachbildungen wird nun aber Alles möglichst wörtlich und sinnfällig genommen. Sagt der Messias: „der mit mir das Brod ißt“, so muß er es gesagt haben, während sie eben beide Brod mit einander aßen. Sagte er es aber während eines Essens, so geschah es am passendsten bei demjenigen Essen, das der Ausführung des Vorausgesagten unmittelbar vorherging. Dieses letzte Essen aber war das Passahmahl, bei welchem das Brod in eine Schüssel mit Brei getunkt wurde; daher sagt Jesus nicht einfach: „der mit mir Brod ißt“, sondern: der mit mir die Hand in die Schüssel tunkt“ (bei Lucas unbestimmter: „die Hand meines Verräthers ist mit mir über Tische“). Zunächst war dieß nur Umschreibung der Tischgenossenschaft überhaupt; das „mit mir“ wollte blos sagen: während desselben Essens in die gleiche Schüssel, so daß unter den zwölf Tischgenossen Jesu noch keiner besonders bezeichnet war; Jesus konnte ja für sich den Verräther wohl gekannt, aber doch für gut befunden haben, ihn nicht zu nennen, und die Jünger dem Rathen und Fragen, wer es wohl sein möchte, zu überlassen. In dieser Schwebe bleibt die Sache bei Marcus und Lucas; Matthäus geht weiter und läßt bestimmt den Judas als Verräther bezeichnet werden. Man muß sich wundern, daß er dazu nicht das Eintunken benutzt, und von Jesu denjenigen für den Verräther erklärt werden läßt, der gleichzeitig mit ihm die

Hand mit ihm in die Schüssel taucht; so, wie er es macht, daß zuletzt auch Judas fragt, ob er es sei, und Jesus geradezu mit Ja antwortet, hat es etwas Plumpes und Unwahrscheinliches, das den beiden mittleren Evangelisten nicht behagt zu haben scheint.

Um so mehr Geschick hat an dieser Stelle der vierte Evangelist entwickelt. Daß sein Lagoschristus die Kenntniß, die er von jeher von seinem Verräther hatte, jetzt durch die bestimmteste Bezeichnung seiner Person bewiesen haben muß, versteht sich von selbst. Hierin geht er mit Matthäus, aber er geht seinen eigenen Weg. Den Anlaß zur bestimmteren Bezeichnung, den das Eintauchen der Hand ihm bot, läßt er nicht außer Acht. Aber ein gleichzeitiges Eintauchen war ihm noch nicht bestimmt genug. Der soll der Verräther sein, dem Jesus einen Bissen eintaucht und gibt. Uebrigens hängt dieß im vierten Evangelium noch ganz anders zusammen. Dieses letzte Mahl erschien seinem Verfasser als die günstigste Gelegenheit, den Apostel, in dessen Namen er schrieb, und mit ihm die ganze Geistesrichtung, der er diente, zu heben. Wenn irgendwo, so war hier die Situation gegeben, seinen Johannes als den Busenjünger, den Vertrauten, vor welchem der Meister kein Geheimniß hatte, erscheinen zu lassen. Wie der Sohn Gottes im Schooße des Vaters, der arme Lazarus nach seinem Hingang in Abraham's Schooße liegt, so hier Johannes als der Jünger, den Jesus lieb hatte, im Schooße Jesu (nach der orientalischen Sitte des zu Tische Liegens); und nun ergab es sich von selbst, daß in der peinigenden Ungewißheit, wer von ihnen es sein möchte, von dem Jesus als von seinem Verräther spreche, die übrigen sich an den Schooßjünger wandten und durch diesen sich den Aufschluß von Jesu erbaten. Daß als derjenige, welcher die Anfrage der Jünger, nicht unmittelbar an Jesum selbst, sondern an den Lieblingsjünger bringt, gerade Petrus aufgestellt wird, daß dieser Apostelfürst sich dem Johannes so ausdrücklich unterordnen muß, darin legt sich uns eine der innersten Tendenzen des vierten Evangeliums bloß: gerade um das Verhältniß dieser beiden Apostel und der beiden Formen des Christenthums, deren eine sich an den Namen des Petrus knüpfte, die andere von ihm an den Namen des Johannes geknüpft wurde, ist es ihm zu thun; weil nur letzterer als derjenige erscheinen sollte, der Jesu tiefsten Sinn erkannt hatte, wird er hier als derjenige dargestellt, der allein ihn um sein Geheimniß fragen darf.

Daß Judas sich den jüdischen Obern dazu anbietet, seinen Meister in ihre Hände zu liefern, was Matthäus und Marcus nur durch die Geldbelohnung motiviren, das findet sich bei Lucas durch die Bemerkung eingeleitet, der Satan sei in Judas, zubenannt Ischariot, einen aus der Zahl der Zwölfe, gefahren (22, 3). Dieß ist von Johannes so aufgenommen, daß in der oben erwähnten Vorhersagung Jesus geradezu erklärt, einer von den Zwölfen sei ein Teufel (6, 70); was hierauf am Anfang der Erzählung von dem letzten Mahle sich dahin ermäßigt findet, der Teufel habe dem Judas in's Herz gegeben, Jesum zu verrathen (13, 2); jetzt, bei Gelegenheit des ihm von Jesu gebotenen Bissens, heißt es (V. 27), nach dem Bissen sei der Satan in ihn gefahren. Es gereicht also der ihm von Jesu gebotene Bissen dem Verräther zum Fluch, und unerachtet dieser Bissen in der johanneischen Erzählung nicht das Abendmahlsbrod ist, kann man doch nicht umhin, an die paulinische Warnung zu denken (1 Kor. 11, 27—29), daß, wer das Brod und den Kelch des Herrn unwürdig genieße, sich selber das Gericht esse und trinke: der Gedanke an das Abendmahl, den der Evangelist hier planmäßig fernehalten wollte, scheint doch unwillkürlich auch bei ihm durchgeschlagen zu haben.

Erscheint so im vierten Evangelium der böse Entschluß des Verräthers durch eine, freilich zu anderem Zwecke vorgenommene Handlung Jesu gefördert, so wird er zur Ausführung seines Entschlusses durch das Wort Jesu ausdrücklich fortgestoßen (V. 27): „Was du thust, das thue bald." Richtig hat hierin schon Bretschneider[1]) eine Steigerung der synoptischen Darstellung gefunden: während die übrigen Evangelisten erzählen, Jesus habe um das Vorhaben des Verräthers gewußt und es nicht verhindert, stelle Johannes die Sache so dar, als habe er ihn zur Ausführung desselben sogar angetrieben. Der Zweck ist klar: der Muth Jesu, seine Erhabenheit über alles Wehe, das Menschen ihm anthun konnten, erschien in um so hellerem Lichte, wenn er dem auf ihn gezückten Stahl nicht nur nicht ausgewichen, sondern mit einem kühnen: Stoß zu! entgegengetreten war. In derselben Richtung werden wir bald auch die Scene in Gethsemane von dem vierten Evangelisten umgebildet finden.

Uebrig ist uns jetzt von den Vorgängen bei dem letzten Mahle Jesu nur noch die Verkündigung der Verläugnung des Petrus, die indeß Matthäus und Marcus erst nach dem Aufbruch von demselben, auf dem Wege zum Oelberg, und nur Lucas und Johannes noch über dem Mahle selbst vor sich gehen lassen (Matth. 26, 30—35. Marc. 14, 26—31. Luc. 22, 31—34. Joh. 13, 36—38). Der Hergang ist in allen vier Berichten im Wesentlichen derselbe. Auf eine etwas vermessene Versicherung des Petrus — bei den beiden ersten Evangelisten, wenn auch alle andern an Jesu irre oder von ihm abtrünnig würden, werde doch er nicht irre werden; bei den beiden andern, er sei bereit, für den Meister in Kerker und Tod zu gehen, oder sein Leben für ihn zu lassen — sagt ihm Jesus vorher, daß vielmehr diese Nacht schon, ehe noch der Hahn krähe, Petrus ihn dreimal verläugnet haben werde. Daß in jener kritischen Zeit Petrus eine Schwachheit, die als Verläugnung Christi erschien, sich habe zu Schulden kommen lassen, werden wir der einstimmigen evangelischen Ueberlieferung um so eher glauben müssen, je mehr es der hohen Verehrung des Apostelfürsten in der ältesten

---

1) Probabil. 62.

Christenheit zuwiderlief; daß Jesus dem allzu großen Selbstvertrauen des Jüngers, das sich bei verschiedenen Gelegenheiten äußern mochte, bisweilen warnend entgegengetreten, hat alle Wahrscheinlichkeit; daß dieß aber gerade so unmittelbar vor dem Erfolg und daß es in dieser bestimmten Form geschehen sei, muß man um so mehr bezweifeln, als in dem Hahnenschrei und der Dreizahl der Verläugnungsacte das Sagenhafte nicht zu verkennen ist. Bei Marcus sehen wir den poetischen Trieb darin noch weiter fortwuchern, daß er allein der dreimaligen Verläugnung gegenüber auch den Hahnenschrei in eine Zahl setzen zu müssen meint: ehe der Hahn zweimal krähe, werde Petrus ihn schon dreimal verläugnet haben; freilich ein frostiger Einfall, der auch keine weitere Beachtung gefunden hat.

Zweite Mythengruppe.

Der Seelenkampf und die Gefangennehmung Jesu.

87.

Der Seelenkampf in Gethsemane. Stellung des vierten Evangeliums zu dieser Geschichte.

Eine ähnliche Bewandtniß wie mit dem Vorherwissen und der Vorherverkündigung des Verraths und der Verläugnung hat es mit dem Vorgefühl seines Leidens, das die drei ersten Evangelisten Jesu beilegen und in der Scene in Gethsemane zum Ausdruck kommen lassen (Matth. 26, 36—46. Marc. 14, 32—42. Luc. 22, 39—46). Bei aller hohen sittlichen Fassung, bei aller Ergebung in Das, was der einmal übernommene Beruf ihm auflegte, könnte Jesus doch, wie sich ihm nun das Schreckliche als unvermeidlich und sein Hereinbrechen als jeden Augenblick möglich vor die Seele stellte, noch einen schweren innern Kampf zu bestehen gehabt haben. Daß aber dieser Kampf, wie die Evangelisten es darstellen, gerade in die letzten Augenblicke vor dem Hereinbrechen des Verhängnisses gefallen sein soll, sieht schon mehr poetisch als historisch aus; während der Verlauf der Scene selbst, wie die Synoptiker sie schildern, uns über das Unhistorische wenigstens der nähern Ausführung keinen Zweifel läßt.

Von einem Seelenkampfe Jesu vor seinen Leiden ist auch im Hebräer-Briefe die Rede. Nachdem hier von Jesus gesagt worden (4, 15), daß wir an ihm nicht einen Hohenpriester haben, der unsere Schwachheiten nicht mitzufühlen vermöchte, sondern einen, der in allen Stücken gleich uns versucht worden, doch ohne Sünde, heißt es nun weiter (5, 7): „Er hat in den Tagen seines Fleisches Gebet und Flehen zu dem, der ihn vom Tode erretten konnte, mit heftigem Geschrei und Thränen dargebracht, und erhört um seiner Gottesfurcht willen, hat er, obwohl Gottes Sohn, doch durch Leiden Gehorsam gelernt.“ Die Beziehung auf eine Scene wie die in Gethsemane ist hier sicherer als an jener andern Stelle desselben Briefs (4. 15. vgl. 2, 18) die Beziehung auf die synoptische Versuchungsgeschichte; aber den Keim zu einer solchen kann man doch in der letztern Stelle auch schon erkennen, und in der späteren evangelischen Ausführung sind jedenfalls die beiden Scenen der Versuchung und des Seelenkampfs als Seitenstücke behandelt worden. Dieß zeigt sich schon darin, daß in der ursprünglichsten Darstellung des Matthäus, dem bei der Versuchungsgeschichte Lucas, bei der des Seelenkampfes Marcus folgt, der Kampf Jesu beidemale aus drei Gängen besteht.

Dießmal nicht in der fernen Wüste, sondern auf einem Gehöfte am Oelberg in der nächsten Nähe von Jerusalem, wo Jesus, wie es scheint, während der Festzeit öfters die Nächte zubrachte, tritt ihn nicht von außen der persönliche Versucher, sondern das schreckende Vorgefühl seines Leidens und gewaltsamen Todes im eigenen Innern an. Ganz allein, wie dort mit dem Teufel in der Wüste, ist er dießmal nicht, sondern, obwohl an einem einsamen Orte außerhalb der Stadt, hat er doch seine Jünger, den Verräther abgerechnet, bei sich, von denen er indeß nach Matthäus und Marcus die Mehrzahl zurückbleiben heißt, um das Mysterium des Zagens und der Angst des Gottessohns, wie früher das seiner Verklärung, nur von dem engeren Dreierausschuß des Zwölfercollegiums anschauen zu lassen. Sie sollen in seiner Betrübniß mit ihm wachen, aber sie vermögen's nicht; so oft er sich ein wenig von ihnen entfernt, um zu beten, findet er sie, wenn er wieder nach ihnen sieht, eingeschlafen und muß sie zur Wachsamkeit ermahnen; dem tiefen Sinne dessen, was sich hier vor ihnen zutrug, waren sie so wenig wie damals auf dem Verklärungsberge, wo Lucas sie gleichfalls schlafend darstellt, gewachsen.

Hatte sich in der Versuchungsgeschichte der Teufel dreimal, jedesmal mit einer andern Versuchung, an Jesum gemacht, und war von ihm jedesmal durch einen andern Ausspruch der Schrift zurückgeschlagen worden, so findet sich Jesus hier dreimal durch die innere Beängstigung gedrängt, seinen himmlischen Vater um Abwendung seines Leidens zu bitten, jedesmal jedoch mit Vorbehalt des höheren göttlichen Willens, dem er sich zuletzt mit kindlicher Ergebung unterordnet und dem unabgewendeten Leiden muthig und entschlossen entgegengeht. Daß hiebei Matthäus zwar bei dem zweiten Gange die Bitte Jesu noch ein wenig, und zwar passend in der Richtung vollständigerer Ergebung, zu variiren weiß, das drittemal aber ihn nur noch dieselbe Rede wiederholen läßt, was Marcus schon beim zweitenmale thut, weist deutlich darauf hin, daß es von vorneherein neben dem allgemeinen Inhalte des Gebets nur um die heilige Dreizahl der Gänge zu thun war, d. h. daß die Erzählung auf dogmatischem, nicht auf historischem Wege entstanden ist.

Wenn Lucas mit der Dreizahl der Jünger auch die Dreizahl der Gebetgänge Jesu, wie bei der Versuchungsgeschichte Marcus die drei einzelnen Versuchungen, wegläßt, so geschieht dieß nur, weil er etwas Anderes mitzutheilen hatte, das Spannung und Steigerung in die Erzählung bringt. Nachdem er nämlich das Gebet Jesu übereinstimmend mit Matthäus und Marcus wiedergegeben, läßt er erstlich einen Engel vom Himmel zu seiner Stärkung erscheinen, hierauf Jesum in Bangigkeit gerathen und so angestrengt beten, daß sein Schweiß wie Blutstropfen zur Erde fiel; wo man zwar eine umgekehrte Stellung der beiden Momente erwarten möchte, die von Lucas beliebte aber so scheint verstehen zu müssen, daß die Engelerscheinung den Zweck gehabt habe, Jesum mit der hinreichenden Kraft für die folgende stärkere Gemüthsanfechtung zu versehen. Nachdem er so, zwar nicht drei Gänge Jesu, doch gleichfalls drei Momente: einfaches Gebet, Stärkung durch den Engel, ringendes Gebet mit Blutschweiß, herausgebracht, führt der dritte Evangelist übereinstimmend mit den beiden ersten Jesum zu den Jüngern zurück, wo er die ihnen gleich anfangs ertheilte Ermahnung zum Gebet jetzt mit einem Tadel ihrer Schläfrigkeit wiederholt.

Diese ganze Geschichte fehlt im vierten Evangelium, wie die in so manchem Betracht ähnlichen Geschichten von der Versuchung und der Verklärung Jesu demselben gleichfalls fehlen. Der Grund wird wohl allemal derselbe sein: daß der Logoschristus des johanneischen Evangeliums über dergleichen Bewährungen ein für allemal hinaus war. Der jüdische Messias als der Herr der künftigen Welt mochte sich dem Teufel als dem Herrn dieser Welt wie einem Ebenbürtigen zum Zweikampfe stellen, aber nicht der vom Himmel gekommene, der über Allen stand; der äußere Glanz des Angesichts und der Zusammentritt mit dem jüdischen Gesetzgeber und Propheten mochte für den synoptischen Christus eine Verherrlichung sein, den johanneischen hätte dergleichen nur eingeengt; ein Bangen vor dem Tode endlich, ein Flehen um Abwendung dessen, worin der Verfasser des vierten Evangeliums vielmehr die Verherrlichung Jesu sah, und gar das Bedürfniß der Stärkung durch einen Engel, wäre im Sinne dieses Evangeliums geradezu eine Herabwürdigung Christi gewesen.

Dasjenige übrigens, was in diesen Geschichten auch für ihn Brauchbares lag, mochte sich der Evangelist um so weniger entgehen lassen, je fester er dieselben der evangelischen Ueberlieferung eingewachsen fand. Wie er den wesentlichen Inhalt der Versuchungsgeschichte sich dadurch zu erhalten wußte, daß er von Lucas die Betrachtung des Leidens Jesu als eines satanischen Angriffs sich aneignete, darauf ist schon früher hingewiesen worden. Den beiden Scenen der Verklärung und des Seelenkampfs aber konnte er ihr Anstößiges in der einfachsten Weise dadurch benehmen und sie mit der Eigenthümlichkeit seines Evangeliums in Einklang setzen, daß er sie combinirte. Sein Jesus verklärt sich eben in und durch das Leiden, aber im Leiden weiß und zeigt er sich zugleich verklärt: damit ist ebenso die jüdische Aeußerlichkeit der synoptischen Verklärungsgeschichte, wie das allzu Leidentliche und Leidenschaftliche des synoptischen Seelenkampfes corrigirt.

Schon bei den Synoptikern steht die Verklärungsgeschichte unmittelbar nach einer Leidens- und Todesverkündigung, an welche Jesus, durch eine Einrede des Petrus veranlaßt, die Mahnung knüpfte (Matth. 16, 25. Marc. 8, 35. Luc. 9, 24): „Wer seine Seele (oder sein Leben) retten will, der wird sie verlieren; wer aber seine Seele verliert um meinetwillen, wird sie finden." Derselbe Gedanke begegnet uns im Munde des johanneischen Christus, nachdem er erst von seiner Verklärung, dann von seinem Tode gesprochen hatte (12, 23 fg.), mit den fast gleichlautenden Worten (V. 25): „Wer seine Seele liebt, der wird sie verlieren; wer aber seine Seele haßt in dieser Welt, der wird sie zum ewigen Leben bewahren." Und weiter sagt hier Jesus (V. 26): „Wenn mir einer dient, soll er mir nachfolgen ...., wenn einer mir dient, den wird der Vater ehren": wie er im Zusammenhang der synoptischen Leidensverkündigung vor der Verklärung gesagt hatte: „wenn einer mir nachgehen will, der ... folge mir; ... wer sich meiner schämt vor diesem Geschlecht, dessen wird sich auch des Menschen Sohn schämen, wenn er in der Herrlichkeit seines Vaters mit den Engeln des Himmels kommt" (Matth. 16, 24. Marc. 8, 34. 38. Luc. 9, 23. 26); wozu das entsprechende Gegenstück an einem andern Orte (Matth. 10, 32) steht: „Jeder, der mich bekennt vor den Menschen, den werde auch ich bekennen vor meinem Vater im Himmel."

Veranlaßt sind diese Reden im vierten Evangelium dadurch, daß während des letzten Festbesuchs Jesu, nach seinem feierlichen Einzug in Jerusalem, Griechen, die hierauf gekommen waren, am Feste anzubeten, d. h. Heiden, die sich zum Judenthum neigten, vielleicht Proselyten des Thores waren, Jesum zu sehen wünschten, und zu dem Ende sich an den Apostel Philippus wandten, der in Gemeinschaft mit Andreas Jesum davon in Kenntniß setzte (12, 20 fg.). Darauf sagt Jesus, ohne sich über das Begehren der Hellenen weiter auszusprechen: „Gekommen ist die Stunde, daß des Menschen Sohn verklärt werde", wozu im Folgenden sein Tod als der nothwendige Uebergang bezeichnet wird. Hier haben wir einen der Punkte, wo wir der Eigenthümlichkeit des johanneischen Evangeliums auf den Grund sehen können. Knüpft sich auf dem Standpunkte der synoptischen Evangelien die Verklärung des Messias an eine Zusammenkunft mit zwei alten Judenpropheten, so ist sie im vierten veranlaßt durch das Herankommen der Hellenen, d. h. der Heiden. Die Gläubigen aus der Heidenwelt sind die reife Frucht, welche das in die Erde fallende Weizenkorn bringt (V. 24), aber dazu ist das Ersterben des Weizenkorns, der Tod Jesu, die unerläßliche Bedingung, in dessen Gedanken sich daher der Redende nun vertieft und die oben angeführten Sprüche vom Gewinnen uud Verlieren des Lebens, von der Nachfolge und Ehre seines Dieners daran knüpft.

Dieser Gedanke, daß zwischen dem irdischen Wandel Jesu und seiner Verherrlichung in der Heidenwelt sein Tod die nothwendige Vermittlung bilde, gibt nun dem Evangelisten die Möglichkeit an die Hand, in der durch die Annäherung der Hellenen veranlaßten Scene Züge aus der Verklärungsgeschichte mit Zügen des Seelenkampfs zu verschmelzen. Durch die in ihm aufgestiegenen Todesgedanken bekennt sich Jesus im Innersten erschüttert; aber als wollte der Evangelist die synoptische Erzählung corrigiren, wo Jesus den Vater bittet, den Kelch, oder nach Marcus (V. 35, an den also auch hier wieder der vierte Evangelist anknüpft) die Stunde an ihm vorübergehen zu lassen, läßt er seinen Jesus sich selbst die Frage vorlegen: „Und was soll ich sagen?“ (etwa wie jener dort:) „Vater, rette mich aus dieser Stunde? Aber“ (nein, so werde ich nicht sagen, denn) „dazu bin ich ja in diese Stunde gekommen.“[1]) Auch an einer spätern Stelle ist die berichtigende Bezugnahme auf das synoptische Gebet Jesu in Gethsemane kaum zu verkennen. Der Mahnung an Petrus nämlich hängt Jesus bei Johannes die Frage an (18, 11): „Den Kelch, den der Vater mir gegeben hat, sollte ich ihn nicht trinken?“ Wie wohl angebracht in einem Evangelium für griechisch gebildete, an das Ideal stoischer Affectlosigkeit gewöhnte Leser gerade hier eine Correctur der synoptischen Darstellung war, zeigt uns der Spott und Tadel, den von Celsus an so viele heidnische Gegner des Christenthums über den in Gethsemane zagenden Jesus ausgegossen haben.[2])

Es entspricht ganz dem Standpunkte des johanneischen Evangeliums, wenn der philosophische Kaiser Julian in der Geschichte von dem Seelenkampfe besonders das ungereimt fand, daß Jesus als ein Gott der Stärkung durch einen Engel sollte bedürftig gewesen sein. Unser Evangelist konnte diesen Zug weglassen, um so füglicher, da ihn unter seinen synoptischen Vorgängern nur Lucas hatte; doch sicherer war es, denselben für den Gegner dadurch unbrauchbar zu machen, daß der Anstoß daran als Folge eines Mißverständnisses dargestellt wurde. Allerdings hatte in jenen Augenblicken tiefster Gemüthsbewegung ein höheres Wesen mit Jesu geredet, allein es war kein Engel, sondern Gott selbst gewesen, und er hatte ihn nicht stärken müssen, sondern, wie Jesus nicht um Stärkung für sich, sondern darum gebeten

1) Selbst wenn man die Worte: Vater, rette mich aus dieser Stunde! nicht als Theil der Frage, sondern als wirkliche Bitte faßt, geht doch hier die Anfechtung ungleich schneller und leichter vorüber als bei den Synoptikern.

2) S. die Aeußerungen von Celsus und Julian, wie auch aus dem Evang. Nicodemi, in meinem Leben Jesu, kritisch bearbeitet, II, 429 der vierten Auflage.

hatte, daß der Vater seinen Namen (an ihm) verherrlichen möge, so hatte ihm die himmlische Stimme nur die bejahende Versicherung dieser Verherrlichung ertheilt; während von der umstehenden Menge freilich die ganz Ungeweihten und Stumpfsinnigen die Gottesstimme für einen Donner, die Halberweckten für die Rede eines Engels mit Jesu hielten (V. 28 fg.).

Wie aber durch diese Ableitung von einem Engel die Himmelsstimme bei Johannes mit der Scene in Gethsemane nach der Darstellung des Lucas zusammenhängt, so ist sie an und für sich vielmehr aus der synoptischen Verklärungsgeschichte genommen. Wie sie hier aus der Lichtwolke, oder nach dem Ausdruck des zweiten Briefs Petri (1, 17) aus der erhabenen Herrlichkeit herausschallte, so ist bei Johannes, ohne daß einer sichtbaren Erscheinung gedacht würde, die Herrlichkeit in die Worte der Stimme aufgenommen, die nicht, wie in der Verklärungsgeschichte, Jesum als Gottes geliebten Sohn, auf den die Jünger hören sollen, bezeichnet, sondern nur von der Verherrlichung spricht, die ihm schon zu Theil geworden sei und noch ferner zu Theil werden werde. Doch auch so erscheint dieses Zeichen für das innige Verhältniß des Logoschristus zum Vater zu äußerlich; zwischen ihnen beiden bedarf es solchen Ansuchens von der einen, solcher Versicherung von der andern Seite nicht; nur für die Jünger und ihren noch so schwachen Glauben kann dergleichen äußere Bewährung erforderlich sein, und dieß muß Jesus hier (V. 30) ebenso ausdrücklich erklären, wie er bei der Auferweckung des Lazarus erklärt hatte, daß er nur um des umstehenden Volkes willen dem Vater für die Gewährung seiner Bitte danke.

Indem auf diese Weise im vierten Evangelium die Scenen von der Verklärung und von dem Seelenkampfe Jesu in Eins geschmolzen werden, fallen sie als besondere Geschichten weg, und bleiben mithin die Stellen, wo beide in den drei ersten Evangelien stehen, leer. Eines feierlichen Abschlusses der galiläischen Wirksamkeit Jesu, wie einen solchen die Verklärungsgeschichte in den synoptischen Evangelien macht, bedarf es im johanneischen Evangelium deßwegen nicht, weil hier der galiläische Aufenthalt Jesu dieses längere Continuum gar nicht bildet, sondern von vorneherein mit Aufenthalten in Judäa und Jerusalem wechselt. Wo aber die Synoptiker die Scene des Seelenkampfes hinstellen, zwischen das letzte Mahl und die Gefangennehmung Jesu, da konnte Johannes eine solche gar nicht brauchen. Sein Jesus darf sich nicht erst auf dem Kampfplatze Muth und Fassung erringen, sondern er muß diese auf den Kampfplatz schon mitbringen. Er muß überdieß, ehe ihn die feindliche Gewalt von den Seinigen reißt, diese, die bis dahin Kinder am Verständniß gewesen waren, in ausführlicher Mittheilung noch in die Tiefen seines Sinnes einweihen, sie insbesondere mit dem Gedanken seines Todes und der heilsamen Wirkungen desselben vertraut, sie überhaupt erst mündig, aus Schülern und Dienern zu Freunden und Mitarbeitern machen. Das ließ sich einestheils nicht erst am Oelberg, wo jeden Augenblick der feindliche Ueberfall zu erwarten war, sondern nur in der ruhigen Situation des letzten Mahles thun; anderntheils setzte es von Seiten Jesu eine Fassung voraus, die nicht mehr in's Schwanken zu bringen, in welcher er sofort fähig war, ruhig und ohne neuen Gemüthskampf der feindlichen Gewalt entgegenzuschreiten. Es mußte also der Kampf schon vorher abgemacht sein, und die entsprechende Scene, wenn auch dem ganzen Standpunkte des Evangeliums gemäß leichter und blässer gehalten, an eine frühere Stelle, vor das letzte Mahl, verlegt werden. Jeder Versuch, zwischen die Abschiedsreden Jesu vom 14. bis 17. Kapitel und das Anrücken des Verräthers mit seiner Schaar im Anfang des 18. bei Johannes den synoptischen Seelenkampf einzuschieben, ist ein Attentat nicht blos auf die sittliche Hoheit, sondern überhaupt schon auf den männlichen Ernst des Charakters Jesu. Wenn ihn hernach der bloße Gedanke an sein bevorstehendes Leiden noch einmal in einen so heftigen inneren Kampf zurückwerfen konnte, wie wir ihn in Gethsemane erblicken, so war es Großsprecherei, mindestens Mangel an Selbstkenntniß, wenn er vorher versichert hatte, die Welt und ihre Drangsale überwunden zu haben (16, 33). Augenscheinlich hat derjenige, der die johanneischen Abschiedsreden, insbesondere das hohepriesterliche Gebet Kapitel 17 componirte, ebenso wenig einen nachher noch eingetretenen Seelenkampf in Rechnung genommen, als die synoptischen Erzähler dieses Seelenkampfes ihren Jesus vorher auf der Höhe des hohenpriesterlichen Gebets stehend denken; beides sind nicht auf einander berechnete, von ganz verschiedenen Gesichtspunkten aus entworfene, schlechterdings unvereinbare Darstellungen, von denen aber in ihrer jetzigen Gestalt nicht einmal die eine als historisch, sondern die eine nur als naivere, die andere als mehr reflectirte und berechnete Dichtung anzusehen sind.

Daß aber auch in diesen Abschiedsreden der vierte Evangelist nur das ihm von seinen Vorgängern gelieferte Material verarbeitet und weiter gebildet hat, erhellt aus dem wiederholten Zusammentreffen dessen, was er seinen Jesus hier sprechen läßt, mit synoptischen Aussprüchen Jesu; wobei wir das für seine geistige Eigenthümlichkeit bezeichnende Gesetz beobachten können, daß, wo er die Gedanken und Aussprüche Jesu vorher durch eigenen Zusatz umgebildet, seiner eigenen Denk- und Ausdrucksweise angenähert hat, ihm deren Einfügung in den Zusammenhang der von ihm frei gebildeten Reden wohl gelingt; wo er sie dagegen in ihrer ursprünglichen Form beläßt, da hat ihre Verschiedenheit von seiner eigenen Gedankenbildung, oder seine Unfähigkeit, sich aus dieser heraus in die Denk- und Ausdrucksweise des synoptischen Jesus zu versetzen, die Wirkung, daß er dergleichen Originalaussprüche nicht selten ganz am unrechten Orte anbringt. Diese Ungeschicklichkeit, sobald es sich um Einfügung des Fremdartigen in den Zusammenhang seiner ein- und eigenartigen Darstellung handelt, steht mit der Geschicklichkeit desselben Schriftstellers, wo er aus ganzem Holze schnitzt, so wenig im Widerspruch, daß vielmehr Eins wie das Andere mit seiner durchaus subjectiven und in diese Subjectivität verliesten Natur nothwendig gegeben ist.

Der synoptische Abschnitt, in welchen der vierte Evangelist in diesen Abschiedsreden vorzugsweise zurückgreift, ist die Instructionsrede Matth. 10. Auch die johanneischen Abschiedsreden sind ja Instructionsreden Jesu für seine Jünger, nur daß es sich hier nicht um eine Aussendung bei seinen Lebzeiten, sondern um die Uebernahme des Apostelamtes nach seinem bevorstehenden Hingang handelt. Schon bei der dem Abschiedsmahle unmittelbar vorangehenden Hellenenscene haben wir Aussprüche aus dieser Instructionsrede angewandt gefunden, indem der Spruch vom Lieben und Hassen oder Gewinnen und Verlieren des Lebens, den wir zunächst aus der Leidensverkündigung Matth. 16, 25 genommen glauben mußten, sich mit einer unwesentlichen Abweichung auch in der Instructionsrede (10, 39) findet. Aus dieser Rede war ferner, wie schon oben erwähnt wurde, dasjenige entlehnt, was Jesus im vierten Evangelium beim letzten Mahle aus Anlaß der Fußwaschung sagt, daß der Knecht nicht größer als sein Herr, der Abgesandte nicht größer als der sei, der ihn abgesendet habe (Joh. 13, 16. Matth. 10, 24). Sind diese synoptischen Sprüche dem Zusammenhang der johanneischen Darstellung nicht übel eingefügt, so läßt sich nicht das Gleiche rühmen von den Worten Jesu gleichfalls aus der Instructionsrede (10, 40. Joh. 13, 20), daß in seinem Abgesandten er selbst, und in ihm derjenige, der ihn gesandt habe, aufgenommen werde, die der vierte Evangelist nach der Verkündigung des Verraths ohne andern ersichtlichen Zusammenhang anfügt, als daß er den ihm aus Matth. 10 noch weiter vorschwebenden und mit dem zuvor angeführten einige Aehnlichkeit bietenden berühmten Spruch gleichfalls noch, so gut es gehen wollte, anzubringen wünschte. Ungleich besser gelang es ihm mit dem trostreichen Spruch Jesu Matth. 10, 19 fg., daß, wenn seine Jünger zur Verantwortung gezogen werden, sie sich nicht kümmern mögen, was sie reden sollen, denn nicht sie werden die Redenden sein, sondern der Geist ihres Vaters werde in ihnen reden. Diesen Spruch macht der vierte Evangelist gewissermaßen zum Thema seiner Abschiedsreden, indem er seinen Begriff des Paraklet hineinlegt, und so den Gedanken in den verschiedensten Wendungen durchführt. Daher sind es hier nur einzelne und immer passend angebrachte Anklänge (wie Joh. 14, 26. 16, 13 u. ö.), nirgends wird der Spruch in seiner synoptischen Urgestalt eingefügt.

Einem andern Ausspruche Jesu, nicht aus der Instructionsrede, sondern aus der synoptischen Erzählung von dem Seelenkampfe, wollte der vierte Evangelist seine Urform erhalten, hat es aber nur mit dem Nachtheil zu Stande bringen können, der ihn in solchen Fällen zu verfolgen pflegt. Die muthige Aufforderung Jesu, mit welcher Matthäus (26, 46) und Marcus (14, 42) diese Scene schließen: „Auf, lasset uns gehen, siehe, der Verräther naht!“ wollte er nicht verlieren, da sie so ganz zu seinem Bestreben, das Leiden Jesu als ein freiwillig übernommenes darzustellen, stimmt. Aber die Scene vom Seelenkampfe konnte er ja, wie wir gesehen haben, nicht brauchen, und was er davon brauchen konnte, mußte er an einer früheren Stelle einfügen: so fügt er auch jenen Spruch an einer früheren Stelle ein. Das Natürlichste wäre gewesen, ihn an den Schluß der Abschiedsreden zu stellen, als Aufforderung, den Speisesaal und die Stadt zu verlassen und an den Oelberg hinauszugehen; und daß ihm der Evangelist diese Bedeutung geben will, erhellt aus der Abänderung, daß er statt: „Auf, lasset uns gehen, der Verräther naht“, Jesum ohne Erwähnung des Verräthers sagen läßt: „Auf, lasset uns von hinnen gehen“ (14, 31). Aber für den Schluß seiner Abschiedsreden hatte der Evangelist ein Gebet Jesu bestimmt, worin er ihn von den bisherigen Reden an die Jünger zur Anrede an seinen himmlischen Vater aufsteigen ließ: darauf konnte in demselben Zusammenhang ohne Schwächung des Eindrucks keine Anrede an die Jünger mehr folgen; sollte der Spruch gleichwohl seine Stelle finden, so mußte es früher geschehen. Da war es dann im Grunde gleichgültig, wo es geschah; da der Aufforderung auf keinen Fall unmittelbar Folge gegeben wurde, so mochte sie angebracht werden, wo sich ein Anknüpfungspunkt darzubieten schien. Das war aber dort, wo Jesus das ihm bevorstehende Leiden als einen Angriff des Fürsten dieser Welt darstellt, der ihm jedoch nichts anhaben könne: hier schien jener muthige Aufruf passend angebracht, und dadurch die synoptische Darstellung noch gesteigert. In dieser galt er nur dem Verräther: im vierten Evangelium ist es der Teufel selbst, dem Jesus mit so hohem Muthe entgegengeht. Daß nach dieser Aufmahnung, wie wenn sie nicht gesprochen wäre, die Abschiedsreden ungehindert ihren Fortgang nehmen, ist freilich sonderbar, aber nicht sonderbarer als so Manches im vierten Evangelium.

88.

Gefangennehmung Jesu.

Während in den drei ersten Evangelien die Annäherung des Verräthers erst auf die Beendigung des Seelenkampfs und den muthigen Aufruf an die Jünger folgt, ist im vierten Evangelium, wo die Geschichte vom Seelenkampf an dieser Stelle ausfällt, das Erste, nachdem Jesus mit seinen Jüngern in dem Garten jenseits des Kidronbaches angekommen ist, das Eintreffen des Verräthers. Nach Matthäus und Marcus kommt dieser mit einem von den Hohenpriestern und Volksältesten ausgeschickten bewaffneten Haufen, dem Lucas die Hohenpriester und Aeltesten selbst sammt den Hauptleuten der Tempelwache, Johannes aber eine Cohorte römischer Soldaten mit einem Obersten beigesellt, und da es Nacht, wenn auch Vollmondnacht, war, außer den Waffen noch Fackeln und Laternen in die Hände gibt (Matth. 26, 47 fg. Marc. 14, 43 fg. Luc. 22, 47 fg. Joh. 18, 1 fg.).

Daß Judas den Leuten, die Jesum griffen, zum Führer gedient hatte, war Ueberlieferung in der Christenheit (Apostelgesch. 1, 16), und diese Führerschaft verstand man gemeinhin so, daß er den Schergen der jüdischen Hierarchen nicht blos den Weg zu dem Orte gezeigt habe, wo Jesus sich aufhielt, sondern auch seine ihnen noch unbekannte Person ihnen durch einen Kuß kenntlich gemacht. Von diesem Kusse hat der vierte Evangelist nichts, er läßt vielmehr das ganze Geschäft des Verräthers in der Nachweisung des dermaligen Aufenthaltsortes Jesu, von dem er daher angibt, woher ihn Judas wissen konnte, bestehen; denn sein Jesus gibt sich selbst zu erkennen. Bei den Synoptikern geht der Verräther auf Jesum zu und gibt ihm den verabredeten Kuß, worauf, nach einer vorwurfsvollen Frage an den ungetreuen Jünger, Jesus von den Häschern ergriffen wird. Bei Johannes tritt Jesus, sobald die Leute vor dem Garten oder Gartenhaus erscheinen, in göttlicher Voraussicht alles dessen, was über ihn kommen sollte, ihnen entgegen mit der Frage, wen sie suchen? und auf ihre Antwort: Jesum von Nazaret, erklärt er, daß er es sei; wozu der Evangelist, als wollte er dem Verräther seinen Kuß ausdrücklich ersparen, die Bemerkung fügt, auch Judas habe bei den Leuten gestanden, denen sich Jesus so zu erkennen gab, die mithin keiner weiteren Bezeichnung seiner Person bedurften. In diesem Unterschiede, daß nach der einen Darstellung Jesus durch einen Andern bezeichnet und seinen Feinden überliefert wird, nach der andern sich selbst zu erkennen und seinen Feinden in die Hände gibt, liegt wieder der ganze Unterschied des vierten Evangeliums von den älteren. Der Logoschristus, der von sich gesagt hatte, daß keiner sein Leben von ihm nehme, sondern er selbst es freiwillig hingebe, daß er Macht habe, es hinzugeben, aber auch, es wieder zu nehmen (Joh. 10, 8), der mußte dieß auch hier, beim Uebergang in die Gewalt seiner Feinde, bewiesen, er durfte nicht erst abgewartet haben, bis ein Dritter sagte: Dieser ist's, sondern mußte gleich selbst gesagt haben: Ich bin's. Daß Jesus damit zugleich seine Jünger retten wollen, darin findet der Evangelist die Erfüllung, nicht, wie sonst, einer alttestamentlichen Weissagung, sondern eines Wortes von Jesu selbst, des Spruches nämlich, den er demselben in dem hohenpriesterlichen Gebet (17, 12) in geistig-moralischem Sinn in den Mund gelegt hatte, daß er von denen, die der Vater ihm gegeben (den Judas abgerechnet), keinen verloren habe; eine Doppelauffassung desselben Spruchs, die mit der ganzen Doppelsinnigkeit dieses Evangeliums auf's Beste zusammenstimmt.

Mit der Wendung, die er der Sache gibt, erreichte übrigens der vierte Evangelist noch etwas Anderes. Das in dem Judaskusse liegende: dieser ist's, konnte auf die Leute keine weitere Wirkung machen, als daß sie sofort zugriffen; trat hingegen Jesus selbst ihnen mit seinem: Ich bin's! entgegen, so war die Scene bereitet für einen jener Effecte, wie rhetorische Schriftsteller sie in der Geschichte eines Marius[1]), des Redners Antonius[2]) u. A. anzubringen liebten, wo die ausgeschickten Mörder vor dem Wort oder dem Anblick des großen Mannes die Schwerter eingesteckt haben oder davongelaufen sein sollten. Unser Evangelist geht noch weiter, er läßt auf das Wort seines Jesus die Leute nicht blos zurückweichen, sondern zu Boden fallen. Daß er dabei das: Ich bin's! dreimal wiederholt (V. 5: Jesus sprach zu ihnen: Ich bin's — V. 6: wie er nun zu ihnen sprach: Ich bin's — V. 8: ich habe euch gesagt, daß Ich es bin), deutet schon darauf hin, daß er in diese Worte einen besondern Nachdruck legt. Mit denselben Worten hatte Jesus, auf dem galiläischen See wandelnd, die zagenden Jünger beruhigt (Joh. 6, 20. vgl. Matth. 14, 27); der Glaube oder die Erkenntniß, „daß Ich es bin", stellt der johanneische Christus wiederholt als das Ziel auf, zu dem er die Seinigen führen will (8, 24. 28. 13, 19). Es ist also in dem: Ich bin's, die ganze Fülle dessen, was Christus ist, die ganze Göttlichkeit seiner Person enthalten; darum wirkt es auch, von ihm gesprochen, als übernatürliches Machtwort. Diese Bedeutung kommt dem Ausdruck aus dem Alten Testament. „Schauet", sagt hier Jehova (5 Mos. 32, 39), „daß ich es bin, und kein Gott neben mir; ich kann tödten und beleben, ich zerschlage und ich heile, und aus meiner Hand rettet keiner." „Ihr seid meine Zeugen", spricht Jehova ein andermal (Jes. 43, 10 fg.), „daß ihr erkennet und glaubet, daß ich es bin; . . . ich bin Jehova, und außer mir kein Retter." Das Wort ist also ursprünglich ein Gotteswort, und indem es der vierte Evangelist seinem Jesus in den Mund legt und es die Wirkung thun läßt, die sonst der Anblick Gottes oder eines andern himmlischen Wesens thut, hat er ihn auch hiedurch über den Standpunkt, den er bei den Synoptikern einnimmt, hoch emporgehoben.

Es folgt nun bei Matthäus und Marcus nach der Handanlegung der Schergen, bei Lucas und Johannes schon vorher, der Schwertschlag eines Jüngers; ein Punkt, in welchem das Fortwachsen der Sage und Dichtung wieder recht zur Anschauung kommt. Daß der unzeitige Muth eines der Begleiter Jesu den Knecht des Hohenpriesters ein Ohr gekostet, darin sind sämmtliche Evangelisten einig; aber welches von beiden Ohren es gewesen, sagen Matthäus und der ihm hier folgende Marcus nicht, erst Lucas und Johannes belehren uns, daß es das rechte war: in einer anschaulichen Scene dieser Art duldet die Sage keine Unbestimmtheit. Weiter aber erfahren wir von den beiden ersten und dem vierten Evangelisten blos, daß

1) Vellej. Hist. Rom. II, 19, 3.
2) Valer. Max. VIII, 9, 2.

der Knecht um sein Ohr gekommen, aber nicht, daß er wieder dazu gekommen; nur Lucas versichert uns, daß Jesus dasselbe durch Berührung wieder festgeheilt habe: wie konnte auch der freundliche Wunderarzt, der so manches Uebel, für das er nichts konnte, gehoben hatte, dieses, wenn auch nicht durch ihn, doch um seinetwillen zugefügte ungehoben lassen? wenn nicht etwa der Priesterknecht (dem vierten Evangelisten) des Wunders unwerth, oder das Wunder für diesen letzten Lebensabschnitt Jesu zu klein erschien. Endlich aber wissen die drei Synoptiker so wenig den Namen des Jüngers als des Knechtes anzugeben: nur Johannes weiß, daß dieser Malchus hieß, und daß jenes Petrus war. So wußte bei der Salbungsgeschichte nur er, daß die salbende Frau die bethanische Maria, ihr herzloser Tadler Judas gewesen war; er fand die Salbung dem Charakter der Maria, den Tadel dem des Verräthers ebenso angemessen, wie er hier den Schwertschlag dem Charakter des Petrus angemessen findet. Und zwar in doppeltem Sinne: man konnte es eine muthige Handlung nennen; aber der Muth war übel angebracht und beruhte auf einem schweren Irrthum des Jüngers über die wahre Bestimmung Jesu. Daher knüpfte sich schon bei Matthäus an den Schwertschlag des ungenannten Jüngers eine tadelnde Abmahnung des Meisters; einem von Jesu ausgesprochenen Tadel aber statt eines Ungenannten gerade den Petrus in den Weg zu stellen, vorausgesetzt, daß der Tadel eine Sache betraf, die dem überlieferten Charakter des Petrus nicht widersprach, taugte ganz in den Plan des vierten Evangelisten. Um diesen Zug recht fest an den Namen des Petrus zu heften, bezeichnet er später bei der Verläugnung den Knecht, der denselben mit Jesu im Garten gesehen haben will, als einen Verwandten dessen, dem Petrus das Ohr abgehauen hatte (18, 26); aber schwerlich hätte der Knecht dann blos gesagt: habe ich dich nicht im Garten mit ihm gesehen? sondern: du bist ja der Gesell, der meinem Vetter das Ohr abgehauen hat! und schwerlich würde Petrus, wenn er sich dieser Handlung bewußt war, sich in den Palast des Hohenpriesters getraut haben. Von den Tadelworten Jesu bei Matthäus nimmt der vierte Evangelist nur die Mahnung, das Schwert in die Scheide zu stecken, auf; die Drohung, daß, wer das Schwert nehme, auch durch das Schwert umkommen werde, scheint er mit der Ueberlieferung von dem Kreuzestode des Petrus (21, 18 fg.) unvereinbar gefunden zu haben; was endlich Jesus bei Matthäus von den mehr denn zwölf Engellegionen sagt, die es nur bei ihm stünde, von seinem Vater zu seiner Hülfe zu erbitten, wenn ihm nicht daran läge, die Schrift und seine Bestimmung zu erfüllen — das hatte ihn Johannes so eben thatsächlich beweisen lassen. Denn wenn nach ihm Jesus die Bewaffneten durch ein bloßes Wort zu Boden warf, so sah man ja schon, es wäre ihm ein Leichtes gewesen, sich, und zwar ohne Engellegionen, durch die ihm inwohnende Gottesmacht zu retten, wenn er gewollt hätte.

Während über den Umstand, daß Jesus wie ein Räuber gegriffen wird, Matthäus und Marcus sich mit den Weissagungen „der Propheten" trösten (vielleicht der Stelle Jes. 53, 12, die von Lucas früher, 22, 37, angeführt war), sehen sie in der Flucht sämmtlicher Jünger ohne Zweifel die Erfüllung der Weissagung des Zacharias (13, 7), die Jesus bei Matthäus schon auf dem Hinausweg zum Oelberg in Erinnerung gebracht hatte (26, 31). Ob der Zug mit dem Jüngling, der im Schrecken das Leintuch, worein er gewickelt war, im Stiche läßt und nackt davonflieht (Marc. 14, 51 fg.), der Ueberlieferung oder der Einbildungskraft des zweiten Evangelisten angehört, oder ob eine besondere Absicht dahinter steckt, möchte schwer zu entscheiden sein.

Dritte Mythengruppe.

Verhör und Verurtheilung Jesu.

89.

Das Verhör vor dem Hohenpriester und die Verläugnung des Petrus.

Daß Jesus durch die Obrigkeiten seines eigenen Volkes, dessen messianischer Retter er werden wollte, als Verbrecher verurtheilt, dem römischen Procurator ausgeliefert, und sofort durch die Strafe des Kreuzes hingerichtet worden war, das war die furchtbare Negation, durch welche Hoffnung und Glaube seiner ersten eben diesem Volke zugehörigen Anhänger für immer vernichtet schienen. Sollten sie wiederaufleben, so konnte dieß nur dadurch geschehen, daß jene vernichtende Negation selbst wieder negirt wurde. Dieß geschah zunächst im Allgemeinen durch die Production des Glaubens an Jesu Auferstehung. Hatte der Tod seinem Leben ein Ende gemacht, so machte die Auferstehung seinem Tod ein Ende, der Tod war verschlungen in den Sieg. Aber das Sterben und die Qualen, unter denen es erfolgt war, die Anklage und Verurtheilung, die Schmach und Schande, die über den vermeintlichen Messias ergangen waren, blieben; sie konnten aus dem Andenken der Menschen, auch der an Jesum gläubigen, nicht verwischt, durften daher nicht verläugnet, sondern mußten in der Vorstellung so gewendet werden, daß sie ihre verneinende Bedeutung verloren, daß sie wo möglich zu Stützen des Glaubens, die negativen Werthe zu positiven, die Schandmale zu Ehrenzeichen wurden. Dieß konnte in verschiedener Weise geschehen, und aus diesem Gesichtspunkt haben wir die Abweichungen der evangelischen Berichte über diesen Abschnitt des Lebens Jesu zu betrachten.

In dem Zugeständniß, daß Jesus durch die jüdische Obrigkeit des Todes schuldig gesprochen worden, stimmen sämmtliche Evangelisten überein (Matth. 26, 57—27, 1. Marc. 14, 53—15, 1. Luc. 22, 54—71. Joh. 18, 12—30). Daß dabei die beiden ersten das Verhör Jesu noch in der Nacht, Lucas erst am andern Morgen vor sich gehen läßt, wo auch jene beiden den förmlichen Synedriumsbeschluß erst gefaßt werden lassen; daß im Zusammenhang damit Lucas die Verläugnungen des Petrus vor, die beiden andern nach dem Verhör Jesu erzählen, und beide Theile auch die Mißhandlungen, die Jesus während dieser Stunden erfuhr, verschieden stellen und darstellen, sind zufällige, wenigstens unerhebliche Abweichungen. Wie wird nun aber die Thatsache der Verurtheilung Jesu durch die Obrigkeit seines Landes für den Glauben unschädlich gemacht?

Für's Erste wird gesagt: sie erfolgte auf ein falsches Zeugniß hin. Matthäus und Marcus berichten, das Synedrium habe sich um falsche Zeugen bemüht, deren seien auch viele aufgetreten, aber ihr Zeugniß habe sich, wie Marcus sagt, durch gegenseitige Widersprüche als unbrauchbar erwiesen. Endlich seien, nach Matthäus ihrer zwei, mit der Angabe aufgetreten, Jesus habe gesagt, er getraue sich, den Tempel Gottes zu zerstören und binnen drei Tagen wieder (oder nach Marcus, statt des mit Händen gemachten einen andern, der nicht mit Händen gemacht sei) zu bauen. (Daß auch so ihr Zeugniß nicht zusammengestimmt habe, ist von Marcus, nachdem er den Inhalt ihrer Aussagen so eben einhellig angegeben hat, eine überapologetische Bemerkung.) Inwiefern dieses Zeugniß, das gar wohl damals vorgebracht worden sein kann, ein falsches, und was an demselben Wahres war, ist an einem früheren Orte auseinandergesetzt worden. Der dritte und der vierte Evangelist gedenken eines solchen Zeugnisses hier nicht, aber beiden ist es seinem Inhalte nach nicht unbekannt gewesen. Nach Lucas wurde etwas Aehnliches später gegen Stephanus, aber auch da als falsches Zeugniß, vorgebracht (Apostelgesch. 6, 14); Johannes ergreift die feindliche Waffe kühn an ihrer Spitze: ja, Jesus hat es wirklich gesagt, daß er diesen Tempel freilich nicht selbst zerstören, sondern, wenn sie ihn zerstören würden, in drei Tagen wieder aufrichten werde; aber damit hat er nicht, wie die blöden Juden meinten, ihren Tempel von Stein und Holz, sondern — den Tempel seines Leibes gemeint! (2, 19—22.)

Ein zweites Mittel, wodurch die urchristliche Ueberlieferung die Anklage und Verurtheilung Jesu ungültig machte, ist die geflissentlich wiederholte Angabe, daß er auf die Anfrage des Hohenpriesters wegen der falschen Zeugenaussage, wie später vor Pilatus, keine Antwort gegeben habe (Matth. 26, 63. 27, 12. 14. Marc. 14, 61. 15, 5. Luc. 23, 9. Joh. 19, 9). Gab Jesus keine Antwort, so erkannte er das Forum, vor das er geführt war, gar nicht als zuständig an; was aber die Hauptsache ist, er zeigte sich dadurch als jenes Lamm, das zur Schlachtbank geführt wird und seinen Mund nicht aufthut, als das Schaf, das vor seinen Scheerern verstummt, d. h. als den Knecht Gottes, oder nach christlicher Auslegung den Messias, von dem der Prophet Jesaia geweissagt hatte (53, 7). Auf die Frage, ob er dieser sei, bleibt er daher auch die Antwort nicht schuldig, sondern erklärt sich feierlich in aller Form, mit Hinweisung auf Ps. 110, 1 und Dan. 7, 13 fg., für den Messias; und daß ihm nun dieß von dem Hohenpriester und dem Synedrium zum Todesverbrechen gemacht wird, darin lag nach christlicher Anschauung eine dritte, und zwar so zu sagen eine Selbstverneinung ihres Urtheilsspruchs. Verurtheilten sie ihn, weil er zu sein behauptet hatte, was er wirklich war, und als was er sich seitdem auf's Kräftigste erwiesen hat, so haben sie damit in der That nicht ihm, sondern sich selbst, ihrer tiefen Verblendung, ihrem verstockten Unglauben das Urtheil gesprochen.

Die Beschimpfungen und Mißhandlungen, die Jesus hierauf von der Dienerschaft oder auch von den jüdischen Würdenträgern selbst zu erleiden hatte, werden von den Evangelisten verschieden beschrieben, aber Verspottung, Schläge, Backenstreiche und Spucken in's Gesicht überall hervorgehoben; auch dieß war ja durch Jesaia in einer Stelle geweissagt, die sich messianisch deuten ließ (50, 6): „Meinen Rücken gab ich hin den Schlagenden und meine Wange den Raufenden, mein Antlitz verbarg ich nicht vor Schmach und Speichel"; auch dadurch und durch die stille Geduld, mit der er es ertrug, erwies er sich gerade als denjenigen, den seine verblendeten Feinde nicht in ihm erkennen wollten.

Die Schwachheit des vornehmsten seiner Jünger, ihn zu verläugnen, fällt ohnehin nur diesem und der Gebrechlichkeit der menschlichen Natur zur Last, und wird von demselben alsbald auf's Bitterste beweint; aber auch diese Verläugnung verkehrt sich vielmehr in ein Zeugniß für die höhere Natur Jesu durch die Voraussage, die er davon gemacht und die Genauigkeit, womit der Erfolg seiner Voraussage entsprochen hat. Daß den Erzählern eben nur hieran, an dem dreimaligen Verläugnen gemäß der Vorhersage Jesu, liegt, sehen wir aus den Abweichungen, die sie sich in Bezug auf Personen, Ort und Umstände erlauben. Während dabei das zweimalige Krähen des Hahns bei Marcus als matte Künstelei erscheint, ist bei Lucas das Umblicken Jesu nach dem Jünger, als der Hahn krähte, ein wirkungsvoller Zug, der freilich geschichtlich nach Ort und Umständen ebenso unwahrscheinlich, als in seiner sagenhaften Entstehung begreiflich ist, indem, was Matthäus und nach ihm Marcus subjectiv als die durch den Hahnenschrei wach gerufene Erinnerung des Petrus an die Vorhersage Jesu darstellen, bei Lucas objectiv zu einem sein Innerstes durchdringenden Blicke Jesu geworden ist. Eine Eigenthümlichkeit, die an dieser Stelle Johannes zeigt, hängt mit einer uns schon sattsam bekannten Tendenz seines Evangeliums zusammen, und ist insbesondere ein Seitenstück zu der Wendung, die er der Erkundigung der Jünger nach dem Verräther beim Abschiedsmahle gegeben hat. Wie sich dort bei ihm die Jünger, statt unmittelbar an Jesum selbst, durch Petrus an den Lieblingsjünger als Vermittler wenden, so wird hier Petrus, den die übrigen in den Hof des hohenpriesterlichen Palastes ohne Weiteres eintreten lassen, durch den „andern Jünger", der dabei als ein Bekannter des Hohenpriesters bezeichnet wird, eingeführt; auch hier ist demnach eine Gelegenheit benützt, den Gewährsmann des Evangeliums auf Kosten des Apostelfürsten zu heben.

In der berühmten chronologischen Stelle des dritten Evangeliums (Luc. 3, 1 fg.) hatte der Verfasser des vierten für das Jahr, in welchem der Täufer auftrat, zwei Hohepriester, Hannas und Kaiphas, gefunden, und diese selbst schon irrige oder doch ungenaue Angabe sich so wohl gemerkt, daß er den Kaiphas, wo er in der Geschichte des letzten Lebensjahres Jesu von ihm spricht, mit einem weiteren Irrthum immer nur den Hohenpriester jenes Jahres nennt (11, 49. 18, 13); als hätte er mit Hannas gewechselt, da doch, nachdem Hannas durch den römischen Procurator Valerius Gratus abgesetzt worden war, und einige Andere das hohepriesterliche Amt nur kurze Zeit bekleidet hatten, sein Schwiegersohn Joseph Kaiphas dasselbe eine Reihe von Jahren, namentlich während der ganzen Procuratur des Pontius Pilatus, verwaltete. Jenem vermeintlich andern Hohenpriester nun da, wo es für einen Hohenpriester etwas zu thun gab, beim Verhör und der Verurtheilung Jesu, wirklich etwas zu thun zu geben, lag dem späteren Evangelisten um so näher, als es ihm zugleich Gelegenheit gab, Jesum von zwei jüdischen Hohenpriestern verworfen und schlecht behandelt werden zu lassen; wie in ähnlicher Absicht Lucas Jesum umgekehrt von zwei nicht jüdisch-hierarchischen Richtern, nämlich außer von Pilatus auch noch von Herodes, unschuldig befunden werden läßt. Daß ihm über ein Verhör Jesu vor Hannas keine besondern Nachrichten zu Gebote standen, verräth sich auch darin, daß er zum Inhalte desselben, nur durch eine Frage des Hohenpriesters nach seinen Jüngern und seiner Lehre eingeleitet, die Berufung Jesu auf die Oeffentlichkeit seines Wirkens macht, welche ihm die Synoptiker schon bei seiner Gefangennehmung in den Mund legten (Matth. 24, 55. Marc. 14, 48. Luc. 22, 52 fg.). Daß er dann von dem Verhöre vor dem eigentlichen Hohenpriester, zu dem er Jesum von Hannas aus geführt werden läßt, gar nichts sagt, ist auffallend und muß so lange unbegreiflich bleiben, als man nicht bemerkt, daß er die beiden Punkte, die den älteren Evangelien zufolge bei diesem Verhöre zur Sprache gekommen waren, in seiner Art, Jesum schon von vornherein so bedeutend wie möglich hervortreten zu lassen, vorweggenommen hatte. Für's Erste nämlich die Rede vom abzubrechenden und wieder aufzurichtenden Tempel hatte er schon dem ersten Festbesuche Jesu eingefügt (2, 19); für's Zweite die Versicherung, von jetzt an werden sie des Menschen Sohn sitzen sehen zur Rechten der Kraft und kommend mit den Wolken des Himmels, hatte im vierten Evangelium Jesus sogar schon beim Zusammentreffen mit seinen ersten Jüngern dem Nathanael in den ähnlichen Worten gegeben (1, 52), von jetzt an werden sie den Himmel offen sehen und die Engel Gottes auf- und absteigen auf des Menschen Sohn.[1]) Selbst von der verdammenden Sentenz des Kaiphas kann man sagen, daß der Evangelist sie vorweggenommen hatte, nicht nur bei der Erzählung von dem Blutrathe (11, 49 fg.), sondern auch so eben wieder (18, 14), wo er mit Rückweisung auf diese Erzählung den Kaiphas als denjenigen bezeichnet hatte, der den Juden den Rath gegeben habe, es sei ersprießlich, daß Ein Mensch statt des ganzen Volks zu Grunde gehe. Es wäre nur etwa noch das von Jesu auf die Frage, ob er Christus, der Sohn Gottes sei, gesprochene Ja übrig gewesen; aber als den Judenmessias wollte der vierte Evangelist seinen Jesus sich nicht so ohne Weiteres bekennen lassen. So geht er über das Verhör bei Kaiphas mit einer summarischen Angabe weg, indem er auch die Verläugnung des Petrus im Hofe des Hannas vor sich gehen läßt, und nur mit seinem für Jesum verdammenden Ergebniß spielt jenes Verhör in die folgende Verhandlung vor Pilatus hinein.

90.

Der Tod des Verräthers.

Den Anstoß, der zum Nachtheil Jesu an der Thatsache genommen werden konnte, daß er von einem seiner Jünger in die Hände seiner Feinde geliefert worden war, hatte die urchristliche Sage, wie wir gesehen haben, von vorneherein dadurch zu beseitigen gesucht, daß sie diesen Verrath von Jesu vorhergewußt und vorherverkündigt werden, ja schon im Alten Testamente vorhergesagt sein ließ. Auch der Verläugnung Petri hatte sie durch solche Vorherverkündigung von Seiten Jesu zum Voraus den Stachel benommen; aber sie hatte es auch nachträglich noch durch die herzliche Reue, die sie den Petrus bezeigen ließ (wie er sie denn wirklich bezeigt haben mag) gethan. Eine ähnliche nachträgliche Sühne war bei dem Verrathe des Judas um so mehr erforderlich, je weiter dessen Verschuldung über die des Petrus hinausging: hier war es mit einfacher Reue nicht einmal gethan, sondern die Reue mußte zur Verzweiflung werden; ja, ob er bereute oder nicht, den Verräther mußte schlechterdings das göttliche Strafgericht ereilen.

Daß einen Verräther nach seiner That Reue anwandelt, daß er wohl auch durch eigene Hand oder durch einen Unfall um's Leben kommt, ist möglich und schon dagewesen; aber unsere Neutestamentlichen Nachrichten über

---

1) Beidemale: ἀπάρτι ὄψεσθε —.

den Ausgang des Judas weisen in ihrer Zwiespältigkeit nicht auf eine Thatsache, sondern auf verschiedene alttestamentliche Stellen und Vorbilder hin, die höchstens an eine, übrigens mit dem Verräther wahrscheinlich gar nicht zusammenhängende Thatsache angeknüpft worden sind. Nach Matthäus nämlich (27, 3—10) hat Judas, wie er hörte, daß Jesus verurtheilt sei (wovon man freilich nicht begreift, wie es ihn überraschen konnte), seinen Verrätherlohn im Tempel den Hohenpriestern und Aeltern mit dem Bekenntniß, ihnen unschuldiges Blut überliefert zu haben, hingeworfen, und jene haben dann, nachdem sich Judas aus Verzweiflung erhenkt hatte, für das Geld, das sie als Blutgeld nicht in den Tempelschatz legen mochten, von einem Töpfer einen Acker zum Begräbniß für Fremde gekauft, der, wie der Evangelist sagt, um des daran haftenden Blutes Jesu willen bis auf seine Zeiten Blutacker genannt worden sei. Nach der Apostelgeschichte hingegen, wo aus Anlaß der Wiederbesetzung seiner Stelle im Apostelcollegium Petrus von dem Ende des Verräthers spricht (1, 16—20), hatte er seinen Sündenlohn nicht zurückgegeben, sondern selbst noch für denselben, unbekannt von wem, ein Grundstück sich erworben, auf welchem er aber in Kurzem, nicht durch Selbstmord, sondern durch einen jähen Sturz[1]), der ihm den Leib bersten machte, geendet hatte; ein Unfall, der in ganz Jerusalem bekannt geworden, dem Grundstück den Namen Blutland, hier also von dem Blute des Verräthers, zuwege brachte. Diesen beiden Erzählungen ist nichts gemein, als der plötzliche Tod des Judas und der Name eines Grundstücks bei Jerusalem; wovon das Erstere, daß es mit dem Verräther nicht gut geendet haben könne, ein Postulat des christlichen Bewußtseins war, ob man geschichtlich etwas davon wußte oder nicht: das Andere, daß ein Grundstück jenes Namens bei Jerusalem gewesen, möglich ist, aber es braucht den Verräther nichts angegangen zu haben, die christliche Sage konnte auch so das Blutland mit dem Blutmenschen in Verbindung bringen.

Was nun näher die Erzählung bei Matthäus betrifft, so ist vor Allem der Tod durch den Strick, wie sie den Judas endigen läßt, der alttestamentliche Verräthertod. Von Ahitophel, dem ungetreuen Rathe David's, der diesen Ahnherrn des Messias an Absalom verrathen hatte, heißt es (2 Sam. 17, 23): „Er stand auf, ging hin . . und erhenkte sich", ganz wie von Judas: „Er entwich, ging hin und erhenkte sich." Das that freilich Ahitophel nicht aus Reue, sondern weil er sah, daß sein verrätherischer aber kluger Rath nicht befolgt worden war; er hatte den David verderben wollen, und sah nun sein eigenes Verderben voraus, dem er durch Selbstmord zuvorkam. Judas sah den Davidsohn durch ihn in's Verderben gestürzt, und dieß stürzte ihn in Verzweiflung.

---

1) Luther freilich übersetzt das πρηνὴς γενόμενος Apostelgesch. 1, 18, wie das ἀπήγξατο Matth. 27, 5, durch „sich erhenket"; was ein offenbarer Fehler ist.

Diese ist übrigens nach der Erzählung des Matthias nicht das Erste, sondern es geht ihr ein Act der Reue, die Zurückgabe des Verrätherlohns mit dem Bekenntniß der Schuld, voran. Auch die Reue des Judas war etwas, das man christlicherseits vorausgesetzt haben wird, ob man geschichtlich davon wußte oder nicht; und daß sie sich im Hinwerfen des Lohns in den Tempel geäußert habe, glaubte man in einer Prophetenstelle zu finden. Matthäus citirt den Jeremia, aber was er anführt, ist aus Zacharia (11, 13), und das Versehen des Evangelisten rührt daher, daß ihn der Töpfer, von dem in der Stelle, so wie er sie übersetzte, die Rede ist, an das berühmte Töpferorakel bei Jeremia (18, 1 fg.) erinnerte. In dem Orakel des Zacharia bestellt Jehova den Propheten zum Hirten des Volks, der aber, des undankbaren Amtes bald überdrüßig, seinen Lohn oder seine Entlassung fordert. Man gibt ihm dreißig Sekel Silbers, und Jehova heißt ihn den herrlichen Werth, dessen er (Jehova in seinem Stellvertreter) von dem Volke werthgeachtet worden, in den Schatz werfen; worauf der Prophet die dreißig Sekel nimmt und sie in das Haus Jehova's in den Schatz wirft. Hatte nun Judas für seinen Verrath wirklich dreißig Silberlinge erhalten, so drang sich freilich die Herbeiziehung dieser Stelle von selbst auf; ich glaube aber, daß sie sich ohnedieß schon aufdrang, und die dreißig Silberlinge für den Verräther eben aus dieser Stelle genommen sind. Ein schmählich geringer Preis, dessen ein gottgesandter Hirte, und in letzter Beziehung Jehova selbst, von dem undankbaren Volke werth geschätzt worden, mußte an den verhältnißmäßig in jedem Fall geringen Preis erinnern, für welchen der beste und getreueste Hirte der Schafe (Hebr. 13, 20. 1 Petr. 2, 25) von seinem Verräther verkauft worden war; und fand sich jener Preis in der Prophetenstelle auf dreißig Silbersekel festgestellt, so ist sie und keine historische Kunde die Quelle, aus deren Vollmacht — wohlgemerkt nur Matthäus, der die Stelle anführt und dabei mit der griechischen Uebersetzung derselben merkwürdigerweise auch im Worte seiner Erzählung zusammentrifft[1]), den Verrätherlohn des Judas auf jene Summe festgesetzt hat. Der Unterschied ist freilich nicht zu übersehen, daß, was in der Prophetenstelle ein Lohn, in der evangelischen Erzählung ein Kaufpreis ist, mithin, während dort nur zwei Partien, die Miether und der Gemiethete, hier drei, der Verkäufer, der Käufer und der Verkaufte, sich finden; dort der Gemiethete den Lohn, hier aber nicht der Verkaufte, sondern der Verkaufende den Preis erhält. Wenn es daher dort weiter heißt, der Gemiethete und so schlecht Belohnte, d. h. der Prophet, habe auf Jehova's Geheiß seinen Lohn, die dreißig Silberlinge, in den Tempel geworfen, so konnte dieß hier nicht der Verkaufte, sondern nur der Verkäufer,

---

1) Zach. 11, 12 nach der Uebersetzung der LXX.: καὶ ἔστησαν τὸν μισθόν μου, τριάκοντα ἀργυροῦς. Matth. 26, 15: καὶ ἔστησαν αὐτῷ τριάκοντα ἀργύρια.

d. h. der Verräther thun, denn der hatte ja die Silberlinge erhalten; auf diesen angewendet aber gab der Zug einen trefflichen Beweis seiner Reue, sofern das empfangene Geld in den Tempel werfen so viel war, als es den Hütern des Tempels, den Hohenpriestern und Aeltesten, von denen er es als Preis seines Verrathes empfangen hatte, vor die Füße werfen.

Nun erzählt aber Matthäus, die Hohenpriester haben das von Judas ihnen zurückgestellte Geld als Blutgeld nicht in den Tempelschatz werfen mögen, sondern haben dafür einen Töpferacker gekauft, und gerade hiefür beruft er sich auf die Weissagung des Propheten. Woher nun der Evangelist den Acker nimmt, werden wir vielleicht später finden; den Töpfer aber nahm er gleichfalls aus der Prophetenstelle, nur nicht aus deren wirklichem Sinne, sondern aus einem alten Mißverstande. Wohin nach Jehova's Geheiß der Prophet seinen schlichten Lohn werfen sollte und warf, das ist im hebräischen Texte mit einem Worte angegeben, das mit den Vocalzeichen, die ihm gewöhnlich untergesetzt werden, einen Töpfer bedeuten müßte, so aber geradezu sinnlos wäre, mit andern Vocalzeichen aber den Schatz bedeuten kann, und so ohne Zweifel zu nehmen ist. Doch der evangelische Erzähler hielt sich an die gewöhnliche Lesart mit ihrem Töpfer. Nun heißt es aber in der Stelle des Propheten, er habe die dreißig Silberlinge in das Gotteshaus geworfen, worauf dann als nähere Bestimmung das Wort folgt, das wir mit Schatz übersetzen, der sich im Tempel befand, der Evangelist aber mit Töpfer, dergleichen sich keiner daselbst befand. Das Hinwerfen in den Tempel kann also mit dem Hinwerfen vor den Töpfer nicht dasselbe gewesen sein, und so hat der Evangelist zwei Acte daraus gemacht, die er sogar verschiedenen Personen zutheilte. Wer nämlich die Silberlinge in den Tempel warf, das war nach ihm der Verräther; wer sie aber dem Töpfer brachte, das waren die Hohenpriester, die das Blutgeld nicht in ihrem Schatze haben wollten. Warum brachten sie aber das Geld dem Töpfer? Als Kaufpreis für ein Grundstück, das sie zum Begräbnißplatz für Fremde von ihm erwarben, an dem aber von dem Gelde, wofür es erworben worden, der Name Blutacker kleben blieb.

Dieses Grundstück kann der Evangelist nicht aus der Stelle des Zacharia genommen haben, wo von einem solchen keine Spur ist; dagegen erinnert es uns an die Erzählung der Apostelgeschichte von dem Ende des Verräthers, die, im übrigen so abweichend, doch darin mit der des Matthäus zusammenstimmt, daß auch sie von einem Grundstück spricht, das aber der Verräther noch selbst, und nicht als Begräbnißplatz für Fremde, sondern für seine eigenen Zwecke, auch nicht gerade von einem Töpfer erkauft habe. Woher dem Urheber dieser Erzählung das Grundstück gekommen, ist nun leicht zu sehen, denn er gesteht es selbst. Er findet nämlich in dem Umstande, daß der Verräther unmittelbar nach dem Ankauf desselben seinen Tod fand, die Erfüllung der Weissagung Ps. 69, 26: „Ihr Gehöfte soll wüste werden, und keiner sei, der darin wohne." Es ist dieß einer jener angeblich davidischen Leidenspsalmen, die in der Christenheit frühzeitig auf die Leiden des Davidssohns bezogen wurden. Aus ihm (V. 22) ist der Essig mit Galle genommen, womit Jesus am Kreuze getränkt worden sein soll, und eine andere Stelle desselben (V. 10) wird im vierten Evangelium als erfüllt in der von Jesu vorgenommenen Tempelreinigung angeführt (2, 17). Die Strafen, die darin den Feinden des Redenden angedroht werden, ließen bei messianischer Fassung des Psalms eine Deutung auf Jesu Widersacher überhaupt, die ihm feindliche Partei unter dem jüdischen Volke, im besondersten Sinne jedoch auf denjenigen, der sich an ihm am schwersten versündigt hatte, den Verräther, zu. Sollte aber dessen Grundstück verödet werden, so mußte er erst ein solches haben, und woher wird er es gehabt haben, als eben von dem Lohne seines Verraths, der sich jetzt durch die Verödung des dafür erkauften Grundstücks an ihm rächte? War aber sein Gehöfte verödet und unbewohnt, so mußte er, der Bewohner, gestorben sein. Daß sie ausgelöscht werden aus dem Buche des Lebens, war ja in demselben Psalm (V. 29) den Widersachern angewünscht, und in einem andern von dem Verfasser der Apostelgeschichte bei dieser Gelegenheit gleichfalls angeführten Psalm (109, 8) hieß es: „Seiner Tage seien wenige!" Daß aber des Verräthers früher Tod kein natürlicher sein durfte, verstand sich theils von selbst, theils lag es in dem gleichen Psalm angekündigt, der sein Grundstück mit Verödung bedrohte. Durch ihren eigenen Tisch, war den Widersachern angewünscht (V. 23), mögen sie zu Falle kommen; ganz wie es nun in der Apostelgeschichte von Judas heißt, er sei jählings herabgestürzt und habe, vermuthlich weil er sich vorher an seinem Tische von dem Verräthersolde recht dick gemästet, aus dem geborstenen Leibe alle Eingeweide ausgeschüttet.

Daß dem Verräther der Leib in's Ungeheure angeschwollen, war eine uralte, schon von Papias aufgezeichnete Ueberlieferung in der Christenheit.[1]) Er habe nicht mehr durchgekonnt, wo ein Wagen durchkommen konnte, und daraus machte ein Anderer (so wachsen dergleichen Legenden), ein ihm begegnender Wagen habe ihn zerquetscht, so daß seine Eingeweide herausgetreten seien. Als Ursache dieser Dicke bezeichnete man die Wassersucht, und ließ insbesondere den Kopf und die Augenlider des Verräthers in dem Grade anschwellen, daß er nicht mehr aus den Augen sehen konnte. Hier könnte das Erblinden Ausmalung, die Wassersucht Motivirung des Aufschwellens, wie dieses Motivirung des Platzens sein; lesen wir jedoch in einem der Psalmen, auf welche der Verfasser der Apostelgeschichte für das Schicksal des Judas sich beruft, gegen den Widersacher die Worte (109, 18): „Der Fluch dringe

1) Die Stellen sind angeführt in meinem Leben Jesu, kritisch bearbeitet, II, S. 490 fg., Anm. 19 und 20.

wie Wasser in sein Inneres und wie Oel in sein Gebein", so haben wir die Wassersucht, wie in den Worten des andern Psalms (69, 24): „Dunkel seien ihre Augen, daß sie nicht sehen", die Erblindung alttestamentlich vorgezeichnet.

Konnte sich so die zwiefache Ueberlieferung über das Ende des Verräthers in der ältesten Christenheit bilden, ohne daß man etwas Geschichtliches darüber wußte, so fragt sich nur noch, ob nicht das Grundstück, in dessen Ankauf und Benennung im Volksmunde beide sonst so abweichende Berichte zusammenstimmen, als etwas Geschichtliches anzusehen ist. Doch nur in der Angabe, daß es bei Jerusalem ein Grundstück, Blutland oder Blutacker genannt, gegeben habe, stimmen die Berichte wirklich zusammen; während in der Art, es mit Judas und seinem Verrath in Verbindung zu bringen, jeder seinen eigenen Weg geht. Gekauft läßt es der eine von Judas selbst, der andere von den Hohenpriestern, benannt aber der eine von dem daran klebenden Blute Jesu, der andere von dem darauf ausgeschütteten Blute des Verräthers werden. Es hat also das Band zwischen dem Verräther und dem Acker keine Haltbarkeit, sondern der Acker bleibt für sich, d. h. es mag ein Grundstück, das, der Himmel weiß woher, jenen Namen trug, vielleicht auch einmal zum Fremdenbegräbniß diente, bei Jerusalem gegeben haben: dieses Grundstück mit der schauderhaften Benennung nahmen die Christen für ihren Verräther in Anspruch, aber die Art, es mit ihm in Zusammenhang zu bringen, stand nicht fest; dem Urheber der Erzählung in der Apostelgeschichte erschien er als das verödete Besitzthum des Verräthers, während der Verfasser des ersten Evangeliums darin das Object sah, wofür dem Töpfer das von dem Verräther zurückgegebene Blutgeld bezahlt worden sei. Dabei braucht man nicht einmal anzunehmen, der Acker sei etwa durch seinen Lehmboden der Beziehung auf den Töpfer entgegengekommen; es war genug, daß er durch die Benennung Blutacker der Beziehung auf den Verräther entgegenkam, mit dem ja der Töpfer durch das falsch ausgelegte Orakel des Zacharias im Zusammenhang stand.

91.

Das Verhör vor Pilatus und Herodes.

Als die eigentlichen Feinde des jungen Christenthums erschienen bis zu den Zeiten der Zerstörung Jerusalems und weiter hinaus, also während der Erzählungsstoff unserer synoptischen Evangelien sich bildete, die altgläubigen Juden; wogegen Römer und Griechen sich theils zwar gleichgültig, theils doch aber auch empfänglich, jedenfalls, locale und vorübergehende Anstöße, wie die neronische Christenverfolgung, abgerechnet, duldsam erwiesen. Bis zur Abfassungszeit des vierten Evangeliums aber hatten sich zwar die Zusammenstöße mit der römischen Staatsgewalt gemehrt, wurden jedoch unendlich überwogen von der Ausdehnung, welche mittlerweile die Heidenbekehrung gewonnen hatte, in Folge deren nun die griechisch-römische Welt als das eigentliche Feld für die Ausbreitung des Christenthums, die Juden aber immer mehr als ein verstockter und verworfener Haufe betrachtet wurden. Da nun am Schlusse seines Lebens Jesus mit beiden Mächten, dem Judenthum und dem Heidenthum, der Hierarchie seines eigenen und der Staatsmacht des römischen Volkes in Berührung gekommen war, so ist es natürlich, daß die Stimmungen, die zur Zeit der Abfassung der verschiedenen Evangelien nach beiden Seiten hin in der Christenheit und in einzelnen Kreisen derselben herrschten, sich auch in der Darstellung dieses Abschnitts der Lebensgeschichte Jesu werden kund gegeben haben.

Daß Jesus auf Befehl des römischen Procurators hingerichtet worden, ist gewiß [1]); daß er diesem selbst unmittelbar durch sein Wirken Anstoß gegeben hätte, ist ohne Spur; es hat also alle Wahrscheinlichkeit, daß, wie unsere Evangelien es darstellen, die jüdischen Obern, da ihnen das Recht über Leben und Tod von den Römern abgenommen war, den römischen Procurator dadurch für ihre Absicht zu gewinnen suchten, daß sie den Mann, den sie aus hierarchischen Gründen verderben wollten, dem Römer politisch verdächtig machten. Möglich gemacht war es durch den politischen Charakter der jüdischen Messiasidee. Diese Idee hatte sich Jesus zwar nur zögernd und mit Ablehnung der politischen Seite angeeignet; allein von dieser Ablehnung hatte das Volk, und selbst seine Jünger, bis dahin um so weniger Notiz genommen, je unverständlicher sie ihnen war; um so leichter konnten die jüdischen Obern dem Pilatus den Anhang, den Jesus unter dem Volke fand, den Zulauf zu seinen Vorträgen, die Huldigungen, die ihm bei seinem Einzug in die Hauptstadt zu Theil geworden waren, in politisch gefährlichem Lichte darstellen. So weit hat also die evangelische Darstellung alle historische Wahrscheinlichkeit für sich.

Aber lieh ihnen Pilatus einmal den Arm, so wird dieß die Folge davon gewesen sein, daß sie ihn entweder von der Gefährlichkeit Jesu wirklich überzeugt hatten, oder daß er selbst überzeugt war, sein Vortheil erheische es, dießmal den jüdischen Volksleitern ihren Willen zu thun. Im ersteren Falle kann er wohl etwa von Anfang an der Schuld Jesu gezweifelt, aber nicht bis an's Ende die Ueberzeugung von seiner Unschuld gehabt, im zweiten wird er diese Ueberzeugung wenigstens nicht öffentlich ausgesprochen haben, sofern er ja dadurch sich ohne Noth in ein schlechtes Licht gesetzt und durch die Gehässigkeit gegen die jüdischen Obern, die darin lag, seinem Zweck, ihren Dank zu verdienen, entgegengehandelt hätte. So wahrscheinlich also die evangelische Darstellung in Betreff der Art ist, wie die jüdischen

1) Tacit. Annal. XV, 44.

Hierarchen den römischen Procurator für sich zu gewinnen wußten, so unwahrscheinlich ist sie in Betreff alles dessen, was sie den Pilatus reden oder thun läßt, um seine Ueberzeugung von der Unschuld Jesu recht laut und feierlich an den Tag zu legen. Und da wir während des Zeitraums der Entstehung unserer Evangelien beobachten, wie sich die Christenheit immer mehr von dem Judenthum mit Widerwillen ab-, der Heidenwelt aber mit Hoffnung zuwendet, so liegt uns die Quelle offen, woraus hier das Unhistorische in die evangelischen Darstellungen eingeflossen ist.

Wenn in den zwei ersten Evangelien Pilatus, als Jesus vor ihn gebracht war, diesem alsbald die Frage vorlegt, ob er der König der Juden sei? so ist dieß ganz in der Ordnung, sofern wir nur voraussetzen, daß eben darin die von beiden Evangelisten erst nachträglich erwähnten Anschuldigungen der jüdischen Obern bestanden hatten; welche daher Lucas geschickter, und mit richtiger Erläuterung die politische Seite der Messiasidee hervorkehrend, in der Angabe voranschickt, die Juden haben Jesum vor Pilatus beschuldigt, daß er das Volk verführe und von der Steuerzahlung an den Kaiser abhalte. Wenn nun freilich auf diese Beschuldigung der jüdischen Obern Jesus schwieg, auf jene Frage des Procurators aber nur das einsilbige: du sagst es, ohne nähere Erklärung zur Antwort gab, so konnte das als Erfüllung der Weissagung von dem stummduldenden Lamme wohl die Christen erbauen, aber schwerlich den Römer zu Gunsten Jesu stimmen, wie doch der Erfolg gewesen sein soll. Und auch Christen der Folgezeit konnten bei dieser Gelegenheit eine Aeußerung Jesu über seine Stellung zu der politischen Seite der Messiasidee erwarten, wie sie daher der vierte Evangelist hier einzuflechten nicht versäumt.

Ueberhaupt hat dieser die ganze Scene vor Pilatus mit besonderer Sorgfalt ausgeführt. Schon dadurch, daß er, um auf das Passahmahl als etwas erst Bevorstehendes hinzuweisen, die Juden nicht in das Prätorium treten, wohl aber Jesum in dasselbe geführt werden läßt, daß also der Procurator, wenn er Jesum befragen will, hinein, wenn er aber mit den Juden verhandeln will, wieder heraustritt und zuletzt auch Jesum mit herausbringt, gewinnt die Scene etwas Dramatisches, um nicht zu sagen Theatralisches; während freilich auf die Frage, wer denn dem Evangelisten, der mit seinen Volksgenossen draußen stand, die Verhandlungen zwischen Jesus und Pilatus im Innern des Prätoriums berichtet haben soll, die Antwort beinahe zur Unmöglichkeit wird. Gleich Anfangs will hier die Darstellung des vierten Evangelisten gleichsam die Exposition des folgenden Gerichtsdrama geben. Wie die Juden ihm den Angeklagten hineingeschickt haben, tritt Pilatus heraus, und fragt nach der Beschuldigung, die sie gegen denselben vorbringen. Ihre bis zur Ungereimtheit ungebärdige Antwort, wenn der Mann kein Uebelthäter wäre, würden sie ihn dem Procurator nicht überliefert haben, erklärt sich nur daraus, daß durch dieselbe die Aufforderung des Pilatus herbeigeführt werden sollte, ihn nach ihrem Gesetze zu richten, und dadurch ihre zur Exposition nothwendige Erwiderung, daß sie das Recht, Verbrecher hinzurichten, nicht besitzen. Diese Notiz beizubringen, ist dem Evangelisten deßwegen wichtig, weil nur in Folge dieses Umstandes die Vorhersage Jesu in Betreff seines Todes, daß dieser in einer Erhöhung von der Erde bestehen werde (12, 32. 8, 28), sich erfüllen konnte, sofern im jüdischen Strafrecht die Kreuzigung nicht vorkam, für ein Vergehen aber, wie das Jesu vorgeworfene, die jüdische Strafe eher in Steinigung bestanden haben würde (3 Mos. 24, 16. 23). Wenn er nun aber hierauf den Pilatus zu Jesu hineingehen und demselben wörtlich gleichlautend, aber auch ebenso abgebrochen wie bei den Synoptikern, die Frage vorlegen läßt, ob er der König der Juden sei? so weiß man trotz aller vorangeschickten Exposition doch nicht, woher Pilatus diese Frage genommen haben soll, da ihm ja die Juden nicht gesagt hatten, was ihre Beschuldigung gegen Jesum sei; es bricht also die bisherige Exposition, die auf die Incompetenz der Juden zur Todesstrafe, also auf die Motivirung der Kreuzigung zielte, hier ab, und fängt eine neue an, welche die Auseinandersetzung der überweltlichen Natur des Reichs und der Königswürde Jesu zum Zwecke hat und in die Frage des Pilatus: was ist Wahrheit? ausläuft. Jesus hatte gesagt, er sei ein König, insofern er dazu geboren und in die Welt gekommen sei, der Wahrheit Zeugniß zu geben. Darauf fragt Pilatus: Was ist Wahrheit? wie früher einmal, als Jesus vor der Erhöhung des Menschensohns sprach, die Juden gefragt hatten: Wer ist dieser Menschensohn? (12, 32. vgl. 8, 28) also eine jener Miß- oder Unverstandsfragen, durch welche das vierte Evangelium die Erhabenheit der Gedanken und Aussprüche seines Christus in's Licht zu stellen liebt; wie denn der Begriff der „Wahrheit" ebenso zu den speciell johanneischen, als der des Menschensohns zu den allgemein christlichen Grundbegriffen gehört.

Wenn nun nach dieser Unterredung der vierte Evangelist den Pilatus hinaustreten und den Juden erklären läßt, an dem Angeklagten keine Schuld zu finden, so muß man zugestehen, daß dieß hier wenigstens besser motivirt ist, als bei Lucas, wo es rein unbegreiflich bleibt, wie Pilatus, nachdem Jesus außer dem trockenen: du sagst es, jede weitere Auskunft abgelehnt hatte, die Ueberzeugung von seiner Schuldlosigkeit aussprechen konnte. Die ausdrückliche Unschuldserklärung übrigens hat Johannes an dieser Stelle selbst den Worten nach aus Lucas genommen[1]); denn die beiden ersten Evangelisten haben eine solche hier noch nicht, und in dieser Form überhaupt nicht. Sondern bei ihnen tritt nun die Episode mit Barabbas ein, die

1) Luc. 23, 4: οὐδὲν εὑρίσκω αἴτιον ἐν τῷ ἀνθρώπῳ τούτῳ.
Joh. 18, 38: ἐγὼ οὐδεμίαν αἰτίαν εὑρίσκω ἐν αὐτῷ.

Johannes auf jene Unschuldserklärung, Lucas auf eine weitere Zwischenscene folgen läßt, und die wir, so festgewurzelt wie wir sie in der urchristlichen Ueberlieferung finden, im Allgemeinen als geschichtlich werden nehmen dürfen. Ob aber Pilatus, wie die Evangelisten es darstellen, die Festgewohnheit der Losgebung eines Gefangenen als Appellation von der fanatischen Priesterschaft an das unbefangene Volk zu benutzen, und diesem durch die Gegenüberstellung eines Räubers und Mörders die Losbittung Jesu um so näher zu legen beabsichtigt, und ob er dieß so angelegentlich in wiederholten Vorstellungen gethan habe, ist freilich eine andere Frage. Und daß er, nachdem ihm dieser Versuch fehlgeschlagen war, mittelst der improvisirten Scene der Händewaschung die Unschuld Jesu feierlich bezeugt, sich von dem Blute „dieses Gerechten" losgesagt und die Verantwortung dafür den Juden anheimgegeben haben soll, dieß wird an Undenkbarkeit nur von dem Andern übertroffen, daß nun das versammelte Judenvolk diese Verantwortung ebenso feierlich übernommen, die Schuld an dem Blute Jesu ausdrücklich sich und seinen Kindern aufgeladen haben soll. Diese dem ersten Evangelium eigenthümliche Darstellung ist augenscheinlich ganz aus dem späteren christlichen Bewußtsein heraus gemacht, das in dem furchtbaren Ausgang des jüdischen Staates und Volkes die an den Kindern vollzogene Strafe für das von den Vätern vergossene Blut Jesu sah, sein eigenes Interesse aber, die Unschuld seines Christus gleichsam officiell bezeugt zu wissen, dem Pilatus unterschob, dem an einem jüdischen Schwärmer, wofür er Jesum im besten Falle hielt, unmöglich so viel liegen konnte, daß er, wenn er nicht rathsam fand, ihn zu retten, durch eine so feierliche Erklärung seiner Unschuld seine eigene Schwäche und Feigheit an den Pranger gestellt haben sollte.

Gewissermaßen motivirt hat übrigens der erste Evangelist dieses Interesse des Pilatus an Jesu durch einen ihm gleichfalls eigenthümlichen Zug, durch die Warnung nämlich, die er demselben, während er eben auf dem Richtstuhl saß, von seiner Gattin zugehen läßt, sich gegen diesen Gerechten ja nichts zu Schulden kommen zu lassen, da sie in der vergangenen Nacht im Traume seinetwegen viel gelitten habe. Wer denkt bei diesem warnenden Traume der Claudia Procula, wie die Legende die Gattin des Pilatus bald benannte[1]), nicht an den angeblichen Traum der Calpurnia, Cäsar's Gattin, in der Nacht vor seiner Ermordung[2]), und ihre an den Gemahl gestellte Bitte, selbigen Tag nicht auszugehen; und wer wäre nicht im Stande, aus diesem allgemeinen Zeitgeschmack auf der einen, und dem persönlichen Geschmack an eingebungsvollen Träumen, den man an dem Evangelisten schon

1) S. das Evangel. Nicodemi und dazu Thilo im Codex apocr. N. T., I, 522.

2) Sueton. Julius, 18. Vellejus, II, 57.

von der Kindheitsgeschichte her kennt, auf der andern Seite sich ein Urtheil über diese Erzählung desselben zu bilden.

Diese beiden Erzählungen, von der Händewäschung des Pilatus und dem Traum seiner Gemahlin, hat der kürzende Marcus einfach übergangen, während Lucas und Johannes sie durch andere Züge von ähnlicher Wirkung zu ersetzen suchen. Lucas hat schon vor der Diversion mit Barabbas, gleich nach der Erklärung des Pilatus, an dem schweigenden Angeklagten keine Schuld zu finden, eine Geschichte (23, 6—15), mit der er ebenso allein steht, wie Matthäus mit der von der Händewaschung: die Geschichte von der Abführung Jesu zu Herodes. Er knüpft sie dadurch an, daß er nach jener Unschuldserklärung die Juden ihre Anklagen gegen Jesus mit der näheren Bestimmung aufrecht erhalten läßt, daß derselbe von Galiläa bis in die Hauptstadt Judäa's das Volk aufwiegle; worauf Pilatus Galiläa auffaßt, und den Galiläer seinem Landesherrn, dem während des Festes gleichfalls in Jerusalem anwesenden Tetrarchen Herodes Antipas, zusendet. Auf diese Erzählung hat Lucas schon früher vorbereitet. Da wo er noch während des Wirkens Jesu in Galiläa der Aufmerksamkeit gedenkt, die Herodes Jesu des Gerüchts von seinen Wunderthaten wegen zugewendet, schloß er mit der ihm eigenthümlichen Bemerkung, Herodes habe gewünscht, ihn zu sehen (9, 9). Auf diesen Wunsch weist jetzt die Freude zurück, die der Fürst empfindet, ihn endlich vor sich zu haben; und wie es damals die Wunder gewesen waren, um deren willen er ihn zu sehen wünschte, so hofft er auch jetzt, er werde irgend ein Zeichen von ihm zu sehen bekommen. Da aber sein Wunsch nicht in Erfüllung geht, indem Jesus allen Fragen des Herodes, wie allen Anklagen der ihm zur Seite gebliebenen Hohenpriester und Schriftgelehrten gegenüber in der Rolle des Schweigens beharrt, wendet sich der getäuschte Fürst mit seinen Trabanten zum Spotte, und schickt endlich den Angeklagten in einem Prachtgewand an Pilatus zurück. An und für sich enthält diese Erzählung nichts, was nicht so geschehen sein könnte. Daß Lucas mit ihr allein steht, beweist auch für sich noch nicht, daß sie unhistorisch ist. Es kommt aber hinzu, daß sie eigentlich gar keinen eigenen Inhalt hat. Von den Fragen oder einem Urtheilsspruch des Herodes wird nichts angegeben, und die Verhöhnung sammt dem Prachtgewand ist nur von der späteren Stelle nach dem Richterspruche des Pilatus heraufgenommen, wo die beiden andern Synoptiker sie haben, wo dann aber bei Lucas diese Züge fehlen. Endlich merkt man so gar deutlich die Absicht, der die Erzählung dient, und wird dadurch mißtrauisch gegen ihre Geschichtlichkeit. Als Jesus von Herodes zu ihm zurückgebracht ist, beruft sich Pilatus für sein früheres Urtheil darauf, daß nun auch Herodes so wenig wie er eine todeswürdige Schuld an ihm gefunden habe. Von zwei Richtern, und zwar solchen, die sonst nicht für ihn eingenommen heißen konnten, sollte die Unschuld Jesu bezeugt worden sein, von denen der eine ein Heide, der andere zwar ein Jude, aber doch kein Pfaffe war: wie auf der Gegenseite der vierte Evangelist Jesum nicht blos von einem, sondern von beiden jüdischen Oberpfaffen verworfen werden läßt.

Doch auch in anderer Art noch sucht der dritte Evangelist das Gewicht, das von Seiten des römischen Procurator in die Schale der Unschuld Jesu gelegt worden sein soll, zu verstärken. Während laut der Erzählung der beiden ersten Evangelisten nach dem Fehlschlagen des Versuchs mit Barabbas Pilatus Jesum geißeln und sofort zur Kreuzigung abführen läßt (Matth. 27, 26. Marc. 15, 15), während also hier die Geißelung nach römischer Sitte nur als vorangehendes Accidens der Kreuzigung erscheint, soll nach Lucas der Procurator sie an der Stelle der Kreuzigung, als die leichtere Strafe, womit er Jesu die schwerere zu ersparen hoffte, wiederholt angeboten, die Juden aber sein Anerbieten zurückgewiesen und auf der Hinrichtung Jesu bestanden haben (23, 16. 22 fg.). Wäre uns das Motiv dieser von Lucas beliebten Abweichung für sich noch nicht klar, so müßte es uns aus der Vergleichung des vierten Evangeliums verständlich werden, wo Pilatus das, was er bei Lucas blos anbietet, vollstrecken, Jesum wirklich geißeln läßt (19, 1), doch nicht wie bei Matthäus und Marcus als Einleitung zur Kreuzigung, sondern zur Abwendung derselben, d. h. um durch den mitleidswerthen Anblick des Gegeißelten die harten Judenherzen zum Abstehen von ihrer Forderung der Todesstrafe zu vermögen. Deßwegen zieht der Evangelist auch die Verspottung durch die Soldaten, die Ausschmückung mit Purpurmantel und Dornenkranz hieher; Vorgänge, welche die beiden ersten Evangelisten zwar auch auf die Geißelung, aber als Jesus bereits von dem Procurator preisgegeben ist, folgen lassen, während sie bei Johannes dienen sollen, das Erbarmungswürdige des Anblicks Jesu zu verstärken, und dadurch womöglich das Aeußerste von ihm abzuwenden. Indem Pilatus den so Zugerichteten den Juden noch einmal mit den Worten vorführt: Siehe, welch ein Mensch! und sie, auch dadurch ungerührt, auf dem Verlangen seiner Kreuzigung beharren, hat einerseits Pilatus alles Mögliche gethan, Jesum zu retten, und andererseits seine jüdischen Widersacher eine Hartherzigkeit gezeigt, wie sie in der Schilderung keines andern Evangeliums zu Tage tritt.

Während bei sämmtlichen Synoptikern nach dem Fehlschlagen der Diversion mit Barabbas Pilatus nachgibt und Jesum zur Kreuzigung abführen heißt, entsteht für den vierten Evangelisten dadurch, daß er denselben auch jetzt noch in dem Bestreben, Jesum zu retten, beharren läßt, die Aufgabe zu zeigen, wie es die jüdischen Hierarchen angegriffen haben, ihn doch noch umzustimmen (19, 6—16); wodurch zugleich der Proceß seines Widerstands verlängert und die schlaue Hartnäckigkeit der Juden noch weiter veranschaulicht wird. Zunächst erhält das Bestreben des Pilatus, Jesum zu retten, einen neuen Antrieb durch die Angabe seiner Widersacher, Jesus habe sich für den Sohn Gottes ausgegeben; worin die Juden ein todeswürdiges Verbrechen sehen, während den Heiden dabei eine wenn auch noch so dunkle Ahnung des wirklichen Thatbestands durchschauert haben soll. Dazu kommt dann die Hinweisung Jesu auf die höhere Macht, ohne welche der Procurator keine Gewalt über ihn hätte (vgl. Röm. 13, 1), eine Erinnerung an höhere Verantwortung, die seine Bedenklichkeit nur vermehren kann. Nun aber spielen die Juden ihre letzte kräftigste Karte aus, indem sie, an die anfängliche Verhandlung über das Königthum Jesu anknüpfend, die Abneigung des Pilatus, den vorgeblichen Judenkönig zu verurtheilen, als Untreue gegen den Kaiser darstellen. Nachdem also der Procurator lange aus guten Gründen dem Andringen der Juden Widerstand geleistet, ist es zuletzt die schlechteste Triebfeder des persönlichen Interesses, der er nachgibt, und zwar wider sein besseres Wissen nachgibt, da er aus der früheren Verhandlung mit Jesu wohl wissen muß, daß dieser nur in einem solchen Sinne König sein wollte, der ihn mit dem Kaiser in keine Collision bringen konnte. Gewiß ist hier der Hergang der Verurtheilung Jesu ganz so dargestellt, wie es den Empfindungen der späteren Christenheit, aber schwerlich so, wie es der Wirklichkeit entsprach; denn so wie er hienach gehandelt haben soll, könnte Pilatus nur aus einem tieferen Antheil an Jesu heraus gehandelt haben, von dem man nicht einsicht, woher er dem Römer hätte kommen sollen, wohl aber, wie der Evangelist dazu kommen konnte, ihn demselben aus seinem christlichen Bewußtsein heraus zu leihen.

Vierte Mythengruppe.

Kreuzigung, Tod und Begräbniß Jesu.

92.

Die Kreuzigung.

Daß Jesus am Kreuze geendet, den schmachvollsten Verbrechertod erlitten hatte, damit war er nach herkömmlich jüdischen Begriffen jedes Anspruchs auf die Anerkennung als Messias verlustig geworden. Die Jünger und diejenigen aus den Juden, die sich durch sie zum Glauben an Jesum führen ließen, bildeten ihre altjüdischen Vorstellungen nach jener Thatsache um, indem sie das Merkmal des Leidens als eines stellvertretenden, des gewaltsamen Todes als eines sühnenden Opfertodes, in ihren Messiasbegriff aufnahmen. Dieß war innerhalb des jüdischen Vorstellungskreises nur dadurch möglich, daß in den Schriften des Alten Testaments Stellen nachgewiesen wurden, worin von Leiden und gewaltsamem Sterben des Messias die Rede zu sein schien. Dergleichen waren zwar in Wirklichkeit keine vorhanden; aber theils der collective Knecht Jehova's bei Jesaia, theils einzelne Fromme, waren vielfältig leidend, gequält bis zum Tode und scheinbar gottverlassen dargestellt, und in solchen Stellen den Messias zu finden, war bei dem Zustande der Schriftauslegung unter den damaligen Juden die leichteste Sache von der Welt. Stellte sich nun in der Zeit, als man anfing, bis er in den Himmelswolken wiederkäme, einstweilen auf das vergangene Erdenleben des Messias Jesus zurückzublicken, dem evangelischen Erzähler die Aufgabe, auch von dem Anstößigsten, das jenen betroffen hatte, seiner Kreuzigung, einen Bericht zu geben, so war es natürlich, daß er dabei jene alttestamentlichen Stellen fest im Sinne behielt, und Zug für Zug darauf hinwies, wie mit all der Schmach und dem Leiden, das hier Jesum traf, ihm doch nichts Anderes begegnet sei, als wovon längst im Alten Testament vorhergesagt war, daß es dem Messias begegnen werde, nichts mithin, was nicht in den göttlichen Plan, das Volk Israel und alle Gläubigen durch das Leiden und den Tod des Messias zu retten, gehörte. Zum Voraus werden wir demnach in der Beschreibung, welche uns die Evangelisten von dem Hergang bei der Kreuzigung Jesu machen (Matth. 27, 32—56. Marc. 15, 21—41. Luc. 23, 26—49. Joh. 19, 17—30), ein Gemisch von geschichtlicher Erinnerung und von Umbildung nach den vermeintlichen Weissagungen des Alten Testaments erwarten.

Den ersten Zug der evangelischen Erzählung, daß bei der Hinausführung Jesu sein Kreuz einem Manne aus Cyrene, Namens Simon, der nach Marcus und Lucas eben vom Felde heimkam, aufgeladen worden (Matth. 27, 32. Marc. 15, 21. Luc. 23, 26), kann uns gegen die Zusammenstimmung der drei ersten Evangelisten das Schweigen oder vielmehr der Widerspruch des vierten, der in der Angabe liegt, daß Jesus sein Kreuz selbst getragen habe (19, 17), an und für sich noch nicht zweifelhaft machen; denn wir können uns recht wohl denken, wie ihm die Darstellung der Synoptiker als eine Entstellung erscheinen konnte, die er zu entfernen für seine Pflicht halten mußte. Was ließ sich auch von seinem Standpunkte aus Verkehrteres denken, als dem Lamm Gottes, das der Welt Sünde trug (1, 29), demjenigen, der als Stellvertreter für die Menschheit Leiden und Kreuzestod auf sich genommen hatte, beim Hinaustragen des Kreuzes selbst wieder einen Stellvertreter unterzuschieben? Warum nicht auch vollends beim Tode? wie der Gnostiker Basilides gelehrt haben soll, Simon sei an Jesu Statt gekreuzigt worden.[1]) Fort also mit diesem falschen Stellvertreter, mochte der Evangelist denken, und Jesum als denjenigen dargestellt, der, wie unsere Schmerzen, so auch

1) Iren. adv. haer., I, 24, 4.

sein Kreuz selbst getragen hat! Ist so mittelst des johanneischen Berichts der synoptische nicht zu erschüttern, so findet man sich doch durch den Einblick in das Motiv der johanneischen Darstellung auf einen Standpunkt gestellt, wo die Frage entsteht, ob nicht am Ende auch schon die synoptische einem ähnlichen dogmatischen Motiv ihre Entstehung verdanken könnte? Das Kreuz Christi war, nachdem man einmal den ersten Anstoß desselben überwunden hatte, bald das Grundsymbol des Christenthums geworden. Christi Kreuz auf sich nehmen, hieß sein Beispiel nachahmen, und die Aufforderung dazu wurde ihm selbst mit den Worten in den Mund gelegt (Matth. 16, 24): „Wenn einer mir nachkommen will, der verläugne sich selbst und nehme sein Kreuz auf sich und folge mir.“ Dergleichen Bilderreden tragen immer den Reiz in sich, einmal auch eigentlich, als wirklicher äußerlicher Vorgang, gefaßt zu werden; eigentlich aber konnte Jesu sein Kreuz nur damals nachgetragen worden sein, als er zur Richtstätte ging; einen solchen Urkreuzträger hier aufzustellen, der, wenn auch von Andern dazu gepreßt, dieß doch nach der Vorschrift Jesu in der Bergrede (Matth. 5, 41) nicht ablehnte, sondern das Kreuz auf sich nahm, und es, wie Lucas sagt, Jesu nachtrug, lag der urchristlichen Phantasie gewiß nicht ferne. Ebenso nahe lag es ihr freilich, wenn, was gar wohl geschehen sein kann, das Kreuz Christi wirklich durch einen andern an die Richtstätte gebracht worden ist, eben um jener symbolischen Bedeutung willen diesen Zug sammt dem Namen des Mannes recht festzuhalten; und die Uebereinstimmung der drei Synoptiker nicht nur in dem Namen, sondern auch in der Angabe der Heimath des Kreuzträgers wird sich immer für die letztere Annahme verwerthen lassen.

Etwas Weiteres, das während des Hingangs zum Richtplatz vorgefallen, weiß nur Lucas zu berichten, daß nämlich Jesu viel Volks und insbesondere Weiber nachgefolgt seien, die sein Schicksal bejammert haben; er aber habe die Töchter Jerusalems vielmehr über sich selbst und ihre Kinder weinen geheißen, der schrecklichen Tage wegen, die in Kurzem über die Stadt hereinbrechen würden (Luc. 23, 27—31). Die Zerstörung Jerusalems als Strafe für die Verschuldung seiner Bewohner an Jesu darzustellen, ist zwar sämmtlichen Synoptikern gemein, tritt aber besonders als die Richtung des Lucas hervor. So läßt er, und er allein, Jesum bei der Annäherung zu der Stadt über sie weinen, daß sie durch ihre Verblendung das Unheil der Belagerung und Zerstörung über sich und ihre Kinder heraufführe (19, 41—44). Das Gegenstück zu dieser Scene ist nun, daß die Töchter Jerusalems den der Hinrichtung entgegengehenden Jesus bejammern zu müssen meinen, da sie doch mehr Ursache hätten, über sich selbst zu weinen. Die Züge, womit dabei Lucas Jesum das künftige Schicksal Jerusalems zeichnen läßt, nimmt er einerseits aus der großen eschatologischen Rede, wo auch bei ihm wie bei den andern Synoptikern Jesus sagt (21, 23): „Wehe aber den Schwangern und den Säugenden in jenen Tagen!“ wie hier: „Es werden Tage kommen, wo sie sprechen werden: Glücklich die Unfruchtbaren und die Leiber, die nicht geboren haben, und die Brüste, die nicht gesäugt haben"; der Wunsch aber, den sie alsdann aussprechen werden, daß die Berge auf sie fallen, die Hügel sie bedecken möchten, ist fast wörtlich aus Hos. 10, 8 entlehnt.

Nach Jesu Ankunft am Richtplatze ist den beiden ersten Evangelisten nichts wichtiger, als zu zeigen, wie zwei alttestamentliche Weissagungen an ihm in Erfüllung gegangen seien. Erst habe man ihm Essig mit Galle vermischt angeboten, sagt Matthäus ohne Arges (V. 34), und wenn er hinzusetzt, nachdem Jesus es gekostet, habe er es nicht trinken mögen, so wundert uns das weniger, als daß man ihm so etwas angeboten haben soll. Dem Marcus muß es auch unglaublich erschienen sein, daher macht er aus dem Essig mit Galle Wein mit Myrrhen (V. 23), und gewinnt damit eine Anknüpfung an die jüdische Gewohnheit, hinzurichtende Missethäter durch Gewürzwein vorher zu betäuben.[1]) Möglich, daß er damit das Richtige getroffen, daß Jesu wirklich solcher Wein geboten, von ihm jedoch, weil er nicht betäubt sein wollte, ausgeschlagen worden wäre; dieses Thatsächliche hätte dann aber der zweite Evangelist nur errathen, denn was ihm bei Matthäus vorlag, war überhaupt nichts Thatsächliches, sondern lediglich ein prophetischer Zug aus dem einen der beiden Psalmen, die, nächst dem Abschnitt Jes. 53, gleichsam das Programm bilden, wornach die ganze Kreuzigungsgeschichte in unsern Evangelien augelegt ist. Die beiden Psalmen 22 und 69 galten in der ältesten Christenheit, wie wir schon wiederholt zu bemerken hatten, freilich durchaus irrigerweise, als Weissagungen auf die Leiden des Messias, und so werden nun, soweit sie nicht schon früher verwendet worden sind, hier bei der Kreuzigung vollends alle Züge derselben, die nur irgend zu der Situation taugen, in Anwendung gebracht. Ein solcher Zug ist der Durst und seine Stillung durch ein unliebliches Getränk. „Meine Zunge klebt an meinem Gaumen", klagt der Verfasser des einen Psalms (22, 16); der des andern (69, 22), sagt: „Sie thun in meine Speise Galle, und für meinen Durst tränken sie mich mit Essig." Statt in die Speise, wovon bei der Kreuzigung nicht die Rede sein konnte, mischt Matthäus die Galle in den Trank, und bringt so den Essig mit Galle heraus, den er Jesu vor der Kreuzigung reichen läßt, vielleicht weil er wußte, daß da bisweilen ein betäubender Mischtrank gereicht wurde; während erst Marcus die Beschreibung mit der Sitte vollends in Einklang bringt.

Da jedoch die Galle immer Schwierigkeit machte, so hatte eine andere Vorstellungsweise sich nur an den Essig gehalten, der dem Psalm gemäß dem Messias Jesus in seinem Leiden mußte gereicht worden sein. Hier bot

---

1) S. die Nachweisung in meinem Leben Jesu, kritisch bearbeitet, II, S. 514, Anm. 15.

sich dann zur geschichtlichen Anknüpfung der Essig dar, den, unter Wasser gemischt, die römischen Krieger auf Feldzügen und andern Expeditionen zu trinken bekamen, den also wohl auch damals die zur Kreuzigung commandirten Soldaten zur Hand gehabt haben werden. Da aber mit dem Essig der Psalmstelle zufolge der Messias getränkt werden soll „für seinen Durst", oder als nach dem andern Psalm die Zunge ihm am Gaumen klebte, so verschob die Vorstellungsweise, die sich mit Weglassung der Galle ausschließlich an den Essig hielt, die Tränkung mit demselben auf einen späteren Zeitpunkt, wo das längere Hängen am Kreuze den Durst stärker erregt haben mochte. Dabei läßt Lucas, eben im Gedanken an den Soldatentrank, Jesu den Essig von den Soldaten zum Spotte dargereicht werden (V. 36); während Johannes, und zwar ganz am Ende vor dem Verscheiden Jesu, einige von den Umstehenden, wie es scheint, in guter Absicht, einen Schwamm in Essig tauchen und auf einem Ysopstengel ihm zum Munde führen läßt (V. 29). Dem hat er zum deutlichen Beleg, woher er die Notiz genommen, die weitere vorausgeschickt; damit die Schrift erfüllet würde, habe Jesus gesprochen: Ich dürste, womit nur die Erfüllung der schon genannten Psalmstelle gemeint sein kann. Neben dieser späteren Tränkung mit bloßem Essig haben nun der dritte und der vierte Evangelist davon, daß Jesu gleich Anfangs Essig und Galle oder Myrrhenwein angeboten, aber von ihm ausgeschlagen worden, nichts; wogegen Matthäus und Marcus, ganz in ihrer Art, wie bei der Speisungsgeschichte, um nichts umkommen zu lassen, die Geschichte von der Essigtränkung in beiden Formen, die sie angenommen hatte, ihren Evangelien einverleibt haben. Die zweite lassen schon sie wie Johannes mittelst eines Schwamms geschehen; eine Zusammenstimmung in einem nicht aus dem Psalm genommenen Zuge, worin man die Spur einer geschichtlichen Kunde, ebenso gut aber auch nur eines Gebrauchs bei Gekreuzigten, sehen kann. Dagegen erinnert der Ysopstengel, der nur Johannes, d. h. derjenige Evangelist hat, der in dem gekreuzigten Jesus das wahre Passahlamm sieht, an die mosaische Verordnung über das Blut dieses Lammes, in welcher gleichfalls der Ysop eine Rolle spielt (2 Mos. 12, 22).

Nach einer kurzen Erwähnung der mittlerweile vollzogenen Kreuzigung eilen nun die beiden ersten Evangelisten zu dem zweiten an Jesu erfüllten Zug aus jenen Leidenspsalmen, den auch die beiden andern Evangelisten sich nicht entgehen lassen (Matth. 27, 35. Marc. 15, 24. Luc. 23, 34. Joh. 19, 23 fg.). Der Unglücksmann des 22. Psalms hatte nämlich unter Anderem geklagt (V. 19): „Sie theilen meine Kleider unter sich, und über mein Gewand werfen sie das Loos." Auch dieser Zug kann bei Jesu möglicherweise zugetroffen sein, da nach römischem Rechte die Kleidungsstücke der Hingerichteten als Spolien den Vollstreckern des Urtheils zufielen. Allein daß die Evangelisten auch hier nicht aus einer historischen Nachricht, sondern lediglich aus der Psalmstelle geschöpft haben, wenn diese gleich nur von dem vierten ausdrücklich angeführt wird, erhellt daraus, daß jeder von ihnen die Sache genau so darstellt, wie er die Psalmstelle verstand. Wer sie recht verstand, der wußte, daß sie in ihrer zweiten Hälfte weder von einer andern Handlung, noch von einem andern Gegenstande sprach, als in der ersten, sondern, was in der ersten Hälfte gesagt war, in der zweiten nur näher bestimmt wurde. So verstanden die Stelle die drei Synoptiker, besonders deutlich Matthäus, und so erzählt er denn, die Soldaten haben die Kleider Jesu unter sich getheilt, indem sie das Loos warfen, was Marcus dahin erläutert, sie haben geloost, welches Stück ein jeder bekommen sollte. Dagegen verstand der vierte Evangelist die Stelle falsch, als spräche sie zuerst von einem Vertheilen der Kleider, und dann von einem Loosen um das Gewand, als zwei verschiedenen Handlungen an zwei verschiedenen Gegenständen, und demzufolge erzählt er, erst haben die Soldaten (deren Zahl er auf vier bestimmt) die übrigen Kleider, d. h. die Oberkleider, ohne Anwendung des Looses unter sich vertheilt, hierauf aber um das Unterkleid (das versteht er unter dem „Gewand" der Psalmstelle), weil sie es weder ohne Weiteres einem zutheilen, noch das ungenähte Kleidungsstück durch Zerschneiden verderben wollten, das Loos geworfen. Also ganz wie oben bei der Prophetenstelle von dem Esel und den Eselsfüllen; nur daß hier Matthäus und Johannes die Rollen tauschen, der Mißverstand dießmal ebenso auf Seiten des letzteren ist, wie er in dem früheren Falle auf Seiten des ersteren gewesen war. Ob der vierte Evangelist diese Wendung zugleich in der Absicht genommen, um mit dem ungenähten Leibrocke Christi wie mit dem unzerrissenen Netze (21, 11) die Einheit der Kirche, der Einen Heerde unter dem Einen Hirten (10, 16), anzudeuten, ist eine Vermuthung, die sich nur als Frage hinstellen läßt.

Einen besonderen Trost mußte es dem gläubigen Erzähler der Kreuzigung Jesu gewähren, daß gerade dasjenige, was diese Geschichte dem christlichen Bewußtsein so schmerzlich machte, die Schmach und der Hohn gegen den gekreuzigten Messias, die sich daran knüpften, im Alten Testament, wie man es nun verstehen lernte, so bestimmt vorhergesagt war. In jenem Leidenspsalm (22, 8) hieß es ja schon: „Wer mich siehet, spottet mein, verzieht die Lippen, schüttelt das Haupt"; was Wunder, wenn jetzt, wie die Synoptiker erzählen (Matth. V. 39 fg. Marc. V. 29 fg. Luc. V. 35 fg.), die Vorübergehenden, oder das zuschauende Volk sammt den Aeltesten, den gekreuzigten Jesus verspotteten und die Köpfe über ihn schüttelten. Auch ihre Spottreden gibt Matthäus zum Theil in genauer Zusammenstimmung mit der Psalmstelle an: „Er hat auf Gott vertraut, der rette ihn nun, wenn er Lust an ihm hat"; ganz wie es im Psalm nach der griechischen Uebersetzung hieß (V. 9): „Er hat auf Gott gehofft, der rette ihn nun, da er Lust an ihm hat." Nun sind freilich die so Redenden im Psalm als Stiere, Hunde,

Löwen und Büffel, d. h. als übermächtige Gottlose bezeichnet; so treffend es also von dem Evangelisten ist, ihre Reden den jüdischen Widersachern Jesu, den Hohenpriestern und Schriftgelehrten, in den Mund zu legen, so wenig läßt sich denken, daß diese schriftkundigen Männer in der That jene Psalmworte gebraucht haben sollten, von denen sie sich erinnern mußten, daß sie Reden von Gottlosen waren. Eher könnten sie jene Reden wirklich geführt haben, die nicht aus dem Psalm genommen sind, sondern sich auf die besondern Verhältnisse Jesu beziehen: wie der Spott darüber, daß er, der Andere gerettet, nun sich selbst nicht retten könne, und die Aufforderung, der vorgebliche Gottessohn und König Israels, der mächtige Zerstörer und Wiedererbauer des Tempels, möge nun seine höhere Natur durch Herabsteigen vom Kreuze beurkunden.

Im Zusammenhang mit dieser Erwähnung des Judenkönigs in den Spottreden erst der Hohenpriester und Schriftgelehrten, dann der Soldaten bei Gelegenheit der Essigtränkung, kommt Lucas auf die Ueberschrift des Kreuzes zu sprechen (23, 38; die übrigen Evangelisten hatten ihrer schon früher gedacht, Matth. 27, 37. Marc. 15, 26. Joh. 19, 19—22), deren Hauptinhalt ja eben die Bezeichnung Jesu als des Judenkönigs bildete. Schon Lucas, wie dann auch Johannes, hebt hervor, daß diese Inschrift in drei Sprachen, griechisch, römisch und hebräisch, geschrieben gewesen; beide, der Pauliner, wie der Verfasser des Geistesevangeliums, sehen darin die Vorbedeutung davon, wie das Wort von diesem vermeintlichen Judenkönig weit über den Kreis des Judenthums hinaus in der Griechen- und Römerwelt Verbreitung finden werde. Und der Letztere gibt überdieß der Benennung Jesu als Judenkönigs eine Wendung, daß aller Spott, der sich daran knüpfen konnte, für die Christen unschädlich, allein auf die Juden zurückfallen mußte. Sie fanden sich, erzählt Johannes, durch diese Benennung eines Gekreuzigten gekränkt und baten den Procuratur um Abänderung; aber indem dieser auf dem beharrte, was er geschrieben, bleibt es also dabei, daß die Juden ihren König gekreuzigt haben, der Gekreuzigte aber eben darum kein Judenkönig mehr, sondern der Gottessohn und Weltheiland ist, als welchen die Christen der tieferen johanneischen Weihe ihn erkennen.

Was Matthäus und Marcus erst verspätet nachbringen, erwähnen Lucas und Johannes gleich Anfangs, daß nämlich mit Jesu zwei Verbrecher, nach den beiden ersten Evangelisten Räuber, und zwar so gekreuzigt worden seien, daß er die Mittelstelle zwischen beiden einnahm (Matth. V. 38. Marc. V. 27 fg. Luc. V. 32 fg. Joh. V. 18). Dazu liest man bei Marcus als erfüllt durch diesen Umstand die Weissagung angezogen (Jes. 53, 12): „Er ward unter die Uebelthäter gerechnet.“ Dieselbe Stelle hatte bei Lucas (22, 37) Jesus selbst am Schlusse des letzten Mahles als eine solche angeführt, die noch an ihm in Erfüllung gehen müsse, darin nämlich, daß er demnächst wie ein Uebelthäter werde gefangen genommen werden. Marcus, oder wer seinem Evangelium diesen Vers einschob (denn die Aechtheit desselben ist zweifelhaft), sah darin noch bestimmter eine Weissagung auf die Kreuzigung Jesu zwischen zwei Verbrechern; eine Beziehung, die aber in der Stelle, sogar für die willkürlichste Auslegung, so wenig angedeutet ist, daß man den Zug von den beiden Mitgekreuzigten nicht wohl als einen solchen betrachten kann, der nur aus dieser Prophetenstelle herausgesponnen wäre. Sondern er mag historisch, den Evangelisten aber auch dieser vermeintlich prophetischen Beziehung wegen willkommen gewesen sein. Auch wird er alsbald von ihnen, von jedem in seiner Art, weiter verwendet. Matthäus und Marcus lassen die beiden Schächer in den allgemeinen Schmähchor, der um den gekreuzigten Messias erschallt, einstimmen; Lucas mit feinerem Ohr weiß beider Stimmen zu unterscheiden. Nur der Eine hat wirklich eingestimmt und Jesum schmähend aufgefordert, wenn er der Messias sei, sich und sie beide zu retten; aber der Andere, besser gesinnt, hat es ihm verwiesen, hat nicht blos Jesu Unschuld anerkannt, sondern ihn auch gebeten, wenn er in seinem Reiche, mithin als Messias, wiederkomme, seiner zu gedenken (V. 39 fg.). Daß nun, was Jesus bis dahin vergeblich sich bemüht hatte, seinen Jüngern begreiflich zu machen, die Lehre von einem leidenden und sterbenden Messias, ein mit ihm ohne Zweifel jetzt zum erstenmal in Berührung gekommener Verbrecher ohne vorangegangene Belehrung von seiner Seite begriffen haben sollte, ist ebenso undenkbar, als das Motiv von selbst einleuchtet, das den Verfasser des dritten Evangeliums oder seinen Gewährsmann bewogen hat, den Zug mit den beiden Mitgekreuzigten in dieser Art weiter auszubilden. Hatte in der Lästerung durch einen verurtheilten Verbrecher die Schmach des gekreuzigten Messias ihren tiefsten Punkt erreicht, so lag hierin von selbst der Reiz, eben aus dieser tiefsten Erniedrigung ihm eine neue Verherrlichung hervorgehen zu lassen. Und besonders für einen Schriftsteller, bei dem auch sonst der allgemeine evangelische Zug der Sünderfreundschaft eine besondere Ausbildung gefunden hat. Daß der Missethäter am Kreuze sich bekehrt und gläubig wird, während die selbstgerechten Hohenpriester und Aeltesten verstockt bleiben, war ja ganz im Sinne des Gleichnisses vom verlorenen Sohn, der Erzählung von der salbenden Sünderin. Daher hielt sich der dritte Evangelist insoweit zwar an die hergebrachte Darstellung, daß er den einen der beiden Verbrecher in seiner schmähenden Rolle beließ, stellte ihm aber den andern als reuigen, gläubigen und von Jesu begnadigten Sünder gegenüber, wodurch er zugleich einen an und für sich schon wirksamen Contrast gewann. Daß dabei Lucas in den beiden Schächern das entgegengesetzte Verhalten der Juden und der Heiden zum Christenthum, den hartnäckigen Unglauben der einen, den bußfertigen, heilsbegierigen Glauben der andern habe vorbilden wollen, diese scharfsinnige Vermuthung von

Schwegler[1]) ist wieder eine von denen, die man nicht vergessen, aber auch nicht fest ergreifen und als Ergebniß sicherstellen kann.

93.

Die Kreuzesworte.

Mit der Antwort Jesu an den bußfertigen Schächer haben wir eines seiner Worte am Kreuze berührt, deren man herkömmlich sieben zählt. So viele nämlich kommen heraus, wenn man die Berichte sämmtlicher Evangelisten zusammennimmt. Aber für sich allein hat keiner so viele, sondern Matthäus und Marcus jeder nur eins, und zwar beide dasselbe; Lucas drei, aber andere als jene beiden; Johannes ebenso viel, aber wiederum solche, von denen seine sämmtlichen Vorgänger nichts wissen. Und könnten wir die einzelnen Evangelisten jetzt noch fragen, so wissen wir zwar nicht, was die beiden ersten zu den Kreuzesworten der beiden übrigen sagen möchten; von dem dritten aber ist es wahrscheinlich und von dem vierten außer Zweifel, daß er das Wort, das die beiden ersten dem gekreuzigten Christus in den Mund legen, mit Protest von der Hand gewiesen haben würde.

Dieses Wort ist nämlich das bekannte: „Mein Gott, mein Gott, warum hast du mich verlassen?" das beide Evangelisten zugleich in der aramäischen Ursprache wiedergeben, um das Mißverständniß mit Elias begreiflich zu machen, das sie daran sich knüpfen lassen (Matth. V. 46 fg. Marc. V. 34 fg.). Bekanntlich bilden diese Worte den Anfang des 22. Psalms, und da ist es auf dem Standpunkte der beiden ersten Evangelisten ganz in der Ordnung, nachdem eine Reihe von objectiven Zügen dieses Leidenspsalms als erfüllt an dem gekreuzigten Jesus nachgewiesen ist, daß den einleitenden Vers desselben, der die subjective Stimmung des darin Redenden ausspricht, nun Jesus selbst in den Mund nimmt, und damit sein ganzes jetziges Leiden für die Erfüllung der in dem Psalm enthaltenen Weissagung erklärt. So stellte sich die Sache den beiden ersten Evangelisten dar, bei denen die Jesu in den Mund gelegte Stelle nicht viel mehr als ein Citat ist; aber sehen wir nun auf Jesum und auf die Stimmung, deren Ausdruck jene Worte, wenn er sie gesprochen, gewesen sein müßten, so bedarf es nicht allein bei dem Gottmenschen der Kirchenlehre höchst abenteuerlicher Voraussetzungen, um in ihm ein Gefühl der Gottverlassenheit denkbar zu machen[2]),

---

1) Das nachapostolische Zeitalter, I, 50. Vergleiche Baur, Kritische Untersuchungen über die kanonischen Evangelien, S. 512. Volkmar, Die Religion Jesu, S. 332.

2) Vgl. mein Leben Jesu, kritisch bearbeitet, II, 429 fg.

sondern auch wir auf unserem rein menschlichen Standpunkte würden der geistigen und sittlichen Hoheit Jesu zu nahe zu treten fürchten, wenn wir selbst in diesem Augenblicke des tiefsten Leidens ein solches Gefühl in ihm voraussetzen wollten. Denn es läge darin, daß er an sich und seinem Werke und an seinem eigenen bisherigen Verständniß beider jetzt irre geworden wäre, da er sonst gerade in dem Ausgang, der ihn jetzt persönlich betroffen hatte, den rechten und von ihm längst vorhergesehenen Weg zum Triumph seiner Sache erkennen mußte. Schon dem dritten Evangelisten stand, bei seiner höheren Vorstellung von Christo, jenes Wort nicht mehr an, und vielleicht hat er eben deßwegen den Seelenkampf in Gethsemane verstärkt, damit in jener Scene alle Schwachheit abgethan, und für alles Folgende nur Fassung und Hoheit übrig sei. Dem vierten Evangelisten war umgekehrt schon die Scene in Gethsemane unerträglich; eine Seelenerschütterung, bei der jedoch keinen Augenblick die mit Gott einige Fassung verloren ging, war das Aeußerste, was er für seinen Logoschristus denkbar fand; vollends aber ein Gefühl von Gottverlassenheit war durch den Begriff desselben schlechthin ausgeschlossen.

Jene hohe Fassung nun, die im tiefsten eigenen Leiden, weit entfernt, sich selbst zu verlieren, noch Mitgefühl für Andere, und sogar für die Urheber des Leidens, übrig hat, läßt der dritte Evangelist seinen Jesus gleich in dem ersten Worte bethätigen, das er ihn, wie es scheint, während er an das Kreuz geschlagen wurde, sprechen läßt: „Vater, vergib ihnen, denn sie wissen nicht, was sie thun“ (23, 34); ein Wort, das nicht blos mit dem Gebot der Feindesliebe, sondern überhaupt mit jener Alles umfassenden, Alles zum Besten kehrenden Liebesstimmung im Einklang ist, die sich uns oben als die Grundstimmung Jesu dargestellt hat; wenn auch nicht unberücksichtigt bleiben darf, daß der Evangelist hier ohne Zweifel an Jesu verwirklicht zeigen wollte, was Jesaia von dem Knecht Jehova's gesagt hatte, daß er, eben während er, zu den Uebelthätern gezählt, die Sünden Vieler trug, „für die Uebelthäter sich (bei Gott) verwendete“ (Jes. 53, 12). Eine ähnliche Fassung bekundet das zweite der Kreuzesworte bei Lucas, die Versicherung an den gläubigen Schächer, daß derselbe, selbst noch vor seiner messianischen Wiederkunft, noch heute mit ihm im Paradiese sein solle (V. 43). In dem dritten und letzten denkt der Gekreuzigte zwar an sich, aber es ist recht im Gegensatz gegen die Klage über Gottverlassenheit ein Wort der vertrauensvollsten Hingebung unmittelbar vor dem Verscheiden: „Vater, in deine Hände befehle ich meinen Geist“ (V. 46). Ein ähnliches Gebet wie eine ähnliche Fürbitte für seine Mörder hat Lucas auch dem Stephanus, den er überhaupt in verschiedener Hinsicht als Nachbild Jesu darstellt, in den Mund gelegt (Apostelgesch. 7, 59 fg.); genommen aber sind die Worte aus Psalm 31, 6, und zwar wörtlich nach der griechischen Uebersetzung.

Der vierte Evangelist hat, was ihm der dritte als die letzten Worte Jesu bot[1], als Formel zur Bezeichnung seines Todes verwendet, indem er ihn das Haupt neigen und seinen Geist (dem Vater) übergeben läßt, nachdem er vorher gesprochen hatte: „Es ist vollbracht" (19, 30). Eben weil dieß das letzte Wort Jesu sein sollte, mußte dem Uebergeben des Geistes eine andere Wendung als bei Lucas gegeben werden; aber warum sollte denn jenes das letzte Wort Jesu sein? Schon dem vorletzten seiner Kreuzesworte, dem Wort: „mich dürstet", gab der vierte Evangelist die Einleitung, Jesus habe das gesprochen, da er wußte, daß nun Alles vollendet sei, damit auch vollends die Schriftstelle vom Durst und der Essigtränkung an ihm erfüllt würde (V. 28 fg.). Also die Vollendung seines Werkes, die von Jesu zwar schon in seinem hohenpriesterlichen Gebet (17, 4) angekündigt, aber jetzt erst in der Wirklichkeit vorhanden war, auf der einen, und die vollständige Erfüllung der auf ihn zielenden Weissagungen auf der andern Seite war es, die Johannes den sterbenden Jesus aussprechen lassen wollte; vielleicht auch dieß in Anknüpfung an die Darstellung bei Lucas, wo Jesus, wie schon angeführt, vor dem Hinausgang an den Oelberg gesagt hatte, auch die Weissagung Jes. 53, 12 müsse, wie Alles, was von ihm geschrieben sei, jetzt noch an ihm in Erfüllung gehen (22, 37). Dieses Hinweisen auf erfüllte Schriftstellen ist aber bei Johannes etwas Anderes als bei Matthäus; die Erfüllung der Weissagungen an Jesu ist ja, wie wir eben an dieser Stelle sehen, zugleich die Vollendung seines Werks, die Lösung der Aufgabe des menschgewordenen Logos, womit sein Erdewallen ein Ende hat und seine Herrlichkeit beginnt, an die Stelle seines beschränkten menschlichen Wirkens die Sendung des Paraklets tritt.

Während die bisher betrachteten beiden Kreuzesworte bei Johannes mit Umständen zusammenhängen, deren auch die übrigen Evangelisten gedenken, bezieht sich das dritte, oder der Zeitfolge nach erste, auf eine Situation, von welcher außer ihm kein anderer Berichterstatter etwas weiß. Nach Matthäus (27, 55 fg.) und Marcus (15, 40 fg.) schaute der Kreuzigung nur eine Anzahl Weiber zu, die galiläischen Begleiterinnen Jesu nämlich, worunter Maria Magdalena, Maria, die Mutter des Jakobus und Joses, und die Mutter der Söhne Zebedäi, oder bei Marcus Salome, namhaft gemacht werden; die Zwölfe denken sie sich wohl von ihrer bei der Gefangennehmung Jesu ergriffenen Flucht noch nicht wieder gesammelt, wenn sie auch den Petrus mit zweifelhaftem Muthe in den Hof des Hohenpriesterpalastes sich wagen lassen. Bei Lucas sind unter den „sämmtlichen Bekannten" Jesu, die er mit den Weibern der Kreuzigung zuschauen läßt (23, 49), ohne Zweifel auch die Zwölfe mitzubegreifen; aber sie, wie die Weiber, stellen sich schüchtern nur von ferne auf. Dagegen erscheint im vierten Evangelium (19, 25 fg.) neben den beiden Marien, der magdalenischen und der andern, die hier von Klopas benannt ist, statt der Mutter der

Zebedäussöhne die Mutter Jesu selbst, und bei ihr der Lieblingsjünger, den der Evangelist im Hohenpriesterhofe neben Petrus einschob, um ihn hier am Kreuze Jesu allein unter allen Jüngern auftreten zu lassen. Und zwar stellt er ihn und mit ihm die Frauen dem Kreuze so nahe, daß der Gekreuzigte ein vertrauliches Wort zu ihnen sprechen kann. Wir brauchen noch nicht zu wissen, worin dieses Wort bestand, um schon zu vermuthen, daß diese Veranstaltung mit dem fein angelegten Plane zusammenhängen werde, welchen der vierte Evangelist in Betreff des Lieblingsjüngers, den er zum Patron seiner Schrift erkoren hat, verfolgt. Der Inhalt der Rede Jesu aber ist der, daß er seiner Mutter den Lieblingsjünger als Sohn, sie dem Lieblingsjünger als Mutter zuweist; der sie denn auch, wie der Evangelist bemerkt, von Stund an zu sich nimmt. Der Apostelgeschichte zufolge (1, 14) hielt sich nach Jesu Hingang seine Mutter sammt den übrigen Frauen zu den Eilfen und den Brüdern des Herrn. Daß unter den ersteren Petrus, unter den letzteren Jakobus hervorragte, ist bekannt, und wenn auch als dritter Mann Johannes noch hinzutrat (Galat. 2, 9), so war er doch, wie er auch in den synoptischen Zusammenstellungen der drei gleichen Namen meistens erscheint, eben der Dritte und nicht der Erste. Hier dagegen erscheint er nicht blos als der Erste, sondern als der Einzige, und wird durch die Erklärung Jesu in ein ganz ausschließliches Verhältniß nicht allein zu dessen Mutter, sondern auch zu ihm selbst gesetzt. Als derjenige, der bei der Mutter Jesu an dessen Stelle tritt, ist er über alle übrigen Apostel, den Petrus nicht ausgenommen, weit erhoben; als gleichsam der jüngere Jesum überlebende Sohn der Maria, ist er nach Baur's scharfsinniger Beobachtung der Bruder des Herrn, und zwar dem ganzen Charakter des Evangeliums zufolge der geistige Bruder, mit dem sich der leibliche, aber dem Geist Jesu so fremde Bruder Jakobus nicht messen kann. Uebrigens ist auch diese, wie so manche dem vierten Evangelium scheinbar eigenthümliche Erzählung nur die Umbildung einer bekannten synoptischen. Wie man Jesu während eines Lehrvortrags einmal seine Mutter und seine Brüder anmeldete, fragte er: „Wer ist meine Mutter und wer meine Brüder?“ Dann deutete oder blickte er auf seine Jünger mit dem Worten: „Siehe, meine Mutter und meine Brüder!“ (Matth. 12, 49. Marc. 3, 34.) Dieses Vorbild ist in dem johanneischen Kreuzesworte: Weib, siehe, dein Sohn! und (Jünger) siehe, deine Mutter! nicht zu verkennen; nur daß in das Bruderverhältniß zu Jesu hier nicht alle, sondern ausschließlich der Lieblingsjünger gestellt wird.

94.

Die Wunder beim Tode Jesu.

Um die sechste Stunde, d. h., da die Juden die Stunden von Tagesanbruch an zählten, um Mittag, lassen sämmtliche Synoptiker eine Finsterniß entstehen und bis um die neunte Stunde, d. h. bis Nachmittags drei Uhr dauern (Matth. 25, 45. Marc. 15, 33. Luc. 23, 44 fg.). Nach Marcus, der den Anfang der Kreuzigung auf die dritte Stunde, d. h. Vormittags neun Uhr, setzt, hatte damals Jesus bereits drei Stunden am Kreuz gehangen; nach Matthäus und Lucas hing er gleichfalls schon daran, aber wie lange, sagen sie nicht.

Die Finsterniß, die nur von Lucas als Verfinsterung der Sonne näher bestimmt wird, zur Zeit des Ostervollmonds, kann keine natürliche Sonnenfinsterniß gewesen sein; auch deutet schon der Beisatz sämmtlicher Berichterstatter, daß sie sich über die ganze Erde erstreckt habe, auf das Wunder hin. So weit hin die Erscheinung Jesu von Bedeutung gewesen war, so weit muß jetzt die Natur Trauer um ihn anlegen. So war es Zeitgeschmack, so hatte es die Sonne nach damaliger römischer Legende auch bei der Ermordung Cäsar's [1]), vor dem Tode des Augustus [2]) gemacht. Die Verfinsterung der Sonne um die Zeit von Cäsar's Ermordung wird uns zwar von Geschichtschreibern als trüber, dunstiger Charakter des ganzen Jahrgangs beschrieben [3]), so daß wir sehen, wie eine ganz natürliche Erscheinung, die in längerer Erstreckung sich zufällig auch mit jenem Ereigniß berühren mochte, in den Dienst des Aberglaubens und der Schmeichelei hineingezogen wurde: doch bald faßte man die Erscheinung als eine wirkliche, und zwar auf Tag und Stunde mit der Ermordung Cäsar's zusammengetroffene Sonnenfinsterniß [4]), wie nach den drei ersten Evangelisten die Finsterniß mit den Stunden des Todes Jesu zusammengetroffen sein soll. Moderne Theologen loben den vierten Evangelisten, daß er sie mit solchem Prodigienwesen verschont; es ist allerdings für seine Denk- und Empfindungsweise zu äußerlich, nur müssen wir leider fast auch sagen, zu natürlich; insbesondere zur Verherrlichung des Todes Jesu hat er ganz andere Dinge im Sinne; ob sie für uns erbaulicher sind, wird sich gehörigen Orts wohl finden.

---

1) Virgil. Georg. I, 463 fg. Ovid, Metam. XV, 785 fg., läßt die Verfinsterung der Sonne und Anderes, was Virgil auf die Ermordung folgen läßt, derselben als Prodigien vorangehen.

2) Dio Cass. 56. 29.

3) Plutarch. Caes. 69.

4) Servius z. d. St. des Virgil.

Die Finsterniß also währt drei Stunden lang; dann um die neunte Stunde spricht Jesus bei Matthäus und Marcus die Klage über Gottverlassenheit aus, und nach der ihm hierauf gereichten Tränkung mit Essig erfolgt, begleitet von einem starken Schrei, dem Lucas die oben besprochenen Worte leiht, sein Tod (Matth. 27, 46—50. Marc. 5, 15. 34—37. Luc. 23, 46). Hierauf läßt Matthäus, was auch angeblich bei Cäsar's Tode mit der Verfinsterung der Sonne verbunden war[1]), ein Erdbeben folgen; doch vorher noch meldet er in Einstimmung mit den beiden andern Synoptikern etwas Ausgesuchteres: daß nämlich der Vorhang im Tempel, ohne Zweifel derjenige, der das Allerheiligste vom Heiligen trennte, von oben bis unten hinaus zerrissen sei (Matth. 27, 53. Marc. 15, 38. Luc. 23, 45). Plötzliches Aufspringen verschlossener Pforten als Vorzeichen nahen Unglücks kommt in der Legende jener Zeiten öfters vor; Cäsar's Ermordung, die Todesfälle der Kaiser Claudius, Nero, Vespasian, selbst die Zerstörung des Tempels zu Jerusalem, sollten sich in dieser Weise angekündigt haben.[2]) Wenn Calpurnia die Nacht vor der Ermordung ihres Gemahls im Traume den Giebel des Hauses zusammenstürzen sah, so hatte beim Tode Jesu das Hebräer-Evangelium einen ähnlichen Zug, indem es nicht den Vorhang im Tempel zerreißen, sondern die Oberschwelle desselben einstürzen ließ.[3]) Dem Zerreißen des Vorhangs geben die clementinischen Recognitionen[4]) die Bedeutung einer Klage über die bevorstehende Zerstörung des Tempels; allein daß es gerade der Vorhang ist, woran das Zeichen sich ereignet, scheint nach einer andern Seite hinzuweisen. Daß durch Christum eine Hülle weggenommen sei, die während der Dauer des alttestamentlichen Religionswesens noch auf den göttlichen Dingen lag, hat schon der Apostel Paulus mit Anspielung auf die Decke, welche Moses auf sein Angesicht legte, ausgesprochen (2 Kor. 3, 13—18); der Hebräer-Brief aber knüpft einen ähnlichen Gedanken eben an den Tempelvorhang an. Während unter der mosaischen Religionsverfassung die Priester nur in das Heilige, in das davon durch einen Vorhang geschiedene Allerheiligste aber einzig der Hohepriester, und zwar einmal des Jahrs, mit dem sühnenden Thieropferblute Zutritt gehabt habe, sei Christus ein für allemal mittelst seines eigenen Blutes in den Raum innerhalb des Vorhangs, in das Allerheiligste des Himmels eingegangen, womit er der Vorläufer der Christen geworden sei, und auch ihnen den Zugang dahin eröffnet habe (6, 19 fg. 9, 1—12. 10, 19 fg.). In dieser Darstellung des Hebräer-Briefs wird

1) Virgil, a. a. O., V. 475; Ovid, a. a. O., V. 798.

2) Sueton. Jul. 81. Nero 46. Vespas. 23. Dio Cass. LX, 35. Tacit. Histor. V, 13.

3) Hieron. ep. 120 ad Hidib.

4) I, 41.

unsere evangelische Erzählung augenscheinlich nicht vorausgesetzt; denn wäre dem Urheber der ersteren von einem Zerreißen des Tempelvorhangs beim Tode Jesu etwas bekannt gewesen, so würde er diesen seinem Gedankengange so verwandten Umstand nicht unbenutzt gelassen haben. Daß umgekehrt die evangelische Erzählung aus der Darstellung des Hebräer-Briefs herausgesponnen sei, möchten wir zwar nicht behaupten; aber wenn wir diese letztere mit der angeführten Aeußerung des Apostels Paulus zusammennehmen, so sehen wir in eine Gruppe von Gedanken und Bildern hinein, die der ältesten aus dem Judenthum hervorgegangenen Christenheit geläufig waren, und nachdem sie lange genug als bloße Vergleichungen gebraucht worden, zuletzt sich naturgemäß zu einer Erzählung, wie die uns hier vorliegende, niederschlagen mußten.

Mit allen diesen Wunderereignissen: Finsterniß, Erdbeben, Zerreißen des Vorhangs, ist die Prodigienlust unseres ersten Evangelisten noch nicht gesättigt. An das Erdbeben, das ihm bereits eigenthümlich war, knüpft er noch das Zerspalten der Felsen an (V. 51); wie der Sturm, in welchem einst Jehova auf dem Horeb vor Elia vorübergegangen war, Berge zerrissen und Felsen zerschmettert hatte (1 Kön. 19, 11). Doch scheint das Felsenspalten dießmal nur Mittel, um den andern Zug zu motiviren, um den es dem Evangelisten eigentlich zu thun ist, daß nämlich beim Verscheiden Jesu auch die Gräber sich geöffnet haben, aus denselben sofort viele Leiber entschlafener Heiligen neubelebt hervorgegangen, nach Jesu Auferstehung in die heilige Stadt gekommen und Vielen erschienen seien (V. 52 fg.). Schon oben ist ausgeführt worden, wie die Todtenerweckungsgeschichten in unseren Evangelien nichts Anderes sind, als Unterpfänder, die sich der Glaube der ersten Christenheit dafür gab, daß Jesus die messianische Todtenerweckung, die er während seines Lebens nicht geleistet hatte, um so gewisser bei seiner Wiederkunft vollbringen werde. Auch auf die Unangemessenheit ist aufmerksam gemacht worden, die zwischen diesem Unterpfand und dem, wofür es bürgen sollte, darin noch bestand, daß die von Jesu während seines Erdenlebens erweckten Todten nur in das irdische Leben, um dereinst abermals zu sterben, zurückgekehrt waren, während bei der messianischen Todtenerweckung die Verstorbenen zu unsterblichem Leben in verklärten Leibern erweckt werden sollten; wozu noch die geringe Anzahl jener vereinzelten evangelischen Wiederbelebungsfälle kam, die mit der Menge derer, für welche sie bürgen sollte, außer Verhältniß stand. Zur Ergänzung dieses doppelten Mangels war ein Fall wünschenswerth, wo eine größere Anzahl Verstorbener, und zwar nicht als abermals sterbliche Menschen, sondern als auferstandene Selige aus ihren Gräbern hervorgegangen waren. Eine solche Vorauferstehung lag ohnehin in der jüdischen und urchristlichen Erwartung: es sollte bei der Ankunft des Messias zuerst nur eine Auslese der allerfrömmsten Israeliten auferstehen, um mit ihm an den Freuden seines tausendjährigen Reiches theilzunehmen;

erst nach dessen Verflusse die übrige Masse, Böse und Gute, zum prüfenden Gericht.[1]) Zwar verlegte nun die christliche Vorstellung, wie wir sie in der Offenbarung Johannis finden (20, 4 fg.), auch jene Auferweckung der Frommen in die Zeit der Wiederkunft Christi; zur Stärkung des Glaubens aber war es immerhin ersprießlich, wenn ein Vorspiel dieser Vorauferstehung schon während seiner ersten Anwesenheit auf Erden erfolgt sei. Fragte es sich, in welchem Momente derselben, so konnte die Wahl zwischen dem Augenblick seines Todes und dem seiner Auferstehung schwanken, da sein Sieg über Tod und Grab zwar erst in der letzteren zu Tage getreten, aber nur durch seine Hingabe in den Tod möglich geworden war: und so hat denn auch Matthäus die Sache an beide Momente gleichsam vertheilt. Die Eröffnung der Gräber und die Wiederbelebung der entschlafenen Heiligen erfolgt im Augenblick des Todes Jesu, wo das Erdbeben und die dadurch bewirkte Felsenspaltung einen Anknüpfungspunkt boten; aber ihr Hervorgang und ihre Erscheinung in Jerusalem ereignet sich erst, nachdem auch Jesus auferstanden war, der doch immer der Erstgeborene aus den Todten (Kol. 1, 18. Offenb. 1, 5), der Erstling derer, die da schlafen (1 Kor. 15, 20), bleiben mußte.

Was durch alle diese Wunderzeichen, mit denen sie den Tod Jesu umgab, die urchristliche Phantasie ausdrücken wollte, das stellt sie schließlich als den Eindruck derselben auf die Umstehenden dar. Die Unbefangensten unter diesen mußten wohl die Vollstrecker der Hinrichtung, die römischen Soldaten mit ihrem Hauptmann, sein, als Heiden gewiß nicht zum Voraus für Jesum eingenommen, doch auch nicht gleich den Juden gegen ihn, und sie sprachen nach Matthäus (V. 54) den Eindruck, den das Erdbeben und die übrigen außerordentlichen Ereignisse auf sie machten, in den Worten aus, daß der, den sie betrafen, wahrhaftig Gottes Sohn gewesen sei. Bei Lucas (23, 47), wo das Erdbeben fehlt und zuletzt nur von dem Verscheiden Jesu mit lautem Gebete die Rede war, ist die Rührung des Hauptmanns (der Soldaten wird hier und bei Marcus nicht gedacht) wie es scheint nur durch dieses erbauliche Ende bewirkt, und seine Worte lauten daher auch nur so, dieser Mensch sei in der That ein Gerechter gewesen. Nun hat Marcus (15, 39) statt des lauten Gebets nur einen lauten Schrei, und indem er andererseits die Worte des Hauptmanns nicht nach Lucas, sondern nach Matthäus wiedergibt, so lautet es freilich seltsam genug, was er meldet: als der Hauptmann gesehen, daß Jesus mit solchem Geschrei verschied, habe er sich überzeugt erklärt, daß dieser Mensch Gottes Sohn gewesen sei. Ob wir die Meinung des zweiten Evangelisten hiebei so zu verstehen haben, wie schon vermuthet worden, daß, wie die bösen Geister in der Regel mit Schreien ausfuhren, so hier der Schrei das Scheiden des göttlichen Messiasgeistes aus seinem

1) Vgl. Gfrörer, Das Jahrhundert des Heils, II, 276 fg.

Körper bezeichnet habe, oder ob er diesen Schrei, der dem Hauptmann so auffiel, zusammengenommen mit dem frühen Eintritt des Todes, worüber er den Pilatus sich wundern läßt (V. 44), als ein Zeichen betrachtete, daß Jesus freiwillig, ehe noch der Lauf der Natur es mit sich brachte, aus dem Leben geschieden sei, möchte sich kaum entscheiden lassen. Wenn von den Wunderzeichen, die Matthäus beim Tode Jesu erfolgen läßt, Lucas (mit Marcus) außer der Finsterniß und dem Zerreißen des Vorhangs alle andern übergeht, so hat er dafür den Eindruck derselben auf die Umstehenden insofern vollständiger ausgebeutet, als er zwar nur den römischen Hauptmann, den Heiden, durch ein unumwundenes Zeugniß für Jesum „Gott die Ehre, geben", doch aber auch die jüdischen Volkshaufen schuldbewußt an die Brust schlagen, mithin nicht ohne Reue und Selbstverurtheilung nach Hause kehren läßt (V. 48).

95.

Der Lanzenstich in die Seite Jesu.

Von all diesen Vorgängen, den objectiven wie den subjectiven, hat, wie schon bemerkt, der vierte Evangelist nichts. Sie erschienen ihm nicht sowohl unbedeutend, als äußerlich, exoterisch, in Vergleichung mit dem, was er zu berichten hatte (19, 31—37). Vielleicht daß er auch hier zunächst den Spuren des Marcus nachgegangen war. Dieser erzählt (15, 42—45), als am Abende des Hinrichtungstags Joseph von Arimathäa den Pilatus um Ueberlassung des Leichnams Jesu gebeten (wovon später), habe der Procurator sich gewundert, daß er schon gestorben sein solle, und erst auf die Versicherung des Hauptmanns, daß der Tod in der That schon vor längerer Zeit erfolgt sei, der Bitte willfahrt. Nun ist es zwar, wie gesagt, möglich, daß Marcus damit nur darauf aufmerksam machen wollte, wie der Tod Jesu nicht natürlicher, sondern übernatürlicher Weise eingetreten sei; aber man konnte es auch als den Versuch eines Beweises für die Wirklichkeit des Todes Jesu verstehen, und dazu nun die bloße Versicherung des Hauptmanns unzulänglich finden. Wenn Pilatus Ursache hatte, zu zweifeln, ob der Tod Jesu bis zu der Zeit, wo man ihn vom Kreuze nehmen wollte, von selbst erfolgt sein werde, so wird er, konnte man denken, dafür gesorgt haben, diesen Tod auf sichere Weise herbeizuführen oder doch zu beurkunden.

Daß mit Jesu zu diesem Zwecke noch etwas Weiteres als die bloße Kreuzigung vorgenommen worden, das wurde unserem Evangelisten ohnehin von einer anderen Seite her wahrscheinlich. Johannes als Verfasser der Offenbarung hatte gesagt (1, 7), wenn Christus einst mit den Wolken wiederkomme, dann werde ihn jedes Auge sehen, auch diejenigen, die ihn gestochen haben, und alle Stämme der Erde werden ihn beklagen. Hiemit war die

Stelle Zach. 12, 10 auf Jesum und seine Hinrichtung angewendet. In der Prophetenstelle war zwar der Gestochene Jehova, das Stechen oder Durchbohren also blos bildlich, von empfindlicher Kränkung verstanden; allein der Apokalyptiker pflegt auch sonst Namen und Eigenschaften Jehova's auf Christus zu übertragen, und was hier von Jehova gesagt war, schien sich ja viel eher für den leidenden Messias zu eignen. Das von ihm sonach auf Jesum bezogene Stechen verstand der Verfasser der Offenbarung, bei dem von einem Lanzenstich in die Seite Jesu so wenig als bei den Synoptikern eine Spur ist, von dem Durchbohren seiner Hände und vielleicht auch Füße mit den Nägeln bei der Kreuzigung. Allein sowohl das hebräische Wort bei Zacharias als das in der Offenbarung dafür gebrauchte griechische konnte mehr zu sagen scheinen. Es pflegte in der Regel ein Durchbohren mit Schwert oder Lanze zu bezeichnen. War ein solches Wort in der Weissagung gebraucht, so konnte ein Anderer, der es mit Weissagungen genau nahm (und daß der Verfasser des vierten Evangeliums ein solcher war, wissen wir aus der Geschichte von der Kleidertheilung), denken, hienach könne Jesus nicht blos mit Nägeln in den Extremitäten, sondern es müsse auch sein Leib selbst von Lanze oder Schwert durchbohrt worden sein. Aber sein Tod war in der Ueberlieferung als Kreuzestod gegeben; Jesus war nicht blos am Kreuze, sondern durch das Kreuz, in Folge der Kreuzigung, gestorben. War er also außerdem noch gestochen worden, so mußte es geschehen sein, als er schon gestorben war, und dabei kann die Absicht nur gewesen sein, sich seines Todes auf alle Fälle zu versichern.

Aber brauchte es denn hiezu solcher besondern Veranstaltungen? Warum ließ man Jesum sammt den mit ihm gekreuzigten Verbrechern nicht einfach am Kreuze hängen, bis sie gewiß todt waren? Den Synoptikern zufolge war dieß bei Jesu der Fall, und er konnte demzufolge ohne Weiteres abgenommen werden; wie es mit den beiden Schächern gestanden, ob die auch schon todt gewesen und abgenommen worden, davon sagen sie nichts, weil es nicht zur Sache gehörte. Nach Marcus war bei Jesus der Tod auffallend früh erfolgt; daß dieß bei den beiden andern ebenso der Fall gewesen, hatte wenig Wahrscheinlichkeit. Also läßt der vierte Evangelist sie ausdrücklich noch leben. Aber warum ließ man nun nicht wenigstens sie einfach noch länger, und wäre es bis morgen oder übermorgen gewesen, am Kreuze hängen? Das war gegen das mosaische Gesetz, das die Abnahme Gehenkter vor Sonnenuntergang verordnete (5 Mos. 21, 23. vgl. Jos. 10, 27), und wie man annehmen konnte, in Friedenszeiten auch von den Römern respectirt wurde. Dazu kam in diesem Falle, daß der folgende Tag ein Sabbat, und zwar nach der johanneischen Zeitrechnung ein besonders festlicher, nämlich zugleich der erste (nicht wie bei den Synoptikern der zweite) Tag des Passahfestes war. Lebten nun gegen Abend die beiden Schächer noch, so war die Veranlassung gegeben, zur Beschleunigung ihres Todes etwas Besonderes vorzukehren. Wurde hiezu ein tödtlicher Lanzenstich gewählt, und die Maßregel sicherheitshalber auch auf den anscheinend bereits gestorbenen Jesus ausgedehnt, so hatte man einerseits den von Zacharias geweissagten Stich, und andererseits alle wünschbare Gewißheit, daß, wenn Jesus nicht schon todt war, dieser Stich ihn vollends getödtet habe.

Allein mit dem Leichnam Jesu sollte nicht blos etwas vorgegangen sein, nämlich der Stich, sondern auch etwas nicht vorgegangen sein, nämlich die Beinbrechung. Er war ja nicht allein der, in den sie gestochen haben, sondern auch das Lamm Gottes, insbesondere in seinem Tode das geopferte Passahlamm, und von diesem hieß es im Gesetz (2 Mos. 12, 46): „Ihr sollt kein Bein an ihm zerbrechen." Das war nun zwar auch nach den Synoptikern an Jesu nicht geschehen; aber warum war denn so ausdrücklich gesagt, daß es am Passahlamm nicht geschehen solle, mithin auch an Jesu nicht geschehen werde, wenn es nicht diesem gar leicht hätte geschehen können, und nur in Folge besonderer Verfügung nicht wirklich geschehen war? Eine solche Gefahr drohte ihm dann, wenn seinen beiden Mitgekreuzigten die Beine gebrochen wurden; und da nun mit ihnen, die noch lebten, ohnehin etwas zur Ermöglichung ihrer Abnahme vor Abend geschehen sein mußte, so könnte dieß füglich das Zerschlagen der Beine mit Keulen gewesen sein, das, zwar nicht gerade in Verbindung mit der Kreuzigung, doch aber wie diese als Sklavenstrafe, bei den Römern gebräuchlich war, und den Tod mittelst des Brandes, zwar nicht augenblicklich, doch sicher zur Folge hatte. Daß Jesus mit dieser Procedur verschont blieb, wird von dem Evangelisten dadurch begründet, daß die mit derselben beauftragten Soldaten den am Kreuz und in Folge der Kreuzigung Gestorbenen bereits todt fanden. Zwar, wenn ihnen der Augenschein nicht genügte, sie also Jesum wenigstens vermuthungsweise wie die beiden andern noch für lebend nahmen, ist nicht klar, warum sie nicht einfach, da sie einmal daran waren, das Beinbrechen auch auf ihn ausdehnten. Indeß, da sie ihn doch in einem andern Zustande vorfanden als die andern, auch das Brechen der Beine nicht mit Einem Schlag, wie das Stechen mit dem Spieß, abgemacht war, so war dadurch eine Abänderung ihres Verfahrens immerhin leidlich motivirt, und hiemit das dogmatisch Wünschenswerthe, nämlich der Lanzenstich statt des Beinbrechens, auch historisch eingeleitet.

Also stieß jetzt einer der Soldaten mit der Lanze den für todt dahängenden Jesus in die Seite, und was war das Ergebniß? Es kam Blut und Wasser heraus. Das kann nun freilich, wie jeder Sachverständige uns belehren wird, in keinem Falle herausgekommen sein; denn war das Blut in dem Leibe Jesu noch flüssig, sei es, daß der Tod noch nicht, oder erst vor ganz Kurzem erfolgt war, so kam eben Blut, war es bereits geronnen, so kam gar nichts heraus, und auch das Wasser aus dem Herzbeutel, falls dieser von der Lanze getroffen war und seine Flüssigkeit sich nicht vielmehr in's

Innere der Brusthöhle ergoß, müßte sich im ersteren Falle mit dem Blute ununterscheidbar vermischt, im andern ohne Blut gezeigt haben. Aber der Evangelist versichert doch, er habe das Ausfließen von Blut und Wasser selbst gesehen (V. 35). Zwar sagt er nun das so geradezu nicht, sondern nur, der es gesehen, habe es bezeugt, und sein Zeugniß sei wahr, und derselbe wisse, daß er die Wahrheit rede. Unter diesem Er versteht der Evangelist den Lieblingsjünger, den er allein von allen unter das Kreuz gestellt hat; dieser hatte als Verfasser der Offenbarung (1, 7) bezeugt, daß Jesus gestochen worden; da er aber seiner eigenen Erklärung zufolge (Offenb. 1, 2) nur bezeugt hatte, was er gesehen (worunter der Verfasser freilich seine prophetischen Gesichte verstand), so schloß der Evangelist, er müsse auch den Lanzenstich und dessen Folgen selbst gesehen haben. Mit dem Lieblingsjünger und Verfasser der Offenbarung nun aber wußte sich der Evangelist, wie oben auseinandergesetzt worden [1]), geistig Eins; was dieser mit den Augen des Leibes, das hatte er mit den Augen des Geistes gesehen; oder vielmehr, weil er es geistig zu erkennen glaubte, setzte er voraus, der Apostel müsse es leiblich angeschaut haben. [2]) „Sie werden sehen, in wen sie gestochen haben", lautete die Weissagung, und diese Weissagung mußte in Erfüllung gegangen sein. In wen sie gestochen haben, werden sie sehen, d. h. daß es nicht ein bloßer Mensch, sondern der Sohn Gottes, der fleischgewordene Logos, war; und sehen werden sie es, offenbar an dem Erfolg des Stichs, an dem, was aus der Wunde ausfließen wird. Wäre nur Blut ausgeflossen, so erschiene der Gestochene als bloßer Mensch; es muß noch etwas mitausgeflossen sein, und was kann dieß Anderes gewesen sein, als was der Tod Jesu den Seinigen bringen sollte, nämlich der Geist im leiblich sichtbaren Zeichen? Des Geistes sichtbares Zeichen aber ist das Wasser. Aus Wasser und Geist muß der Mensch geboren werden, wenn er in das Reich Gottes kommen will (Joh. 3, 5); wenn einer an ihn glaube, hatte Jesus versichert, aus dessen Leibe werden Ströme lebendigen Wassers fließen, und das hatte er nach des Evangelisten Erläuterung von dem heiligen Geiste geredet, den die an ihn Glaubenden, aber erst nach seiner Verherrlichung, empfangen sollten (7, 38 fg.). Die Geistesausgießung also, die Mittheilung des neuen religiösen Lebens, bedingt durch den Tod Jesu, das ist es, was der Evangelist in dem aus der Seitenwunde Jesu quellenden Blut und Wasser geistig anschaute. Mag er daneben das Ausfließen von Wasser und Blut zugleich für eine Todesprobe gehalten, oder mag ihm hiezu der Lanzenstich für sich allein schon hinreichend geschienen haben: jedenfalls trat ihm diese Seite der Sache hinter ihrer symbolischen Bedeutsamkeit zurück. Und

1) S. 110. 113 fg.

2) Zum Folgenden vergleiche Baur, Kritische Untersuchungen, S. 215 fg.

bei seiner Art, eines im Andern, die Idee in verschiedenen Reflexen zu sehen, ist gar leicht möglich, daß er bei dem Wasser und Blut, wie der Verfasser des ersten johanneischen Briefs (5, 6) und der alte Apollinaris, überdieß noch an die beiden christlichen Mysterien, Taufe und Abendmahl, und in diesem letzteren wieder an die zu seiner Zeit gewöhnliche Vermischung des Abendmahlsweins mit Wasser gedacht hat.

Wenn sich an irgend einer Stelle die innerste Eigenthümlichkeit des vierten Evangelisten zeigt, so ist es an dieser. Sein Dringen auf's Innere, Geistige ist unverkennbar, aber es geht mit einem Hängen am Aeußerlichsten, Sinnlichsten Hand in Hand; sein Tiefsinn erregt unsere Bewunderung, aber in der Art, wie er sich genug thut, spricht er uns zuweilen wie Aberwitz an. Wenn die drei ersten Evangelisten beim Tod ihres Messias die Sonne sich verhüllen, die Erde erbeben, die Gräber sich öffnen, den Vorhang im Tempel zerreißen lassen, so sehen wir darin wohl Fabeln, aber solche, durch die wir uns angesprochen und in die Stimmung versetzt finden, aus der sie hervorgegangen sind; wenn dagegen dem vierten Evangelisten das alles nicht der Rede werth ist in Vergleichung mit dem, was er ergrübelt hat, daß aus der Seitenwunde Christi Blut und Wasser geflossen sei, wenn dieß sein erster und Hauptgedanke beim Tode Jesu ist, wenn er hierin das tiefste Mysterium des Christenthums sieht, zu dessen Bekräftigung er sich auf Mosen und die Propheten, auf das Augenzeugniß und die Wahrhaftigkeit dieses Augenzeugnisses beruft, so liegt eine solche Anschauungsweise uns so ferne, erscheint uns so abenteuerlich, daß wir Mühe haben, sie uns auch nur verständlich zu machen.

Die johanneische Erzählung von dem Lanzenstich, der Jesu am Kreuze beigebracht worden, verräth sich als ein unhistorisches Einschiebsel auch dadurch, daß sie in den synoptischen Evangelien theils nicht vorausgesetzt, theils geradezu ausgeschlossen ist. Daß in keinem derselben der Auferstandene, wie im vierten Evangelium, den Jüngern die Seitenwunde zeigt, darauf zwar können wir uns deßwegen nicht berufen, weil überhaupt nur noch bei Lucas von einem Zeigen der Hände und Füße, und zwar ohne bestimmte Hinweisung auf die Wundenmale, die Rede ist. Nach dem Verscheiden Jesu aber erzählt Matthäus offenbar so weiter, als wäre der Leichnam ruhig am Kreuze hängen geblieben, bis ihn am Abend Joseph auf seine Bitte ausgeliefert erhielt. Könnte man hier denken, übergangen sei nicht ausgeschlossen, so gestaltet sich die Sache anders bei Lucas und Marcus. Nach Johannes hatte auf die Bitte der Juden Pilatus den Befehl gegeben, den Gekreuzigten die Beine zu zerschlagen und sie abzunehmen. Kam also nachher noch Joseph, so fand er den Leichnam Jesu schon abgenommen. Nach Lucas (V. 53) und Marcus (V. 46) dagegen nahm Joseph selber den Leichnam vom Kreuze. Offenbar setzen also diese Evangelisten den Befehl des Pilatus zur Beinbrechung und Kreuzabnahme durch die Soldaten nicht voraus. Daß aber

Pilatus, wie Marcus erzählt, als Joseph ihm seine Bitte vortrug, sich über den bereits erfolgten Tod Jesu gewundert und darin einen Anstand gefunden hätte, der Bitte sofort zu willfahren, wäre ganz unmöglich, wenn er vorher die Beinbrechung zum Behuf der Kreuzabnahme verfügt gehabt hätte.

Doch was das Schlagendste ist, die eigene Erzählung des vierten Evangelisten, können wir sagen, schließt die Geschichte von der Beinbrechung aus.[1]) Er selbst, nachdem er sie berichtet hat, fährt so fort, als ob er sie nicht berichtet hätte. Er fährt nämlich ganz so fort, wie die Synoptiker unmittelbar nach der Erzählung vom Tode Jesu fortfahren: hierauf habe Joseph von Arimathäa den Pilatus gebeten, den Leichnam Jesu abnehmen zu dürfen, das habe Pilatus gestattet, und Joseph habe den Leichnam abgenommen. Auch er also spricht, als hätte Pilatus nicht schon vorher die Abnahme der Gekreuzigten befohlen gehabt; es begegnet ihm dieß, weil er sich nach dem gemachten Einschiebsel wieder an die synoptische Erzählung anschließt; aber daß es ihm begegnet, dadurch verräth er eben, daß das bei ihm Vorangegangene nur sein eigenes Einschiebsel war.

96.

Begräbniß Jesu.

Daß dem Leichnam Jesu die Ehre des Begräbnisses zu Theil geworden, war dem urchristlichen Bewußtsein natürlich von hoher Wichtigkeit. Schon Paulus bezeichnet es als Ueberlieferung, daß Christus begraben worden (1 Kor. 15, 4); doch will er damit zur Vorbereitung dessen, was sofort von seiner Auferstehung gesagt wird, nur feststellen, daß der Leichnam Jesu unter die Erde gekommen sei. An sich könnte dieß auch nur so geschehen sein, wie es bei Hingerichteten die jüdische Sitte mit sich brachte, daß er nach der Abnahme vom Kreuz auf dem Begräbnißplatze der Verbrecher verscharrt worden wäre; indeß pflegten, wie oben bemerkt, die Römer den Angehörigen, wenn sie sich um den Leichnam eines Hingerichteten meldeten, denselben zur Bestattung herauszugeben. Und den Evangelien zufolge meldete sich bei Pilatus wirklich ein solcher, nämlich ein reicher Mann von Arimathäa, Namens Joseph, der Jesu als Schüler angehörte (Matth. 27, 57 fg. Marc. 15, 42 fg. Luc. 23, 50 fg. Joh. 19, 38 fg.).

Ein reicher Mann, das sind die ersten Worte des ältesten Berichterstatters, des Matthäus; daß der reiche Mann auch ein Schüler Jesu gewesen,

---

1) Darauf hat de Wette aufmerksam gemacht im exegetischen Handbuch z. d. St. (vierte Auflage), S. 282 fg. Mit der Auskunft, daß das ἄρῃ und ἦρε V. 38 das bloße Fortnehmen der Leiche bedeute, während es V. 31 das Abnehmen vom Kreuz bedeutet hat, beruhigt sich de Wette nur aus Gefälligkeit für Johannes.

setzt er nur anhangsweise bei. Lucas und Marcus vergessen den reichen Mann über dem ehrsamen Rathsherrn und wozu sie sonst noch den Joseph machen; während Johannes die Jüngerschaft aufgreift und in der bei ihm beliebten Weise zu einer geheimen, aus Furcht vor den Juden, macht. Der Reichthum ist doch sonst den Evangelisten im guten Sinne nicht so wichtig: warum hebt ihn hier gerade der erste Berichterstatter so geflissentlich hervor? Der reiche Mann besaß ein Grab, das er selbst hatte in Felsen hauen lassen, und worein er nun den gestorbenen Messias legte. Mit Reichen aber war der Knecht Jehova's bei Jesaia gerade im Tode in Bezug gesetzt. Mit Reichen im schlimmen Sinne, scheint es freilich, wenn es heißt (53, 9): „Man gab ihm bei Frevlern sein Grab, und bei Reichen in seinem Tode"; worin man, die Reichen als gleichbedeutend mit den Frevlern genommen, geradezu die Weissagung eines unehrlichen Begräbnisses finden konnte. Doch die Gesellung zu Frevlern, das Gezähltwerden unter die Uebelthäter (Jes. 53, 12) sah man an Jesu schon durch seine Gefangennehmung und Kreuzigung erfüllt (Luc. 23, 37. Marc. 15, 28): so blieben für sein Begräbniß die Reichen, er mußte in dem Grabmale eines Reichen beigesetzt werden, und dieser Reiche durfte kein Gottloser, sondern mußte ein gottesfürchtiger Mann gewesen sein, der, messiasgläubig, dem gemordeten Christus sein Grab zur Verfügung stellte.

Das Grab des reichen Mannes mußte seinem Reichthum auf der einen, seiner hohen Bestimmung auf der andern Seite entsprechen. Einem hochgestellten Manne wird bei Jesaia (22, 16) zugerufen [1]): „Was hast du hier, und wen hast du hier, daß du dir hier ein Grab aushauest, aushauend auf der Höhe dein Grab, höhlend im Felsen dir eine Wohnung?" Das war zwar verweisend zu einem Uebermüthigen gesagt; doch auch von dem Gerechten hieß es ja bei demselben Jesaia (33, 16), er wohne auf Höhen in Felsenburgen, oder nach der griechischen Uebersetzung in Felsenhöhlen: so konnte mithin auch ein gottesfürchtiger Reicher sich ein Felsengrab ausgehauen haben, und die Frage, wen er hier habe, daß er das thue? konnte man sich durch die Hinweisung auf den Leichnam des Messias, dem er hier die Ruhestätte bereite, beantwortet denken. Um aber seiner heiligen Bestimmung zu entsprechen, mußte das Grab ein neues, noch durch keine Leiche verunreinigtes sein, wie auf dem Esel, den der Messias beim Einzug in die Hauptstadt gebrauchte, vorher noch kein Mensch geritten sein durfte. Mit dem aus der Prophetenstelle genommenen Reichthum des Mannes ist bei den beiden andern Synoptikern auch sein Verhältniß zu dem Grabmal, daß er selbst es habe in den Felsen hauen lassen, zurückgetreten, doch ist ihre Meinung ohne Zweifel, daß es sein Eigenthum gewesen; wogegen bei Johannes das Band sich vollends gelöst hat, und das neue Grab zur Beisetzung Jesu nicht

---

1) Auf diese Stelle hat Volkmar, Die Religion Jesu, S. 257, hingewiesen.

deßwegen gewählt wird, weil es dem Joseph gehörte, sondern weil es in der Nähe des Richtplatzes lag, ein naher Begräbnißplatz aber wegen der Nähe des festlichen Sabbats wünschenswerth war. So dient dem vierten Evangelisten dieser Zug, um das Drängen der Zeit an jenem Begräbnißabend noch weiter anschaulich zu machen, wodurch er das ihm so wichtige Beinbrechen, beziehungsweise den Lanzenstich, motivirt hatte.

Was Joseph mit dem Leichnam Jesu, nachdem er ihn vom Kreuze abgenommen hatte, und ehe er ihn in die Felsengruft legte, vornahm, ist nach den drei ersten Evangelisten, daß er ihn in Leinwand wickelte. Matthäus setzt hinzu, die Leinwand sei rein, d. h. vielleicht ungebraucht gewesen; damit aber ist bei ihm die Sache abgethan, in dieser Leinwand wird der Leichnam sofort in die Gruft gelegt; daß noch etwas Weiteres geschehen sei, oder habe geschehen sollen, davon weiß Matthäus nichts. Der Balsamirung bedurfte es in seinem Sinne schon deßwegen nicht, weil ja Jesus wenige Tage vorher bei dem Mahle zu Bethanien von der Frau mit der köstlichen Salbe, seiner eigenen Erklärung zufolge im Voraus für sein Begräbniß, balsamirt worden war. Diese Erzählung haben Marcus und Johannes gleichfalls; Lucas, wie wir gesehen haben, in sehr veränderter Gestalt und so ohne zeitliche und sonstige Beziehung auf Jesu Leiden und Tod, daß ihm am ersten der Mangel des Einbalsamirens bei der Bestattung Jesu fühlbar werden mochte. Da jedoch die ältere Ueberlieferung, wie sie bei Matthäus vorliegt, ein solches nicht an die Hand gab, läßt es auch Lucas nicht wirklich vorgenommen, sondern nur von den Frauen durch Einkaufen der nöthigen Specereien am Freitag Abend vorbereitet, die Ausführung aber bis nach dem Sabbat, d. h. auf den Sonntag Morgen, verschoben werden (Luc. 23, 56. 24, 1). Dem Marcus, unerachtet er die vorläufige Salbung kurz vor dem Leiden wie Matthäus hat, ist doch auch die nachträglich beabsichtigte, wie sie Lucas bot, willkommen; nur findet er es einfacher, auch den Einkauf der Specereien auf die Zeit nach Verfluß des Sabbats zu verlegen; da dieser mit 6 Uhr Abends am Samstag ein Ende nahm, so hatten die Frauen nicht nöthig, schon am Freitag Abend vor 6 Uhr, wo die Zeit ohnehin drängte, sich mit dem Einkauf zu befassen, sondern es war Zeit genug, wenn sie dieß am Samstag Abend thaten, um dann gleich in der folgenden Frühe mit der Einbalsamirung vorzugehen (16, 1). Da nun aber, wie die Frauen am Sonntag Morgen zum Grabe kamen, Jesus bereits auferstanden war, so kam auch so die Einbalsamirung seinem Leichnam nicht mehr zu Gute, sondern es blieb auch nach Lucas und Marcus, wie nach Matthäus, dabei, daß er dieser Ehre nicht theilhaftig geworden war. Dieß fand der vierte Evangelist unerträglich, er wandelt daher die nur beabsichtigte Balsamirung seiner beiden Vorgänger in eine wirklich vorgenommene um, und läßt den Leichnam Jesu nicht blos wie Matthäus in reine Leinwand, sondern in Leinwandbinden mit Specereien eingewickelt werden (19, 40). Diese Specereien zu beschaffen, genügten ihm aber die Frauen schon physisch nicht. Wie wollten sie den Centner Myrrhen und Aloë herbeischleppen, den der Evangelist zur Einbalsamirung des Gottessohnes für erforderlich hielt? Dazu brauchte es einen Mann, der denn auch in Joseph und allenfalls noch seiner Dienerschaft zur Verfügung war. Allein Joseph hatte in der Losbittung und Abnahme des Leichnams bereits sein Geschäft, und der vierte Evangelist hatte noch einen weitern Mann in Reserve, an den ihn Joseph erinnerte, gleichfalls einen vornehmen Geheimjünger des Herrn, den Nikodemus. Diesen, der schon zweimal in seiner Erzählung bedeutsam aufgetreten war (3, 1 fg. 7, 50), hier zum dritten und letztenmal hervortreten zu lassen, schien ihm ganz am Orte zu sein.

Daß die Felsengruft, worein der Leichnam Jesu gelegt wurde, mit einem davor gewälzten Stein verschlossen worden, darin stimmen sämmtliche Evangelisten überein. Nach Matthäus war es ein großer Stein; bei Marcus rathschlagen am andern Morgen die hinausgehenden Weiber, wer ihnen wohl den Stein vom Grabe wälzen werde? sie setzen ihn mithin als sehr schwer voraus. Während sich aber die übrigen Evangelisten mit diesem Verschlusse begnügen, läßt Matthäus den Stein noch überdieß von den Hohenpriestern versiegelt und das Grab durch eine ihnen von Pilatus zur Verfügung gestellte Wache gehütet werden (27, 62—66).

Nachdem sich nämlich in der ersten Christenheit die Predigt von der Auferstehung Jesu in der Form, daß sein Grab am zweiten Morgen nach seiner Bestattung leer gefunden worden, ausgebildet hatte, begegneten ihr die ungläubigen Juden mit der Beschuldigung, das Grab sei leer gefunden worden, nicht weil der Begrabene neubelebt daraus hervorgegangen, sondern weil sein Leichnam von seinen Jüngern daraus weggestohlen worden war. Diese Judensage gegen die Christensage veranlaßte eine zweite Christensage gegen die Judensage. Sollte diese christliche Duplik ihrer Aufgabe genügen, so mußte sie einerseits den Leichendiebstahl unmöglich, andererseits die jüdische Verläumdung in ihrer Entstehung begreiflich machen. Unmöglich war das Wegstehlen des Leichnams, wenn das Grab bewacht war. Also müssen die Hohenpriester und Pharisäer zu dem römischen Procurator gehen und ihn um Sicherung des Grabes bitten. Was in aller Welt konnte sie aber zu einer solchen Bitte bewegen? Was konnte ihnen an dem Grabe liegen, wenn sie nur den, der darin war, todt wußten? Sie erinnern sich, sagen sie, daß der hingerichtete Betrüger bei Lebzeiten seine Auferstehung nach drei Tagen vorhergesagt habe; an einen Erfolg dieser Voraussage glauben sie nun zwar nicht, aber sie fürchten, seine Jünger möchten seinen Leichnam stehlen, und in Anknüpfung an jene Voraussage vorgeben, er sei auferstanden. Hier müßten also die Hohenpriester sich an Reden Jesu erinnert haben, von denen seine Jünger bei seinem Tode (wie hätten sie sonst so hoffnungslos sein können?) nicht das Mindeste wußten; sie müßten das Aufkommen des Glaubens an Jesu Auferstehung vorhergesehen haben, was schlechterdings undenkbar ist: die Christensage hat ihnen den späteren christlichen Glauben, nur in der Form des Unglaubens, untergeschoben. Sofort verwilligt ihnen Pilatus die Wache und heißt sie auch überdieß das Grab verwahren, so gut sie wissen. Da hat er Recht; eine Wache kann bestochen, betrunken gemacht, und was sie hüten soll, dennoch entwendet werden. Also versiegeln sie noch überdieß den das Grab verschließenden Stein, wie einst der König Darius den Stein auf der Löwengrube versiegelt hatte, in welche er den Daniel zur Probe, ob sein Gott ihn von den Löwen erretten würde, hatte werfen lassen (Dan. 6, 18). War denn nicht für den Christus im Grabe, wie einerseits Jonas im Leibe des Fisches, so andererseits Daniel in der Löwengrube ein Vorbild?

So hatte die Christensage zwar den ihr von der Judensage aufgebürdeten Leichendiebstahl als Unmöglichkeit hingestellt; aber wenn die Sache sich so verhielt, wie war es denn nur möglich, daß diese Judensage aufkommen konnte? Daß, als die Auferstehung Jesu erfolgte, als ein Engel, vom Himmel gestiegen, und strahlend wie ein Blitz, mit einer gewaltigen Erderschütterung den Stein vom Grabe wälzte, daß da Siegel und Wächter nichts halfen, die letzteren namentlich wie todt hinfielen (Matth. 28, 4), verstand sich für die Christensage von selbst. Und das hatten ihr zufolge die Wächter den Hohenpriestern auch getreulich berichtet (V. 11). Einen solchen Bericht würden die wirklichen Hohenpriester und Aeltesten für Lüge gehalten und auf eine Untersuchung gedrungen haben, welche die Wahrheit, daß die Wächter geschlafen oder sich haben bestechen und den Leichnam stehlen lassen, an den Tag bringen mußte. Die Hohenpriester und Aeltesten der Christensage halten umgekehrt den Bericht der Wächter von der wunderbaren Auferstehung Jesu für wahr, und geben ihnen Geld, damit sie dasjenige als Lüge aussagen sollten, was die wirklichen für die Wahrheit halten mußten, welche die Wächter zu verbergen, sie aber durch eine Untersuchung an's Licht zu bringen Ursache hatten. Es ist also wieder wie oben: die Christensage schiebt den jüdischen Obern ihren Glauben unter, während sie ihnen als Feinden Christi zugleich ihren Unglauben läßt, d. h. sie glauben im Stillen, daß Jesus wunderbar in's Leben zurückgekehrt sei, aber sie wollen ihn doch nicht als den Messias anerkennen, sondern beharren im Widerstand gegen seine Sache. So war die Entstehung der Judensage zwar erklärt, aber ungeschickt genug, und nur für Christen, die, in den gleichen Voraussetzungen befangen, das Widersprechende des Erklärungsversuchs nicht bemerkten.

Doch die Sage ist ohne Zweifel sehr alt, und daß Matthäus allein sie hat, beweist nicht, daß er fabelhafter oder jünger ist, als die andern, sondern umgekehrt, daß er dem Land und der Zeit der Entstehung dieser Sage noch näher stand, die für seine später und außerhalb Palästinas schreibenden Nachfolger nicht mehr das gleiche Interesse hatte. Dennoch möchten sie dieselbe, da sie einmal gegeben war, vielleicht aufgenommen haben, hätte sie nicht einem

Andern, das ihnen wichtiger war, im Wege gestanden. Das war das Vorhaben der Frauen, den Leichnam Jesu nach Ablauf des Sabbats noch zu balsamiren. War die Gruft obrigkeitlich versiegelt und von römischen Soldaten bewacht, und wußten die Weiber davon, wie ja von einer so auffallenden und so offen betriebenen Maßregel ganz Jerusalem, insbesondere alle näheren Angehörigen Jesu wissen mußten, so konnten sie nicht hoffen, mit ihren Specereien anzukommen; da sie dieß aber hoffen mußten, um die Salbung sich ernstlich vornehmen zu können, so durfte jenes Hinderniß nicht im Wege stehen. Hatten aus diesen Gründen die beiden mittleren Evangelisten die Episode von der Bewachung und Versiegelung des Grabes Jesu weggelassen, so stand sie bei dem vierten Evangelisten zwar der bereits am Freitag Abend vorgenommenen Balsamirung nicht im Wege, lag aber dafür sammt ihren Motiven dem ganzen Standpunkte des Evangelisten allzu fern, als daß er sie hätte wiederaufnehmen mögen.

Fünfte Mythengruppe.

Auferstehung und Himmelfahrt Jesu.

97.

Die Auferstehungsberichte.

Von der Auferstehung Jesu haben wir bei ihrer historischen Wichtigkeit, da ohne den Glauben an sie eine christliche Gemeinde schwerlich zusammengetreten sein würde, schon im ersten Buche ausführlich handeln müssen. Wir haben die Frage, was wohl das Thatsächliche an derselben sein, d. h. wie der Glaube daran unter den Jüngern Jesu zu Stande gekommen sein möge, theils nach den Andeutungen der neutestamentlichen Schriften, theils nach der Analogie ähnlicher Erscheinungen des menschlichen Gemüthslebens zu beantworten gesucht. Dabei ist außer den summarischen Angaben des Apostels Paulus bereits auch manches Einzelne aus den evangelischen Berichten zur Sprache gekommen; übrig ist jetzt nur noch, auch in diesem Stücke das allmählige Wachsthum des Mythus anschaulich zu machen, d. h. zu zeigen, wie die Nachrichten von den Erscheinungen des Auferstandenen eine Reihe bilden, die sich vom Visionären immer mehr in's Handgreifliche, vom Subjectiven in's Objective hineinarbeitet. Zu diesem Zwecke müssen wir die Erzählungsstücke, in welche die Evangelisten die Auferstehungsgeschichte zerfällen, einzeln durchnehmen, wobei wir von dem Grabgang am Sonntag

Morgen ausgehen wollen, wenn gleich diese Erzählung (Matth. 28, 1—10. Marc. 16, 1—11. Luc. 24, 1—12. Joh. 20, 1—18) sich erst ausgebildet haben kann, nachdem vorher schon von einzelnen Erscheinungen des wiederbelebten Jesus erzählt worden war, für die man nun auch einen Anfangspunkt haben wollte.

Jenen Grabgang also machen bei Matthäus die beiden Marien, die von Magdala und die andere, die Marcus als die Mutter des Jakobus (und Joses) bezeichnet. Hier beschreibt aber Matthäus nicht blos wie die übrigen Evangelisten, was den Frauen am Grabe begegnete, sondern er berichtet auch, was, ehe sie daselbst ankamen, geschehen war: daß nämlich in Begleitung einer gewaltigen Erderschütterung ein Engel, leuchtend wie ein Blitz, vom Himmel gestiegen sei, den Stein vom Grabe gewälzt, und der Schrecken vor ihm die Wächter wie todt zu Boden gestreckt habe. Eben in diesem letzteren Punkte, den Wächtern, den nur Matthäus Erwähnung thut, liegt der Grund, warum er das Thun des Engels so ausmalt: er wollte zeigen, wie die Wächter beseitigt wurden, was bei den übrigen Evangelisten mit den Wächtern selbst wegfiel. Wie nun die Frauen zum Grabe kommen, sehen sie auf dem abgewälzten Stein den Engel sitzen, der ihnen die Nachricht von der Auferstehung Jesu gibt, ihnen die jetzt leere Stelle, wo er gelegen, zeigt, und sie zur Mittheilung dieser Botschaft an die Jünger mit dem Bedeuten anweist, dieselben sollen nach Galiläa gehen, wo sie ihn sehen werden. Nachdem ihnen dann auf dem Rückwege zur Stadt noch Jesus selbst begegnet ist und den letztern Auftrag wiederholt hat, richten sie, wie aus dem Vorhergehenden und Folgenden ergänzt werden muß, ihren Auftrag aus, und die Eilfe treten, wenn auch noch nicht alle Zweifel in ihnen beschwichtigt sind, die Wanderung nach Galiläa an.

Bei Lucas ist, unwesentliche Verschiedenheiten, wie zwei Engel innerhalb, statt Eines außerhalb des Grabes abgerechnet, die Hauptabweichung seiner Darstellung von der des Matthäus dadurch bedingt, daß die Jünger nicht nach Galiläa gewiesen werden dürfen, weil ja Lucas die Erscheinungen des Auferstandenen sämmtlich nach Jerusalem und der Umgegend verlegt. Um aber in dem bekannten Engelworte doch die Erwähnung Galiläas nicht vermissen zu lassen, werden die Frauen daran erinnert, wie Jesus „noch in Galiläa“ ihnen seinen Tod und seine Auferstehung vorhergesagt habe. Die verfrühte Erscheinung Jesu selbst vor den heimkehrenden Frauen nimmt Lucas aus Matthäus nicht auf; er müßte ja sonst noch einmal der Weisung nach Galiläa ausweichen; zugleich will er die Momente reiner sondern, daß der Auferstandene zuerst durch die Engel den Frauen, durch diese den Jüngern angekündigt wird, und hierauf erst in eigener Person auf die Bühne tritt. Daher betont er auch, als die Frauen den Jüngern die Engelbotschaft ausrichten, den Unglauben der letzteren so stark, der erst durch die Erscheinung Jesu selbst und die von ihm gegebenen untrüglichen Beweise seiner wirklichen

Wiederbelebung gehoben werden soll. Nach Galiläa kann die Botschaft der Weiber bei Lucas die Jünger nicht in Bewegung setzen, da sie keine Weisung dahin enthielt; statt dessen setzt sie den Petrus nach einer andern Richtung in Bewegung, zum Grabe nämlich, dessen Leerheit mit den allein daliegenden Leichentüchern auch durch einen Mann beurkunden zu lassen, wünschenswerth war; indeß darf es durch diesen Augenschein bei Petrus noch nicht weiter als zur Verwunderung kommen, da die Jünger erst auf ganz genügende Beweise hin zum Glauben an die Auferstehung Jesu gelangt sein sollen.

Marcus folgt in seinem Berichte von vorneherein im Wesentlichen dem Matthäus, indem er den Frauen durch einen Engel die Nachricht von der Auferstehung Jesu mit der Weisung an die Jünger, nach Galiläa zu gehen, ertheilen läßt. Dagegen fehlt bei ihm nicht nur die Begegnung Jesu selbst, sondern die Frauen kommen auch dem Engelauftrage nicht nach, indem sie aus Furcht (man sieht nicht recht, vor wem oder vor was?) Niemanden etwas von der gehabten Erscheinung zu sagen wagen. Und wenn nun hier (V. 9) Marcus auf einmal, als wäre weder von der Auferstehung Jesu, noch von einer der Magdalena mit den andern Frauen von derselben gewordenen Kunde bis jetzt im Mindesten die Rede gewesen, fortfährt: nach seiner Auferstehung in der Sonntagsfrühe sei Jesus zuerst der Maria Magdalena erschienen, so ist diese Art, mitten in der Erzählung von vorn anzufangen, allerdings seltsam genug, um dem Umstand alle Aufmerksamkeit zuzuwenden, daß der Schlußabschnitt des Marcus, 16, 9—20, in zwei vorzüglichen Evangelienhandschriften fehlt, und in mehreren, die wir nicht mehr haben, alten Nachrichten zufolge gefehlt hat. Wobei nur auffallen muß, daß diese Handschriften den achten Vers noch lesen, in welchem doch der Widerspruch des Berichts mit sich selbst bereits anfängt.[1]) Wenn V. 7 der Engel den Frauen hier wie bei Matthäus einen Auftrag an die Jünger gibt, so ist die Meinung ursprünglich gewiß gewesen, daß die Frauen diesen Auftrag wie bei Matthäus mit Freuden ausgerichtet haben werden. Aber wenn sie ihn ausgerichtet hätten, so wären ja die Jünger wie bei Matthäus nach Galiläa gegangen, und das sollten sie bei Marcus nicht, da er mit Lucas die Erscheinungen des Auferstandenen nicht in Galiläa, sondern in Jerusalem und der Umgegend vor sich gehen läßt. Die plötzliche Schwenkung des Evangelisten von Matthäus zu Lucas ist es also, welche den Frauen V. 8 so seltsam den Mund verschließt, und aus Lucas theils verkürzt, theils weiter ausgeführt ist nun, wie wir im Einzelnen noch sehen werden, von V. 10 an bei Marcus alles Weitere; nur der neunte Vers mit der Erscheinung Jesu vor Maria Magdalena scheint vielmehr aus Johannes (20, 11—18) genommen zu sein. Dieß würde, wenn unsere bisherigen Ergebnisse über das Zeitverhältniß der beiden Evangelien richtig sind, dafür sprechen, daß

---

1) Vgl. Volkmar, Die Religion Jesu, S. 100 fg., 104.

wir in diesem Schlußabschnitte des Marcus einen späteren unächten Zusatz hätten. Indeß die Nachricht wenigstens von den aus Maria getriebenen Dämonen stammt nicht aus Johannes, sondern aus Lucas (8, 2); ebenso die Angabe, daß die Jünger der Erzählung der Magdalena nicht geglaubt haben, denn Johannes meldet davon nichts, wohl aber sagt Lucas (24, 11), als die Frauen den Jüngern von der Engelerscheinung erzählten, sei ihnen das als Geschwätz erschienen und sie haben es nicht geglaubt. So könnte am Ende die Erscheinung selbst aus Matthäus genommen sein, wo ja auch Magdalena mit der andern Maria auf dem Rückwege vom Grabe nach der Engelerscheinung die erste Erscheinung Jesu selber hat; nur daß Marcus, vielleicht nach einer andern Quelle, aus deren Benützung sich möglicherweise auch der abgebrochene Anfang erklären ließe, die Erscheinung auf Magdalena allein beschränkte.

Aus diesen ihm vorliegenden Berichten hat der vierte Evangelist, was ihm für seinen Standpunkt taugte, umsichtig ausgewählt und geschickt fortgebildet. Hatte schon Lucas die einzelnen Momente des Kundwerdens der Auferstehung genauer unterschieden, so geht Johannes hierin noch weiter. Bei Matthäus sehen die Frauen schon im Herankommen zum Grabe den Engel außen auf dem abgewälzten Steine sitzen (bei Marcus finden sie ihn, nachdem sie in das offene Grab hineingegangen sind); Lucas läßt sie, in's Grab getreten, zuerst den Leichnam Jesu vermissen, sofort aber die zwei Engel aufschlußgebend bei ihnen stehen. Diese zwei letzteren Momente trennt Johannes noch bestimmter. Maria Magdalena, die er schon hier, wie Marcus im zweiten Absatze seiner Erzählung, allein auftreten läßt, muß erst eine Zeitlang bei diesem Negativen, daß der Leichnam Jesu nicht mehr da ist, festgehalten werden, mit dieser Nachricht in die Stadt zu Petrus gehen, dessen Gang zum Grabe mit seinem gleichfalls wenig mehr als negativen Ergebniß (der bloßen Verwunderung) sich passender hieran, als wie bei Lucas an die Nachricht von der bereits erhaltenen Engelbotschaft, anzuschließen schien. Aber Johannes läßt den Petrus nicht wie Lucas allein zum Grabe gehen, so wenig als er ihn früher allein in den Palast des Hohenpriesters hatte gehen lassen. Beidemale gibt er ihm den andern Jünger zum Begleiter, und dieser andere Jünger ist kein anderer als angeblich er selbst. Zwei zusammenwandelnde Jünger waren übrigens dem vierten Evangelisten doch auch schon von dem dritten an die Hand gegeben. Unmittelbar nach dem durch die Frauenbotschaft veranlaßten Gange des Petrus zum Grabe erzählt Lucas von der an demselben Tage vorgenommenen Wanderung zweier Jünger, worunter einer Namens Kleopas, denen sich Jesus, Anfangs unerkannt, zugesellte (24, 13—35); ein Nichterkennen, das Marcus, der dieser Geschichte gleichfalls, obwohl nur summarisch, gedenkt, aus einer Verwandlung der Gestalt Jesu erklärt (16, 12). Sowohl diesen als den weitern Zug, daß Jesus ihren Unverstand tadelt, nicht längst aus Moses und den

Propheten den leidenden Messias herausgelesen zu haben, werden wir weiterhin von dem vierten Evangelisten in seiner Art verwendet finden.

Also gehen nun Petrus und der andere Jünger zusammen zum Grabe, und die Art, wie dabei jedem sein Theil scheinbar gleich zugewogen, jedem Gewicht in die Wagschale des einen gegenüber schnell auch eins in die des andern geworfen, am Ende aber doch ein Uebergewicht auf Seite des einen, nämlich des Lieblingsjüngers, herausgebracht wird, diese Darstellung gehört, wie schon früher angedeutet worden, zu den augenscheinlichsten Beweisen, mit welcher künstlichen Berechnung der Evangelist in der Composition seines Evangeliums zu Werke gegangen ist. Beide Jünger laufen mit einander, sind sich also von Anfang gleichgestellt. Aber der andere Jünger läuft schneller und kommt vor Petrus am Grabe an, hat also jetzt einen Vorsprung vor diesem. Doch, wie Petrus bei Lucas, bückt sich hier der andere Jünger nur von außen in das Grab, und sieht die daliegenden Tücher, ohne hineinzugehen; letzteres thut sofort der nachkommende Petrus, der es bei Lucas nicht thut, und nimmt dabei auch noch genauer wahr, daß an der einen Stelle zwar die übrigen Tücher liegen, das Schweißtuch aber, womit das Haupt Jesu bedeckt gewesen war, besonders zusammengewickelt an einer andern Stelle liegt: jetzt hat also wieder Petrus einen Vorsprung vor dem andern. Hierauf erst geht auch der andere Jünger in das Grab hinein — aber was nützt nun den Petrus sein früheres Eintreten, was all die äußeren sinnlichen Wahrnehmungen, die er dabei gemacht hat, wenn sie ihm nicht zu demjenigen geholfen haben, was der zuerst zum Grabe gekommene, aber später in dasselbe eingetretene andere Jünger jetzt erreichte, nämlich zu sehen und zu glauben? Der durch Sehen vermittelte Glaube ist zwar noch nicht der Glaube im höchsten Sinn; aber diesen konnten die Jünger damals noch nicht haben, da ihnen, wie der Evangelist bemerkt, gleich den beiden Emmauswanderern bei Lucas das Verständniß der Schrift, d. h. die Einsicht, daß in ihr Tod und Auferstehung Christi als etwas Nothwendiges vorherverkündigt sei, noch abging. Diesen rechten Glauben konnte den Jüngern nur die Mittheilung des Geistes geben, die noch ausstand; daß aber zu dem Glauben, wie er damals allein möglich war, der andere Jünger vor dem Apostelfürsten gelangt, dadurch ist auf's Neue der Vorrang des ersteren vor dem letzteren, d. h. des geistigen johanneischen Christenthums vor dem fleischlichen petrinischen, festgestellt.

Es war die Wahrnehmung der Magdalena, welche der vierte Evangelist in ihre zwei Bestandtheile zerlegt, zuerst nur den negativen, das Nichtfinden des Leichnams Jesu, festgehalten, mit diesem Ergebniß sie in die Stadt zu den beiden Jüngern geschickt und deren Gang zum Grabe veranlaßt hatte. Jetzt erst läßt er auch die Magdalena wieder am Grabe erscheinen und den andern positiven Theil ihrer Wahrnehmung nachholen. Wie bei Lucas Petrus und bei Johannes Anfangs der andere Jünger, bückt sie sich zwar nur in das Grab, ohne, gleich den Frauen bei Lucas, hineinzugehen; aber wie diese sieht auch sie nun nicht einen, sondern zwei Engel, und zwar zu Häupten und Füßen der Stelle, wo der Leib Jesu gelegen hatte. Die durch eine Frage eingeleitete Anrede der Engel an die Frauen bei Lucas spinnt der vierte Evangelist zu einer Frage der Engel und zu einer Antwort der Magdalena aus, und nun greift er zu Matthäus und Marcus, um ihr nach der Engelerscheinung auch noch eine Christuserscheinung zu Theil werden zu lassen. Aber wie die beiden Wanderer bei Lucas und Marcus, so erkennt auch sie Anfangs den Herrn nicht, sondern hält ihn, da das Grab im Garten liegt, für den Gärtner, obwohl sie dann, geistiger als diese Jünger, ihn nicht, wie sie, an der äußern Geberde des Brodbrechens, sondern an der Anrede: „Maria!" also an seinem Wort erkennt. Ganz ausdrücklich auf Matthäus weist hierauf die Abmahnung Jesu an Magdalena: „Rühre mich nicht an!" sofern diese nicht wohl zu verstehen ist, wenn man sich nicht vorher hinzudenkt, was Matthäus von den Frauen erzählt, daß, als ihnen auf dem Rückweg Jesus begegnete, sie vor ihm niedergefallen seien und seine Füße gefaßt haben. Hier bei Matthäus untersagte ihnen Jesus die Furcht und sandte sie zu seinen Brüdern mit der Weisung nach Galiläa, wo sie ihn sehen sollen: bei Johannes untersagt er der Magdalena für jetzt noch, gleich dem Engel in der Apokalypse (22, 8 fg.), die in dem Fußfalle sich aussprechende göttliche Verehrung, da er noch nicht zu seinem Vater aufgestiegen sei, zu dem er aber demnächst aufsteigen werde.[1])

Auf den Bericht der beiden Marien von der Engel- und Christuserscheinung treten bei Matthäus die Eilfe die Wanderung nach Galiläa an, und verfügen sich auf den Berg, wohin Jesus sie beschieden hat, und wo er ihnen sofort auch erscheint (28, 16—20). Dieß ist bei Matthäus, die vorläufige Begegnung mit den Frauen abgerechnet, die einzige Erscheinung des Auferstandenen. Daß nicht auch er von mehreren gehört und gelesen haben sollte, läßt sich nicht wohl annehmen; aber wie er in seinen Christusreden das bei verschiedenen Anlässen Gesprochene zu großen Ganzen zusammenstellte, so faßt er auch hier den wesentlichen Inhalt einzelner Visionen in Eine Haupterscheinung vor den versammelten Eilfen zusammen. Da es sich bei diesen Erscheinungen um die Ueberzeugung von der Wirklichkeit der Wiederbelebung Jesu handelt, so fangen sie in der Regel mit Zweifeln an;

1) Der Umstand, daß seine Erhöhung noch nicht vollendet ist, scheint mir als Grund, warum Jesus die göttliche Verehrung noch nicht annimmt, zu genügen; daß er blos als Mensch auferweckt worden, und der Logos sich erst nach seinem Aufsteigen zum Vater wieder mit ihm vereinigt habe, wie Hilgenfeld annimmt (Die Evangelien, S. 318), weiß ich mit der johanneischen Vorstellung von Christus so wenig in Einklang zu bringen, als oben (S. 474) Hilgenfeld's Erklärung des ἐνεβριμήσατο τῷ πνεύματι.

so zweifeln auch hier einige, aber Jesus tritt ihnen näher, kündigt sich ihnen als denjenigen an, dem alle Gewalt im Himmel und auf Erden verliehen sei, und ertheilt ihnen seine letzten Aufträge und Verheißungen. Wie und wodurch er ihre Zweifel beschwichtigt habe, wird nicht gesagt.

Hier war für die Ergänzung späterer Bearbeiter der evangelischen Geschichte eine leere Stelle gelassen. Lucas hatte auf die Botschaft der Frauen den Petrus an das Grab gehen und verwundert heimkehren lassen, hierauf flicht er die Erzählung von den Emmauswanderern ein; als diese, nach Jerusalem zurückgekehrt, bei den Jüngern eintreten, wird ihnen die Nachricht von einer dem Simon zu Theil gewordenen Erscheinung des Auferstandenen, von der übrigens nichts Näheres berichtet ist, die uns aber an die Notiz des Apostels Paulus, 1 Kor. 15 [1]), erinnert; und wie die Wanderer den Versammelten noch von ihrem Erlebniß erzählten, stand Jesus in ihrer Mitte und begrüßte sie. Der erste Eindruck war Schrecken, da sie einen Geist zu sehen meinten; worauf ihnen aber Jesus zum Beweise, daß er selbst, nicht blos sein fleisch- und knochenloses Gespenst es sei, seine Hände und Füße zum Anschauen und Betasten bot, und wie selbst jetzt noch ein Rest des Unglaubens, wenn auch nur als freudige Verwunderung, übrig war, etwas zu essen verlangte, und ein Stück Bratfisch und Honigwaben vor ihren Augen verzehrte (24, 33—43), nachdem er bei der Erscheinung zu Emmaus eben beim Austheilen des Brodes, wie es scheint, ehe er noch selbst etwas davon genossen hatte, verschwunden war (V. 30 fg.).

Während Marcus diese Erzählung mit der von der letzten Erscheinung Jesu zusammenzufassen scheint, sofern er ihn zum letztenmale sich zeigen läßt während die Jünger zu Tische liegen, ohne ihn übrigens selbst an dem Mahle theilnehmen zu lassen (16, 14), hat der vierte Evangelist die Darstellung des dritten auch hier in seiner Weise überarbeitet (20, 19—29). Wie bei dem Grabgang der Maria Magdalena sondert er vor Allem die Momente. Bei der Erscheinung, wie sie Lucas beschreibt, gehen Glaube und Unglaube, Schreck und Freude durcheinander. Johannes, wie er dort aus einem Gange zwei gemacht hat, deren erster nur ein negatives und erst der zweite ein positives Ergebniß lieferte, so macht er hier aus einer Erscheinung zwei, bei deren erster er nur Freude und Glauben schäumen läßt, den Bodensatz des Zweifels behält er für eine besondere zweite Erscheinung auf, um denselben durch einen um so gründlicheren Proceß gleichfalls in Glauben umzuwandeln. Und wie er vorhin aus den mehreren Frauen die eine Maria Magdalena auswählte und gleichsam als eine andere bethanische Maria zur Trägerin des innigsten persönlichsten Glaubens- und Liebesver-

---

1) Von der bei Paulus (V. 7) noch erwähnten Erscheinung vor Jakobus findet sich eine apokryphische Spur in einer Stelle des Hebräer-Evangeliums, s. oben, S. 292.

hältnisses zum Herrn machte, so ersieht er sich nun zum Gefäß des Zweifels.
den Lucas den Jüngern ohne Unterschied zus... Engel, und zwar zu Häupten
auch früher schon in ähnlicher Art hervorgehobenen ...

Doch nicht blos in diesen Hauptpunkten, sondern Zug für Zug erscheint die johanneische Erzählung aus der des Lucas herausgebildet. War schon in dieser durch den Ausdruck (V. 36): während sie so gesprochen, habe Jesus in ihrer Mitte gestanden, wie durch den Schrecken, den sein plötzlicher Anblick verursachte, ein übernatürliches Kommen angedeutet: so findet sich diese Andeutung bei Johannes durch den Zug, daß die Thüren verschlossen gewesen, noch verstärkt, und es gehört eine wahre Verstockung gegen das richtige Verständniß der Evangelien dazu, um hier mit Schleiermacher an ein natürliches Aufschließen der Thüren zu denken. Der Beisatz, die Furcht vor den Juden sei es gewesen, warum die Jünger die Thüren ihres Versammlungszimmers verschlossen hatten, soll zwar zunächst diese Maßregel motiviren, also die Angabe von den verschlossenen Thüren um so glaubhafter machen; zugleich aber ist es doch, als hätte auch hiemit der Evangelist die Sonderung zweier bei Lucas vermischten Momente beabsichtigt. Bei diesem ist es die Erscheinung Jesu, welche den Jüngern sowohl Furcht als Freude verursacht: Johannes bezieht die Furcht derselben auf die feindseligen Juden, um für die Erscheinung Jesu dießmal nur die Freude übrig zu behalten. Das: „Friede sei mit euch!" das bei Lucas der eintretende Jesus spricht, ist bei ihm nichts als die bekannte hebräische Grußformel; aber so, wie bei Johannes Jesus die Worte wiederholt, nachdem er früher in den Abschiedsreden zu seinen Jüngern von dem Frieden gesprochen hatte, den er ihnen lasse, den sie in ihm haben sollen (14, 27. 16, 33), und wie er die Worte mit dem Anblasen und der Ertheilung des heiligen Geistes begleitet, sehen wir auch in diese Formel den tiefern inhaltsvollern Sinn des vierten Evangeliums gelegt.

Der auferstandene Jesus kommt wohl durch verschlossene Thüren, aber er ist kein Gespenst; er kann betastet werden, hat aber doch keinen materiellen Leib: das können zwar wir nicht zusammendenken, aber die Evangelisten konnten es, und darauf gerade hat hier Johannes wie Lucas seine Darstellung angelegt. Statt daß aber bei Lucas Jesus den Jüngern seine Hände und Füße darbot, sind es bei Johannes die Hände und die Seite, von welcher letztern bei Lucas hier schon deßwegen keine Rede sein konnte, weil er von einer Seitenwunde nichts weiß, und sie werden ihnen für dießmal nur gezeigt, nicht wie bei Lucas zugleich zum Betasten dargeboten, indem Johannes auch hier die bei Lucas verbundenen Momente sondert und die stärkere Probe für die spätere der Ueberwindung des Zweifels bestimmte Erscheinung vorbehält.

Um diese zweite Erscheinung zu motiviren, muß bei der ersten einer der Eilfe, nämlich der schon bei früheren Anlässen (11, 16. 14, 5) als ein die Dinge schwer nehmender Charakter gezeichnete Thomas, abwesend gewesen sein, von dem Bericht seiner Mitapostel sich nicht befriedigt gefunden und [illegible] Bedingung seines Glaubens an die Auferstehung Jesu das eigene An- als denjenigen an, dem alle [illegible] Wundenmale gemacht haben. Bei Lucas war nur unbestimmt [illegible] den Händen und Füßen die Rede, die Jesus den Jüngern, um sie von seiner Körperhaftigkeit zu überzeugen, vorgewiesen habe; daß dabei auch die Wundenmale in Betracht kommen sollten, läßt sich zwar denken, wird aber nicht gesagt: bei Johannes werden die Wundenmale hervorgehoben, während von Fleisch und Knochen keine Rede ist; vielleicht war dieß dem Evangelisten doch zu materiell, und er dachte sich einen Leib, der zwar die sichtbaren Spuren der empfangenen Wunden gleichsam als Ehrennarben noch bewahrte und sich auch betasten ließ, ohne doch eigentliches Fleisch und Knochen zu haben; eine Vorstellung, die wir nun vollends nicht mehr vollziehen, um so eher jedoch dem Verfasser des vierten Evangeliums zutrauen können. Thomas also sieht acht Tage nach der früheren Erscheinung seine Bedingung erfüllt: abermals sind die Jünger versammelt, und dießmal er bei ihnen; abermals sind die Thüren verschlossen, Jesus tritt unbehindert durch dieselben ein, steht mit dem Friedensgruße in ihrer Mitte und fordert nun den Thomas auf, die verlangte Probe vorzunehmen. Er thut's und huldigt sofort mit voller Ueberzeugung Jesu als seinem Herrn und Gott; muß aber von demselben, der ihn schon vorher aufgefordert hatte, nicht ungläubig, sondern gläubig zu sein, die tadelnde Frage hören: „Weil du mich gesehen hast, glaubst du? Selig sind, die nicht sehen, und doch glauben."

In diesen Worten, welche die Geschichtserzählung des vierten Evangeliums abschließen, denn was noch folgt, ist nur eine Schlußformel, prägt sich noch einmal der ganze zweiseitige Charakter, die ganze sinnliche Uebersinnlichkeit desselben aus. Für den rechten Glauben wird derjenige erklärt, der keine sinnfälligen Beweise verlangt, wie früher keine Wunder und Zeichen, so hier kein Sehen und Betasten: aber warum wird denn auf solche sinnfällige Beweise gerade in diesem Evangelium weit mehr als in jedem andern Gewicht gelegt? warum hier die Auferstehungsproben, wie früher die Wundererzählungen, noch gesteigert? Wenn dergleichen keinen Werth hat, warum wird es denn erzählt? und wenn es nur für den Unglauben einen Werth hat, um ihn zum Glauben zu führen, warum wird es von dem tiefgläubigen Evangelisten mit einem Antheil erzählt, der beweist, daß es auch für ihn noch Werth hatte? Er freilich, der später Lebende, der so wenig wie Thomas dabei gewesen war, als am Abend des Auferstehungstags Jesus zu den versammelten Jüngern eintrat, er mochte auch einmal wie sein Thomas gezweifelt, und um glauben zu können wie dieser einen sinnfälligen Beweis gewünscht haben. Er hatte dann zwar auf das Unmögliche verzichtet, hatte Glauben gewonnen, ohne zu sehen; dafür mußte er nun aber voraussetzen, daß Andere statt seiner, daß die mit Jesu lebenden Jünger jene ausreichenden Beweise sich zu verschaffen gewußt, daß ein Johannes Blut und Wasser aus der Seite Jesu fließen gesehen, daß ein Thomas seine Finger in die Nägelmale, seine Hand in die Seitenwunde Jesu gelegt habe. Wenn also Baur die Bedeutung dieser Scene mit Thomas dahin bestimmt, daß all dieses Sehen und Betasten, diese Materialität und greifbare Leiblichkeit, doch für den Glauben an die Auferstehung Jesu nichts beweise, wofern diese nicht an sich als etwas Gewisses und Nothwendiges feststehe, daß also der materielle empirische Glaube immer wieder den absoluten zu seiner Voraussetzung haben müsse[1]): so ist dieß, von der viel zu philosophischen Formulirung abgesehen, nur eben so wahr als das Entgegengesetzte, daß im Sinne des vierten Evangelisten der rein geistige Glaube den auf sinnlichen Beweis gestützten zu seiner Voraussetzung hat, oder daß es in der Seele des Evangelisten ein und derselbe Act war, ohne selbstgesehene Zeichen zu glauben, und diese Zeichen als von Andern gesehene sich vorzustellen.[2]) Wie nur von diesem Gesichtspunkt aus die Entstehung einer Schrift wie das vierte Evangelium begreiflich wird, bedarf kaum einer besondern Erinnerung.

Indem er der Seh- und Betastungsprobe eine weitere Ausbildung gab, glaubte der vierte Evangelist sich der Eßprobe für die Realität der Auferstehung Jesu überheben zu können, die ihm vielleicht auch als gar zu materiell, wie das Fleisch und die Knochen, nicht nach dem Sinne war. Der Verfasser des Anhangs hat diese Probe nachgeholt, indem er sie in jenen seltsamen Erzählungsknäuel verarbeitete, in welchem wir schon früher Anklänge an die Erzählungen von dem Fischzugs- und Speisungswunder, der versuchten Seewanderung und der dreimaligen Verläugnung des Petrus, an den Ritus des Abendmahls und das Brodbrechen zu Emmaus, wie an den Glaubenswettlauf der beiden Apostel Petrus und Johannes am Grabe Jesu gefunden haben. Wenn Jesus in der Morgenfrühe die auf dem galiläischen See mit Fischen beschäftigten Jünger fragt, ob sie nichts zur Zukost haben? und auf ihre verneinende Antwort ihnen den reichen Fischfang bescheert, sie aber hernach doch, wie es scheint, von dem vorher schon am Ufer bereit liegenden Bratfisch und Brod frühstücken heißt, und ihnen beides selber austheilt (21, 1—14): so ist hier wie im ganzen Kapitel Alles zwar sehr schwankend und nebelhaft gehalten, doch, da der Auferstandene nicht wie in Emmaus nach dem Brodbrechen verschwindet, sondern das Frühstück in seiner Gegenwart vor sich geht, so ist wohl anzunehmen, daß er auch selbst daran Theil genommen habe.

War schon bis hieher neben der Nachholung und Umbildung einer oder zweier Wundergeschichten und einer Auferstehungsprobe zugleich die weitere Regulirung des Verhältnisses der Apostel Petrus und Johannes der Zweck der Erzählung: so dient sie von da an (V. 15—25) ausschließlich diesem Zwecke. Zuerst wird durch die dreifache zweifelnde Frage Jesu an Petrus,

1) Kritische Untersuchungen, S. 229.

2) So urtheilt auch Hilgenfeld, Die Evangelien, S. 321 fg. Anm.

ob er ihn (mehr als die übrigen Jünger) liebe, und die auf seine dreimalige, zuletzt schmerzliche, Bejahung dreimal wiederholte Aufforderung Jesu, seine Schafe zu weiden, die dreimalige Verläugnung des Petrus theils gerügt, theils vergeben, und der Apostel in seinem Oberhirtenamte von Neuem bestätigt; dann wird ihm aus dem bekannten Erfolge heraus der schon im Evangelium (13, 36) angedeutete[1]) Kreuzestod vorhergesagt, und endlich der Umstand, der den Johannes unter ihn zu stellen schien, daß dem Lieblingsjünger nicht beschieden gewesen war, Gott durch einen Märtyrertod zu preisen, ihm vielmehr zum Vorzug vor Petrus gedeutet. Petrus sollte dem Herrn im Märtyrertode folgen, von Johannes aber hatte der Herr gesagt, wenn er wolle, daß er bis zu seiner Wiederkunft bleibe, was es den andern angehe? Möglich, daß aus Veranlassung des hohen Alters, das der hochverehrte Seher der Offenbarung erreichte, sich in Kleinasien diese Sage in dem Sinne, daß er die Wiederkunft Christi noch erleben werde, gebildet hatte: mit seinem Tode war die Weissagung in dieser Bedeutung zur Unwahrheit geworden, daher sucht unser Verfasser sie auf ihren ursprünglichen Wortlaut zurückzuführen, ungewiß in welchem Sinne, ob er auf das Wort „Wenn" (den blos gesetzten Fall) den Nachdruck legte, oder unter dem „Kommen" etwas Anderes als die sichtbare Wiederkunft in den Wolken, oder endlich unter dem „Bleiben" etwas Anderes als das leibliche Fortleben[2]) verstand: am Ende ist gerade das seine Absicht, die Sache in ein geheimnißvolles heiliges Dunkel zu stellen. Indem aber unmittelbar auf diese Auseinandersetzung die Erklärung folgt, das sei der Jünger, der von diesen Dingen zeuge und dieß geschrieben habe (V. 24), so könnte möglicherweise unter seinem Bleiben bis zum Kommen Christi auch die Fortdauer dieser seiner Schrift, die bleibende Geltung des in ihr niedergelegten Geistesevangeliums verstanden sein.

---

1) Ueberhaupt ist diese ganze Scene mit Petrus, 21, 15—19, nur die weitere Ausmalung der Wechselrede zwischen Jesus und Petrus, 13, 36—38. Hier hatte Jesus von seinem Hingang, wohin die Jünger ihm nicht folgen können, gesprochen; da fragte Petrus, wohin er gehe? und Jesus antwortete: wohin er gehe, dahin könne ihm Petrus für jetzt nicht folgen, aber später werde er ihm folgen. Liegt hierin ohne Zweifel schon die Andeutung der gleichen Todesart des Apostels wie des Herrn, so folgt dann die Vorhersagung der Verläugnung, auf welche Kap. 21 vorher zurückgedeutet war.

2) Vielleicht eine Entrückung in's Paradies, um da bis zur Wiederkunft Christi aufgehoben zu werden? Vgl. Hilgenfeld, Die Propheten Esra und Daniel, S. 63 fg.

98.

Die Himmelfahrt.

Wenn wir die Visionen, die verschiedenen Anhänger und Anhängerinnen von dem wiederbelebten Jesus zu haben glaubten, und die Sagen, die sich schnell daran knüpften, als das zunächst Gegebene betrachten, so war, wie wir oben schon gesehen haben, unvermeidlich, daß man rückwärts blickend fragte, wann und wie denn nun dieses neue höhere Leben des Gekreuzigten angefangen habe, d. h. daß die Vorstellung der Auferstehung Jesu, seines Hervorgangs aus dem Grabe am dritten oder einem andern Tage, sich ausbildete und mit dem hergebrachten Schmucke einer Engelerscheinung umkleidete. Und nun könnte man sagen, das ebenso nothwendige Ergebniß des Ausblickens nach der entgegengesetzten Seite, der Frage nach dem Schlußpunkte dieses neuen Zustandes, sei die Vorstellung der Himmelfahrt des Auferstandenen nach einem oder nach vierzig Tagen gewesen. Allein der Umstand, daß wir die Erzählung von der Himmelfahrt nur bei zwei Evangelisten finden, während die von der Auferstehung allen gemein ist, zeigt uns schon, daß auf beiden Seiten die Nothwendigkeit nicht die gleiche war. Denn einen Anfang mußte das neue Leben Jesu freilich haben, da er ja todt gewesen war; aber ein Ende mußte, ja konnte es nicht nehmen, da es ein unsterbliches Leben war. Oder eines Schlusses bedurfte man für das Leben, in das Jesus durch die Auferstehung eingetreten war, nur dann, wenn man es als einen bloßen Zwischenzustand betrachtete: so wurde es aber ursprünglich nicht betrachtet, oder doch in einer ganz andern Beziehung betrachtet, als in welcher man hernach die Himmelfahrt zu seinem Schlußpunkt machte.

Als die nächste Epoche in dem Leben des auferstandenen Messias betrachtete man nämlich seine Wiederkunft am Ende der gegenwärtigen Weltperiode. Wiederkommen wird er vom Himmel, aber in diesen ist er nach der ältesten christlichen Vorstellung nicht erst vierzig Tage nach der Auferstehung, sondern schon mit derselben eingegangen. Dem Apostel Paulus war er jedenfalls, auch wenn man die Geschichte seiner Himmelfahrt erst nach vierzig Tagen voraussetzt, um vieles als später diese, mithin vom Himmel aus erschienen, und doch stellt der Apostel diese Erscheinung mit denen, die den älteren Jüngern voraussetzlich während jener vierzig Tage zu Theil geworden waren, als gleichartig in Eine Reihe, er dachte sich also auch die letzteren als Erscheinungen vom Himmel aus. Auf diesem Standpunkte steht auch noch Matthäus. Zwar die erste Christuserscheinung, die er noch am Auferstehungsmorgen der vom Grabe zurückkehrenden Frauen zu Theil werden läßt, ist auch darin unklar, daß man nicht recht weiß, soll man hier auch schon Jesum als vom Himmel niedergestiegen, oder so wie bei der ersten johanneischen Erscheinung erst im Aufsteigen dahin begriffen denken. Wie er dann aber auf dem Berg in Galiläa sich den Eilfen mit den Worten vorstellt (28, 18): „Gegeben ward mir alle Gewalt im Himmel und auf Erden", so kommt er augenscheinlich von seiner messianischen Belehnung her, und diese kann (vgl. Dan. 7, 14) nur im Himmel vor sich gegangen sein. Daß diese Erhöhung des Messias zum Himmel sein beständiges Fortwirken auf Erden nicht ausschloß, sehen wir aus der Schlußerklärung Jesu bei Matthäus (V. 20), daß er bei seinen Jüngern sei alle Tage, bis zum Ende der gegenwärtigen Weltperiode; d. h. also gerade in der Zeit, während welcher er eigentlich im Himmel wohne und ehe er von da wieder auf die Erde zurückkehre, werde er doch mit seiner unsichtbaren Wirksamkeit bei den Seinigen sein; daß ihm aber dabei nicht verwehrt sein konnte, ausnahmsweise bisweilen sich ihnen auch sichtbar kund zu thun, verstand sich von selbst. Als derlei vorläufige Kundthuungen, nicht vor der Himmelfahrt, sondern vor der Wiederkunft, faßte Paulus sowohl die ihm als die den älteren Aposteln zu Theil gewordenen Christuserscheinungen, für welche daher keinerlei Zeitgrenze festgesetzt wurde, welche ebenso gut Jahre wie Tage nach der Auferstehung noch erfolgt sein konnten.

Nun verzog sich aber die Anfangs nahe erwartete Wiederkunft Christi immer länger, während auf der andern Seite die Anfangs so hoch gehenden Wogen des erregten Gemüthslebens sich immer mehr beruhigten. Die dem Paulus zu Theil gewordene Erscheinung blieb die letzte in ihrer Art, die Pforten des Himmels, der den erhöhten Christus aufgenommen, hatten sich geschlossen und sollten sich erst am Ende der Welt zu seiner glorreichen Wiederkunft wieder öffnen. Blickte man aus dieser jetzigen betrübten Zeit, wo man sich vergeblich sehnte, einen der Tage des Menschensohnes zu sehen (Luc. 17, 12), auf jene glücklichen Tage zurück, wo auf offenem Wege wie im verschlossenen Zimmer, am See und auf dem Berge, der wiederbelebte Christus sich den Seinigen geoffenbart, mit ihnen gegessen und getrunken hatte (Apostelgesch. 10, 41), so schien das eine ganz andere Zeit, zwischen ihr und der späteren eine große Kluft befestigt zu sein. Er konnte damals noch nicht wie jetzt sich in den Himmel zurückgezogen, er mußte nach seinem Hervorgang aus dem Grabe noch eine Zeitlang auf Erden verweilt, den Seinigen seine Gegenwart noch eine Weile gegönnt haben, ehe er für die lange Wartezeit bis zu seiner einstigen Wiederkunft sich ihnen entzog. So bildete sich von selbst die Vorstellung einer Zwischenperiode zwischen dem Hervorgang Jesu aus seinem Grabe und seinem Aufsteigen zum Himmel, einer Periode, während deren der Auferstandene noch, wenn auch der Menge verborgen, auf der Erde wandelte, um, ehe er ganz von derselben schiede, sich durch einzelne Erscheinungen den Seinigen als den wiederbelebten Messias kund zu thun.

Dieser Zwischenaufenthalt des Wiederbelebten auf der Erde konnte nur so lange gedauert haben, als der Zweck desselben es erforderte. Dieser Zweck war, seine Wiederbelebung den Seinigen bekannt und gewiß zu machen, und ihnen noch die letzten Anweisungen und Verheißungen zu geben: das ließ sich in kurzer Frist, ließ sich möglicherweise an Einem Tage erreichen. Die ältere Vorstellung hatte solche Eile nicht nöthig gehabt. Da sie schon mit der Auferstehung selbst Jesum an den Ort seiner messianischen Herrlichkeit brachte, konnte sie ihn von da aus in beliebigen Fristen wieder auf Erden erscheinen lassen. So ist bei Matthäus die Erscheinung Jesu auf dem Berg in Galiläa erst so lange nach der Auferstehung zu denken, als die Jünger zu ihrer Rückwanderung von Jerusalem dahin nöthig hatten, was auf jeden Fall mehrere Tage betrug. Blieb aber dem Wiederbelebten, bis er die Geschäfte mit seinen Hinterlassenen abgemacht hatte, die messianische Himmelsglorie vorenthalten, so war für jene Geschäfte Eile geboten. Sie war insofern auch gut möglich, als dem verklärten Leibe des Auferstandenen der Raum keine Schranke mehr entgegensetzte. So zeigt er sich bei Lucas zuerst den beiden Jüngern auf der Straße nach Emmaus und begleitet sie bis in dieses drei Stunden von Jerusalem entfernte Dorf, und wie sie in die Stadt zurückkommen, ist er hier nicht nur bereits dem Simon erschienen, sondern stellt sich unmittelbar darauf auch in der Versammlung der Eilfe und der übrigen Jünger ein, die er sofort gegen Bethanien hinaus führt, um sie Zeugen seiner sichtbaren Erhebung in den Himmel sein zu lassen (24, 50—53). Dieß alles erfolgt offenbar noch am Tage der Auferstehung, und ebenso erscheint die Sache in der verkürzten Darstellung des Marcus (16, 14—20), dessen ganzer Schlußabschnitt freilich zu verworren ist, als daß aus ihm für sich allein eine bestimmte Vorstellung zu entnehmen wäre. Denn da er Jesum den Jüngern, während sie zu Tische saßen, erscheinen, seine Aufträge und Verheißungen geben, und nach diesen Reden in den Himmel erhoben werden läßt, so würde sich, wenn man ihn streng beim Worte nehmen wollte, gar die seltsame Vorstellung einer Himmelfahrt vom Zimmer aus ergeben.

Drängte so das Interesse, den vom Tode zum Leben hindurchgedrungenen Messias nicht allzulange von dem Ziele seines Laufes zurückzuhalten, zu möglichster Abkürzung des Zwischenzustandes zwischen seiner Auferstehung und seiner Erhebung in den Himmel: so mußte doch eine andere Rücksicht mit immer wachsendem Gewichte in entgegengesetzter Richtung wirken. Es hatten sich allmählig Erzählungen von so vielerlei Erscheinungen des auferstandenen Jesus verbreitet, daß es immer schwerer hielt, sie alle an Einem Tage geschehen sich vorzustellen. Wenn man auch nur diejenigen nahm, deren der Apostel Paulus gedenkt: vor Petrus, dann vor den Zwölfen, dann vor fünfhundert Brüdern, dann vor Jakobus, dann vor sämmtlichen Aposteln, so wäre schon damit, die erforderlichen Veranlassungen und Situationen hinzugedacht, ein Tag überfüllt gewesen. Auch der Zweck dieser Erscheinungen, die Ueberzeugung und Belehrung der Jünger, konnte, näher erwogen, so schnell nicht erreichbar scheinen: weder der Unglaube noch der Unverstand werden mit Einem Schlage gewichen sein, und gerade die Einbildungskraft hatte das Bedürfniß, längere Zeitfristen einzuschieben. Wie nahe sich beide entgegengesetzten Rücksichten lagen, stellt sich uns in der merkwürdigen Thatsache dar, daß ein und derselbe Schriftsteller in der ersten früher geschriebenen Hälfte seiner Schrift der einen, in der zweiten späteren der andern dieser Rücksichten in seiner Darstellung gefolgt ist. Lucas, der im Schlußkapitel seines Evangeliums so erzählt, als wäre Jesus noch am Auferstehungstage selbst in den Himmel erhoben worden, spricht im Eingang seiner Apostelgeschichte von vierzig Tagen, während deren er nach seiner Auferstehung den Aposteln erschienen sei, sich ihnen durch vielerlei Erweise lebend dargestellt und mit ihnen von dem Reiche Gottes gesprochen habe, und läßt erst am Schlusse dieser vierzig Tage die Himmelfahrt vor sich gehen. Ob ihm diese Vorstellungsweise in der Zwischenzeit zwischen der Abfassung seiner beiden Schriften schon fertig zukam, oder er selbst sich zur Ausbildung derselben veranlaßt fand: das Motiv kann nur in dem Bedürfniß gelegen haben, für die vielerlei Christuserscheinungen, von denen die Sage ging, und für den großen Umschwung in den Vorstellungen der Jünger, den man in diesen Zeitpunkt verlegte, die gehörige Frist zu gewinnen. Daß aber diese gerade auf vierzig Tage festgesetzt wurde, geschah im Geiste der jüdischen und bereits auch christlichen Zahlensymbolik. Vierzig Jahre war das Volk Israel in der Wüste, ebenso viele Tage Moses auf dem Sinai gewesen, vierzig Tage hatten er und Elias gefastet, ebenso lange Jesus vor der Versuchung in der Wüste ohne Speise und Trank sich aufgehalten; vierzig Tage lang sollte sich Esra mit seinen fünf Schreibern in die Einsamkeit zurückziehen, um sich der Herstellung der verbrannten heiligen Schriften zu widmen, ehe er der Erde entrückt würde[1]): so bot sich auch für die Zeit, während deren der auferstandene Christus seine Jünger über das Reich Gottes belehrte (Apostelgesch. 1, 3), die für dergleichen Zwischenzustände herkömmliche Vierzigzahl (von Tagen natürlich, und nicht von Jahren) von selbst. Die dem Apostel Paulus zu Theil gewordene Christuserscheinung ließ sich freilich auch in diesem erweiterten Zeitraum nicht mehr befassen; allein sie war von ihm selbst deutlich als ein Nachtrag, als etwas Verspätetes bezeichnet (1 Kor. 15, 8 fg.), und es konnte ihm ja nur zur Auszeichnung gereichen, wenn sich, um ihn zu gewinnen, Christus noch einmal vom Himmel aus bemüht hatte.

In Einem Stück übrigens stimmen diese so verschiedenen Berichte über den Schluß des irdischen Wandels Jesu, selbst den des vierten Evangeliums

---

1) 4 Esr. 14, 23 fg. Vgl. Volkmar, Einleitung in die Apokryphen, II, 288; Hilgenfeld, Die Propheten Esra und Daniel, S. 71.

nicht ausgenommen, von dem indeß später besonders die Rede werden muß, zusammen, daß sie nämlich dem scheidenden Jesu gewisse Verordnungen und Verheißungen in den Mund legen, die, so verschieden sie auch in den verschiedenen Evangelien lauten, doch in gewissen Hauptpunkten zusammentreffen. Gemeinsam ist allen synoptischen Berichten (Matth. 28, 16—20. Marc. 16, 15—18. Luc. 24, 44—49. Apostelgesch. 1, 4—8) der Auftrag, die Lehre von Christus allen Völkern zu verkündigen. Daß dabei Lucas nicht gleich den beiden andern der Taufe gedenkt, ist zufällig; daß aber, was Marcus in späterer Ausdrucksweise als Verkündigung des Evangeliums bezeichnet, Matthäus judenchristlich-gesetzlich so ausdrückt, sie sollen die Menschen Alles halten lehren, was Jesus ihnen geboten habe, Lucas mehr paulinisch so, sie sollen in seinem Namen Sinnesänderung und Sündenvergebung verkündigen, in diesen Abweichungen ist die auch sonst bemerkbare Eigenthümlichkeit der verschiedenen Schriftsteller nicht zu verkennen. Daß die Bestimmung des Evangeliums für alle Völker, d. h. die Zulassung auch von Heiden in das neue Messiasreich ohne weitere Bedingung als die Taufe, eine Einsicht war, die sich so früh nach Jesu Hingang seinen Jüngern noch keineswegs ergeben hatte, ist schon früher bemerkt worden, und daß die sonst im Neuen Testament ebenso unerhörte als in der späteren Kirchensprache gewöhnliche Taufformel: „auf den Namen des Vaters, des Sohnes, und des heiligen Geistes“, der spätesten Ueberarbeitung unseres Evangeliums angehöre, darin ist die jetzige Evangelienkritik so ziemlich einverstanden. Dem Lucas ist, wie bei der Begegnung Jesu mit den beiden Emmanswanderern, so auch hier in der Schlußscene unmittelbar vor dem Hinausgang zur Himmelfahrt das besonders wichtig, daß Jesus den Jüngern das rechte Verständniß der Schrift eröffnet, die Lehre vom Leiden und Tode des Messias im Alten Testament nachgewiesen habe: die einzige Möglichkeit, ihren hingerichteten Meister doch noch als den Messias im Glauben festzuhalten, lag für seine Jünger in der Ueberzeugung, daß schon im Alten Testament ein solches Schicksal desselben geweissagt sei. Das Andere, was bei Lucas der scheidende Jesus seinen Jüngern noch ankündigt, ist die in der Hauptstadt von ihnen abzuwartende Ausgießung des heiligen Geistes, wie er sie im zweiten Theile seines Werkes zu erzählen, schon damals im Plane hatte. Nachtheilig sticht von diesen beiden Berichten über die letzten Worte Jesu zu seinen Jüngern der des Marcus ab, welcher nach dem durch Verheißung und Drohung verschärften Taufbefehl als Zeichen, die den Gläubigen folgen werden, die Fähigkeiten namhaft macht, Teufel auszutreiben, in neuen Zungen zu reden, Schlangen aufzuheben, tödtliches Gift ohne Schaden zu trinken, Kranke durch Handauflegung zu heilen; Züge, die, mit Ausnahme des vorletzten, aus den Evangelien und der Apostelgeschichte (2, 4 fg. 16, 16—18. 28, 2—10) genommen, hier aber in einer Weise theils verallgemeinert, theils mit dem abenteuerlichen Zuge vom Gifttrinken vermehrt sind, die uns zeigt, wie frühzeitig in der Kirche ein abergläubischer, nur auf Wunden und Zeichen gerichteter Sinn den ächten Geist Jesu zu überwuchern anfing. Denkt man sich einen Christen mit dergleichen angeblichen Beglaubigungszeichen in der damaligen Heidenwelt umherreisend, so hat man ja ganz einen jener Gaukler, über welche Lucian nicht ohne Seitenblicke auf das Christenthum seine Satire ergießt.

Während nun Matthäus sein Evangelium mit der weiten geistigen Perspective schließt, welche die Verheißung Jesu, bei den Seinigen alle Tage bis zum Ende der Welt sein zu wollen, eröffnet, fügen hier die zwei mittleren Evangelisten den sichtbaren Schlußact der Himmelfahrt an. Marcus freilich, wie schon bemerkt, so unbestimmt in Ortsangabe und Beschreibung, daß man sogar zweifeln könnte, ob er wirklich eine sichtbare Himmelfahrt meine; um so bestimmter aber deutet er an, woher ihm die ganze Vorstellung kommt. Wenn er nämlich sagt (V. 19): „Der Herr nun, nachdem er mit ihnen geredet hatte, ward aufgenommen in den Himmel und setzte sich zur Rechten Gottes", so konnte er selbst nicht meinen, daß das Letztere Jemand gesehen habe, sondern er nahm es aus der Stelle des Psalms (110, 1): „Der Herr sprach zu meinem Herrn: setze dich zu meiner Rechten, bis ich deine Feinde zum Schemel deiner Füße lege." Diese der messianischen Deutung sich von selbst darbietende Stelle, die auch Jesus auf sich angewandt haben sollte (Matth. 26, 64. Marc. 14, 62), verlangte zu ihrer wörtlichen Ausführung die Erhebung des Messias in den Himmel, und so mußte sich Jesus am Schlusse seines Erdenwallens in den Himmel erhoben haben.

Ausführlicher und anschaulicher ist die Erzählung des Lucas, besonders in der zweiten verbesserten und vermehrten Auflage seines Berichts von der Himmelfahrt, in der Apostelgeschichte. Am Schlusse des Evangeliums (24, 50—53) sagt er, Jesus habe seine Jünger bis Bethanien hinausgeführt, und während er ihnen hier mit aufgehobenen Händen seinen Segen ertheilte, sei er von ihnen geschieden und in den Himmel erhoben worden; worauf die Jünger anbetend niedergefallen und voller Freude nach Jerusalem umgekehrt seien. Dem Eingang der Apostelgeschichte zufolge (1, 4—12) versammelte Jesus die Apostel noch einmal auf dem Oelberge (an dessen Fuße Bethanien lag), und während er ihnen noch die letzten Aufträge und Verheißungen gab, wurde er vor ihren Augen emporgehoben, und eine Wolke entnahm ihn ihren Blicken. Sie schauten ihm nach, wie er auf der Wolke in den Himmel hinein sich entfernte, da standen auf einmal zwei Männer in weißen Gewändern (d. h. Engel, wie die ebenso beschriebenen im Grabe) bei ihnen, die sie von ihrem Nachsehen durch die Versicherung abbrachten, der ihnen entnommene Jesus werde auf dieselbe Weise wiederkommen, wie sie ihn jetzt in den Himmel haben sich erheben sehen. Dieß Letztere darf man nur umkehren, um, wie vorhin bei Marcus, zu entdecken, wie diese Vorstellung von der sichtbaren Himmelfahrt Jesu entstanden ist. Wie der Messias dereinst kommen sollte, so mußte er jetzt hingegangen sein; kommen sollte er aber nach Daniel in den Wolken des Himmels, so mußte er jetzt auf einer Wolke sich in den Himmel erhoben haben.

Schon im Alten Testament waren zwei besonders fromme Männer, nämlich Henoch und Elia, wunderbar von der Erde weggenommen worden; aber während der Hingang des ersteren nicht als ein sichtbarer beschrieben wird (1 Mos. 5, 24. Sir. 44, 16. 49, 16. Hebr. 11, 5), war die Himmelfahrt des letzteren mit ihrem Flammenwagen und ihren Feuerrossen (2 Kön. 2, 11. Sir. 48, 9. 1 Marc. 2, 58) dem milderen Geiste Jesu nicht angemessen (vgl. Luc. 9, 55 fg.), überhaupt zu sinnlich ausgeführt. Nur das Eine könnte man aus diesem Vorbild ableiten, was Lucas (Apostelgesch. 1, 9) hervorhebt, daß Jesus vor den Augen der Jünger emporgehoben worden sei; sofern Elia an die Bedingung, daß Elisa ihn auffahren sehe, die Uebertragung seines Geistes auf den Schüler geknüpft hatte. Der sonst so oft für den letzten Retter vorbildliche erste Retter, Moses, war im Alten Testament eines natürlichen Todes gestorben, und von Jehova nur an einem unauffindbaren Orte begraben worden (5 Mos. 34, 5 fg.); dagegen finden wir bei Josephus eine Erzählung über sein Ende, die mit unserer Himmelfahrtsgeschichte eine auffallende Aehnlichkeit hat.[1]) Auf dem Berge, wohin schon das Deuteronomium ihn vor seinem Tode führte, läßt Moses bei Josephus erst das Volk, dann auch die Aeltesten zurückbleiben, und während er sich noch von Josua und dem Hohenpriester Eleazar verabschiedet, steht auf einmal eine Wolke vor ihm, und er verschwindet in einer Schlucht. Diese Erzählung, die er ohne Zweifel aus der späteren rabbinischen Ueberlieferung nahm, welche den Gesetzgeber durch ein solches Ende ohne Tod dem Henoch und Elia gleichstellen wollte, sucht Josephus mit der einfachen Angabe im 5. Buch Mosis, daß er gestorben sei, durch die Bemerkung zu vereinigen, letzteres habe Moses absichtlich geschrieben, damit man sich nicht um seiner außerordentlichen Tugend willen erkühne, zu sagen, er habe sich zu der Gottheit begeben; eine Wendung, in welcher man einen Seitenblick des jüdischen Geschichtschreibers auf die schon zu seiner Zeit beginnende Vergötterung Christi finden könnte.

Sehen wir uns von hier aus endlich nach dem vierten Evangelisten um, so scheinen wir ihn an diesem Schlusse der evangelischen Geschichte nicht wie sonst auf dem Gipfel ihrer unhistorischen Umbildung, sondern auf derselben Stufe mit Matthäus am bescheidenen Anfange derselben zu finden, sofern ihm wie diesem die glänzende Schlußscene der Himmelfahrt fehlt. Das kann an einem Evangelium Wunder nehmen, zu dessen gesteigerter Vorstellung von der Göttlichkeit Christi eine solche Scene ganz besonders zu passen, ja in welchem sie als wörtliche Erfüllung mancher Reden seines Christus von seinem Aufsteigen in den Himmel, seiner Rückkehr in seine

---

1) Antiq. IV, 8, 48.

Herrlichkeit beim Vater (6, 62. vgl. 3, 13. 17, 5), geradezu gefordert zu sein scheinen kann. Lag dem Verfasser dieses Evangeliums die Erzählung von der Himmelfahrt bei zweien seiner Vorgänger vor, so könnte man denken, er hätte nicht umhin gekonnt, sie, wenn auch in seiner Art umgebildet, aufzunehmen, und daß er es nicht gethan, daraus könnte man schließen wollen, daß er entweder früher als jene beiden geschrieben, oder daß er ihre Erzählung, wenn er sie kannte, aus rein geschichtlichem Interesse, weil er als Augenzeuge wußte, daß so etwas nicht vorgefallen war, von der Hand gewiesen habe. Allein in seiner Art umgebildet hat er sie wirklich aufgenommen, und daß er sie in der Gestalt, wie sie ihm bei Marcus und Lucas vorlag, nicht aufnahm, das erklärt sich so vollständig aus dem Geist und der Anlage seines Evangeliums, daß wir ihm dafür keine historischen Gründe, die ihm überall fremd sind, zu leihen brauchen.

Der vierte Evangelist, können wir sagen, geht mit dem Hingang Jesu in den Himmel zu Werke, wie er mit seiner Herkunft vom Himmel zu Werke gegangen ist. Die letztere hatten seine Vorgänger in die Form der Erzeugung Jesu durch den heiligen Geist gefaßt, und wenn hier gleich sein Logosbegriff eine andere Wendung verlangte, so hätte sich doch auch von dem Eingang des Logos in den Leib der Maria eine entsprechende Darstellung geben lassen. Aber der vierte Evangelist übergeht die Erzeugung und Geburt Jesu ganz und begnügt sich, theils in seinem Prolog, theils hin und wieder in den Reden Jesu auf dessen höheren Ursprung hinzuweisen. Ganz ebenso macht er es mit dem Aufsteigen Jesu in den Himmel, das er ihn wohl in Reden andeuten läßt, aber nicht selbst als sinnfälligen Vorgang beschreibt. Daß er es gleichwohl als wirklich geschehen voraussetzt, erhellt deutlich aus der oben besprochenen Scene mit Magdalena, wo Jesus von seinem noch nicht erfolgten, aber nächst bevorstehenden Aufsteigen zum Vater spricht. Wie sich Johannes hier an Matthäus anschließe, ist gleichfalls schon früher bemerklich gemacht worden, nur daß bei ihm bestimmter als bei Matthäus hervortritt, daß nicht schon vor, sondern erst nach dieser ersten Erscheinung der Auferstandene sich in den Himmel erhoben hat. Aber wie bei Matthäus die Erscheinung auf dem galiläischen Berge, so setzt nun bei Johannes die Erscheinung vor den Jüngern bei verschlossenen Thüren sein Aufsteigen in den Himmel als ein inzwischen geschehenes voraus. Denn die Geistesmittheilung durch das Anblasen, die er ihnen sofort gewährt, konnte nach der Ansicht des Evangelisten (7, 39) nicht stattfinden, ehe Jesus verherrlicht war; seine Verherrlichung aber war erst mit seinem Hingang zum Vater vollendet. Daß er diese Geistesmittheilung von Jesu noch persönlich am Tage seiner Auferstehung vorgenommen werden läßt, damit stellt sich der vierte Evangelist in Gegensatz gegen den dritten, der in seiner Apostelgeschichte (Kap. 2) die Mittheilung des heiligen Geistes erst fünfzig Tage später, nachdem Jesus bereits von der Erde Abschied genommen hatte, erfolgen läßt. Auch hier wie bei der Himmelfahrt geht er dem äußern sinnfälligen Vorgang, wozu Lucas die Ausgießung des heiligen Geistes macht, aus dem Wege; der sanfte Anhauch schien ihm geistiger, und besonders dem Geiste Christi angemessener, als der Sturm und die Feuerzungen in der Erzählung der Apostelgeschichte; wozu noch kommt, daß der Paraklet, wenn ihn Jesus noch selbst durch Anblasen den Jüngern mitgetheilt hatte, bestimmter als sein fortsetzender Stellvertreter erschien.

Doch auch außer der Weglassung der Himmelfahrt schließt sich an diesem Ende der vierte Evangelist an den ersten an. Der Ausspruch Jesu nach dem Anblasen (V. 23): „Wem ihr die Sünden erlasset, dem sind sie erlassen, und wem ihr sie behaltet, dem sind sie behalten", erinnert an seine, hier freilich bei einer früheren Gelegenheit gesprochenen Worte im ersten Evangelium (16, 19. 18, 18): „Was ihr auf Erden binden werdet, soll auch im Himmel gebunden sein, und was ihr auf Erden lösen werdet, soll auch im Himmel gelöst sein"; wobei sich die Umwandlung, die der vierte Evangelist mit dem Spruche vorgenommen, aus dem Streit über die Erläßlichkeit gewisser Sünden erklären ließe, der, wie wir aus dem Hirten des Hermas sehen, schon frühzeitig im zweiten Jahrhundert die Kirche zu bewegen anfing.

In Folge der Ablehnung der sichtbaren Himmelfahrt hat nun aber das vierte Evangelium mit dem ersten auch das gemein, daß es wie dieses, ja noch mehr als dieses, des eigentlichen Schlusses entbehrt; weßwegen ihm auch (in Kap. 21) ein Anhang hat zugegeben werden können, und zwar nachdem es selbst schon zu seiner eigentlichen Schlußscene, der Erscheinung Jesu vor den bei verschlossenen Thüren versammelten Jüngern, in der acht Tage spätern Erscheinung zu Gunsten des Thomas einen Nachtrag gegeben hat. Aber eben diese nachträgliche Scene schließt mit einem Spruche, der eine ähnliche, für den Schluß des Evangeliums höchst passende Perspective eröffnet, wie das Schlußwort bei Matthäus. Das Wort: „Selig sind, die nicht sehen und doch glauben!" ist ja nicht blos zu Thomas, sondern in seiner Person zu allen gesprochen, die später ohne die Möglichkeit des Sehens zum Glauben an Christum kommen sollten; es ist das Vermächtniß des johanneischen Christus an seine Kirche, ein Vermächtniß, das auch für uns noch seine Bedeutung hat, freilich nur in dem für unsern Evangelisten noch in dichten mystischen Nebel gehüllten Sinne des Lessing'schen Wortes, daß zufällige Geschichtswahrheiten nie den Beweis für nothwendige Vernunftwahrheiten bilden können.

Schlußbetrachtung.

99.

Diese Einsicht kommt uns eben an dieser Stelle um so gelegener, je gründlicher sich uns am Schlusse unseres kritischen Geschäfts die Ueberzeugung aufdringt, wie mangelhaft und unsicher unsere historische Kunde von Jesus ist. Nachdem wir die Masse von mythischen Schlinggewächsen verschiedener Art, die sich an dem Baume hinaufgerankt, entfernt haben, sehen wir, daß, was wir bisher für Aeste, Belaubung, Farbe und Gestalt des Baumes selber hielten, großentheils vielmehr jenen Schlinggewächsen angehörte; und statt daß uns nun nach Wegräumung derselben der Baum in seinem wahren Bestand und Aussehen wiedergegeben wäre, finden wir vielmehr, wie die Schmarotzer ihm die eigenen Blätter abgetrieben, den Saft ausgesogen, Zweige und Aeste verkümmert haben, seine ursprüngliche Figur mithin gar nicht mehr vorhanden ist. Jeder mythische Zug, der zu dem Bilde Jesu hinzukam, hat nicht nur einen geschichtlichen verdeckt, so daß mit der Wegräumung des ersteren der letztere wieder zum Vorschein käme, sondern gar viele sind auch von den darüber gelagerten mythischen Gebilden gänzlich aufgezehrt worden und verloren gegangen.

Man hört es nicht gern, und glaubt es darum auch nicht, wer sich aber einmal ernstlich mit dem Gegenstande beschäftigt hat und aufrichtig sein will, der weiß es so gut wie wir, daß wir über wenige große Männer der Geschichte so ungenügend wie über Jesus unterrichtet sind. Wie ohne alle Vergleichung deutlicher ist uns die um vierhundert Jahre ältere Gestalt des Sokrates. Zwar von seiner Jugend- und Bildungsgeschichte wissen wir gleichfalls wenig; was er aber in seinen reifen Jahren gewesen ist, was er gewollt und gewirkt hat, wissen wir genau, die Gestalten seiner Schüler und Freunde stehen mit geschichtlicher Deutlichkeit vor uns, über die Ursachen und den Verlauf seiner Verurtheilung und seines Todes sind wir vollständig unterrichtet. Hauptsächlich aber ist sein Leben, wenn auch einzelne anekdotenhafte Ansätze nicht fehlen, von dem mythischen Beiwerke verschont geblieben, in welchem die geschichtlichen Figuren mancher älteren griechischen Philosophen, z. B. des Pythagoras, in ähnlicher Art wie die Gestalt Jesu, nahezu untergegangen sind. Diese Erhaltung seines Bildes verdankt Sokrates dem Umstande, daß er in der gebildetsten Stadt Griechenlands in einer Zeit der hellsten Verstandesaufklärung und der höchsten Blüthe der Schriftstellerei lebte; wie denn mehrere seiner Schüler ausgezeichnete Schriftsteller waren und zum Theil gerade ihren Lehrer zum Gegenstand ihrer Darstellungen machten.

Xenophon und Plato — wem fällt dabei nicht Matthäus und Johannes ein, aber wie ungünstig für die beiden letzteren fällt die Vergleichung aus. Für's Erste waren die Verfasser der sokratischen Denkwürdigkeiten, der beiden Gastmahle, des Phädon u. s. f. wirkliche Schüler des Sokrates; die Verfasser des ersten und des vierten Evangeliums hingegen keine unmittelbaren Schüler von Jesus. Ueber die genannten Schriften der beiden Attiker dürften uns gar keine äußeren Zeugnisse aufbehalten sein, wir würden sie doch an jedem Zug als Werke von Zeitgenossen und persönlichen Bekannten des Sokrates erkennen; bei den beiden Evangelien möchten die Zeugnisse für ihre apostolische Abfassung noch so alt und einstimmig sein, wir würden ihnen doch keinen Glauben schenken, weil der Augenschein widerspricht. Für's Andere geht das Bestreben der beiden Schriftsteller über Sokrates durchaus dahin, uns seine Eigenthümlichkeit und seinen Werth als Mensch, als Staatsbürger, als Denker und Jugendbildner, anschaulich zu machen. Das thun nun zwar unsere beiden Evangelisten in ihrer Art auch. Aber es ist ihnen nicht genug. Ihr Jesus soll ja mehr als Mensch, er soll ein gottgezeugter Wundermann, ja nach dem einen von ihnen gar das eingefleischte göttliche Schöpferwort gewesen sein. Daher geht in ihrer Darstellung nicht blos neben der Lehrthätigkeit Jesu eine Reihe von Wunderthaten und Wunderschicksalen her, sondern in die Lehre selbst, die sie ihm in den Mund legen, mischt sich dieses Wunderelement ein, so daß sie Jesum Dinge von sich aussagen lassen, die ein Mensch von gesunden Sinnen unmöglich von sich ausgesagt haben kann. Für's Dritte stimmen Plato und Xenophon in allem Wesentlichen, was sie von Sokrates erzählen, überein. Manches berichten sie gleichlautend; einzelne Züge, die dem einen eigenthümlich sind, gehen doch mit denen, die der andere an die Hand gibt, auf's Beste in ein Bild zusammen: und wenn Xenophon, was die philosophische Bedeutung des Sokrates betrifft, ebenso oft unter seinem Gegenstande bleibt, als Plato sich freischöpferisch über denselben hinausschwingt und seinem Sokrates platonische Speculationen in den Mund legt, so berichtigt sich beides durch die Vergleichung beider Schriftsteller leicht, und ist nicht blos auf Seiten Xenophon's als unwillkürliche Unzulänglichkeit, sondern auch auf Seiten Plato's deßwegen unverfänglich, weil er mit seinen sokratischen Dialogen den Anspruch eines historischen Schriftstellers gar nicht macht. Wie unvereinbar dagegen der matthäische und der johanneische Christus sind, und wie angelegentlich gleichwohl namentlich der Verfasser des vierten Evangeliums die Wahrheit seiner Berichte betheuert, haben wir gesehen. Seine Wurzel aber hat Alles, wodurch sich die auf uns gekommenen Nachrichten über Jesus von denen über Sokrates in Absicht auf historische Zuverlässigkeit zu ihrem Nachtheil unterscheiden, in dem Unterschiede der Zeitalter und der Volksthümlichkeiten. Der reinen Luft und dem hellen Licht attischer Bildung und Aufklärung, worin uns das Bild des Sokrates so deutlich erscheint, steht der dicke trübe Nebel jüdischen Wahns und Aberglaubens und alexandrinischer Schwärmerei gegenüber, woraus uns die Gestalt Jesu kaum noch als menschliche erkennbar entgegenblickt.

Man könnte sagen und hat oft gesagt, das Ungenügende der evangelischen Lebensnachrichten über Jesum ergänze sich reichlich dadurch, daß wir sein Werk, die christliche Kirche, noch vor uns haben, und nun von diesem auf seinen Urheber zurückschließen können. So wissen wir ja z. B. auch von Shakespeare wenig Geschichtliches, und manches Fabelhafte werde ihm nachgesagt; wir lassen uns das aber wenig anfechten, da seine Dichtungen uns in den Stand setzen, uns das Bild seiner Persönlichkeit in voller Deutlichkeit herzustellen. Die Vergleichung wäre treffend, wenn wir das Werk der galiläischen Propheten ebenso aus der ersten Hand hätten, wie die Werke des britischen Dichters. Aber jenes Werk ist durch gar viele Hände hindurchgegangen, die sich aus Einschiebungen, Auslassungen und Umänderungen aller Art kein Gewissen gemacht haben; die christliche Kirche ist schon in ihrer frühesten Gestalt, wie sie im Neuen Testament erscheint, bereits durch so viele andere Factoren, als die Persönlichkeit Jesu mitbestimmt, daß der Rückschluß von ihr auf ihn ein höchst unsicherer ist. Schon der auferstandene Christus, auf welchen die Kirche gegründet wurde, ist ja ein anderer, als der Mensch Jesus gewesen war, und von hier aus bildete sich dann die Vorstellung von ihm und seinem Erdenleben, wie die Gemeinde selbst, in einer Weise um, daß sehr die Frage ist, wenn Jesus etwa um die Zeit der Zerstörung Jerusalems wiedergekommen wäre, ob er in dem Christus, den man damals in der Gemeinde predigte, sich wieder erkannt haben würde.

Ich glaube nicht, daß es so schlimm steht, wie schon behauptet worden ist, daß wir von keinem einzigen der Aussprüche, die in den Evangelien Jesu in den Mund gelegt werden, gewiß wissen können, ob er denselben wirklich gethan hat. Ich glaube, daß es deren gibt, die wir mit aller der Wahrscheinlichkeit, über welche ja in geschichtlichen Dingen ohnehin nicht hinauszukommen ist, Jesu zuschreiben dürfen, und habe oben die Zeichen bemerklich zu machen gesucht, woran wir solche erkennen können. Aber sehr weit erstreckt sich diese der Gewißheit nahekommende Wahrscheinlichkeit nicht, und mit den Thaten und Begebenheiten des Lebens Jesu sieht es, seine Reise nach Jerusalem und seinen Tod ausgenommen, noch übler aus. Weniges steht fest, und gerade von demjenigen, woran der Kirchenglaube sich vorzugsweise knüpft, dem Wunderbaren und Uebermenschlichen in den Thaten und Schicksalen Jesu, steht vielmehr fest, daß es nicht geschehen ist. Daß nun aber von dem Glauben an Dinge, von denen zum Theil gewiß ist, daß sie nicht geschehen sind, zum Theil ungewiß, ob sie geschehen sind, und nur zum geringsten Theil außer Zweifel, daß sie geschehen sind, daß von dem Glauben an dergleichen Dinge des Menschen Seligkeit abhängen sollte, ist so ungereimt, daß es heutzutage keiner Widerlegung mehr bedarf.

100.

Nein, die Seligkeit des Menschen, oder verständiger gesprochen, die Möglichkeit, daß er seine Bestimmung erfülle, die ihm eingepflanzten Kräfte entwickle, und damit auch des entsprechenden Maßes von Wohlsein theilhaftig werde, sie kann — darin behält der alte Reimarus ewig Recht — unmöglich an der Anerkenntniß von Thatsachen hängen, über welche unter Tausenden kaum Einer eine gründliche Untersuchung anzustellen, und schließlich auch dieser zu keinem sichern Ergebniß zu kommen im Stande ist. Sondern, so gewiß die menschliche Bestimmung eine allgemeine und jedem erreichbare ist, müssen auch die Bedingungen, sie zu erreichen, d. h. außer und vor dem Willen, der sich nach dem Ziel in Bewegung setzt, die Erkenntniß dieses Zieles selbst, jedem Menschen gegeben, sie darf nicht eine zufällige, von außen kommende Geschichtskenntniß, sondern muß eine nothwendige Vernunfterkenntniß sein, die jeder in sich selber finden kann. Das will jener tiefsinnige Ausspruch von Spinoza sagen, zur Seligkeit sei es nicht in allewege nöthig, Christum nach dem Fleisch zu kennen; aber mit jenem ewigen Sohn Gottes, nämlich der göttlichen Weisheit, die in allen Dingen, besonders im menschlichen Gemüthe zur Erscheinung komme, und in ausgezeichneter Weise in Jesus Christus zur Erscheinung gekommen sei, verhalte es sich anders: ohne diese könne allerdings Niemand zur Seligkeit gelangen, weil sie allein lehre, was wahr und falsch, gut und böse sei.[1]) Wie Spinoza, so unterschied auch Kant von der geschichtlichen Person Jesu das in der menschlichen Vernunft liegende Ideal der gottwohlgefälligen Menschheit, oder der sittlichen Gesinnung in ihrer ganzen Lauterkeit, wie sie in einem von Bedürfnissen und Neigungen abhängigen Weltwesen möglich ist. Zu diesem Ideale sich zu erheben, sei allgemeine Menschenpflicht; allein, obwohl wir uns dasselbe nicht anders vorstellen können, als unter dem Bilde eines vollkommenen Menschen, und obwohl, daß ein solcher Mensch einmal gelebt habe, nicht unmöglich sei, da wir ja alle jenem Ideale gleichen sollten, so komme es

1) Im 21. seiner Briefe.

doch nicht darauf an, daß wir von der Existenz eines solchen Menschen wissen oder daran glauben, sondern lediglich darauf, daß wir jenes Ideal uns vorhalten, es als für uns verpflichtend anerkennen, und uns ihm ähnlich zu machen streben.[1])

Diese Unterscheidung des historischen Christus von dem idealen, d. h. dem in der menschlichen Vernunft liegenden Urbilde des Menschen wie er sein soll, und die Uebertragung des seligmachenden Glaubens von dem ersteren auf das letztere, ist das unabweisliche Ergebniß der neueren Geistesentwicklung; es ist die Fortbildung der Christusreligion zur Humanitätsreligion, worauf alle edleren Bestrebungen dieser Zeit gerichtet sind. Daß man darin so vielfach einen Abfall vom Christenthum, eine Verleugnung Christi sieht, beruht auf einem Mißverstand, an welchem die Ausdrucksweise, vielleicht auch die Denkart der Philosophen, die jene Unterscheidung gemacht haben, nicht ohne Schuld ist. Sie sprechen nämlich so, als wäre das Urbild menschlicher Vollkommenheit, nach dem sich der Einzelne zu richten hat, in der Vernunft ein für allemal gegeben; wodurch es den Schein gewinnt, als könnte dieses Urbild, d. h. der ideale Christus, in uns ganz ebenso wie jetzt vorhanden sein, wenn auch niemals ein historischer Christus gelebt und gewirkt hätte. So steht es aber in der Wirklichkeit keineswegs. Die Idee menschlicher Vollkommenheit ist, wie andere Ideen, dem menschlichen Geiste zunächst nur als Anlage mitgegeben, die durch Erfahrung allmählig ihre Ausbildung erhält. Sie zeigt bei verschiedenen Völkern, nach Maßgabe ihrer Naturbeschaffenheit, ihrer klimatischen und geschichtlichen Verhältnisse, eine verschiedene Gestaltung, und läßt uns im Verlauf der Geschichte einen Fortschritt bemerken. Der Römer dachte sich den Menschen wie er sein soll anders als der Grieche, der Jude anders als beide, der Grieche nach Sokrates anders und unstreitig vollkommener als vorher. Jeder sittlich hervorragende Mensch, jeder große Denker, der das handelnde Wesen des Menschen zum Gegenstande seines Forschens machte, hat in engeren oder weiteren Kreisen geholfen, jene Idee zu berichtigen, zu ergänzen, weiter zu bilden. Und unter diesen Fortbildnern des Menschheitsideals steht in jedem Falle Jesus in erster Linie. Er hat Züge in dasselbe eingeführt, die ihm vorher fehlten, oder doch unentwickelt geblieben waren; andere beschränkt, die seiner allgemeinen Gültigkeit im Wege standen; hat demselben durch die religiöse Fassung, die er ihm gab, eine höhere Weihe, durch die Verkörperung in seiner eigenen Person die lebendigste Wärme gegeben; während die Religionsgesellschaft, die von ihm ausging, diesem Ideale die weiteste Verbreitung unter der Menschheit verschaffte. Freilich ging die Religionsgesellschaft von ganz andern Dingen als von der sittlichen Bedeutung ihres Stifters aus, und brachte

1) Religion innerhalb der Grenzen der bloßen Vernunft, zweites Stück, erster Abschnitt, S. 73 fg. der zweiten Auflage.

diese daher zunächst nichts weniger als rein zur Darstellung — in der einzigen Schrift unseres Neuen Testaments, die vielleicht von einem unmittelbaren Schüler Jesu herrührt, der Offenbarung Johannis, lebt ein Christus, von dem für das Ideal der Menschheit wenig zu gewinnen ist; aber die Züge der Duldung, der Milde und Menschenliebe, die Jesus zu den herrschenden in jenem Bilde gemacht hat, blieben der Menschheit doch unverloren, und sind es eben gewesen, aus denen alles das, was wir jetzt Humanität nennen, hervorkeimen konnte.

Indeß, so hoch immer Jesus unter denjenigen steht, welche der Menschheit das, was sie sein soll, reiner und deutlicher vorgebildet haben, so war er doch hierin weder der erste noch der letzte, sondern, wie er in Israel und Hellas, am Ganges und Oxus, Vorgänger gehabt hat, so ist er auch nicht ohne Nachfolger geblieben, vielmehr ist auch nach ihm jenes Vorbild noch weiter entwickelt, allseitiger ausgebildet, seine verschiedenen Züge mehr in's Gleichgewicht gegen einander gebracht worden. Es ist nicht zu verkennen, daß in dem Muster, wie es Jesus in Lehre und Leben darstellte, neben der vollen Ausgestaltung einiger Seiten, andere nur schwach umrissen, oder auch gar nicht angedeutet sind. Voll entwickelt findet sich Alles, was sich auf Gottes- und Nächstenliebe, auf Reinheit des Herzens und Lebens der Einzelnen bezieht: aber schon das Leben des Menschen in der Familie tritt bei dem selbst familienlosen Lehrer in den Hintergrund; dem Staate gegenüber erscheint sein Verhältniß als ein lediglich passives; dem Erwerb ist er nicht blos für sich, seines Berufs wegen, abgewendet, sondern auch sichtbar abgeneigt, und Alles vollends, was Kunst und schönen Lebensgenuß betrifft, bleibt völlig außerhalb seines Gesichtskreises. Daß dieß wesentliche Lücken sind, daß hier eine Einseitigkeit vorliegt, die theils in der jüdischen Volksthümlichkeit, theils in den Zeitverhältnissen, theils in den besonderen Lebensverhältnissen Jesu ihren Grund hat, sollte man nicht läugnen wollen, da man es nicht läugnen kann. Und die Lücken sind nicht etwa der Art, daß nur die vollständige Durchführung fehlte, während der regelnde Grundsatz gegeben wäre; sondern für den Staat insbesondere, den Erwerb und die Kunst fehlt von vorneherein der rechte Begriff, und es ist ein vergebliches Unternehmen, die Thätigkeit des Menschen als Staatsbürger, das Bemühen um Bereicherung und Verschönerung des Lebens durch Gewerbe und Kunst, nach den Vorschriften oder dem Vorbilde Jesu bestimmen zu wollen. Sondern hier war eine Ergänzung, sowohl aus andern Volksthümlichkeiten, als aus andern Zeit-, Staats- und Bildungsverhältnissen heraus erforderlich, wie sie zum Theil schon rückwärts in demjenigen lag, was Griechen und Römer in dieser Hinsicht vor sich gebracht hatten, zum Theil aber der weiteren Entwicklung der Menschheit und ihrer Geschichte vorbehalten blieb.

Doch schließen sich alle diese Ergänzungen an das von Jesu Gegebene auf's beste an, wenn man nur erst dieses selbst als eine menschliche, mithin der Fortbildung so fähige als bedürftige Errungenschaft begriffen hat. Faßt man hingegen Jesum als den Gottmenschen, als das von Gott in die Menschheit hereingestellte, allgemein und ausschließlich gültige Musterbild auf, so muß man natürlich jede Ergänzung dieses Musters von sich weisen, seine Einseitigkeit und Unvollständigkeit zur Regel machen, und gegen alle diejenigen Seiten menschlicher Thätigkeit, die in demselben nicht vertreten sind, ablehnend oder doch nur äußerlich regulirend sich verhalten. Ja, indem neben und über dem von Jesu dargestellten sittlichen Musterbilde er selbst als der Gottmensch stehen bleibt, an welchen zu glauben noch außer und vor der Anerkennung jenes Musterbildes Pflicht des Menschen und Bedingung seiner Seligkeit sei, so wird dadurch das, worauf eben Alles ankommt, in zweite Linie zurückgedrängt, die sittliche Größe Jesu in ihrer vollen Wirksamkeit verkümmert, auch die sittlichen Pflichten, die ihre Geltung nur daher haben können, daß sie in der Natur des menschlichen Wesens liegen, in das falsche Licht positiver göttlicher Gebote gestellt. Darum lebt der Kritiker der Ueberzeugung, keinen Frevel an dem Heiligen zu begehen, vielmehr ein gutes und nothwendiges Werk zu thun, wenn er alles dasjenige, was Jesum zu einem übermenschlichen Wesen macht, als wohlgemeinten und zunächst vielleicht auch wohlthätigen, in die Länge aber schädlichen und jetzt geradezu verderblichen Wahn hinwegräumt, das Bild des geschichtlichen Jesus in seinen schlicht menschlichen Zügen, so gut es sich noch thun läßt, wiederherstellt, für ihr Seelenheil aber die Menschheit an den idealen Christus, auf jenes sittliche Musterbild verweist, an welchem der geschichtliche Jesus zwar mehrere Hauptzüge zuerst in's Licht gesetzt hat, das aber als Anlage ebenso zur allgemeinen Mitgift unserer Gattung gehört, wie seine Weiterbildung und Vollendung nur die Aufgabe und das Werk der gesammten Menschheit sein kann.

Namenregister.

A.

B.

C.

K.

L.

M.

CPSIA information can be obtained
at www.ICGtesting.com
Printed in the USA
LVHW111735170422
716440LV00004B/247

9 783752 596687